A COMISSÃO CHAPELEIRA

RENATA VENTURA

A COMISSÃO CHAPELEIRA

São Paulo, 2014

A Comissão Chapeleira
Copyright © 2014 by Renata Ventura
Copyright © 2014 by Novo Século Editora Ltda.

EDITOR: Luiz Vasconcelos
DIAGRAMAÇÃO: Abreu's System
IMAGEM DA CAPA: Allyson Russell
REVISÃO: Patrícia Murari/Adriana Bernardino

Texto de acordo com as normas do Novo Acordo Ortográfico da Língua Portuguesa (1990), em vigor desde 1º de janeiro de 2009.

Dados Internacionais de Catalogação na Publicação (CIP)
(Câmara Brasileira do Livro, SP, Brasil)

Ventura, Renata
A comissão chapeleira
Renata Ventura - 1. ed.
Barueri, SP: Novo Século Editora, 2014.

1. Ficção brasileira I. Título.

14-07353   CDD-869.93

Índice para catálogo sistemático:
1. Ficção: Literatura brasileira   839.93

Alameda Araguaia, 2190 – Bloco A – 11º andar – Conjunto 1111
CEP 06455-000 – Alphaville Industrial, Barueri – SP – Brasil
Tel.: (11) 3699-7107 | Fax: (11) 3699-7323
www.gruponovoseculo.com.br | atendimento@gruponovoseculo.com.br

Aos meus leitores,
que fazem com que eu me sinta a pessoa mais especial do mundo.

AGRADECIMENTOS

Agradeço, primeiramente, a Gilbert Guimarães, leitor de João Pessoa, por ter salvado um personagem querido da morte certa. Ele sabe qual.

A Ravenna Lelis, por ter me obrigado a fazer meu primeiro vídeo sobre *A Arma Escarlate* no Youtube. A meu leitor Gabriel Moreira, por ser sempre tão Viny. Aos Thiagos, Moura e França, pela varinha e pelas fantásticas ilustrações! A todos os outros leitores queridos que me enviaram desenhos, cartas e almofadas lindas com a imagem dos personagens (Táina Sena e Erik Alexsander Nogueira, vocês são incríveis). E a todos que me deixaram superfeliz com suas resenhas magníficas sobre o primeiro livro!

A Lucas Santos, por amar tanto o Viny; a Nádia Lima, por ser uma das únicas fãs do Índio, e a todos os outros escarlatinos do fã-clube ARMADA ESCARLATE BRASIL, no *Facebook*, que sempre fazem de tudo para divulgar *A Arma Escarlate*! Aos meus queridos leitores Leandro Borges do Nascimento e Adriana Melo, que se tornaram grandes amigos, e que me presentearam com um lindo *banner* do primeiro livro; a meu leitor Allyson Russell, que fez a belíssima capa do segundo, e a Leonardo Alves, que sempre faz lindas montagens para mim.

Aos fãs de Fortaleza, que organizaram a festa de aniversário-de-um-ano-de-livro mais linda e emocionante que já aconteceu no Planeta Terra!

Aos meus queridos leitores Carol e Camila Rezende, Táina, Débora Reis, famosa Débora Black, Fernando Guariso e Gabriel Marinho; todos por terem me hospedado tão gentilmente em suas casas quando fui a Belo Horizonte, Salvador, Fortaleza, Londrina e Brasília. Agradeço também a Douglas Cury, Eugênia Sobral e José Marques, por terem me recebido, com muito carinho, em São Paulo e Curitiba!

A todos que me deram sugestões incríveis no Skoob, e também aos queridos criadores dessa maravilhosa rede social para leitores brasileiros. Quem quiser conhecer, basta entrar em www.skoob.com.br!

Agradeço também às lindas do Leitora da Depressão, a Nizete, do Cia do Leitor, e a todos os outros blogs e páginas maravilhosas no *Facebook* que sempre me deram apoio! Ao querido *potterhead* escarlatino Cláudio Silva e sua página Diz Que É Fã de Harry Potter; a Emanuel Antunes, do The Epic Battle; a todos os membros da HPERJ, do Portal Mundo Mágico e do Sobre Sagas, que sempre me recebem de braços abertos em seus encontros divertidíssimos na Quinta da Boa Vista, e a todos da Seven, do Arte Total e da Azimut, que sempre me convidam para seus megaeventos!

A todos que fazem do Projeto Potter em Orfanatos uma realidade; aos membros do Clube do Livro – Potterish, aos moderadores do Oclumência e a Marcel Figueiredo, do site A Varinha, pelas dicas. A Raoni Sousa, que me desafiou a usar a palavra "fodacidade" no livro... Desafio aceito! A Júlia Ferreira, por ter feito um vídeo emocionante de agradecimento pela existência de meu livro, e a todos os professores que já debateram *A Arma Escarlate* em sala de aula; em especial, à professora Simone Xavier de Lima e aos incríveis alunos da Escola SESC de Ensino Médio! Eu juro que gostaria de voltar no tempo só para poder estudar nessa escola.

Ao professor Filipe de Moraes Paiva e a Dulce Takeda, pela leitura de última hora d'A Comissão Chapeleira! A meus pais, a Gert Bolten Maizonave e a Leandro novamente, por terem sido os primeiros leitores beta do livro, e a Silvia Segóvia pela paciência durante minhas várias revisões.

Agradeço especialmente a todos que me ajudaram com os sotaques dos muitos personagens deste livro!!!! À soteropolitana Juliana Costa, pelo sotaque gostoso dos baianos do livro, ao mineiro Filipe Damiani, pelas mineirices maravilhosas de meus três queridos mineirinhos... A Michèle Bertani, que mais uma vez me ajudou com o sotaque do Atlas, e ao também gaúcho Alex Ávila, que deu voz à crueldade de Ustra. Aos pernambucanos Giovanna Lins, Jário Pina e Allyson Russell; ao querido grupo Academia de Leitores – NEVES, do Rio Grande do Norte! Ao curitibano Ari Méllo Schwind; a Olívia Salustiano, do Piauí; aos cearenses Fernando Machado e Sandir Aguiar, e a Renata Ketry, por darem voz a Hermes; a John Lopes e Sandra Ramos, do Acre; a Jéssica Stephanie Reis de Assis e Mariana Madruga, pelo fofíssimo modo de falar sergipano do Barba Ruiva, e a Ronny "Rinehardt" Sanney por ter me ajudado com o sotaque paraibano de Silvino!

A todas as outras pessoas maravilhosas que eu deixei de mencionar aqui por falta de espaço e de memória! Sintam-se todos homenageados. Vocês são demais.

E a meu irmão Felipe, que revisou a página de agradecimentos.

Somos livres em nossos propósitos,
mas escravos de todas as consequências.

"Tu, camarada, tu, que eu desconhecia por detrás das turbulências, tu, amordaçado, amedrontado, asfixiado, vem, fala conosco."

Estudantes no Maio de 68

PARTE 1

Crianças mortas no chão. Mortas... todas elas... despedaçadas... devoradas... A que ponto haviam chegado?... Que loucura era aquela, meu Deus?!

Hugo não conseguia pensar em mais nada, andando por aquele mar de sangue e corpinhos infantis... Ele, que pensara já ter visto de tudo. Ele, que apenas alguns meses antes, ousara acreditar que os dias mais sombrios de sua vida haviam ficado para trás...

CAPÍTULO I
APRENDIZ DE VARINHEIRO

"Mãe, será que meu pai é bruxo? Ou era, sei lá..."

"Tá com mania de grandeza agora, Idá? Bruxo nada! Teu pai era um pobre-coitado de um taxista branquelo."

"Taxista?! ... Pô, sacanagem..."

"Eu nunca te contei isso não, menino? O idiota apareceu na minha porta todo machucado depois que dormiu na direção e bateu com o táxi num muro. O pobre tava que não se aguentava de pé. Eu fiquei com pena do sacana e cuidei dele até ele ficar bom. Não merecia. Foi só me embuchar que o covarde sumiu."

"Você gostava dele, né?"

"Ah... sei lá, viu? O Duda não prestava, não. E ainda era feio de doer. Acho que eu gostei dele só porque ele tava lá, todo desamparado na minha frente... Traste. Primeira chance e ele fugiu das responsabilidade dele."

"Responsabilidades, mãe. No plural."

"Ah, sim. Agora que a gente tá morando com escritor famoso, tem que falá chique, né? Pra fazer bonito!"

Hugo riu sozinho, lembrando-se da conversa que tivera com a mãe naquela manhã. Estava sentado no canto mais escondido de um depósito escuro, com um livro no colo, completamente distraído da leitura.

Escritor famoso... Heitor Ipanema podia ser tudo, menos um escritor famoso. Nem publicado ele havia conseguido ser ainda, coitado.

Quanto ao covarde de seu pai, será que o patife ainda estava vivo? Nem o sobrenome do desgraçado Hugo sabia...

Concentração, Hugo... concentração.

Voltando os olhos para o livro em seu colo, Hugo retomou a leitura; sua varinha providenciando a única fonte de luz do ambiente. Luz avermelhada, mas fazer o quê? Melhor do que acender as lamparinas e ser descoberto matando serviço. Pelo menos ele estava se instruindo.

'*Varinhas feitas de poeira de unicórnio são poderosas e extremamente versáteis, mas difíceis de serem encontradas no mercado. Retirar poeira de um unicórnio é uma missão quase impossível. Por serem animais muito ariscos aos seres humanos, é preciso que o bruxo obtenha a confiança total do animal...*'

É... Definitivamente, Capí havia confeccionado sua própria varinha.

"*Ei, garoto!*" seu patrão berrou lá de cima e Hugo levantou-se no susto, batendo com a cabeça em uma das prateleiras do depósito. "*JÁ É A TERCEIRA VEZ QUE EU TE CHAMO, ONDE VOCÊ SE METEU?!*"

"Já tô indo, Seu Ubiara!" Hugo gritou, guardando o livro às pressas e voltando para o piso principal do Empório das Varinhas. Era uma loja chique, toda construída em madeira nobre. Suas prateleiras guardavam centenas de varinhas milimetricamente organizadas por ordem alfabética e nível de magia. Bem diferente da primeira loja de varinhas que Hugo conhecera.

"Estou aqui, Seu Ubiara."

"Você tá surdo, rapaz? Precisa dar uma olhada nesse ouvido aí."

"Eu só tava distraído, senhor. Não vai mais acontecer."

"Acho bom. Eu não te pago pra se distrair. Eu te pago pra me ajudar a confeccionar varinhas. Termine esta aqui enquanto eu atendo o cliente, sim?" Ubiara ordenou, ajeitando os suspensórios por cima de sua barriga avantajada e dando um jeito no pouco cabelo que tinha, para não fazer feio diante do possível comprador.

Hugo correu até a varinha que o mestre-varinheiro estivera entalhando. Uma linda castanha, de madeira clara. Pegando o cinzel que ele abandonara, tentou se concentrar na varinha inacabada à sua frente, mas não sem antes dar uma espiada no novo cliente. O sujeito parecia interessado na varinha mais barata da vitrine, para variar. Era um homem de meia-idade. Provavelmente quebrara sua varinha antiga e estava querendo uma nova com certa urgência. Ubiara tentaria lhe empurrar uma mais cara, como de costume.

Era sempre um prazer assistir a seu chefe em ação, mas aquela não era a hora.

Procurando afogar sua curiosidade, Hugo tentou se concentrar nos contornos arredondados da varinha de biriba, enquanto outra preocupação lhe assaltava a mente. Uma muito mais séria do que qualquer varinha que ele precisasse fazer:

Ele não ouvira seu patrão chamar.

A verdade é que já fazia algumas semanas que Hugo não ouvia mais nada pelo ouvido direito. Fora perdendo a audição gradativamente, desde que levara um tiro de raspão na orelha direita, um minuto após descobrir que era bruxo.

Policial babaca. Fizera de propósito, sem qualquer necessidade.

Hugo precisava se concentrar. Fechando os olhos, engoliu sua apreensão e procurou visualizar a varinha em sua mente, como o mestre-varinheiro lhe ensinara a fazer em sua primeira semana como aprendiz, no início das férias.

"*Feche os olhos... sinta a varinha...*" Ubiara sussurrara em seu ouvido esquerdo naquele primeiro dia, enquanto Hugo passava a mão pelo pedaço de madeira bruta. "*Consegue visualizá-la? Consegue ver a varinha aí, pronta para ser libertada deste tronco?*" De fato, Hugo quase pudera sentir o formato que a futura varinha deveria tomar. "*Ótimo. Deixe que a varinha te mostre como ela deseja ser...*" e Hugo, com uma segurança que não sabia que tinha, começara a entalhar o tronco ali mesmo, como se já houvesse feito aquilo dezenas de vezes antes. "*Muito bem... muito bem... Enquanto estiver libertando a varinha com seu cinzel, pense nas propriedades dela, no que você deseja que ela represente, no poder que, futuramente, irá fluir dela para o bruxo e do bruxo para ela.... Nunca faça uma varinha pensando em coisas banais. A atenção do varinheiro precisa estar inteiramente voltada à criação.*"

Hugo nunca se esqueceria daquele primeiro dia. O dia em que ele começara a fazer parte de uma tradição milenar. De algo muito maior do que ele.

Abrindo os olhos, decidiu começar pelo aperfeiçoamento das curvas já talhadas. Assim, poderia trabalhar e ouvir a conversa do chefe ao mesmo tempo. Não perderia aquilo por nada. Nunca perdia.

"Boa tarde, meu senhor." Ubiara se aproximou, com a cautela de um predador. "Já escolheu uma varinha de sua preferência?"

O visitante estranhou a palavra 'escolher', mas meneou a cabeça, inseguro, "Na verdade, estou só dando uma olhada", e continuou só *olhando*. Parecia mais preocupado com o bolso do que com os produtos. O que ele esperara encontrar ali no Arco Center? Preços camaradas? Deveria ter procurado no Sub-Saara, não ali.

Dando mais um passo cauteloso em direção à vítima, Ubiara insistiu, imprimindo toda a pompa em sua voz, "Aqui fazemos varinhas únicas, meu senhor, de altíssima qualidade e com o preço que elas merecem. Somos uma loja especializada em varinhas inigualáveis. Uma verdadeira arte, que muitos não sabem apreciar. Aqui, seguimos todos os procedimentos mágicos ignorados por outros do ramo. O resultado são varinhas mais duradouras, mais poderosas e, principalmente, fiéis ao bruxo que as escolher! Ah, sim, sim! Porque aqui, não é a varinha que escolhe o dono. É o dono que escolhe a varinha. Isso, o senhor só encontrará em raríssimos lugares no mundo, meu senhor. Eu posso te garantir! Muitos não dão a devida atenção aos rituais e ao formato ideal da ponteira das varinhas…"

O homem estranhou. "Ponteira?!"

"Mas claro! Uma varinha que se preze precisa ter uma ponteira. Não pode ser apenas de madeira. Aqui temos ponteira de cristais raríssimos, alguns só conseguidos nos locais mais distantes da Terra…"

Enquanto ouvia, Hugo aproveitava para enfiar alguns daqueles tais cristais no bolso do casaco.

"… A ponteira desta, por exemplo", Ubiara alcançou uma varinha inteiramente branca, na qual Hugo estivera trabalhando alguns dias antes, com uma linda pedra azul na ponta, e outra bem maior na base, "é feita de água-marinha com acabamento em ouro. O corpo é todo de marfim. Uma verdadeira beleza, dê uma olhada." Ubiara entregou a varinha com cuidado nas mãos do cliente. Era mais longa, em formato de bengala. Quase um cajado, na verdade. Uma varinha da qual Hugo tinha muito orgulho. Ajudara a moldar os detalhes mais interessantes: as figuras de cavalos alados se entrelaçando no marfim. E ainda com o anel dourado no topo, segurando aquela pedra azul… Perfeita.

"A *água-marinha* é uma gema da família do berilo azul, próxima à esmeralda", Ubiara prosseguiu. "Raríssima em varinhas, ela dá a elas um toque suave e muitíssimo poderoso, que um leigo não poderia sequer imaginar. Veja bem", ele aproximou a ponteira dos olhos do cliente, "a gema catalisa a magia na ponta da varinha, fazendo com que o feitiço saia mais preciso… mais perfeito. Quanto ao marfim, é um material extremamente resistente. Muito mais do que a madeira."

"E bem mais caro."

"Sim, sim, como tudo de qualidade deve ser. Esta, em especial, é uma raridade; foi feita com marfim de mamute. Escavado na China, seis meses atrás."

O homem ergueu a sobrancelha, impressionado.

Devolvendo a varinha a seu pedestal com muito cuidado, Ubiara virou-se para Hugo, que voltou seu olhar para o que deveria estar fazendo. "A Aqua-áurea ficou uma verdadeira beleza, Sr. Escarlate. Você está se saindo um excelente artesão."

Hugo agradeceu com um sorriso e voltou a entalhar a biriba enquanto Ubiara prosseguia, "É uma das mais caras de nossa coleção. Uma Aqua-Áurea não é para qualquer um. Ainda mais uma feita com marfim de mamute e alma de pégaso. Uma única pena desse animal tem imenso poder, meu senhor. Apenas alguém de altíssima estirpe poderá ser o mestre desta magnífica obra de arte."

Hugo revirou os olhos, mas já estava acostumado com o elitismo do chefe. Era o único defeito do mestre-varinheiro. De resto, ele era um doce de pessoa, muito atencioso, honesto... mas elitista.

Lamentável.

O cliente ainda olhava com estranhamento para a Aqua-Áurea. "Ela não é um pouco grande demais?" ele perguntou, tirando-a novamente do pedestal, sem qualquer cuidado, e analisando-a com certo desdém. "Parece uma bengala!"

"É uma bengala, meu senhor", Ubiara respondeu ofendido, retirando a varinha das mãos do cliente, "mas não se engane, ela é também uma varinha muito poderosa. E diminui de tamanho, se o dono desejar. Ela pode ser usada tanto como varinha, em seu tamanho menor, quanto como cajado, em seu tamanho de bengala, e a magia sai tanto da ponta quanto do cabo, como se pode ver pela presença da Água-Marinha também na base."

Aquela informação teria impressionado qualquer um. Menos o homem, que continuou a examiná-la com ar superior, "Como você pôde gastar material tão caro em uma varinha que só um *aleijado* vai poder usar? Não é desperdício de marfim?"

Hugo sentiu imediato desprezo por aquele homem. Ele não foi o único. Ubiara estava claramente fazendo um esforço imenso para não perder a compostura. Depreciar uma de suas varinhas era como insultar uma filha sua. Mas ele não podia se descontrolar. Aquela venda ainda não estava perdida.

Respirando fundo, o mestre-varinheiro respondeu com uma classe sem igual, "Eu me orgulho muito de minha intuição, meu simpático senhor. Quando a varinha está pronta, o dono aparece. Este caso não será diferente. Alguém vai precisar dela, e ela estará aqui."

O cliente meneou a cabeça, incerto, mas resolveu mudar de assunto, pegando outra varinha nas mãos. Aproximando os óculos do rosto, leu a descrição na etiqueta: "*Feita de chifre de dragão morto.* Como assim?"

Ubiara respirou fundo. "Aqui na *Bragança & Bourbon – Empório das Varinhas,* não vendemos nada que tenha causado uma morte. Nós acreditamos que varinhas só funcionam corretamente quando feitas com absoluto respeito pelo ser vivo em questão. No caso das árvores, corta-se apenas os galhos não essenciais à sua sobrevivência, e só com a devida permissão."

"Permissão de quem? Do dono?"

"Da árvore, meu senhor. Permissão da árvore. No caso de animais, o procedimento é o mesmo. Ou o material é retirado com a permissão do animal, no caso de penas, fios de cabelo, e assim por diante, ou espera-se que ele morra de velhice para, só depois, retirar o material necessário. No caso, o chifre."

"Não sei…", o cliente murmurou, analisando a varinha sem muito interesse. Se Ubiara não fizesse alguma coisa depressa, a venda estaria perdida.

"Obviamente, o senhor também pode escolher uma empunhadura metálica ou, então, com anéis de metal; o que tornará sua varinha muitíssimo mais elegante."

"E mais cara."

Ubiara olhou para Hugo, revirando os olhos. "Temos a opção de anéis dourados, que combinam perfeitamente com madeiras mais acastanhadas, e anéis prateados, que ficam absolutamente divinos em madeira negra. Como nesta varinha de jacarandá africano, por exemplo. Uma madeira que era muito usada pelos grandes bruxos no Egito antigo. No caso, a ponteira desta é de cristal."

"Esses anéis metálicos servem pra alguma coisa?"

"Não, são só decorativos, mas uma coisa eu lhe asseguro, meu senhor: não há varinhas mais lindas e mais admiradas do que essas. Com qualquer uma delas, o senhor causará uma ótima impressão. E impressão, no mundo bruxo, conta muito, não é mesmo? O bruxo pode nem ser lá grande coisa, mas com uma varinha dessas na mão…" ele disse, com um olhar ambicioso que atingiu o cliente em cheio. Os dois se fitaram por intermináveis segundos, até que o cliente bufou, impaciente.

"Tá certo. Vou levar."

"A varinha?"

"Tudo. A varinha de jacarandá africano, os anéis de prata e a ponteira de cristal."

Ubiara tentou reprimir um sorriso triunfante, sem muito sucesso. Esperando que o cliente testasse a varinha para ver se ela funcionava de verdade, foi embrulhar tudo atrás do balcão enquanto o sujeito olhava para os outros cacarecos que a loja vendia. "E os aromatizantes também. Pode colocar aí."

Hugo esperou até que o cliente saísse com a mercadoria para, só então, se permitir o deleite da risada.

"Que foi, meu jovem?" Ubiara chegou, com um sorriso no rosto, pegando o cinzel e continuando o trabalho que Hugo deveria ter feito.

"Eu não entendo como o senhor sempre consegue fazer com que eles levem a varinha mais cara da loja, sem nenhuma embromação, nenhuma mentira…"

O varinheiro corrigiu, "A mais cara da loja é a Aqua-Áurea."

"Mas ela não está pronta."

"Ah, isso é verdade. Quanto à sua pergunta…" Ubiara parou o que estava fazendo e olhou fundo nos olhos do aprendiz. "Faça um produto de qualidade e nunca precisará mentir sobre ele."

Hugo assentiu, e Ubiara voltou a trabalhar na madeira, "Nós, às vezes, nos achamos muito espertos, com nosso jeitinho e nossa embromação. Raramente fazemos algo de qualidade, porque sempre achamos que podemos enganar o cliente, enganar o povo. A verdade é que estamos apenas enganando a nós mesmos. E fazendo papel de bobos."

Hugo assimilou a dica em silêncio. Era uma bênção poder trabalhar com um homem tão íntegro. Hugo convivera com pilantras a vida inteira. Talvez por isso, se tornara um. Mas estava cansado de tanta malandragem, de tanta enganação. Isso só machucava a ele e aos outros. Agora ele entendia.

Só que, para mudar aquilo dentro dele, era necessário mais do que uma simples tomada de decisão. Era preciso coragem. Uma coragem que Hugo duvidava ter. Por isso olhava para seu chefe com tanto respeito. Ubiara sabia, como poucos, combinar integridade com esperteza, enquanto ele próprio só conseguia se achar esperto mentindo e enganando. Às vezes se sentia um covarde diante do patrão.

Talvez por isso Capí sugerira que ele fosse procurar emprego ali. Claro, tinha que ser o Capí para pensar numa coisa daquelas: usar o fascínio que Hugo sentia por varinhas para atraí-lo a um emprego com um chefe daqueles. Uma maneira de mantê-lo na linha, mesmo quando estivesse longe dos Pixies. Muito esperto. Hugo chegara até a desconfiar que Capí e Ubiara haviam combinado alguma coisa, mas logo descartou a possibilidade. O Ubiara elitista que ele conhecia nunca manteria relações com o filho de um faxineiro. Muito menos um faxineiro fiasco, como Fausto.

"Lembre-se sempre disso, Hugo", Ubiara largou o cinzel, indo buscar alguns documentos na gaveta da escrivaninha. "Pra que ficar sempre tentando enrolar as pessoas? Isso só cria estresse, para os outros e, principalmente, para você. Seja honesto e você nunca terá o que temer. Faça sempre a coisa certa e nunca sentirá a inquietação da desonestidade. Pra que enganar e mentir? Para depois ficar o resto da vida temendo um flagrante, ou a descoberta de alguma falcatrua sua?! Eu não. Eu prefiro fazer tudo certo e não ter porque mentir depois." Ubiara despejou uma pilha enorme de documentos e papéis nos braços de seu aprendiz. "Vá lá no cartório da Central do Brasil registrar essas varinhas pra mim, sim?"

"Mas já tá quase no meu horário, Seu Ubiara!"

"Ê-êe... nada de reclamar, garoto. Isso é trabalho honesto. Trabalho honesto dá trabalho mesmo. Vai lá. Ah! A varinha 4.348-234 está pronta. Pede para registrarem a papelada dela também."

Bufando, Hugo tentou ajeitar a pilha imensa de documentos em seus braços e saiu pela porta com dificuldade, caminhando por toda a extensão do Arco Center sem conseguir ver um palmo à sua frente. Apenas por milagre, encontrou a passagem para a estação de trem subterrânea que o levaria até a Central do Brasil. Pelo menos o trem bruxo era mais rápido que o trem azêmola. Bem mais rápido.

Quando estava funcionando, claro.

O cartório principal ficava em um terceiro nível abaixo da Central do Brasil. Nível que, obviamente, os azêmolas não conheciam. Normalmente, Hugo teria ido ao cartório sem reclamar, mas aquele era seu último dia no trabalho, seu penúltimo dia de férias escolares, e um sábado de feriado, ainda por cima. Ele ia chegar mais tarde em casa justo no dia do jantar especial da família Ipanema. Mal teria tempo de se arrumar direito. Isso tudo porque seu expediente teoricamente acabava em uns cinquenta minutos, mas Hugo sabia que iria demorar muito mais do que uma hora até que ele conseguisse sair do maldito cartório.

Era necessário uma papelada interminável para fazer o registro de autenticidade de uma varinha: documento disso, dados daquilo, foto *autenticada* da varinha… (isso significava ter de levar a varinha, e a foto dela, para autenticar em um outro cartório, porque deixar que as pessoas fizessem tudo em um único lugar teria sido fácil demais…), e daí entregar todos os documentos do fabricante, com os dados do item a ser registrado, incluindo origem da madeira, método de recolhimento da alma da varinha, certificado de nascimento da varinha (sim, certidão de nascimento) etc. O certo seria Ubiara contratar um outro funcionário só para cuidar daquela palhaçada toda, mas não. Mandava ele.

Chegando à Estação Central, Hugo desceu mais alguns andares com dificuldade até chegar ao Cartório Central Para Autenticação de Varinhas. Ao ver o tamanho da fila, chegou a pensar em xingar o deus das varinhas, mas preferiu ficar calado. Vai que ele existia de verdade? Melhor não provocar.

O pior era saber que aquela fila estava imensa exatamente por causa do feriado; todos os bruxos tentando autenticar os mais variados objetos em cima da hora, para poderem sair correndo para suas casas a fim de celebrar o tal Dia da Família, que Hugo ainda não fazia ideia do que era. Moral da história: duas horas depois, ele ainda estava na fila do segundo cartório.

Entre um cartório e outro, os varinheiros eram obrigados a passar no departamento de testagem, onde funcionários sonolentos do governo examinavam a qualidade da varinha, a consistência do material, o funcionamento e a autenticidade dos produtos utilizados em sua feitura… salpicando pó de sei-lá-o-que na madeira para verificar a procedência, mergulhando a madeira em poções para testar sua resistência… e Hugo ali, esperando em pé, porque todas as cadeiras estavam ocupadas, tendo que ouvir reclamações incessantes de clientes insatisfeitos com a demora, e com a fila, e com a perda de documentos, e contestando a necessidade de se atestar a autenticidade de genérico de escama de dragão polinésio, já que o original estava em falta no mercado… um saco.

Normalmente, Hugo entrava às sete da manhã e saía às três da tarde. Eles haviam combinado que, especialmente naquele feriado, ele sairia a tempo de almoçar em casa mas, quando Hugo chegou no Empório das Varinhas com os documentos de autenticidade em mãos, já eram cinco da tarde. Levara três horas para fazer o que deveria ter sido feito em uma.

"Desculpe, querido, desculpe", Ubiara veio lhe dizer assim que Hugo chegou. "Prometo que compenso essas horas perdidas nas férias do ano que vem."

Que ótimo. … nas férias do ano que vem…

"Ou talvez você prefira uma compensação no salário?" Ubiara perguntou, sorrindo de orelha a orelha, e Hugo fitou-o, interessado.

"Ah, mas é claro, claro… um jovem como você… vai querer comprar um presentinho para sua mãe neste dia tão especial da família…" ele prosseguiu, logo tirando a carteira do bolso. "Aqui está seu salário do mês…"

Ubiara começou a contar diligentemente cada um dos bufões de prata que ele lhe devia, empilhando as moedas com cuidado nas mãos do aprendiz, "… e aqui mais um agradinho pelo atraso", e colocou mais cinco bufões em suas mãos.

Hugo ergueu a sobrancelha, pensando em perguntar 'Tudo isso?!', mas preferiu ficar calado.

"Você vai voltar a trabalhar comigo nas férias do ano que vem, não vai?"

"Claro que sim, Seu Ubiara…" Hugo respondeu animado. Como não voltaria? Não era todos os dias que se encontrava um patrão honesto como aquele.

"É, menino…" ele suspirou, admirando a Aqua-Áurea de marfim. "Você tem um talento e tanto…"

"Obrigado, Seu Ubiara."

"Tem certeza de que nunca tinha feito uma varinha antes de pisar aqui? Ah! Venha ver a minha mais nova aquisição!" ele pegou Hugo pela mão, levando-o até um canto menos usado da loja.

"Mas, Seu Ubiara… Eu preciso ir embora!"

Tirando de baixo da mesa uma caixa de madeira, o varinheiro olhou, entusiasmado, para seu aprendiz. "Chegaram ontem à noite."

Hugo passou a mão pelos ideogramas entalhados na caixa e abriu-a com cuidado, revelando milhares de películas azuis-cintilantes, como unhas esmaltadas. Mudavam de cor de acordo com a luz, indo do esverdeado ao roxo.

Hugo olhou curioso para o chefe, que respondeu, "Escamas de dragão chinês!"

Empolgado, Ubiara pegou uma delas na mão para mostrá-la contra a luz. Eram finas membranas, que refletiam a luz da janela como nada que Hugo vira antes, fazendo desenhos no rosto maravilhado do varinheiro. "Para uma varinha especial. Aquela de bambu que você começou a fazer semana passada. Aliás, cadê ela?"

Ubiara foi procurá-la e Hugo aproveitou para colocar um punhado daquelas escamas no bolso da jaqueta, endireitando-se um segundo antes do chefe retornar com uma varinha quase completa nas mãos. Admirando-a com brilho nos olhos, ele murmurou, *"Amanhã, eu coloco algumas escamas aqui dentro… e então… esta beleza será mais uma para nossa coleção de varinhas extraordinárias. Áha!"* ele disse, triunfante, *"esta aqui o desgraçado do Laerte não vai conseguir copiar. Essas escamas são uma raridade! Eu mandei vir lá de Pequim!"*

Hugo engoliu em seco, procurando manter a calma e a cara-de-pau, enquanto Ubiara passava a mão por seus ralos cabelos, de repente um tanto consternado. "O sacana anda copiando tudo que eu faço… Eu não sei como o desgraçado consegue! Parece que lê mentes!"

"Ah, às vezes acontece, chefe… É aquele problema do inconsciente coletivo! O avião não foi inventado por três azêmolas diferentes na mesma época?"

"Foi é?" ele disse, um pouco aéreo. *"Esse Wanda's… era uma loja tão chinfrim… importava tudo do Paraguai… Agora, do nada, parece que o Laerte aprendeu a fazer varinhas! Aliás, você comprou sua varinha lá, não foi?"*

Hugo estremeceu. "Foi, comprei lá sim."

Comprar não era o verbo correto para o que ele fizera.

"Como Laerte conseguiu uma varinha tão perfeita…" Ubiara perguntou a si mesmo, quase em delírio… daqueles que acontecem quando gênios entram em um mundo só deles. Um mundo de raciocínio e inspiração, que meros mortais não podem sequer pensar em entrar… Ou talvez ele só estivesse distraído mesmo.

"Não foi ele que fez a minha varinha."

"Ah, claro que não... claro que não... Posso vê-la de novo?" ele perguntou, de repente empolgado, e Hugo fechou a cara. Então era isso. Ubiara fizera aquele showzinho todo só para ver a varinha escarlate novamente. Claro. Como Hugo não percebera? Já era a terceira vez que ele pedia para vê-la em menos de dois meses.

"Só mais uma vez, antes de você ir embora, vai!" seu chefe implorou, batendo os pezinhos no chão feito criança, e Hugo não teve escolha a não ser tirá-la do bolso. Era o mínimo que podia fazer em troca de tudo que aprendera com ele.

Relutante, Hugo aproximou sua varinha do chefe para que ele pudesse tocar sua madeira vermelha, mas segurou-a com firmeza o tempo inteiro, caso Ubiara resolvesse puxá-la de sua mão e sair correndo da loja.

Fascinado, o mestre-varinheiro passou seus dedos trêmulos pela extensão da varinha de Pau-Brasil, acompanhando com veneração o caminho espiralado que o fio de cabelo de curupira fazia ao longo da madeira. "Faça-a brilhar, faça!" ele pediu mistificado, e Hugo ordenou mentalmente que sua varinha acendesse. Aos poucos, o fio de cabelo ruivo foi obedecendo, começando a brilhar escarlate na semiescuridão da loja e jogando luz vermelha por todo o ambiente, acendendo também um sorriso enorme de empolgação no rosto do velho Ubiara.

"Ui! Fica quente!" ele disse, tirando depressa o dedo da varinha, sem perder a reverência com que olhava para ela. "Algum mestre muito habilidoso deve ter confeccionado esta varinha... Não é qualquer um que consegue roubar um fio de cabelo de um curupira. Curupiras são seres muitíssimo poderosos."

Aquilo era, de fato, um mistério que Hugo não conseguia resolver. Segundo a lenda, sua varinha havia sido confeccionada por um azêmola. Mas, como alguém desprovido de poderes poderia ter conseguido tal façanha?

O mestre-varinheiro ainda estava ali, babando pela varinha e murmurando para si mesmo, enfeitiçado, "*Muito poderoso o curupira... muito poderoso...*"

Hugo se sentia desconfortável sempre que alguém tocava na varinha escarlate... mas não podia reclamar da fascinação que ela exercia sobre seu chefe. Se não houvesse sido por ela, e pelo susto que o mestre-varinheiro levara ao vê-la pela primeira vez, Hugo talvez nunca tivesse conseguido aquele emprego.

"E ela só funciona com você mesmo, é?"

Hugo confirmou. "É o que diz a lenda."

"*Uma pena. Uma pena...*"

Sentindo que seu patrão estava prestes a ceder à tentação de arrancar a varinha de seu aprendiz, Hugo puxou-a para longe dos ávidos dedos do mestre-varinheiro e guardou a varinha novamente no bolso. Ubiara fitou-o com olhinhos de criança que deixou cair o sorvete, mas Hugo não cederia àquela chantagem emocional.

"Tem certeza absoluta de que ela só funciona com você, meu jovem?"

"Tenho", Hugo fechou a cara, "por quê?"

"É que existem certos bruxos que podem usar igualmente bem qualquer varinha..." ele disse, aproximando-se de seu aprendiz enquanto Hugo dava um passo para trás. "Eu já ouvi falar de um deles... Um bruxo tão poderoso que qualquer varinha servia. Quem sabe até a sua."

Hugo sentiu um aperto no peito só de pensar que outro pudesse usá-la, e, dando mais um passo para trás, posicionou-se entre a mesa e o mestre-varinheiro, por segurança. Seu patrão ficava meio bizarrinho sempre que via a varinha de perto.

"Dizem que esse bruxo nunca teve uma varinha própria", Ubiara continuou a avançar, quase hipnotizado. Apoiando as mãos na mesa, aproximou-se de seu aprendiz, que se inclinou para trás. "*Dizem que a primeira varinha dele foi roubada da pessoa que ele próprio matou com seu primeiro feitiço...*" ele continuou em seu delírio, mais para si mesmo do que para Hugo, "*... quando ele ainda era criança...*"

"Senhor Ubiara..." Hugo chamou, mas seu patrão não parecia estar ouvindo, vidrado que ainda estava na varinha escondida em seu bolso. "Senhor Ubiara!" ele insistiu apreensivo, e finalmente o mestre-varinheiro acordou de seu transe.

"Oi, sim?!" perguntou, meio perdido, tentando entender por que estava quase em cima de sua mesa de trabalho.

"Eu preciso ir embora."

"Ah sim! Hoje é o Dia da Família! Que cabeça a minha!" Ubiara sorriu, empolgado. Nem parecia a mesma pessoa. Olhando com ternura para o aprendiz, fez um carinho em seu cabelo. "Vou sentir saudades, rapaz."

Hugo meneou a cabeça, ainda tentando se desfazer da apreensão dos segundos anteriores. "Eu tenho certeza de que o senhor vai sobreviver, Seu Ubiara."

"Promete que volta ano que vem?"

Hugo confirmou depressa, ansioso para sair dali antes que ele pedisse sua varinha de novo, e o rosto do varinheiro se iluminou. "Bom garoto. Vai lá, vai."

Hugo não pensou duas vezes. Pegou sua bolsa de ferramentas e chispou dali mais depressa que mula-sem-cabeça em tiroteio.

CAPÍTULO 2
LAERTE

Saindo do *Empório das Varinhas*, Hugo sentou-se no chafariz principal do Arco Center para contar o dinheiro que acabara de receber. Era um salário razoável. Nada comparado com a grana que faturara no ano anterior, vendendo cocaína, mas pelo menos aquele era dinheiro honesto. Não destruía a vida de ninguém.

Hugo perdera muitas coisas até perceber que uma vassoura nova ou um pisante dos sonhos não valiam o sofrimento de outras pessoas. Perdera a avó, quase destruíra aqueles que haviam confiado nele... Viny fora preso por sua causa, Eimi quase matara um outro aluno por sua causa, Capí tivera sua casa destruída por alunos viciados... por sua causa. Nenhum deles merecera aquilo. Capí não merecera aquilo. Mas 1998 era um novo ano e Hugo era uma nova pessoa. Havia aprendido muito no ano anterior e não pretendia repetir os mesmos erros.

Não que ele estivesse tendo muita escolha...

Hugo apoiou o rosto nas mãos, revoltado, se remoendo de culpa pelo que estava sendo obrigado a fazer contra o mestre-varinheiro. Entendia perfeitamente o que Ubiara dissera sobre a tranquilidade de ser honesto, mas já havia se enfiado tão fundo no abismo, que era quase impossível sair dele. Estava preso às consequências de tudo que fizera no ano anterior. A começar pelo roubo da varinha escarlate.

Roubo sim. Não adiantava ele tentar se convencer de que havia apenas vencido um debate com a vendedora do Wanda's e levado a varinha como prêmio. Não. Havia sido roubo, puro e simples. E, antes de retornar à Vila Ipanema, ele ainda teria que passar no Sub-Saara para entregar sua encomenda maldita.

Sentindo-se um ladrãozinho traidor, Hugo guardou as moedas no bolso, junto às escamas que roubara, e reservou alguns minutos para observar, pela última vez naquelas férias, o shopping mais metido a besta do Rio de Janeiro bruxo.

Área de lazer favorita da elite bruxa carioca, o Arco Center tinha tudo da melhor qualidade: lojas caríssimas, pisos de mármore branco, vários teatros, museus, restaurantes... Seus amplos corredores tocavam até música de fundo, além de oferecerem a seus clientes ar climatizado e elevadores panorâmicos movidos a magia. Talvez por isso ele se sentisse bem ali: por ser um lugar tão diferente do ambiente conturbado em que crescera. Tudo era tão limpo, organizado, quieto...

Hugo não cansava de admirar tamanha organização. Era tão bom poder sentar tranquilo, sem medo de ser assaltado, ameaçado, espancado, e sem aquele barulho ensurdecedor do Sub-Saara... simplesmente sentar-se ali, na companhia do silêncio e dos preços altos. Em momentos espaçados, via-se uma família ou outra, todos tão bem comportados que Hugo chegava a duvidar que estavam mesmo no Brasil.

O chafariz central era uma estrutura que nunca deixava de impressioná-lo: uma obra colossal, de uns dez metros de altura, com água saindo das bocas de dois dragões de pedra, que pareciam se atracar em luta. Volta e meia eles mudavam de posição, para não cansarem. Dragão chique era outra coisa.

Ao lado ficava o Teatro dos Treze, onde os atores mais famosos do mundo bruxo iam mostrar seu talento a uma plateia que não se contentava com pouco. Logo mais adiante, a maior livraria da América Latina, repleta de títulos raros e eruditos.

No momento, uma sessão de autógrafos ocupava a atenção dos clientes. Era o lançamento do badaladíssimo 'Profecias na Cozinha', sequência do livro de autoajuda que já vendera mais de cem mil cópias Brasil afora. Todas as damas da alta sociedade carioca bruxa estavam presentes, formando uma grande fila na frente da livraria. Eram, principalmente, donas de casa de famílias tradicionais do Rio de Janeiro, já que as bruxas que trabalhavam fora de casa não tinham tempo de cozinhar.

A autora, uma mulher gorducha, deixara sua pena autografando sozinha enquanto ela própria se ocupava em cumprimentar todos da fila. Como era o Dia da Família, alguns maridos e filhos estavam fazendo companhia a suas esposas e mães. Tudo gente grã-fina, vestindo o melhor da moda europeia dos séculos passados; alguns até de peruca, daquelas brancas, cheias de cachos, fru-frus, talco... Enquanto isso, suas pobres esposas lutavam para respirar, enfiadas naqueles espartilhos de antigamente, com vestidos que pareciam verdadeiros bolos de casamento. Mal conseguiam se mexer, mas fazer o quê? Era a moda, né?

Parecia uma festa à fantasia. Patético.

Apesar de gostar de luxo, Hugo não tinha paciência para gente esnobe. Principalmente quando olhavam feio para ele, como alguns na fila estavam fazendo.

Sentindo seu ódio subir à cabeça, ele se levantou e foi embora antes que sua indignação saísse de controle. Não queria ser expulso do Arco Center em seu último dia ali por uma bobagem daquelas. Por mais que estivesse sentindo uma vontade quase incontrolável de socar um daqueles engomadinhos, era preferível humilhá-los, agindo como um cavalheiro, do que deixar que o Hugo antigo se manifestasse e desse razão a eles. Pensando naquilo, Hugo segurou sua raiva em um compartimento bem trancado dentro de si e dirigiu-se à saída, vencendo mais uma batalha contra seu próprio ego. Capí teria ficado orgulhoso.

"Ei, rapaz!" uma voz o chamou enquanto ele atravessava um dos últimos corredores até o saguão de saída. "É! Você, rapaz!"

Hugo parou onde estava e olhou à sua volta, não vendo ninguém além do político magricela que sorria para ele de dentro de um cartaz. "Ah..." Hugo o dispensou, prosseguindo em seu caminho. Era época de eleições, e, apesar de luxuoso, nem o Arco Center escapara da propaganda política. Na praça principal, ela havia sido proibida, mas os corredores estavam repletos de banners e cartazes.

"Me ouça por alguns instantes!" o político insistiu, pulando de cartaz em cartaz, invadindo o espaço de outros candidatos para tentar acompanhar os passos do jovem. "O senhor já pensou em votar para o Partido Conservador?"

"Não, obrigado. Não tenho interesse."

"Mas o país precisa de seu voto!"

"Que dramático..." Hugo ironizou, virando à direita e escapando daquele político em particular, mas foi só ele virar a esquina, que dezenas de vozes atacaram seus ouvidos. Será que os imbecis não viam que Hugo não tinha idade para votar?!

Ele não aguentava mais aqueles cartazes insuportáveis, de senadores e deputados dando tchauzinho, fazendo sinal de vitória com os dedos... soltando beijinhos para as criancinhas que passavam... tentando chamar a atenção dos frequentadores invadindo propaganda alheia... Raramente eram ouvidos.

Alguns cartazes alardeavam com insistência a fórmula: "Família = bruxo + bruxa + bruxinhos", contra a presença de fiascos em escolas e outros locais frequentados pela comunidade bruxa, enquanto outros prometiam às mães uma educação europeia de qualidade para seus filhos.

Apenas cartazes conservadores eram permitidos ali. No Arco Center não havia espaço para nenhum outro ponto de vista. Quanto mais reacionário, mais o político em questão ganhava destaque nas vitrines. Um dos cartazes de maior sucesso era o do candidato Silvério Fonseca, que vaiava e berrava insultos sempre que um fiasco cometia o pecado de passar diante dele, incitando os transeuntes a expulsarem o pobre coitado do shopping. E expulsavam mesmo! Aos pontapés! O pior é que não havia risco de aquele candidato perder o voto da comunidade fiasca. Fiascos não podiam votar.

Antes de alcançar a saída, Hugo ainda parou em frente ao impressionante cartaz do candidato à Presidência da República Bruxa pelo partido conservador, o senador Amos Lazai-Lazai. Era o maior cartaz dali, gigantesco, com vários metros de altura. Todo em fundo azul-real, cor do partido, ele tinha, no centro, uma imagem do candidato vestido em seu melhor terno de cetim azul. Era a única cor que ele sabia vestir. Pois é.

Mais educado que muitos dos candidatos a cargos menores, a imagem de Lazai procurava não gaguejar enquanto falava interminavelmente sobre o padrão de vida europeu e sobre como a comunidade bruxa brasileira deveria adotá-lo. Falava mesmo quando não havia ninguém para ouvi-lo, por pura ansiedade.

Magrelo, de finos bigodes pretos, barbicha e óculos arredondados, ele tinha o terrível cacoete de passar a mão por entre seus cabelos a cada quatro palavras. Mesmo assim, os fios sempre teimavam em ficar fora do lugar. Era divertido assistir a sua agonia. Chegavam a ficar oleosos de tanto que ele mexia.

Vendo que Hugo o observava, Lazai passou as mãos pelos cabelos e, engolindo o nervosismo, repetiu seu discurso de costume com uma voz ainda mais pomposa do que antes, pronunciando cada letra com perfeição exagerada:

"*Nestas eleições, votem em mim para Presidente e tornem 1998 um ano memorávelll! Defendamos a Europa como exemplo máximo de civilidade! Não é o bastante se vestir como um europeu. É preciso se comportar como um! Por isso, nestas eleições, votem em Amos Lazai-Lazai para Presidente! Em defesa da moralidade, da decência e da cullltura!*"

Hugo riu da cara do cartaz, "Em defesa da cultura *europeia*, você quis dizer."

Lazai hesitou por um instante, mas logo recuperou a pose, "*Menos pessoas sofreriam se o Brasil não fosse tão desorganizado, meu jovem. A Europa é exemplo de organização e é isso que eu quero para este país! Que ele seja o modelo que todos os outros seguirão! Modelo de decência, modelo de comportamento. Pense nisso! A glória nacionalll! Este é o plano que eu tenho para este país!"*

"E como você pretende fazer isso?"

A pergunta pegou o candidato de surpresa, e ele gaguejou algumas vezes antes de resolver seu impasse com um simples: *"Isso o cidadão pode discutir com meus assessores."*

"Ah, claro, claro… já que você não é competente o suficiente para responder, né?" ele alfinetou, deixando o retrato de Lazai em pânico. Hugo ainda não tinha terminado, "Não foi você que escreveu o nosso livro de Ética na Magia?"

"Fui eu sim, meu caro jovem", Lazai estufou o peito. *"Me orgulho muito de estar formando a mente de tantas crianças pelo país!"*

"É, legal", Hugo suspirou com desinteresse. "Eu aprendi mais sobre ética com o Capí ano passado do que com o seu livro inteiro."

Desconfortável com o comentário, mas pelas razões erradas, Lazai rebateu, *"E o que seria um Capí, meu jovem?"*

"É <u>quem</u> seria o Capí, seu tapado." Hugo sorriu. Era muito bom xingar um pôster indefeso. *"Oh, milll perdões. Seria este Capí, então, seu… professor de Ética?"*

Hugo negou lentamente com a cabeça, fazendo Lazai suar frio. *"Quem, então?!"*

"Um aluno. Filho do faxineiro *fiasco* da escola."

Os olhos do candidato se arregalaram. *"Mas isto não pode! Tens certeza disto, meu jovem?!"*

Que cara ignorante… e ainda queria ser Presidente da República. "Ah!" Hugo se lembrou. "Seu livro tem um erro feio na página 54, quando você fala sobre como evitar más companhias. Tá no segundo parágrafo, acho."

Impressionado, Lazai tentou contornar a saia justa, *"Isso é facilmente corrigívelll, meu jovem. Na verdade, não fui eu que errei. Foi o incompetente do revisor…"*

"Sei… claro."

"Mas você é muito inteligente, rapaz! Não quer se tornar meu cabo eleitoralll?"

Hugo deu risada, "Tô fora. Tenho mais o que fazer da vida do que ser cabo *eleitoralll* de um político que escreve um livro de ética só pra fingir que segue o que escreve."

Sentindo-se muito melhor consigo mesmo, Hugo saiu do Arco Center e foi direto à Câmara dos Tubos, parando em frente à parede que o levaria ao Sub-Saara, no arco de número 11 dos Arcos da Lapa. A Câmara dos Tubos era uma sala de intersecção entre os vários arcos. Vazia e enorme, ela tinha um formato poligonal, com dezenas de paredes de tijolos numeradas de 1 a 42, em que os bruxos podiam se deslocar de um arco para outro entrando de costas pela parede certa.

Hugo não sabia ao certo por que chamavam aquela sala de *Câmara dos Tubos*, já que não havia tubo algum ali. O mais provável é que haviam substituído a tecnologia dos tubos por paredes, sem se darem ao trabalho de mudar o nome da câmara, como acontecera com a Rua dos Alfaiates, que não tinha mais nenhum alfaiate, e com a Rua do Ouvidor, que não ouvia mais ninguém.

Enfim. Chegando na câmara pela parede de número 17, Hugo dirigiu-se diretamente à de número 11, girando com classe para entrar de costas e saindo no imenso burburinho que era o mercado popular bruxo, bem em frente àquela mesma placa de sempre: SUB-SAARA – Onde o sol nunca se põe!

Hugo nunca mais se estabacara no chão, como da primeira vez. Há muito tempo não passava esse ridículo. Fazia questão disso. Entrava com mais classe do que muito bruxo de *pedigree*; de cabeça erguida e coluna ereta, no calor do Sub-Saara.

E que calor! Enquanto lá fora, muitos andares acima de sua cabeça, a Lapa azêmola já começava a escurecer, ali dentro queimava um sol de meio-dia, como sempre. Apesar de ser apenas uma ilusão de sol, ainda assim era muito quente. Principalmente para alguém que acabara de sair do Arco Center.

A diferença térmica entre os dois era espantosa. Hugo nunca se acostumava. Era o equivalente a sair da Dinamarca e chegar... bem... no Rio de Janeiro. Calor, calor! E barulho. Muito barulho, com seus costumeiros vendedores berrando pela atenção das centenas de clientes que se acotovelavam naquele formigueiro de gente para fazer as últimas compras antes do início das aulas.

Só que, desta vez, havia um agravante: os políticos.

O Sub-Saara havia sido infestado por eles. Virara um verdadeiro terreno de guerra com a campanha eleitoral. Ali, a conversação educada dos cartazes do Arco Center dava lugar a uma verdadeira cacofonia de propagandas políticas, que, somada à gritaria dos vendedores, criavam um verdadeiro pandemônio sonoro.

"Olhem a figa! Olhem o pé de coelho! A 'Bom Agouro' tem de tudo! Varinhas, mandingas, caldeirões!"

"Votem em Fulano de Tal, aquele que não é um animal!"

"União! Força! Paz e amor! Votem em Mãe Joana! Aquela! Que não deixará o Brasil ficar como a casa dela!"

As ruas estavam um lixo. Panfletos políticos voavam para todos os lados, competindo com os costumeiros aviõezinhos comerciais pelo espaço aéreo; cartazes grudados uns sobre os outros em paredes imundas exibiam políticos de partidos diferentes, que, em vez de anunciarem suas ideias, ficavam se ofendendo enquanto transeuntes paravam para rir dos xingamentos... E o mais triste: eram todos partidos de esquerda se xingando, digladiando-se em debates intermináveis sobre diferenças insignificantes entre eles, a favor ou contra um ou outro mínimo detalhe. Lamentável.

Aqueles eram os políticos razoavelmente honestos, que ficavam gastando energia à toa e, por isso, nunca seriam eleitos. Discutiam entre si ao invés de se unirem contra o partido conservador. Enquanto isso, cartazes com políticos canastrões e aproveitadores martelavam suas plataformas políticas na cabeça dos transeuntes, prometendo um novo campo de Zênite na Baixada... uma maior fiscalização dos políticos dos *outros* partidos... distribuição de varinhas grátis caso fossem eleitos...

Os panfletos políticos se distinguiam dos folhetos comerciais por terem pequenas asas nas pontas, que levavam os folhetos de lá para cá. De resto, cometiam a mesma prática invasiva de abordagem que os aviõezinhos comerciais de papel, abrindo-se na frente dos eleitores escolhidos e despejando suas ideias até levarem o proverbial tapa, quando, então, tomavam a sábia decisão de irem importunar outra pessoa.

Virando a rua, Hugo desviou de um dos aviõezinhos de papel só para ser atingido por um santinho político, que se abriu com a foto de um gorduchinho sorridente, vestindo fantasia verde com estrelinhas e fazendo sinal de positivo com as mãos:

"Vote no Super Merlin das Cocadas! Número 4589!"

Aquele provavelmente receberia votos de protesto o suficiente para ser eleito. Mais um palhaço na Câmara dos Deputados.

Alguns cartazes não tinham tempo suficiente para falarem tudo que precisavam. O tempo de cartaz se esgotava e eles eram obrigados a sumir do pôster, dando lugar a um candidato de outro partido. Esses nunca teriam chance, coitados. Só os partidos mais ricos e populares tinham tempo de sobra para que seus candidatos ficassem tagarelando nos cartazes. Lazai-Lazai era o exemplo máximo daquilo.

Mas Hugo não podia se distrair com propaganda política. Precisava ser rápido, senão, se atrasaria para o jantar do Dia da Família.

Desde que ele e sua mãe haviam ido morar na Vila Ipanema, em uma casa que Heitor gentilmente oferecera para eles, refeições na casa das elfas não eram mais novidade. Aquele jantar, no entanto, seria especial: todas as tias e tios de Caimana estariam lá, e Hugo estava ansioso para conhecer mais elfos.

Mais elfas, na verdade.

Os outros Pixies estariam lá também, e Hugo não queria fazer feio. Precisava se arrumar direito, tomar banho, escolher a roupa certa...

Alcançando a rua da loja *Wanda's*, deu a volta para entrar pela porta dos fundos, como fizera nos últimos dois meses, a fim de não chamar a atenção indevida. Como de costume, pulou a grade que protegia a loja sem fazer barulho, mas o rangido da porta interna acabou alertando a vendedora para sua chegada.

"Ah, você de novo..." ela resmungou de má vontade, berrando *"Laerte!!!! O peste chegou!"* e voltando a pintar suas unhas com a varinha, como fazia todo santo dia, há anos. Aquelas unhas ainda iam apodrecer.

"Anda bem vestido agora, hein... *que beleza...*" ela comentou invejosa, e Hugo sorriu malandro, ajeitando seu colarinho e sobretudo preto só para provocá-la.

Ele sempre gostara de se vestir bem, mas nunca tivera a oportunidade que estava tendo agora, de comprar suas próprias roupas, com seu próprio dinheiro, sem ter medo de acharem que ele havia roubado aquele dinheiro de alguém, ou, sei lá, vendido cocaína para consegui-lo.

No ano anterior ele ganhara roupas de presente da diretora, mas aquelas já não serviam mais e, de qualquer modo, não tinham metade da qualidade das que ele vestia agora. Isso porque, além do salário, Hugo ainda ganhara um bônus de seu patrão para que pudesse comprar suas vestimentas em alguma loja chique do Arco Center. Nunca mais compraria roupas de segunda mão no Sub-Saara. Nem pensar. Até porque aparência era tudo, como o próprio

Ubiara dissera, e roupas elegantes impunham respeito. Às vezes até medo, dependendo do olhar que ele fizesse.

Vestido daquele jeito, quem sabe ele evitaria ter de usar a varinha para se impor, como fizera tantas vezes no ano anterior. A verdade é que não queria mais criar confusão na escola. Precisava se controlar, senão, acabaria sendo expulso.

A vendedora gorducha das unhas ainda estava olhando feio para ele.

Também, pudera. No ano anterior, ela quase havia sido demitida depois que Hugo levara a varinha escarlate sem pagar. Se bem que, agora, ele estava pagando. E caro.

Pagando com sua consciência.

"Huguinho-querido-do-meu-coração!" Laerte apareceu, descendo as escadas com os braços abertos, como o bom canalha que era. "Tem alguma novidade pra mim? Ou vou ser obrigado a te denunciar pelo roubo da varinha?"

Com cara de poucos amigos, Hugo tirou do bolso as escamas de dragão e colocou-as, a contragosto, na mão estendida do desprezível dono do *Wanda's*. O rosto do pilantra se iluminou feito árvore de Natal, já vislumbrando o lucro que teria com aquilo, e Hugo desviou o olhar, sentindo-se sujo. Mais sujo do que nunca.

Que espécie de rato era ele, cedendo àquele tipo de chantagem? Capaz de enganar um homem tão íntegro quanto Ubiara, roubando seus segredos para entregá-los a seu maior rival?

Mas era aquilo ou cadeia! Que escolha ele tinha?

Hugo havia conseguido o emprego na *Bragança & Bourbon* com a melhor das intenções: ajudar a mãe com as contas da casa. Tão simples! Tão honesto! Por que Laerte tinha que estragar tudo?

Só de ver a alegria no rosto do desgraçado lhe dava náuseas. Aquele magrelo com pinta de galã de novela mexicana, camisa estampada e bigodinho não enganava ninguém. Hugo queria mais é que ele implodisse de tanta alegria e, morto, o deixasse em paz.

O pior era que Hugo não podia sequer ameaçar denunciar o *Wanda's* por contravenção caso ele o denunciasse por roubo. Os CUCAs estavam mais do que satisfeitos com o suborno gordo que recebiam de Laerte e de todas as outras lojas piratas do Sub-Saara. Comiam nas mãos do pilantra.

Com uma polícia como aquelas, era capaz de sumirem com Hugo do mapa em vez de prendê-lo: seria menos burocracia, menos risco, e ainda ganhariam o bônus de ficarem com a varinha escarlate sem terem de prestar contas a ninguém. O crime perfeito.

Rindo triunfante enquanto admirava as escamas, Laerte bateu os pés no chão, entusiasmado, "Hoje você se superou, meu caro... O que são, exatamente?"

"*Escamas de dragão chinês*", Hugo murmurou, desviando o rosto para não sentir o cheiro de podridão que aquele canalha emanava.

Quanto mais tempo Hugo passava convivendo com a integridade do mestre Ubiara, mais ele desprezava gente mesquinha e enganadora. Tinha plena consciência de que, durante boa parte de sua vida, ele fora muito parecido com Laerte, mas agora Hugo estava disposto a mudar. Sentia asco da pessoa que fora antes. Depois da desgraceira que causara, queria distância de qualquer tipo de contravenção, mas que escolha Laerte lhe deixara?

Hugo até pensara em contar para os Pixies o que estava sendo obrigado a fazer, mas revelar aquilo a eles teria significado confessar que roubara a varinha escarlate, e era bem capaz que Índio e Capí o obrigassem a devolvê-la. De jeito nenhum. Sua varinha Hugo não devolveria nem que toda a polícia fosse atrás dele.

Percebendo o que se passava na cabeça do garoto, o varinheiro ironizou, "Liga não, Huguinho. Você não tá roubando, tá só espalhando conhecimento!" ele piscou, malandro. "Estamos fazendo um bem para o público! Fornecendo varinhas de qualidade a preços bem menores do que aquele esnobe lá! Podemos chamá-las de... varinhas genéricas!" Laerte deu risada, indo guardar as escamas em um lugar seguro. "Vem cá, ele pretende fazer o que, exatamente, com essas escamas, Huguinho, querido?"

Aquilo não era justo! Agora que ele estava tentando se endireitar! Mostrar a Capí que ele era digno da confiança que o pixie depositara nele! "O Ubiara vai colocar as escamas numa varinha de bambu que ele tem lá."

O varinheiro ergueu a sobrancelha. "Bambu?!"

"É bem elástico. Muito mais difícil de quebrar."

"Gordo maluco..." Laerte riu, balançando a cabeça, incrédulo. "Em vez de fazer tudo de madeira, fica inventando coisa, só pra complicar a minha vida."

"Você complica sua vida porque quer", Hugo alfinetou, obrigando o pilantra a largar sua falsa simpatia, "Escuta aqui, moleque. Eu só tolero sua presença porque você me é útil. No minuto que você se tornar um incômodo, eu te jogo pra Cuca, e é bom que você nunca se esqueça disso."

Hugo continuou encarando-o, sem desviar por um segundo seu olhar do dele, e Laerte lhe deu um tapa na nuca, segurando-o para baixo pelo pescoço. "Eu não vou mais tolerar gracejos seus, ouviu bem? OUVIU?!"

"... sim, senhor", Hugo murmurou, ardendo de raiva, e Laerte o soltou.

"E não se faça de vítima. Foi você que me roubou primeiro." O varinheiro olhou-o fundo nos olhos, "Não foi?"

"... Foi, sim, senhor."

Seus crimes voltando para atormentá-lo, como sempre.

"Então me diga, Huguinho, ele pretende usar o que, na varinha, pra fixar as escamas no bambu?"

"Resina de morcego."

"Qualquer morcego?"

"Morcego africano", Hugo respondeu sem nenhum ânimo. "Mas estou certo de que você, com sua infinita inteligência, vai encontrar um jeito."

"Claro que vou", Laerte sorriu, cheio de si, adorando aquela sensação de poder que Hugo conhecia tão bem: o poder sobre uma outra pessoa. "Será que dá na mesma fazer com morcego paraguaio? Vou tentar."

Hugo se segurou para não revirar os olhos, tamanho seu desprezo por aquele homem. O imbecil ainda ia acabar explodindo um cliente. "Só toma cuidado na hora de passar a resina na varinha. Lembra do que eu falei."

"Lembro, lembro sim", ele garantiu, olhando com ambição para as escamas em suas mãos antes de guardá-las na gaveta. "Você vai ver. Ano que vem vou estar vendendo mais varinhas do que aquele esnobe barrigudo."

Hugo colocou a mão no bolso, mas decidiu por não entregar as ponteiras roubadas. Contribuiria o mínimo possível para aquela sacanagem. Se o pilantra colocasse as mãos naqueles cristais, era bem capaz que ele levasse o *Empório das Varinhas* à falência. Ubiara não merecia aquilo.

As varinhas dele eram caras demais? Eram. Mais pessoas teriam acesso a boas varinhas, por um preço menor? Com certeza, se Laerte parasse de usar material paraguaio. Mas aquilo não mudava o fato de que o que ele estava fazendo era errado. Era pirataria, e sacanagem, e roubo.

Guardaria os cristais para uma ocasião mais apropriada.

"IH, FERROU!" alguém gritou lá fora, e Hugo correu para a vitrine a tempo de ver vários bruxos desesperados, sobrecarregando suas vassouras de mercadoria pirata e voando diante da vitrine, com mercadorias caindo dos bolsos e das mãos enquanto a polícia invadia a rua.

"OLHA O RAPA!!! OLHA O RAPA!!!"

Laerte e sua assistente entraram em pânico, correndo para esconderem as varinhas piratas enquanto o grupo de CUCAs tocava terror lá fora, derrubando vendedores fujões com feitiços desnecessariamente violentos e confiscando mercadorias ilegais daqueles que não haviam pago a propina do mês, ao som dos gritos desesperados dos clientes que ainda estavam lá fora, berrando por seus filhos perdidos na multidão. Mais dois bruxos passaram correndo diante da vitrine, agarrando o que podiam de suas porcarias falsificadas e Hugo deu risada, assistindo de braços cruzados enquanto Laerte e Lucrécia procuravam desesperados pela papelada falsificada de cada varinha exposta na vitrine, caso os CUCAs viessem checar.

O desespero de Laerte era real. Ele nunca tinha como saber se os CUCAs que estavam na batida policial eram os mesmos que participavam de seu esquema ou não. Se algum deles fosse honesto... ele estava ferrado.

"Vai ficar aí olhando, seu tampinha?! Vem logo ajudar, vem! Ou quer que eu te denuncie pra eles agora mesmo?"

Hugo resolveu obedecer, até porque, se a polícia visse aquele pardieiro do jeito que estava, todos ali seriam revistados e os CUCAs encontrariam, em seu bolso, os cristais que ele roubara do *Bragança & Bourbon*.

Sacando a varinha escarlate do bolso, com um único movimento fez com que todas as varinhas piratas voassem para debaixo do tapete mais distante da porta. Algumas outras foram parar em gavetas escondidas, todas zunindo ao redor de Laerte enquanto ele tentava encontrar os documentos falsificados das que não podiam ser escondidas. Pena que nenhuma acertou a cara dele.

Enquanto ainda tentavam arrumar tudo, no entanto, a gritaria lá fora foi gradualmente dando lugar ao silêncio, e Hugo aproximou-se da vitrine para ver se os CUCAs haviam mesmo partido.

A rua estava um caos: santinhos políticos jogados no chão, toda a magia arrancada deles, vendedores honestos tentando arrumar o estrago que a polícia deixara para trás, bruxas chorando pelos maridos que haviam sido presos... Enquanto isso, os clientes tentavam retomar a normalidade. Afinal, era Dia da Família, e eles ainda precisavam comprar alguns presentes de última hora.

"E então, garoto? A polícia já foi?"

Hugo confirmou com a cabeça, mas assim que o fez, alguém bateu com força na porta, e os três se voltaram apreensivos para a entrada da loja.

Apavorado, Laerte se escondeu atrás de um dos armários e ordenou, com um gesto de cabeça, que Hugo fosse abrir. Covarde. Respirando fundo, Hugo aproximou-se lentamente da porta, escondendo sua própria varinha nas costas para diminuir as chances de que ela fosse roubada.

Bateram na porta mais uma vez e ele sentiu seu coração acelerar. Tocando a maçaneta, cerrou os olhos, já se preparando para o provável empurrão que levaria.

"Abre logo, garoto!" a vendedora sussurrou apressada, acovardando-se detrás do balcão, e ele obedeceu, abrindo a porta de uma vez.

"BU!" o loiro do outro lado brincou, e Hugo deu risada, aliviado.

Eram os Pixies.

CAPÍTULO 3
O HUMANISTA

Viny entrou primeiro, seguido por Caimana, Capí e Índio, que pensou duas vezes antes de pisar num estabelecimento daquele nível.

"Tudo tão quieto aqui no Saara hoje, né?" Viny ironizou, e Laerte saiu de seu esconderijo, irritado, indo guardar as varinhas de volta no lugar.

"E aí, cabeção?" o loiro cumprimentou Hugo, agitando os cabelos do menino e dando lugar a Capí, que fitou-o com ternura, agachando-se para ajeitar a gola de sua camisa. "A gente ia lá no Arco Center te buscar, mas te vimos pela vitrine."

Hugo sorriu. Fazia tempo que não via o caçula dos Pixies. Capí parecia cansado. Muito trabalho lá na Korkovado para o filho do zelador. Também... exploravam o pobre até não poder mais! Mas, se Capí deixava, fazer o quê, né?

"E como vão as férias?" Hugo perguntou indignado. "Devem estar fantásticas, do jeito que você quase nunca aparece."

O capixaba meneou a cabeça, "O clima tá tenso lá na escola, viu? Não é nem pelo excesso de trabalho, apesar disso também ser um problema", ele confessou, como raras vezes fazia. "Você não sabe o que é passar as férias em uma escola deserta, só com meu pai e o Atlas como companhia."

"O Fausto sendo a pessoa simpática que ele é, né?"

"O pior é que, desde que meu pai flagrou o Clube das Luzes, ele está com ódio do professor. Não quer ver o Atlas a um quilômetro de mim. É só o professor se aproximar, que meu pai joga alguma coisa nele. Resumindo, eu não podia deixar os dois sozinhos lá na escola."

"O adulto aqui cuidando dos dois crianções, né, véio?" Viny se solidarizou, dando um tapinha em suas costas.

Era tão bom vê-los todos ali... Eles nem imaginavam o quanto. Depois de tantos minutos de hostilidade, ver rostos amigos era uma bênção. Mesmo que estivesse escondendo coisas deles.

"Bora lá, Hugo", Caimana impulsionou-o, brincalhona, para fora da loja. "A gente tem muito o que preparar lá em casa."

Os cinco saíram para a rua principal, mas Laerte não desperdiçou a chance de se despedir de seu *Huguinho querido*.

"Espero receber sua visita nas próximas férias! Você vem, né, Huguinho?"

Era uma ameaça. Esforçando-se para agir com educação, ele confirmou, "Venho sim, seu Laerte", recebendo um carinho cínico na cabeça. "Bom menino."

Hugo fechou os olhos, com ódio mortal daquele homem, e achou melhor ir logo atrás dos Pixies, antes que seu recém-adquirido autocontrole fosse testado ao limite. Por quanto tempo ele ficaria preso àquele canalha? A vida inteira?!

"Tu não disse que ia chegar em casa mais cedo hoje, Adendo?" Viny perguntou ao sentir sua aproximação, e Caimana olhou-o com pena, "Teu chefe te prendeu lá até mais tarde de novo, não foi?"

Hugo confirmou desgostoso e Índio deu patada, "Pelo menos agora o Hugo TRABALHA pra ganhar dinheiro. Não vende vocês-sabem-o-que na escola."

"Para com isso, Índio..." Capí pediu com delicadeza, enquanto Hugo fuzilava o mineiro com os olhos. Aquele insuportável não merecia delicadeza. Merecia uns bons sopapos, isso sim.

Índio estivera em Brasília durante a maior parte das férias, visitando a mãe.

Devia ter ficado lá para sempre.

"É muito bom ver você também, Índio", Hugo resmungou, e os dois se cumprimentaram de má vontade, só para agradar o capixaba.

O mineiro ainda cochichou em seu ouvido, *"Problemas com a sua varinha, adendo?"*

"Não é da sua conta."

"Comprou barato, né?"

"NÃO É DA SUA CONTA!" Hugo aproximou-se dos outros, "Vocês estão indo lá pro comitê do Antunes?"

Caimana meneou a cabeça. "Na verdade, a gente veio comprar as últimas tralhas pra festa de abertura da Korkovado, mas até que seria uma boa ideia fazer uma última visita lá, antes das eleições."

Viny e Caimana haviam passado as férias inteiras fazendo campanha para o grande Átila Antunes, candidato à presidência pelo Partido Independente. Não tinham parado de falar no cara um segundo sequer naqueles dois últimos meses, traçando estratégias, fazendo propaganda, distribuindo panfletos... Era Antunes isso, A.A. aquilo... e olha que nem conheciam o homem em pessoa. Imagina se conhecessem.

"Que lambança..." Índio resmungou, chutando com nojo um panfleto que cismara em grudar na sola de seu sapato. "O Lazai não faz essas coisas."

"Nem o Antunes", Viny retrucou com um sorriso. Pegando o folhetinho para ver do que se tratava, o pixie deu risada, lendo em voz alta: " *'Rodrigo Paz – Rouba, mas faz!'* É isso aí..."

Caimana riu, "Pelo menos o cara é sincero."

"Gente ridícula", Índio murmurou. "Deviam ser proibidos de concorrer."

"Ah, relaxa! Esse aí nunca vai ser eleito. O povo é burro, mas nem tanto."

"Pior que pode ser eleito sim, Viny. Ocê não deve saber como funcionam essas coisas. Se algum candidato bom, ou famoso, do partido desse cidadão receber muito mais votos do que precisa, outros bobalhões do mesmo partido vão ser eleitos automaticamente, incluindo esse paspalho aí, aproveitando os votos extras."

"Putz."

"Pois é", Índio rosnou, entrando atrás de Caimana em uma das lojas de enfeites para festas. Lá, eles compraram o restante das toalhas de mesa, uma de cada cor, para acabar com a monotonia daquele refeitório metido a besta da Korkovado, e lixeirinhas que falavam 'obrigada' ao serem usadas. Se a pessoa não respondesse com um 'não tem de que' ou um 'de nada', as latas cuspiam o lixo de volta na cara do mal-educado. Ia ser divertido assistir.

"Qual vai ser o tema da festa?" Hugo perguntou, ajudando a carregar duas das sacolas.

"A gente decidiu comemorar o Dia dos Mequetrefes."

"Dia dos Mequetrefes? Isso existe?!"

"A partir de segunda-feira, vai existir", Viny sorriu. "Os mequetrefes não comemoram o Dia das Bruxas? Então. A gente só vai retribuir o favor."

Capí se aproximou do ouvido de Hugo, "*A ideia era que a festa não tivesse qualquer tipo de magia, mas...*" ele se dirigiu ao loiro, "Não resistiu ao ver as lixeiras, né, Viny?!"

"Como eu podia resistir? Vai ser hilário! Mas tu vai ter que me ajudar a modificar a senha, tá ligado? 'Não tem de que' e 'de nada' é muito sem graça."

"E qual vai ser a nova senha?" Capí sorriu, já imaginando.

Viny pensou um pouco e ergueu a cabeça, triunfante: "*Eu amo mequetrefes.*"

Hugo riu. Ia ser impagável ver os Anjos tendo que dizer aquilo para não levarem lixo na cara. Se é que eles apareceriam na festa.

Índio balançou a cabeça, antipático. "Eu, sinceramente, não sei se os azêmolas merecem tanta homenagem assim."

"É *mequetrefes*, Índio! Quando tu vai aprender?"

"Quando *mequetrefe* for a palavra *oficial* pra azêmola."

Viny revirou os olhos, "Sempre o defensor da lei, né, seu chato? Bom resto-do-dia pra você!" e Viny fingiu sair da loja inconformado, só para voltar um segundo depois e continuar as compras como se nada tivesse acontecido.

Índio conseguiu manter sua cara de sério, mas Caimana e Capí caíram na gargalhada feito dois bêbados. Apesar do cansaço, Capí estava feliz, por alguma razão. Muito feliz. E não conseguia disfarçar.

Era bom vê-lo daquele jeito, mas, ao mesmo tempo, estranho. Alguma coisa tinha acontecido. Hugo nunca vira o pixie rindo. Não daquele jeito solto... alegre.

Já Viny, não tirava da cabeça as eleições. "Vocês já conversaram com o panfleto do Tergiversio Golveia, pro Senado Federal? Que sujeito insuportável, meo! Embroma pra caramba! Pior é que ele vai ganhar por ser engraçado. Eita, povinho..."

"Você também ganharia por ser engraçado", Capí alfinetou, e Viny fez uma cara perigosa: cara de quem tinha adorado a ideia de se candidatar.

"Quem sabe daqui a uns vinte anos, véio, quem sabe", ele disse, tomando a dianteira do grupo e caminhando com suas quatro sacolas empilhadas na cabeça, em direção ao comitê regional de campanha do Antunes, que ficava na segunda praça mais movimentada do Sub-Saara.

Ali, os vendedores já haviam voltado à sua gritaria de sempre, depois do susto da batida policial. O mesmo não se podia dizer dos candidatos; alguns tinham corrido de seus cartazes mais depressa que os próprios vendedores piratas, e permaneciam escondidos, tamanho era o nível de honestidade deles.

"Eu falei com o cartaz do Lazai-Lazai hoje", Hugo comentou, tentando acompanhar o passo dos Pixies em meio à multidão. "O cara é um tapado! Como ele conseguiu ser escolhido candidato do Partido Conservador?"

"Ele deve ter alguém muito inteligente por trás", Caimana respondeu. "Alguém inteligente o suficiente pra saber que até um toupeira tem chances de ganhar a presidência no Partido

Conservador quando os votos de oposição são sempre divididos entre tantos partidos de esquerda diferentes."

"O grande perigo está aí", Viny arrematou, preocupado. "Toupeiras no poder são sempre mais fáceis de controlar."

"Exato. Se alguém estava querendo um fantoche na presidência, esse era o plano perfeito: colocar um bobalhão concorrendo e incentivar rixas entre os outros partidos pra que nenhum tivesse força suficiente de ir contra o Partido Conservador."

"Eles só não contavam com um adversário tão carismático quanto o Antunes", Viny deu uma piscadela, mas Índio não parecia estar gostando nada daquela conversa.

"Não creio que o Lazai seja tão imbecil quanto vocês pensam. Até que algumas propostas dele são boas! Pela moralidade, contra a corrupção..."

"Contra a corrupção, Índio? Sério?!" Viny deu risada. "Ele é aliado do padrasto do Abelardo! O político mais corrupto da história desse país!"

"Ninguém nunca conseguiu provar nada contra Nero Lacerda."

"*Olha a liquidaçãããão!! Tudo pela metade do dobro!!!*" o loiro anunciou aos gritos.

"Não enche, Viny!"

"Ah, eu vou encher sim, até tu se convencer de que aquele Lazai vai instalar uma tirania europeia aqui no Brasil."

"Você não pode chamar todo conservador de tirano só porque eles pensam diferente. Você nem conhece o homem!"

"E tu conhece?"

Índio hesitou. E então respondeu, "... Talvez."

"Talvez nada! Tá só enchendo o saco! Bora lá", ele chamou, entrando com as compras pela porta do comitê de campanha do candidato mais amado do Brasil.

"Olha só quem tá chegando!!!" Viny anunciou a entrada dos Pixies. Recebeu, como resposta, os aplausos e urros acalorados de todos que ainda trabalhavam lá dentro. Hugo riu. Era impressionante como os Pixies conseguiam ser populares até entre adultos. De fato, daquela vez eles tinham feito por merecer. Haviam trabalhado mais do que qualquer bruxo ali dentro por aquela campanha.

Enquanto eram abraçados por cada um dos presentes, Viny e Caimana deram início ao grito de guerra da campanha do Antunes, e, de repente, estavam todos batendo palmas e cantando em coro, *"Olha o A.Aaaaa.!!! Olha o A.Aaaaa.!!! É o A.A. que vai ganháaaa!!!"*

Índio e Hugo ficaram próximos à porta por segurança. Só assistindo. Índio com cara de poucos amigos; Hugo achando aquilo tudo o máximo.

Abraçando-se em um grande círculo, todos terminaram a cantoria com o grito *"Átila! Átila! Antunes!!!"* e aplaudiram de novo, daquela vez um aplauso mais prolongado, muitos chorando, afinal, aquela era uma última grande homenagem a toda brilhante campanha que eles haviam feito e que, naquele fim de semana, se encerraria.

Viny e Caimana sorriram, também enxugando as lágrimas, radiantes. Havia sido, de fato, uma bela campanha. Sem palavrões, sem xingamentos, sem ataques... só com propostas. Propostas decentes. E, apesar de todas as dificuldades, apesar da divisão dos partidos de esquerda e de todos os empecilhos e truques sujos da oposição, eles haviam ultrapassado o Partido

Conservador nas pesquisas de intenção de voto, a dois dias das eleições. Estavam na frente, contra todas as previsões. Nunca um partido alternativo chegara tão longe.

Enquanto os outros abriam uma garrafa de champanhe multicolorido, que nenhum dos Pixies jamais beberia, Hugo aproveitou para observar os inúmeros cartazes afixados nas paredes do comitê. Em todos, brilhava a figura do imponente Átila Antunes: um homem alto e robusto, mais escuro que ele, de olhar generoso e sorriso afável. Do alto de seus pôsteres, ele observava a todos com uma calma impressionante.

Hugo já vira o mesmo se repetir em todos os cartazes de Antunes espalhados pelo Rio de Janeiro bruxo: ele só conversava com quem se aproximava dele. E não saía vomitando propostas. Muito pelo contrário. Iniciava sempre com um *bom-dia*, perguntando o nome da pessoa, perguntando se tudo estava bem com sua família…

Em suma, ele *conversava* com o eleitor; não gritava, como os outros. Perguntava sobre os problemas que afligiam a pessoa, pedia que elas lhes dessem sugestões do que precisava ser melhorado… sem aquela urgência em despejar toda sua plataforma de campanha no cidadão. Tratava-os com respeito.

Hugo nunca vira um político assim. Era como se cada pessoa que aparecesse diante de seu cartaz fosse importante. Importante como ser humano, não apenas como eleitor. E tratava, com o mesmo respeito, bruxos e fiascos, sem fazer distinção.

Isso, claro, eram os cartazes. Hugo não fazia ideia de como Antunes era na vida real. Mas não podia negar que aquela imagem lhe era agradável. Sentia que poderia, algum dia, confiar naquele homem, e olha que ele não costumava confiar fácil assim, muito menos em político. Não gostava de política.

Em se tratando daquela *raça*, era melhor desconfiar desde sempre.

"Não confunda política com politicagem, Hugo", Caimana aconselhou, trazendo-lhe um copo de suco.

Ela estava mais linda do que nunca, com seus cabelos loiros presos displicentemente por duas tranças mínimas, que saíam de trás das orelhas. Orelhas estas que ainda não haviam começado a apontar, mas que logo ficariam lindas e sedutoras, tal qual as orelhas pontudas de todas as elfas de sua família.

Viny era um cara de sorte. Não devia desperdiçar aquilo saindo com outras pessoas além dela, mas fazer o quê? Ao menos os dois tinham um acordo.

Hugo voltou a observar o ambiente. O comitê estava em polvorosa naquela reta final. Eram jovens enfeitiçando panfletos para a distribuição de última hora enquanto bruxos mais velhos gritavam instruções para membros de outros estados por meio de dezenas de telefones a manivela enfileirados na parede direita do comitê… Não havia tempo a perder.

Aqueles telefones antigos eram os únicos capazes de funcionar através da barreira de magia que circulava por boa parte da comunidade bruxa mundial e que costumava criar interferência em aparelhos eletrônicos. Interferência esta que Hugo enfrentara constantemente em suas tentativas de contatar Caiçara com o celular que o bandido lhe dera no ano anterior. Devido a ela, mesmo no Parque Lage, do lado de fora da Korkovado, o sinal era péssimo.

Já o telefone a manivela funcionava que era uma beleza! Por isso, ali no comitê havia, no total, 25 daqueles mágicos aparelhinhos mequetréficos. Cada um conectado ao comitê de um dos os outros 25 estados. Nem sempre os aparelhos estavam na mais perfeita condição e, quando estavam, poucas pessoas tinham acesso a eles, por serem muito antigos, mas eles funcionavam. Na maioria das vezes.

Aquele era um dos maiores orgulhos da comunidade bruxa no Brasil. A paixão dos bruxos brasileiros pelo telefone era antiga. Datava dos primeiros dias do telefone, quando o Brasil fora o segundo país, no mundo, a possuir um. Culpa do Imperador mequetrefe Dom Pedro II e sua paixão por novas tecnologias.

Impressionados com a novidade, os bruxos do Império haviam dado um jeitinho para utilizá-los através da barreira de magia; coisa que os bruxos europeus nunca conseguiram.

Hugo voltou seu olhar para as dezenas de *banners* que lotavam as paredes, com as propostas principais do candidato. Uns explicavam, com ilustrações animadas, o passo a passo de cada política que ele pretendia implementar... outros bradavam "Votem em Antunes!" e "O Acre existe!"

"O Antunes é do Acre?!"

"Eita, seu desligado..." Viny afagou seus cabelos novamente, de passagem para outro canto do comitê. Os Pixies haviam se esquecido completamente do jantar na Vila Ipanema e estavam de volta à campanha, Caimana discutindo estratégias com duas outras bruxas enquanto Viny levava cartazes de um lado para o outro.

Capí sorriu com ternura, observando a empolgação dos dois. "Já comprou todos os livros da lista da escola?" ele perguntou, ao ver Hugo se aproximar.

"Já sim", Hugo confirmou. "Tudinho."

Comprara tudo bem no início das férias, com seu primeiro salário, e já viera estudando desde então. Não era bobo. Não queria ficar atrás dos Pixies em nada, e se eles agora estavam na quinta série e ele apenas na segunda, tinha muito que estudar para alcançá-los. Queria ser tão bom na magia quanto Capí e ser respeitado por isso, como o pixie era.

Hugo sabia que o filho do zelador era respeitado por muitos outros motivos, não apenas por sua habilidade extraordinária com a magia. Ainda assim, seus conhecimentos comandavam respeito, e Hugo desejava ser respeitado mais do que tudo.

Caimana aproximou-se empolgada, "Viram o jornal de hoje?" e Capí recebeu o jornal das mãos da pixie, "Artigo favorável do Hipólito! Esse cara é fera."

Hugo aproximou-se para tentar ler a manchete. "Hipólito?"

"Você não lê jornal não?" Índio alfinetou, e Hugo fez cara feia.

"Prefiro livros."

"Não esquenta, Hugo." Caimana explicou, "O Hipólito é um jornalista do Maranhão, super-respeitado. No começo da campanha, ele dizia que não acreditava em candidatos aventureiros e sonhadores como o Antunes. Agora, está dizendo que o Antunes demonstrou competência e é por isso que ele está na frente: porque muita gente que votava nos outros partidos de esquerda estão migrando os votos para o Antunes, como ele próprio agora diz que vai fazer!" Ela deu pulinhos de empolgação, "A gente tem o voto do Hipólito, Capí! Você tem noção do que isso significa?! O Partido Conservador já era! A balança pendeu pro nosso lado!"

Compenetrado na leitura, o pixie comentou, "Pena que o vice do Antunes é tão fraco."

"Tanto faz, véio", Viny deu de ombros, "ninguém vota em vice."

"Eu voto!" um homem declarou atrás deles, e Viny, reconhecendo a voz mansa, virou-se embasbacado, dando de cara com o gigante dono daquele timbre diminuto:

Átila Antunes. Em carne, osso e altura.

Viny tremeu nas bases. Sem palavras pela primeira vez na vida, olhou pasmo para aquele que ele considerava como quase um deus. Também, pudera: o homem tinha um metro a mais de altura do que o pixie e talvez o triplo de seu peso. Era imenso! Sem deixar de ser elegante. Muitíssimo elegante, em toda a sua generosidade.

"Ora, ora! Mas que sorte a minha!" ele disse, dando uns tapinhas no braço do loiro, "Os famosos Pixies estão aqui!"

À menção do nome *Pixies*, Caimana se atrapalhou toda com o copo que estava segurando e se escondeu para que ninguém visse quem o derrubara.

Dando risada, um dos assistentes foi ajudar o candidato a tirar seu sobretudo.

"Obrigado, meu jovem. Cadê a broca, bicho, tô brocado ó!" ele disse simpático, e uma das meninas lhe entregou um prato de comida quentinha, que Antunes aceitou com muita gentileza, indo sentar-se junto à estátua pálida de Viny Y-Piranga.

Pela naturalidade com que as outras pessoas no comitê o estavam tratando, Antunes já passara ali pela manhã e agora estava apenas voltando após um passeio pelo Sub-Saara. Dispensando a mesa, o candidato comeu o macarrão com o prato apoiado na própria mão, e Hugo ficou assistindo, encantado com sua simplicidade. Ele, definitivamente, não era como os outros políticos.

"*Acorda, Viny...*" Capí sussurrou cutucando o loiro, que sacudiu a cabeça, sentando-se, como um autômato, na cadeira mais próxima.

Antunes olhou-os com simpatia, colocando mais uma garfada de macarrão na boca, "Vocês não sabem como são influentes entre os jovens. Até fora do sudeste."

Viny não estava acreditando. Nem ele, nem Caimana, que lentamente se aproximara e só agora sentava-se junto a eles. Hugo podia imaginar o que se passava na cabeça dos dois... *O grande Átila Antunes conhecia os Pixies!*

"Se não fosse por vocês", ele comentou, de boca cheia, "talvez eu nem estivesse tão bem nas pesquisas..."

"Não diz uma coisa dessas, Sr. Antunes..." Índio resmungou, "O Viny vai ficar insuportável!"

Surpreso com a presença do mineiro no recinto, Antunes se levantou, deixando o prato na cadeira para cumprimentar Virgílio OuroPreto, "Você por aqui, menino?! Como vai sua mãe? O ministério vai bem, não vai?" ele sorriu, orgulhoso dela.

"Vai sim, senhor Antunes", Índio aceitou o aperto de mãos com seriedade, e Hugo olhou pela janela do comitê. Aparentemente, a notícia da presença do candidato mais amado do Brasil já se espalhara pelo mercado e metade do Sub-Saara estava lá fora, querendo conhecer o grande Átila Antunes em pessoa.

Percebendo a comoção, o candidato terminou de comer depressa. Não queria deixar o povo esperando, nem muito menos atrasá-lo para seus jantares em família. Muita consideração de sua parte. Sua própria família devia estar lá no Acre, esperando por ele. Hugo lembrava de ter visto os dois filhos do candidato no jornal. Um menino e uma menina. Devia ser um pai muito amado.

"Senhor Antunes", um dos assessores mais velhos veio lhe falar apressado, enquanto ajudava o candidato a vestir seu sobretudo, "eu sei que já está meio tarde para isso, mas o senhor não acha que seria melhor se usasse um sotaque mais… geral em seus discursos? Digo, menos acriano? Isso iria angariar a simpatia de um público um pouco mais conservador. As pesquisas indicam que seu sotaque… digamos, diferente, já lhe custou alguns votos de pessoas menos acostumadas a…"

"Ixiii, meu caro Porcidônio, seria mentir para o povo! E isso eu nunca faço. Eu não tenho vergonha de onde vim; sou acriano com muito orgulho e não vou esconder minhas origens só para ganhar alguns votos a mais."

Porcidônio olhou-o um tanto alarmado, "mas… mas…." e Antunes voltou-se para Índio, "Assim como tu não devia fazer também, jovem OuroPreto. O sotaque mineiro é uma delícia! Para que reprimi-lo? Eu sei que teu pai não tem sotaque nenhum e que tu gostaria de ser igualzinho a ele, mas…"

"Eu não quero ser igual a ele!"

"… tu tem que entender que a trajetória de vida dele foi outra completamente diferente da tua. Não tem por que se envergonhar do teu sotaque. Tua mãe não se envergonha, e está lá em Brasília, fazendo uma carreira política brilhante. Aliás, pode dizer a ela que, qualquer que seja o resultado dessas eleições, não acho que ela vá perder o Ministério. Tua mãe é muito boa no que faz, menino. Ser Ministra de Relações Exteriores em três administrações seguidas não é para qualquer um."

Antunes saiu pela porta, para o delírio do povo que se amontoava lá fora, e Índio ficou para trás, irritado pela menção ao pai, mas com um brilho diferente no olhar. Um brilho que Hugo só via nele quando falavam bem de sua mãe. Ela era tudo para o mineiro. Hugo notara isso naquelas férias, quando Índio simplesmente abandonara os Pixies por dois meses *inteiros* só para ficar ao lado dela em Brasília.

Já sobre o pai dele, ninguém sabia. Perguntar para os outros Pixies era o mesmo que questioná-los sobre o resultado da Copa do Mundo de 1950.

"Quem é o seu pai, hein?"

"Não é da sua conta."

Hugo fechou a cara. "Ô, simpatia…"

"Eu só devolvi a resposta que você me deu uma hora atrás."

"Ei, vocês dois!" Caimana chamou-os lá de fora. "Não vão querer ouvir o discurso não?!"

Hugo e Índio se encararam uma última vez antes de saírem, encontrando os outros Pixies em meio à multidão. Viny estava olhando vidrado para Antunes, que falava do alto de um pedestal improvisado, sem qualquer necessidade de amplificação mágica da voz. Apesar da voz mansa, incompatível com sua força e seu tamanho, ele sabia projetá-la como ninguém. Eram centenas de bruxos amontoados ali na praça, muitos ainda indecisos, mas todos conseguiam ouvi-lo perfeitamente, mesmo de longe.

"… Eu não me considero nem de Direita, nem de Esquerda. Isso, para mim, tem muito pouca importância! O Partido Conservador tenta enfiar na cabeça dos eleitores que eu sou comunista, mas o que eu proponho não tem absolutamente nada a ver com comunismo, nem muito menos com a economia! Não tenho nada contra os comunistas, assim como não tenho nada contra os capitalistas. Pouco me importa o sistema econômico. Eu sou um humanista, e com orgulho! Um *humanista* acredita que o ser humano vem em primeiro lugar. Não o dinheiro. Não o poder..."

"... Um dia eu já fui como eles, cheio de opiniões sobre a economia e sobre o sistema de governo. Até que eu percebi que não adiantava implementar um ou outro sistema econômico enquanto as pessoas não aprendessem a respeitar umas às outras! Nenhum sistema econômico será adequado enquanto os cidadãos não forem pessoas justas! Em contrapartida, uma sociedade caridosa e tolerante será sempre uma sociedade saudável, não importa qual seja seu sistema econômico ou político. Para isso, é preciso uma reforma na *educação*! Uma reforma que incentive o respeito pelo ser humano, por suas culturas, por suas crenças, por sua dignidade. Precisamos criar uma sociedade mais humana! Depois disso, o resto se ajeita!"

"... Foi por isso que, enquanto Ministro da Cultura, eu criei o programa de intercâmbio entre as cinco escolas; foi por isso que eu sempre lutei pela adoção de matérias relacionadas à magia africana e ameríndia em sala de aula! Para ampliar os horizontes de nossos jovens! Para acabar com o preconceito regional, para incentivar o respeito por outras culturas... Enfim, para criar um Brasil mais tolerante, menos ignorante, mais amoroso ainda do que já é! Porque essas são as raízes de nosso país!"

Viny estava quase chorando.

"Nós instituímos o programa de intercâmbio para que vocês todos pudessem se conhecer melhor. Conhecer o Brasil! Não faz sentido o mundo inteiro adorar o Brasil, menos os brasileiros! A gente tem vergonha da nossa cultura, dos nossos costumes, da nossa história... por quê?! Porque não nos conhecemos! Porque não nos entendemos! Que país é esse que não entende a si mesmo?! Que despreza a si mesmo?! Como a gente pode querer se tornar um país melhor se a gente nem entende o que a gente é?! Só quem se entende pode se transformar! Só quem se entende consegue separar o que é defeito do que é qualidade, e então agir para anular o defeito e multiplicar a qualidade! Quem critica tudo que é feito no Brasil, não entende o Brasil. E quem não entende o Brasil, nunca poderá melhorá-lo."

Índio balançou a cabeça, incrédulo. "*Ele é um sonhador... Nunca vai conseguir implementar nada disso, mesmo que seja eleito.*"

"São os sonhadores que mudam o mundo, Índio", Caimana retrucou, com brilho nos olhos.

Hugo já chegara a pensar como Índio. Achava que Antunes não iria durar dois segundos na Presidência. Mas agora que ele o via de perto, falando daquele jeito, com tanta segurança... Antunes parecia, de fato, um homem honrado, obstinado... um sonhador daqueles que têm força para realizar seus sonhos. Ele não seria corrompido; Hugo compreendia aquilo agora. Antunes lutaria até o fim. Índio estava errado.

"... A tolerância é uma qualidade nossa. Uma qualidade linda! Nós aceitamos os estrangeiros com alegria e admiração, e isso é fantástico e raríssimo de se ver no mundo. Mas essa nossa tolerância precisa ser completa! Não pode se resumir à admiração dos estrangeiros e das culturas estrangeiras. Precisamos admirar o que vem de dentro também. Admirar o cearense, o gaúcho, o pernambucano, o amazonense, o mineiro, o acriano... Admirar e conhecer A FUNDO cada um deles. Porque o preconceito é filho do desconhecimento! E os conhecendo, conheceremos a nós mesmos. Por isso eu digo: *educação* é tudo que a gente precisa. Mas não qualquer tipo de educação. Uma educação para a tolerância! Uma educação para o respeito!" ele terminou com os olhos úmidos, e então arrematou, "Agora vou terminar de comer, que eu ainda estou faminto", e desceu do palanque ao som das risadas do povo.

Hugo riu. Era por isso que ele ia ser eleito. Pelas piadinhas. Não pelo discurso.

Triste.

"Ele é inteligente", Capí comentou enquanto voltavam para a Vila Ipanema. "Sabe jogar com o público. Faz o discurso sério para quem tem opinião e a piada para quem não sabe pensar."

Já eram sete da noite e logo a família estendida de Caimana estaria chegando na vila. Tias, tios, primas, cunhadas, cunhados. Eles precisavam se apressar e, no entanto, Hugo não conseguia tirar da cabeça aquela figura imponente do candidato. Aquele homem de aparência tão bondosa e tão sábia que, se tudo desse certo, viraria o próximo presidente da República Bruxa Brasileira.

Antunes descera daquele palanque com tanta classe! Mesmo sendo assediado por dezenas de jornalistas, ele se mantivera tranquilo, generoso, simpático, e respondera a todas as perguntas com muito respeito. Até a última:

"Como o senhor resume seu programa de governo, candidato Antunes?"

Mesmo com pressa para voltar ao Acre, Antunes virara-se pacientemente para os jornalistas e dera sua última declaração de campanha, largando sua mansidão para transformar-se no adversário forte e temido do Partido Conservador:

"Humanismo na educação, para uma economia mais humana, para uma *política* mais humana... Tudo começando pela educação: pelo ensino da tolerância e da ética nas relações humanas. E essa ética vai começar no meu governo! Eu vou fazer a limpa nesses corruptos de plantão! Em gente como Nero Lacerda, que utiliza seu perfeito conhecimento da lei para encontrar meios de burlá-la, encontrando brechas e ganhando por fora para fazer o serviço sujo! Lacerda pode se defender o quanto quiser dizendo que o que ele faz não é ilegal, mas continua sendo corrupção! Portanto, aos políticos corruptos como ele eu digo: seus dias estão contados!"

E Antunes entrou no comitê, deixando os jornalistas do lado de fora, espantados com a declaração incisiva do 'candidato manso' enquanto, lá dentro, ele recebia os aplausos acalorados de seus correligionários, despedindo-se deles um por um, e agradecendo, com extrema afabilidade, a cada um que se esforçara na luta por um Brasil mais unido. Despediu-se, então, dos Pixies. Em especial de Capí. "Foi bom te conhecer, meu jovem. Dê minhas lembranças à Zô, sim?"

Capí confirmara com um sorriso e Antunes acenara para todos, dizendo, "Nós ainda vamos criar um Partido Humanista! Vocês vão ver!", antes de girar para fora dali, desaparecendo em fumaça azul, provavelmente direto para o Acre.

Lembrando-se de tudo aquilo ao entrar pelos portões da Vila Ipanema, Hugo só tinha uma certeza:

Átila Antunes ia ganhar aquelas eleições.

CAPÍTULO 4
MÁS NOTÍCIAS

"É um irresponsável..." Índio dizia, furioso, marchando pelo pátio em direção à casa principal da Vila Ipanema. "Quer mudar muita coisa ao mesmo tempo. O país não aguenta essa guinada na direção oposta."

"Você subestima muito o Brasil."

"Eu *conheço* o Brasil, Viny. Principalmente a HISTÓRIA do Brasil. E quando um humanista desses é eleito, os reacionários logo arranjam um jeito de dar uma rasteira na democracia."

"Vira essa boca pra lá, Índio! Eu hein!"

"Ele disse que a economia não é importante, Viny! Em que planeta ele vive?! Não sei como tanta gente tá querendo votar nele, sinceramente. Se ele for eleito, vai ser pelo incrível carisma que ele tem, não pelas asneiras que ele diz."

"Em nenhum momento ele disse que a economia não era importante."

"Eu ouvi."

"Ouviu errado, bruxo surdo."

"Shhhh...." Caimana pediu silêncio, apontando com os olhos a vizinha dos Ipanema, uma velhinha simpática e totalmente azêmola que estava ali, pendurando roupas no varal. A velhinha acenou, alegre, e todos acenaram de volta, fingindo não estarem falando sobre bruxos e eleições presidenciais.

Há anos, dona Aurora morava de aluguel em uma das casas da vila. Ela era apenas uma dentre os vários inquilinos azêmolas que Heitor tinha. A vila era dividida em dois: do lado esquerdo ficavam, enfileiradas, as casas dos Ipanema. Era uma única moradia, na verdade, mas por fora pareciam várias, com diversas portas que davam para a mesma sala principal. Já do lado direito, ficavam as casas de cinco famílias azêmolas, cujos olhos e ouvidos estavam sempre apontados para os habitantes 'meio hippies" do outro lado do pátio.

Hugo morava com sua mãe na casa dos fundos, bem na junção do lado esquerdo com o lado direito. Apropriado, já que ele era bruxo e ela não.

Os vizinhos tratavam os Ipanema com respeito, até porque a família era a proprietária oficial da vila, mas, ainda assim, achavam bem esquisito tantas loiras de cabelos compridos e orelhas pontudas andando de maneira tão zen pelo pátio, ocasionalmente falando coisas suspeitas, como "bruxo surdo".

Hugo sabia dos cochichos porque sua mãe trabalhava de passadeira para todos eles, mas Dandara guardava segredos como ninguém, e, apesar das incessantes perguntas de seus patrões curiosos, ela se limitava a responder que Heitor era um aspirante a escritor... que as filhas eram adeptas do misticismo... que todos eram simpáticos e bondosos... e nada mais. Mesmo assim, Hugo achava arriscado eles terem vizinhos azêmolas.

Não que Heitor pudesse dispensá-los. Não podia. Precisava do dinheiro para manter a família longe da ruína financeira, já que não conseguia publicar seus livros. No entanto, apesar de todas as dificuldades, era o ânimo inabalável dele que mantinha a família alegre; sempre com seus bilhetinhos esvoaçantes colorindo a casa, circulando pelos cômodos repletos de ideias para suas futuras tramas literárias.

Dandara dizia que ele era um homem iluminado. Por sua inspiração inacabável, sim, mas principalmente por jamais perder a esperança. Ainda mais agora, que ele tinha certeza absoluta de que havia escrito seu livro mais brilhante. Viny concordava. Segundo o pixie, "Terra Unida" era indescritível, inenarrável, inigualável, sensacionalíssimo, e o loiro estava tão animado quanto Heitor. Desta vez, os dois tinham absoluta certeza de que aquele seria publicado.

Uma chuva fria e torrencial começou a despencar dos céus de repente, no pátio dos Ipanema, e todos correram para o toldo que cobria a entrada principal da casa.

Todos menos um. Capí parara de andar para abrir os braços, sentindo a chuva deslizar por seu rosto, de olhos fechados.

Hugo estranhou, observando o pixie enquanto tentava se proteger das gotas geladas que ainda teimavam em molhar suas pernas. "O que deu nele?"

"Você já viu algum dia chuvoso na Korkovado?" Caimana respondeu, aproveitando que a vizinha saíra correndo do pátio para tirar sua varinha do bolso e fazer um feitiço de isolamento contra os respingos incômodos que teimavam em atingi-los, enquanto esperavam por Capí. Por algum motivo, eles estavam conseguindo fazer magia fora da escola sem serem punidos. Talvez a presença do Capí estivesse ajudando.

Hugo olhou novamente para o pixie, em meio à tempestade. Tinha se esquecido daquele detalhe... Capí morara a vida inteira na Korkovado, dentro da montanha, e o céu que se via lá de dentro da escola era um céu falso... Enfeitiçado para só apresentar o clima mais agradável: dias ensolarados e noites estreladas. Chuva devia ser um evento raro para ele.

"Como a floresta da escola sobrevive?"

"A teoria é que a água da chuva do mundo azêmola escorre pelas encostas de pedra do Corcovado e é filtrada lá pra dentro. Mas é só uma teoria."

Capí se aproximou dos pixies, encharcado e completamente contente. "O que foi mesmo que Victor Hugo disse sobre a chuva?"

"Que é uma agradável contrariedade", Hugo respondeu sem titubear e o pixie fitou-o orgulhoso, "Eu sabia que você já tinha chegado nessa página."

Hugo sorriu, seu ego subindo às alturas. *Os Miseráveis* não era um livro fácil de ler. Mil e cem páginas de pura literatura. Um verdadeiro tijolo. Mas Capí lhe dera um exemplar, sabendo que ele seria capaz de vencê-lo.

O livro havia sido seu presente de *desaniversário* para Hugo, naquele fatídico 2 de outubro, quase cinco meses atrás; dia em que Hugo arruinara a festa de 16 anos do pixie, e que culminara com Capí levando um tiro de fuzil por sua culpa.

Hugo só abrira o pacote um mês depois da batalha no Santa Marta, de tanto remorso. Era assim que ele retribuíra um presente tão generoso: quase destruindo a vida do garoto.

"Tudo bem com você?" Capí perguntou, enxugando os cabelos com uma das toalhas que haviam comprado.

Viny ergueu a sobrancelha, "Por que tu não se enxuga com um feitiço, véio?" e Capí respondeu, "Não é tão eficiente."

"Oi?!"

"Os vizinhos podem ver, cabeção!"

"Ah tá."

"A gente vai ficar aqui fora pra sempre?!" Caimana saltitou, impaciente. Ela adorava o Dia da Família; única ocasião em que conseguia ver todas as tias reunidas. Aquela semana inteira a pixie estivera radiante; seus olhos azuis brilhando de empolgação. Até seus longos cabelos loiros pareciam mais sedosos, apesar dos inúmeros anos de praia e surfe.

"Ah, quer saber? Entrei!" ela disse, destrancando a porta de casa com um movimento de varinha e desaparecendo lá dentro. Viny seguiu a namorada, sendo acompanhado de perto por Índio. Capí ainda ficou lá fora um tempo, terminando de se secar, mas, assim que Hugo entrou, congelou, receoso.

Alguma coisa muito séria tinha acontecido ali: a casa estava morta... Todos os bilhetinhos coloridos de Heitor caídos pelo chão, sem vida.

Preocupada, Caimana saiu pela casa à procura do pai. Viny e Índio a seguiram. Acompanhando a movimentação, apreensivo, Hugo olhou para Capí, que parecia já ter entendido.

Capí suspirou, entristecido. "O Heitor foi rejeitado de novo."

Com um simples feitiço, o pixie empilhou todos os bilhetinhos em um canto afastado da sala. Só então, adentrou os corredores à procura do dono da casa. Hugo foi atrás, tentando acompanhar seus passos, mas Capí logo parou na porta aberta do escritório, olhando com pena para dentro enquanto Viny e Caimana tentavam consolar o escritor. Hugo podia ouvir os soluços.

Aproximando-se com o coração apertado, viu Heitor debruçado sobre a mesa, derrotado, uma garrafa de vodca pela metade na mão esquerda.

"Pai... da próxima eles..."

"PRÓXIMA?! Que PRÓXIMA?!" Heitor gritou, destapando o rosto inchado e batendo com força na mesa. "Não vai ter PRÓXIMA! Eu sou uma desgraça! Eu não tenho talento nenhum!"

"Isso não é verdade, pai!" Caimana insistiu, chorando também.

"*É sempre assim...*" Capí murmurou para Hugo, assistindo penalizado enquanto Hugo lia o bilhete de rejeição abandonado na mesa ao lado. Um bilhete de puro deboche.

Não importava o quão bom fosse o livro, Heitor era sempre ridicularizado pelas editoras; chamado de maluco, de ingênuo... por escrever sobre um futuro em que bruxos e azêmolas coexistiriam em paz, uns sabendo da existência dos outros.

Hugo não lera o manuscrito, mas Viny insistira que era fantástico... que, no futuro descrito pelo livro, toda a humanidade se unira em uma grande sociedade planetária, onde a maioria dos bruxos havia assumido as funções médicas e de policiamento, em comum acordo com os azêmolas, que puderam então se dedicar a profissões de menor risco, estudando mais, lendo mais, se dedicando às artes, à diplomacia, aos meios de comunicação, às pesquisas...

Com a magia fazendo, sozinha, grande parte do trabalho manual nas fábricas, ninguém desperdiçaria a vida em trabalhos pesados, podendo, então, dedicar-se, em tempo integral, a seu aperfeiçoamento como pessoas e como seres humanos.

Os elfos tinham seu lugar na sociedade do livro também, trabalhando como conselheiros e autoridades místicas, em um mundo que passava a valorizar cada vez mais o espírito e o intelecto.

Lindo. Mas irreal e idiota, segundo os editores. Nunca haveria paz se os azêmolas ficassem sabendo da existência dos bruxos. Seria uma guerra constante pela supremacia de uma raça contra a outra. Os bruxos com sua magia; os azêmolas com seus fuzis e suas bombas nucleares. Todos sofreriam e morreriam.

Se bem que, naquele livro, Heitor não havia sido tão ingênuo. A trama girava justamente em torno de um bruxo do mal que aparecia para convencer os outros de que todos os azêmolas deveriam ser escravizados! Esse era o conflito!

"Ingênuas são essas editoras elitistas, que acham que um livro genial como esse não vai dar lucro!" Viny insistiu, mas Heitor estava irredutível. Balançava a cabeça em negativa várias e várias vezes, com as mãos agarrando os cabelos ondulados; tão idênticos aos de Abelardo.

"Heitor, me escuta", o pixie tentou mais uma vez, pegando nas mãos do sogro, "O que eu mais admiro no senhor é que o senhor quer ser LIDO, não VENDIDO. O senhor é um idealista! Um visionário!"

"É. Só que ninguém vive de ar", Índio murmurou, chegando ao lado de Capí e de Hugo. *"Ele devia parar de escrever essas baboseiras ingênuas e começar a fazer algo concreto, pra por comida nessa casa."*

Capí discordava. "Ingenuidade não é *baboseira*, Índio. Ingenuidade é sabedoria disfarçada de tolice. Todo sonhador é chamado de ingênuo até o dia em que sua ideia muda o mundo. Aí, ele é homenageado. Mas até lá, o sonhador sofre. É a ingenuidade que permite que uma pessoa acredite na possibilidade de mudança; de transformação para melhor. Aqueles que não acreditam, dificilmente mudarão alguma coisa. O pessimismo nunca impulsionou a humanidade para a frente."

Índio meneou a cabeça, mas antes que pudesse retrucar, foram interrompidos pela irmã mais velha de Caimana, que acabara de chegar. "E aí? Como ele está?"

"Na mesma", Capí respondeu preocupado.

Deixando sua fragrância de rosas no ar, Éster foi levar as compras na cozinha, e Índio acompanhou a elfa, para ajudá-la nos preparativos da festa. Não tinha mesmo o que fazer ali no escritório; seu pessimismo só iria atrapalhar.

"O Índio não entende, porque já perdeu essa inocência que o Heitor tem", Capí comentou, acompanhando o mineiro com os olhos enquanto ele se distanciava. *"Talvez por isso ele seja tão amargurado. E não é só ele. O mundo inteiro vem, aos poucos, perdendo o encantamento pelas coisas."*

O pixie suspirou, sentindo aquela tristeza cercá-lo. "O mundo precisa de mais ingenuidade. Está carente dela. São todos muito espertos, muito cínicos, muito céticos. As pessoas não acreditam mais em nada… São cada vez mais pragmáticas, e em seu racionalismo frio, se esquecem de sonhar. O mundo seria muito triste sem gente como o pai da Caimana. Gente otimista, que ainda acredita que o ser humano pode ser melhor. Que vale a pena ser melhor."

Hugo queria muito acreditar naquilo. Queria ter aquela esperança que o pixie tinha. Mas julgava ser um dos pragmáticos, e se sentia mal com aquilo. Se Índio perdera a inocência, Hugo nunca a tivera.

O pixie olhou para ele com carinho. Parecia saber o que se passava em sua mente. "Sem sonhos o planeta não gira, Hugo", ele disse por fim, entrando no escritório para tentar consolar Heitor Ipanema.

Vendo-os entrar, Caimana foi ao encontro deles, *"Nem a Sociedade dos Bruxos Mortos quer o trabalho do papai..."*

"E o que mais me incomoda é que ele é bom... ele é muito bom..." Viny complementou, abraçando-a por trás com carinho.

Capí foi até Heitor, agachando-se para ficar na altura em que ele estava. "Há um tempo certo pra tudo, o senhor vai ver, senhor Ipanema", ele sussurrou, com imenso carinho. "Eles ainda não estão prontos pra sua mensagem. Não se sinta mal por isso. É problema deles, não seu. Continue escrevendo, que a hora certa vai chegar. Quando todos eles já estiverem cansados das ideias caducas que têm sobre a vida, e não conseguirem mais respirar de tão afogados nos próprios problemas e mesquinharias, eles vão procurar seu livro, ansiando por um pouco de otimismo."

"Não é esperando que eu vou botar comida nessa droga de mesa!" Heitor respondeu agressivo, já levemente bêbado, apesar da constituição élfica ser mais resistente ao álcool, mas Capí não se sentiu ofendido, pousando a mão em seu ombro, "Desde quando o senhor escreve pelo dinheiro, senhor Ipanema? Se fosse esse seu objetivo, seus livros estariam vendendo muito e não teriam a mínima importância."

"Era isso mesmo que eu devia fazer! Escrever bobagem! A Dalila diz isso o tempo todo! Sempre disse! Desde que nós éramos casados!"

"Dalila?! O senhor vai seguir os conselhos de alguém como ela?! Tem certeza?! Se o senhor se vender desse jeito, vai se tornar um homem muito infeliz."

"E quem é você pra me dar lições de vida, rapaz?! *Me mostra o teu livro!*"

"Eu não sou esse tipo de escritor, senhor Ipanema", Capí sorriu, bondoso, e Heitor caiu em si, pegando a mão do pixie em ambas as suas, "Me desculpe, Ítalo. Eu não quis ser grosseiro..."

"Eu sei, senhor Ipanema. Eu sei."

"Lavadeira chegandoooooo!" a mãe do Hugo gritou lá da entrada da casa, e todos ficaram um pouco menos tristes, saindo correndo do escritório para recebê-la. Nem precisaram abrir a porta. Dandara já havia invadido por conta própria, trazendo dezenas de roupas empilhadas em ambos os braços. Todas muito bem lavadas e passadas. Os Pixies sorriram com carinho, indo ver seu *magnífico* trabalho, que "magia nenhuma conseguia fazer igual". Dandara ficava toda boba com os elogios. Adorava um mimo.

Já Hugo se sentia meio envergonhado toda vez que sua mãe chegava gritando daquele jeito, ainda mais em um momento triste como aquele, mas ela já não era mais a mesma mulher séria e rígida de antigamente, e ele não tinha do que reclamar.

Dandara havia se tornado mais alegre, mais *doce*, desde que se mudara para a Vila Ipanema. Hugo entendia a mãe. Eles não sentiam mais aquele peso da ameaça, que havia oprimido os dois por tantos anos no Dona Marta. Não. Ali eles se sentiam protegidos. Cuidados. Aquele admirável mundo novo e mágico a transformara, como estava transformando ele também. Aos poucos, mas estava. E a felicidade transbordante de Dandara sempre acabava trazendo alegria para os Ipanema, mesmo em momentos como aquele.

Até Heitor parecera melhorar um pouco de sua tristeza, assistindo do corredor com imensa ternura. Era visível o carinho que ele sentia por ela.

Hugo até faria gosto em uma união amorosa dos dois, mas sua mãe tinha um dedo podre para relacionamentos, e o coração de Heitor já estava inteiramente ocupado por saudades e mágoa. Saudades da família completa ao redor da mesa… saudades do filho que lhe fora roubado. E mágoa… muita mágoa, da mulher que arrancara aquilo tudo dele: Dalila Lacerda. Ex-Dalila Ipanema.

Não havia espaço para Dandara nenhuma ali.

Tinha parado de chover. Chuva rápida, de verão. E as roupas que sua mãe trouxera estavam sequinhas e cheirosas. Caimana pegou com cuidado seus vestidos de praia, tirando-os da pilha que Dandara trazia nos braços. Foi seguida por Éster, que retirou suas vestes élficas brancas e as roupas do pai. Restaram apenas algumas peças de roupa nas mãos de Dandara, que todos ali já sabiam de quem eram.

"Buenas, gurizada!" Atlas entrou sem bater.

"E ae, professor!!" Viny agarrou-o em um forte abraço. Atlas deu risada, abraçando-o de volta e bagunçando os cabelos de Capí logo em seguida.

"Eu acho que vi uma guria entrando com as minhas roupas nesta casa… Ah! Aí está ela!" ele brincou, beijando a mão livre de Dandara, "Senhorita Escarlate, prazer em revê-la. Tens algumas roupas para mim?"

Dandara deu risada, "Tenho sim, seu professor. Aqui ó. Peraí que eu já pego o resto pro senhor." E saiu em direção à cozinha, onde guardara as roupas dos dias anteriores. Atlas sorriu, acompanhando-a com o olhar.

O professor de Defesa se tornara frequentador assíduo da Vila Ipanema naquelas férias. Até porque ficar naquela escola, com Fausto daquele jeito, devia ser intragável. Hugo não sabia como Capí aguentava aquele pai resmungando o tempo todo em seu ouvido.

"Se achegue mais, professor!" Caimana convidou-o a sentar-se. O professor obedeceu, desabando em um dos sofás, rodeado de seus alunos favoritos.

Capí sentou-se a seu lado, e Atlas tirou um envelope da jaqueta marrom. "Recebi mais uma carta de teu avô hoje, guri."

O pixie sorriu com ternura. "Onde o danado está dessa vez?"

"Tentando alcançar o centro da Terra! Acreditas?!" Atlas respondeu empolgado enquanto o pixie abria a carta. "Sempre foi o meu maior sonho, desde que li Júlio Verne pela primeira vez. Todos os bruxos deveriam lê-lo."

Hugo deu uma olhada na carta por detrás dos ombros do pixie. Estava toda suja de terra. "Vocês sempre trocam cartas?"

"Há anos!" o professor respondeu. "Eu tenho uma pilha enorme lá no trailer. Aquele lá já viajou o mundo inteiro."

Como se Atlas não houvesse feito o mesmo, Hugo pensou, lembrando-se do ano anterior. Três semanas de aula perdidas, por causa de uma viagem besta.

"E o que o avô do Capí quer fazer no centro da Terra?"

"Ele acredita na teoria da Terra oca", Caimana respondeu. "A teoria diz que no centro do mundo vive uma civilização superavançada, moral e intelectualmente."

"O velho é doido", Viny deu risada e Capí sorriu, "É mal de família."

Dandara voltou da cozinha com uma outra pequena pilha de roupas e Atlas levantou-se de imediato. "És um anjo", e pegou-as com cuidado. "Eu te paguei para *lavar* as roupas, não para passá-las, senhorita Escarlate."

"Serviço completo pro sinhô", ela disse com um sorriso esperto, que ele correspondeu.

"Bom, gurizada, vou nessa."

"Fica pro jantar, professor!" Caimana sugeriu. "Você já é quase da família!"

Atlas tocou o peito, comovido pelo convite, mas sem conseguir esconder uma sombra de tristeza no olhar. Uma tristeza que todos ali conheciam. "Melhor não, Caimana, querida. Neste feriado eu prefiro ficar longe dos outros mortais. Eu… passeio por aí, tento distrair a mente."

"Eu entendo, professor", ela disse, forçando-se a sorrir logo em seguida, para animar um pouco o ambiente. "Bom, se você mudar de ideia, aparece, hein!"

Atlas sorriu agradecido, e Hugo acompanhou o professor à porta, observando-o caminhar lentamente até a rua. Sua mente em outro mundo.

"Ele perdeu o filho, né?" sua mãe perguntou enquanto Hugo fechava a porta e voltava para a sala. Diante da confirmação de Caimana, Dandara estremeceu toda e abraçou Hugo pelas costas, "Deus me livre, perder o meu pimpolho."

Hugo sorriu, fazendo um carinho nos braços da mãe. Dandara estava tão mais carinhosa com ele naqueles últimos meses… Era tão bom! Também, fazia quatro meses que Hugo não aprontava. Os dois ainda se estranhavam de vez em quando, mas não era aquele embate constante de antigamente. Era como se a relação entre os dois houvesse entrado em outra vibração.

Ele mesmo estava em outra vibração. A serenidade do ambiente élfico fizera sua mágica. Ele se sentia menos desconfiado, mais aceito. Mais sereno. Nem parecia que tanta coisa ruim havia acontecido no ano anterior. Finalmente, ele se sentia livre de seu passado: da violência, das drogas, dos traficantes… Era como se um peso enorme houvesse sido tirado de suas costas e ele agora pudesse respirar. Relaxar, pela primeira vez na vida.

Era uma sensação quase estranha de tão boa. Ele não estava acostumado a sensações daquele tipo. Era esquisito, mas delicioso. Hugo duvidava que algum dos Pixies soubessem, ou pudessem sequer entender, a dimensão do alívio que estava sentindo. Muito menos Índio, que continuava condenando-o por tudo que ele fizera.

Como se não bastasse o remorso que ele próprio sentia.

Durante toda a sua infância, Hugo crescera pensando que retidão era coisa de gente otária; que inteligente era ser bandido. Mas os grandes chefes do tráfico que ele conhecera estavam todos mortos agora. Ou tinham perdido a memória. E Hugo estava ali, sofrendo de remorso e de medo, por tudo que fizera de errado e que poderia, um dia, voltar para atormentá-lo. A tal inquietação da desonestidade.

Quem eram os otários agora?

Não. Hugo queria mudar. Tudo que ele desejava agora era paz de espírito. Não precisava dos olhares de Índio para se lembrar das desgraças que causara no ano anterior: as mortes, as overdoses, a destruição... E Eimi? Hugo não recebera mais notícias do mineirinho; nem de Tobias, que tivera as pernas esmagadas pela mula-sem-cabeça, também por sua culpa. Se bem que o garoto não tinha nada que ter tentado roubar sua caixinha de cocaína.

Pelo menos Tobias parecia estar bem. Era o que Hugo ouvira falar por aí. Tinha recuperado o movimento das pernas e tal. O pior, para Hugo, era saber que teria de encarar os dois quando voltasse à Korkovado. Eimi e Tobias.

Com que cara ele faria aquilo? Não sabia. Estava torcendo secretamente para que explodisse uma greve geral de professores e que as aulas fossem adiadas para sua próxima encarnação.

Dandara não fazia ideia do turbilhão que estava passando pela cabeça do filho enquanto ela o abraçava. Ainda mais agora, que ele começara a pensar na causa maior de seus pesadelos naquelas férias:

Abelardo Lacerda.

Hugo era constantemente assediado por ataques de pânico toda vez que pensava no filho de Dalila. O menino era uma bomba relógio, que a qualquer momento poderia recuperar a memória e denunciá-lo para a polícia.

Hugo não fazia ideia do quanto o anjo esquecera depois de seu ataque. O feitiço dera certo; disso ele tinha certeza. Abel não se lembrava de por que havia ido até o andar da enfermaria naquela madrugada do Dia dos Reis Bruxos. Não se lembrava que descobrira todos os segredos sujos de Hugo, nem que subira até lá para denunciá-lo ao inspetor Pauxy por tráfico de drogas na escola. Mas e se Abelardo voltasse a se lembrar? Seria possível reverter o feitiço do esquecimento? Recuperar uma memória que fora apagada com magia?! Se fosse, Hugo estava ferrado.

Ele já sabia que seu feitiço não havia zerado por completo as lembranças do anjo. Daquela monstruosidade, Hugo se livrara. Abelardo reconhecera a mãe, os Pixies... reconhecera até mesmo ele, Hugo, visto que o tratara com o desprezo de sempre nas semanas seguintes ao ataque.

Em suma: Abelardo lembrava-se o suficiente do ano anterior para fingir que tudo estava bem. Sentia-se claramente confuso, mas não a ponto de contar à mãe que se esquecera das coisas. Admiti-lo devia ser humilhante demais para seu imenso brio elitista. Talvez nem os outros Anjos soubessem.

Muito bom. Enquanto Abel estivesse com vergonha do esquecimento, Hugo ficaria livre de uma possível investigação. Mas a qualquer momento aquilo podia mudar. Nada impedia o anjo de entrar em desespero e confessar para a mãe que não se lembrava de vários meses de sua vida. As investigações, então, começariam, e seria uma questão de tempo até que chegassem ao culpado.

O que mais preocupava Hugo, no entanto, era que descobrissem sobre o tráfico. Uma coisa era jogar um feitiço de esquecimento contra um aluno, mesmo que fosse filho da chefe do Conselho Escolar. Outra bem diferente era vender drogas na escola. Uma o levaria à expulsão; outra, à cadeia. Simples.

Hugo passara as férias inteiras pesquisando a respeito. Alguns livros diziam que sim, era possível reverter o feitiço de esquecimento. Outros diziam que não, que definitivamente não era possível. E nesse vai e vem, sempre que ele se lembrava de Abelardo, seu coração saltava de ansiedade e ele tinha vontade de chorar de pavor.

E se o anjo já houvesse se lembrado de tudo e estivesse apenas esperando para denunciá-lo na frente de toda a escola?

Viny cutucou-o no braço, "Que foi, Adendo? Viu o Saci Pererê, foi?"

Hugo sacudiu a cabeça, tentando tirar aquela aflição insuportável do peito.

"Bora lá, seu Heitor! Nada de ficar jururu!" Dandara disse, animada, cutucando o pobre escritor, que não conseguiu evitar uma risada enquanto era empurrado à força para o quarto, "Borá lá que tu tem que se arrumar muito bem arrumado pra impressionar aquela sua família elfa grã-fina lá."

"Dandara, você não existe…" ele ainda conseguiu dizer enquanto se deixava ser levado por ela.

"O senhor vai ver só. Tu vai ficar formoso e elegante de um jeito que até a tua ex, se visse, ia se arrependê de ter separado do senhor. Vai!" e Dandara empurrou-o para dentro do banheiro, ligou o chuveiro e saiu, batendo a porta.

Hugo riu, mas Caimana estava olhando séria para a porta, "Espero que 'a *ex*' dele nunca se arrependa."

Dandara retornou pelo corredor como uma avalanche, batendo palmas e gritando para todos os outros, "*Vamo, vamo! Chega de tristeza que tristeza já tem demais lá fora! Bora lá você também, moleque*", ela empurrou o filho em direção à porta de saída. "*Vamo lá, garotada, vamo se trocar que a família Ipanema já deve tá chegando.*"

E eles todos obedeceram, porque senão, né?

Viny saiu com eles, já que estava dormindo no quarto de hóspedes desde que fugira de casa, há quase um ano. Recusava-se a voltar para Santos; não queria nem ouvir falar nos pais. Dandara achava um absurdo, mas Hugo entendia. Não sabia o que os Y-Piranga haviam feito, mas, pela verdadeira repulsa que Viny sentia por eles… devia ter sido algo muito ruim.

Dandara destrancou a porta de casa e empurrou o filho para dentro, "Vamo lá impressioná os tal dos elfo."

Hugo riu, dirigindo-se a seu quarto, mas parou ao ver Viny se apressando em direção às escadas com os originais de *Terra Unida* debaixo do braço. "*Ei! O que tu vai fazer com isso?!*"

Viny respondeu com uma piscadela malandra, desaparecendo no segundo andar, e Hugo teve de se contentar com aquela resposta. O que quer que o loiro fosse fazer, Hugo sabia que os originais de Heitor não poderiam estar em melhores mãos.

Afogando, por ora, sua curiosidade, Hugo entrou no quarto.

"Oi! Você por aqui, menina?!" ele disse contente, indo fazer carinho nas penas avermelhadas de sua fênix, que dera um jeito de entrar no quarto fechado e agora estava empoleirada em sua pilha de livros do ano anterior.

Faísca respondeu ao chamado com um pio carinhoso, *"Uéee!"*, inclinando o pescoço para o lado com os olhinhos fechados e deliciando-se com o cafuné.

"É isso aí, Faísca. É isso aí..." ele murmurou com ternura.

Sempre se emocionava ao vê-la.

Magnífica ave. Mal sabiam eles lá fora que ela salvara sua vida *três* vezes no ano anterior. Sabiam das duas últimas, mas não da primeira. Hugo seria eternamente grato à Faísca por ter iluminado aquele fosso escuro com sua presença, no dia em que sua avó morrera... arrastando-o das garras do suicídio.

Quanto ele teria perdido de bom se tivesse cortado os pulsos naquele dia, com aquela garrafa quebrada?

Teria morrido sem nunca haver descoberto o sossego que era viver entre gente tão boa como os Ipanema; não teria sentido o alívio e a absoluta felicidade que vinham da certeza do amor incondicional de sua mãe, que ele só viera a sentir meses depois daquela noite, ao ser abraçado e aceito por ela como bruxo. Nunca teria experimentado o conforto do perdão absoluto de um amigo, nem a vontade inenarrável que estava sentindo agora, de ser uma pessoa decente; e o orgulho que advinha dessa vontade.

Como ele poderia ter imaginado tudo aquilo, naquele momento obscuro, quando tudo parecera perdido? Quando sua avó acabara de morrer por sua culpa. Se alguém, naquele instante, houvesse dito a ele que aquilo tudo de bom lhe aconteceria apenas alguns meses depois, ele não teria acreditado. E, no entanto, aquela fênix, com sua mera presença ali, no fundo daquele buraco, precisando de seus cuidados, tirara aquela ideia estúpida de sua cabeça, salvando sua vida pela primeira vez. A primeira das três.

Faísca abriu uma das asas, contorcendo-se inteira com o cafuné, e Hugo sorriu, enxugando suas próprias lágrimas com a manga da camisa. Bicho lindo. Quase 40 centímetros de altura, de pura plumagem vermelha e dourada.

"Desculpa, amiga, mas eu tenho que me aprontar", ele disse, parando de fazer carinho nela e abrindo o armário. Escolheu um conjunto menos escuro do que o de costume, até porque seria um jantar élfico e a maioria dos convidados provavelmente estaria vestindo branco ou cores claras. Vestir preto não seria condizente com uma comemoração familiar; mas o vermelho não podia faltar.

Hugo dispôs as roupas na cama e foi ligar a água no banheiro, voltando para o quarto enquanto a banheira enchia, só para poder admirá-lo um pouco mais.

Seu quarto.

Mesmo depois de dois meses morando ali, Hugo ainda não conseguia acreditar que aquilo estava acontecendo. Nunca tivera um quarto só para si antes... Ainda mais um como aquele, com uma cama grande, um armário espaçoso, um banheiro logo ali... Bem melhor do que aquele maldito contêiner de zinco em que ele fora obrigado a viver durante toda a sua infância.

Aproximando-se da cabeceira, Hugo ajeitou uma segunda pilha de livros. Cada um marcado em um ponto diferente; todos sendo lidos ao mesmo tempo.

Ele sempre gostara de ler, de estudar... Muito mais do que Gislene. Mas agora, com acesso a mais livros, tinha virado vício! Um vício ultrassaudável, como dizia Viny. Naquelas férias escolares, muitas vezes ficara sem comer só para ler no horário de almoço, enfiado no depósito de varinhas do Bragança & Bourbon. E lia de tudo.

Dizem que quanto mais se aprende, mais se quer aprender. Aquela era a mais pura verdade. Ele estava faminto por novas informações. Afinal, aquele era um mundo novo, e ele queria estar a par de tudo. Até sobre história da magia europeia ele lia. Devorava. Comprara seu material escolar no início das férias e já havia estudado quase metade de tudo. Chegaria na Korkovado sabendo bem mais do que seus companheiros de classe.

Passara os meses de dezembro e janeiro estudando, tanto os livros teóricos quanto os práticos, aproveitando para treinar feitiços novos, já que sua varinha era indetectável e ele podia fazer magia fora da escola sem ser punido. Até que chegou o mês de fevereiro, e Hugo foi obrigado a parar tudo por causa do maldito Carnaval.

Época de pecados e bebedeira generalizada, o Carnaval, ao menos no Brasil, era um período de perturbação na magia. Feitiços começavam a falhar... uns saíam fortes demais... outros fracos demais... isso quando a varinha não soltava feitiços completamente diferentes dos desejados. Uma bagunça. O desalinho espiritual daquela época era tanto que refletia diretamente na magia e em tudo que era imaterial. Pela mesma razão, os elfos brasileiros se resguardavam naquele mês, e os mais sensíveis a perturbações espirituais iam se concentrar em locais do Brasil que fossem distantes da civilização. Aproveitavam, então, para treinar seus dons por lá.

Por conta disso, a casa dos Ipanema ficara quase vazia de elfas ao longo de todo aquele mês, e, só agora, no finalzinho de fevereiro, as irmãs mais velhas de Caimana estavam retornando; assim como a capacidade dos bruxos cariocas de fazerem feitiços decentes.

Agora ele entendia porque, também no mundo bruxo, as aulas só voltavam depois do Carnaval. Ou, ao menos, depois do período mais intenso do Carnaval, quando os bruxos tinham como controlar melhor as energias negativas liberadas pelo desregramento excessivo dos mequetrefes.

Hugo olhou o relógio. Faltavam cinco horas para meia-noite e ele duvidava que alguém se lembraria de seu aniversário. Nunca ninguém se lembrava. Aquele sábado era dia 28 de fevereiro, Dia da Família. Domingo já seria dia 1º de março, dia da festa de abertura do ano letivo, na escola. Ninguém se lembraria dele, escondido lá no meio daqueles dois dias tão tumultuados. Entre um sábado e um domingo.

Nascer dia 29 de fevereiro era muito duro.

Dandara bateu com força na porta, gritando do lado de fora, *"O que tu tá fazendo aí, Idá, que ainda não foi tomá banho!?"*

... sua mãe tinha a *obrigação* de se lembrar até o final daquele dia.

"Já vou!" ele respondeu, apressando-se. "A banheira tava enchendo!"

"Banho de banheira agora, garoto?! Tá com o Rei na barriga, é?! Vê se te enxerga, Idá!"

"É HUGO, mãe! Hugo!" ele gritou do banheiro, fechando a porta. "E é bom tu ir treinando, pra quando tu precisar falar na frente das tias da Caimana!"

"Ah! Para de frescura! Eu, hein…" Dandara resmungou, se afastando.

Ela não fazia ideia do quanto aquilo era importante. A vida dele dependia daquilo: de manter seu nome verdadeiro em segredo. Ao menos havia sido aquilo que Griô lhe falara meses atrás: que Idá Aláàfin Abiodun era nome perigoso.

Pelo menos Dandara já se acostumara em ser chamada de Srta. Escarlate. Até gostava do novo nome. Era mais chique. Ela só não conseguia chamá-lo de Hugo. Isso já era pedir demais para a memória de uma mãe.

"Srta. Escarlate! Como está bonita!" Éster cumprimentou-a na porta, deixando Dandara toda boba com o elogio, e ele segurou uma risada, tendo certeza de que havia sido apenas uma gentileza da elfa. O vestido de sua mãe era simples demais.

Hugo entrou logo em seguida, trajando um sobretudo vermelho-vinho que ele jamais teria usado fora da comunidade bruxa, mas que, segundo os bruxos, era extremamente elegante. E ele adorava.

Muitas das tias elfas de Caimana já haviam chegado, trazendo pratos e mais pratos de comida vegetariana para enfeitar a mesa de jantar. Simplesmente iam entrando, sem tocar a campainha. Eram loiras, lindas, de movimentos sempre suaves em seus vestidos longos, radiando uma aura que só elfas radiavam. Tão diferentes da moleca praieira que era Caimana…. A pixie, definitivamente, puxara ao pai; Heitor também não tinha a delicadeza dos elfos, apesar de ser um.

"Sua torta de espinafre está queimando, Caimana", uma tia de Heitor observou, ainda na entrada da casa, tendo abaixado seus óculos e visto o interior da cozinha através da parede, e Caimana saiu correndo para tentar impedir o desastre.

Aparentemente, bisbilhotar através de paredes era o dom daquela tia. Algo que, pelo que Hugo pôde logo perceber, ela gostava muito de fazer. "Que bagunça é aquela em seu escritório, Heitor querido?"

Incomodado, o escritor desviou os olhos, mas Loriel respondeu por ele. "Rejeitaram o livro do papai de novo…"

Inesperados aplausos soaram das mãos da tia de Heitor. "Bom! Muito bom! Assim você para de tentar seguir esses sonhos malucos e abraça de vez a arquitetura!"

"Eu não quero ser arquiteto, tia…"

"Bobagem, querido. Você é descendente de uma linhagem de arquitetos incríveis, que projetaram grandes construções! Imponentes! Admiradas por elfos e bruxos! Você vai ver só como sua vida vai ser bem mais feliz."

Hugo revirou os olhos e preferiu observar o resto do ambiente. Não havia quase homens elfos na sala. Eram diminutos, circunspectos, apagados se comparados a suas esposas, e, a julgar pelas varinhas, todos haviam escolhido o caminho da bruxaria em vez do misticismo, assim como Heitor fizera.

Se não fosse pelas orelhas pontudas, Hugo jamais os teria reconhecido como elfos. Até porque não emitiam qualquer luz. Não eram radiantes como as mulheres. Não transmitiam a paz e a serenidade de suas esposas.

Heitor acabara de ser arrastado até eles, a contragosto, pela tia-avó, que insistira na importância de um bom anfitrião, mas ele claramente não se sentia à vontade entre eles. Preferia estar com as irmãs. Afinal, era o Dia da Família, não o Dia dos Cunhados.

O nome do feriado, na verdade, era Dia da Consciência Bruxa, mas os elfos também comemoravam porque... bem... porque, no Brasil, tudo é motivo para um feriado. Só mais um pretexto para reunir a família toda e comer.

"Hugo, pega os aspargos pra mim?" Capí pediu assim que Hugo entrou na cozinha, e ele obedeceu, indo direto ao armário apropriado. Já estava craque naquela cozinha, de tantas vezes que perambulara por ali, vendo os Pixies cozinharem durante as férias.

"Eu ainda não entendi direito qual é a desse feriado", ele disse, entregando os aspargos para o pixie e sentando-se em um dos bancos da cozinha. "Por que *Dia da Consciência Bruxa*?"

Mordendo um quiabo cru, Caimana enfeitiçou a louça para que se lavasse sozinha e sentou-se a seu lado. "É o seguinte", ela começou a explicar, ainda de boca cheia, "Como você deve saber, a Corte mequetrefe portuguesa dos séculos 18 e 19 era uma Corte carola, conservadora e cheia de intrigas familiares. Uma beleza."

"Como toda boa família Real."

"Pois é. Estamos em 1788, em Portugal. Temos a Rainha Maria I", ela disse, cortando um pedaço do quiabo e colocando-o na mesa à sua frente. "Futura primeira diretora da Korkovado, também chamada Maria, a Louca, certo? Ainda em Portugal, onde não sabiam que ela era bruxa, ela teve uma penca de filhos. Entre eles, Dom José (o filho mais velho) e Dom João (o segundo filho mais velho)."

Mais dois pedaços de quiabo, menores que o primeiro, foram posicionados na mesa ao lado da quiabo-Rainha. Um mais magrinho, outro mais gordinho.

"Esse Dom João é o nosso Dom João VI, certo?"

"Isso, mas ele ainda não era Rei naquela época. Nem nunca seria, pelas regras de sucessão. Ele não era o filho mais velho. Dom José era."

"Tô começando a entender onde isso vai chegar."

A pixie confirmou com uma cara de 'pois é'. "Dom João, esse gordinho aqui, era casado com Carlota Joaquina." E Caimana cuspiu na mesa o pedaço de quiabo que acabara de mastigar. Hugo riu.

"Essa gosma asquerosa aqui era a Carlota Joaquina. Famosa, tanto entre mequetrefes quanto entre os bruxos, por ser uma mulher má, sórdida e calculista, que queria o trono de Portugal para ela."

"Agora vem a parte em que a história bruxa e a mequetrefe começam a discordar", Viny se intrometeu, sentando-se junto a eles para ouvir melhor. Caimana prosseguiu, "Os mequetrefes acreditam que, para a sorte de Carlota, em 1788, Dom José morreu de varíola, transformando Dom João no próximo da linha de sucessão."

Viny cortou o quiabinho-José ao meio, "Paff", e Caimana sorriu para ele.

"O que nós, bruxos, sabemos, no entanto, é que não foi bem assim."

"Não?"

"Não. Dom José ficou doente sim, só que a Rainha, mãe dele, era bruxa, e ninguém sabia. Então, depois que os melhores médicos mequetrefes da época tentaram de tudo para salvar o príncipe e nada deu certo, Maria I se fechou no quarto com ele e tentou salvá-lo em segredo, com feitiços, poções etc. Conseguiu."

Sempre atento às palavras da namorada, Viny remendou os dois pedacinhos de quiabinho-José na mesa. *"Voilá."*

"O príncipe herdeiro ficou ótimo. Só que o que aconteceu?"

Hugo ergueu a sobrancelha, "Carlota Joaquina descobriu."

Caimana confirmou com os olhos. "Logo quem, né? Descobriu e denunciou a Rainha e o príncipe herdeiro de bruxaria, para o resto da família."

"Filha da mãe."

"Pois é. O núcleo principal da Família Real portuguesa, e mais alguns assessores, prenderam a Rainha e o príncipe, querendo esconder tamanha heresia do povo altamente católico de Portugal." Caimana separou os dois pedaços de quiabo do resto da Corte de vegetais, prendendo-os atrás de uma cenoura.

"Poucas pessoas fora da família ficaram sabendo, claro. Aquilo seria um escândalo caso fosse descoberto. Imagina?! Uma bruxa na Corte mais católica da Europa! Não só uma bruxa, como um bruxo também, porque Dom José era bruxo como a mãe. Dom João é que nasceu fiasco. Então, o que a Corte fez para evitar o escândalo? Anunciou a todos que Dom José havia morrido de varíola e que a Rainha Maria I enlouquecera com a morte do filho; por isso não poderia mais governar."

Hugo olhou para os dois, não acreditando. "Genial."

"Cruel", Capí corrigiu, chegando com uma travessa de torradinhas para que eles petiscassem.

"Daí, Maria, *a Louca*", Hugo concluiu, e Caimana confirmou, "Ela foi declarada mentalmente instável em 1792. E o pior é que, depois das barbaridades que fizeram com ela nos calabouços, tentando *curar* a bruxaria da Rainha, ela enlouqueceu de verdade."

"Putz."

"Sem saber da tortura, nem de nada daquilo, Dom João VI virou Príncipe Regente, começando, assim, a governar Portugal como Rei no lugar da mãe. E Carlota Joaquina conseguiu o que queria", Caimana concluiu, coroando o quiabo-cuspido com uma folha de rúcula. "Taí a história que os mequetrefes não conhecem."

"E o Feriado da Família é para…"

"Provar ao mundo que famílias bruxas são muito mais unidas do que famílias mequetrefes como a família Real portuguesa." Caimana riu, "É, eu sei, ridículo."

Viny suspirou irônico, "Como nossa Dalila *querida* consegue provar todos os dias lá na Korkovado."

"Minha mãe não conta. Ela não é mais da família. Foi oficialmente rejeitada." Caimana comeu o último pedaço de quiabo e foi para a sala.

"Por isso é tão difícil um livro como o do Heitor ser publicado", Capí observou, chegando para limpar a sujeira que a pixie deixara para trás. "Qualquer texto que sugira uma possível união harmoniosa entre bruxos e azêmolas é visto, no mínimo, com antipatia."

"Mequetrefes, véio", Viny corrigiu. "E o mais irônico é que a própria Maria I era religiosa. Católica ferrenha."

"Amante da paz e das obras sociais", Capí completou. "Mas isso não foi suficiente pra convencê-los de que ela não estava possuída pelo demônio."

"Resumindo o fim dessa história..." Viny batucou com as mãos na mesa para criar antecipação: "... quando teu querido Napoleão ameaçou invadir Portugal, Dom João VI ficou acuado, morrendo de medo, e os bruxos ingleses ofereceram ajuda em sua fuga para o Brasil, em troca da liberdade de Maria I e Dom José. Maria I virou a primeira diretora da Korkovado, mas, como ela estava louca, foi Dom José quem, de fato, dirigiu. E assim surgiu a primeira versão do nosso *queridíssimo* Conselho Escolar."

Viny levantou-se e se curvou para receber os aplausos, que Hugo e Capí se apressaram em providenciar, enquanto Dandara entrava na cozinha com uma bandeja vazia de petiscos na mão.

"O que tu tá fazendo aqui? Vai ajudar, menino!" ela disse, dando uma bandejada de leve na cabeça do filho, que se levantou rindo e obedeceu, pegando a travessa de torradinhas e levando-a para a sala, onde elfas famintas esperavam.

Por mais que a temática do feriado fosse a harmonia familiar, o grande assunto entre elas era Dalila Lacerda e o quanto ela era desprezível. Não havia ninguém ali que a defendesse, a não ser o pobre do Heitor, que ainda amava a ex-esposa, apesar de a sacana ter abandonado o coitado com cinco filhas para criar, levando o filho homem com ela, ainda bebê, privando Caimana de seu irmão gêmeo.

Merecia mesmo o escárnio da família.

Todas as elfas estavam reunidas na sala de estar, conversando ao som de uma harpa que tocava sozinha ao fundo. Enquanto metade delas falava mal da família Lacerda, a outra metade aplaudia as demonstrações de Lutiene e seu recém-descoberto dom: leitura de almas.

Quem adivinharia? Um ano mais velha que Caimana, Lutiene descobrira seu dom no ano anterior, durante as férias de meio de ano, pouco depois que Hugo a conhecera, e estava se preparando para ir aperfeiçoá-lo no Bosque dos Centauros, em Brasília, onde iria treinar com alguns dos *elfos anciãos*.

Hugo não estava tão certo assim de que queria que o treinamento dela desse certo. Desde que descobrira seu dom, Lutiene virara um incômodo para ele. Toda vez que ele pensava nos crimes que cometera, nas pessoas que machucara, ela vinha lhe perguntar se estava tudo bem, dizendo sentir nele uma aura pesada, de preocupação e remorso.

Hugo sempre negava, ou então desconversava e ia fazer alguma coisa em outro cômodo da casa. Quando estava sem paciência, soltava logo um "Vai cuidar da tua vida, garota!" – que só confirmava o que ela estivera pensando.

"Obrigada, querido", uma das tias agradeceu, passando pasta de berinjela na torradinha que ele oferecera. Só então Hugo notou que todas as tias tinham um colar no pescoço, com um pingente de cristal, parecidos com o que Éster usava todos os dias. Em cada elfa, o pingente tinha uma cor e um formato diferentes, mas todos emanavam uma luz que parecia harmonizar perfeitamente com cada uma delas.

"*O que são esses colares?*" Hugo murmurou assim que Capí parou a seu lado.

"*Eles representam o dom de cada uma*", o pixie respondeu, com imenso respeito. "Elas são presenteadas com esse pingente quando completam o treinamento e passam no teste final."

"Devem ser muito importantes pra elas."

"*São a vida delas. As elfas protegem esses colares como protegeriam parte de suas almas. Eles simbolizam o respeito que a comunidade élfica tem por elas, que se tornaram elfas completas.*"

"*Completas*? Então, quem não termina o treinamento, ou não tem um dom, é considerada... incompleta?"

Capí negou. "É *desconsiderada* completamente. Rejeitada pela comunidade."

Hugo franziu o cenho, achando aquilo cruel demais. "A Lutiene vai receber um desses, né?"

Capí confirmou, "Quando terminar o treinamento, daqui a alguns anos. A Loriel deve recebê-lo ainda neste semestre. Já é certo. A Marília ainda está no meio do treinamento dela, mas tudo indica que ela vai passar também."

"E a Caimana?"

Capí meneou a cabeça, receoso. "Veremos..."

Hugo sabia o que o preocupava. Caimana ainda não demonstrara sinal algum de seu dom. Talvez nem tivesse um. E aquela expectativa estava agoniando a todos.

Éster descobrira o seu, de cura espiritual, há muitos anos, e já o aperfeiçoara ao ponto da perfeição. Marília havia ido para Pedro Leopoldo, em Minas, treinar sua premonição e Loriel viajara para o Alto Paraíso, em Goiás, onde elfos com o dom da cura física e magnética iam fazer seu treinamento no Jardim de Maytrea, lugar conhecido por ter uma concentração grande de energia mística. Lutiene, por sua vez, estava ali entretendo as tias, empolgadíssima, tentando ler a alma de cada uma delas. Agora só faltava Caimana, e o olhar de todos estava fixo nela. Seu dom já devia ter emitido algum sinal, qualquer que fosse.

Ela fingia desinteresse e desprendimento, mas Hugo podia sentir a angústia da pixie. Caimana queria ser admirada pela família, mesmo que fingisse não ligar.

"São uma beleza, não são?" a tia mais velha comentou com Hugo, parando ao seu lado, e ele teve de concordar. Todas eram lindas demais.

"Uma pena Caimana ter escolhido a bruxaria em vez de se focar inteiramente no misticismo élfico", ela lamentou, com certo desprezo. "Escolher a bruxaria só a distrai de buscar seu dom. Torna tudo mais difícil."

Hugo meneou a cabeça, incomodado com a maneira desdenhosa com que ela se referira à própria sobrinha, "Vai ver ela quis seguir os passos do pai. O Heitor também escolheu a bruxaria, né? Mesmo sendo elfo."

"O Heitor não teve escolha, querido. Nenhum homem elfo tem dons. Só as elfas são agraciadas com esse privilégio."

Hugo ergueu as sobrancelhas, e a tia explicou, "Há muito tempo é assim. Nossos homens perderam esse direito milênios atrás, quando deixaram de dar importância aos rituais. Ou são bruxos, ou não são nada. Não têm mais escolha."

Hugo fitou-a, surpreso. Aquilo significava, então, que Abelardo também nunca teria um dom... Menos um problema para Hugo se preocupar.

A elfa sorriu, empolgada. "Já te apresentaram todas?"

Diante da negativa, ela começou a apontar para cada uma das tias. "Diandra é manipuladora de sonhos…" ela disse, indicando a tia mais jovem. Apenas alguns anos mais velha que Éster, Diandra tinha delicados cordões de prata enfeitando os cabelos loiros e conversava serena com a sobrinha Lutiene.

"… Aquela outra, próxima à janela, a mais gordinha, é a Clotilde… Ela é criadora de imagens mentais…"

Hugo ergueu as sobrancelhas, imaginando como seria aquilo.

"… e aquela ali é Santuza", ela prosseguiu, reservando um sorriso afetuoso para a mais querida das tias. "Santuza consegue fazer com que todos prestem atenção ao que ela tem a dizer; dom que muitos humanos matariam para ter."

Realmente, enquanto uma única tia ainda assistia aos truques de Lutiene, a maioria na sala havia parado para ouvir o que Santuza estava contando, sobre como passaria as férias de meio de ano no Pico das Agulhas Negras, aperfeiçoando ainda mais seu dom.

Enquanto ela contava, a gordinha Clotilde fixou seus olhos nos de Hugo, e ele começou a ver, com impressionante clareza, o pico sobre o qual Santuza estava falando, como se ele próprio estivesse lá, olhando para ele. Uma montanha enorme, situada entre os estados do Rio de Janeiro e Minas Gerais, formada por gigantescas formações rochosas. Estupefato, Hugo ficou admirando tamanha grandiosidade, até que Clotilde tirou os olhos dele e a visão se dissipou.

Ele estava de volta na sala de estar da família Ipanema, ouvindo Santuza falar.

Hugo sacudiu a cabeça, tentando se situar novamente na realidade. Impressionante como ninguém tirava os ouvidos do que Santuza estava dizendo. Era como se ela estivesse hipnotizando a todos com sua voz.

"O segredo para ser ouvido é saber ouvir", Capí murmurou, parando novamente a seu lado para fazer-lhe companhia, e Hugo olhou para o pixie. "Não entendi."

"Se você ficar um dia inteiro conversando com Santuza sobre seus problemas, ela vai ficar um dia inteiro te ouvindo, com absoluta atenção e interesse. É quase uma terapia conversar com ela. Por isso, quando ela finalmente quer falar, todos ouvem, com igual interesse. Não é preciso ser uma elfa pra ter esse dom", Capí concluiu, fitando-a com um sorriso doce, como se sentisse orgulho de ter, no mesmo ambiente, alguém tão evoluído quanto ela.

"Mas se o segredo é só saber ouvir", Hugo retrucou, "que treinamento é esse que ela vai fazer no Pico das Agulhas Negras?"

"Ela vai lá para aprender a silenciar a vontade de dizer coisas desnecessárias. Vai aprender a ouvir mais ainda, com o silêncio das montanhas."

"E aquela tia que tava falando comigo?"

"Zenóbia? É a sacerdotisa da família. A única que já foi a Avalon."

"Aquela ilha das lendas do Rei Arthur?!"

Capí confirmou, "Reino de Morgana Le Fay. Só cuidado com a palavra 'lenda' por aqui. A ilha foi coberta em brumas, mas ainda existe, para os poucos que conseguem alcançá-la. Zenóbia foi a única da família a conseguir. Ela já nasce na família Ipanema há muitas vidas."

"E qual é o dom dela?"

"Zenóbia se lembra de todas as reencarnações mais recentes dela. Lembra do que fez, do que aprendeu..."

"Nem por isso é menos enxerida e futriqueira", Viny interrompeu, e Capí sorriu bondoso, "Nem todos aprendem com os próprios erros, Viny. Mesmo quando se lembram do que fizeram de errado. Nós todos estamos aqui na Terra para aprender. Se a gente já fosse perfeito, não tinha reencarnado aqui."

"Sim, sim, estou ciente do que tu acredita, véio", o loiro resmungou, e já ia retrucar quando uma linda pomba branca, com uma mancha escura perto dos olhos, entrou voando pela janela, pousando graciosamente na estante ao lado do pixie. Viny fechou a cara, reconhecendo o animal, e tirou, de má vontade, o bilhete que viera preso a uma argola de ouro na pata esquerda do bicho. "Meus pais", ele desviou os olhos da mensagem, nada contente. "Estão me esperando para o jantar."

Capí pôs a mão em seu ombro, "Eu giro com você até Santos", e Viny riu sarcástico. Um riso cheio de mágoa.

"Tu tá de brincadeira, né, véio?!"

"Eles te amam, Viny!" Caimana insistiu também e Viny fitou-a quase com ódio no olhar, mas ela não se intimidou, "Faz mais de um ano que você não volta pra casa. Você precisa rever seus pais! Não se foge assim de casa sem dar qualquer satisfação."

"Eles sabem que eu estou aqui. É o suficiente."

"Viny... você sabe como eles ficam nesse dia, pensando no Leo."

Pois que pensem!" Viny rebateu com veemência, e a campainha tocou, interrompendo a conversa de todos na sala.

Os Ipanema estranharam, olhando desconfiados para a porta. A campainha não tocara nenhuma vez naquela noite. Todos haviam entrado sem se anunciar.

Tenso, Heitor apressou-se até a porta. Abrindo-a, empalideceu.

"... *Então, gente!*" Dandara chegou animada da cozinha, com uma travessa de purê na mão. "Agora que já tá todo mundo aqui... vamos pra mesa?!"

Ninguém se mexeu.

"Olá, *querido*", Dalila disse da porta, com um sorriso cruel, esbarrando no escritor e avançando sala adentro como se a casa fosse dela, atraindo os olhares de desprezo de todas as elfas no recinto. Ainda atônito, Heitor virou-se para o filho, que permanecera na soleira da entrada, olhando com nojo para dentro.

Inseguro, o escritor tentou abraçá-lo, mas Abelardo se desvencilhou do abraço, *"Meu pai é outro"*, fazendo questão de esbarrar nele também e entrando atrás da mãe.

Hugo sentiu seu coração acelerar, vendo o anjo ali, tão perto. Será que ele recuperara a memória?!

Alheio aos temores de Hugo, mas não à animosidade no rosto de todos naquela sala, Índio balançou a cabeça, com cara de poucos amigos.

"Vai ser um jantar excelente..."

CAPÍTULO 5
ADIVINHEM QUEM VEIO PARA O JANTAR

O silêncio na mesa era abismal; interrompido apenas pelo tilintar dos talheres e por uma ou outra buzina lá fora. Poucos estavam, de fato, comendo. Os outros apenas fingiam comer. Heitor, diminuído na cabeceira direita, brincava com a comida em seu prato, tenso, oprimido pela presença da ex-esposa, enquanto Caimana, na cabeceira esquerda, trocava olhares nada amigáveis com o irmão. Dalila sorria maliciosamente para Éster, rodando o dedo pela borda da taça, adorando aquele clima de tensão.

Nenhuma das tias havia ficado, alegando compromissos recém-inventados. Com elas, fugiram também seus maridos, lançando mão das mais criativas desculpas esfarrapadas que elfos poderiam dar. Só a família principal permanecera, firme e forte, na casa, para enfrentar a loba e seu filhote.

De um lado, Viny, Capí, Hugo, Dandara e Éster. Do outro, Lutiene, Índio, Abelardo, e Dalila. Parecia mais um campo de batalha do que um jantar em família. Um campo de batalha antes de soarem as trombetas.

Hugo só tinha olhos para o anjo. Apreensivo, tentava adivinhar, pela expressão em seus olhos, se Abelardo havia se lembrado de alguma coisa. Mas, pelo modo como Abel estava encolhido na mesa, claramente inseguro, ele não se lembrava de nada. Dalila até dera uma leve risada sarcástica na hora da prece élfica, no começo da refeição, mas o anjo ficara quieto, diminuto, sério. Não parecia estar no clima para criticar qualquer coisa. Talvez fosse a memória faltando.

Heitor deixou escapar um suspiro temeroso, e a conselheira olhou com puro prazer para o ex-marido, que escondeu as mãos trêmulas debaixo da mesa. Vendo-o naquela situação, dava até pena. Grandes irmãs ele tinha. Na primeira oportunidade, haviam deixado o irmão sozinho com a cobra.

Ele não era o único tenso ali. Os pixies todos estavam apreensivos, principalmente Capí, já sabendo o que os esperava, e foi Lutiene quem quebrou o silêncio, tentando começar uma conversa amigável, "Então, mãe, a senhora soube que eu encontrei meu dom? Eu leio almas!"

"Levitação teria sido tão mais interessante, querida", Dalila comentou, mostrando mais interesse em fazer seu prato. "Misticismo ridículo…"

Lutiene se encolheu e não disse mais nada. Também… o que ela esperava? Um elogio *daquela* mãe?

Dalila provou a salada, depois o purê… todos acompanhando cada gesto dela no mais absoluto silêncio.

"Nada mal… nada mal…" Dalila elogiou, limpando os lábios com delicadeza. "Então, Heitor querido, eu soube que te rejeitaram de novo. Já é o que, seu décimo livro rejeitado? Que má sorte, hein?"

"Não é má sorte, mãe, é incompetência mesmo", Abelardo alfinetou, e Hugo sentiu toda sua repulsa pelo anjo voltar em menos de um segundo.

"Ah, sim, isso também, claro", Dalila deu um tapinha consolador na mão do ex-marido, que desviou o rosto, amargo. "Ah, não fica assim, Heitorzinho… Eu sempre soube que você não daria em nada. Você tem vocação para o fracasso."

Diminuído na mesa, Heitor não disse uma palavra. Ninguém disse nada. Dalila Lacerda estava agindo de forma previsivelmente canalha; nada fora do esperado. E eles estavam determinados a não cair na provocação.

Só Dandara parecia surpresa. Fitava Dalila perplexa com tamanha incivilidade, tentando entender como uma visita podia ser tão desagradável. Hugo olhou para sua mãe, orgulhoso. Em qualquer outro lugar, ela já teria armado um barraco de proporções épicas, mas não ali. Nunca faria uma desfeita daquelas na frente de gente tão fina e educada como os Ipanema.

De resto, todos fingiam continuar a comer, mas era possível ver o ódio fumegando em cada um dos olhos naquela mesa. Capí baixou a cabeça, incomodado com tanta energia ruim, enquanto Éster passava o dedo delicadamente pela extensão do garfo, tentando se acalmar, mas quando o silêncio ficou insuportável demais, a filha mais velha da Conselheira não resistiu, "Vocês não deveriam estar comemorando o feriado com seu atual marido, Dalila?"

"Ah… é tão mais divertido aqui… vocês não acham?! É muito amor!" Dalila riu, deliciando-se com a situação. "De qualquer forma, meu Nero está em Brasília para a futura posse de Lazai-Lazai na Presidência."

"Mas o Lazai não vai ganhar", Viny rebateu, provocando um leve riso irônico da conselheira Lacerda, "Vai sonhando, Y-Piranga. Quando Lazai ganhar, irá nomear o *meu* Nero como Ministro. Aquele palhaço do Antunes não tem a mínima chance."

"Não é o que as pesquisas indicam."

"Ôoooo… que bonitinho! Ele ainda acredita em pesquisas!"

Viny fechou a cara, mas não reagiu. Seria falta de respeito com os Ipanema se os Pixies começassem um barraco ali em pleno Dia da Família. Sem contar que ele, assim como os outros Pixies, estava nas mãos do Conselho Escolar naquela semana. Por algum milagre, Dalila autorizara que a festa de início de ano dos Pixies fosse no refeitório, e, até a festa acontecer, a conselheira ditava as regras.

Dalila estava adorando aquilo tudo. Escolhera o dia certo para visitar. No feriado da família era proibido recusar qualquer familiar que batesse à porta para o jantar, mesmo que viesse perturbar a paz. Considerava-se uma falta de educação grave. A família que o fizesse ficava mal falada durante meses…

"E seu outro filho?" Hugo entrou na conversa, notando uma ausência que muito lhe agradava. "Se o Nero tá em Brasília, por que o Gueco não veio? Vocês deixaram ele sozinho em casa no Dia da Família?!"

Dalila olhou-o com o desprezo de sempre, "Não sei se devo me dignar a responder uma pergunta do filho favelado da passadeira semianalfabeta."

Hugo sentiu seu sangue subir à cabeça, mas foi sua mãe quem se levantou, furiosa com o insulto. "Escuta aqui, Dona Lacerda!"

"Ah, que bonitinha! Ela me chamou de 'dona'!" Dalila zombou, fingindo pena, e Dandara recuou desconcertada, mas logo se recuperou, estufando o peito, "Quem a senhora pensa que é pra..."

"Querida", Dalila cortou-a de novo, com um sorriso condescendente nos lábios, "eu sou do Conselho Escolar. Uma palavra minha e seu filho é expulso. Ele sabe disso, não sabe, *bandidinho*?"

Hugo fechou a cara, furioso, mas se segurou, sabendo que era a mais pura verdade. Por muito pouco Dalila não o expulsara da escola no ano anterior.

Vendo que Dandara recuara, Dalila resolveu pisar um pouco mais. "De qualquer forma, querida, a conversa ainda não chegou na cozinha."

Sua mãe arregalou os olhos ofendida, mas ficou calada para não prejudicar o filho. Heitor até queria defendê-la, mas a presença de sua ex-mulher na mesa o oprimia tanto que ele limitou-se a murmurar, quase subserviente, "Não destrate assim meus convidados, Dalila..."

"Eu falo como eu quiser, querido. Massss, como eu sou magnânima..." Dalila prosseguiu, voltando-se para Hugo, que fitava-a furioso, "vou responder sua pergunta, faveladinho. Gervásio não veio porque eu não o considero um membro da família."

"Mãe!" Abelardo protestou, incomodado.

"É a mais pura verdade, querido! Eu nunca escondi de seu pai o que eu penso sobre aquele moleque. Meu Nero adotou o garoto porque quis, mas se ele pensa que algum dia vou aceitar aquele filhote de caminhoneiros como filho meu, ele pode ir tirando o centaurinho da chuva."

Abelardo baixou a cabeça sem contestar, mas estava claro que não gostava nem um pouco de quando Dalila destratava seu irmão adotivo.

Por dentro, Hugo estava sorrindo. *Gervásio*. Com um nome daqueles dava para entender por que o garoto era tão insuportável. Hugo não deixaria que ele se esquecesse de seu nome verdadeiro nunca mais.

"Respondi sua pergunta, favelado?" Dalila voltou-se para Hugo, que fechou a cara com ódio daquela mulher, mas se segurou. Não queria ser expulso.

As irmãs Éster e Lutiene já haviam se recolhido a um estado meditativo na mesa, desde que a palavra 'faveladinho' saíra dos lábios generosos da Conselheira pela primeira vez. Não podiam se irritar; estavam em treinamento. Enquanto isso, Dalila se servia de mais um pouco de torta vegetariana, com aquele sorriso irritante nos lábios; sorriso de quem sabia estar provocando sentimentos dos mais negativos.

Ela estava se divertindo ali, a filha da mãe.

A conselheira deu uma leve risada, vendo o desagrado no rosto de Dandara. "Pobre, quando ganha um pouquinho de esmola, já se acha importante."

Hugo largou os talheres na mesa, se segurando para não sacar sua varinha e matar a desgraçada ali mesmo.

"Algum problema, Hugo Chocolate?" Abelardo provocou, e Hugo bateu com força na mesa, furioso, "Perdeu a noção do perigo, *Abestado* Lacerda!?"

Caimana riu pelo nariz, a boca cheia de comida, e alguns outros na mesa se seguraram para não rir também, mas Hugo permaneceu sério, ameaçador, notando a tensão e a dúvida nos olhos azuis do anjo. Pela nesga de perplexidade em seu cenho, estava mais do que claro que Abelardo não se lembrava da surra que levara no ano anterior. Mas agora estava com medo. Algo lhe dizia que Hugo era perigoso e que ele não devia ter provocado.

Hugo sorriu malicioso, deliciando-se com aquele medo do anjo, e os dois ficaram se encarando por um bom tempo, Abelardo empalidecendo aos poucos, até que Dalila resolveu quebrar o silêncio e mudar de alvo, para salvar o pescoço do filho. Procurando quem seria uma boa vítima para seu veneno, seus olhos passearam por cada um dos que estavam ali sentados, até encontrarem Capí.

"E você, órfãozinho? O que está fazendo aqui? Fugindo daquele troglodita do seu pai?"

Caimana revirou os olhos, "O Fausto tá viajando".

"Ah, é verdade. Aproveitando a verba da escola para tirar férias."

"Meu pai viajou a trabalho", Capí corrigiu com a voz mansa, sem encarar Dalila, que sorriu, "Claro, claro... Continue acreditando nisso."

O pixie baixou a cabeça. Aquele desprezo da Conselheira o incomodava demais. Procurando manter a calma, explicou, "A Zô pediu que ele fosse ao Amapá buscar ervas medicinais pro estoque da Kanpai e para os banhos que a Zô precisa fazer."

Dalila deu risada, "O que eu disse, Abel? Velha caduca, usando dinheiro da escola em benefício próprio."

"Como se você não fizesse o mesmo", Hugo alfinetou, e Dalila fitou-o, lívida de ódio, "O que foi que você disse, faveladinho insolente?"

Enquanto Viny se segurava para não rir, Hugo respondeu, "Nada não", com um sorriso velado de vingança cumprida nos lábios.

Irritada, Dalila jogou o guardanapo que protegia seu colo sobre a mesa, "Você devia escolher melhor o tipo de gente que convida para sua casa, Heitor. Imagine eu, mulher do grande senador Nero Lacerda, jantando na mesma mesa que um bandidinho favelado, uma passadeira semianalfabeta e o filho do zelador *fiasco* da escola... Gente da mais baixa estirpe! Patético."

Capí continuava olhando para a comida. Aquelas palavras o feriam demais e a tristeza em seus olhos era imensa. Mas havia algo além de tristeza neles. Talvez pena.

Isso. Pena. Ele tinha pena dos dois. Pena daquela situação. Como se aquilo tudo fosse uma tragédia lamentável que ele, em seu mais profundo ser, desejava que pudesse ser resolvida. Uma estupidez desnecessária... que só machucava todo mundo ali. Inclusive Dalila e seu filho.

"Falam tão bem da sua mãe, né, Twice?" Abelardo deu corda. "Sabe que eu nunca entendi? Se ela era tão maravilhosa, tão inteligente... como ela foi se casar com um boçal daqueles, hein? Talvez ela gostasse de apanhar, né? Você gosta, não gosta? Vai ver ela também gostava de uns tapinhas de vez em quando."

Capí cerrou os olhos. Ele tinha mais autocontrole do que qualquer um naquela mesa, mas estavam pegando pesado demais... Hugo podia quase sentir o sangue do pixie borbulhando.

Abelardo abriu um sorriso provocador. "Vai ver a sua mamãezinha Luana só casou com aquele fiasco patético por caridade."

"Não foi bem assim que aconteceu, né, Dalilinha querida do meu coração?" Heitor rebateu, abrindo um sorriso pela primeira vez naquele jantar, e Abelardo olhou confuso para a mãe, "Do que ele tá falando, mãe?"

"Bobagem de escritor fracassado, querido", Dalila respondeu sem se afetar. "A verdade é que Luana Xavier também não valia muita coisa. A escola inteira a paparicava e ninguém percebia a *vadia* que ela era."

Capí se levantou da mesa. Estava alterado, mas ainda sob controle. Um minuto a mais ali e ele explodiria. Pedindo licença ao dono da casa, retirou-se para o escritório. Não era obrigado a ficar ouvindo aquilo.

Dalila sorriu triunfante. "Menos um empregadinho na mesa."

"*Ele não é um empregadinho*", Viny murmurou, já roxo de raiva. Aguentara ficar calado até então por algum milagre da natureza.

"O Viny tem razão, mãe", Abelardo disse, sarcástico. "Não seja tão cruel assim com o Twice. Melhor ser filho do zelador do que de um escritor fracassado que vive às custas das irmãs."

Caimana largou os talheres e apontou o dedo contra o irmão, "*Você lava a boca pra falar do nosso pai, tá me ouvindo?!*"

"Por favor, gente, chega de guerra…" Heitor implorou, exausto. "Isso aqui é um jantar em família…" e pegou o garfo novamente, tentando voltar à normalidade, mas estava claro, em seus olhos úmidos, que ele havia sido atingido pelo comentário do filho. Estava abalado, consternado, e Hugo viu sua mãe se levantar para ampará-lo, "Vamos, Seu Heitor. Essa gente não merece a nossa atenção. Vem comigo."

O escritor deixou-se ser levado, sem resistência, para o escritório. Já havia sido tão difícil arrancá-lo da depressão à tarde… Agora seria quase impossível. Para garantir que o pai estaria bem assistido, Éster e Lutiene saíram de seus estados-alfa e foram ajudar também.

Dalila continuou comendo na maior tranquilidade élfica, como se nada houvesse acontecido. Já era o quinto que saía da mesa.

Hugo estava começando a lamentar não ter jogado um feitiço mais forte no anjo. Se Abelardo houvesse esquecido de tudo, absolutamente tudo, nenhum dos dois estaria ali azucrinando a vida deles. Estariam, sim, em uma instituição psiquiátrica procurando tratamento para a amnésia total do canalhinha júnior. Da próxima vez, ele faria Abelardo esquecer o próprio nome.

"Suas orelhas não estão demorando a apontar não, querida?"

"Mãe, desiste! Chega!" Caimana pediu, cansada daquela guerra. Já não aguentava mais…

"Liga não, mãe", Abelardo provocou, "a Caimana é complexada porque os dons dela não surgiram como o das outras…"

"*Eu não sou complexada!!!*" Caimana se levantou furiosa.

"Ah é sim! Tá com medo de virar uma fracassada como o seu pai."

"NOSSO pai!" ela berrou, com lágrima nos olhos, e foi se enfiar no quarto.

Viny foi correndo atrás. Índio e Hugo logo seguiram os dois, deixando Dalila e Abelardo sozinhos na mesa. Tinham conseguido o que queriam.

"*Sensível ela, não?*" Dalila ainda comentou, alto o suficiente para que eles a ouvissem antes que se trancassem no quarto.

"Mas que mulherzinha insuportável!" Hugo exclamou, indo sentar-se em uma das quatro camas de hóspede. Uma para cada pixie.

Caimana estava chorando, sentada em sua própria cama, soluçando forte enquanto era acalmada por Viny e Índio. Capí entrou logo em seguida, atraído pelos berros, chegando do escritório bastante preocupado com o estado da pixie. Hugo entendia o quanto aquilo era sério. Era a *família* dela ali, se digladiando. Era a *mãe* dela. O irmão *gêmeo* dela. Não devia ser fácil.

"Ele não tem esse direito!" Caimana soluçou, sendo abraçada com força pelo namorado. Era visível a frustração dela. Caimana vivia dizendo que odiava o irmão, mas não era verdade. Estava claro que não era verdade.

Viny estava inconformado. "Aquele garoto ainda vai se ver comigo."

"O que deu neles, hein?" Índio sentou-se na cama oposta. "Não é segredo nenhum que os dois são desagradáveis, mas hoje eles estavam demais!"

Capí suspirou chateado, sentando-se na poltrona de canto, "Vocês precisam dar um desconto ao Abelardo."

Viny lançou-lhe um olhar nada amigável. "Claro que tu ia defender o idiota, né, véio?! Sempre! Tu não passa um dia sem defender o anjinh..."

"Ele repetiu de ano."

Todos olharam espantados para o pixie, e Hugo estremeceu.

Seu feitiço havia ido longe demais.

CAPÍTULO 6
O MESTRE PESCADOR

"COMO ASSIM?!" Caimana exclamou, chocada.

"Ele foi péssimo nas provas finais, Cai", Capí explicou. "Chutou metade das respostas; a outra metade, ele deixou em branco. Foi literalmente como se tivesse esquecido tudo que aprendeu no segundo semestre."

Hugo se retraiu na cadeira, não sabendo ao certo se sentia satisfação absoluta, medo de ser descoberto, ou arrependimento por ter ido longe demais.

Capí coçou a nuca, claramente desconfortável com aquela situação, "Eu não tinha contado nada pra vocês ainda porque... bem, o assunto ainda estava meio indefinido."

"Indefinido como?" Hugo perguntou, enquanto Índio levantava-se para verificar se Dalila e Abelardo ainda estavam na sala.

"Eles já foram?"

O mineiro confirmou, "Até deixaram a porta da frente aberta."

"Claro que deixaram", Viny resmungou. "Mas então, véio, tu tava explicando. Por que indefinido?"

"A Dalila tentou mexer uns pauzinhos pra que o Abel pudesse passar de ano, e os dois até chegaram a pensar que iam conseguir, mas ontem houve uma auditoria surpresa do governo, que está querendo mostrar serviço com a proximidade das eleições, e ela foi obrigada a reprovar o próprio filho. Isso, claro, ainda é segredo."

Viny riu, sarcástico, "Então os sacanas tentaram fraudar o resultado das provas, né?! Que coisa feia..."

"Isso não tem graça, Viny!" Caimana reclamou, e o pixie apagou o sorriso.

Não era hora para gracejos.

"Hoje eles ficaram sabendo que não tinha jeito", Capí prosseguiu. "Que ele ia ser obrigado a repetir de ano mesmo."

"Agora faz todo o sentido", Índio ponderou. "Por isso eles estavam especialmente desagradáveis hoje; precisavam pisar em alguém pra não se sentirem tão inferiores."

Capí concordou, "O Abel deve estar se sentindo um lixo. Eu não duvido nada que a Dalila tenha decidido vir aqui exatamente porque soube da rejeição do livro do seu pai, Cai. Veio botar o Heitor pra baixo; se vangloriar da possível promoção do Nero, pra voltar a se sentir superior e fazer o filho se sentir superior também, apesar da repetência."

"Nada agrada mais aquela cobra do que pisar no meu pai", Caimana concordou, parecendo aceitar melhor o veneno deles com aquela explicação, mas Índio estava com um grilo na cabeça, e Hugo não gostava nada de ver aquele grilo ali.

"Muito estranho", o mineiro disse. "O Abelardo sempre foi um ótimo aluno. Acho que tem mais aí do que simples desinteresse nos estudos."

Caimana meneou a cabeça, "Desatenção, talvez?"

"Não sei."

"Que tromba é essa, gente!? Eu estou achando ótimo!" Viny comemorou. "A gente avançando pra quinta série e ele voltando pra quarta! Ha! O placar já deve ter começado a contar pontos pra gente lá na escola. Pena que tu não vai ser mais professor substituto, né, véio? Se não, tu ia sambar na cara dele. Ele repetente; tu professor. Hein?"

Capí olhou feio para Viny, mas não disse nada. O conflito Pixies vs. Anjos já estava tão entranhado no loiro que ele sequer conseguia compreender a gravidade do que acontecera. Vendo, no entanto, que sua empolgação não era compartilhada por nenhum dos outros, o loiro achou melhor ficar quieto, mesmo sem entender.

Hugo olhou o relógio e se espantou. Era madrugada do dia 1º. Meia-noite já passara há muito tempo. E, com ela, seu aniversário.

O pior é que, pelo adiantado da hora, quando dera meia-noite, Dalila provavelmente o estivera chamando de *faveladinho filho da passadeira*.

Grande presente de aniversário.

Os Pixies ainda ficaram algum tempo ali em silêncio, chocados, pensando no que acontecera. Quando viram que não havia mais clima para conversa, saíram para ajudar as irmãs de Caimana na limpeza.

Só Capí permaneceu no quarto junto a Hugo, pensativo. Provavelmente relembrando as palavras duras que o anjo lhe dissera no jantar.

Sentando-se a seu lado, Hugo murmurou, "Uma surra sua e ele nunca mais mexeria com você."

"Uma surra minha e eu arruinaria qualquer chance de reconciliação."

"Capí… não existe reconciliação possível com os Anjos… Eles já provaram isso dezenas de vezes!"

O pixie desviou o olhar, inconformado. "Essa rivalidade é triste e desnecessária, Hugo. A gente não é tão diferente quanto o Viny gosta de pensar." Suspirando, Capí recostou-se na poltrona, cansado. "… De qualquer modo, esse vai ser um ano difícil."

Hugo deu uma risada irônica. "Difícil pro Abel, você quer dizer."

"Pra gente também, Hugo. Pra gente também. Ele vai fazer de tudo pra se sentir superior a nós. E a gente vai ter que usar toda a nossa força de vontade pra não cair nas provocações dele; pra não deixar tudo desandar. Ele está fragilizado. Esse é o momento ideal pra gente tentar se aproximar do Abel."

Hugo fitou-o, intrigado. De certa forma, ele sabia que Capí era o mais forte dos Pixies. Não devia ser fácil defender um garoto que acabara de ofendê-lo de tantas formas. Muitos viam naquilo uma fraqueza, mas não era. Hugo entendia agora. É preciso muita força para resistir calado a uma ofensa. Força que Hugo não tinha. Força moral.

Ele devia tanto ao pixie… Capí mentira para a polícia por ele. Confiara nele de um jeito que ninguém jamais fizera, e Hugo pretendia corresponder àquela confiança, mesmo que fosse apenas dando apoio moral em horas como aquelas.

"Esse ano pode ser de guerra ou de união entre nós", Capí concluiu. "Tudo vai depender da gente."

"Se o Viny te ouvisse falando isso, ele ia querer te bater."

"O Viny é um dos problemas", Capí levantou-se, inconformado, pegando sua varinha e ajeitando a roupa para sair. "Vamos?"

Hugo ergueu a sobrancelha, "Pra onde?"

"Ainda falta um possível analfabeto na nossa lista e as aulas começam amanhã."

"Mas sair agora?! Já são quase quatro da madrugada!"

"Então", Capí sorriu, "Hora perfeita pra falar com um pescador."

Hugo correu para pegar seu sobretudo e saiu atrás do pixie. Não era a primeira vez que faziam aquilo. As poucas vezes que vira Capí ao longo das férias tinham sido em missões como aquelas, indo com ele aos mais variados cantos da região Sudeste atrás de jovens analfabetos que haviam recebido suas cartas de admissão à Korkovado naquele início de ano e que, muito provavelmente, não haviam conseguido lê-las. Eram jovens carentes, de 12, 13 anos de idade, espalhados por Rio de Janeiro, São Paulo, Espírito Santo e Minas Gerais que, se não fosse pela ajuda deles, nunca sequer teriam descoberto que eram bruxos.

Nos anos anteriores, por não saberem ler, a maioria não respondia ao chamado da escola. Os poucos que, por algum milagre, apareciam por lá, Capí ajudava a passar de ano. Desta vez, no entanto, o pixie estava determinado a ajudá-los desde o início.

Agora que tinha o auxílio dos outros Pixies, podia fazer mais.

Como filho do zelador da escola, e amigo pessoal da maioria dos professores, Capí tinha acesso aos endereços para onde as cartas de admissão da Korkovado eram enviadas. Com essa lista em mãos, ele procurava os endereços que mais se assemelhassem a locais com certa incidência de analfabetismo e os distribuía entre os Pixies que, então, iam visitá-los, sempre em duplas.

Quando era apenas ele, sozinho, dando aulas de alfabetização em segredo no colégio, Capí nunca tivera tempo suficiente para procurar os destinatários analfabetos ainda em suas casas. Era trabalho demais para uma pessoa só. Mas agora, que tinha ajuda, estava muitíssimo contente.

Hugo seguiu o pixie, curioso para saber onde iriam daquela vez, e os dois atravessaram a sala a caminho do pátio da vila. Era impossível girar dentro da casa dos Ipanema; muita interferência mística.

"A gente tá indo lá buscar o último garoto", Capí avisou antes de sair, e os Pixies responderam com alguns acenos de boa sorte. Caimana estava um caco...

O pixie cerrou os olhos, lamentando, e abriu a porta para que Hugo saísse primeiro. "A Caimana não admite, mas ela não se aguenta de tristeza. Eles eram muito ligados quando pequenos. Crueldade demais separar irmãos gêmeos..."

"Por que a Dalila só quis levar o Abelardo com ela?"

"É complicado. Muito complicado."

Guiando-o até um canto mais escuro do pátio da vila, Capí abraçou-o, preparando-se para girar dali com ele, e Hugo olhou para as janelas dos vizinhos, preocupado com sua reputação.

Capí deu risada. "Relaxa, Hugo. Ninguém tá vendo."

Segurando firme em seus ombros, o pixie deu um giro com o próprio corpo, levando Hugo junto, e os dois desapareceram da Vila Ipanema, aparecendo imediatamente em uma espécie de gruta escura.

Hugo curvou-se, nauseado, afastando o pixie, que o amparara. Não precisava de ajuda.

Recuperando-se, tentou ver melhor o ambiente à sua volta. Estava bem fresco ali, e Hugo estranhou o frio. O giro havia sido rápido demais; deviam estar em algum lugar bem próximo… ainda no Rio. Hugo sacou sua varinha, para iluminar a escuridão.

"Que lugar é esse?" ele perguntou, fechando o nariz contra o mau cheiro.

"Gruta dos Amores, Paquetá."

É, ainda estavam no Rio de Janeiro. Paquetá era uma ilha no meio da Baía de Guanabara. Hugo se lembrava de já tê-la visitado, certa vez, em uma rara excursão escolar, quando ainda não sabia que era bruxo.

Para espantar o sono, Hugo lavou o rosto na pequena fonte que havia na gruta. Capí fez o mesmo, abrindo a mão debaixo d'água para ver o brilho natural da varinha escarlate refletido em sua palma. "São as lágrimas de Poranga", ele disse, tirando a mão da fonte e deixando que as pequenas gotículas escorressem de volta para a água. "Só nós, bruxos, podemos ver isso aqui. A fonte foi ocultada pra que os azêmolas não a poluíssem, como já estavam começando a poluir tudo ao redor. Dizem que quem beber de suas águas junto da pessoa amada, vai manter o amor vivo pela vida inteira."

"Você acredita nisso?"

Capí levantou-se. "Nenhum amor se mantém com magia."

Tomando o caminho da saída junto ao pixie, Hugo finalmente pôde respirar o ar puro da madrugada que terminava. Assim que o fez, viu um casal de moradores passar olhando torto para os dois.

"A gente não é namorado, tá?!" Hugo reclamou irritado, e Capí morreu de rir, "Vem, Hugo. Deixa eles."

Entregando-lhe a lista de prováveis analfabetos e seus endereços, o pixie seguiu na frente enquanto Hugo o acompanhava examinando o papel. A lista inteira já estava devidamente ticada, a não ser por um último nome: Enzo.

"Esse de hoje é filho de pescador", Capí explicou. "Órfão de mãe, o pai se chama Ferdinando. É sempre bom chamar as pessoas pelo nome. Demonstra respeito. Mostra que elas são importantes para você."

Hugo assentiu, ouvindo as instruções com atenção enquanto andavam pelas ruas de terra batida e de paralelepípedo da pequena ilha. Paquetá ainda era um lugar bucólico, apesar do descaso do poder público, com suas ruas arborizadas, suas casinhas simples, suas bicicletas… Uma beleza; ainda mais com o sol despontando no horizonte, como naquele exato momento. Aos poucos, a população mais humilde da ilha ia acordando e abrindo suas janelas.

Capí estava claramente empolgado. Aquele era o último aluno que precisariam resgatar naquele ano. Todos os outros já haviam sido informados. "Desta vez a Dalila não vai conseguir pôr em prática o plano de exclusão dela…"

Só de imaginar a Conselheira empalidecendo ao ver tantos 'desclassificados' 'invadindo' a escola já trazia um sorriso para o rosto dos dois. No entanto, algo acabara de entristecer o pixie. Um pensamento, talvez.

"Que foi?" Hugo estranhou, e Capí meneou a cabeça, "Eu devia ter feito isso desde o primeiro ano, Hugo... Quantos ficaram sem a oportunidade de aprender porque eu não fiz o que a gente tá fazendo agora?"

"Não se culpa, Capí. Você já fazia MUITO ensinando os alunos que conseguiam chegar..."

"Eu podia ter feito mais."

"Não sozinho."

Relutante, Capí acabou concordando, apesar de não parecer muito convencido, e os dois andaram por mais alguns minutos até chegarem em um casebre de madeira, onde um garoto de 12 anos de idade ajudava o pai a preparar uma charrete, enquanto este escovava o cavalo que seria atrelado a ela. Ao lado da charrete maior, uma bem menor já estava pronta, com um simpático bode à frente.

"Você não disse que eles eram pescadores?"

"São pescadores durante a semana. Em fins de semana e feriados dá mais dinheiro agradar os turistas."

Fazia sentido. Paquetá ficava a uma hora de barca do centro do Rio de Janeiro e o turismo era a maior atividade econômica da ilha.

Capí abordou os dois, "Com licença... é aqui que mora Enzo Batista?"

O pai se aproximou desconfiado, limpando as mãos em um pano sujo. "É... é aqui mesmo. O que cês querem com o meu moleque?"

"É um assunto delicado. Podemos entrar?"

Seu Ferdinando olhou para o filho, que parara de atrelar os arreios e também olhava ressabiado para os dois intrusos. "Ó, meu filho não fez nada de errado não, doutô. Ele é um bom menino! Só num foi pra escola por causa de que ele tava meio doentinho, sabe? Só por isso!"

"Eu sei, Seu Ferdinando. Nós sabemos", Capí sorriu com ternura, escolhendo ignorar a mentira; o garoto não devia frequentar a escola há anos já. "Você deve ser o Enzo, certo?" ele estendeu sua mão ao menino, que hesitou em apertá-la, mas acabou cedendo, mesmo que ainda com um pé atrás. Então, Seu Ferdinando abriu caminho para que todos entrassem no casebre.

Não havia quase nada lá dentro: uma mesa rústica, algumas cadeiras e, ao fundo, velhos instrumentos de pescaria. Pelas frestas da parede, entre um talo de madeira e outro, era possível ver os primeiros raios de sol surgindo ao longe.

"O senhor era pescador, Seu Ferdinando?" Hugo indicou o equipamento enferrujado, demonstrando interesse, como Capí recomendara.

"Era sim", Ferdinando disse com orgulho. "Ainda sou um pouco, sabe? Mas os negócio anda fraco. Tá muito poluída a baía. Daí agora eu trabalho é mais com as charrete mesmo. Os farofeiro dá mais dinheiro que os peixe."

"Farofeiros?"

"Os turista."

"Ah sim", Hugo sorriu, perambulando pela sala. O cara até que era simpático.

Passando os olhos pelo ambiente, avistou o envelope da Korkovado, ainda fechado, no canto mais distante da mesa, ao lado de um copo quebrado de geleia.

"Vejo que não abriram a carta", Capí comentou, e o pai encolheu os ombros, meio envergonhado, "Sabe o que é doutô, é que nós num costuma receber carta assim. Ainda mais tão bunita."

Capí deu um sorriso doce. "Eu entendo, Seu Ferdinando. Permite que eu lhe conte o que ela diz?"

O velho pescador arregalou os olhos, não conseguindo disfarçar a curiosidade, apesar de, claramente, não querer confessar a eles que não sabia ler.

"Posso?" o pixie perguntou, e com a afirmativa do pescador-charreteiro, Capí tirou a carta do envelope. "*Sr. Enzo Batista... Mui respeitosamente, venho convidá-lo a se unir ao corpo discente da excelentíssima escola de bruxaria Notre Dame do Korkovado...*"

Enquanto ele lia, Hugo ia se lembrando de quando ele próprio lera aquelas mesmas palavras pela primeira vez, empoleirado em cima da laje de um barraco no Santa Marta, a poucos minutos de um tiroteio.

Parecia outra vida atrás.

"'*As aulas começam dia 1º de março*' – hoje à noite", Capí adicionou. "'*Minhas sinceras saudações, Ilustríssima Senhora Dalila Lacerda*'."

Hugo riu para si mesmo, lembrando-se das primeiras vezes que Viny lera a carta, para uma das jovens analfabetas, terminando com "*Minhas sinceras saudações, Ilustríssima Senhora do Mal*", causando um leve pânico na pobre criança.

Obviamente, nem Enzo nem o pai haviam entendido bulhufas do que Capí acabara de ler. Compreensível, já que a carta era especificamente redigida para que só pessoas com certa instrução pudessem assimilar seu conteúdo.

"O que esta carta está dizendo, Seu Ferdinando, é que seu filho foi convidado a frequentar uma escola de magia."

"Escola?!" Ferdinando arregalou os olhos animado e Capí sorriu com carinho, "Sim, Seu Ferdinando..." e enfatizou, "de *magia*", visto que nenhum dos dois parecia ter ouvido a segunda parte da frase.

Só então Enzo arregalou os olhos, "Magia?! Tipo, bruxaria, macumba, essas coisas?!"

Notando a cara de preocupação do pai do menino, Capí reconfortou-o, "É magia boa, Seu Ferdinando. Magia pra fazer o bem. Seu filho tem poderes. Se ele aprender a usá-los, vai ter um futuro brilhante."

Os olhos do pescador se iluminaram; seu medo dando lugar a tonalidades lindas de esperança. "Meu filho vai ser grande, é?!"

"Vai sim, Seu Ferdinando", Capí fitou o menino, "se ele se esforçar."

Enzo olhou de volta, desconfiado, atento. Aquele ali ia dar trabalho.

"O doutô também é bruxo, é?" o pai perguntou, em um misto de espanto e admiração, e Capí tirou sua varinha do bolso, transformando o copo quebrado de geleia em uma delicada garça de vidro. Uma garça cinzenta.

"Caramba!" o menino foi examinar a garça com as próprias mãos, admirado, enquanto os olhos do velho pescador se enchiam d'água. "Olha isso, pai!"

"Eu tô vendo, menino... eu tô vendo..." ele disse, emocionado. "Ô, doutô, e o menino vai aprender a fazer coisa bonita assim, é?"

"Isso e muito mais, Seu Ferdinando. Quem sabe ele até aprenda a chamar mais peixe pra sua rede."

Em vez de ficar animado com a notícia, no entanto, o pescador entristeceu levemente, e Hugo já imaginava por quê. Envergonhado, Seu Ferdinando murmurou, "Sabe o que é, doutô, é que nós não tem dinheiro pra escola bacana não…"

"É tudo de graça, Seu Ferdinando. A comida, a estadia, o ensino, tudo."

Os olhos do pai brilharam, "E tem bastante comida, é?!"

"Tudo que seu filho quiser comer."

A empolgação do pescador era visível, mas ainda havia um rasgo de apreensão em seu semblante, que Capí logo notou. "Eu sei que seu filho te ajuda na condução das charretes, e que vai ser difícil pro senhor, mas pense bem…"

"Ôxe, mas já tá tudo pensado já, doutô! É claro que ele vai pra essa escola aí! Meu menino vai ser doutô como o senhô! Charrete não é pra ele não. Eu já me arrependi de ter tirado os menino da escola, não vô fazê isso de novo com eles não!"

O pixie fitou-o satisfeito. "Fico feliz em saber disso", e ofereceu a mão para um aperto, que foi correspondido de imediato e com muita veemência.

Enzo, que havia ficado progressivamente entusiasmado com a conversa, perguntou com um enorme sorriso, "Meu irmão vai poder estudar nessa escola também?!"

Capí cerrou os olhos, lamentando ter de cortar a alegria do menino. "Infelizmente, o convite é só pra você."

Enzo murchou, visivelmente decepcionado. "Meu irmão não é bruxo, então?!"

"Ele é mais jovem que você? Se for mais jovem, ele ainda tem chance."

Desalentado, o menino respondeu que não.

"Então eu lamento, amiguinho. Se ele nunca recebeu uma carta como essa, ele não pode ir. Só bruxos são permitidos na escola. Mas não se preocupe. Se seu irmão for tão inteligente quanto você parece ser, ele vai se dar muito bem aqui fora."

"É que os menino são muito unido, sabe? Unha e carne", o pai tentou explicar a compreensível tristeza do filho, como se estivesse com medo de que aquilo fosse irritar seus visitantes, e Capí assentiu, penalizado, "Eu sei como é, Seu Ferdinando. Eu odeio separar irmãos… mas, infelizmente, ele não vai poder se inscrever."

"E como faz pro meu Enzo chegar nessa tal escola de bacana?"

"Ele algum dia já foi lá perto do morro do Cristo, na Rua Jardim Botânico?"

"Não, mas nós sabe onde fica. É umas três hora daqui, né?"

Capí confirmou. "Lá tem um parque chamado Parque Lage."

"Parque Lage. Sei" o pescador repetiu, anotando tudo na memória.

"Leve seu filho lá hoje à tarde, depois das cinco. Ele vai ver crianças de uniforme. É só segui-las. Muito simples." O pixie olhou para Enzo com carinho. "Eu estarei no refeitório te esperando, campeão."

Enzo assentiu, entristecido, e Seu Ferdinando cumprimentou o pixie com avidez. "Muito obrigado, doutô."

"Larga de me chamar de doutor, Seu Ferdinando…"

O pescador riu, encabulado. "É que pessoa distinta assim, feito o senhor, todo bem vestido, todo estudado, sabe, nós chama de doutô."

Capí fitou-o, bondoso. "Ninguém é melhor que ninguém por ter tido a oportunidade de estudar, Seu Ferdinando. O senhor é mestre na pescaria. Coisa que eu nunca serei, e conseguiu criar dois filhos, mesmo ganhando pouco. O doutor aqui é o senhor! Doutor da pesca e da vida."

Ferdinando baixou a cabeça, acanhado. "Ô... assim o doutô deixa nós sem graça... O doutô é muito boa pessoa."

Modesto, Capí negou. "Eu só faço minha obrigação. Nenhuma atividade é menor que outra. Todas têm grande valor. Ó, e o senhor não se preocupe, nós vamos providenciar todo o material e os uniformes para seu filho."

"Eita, mas isso tá bom demais!"

"Acho que nem preciso dizer, mas... segredo absoluto quanto a isso, sim?"

"Ôxe, se nós contasse, ninguém ia acreditá não!" o pai exclamou, achando até graça, enquanto levava-os para a saída.

"Se perguntarem, diga que seu filho foi a uma escola especial no interior."

"Sim sim, podexá."

"Muito obrigado por sua atenção, Seu Ferdinando", Hugo despediu-se, abrindo a porta para que Capí passasse.

Já do lado de fora, o pixie voltou-se, com carinho, para o dono da casa, "Um bom-dia de trabalho para o senhor, mestre pescador."

"Mestre? Que mestre o quê, doutô!"

Capí sorriu, avançando pela rua acompanhado de seu pupilo Hugo. Já era manhã, e os turistas começavam a chegar na ilha, enchendo as praças de crianças sorridentes e bicicletas alugadas. Em Paquetá, carros eram proibidos.

"Por que uma garça?" Hugo perguntou curioso, e Capí lançou-lhe um olhar malandro, "A garça cinzenta é uma lenda daqui. Os pescadores acreditam que ela é sinal de sorte."

Hugo deu risada. Era impressionante o quão manipulador Capí conseguia ser, apesar de sua bondade. Ele sabia convencer as pessoas como ninguém, porque prestava atenção nelas... percebia o que cada uma precisava ouvir em determinada situação. Hugo também era bom em interpretar os sentimentos alheios, mas era impulsivo demais, não conseguia ser tão dissimulado quanto o pixie. Dizia as coisas na lata, mesmo que criasse discórdia e caos.

Precisava aprender mais com o Capí.

"Vem cá, como você pretende '*providenciar*' os uniformes, as varinhas e os livros desses meninos todos? O Viny vai ajudar com o dinheiro?"

Capí disse um ligeiro não com a cabeça, abrindo um sorriso enigmático. "Pode deixar que as coisas se ajeitam."

Hugo achou melhor não insistir, até porque, pelo visto, seria inútil, mas que era estranho era. Como o aluno mais pobre da escola bancaria aquilo tudo? Eles tinham visitado mais de vinte jovens no começo das férias...

Uma menininha esbarrou no pixie e Capí observou-a bem-humorado, enquanto ela voltava correndo para o pai, gritando "Filma eu! Filma eu!"

"Deixa eu filmar um pouco o seu irmão, Renata!"

Hugo riu, mas tinha algo de errado com o caminho que estavam seguindo. "A gente não vai pra gruta?"

Capí negou, "Muitos turistas lá agora."

"Por que a gente não girou lá da casa do pescador?"

"Nem todos os locais são abertos ao giro. Em Paquetá muito menos. A Coroa Portuguesa tinha uma casa de veraneio aqui e Dom João não queria ver bruxos por perto. A comunidade bruxa acatou o pedido, mas dois lugares daqui permaneceram abertos a nós, por ordem posterior de Dom Pedro II: a Gruta dos Amores, por onde a gente veio, e a Ponte da Saudade", ele disse, apontando para o píer que se aproximava.

Descendo para a praia, os dois andaram pela areia molhada, com os sapatos nas mãos, até ficarem bem debaixo do píer. "Vamos?"

Sem esperar por uma resposta, o pixie abraçou-o e girou para longe dali. Em poucos segundos, estavam de volta ao pátio central da Vila Ipanema, Hugo se inclinando novamente para tentar se livrar do enjoo da viagem.

Quando voltou à posição vertical, já desprotegido pela árvore, viu a vizinha da frente fitando-os, espantada.

"Ah, vai cuidar da sua vida, vai!" Hugo resmungou, enquanto Capí morria de rir, acenando para a velhinha, que saiu de lá indignada com *aquela tal de modernidade*.

Hugo fitou-o furioso, "Tu tá muito engraçadinho hoje, sabia?" e Capí sorriu, direcionando seu pupilo pelos ombros até a porta de casa. "Bom, está entregue."

"Vai pra onde agora?" Hugo murmurou, ainda bastante incomodado, quase indo na porta da velhinha para se explicar. Mas diria o que para ela? Que, na verdade, eles não haviam ficado aquele tempo todo atrás da maldita árvore e sim em uma ilha a quilômetros dali, conversando com pescadores sobre bruxaria?

"Já tá ficando tarde. Eu preciso voltar pra Korkovado", Capí respondeu, sabendo muito bem no que Hugo estava pensando; seu olhar caçoador demais para seu gosto.

"A gente se vê à noite lá na escola então."

"Combinado."

Hugo entrou em casa, trancando a porta com a chave mesmo, já que sua mãe nunca conseguiria abrir uma porta trancada a varinha. Estava exausto. Cansado como não ficava há muito tempo; provavelmente pelas semanas seguidas de trabalho e por tudo que acontecera naquela noite.

Precisava dormir. A festa de abertura seria em algumas horas, ainda naquele domingo, e ele não queria aparecer lá todo troncho.

Trancando-se no quarto, foi direto para a cama sem se trocar. Assim que viu a pilha de livros daquele ano, no entanto, toda sua aflição voltou de repente, com uma onda violenta de mal-estar.

O dia que Hugo não queria que chegasse, chegara: ele voltaria para a Korkovado.

Em qualquer outra circunstância, teria ficado entusiasmadíssimo. Mas fizera bobagem demais no ano anterior, e ia encontrar com muita gente que sabia disso.

Tentando controlar seu nervosismo, Hugo respirou fundo e tocou com carinho a capa dos *Miseráveis* antes de deitar-se. O tema era a cara do Capí: a luta interna entre o bem e o mal. Capí nunca dava um presente em vão. Sempre havia um propósito por trás de tudo que fazia.

Hugo sorriu, pensando nele. Cheio das artimanhas, aquele lá... Sua recomendação para o emprego na Bragança & Bourbon fora uma das que funcionara. Ele não sabia se eram as palavras do mestre-varinheiro, ou o resultado dos meses que passara se concentrando em pequenos entalhes na madeira, mas Hugo se sentia mais calmo. Mais focado. E pretendia manter-se assim ao longo daquele ano que começava.

Sentando-se com a coluna ereta na cama, Hugo fechou os olhos, concentrando-se no ano letivo que se iniciaria.

Já sabia o que precisava ser feito: ele iria se anular –no sentido de não ser visto, não ser notado, não chamar atenção indevida. O oposto do que fizera no ano anterior. Tentaria virar uma sombra, um observador, como acabara de ser em Paquetá.

Hugo desejava, de verdade, ser uma pessoa boa. Não expulsaria mais nenhum professor, nem falaria sem pensar, nem começaria brigas... nada que chamasse atenção para sua pessoa. Nada que pudesse incriminá-lo ou ligá-lo de alguma forma ao caos que se alastrara pela Korkovado nos últimos meses do ano anterior.

Aquela havia sido sua resolução de início de ano. Resolução que ele fizera ao pôr do sol do último dia de 1997 e que reafirmava agora, em sua última manhã de férias escolares de 1998, sentado naquela cama. Sabia que não conseguiria cumpri-la à risca. Sabia que uma hora seu sangue ia ferver e ele não seria capaz de controlar um insulto, ou um disparate qualquer. Mas de uma coisa Hugo tinha certeza: o ano anterior havia sido um desastre; ele fora o único culpado, e iria fazer de tudo para que aquilo não se repetisse. Não queria que mais ninguém se machucasse por sua causa. Não queria mais sentir aquela apreensão, aquele medo de ser preso, aquele mal-estar da acusação sempre à espreita.

Daquele último, infelizmente, Hugo não poderia fugir: seria obrigado a conviver com Abelardo diariamente. E com o medo da memória do anjo voltar. Teria de conviver também com todos aqueles a quem prejudicara: Eimi e todos os outros que ele viciara em cocaína; e Tobias, que quase perdera as pernas por sua causa... Aquilo era problema seu. Culpa sua. Bem feito.

Hugo não tinha a mínima intenção de adicionar a esses problemas mais nenhum outro.

Se ele ia conseguir, ou não, realizar tal proeza...

Aí já era outra história.

CAPÍTULO 7
DE VOLTA À KORKOVADO

Hugo podia ouvir música alta tocando lá fora. Música mequetrefe, apesar de estar na Korkovado.

A festa de inauguração já começara há alguns minutos, mas ele havia chegado atrasado na escola e fora direto para o dormitório se arrumar. Separara sua melhor roupa: calças pretas e paletó aveludado de cor vinho por cima de um colete vermelho e de uma camisa preta, sem gravata.

Gostava de fazer uma boa entrada.

Viny, Caimana e Índio já haviam chegado há horas para arrumar tudo enquanto Capí ficara do lado de fora, no parque, recebendo e orientando os alunos analfabetos, que iam chegando aos poucos; tímidos e inseguros. Hugo não sabia como, mas o danado do pixie recebera cada um dos vinte e dois com uniformes novos, material escolar, livros, tudo. Como prometido.

Pela desconfiança nos olhos dos outros Pixies, eles também não faziam ideia de como ele arranjara aquilo tudo, mas estavam ocupados demais para questioná-lo sobre a origem do dinheiro.

Hugo terminou de se arrumar e se admirou no espelho. Perfeito. Haveria um concurso de roupas mequetrefes na festa, mas ele nunca mais queria ter de usá-las na vida. Estava irremediavelmente apaixonado pelas vestes bruxas. Elas faziam-no sentir-se poderoso e no controle – coisa que ele nunca sentira no Santa Marta, vestido de bermuda, camiseta e chinelos de dedo.

Passando um perfume depressa, Hugo enfiou a mala e os livros no armário, tentando ignorar a ausência incômoda de seu grudento companheiro de quarto. Eimi ainda não havia chegado. Quem sabe nunca chegaria. Sua cama permanecia ali, intocada há meses, desde que o mineirinho fora levado pela polícia, aos berros, após atacar Gueco Lacerda no corredor de signos…

Hugo precisava sair. Não era hora de ficar pensando naquilo. Ajeitando o paletó no corpo, fechou a porta e caminhou pelo dormitório até a saída que dava para o pátio interno; o pátio da árvore central.

Independência ou morte!!

"É um prazer revê-lo também, Pedrão", Hugo cumprimentou o quadro de Dom Pedro I, que estranhou tamanha intimidade, mas deu de ombros, tentando continuar sua vigília como se nada tivesse acontecido.

Atravessando o enorme pátio central, quase vazio naquela noite de festa, Hugo deu a volta pela praia interna da Korkovado, debaixo do céu sempre estrelado da escola, para alcançar a entrada do refeitório, um andar abaixo do pátio.

As largas escadas que descem para o salão já estavam lotadas de alunos. Muitos fantasiados de mequetrefes, como ditavam as regras do concurso. Uns de terno e gravata, outros de blusa, camiseta e tênis... Tinham pesquisado direitinho!

O mesmo não podia ser dito de um outro grupo de alunos que se aproximava pela praia: um toureiro, uma enfermeira e um cowboy. Mal sabiam eles que aquelas também eram consideradas fantasias pela maioria dos mequetrefes.

Passando pelo grupinho, Hugo entrou no refeitório, que fora especialmente enfeitado para a ocasião: em algumas mesas, docinhos de festa de criança mequetrefe. Em outras, liquidificadores, secadores de cabelo, aparelhos de som... todo tipo de apetrecho para que os bruxinhos nascidos de casais bruxos pudessem se divertir tentando adivinhar para que serviam. Quem adivinhasse, ganhava um brigadeiro. E, no teto, centenas de balões de festa flutuavam pelo ar. Balões a gás. Nada demais para um bruxinho, mas para crianças mequetrefes... aquilo era mágico! Hugo se lembrava da primeira vez que vira um flutuar, e como achara a coisa mais maravilhosa da face da terra.

Havia sido na festa de aniversário do Saori – não na sua, claro. Ele nunca tivera festa de aniversário.

Hugo avançou pela multidão de alunos e professores que já lotava o lugar. Era uma mistura muito louca de estilos diferentes. Alguns vestiam roupas de bruxo mesmo, como ele, mas a maioria havia entrado na brincadeira, alguns inclusive tendo escolhido roupas típicas de suas regiões. Era o caso da maioria dos professores.

Rudji estava vestido de empresário paulista japonês, com terno preto e uma camiseta do Corinthians por baixo... nossa, como estava combinando... E, claro, sem dispensar seus óculos coloridos, que davam sempre aquele toque de Bono Vox ao professor de Alquimia. Enquanto isso, a professora Areta arrasava com uma roupa de couro vermelho-amarronzada, toda grudada na pele negra. Seu cabelo, sempre curtinho, agora tinha mechas vermelhas no lugar das azuis do ano anterior.

Era bonita, a desgraçada.

Atlas também estava lá, do outro lado do refeitório, vestido em uma pilcha tipicamente gaúcha, tomando chimarrão. Percebendo que Hugo chegara, o professor acenou animado, abrindo os braços para exibir seu figurino. Hugo riu. Palhaço.

Ao seu lado, vestido de terninho, seu macaquinho branco, Quixote, fazia estripulias típicas de sagui para agradar a garotada. Impossível não achar fofo.

Os dois mantinham uma distância segura da professora Symone, talvez para evitarem uma discussão que poderia facilmente atingir níveis épicos e estragar a festa dos Pixies. A argentina estava vestida no melhor estilo dançarina de Tango, em um vestido vermelho que combinava perfeitamente com seus longos cabelos negros. Vendo por aquele ângulo, aquela tatuada metida a Futuróloga até que era atraente. Tinha uma beleza um pouco envelhecida, mas... ainda assim, uma beleza.

Talvez fosse a roupa.

Professores que Hugo conhecia menos também estavam lá: o loiro bizarro das ratazanas, sempre sentado no canto mais afastado do refeitório, observava a todos com seus olhos azuis cortantes, como um psicopata prestes a dar o bote.

Deixa quieto.

Já Abramelin, professor de Mistérios da Magia e do Tempo, que Hugo tivera o desprazer de conhecer em uma de suas invasões a aulas da quarta série, continuava lá, fazendo pose de sábio feiticeiro milenar, como sempre. Abramelin estava vestido de... Abramelin, que, por sua vez, era quase um plágio do mago Merlim. O pilantra deixava a barba crescer para parecer mais sábio do que era. Como se tamanho de barba provasse qualquer coisa.

Enquanto isso, Zoroasta rodopiava em meio aos alunos, fantasiada de Maria – A Louca. Centro absoluto das atenções, a diretora dançava com um parceiro invisível ao som da música que reverberava pelo salão. Seus beija-flores voando a seu redor, deixando todos que chegavam perto dela felizes, como só a diretora conseguia fazer.

A música da festa estava sendo proporcionada por um enorme redemoinho de CDs e LPs, que giravam sozinhos no ar, bem no centro do salão. Iam de Chico Buarque a Rita Lee, passando por Samba, Rap e Bossa Nova, sem jamais deixar de lado Noel Rosa – o queridinho do Viny.

Enquanto os bruxinhos vindos de famílias bruxas ouviam encantados à toda aquela novidade musical, os bruxinhos vindos de famílias mequetrefes olhavam embasbacados para aquele tornado de CDs rodopiando no ar. Tinha todo um mecanismo interessante: o disco que estivesse tocando no momento rodopiava sozinho no próprio eixo enquanto os outros giravam em volta dele, esperando que aquele primeiro terminasse de tocar sua música para, só então, ser substituído por um outro, que tomava seu lugar e começava a girar.

Agora Hugo entendia porque os bruxos estavam olhando, igualmente intrigados, para o aparelho de som em exibição na mesa da entrada.

Passando os olhos pelo salão, Hugo avistou, pela primeira vez, a turminha mais conservadora: uma quantidade considerável de bruxinhos vestidos de bruxinhos, assistindo à festa de braços cruzados. Logo desistiriam dali e começariam a própria comemoração particular na Fragata encalhada Maria I, quartel general dos Anjos, lá na praia.

Abelardo estava todo vestido de preto, e Camelot de azul real – quase uma cópia mirim do candidato Lazai-Lazai, para quem certamente todos os Anjos votariam. Gueco também estava lá, vestido como o irmão; o sobretudo preto realçando seus bizarros olhos amarelos.

Hugo não conhecia direito a menina dos Anjos. Havia visto a jovem, de relance, durante a feijoada do ano anterior, cuspindo nos pratos, e depois assistindo ao Abelardo forçar areia na boca de Capí... Na verdade, ela costumava ficar longe das confusões entre Pixies e Anjos, mas isso não significava que fosse menos esnobe.

Thábata Gabriela era o nome dela. Thábata Gabriela Rodrigues Alves. Da tradicional família Rodrigues Alves, de São Paulo. A mais rica dos anjos, Thábata tinha os cabelos lisos e negros como o abismo, com apenas alguns cachinhos nas pontas e próximos às orelhas. Olhava para todos com um ar irritantemente superior, vestida no melhor de seus vestidos coloniais, com espartilho e todas aquelas frescuras que deviam pesar uma tonelada. Além das luvinhas brancas de madame.

Só o gorducho dos anjos parecia se divertir, dançando sozinho ao som de *Coração de Estudante*.

"Eu adoro essa música", Gislene comentou, parando ao lado de Hugo com um semblante entristecido. "Meu pai era fã do Milton Nascimento", ela explicou, e Hugo entendeu, fitando-a com carinho. O pai da menina morrera no ano anterior, assassinado pelo canalha do Playboy. Só de pensar que o filho da mãe ainda estava livre por aí... sem a memória da última batalha, mas livre...

Era estranho admitir aquilo, mas, apesar de adorar o conforto e a mordomia da Vila Ipanema, Hugo ainda sentia certa falta do Dona Marta. Afinal, morara lá sua infância inteira! Chegara até a passar pela entrada da comunidade algumas vezes, durante aquelas férias. Sempre que o fizera, pensara na Gi, ainda morando lá dentro, com a tia, passando pelos mesmos lugares por onde, antes, passeara com o pai... Não devia ser fácil, para ela, continuar vivendo ali. Memórias demais.

Hugo não podia voltar, nem que quisesse. Não enquanto ainda houvesse traficantes que o conheciam morando por lá. Atlas apagara parcialmente suas memórias, mas só as do último dia – só as relacionadas à batalha e à magia, e à uma certa jovem que se transformara em mula-sem-cabeça na frente deles.

Maria... Por que ela tinha que ter virado freira?! Hugo ainda ficava revoltado com aquilo. Não era nada legal ser trocado por um convento.

Gislene ainda estava ouvindo a música, com os olhos cheios d'água, e Hugo sentiu certo nojo de si mesmo por ter começado a pensar em namoro enquanto ela estava ali, sofrendo daquele jeito. Conhecia a dor que Gislene estava sentindo. Não devia tê-la desrespeitado com seus pensamentos egoístas sobre outras meninas. Não que ele quisesse ter algum envolvimento com ela além de amizade. Nunca! Mas, ainda assim...

"Oi pra todo mundo!" Lepé entrou no salão, flutuando em seus magníficos pisantes; as asas das botas fazendo todo o trabalho de manter o jovem a alguns centímetros do chão enquanto ele cumprimentava todo mundo. Era proibido o uso de pisantes em espaços internos do colégio, mas quem se importava?

"E ae, Lepé!" Viny acenou, só de colete e calça, como mandava o jeito Viny de se vestir. "Não esquece de falar das eleições amanhã, hein!"

"Pode deixar!" Lepé disse, ajeitando os óculos escuros e sacando sua varinha para usá-la como microfone, amplificando a voz: "E ae, garotada!!!" ele gritou, para o delírio de todos. "Chegou o locutor mais famoso, mais cheiroso, mais gostoso da mundialmente famosa Rádio WizWizWizWizWizzzz, a rádio que fala..."

Ele apontou sua varinha para os alunos mais próximos, que gritaram, "... MAS NÃO DIZ!"

Naquele momento, Rapunzela passou por ele, seus longos cabelos arrastando no chão, e os olhos do melhor jogador de Zênite do colégio desviaram de seu caminho para acompanhar a beldade cabeluda, "E atenção, atenção! Deem as boas-vindas à vencedora do concurso de cabelos mais bonitos do ano passado... Tum Tum Tum Tum... Rapunzela!!! Com seus dois metros e meio de tranças!"

Todos no salão aplaudiram o galanteio do atleta radialista, e Rapunzela rodopiou, toda orgulhosa, deixando que seus cabelos fluíssem em círculo em volta do corpo.

"E vejam como está bonita a Dulcineia também, minha gente!" ele prosseguiu, aproximando-se da única aluna centauro do colégio. "Com seu lindo vestido de gala equino! Eita, garoto de sorte, hein, Rafinha!"

Dulcineia balançou seus quadris de cavalo graciosamente como resposta, enquanto passeava pelo salão de mãos dadas com o namorado.

De braços cruzados na porta da cozinha, Brutus torceu seu nariz puro-sangue para a apresentação da sobrinha e do maldito namorado bípede dela. O centauro cozinheiro também não estava nada satisfeito por ter sido sumariamente dispensado do serviço naquela noite; trocado por alunos vira-latas, que estavam 'poluindo' suas panelas com comida mequetrefe.

Já Viny parecia excessivamente feliz. Qualquer um que não conhecesse o pixie acharia que ele estava bêbado, mas todos ali sabiam que o loiro não só não bebia como também proibia qualquer tipo de bebida alcoólica em suas festas.

Tomando a varinha-microfone das mãos de Lepé, Viny subiu na cadeira mais próxima, "E aí, pessoal!"

Todos gritaram, "Ei!"

"Lembrando que amanhã é dia de eleição! Todos maiores de 16, não se esqueçam de votar! A urna vai estar aqui mesmo, no refeitório, e, como eu não quero influenciar o voto de ninguém, votem todos no maravilhoso, inenarrável, inigualável e charmosérrimo Átila Antunes! E tenho dito!"

Ele desceu da cadeira, recebendo os aplausos acalorados de sua plateia.

"Também não precisava exagerar."

"Ah, relaxa, Índio, foi só um raro momento de necessária hipérbole."

"Raro?" Índio ergueu a sobrancelha e Viny abriu um sorrisão na cara do mineiro, indo fazer suas estripulias em outro lugar.

O loiro não parava um segundo! Uma hora estava mostrando, em triunfo, o jornal que anunciava a clara vantagem de Antunes nas pesquisas, noutra estava dançando com qualquer um que aparecesse, do gênero feminino ou masculino... Isso porque Caimana desaparecera para se trocar e ainda não voltara, senão, ele ainda estaria implicando com a namorada também. Será que ele não se cansava de ser tão alegre o tempo todo? Hugo estava exausto só de assistir!

Ao menos Viny se esquecera de chamar Epaminondas para a festa. Teria sido bizarro demais ver o axé do pixie ali, imitando tudo que seu criador fazia, como um mímico grotescamente branco e leitoso, com pernas de cabrito.

O loiro estava agora dançando com uma das meninas da série dele, sussurrando e trocando carícias com ela. De repente, a menina deu uma risada irônica e disse, "Ah, você não é de ninguém, é? Olha a sua dona chegando ali."

Viny virou-se de imediato e seu queixo caiu, vendo Caimana entrar no salão, tão deslumbrante quanto qualquer uma de suas irmãs.

Se Epaminondas tivesse estado com ele, teria imitado a queda do queixo, mas, como não estava, era só Viny ali, babando.

Caimana estava usando um vestido branco, bem élfico, provavelmente por insistência das irmãs, que não queriam que ela fosse em uma festa tão grande 'de qualquer jeito', mas não dispensara o biquíni por baixo. Era possível entrever a alça colorida por debaixo da alça do vestido. Caimana nem ligava.

Devia saber o quão charmoso aquilo era.

Enquanto Viny babava pela namorada, Hugo aproveitou para arrancar o jornal das mãos dele. "Deixa eu ver isso aqui."

Antunes estava com 60% das intenções de voto. Impossível perder agora.

Logo abaixo de uma foto gigante do candidato comemorando com os filhinhos, uma manchete falava de sua última viagem de campanha, para o Tocantins.

Hugo estranhou. "Falta um dia para as eleições e ele ainda está viajando?"

Sem tirar os olhos de sua elfa favorita, Viny explicou, "Os candidatos sempre têm que ir pro Tocantins. Tu não imagina como Tocantins dá confusão."

"Por quê?"

"É o seguinte", o loiro virou-se para ele, finalmente deixando Caimana em paz. "O Estado de Tocantins nem sempre existiu, certo? Antes, ele fazia parte de Goiás."

"Certo."

"Então, Goiás é na região Centro-Oeste. Porém-contudo-entretanto-todavia, quando o Tocantins foi criado, o novo estado foi colocado na região Norte."

"Tá, e daí?"

"E daí que os alunos de Tocantins ficaram divididos entre continuarem na escola de Brasília ou se transferirem pra escola da Amazônia. Os tradicionalistas preferem Brasília, os legalistas insistem em mandar seus filhos para a Amazônia, como manda a lei do novo estado. É uma confusão. Dá briga até hoje."

"Bizarro."

"Pois é. Fica essa indefinição maluca por lá, e os mais prejudicados são os alunos. Alguns pais até reivindicam o direito do estado de fazer uma escola própria, pra acabar com o problema. Mas daí acabaria com o pentagrama nacional também, né? Por isso, o Antunes foi pro Tocantins. Geralmente, o candidato que tem o melhor discurso quanto a isso leva o maior número de votos lá. Agora, se o Sr. Adendo me der licença..." ele disse, indo cumprimentar a namorada com um beijo apaixonado.

Capí já chegara na festa. Tinha um pequeno grupo de seguidores fiéis a seu lado. Todos ex-alunos de suas aulas clandestinas de português, a quem ele um dia ensinara a ler e escrever. Eles o veneravam, e não sem motivo. Nunca teriam passado do primeiro ano, se não fosse pelos esforços do pixie.

Rafinha era um que, quando não estava com a namorada quadrúpede, não saía de perto do pixie. Ficava olhando para o professor com a admiração mais pura que alguém poderia demonstrar. Um dia, Heitor dissera que Capí tinha o dom de contagiar as pessoas com sua generosidade. Talvez fosse aquilo mesmo. Rafinha havia sido contagiado, pela generosidade do pixie e pela paixão por ler e escrever.

O menino havia se tornado tão bom na arte da escrita, que fora praticamente contratado pela rádio da escola como repórter. Agora, estava anotando tudo que via na festa em um bloquinho de notas, para depois relatar os acontecimentos na Rádio Wiz.

Capí não se continha de orgulho toda vez que via seu ex-aluno abrir aquele bloquinho, e Hugo ficava se perguntando – com um pingo de inveja e outro de frustração – se algum dia ele também seria digno daquele olhar de orgulho do pixie.

Sentindo uma mão puxar sua manga, Hugo se virou, deparando-se com um dos garotos do terceiro ano, com quem fizera negócios no ano anterior. O aluno fitava-o com uma avidez inquietante. "Você não tem mais daquele pozinho branco não?"

Hugo sentiu suas pernas enfraquecerem. Tentando se refazer do choque, e daquela incômoda sensação de retorno ao passado, disse ríspido, "Esquece isso, vai. Tu viu como o Eimi ficou." E dispensou o garoto, que saiu decepcionado. Provavelmente passara as férias inteiras contando os dias para que as aulas voltassem e ele pudesse pedir mais pó.

Será que aquele pesadelo não ia acabar nunca?!

Hugo respirou fundo, virando-se só para ter mais um sobressalto: Tobias chegara no refeitório, sentado em uma cadeira andante, estilo aranha de madeira. A cadeira-aranha ainda andava com certa insegurança, equilibrando-se em suas oito pernas articuladas, talvez por ser nova, mas logo estaria correndo e pulando pelos corredores e escadas da Korkovado.

Não que Tobias fosse precisar dela por muito tempo. Logo o menino estaria andando novamente, graças à fantástica medicina bruxa, e Hugo poderia fazer as pazes com sua consciência. Segundo as notícias que recebera no fim do ano anterior, o garoto já conseguira recuperar parcialmente o movimento das pernas esmagadas pela mula. Bendita magia.

Baixando o olhar para vê-las, no entanto, Hugo levou um susto.

Um susto acompanhado de uma forte tontura. Não havia perna nenhuma ali!

Ao menos não pernas físicas! Haviam sido substituídas por pernas fantasmas! Translúcidas! Quase invisíveis!

Desesperado, Hugo agarrou o primeiro que se aproximou, "Me disseram que ele tinha recuperado o movimento das pernas!"

"Boatos, boatos, verdades à parte", Camelot respondeu, com a empáfia de sempre, "Por que o espanto, duende de jardim? Você teve alguma coisa a ver com isso?"

"Claro que não!" Hugo mentiu, apavorado, e Camelot se desvencilhou, com nojo, das mãos dele, voltando a desfilar pelo salão com seu porte de inglês nojentinho.

Hugo pouco se importou. Estava passando mal; seu corpo inteiro reagindo àquela facada em sua consciência.

"Tá tudo bem, Hugo?" Capí perguntou, preocupado.

Não… Hugo não estava nada bem.

"Ele perdeu as pernas, Capí!" Hugo respondeu, quase chorando de remorso. "Me disseram que ele tava se recuperando!!"

Capí baixou a cabeça, confirmando. "Acontece, Hugo. A magia não pode tudo", ele disse, entristecido. "O menino tem sorte de estar vivo."

"Mas como assim, a magia não pode tudo?!"

"As pernas dele já estavam mortas quando ele foi resgatado. Se tivessem encontrado ele na mesma noite em que elas foram esmagadas, talvez ainda houvesse dado tempo de recuperá-las com magia. Teria sido até relativamente rápida a regeneração dos músculos, dos vasos sanguíneos… Mas ele ficou semanas perdido na floresta. Magia não faz milagre."

Hugo desviou o rosto, agora se sentindo duplamente culpado. Se ele tivesse avisado para alguém… Se tivesse procurado o Capí no dia seguinte, assim que dera pela falta do garoto,

Tobias não teria perdido as pernas. Em vez disso, Hugo ficara calado, com medo que Tobias o denunciasse, torcendo em segredo para que o garoto morresse na floresta e, assim, não trouxesse mais problemas para ele.

Monstro egoísta... Hugo se condenou, sentindo-se a pior pessoa do planeta.

Pelo menos ninguém sabia daquilo além dele.

"Eu não entendo... Como surgem essas pernas fantasmas? A Kanpai também tem uma, né? Foram criadas no hospital?!"

Capí negou. "O Tobias só perdeu as pernas físicas dele; as espirituais continuam ali. Tanto que, às vezes, ele ainda sente dor nelas. Os azêmolas amputados também sentem, de vez em quando. Chamam esse fenômeno de *membro fantasma*: a perna continua doendo, mesmo quando não existe mais. A sensação da dor continua, porque o cérebro ainda não processou o fato de ter perdido a perna."

"Bizarro..."

Capí meneou a cabeça, "Nem tanto. O cérebro humano é uma máquina fascinante. No caso dos bruxos, quando o cérebro ainda não assimilou a perda das pernas, existe a chance de tentar materializar as pernas espirituais antes de serem obrigados a partir pra pernas postiças. Tudo que os médicos bruxos precisam fazer é tornar as pernas espirituais visíveis e aptas a serem materializadas pela mente do bruxo."

Hugo ergueu a sobrancelha, "Então por que a cadeira andante, se o Tobias já tem as pernas fantasmas?"

"É complicado. Ele sabe que perdeu as pernas. Enquanto ele não se convencer de que pode andar com as espirituais... enquanto ele não acreditar que pode, as pernas atravessarão o chão quando ele tentar pisar."

"Tipo quando eu tentei andar no lago das Verdades."

Capí confirmou. "Muito do que fazemos demanda fé. Pelo menos as coisas mais importantes."

Hugo olhou novamente para Tobias, que estava tendo dificuldade em controlar as pernas da aranha de madeira.

Devia muito ao garoto. Tobias se mantivera calado quanto à culpa de Hugo no 'acidente' com a mula, até porque denunciá-lo teria significado confessar, também, seu próprio envolvimento com os roubos que estavam acontecendo pelo colégio na época. Mas será que o garoto permaneceria calado, agora que perdera as pernas?

Hugo estremeceu.

"Em quanto tempo você acha que ele vai conseguir materializar as pernas?"

Capí meneou a cabeça, incerto. "Alguns nunca conseguem."

Os olhos de Tobias encontraram Hugo, que desviou o olhar, aflito, sabendo que o garoto agora viria em sua direção. Provavelmente com uma acusação nos lábios.

Suando frio, Hugo disfarçou e saiu dali, embrenhando-se na multidão. Alguma hora teria de encará-lo, afinal, estudavam na mesma escola. Mas o evitaria o quanto pudesse.

Atravessando a pista de dança, Hugo foi andando cada vez mais para trás, só por precaução, até que esbarrou em uma das mesas e voltou-se para desculpar-se, levando um susto ao ver o professor das ratazanas sentado ali, fitando-o com seu olhar frio de sempre.

Hugo estremeceu, recuando lentamente para longe do loiro, como quem se distancia de uma cobra venenosa, até que conseguiu retornar para a multidão e se escondeu daquele homem bizarro.

Professor *Calavera*... Pesadelo dos alunos de quinto ano. Os Pixies finalmente seriam obrigados a enfrentar sua aula macabra, e não pareciam nada ansiosos com aquilo. Até o nome do homem era sussurrado. Ninguém ousava dizê-lo em voz alta.

Falando em professores simpáticos, Oz Malaquian, de História da Magia Europeia, ainda não aparecera. Era o único ausente, além da nova professora de Mundo Animal. Não devia gostar de festas, o velho Oz; soturno do jeito que era...

"Ele teve que sair correndo antes da festa começar", Caimana respondeu seus questionamentos mentais, entregando-lhe um copo com suco. "Alguma coisa que o filho dele aprontou em casa."

"Quantos anos tem esse filho dele?"

"Por que a pergunta?"

Hugo deu de ombros. "É que eu achei que o Oz, tendo cabelo branco e tal, teria um filho mais velho, sei lá."

Caimana lançou um olhar malandro para Hugo. "E desde quando a idade impede alguém de aprontar?" ela perguntou, indo embora com um sorriso no rosto.

Hugo riu, "Foi bom falar com você também!" e já ia virar-se para jogar o copo vazio na lixeira-falante quando viu, no canto mais distante do salão, um ser bizarro, dançando sozinho, como uma assombração. Vestia-se inteiro com folhas de bananeira e pequenos galhinhos. Cobrindo seu rosto, uma máscara assustadora de madeira. Dançava andando a passos lentos, compassados, dando giros misteriosos ao som de tambores que Hugo quase podia ouvir, mas que não estavam tocando.

Gislene parou a seu lado. "Credo, o que é aquilo?!"

"Sei lá, mas, por via das dúvidas, não chega perto."

"Nunquinha..."

"SE PREOCUPA NÃO, Adendo!" Viny empurrou-o de brincadeira, dando um susto nos dois. "É só o Chibamba! Tá tranquilo!"

"Tranquilo?!"

"Se você for um bom menino, tá tranquilo", ele corrigiu, rindo do receio que Hugo deixara transparecer, e começando a dançar igual à assombração, cantando, "Êvém o Chibamba, neném, ele papa minino..."

"Ha-Ha. Muito engraçado, Viny", Hugo resmungou, fingindo não estar completamente aterrorizado.

"Relaxa, Adendo. Ele só veio abençoar a festa. Não veio te pegar, não."

"Vem cá", Gislene abordou o pixie, querendo mudar de assunto, "tem uma coisa que eu sempre quis perguntar: se vocês são tão contra a europeização do Brasil, por que vocês se chamam *Pixies*? Isso não é inglês?!"

"E a contradição se instala!!" Viny comemorou, piscando para Caimana, que se aproximava novamente.

"Aliás, bem lembrado", Hugo se intrometeu, "O que significa *Pixies*?"

"Diabretes, duendes etc. etc..."

"E por que vocês não se chamam de diabretes então?"

"Ah, *Pixies* é muito mais *moderno*..."

"Você defendendo o inglês, Viny?! Foi isso mesmo que eu ouvi?!"

O loiro abraçou os dois pelos ombros e resumiu com uma única frase: "*Não reclame da mídia; se torne a mídia*. Assim já dizia um azêmola que esqueci o nome."

"Não entendi."

"Se queremos chamar a atenção desse povinho metido a estrangeiro, precisamos usar as ferramentas que eles conhecem."

"Ou respeitam", Caimana completou.

"No caso, o inglês ou o francês."

"Pra eles, o francês é mais *chique* que o português, e no inglês tudo parece ficar mais '*maneiro*', mais '*moderno*', mais '*descolado*'..."

"Mesmo quando não entendem bulhufas do que estão dizendo. É patético, eu sei, mas é assim que funciona. Eles só prestam atenção quando alguma coisa está em inglês ou em francês. Com os mequetrefes acontece a mesma coisa. Daí a infinidade de *hair-dressers* e *coiffeurs* nas ruas. *Cabeleireiro*, que é bom, quase não existe nos letreiros. Por isso... *Pixies*", Viny abriu um sorrisão forçado.

Naquele momento, Lepé anunciou a entrada de mais duas atrasadas na festa. Hugo não conseguiu ver quem eram, mas Viny, com toda sua altura, reconheceu as recém-chegadas e foi correndo cumprimentá-las, deixando Caimana no vácuo e um tanto cabreira.

Que não fossem ex-amantes dele, porque, senão, ela era capaz de quebrar alguma protuberância do rosto das duas, tipo, o nariz. A pixie fingia não se importar com os pequenos casinhos que o namorado tinha, mas quando aqueles casinhos arrancavam Viny de seu lado, ela ficava especialmente furiosa.

Inconformada, Caimana desabou na cadeira mais próxima e ficou lá, de bico, com a cabeça apoiada nas mãos, preferindo olhar para Capí, que estava logo mais adiante, sozinho em uma mesa, estranhamente aéreo.

"Garota de sorte..." ela suspirou, e Hugo, espantado, apressou-se em sentar ao lado da pixie. "Como assim?!"

Caimana meneou a cabeça. "Ele me parece apaixonado."

"O Capí?! Tá de brincadeira, né?!"

"Ué, por quê? Só porque ele nunca namorou? Pelo menos eu sei que o Ítalo vai ser fiel à parceira que ele escolher. Ao contrário daquele lá", ela indicou Viny, que saía da multidão todo entusiasmado, acompanhando uma mulher adulta... e sua filha.

Hugo se levantou de imediato, deslumbrado pela visão do paraíso. A jovem, de cabelos castanhos, repicados, ria enquanto conversava com o pixie. Tinha um sorriso lindo demais... Vivo, alegre...

"Janaína Brasileiro", Beni comentou, vendo que ele ficara... interessado.

Hugo olhou para Benedito e percebeu que, assim como Caimana, o jovem não estava gostando nada, nada, de vê-la ao lado de Viny. Percebia-se pela ausência absoluta daquele sorrisão branco que ele normalmente ostentava em seu rosto negro.

"Quem é ela?"

"Uma aluna da escola de Salvador; uma *caramuru*, como são chamados os alunos de lá. É filha de professores. Aquela ali do lado é a mãe dela."

Hugo sequer registrou a mãe da menina. Seus olhos não desviariam da baianinha nem que alguém gritasse: *"O Michael Jackson tá aqui!"* do outro lado do salão. A jovem tinha a pele branca levemente bronzeada, daquelas que ficam algum tempo no sol, mas não são aficionadas por praia; tinha os cabelos ondulados, de cor castanho-escuro, e olhos... castanhos, ele achava, mas não era possível ter certeza daquela distância. Ele só sabia que ela era deslumbrante... não só pela aparência física, como também pelo ar decidido de seus passos, pela vivacidade com que conversava com o pixie, pelo olhar atento que lançava para o loiro enquanto ele falava...

Janaína...

"Ela tem cara de inteligente."

Beni confirmou, mordido de ciúmes. "Dizem que, pela idade, ela devia estar no terceiro ano, mas está no quarto. Muito inteligente."

"E bonita."

Beni meneou a cabeça, "Aí eu já não sei. Esse é seu departamento, não meu."

Hugo riu. Achava engraçado o desprezo que Beni fazia questão de demonstrar pelo gênero feminino a cada frase que saía de sua boca.

Enquanto isso, Caimana ficava progressivamente irritada, vendo a menina rir das piadas de seu namorado. Janaína vestia uma jaqueta verde e calças marrons, botinas combinando com a calça, supermoderna, e Hugo não sabia se Caimana estava mais com ciúmes da menina ou com inveja de não estar vestida como ela; de repente incomodada com o vestido de elfa que havia sido obrigada a usar.

Os dois se aproximaram, e Hugo deu um passo atrás, com medo de não saber o que dizer.

"Caimana!" Viny chamou, "Essa é a Janaína, lá de Salvador!"

Janaína apertou a mão da pixie, "É um grande prazer te conhecer, Caimana."

"Igualmente..." a elfa respondeu entre dentes.

"Baba não, Hugo", Beni murmurou, achando melhor sair dali antes que a baba do menino caísse nele, enquanto Viny explicava, "... ela veio com a mãe ajudar numa pesquisa que a Sra. Brasileiro tá fazendo sobre a contribuição dos bruxos mineiros na construção da Korkovado!"

"Nossa, que relevante!" Caimana fingiu interesse, fazendo questão de enfatizar, "Então é uma transferência *temporária*, né?"

"Ôxe, é temporária sim, não se preocupe", Janaína confirmou com um olhar esperto, já entendendo o que estava acontecendo ali. "Em quatro meses a gente deve estar de volta a Salvador."

Hugo, sinceramente, não entendia o porquê de tantos ciúmes. A menina era jovem demais para o Viny! Quase da idade do Hugo! Um ano mais velha, apenas. E só um pouquinho mais alta que a Gislene!

Está certo que Janaína era um pouco mais... desenvolvida também que a Gislene, mas, daí a ficar com ciúmes da menina só porque ela tinha... bem... um pouco mais de... curvas do que o normal para uma menina de 15 anos?! Caimana ia fazer 17 em março… era alta, linda, loira, surfista… não devia temer uma pirralha inteligente recém-saída da pré-adolescência.

"Ae, véio!" Viny chamou Capí, "A mãe dela é professora de História Cultural lá em Salvador!"

Outros meninos já haviam se aproximado, igualmente 'interessados' na visitante, e Viny começou a se gabar, contando a todos sobre como ele a conhecera durante o intercâmbio no ano anterior. Hugo não estava prestando atenção. Só tinha olhos para ela. Para aquele semblante esperto dela, e aquela jovialidade no olhar, e o sorriso, que se abria a cada piada do pixie, mas sem gargalhadas. Só o sorriso. Discreta, esperta, inteligente. Hugo estava lendo-a inteira, enquanto Viny começava a explicar para ela o funcionamento da escola e do Conselho Escolar:

"A Zô é tipo a nossa Rainha, tá ligada? Ela tá ali só de enfeite, não bate muito bem da cabeça e tal. Por isso o Conselho. Aquele lá no canto, o mais gordinho, é o Vladimir. Ele é o conselheiro encarregado da parte da educação mesmo: cuida do conteúdo das aulas, da contratação de professores etc. Ele é tranquilo. Já o Pompeu, o raquítico ali, é o chato do comportamento: ele sonha em ver todos os alunos da Korkovado virarem fantoches europeus." Viny fez careta.

"E a Dama de Ferro, cuida do quê?" Janaína perguntou, para deleite de Hugo, que sentia alguma coisa no estômago sempre que ela falava.

"A Dalila? Aquela ali só liga pros próprios interesses. Ela é a líder e o voto de desempate… e, na verdade, é quem manda ali. Infelizmente. Mas ela só se mete mesmo quando quer se vingar de alguém, tipo, da gente, ou quando vê que pode se beneficiar com alguma decisão, e…"

Janaína estava prestando muitíssima atenção, mas seus olhos castanhos distraíram-se, fixando-se por um milésimo de segundo nos olhos verdes de Hugo antes de retornarem ao pixie.

Um instante depois, estavam fixos no Hugo novamente.

"Véi, que olho é esse?" ela lhe perguntou de repente, mistificada com sua íris verde-caramelada na pele escura.

Hugo quase teve um treco. Tentando não tremer demais, respondeu resoluto, "Única coisa boa que meu pai me deixou, antes de me abandonar."

Janaína olhou-o com interesse renovado por alguns segundos, e então voltou a conversar com os outros como se não houvessem trocado sequer uma palavra. Mesmo assim, Hugo permaneceu com um sorriso fixo no canto dos lábios pelo restante daquela conversa.

Precisava parar com aquela tremedeira idiota! Afinal, ele era Hugo Escarlate! Não um garotinho qualquer com medo de garota. O que ela pensaria dele, vendo-o bobo daquele jeito?! Não, não. Ele colocaria um semblante esperto no rosto.

Resoluto, Hugo endireitou a coluna, tornando-se imediatamente altivo e elegante, e não desviou mais seu olhar de Janaína, paquerando-a com os olhos, confiante, toda vez que o olhar da baiana inadvertidamente encontrava o dele ao longo da conversa com os outros Pixies… E a caramuru foi ficando cada vez mais transfixada por seu olhar, até o ponto em que não conseguia mais tirar os olhos dele enquanto conversava, completamente distraída do que estava dizendo.

"Magnífica donzela", Camelot atravessou na frente de Hugo, fazendo-o sentir um ódio imediato do anjo e daquele seu cabelo todo penteadinho. Abelardo e Gordo chegaram logo em seguida.

"Não ligue para as bobagens que esses vândalos dizem, moça bonita", Camelot beijou a mão da menina, e Viny revirou os olhos, impaciente, "Ninguém te convidou, ANJO!"

Janaína achou graça. Estava claramente adorando aquela atenção toda.

"E quem são vocês?" ela perguntou, simpática.

"Este aqui é o Abelardo, ele já tem namorada, e eu me chamo Arthur Eustáquio, mas todos me chamam de Camelot."

"Mmmm... um Rei entre nós, que honra!" Janaína brincou, deixando Viny com mais raiva ainda. "Rei Arthur."

Camelot estufou o peito, todo orgulhoso, como o bom lordezinho inglês que acreditava ser. "Eu sou um dos Anjos, senhorita Brasileiro. Somos os protetores da escola contra pragas como os Pixies. Por isso nosso grupo tem esse nome."

Viny deu risada. "É, eu também já ouvi falar de um anjo, ele se chamava *Lúcifer*."

"Tome!" Janaína riu, estalando a palma de sua mão contra a de Viny, e Camelot torceu o nariz, percebendo que aquela batalha já estava perdida antes mesmo de começar. A baiana era praticamente uma pixie...

"Vão embora daqui, vão", Viny enxotou os três. "De cara feia nós já temos a do Índio."

Hugo deu risada. Em qualquer outra situação, Caimana também teria rido, mas estava preocupada, e Hugo percebeu que não eram só ciúmes... era insegurança. Pela primeira vez, ele via Caimana realmente insegura diante de outra menina.

Janaína aproximou-se dela, dando um tapinha em seu ombro, "Relaxe, Caimana. Ele foi um bom menino, lá em Salvador. Totalmente fiel."

Viny deu um sorriso sapeca para a namorada, que acabou dando risada.

"Muito jovem pra mim, Cai."

"Sei", a pixie respondeu sarcástica, mas, no fundo, acreditando no namorado. Ele realmente não tinha interesse na baiana. Se houvesse acontecido alguma coisa entre os dois na Bahia, o pixie teria sido o primeiro a contar para ela, como sempre fazia.

"Ele não parou de falar de você um minuto sequer no intercâmbio", Janaína comentou. "De você e, de seu pai e do trabalho dele."

Caimana ergueu as sobrancelhas, surpresa.

"Além do mais, eu prefiro baixinhos", Janaína completou, desviando seu olhar para Hugo, que respondeu com um sorriso malandro.

"Atenção, atenção!" Zoroasta chamou a todos, já tendo subido em cima de uma das mesas do salão, e o corpo estudantil inteiro irrompeu em aplausos e assovios. "Zô! Zô! Zô! Zô!"

A diretora deu pulinhos de alegria. "Como vão meus pequenos súditos?"

"BEM!!" foi a resposta geral.

"Ah, que bom, que bom", ela bateu palminhas. "Eu prometo que não vou fazer um discurso chato, ao contrário de certas pessoas por aí."

Alunos riram aqui e ali, enquanto a maioria apenas sorria, encantada, ouvindo a diretora falar. Janaína sorriu também. Mesmo ainda não tendo sido apresentada à xodó da escola, parecia ter gostado da diretora imediatamente.

"Como vocês bem sabem, ano passado perdemos três professores: a Ivete, querida, que foi estudar uma outra profissão e acabou sendo substituída por aquela monstrinha da Felícia, que vocês, fofíssimos que são, se encarregaram de enxotar daqui… e nosso queridinho Manuel", aplausos efusivos irromperam pelo salão e Hugo se encolheu onde estava, com medo de ser linchado. "Manuel foi substituído pela inteligentíssima Areta Akilah, que hoje efetivamos em seu posto, como professora permanente de Feitiços!"

"Uhu!" todos aplaudiram novamente, e Areta agradeceu o carinho dos alunos, com um sorriso esperto e um aceno de cabeça. Maravilha. Agora a *Capeta* ia se achar o Ó do Borogodó. Tudo que Hugo precisava.

"Aretinha, querida, muita honra nos traz ter alguém tão genial em nossa modesta escola."

"Não dá corda, Zô… não dá corda…" Hugo murmurou para si mesmo, mas já era tarde. O dano já havia sido feito. O pior é que a desgraçada sabia que era genial. Não precisava que ninguém dissesse isso a ela.

"E, por fim", Zô prosseguiu, ainda mais entusiasmada, "como Ivete e Felícia se foram, e o posto de professor titular de Segredos do Mundo Animal ficou lindamente vago, passamos alguns meses procurando profissionais capacitados nesta área, até que decidimos chamar o melhor. Convidamos, e ele aceitou!" Zoroasta sorriu, empolgada. "Nosso novo professor, oficial e permanente, de Segredos do Mundo Animal, é um profundo conhecedor do assunto e eu gostaria que todos o tratassem com o respeito que ele merece; como eu sempre tratei. Querido, por favor?"

Zô fez sinal para que o novo professor subisse na mesa e falasse algumas palavras. Quando ele começou a obedecer, sendo ajudado para cima por ela própria, o murmúrio de surpresa foi geral, seguido por um aplauso efusivo da maior parte dos alunos, ao verem Capí juntar-se à diretora. Tímido, mas sorridente.

Os Pixies se entreolharam apalermados. Caimana quase em lágrimas, com um sorriso enorme no rosto.

"Nem pra contar pros amigos, né, vacilão!" Viny brincou, dando um tapa na perna do mais novo professor da Korkovado.

Agora tudo fazia sentido! Aquela alegria exagerada do pixie nos dias anteriores… rindo à toa no Saara… Hugo aplaudiu também, achando o máximo, enquanto Capí, encabulado, tentava recusar a oferta de falar em público.

"Ah, vai! Fala, véio!" Viny insistiu, e puxou o coro, que logo se espalhou pelo refeitório, "Fala! Fala! Fala! Fala!"

Com toda aquela pressão, Ítalo foi obrigado a aquiescer, e recebeu aplausos por aquilo também. Aplausos muito merecidos. "Uhu!!!!" "Vai, Capí!!" "Arrasa!"

Capí agradeceu, humilde, seus olhos brilhando enquanto esperava o silêncio tomar conta do salão. Só então, o pixie começou, com uma imensa bondade nos olhos, "Eu só peço que tenham um pouco de paciência. Como a confirmação oficial só veio alguns dias atrás, eu tinha pedido que adiassem minha primeira aula, pra que eu pudesse me preparar melhor. Mas o Conselho não deixou, e eu não sei se…"

"Tu não precisa de preparação, véio! Tu já sabe tudo!"

Vários riram e Capí sorriu com carinho, mas estava claramente inseguro.

Agradecendo mais uma vez, desceu da mesa e foi juntar-se aos Pixies, que o receberam pulando em cima dele e bagunçando seus cabelos, todos de uma vez.

Capí deu risada, mas murmurou inseguro, "São cinco séries, Viny... cinco séries. Dez aulas por semana."

"Você vai tirar de letra", Viny piscou, perdendo o posto para Caimana, que deu um abraço demorado no amigo, enquanto Índio esboçava um raríssimo sorriso.

Hugo viu Gislene acompanhando tudo de longe. Não parecia surpresa. Feliz, sim, orgulhosa, muito, mas não surpresa, e Hugo sentiu uma ponta de ciúmes por Capí ter contado à ELA e não a ele. Tudo bem que ela era ajudante do pixie nas aulas de português, mas pô... ele não contara nem aos Pixies!

Olhando uma última vez para Gislene com cara de poucos amigos, Hugo abriu um sorriso para abraçar o pixie também. "Agora eu entendi com que dinheiro você comprou aquele material todo."

"É", Capí sorriu, encabulado, "eu pedi um adiantamento."

Caimana abraçou-o de novo, não se contendo de felicidade. "Teu pai deve estar superorgulhoso de você!"

O pixie desanimou um pouco, desviando o olhar, e Caimana franziu o cenho, preocupada. "O que foi que ele disse?"

Capí meneou a cabeça, pouco à vontade, mas Viny insistiu. "Diz, vai!"

"Ele disse que já estava na hora de eu fazer algo de útil."

"Filho da mãe."

"... Mas que, ainda assim, ele não tinha criado um filho pra ganhar um mísero salário de professor pelo resto da vida."

"Nunca satisfeito, né?" Caimana criticou revoltada, mas Viny tentou animá-lo, "Pelo menos agora tu vai receber um salário de verdade, ao invés de ficar trabalhando de graça, feito otário."

"Eu ajudo porque gosto, Viny."

"É, mas quando tu mais precisar, quero ver qual deles vai te ajudar."

"Eu não faço esperando recompensa."

"Pois devia. Pra deixarem de te explorar."

Tendo ouvido aquela parte da conversa, Rudji se intrometeu, voltando-se para o loiro. "Sabe como chamam aquele que serve, em japonês?"

"Otário?"

"*Samurai*", o professor respondeu, olhando com imenso respeito para Capí, seu mais novo colega de profissão. "Servir não é se rebaixar. É demonstrar humildade e respeito. Servir com gosto é ser superior. E seu amigo é superior."

Rudji abraçou a cabeça do aluno com carinho, "Parabéns, Capí... Mais do que merecido."

Capí agradeceu com ternura e Rudji saiu, abrindo caminho para que os outros professores pudessem cumprimentar o pixie também. A fila era grande.

Hugo olhou feio para Rudji enquanto ele ia embora em meio à multidão. Como odiava aquele japonês ruivo metido a moderno. Pouco lhe importava as palavras bonitas que ele acabara de dizer. Jamais se esqueceria do olhar de cobiça que o professor de Alquimia lançara para sua varinha no começo do ano anterior.

Enquanto todos cumprimentavam Capí, Zoroasta aproveitou para apresentar o próximo palestrante, "Agora, o conselheiro Pompeu vai dar seu costumeiro discurso. Quem quiser, pode dormir, mas por favor, não conversem porque é falta de respeito… *e também porque assim passa mais depressa!*"

Os alunos riram, aplaudindo a diretora enquanto ela dava seu lugar a Pompeu, que ninguém ouviu. Enquanto ele falava e falava, sobre a reputação da escola e blábláblá, todos pareciam mais interessados em cumprimentar o mais novo professor de Segredos do Mundo Animal e fofocar sobre a novidade.

O conselheiro ainda tentou guerrear contra o volume das vozes, mas sua própria foi sumindo cada vez mais, até que, por fim, ele desistiu e sentou-se novamente, contrariado.

Todos aplaudiram seu lindo discurso, só de sacanagem, e a festa prosseguiu.

Um tango havia começado a ecoar pelo salão, concessão de Viny Y-Piranga à música dos vizinhos argentinos, e Atlas, só de sacanagem, convidou Symone Mater para dançar. Afinal, a professora estava vestida de dançarina de tango por algum motivo, né?

Para surpresa de todos, Sy aceitou o convite, pegando na mão estendida do gaúcho e caminhando com altivez para o meio da pista. Os alunos, de imediato, abriram um círculo para que os dois dançassem sozinhos, já começando a apostar quando um ia começar a pisar propositadamente no pé do outro.

Achando aquilo o máximo, Viny gritou por cima do tango, *"Véio! A Furiosa, por favor!"* e Capí arremessou sua varinha nas mãos do pixie, que começou a batucar com ela no ar, produzindo um som extraordinário de batida eletrônica, dando ainda mais força à música enquanto os dois professores cortavam a pista juntos, mãos estendidas à frente, marchando no ritmo e se odiando mutuamente.

Caimana e Capí também foram assistir, bem-humorados, mas Hugo não estava gostando nada daquilo. Odiava aquela charlatã argentina, das mãos tatuadas, tanto quanto odiava o Rudji. Ela não tinha nada que estar dançando bem daquele jeito! Já tinha uns 45 anos de idade! Quinze anos a mais que o professor! Devia tomar vergonha na cara e ficar sentadinha no lugar dela.

Para seu alívio, a música acabou rápido. Enquanto todos aplaudiram a dupla de dançarinos, foi a vez de Viny subir na mesa, "Pessoal, para comemorar as eleições de amanhã e o triunfo do processo democrático que vai levar nosso Antunes à Presidência…"

"Buuuuu!" alguns alunos conservadores vaiaram lá no fundo, e Viny deu risada. "Nossa, como eu fiquei com medo de vocês agora."

Todos os outros riram, e ele continuou. "Bom, para celebrar esse momento histórico do nosso país, eu gostaria de tocar aqui uma composição do gênio mequetrefe Heitor Villa-Lobos. Ela se chama 'O Trenzinho do Caipira'. Quem quiser conhecer um outro Heitor genial, ali atrás tem um estande com cópias improvisadas do novo livro de Heitor Ipanema, pai dessa moça loira aqui. É pra levar de graça e compartilhar, viu? Com a promessa de que *comprem* o livro depois que ele ficar pronto de verdade, claro."

Viny piscou para Caimana, que respondeu com um leve sorriso.

As cópias não eram nada demais; nem capa tinham, mas Hugo viu Janaína separar algumas para levar a Salvador. Enquanto isso, Viny, segurando a varinha de Capí como se fosse uma batuta de maestro, começou a reger o silêncio.

Todos riram, achando que ele estava apenas fazendo movimentos no silêncio mesmo, de palhaçada mesmo, mas aos poucos, Hugo começou a ouvir um ritmo fraco surgir ao seu redor. Bem baixinho. Violoncelos... batidas... baixos... Toda uma orquestra invisível, começando a soar, suave, em meio à plateia, comandada pela varinha nas mãos do pixie, e o ritmo foi crescendo, crescendo, junto ao volume, como um trem furioso saindo da estação. Hugo olhou para o lado, no susto, achando que um flautista acabara de aparecer ali, mas não havia ninguém. Apenas o som nítido da flauta, que surgira de repente, bem próximo ao seu ouvido esquerdo. Era como se uma orquestra inteira estivesse espalhada pelo salão... mas não havia ninguém tocando ali!

E, quando Viny brandiu a Furiosa com mais veemência, violinos começaram a soar por todos os lados, tocando as notas do Trenzinho do Caipira, e até Hugo se emocionou com a beleza daquele espetáculo.

Palhaços também sabiam fazer chorar.

Viny parecia outra pessoa, regendo. Concentrado, intenso... Apontava enfático para a direita com a varinha, e trompas surgiam do nada... Apontava para a esquerda, e os violinos ficavam mais intensos. Hugo podia jurar ter ouvido um apito de trem ao fundo.

Ele não foi o único. Outros também olharam para trás, procurando a origem do som. E enquanto metade dos alunos chorava com a música, Viny ia regendo aquela maravilha sonora com a varinha mais incrível do planeta.

Hugo havia comentado com Ubiara sobre a varinha musical de Capí, mas o mestre-varinheiro não acreditara no que ela podia fazer, mesmo Hugo só tendo mencionado sua capacidade de imitar flautas e cuícas! Nunca, em seus mais elaborados sonhos, imaginara que ela fosse capaz de reproduzir os sons de uma orquestra inteira! Se Capí havia mesmo feito aquela varinha, ele era um gênio.

Ou, quem sabe, não fosse culpa do pixie que sua varinha era tão incrível. Talvez não houvesse sido intencional. Hugo aprendera que o varinheiro passava parte do que tinha dentro de si para a varinha. Parte de seus sentimentos, parte de sua aura. Se aquilo fosse verdade, a aura de Capí era linda demais...

Enquanto Viny ainda regia, um enorme trem fantasma atravessou a parede, entrando no salão e atropelando – sem de fato atropelar – todos os alunos que se encontravam em seu caminho. Apitando e soltando vapor, o trem parou só para deixar que seus cinco ocupantes fantasmas descessem de um dos vagões.

Os Boêmagos já entraram na festa dançando, como bons festeiros que eram, e Viny continuou a reger fervorosamente a orquestra invisível com um sorriso no rosto, enquanto os alunos mais jovens desmaiavam e os mais velhos iam cumprimentar o grupo de veteranos mortos do início do século XX.

Em meio ao alvoroço, Hugo viu, ao longe, Eimi chegando com os pais, miúdo, enfraquecido... e entrou em pânico, se escondendo na multidão.

CAPÍTULO 8
ENCONTROS E REENCONTROS

Hugo começou a roer a unha do polegar, nervoso, encurralado, vendo o mineirinho procurando alguém na multidão, provavelmente ele, até que uma mão tocou seu ombro, trazendo Hugo de volta à realidade. "E você, quem é, afinal?"

Distraído, Hugo olhou para o lado e levou um susto, imediatamente tirando o dedão da boca e endireitando a coluna.

Janaína...

Sem fôlego, já ia quase respondendo 'Idá' quando levou um safanão de outra pessoa nas costas, "Aeee, Napô! Já paquerando a mina?! Safadeeeeenho!" A professora de Feitiços deu risada, indo conversar com outros professores e deixando um Hugo completamente furioso para trás. Como ele odiava aquela mulher!

Pelo menos Areta o impedira de responder besteira. Seu nome agora era HUGO, idiota. Não Idá.

Janaína estava morrendo de rir, "Napô?! Foi esse o apelido que ela te deu foi? Que fofo."

Mortalmente constrangido, ele murmurou, "*Napoleão*..."

"Tem um Imperador na barriga é, Napozinho?" a baiana caçoou. "Não se incomode com Areta, ela sempre foi assim."

"Você conhece a Capeta?"

A caramuru confirmou, cheirando um dos brigadeiros antes de dar uma pequena mordida. "Ela lecionava lá em Salvador antes de vir pra cá. Excelente professora."

Hugo deu de ombros, indiferente. "Se você diz..."

"Ah, deixe de onda, vá! Você sabe que ela é boa."

"E bota boa nisso!" Viny passou por eles, dando uma paradinha só para dizer aquele comentário altamente intelectual e indo devolver a Furiosa a seu devido dono.

"Então, Napoleão dos olhos verdes caramelados, me conte mais sobre você."

Sentindo seu coração palpitar descontrolado, Hugo abriu a boca sem saber o que dizer, com medo de falar bobagem, mas foi salvo por um barulho a muitos metros de distância.

PUFF...

Ele se virou, já sabendo quem encontraria, e lá estava o velho Gênio contador de histórias, em toda sua negritude e imenso poder. Os alunos mais jovens gritaram "Griô!!!!", quase atropelando os dois para chegarem mais perto do Gênio Africano.

Hugo riu, voltando-se para a visitante, "Aquele ali é o Gri..."

Dispensando explicações, Janaína puxou-o pela mão, tão animada quanto os novatos, "Vamos lá ouvir o que Griô tem pra contar!" e Hugo deixou-se levar; seu coração quase saindo pela boca. Ela pegara em sua mão! Era rapidinha aquela baiana!

Uma pequena multidão de curiosinhos já havia se juntado para ouvir mais uma de suas histórias. Muitos deles novatos. Enzo não se espantara com os fantasmas, mas parecia não acreditar que alguém sólido pudesse aparecer do nada daquele jeito.

"Dá pra tocar nele, é?" o jovem charreteiro murmurou, tímido, para Capí, mas o próprio Griô aproximou seu rosto do garoto, ficando cara a cara com ele para que o menino pudesse tocá-lo. Relutante, Enzo ergueu a mão, deslizando os dedos, delicadamente, pelo rosto do gênio, que olhou-o com simpatia e ergueu-se para se dirigir a todos os outros.

Enzo estava diferente. Mais tímido, mais inseguro; sem nenhum traço daquele olhar desafiador que Hugo vira em Paquetá. Compreensível. Ali, no meio de tanta magia e encantamento, o garoto era, literalmente, um pescador fora d'água por enquanto. Logo se acostumaria.

Hugo olhou a seu redor, procurando pelo Eimi. Não estava preparado para encará-lo.

"Então, diabinhos", Griô esfregou as mãos, empolgado, "que história vosmecês querem ouvir?"

"Conta mais sobre o Kedavra!" algum garoto gritou lá de longe, e o Gênio fez careta, "Ah, não, não, do Inquisidor num sei se é bom contá agora não. Muita gente novinha na plateia."

"Ah, vai, Griô!"

"Não, não. Griô num qué. Mas vô contá pra vosmecê a história de um mininu. Uma história sufriiiiida... Pra vosmecê pará di reclamá da vida boa que vosmecê tem. Isso." E Griô deu uma grande inspirada antes de começar, estufando o peito muito mais do que uma pessoa normal poderia. "Há muuuuuuito tempo atrás, mas muito mesmo... muitos séculos... pra lá das Europa Oriental, lá nas época do Império Otomano... vivia um mininu, e esse mininu foi o único mininu qui conseguiu: que se tornou bruxo por vontade própria. Não por destino."

Enzo arregalou os olhos, "Como assim?!"

"Calma aí, criança, já vô chegá nessa parte. Ninguém sabe direito como é qui foi ou SE foi. Mas como esse mininu sofreu, viu? Sofreu muito! Mais do que todos nós junto."

Griô pausou e seus grandes olhos analisaram os rostinhos ao seu redor. Vendo que todos estavam prestando a mais absoluta atenção, começou: "Era uma vez um mininu mequetrefe, qui morava lá nas Europa, num país chamado Valáquia, lá pelas idade média do mundo. Quando ele era ainda bem jovenzinho, ele foi vendido como escravo... E o dono judiava dimais dele... mas judiava tanto, qui eu num posso nem contá aqui as coisa que ele fazia com o mininu."

Griô não estava se transformando. Normalmente, o Gênio se transformava ao apresentar os vários personagens da história, mas daquela vez não! Daquela vez, ele estava mantendo suas vestes tribais africanas, suas pinturas, seus braceletes e penduricalhos. Parecia respeitar demais aquela história para ficar fazendo palhaçada.

"E esse dono", Griô continuou, sério, "era um bruxo. Um bruxo poderoso i covarde, qui usava magia pra torturá o mininu qui nem magia tinha. E o mininu aguentava calado. Sempre calado. Sem soltá um pio. Em silêncio. Por anos e anos. Até qui chegô um dia, qui esse mininu num aguentô mais i explodiu de tanto ódio. Ele já era inté mais velho que vosmecês... já tinha uns quinze ano de idade. E a magia explodiu dentro dele. E o mininu, que num era pra sê bruxo, virou bruxo."

Todos ouviam hipnotizados.

"A magia *queria* qui ele reagisse. A magia presenteou o mininu com ela mesma, pra dar um fim àquela injustiça. Mas o minino já tava estragado. Já sim. E assim que ele ganhou os poder, ele matou o dono. E fugiu pra se vingá dos outros que tinham participado das tortura."

Até os alunos mais velhos tinham parado para prestar atenção. Nunca haviam visto o Gênio tão sério... Tão envolvido. "E aos poucos, u jovem foi se tornando como eles, e morreu amargurado i arrependido. Uma morte sem enterro. Sem registro. Bêbado e sozinho", Griô terminou, ouvindo o absoluto silêncio que ele trouxera. "Vingança nunca é coisa boa. Num faz bem pra alma", ele concluiu, olhando para Hugo e para Rafinha, que franziram o cenho, sem entender por que haviam recebido aquele olhar.

"E essa história é de verdade?" Enzo perguntou, empolgado. Provavelmente pensando no irmão mequetrefe que ficara para trás. "Aconteceu de verdade?!"

Griô abaixou o rosto até alcançar o jovem pescador. "Tem gente muito importante qui acredita. Mas a grande maioria acha qui é coisa de criança. Existe uma batalha antiga entre esses dois campo de acreditá."

"E o senhor, o que acha?"

"Tudo é possível nesse mundo, mininu. Tudo é possível..." ele respondeu, desaparecendo aos poucos em sua própria fumaça, até sumir por completo, deixando todos ali, mais uma vez, órfãos de um contador de histórias.

Viny deu um tapinha nos ombros do menino, "Não é verdade, não, garoto. É uma lenda que eu já ouço ó... desde criancinha", o pixie afirmou, acabando com as esperanças do pequeno charreteiro. "Nossos pais contam essa história só pra que seus filhos pequenos não fiquem com tanto medo de não despontar para a magia nos anos esperados. Medo de serem fiascos. É um trauma na infância de qualquer um. Nosso grande bicho-papão: será que a gente é bruxo ou não é. Por isso, inventaram essa história."

Vendo a carinha de decepção do menino, Caimana repreendeu Viny com o olhar. "Pois eu acredito nessa história", ela disse, e Enzo sorriu animado, correndo para contar a história aos amigos que não tinham ouvido.

Capí assistiu à corrida do futuro aluno com certa tristeza no olhar. "Pra que dar falsas esperanças ao menino, Cai? A decepção vai ser maior depois, quando ele descobrir que o irmão dele não virou bruxo."

"Quando isso acontecer", a pixie retrucou, "ele já vai estar mais velho e vai entender melhor."

Hugo virou-se para comentar com Janaína sobre sua visita a Paquetá, mas a baiana já não estava mais lá. Havia ido falar com a mãe do outro lado do salão, deixando-o completamente no vácuo.

Quase com ciúmes da mãe da garota, Hugo virou-se, contrariado, para o lado oposto, determinado a marchar até o ponto mais distante do salão para não ter que ficar exibindo o quão idiota ele era, mas desistiu de seu plano maligno ao ver que o Chibamba continuava lá, rodando com suas folhas de bananeira.

"Sinhozinho tá bem?" Griô sussurrou, matando Hugo de susto ao aparecer de novo.

"Qualé, Griô! Quer me matar do coração?!"

"Ôxe, tá aperreado, sô?!" ele caçoou, misturando sotaques, e Hugo olhou feio para ele, ainda irritado com o Chibamba. "Pra que essa festa precisa ser abençoada por aquele ali, hein?!"

Griô ficou sério, "Porque muita coisa pesada está por vir..." e sumiu nas brumas, deixando Hugo preocupado. Tão preocupado que não notou a aproximação de Eimi com a família. Quando, enfim, percebeu, já era tarde demais para fugir e ele bufou impaciente, só lhe restando o recurso de fingir contentamento.

"Eimi!!" Hugo abriu os braços para recebê-lo, morrendo de medo de uma possível reação adversa do mineirinho, mas assim que Emiliano viu seus braços abertos, o menino abriu um sorriso do tamanho do mundo, e todos os temores de Hugo se desfizeram, vendo o mineirinho correr para seus braços. Aliviado, Hugo apertou com carinho o corpinho do menino contra o seu. Menos um problema.

Não estava sendo falso. O carinho era verdadeiro. Ele quase destruíra a vida do garoto. Só estivera com medo da reação do menino. Nada além disso.

Olhando para o rostinho murcho do mineirinho, Hugo sentiu um remorso tão grande... Remorso que ele não podia demonstrar, de modo algum.

"Então ocê é o famoso Hugo Escarlate!" a mãe do menino disse, e Hugo, com certa dificuldade, conseguiu desvencilhar-se parcialmente do abraço de Eimi para cumprimentá-la, apertando a mão primeiro da mãe, uma bem-sucedida mulher de negócios, altiva e confiante, e, em seguida, a do pai, um *magrelin'*, *loirin'*, *baixin'*, de óculos. Bem parecido com Eimi, exceto pelos óculos.

Os dois estavam muito bem vestidos, como condizia à família Barbacena; família de milionários.

Então, aqueles eram os famosos pais do mineirinho; os pais que nunca estavam presentes... os pais que ficavam trabalhando para sempre em algum país distante da Europa e nunca voltavam para o Brasil... os pais que, só agora, na emergência, estavam dando atenção ao filho que tanto os admirava.

Hugo abriu um sorriso falso. Não respeitava pais que abandonavam seus filhos. Não respeitava Dalila, não respeitava seu próprio pai, e, portanto, não respeitaria os dele.

Não era de se admirar que Eimi fosse tão carente. O menino só era um *encosto* porque queria a atenção e o carinho de alguém, já que seus pais não lhe davam.

Hugo se forçou a ser simpático, "E vocês são os famosos pais do Eimi!"

... os verdadeiros culpados por tudo.

Não... A quem Hugo estava querendo enganar?! Se aqueles pais haviam sido os responsáveis por Eimi ser tão carente e inseguro, Hugo tinha feito muito pior, se aproveitando daquilo para vender cocaína ao menino.

A situação era desconfortável demais! Ele ali, trocando sorrisos com os dois, e os pobres sem a mínima ideia do quanto ele prejudicara o filho deles no ano anterior.

Caimana chegou para resgatá-lo, indo falar aos ouvidos da Sra. Barbacena. "*Ítalo Twice é aquele ali...*" ela cochichou, apontando para Capí, que limpava o chão com sua varinha depois de um *incidente* com um dos Anjos, e os pais de Eimi foram conversar com o pixie. Parecia assunto sério.

Enquanto conversavam, Eimi aproximou-se novamente de Hugo, como quem quer contar um segredo, murmurando, orgulhoso, "*Óia, eu não disse nada pra eles do pó branco, tá?*"

Sentindo seu remorso crescer ainda mais diante de tanta inocência, Hugo reconfortou o menino, aliviado, dando tapinhas em seu braço. "Fez bem, Eimi. Fez muito bem."

Aquele menino tinha muita força... Só alguém muito forte e muito leal não gritaria por mais pó em suas crises de abstinência na delegacia. Hugo tinha consciência daquilo. Mesmo assim, achou melhor adicionar, "Se você tivesse contado, eu ia ter sido acusado de tudo que aconteceu na escola ano passado, só que eu não tive culpa! Você sabe que eu não tive culpa, não sabe?"

Eimi confirmou, ávido por agradar. "Sei sim! Sei sim!"

E quanto mais Eimi confirmava, mais Hugo se sentia pior, por ser tão cara de pau. Se antes, a admiração sem sentido que o mineirinho tinha por ele o deixava irritado, agora ela o estava deixando péssimo... O garoto sequer sabia que aquele pó era cocaína... Achava que tinha sido uma invenção inocente do Hugo!

Se soubesse que ele fizera aquilo de propósito, para ganhar dinheiro, com plena consciência de que aquele pó estragaria sua vida... Mas Hugo ainda ia compensar o garoto por tudo que fizera de mau a ele. Isso ele ia.

"Que foi, Eimi?" Hugo perguntou, percebendo que o mineirinho o fitava ansioso.

Inseguro, o menino tomou coragem e perguntou esperançoso, "Ocê perdeu a fórmula mesmo, foi?", e Hugo cerrou os olhos, lamentando. Já estivera esperando por aquela pergunta, mas ainda assim, ouvi-la daquele jeito, feita com tanta inocência, era duro demais.

Respirando fundo, Hugo confirmou a mentira: ele perdera a fórmula.

Vendo o semblante do mineirinho entristecer, pousou as mãos em seus ombros, "Eimi, presta atenção: mesmo que eu lembrasse a fórmula... você viu como você ficou por causa daquele pó. Você viu as coisas que fez. Você quase matou o Gueco! Como você pode estar querendo mais?!"

"Eu não estou querendo mais..." o mineirinho tentou disfarçar, mas lágrimas brotaram de seus olhinhos e Hugo o abraçou com força, "Desculpa, Eimi. Eu realmente não sabia que o pó fazia isso com as pessoas..."

Ainda abraçando-o, seus olhos se voltaram para cima e viram Capí logo ali por perto, olhando com reprovação para aquela mentira.

Ou seria apenas com tristeza, pela situação? De qualquer forma, era culpa do Hugo. Tudo aquilo era culpa sua. E, ao contrário de Eimi, Capí sabia muito bem daquilo.

"Vem, Emiliano, querido", os pais do mineirinho o chamaram, e Eimi obedeceu, cabisbaixo, se escondendo na barra da saia da mãe enquanto atravessavam o salão para sentarem-se em outro canto.

Eimi estava muito mais tímido do que antes...

"Joga um copo no chão e pede desculpa pra ver se ele volta a ser um copo inteiro", Índio alfinetou, também observando o menino, e Hugo sentiu sua garganta apertar de ódio. Ódio por saber que, pelo menos daquela vez, o desgraçado do Índio estava coberto de razão, e Hugo não podia dizer nada em sua própria defesa.

Como ele detestava aquele garoto... por sempre fazê-lo ver a verdade como ela era: incômoda, dolorosa. Índio era *cruel*, em toda a sua sinceridade.

De fato, Eimi estava em frangalhos, e suas desculpas não valeriam de nada para trazer o velho Emiliano de volta.

Hugo olhou novamente para o mineirinho, que continuava escondido atrás dos pais, encolhendo-se diante dos outros alunos como se estivesse cercado de predadores... Retraído, abatido, tímido. E todos se espichavam para olhá-lo, querendo ver o tal 'garoto que saíra da escola arrastado por policiais no ano anterior, berrando e espernando...'

"Esses olhares não vão ajudar em nada na recuperação do Eimi", Capí lamentou, também acompanhando aquela triste situação. "Os Barbacena me pediram pra que eu fique de olho nele."

"Ele ainda tá vidrado na cocaína."

Capí concordou, chateado. "Eles disseram que flagraram o filho diversas vezes empoleirado na despensa alquímica da fazenda do tio, procurando coisas pra cheirar. Não entenderam por quê. Eu vou ter que inventar alguma desculpa pro Rudji... pra que ele coloque um feitiço antiEimi no depósito de Alquimia."

Preocupado, o pixie foi tratar daquele assunto imediatamente. Não teria tempo de fazê-lo a partir do dia seguinte, quando estaria ocupado demais preparando suas aulas, ajudando o pai a limpar o colégio, ensinando português a alunos analfabetos, vigiando Eimi e..., ah sim, estudando.

Sentindo o peso de um brontossauro em suas costas, Hugo saiu da festa e foi refrescar a mente no ar noturno da praia deserta. Caminhou sozinho, sentindo o aroma salgado do mar enquanto tentava tirar sua mente de todas aquelas preocupações, mas elas teimavam em voltar. O que ele fizera com Eimi não tinha perdão. Nem perdão, nem volta.

Grande aniversário, o seu. Acabara de fazer 14 anos e, em vez de se lembrarem disso, ficavam recordando tudo de ruim que ele fizera aos 13.

Número maldito.

Hugo olhou o relógio. Já era madrugada do dia 2. Caminhando mais um pouco, ficou olhando as estrelas do céu sempre límpido da Korkovado. Aquele céu, que nunca havia visto uma nuvem sequer.

Dentro do salão, o barulho era ensurdecedor, mas lá fora estava tão calmo... tão silencioso... a não ser pelos alunos na Fragata Maria I, que agora estava toda acesa lá ao longe, cheia de conservadorezinhos festejando ao som de música bruxa. Era possível ver suas silhuetas por detrás das vidraças envelhecidas da fragata encalhada.

É... pelo menos Hugo ganhara uma festa. Mesmo que não em sua homenagem.

Bem melhor do que o "presente de aniversário" que recebera no ano anterior, quando fora levado por traficantes até o pico do morro e espancado até que perdesse a consciência, um dia antes de descobrir que era bruxo. Lembrava que Playboy estivera particularmente animado com a "festinha", chutando Hugo com o tênis laranja novo que roubara de um garoto da Zona Sul.

Aliás, por isso chamavam o canalha de Playboy: porque ele adorava roubar playboyzinhos da Zona Sul. Achava que, vestindo-se como eles, se tornaria moderno, descolado. Mas, na verdade, ficava apenas patético. Ainda mais usando as cores que ele usava no cabelo. Um dia, verde claro, outro dia, laranja, às vezes até lilás!

Hugo sentiu um arrepio. Fazia exatamente um ano desde aquela noite, mas parecia ter acontecido há uma eternidade. Caiçara agora estava morto, Playboy e Caolho desmemoriados em algum lugar... e Hugo ali, numa festa.

De certa maneira, ele tinha vencido. Vencido todos eles. E isso o confortava. Mas o ódio ainda estava lá. Ainda existia. Ainda o comia por dentro. Eles tinham matado sua avó, destruído sua infância. Gente nojenta.

Hugo ouviu um ruído e parou. Não estava sozinho naquela praia.

Aproximando-se de um amontoado de folhas e troncos de coqueiros quebrados, Hugo deu um passo atrás ao ver Viny sentado ali, escondido na penumbra, sozinho.

Chorando.

CAPÍTULO 9
A LÁGRIMA E O SORRISO

Hugo se escondeu atrás dos coqueiros. Não queria atrapalhar. Nunca vira o pixie naquele estado... Viny não estava só chorando. Estava chorando muito! Mas como podia?! Poucos minutos atrás, ele estivera dando um show de alegria lá no salão! Divertindo todo mundo, tocando aquela música magnífica!

"Hoje é aniversário da morte do irmão dele", Caimana explicou baixinho, parando ao seu lado, e Hugo percebeu que a pixie estivera ali há algum tempo já, assistindo de longe, escondida também.

"Eu não sabia que ele tinha irmão..."

"E não saberia. O Leo morreu faz dez anos."

"Dez *anos* e ele ainda chora assim?!" Hugo olhou espantado para a pixie, que confirmou, penalizada, "O Viny tinha só 6 quando o Leo se matou."

"Suicídio? Putz..."

"Pois é. O Leo tinha 19. A diferença de idade era grande. Ele era como um super-herói pro Viny..." Caimana suspirou, "Todo ano, nesse dia, o Viny fica assim."

"Mas ele parecia tão feliz lá na festa!"

"Você já ouviu a parábola da lágrima e do sorriso?"

Diante de sua negação, Caimana prosseguiu, "*Um dia, a lágrima disse ao sorriso: 'Invejo-te, porque vives sempre feliz.' O sorriso respondeu: 'Engana-te, pois muitas vezes sou o disfarce da tua dor...'*" Caimana suspirou. "O Viny sempre disfarça tristeza com alegria excessiva... Mas, se você prestar atenção, dá pra perceber."

"O Epaminondas não participou da festa."

"Exato. O axé dele nunca aparece nas festas de início de ano. Viny até tenta chamar, mas nunca consegue. Claro, axés sendo personificações da alegria..." Caimana ficou um tempo em silêncio, observando o namorado com carinho. "Talvez por isso ele se identifique tanto comigo. Nós dois perdemos irmãos muito cedo."

"Mas o seu ainda tá vivo..."

"Está?" Caimana ironizou, e Hugo preferiu ficar quieto, respeitando sua dor também. "Deve ser difícil perder um irmão."

Caimana confirmou. "Acho que é por isso que ele sempre insiste em fazer essa festa no início do ano. Pra tentar tirar da cabeça aquele dia."

Afastando-se discretamente do namorado, para dar-lhe a privacidade que ele buscara ao se esconder ali, a pixie foi caminhar pela orla. Hugo a acompanhou.

"Eu vou dar um mergulho mais tarde. Tirar a prancha da mala. Você não gosta de mar não, Hugo? Eu nunca te vi mergulhando..."

Ele deu de ombros, se fazendo de indiferente, mas a verdade é que, só de pensar em água salgada, seu ouvido direito doía. Ele bem que tinha saudades de entrar no mar, mas curar o ouvido estava fora de cogitação. Como explicaria para Kanpai seu tímpano estourado? *Ah, doutora... é que um policial deu um tiro bem perto do meu ouvido no começo do ano passado e ele ainda dói...*' Simples. O que ela pensaria dele?! Que ele era um bandido, no mínimo.

Mas Hugo respondeu apenas, "Não tô a fim", e virou seus olhos em direção à enorme lua falsa da noite Korkovadense. Linda, em toda a sua imensidão.

De repente, uma ave apareceu, do nada, lá no alto, envolta em fumaça azul, bem nítida contra o branco da lua. "Ih, ó lá!" ele apontou para a coruja, que vinha em alta velocidade, em direção à praia, como se houvera acabado de *girar* para dentro da escola, e o rosto de Caimana se iluminou de imediato.

"Hermes!!" ela exclamou contente, e Viny saiu correndo de onde estava para olhar o céu, igualmente animado só de ouvir o nome.

Hugo estranhou. "Hermes?! Essa coruja tem nome?!"

"Não é uma coruja", Caimana abriu um sorriso esperto, e a coruja marrom deu uma rasante na areia, freando no ar com as asas abertas e se transformando em um homem diante de seus olhos; as asas marrons, como asas de anjo, imponentes, magníficas, sendo as últimas a sumirem, enquanto Hermes andava na direção deles, reconhecendo os dois pixies de imediato.

Embasbacado, Hugo ficou só assistindo enquanto o sujeito, que segundos antes fora uma coruja, abraçava os dois pixies calorosamente. Era um homem atarracado, de estatura média, e vestia uma roupa de couro curtido, bege, estilo gibão, com um daqueles chapeuzinhos de couro na cabeça. Sem dúvida, cearense.

Uma insígnia em sua jaqueta dizia 'Serviço Mensageiro', e tinha, como emblema, a imagem de um chapeuzinho de couro, com asas surgindo das laterais. Além da insígnia, a jaqueta era enfeitada também com broches, lembrancinhas e apetrechos dos vários estados pelos quais ele passara. Uma jaqueta de dar inveja a qualquer viajante.

"Diz aí, Mah!"

"Hermes, companheiro de guerra!" Viny abraçou-o com verdadeiro entusiasmo. Nem parecia o jovem deprimido de minutos atrás.

Vendo que outros alunos haviam saído da festa para ver o visitante e agora fitavam o bruxo cearense com imensa curiosidade, Viny apresentou-os, "Pessoal, esse é o Hermes; Hermes, esse é o pessoal. Amem-se aí."

O mensageiro cumprimentou-os um a um, muito simpático, respondendo a todos que o abordavam com imenso prazer, mas, no fundo, parecia preocupado, e um mensageiro preocupado nunca é boa coisa. Hugo sentiu seu coração tensionar.

Os outros alunos nem pareciam ter notado a gravidade da situação. Pressionavam-no por todos os lados, curiosos, querendo saber mais a respeito dele, enquanto Viny tagarelava, contando-lhe sobre a festa, sobre a música, sobre o concurso de fantasias, sobre...

"Gente, calma... calma. Se aperreiem não, mas eu não vou poder falar com vocês agora", Hermes desculpou-se com seriedade, e todos pararam, percebendo que o assunto era grave.

Todos menos Viny, que franziu o cenho, quase ofendido. "Por que não?!"

Caimana foi ao socorro do visitante, "Ele é um mensageiro, Viny. Não um colega de quarto. A mensagem é pra quem, Hermes?"

O semblante do mensageiro se escureceu e ele disse, "Para todos", dirigindo-se ao salão, claramente tenso.

Capí o recebeu na porta, "Más notícias?"

"Temo que sim", Hermes murmurou, entrando no refeitório junto ao pixie, e a música parou sozinha assim que ele pisou lá dentro.

Todos no salão se calaram, vendo o mensageiro entrar. Aparentemente, aquele era um acontecimento muito raro: receber mensagens que precisavam ser entregues em pessoa; não com a frieza de uma carta.

Hermes dirigiu-se ao centro do salão e abriu as asas, voando para cima de uma das mesas, enquanto alunos, professores e conselheiros aproximavam-se no mais absoluto silêncio. Hugo nunca vira aquele refeitório tão quieto.

Olhando para todos, o mensageiro recolheu as asas novamente e elas sumiram de suas costas, como se nunca houvessem existido. Então, projetando a voz para que todos pudessem ouvi-lo, anunciou em tom solene: "O excelentíssimo deputado Átila Antunes acaba de falecer no Tocantins."

Uma expressão de espanto correu o salão, e Hugo sentiu um arrepio na espinha como nunca sentira antes.

Viny apoiou-se na cadeira mais próxima. "Como é que é?!"

"Morreu?!" Caimana se aproximou, chocada demais para dizer qualquer outra coisa. "Tem certeza?!"

"Absoluta."

"Mas como?!"

"Acidente de carro."

"Acidente de quê?!" todos exclamaram juntos, Janaína sentando-se, estarrecida, enquanto Hermes explicava, tão revoltado quanto eles, "Foi atropelado por um *fí* duma égua azêmola, que nem parou pra acudir. Quase partiu o deputado ao meio."

"Não pode ser... não pode ser..." Janaína estava murmurando, arrasada, já com lágrimas nos olhos.

"A gente é humano, mah. A gente pode morrer como qualquer azêmola."

"Mas essa morte é ridícula, Hermes!" Viny protestou consternado, andando de um lado para o outro enquanto Capí e Caimana baixavam a cabeça. Índio estava tão chocado quanto todo mundo.

"A família dele já sabe?" Capí perguntou e Hermes assentiu estarrecido, "Foram os primeiros que eu avisei. Como mensageiro, eu tô acostumado a dar notícia de morte. Mas nunca uma morte foi tão mal recebida quanto essa. Lá em Brasília, foi um auê."

"Ele era um homem muito amado", Janaína disse e Hermes concordou.

Viny ainda não estava acreditando. "Mas a gente falou com ele anteontem! Ele estava tão bem! Tão confiante!"

Tentando manter-se racional, Índio mudou o foco da conversa, "Como ficam as eleições agora?"

"Vai ser amanhã do mesmo jeito. Não vão mudar nada."

"Amanhã?!" Caimana exclamou. "Mas amanhã já é hoje! O vice do Antunes precisa de mais tempo! Pra fazer uma nova campanha!"

"A gente nem sabe o nome dele direito!" Lepé concordou lá de trás, e Caimana insistiu, "Eles não podem simplesmente fingir que nada aconteceu, Hermes!"

"É, mas é bem isso que eles vão fazer."

"Desse jeito, o vice do Antunes não vai ter chance nenhuma de ganhar! Os votos que iam pro Antunes vão todos se diluir entre os outros partidos de esquerda!"

Viny balançou a cabeça, inconformado. "Parece que tem alguém com muita pressa de ser eleito lá em Brasília."

"Você tá achando que não foi um acidente?"

"Eu tenho certeza que não foi acidente."

Índio revirou os olhos, "Não diz bobagem, Viny..."

"Que bruxo morre atropelado, Índio?! Me diz!"

"Você acha mesmo que eles teriam *atropelado* o Antunes?! Bruxos não sabem nem dirigir!" Índio retrucou enquanto o loiro punha as mãos na cabeça, consternado. "Além do que, eles nunca usariam um carro pra matar alguém. Os conservadores desprezam qualquer coisa azêmola, e carros são uma das invenções mais nojentas que os azêmolas já criaram!"

"Nem todo conservador despreza coisas mequetrefes. Tu não despreza."

"Eu fui contaminado por vocês."

"Ah, tá", Viny riu, descontrolado. "Tu tá é muito feliz que o Lazai vai ganhar."

Índio fitou-o, ofendido, mas não se deu ao trabalho de responder.

"Bom, meninada, vou-me embora. Preciso pegar o beco. Tem outros lugares que tenho que informar ó."

"Valeu, Hermes..." Viny apertou a mão do mensageiro, que ajeitou seu chapeuzinho de couro e saltou da mesa, transformando-se em coruja antes mesmo de chegar ao chão. Voando em direção ao teto alto do refeitório, a coruja marrom rodopiou no ar e desapareceu em fumaça azul.

Todos sentaram-se, em silêncio. Cada um chocado à sua maneira.

Ainda era possível ouvir a música lá de fora, vinda da Fragata Maria I, onde os alunos conservadores festejavam, sem fazer ideia do que acabara de acontecer.

Logo saberiam... e continuariam festejando, pela vitória garantida do Partido Conservador.

CAPÍTULO 10
LUTO

Ainda chocado, Hugo partiu para o dormitório, junto a vários outros alunos. Não havia mais clima para a festa. Caminhava pensando no Antunes, naquela risada gostosa dele... naquele discurso incrível, que jamais se tornaria real.

Nunca havia ficado tão triste com a morte de um político antes.

Entrando no dormitório, estranhou o silêncio. O retrato de Dom Pedro não recepcionara os alunos com seu tradicional *Independência ou Morte*. Estava sentado na grama, ao lado de seu cavalo, cabisbaixo; de luto pelo Brasil que ele tanto amava.

Hugo deixou o Imperador com seu luto e foi deitar-se. Eimi ainda não havia chegado no quarto. Devia estar se despedindo dos pais.

Apesar de Índio ter objetado fortemente que os dois continuassem dormindo no mesmo quarto, Capí achava melhor assim. Confiava no remorso de Hugo e sabia que ele iria protegê-lo, ao menos durante a noite. Até porque Fausto rejeitara a sugestão de que o garoto dormisse no Pé de Cachimbo com Capí. Claro, porque o boçal tinha sempre que dificultar as coisas. No quarto de Índio e Viny o menino não podia ficar. Cada quarto tinha apenas duas camas, e as delas já estavam ocupadas com eles mesmos.

Sobrara para Hugo, aturar o mineirinho em seu quarto por mais um ano.

Quando Eimi finalmente chegou, às quatro da madrugada, Hugo ainda não havia adormecido. Impossível dormir com um clima pesado daqueles na escola. De olhos semifechados, acompanhou o mineirinho enquanto ele se encolhia debaixo dos lençóis, como um pequeno filhote de passarinho se aconchegando nas asas da mãe. Em vez de fechar os olhos, no entanto, o mineirinho ficou ali, olhando ansioso para Hugo, que se virou de costas para ele, "Vai dormir, Eimi... Eu não tenho nada pra te dar."

Desapontado, o menino aceitou aquela imensa verdade e virou-se para a parede, procurando dormir.

Na manhã seguinte, nem Lepé e sua hilariante Rádio Wiz conseguiram levantar o ânimo dos alunos. Até os conservadores estavam cabisbaixos, em respeito à morte. Como não estariam, com o jornal da manhã mostrando aquelas fotos grotescas, descrevendo cada detalhe do acidente? Eles não eram tão insensíveis assim. Antunes tinha praticamente sido partido ao meio pelo carro.

E os três filhos dele? E a mulher? Como deviam estar se sentindo?

Apenas alguns sem-noção pareciam felizes. Dalila, por exemplo, estava radiante. As chances de ela virar mulher de ministro haviam acabado de dobrar com a morte de Antunes. Gueco também sorria, feliz pela inevitável promoção do pai adotivo. Na verdade, dentre os Anjos, só o tal de Gordo parecia genuinamente chateado. Abelardo estava quieto no canto dele, mas não por causa da morte. Devia ser desesperador saber que, em pouco menos de meia hora, ele começaria a assistir às aulas do quarto ano todas de novo.

Quanto às eleições, até Hugo sabia que realizá-las naquele dia era um absurdo. O país inteiro amanhecera de luto! Como votar num clima daqueles? Como ter AULAS num clima daqueles? Mesmo os que não ligavam para política estavam estarrecidos demais! Nunca conseguiriam prestar atenção nos professores.

Mesmo assim, o sinal tocou, e os alunos foram praticamente obrigados a subir para suas salas de aula. Atlas até tentou animar a turma, ensinando-os a explodir carteiras escolares, mas mesmo com mesas e cadeiras voando pelos ares aos pedaços, nem todos se alegraram. Era difícil tirar da cabeça a imagem de Antunes dividido ao meio. Que tipo de jornal publicava uma foto daquelas, meu Deus...

Já Hugo tinha outros fatores, além daquele, que o impediam de se divertir com a destruição das carteiras. Por mais que ele quisesse, e tentasse, sinceramente, destruir sua mesa *autoajuda*, ela escapava de todos os seus feitiços com uma rapidez impressionante.

Ah, mas Hugo queria tanto ver aquela mesa irritante explodir... Ela tivera a pachorra de recebê-lo, naquele ano, com a frase '*a inquietação da desonestidade...*' rabiscada na superfície. Muito engraçadinha.

Outra que não estava gostando nada daquela aula era Gislene. Por mais que ela entendesse o objetivo nobre do professor, explodir o mobiliário da sala era um enorme incentivo ao vandalismo, e quando um pedaço de cadeira quase atingiu seu rosto, Gislene saiu da sala xingando o professor de tudo quanto era nome, dizendo que iria denunciá-lo ao Conselho Escolar. Atlas deu risada, mas depois saiu correndo atrás da aluna. Melhor não brincar com Gislene – a Terrível.

Pelo menos, ele conseguira arrancar algumas gargalhadas de seus alunos, ao contrário de Oz Malaquian, cuja aula continuava tendo o mesmo efeito psicológico de uma caminhada pelo corredor da morte.

Com seu costumeiro olhar de falcão enlouquecido, o soturno professor de História da Magia Europeia ao menos escolhera um assunto interessante para ensinar: a história dos Reis Bruxos; feiticeiros que haviam sido reis de seus países, ou então, monarcas azêmolas que haviam tido magos como conselheiros.

Mesmo assim, enquanto Hugo se esforçava em anotar cada palavra, Francine estava quase tombando na mesa, de tanto sono. Ninguém havia dormido direito naquela noite, e se Hugo não fizesse alguma coisa, ela acabaria dormindo na cara daquele professor insano.

Inclinando-se, cochichou no ouvido da dorminhoca, "*Será que ele é bruxo mesmo?*" e Francine abriu os olhos no susto, ajeitando-se rapidamente na cadeira.

"*Calma, Fran, sou eu.*"

Aliviada, a indiana coçou os olhos e resmungou de volta, "*Que foi?*"

"*O Oz... será que ele é bruxo mesmo?*"

"*De onde você tira essas ideias, Hugo?*"

"*Ah, sei lá. Ninguém nunca viu a varinha dele; ele não usa pra dar aulas...*"

"*Claro que não. Ele dá aula de história!*" Gislene sussurrou, atrás dele.

"Então. Ele pode ser um fiasco como o pai do Capí, não pode? E só não sai dizendo isso pra todo mundo."

Gislene meneou a cabeça. "... *Acho que não tem nada a ver não. Em todo o caso, a gente pode perguntar pro Ítalo algum dia desses.*"

"Vai ver o Oz é um farsante..."

"Duvido muito. Se fosse, ninguém teria medo dele."

O professor passou por perto e os três fingiram estar anotando, mas fingiram rápido demais e muito mal.

Fixando neles seus olhos cortantes por alguns longos segundos, desconfiado, Oz prosseguiu, para alívio dos três, "Atualmente, comemoramos o Dia dos Reis Bruxos no dia 2 de outubro, mas o que poucos jovens sabem é que esse feriado muda de data a cada geração. Vinte anos atrás, era comemorado no dia 4 de março. Cinquenta anos antes, no dia 20 de dezembro e assim por diante. Presentemente, o feriado está nas mãos de nosso estimado Ítalo Twice Xavier..."

"Capí! Uhu!!!" Francine cochichou ao seu lado. Não era louca de gritar.

"... cabe a ele a honra de comemorar data tão significativa em seu aniversário."

Hugo se encolheu na cadeira, envergonhado. Por sua causa, no ano anterior, Capí não conseguira aproveitar nem a festa, nem o feriado. Estivera ocupado demais lidando com a destruição de sua casa por vândalos drogados, tentando evitar a prisão indevida de Viny pelos CUCAs, levando um tiro no lugar de Hugo e passando o resto da madrugada na enfermaria velando por Gislene. Belo aniversário.

Hugo não tinha festa e ficava estragando a dos outros.

Tentando não pensar mais no assunto, chacoalhou a cabeça e voltou a anotar cada palavra monótona do professor. Meia hora depois, com as mãos doendo de tanto escrever, ele e os outros sobreviventes subiram os 203 andares que levavam à sala de Alquimia, poucos metros abaixo da estátua do Cristo Redentor.

A expectativa quanto à primeira aula de Rudji era grande entre os alunos e, apesar de Hugo detestar aquele ruivo japonês, ele tinha que admitir que estava curioso. As primeiras lições de Alquimia do ano costumavam surpreender. Enquanto Rudji não implicasse com a varinha escarlate, tudo estaria certo entre os dois, até porque era quase impossível se fingir de entediado assistindo a uma aula em que o professor tomava uma poção que o transformava em um ser moldável de borracha.

O danado do japonês conseguiu arrancar risadas até de Hugo, praticamente obrigando os alunos a se divertirem, puxando e esticando os braços do professor pela sala de aula, amarrando-os à mesa, puxando o nariz do japonês até que tocasse o queixo, fazendo uma trança com suas pernas... Daquela vez, Rudji se superara.

Só no final da aula, o professor resolveu tocar em um assunto um pouco mais teórico, e, apesar de adorar teoria, Hugo logo parou de prestar atenção. Janaína invadira seus pensamentos. O que ela estaria fazendo naquele exato momento?

Como visitante, a caramuru tinha o direito de escolher quais matérias faria ao longo daqueles quatro meses, e, apesar de ser apenas um ano mais velha que Hugo, a menina havia selecionado aulas no nível dos Pixies para frequentar! Matérias do quinto ano! Devia ser bom ter pais professores.

Hugo ficara um pouco decepcionado ao descobrir que ela não escolhera nenhuma matéria do segundo ano, mas fazia sentido: por que Janaína, sendo tão superior, se juntaria à ralé mais jovem que ela? Ele estava querendo demais. Devia se contentar com os olhares que a caramuru lhe concedia sempre que se cruzavam pelos corredores.

Se é que aqueles olhares eram exclusividade dele. Hugo já não tinha tanta certeza assim. Rodavam, pela escola, boatos de que a tal baiana era 'saidinha', 'namoradeira'... Talvez ela olhasse daquele jeito para todos os garotos, mas o fato é que ele não tinha conseguido tirar Janaína da cabeça ao longo de toda aquela manhã.

Durante o almoço muito menos. Ficara observando a menina de longe, enquanto ela remexia a comida, entristecida com a situação do país.

Janaína não havia sido a única em silêncio no refeitório. Hugo nunca ouvira tantos talheres tilintando em pratos. Todos estavam tensos demais com as eleições daquela tarde. Tão tensos que ninguém saiu do refeitório quando os faunos começaram a limpar as mesas para a votação. Dalila instalara a urna de votação perto da parede lateral, cancelando as aulas da tarde para que todos pudessem 'acompanhar o processo democrático'. Queria mesmo é que todos testemunhassem o triunfo conservador.

A urna consistia em uma cartola verde e amarela virada de boca para cima na mesa de votações. Os votos eram inseridos ali, desapareciam, e iam direto para a contagem oficial em Brasília. Mas Hugo não estava tão certo assim de que aquele era um sistema muito confiável. Como acreditar que os votos que surgiam lá eram os mesmo que desapareciam dali?! Quem garantia a procedência daquilo?!

De qualquer forma, tanto fazia. Antunes estava morto e, em poucos minutos de votação, as previsões dos Pixies começaram a se concretizar: os votos que antes eram dele passaram a se dispersar entre os diversos candidatos de esquerda, deixando o Partido Conservador em clara vantagem.

Havia uma espécie de placar gigante ao lado do chapéu, onde os números de cada candidato iam sendo atualizados em tempo real. Dali, eles podiam acompanhar, estarrecidos, o fracasso do Partido Independente enquanto ele competia por migalhas de voto com o Partido Libertário Bruxo (PLB), o Partido Nacional Bruxo (PNB), o Partido Ufanista do Brasil (PU do B), o Partido Universalista Brasileiro (PUB), o Partido Pátrio Bruxo (PPB), o Partido Conterrâneos Unidos do Brasil (PCUB) e o Partido Somos Todos Um (P-UNO), de bruxos budistas e afins, com o qual Capí até simpatizava, mas pelo qual não votaria, para não enfraquecer os votos dos Independentes. Enquanto isso, os conservadores permaneciam unidos, defendendo Lazai-Lazai.

Até os estudantes do Ensino Profissionalizante que Hugo raramente via, por estudarem em horário noturno e no subsolo haviam ido para o refeitório votar e acompanhar a votação. Eram jovens adultos, vestindo os uniformes das profissões que haviam escolhido seguir: aprendizes de apotecário, aprendizes de varinheiro... futuros jornalistas, fotógrafos, alquimistas, médicos, músicos, linguistas, especialistas em feitiço-terapia, historiadores, adivinhos, detetives, advogados, animadores de pintura, leitores de Tarot e de Búzios, encantadores de objetos, caçadores de chupa-cabra... tinha de tudo. E estavam todos ali para votar.

Resultado? O refeitório virou um caos.

Com a fila dando voltas no salão, e com muitos vestidos de preto, em respeito à morte de Antunes, aquilo ali estava mais parecendo um funeral de famoso; daqueles que atraem milhares de pessoas para verem o corpo do dito-cujo. Macabro.

Sentindo um calafrio, Hugo ergueu o tronco, procurando Janaína pelo salão. Encontrou-a sentada sozinha mais uma vez, ainda abatida pela morte. Com os olhos cheios d'água, ela assistia ao placar de Lazai subir e subir. Não era ingênua... sabia que o vice de Antunes não tinha a mínima chance.

Levantando-se, Hugo caminhou até a baianinha e sentou-se a seu lado, sem dizer palavra alguma. Só lhe fazendo companhia. Não planejava ir além disso, mas, passados alguns minutos naquela tensão de estar ao lado da visitante mais linda que aquele colégio já recebera, Hugo criou coragem e passou o braço por trás das costas da menina, num abraço confortador, que ela, surpreendentemente, aceitou.

Admirado, ele tentou não tremer ou demonstrar qualquer tipo de nervosismo, apesar de estar quase suando de tensão. Claro que também estava triste com a morte de Antunes, mas por que não aproveitar o momento? Ela aceitara seu abraço!

Esperando mais alguns segundos, ele ousou um pouco mais, recostando sua cabeça na dela. Janaína nada fez para impedi-lo, e eles ficaram daquele jeito, juntinhos, por um bom tempo, ela triste, ele não mais, vendo o placar de Lazai-Lazai continuar a subir enquanto os votos dos não conservadores se diluía cada vez mais num espetáculo de estupidez e egoísmo. Se todos houvessem se unido em uma única plataforma para tentar vencer... Mas não. Preferiram permanecer desunidos em suas mínimas diferenças e mesquinharias.

E os dois ficaram ali, assistindo àquela desgraça, unidos por vários abençoados minutos, até que Janaína viu sua mãe chegando e foi falar com ela, abandonando Hugo sem lhe dizer uma palavra sequer de despedida.

Irritado, ele viu Camelot e Thábata do outro lado do salão, rindo de sua cara. Quem aquela baiana pensava que era, humilhando-o daquele jeito?! Furioso, Hugo fez questão de transferir toda sua raiva para os olhos, fixando-os nos dois anjos, e a ameaça queimando neles logo calou os engraçadinhos.

Voltando seu olhar irritado para Janaína, desarmou sua raiva de imediato ao vê-la chorando no colo da mãe, como uma criança morrendo de medo. E Hugo baixou a cabeça, arrependido por ter pensado mal dela.

Janaína Brasileiro era forte. Não parecia do tipo que chorava por qualquer coisa, e aquilo, definitivamente, não era qualquer coisa. Segundo Viny, ela participara de toda a campanha de Antunes. Conhecia o candidato pessoalmente, conhecia a família dele... Aquelas lágrimas eram um reflexo de muitos meses de convivência e de esperança que haviam sido destruídos em um milissegundo, por um maldito carro.

Ainda assim, Janaína devia estar chorando no colo dele, não da mãe! Por que diabos tinha ido falar com a mãe?! Inconformado, Hugo saiu à procura dos Pixies, para tentar desanuviar a cabeça. Encontrou-os sentados próximos ao placar; Viny e Rafinha desolados, Índio nem tanto, acompanhando cada ponto da derrota.

Caimana tinha ido guardar sua mochila no dormitório e Capí devia estar em casa, planejando muito bem a aula que daria naquela noite. Sua primeira aula como professor oficialmente contratado.

O pixie estava receoso, e com razão. Naquele primeiro dia de aula, a escola amanhecera com cartazes em todas as paredes, demonizando-o, chamando Capí de oportunista, de usurpador... das coisas mais absurdas. Eram cartazes virulentos, que o acusavam de ter enganado alunos a assinarem o abaixo-assinado pela demissão de Felícia só para que ele pudesse tomar o lugar dela como professor.

Era obra dos Anjos, obviamente. Camelot, Thábata, Gueco e Abelardo nem tentavam disfarçar. Faziam questão de espalhar o boato verbalmente também, contando, para quem estivesse no caminho, que haviam sido enganados pelo pixie; que Capí fazia pose de bom moço, mas na verdade era desonesto e falso, e deveria ser expulso do cargo e da escola, até porque era proibido, por lei, que menores de idade lecionassem, e o caso dele não deveria ser diferente só porque ele morara a vida inteira na escola. Segundo eles, a contratação de Capí constituíra prática de favoritismo por parte da Diretora, e não derivava, de maneira alguma, da competência do aluno, que eles também punham em dúvida.

Um verdadeiro massacre.

Viny estava revoltado; com a difamação que o amigo vinha sofrendo, com as eleições, com tudo. Debruçado na mesa, sem energia, apenas acompanhava a votação subir a favor de Lazai, sem poder fazer nada para impedir. Eles tinham trabalhado tanto...

"Sabe por que acontece isso, né, Adendo?!" Viny disse, furioso, assim que Hugo sentou-se ao seu lado. "Porque enquanto a gente se divide por picuinhas patéticas, a minoria deles se une e ganha a droga da eleição! Um só candidato conservador contra nossa colorida, democrática e ridícula divisão em quase dez partidos! Será que essa gente tem titica na cabeça?!"

Índio meneou a cabeça, basicamente concordando com a última frase. "Já dizia Gaetano Mosca: *Há minorias organizadas e elas governam coisas e homens. Há maiorias desorganizadas e elas são governadas.*"

Viny cobriu a cabeça com os braços, desconsolado. "A gente só estava ganhando porque o Antunes era popular. Perdemos ele e sobrou o quê? Nada. A gente perdeu porque a gente é burro! ... E porque mataram o Antunes."

Índio revirou os olhos. "Aceite os fatos, Viny. Lazai vai ser nosso presidente, e ele terá vencido democraticamente. Teorias de conspiração não vão nos levar a lugar nenhum."

Caimana chegou, pondo na mesa mais um panfleto que arrancara das paredes do colégio. "Esse tava na porta do Pé de Cachimbo."

"Eles foram grudar isso na casa do Capí?!" Viny exclamou enojado. "Olha que eu sou ateu, mas eu dou graças a Deus que o Fausto não tá aqui pra ver esse massacre do filho dele."

"Capaz dele apoiar as críticas", Índio alfinetou, e Hugo ergueu uma sobrancelha duvidosa, mas não discordante. Era bem capaz mesmo.

"Aghhhhh", Caimana desabou na cadeira, irritada. "O Abel tá lançando um feitiço contra o próprio pé, isso sim! Nossa mãe é do Conselho. Se foi o Conselho que instituiu o Capí no cargo de professor e isso é ilegal, é a nossa mãe que vai se ferrar."

"Ah, mas a Dalila pode alegar que foi voto vencido", Índio retrucou. "Talvez ela até esteja ajudando a redigir os panfletos."

"*Eu não entendo*", Rafinha murmurou, inconformado com os ataques a seu venerado professor de português, "... o Abelardo também tinha achado horrível o que a Felícia fez com a Mula! Por que ele tá dizendo essas coisas agora?!"

"Porque ele é o Abelardo, Rafa", Capí chegou, chateado, sentando-se junto a eles. "E ele prefere ver a Felícia como professora do que eu."

"Liga não, véio..." Viny deu um tapinha nas costas do amigo enquanto Caimana escondia depressa o panfleto debaixo da mesa, para poupá-lo de mais aquele. "É o conceito pós--moderno do recalque, só isso. Tu é professor e ele repetiu de ano, simples assim. Mas ó, o recalque dele bate na tua Furiosa e só não volta porque tu é bonzinho."

Hugo olhou para trás e viu Janaína ainda com a mãe, agora conversando. Sequer havia olhado para ele de novo. O que ela pensava que ele era?! Um travesseiro que ela podia usar e depois jogar fora?!

Capí suspirou, inseguro. "Sei não, Viny. Minha aula é daqui a poucas horas. Vai estar todo mundo lá, por causa desses panfletos. Centenas de alunos."

"Então, véio. E tu vai mostrar pra eles exatamente a que veio."

Caimana olhou ao redor, "Cadê o Eimi?"

"Foi ao banheiro."

"E tu não foi atrás não?" Hugo perguntou malcriado.

O pixie olhou para ele, mas não se dignou a responder. Apenas fitou-o machucado, e Hugo se desculpou. Capí não merecera sua alfinetada. Era com Janaína que ele estava irritado, não com o pixie.

Capí suspirou, claramente incomodado com toda aquela situação. "Hoje de manhã, com a permissão do Rudji, eu consegui colocar um feitiço antiEimi ao redor do depósito de alquimia. Isso deve mantê-lo longe de substâncias mais perigosas."

"Ou atraentes", Viny completou, e Capí concordou chateado.

"Mas eu não posso impedir o menino de entrar na *sala* de Alquimia. O Rudji não sabe por que eu pedi aquilo, mas disse que vai tentar tirar de lá qualquer coisa que possa chamar atenção do Eimi. Mesmo assim..."

Caimana fez um carinho nos cabelos do pixie, "Eu sei o que está te incomodando de verdade. É ficar espionando."

"Que é isso, véio..." Viny tentou animá-lo. "Tu sempre foi um excelente anjo da guarda. Né não, Adendo?"

Hugo concordou, desviando os olhos para o placar, tentando fingir que o assunto não era com ele; que ele não tivera nada a ver com aquele probleminha do Eimi, mas Índio não deixou que ele se esquecesse; o tempo inteiro encarando-o. Culpando-o com os olhos.

Hugo não estava olhando diretamente para o pixie, mas sentia seu olhar ali, ferindo-o, acusando-o, e, quando Hugo achou que não ia aguentar mais aquela pressão, uma comoção lá fora chamou a atenção dos que estavam no refeitório.

Curiosos, muitos que não estavam na fila de votação se levantaram, correndo em direção à praia, onde o sol já estava se pondo. Hugo foi atrás, claro, aliviadíssimo com a mudança de assunto, e viu que uma multidão se aglomerara na areia, em volta de uma única pessoa.

Sem conseguirem penetrar a barreira de alunos, que se acotovelavam para ver o visitante, os Pixies olharam inquisitivamente para os que haviam chegado antes, buscando respostas, até que Lepé saiu da multidão, gritando entusiasmado para eles, "É o Airon! O Oz trouxe o Airon!"

Agora mortalmente curioso, Hugo infiltrou-se na multidão, tentando chegar naquele que era o centro das atenções, até que finalmente conseguiu ver o rapaz. Magro, de cabelos negros, cheios de gel, para manter o topete, o jovem apertava entusiasmado a mão de todos que vinham cumprimentá-lo, achando aquela atenção toda um tanto divertida.

Então era ele o misterioso filho de Oz Malaquian... Devia ter uns 19, 20 anos de idade e, no entanto, agia feito um moleque se divertindo no parque. Hugo não se surpreendia que ele estivesse sempre criando problemas para o pai.

Todos ali pareciam haver milagrosamente se esquecido das eleições, principalmente os mais velhos, que agora cumprimentavam o visitante efusivamente, falando-lhe coisas engraçadas ao ouvido, que faziam Airon Malaquian e todos à sua volta darem gargalhada. O jovem tinha uma risada jovial, alegre... Como podia ser tão diferente do pai?

Oz se afastara, deixando que os outros se aproximassem, mas mantinha os olhos fixos no filho, sempre atento.

"E aí, Airon! Como vai a vida?!" Lepé cumprimentou o rapaz, só agora conseguindo chegar mais perto, e o garoto, tímido, mas extrovertido ao mesmo tempo, deu um sorriso animado. "Vai bem, vai bem sim..."

"Teu pai não te deixa em paz não, né?" um outro fez graça, e Airon deu risada, meio encabulado, meio não, enquanto um terceiro sussurrava, "*Se eu tivesse um pai como o seu, eu acho que fugia de casa!*"

"E aí, bora pra balada hoje à noite?" um aluno mais jovem se aproximou. "Dizem que tu era o maior baladeiro quando tu estudava aqui!"

"Pois é, cara, eu não posso... Meu pai tá vigiando."

"Tá de coleira, né?" Todos riram. Ele também; um pouco atrasado, talvez pela presença do pai, mas riu.

"Pô, professor!" Lepé gritou. "Libera o Airon pra gente hoje à noite, vai!"

Lá de trás, Oz respondeu apenas balançando o dedo indicador, soturno.

"Geeente, quem é esse?!" Francine perguntou, surgindo ao seu lado, completamente encantada com o jovem, e Hugo resolveu ser bonzinho, saciando a curiosidade da menina, "É o filho do Oz..."

"Filho do Oz?!" Janaína chegou, também curiosa, tentando ver o visitante por cima das cabeças. "Aquele professor de história?!"

Hugo olhou de rabo de olho para a baiana e não se dignou a responder. Quem era ela para vir lhe fazer perguntas depois de tê-lo ignorado por meia hora?!

"Ele é aluno daqui?" Janaína voltou a perguntar, desta vez para Viny, aceitando de imediato a mudança de interlocutor, como se tanto fizesse se fosse o pixie ou Hugo na conversa, e Hugo fechou a cara mais ainda, mas foi Caimana quem respondeu.

"Ele até já foi aluno daqui, mas emperrou na primeira série. Nunca passava de ano; simplesmente não tinha interesse. Repetiu várias vezes até resolverem que os estudos não eram pra ele."

Ouvindo aquele absurdo, Hugo foi obrigado a entrar na conversa, "O filho do professor mais linha-dura do colégio, expulso por repetências?!" e olhou novamente para o garoto, que continuava sendo o centro das atenções. Pelo visto, as repetências não o haviam impedido de ser popular. Ou, quem sabe, ele fosse popular exatamente por causa daquilo. Gentinha...

"Ele não parava quieto pra estudar. Tava sempre saindo por aí, cada vez com um grupinho diferente. Foi jubilado da escola um ano antes de você entrar. Às vezes não dá pra forçar na cabeça de alguém a importância dos estudos."

Então, Oz o trouxera de volta só para ficar de olho nele... Pelo visto, o garoto continuava sendo um jovem problemático, que o pai precisava tolher e vigiar o tempo todo. Talvez por isso Oz fosse tão rígido com seus alunos... Já que sua rigidez paternal não surtia efeito, ele descarregava sua frustração de educador nos filhos dos outros!

"Fazia tempo que o Airon não visitava", Caimana completou, sorrindo com ternura, e Hugo fitou-a sem entender a razão daquele carinho. Os Pixies costumavam admirar os estudiosos; nunca os folgados! O que aquele garoto tinha de tão especial, que até eles pareciam tratá-lo com condescendência?! Até Índio havia ido cumprimentar o garoto! O ÍNDIO! Que, minutos antes, estivera lá, todo cheio de si, julgando o Hugo!

Irritado com aquele favoritismo ridículo, Hugo se livrou da multidão e foi passear pela orla. Não ficaria ali, vendo um folgado festeiro receber todas as glórias por ter sido expulso da escola.

Andando pela areia molhada, foi chutando a água do mar sempre que ela chegava perto, até que avistou Eimi sentado na areia, sozinho, olhando o mar, e toda sua raiva se dissipou. O menino estava tão melancólico que nem notara aquela algazarra toda.

Vendo o estado lamentável do mineirinho, Hugo sentiu um aperto incômodo no peito. O Eimi que ele conhecera, e que destruíra, teria sido o primeiro a se infiltrar naquela multidão, entusiasmado com a novidade... olhinhos brilhando de empolgação. Mesmo que sua timidez o tivesse impedido de dizer qualquer coisa, ele ainda assim estaria ali no meio, curioso, animado.

Aquele Eimi, Hugo percebia agora, havia morrido.

O que restara era uma sombra. Um arremedo de Eimi.

Hugo suspirou incomodado, indo sentar-se com os pés na areia molhada, longe de todos, admirando as luzes na Fragata Maria I diante do dia que escurecia.

"Não sei o que mais fazer pra garantir que ele não vá tentar nada..." Capí comentou, sentando-se a seu lado, mas Hugo continuou olhando o mar, amargo.

"Manter o garoto longe de mim já vai ser um grande passo."

Podia ver a silhueta robusta de Brutus no convés, mirando a lua, enquanto os alunos conservadores acompanhavam a contagem dos últimos votos lá de dentro da cabine mesmo. O centauro tinha nojo de bruxos, mas preferia ficar na companhia da elite do que da ralé que infestava a praia e o refeitório. Enquanto isso, o sol estava se pondo e, com a noite, começaria uma nova era na comunidade bruxa. Uma era que, Viny previa, seria de escuridão e obscurantismo.

Hugo não conseguia tirar da cabeça a acusação nos olhos de Virgílio OuroPreto. Incomodava demais saber que Índio estava coberto de razão...

Até quando ele pagaria pelo que fizera no ano anterior?

"É, Hugo... Há problemas que não acabam quando terminam..." Capí suspirou, e os dois ficaram em silêncio por alguns momentos, observando os últimos raios alaranjados do sol que desaparecia.

"Desculpa", Hugo disse finalmente, "pelo trabalho que eu estou te dando."

"Não é a mim que você deve pedir perdão", o pixie respondeu, e Hugo baixou a cabeça, assentindo.

"Eu não vou passar a mão na sua cabeça, Hugo. O que você fez ano passado foi muito grave. Eu sei que você se arrependeu, mas, por favor, tente usar isso pra não repetir os mesmos erros no futuro. Pra não machucar mais ninguém."

Hugo concordou em silêncio, enquanto o pixie prosseguia, "Se arrepender não é tudo. Não apaga as consequências dos seus atos."

De repente irritado, Hugo bateu na areia, "Mas também, o que tu quer que eu faça?! Que eu volte no tempo?!"

Capí deu um leve sorriso, "Geralmente é mais simples que isso."

Hugo olhou para ele sem entender, e Capí elucidou, "O Eimi só precisa de um estímulo. Algo que mostre a ele que ele pode ser incrível sem a droga." O pixie fitou-o bondoso, "Eu tenho certeza que você vai pensar em alguma coisa."

"Como se fosse fácil."

"Nem sempre o que é necessário é fácil", Capí replicou. "Eu andei estudando. O vício da cocaína é mais psicológico do que físico: o Eimi nunca se sentiu tão confiante quanto quando estava drogado. Sem a droga, ele se sente fraco, desajeitado, incapaz. O que é uma tremenda bobagem, porque o Eimi é um garoto brilhante! Ele só precisa perceber isso!" O pixie suspirou, preocupado, "... eu só não sei como."

Hugo entendia o que Capí estava dizendo. O grande problema do mineirinho sempre havia sido a baixa autoestima. A cocaína dera a ele a confiança que ele nunca tivera, e agora que haviam tirado aquilo dele, Eimi achava que não era capaz de nada sem ela.

Para sorte do menino, nenhum dos Pixies jamais mencionara a palavra *cocaína* na frente dele. Se ele soubesse o que era o pó branco, já teria se metido no Dona Marta à procura de mais. Muito melhor acreditar que Hugo "perdera a fórmula". Sem contar que Eimi jamais o perdoaria caso descobrisse que Hugo sempre soubera o veneno que estava lhe vendendo.

Botando sua cabeça para funcionar, Hugo tentou, mas não conseguiu pensar em nada que pudesse ajudar o mineirinho a se sentir importante. "Não dá pra simplesmente dizer isso tudo pra ele? Que ele é superimportante pra gente, que ele é inteligente pra caramba, essas coisas?"

"Não adianta dizer. Ele precisa sentir."

Os dois ficaram em silêncio por mais algum tempo, pensativos, até que os últimos raios de sol morreram no horizonte e uma corneta assustadora soou lá do refeitório, alta e contundente, como um anúncio do apocalipse. Todos na orla se calaram, deixando um silêncio sepulcral na praia, que só Airon Malaquian não entendeu.

Os Pixies baixaram a cabeça, como se aquele apito houvesse anunciado mais uma morte, e Hugo olhou para Capí, que cerrou os olhos, confirmando suas suspeitas. "O Lazai ganhou."

Assim que aquelas palavras saíram de sua boca, fogos de artifício, vindos da Fragata Maria I, iluminaram a noite da Korkovado com tons de azul – a cor do Partido Conservador. E foi ao som dos gritos de vitória dos alunos embarcados, que todos na praia se retiraram para o refeitório.

Apenas Hugo permaneceu sentado na areia, ouvindo a comemoração dos bruxinhos conservadores. Eles haviam saído ao convés e agora gritavam provocações para que todos ouvissem, soltando jatos azuis ao ar com suas varinhas. Jatos que, refletidos no mar calmo da noite, criavam um belo, mas triste, espetáculo.

Os Anjos estavam em êxtase, pulando, berrando, cantando o hino do partido…

Ah… Ninguém mais seguraria Abelardo Lacerda, agora que o pai dele ia virar Ministro.

CAPÍTULO 11
O CORINGA

Hugo ainda ficou algum tempo na praia, pensando na vida, antes de partir. Precisava encontrar um meio de aumentar a autoestima do mineirinho, mas como?

Checando mais uma vez o relógio, viu que já estava na hora e levantou-se. Naquela segunda-feira, seriam ministradas três aulas noturnas: Astronomia, Astrologia e a primeira aula do Capí, que havia sido transferida para o período noturno só daquela vez, a pedido dele.

Hugo não duvidava que a aula do pixie seria um show memorável, e iria dissipar qualquer dúvida suscitada pelos panfletos a respeito de sua competência. Capí conhecia a floresta da escola como ninguém... Não tinha como falhar.

Com certeza, seria bem melhor do que o desastre que sempre eram as aulas de Astronomiologia, com Dalva e Antares *de Milo*.

"*Eles deviam agradecer por serem gêmeos siameses*", Francine cochichou, quando mais uma discussão entre os professores interrompeu a lição de Astronomia. "*Se não tivessem nascido com a mesma mão da varinha, já tinham se matado faz tempo!*"

"Bom, voltando ao que interessa..." Dalva tentou prosseguir, ao som da risada irônica de Antares. "Escuta aqui, você quer dar essa aula?!"

"Eu adoraria... só que não", Antares fez cara de tédio, arrancando risadas de sua plateia mirim, e Dalva precisou respirar muito fundo para continuar, "Então, como eu estava dizendo, nosso melhor telescópio fica no Dedo de Deus. É o maior observatório bruxo da América Latina!"

"*Dedo de Deus* é uma montanha aqui no Rio, pra quem não sabe", Antares interrompeu, sorrindo para a irmã, que olhou feio para ele e continuou, "No século passado nós tínhamos um observatório no Pão de Açúcar, mas os azêmolas decidiram construir uma atração turística patética lá e, inadvertidamente, taparam nosso telescópio. Fazer o que, né? Às vezes a gente tem que engolir."

Hugo já estava quase dormindo de tédio, assistindo àquela tentativa de aula, quando viu Janaína surgir no topo do rochedo onde estavam. Seu coração acelerou.

Após se apresentar aos professores, lançando um sorriso esperto em sua direção, a caramuru foi sentar-se a seu lado, e Hugo endireitou a coluna, agora inteiramente alerta. Nem parecia que estivera acordado desde às seis da tarde do dia anterior.

Mas por que ela escolhera participar justo daquela bagunça de aula?!

"Vamos, chega dessa baboseira de Astronomia, agora é minha vez", Antares disse, arrastando sua irmã ao centro da roda para dar início à mais uma aula igualmente inútil de Astrologia.

Hugo não gostava dele, principalmente por Antares tê-lo preterido em relação aos outros alunos devido a sua data "complicadinha" de nascimento. Imbecil incompetente. Deixara

Hugo de lado em todas as atividades que fizera com a turma, sem se importar com o quão humilhante aquilo era para um aluno. Não tinha competência para ler seu mapa astral e ainda colocava a culpa nele.

Dando um apanhado geral do pouco que conseguira ensinar no ano anterior, Antares reintroduziu cada uma das constelações zodiacais no céu falso da Korkovado e ensinou os primeiros passos para se fazer um mapa astral de qualidade.

"A não ser quando a data é complicadinha, né, querido?" Dalva alfinetou, para absoluto deleite de Hugo, que só não deu a gargalhada que Antares merecia em respeito à baiana, que estava ali, tão compenetrada, anotando tudo; seus olhos espertos capturando cada segundo de informação que saía da boca do professor.

Enquanto Hugo a observava, os olhos de Janaína saíram de Antares para encontrarem os seus, e ele rapidamente fingiu estar prestando atenção na aula.

Será que ela percebera? Idiota. Não devia ter desviado o olhar.

Da próxima vez, não desviaria.

"Vamos, vamos, garotada. Agora se reúnam em duplas para fazerem um esboço de seus mapas astrais! Lembrando que o horário do nascimento é importantíssimo, além do dia, claro."

Irritado, Hugo desviou o olhar, já sabendo que acabaria sendo novamente humilhado pelo professor, agora na frente da baiana.

"Tem dificuldade na matéria?" Janaína perguntou, e ele meneou a cabeça incomodado. Não era bem isso.

"Vem que eu te ajudo", ela disse, arrastando seu caderno para perto dele e chegando junto. Hugo olhou, todo bobo, para a baiana, enquanto aquele encanto de menina pegava pena e papel na mochila, lhe perguntando, "Quando você nasceu?"

"Esse é o problema."

Janaína ergueu a sobrancelha, "Ué, por quê?"

"29 de fevereiro."

"Ôxe, verdade?!" ela perguntou, parecendo genuinamente encantada, "Que massa!"

Hugo sorriu encabulado, meneando a cabeça, "É duro fazer aniversário só de quatro em quatro anos."

"Isso faz de você um bebê de três anos de idade. Agora tá explicado."

"Ei!" ele deu risada, e ela se defendeu erguendo as mãos, "Brincadeirinha, brincadeirinha. Então quer dizer que seu próximo aniversário vai ser no ano... 2000? Dois mil é ano bissexto, né?"

Hugo confirmou, "Não sei se vai fazer muita diferença. Nem quando dia 29 tá no calendário minha mãe se lembra."

"Chato isso."

"Pois é."

Inclinando-se no caderno, Janaína começou a fazer umas contas estranhas em cima do nome Hugo Escarlate.

Ela sabia seu nome...

"Dizem, aqui no mundo bruxo, que quem nasce dia 29 de fevereiro nasce com um signo coringa. Sabia?"

Hugo ergueu as sobrancelhas, surpreso. *Signo coringa?!*

"É só uma lenda, claro. Significa que você ainda não encontrou seu lugar. Você se encaixa em qualquer um dos signos, dependendo do momento."

"Tipo um peixe fora d'água", Hugo fitou-a com um olhar esperto, e ela sorriu, "É o que dizem, mas eu não acredito muito nisso não. Duvido que todos que nasceram dia 29 de fevereiro sejam assim."

"Assim como?" Ele abriu um sorriso provocador, "Indomáveis?"

Janaína deu risada sem olhar para ele, compenetrada nas contas que estava fazendo, e Hugo olhou curioso para o papel, que já apresentava algum formato de mapa astral, com vários cálculos que ele não fazia ideia do que significavam. "Se você já sabe fazer tudo isso, por que você escolheu essa aula?"

"Porque você está nela", ela respondeu simplesmente, continuando a trabalhar nas contas. Hugo olhou surpreso para a baiana, que sorriu esperta, "Você não é de todo desagradável", e se levantou para olhar no telescópio, deixando-o paralisado no rochedo. "E eu sempre quis ter aula de Astronomia e Astrologia."

Recuperando-se do choque, Hugo tomou coragem e se levantou, aproximando-se dela e sussurrando em seu ouvido, "*Aqui a gente chama essa aula de Astronomiologia...*"

Janaína riu, sem tirar os olhos do telescópio. "Hugo Escarlate... o indomável."

Ele passou a mão pelas costas da menina, que não o impediu.

"Então, Hugo Escarlate", ela disse, indo sentar-se novamente. "Ano de nascimento?"

"1984."

"Os mequetrefes têm um livro massa com esse ano no título."

Escrevendo a data inteira em seu esboço de mapa astral, ela deixou aquilo de lado e voltou a contar as letras de seu nome.

"Ei! Aqui é aula de Astrologia, não Numerologia!"

"Ah, deixa eu brincar, vá!" ela sorriu, continuando a fazer seus cálculos no papel. Tirando um livreto de numerologia na mochila, olhou para Hugo, claramente percebendo seu desconforto, mas prosseguiu mesmo assim.

"É melhor nã..." ele começou a dizer, inseguro, mas Janaína o interrompeu, "Qual é o problema?"

Hugo hesitou. Não queria dizer a ela seu nome verdadeiro... era ridículo! Mas, sem ele, a análise sairia toda errada! *Hugo Escarlate* era bem diferente de *Idá Alláàfin*. Quem sabe quais características falsas e mentirosas sairiam sobre ele?

Droga, ele teria que contar.

Percebendo sua hesitação, ela o cortou, "Ao meu ver, o nome que você usa com mais frequência é o nome que conta", e encerrou o assunto ali, sem lhe perguntar seu nome verdadeiro.

Hugo olhou admirado para a baiana, se apaixonando de vez.

"O primeiro número que a gente vê é o caminho da vida", ela explicou. "É o que você veio fazer aqui na Terra, sua natureza, seus talentos. Você tem o número 8 no seu caminho da vida, e isso quer dizer conquista. Você só vai ter sucesso por meio do conhecimento, do esforço e da determinação."

Hugo trocou olhares interessantes com ela, e Janaína deu risada, "Bobo, não é disso que eu estou falando." Olhando novamente para o livreto, prosseguiu na leitura, "*Você deve aprender a trabalhar pelo bem de todos, mais do que pelo seu próprio bem.*"

Ele meneou a cabeça, achando bem difícil, e Janaína advertiu, "É bom você começar a treinar isso, porque é o que vai determinar o teu sucesso ou a tua ruína."

"Dá pra ver isso tudo em um nome, é?"

Ela confirmou e voltou a ler, "*Para atingir seus objetivos, você vai precisar de discernimento e coragem. Cuidado com a ambição excessiva, com o abuso de poder, com o egoísmo, com o esbanjamento e com a intolerância.*"

Hugo riu, "Eu tenho muito o que mudar, então."

"Todos nós temos", ela retrucou, sem tirar os olhos do papel. "Olhe, o seu número de expressão também é 8. Eita, tu é complicado, hein?!"

"Você nem imagina o quanto."

Ela leu, "*As pessoas com o número 8 na Expressão são responsáveis e organizadas, e têm capacidade para grandes negócios.* Até aí, tudo bem."

"Viu só! Finalmente alguém reconhece as minhas qualidades."

"*... Querem atrair a companhia de pessoas influentes para ter sucesso e poder.*"

"Você é influente?" Hugo provocou, abusado, e Janaína deu risada.

Ele jamais imaginara que pudesse ser tão ousado, mas se ela estava dando abertura, oras! Por que não aproveitar? Ele nunca se sentira tão confiante na vida.

"Ô-ô..." Janaína leu alguma coisa preocupante.

"Que foi?"

"*Pessoas com o número 8 na Expressão são capazes de passar por cima de tudo e de todos para conseguir o que desejam.*"

"Mmm..." Hugo lançou um olhar safado para ela, que sorriu de leve, fingindo não ter ouvido e prosseguiu, "*... Devem aprender a respeitar as fraquezas dos outros e não exigir tanto deles.*"

"Eu não suporto fraqueza."

"Pois é. Cuidado também com seu desejo de reconhecimento. Isso só é bom quando você quer o reconhecimento da pessoa certa, mas nem sempre é a pessoa certa que a gente admira. E cuidado também com seu amor ao poder e seu excesso de ambição."

"O que eu ambiciono no momento está bem na minha frente", Hugo olhou fundo nos olhos dela, e os dois ficaram se olhando por uns bons instantes, até que foram interrompidos pelo professor, que passou por eles arrastando a irmã, "Aqui não é aula de numerologia, mocinhos."

"Que diferença faz? É tudo uma baboseira sem fim mesmo!"

"Fica quieta, Dalva!"

"Quero ver você me calar!" e os dois professores saíram se estapeando – ou tentando se estapear, já que a mão livre de um não alcançava o rosto do outro.

Hugo ainda começou a fazer o mapa de Janaína, mas o tempo de aula se esgotou antes que ele pudesse saber detalhes suficientes sobre aquela linda aquariana, e eles foram praticamente expulsos do rochedo com o resto da turma.

Reunindo-se aos demais alunos na praia, ele e Janaína seguiram em direção à aula de Segredos do Mundo Animal, que começaria em poucos minutos. Hugo estava ansioso, e provavelmente deixara seu nervosismo transparecer, porque Janaína logo se achegara, fazendo questão de apertar sua mão enquanto caminhavam pela escuridão da mata lateral, em direção ao jardim do Pé de Cachimbo, nos fundos da Korkovado.

Hugo fitou-a satisfeito, mas não disse nada. Sob a luz das varinhas de dezenas de alunos, limitou-se a explicar sobre o jardim das estátuas para ela, exibindo todo seu conhecimento da escola, "Esses são os antigos diretores do colégio, começando por Maria I, aquela estátua ali no centro."

"Massa!" Janaína sorriu encantada, passando a mão por algumas das imponentes figuras de mármore. "Lá em Salvador a gente tem algo parecido..."

"*Filhos da mãe...*" Hugo resmungou ao topar com mais um cartaz difamatório contra Capí, recém-pregado em uma das árvores para que todos vissem a caminho da aula.

"Que foi?" a baiana perguntou, e Hugo se apressou em arrancar o panfleto de lá antes que algum outro aluno o visse, mostrando-o a ela. Em letras acachapantes, o cartaz dizia todas as mentiras que os Anjos haviam tentado espalhar pela escola naquele dia:

FARSANTE!

ATENÇÃO, ALUNOS DA KORKOVADO!

O "professor" Ítalo Twice Xavier,
vulgo Capí,

é uma **FARSA!**

Um farsante aproveitador, desonesto e INCOMPETENTE que expulsou uma excelente professora para tomar seu lugar!

É esse tipo de gente que vocês querem como professor?!
Denunciem! Protestem!
ESCARREM na cara desse aproveitador!

Por uma educação de qualidade!

"Nossa..." Janaína exclamou, espantada com a violência naquelas palavras.

"E esse não foi o pior deles", Hugo murmurou, revoltado. "Eu já vi um que incitava os alunos a espancarem o Capí."

"Espancarem?! Por que vocês não denunciam esse absurdo?!"

"Denunciar pra quem? Pro Conselho?! Se bobear, a Dalila ajudaria a segurar o Capí pra que batessem!" Hugo trancou os dentes. "... Ele não merece isso..."

Janaína observou-o, claramente encantada com sua indignação, e então releu o cartaz. "Eu não entendo. Seu amigo me pareceu uma pessoa tão generosa..."

"E é!"

"Então, por que estão dizendo que ele expulsou uma professora? É mentira deles?!"

"Não. Não é mentira."

Janaína ergueu as sobrancelhas, confusa, e Hugo explicou, "A Felícia só faltava torturar os animais nas aulas dela. O Capí ficava doido."

"Ah tá, agora faz sentido."

Hugo suspirou, incomodado. Se aqueles ataques já estavam começando a deixá-lo nervoso, ele só podia imaginar como Capí devia estar se sentindo com aquele massacre. E o problema não era nem as alegações mentirosas daqueles covardes, o problema era que muita gente estava acreditando nelas! Aquilo destruía o pixie. Não só o deprimia, como tirava toda sua autoconfiança.

Abelardo estava conseguindo atingi-lo.

Bem que Capí advertira: Abel estaria mais desagradável do que nunca aquele ano, e eles precisariam tomar cuidado.

Até alguns alunos que haviam assinado o abaixo-assinado agora olhavam feio para o pixie, na dúvida se haviam feito aquilo por vontade própria ou por manipulação. Isso sem contar os novatos, que nunca tinham ouvido falar no Capí antes e estavam realmente acreditando que ele era um aproveitador que expulsara do colégio uma pobre professora indefesa.

"É o poder da propaganda..." Caimana comentou assim que eles chegaram, olhando, apreensiva, para a multidão que se formara em frente ao Pé de Cachimbo.

Metade da escola estava lá, ocupando o gramado. Todos ansiosos para verem a aula do filho do faxineiro; o aluno que usurpara o posto de tão renomada professora. Muitos esperavam o início da aula de cara feia, prontos para criticarem qualquer errinho do pixie, cochichando comentários cruéis entre si enquanto esperavam para verificar a tão falada incompetência do novo professor.

"O placar já tá computando 2 a 1 em favor dos Anjos."

"Putz..."

"Placar doido", Caimana resmungou. "Acredita que ele contou a vitória do Lazai como ponto deles? O nosso foi pela festa. Pelo menos isso."

Agora Hugo entendia porque Dalila aceitara com tanta boa vontade aquela mudança no horário da primeira aula. Sendo à noite, ela, o filhinho querido dela e seus amiguinhos puderam espalhar com mais eficiência o veneno deles pelo colégio, contando com tempo de sobra para que os boatos surtissem efeito.

Estavam massacrando o Capí, e isso tudo antes que ele pudesse se defender com seu desempenho. Mesmo tendo durado apenas um dia, aquela havia sido uma campanha difamatória brutal; suficiente para abalar a confiança de qualquer um.

Com a testa apoiada contra a janela de sua casa, tenso, Capí observava seus alunos pelo reflexo, escrutinando seus rostos hostis. Ouvindo tudo que diziam.

"Relaxa, véio. Vai dar tudo certo", Viny sussurrou, dando um abraço de incentivo no mais jovem professor da Korkovado.

"É, professor! Relaxa! Você é o melhor professor do mundo!" Rafinha contribuiu. Ele e todos os outros ex-alunos de português do pixie estavam ali presentes, dando apoio extra. Haviam sido essenciais para que Capí não explodisse de apreensão, e o pixie agradeceu afetuoso, "Obrigado pela força, Rafa. Obrigado a todos vocês."

"É o mínimo que a gente podia fazer", Rafinha retrucou com pena. "O mínimo mesmo."

"Vai dar tudo certo, guri", Atlas chegou para cumprimentá-lo. "Tu és o melhor professor desta escola. Já provaste isso no ano passado. Posso assistir?"

Capí esboçou um sorriso tímido, "Será uma honra, professor."

"Te prometo ser um aluno aplicado", Atlas brincou, afastando-se para dar-lhe espaço.

Criando coragem, Capí virou-se para sua turma, tentando não tremer diante deles. Eram muito mais do que os alunos de primeira, segunda e terceira séries, que ele havia convocado. Até alguns alunos do sétimo ano haviam escolhido comparecer, apesar de normalmente estarem ocupados demais com escolhas de carreira para desperdiçarem tempo assistindo a aulas que não eram as deles.

Os Anjos também estavam presentes, deliciando-se com o clima de hostilidade e tensão que haviam criado. Claro, como não estariam?

Tentando não olhar para eles, Capí respirou fundo e começou, fitando o resto da turma. "Eu relutei muito em mostrar o que vou mostrar a vocês hoje."

Vendo o assombro imediato no rosto de todos, Capí abriu um leve sorriso, "Acendam suas varinhas e me sigam."

CAPÍTULO 12
NA NOITE DA FLORESTA

Apesar do absoluto medo que a maioria dos alunos tinha da floresta, todos seguiram o pixie para dentro, suas varinhas iluminando a escuridão absoluta como se a luz pudesse protegê-los de alguma coisa. Seguiam em silêncio, fazendo apenas o que o pixie fazia, pisando somente onde o pixie pisava. Apavorados.

Não era a primeira vez que entravam ali à noite; já haviam feito o mesmo percurso com Felícia, na fatídica aula da mula sem cabeça, mas Hugo via em seus rostos um medo diferente do temor daquela noite: o medo vindo da certeza de que Capí iria muito além do que a professora jamais teria ousado ir.

Ele vivera a vida inteira no colégio; conhecia cada canto daquela floresta, cada truque que suas imensas árvores faziam para enganar os visitantes. Enquanto estivessem com o pixie, estariam protegidos. Mesmo assim, era assustador.

Compreensivelmente, Tobias pedira dispensa da aula assim que soubera que ela seria na floresta. Hugo também teria criado pavor daquele lugar, se tivesse ficado duas semanas perdido lá dentro, se arrastando pela terra, com as pernas esmagadas.

Mas… como aquilo não acontecera a ele, Hugo a achava fascinante. Cada vez que penetrava seus segredos, a floresta lhe parecia um pouco diferente. Uns dias mais esplendorosa, repleta de flores gigantes multicoloridas; noutros mais obscura, opressiva, cheia de galhos que dificultavam a passagem… Naquela noite, em especial, ela estava absolutamente linda, como se quisesse ajudar o pixie a impressionar seus alunos. E eles estavam deveras impressionados; admirando cada detalhe novo que surgia com olhos de completo maravilhamento.

Capí nem havia mostrado ainda o que tinha ido ali mostrar e já encantara a turma.

"Você não tem medo de entrar aqui sozinho?!" Rafinha perguntou, seguindo de perto os passos do professor. "Não tem medo dos animais daqui?"

O pixie sorriu, "Eu tenho mais medo dos humanos."

"E com razão", Hugo concordou, fazendo sua varinha brilhar vermelha à sua frente, para absoluta inveja dos alunos que vinham atrás.

A varinha escarlate era a única que brilhava inteira na escuridão: desde o cabo até a ponta, através do fio espiralado de cabelo de curupira que corria por toda a extensão de sua madeira vermelha. As outras varinhas, mais simples, iluminavam-se apenas nas pontas, fazendo o serviço que meras lanternas teriam feito sem problema. E enquanto Hugo fazia questão de deixar sua varinha bem à mostra para que todos babassem, sem medo algum da floresta, Eimi, coitado, estava apavorado. Andava na frente com Capí, que o levava pelos ombros para assegurá-lo de que estava protegido.

Já Enzo era o exato oposto. Apesar de um ano mais jovem que o mineirinho, o filho de pescador andava quase na frente do pixie, totalmente destemido, sem sequer sacar a varinha. Aquele sim era o Enzo que Hugo conhecera em Paquetá, não o serzinho inseguro da festa de abertura. Acostumado às intempéries do mar, uma florestinha daquelas não devia representar qualquer perigo ao jovem pescador.

Enquanto isso, lá atrás, Abelardo seguia emburrado, não gostando nada de ver que o pixie estava se saindo bem. Bem até demais.

"Ouvi dizer que o covarde do teu pai saiu fugido lá do Espírito Santo. É verdade?" o Anjo provocou lá de trás, mas Capí continuou caminhando, sem responder à provocação, e Abelardo insistiu, "O que ele fez, hein? Matou alguém?"

Capí não respondeu.

"Minha mãe me disse que ele teve que implorar por esse empreguinho que ele tem hoje."

Sem alterar seu passo, o pixie limitou-se a fazer um carinho nos ombros do mineirinho, assegurando-o de que tudo estava certo. Ele não ia reagir. Sabia que o Anjo estava apenas tentando desestabilizá-lo.

"Que foi, empregadinho? Além de filho de fiasco, é covarde?!"

O pixie continuou andando, e o anjo tentou mais uma vez, "Pelo menos seu pai não roubou o emprego de ninguém pra conseguir o dele."

Capí parou, virando os olhos na direção de Abelardo, que congelou onde estava, de repente com medo. Talvez não estivesse esperando que o pixie reagisse a ponto de se virar, e agora que ele reagira, ficara apavorado. Sabia do que Capí era capaz.

Sem dizer absolutamente nada, o pixie continuou seu caminho, mas Abelardo permaneceu parado onde estava, como se houvesse sofrido uma baita de uma ameaça. Levou, então, um esbarrão de Viny, e outro de Caimana, que quase derrubou o irmão no chão enquanto a turma passava por ele, acompanhando o professor.

Tinha algo de muito errado ali. Por que Abel não reagira aos esbarrões?

Olhando à sua volta, Hugo procurou pelos outros Anjos e avistou-os lá longe, quase no fim da turma, assistindo sem fazer nada...

Estavam se afastando do repetente! Só podia ser isso!

Hugo ficou chocado. Será?! Não... não podia ser. Gueco estava junto a eles, e Gueco amava o irmão adotivo mais do que tudo naquela vida. Não. Talvez fosse o próprio Abelardo que estivesse tentando se afastar, por vergonha de ter repetido.

"O Abel tá isolado."

"É, eu vi", Capí disse sério, abrindo caminho por entre a densa folhagem. "Eu imaginei que isso fosse acontecer."

"Você viu como ele se borrou de medo quando você virou?" Hugo riu. "Imagina se você tivesse reagido de verdade?"

"A gente já teve essa conversa, Hugo." Capí prosseguiu em sua caminhada e Hugo não insistiu, olhando mais uma vez para trás e vendo o anjo lá, seguindo atrás deles, totalmente sozinho.

Hugo estava reconhecendo aquele caminho. Já seguira pelas mesmas trilhas ocultas antes, na companhia do pixie.

"A gente tá indo onde eu acho que a gente tá indo?"

Capí lançou-lhe um olhar esperto, abrindo a última cortina de folhas e galhos que os separavam da imensa clareira do Lago das Verdades. Eimi arregalou os olhos de tal forma que Hugo quase pôde jurar que havia uma montanha de cocaína ali, só para ele.

Cerrando os olhos, Hugo se arrependeu de ter pensado aquilo.

Pensamento cruel demais.

"Olha isso!" outros alunos exclamaram, e todos correram para dentro da clareira maravilhados, como se nunca houvessem visto nada mais lindo.

Hugo não tirava a razão deles. Havia sentido a mesma coisa da primeira vez que vislumbrara o Lago das Verdades à noite, cercado por aquelas centenas de árvores milenares, todas enfeitadas com mínimos pontos de luz branca em suas copas, como milhares de vaga-lumes, que refletiam suas luzes no lago escuro.

Assim como da primeira vez, Hugo sentiu seus olhos umedecerem diante de tamanha beleza, e Capí afagou seus cabelos com carinho. "De novo, cabeção?"

Hugo riu, enxugando as lágrimas. O que podia fazer? Era impressionante como aquele lugar o afetava.

E, pelo visto, não afetava só a ele. A maioria dos alunos tinha lágrimas nos olhos enquanto admirava aquele belo espetáculo da natureza; alguns rodopiavam, rindo, outros estavam até gritando de felicidade, provavelmente sentindo-se no céu, com tantos milhares de estrelas luminosas cercando-os por todos os lados.

Rafinha voltou de sua exploração empolgadíssimo. "Professor, você é demais."

"Eu não criei nada disso, Rafa", Capí disse com carinho, voltando seu olhar para Gislene. "Rafa, você pode dizer para aquela teimosa ali que ela não precisa ficar se fingindo de durona?"

Hugo olhou para onde o pixie havia apontado e riu, vendo sua companheira de Dona Marta ali no meio dos outros, fazendo uma força ridícula para não chorar. Enquanto isso, Janaína olhava emocionada para aquilo tudo, girando sem saber para onde olhar primeiro. Ao contrário de Gislene, a baiana não tinha medo de externar suas emoções. Não tinha vergonha delas. Parecia querer viver cada momento, sem se importar com o que os outros iriam dizer ou pensar dela. Linda demais.

Hugo sorriu, observando-a, e voltou-se para o pixie. 'Você não disse, ano passado, que queria preservar esse lugar dos olhos humanos?"

"Eu estava errado", Capí admitiu. "O melhor caminho para a preservação é o conhecimento. A Zô me fez ver isso."

"A Zô?!"

Hugo sempre se surpreendia quando sua maluquinha favorita demonstrava qualquer tipo de discernimento. Os dois trocaram sorrisos, e Hugo resmungou de brincadeira, "Pena que eu já tinha visto o lago, né? Nada de novo pra mim."

Capí fitou-o com um ar de mistério nos olhos.

"Que foi?"

O pixie sorriu, "Você ainda não viu nada", e bateu palmas duas vezes em rápida sucessão.

Assim que ele o fez, os milhares de pontinhos iluminados que povoavam as copas das árvores subiram ao ar, como um enorme enxame de vaga-lumes, espalhando-se pelo céu como uma chuva ao avesso, e Hugo sentiu um arrepio do tamanho do mundo, pensando se não seria melhor assistir aquele espetáculo de luzes ao lado de sua Janaína.

A baiana estava chorando maravilhada, abrindo os braços e rodopiando enquanto era iluminada, como todos ali, por aqueles milhares de pontinhos de luz, em um espetáculo de inimaginável beleza. E Hugo percebeu ali que, se ele não fizesse nada naquele exato momento, ela ficaria irremediavelmente apaixonada pelo Capí.

Aproximando-se da baiana sem perder tempo, Hugo meteu-se na frente da menina, interrompendo seu giro. Ela olhou-o, ainda encantada com aquilo tudo, e ele acariciou sua bochecha molhada com o polegar da mão esquerda, enquanto a direita segurava com delicadeza o rosto da jovem. Janaína sorriu para ele, e antes que ela pudesse fazer qualquer outra coisa, Hugo juntou seus lábios aos dela e eles se beijaram em meio àqueles milhares de pontos de luz; ele sentindo o gosto das lágrimas da menina em sua boca enquanto se beijavam sem parar, apaixonadamente, e não havia mais nada além deles naquele lugar. Ninguém além dela.

Hugo não queria saber se alguém estava assistindo, ou se os dois estavam sendo solenemente ignorados... O que importava é que estavam se beijando ali, naquele momento, em meio a toda aquela magia. E quando finalmente se soltaram, Janaína sorriu para ele, e ele para ela, ofegante, mas incrivelmente leve e animado.

"Vem!" ela disse, puxando-o pela mão e levando-o até a multidão que se aglomerava em volta de Capí.

A maioria dos pontos de luz já havia retornado às copas das árvores, exceto por alguns deles, que agora flutuavam em volta dos alunos enquanto Capí explicava alguma coisa. Os dois estavam perdendo parte da explicação, mas o que importava?

Hugo tentou forçar a vista enquanto se aproximava do grupo, e logo viu que aquelas luzes não eram meros pontos de luz, nem muito menos vaga-lumes. Eram pequenos serezinhos, com perninhas, bracinhos, cabelos, e asas de...

"Fadas!" Janaína exclamou animada, puxando Hugo atrás dela, e Capí confirmou com um sorriso, ao vê-los chegar, "Os indígenas preferem chamá-las de Caititis."

A aula já era um sucesso. Ninguém nunca havia visto fadas antes, e até Abelardo parecia encantado com elas. Olhava hipnotizado para uma em especial, que sobrevoava mais próxima a ele.

O grupo havia sido rodeado por elas. Pequenas fadinhas, de todas as cores; brancas, negras, verdes, roxas, azuis... todas com suas asinhas batendo incessantemente. Eram as asas que brilhavam florescentes, não elas próprias, e, apesar de não estarem vestidas, roupas não eram necessárias. Suas peles assemelhavam-se mais à pele de répteis do que à de seres humanos.

Eram todas fêmeas, mas não tinham o rosto delicado e feminino que Hugo esperara ver em fadas. Eram rostos diferentes, animalescos... afinal, eram animais, ou não estariam na aula de Segredos do Mundo Animal.

Uma das caititis pousou na mão enluvada de Capí, como um pequeno animal agachado, e o pixie aproximou-a de seus alunos, para que pudessem vê-la melhor. As asas, mesmo paradas, continuavam brilhando. Eram finíssimas e translúcidas, como nada que Hugo jamais vira antes.

"Por que a luva?" Enzo perguntou, notando a grossa luva de couro na mão esquerda do pixie.

"Se eu não estivesse com a luva, vocês corriam o risco de perder seu professor no mundo delas", Capí respondeu. Dito isso, pediu a mão desprotegida de um voluntário, e Janaína adiantou-se, estendendo a sua.

Maluca.

"Cuidado com o que elas te disserem", Capí a preveniu enquanto a fadinha trocava de mãos. "Caititis são traiçoeiras."

Janaína não estava mais ouvindo. Apenas admirava o serzinho brilhante em sua mão... completamente fascinada. Parecia ter entrado em outro mundo...

"São todas fêmeas?" Gislene perguntou, olhando desconfiada para uma que voava a poucos centímetros de seu rosto, e Capí confirmou.

"Rafa, não toque nelas."

Rafinha recolheu a mão de imediato, sem questionar.

"Mas a baiana ali tá tocando!" Enzo argumentou. "Por que ele não pode?!"

"É perigoso, Enzo. Deixe que elas mesmas escolham quem querem tocar. As caititis brilham como fadinhas boas e parecem delicadas e tudo mais, mas não queira irritar uma delas. Elas vão pousar na sua mão SE elas quiserem. Nunca tente forçar. E sim, Gi, são todas fêmeas."

Uma delas fez uma careta para Hugo, que fechou a cara.

"Os machos são os Atlauas, mas nunca ninguém os viu. Não, nem eu, Rafinha", Capí retrucou, em resposta ao olhar questionador do menino. "A teoria é que sejam gnomos; homens pequeninos que vivem na floresta. Sabemos que eles têm uns 15 centímetros de altura, mais ou menos. Como elas. Aliás, lembrem-se sempre: as Caititis não são bichinhos de estimação. Elas são inteligentes. Elas pensam, como nós. Às vezes até mais do que nós."

Capí olhou para Atlas, que assistia lá de trás com um sorriso de orgulho no rosto, e o professor de Defesa se limitou a fazer um sinal de positivo com as mãos.

O pixie respirou um pouco mais seguro, retomando a lição, "Engana-se quem pensa que elas se aproximaram só porque eu bati palmas, como um cachorrinho teria feito. Não. Eu tive que vir aqui hoje à tarde, para implorar que elas me ajudassem. As palmas eram só um sinal que a gente combinou previamente. Então, nem tentem vir aqui sozinhos, porque elas não vão descer, e nem vão ajudar vocês a encontrarem o caminho de volta para a escola. Elas são arredias a seres humanos e só vieram porque me conhecem muito bem e confiam em mim."

Enquanto ele falava, algumas delas iam pousando em um ou outro aluno de quem gostavam, e que, imediatamente, entravam em um estado quase hipnótico de encantamento, olhando fixo nos olhos das fadinhas.

Pelo olhar malicioso que elas fixavam em suas vítimas, as caititis pareciam saber muito bem o que estavam fazendo a eles.

"Depois vocês passem o que eu disse para seus colegas, sim? Porque eles já não estão mais prestando atenção na aula", Capí disse, referindo-se aos que tinham caititis nas mãos.

Thábata havia sido uma das escolhidas, e os outros Anjos se aproximaram dela, impressionados. Camelot ainda tentou tocar as asas da fada que hipnotizava a colega, mas levou um safanão na mão antes que pudesse alcançá-las. Abelardo não deixaria que nenhum de seus amigos se machucasse ali. "Foi pra isso que você expulsou a Felícia, hein, Twice?! Pra enfeitiçar os alunos?!"

Capí respirou fundo e Hugo olhou feio para Abelardo, mas conseguiu se controlar. Não estragaria a aula do Capí por uma bobagem daquelas. Chegando mais perto de Janaína, passou a mão várias vezes em frente ao rosto da baiana, que nem sequer piscou. Seu olhar ainda fixo na caititi em suas mãos.

Quase com ciúmes da fada, Hugo franziu o cenho, pensando se não podia simplesmente dar um peteleco naquela enxerida e jogá-la longe, mas achou melhor obedecer às instruções de Capí, até para não perder nenhum dedo. "O que acontece quando alguém que elas não gostam tenta tocar nelas?"

"Digamos que é melhor você não estar por perto para assistir."

Hugo se afastou por precaução, olhando ao redor. O clima no local havia mudado. Estava meio... estranho... diferente. Os alunos, felizes demais... meio inebriados, como se houvessem bebido alguma poção de plenitude... Tudo parecia estar se movendo mais lentamente... Era como se o encanto das fadas houvesse resvalado também para aqueles que não as estavam tocando...

Capí sorriu, "O nome Caititi foi dado às fadas brasileiras por nossos bruxos de origem indígena, em homenagem à uma de suas divindades, de mesmo nome. A divindade Caititi, segundo a crença deles, está sempre a serviço do Deus do Amor, o grande Rudá, terceira pessoa da Trindade Tupi."

"A principal função dessa divindade" o pixie prosseguiu, "é preservar o amor, a castidade, a pureza, a nobreza da alma, a sinceridade da pessoa, principalmente em seus relacionamentos com a natureza. Não deixando que a alma se perca e protegendo os jovens da tentação da carne."

"Muito lindo..." Francine exclamou, olhando com ternura para a fadinha pousada nas mãos de Beni, mas Capí meneou a cabeça, cauteloso, "É lindo sim, Fran, mas eu estou falando da *Divindade*. No caso das *nossas* Caititis, elas às vezes fazem o exato oposto. Se vocês não tomarem cuidado, elas te arrastam para o mundo delas, de onde vocês nunca mais vão querer sair."

Capí indicou os alunos que estavam sob o controle das Caititis. Pareciam realmente em outro mundo. Aéreos... distantes... completamente enfeitiçados.

"Eu li que os indígenas têm tipo um horóscopo só deles, né?" Hugo comentou, lamentando que Janaína não estivesse em condições de admirar seu imenso conhecimento literário.

O pixie confirmou, "No horóscopo indígena, a Caititi é a divindade regente do mês de outubro. *Meu* mês", Capí sorriu. "Segundo eles, as pessoas do signo das fadas tendem para a caridade, as artes, o amor desinteressado e a nobreza de espírito, têm devoção pela natureza e por tudo que vive. Devem pautar suas ações pela candura, pela cordialidade, pela paz."

"Tu segue isso à risca, né, véio?" Viny comentou, orgulhoso do amigo, e Capí meneou a cabeça, inseguro, "Eu tento. Nem sempre é fácil."

Batendo palmas três vezes, o pixie acordou todo mundo da ilusão, dispensando as fadas, que voaram de volta para suas árvores. Como resposta imediata, todos os alunos desenfeitiçados reclamaram, e Capí deu risada, "Cuidado com elas, garotada! Eu já fiquei perdido por semanas inteiras na dimensão das fadas, quando eu era criança. Pura alegria, mas pura ilusão. Não caiam nessa! Vocês podem nunca mais sair! Eu só saí porque, depois de duas semanas de buscas desenfreadas pela escola, o Rudji e o Atlas conseguiram me encontrar e me sacudiram pra fora de lá."

Atlas elevou a mão a um chapéu inexistente e agradeceu os aplausos imaginários, como bom palhaço que era.

"E o que você viu no mundo delas?" Janaína perguntou empolgada, tendo acabado de voltar de lá.

Capí sorriu com ternura enquanto se lembrava. "Doces. Muitos doces. Mesas cheias deles. E balões, brinquedos, tudo só pra mim. Mas acho que foi o carinho de mãe que elas me deram enquanto eu estava lá, a dedicação exclusiva, mais do que os doces, que me encantou na época."

"Irado…" Rafinha murmurou, achando aquilo tudo o máximo, e recebeu um afago de Capí, que tinha muitíssimo orgulho de seu ex-aluno.

"Irado sim, Rafa, mas perigosíssimo. Eu comia e comia aqueles doces, só que eles não eram reais! Fiquei duas semanas sem comer de verdade. O fluido das fadas me mantinha vivo, mas apenas o suficiente pra me prender na ilusão delas. Quando os professores me acharam, eu estava completamente desnutrido. Tive que ficar três semanas de cama, me recuperando, porque eu não conseguia ficar de pé."

Rafinha olhou espantado para o professor, quase reverente, e, então, teve uma ideia que o empolgou a ponto de ele começar a pular. "Professor! Professor! Já que a gente tá aqui, o senhor pode mostrar pra gente as ruínas da escola antiga?"

"É!!!" os outros adoraram a sugestão e Hugo virou-se para Gislene, intrigado. "*Escola antiga?*"

"Tu acha que eu sei tudo, Idá?!"

"Ah, sei lá, ué! Eu só pensei que… você, tendo passado tanto tempo ano passado com ele…"

"*Ensinando*, não fazendo passeio turístico pela escola!"

"Tá bom, tá bom! Não pergunto mais!" *Eita, menina chata.*

"Ah, mostra pra gente, vai, professor!" Rafinha insistiu diante da negativa do pixie, e os outros alunos não deixaram por menos, "É, vamos!" "Só dessa vez, professor!" "A gente promete que não pede mais nada!"

"Eu não sei, gente… É meio que proibido ir pra lá…" Capí ainda tentou, mas a insistência era muita, e o pixie olhou para Atlas, que estava fitando-o com um semblante estranhamente grave.

"Por favor!!!" eles insistiram de novo, desta vez para o professor de Defesa, e Atlas fechou os olhos, autorizando.

"Tá bom, a gente vai", Capí aceitou. Por algum motivo, igualmente sério. "Na próxima aula, então, a gente se encontra em frente ao Pé de Cachimbo mais uma vez…"

"Ah, mostra agora, vai! Ainda dá tempo!" Rafinha insistiu.

"É, professor! Ninguém aqui tá com sono!" outros responderam, e Capí olhou novamente para o professor, que mais uma vez concordou, despedindo-se do pixie com um olhar e se retirando dali em silêncio.

Hugo olhou intrigado para Gislene, que ergueu as sobrancelhas, tão confusa quanto ele.

Observando os sorrisos irresistivelmente esperançosos de seus alunos, Capí suspirou, apreensivo. "O que eu não faço por vocês?"

CAPÍTULO 13
AS GÁRGULAS DE NOTRE DAME

Preocupado com a segurança dos alunos na caminhada que estava por vir, Capí tentou organizar uma fila para que todos o seguissem ordeiramente, mas ficava difícil, com Rafinha e outros três ou quatro alunos menores grudados nele, pulando de empolgação enquanto o resto da turma tentava falar ao mesmo tempo, enchendo-o de perguntas sobre as ruínas da tal *escola antiga*.

Como Hugo conseguira ser tão ingênuo, a ponto de acreditar que os cartazes dos Anjos surtiriam algum efeito contra o pixie depois que ele houvesse começado sua aula? Ele era um professor extraordinário, conhecia profundamente o mundo em que vivera sua vida inteira... Claro que ia se dar bem.

Capí deu risada, afagando as cabeças de seus pequenos, "Tá bom, gente, eu já entendi! Podem me soltar agora?"

O pixie definitivamente ganhara o coração de seus alunos.

E alunas.

Janaína estava sorrindo, achando tudo uma graça, e Hugo fechou a cara.

"Ôxe, já tá com ciúmes, Napô?" ela brincou, dando-lhe uma bitoca nos lábios para que ele se acalmasse. Funcionou, em partes. Hugo ainda estava cabreiro, mas por outros motivos: Como um professor de Defesa abandonava seus alunos daquela maneira, justo na hora em que eles estavam prestes a se arriscar ainda mais fundo na floresta?!

Tinha alguma coisa de muito errada naquele lugar, e os outros Pixies sabiam o que era. Dava para ver, pelo modo como olhavam preocupados para o amigo.

Desistindo da organização, Capí pediu que os mais velhos ficassem de olho nos mais jovens, cercando-os para que ninguém saísse da trilha que seria aberta por ele, e então avançou para dentro da floresta profunda, acompanhado de perto por sua turba de alunos.

Ele estava nervoso. Muito mais nervoso do que antes, e Hugo começou a pensar se não seria melhor que voltassem para a escola.

"Gente, lembrem-se, por favor, de NUNCA tentarem chegar aqui sozinhos, tá legal? Eu sei que vocês já estão cansados de ouvir isso, mas não custa repetir. Vocês VÃO se perder. O Hugo aqui sabe do que eu estou falando, não sabe?"

Hugo foi obrigado a confirmar e Janaína fitou-o curiosa, "Do que ele está falando?", mas Hugo se limitou a lançar-lhe um olhar esperto, prosseguindo a caminhada sem respondê-la. Deixaria um clima de mistério no ar, para apimentar a relação.

Ele riu para si mesmo.

"Que foi?"

"Nada não."

"Ôxe... vai ficar nessa xibiatagem mesmo, é?"

Hugo deu risada, adorando aquele sotaque delicioso de sua baianinha, e os dois continuaram a caminhar com o resto da turma, desviando de troncos avulsos, pulando raízes gigantes, passando ao largo de troncos que tinham buracos no meio... A floresta não acabava mais! Eles andavam, andavam, e novas plantas iam surgindo, e alamedas cheias de rosas aparecendo... e pequenos lagos, repletos de vitórias-régias... Os animais deviam ter se escondido, assustados com tanta gente, porque nenhum aparecera para incomodá-los. Talvez em respeito ao pixie.

"Você tem certeza que sabe onde a gente tá, Capí?" Hugo perguntou preocupado, depois que já haviam avançado quase um quilômetro floresta adentro, e o pixie apontou para cima, "Debaixo da área do Corcovado que os azêmolas chamam de Pedra D'Água."

Hugo olhou para o alto. Só então reparou que agora estavam atravessando uma sucessão de arcos de mármore! Era uma estrada... Uma estrada invadida pelas árvores e pela mata, mas ainda assim, uma estrada! No meio da floresta!

O pixie apontou para uma bifurcação no piso, quase encoberta por raízes e plantas rasteiras, "Se a gente seguisse por ali, a gente veria a entrada da escola antiga, que, hoje em dia, ninguém mais consegue abrir. Ela dá pra rua Lopes Quintas, do lado de fora do Corcovado. Perto de onde hoje é o Centro Educacional da Lagoa."

Hugo assoviou impressionado. Realmente, haviam caminhado bastante.

Postando-se em frente a uma cortina de cipós e folhas, que embarreirava o caminho que pretendiam seguir, o pixie afastou toda aquela antiga folhagem com as mãos, revelando um enorme portão enferrujado. Retirando do bolso uma das muitas chaves que sempre levava consigo, Capí abriu o portão com um rangido, e deixou que seus alunos entrassem primeiro.

Hugo ergueu a varinha para iluminar a escuridão, mas, mesmo brilhando com toda sua intensidade, ela só conseguiu iluminar de vermelho as primeiras colunas de mármore, de tão grande que o lugar devia ser. As colunas eram enormes, em estilo grego, muito desgastadas pelo tempo; algumas até quebradas ao meio, suas outras metades tombadas no chão de mármore.

Reverente, Hugo tocou a inscrição na pedra inaugural da escola: *Notre Dame du Korkovado – 1808*... A grama já havia tomado conta de todo o lugar, inclusive da placa, sem contar os pontos em que o piso de mármore dava lugar à terra batida.

"A construção da escola antiga não chegou a ser concluída", Capí explicou, chegando ao seu lado. "Protejam os olhos."

Antes que Hugo pudesse perguntar 'por quê?', o pixie ergueu a Furiosa no ar e iluminou o local inteiro com uma enorme explosão de luz, que atingiu cada recanto daquele imenso lugar, quase cegando Hugo e os outros que estavam mais próximos.

"Eu disse pra protegerem os olhos."

Hugo riu, tentando se acostumar com tanta luz, e só aos poucos foi conseguindo enxergar o ambiente que a Furiosa iluminara. Era uma ruína gigantesca... quase como um templo grego, todo em mármore branco, rachado em várias partes, com blocos soltos espalhados pelo chão, paredes faltando, teto faltando... – quase tudo faltando, na verdade. Para além da fachada grega, o prédio principal parecia uma enorme catedral gótica, decadente e cheia de detalhes semiesculpidos. Ninguém dera os últimos retoques.

No piso do pátio, buracos enormes, já parcialmente calçados com azulejos, haviam sido abertos para a construção de piscinas e espelhos d'água que nunca chegaram a funcionar... assim como os chafarizes, que se agigantavam ao redor deles: estátuas lindas de bruxas e elfas, vestidas em estilo romano, com os braços erguidos – as que ainda tinham braços – segurando varinhas ou grandes folhas por onde água jamais escorrera.

Para completar aquela mistura sensacional de arquiteturas diferentes, ao redor das paredes externas da antiga escola, várias gárgulas de pedra faziam a guarda do que teria sido um lindo estabelecimento de ensino.

Lindo para alguns. Viny olhava para aquilo tudo com nojo: colunas gregas, prédios romanos, estátuas copiadas de catedrais francesas, piscinas de azulejo português... Nada original. Tudo cópia da Europa. O pixie estava quase entrando em parafuso naquele lugar.

Para Hugo, era tudo lindo do mesmo jeito. Não importava de onde tinha vindo. Procurando pelo professor, encontrou-o sentado na pequena escadaria de três degraus que dava para o pátio da frente. Capí parecia sério, perdido em lembranças... suas mãos brincando distraidamente com uma delicada plantinha roxa que nascia da grama a seus pés, enquanto seus alunos exploravam o local.

"Planta bonita", Gislene sentou-se ao lado do pixie antes que Hugo pudesse fazê-lo, e Capí suspirou. "É uma planta sem nome, que nasce no túmulo ou no local da morte de um inocente."

Hugo sentiu um calafrio estranho. Um calafrio misturado com tristeza. Ele tinha quase certeza de quem havia morrido ali, mas achou melhor não perguntar. Seria indelicado de sua parte. Ainda mais vendo Capí naquele estado.

Agora ele entendia porque Atlas não tinha acompanhado os alunos até lá. Devia ser duro perder um filho tão cedo... e mais duro ainda voltar ao local onde ele morrera. Hugo ainda se lembrava do retrato que vira no quarto de Capí, do menininho rolando na grama com o pai. Tão novinho... tão amado por todos na época...

"E as gárgulas?" Hugo perguntou, tentando mudar de assunto antes que o pixie desmoronasse. "É por causa delas que a escola se chama Notre Dame? Porque tinha gárgulas parecidas com as da Catedral do Corcunda de Notre Dame?"

Enquanto perguntava, Hugo aproximou-se de um daqueles monstros de pedra, que urrava para os visitantes com dentes afiados, seu rosto grotesco eternamente parado naquela careta, mas Capí meneou a cabeça, "Na verdade, não. A escola foi batizada de Notre Dame, ou Nossa Senhora, em homenagem à nossa senhora Maria I, diretora número 1 da Korkovado. Não em homenagem à catedral, apesar de alguns bruxos cristãos insistirem que sim."

"Então por que as gárgulas?"

"Aí a história já complica um pouco. Tem a ver com por que a construção da escola antiga foi abandonada."

"E o senhor vai nos contar, não vai, professor?" Rafinha se adiantou, sentando-se próximo a ele. Os outros fizeram o mesmo, cada um escolhendo um pedaço quebrado da arquitetura para fazer de cadeira.

Até os Anjos pareciam interessados em saber. Haviam se sentado em locais mais afastados do grupo principal, tentando fingir que não estavam prestando atenção, mas estavam. E Capí esperou que todos estivessem acomodados para começar.

"Quando os bruxos cariocas decidiram construir uma escola aqui dentro, em dezembro de 1807, já sabiam que a Rainha Maria I estava pra chegar. Ela tinha acabado de embarcar fugida de Portugal, com toda a família Real, e ia aportar aqui no Brasil em quatro meses. Como a escola seria construída em homenagem a ela, eles escolheram o ponto mais lindo que conseguiram encontrar aqui dentro para a construção."

"Lindo?" Thábata fez cara de nojo. "Só tem mato seco e raízes mortas nessa parte! Não tem nada de lindo aqui."

"É, mas tinha", o pixie respondeu com certa pena. "Antes dos bruxos chegarem com seus feitiços, essa parte era a mais colorida e a mais viva de toda a Korkovado. Até eles começarem a destruir tudo, para construírem em cima."

"Gente estúpida."

Capí meneou a cabeça, "Tente contemporizar, Hugo. Naquela época eles não tinham a consciência ambiental que a gente tem hoje. Pra eles, aqui era só um local bonito onde eles podiam construir uma escola pra impressionar a Rainha. Mas os Atlauas não concordaram com eles."

Rafinha arregalou os olhos. "Os maridos das Caititis?!"

"Esses mesmos. Quando eles viram a floresta que tanto amavam sendo invadida e destruída, os Atlauas reagiram. E reagiram com extrema violência, atacando os bruxos com dardos venenosos. Esses dardos eram lançados de sabe-se-lá-onde, porque ninguém podia vê-los. E os bruxos foram ficando cada vez mais apavorados. Mesmo assim, não desistiram de construir. Ergueram tudo que vocês estão vendo aqui sob constante ataque e tensão."

"Burros."

Desta vez, Capí não discordou. "Enquanto construíam, bruxos iam tombando, mortos a qualquer hora do dia, sem discriminação. Dos mais fracos aos mais poderosos. Dezenas morreram aqui. Dos que não morreram, a maioria enlouqueceu."

Enquanto o pixie falava, alguns dos alunos começaram a olhar temerosos para as copas das árvores, mas Hugo estava tranquilo. Se Capí tinha concordado em ir até ali com eles, é porque não havia mais perigo nenhum. Ele nunca arriscaria seus alunos daquela maneira.

"… Na época, chegaram a cogitar a possibilidade de enfeitiçarem azêmolas para fazerem o serviço no lugar dos bruxos."

"*Nossa…*" Gislene exclamou, com nojo de tamanha covardia.

"Pois é. Acabaram desistindo da ideia, até porque as obras atrasariam se tivessem que ser feitas sem magia. Então, foram erguidas proteções mágicas em volta de todo o perímetro da construção, para proteger os bruxos que estavam trabalhando nela, mas os Atlauas sempre acabavam encontrando brechas e penetravam. Os bruxos, desesperados, começaram a espalhar poções venenosas pelas árvores, dentro das frutas, ao longo dos troncos… Envenenaram essa parte inteira da floresta, mas não conseguiram pegar os baixinhos. Até que tiveram uma ideia."

Metade da turma arregalou os olhos, na expectativa.

"Importaram esses gárgulas da Europa", Capí indicou os monstros de pedra.

"Pra assustar os Atlauas, tipo espantalhos?!"

"Não não, Rafa", Capí respondeu atencioso. "Eles não eram de pedra na época. Eram vivos."

Rafinha arregalou os olhos, se afastando de um deles, só por precaução. Eram quase da sua altura. Um pouco menores.

"Quando ainda não estavam extintos no mundo, os gárgulas costumavam atacar apenas outros animais, sugando o sangue deles até a morte. Apesar de terem dentes bem afiados, o ataque era feito com duas presas apenas, e o animal atacado era encontrado com pequenos furos no pescoço, inteiramente sugados de todo o seu sangue. No caso desses aqui, foi diferente. Eles vieram pra cá à força, ainda filhotes, e foram especificamente treinados pra caçarem e estraçalharem Atlauas. No treinamento, tiveram sua índole modificada para serem agressivos a bípedes pequenos."

Bípedes pequenos, como gnomos... e crianças, Hugo pensou.

"Só que, como os Atlauas, apesar da estatura, eram muito parecidos com seres humanos, os gárgulas rapidamente começaram a se voltar contra os próprios trabalhadores, estraçalhando-os com os dentes, como faziam com os gnomos."

"Putz..." Viny exclamou, impressionado com tanta burrice.

"Pois é", Capí concordou. "Ninguém manda mexer com a natureza de um animal. Eles tinham criado um pequeno exército de monstros. Nem todos se tornaram agressivos a humanos mas, por causa da rebelião de alguns, todos os outros gárgulas, sem distinção, começaram a ser caçados e mortos pelos bruxos."

"Sacanagem!" Janaína protestou e Hugo fez um carinho em suas costas, orgulhoso da baianinha.

"Alguns conseguiram fugir, mas foram poucos. Os outros foram sendo transformados em pedra, para ao menos servirem como espantalhos contra a aproximação dos Atlauas. Não funcionou. Os pequenos continuaram atacando com seus dardos, incessantemente, até que os bruxos finalmente desistiram daqui e mudaram a localização da escola para o vão no pico do Corcovado. Tendo aprendido a lição, não destruíram a única árvore gigante que existia lá, e que continua sustentando a escola até hoje. A *magna árvore*, como eles chamaram."

"O que aconteceu com os gárgulas que fugiram?" Enzo perguntou, parecendo muitíssimo interessado em ver um deles vivo. "Eles teve filhote e tal?"

"Tiveram sim", Capí respondeu, nem tão contente quanto Hugo esperava. "E os filhotes deles tiveram filhotes e assim por diante."

"Mostra eles pra gente!" Enzo pediu empolgado.

Os outros se encolheram, apavorados com a sugestão, e o jovem charreteiro resmungou, "Ah, que bando de bundão! Eles devem ser tudo bonzinho agora, né, professor? São os filhote dos filhote!"

Capí confirmou. "Com o tempo, eles foram perdendo a índole agressiva sim, você tem razão, Enzo. Infelizmente, não vai dar para mostrar nenhum pra vocês, porque eles já não existem mais."

Alguns suspiraram aliviados, outros lamentaram a notícia, mas Capí parecia ter sido o mais afetado pelo que acabara de dizer, mergulhando em profunda tristeza. "A escola tinha dois, até pouco tempo. Mãe e filho. Os únicos descendentes restantes do massacre. Mas alguns anos atrás, o filhote atacou um menino daqui e teve de ser sacrificado."

O pixie se calou por um tempo antes de continuar, "Na verdade, foi o menino que provocou. Gárgulas, em seu estado natural, só atacam quando são provocados. O filhote apenas reagiu, mas com muita violência, como era de sua natureza, e foi morto na esperança de que, assim, conseguissem arrancá-lo de cima do menino. A gárgula mãe ainda tentou resgatar o filhote, sem sucesso, e acabou fugindo da escola para nunca mais voltar. Parece que ela ficou conhecida no mundo azêmola ultimamente."

Rafinha arregalou os olhos, "O Chupa-cabra?!" e Capí abriu um sorriso cansado, "Tem alguma coisa nesse mundo que você não saiba, Rafa?"

O menino meneou a cabeça, todo vaidoso. "É que eu via muito jornal na TV do bar, lá perto da onde eu dormia."

"É", o pixie confirmou, "*chupa-cabra* foi o nome que os azêmolas deram, porque sugava todo o sangue das cabras que atacava."

Francine estava olhando entristecida para a plantinha aos pés do pixie, e logo que a brecha surgiu, fez a pergunta que estava na mente de muitos ali, "O menino que foi atacado... ele morreu?"

O pixie cerrou os olhos, confirmando.

"Foi o Damus, não foi?" Hugo sugeriu. "O filho do Atlas?"

Capí não respondeu de imediato. Aquele assunto lhe causava imensa dor. Com a voz fraca, fez um esforço gigante para continuar, "O menino tinha só cinco anos... era jovem demais pra entender o perigo que corria. Veio aqui querendo impressionar o pai; querendo mostrar pra ele como ele tinha aprendido direitinho todos os feitiços que o pai lhe ensinara. Encasquetou na cabeça que a melhor maneira de fazer aquilo seria capturando o '*grande monstro malvado das ruínas*'", Capí pausou, sentindo-se claramente sufocado. "Filhotes matando filhotes..."

Gislene pegou sua mão, penalizada. "Deve ter sido um dia difícil."

"Você nem imagina o quanto."

O pixie estava arrasado. Num estado que Hugo jamais o vira.

"O Atlas nunca vem aqui. Não consegue chegar nem perto dessas ruínas. As lembranças daquele dia são fortes demais pra ele."

"Ele viu o filho morrer?"

"Graças a Deus não, Gi. Quando ele chegou aqui, o Damus já estava morto. Se tivesse visto, acho que o professor teria enlouquecido de vez."

"E você, viu?"

Capí olhou para Hugo, mas não respondeu. Em vez disso, checou as horas e se levantou, expulsando todos dali. Já era madrugada. Estava mais do que na hora de voltarem. Pegando Eimi pela mão, o pixie ficou esperando do lado de fora da porta de ferro até que todos houvessem saído. Só então, trancou mais uma vez aquele lugar maldito e guardou a chave no bolso.

Rafinha acompanhou seus movimentos, curioso. "Como o menino chegou até aqui se as portas ficam trancadas?"

"Não ficavam, na época", Capí respondeu seco, prosseguindo para a frente do grupo. Durante as quase duas horas seguintes de caminhada, pouco se ouviu. Ninguém estava no clima para conversar. Não depois de terem ouvido o relato da morte que mais abalara a escola naqueles últimos anos.

Agora Hugo entendia as crises de consciência do professor de Defesa. Não importava o quanto Atlas culpasse a professora Symone por não ter previsto a morte do garoto; no fundo, ele sabia que havia sido o único culpado. Irresponsável a ponto de ensinar feitiços de ataque a uma criança de cinco anos de idade. Feitiços que não devia ensinar sequer a jovens de 13!

Isso, claro, não mudava o fato de Symone ser uma charlatã, que não previu nem o ataque, nem a morte. Nisso, Atlas tinha razão, e Hugo passou o resto daquela caminhada tentando imaginar como devia ser a dor de encontrar seu filhinho morto no chão, completamente sugado.

Chegando ao Pé de Cachimbo, todos cumprimentaram Capí pela ótima aula. Até o Gordo, dos Anjos, foi apertar sua mão, pouco se importando com os olhares assassinos que seus companheiros lhe lançaram. Ele era o único anjo decente. Bastante conservador ainda, mas tinha o olhar doce, como nenhum dos outros. Talvez por isso, Hugo pouco prestara atenção nele no ano anterior; ele se mantinha longe das brigas. Não aprovava o comportamento festeiro dos Pixies, mas também não parecia gostar de conflitos, e não via problema algum em apertar a mão de um pixie quando este merecia.

Capí agradeceu a gentileza e sentou-se, exausto, com as costas na porta de casa, vendo o resto de seus alunos indo para os dormitórios. Parecia preocupado.

"Que foi, véio?" Viny se aproximou. "Tua aula foi um sucesso!"

Capí sorriu, agradecido, mas sua preocupação era outra. "A partir de hoje, eu vou ter que planejar dez aulas por semana, pra todas as turmas até a quinta série, e precisam ser lições de altíssima qualidade pra que o Conselho me mantenha no posto. Eu não sei se eu vou ter tempo de planejar as aulas de alfabetização com a dedicação que eu gostaria… E pode ser que ainda hajam semianalfabetos por aí, que eu talvez não tenha conseguido identificar durante as férias."

"Você sabe que pode contar com a minha ajuda nas aulas", Gislene disse e Capí afagou sua mão, agradecido, "Eu não queria colocar esse peso nas suas costas, Gi…"

"Imagina! É um prazer. Já foi um prazer ano passado."

"Que aulas são essas que eles estão falando?" Janaína perguntou discretamente para Hugo, que relutou em responder, sabendo que a resposta poderia jogar a baiana direto nos braços do pixie, mas fazer o quê? Ignorar a pergunta? "O Capí ensina português em segredo, para os novatos analfabetos."

"Sério?!" ela estranhou. "Isso não faz parte do currículo não?"

"… ué, por quê? Na sua escola faz?!"

Janaína confirmou, "Lá, a gente também tem um programa de resgate e recuperação dos alunos novatos que vêm das áreas de seca. Do sertaozão mesmo, sabe? A gente tem até um menu especial pra esses bruxinhos, porque eles chegam desnutridos… desidratados… É barril, viu? Mas eles logo se recuperam. Com magia é mais fácil. Pena que a gente não pode ajudar as crianças azêmolas também. É proibido. Os azêmolas estranhariam. Mas, pelo visto, aqui eles não fazem isso nem com as crianças bruxas, né?!" ela perguntou horrorizada, e Hugo confirmou.

"O Conselho não quer essas crianças na escola. Diz que são perda de tempo e dinheiro. Então, o Capí ensina os pirralhinhos em segredo mesmo, pra que eles não desistam. Faz isso desde que tinha uns 9 anos de idade."

A baiana ergueu as sobrancelhas, admirada, e Hugo desviou o olhar, se perguntando por que não ficara calado.

Enquanto isso, Rapunzela oferecia seus serviços ao pixie, "Ó, eu não tenho muito tempo, por causa da rádio Wiz e tal, mas acho que posso ajudar de vez em quando, viu?"

"De vez em quando é mais sempre do que nunca", Viny brincou, arrancando um riso da menina dos cabelos longos enquanto Rafinha quicava empolgadíssimo ao lado do professor, pronto para ajudar no que fosse preciso.

Janaína ainda não tirara os olhos de Capí, e Hugo já começava a roer as unhas, ansioso, quando Gislene veio ao seu encontro, "Não precisa se preocupar, Idá. O Ítalo já me disse que não quer nada com ela."

"Mentira. Todo mundo quer."

Gislene deu risada, "Tá se achando, né, garoto? Pensando que pegou a menina mais bonita da escola. Mas ela não é a única não, viu? De qualquer forma, ele me disse que ela é jovem demais pra ele."

"Dois anos mais jovem que ele. Grande coisa."

"Pro Ítalo é. Ele é sempre muito certinho com essas coisas", Gislene afirmou, deixando que Hugo voltasse seu olhar para os dois novamente. Janaína havia ido cumprimentar Capí pela atitude, e agora os dois conversavam. De fato, existia uma admiração mútua entre o pixie e a caramuru, mas ele respondia às perguntas de Janaína com a mesma simpatia com que conversava com todo mundo. Até com um certo ar paternal que, realmente, não combinava com qualquer interesse amoroso.

Mas e da parte dela? Ela estava babando por ele!

Hugo sentiu sua aflição crescer. Como competir com aquele príncipe encantado ali? "Ó lá!" ele apontou, revoltado. "Ela se esqueceu completamente de mim!"

"Relaxa, Idá. Ela só tá impressionada porque ele é o garoto selvagem que mostrou a floresta dele pra ela, só isso."

"Então! Como eu posso competir com isso?!"

"Mostra a sua!" Gislene piscou para Hugo, que fitou-a surpreso.

"A Sala Silenciosa?!"

Ela respondeu com um sorriso safado, e Hugo deu risada. "Tu não existe, Gi… Tu é demais."

A Sala Silenciosa era tão única… tão inesperada…
Impossível ela não se impressionar.

Impossível ela não se apaixonar.

CAPÍTULO 14
UM CORPO QUE CAI

"Booooooom dia, bruxarada!" a Rádio Wiz soou pelos corredores da escola. "Aqui quem fala é o vosso amado, adorado, aromatizado Lepé!

"E aqui é a Rapunzela! Sejam bem-vindos ao segundo dia de aula! E aí, empolgados?!"

"Nãaaaaao!" todos no refeitório responderam de brincadeira, alto o suficiente para que os radialistas pudessem ouvi-los lá do andar da rádio.

"Nossa, tão animados assim?! Então vamos voltar ao assunto de ontem de manhã! A festa dos Pixies! O que foi aquela dança do Atlas com a Sy, hein?!"

"Santo Merlin! Aquilo pegou fogo!"

"Mais respeito com os professores, Leopoldo."

"Se você me chamar por esse nome horrendo mais uma vez, eu juro que te jogo aqui de cima."

"Ui, que medo."

"E parece que a ladainha dos Anjos começou cedo hoje."

"Abelardo, a gente já sabe que seu pai foi promovido... não precisa ficar repetindo pra todo mundo!"

"Falando nisso, queremos dar um grande parabéns ao nosso querido e COMPETENTÍSSIMO Ítalo Twice Xavier, vulgo Capí, pela magnífica aula de ontem! Arrasou, professor!"

Os alunos no refeitório gritaram urras, com suas bocas cheias de pão e bolachas, aplaudindo o pixie, que agradeceu com muita humildade, logo voltando sua atenção para o que estava fazendo.

"E aqui vai mais uma música mequetrefe, para relembrarmos a festa de anteontem. Essa é em homenagem ao professor Atlas Vital e sua motoca possante! Toca aí, DJ Rapunzela! Rádio Wizwizwizwiz! A Rádio que fala, mas não diz!"

E uma música dos Paralamas do Sucesso começou a tocar pelos alto-falantes.

Vital e sua moto.

Hugo achou engraçado, mas não riu. Quase não dormira naquela noite, fazendo planos e mais planos de como abordaria Janaína para levá-la à Sala Silenciosa, e agora não encontrava a baiana em lugar nenhum! Devia estar dormindo ainda, como muitos que haviam assistido à aula de Capí.

O pixie, no entanto, estava ali, firme e forte, desde cedo. Como professor, não podia se dar ao luxo de dormir até mais tarde. Estava treinando multiplicação de brioches na mesa do café da manhã quando Viny o abraçou pelas costas. "Viu só, véio? Arrasou!"

"*Professor*... Grande porcaria", Abelardo caçoou, jogando o jornal da manhã na mesa dos Pixies, só para atazaná-los com a *notícia do ano*.

Lá estava a foto de Nero Lacerda, estampada na primeira página, apertando a mão do Presidente Lazai.

Pilantra... Não só dera um jeito de ser promovido, como conseguira que Lazai criasse um novo cargo só para ele.

"*Consultor Especial do Presidente*", Abelardo murmurou no ouvido da irmã enquanto ela lia a manchete, desgostosa. Ser Consultor da Presidência era ainda melhor do que ser Ministro...

"Ele vai ter mais poderes que qualquer um lá em Brasília agora. Vocês vão ver. Vai ganhar rios de dinheiro com o novo salário!"

Retirando o jornal da mão dos Pixies, o anjo foi esfregá-lo na cara de algum outro infeliz, e Viny reclinou-se na cadeira, cantarolando, "*Quem furta pouco é ladrão/Quem furta muito é barão/Quem mais furta e esconde/Passa de barão a visconde!*"

Hugo riu, "Irado."

"Infelizmente, não é meu. Algum mequetrefe genial escreveu esses versos séculos atrás", Viny confessou, suspirando, "Vê-se a qualidade de um Presidente pelos pilantras que ele nomeia. Né, Índio?"

Virgílio fitou-o com indiferença. Não estava a fim de falar sobre política. Enquanto isso, Capí continuava compenetrado, tentando multiplicar o único pão à sua frente, sem sucesso. Cada vez ficando mais transtornado.

"Querendo acabar com a fome no mundo, né, véio?" Viny comentou, num misto de gozação e carinho, mas Capí não estava prestando atenção. Apontando para o pão mais uma vez, sussurrou "Mokõi", e o pão finalmente se dividiu em dois.

Confuso, Hugo inclinou-se em direção à Caimana, sussurrando, "*Mas o Manuel tinha dito que não era possível criar comida com magia!*"

"E não é mesmo. As cópias não são verdadeiras. Não têm valor nutricional nenhum", a elfa respondeu, "nem sabor. Por isso o Capí está tão frustrado. Ele vem tentando fazer uma cópia perfeita desde aquele incidente com a garotinha na Lapa, ano passado, mas até agora... nada. Eu cansei de repetir pra ele que, se fosse possível, os bruxos nunca mais trabalhariam na vida. Seria só sair multiplicando comida por aí. Mas não adianta insistir."

Hugo passou a observar as tentativas do pixie com mais atenção. Multiplicar era complicadíssimo! Dependendo do número de cópias que ele queria fazer, o feitiço mudava. *Mokõi*, se queria dois pães, *Mosapyr*, se queria três, *Irundyk*, se queria quatro...

"*Yépó!*" Capí sussurrou, apontando a varinha mais uma vez para o pão original, que desta vez se transformou em cinco. Nenhum com sabor.

Capí jogou a varinha na mesa, irritado. Só aquilo o tirava do sério: tentar ajudar os outros e não conseguir.

Hugo sentou-se próximo a ele, "Yépó?" e Capí abriu um leve sorriso, tentando voltar à sua mansidão habitual, "É tupi. *Oîepé, Mokõi, Mosapyr, Irundyk, Xe-pó*. Um, dois, três, quatro, cinco."

"Como você consegue decorar tudo isso?"

O pixie meneou a cabeça, "Não é tão difícil, se você procurar entender. Xe-pó, por exemplo. *Pó* é *mão* em tupi. A mão tem cinco dedos. Então, *Xe-pó* é cinco."

"Por isso aquele jogo do pentagrama se chama PÓ? Cinco pontas?"

"Garoto esperto."

Hugo ergueu a sobrancelha, "E como se diz vinte?"

Capí sorriu, "Xe-pó-xe-py. *Minhas mãos e meus pés.*"

"Legal! ... mas complicado."

"É, não é fácil", o pixie concordou, voltando sua atenção para os pães. Ele realmente queria conseguir fazer aquilo.

Fazer um milagre.

Notando que as mãos do pixie ainda estavam com as cicatrizes de queimadura do ano passado, Hugo estranhou. "Você não foi ver essas mãos com a Kanpai?!"

"O fogo da mula não é tão fácil assim de curar."

"As minhas sumiram rápido."

"As suas foram superficiais."

Hugo franziu o cenho, não inteiramente convencido. Um pouco ofendido, inclusive. Suas queimaduras não haviam sido 'superficiais'. Muito pelo contrário. Ele segurara os arreios do bicho com a mão próxima ao fogo por quase uma eternidade!

Tá certo que, antes, Capí já havia ficado muito mais tempo segurando o pescoço da mula para trás, com as mãos enfiadas lá dentro. Direto nas labaredas. E Hugo não tinha o direito de se sentir ofendido. O pixie salvara sua vida naquela noite, na floresta.

Olhando para as próprias mãos, agora feridas apenas pelo trabalho com as varinhas, Hugo se lembrou da última frase que havia sublinhado nos Miseráveis: *Como trabalhar sem estragá-las. Quem quer conservar-se virtuoso não pode ter dó das próprias mãos.*

Será que ele deveria curar aquelas feridas com magia ou deixar que elas formassem calos, para que não se ferisse novamente, como Capí costumava fazer? Será que alguém o admiraria mais se tivesse as mãos calejadas como as do pixie?

Hugo olhou para Eimi, que estava sentado ali no canto, todo encolhidinho em sua cadeira, desanimado.

Nunca pensara que um dia sentiria falta do velho Eimi; o mineirinho chato que ficava idolatrando-o, perseguindo Hugo pela escola com aquele olhar de pura veneração, tagarelando sem parar sobre qualquer assunto idiota.

Pelo menos era muito melhor do que o Eimi que estava ali agora, sem vida, sem vontade. O menino pouco se impressionara com as Caititis; sentira-se até um pouco temeroso perto delas. Em outras circunstâncias, teria aberto aquele enorme sorriso dele, exclamando 'Óia que chique!'.

"Pensativo?"

Hugo se levantou às pressas.

Janaína estava linda, como sempre. Jovial, decidida. Nem parecia ter acabado de acordar. Como visitante, ela tinha a vantagem de poder andar por aí sem o uniforme, e isso fazia com que fosse sempre o alvo de todos os olhares do salão. Inclusive, dos dele.

Os outros Pixies pararam imediatamente de conversar para cumprimentarem a recém-chegada. Índio com um educado gesto de cabeça, Viny com um aceno exagerado e Caimana com um 'oi' bem mais amigável do que das outras vezes. Devia saber que a baiana já tinha escolhido seu dono, Hugo pensou, e não era o namorado loiro dela.

Capí se levantou para cumprimentá-la. "Bom dia, senhorita Brasileiro", disse, atencioso, tomando a mão da menina nas dele e oferecendo a ela seu lugar. "Eu já estava de saída mesmo. Pode ficar aqui ao lado do Hugo", ele completou, estranhando o semblante de Janaína. "Eu disse alguma coisa errada?"

"Ôxe, de jeito nenhum!" ela respondeu, maravilhada. "É que eu nunca ouvi ninguém falar um bom-dia assim, tão sincero, antes."

O pixie sorriu, despedindo-se dela com um gesto de cabeça e se voltando para os Pixies, *"Vocês tomam conta do Eimi por alguns instantes pra mim?"*

"Claro, véio, vai lá."

E Capí saiu para conversar com Rudji sobre alguma coisa do outro lado do salão. Enquanto isso, Janaína tomava seu lugar na mesa, lançando um olhar esperto em direção a Hugo, que fez questão de não amolecer. Estava mordido com toda aquela troca de gentilezas entre os dois. "Que história é essa de 'bom-dia sincero'?"

A caramuru endireitou-se na cadeira e respondeu sem pestanejar, "O que você pensa que está dizendo quando diz '*bom dia*' pra alguém?"

Hugo estranhou a pergunta e deu de ombros, "Sei lá! '*Oi*', acho."

"Pois é. Todos dizem 'bom dia' como se fosse 'oi', mas bom-dia não é oi. Bom-dia é Bom-dia, como em 'Tenha um bom dia', 'Eu te desejo um bom dia'. Foi isso que seu amigo me transmitiu ao dizer o bom-dia dele. Não um 'oi' idiota."

Eita, ela estava atacada.

Soltando-lhe um beijinho provocador, Janaína foi cumprimentar a mãe, que acabara de chegar ao refeitório. Hugo fez careta. Até naquilo Capí o superava?! No bom-dia?! Ela estava de sacanagem, né?

Pelo menos o pixie não parecia interessado nela. Capí que não tentasse empatar sua vida!

Adivinhando seus pensamentos, Caimana veio sussurrar em seu ouvido, *"Não se preocupe, Hugo. Ele nunca faria isso com você."*

"É, relaxa, Adendo!" Viny concordou, recostando-se folgado na cadeira. "O véio não quer nada com isso de namoro! Se quisesse, já teria todas aos pés dele."

Hugo olhou-o preocupado. "Você acha?"

"Aham... todinhas! Claro! Além de bom moço, o véio é um arraso, né! Dos jovens bonitos aqui nesta escola, ele só perde pro Beni e pro Abelardo, que, infelizmente, eu tenho que admitir, é quase um deus grego. Nada comparado com a irmã dele, claro", ele adicionou a tempo, dando uma piscadela para a namorada, que respondeu:

"Acho bom."

Viny sorriu. Adorava aqueles ciúmes que ela tinha do irmão, "Não se preocupe, moça, eu nunca ficaria com ele. Se há uma coisa que eu sei reconhecer, é um hétero. E o Abel é hétero. O Capí também, por sinal. Mas ele não se valoriza! Não vai atrás! Acho até que ele é virgem!"

"Viny!" Caimana bateu no namorado com o jornal do dia, e o loiro suspirou apaixonado, virando-se então para o Hugo, "Tu é virgem, Adendo?"

"Eu, não!" Hugo se defendeu no susto, e Caimana deu risada, "Relaxa, cabeção. Não precisa mentir pra gente. Você só tem 14 anos! Não tem problema nenhum você ser virgem! Muito pelo contrário. Eu teria ficado abismada se você não fosse."

"Eu não era, na idade dele."

"Eu não perguntei a sua opinião, Viny", ela rebateu, já bastante irritada com o namorado. "Hugo, presta atenção. O Capí tem quase 17 e não está com a mínima pressa. Ele nem pensa nisso. E você não deveria pensar também."

"Eu discordo", Viny provocou, e Caimana revirou os olhos, tentando ignorá-lo enquanto continuava, "Hugo, fazer essas coisas só para impressionar os outros é coisa de gente sem personalidade. Entendeu?"

Ele assentiu, sentindo-se um pouco humilhado com aquele assunto. Estava tão claro assim que ele era virgem?! Mas também, que culpa tinha ele, se a *mula* da Maria não quisera nada além de uns beijinhos? Nem ela, nem nenhuma das outras com quem ele já tinha ficado.

Caimana ainda estava falando. "O Capí, por exemplo. Quando ele escolher alguém, se é que já não escolheu, vai ser alguém que ele realmente ame. E vai ser muito mais gostoso e muito mais bonito do que se fosse com qualquer uma só para impressionar. Entende? Essas coisas a gente não pode decidir às tontas."

"Ele que não decida pela Janaína", Hugo rebateu, vendo que a baiana ainda olhava encantada para o pixie multiplicador de pães, do outro lado do salão.

Despedindo-se dos outros às pressas, Hugo foi atrás dela.

"Vem cá que eu quero te mostrar uma coisa", ele cochichou, pegando-a gentilmente pelo braço e guiando Janaína para fora do refeitório, em direção à escadaria espiralada da árvore central.

Janaína fitou-o curiosa, mas não fez perguntas. Apenas deixou-se levar enquanto subiam. Devia adorar um mistério.

Desviando-se de alguns apressadinhos que já se dirigiam a suas salas de aula, Hugo foi com ela até o quinto andar, seu coração palpitando aflito em antecipação, já imaginando eles dois sozinhos em sua caverna, como planejara a noite inteira.

Enxugando as mãos suadas nas laterais da calça, logo encontrou a única porta roxa da Korkovado e postou-se diante dela. Estava até com saudades de sua floresta particular, apesar de tudo que acontecera dentro dela no ano anterior.

"É aqui, é?" Janaína tocou a porta com curiosidade, e Hugo lançou-lhe um sorriso malandro. Pronto, ela já se esquecera por completo do príncipe do bom-dia. Agora bastava Hugo entrar primeiro, para que sua floresta aparecesse, e tudo estaria resolvido.

Respirando fundo, ele agachou-se e bateu três vezes em cada canto inferior da porta, que cedeu de imediato, deslizando para o lado.

"Que massa!!!" Janaína exclamou, fascinada com a porta secreta, e antes que Hugo houvesse terminado de se levantar, a baiana cruzou as grossas cortinas e entrou por conta própria.

"Ei!" Hugo reclamou, indo atrás dela, irritado, mas já era tarde. A ilusão da Sala Silenciosa se formava de acordo com quem entrasse primeiro, e, como não tinha sido ele... Nada de floresta.

Em vez dela, um imenso salão de festas europeu se abrira diante deles. Um salão de séculos atrás, lotado de gente grã-fina, dançando em conjunto aquelas danças coreografadas de antigamente, com troca ritmada de pares, roupas cheias de fru-frus, perucas brancas... Muito irado. A música era providenciada por uma orquestra de câmara posicionada à direita da pista de dança; uma orquestra de flautas, com a presença de um tipo de violão que Hugo nunca vira antes.

Desviando-se de algumas das pessoas, Hugo procurou Janaína e encontrou-a lá no meio, olhando fascinada para tudo à sua volta. Aquele incidente saíra melhor do que a encomenda. Ele iria se aproximar de Janaína e convidá-la para dançar.

Não fazia ideia de por que a sala se transformara naquilo para a menina, assim como também nunca havia descoberto a razão de sua floresta particular aparecer sempre para si, mas pouco importava. Era uma festa só para eles. Os outros dançando ali eram pura ilusão. Perfeito.

Hugo pegou a baiana pelas mãos. "Gostou?"

"Se eu gostei?! Tá de brincadeira, né?" Janaína riu, achando aquilo tudo fantástico. "Eles não podem nos ver?!"

Hugo sacudiu a cabeça em negativa, sorrindo safado. "Tudo que a gente fizer aqui dentro vai ficar em absoluto segredo."

"Mmmm... interessante, senhor Escarlate..." ela brincou, tomando suas mãos e começando a dançar com ele pelo salão, sem ter a mínima ideia de como era aquela coreografia, mas também, pouco se importando, apenas rindo à beça daquilo tudo – até porque os dois dançando eram engraçados. Nenhum sabia muito bem o que fazer, um pisando no pé do outro, esbarrando nas pessoas que giravam em volta deles... uma beleza, super-*romântico*.

Em meio àquela palhaçada toda, no entanto, Hugo começou a notar que algo de estranho estava acontecendo. Algumas pessoas haviam sido empurradas, outras tinham parado de dançar...

Ainda acompanhando o ritmo da música, ele girou com Janaína para tentar ver melhor, mas estava difícil, com tanta gente. Foi então que uma forte luz verde explodiu no meio da muvuca, provocando uma gritaria generalizada no salão, e todos se afastaram, chocados, formando um círculo em volta de alguma coisa que tombara no chão.

Hugo deixou Janaína de lado para tentar ver o que tinha acontecido. Espiando por entre as pernas das pessoas, logo conseguiu entrever, surpreso, um jovem ruivo caído lá no meio. Morto. Os olhos vidrados em susto.

Sentindo um aperto estranho no peito, Hugo fez um pouco mais de esforço e conseguiu passar pelas pessoas que se espremiam em volta do corpo. Finalmente se livrando delas, fitou o jovem com absoluto interesse e espanto. Não fazia ideia de que acontecimentos daquele nível podiam ocorrer na ilusão da Sala Silenciosa.

O morto devia ter uns vinte anos de idade, no máximo. Era ruivo, com sardas por todo o rosto, e trajava uma roupa de veludo azul que destoava totalmente das roupas de festa dos outros presentes. O jovem era um *intruso* ali. Um bruxo, em meio a azêmolas.

Observando aquele rapaz, pálido como a morte, Hugo começou a sentir uma falta de ar repentina... Um pânico totalmente inexplicável, já que aquele não era o primeiro morto que ele via na vida. Muito longe disso, na verdade. E era uma agonia tão pesada no peito... uma sensação tão bizarra de *déjà vu*, que ele foi obrigado desviar o rosto, voltando sua atenção para os curiosos à sua volta.

Será que o assassino estava escondido entre eles?

Voltando seu olhar para o centro, avistou a varinha verde do morto, jogada a dois metros do rapaz. E então se espantou, ao ver Janaína ajoelhada aos pés do morto, ... chorando! Ao lado dela, uma outra mulher fazia o mesmo. Desesperada e aos prantos, a jovem moça tocava o peito sem vida do marido enquanto sua outra mão abraçava sua imensa barriga de grávida. Coitada.

Mas Janaína estava chorando demais... Aquilo não era normal! Preocupado, Hugo ajoelhou-se a seu lado. "Que foi, menina?!"

"*Me tira daqui, Hugo... me tira daqui...*" ela murmurou trêmula, e ele obedeceu de imediato, ajudando sua caramuru a se levantar e guiando-a para longe dali. O tempo inteiro olhando para trás, para o corpo daquele jovem morto, assustado com o realismo daquilo tudo.

Ele nunca ia entender aquela sala.

CAPÍTULO 15

ACALANTO

Janaína havia sido afetada muito mais do que ele pela ilusão. Mesmo fora da sala, continuava chorando em seus braços, trêmula, traumatizada. Alunos passavam por eles no corredor, sem entender, mas bastava um olhar feio de Hugo para que os curiosos se apressavam em sair. Não queriam briga com o *esquentadinho* dos pixies.

Hugo olhou novamente para sua baiana, que não parava de tremer. "Calma, Janaína... calma... era só uma ilusão!" ele repetia, acalentando-a em seus braços, preocupado, enquanto ela soluçava. "É difícil mesmo ver alguém morto assim de tão perto..."

"Não é isso não!" ela retrucou, tentando enxugar as lágrimas na manga da jaqueta. "Eu senti como se eu tivesse perdido alguma coisa naquele lugar, entende?! Alguma coisa muito importante! Eu estava sentindo na pele a dor daquela mulher! Foi muito estranho!"

Hugo franziu a testa, também tentando entender. Ele sentira algo parecido olhando para o rapaz, mas não sabia se estava pronto para lhe confessar aquilo. Era coisa de maluco! E, de qualquer forma, estava irritado demais para pensar naquilo. Irritado porque aquele assassinato imbecil tinha arruinado seu programa com a baiana.

Não, não, não, aquilo não podia ficar assim.

Resoluto, Hugo enxugou as lágrimas da baiana, olhando-a nos olhos. "A gente vai entrar de novo."

"Como é?! Não!" ela exclamou, revoltada. "Você não vai me fazer voltar lá!"

"Janaína, a gente não vai voltar praquele salão. Eu te prometo", ele afirmou, confiante, segurando-a pelos ombros e olhando fundo em seus olhos. "Você confia em mim?"

Relutante, a baiana confirmou.

"Então vem comigo. Você vai gostar."

Batendo novamente nos cantos inferiores da porta, Hugo pegou-a pela mão e entrou primeiro. Só então, abriu a cortina para que Janaína visse a transformação que se sucedera.

"Seja bem-vinda à minha floresta particular", ele disse triunfante, vendo o rosto de sua baiana se iluminar diante da imensa floresta tropical que surgira, do nada, na sua frente. Todo seu desespero esquecido em menos de um segundo.

Hugo observou a baianinha, adorando aquele espanto lindo em seu rosto enquanto ela olhava deslumbrada para tudo: para as altas árvores, para as pequenas plantinhas no chão de terra, para os micos que vigiavam os dois intrusos... Por alguma razão, os animais sempre notavam a presença de visitantes na sala. Desde o cavalo Aloísio, na ilusão campestre de Maria, até os cachorros no Santa Marta pacificado de Gislene.

"E aí, gostou?" ele sorriu malandro, e ela respondeu com lágrimas de maravilhamento nos olhos, "Isso é muito massa, véi!"

Satisfeito, Hugo deixou que ela explorasse o lugar, passeando por entre as árvores e arbustos. "Só cuidado para não se perder por aqui. Depois não é tão fácil assim encontrar a porta."

Durante um semestre inteiro, Hugo usara aquela sala como local de venda de cocaína. Eram tantas memórias ruins… tantas, que ele se sentia quase estranho, querendo namorar ali. Mas era o lugar perfeito.

Ansioso, ele pegou a baiana pela mão e levou-a para conhecer sua gruta particular. Janaína arregalou os olhos assim que entrou na caverna, deslumbrada com a água cristalina do lago interno, que refletia sua luz no teto de pedra e no chão irregular aos seus pés.

Chão onde ele quase morrera de overdose.

Hugo estremeceu. Se não fosse por Gislene, teria morrido ali.

"Muito massa…" ela murmurou, tocando a água. "É de verdade?!"

Hugo meneou a cabeça. "A água é potável, se é isso que você quer saber. Eu só não sei se continua sendo água, dentro do nosso corpo, depois que a gente sai daqui."

"Como assim?"

"É que nada que a gente tira desta sala existe fora dela. Essa planta aqui, por exemplo", ele arrancou uma delicada plantinha que nascera entre as pedras, "… se eu tentar tirar ela da sala, ela vai sumir das minhas mãos assim que eu pisar lá fora."

"Massa!"

"E se a gente voltar pra cá amanhã, a planta vai estar aqui de novo, como se nunca tivesse sido arrancada."

Janaína ergueu a sobrancelha impressionada, e Hugo sorriu, "A ilusão muda de acordo com quem entra na sala primeiro. É muito legal", ele concluiu, empolgado, sentando-se junto a ela no chão de pedra enquanto Janaína passava os dedos pela superfície da água, encantada com a magia daquele lugar.

Gislene era genial. Não existia local mais romântico do que aquele. Hugo precisava lembrar de agradecê-la de novo quando a encontrasse na aula de Feitiços.

"Essa sala sempre se transforma em floresta pra você?"

"Aham…" Hugo murmurou a resposta.

Acariciando o braço da menina no mesmo ritmo em que ela acariciava a água, foi se aproximando mais… criando um certo clima… "Quando a Gi entra primeiro", ele disse baixinho, subindo sua mão para a nuca da jovem, "isso tudo aqui se transforma na comunidade onde ela mora… Só que no futuro."

"Como assim, no futuro?" Janaína perguntou, abrindo um leve sorriso em resposta aos avanços dele.

Hugo tomou isso como uma permissão para ir um pouco além, e começou a plantar pequenos beijos em seu ombro e pescoço enquanto respondia, "Ela mora no Dona Marta, e lá é muito perigoso…"

"É mesmo?"

"É sim… só que quando ela entra aqui, a sala se transforma em um Dona Marta pacificado… tipo como se fosse no futuro, sabe? Com policiamento… casas coloridas… elevador…"

"Massa...." ela murmurou, seus lábios tocando os dele em um beijo bem mais ousado do que o que ele recebera de sua Maria no ano anterior. Janaína não era ultra religiosa, como Maria. Janaína era... Hugo não sabia nem como descrevê-la em sua mente... ousada talvez... atrevida... destemida. Sim, ela era destemida, e seu beijo, quase agressivo, possessivo, adulto, era mais do que prova daquilo. Indomável, como ele.

E a cada minuto que passavam se beijando, Hugo morria um pouco mais de tanto desejo. Ele não estava mais se importando se perderia a primeira aula do dia... Areta que esperasse. Nunca se sentira trêmulo daquele jeito. Com Maria havia sido diferente. Com Maria havia sido um beijo quase casto.

Mas com Janaína não... Janaína estava quase pedindo mais. E Hugo deslizou suas mãos um pouco mais para baixo, levando um empurrão da baiana, que desatou o beijo antes que sua mão chegasse a lugares mais interessantes.

"Ei!" Hugo fitou-a confuso e Janaína sorriu, com um charme e uma malícia que eram de matar.

"Muito cedo", ela decretou, levantando-se e saindo da caverna sem dar qualquer outra satisfação ao pobre diabo que havia deixado para trás.

Hugo ficou lá, sentado na pedra fria, ofegante, o coração batendo forte em seu peito, tentando se recuperar física e moralmente daquele fora que acabara de levar. *"Filha da mãe..."* ele sussurrou, rindo da própria desgraça.

Era danada a baianinha.

Dando a si próprio mais alguns minutos de recuperação, levantou-se e saiu da sala silenciosa ainda um tanto trêmulo. Os corredores já estavam lotados de alunos, e ele tentou disfarçar seu estado deplorável o máximo que pôde enquanto descia para o dormitório. Precisava pegar seus cadernos e jogar uma água gelada no rosto.

Mas estava contente, apesar de tudo. Havia chegado onde nunca pensara que chegaria com ela em tão pouco tempo. Com Maria havia levado meses!

Ah... Janaína só estava fazendo doce com aquele empurrão. Logo aceitaria ir um pouco além.

Pena que a caramuru não fazia mais nenhuma aula com ele naquele dia. Hugo só a veria agora no almoço... Se aguentasse até lá.

"Independência ou morte!!!!"

"Bom dia pro senhor também, Imperador."

Dom Pedro I franziu a testa, espantado com tamanha simpatia, e Hugo apressou-se para o quarto. Pegando sua mochila, zuniu em direção à aula de Feitiços, sentando-se, cheio de si, ao lado de Gislene, que perguntou ansiosa, "E aí, como foi?"

Hugo apenas sorriu malandro, e Gi arregalou os olhos, "Bom assim, é?"

Quando ele já estava prestes a confirmar, Janaína entrou pela porta da sala, surpreendendo os dois, e Hugo levantou-se, espantado, vendo a baiana andar em sua direção e sentar-se ao seu lado.

Sem olhar para ele, ela disse apenas "Mudei meus horários."

E Hugo sorriu, todo bobo. Antes que pudesse explodir de contentamento, no entanto, Areta entrou na sala e estragou tudo, "Encontrou sua *Josephine*, Napoleão?"

Hugo fechou a cara, mas Janaína morreu de rir a seu lado. "Areta pega no teu pé mesmo, hein!"

"Você nem imagina o quanto..." ele disse entre dentes, recebendo um cafuné da baiana, que o acalmou de imediato. Reclinando seu pescoço para receber melhor o mimo, Hugo logo se esqueceu daquela professora irritante. Nada tiraria seu bom humor naquele dia; nem a Capeta intrometida, nem os Anjos fazendo piadinhas recalcadas pelos corredores depois da aula de Feitiços.

Por que se irritaria com aquilo, se era prova cabal da inveja que Hugo estava causando neles?! Ele estava era adorando!

Como prêmio por seu bom comportamento contra as provocações, Janaína o acompanhou nas outras duas aulas do período da manhã e, depois, ainda almoçou a seu lado, contando-lhe sobre seus pais, sobre sua rotina em Salvador, sobre os livros que estava lendo... Hugo, claro, não deixou por menos, despejando citações e mais citações de Victor Hugo e outros autores que havia lido durante as férias. Grande pavão exibido que ele era.

Ainda mais agora, que Janaína demonstrara gostar de pessoas estudiosas.

Ponto para ele.

À tarde, a caramuru acompanhou-o novamente nas aulas do segundo ano. Depois recuperaria o tempo perdido, se é que aquilo podia constar como tempo perdido: ela fazia as perguntas mais geniais, desconcertando os professores com a complexidade de seu raciocínio, obrigando-os a aumentar o nível da aula com suas respostas. E, enquanto eles se desdobravam em mil para respondê-la, Hugo ficava ali, só babando.

Ao final da aula de Defesa, Atlas foi congratulá-lo por sua conquista.

Hugo fitou-o preocupado. O professor parecia abatido, após ter sido lembrado da morte do filho na noite anterior, mas ia ficar bem, ele garantiu. O importante era ver que Hugo estava contente.

E como estava! Tudo melhorava ainda mais quando ele via Gueco se mordendo de raiva pelos cantos. O anjo olhava feio sempre que via os dois. Principalmente quando Janaína passava por ele fazendo sua imitação perfeita da empáfia dos irmãos Lacerda.

"Ó, meu pai é isso... meu pai é aquilo... mimimi..."

"Você não sabe com quem está se metendo, menina."

"Ah, vai amolar outro, vai!" Hugo dispensou o anjo, rindo e levando Janaína para outro canto.

Enquanto isso, a busca por alunos semianalfabetos prosseguia. Entre uma aula e outra, Hugo, Gislene, Rafinha e Janaína se infiltravam nas aulas de primeiro ano e ficavam observando os novatos, tentando encontrar alguém que não anotasse nada no caderno. O grande problema era que muitos alunos não anotavam por preguiça, não por desconhecimento da língua portuguesa. Distinguir uns dos outros era impossível, ainda mais sem a ajuda de Capí, que estava ocupado demais preparando a primeira aula secreta de português do ano.

O pixie escolhera o único horário disponível em sua ocupada agenda de professor: sete da noite. Era a hora do jantar mas, quando a hora chegou, estavam todos lá para assistir. Tanto os alunos, quanto os ajudantes. Todos menos Janaína, que recebera um chamado da mãe.

Perfeito. Melhor que ela ficasse longe do Capí. Até porque a aula corria o risco de ser incrível. E foi mesmo, apesar do nítido cansaço do professor. Capí deixara seus alunos soltos para que perguntassem o que quisessem e os novatos entraram em êxtase, dando sugestões e mais sugestões de palavras, que o pixie ia imediatamente escrevendo no quadro improvisado.

Uma vez escritas, Gislene, Hugo e Rafinha ajudavam os novatos a copiarem aquelas mesmas palavras em seus cadernos: carro, caminhão, varinha, coruja, bruxaria, comida, gato, cachorro, peixe, pescador, rede, anzol, minhoca, charrete, cavalo, ilha…

Enzo era o que mais perguntava. A timidez do início do dia dera lugar ao endiabrado aprendiz mais uma vez, e ele estava impossível, perguntando, copiando, fazendo comentários nem sempre simpáticos… Mas Capí sabia levar bem as insolências do jovem pescador. Não era a primeira vez que o pixie tinha um aluno assim, cheio de mecanismos de defesa.

Depois de mais uma resposta atrevida do garoto, Capí sorriu, lançando um olhar significativo para Hugo, do tipo 'você não era muito diferente', e Hugo riu. Não era mesmo. Não que ele alguma vez houvesse dado trabalho ao pixie durante suas aulas de Mundo Animal no ano anterior, mas fora delas… Vixe!

Quanto aos outros novatos, eles eram das mais variadas origens: mineiros, paulistas, cariocas, capixabas… crianças de rua, filhos de pescadores, de caminhoneiros, de faxineiras… alguns até vinham frequentando a escola azêmola há anos, mas nunca haviam conseguido aprender a escrever mais do que seus próprios nomes. Uns por dificuldades de aprendizagem, outros por trabalharem tanto que não tinham nem tempo nem cabeça para estudar, ou então por falta de livros, de material, de estímulo… às vezes até por falta de comida mesmo.

Agora não. Agora eles teriam tudo aquilo: cama, comida, conforto, tempo e estímulo. Estímulo de sobra. Capí não deixaria isso faltar.

Dos ex-alunos do pixie, muitos tinham retornado para ajudar. Eram jovens que agora estavam na segunda série, na terceira série… na quarta… na quinta… alguns até mais velhos que o pixie, mas que, anos atrás, haviam chegado sem saber escrever absolutamente nada.

E Rafinha, claro. Para ele, Capí era quase um deus.

Já Xeila, não aparecera mais na escola. Hugo sentiu seu peito apertar, pensando nela. Sabia que sua cocaína tivera uma grande parcela de culpa naquela desistência. Mais uma para a conta de vidas estragadas por ele…

"Bom, então é isso por hoje, gente", Capí olhou com carinho para seus pequenos alunos, dando a aula por encerrada. "Gostaram?"

Todos disseram que sim, empolgados, guardando seus cadernos na mochila com um capricho que era difícil de encontrar em alunos mais velhos.

"Posso dar uma dica pra vocês? Tentem verificar, nas suas turmas, quem são os alunos que mais copiam o que os professores dizem, e peçam o caderno deles emprestado. Digam que não conseguiram copiar tudo e que gostariam do caderno para passar o resto a limpo. Daí, vocês sentem juntos na biblioteca e tentem copiar exatamente o que estiver escrito neles. Assim, quando vocês começarem a entender as palavras, já vão ter por onde estudar."

Todos assentiram, seus olhinhos brilhando de empolgação, ávidos por aprender tudo que pudessem, e Capí concluiu, "É a primeira missão de vocês", dando uma piscadela para a turma e dispensando-os.

Já passava das oito e meia da noite, e o pixie estava exausto. Eram preocupações demais na cabeça de um jovem só.

"Senta aí, Ítalo, a gente arruma a sala", Gislene sugeriu, praticamente forçando o pixie a obedecer.

Enquanto isso, Hugo olhava à sua volta, para aquelas pilhas e mais pilhas de cadeiras e mesas quebradas que lotavam o depósito. Por ali, já haviam passado dezenas de alunos, desesperados e tímidos demais para pedirem ajuda... E Hugo ficou imaginando como o pixie conseguira transformar um lugar cheio de coisas quebradas e abandonadas, em um lugar onde se consertavam crianças quebradas e abandonadas. Capí era um carpinteiro habilidoso. Incansável. E Hugo sabia reconhecer beleza em alguém, mesmo que não a visse em si próprio.

Enquanto ele e Gislene alinhavam as carteiras com feitiços de esquadrinhamento, os outros Pixies resolveram aparecer.

"Chegaram cedo, hein?" Capí brincou, esgotado demais para se levantar, mas infinitamente alegre.

"Eita... esses pirralhos te animam, né, véio?" Viny disse, indo abraçar o amigo com força. "É muito bom te ver assim, sabia?"

Capí sorriu, agradecido.

"*Ôxe*, desgrudou da baianinha, *foi*?!" Viny imitou o sotaque baiano, e Hugo deu risada. "Pois é. Ela teve que ajudar a mãe na pesquisa."

"Mãe inteligente a dela, viu? Eu conversei com a senhora Brasileiro ontem. Um cérebro em forma de gente."

"Desculpe o atraso, Capí", Índio se aproximou, sério como sempre. "A gente tava esperando a Caimana sair da sala de Segredos da Mente."

"*Você acredita em transmimento de pensação?*" Viny brincou, sentando-se em uma das mesas que eles haviam acabado de arrumar, e Gislene o expulsou dali, irritada, "Segredos da Mente?! Isso não é aula de sexto ano?"

Hugo respondeu por eles, "Invasão estratégica."

"É isso aí, Adendinho-querido-do-meu-coração." Viny apoiou um braço folgado nos ombros de Gislene. "Pra que ficar limitado às aulas do nosso ano se a gente pode fazer também as do ano seguinte? Até porque, as matérias do nosso ano a gente já assistiu no ano passado", ele abriu um sorrisão, e Capí sorriu.

"E o que a Cai ficou fazendo lá até essa hora?"

A elfa desviou o rosto, incomodada, e Viny explicou, "Pois é, então, a gente tava lá assistindo o professor ler a mente dos alunos da frente, até que *pumba*! ... ele apontou direto pra Cai e falou: *Aquela ali... tem talento...*" Viny imitou a voz prolongada e misteriosa do professor. "*Fique aqui... depois da aula, Srta... Ipanema.*"

"E..."

Viny deu de ombros, "E foi isso. A Cai ficou na sala depois da aula, a gente esperou uma eternidade no corredor até ela sair, e pensa que ela nos recompensou com alguma informação sobre o que foi dito entre eles?! Não. Ela deixou a gente na curiosidade e veio pra cá."

Caimana continuava fitando o chão, incomodada. Diante do questionamento silencioso no olhar de todos, no entanto, viu-se forçada a responder, e murmurou, *Ele disse que eu sou telepata.*"

"Telepata?!" Viny levantou-se admirado. "E tu fala como se fosse nada?!"

"Mas é exatamente o que isso é, Viny! Nada! É claro que eu não sou telepata."

Capí olhou-a com carinho, "Eu já vi inúmeras provas do contrário."

"Eu também." Hugo concordou, lembrando-se das tantas vezes que ela respondera suas dúvidas antes dele perguntá-las.

"Que nada, gente..." Caimana negou, se mexendo, desconfortável, na cadeira. "Eu não confio muito nesses professores não."

Viny parecia confiar. Estava pulando pela sala de tanta empolgação, "Cai... pensa bem! Esse pode ser o teu dom! A Dalila vai ter que engolir tudo que ela disse pra você no Dia da Família! Ha!" ele riu, mas logo uma ruga de preocupação surgiu em sua testa, "Se bem que..."

"Me surpreende o seu entusiasmo, Viny", Índio completou, sabendo exatamente o que o loiro começara a pensar. "Eu não tenho tanta certeza assim de que ela gostaria de ler seus pensamentos."

"Que é isso... Eu sou um santo!" Viny sorriu brincalhão, mas estava nítido para Hugo que aquela piadinha era apenas disfarce. O loiro ficara preocupado. Alguma coisa muito séria ele escondia dela, e não eram outras amantes, porque dos amantes Caimana sabia; ele fazia questão de não escondê-los dela. Mas que Viny ficara com medo que ela lesse sua mente, isso ficara.

Vendo o conflito no rosto do namorado, Caimana tentou aliviar, "Bom, de qualquer forma, mesmo que eu seja telepata, o que eu acho não só pouco provável como também indesejável, nada aconteceu até agora de muito significativo."

"Pelo menos, melhor do que a tua mãe tu é", Viny comentou.

"Ah, isso sim."

Capí suspirou, incomodado. "Deem um desconto à Dalila... Ela é só uma frustrada."

"Ah, véio, vai começar a defender a megera também é? Já não basta defender o filho almofadinha dela?!"

"Pensa bem, Viny. Tenta ver o lado dela. O que você faria se você fosse o único sem poderes na sua família?"

Hugo fitou o pixie, surpreso. Dalila não tinha um dom?!

"Eu conheço muito bem esse tipo de frustração", Capí prosseguiu. "Vivi com um frustrado em casa minha vida inteira."

"Isso não é nem de longe o mesmo caso do teu pai, véio. Ela é uma bruxa! Ela tem todos os poderes de bruxa! O que mais ela poderia querer?!"

"Os dons de uma elfa, Viny! Como o resto da família dela."

"Ela detesta elfos."

"Isso é o que ela diz. Pra mim, as críticas que ela faz à cultura élfica são pura negação. Uma forma que ela encontrou de convencer a si mesma de que ter dons élficos não é importante."

"Engraçado. E eu achando que EU era a telepata do grupo", Caimana alfinetou irritada, levantando-se e indo embora. Viny foi atrás, tentar acalmá-la.

Não era a primeira vez que Caimana se irritava com o excesso de diplomacia do Capí. Ela simplesmente não queria ouvir falar que sua mãe tinha sentimentos. Aquilo estava completamente fora de cogitação. Dalila era uma cobra, e toda vez que Capí dizia o contrário, a pixie tinha vontade de jogar uma prancha em cima dele.

Agora Hugo entendia tudo... Por isso Caimana tinha tanto medo de não descobrir seu dom. Se sua própria mãe não tinha poderes, o que garantiria que ela os tivesse?

"Gi, você me ajuda com o planejamento da aula de amanhã?" Capí pediu, esfregando o rosto de tanto cansaço, e Gislene assentiu com prazer.

Enquanto a menina espalhava folhas em branco na mesa maior para que pudessem começar a planejar, Capí se aproximou dele.

"Hugo, eu tenho uma missão pra você."

CAPÍTULO 16
MOBILIS IN MOBILI

Hugo entrou na sala de Defesa Pessoal e viu Atlas empoleirado no enorme relógio de fundo, tentando consertá-lo em meio à bagunça costumeira de sua sala de aula: pergaminhos espalhados por todo o chão, livros abertos pelos cantos, mapas amassados próximos ao rodapé... Normal. Em seu ombro direito, o pequeno sagui segurava para ele uma das ferramentas. Muito prestativo, o bichinho.

"Professor, posso entrar?"

Compenetrado no conserto, Atlas respondeu sem olhar para trás, "Eu amo esse relógio, mas ele tem um grande defeito."

"Qual?"

"Foi feito no Brasil."

Hugo franziu o cenho, levemente ofendido. "E qual é o problema dele ter sido feito no Brasil?!"

"Ele para de funcionar em feriados."

Hugo deu risada. De fato, o relógio estava um dia atrasado. Provavelmente parara para descansar no Dia da Família e, logo depois, voltara a funcionar.

"Natal, dia dos Reis Bruxos, dia dos namorados, feriado das fogueiras... Todo ano eu perco a conta de quantas vezes eu tenho que ajeitar essa belezinha", ele disse entre dentes, fazendo um esforço considerável para puxar o grande ponteiro dos dias para baixo.

Exatamente um dia para baixo.

Hugo sempre se impressionava com aquele relógio. Inteiramente de vidro e mármore, com ponteiros em metal e madeira, contava tanto as horas do dia, quanto os dias do ano. E conseguia ser maior que o professor.

Hugo olhou para baixo e estranhou a nova frase rabiscada em sua mesa autoajuda: *Não mexa no que não é seu.*

"*Eu não mexi em nada, sua enxerida. Do que tu tá falando?!*" ele murmurou para a mesa, chutando-a e recebendo um chute doloroso de volta.

Só então Hugo percebeu: o armário do lado esquerdo do professor estava aberto.

Aquele armário, que *nunca* estava aberto.

Hugo sentiu seu coração acelerar. Sempre quisera saber o que diabos o professor escondia ali dentro para mantê-lo sempre trancado. Agora, ali estava ele... com suas portas escancaradas... uma sacola enorme de ferramentas impedindo-o de se fechar.

Lá na frente, o professor limpava as mãos no colete. "A que devo a honra de tua visita, guri?" perguntou, deixando-se cair do relógio bem em cima de um tapete voador, que se abrira para ampará-lo.

Deslizando para baixo, Atlas pousou no piso de madeira e deu um tapinha de agradecimento no tapete, "Obrigado, Aladin."

Estremecendo de alegria, Aladin se enrolou inteirinho, indo esconder-se no canto da sala, onde era seu lugar.

Hugo aproximou-se para responder ao professor, mas principalmente para dar uma olhada melhor no armário, que permanecia aberto. Uma olhada bem discreta. "O Capí me pediu pra falar com você sobre uma coisa aí."

"Opa, pode dizer! Tudo que vem do meu guri é bem-vindo."

... havia vários objetos ali dentro... pergaminhos, mapas, algumas bugigangas que Hugo tinha que ver de perto... "É que o Capí vem dando aulas de português para os novatos analfabetos há uns oito anos já, e..."

"Como é que é?! Mas que diabinho!" Atlas riu, achando aquilo o máximo. "Como o guri me esconde uma coisa dessas?!"

"Então você realmente não sabia?! Eu não acreditei quando ele me disse."

"Se há uma coisa que tu tens que aprender sobre nosso Capí é que ele é mestre em guardar segredos", Atlas sorriu orgulhoso. "Mas acho que tu já sabias disso."

"Ele disse que você é o único professor em quem ele confia plenamente."

"Fico lisonjeado."

Caminhando até o tal armário, Atlas tirou de lá uma vassoura, que começou a usar para varrer a sujeira que fizera no chão.

Hugo estranhou. "Por que você não encanta a vassoura?"

"Ah... eu não me meto a encantar vassouras. Elas não são confiáveis. Saem do controle com muita facilidade."

"Mas a gente voa nelas!"

"Só servem para voar mesmo. Conselho de amigo, guri: nunca te metas a encantar uma vassoura. Elas se apegam ao encanto feito bezerro mamão. Até os mequetrefes sabem disso."

Hugo assentiu, anotando a informação em seu arquivo mental.

"Mas me diz, o que o guri quer de mim?"

"A gente passou as férias tentando identificar todos os novatos analfabetos e semianalfabetos, mas o Capí acha que pode ter deixado passar alguns. Como a sua primeira aula com os novatos é amanhã, ele estava pensando se você não poderia pedir que eles escrevessem uma redação em sala de aula."

Atlas meneou a cabeça, desconfortável. "Não é a melhor estratégia para ganhar a simpatia de uma turma, mas... é por um motivo nobre." Com ternura nos olhos, o professor completou, "Eu já imaginava que o meu guri devia estar fazendo as travessuras dele..."

Hugo olhou para o relógio. "Ainda tá parado."

"Eu sei", Atlas fez careta. "Vou ter que pegar uma outra ferramenta no trailer. Tu te importas de ficar aqui tomando conta de tudo enquanto eu vou buscar?"

"De jeito nenhum, professor", Hugo respondeu depressa. Depressa demais. "Vai tranquilo!"

"Eu posso deixar o Quixote aqui, se tu quiseres companhia", o professor sugeriu, deixando que o sagui roesse suas unhas. Entendendo o teor da conversa, no entanto, Quixote olhou feio para o visitante, mostrando-lhe os dentes, e Hugo se afastou, incerto. "Acho que o teu macaquinho não vai com a minha cara."

Atlas meneou a cabeça, desistindo da ideia, e sacou sua varinha, chamando para si a bolsa de ferramentas que estivera mantendo o armário aberto. A bolsa voou até ele, mas a porta do armário não se fechou.

Ansiedade aumentando, Hugo se despediu do professor, esperando que Atlas se afastasse bastante da sala para, só então, investigar o dito-cujo.

Aproximando-se devagar, passo a passo, como quem aproxima a mão de uma mosca, Hugo espantou a miniatura de 14-Bis que teimara em ficar se chocando contra sua cabeça e deu mais um passo, depois outro, até chegar bem próximo de sua vítima.

Lá estava ele, grande, aberto... as inscrições *Mobilis in Mobili* quase brilhando no topo...

Sentindo seu coração disparar ao perceber que o armário havia notado sua presença, Hugo correu para impedir que o desgraçado se fechasse, enfiando a mão por entre as portas no último segundo.

"Te peguei!" ele disse entre dentes, fazendo um esforço monumental para manter as portas abertas enquanto bisbilhotava lá dentro, mas o armário era forte demais e, se Hugo não saísse dali depressa, só sobraria caquinho de Hugo.

Segurando uma das portas com ambas as mãos e a outra com as pernas, ele passou os olhos rapidamente pelas bugigangas guardadas ali: bússolas, astrolábios, mapeamentos da Amazônia, amuletos indígenas... Até que algo em especial chamou sua atenção: uma lâmpada persa.

Hugo deu risada, não acreditando na própria sorte. Uma lâmpada mágica? Será?! Daquelas com Gênio e tudo?!

Suando demais pelo esforço gigantesco que estava fazendo, Hugo percebeu que não conseguiria manter aquelas portas abertas por muito mais tempo. Precisaria agir depressa. Tirando uma das mãos da porta, pegou a lâmpada e se impulsionou para fora dali antes que o armário o partisse ao meio. As portas se fecharam com um estrondo assim que ele conseguiu sair.

Recostando-se no armário fechado para recuperar o fôlego, Hugo analisou a lâmpada em suas mãos. Era bem parecida com a do Aladim mesmo: de metal dourado, com um bico fino de um lado e uma alça em formato de calda de escorpião do outro, com uma tampinha arredondada em cima. Basicamente uma chaleira dourada.

Segurando a lâmpada em uma das mãos, ele esfregou-a ansioso, mas nenhum gênio apareceu, e Hugo bufou decepcionado.

Também, o que ele esperava? Se houvesse mesmo um gênio ali dentro, Atlas já teria usado seus serviços há muito tempo para voltar dois anos no passado e salvar a vida do filho.

Mas Hugo não desistiria tão fácil. Apoiando a lâmpada na cômoda ao lado do armário, abriu a tampinha do topo e perguntou, quase de brincadeira, "Eu ganho um desejo?"

"*Vai sonhando, pirralho*", uma voz diminuta respondeu lá de dentro, e Hugo caiu para trás de susto.

Espantando, levantou-se depressa e olhou para dentro da chaleira com as mãos trêmulas, vendo um geniozinho ali dentro, em meio à fumaça. Um geniozinho negro, magrelo, perneta, vestindo uma tanga vermelha e levando um cachimbinho na boca.

"Peraí!" Hugo riu, não acreditando no que estava vendo. "Você é o Saci, não é?!" ele perguntou, achando o máximo ver aquele serzinho ali dentro.

"*Saci?!*" o geniozinho fechou a cara, irritado, mas teve uma crise de tosse antes que pudesse rebater a afirmação. Resultado de toda a fumaça de cachimbo que poluía seu pequeno ambiente. Quem mandava ficar fumando ali dentro?!

Tentando recuperar o fôlego, o pequenino resmungou irritado. "Escuta aqui, *colega*, eu tenho nome, viu?!" e tossiu mais uma vez. "Eu sou um saci. Não o Saci, morô? Ou tu gostaria de ser chamado de 'ser humano' o tempo todo?"

"Tá certo, tá certo…" Hugo deu risada, ainda sem conseguir acreditar. "Se o seu nome não é saci, qual é então? Pererê?

"Ih, tá por fora! O Pererê é um bobalhão risonho que passa a maior parte do tempo lá num sítio idiota com umas crianças insuportáveis! Eu não! Eu nunca faria isso, mas tem saci de tudo que é jeito por aí. Tem saci bobão, como ele, e saci esperto, como esse que vos fala. E saci sábio, como alguns que ficam escondidos nas florestas. Tem saci preto, tipo eu, tem saci índio, saci roxo, saci meio esbranquiçado… Branco mesmo eu nunca vi não, mas deve ter. Tem saci alto, saci baixinho… Eu tenho mais ou menos a sua altura, no meu tamanho normal. Um pouco menorzinho só, mas quase igual." O saci analisou-o melhor, "É… quase igual", e então estendeu sua mãozinha para cima, "Eu me chamo Peteca."

Hugo riu. Apropriado, para alguém que não parava de quicar.

"Qual é a graça?"

"Nada não."

"Quer parar de rir?" o saci resmungou. "Não esculacha, pô!"

"Tá bom, tá bom", Hugo tentou parar, estendendo seu dedo mindinho para que o saci apertasse, "Prazer, Peteca. Eu sou o Hugo. Hugo Escarlate."

"Nome maneiro, ae!" o saci exclamou admirado. "Taí, gostei de você. Vem cá, tu não quer me tirar daqui não?"

"Mmm…." Hugo fez mistério, "…sei não… o que eu ganharia em troca?"

"Pô, qualé! Alivia aí, vai! Eu já tô aqui preso nesse troço faz um século!"

"Sei", Hugo deu risada. "Tu tá sabendo gíria demais pra estar preso aí há um século."

"Eu posso ter exagerado um pouquinho."

"Há quanto tempo tu tá aí, de verdade?"

"Onze meses e duas semanas."

"Ah, nem é tanto assim."

Peteca fechou a cara. "Tá de brincadeira comigo, né?" e Hugo riu.

"Poxa, colega! Eu não aguento mais ficar espremido nessa chaleira! Me tira daqui, vai!"

"Por que eu deveria?"

"Eu posso te ajudar!"

"Eu não preciso de ajuda", Hugo declarou, fechando a tampa só de sacanagem, apenas para ouvir o sacizinho berrando e espernenado lá dentro.

"*Cedo ou tarde você vai precisar! Não faz isso comigo, colega! Por favor! Se tu me ajudar agora, eu vou te ajudar pra sempre! Promessa de saci! Eu tenho muito poder, tá ligado?!*"

Hugo abriu a tampa novamente. "Se tu tem tanto poder assim, por que tu precisa da minha ajuda?"

"Traz pra mim a minha carapuça, que o homem mau roubou de mim, que eu te mostro do que eu sou capaz."

"Então teu poder tá na carapuça?"

Peteca confirmou, balançando a cabeça, ansioso.

"Tá certo, eu vou te ajudar."

O saci abriu um sorriso gigante, voltando a pular sem parar. "Valeu, colega!" e Hugo se afastou um pouco, passando os olhos pela sala à procura de uma espécie de chapéu. "Como ela é?"

"Tá falando sério que tu não sabe?"

"Vermelha e triangularzinha?"

Peteca sorriu malandro, e Hugo pensou um pouco, lembrando-se vagamente de já ter visto algo parecido em algum lugar naquela sala.

Indo até o estande de chapéus do professor, procurou por entre as diversas boinas e cartolas estilizadas que Atlas colecionava, mas nada de carapuça.

"Encontrou?!"

"Ainda não. Calma aí."

Cavucando a memória, Hugo tentou se lembrar quais outros lugares daquela sala ele já havia xeretado no ano anterior, e então a imagem surgiu muito clara em sua mente: um gorrinho vermelho, jogado no fundo de uma gaveta, junto a uma pequena varinha quebrada.

Hugo correu para a mesa do professor e abriu a gaveta da direita.

Lá estava a carapuça, junto à varinhazinha azul, partida ao meio, como naquele primeiro dia. A varinha do pequeno Damus...

Hugo tocou-a com carinho, pensando no menino. Que irresponsável dava uma varinha de verdade para uma criança de 5 anos brincar?

Deixando-a de lado, sentiu um arrepio ao pegar a carapuça.

Então era dali que o saci tirava todo seu poder...

Espiando a porta para assegurar-se de que ninguém o veria, Hugo já estava prestes a colocar a carapuça na própria cabeça quando ouviu a voz chatinha do saci, vinda da chaleira, *"Eu não faria isso, se fosse você."*

Parando com a carapuça a meio centímetro da própria cabeça, Hugo olhou para a lâmpada persa e viu o sacizinho debruçado sobre a borda, assistindo-o com o queixo apoiado nas mãos, como quem assiste a um evento curioso pela janela.

Ignorando-o, Hugo voltou a tentar vestir o chapeuzinho e foi novamente interrompido. "Nem adianta, coleguinha. A não ser que tu seja um saci disfarçado!" Peteca deu risada, achando graça de sua insistência, mas Hugo vestiu a carapuça mesmo assim e...

Nada aconteceu. Nadinha. Nem aquela sensação gostosa de poder que sentira ao tocar sua varinha pela primeira vez.

"Viu? Eu disse", Peteca riu. "Até que tu ficou engraçado de carapuça. Agora me dá, vai" ele estendeu os braços lá de longe, como criança pidona.

Frustrado, Hugo tirou o treco da cabeça e voltou para a cômoda onde a lâmpada estava. Antes de entregá-lo ao saci, no entanto, fez uma pausa, olhando incerto para o gorrinho. Será que deveria?

O danadinho até que era simpático, mas não a ponto de Hugo arriscar devolver-lhe a carapuça sem saber por que ele havia sido trancafiado naquela lâmpada. Por outro lado, se o saci era tão poderoso quanto declarava ser, seria interessante tê-lo como aliado. Afinal, Hugo conseguira arrancar do espertinho uma promessa, e promessas de saci deviam ser poderosas...

Enquanto isso, Peteca permanecia com os braços estendidos no ar, esperando ansioso por seu chapeuzinho, e Hugo finalmente estendeu a carapuça em sua direção, não sem antes retirá-la de seu alcance novamente.

"Ah, qualé!!"

"Você promete mesmo que vai me ajudar sempre que eu precisar de ajuda?"

Peteca trocou olhares com ele por um longo tempo antes de confirmar, "Prometo. Palavra de saci", e então sacudiu os braços, tentando alcançar o chapeuzinho. "Agora dá a minha carapuça que o homem mau roubou, vai!"

"Homem mau? Esse homem mau seria o Atlas?"

"É! Esse aí!"

"Então você deve ter merecido", ele retraiu a carapuça quando o saci estava prestes a pegá-la.

"Ei! Isso é *bullying*!"

Hugo deu risada, prolongando aquele momento o quanto podia, só de sacanagem. "Vem cá, se tu tem tanto poder assim, por que tu não faz crescer uma segunda perna aí?"

Naquele momento, Atlas entrou distraído na sala, analisando a ferramenta que havia ido buscar. "Guri, esqueci de te pedir para não tocar na..."

No susto, Hugo se virou para o professor, escondendo a carapuça por detrás das costas, e o saci aproveitou sua distração para saltar, com tudo, em cima dela. Sentindo o peso do geniozinho em suas mãos, Hugo largou a carapuça, espantado, e se virou a tempo de ver Peteca se cobrir inteiro nela, girando no ar e dando um espirro, que o fez esticar a seu tamanho normal, já com a carapuça na cabeça. Pousou, então, com as três patas no chão, como um felino pronto para o ataque, seus olhos completamente negros, sem qualquer branco em volta. Assustador.

Hugo fitou-o sem reação. O saci tinha uma textura de pele fora do normal, que o distanciava de um ser humano e o aproximava de um monstro de terra escurecida. Terra e musgo negro.

Saltando no peito de Hugo feito um gato, Peteca segurou-o pelo rosto com ambas as mãos, sem que o garoto tivesse tempo de reagir, e aproximou seu rosto do dele, mostrando seus dentes animalescos em um sorriso malicioso, "Quem precisa de duas pernas?"

Despedindo-se com uma piscadela, o saci tomou impulso em seu peito, transformando-se em um poderoso redemoinho, que saiu pela sala derrubando de propósito metade dos objetos do ambiente, destruindo tudo, espalhando folhas, quebrando vidros, jogando relógios pelos ares... Hugo e Atlas se abaixaram para se proteger dos objetos que eram lançados contra eles, e o saci reapareceu na frente do professor, que sacou sua varinha, mas não teve tempo de fazer muita coisa.

Percebendo o ataque iminente, Peteca mostrou os dentes em um *hiss* raivoso e derrubou Atlas com um salto, usando-o como trampolim para a saída, que alcançou em segundos, dando mortais e piruetas em direção ao corredor e desaparecendo pela porta com a varinha do professor, que ele afanara durante a queda.

"Filho da mãe!" Atlas socou o chão irritado, limpando sangue do nariz.

Hugo ergueu as sobrancelhas, espantado. Definitivamente, o saci não precisava de uma segunda perna. Havia se movido tão depressa que Hugo não vira nem metade do que o pequeno demônio tinha feito.

Percebendo, com muitos segundos de atraso, que deveria ter corrido atrás do ladrãozinho, se apressou em direção à porta.

"Não adianta, Hugo, ele já foi", Atlas levantou-se com a mão no estômago. "… E levou minha varinha de novo. Aghhh!"

"De novo?!"

"É, de novo", o professor respondeu, puto da vida. Tremendo de raiva. "Aquele demoniozinho me paga."

"Ele já não pagou demais não? Um ano inteiro preso naquela joça?"

Atlas fitou o aluno com aquele olhar de 'não me teste'. Não estava no humor ideal para uma discussão daquelas. Andava de um lado para o outro, furioso, e Hugo se recolheu a um canto, já esperando a reprimenda que certamente viria.

O professor permaneceu em silêncio por alguns minutos, caminhando pelos destroços de sua sala, até que apoiou as mãos na mesa, procurando se acalmar. "Não foi tua culpa. Tu não tinhas como saber."

Hugo fechou os olhos, aliviado, e Atlas deu uma leve risada. "Se bem que, se eu tivesse te avisado, tu terias ido direto para a lâmpada, né, guri?"

Hugo sorriu. Aquela era a mais pura verdade. "E agora, professor? Como você vai recuperar a sua varinha?"

"Eu já fiquei um mês inteiro sem ela por causa desse diabinho, no passado. Não tem problema. Logo ele se cansa dela. É inofensiva e sem graça para uma criatura com tanto poder quanto o Peteca." Atlas virou-se para seu aluno, "Só tem um porém, Hugo. Por mais que ele seja simpático contigo, e grato por tê-lo libertado, pelo amor de Júlio Verne, jamais mostres a <u>tua</u> varinha para ele."

Hugo sentiu seu coração dar um salto. "Por quê?"

CAPÍTULO 17
O GÊNIO DA LÂMPADA

"Vamos para algum lugar que não tenha ouvidos", Atlas sugeriu, indicando o único quadro que se mantivera na parede após o vendaval, onde o irritante Liliput, recém-chegado na pintura, acabara de grudar seu ouvido à tela.

Percebendo que eles estavam indo embora, o baixinho se levantou, revoltado, *"Ei! Voltem aqui! Onde vocês vão?!"*

"Peste…" Hugo resmungou, enquanto Atlas trancava a sala pelo lado de fora.

"Que eu me lembre, no ano passado, foste tu que deixaste ele ser espancado, e não o contrário."

Hugo fechou a cara, mas achou melhor não retrucar. Não tinha argumentos. E os dois seguiram para o trailer do professor.

Realmente, não havia nenhum quadro em meio às tantas bugigangas que Atlas amontoava ali dentro. Eram pilhas e mais pilhas de livros, toneladas de mapas e engenhocas de séculos passados… um verdadeiro museu! Mas nenhum quadro.

"Os quadros da Tasmânia eu doei para a Biblioteca", Atlas explicou enquanto Hugo admirava a superfície de pedra polida da Esfera de Mésmer; novamente trancafiada em sua cúpula de vidro. Era sempre bom manter uma temida ladra de memórias como aquela longe do alcance de curiosos.

Atlas pediu que Hugo se sentasse no único espaço disponível em sua cama e começou, "Eu sei o quanto tu és possessivo com a tua varinha, guri. Por isso, eu te advirto: cuidado com o Peteca. A maior ambição dele sempre foi ter os poderes do curupira. Se ele vir a tua varinha, ele vai tentar roubá-la a qualquer custo."

Sentindo um aperto imediato no peito, Hugo levou a mão à varinha escarlate, certificando-se de que ela ainda estava a salvo, no bolso de sua calça.

Respirando aliviado, voltou a relaxar enquanto o professor prosseguia, "O curupira é um ser poderosíssimo… o mais poderoso de todos os demônios da floresta, e a tua varinha, por ter um fio do cabelo dele como alma, consegue canalizar todos esses poderes. Poderes estes, que Peteca sempre invejou no primo."

"Primo?!"

"Todos os sacis são irmãos. Todos os curupiras são primos de todos os sacis e, por muitos milênios, eles viveram uma pequena guerra entre si. Acontece que, apesar de serem muito poderosos, os curupiras também eram muito ingênuos, e foram todos sendo dizimados pelos truques e enganações de seus primos pernetas. Apenas um sobreviveu até hoje. Não por acaso, o mais poderoso deles. O dono do cabelo que está na tua varinha."

Hugo ergueu a sobrancelha.

"Que tu sempre te lembres disso, Hugo: na batalha entre força e inteligência, geralmente, a inteligência vence. Cuides bem dela. *Não obstante,* o Peteca sabe que, se um dia quiser vencer esse último primo, ele vai precisar de muito mais do que esperteza. Vai precisar de mais poder. Por isso, cuidado com a tua varinha."

"Mas o Peteca não sabe da existência da minha varinha… sabe?"

Atlas fitou-o sério. "Ele é obcecado por ela, guri."

Hugo cobriu o rosto em desespero. Que ótimo… Havia libertado o único outro ser vivo no planeta que sabia dela.

"Presta atenção, Hugo", Atlas pousou as mãos nos ombros do aluno. "Como eu disse, a tua varinha canaliza todos os poderes do curupira através daquele fio de cabelo. Sendo um simples humano, tu não consegues acessar completamente o potencial que ela tem, mas se o saci colocar as mãos nesta varinha… eu nem quero imaginar o que ele seria capaz de fazer. Tu estás me entendendo?"

Hugo assentiu.

"Eu sei que tu já protegerias a tua varinha de qualquer maneira, mas não custa salientar: não é um mero roubo que está em jogo aqui; é a segurança de muita gente. É a *tua* segurança. Ele quer, sempre quis, sempre desejou os poderes que a tua varinha tem. E mesmo que ele seja simpático contigo e queira se tornar teu amigo, no momento que ele vir em tuas mãos a varinha que ele tanto desejou, ele vai tentar roubá-la de ti a qualquer custo, mesmo que tenha que te matar. Entendeste?"

Atordoado, Hugo reclinou-se nos livros empilhados sobre a cama.

"Por isso, pelo amor de Merlin, agora que ele está solto pela escola, cuidado com o que tu deixas que ele veja. Tente não usar a tua varinha fora da sala de aula, pelo menos até que eu consiga prendê-lo de novo. E lembra-te sempre do que eu vou te dizer agora: ele não é teu amigo. Nunca duvides disso."

Hugo assentiu preocupado, levantando-se e começando a andar pelo trailer. Como ele pudera ser tão burro?! *Idiota! Idiota!* Mas também, como ele poderia ter imaginado? O saci que ele conhecia era um serzinho camarada, que fazia algumas travessuras, mas nada além disso! Como ele iria adivinhar que justo aquele saci…

"Mas…" Hugo tentou argumentar, inconformado, "… você disse que minha varinha só funcionava comigo!"

"Com ele deve funcionar também."

"Por quê?!"

"Hugo, hoje não, por favor", Atlas sentou-se na cama, cobrindo o rosto com as mãos. "Eu estou cansado, frustrado… preciso tentar descobrir um jeito de prender esse demônio de novo… Só te peço que acredites em mim. Depois eu te conto."

"Não, não, depois não. Me conta agora! Pra que contar aos picados? Pra depois se arrepender?! Eu posso precisar dessa informação amanhã! Aliás, eu precisei dela *hoje!* Se você tivesse me contado tudo ano passado, eu nunca teria libertado o Peteca! Se ele está livre hoje, é por sua culpa!"

Hugo era mestre em colocar a culpa nos outros. Ainda mais quando estava irritado. "Me conta, vai. Como o saci ficou sabendo da minha varinha?"

Atlas fitou o aluno por alguns segundos, tentando se decidir se contava ou não, até que finalmente respondeu, "Naquele dia, na minha sala, quando eu te contei sobre a varinha escarlate, deve ter passado pela tua cabeça o óbvio questionamento de *como* um mero azêmola poderia ter conseguido roubar um fio de cabelo de um ser tão poderoso quanto o curupira, certo?"

Hugo confirmou, de repente entendendo tudo. "Foi o Peteca que ajudou, não foi?! Mas ajudou como?! Por quê?!"

"A história é complicada, Hugo..."

"Não tem problema. Conta! É da minha varinha que você está falando! Eu tenho o direito de saber!"

"Justo", Atlas assentiu, inspirando profundamente antes de começar. "Eu não te contei este detalhe ano passado, mas dizem que o tal azêmola responsável pela confecção da varinha escarlate teria sido um ex-escravo chamado Benvindo."

Hugo levou um susto. "Benvindo?!"

"Já ouviste falar nele?"

"Não, só achei o nome engraçado", Hugo disfarçou, matutando aquela nova informação em sua mente. Então, não havia sido um azêmola qualquer que confeccionara sua varinha. Havia sido seu antepassado, Rei de Oyó, que perdera seus poderes na África! Aquilo explicava muita coisa... explicava, inclusive, por que a varinha só funcionava com o Hugo! *Aquele para quem ela fora confeccionada...* Talvez Benvindo a tivesse construído pensando em seu primeiro descendente bruxo após o término da maldição... Fazia sentido, não fazia?

Atlas estava explicando a história inteira, de como Benvindo fora traído por seu próprio mestre, depois traficado para o Brasil como escravo e tal, mas Hugo não podia revelar ao professor que já sabia daquela parte. Grió havia sido bem claro quanto à importância de manter sua ascendência Real africana em segredo.

Ansioso, Hugo finalmente encontrou uma brecha para interrompê-lo, "Tá, então o Peteca ajudou o Benvindo. Por quê?"

"Benvindo tinha virado azêmola e, agora que estava no Brasil, sofrendo todas as humilhações da escravidão, queria recuperar seus poderes a qualquer custo."

"Voltar a ser bruxo..."

"Pois é. Eu imagino como deve ser a agonia de perder seus poderes. Perder parte de quem somos. Eu não desejaria isso a ninguém."

"Professor, não desvia da conversa! Me conta logo!"

"Claro, guri. Claro. Bom, sacis gostam de fazer travessuras e estripulias, e num certo dia, Peteca estava lá, causando confusão na fazenda do dono do Benvindo, destruindo os pés de cana-de-açúcar, criando vendavais que espalhavam terra pela Casa Grande... Em pânico, o fazendeiro ordenou que seu escravo mais inteligente fosse até a plantação ver o que estava acontecendo. Benvindo obedeceu, e lá chegando, encontrou o saci no meio do canavial, divertindo-se em atirar pedrinhas na cabeça dos escravos que estavam trabalhando ali. Os pobres olhavam para todos os lados, apavorados, pensando se tratar de assombração. Só que Benvindo sabia mais.

... Na África, ele já tinha ouvido falar daqueles tais demônios brasileiros, por intermédio do feiticeiro que lhe ensinara tudo, e que depois lhe tirara tudo. Conhecia também a inveja que os sacis nutriam por seus primos curupiras, e, quando avistou Peteca, viu naquilo uma oportunidade de reaver seus poderes. Aproximando-se do saci, em vez de atacá-lo, tentou fazer um acordo com ele: Benvindo confeccionaria para Peteca a varinha mais poderosa do mundo. Uma varinha que daria ao saci todos os poderes do curupira. Mas, para isso, o saci precisaria, antes, libertá-lo de sua escravidão. Só assim, Benvindo poderia trabalhar na varinha em paz."

Hugo sorriu, percebendo a artimanha. Malandrinho, seu antepassado...

"Pois é", Atlas prosseguiu. "Obviamente, era mentira. Benvindo nunca entregaria a varinha ao saci. Queria a varinha mais poderosa de todas para si. Tinha certeza de que funcionaria com ele, já que ele próprio a confeccionaria. Acreditava piamente que, assim, teria seus poderes de volta.

... Bem, Peteca cumpriu sua parte do trato, libertando Benvindo. Infernizou tanto a vida do fazendeiro, que o homem acabou assinando a carta de alforria do ex-Rei. Uma vez livre, Benvindo pediu, então, que o geniozinho fosse à caça de um fio de cabelo do curupira mais poderoso do Brasil."

"Esperto", Hugo comentou, adorando aquilo tudo.

"Benvindo era ardiloso. Bem ardiloso. Aliás, como tu. Muito parecido."

Hugo abriu um sorriso malandro.

"Não foi um elogio, Hugo. A mania de passar a perna nos outros não é uma qualidade. Aliás, não só não é uma qualidade, como também é uma forma fantástica de virar os outros contra ti, quando eles descobrem."

Hugo mordeu os lábios, arrependido de ter sorrido. "Foi isso que aconteceu com Benvindo? O saci descobriu?"

Atlas confirmou. "O Peteca trouxe o cabelo do curupira, como prometido, e Benvindo confeccionou a varinha sabendo que ela não funcionaria com ninguém além dele mesmo, porque era isso que ele havia pensado, incessantemente, enquanto a entalhava: *esta varinha só funcionará nas mãos daquele para quem ela foi feita. Esta varinha só funcionará nas mãos daquele para quem ela foi feita.* Então, para Benvindo, era óbvio que ela não funcionaria com o saci."

"Só que ela não funcionou com o Benvindo também."

"Claro, ela nunca funcionaria com um azêmola, mesmo que fosse seu criador. Frustrado, Benvindo escondeu a varinha e disse ao Peteca que a tinha perdido. Afinal, se ele não podia fazê-la funcionar, ninguém mais a teria. Benvindo era muito possessivo com ela, aliás, como mais alguém aqui neste trailer é."

Eles se entreolharam, mas Hugo preferiu não sorrir daquela vez. Vai que não era um elogio.

"Só havia um porém."

"Qual?" Hugo perguntou.

"O Peteca é, e sempre foi, vingativo. Nunca te enganes com a simpatia dele, Hugo. Depois que ele descobriu a traição do Benvindo, ele enlouqueceu o pobre coitado de tal forma, inventando uma mentira sobre como Benvindo ainda podia recuperar seus poderes, que Benvindo nunca mais voltou a si."

"Aquela história do diamante negro, né?"

Atlas estranhou, "Eu te contei isso?!" e Hugo engoliu seco, lembrando-se que havia sido o Griô quem lhe contara aquilo, não Atlas; sobre Benvindo ter passado o resto da vida procurando por um diamante negro que, supostamente, lhe devolveria sua magia. Diamante, este, que jamais existira. ... *Benvindo foi acreditá em palavra di gênio safadu, que gosta di caçá confusão e di rir da cara dos otro...*

Grande Hugo... Acabara de libertar o tal gênio safado.

"Bom, de qualquer forma", o professor retomou, "o que importa é que, desesperado pela varinha perdida, Peteca passou os séculos seguintes à sua procura. E foi justamente essa busca dele que acabou disseminando a lenda da varinha escarlate: a varinha confeccionada por um azêmola, que só funcionaria com aquele para quem ela fora destinada. Que, no caso, Peteca acreditava ser ele mesmo, já que aquele tinha sido o acordo."

"Bizarro..." Hugo murmurou.

"E o pior desta história toda para ti, guri, é que, se o saci vier dizendo que essa varinha é dele, ele não estará errado."

Hugo saiu do trailer destruído, naquela noite; a última frase do professor ecoando incessantemente em sua cabeça. Era bem capaz mesmo que a varinha funcionasse com o saci... Benvindo lhe fizera uma promessa, e promessas eram magias poderosas!

Idá nunca se sentira tão inseguro. Peteca era o verdadeiro dono da varinha... E agora?

Sem vontade alguma de jantar, Hugo trancou-se no quarto, determinado a ficar ali protegido, em silêncio, até que a manhã chegasse. Eimi que fosse dormir com Capí no Pé de Cachimbo. Não queria dar brechas para que o saci entrasse no quarto com o mineirinho. Será que sacis atravessavam portas trancadas?

Assustado, ele enfiou-se debaixo dos cobertores, cobrindo sua varinha com o travesseiro. Não daria chance para que o saci a roubasse durante a noite. Fechando os olhos, tentou dormir, mas estava preocupado demais. Por horas e horas ficou rolando na cama tentando pegar no sono, mas sempre que finalmente conseguia, era acordado por risadas. Risadas de saci. E pulava da cama, no susto.

Mas que droga!

Deitando-se novamente, tentou direcionar seus pensamentos para outras coisas.

Janaína... Sim, pensaria nela. Nos lábios doces da menina, em seu olhar esperto, seu jeito destemido...

Finalmente conseguiu relaxar. Mas bastou algum aluno dar uma risada mais alta no corredor, de madrugada, que Hugo pulou da cama de novo.

É, não tinha jeito. Só olhando para Janaína novamente ele se acalmaria.

Vendo que já amanhecera, Hugo se levantou. Analisando as olheiras no espelho, tomou um banho no banheiro coletivo do dormitório, a varinha devidamente escondida debaixo da toalha, escovou os dentes, se arrumou, enfiou a varinha no bolso interno do uniforme e saiu à procura de sua baiana. Nunca tivera tanta vontade de ver alguém. Queria abraçá-la, beijá-la, absorver para si toda a coragem da baianinha.

Ansioso, marchou em direção ao refeitório, já treinando o bom-dia superatencioso que desejaria a ela, bem no estilo Capí, como ela gostava.

E lá estava sua linda caramuru, sentada entre os poucos alunos que já tomavam café da manhã. Assim que o viu entrar, Janaína se levantou para ir ao seu encontro, e Hugo sorriu. Aquilo sim era vontade de revê-lo.

Altamente satisfeito, ele já ia começar a dizer seu ensaiado "Bom di..." quando ela o interrompeu.

"Eu tô indo embora."

Hugo fitou-a incrédulo, "Como assim, indo embora?!"

CAPÍTULO 18
UMA NOTÍCIA INESPERADA

"Mas você não ia ficar aqui por quatro meses?!"

"Mudança de planos", Janaína disse simplesmente, saindo em direção aos dormitórios. Hugo foi atrás, atordoado, "Como assim?!"

Nunca pensara que um dia ficaria tão de quatro por uma menina. Sentia que ia explodir da mais absoluta incompreensão se ela não parasse para conversar com ele. "O que aconteceu?! Eu fiz alguma coisa errada?!"

"Não, não foi você. Meu padrasto está em Brasília e escreveu uma carta pedindo que a gente voltasse pra Salvador o quanto antes. Disse que as coisas estão esquisitas na capital. Tem alguma coisa muito errada acontecendo lá."

"Errada como?"

"Não sei. Parece que o presidente Lazai está aprontando alguma."

"Ele já assumiu a Presidência?! Mas ele foi eleito anteontem!"

"As coisas andam rápido no mundo bruxo. Principalmente quando há interesses envolvidos.

"Seu padrasto é político?"

Janaína negou, "É do sindicato dos professores. Foi à Brasília protestar por um aumento menos vergonhoso dos salários."

Entrando no pátio central, a baiana dirigiu-se à porta do dormitório feminino. Porta esta, que Hugo não podia atravessar sem acabar entrando no dormitório masculino.

"Peraí, peraí!" ele segurou a caramuru pelo braço. "E a gente?! Como a gente fica? Você vai embora assim e vai me deixar aqui?!"

Janaína pausou sua marcha, espantada. Não havia pensado a respeito. "Hugo, eu só sei que eu preciso ir. Mãinha já foi na frente. Eu vou assim que eu arrumar as malas."

"Ah, não vai mesmo!" Hugo rebateu revoltado, puxando-a para perto de si.

A baiana fitou-o, quase ofendida, "Véi! Quem você pensa que é pra me dizer o que eu posso ou não posso fazer?!"

"Eu sou o seu namorado! E você não vai a lugar *nenhum* sem mim!"

Janaína abriu um sorriso altamente sedutor, surpresa com sua tomada de atitude. "Então se arrume, que você vem comigo."

Hugo levou um susto, mas logo se recuperou, respondendo com um sorriso empolgado e entrando antes dela no dormitório. Eimi ainda não voltara para o quarto, mas pouco importava. Hugo ia viajar para a Bahia!

Jogando sua mochila na cama, enfiou nela algumas mudas de roupa – para caso fosse ficar em Salvador até domingo, e correu até o refeitório, onde Janaína já o esperava com seu baú de mudanças.

Sentando-se ao lado da baiana na mesa dos Pixies, tascou-lhe um beijo antes de começar a cortar seu pão com máxima rapidez. Algo parecia estranho. Viny nem notara a presença dos dois ali. Estava compenetrado, lendo o jornal numa seriedade que não combinava com ele, enquanto Índio comia, antipático como sempre.

Capí chegou logo em seguida. Estivera no fundo do refeitório desde cedo, ajudando os Faunos a limparem a bagunça causada por dezenas de pratos que haviam se estilhaçado no chão. Ainda restavam sinais do desastre, mesmo depois de toda a limpeza.

"O Eimi dormiu na sua casa essa noite?" Hugo foi logo perguntando, e Capí fitou-o com um olhar um pouco menos caridoso do que o de costume.

"Isso não se faz, Hugo."

"Eu sei", ele murmurou. "Desculpa. O que aconteceu ali atrás?"

"Uma ventania estranha derrubou os pratos", Capí respondeu, esfregando os olhos, cansado. "Deve ter sido maldição de algum aluno, porque vento natural não foi. O máximo que a gente tem na Korkovado são brisas leves… nada como isso."

Tenso, Hugo se encolheu na cadeira, mas não disse nada. Pra que confessar que tinha libertado um saci na escola? Só para receber mais olhares de reprovação? Não. Não falaria nada. E, de qualquer modo, logo estaria em Salvador, longe do saci, do Eimi, do Índio, de todo mundo. Pelo menos por alguns dias.

"Geeeente, vocês viram o mar hoje?!" Caimana chegou empolgada, pegando uma torrada e passando manteiga com mais pressa que vendedor de guarda-chuva em dia nublado. Já de boca cheia, completou, "Acho que eu vou dar uma surfada rápida antes da primeira aula do dia. Ainda tá cedo, né?" Verificou o relógio, "É. Falta uma hora pra Rádio Wiz."

Viny sequer notara a presença da namorada, e Caimana protestou, "Ei!" dando-lhe uma cotovelada que corrigiu aquela falta em meio segundo.

"Eles não perdem tempo mesmo, Cai…" ele disse, incomodado. "O Antunes nem esfriou no caixão ainda!"

"Que foi?"

Viny mostrou-lhe o jornal, "Ministério da Moral e dos Bons Costumes. Ha!"

"Já criaram um ministério novo?!" Caimana pegou o volume das mãos do namorado. "Mas o Lazai não tem nem dois dias na presidência!"

"Pois é!"

Hugo e Janaína se entreolharam sérios, enquanto Viny resmungava, com verdadeiro asco daquilo, "Estão armando alguma coisa lá no *Detrito* Federal."

"Olha só que ridículo", Caimana deu risada, com os olhos no jornal, "Também aprovaram a criação de uma *Comissão para a Ordem e a Moralidade Pública*, que vai ser comandada por um tal de…" Caimana fez uma voz pomposa: "*Alto Comissário Para Assuntos de Ordem e Decência – Defensor da Moral e dos Bons Costumes*. Ha!"

Viny riu também, claramente querendo chorar. Hugo podia quase ver seu pescoço apertando de tanto ódio. "Como o Lazai consegue passar essas leis absurdas tão rápido no Congresso?"

Sem tirar os olhos do jornal, Caimana esclareceu, "Essa resposta é fácil, Viny. Se resume em duas palavras: Nero Lacerda."

"Ah, claro. Agora que ele virou Consultor Especial da Presidência, ferrou tudo."

"O pior é que consultores são muito menos investigados que congressistas. Ele vai poder fazer as falcatruas dele sem que ninguém preste muita atenção."

"Que romântico…" Viny exclamou, inconformado.

"O que esse Nero faz de tão errado, exatamente?" Hugo perguntou, expressando uma dúvida antiga sua sobre o padrasto do Abelardo.

"Ele é especialista em corromper os outros sem nunca estar realmente fora da lei", Caimana respondeu. "Muitas das brechas legais que o canalha usa são brechas que ele mesmo conseguiu inserir nas leis por meio de acordos e jogadas políticas. Daí, ele ganha dinheiro por fora, ajudando políticos e empresários a acharem os caminhos secretos pelas leis que ele próprio ajudou a aprovar. Sacana. Pior é que o Abel não vê o corrupto que o padrasto é."

Caimana ficava realmente chateada com aquilo. Hugo podia ver em seus olhos. Ela gostava do irmão. Só Viny não percebia aquilo. O que ela sentia quando dava seus ataques de raiva não era ódio dele, era frustração por não tê-lo ao seu lado.

"Burocrata filho da mãe…" ela resmungou. "Com a ajuda do Nero, eles vão poder fazer o que quiserem no governo, e isso ainda vai estar de acordo com a lei."

Viny bufou, revoltado, e pegou seu jornal de volta. Não transcorreu nem meio minuto e o loiro irrompeu em uma nova risada, "Ha! Eu disse que eles estavam tramando alguma coisa!"

"Que foi?" Capí se aproximou para ver, mas não foi necessário. Viny fez questão de ler o absurdo em voz alta, *"A Comissão para a Ordem e a Moralidade Pública (COMP) irá inspecionar cada uma das escolas do pentagrama nacional. O objetivo é melhorar a qualidade dessas instituições para que elas se conformem com maior perfeição aos padrões europeus de ensino. Segundo um dos assessores do Alto Comissário, a política será de tolerância zero para professores e alunos desviantes."*

"*Desviantes*?!" Capí repetiu, preocupado. "Isso não me soou nada bem."

Viny concordou, com um olhar bastante significativo, enquanto outros alunos se aproximavam da mesa para ouvir também. *"As escolas que não se conformarem às novas diretrizes serão severamente punidas, com corte de verbas e restrições em seu funcionamento, sendo passíveis de EXPULSÃO os funcionários desqualificados, incompetentes, insolentes e/ou faltosos, e os alunos que não respeitarem as novas regras da escola. A ordem dos estabelecimentos de ensino a serem visitados, assim como o dia e mês de cada inspeção, não serão divulgados, a fim de que tal anúncio não influencie ou de qualquer maneira interfira na organização normal das escolas."*

"Pegar as escolas de surpresa pra ver como funcionam normalmente", Caimana traduziu. "Muito espertos."

"É terrorismo, isso sim. Manter todos em alerta o tempo inteiro." Viny voltou a ler, *"Durante as inspeções, a COMP irá exigir dos alunos: uniforme impecável ou roupas de fino corte europeu, unhas bem cortadas e limpas, cabelos penteados, um comportamento digno de damas e lordes ingleses…* etc. etc. etc. Ridículo."

Não achando tão ruim assim, Hugo cochichou, *"Viu, Janaína? Nem precisava se preocupar tanto… É só o povo se vestir melhor!"*

"É…" Janaína ironizou, "Depois eles pedem que você corte o cabelo de um certo jeito… e em seguida você aceita falar só inglês e francês em sala de aula… aí eles ordenam que você fique de quatro, lata, dê voltinhas e se finja de morto… e quando você menos esperar, eles te dominaram por completo."

Hugo ergueu a sobrancelha.

"Ela tá exagerando, adendo."

"Não tá não, Índio", Caimana retrucou. "Ela tá cheia de razão e você sabe muito bem disso."

Viny apontou para o resto da notícia, "Parece que quem vai liderar essa Comissão é um tal de Mefisto Bofronte…"

Índio recostou-se na cadeira, agora sim preocupado.

"Que foi? Tu conhece?"

"Esse homem é o terror dos políticos. Eu ouvi falar dele lá em Brasília. Parece que ele é o bicho. Todos que têm algum rabo preso, têm medo dele. Agora eu entendi porque aprovaram essa lei tão rápido. Não foi só pelas habilidades de Nero Lacerda. Foi por medo mesmo."

Capí olhou-o, preocupado. "Você acha que ele ameaçou os congressistas?"

Índio meneou a cabeça, "Dizem que ele… sugere. De forma bem persuasiva."

"Sei como é."

Hugo franziu o cenho, "Mas isso não é bom?! Ameaçar políticos corruptos?!"

"O problema, adendo, é que até os políticos honestos têm medo dele."

"Existe político honesto?" Hugo alfinetou e Índio fechou a cara, mas resolveu fingir que Hugo não acabara de insultar sua mãe e prosseguiu, "Caimana, lembra que você se perguntou, lá no Sub-Saara, se não haveria alguém mais inteligente dirigindo o toupeira do Lazai? Então. É ele. Ele é o cérebro por trás do novo presidente. Eu não disse nada naquele dia porque eu não tinha certeza, mas agora eu tenho. Eles não dariam o cargo de Alto Comissário pra qualquer um."

Hugo olhou à sua volta, percebendo que os alunos das mesas ao redor estavam atentos à conversa dos Pixies. O conteúdo da discussão inclusive já estava se espalhando pelo refeitório, como sempre acontecia quando aqueles quatro debatiam qualquer coisa em público.

"Eu tentei dar uma olhada nele lá em Brasília durante a campanha. Até porque ele era o assunto do momento entre os políticos, mas não consegui. O homem é bem esquivo. Vocês não vão ver uma foto dele em nenhum jornal de Brasília. Simplesmente não existe. Eu procurei."

"Impossível", Janaína retrucou. "Desde que começou a carreira política dele, deve existir uma foto."

"Esse é o problema: ninguém nunca tinha ouvido falar nele até ano passado. Não sabem de onde ele veio, não sabem o que ele quer…"

"Ele quer europeizar o Brasil, Índio", Viny rebateu, "é isso que todos aqueles canalhas querem! Você não viu essa COMP?! *Comissão para a Ostentação de Maníacos Parasitários*?"

Índio riu. "*Comissão para a Ordem e a Moralidade Pública*."

"Viu?! Que coisa mais ridícula!"

"Calma, Viny", Capí pediu. "Não se exalta."

"Que calma o que, véio! Eles querem nos controlar!"

"O jeito é a gente esperar pra ver o cara em pessoa", Caimana concluiu. "Será que ele vem com a Comissão dele?"

Receoso, o mineiro bufou, "Ó, não sei. Só sei que, pelas coisas que me disseram por lá, eu não estou nada ansioso pra que ele venha."

Hugo olhou para Índio. Se até ele estava com medo, aquilo não era nada bom. O mineiro não costumava se incomodar com medidas conservadoras, muito pelo contrário.

"Ah, quer saber? Eu não tô nem aí", Caimana se levantou. "Chega de política por hoje. O sol está lindo... as ondas enormes... Eles que se danem lá em Brasília."

A pixie já estava saindo quando ecoou pela escola inteira a musiquinha que prenunciava um anúncio urgente da Rádio Wiz e todos olharam para cima, receosos, ouvindo Lepé anunciar com voz de sono:

"Atenção, atenção, galerinha. Desculpe acordá-los a esta hora, mas temos um Informe Especial Extraordinário: vocês já devem estar sabendo da criação, ontem à noite, da Comissão para a Ordem e a Moralidade bla...bla...bla. Pois bem, nossa querida Korkovado acaba de ser notificada. A Comissão vai visitar nosso colégio HOJE."

"Já?!" a exclamação foi geral, e todos que haviam ouvido a conversa dos Pixies, pessoalmente ou por tabela, empalideceram.

"Eles estão de sacanagem, né?!" Viny protestou. "Isso é um absurdo! Um abuso! Nem deram tempo pras escolas se prepararem!"

"Tem alguém com muita pressa lá em Brasília", Caimana concordou enquanto Capí se levantava com urgência, para ajudar na arrumação.

"É visita surpresa mesmo, galerinha! As aulas do dia estão canceladas para que todos tenham tempo de arrumar seus quartos milimetricamente, vestir suas melhores roupas...etc. etc. Apressem-se, que eles podem chegar a qualquer momento! Recomendação maior: Dress your best! É isso mesmo! Nada de planejar gracinhas, como eu certamente vou fazer. Não queremos estar despreparados para tão ilustre e inconveniente visita. Até a próxima, na Rádio Wiz! A Rádio que fala, mas não diz! Câmbio, desligo."

Assim que encerrou-se a transmissão, todos se levantaram às pressas, correndo em direção ao dormitório enquanto os fauninhos garçons começavam a limpar apressados as mesas do café da manhã, varrendo o que restava dos cacos de porcelana no fundo do salão e limpando tudo que podiam o mais rápido possível. O refeitório tinha virado um verdadeiro pandemônio, com toda aquela comoção.

Hugo levantou-se também, mas quando olhou ao redor, Janaína já havia sumido com seu baú por entre as dezenas de alunos.

"Ei!" ele resmungou irritado, procurando por ela em meio à multidão. Pegando sua mochila, correu em direção à praia com os outros, e nada de encontrar Janaína. Voltou ao refeitório para confirmar que ela não estava mais lá mesmo e então correu para o pátio central à sua procura, até que Gislene o pegou pelo braço. "Tu não vai se preparar, não?!"

Inconformado com o sumiço, Hugo desistiu da busca e foi arrumar o quarto para a visita da Comissão. Quem Janaína achava que era para ir embora daquele jeito?! Ela que não voltasse para Salvador sem ele!

Independência ou morte!!!

Irritado, Hugo invadiu o dormitório e respondeu com um soco na moldura do quadro, que fez Dom Pedro cair de seu cavalo, assustado e ofendido.

Entrando no quarto, deu uma checada rápida em tudo, mas não havia nada muito fora do lugar. Hugo teria ficado surpreso se tivesse. Mesmo assim, apressou-se até a cabeceira e centralizou um livro que estava dois milímetros mais enviesado do que deveria. Trocando, então, sua roupa de viagem por uma mais chique, saiu com a intenção de se encontrar com os Pixies no QG deles.

Ao pisar fora do dormitório, no entanto, deparou-se com algo que não esperara encontrar: areia.

O pátio central estava coberto de areia! Imundo!

O que tinha acontecido ali?!

Vendo alunos e professores se descabelando para limpar às pressas o mármore do chão, Hugo sentiu um arrepio na espinha. Maldito saci... Aparentemente, um vendaval bizarro empurrara toda aquela areia para dentro do pátio, e agora estavam todos correndo contra o tempo para desfazer a calamidade.

Já era difícil arrumar a escola em seu estado natural. Agora, com aquele geniozinho à solta fazendo baderna... seria impossível! Mesmo sem saber quem havia feito a travessura, Dalila estava absolutamente possessa, e com razão.

"Foi de propósito!" ela vociferava, escorregando ao passar por mais um ponto de areia fina no mármore. "Quem foi o malandro que fez isso?! Eu quero saber! Só me faltava essa! Ter que limpar essa desgraça enquanto aquele faxineiro folgado viaja!"

Como se Fausto pudesse ter feito alguma coisa sem magia contra aquele monte de areia. Capí ainda tinha que aturar calado os insultos da Conselheira a seu pai enquanto ele, Atlas e Areta faziam todo o trabalho de direcionar aquela areia toda de volta à praia com feitiços de dispersão. E Dalila só reclamando...

"Não bastavam as estranhices que já aconteceram hoje?! Pratos quebrados no refeitório, papéis arremessados ao ar na minha sala e todos aqueles livros derrubados na Biblioteca, agora mais essa?! Eu quero saber quem é o canalhinha que está fazendo isso tudo justo HOJE!!" ela berrou, chacoalhando de raiva e pegando Viny pelo colete. "Foram vocês, não foram?!"

"Ei! Não foi a gente, não!" ele respondeu, revoltado. Viny assumia, com muito prazer, quando era o culpado, mas nada irritava o pixie mais do que ser acusado injustamente, e Dalila desistiu dele, avançando pelo pátio e quase caindo ao patinar na areia, "Então foi você, seu faveladinho."

"Eu?!" Hugo sentiu seu coração acelerar. Afinal, ele era, de fato, o verdadeiro culpado por aquela bagunça. Trocando olhares com Atlas, ele se fez de indignado, afastando a Conselheira, "Eu, hein! Tu acha que eu sou maluco?!"

"Senhora Dalila", Capí tocou-a no ombro, "eu lhe asseguro que não foi ele. O Hugo tem absoluta obsessão por arrumação e limpeza."

"Sei..." ela duvidou, lançando mais um olhar desconfiado em direção ao *faveladinho* antes de sair trotando pela areia. "E Leopoldo que não me venha fazer estripulias, como ele prometeu na rádio!"

"O Lepé é o máximo, né?" Viny riu enquanto os Pixies se vestiam no Quartel General.

Capí ainda não havia chegado. Tinham-no chamado às pressas para resolver uma sétima ocorrência no salão de jogos: a mesa de sinuca aquática havia sido atacada por pedradas e se estilhaçara inteira, espalhando água e cacos de vidro por todo o ambiente. E a hora marcada para a inspeção se aproximando.

"Europa... Europa... eles vão ver o que é comportamento europeu!" Viny murmurou enquanto aspirava a areia das calças com sua varinha. "O impressionante é o Lazai querer controlar como a gente se veste, meo! Tá ligado que isso é quase ditatorial?! É um absurdo!"

"Eu não sei porque você tá tão incomodado", Índio chegou, absolutamente impecável em sua roupa escura. "Nem foram tantas exigências assim."

"É, por que será que eu estou me preocupando, né?" Viny ironizou. "Afinal, eu sou daqueles que aceita com facilidade todas as imposições, sempre propenso a crenças que me mantenham cômodo e feliz." Ele abriu um sorrisão sarcástico e fechou o rosto novamente, continuando a fazer o que estava fazendo. "Controlar o jeito como a gente se veste não é tarefa de presidente."

Hugo não diria nada. Apesar de suas preocupações com o saci, e da raiva que estava sentindo por Janaína ter sumido daquele jeito, ele estava ali, se admirando no espelho sujo do QG, adorando as novas exigências. Havia vestido sua melhor capa, seu melhor colete, sua melhor camisa, seu sapato mais caro.

Agora, só precisava decidir se colocava a argola de prata na lateral da orelha esquerda. Tinha feito o furo meses antes, no início das férias, mas ainda não usara o brinco, até porque, com tanta coisa acontecendo, esquecera-se completamente dele. Algo lhe dizia, no entanto, que aquela era a ocasião perfeita! Um brinco sinalizaria atitude, sem demonstrar desalinho. Era uma argola pequena, fina. Quase não seria notada pela Comissão. Sem contar que Hugo havia visto uma argola parecida na orelha do primeiro bruxo que conhecera, lá na Lapa. O bruxo mais jovem da dupla de 'esquisitos'.

Bismarck era o nome dele, se Hugo não estava enganado.

Pelo que podia se lembrar, os dois eram bruxos conservadores e, mesmo assim, usavam brinco. Então não devia haver problema algum.

Pronto, estava decidido. O brinco ia junto.

"Ih, ó o Adendo ae... Tirando onda!" Viny brincou, vestindo seu colete.

APENAS seu colete. Sem camisa por baixo.

"Eles vão ver o que é se vestir bem", o loiro deu risada, e já estava prestes a sair porta afora para enfrentar a Comissão de calça, colete e chinelos quando Capí apareceu na porta e o deteve.

"De jeito nenhum, Viny! Veste o uniforme direito, vai."

"Ah, qualé, véio! Deixa de ser estraga prazer!"

"Viny", Capí segurou-o pelos ombros, "desta vez eu acho melhor você se comportar. É mais prudente."

"Quem liga pra prudência?!"

"A gente ainda não conhece essa Comissão, Viny!" Capí rebateu com firmeza. "Seja rebelde o quanto quiser, mas seja também sensato. Nunca ataque um inimigo que não conheça intimamente."

"Ou, no seu caso, nunca ataque um inimigo e ponto final", Viny alfinetou, referindo-se todos sabiam a quem.

"O Abelardo não é nosso inimigo", Capí rebateu.

"Fale por você."

Viny olhou com pesar para a roupa estendida no sofá: o manto, a camisa comprida, a gravata… "Véio… eles não podem obrigar a gente a se vestir de enterro naquele calor de quarenta graus que tá fazendo lá fora…"

"Só dessa vez, Viny. Só dessa vez", Capí pediu. "Vamos ver qual é a deles primeiro. Você ouviu o que o Índio falou sobre Mefisto Bofronte, não ouviu?"

Viny disse que sim, relutante.

"O Capí tem razão, Viny. Melhor não provocar", Caimana concordou, terminando de arrumar os cabelos.

"Claro, o véio sempre tem razão…" o loiro resmungou, vestindo o resto da roupa, de má vontade. Assim que o fez, todos saíram em direção ao Pé de Cachimbo, para que Capí pudesse escolher a roupa que iria vestir.

Hugo ainda ficou mais um tempo sozinho no QG, admirando-se no espelho. Vestir-se bem deveria ser norma permanente da escola. Se algum dia virasse diretor, nunca permitiria que um aluno como Viny se vestisse esculhambado daquele jeito. Adorava a rebeldia do pixie, mas, ao mesmo tempo, algo dentro de si clamava por ordem, por roupas bem arrumadas, por tudo em seu devido lugar…

Pelo menos nisso, ele era parecido com Gislene. Talvez por terem passado a infância sobrevivendo naquele labirinto de becos e esgotos a céu aberto, sem qualquer ordem pública, agora eles queriam o oposto daquilo.

Quem sabe algum dia Hugo voltasse lá para consertar tudo com feitiços.

Assegurando-se de que sua varinha permanecia escondida no bolso interno do sobretudo, ajeitou o colarinho. Ia fazer bonito para o tal Alto Comissário. Mostraria a eles e à Dalila que 'faveladozinhos' também tinham classe.

"Hi-hi-hi…" a risada do saci ecoou forte pelo QG.

Hugo virou-se aflito e um redemoinho atravessou-o pelas costas, atingindo a estante de cacarecos, que partiu ao meio, espalhando bugigangas por todo o chão.

"Tá bonito, hein, colega!" Peteca ironizou, saltando de cima do armário com uma pirueta e pousando no braço do sofá, com o rosto a dois centímetros do seu. "Eu percebi que tu guardou uma varinha aí dentro… Posso ver?!"

CAPÍTULO 19
TERROR

Peteca tentou alcançar a varinha escarlate por dentro do sobretudo, mas Hugo desviou a mão do saci na hora exata, seu coração quase saindo pela boca.

"Ah, vai! Que custa eu ver?!"

"Para com isso, Peteca!" Hugo recuou para longe e o saci sorriu, achando superdivertido assustá-lo.

A julgar pela curiosidade que o demoniozinho estava demonstrando, ele não reconhecera a varinha. Talvez houvesse visto um pouco de vermelho, mas nada além disso. Menos mal. Tentando se recuperar do susto, Hugo foi verificar se alguém mais tinha ouvido o estrondo causado pela destruição do armário. Quando voltou, o saci estava esperando-o, deitado de costas na estante caída, todo folgado, os cotovelos servindo de apoio. "E aí, que manda, colega?"

Aquela era uma péssima hora para se ter um saci solto pela escola.

"Peteca, eu preciso falar com você", Hugo pediu e o saci se aproximou, interessado, "Diz aí, colega."

"Vem uma gente muito barra pesada visitar o colégio hoje. Eu te imploro: não faça nenhuma bagunça enquanto a Comissão estiver aqui, por favor. Se não, tu pode acabar ferrando com a minha vida."

"Ih, tá implorando é?" Peteca riu. "E por que eu te ajudaria?"

Hugo fitou-o afrontado, "Porque eu te libertei, caramba!"

"Ah, mas tu não me libertou. Ã-an, não, não. Tu ficou de brincadeira e eu tive que pegar meu chapeuzinho à força da tua mão. Isso sim."

Surpreso, e um tanto apreensivo, Hugo tentou consertar seu erro, "Você não entendeu, Peteca. É claro que eu ia te devolver a carapuça! Eu só tava brincando com você! Tu, que é todo brincalhão, devia entender quando uma pessoa está de brincadeira, caramba! Eu gostei de você. Gostei mesmo!" Hugo abriu um sorriso, para ver se a mentira colava. Não que ele estivesse mentindo. Ele até gostara do geniozinho. Só tinha pavor do que ele poderia fazer.

Peteca fitou-o fundo nos olhos, tentando averiguar se havia verdade neles, e Hugo ficou olhando de volta, resistindo bravamente à tentação de checar seu relógio. Em poucos minutos, a Comissão estaria chegando, e ele ali, argumentando com um saci, em um quarto completamente destruído.

Era estranho. O saci tinha cheiro de terra molhada. Cheiro de chuva. Sua pele escura brincava com a luz de um jeito que pele nenhuma fazia. Muito interessante. Parecia mesmo de outro mundo...

"Tá certo, colega", Peteca disse finalmente, estendendo sua mão. "Trato feito. Eu vô ficar quietinho esses dias. Promessa de saci."

Hugo respirou aliviado. Já não tinha mais tanta certeza assim do quão confiável era uma promessa de saci, mas parecia melhor do que nada.

"Esses homens são perigosos, é?"

"Muito", Hugo respondeu com convicção. Na verdade, não fazia ideia, mas era melhor dizer que sim, para garantir que o saci compreenderia a gravidade da situação.

Funcionou. Com temor nos olhos arregalados, Peteca se encolheu com medo, rodopiando em seu redemoinho e deixando Hugo sozinho no QG mais uma vez.

Hugo fechou os olhos, aliviado. Sacudindo depressa o pó que grudara em suas roupas com a queda da estante, só então partiu para onde os alunos estavam sendo chamados.

Ver o Viny todo arrumado daquele jeito, mesmo à distância, dava uma vontade enorme de rir, até porque suas roupas eram as mais caras do corpo estudantil e aquilo não combinava em nada com o pixie.

A fila para entrar no refeitório estava dando voltas, mas ninguém reclamou quando Hugo a furou para ficar junto aos Pixies. Era o que todos estavam fazendo, para ficarem próximos às pessoas que conheciam.

A tensão no ar era palpável. Afinal, as palavras de Índio sobre o Alto Comissário já haviam se espalhado pela escola, e alguns estavam levemente em pânico. O fato do jornal ter mencionado expulsões também não ajudava.

Hugo procurou por Janaína, mas não viu nem sinal da baiana. Se a caramuru tivesse ido para Salvador sem avisá-lo... ah, ela ia ouvir muito. O pior é que ele já estava sentindo saudades da desgraçada.

Deixa de ser pateta, Hugo! ele repetiu para si mesmo. Havia visto a menina pela última vez não tinha nem duas horas e já estava sentindo falta?! Talvez fosse a possibilidade de nunca mais vê-la que o estivesse incomodando, mas ele nunca admitiria aquilo. Preferia continuar se fazendo de ofendido.

"Ae, saca só", Lepé sussurrou para os Pixies, chegando surpreendentemente bem arrumado, cabelos negros penteados com gel e tudo, e abrindo a palma de sua mão para que eles vissem. Estava limpíssima... exceto pela frase rabiscada à caneta: *Ih, sujei a mão!*

"Tá maluco?!" Caimana repreendeu-o, e o radialista abriu um sorrisão travesso, entrando no refeitório junto a eles, "Isso é para os comissários verem o que acontece quando me tiram da cama mais cedo."

Lá dentro, dezenas de alunos já estavam sendo organizados em fileiras, ombro a ombro, por bruxos muito bem vestidos, que pareciam ser assistentes da Comissão. Sem muita delicadeza, forçavam os alunos a ficarem a exato meio metro uns dos outros, eretos, olhando para a frente. Quase uma operação militar!

Hugo foi colocado à força em uma das fileiras, junto aos Pixies. Pelo menos não haviam sido separados. Olhando à sua volta, se surpreendeu ao reconhecer o jovem Bismarck entre os assistentes, e sentiu-se imediatamente mais tranquilo. Lembrava-se com simpatia do primeiro bruxo que conhecera na vida. Na época, Bismarck até se empolgara ao ver seus chinelos de dedo! Muito simpático. Se bem que ele não estava parecendo tão legal agora. Talvez pela rigidez do momento.

O velho Paranhos também estava ali, organizando uma terceira fileira de alunos com o mesmo semblante sério do jovem bruxo.

Graciliano Barto Paranhos Correia.

Hugo não esqueceria seus nomes tão cedo.

Todas as mesas e cadeiras do refeitório haviam sumido, sendo substituídas por uma única mesa, instalada no fundo do salão: uma mesa enorme, pesada e comprida, onde os professores estavam sentados. De um lado, Atlas, Areta, Rudji, Dalva e Antares; de outro... Oz, Symone, Abramelin, e outros que Hugo desconhecia, incluindo o professor bizarro das ratazanas.

"Ao estilo das escolas europeias", Viny sussurrou, enojado. Segundo ele, uma das grandes qualidades da Korkovado era que a escola não distinguia professor de aluno na hora das refeições. Agora, aquela informalidade acabaria. Daqui a pouco, professores seriam obrigados a agir como seres superiores e não poderiam mais sequer ser chamados por seus primeiros nomes.

Hugo deu risada do exagero do loiro, tentando imaginar como chamariam Rudji pelo sobrenome se Rudji era apelido e ninguém fazia ideia de como era seu nome verdadeiro. Chamar Atlas de Professor Vital também seria engraçado demais.

Ainda bem que aquilo não passava de uma especulação do pixie.

"Especulação? Vai esperando", Viny o preveniu.

Pelo menos, a instalação daquela mesa não havia sido exigência da Comissão, e sim um mimo que Dalila preparara para impressionar o Alto Comissário com o 'nível de europeidade' apresentado pela escola. Mulherzinha baba-ovo. Nenhum dos professores estava gostando daquele novo arranjo. Sentiam-se claramente pouco à vontade, olhando seus alunos de cima daquele jeito. Menos à vontade ainda estava Abramelin, que havia sido colocado bem ao lado do maior psicopata do corpo docente.

Não que Hugo tivesse pena do velho professor de Mistérios da Magia e do Tempo. Estava achando até bom vê-lo apavorado daquele jeito. Desmistificava sua pose de mago-sábio-da--barba-branca. Hugo havia assistido apenas uma aula daquele vigarista no ano anterior, mas não gostara nada do que vira: um professor mentiroso, que passava a aula inteira se gabando de ter quase duzentos anos de idade. Mentira! E todos sabiam! Sabiam, mas achavam engraçado, por algum motivo.

Quando Hugo chegasse na quarta série, aquele vigarista ia ver com quantas fraudes se fazia um professor demitido. Já expulsara um professor incompetente no ano anterior; não hesitaria em fazê-lo de novo. Isso, claro, se Hugo não fosse expulso primeiro.

Seria, se Peteca aparecesse. Olhando ao redor, Hugo procurou por indícios de ventania ou qualquer outro sinal de que o saci estivesse presente, mas, por enquanto, Peteca parecia estar cumprindo sua promessa de ficar longe.

No centro da mesa dos professores, o espaço reservado para Zoroasta permanecia estranhamente vazio. Ao lado dela, uma outra cadeira havia sido destinada ao professor de Segredos do Mundo Animal, mas Capí estava na dúvida se deveria sentar-se ali ou ficar ao lado dos Pixies, enfileirado com o resto dos alunos. Dúvida cruel. Não fazia ideia de qual das duas opções enfureceria mais à Comissão: uma cadeira vazia na mesa dos professores ou um aluno que se recusara a entrar em uma das fileiras.

Nervoso, Hugo olhou novamente para Bismarck, que passeava pelas fileiras com seus cabelos negros revoltosos e seu brinco de prata, ajeitando um aluno aqui, outra aluna ali... As meninas observavam-no com gosto, mas pareciam apavoradas demais para emitirem gritinhos empolgados. Até porque os assistentes não estavam organizando os alunos por série, e sim por ordem de chegada, provavelmente para que a Comissão pudesse averiguar quais eram os mais pontuais e quem eram os retardatários, que estavam sendo colocados, à força, nas fileiras mais distantes. A tensão estampada nos rostos destes últimos era muito maior, por haverem percebido, tarde demais, que deveriam ter se arrumado mais depressa.

Viny estivera certo o tempo inteiro: aquilo era terrorismo. Ameaçar todo mundo de expulsão?! Os alunos estavam absolutamente aterrorizados, e a Comissão ainda nem chegara! Até a extrovertida Rapunzela estava tremendo de medo. Ao contrário de Lepé, seu inconsequente companheiro de Rádio Wiz, ela fizera o extremo oposto de rabiscar a mão, chegando ao cúmulo de esconder seus longos cabelos por dentro da roupa, enrolados pelo corpo. Estava até gordinha por conta disso.

Agora, era torcer para que ninguém da Comissão notasse.

Se bem que, Hugo não sabia ao certo se cabelos bem cortados eram uma das novas exigências. Não lera a matéria inteira. Adorava ler, mas não suportava cheiro de jornal. Aí, ficava difícil.

Desviando sua atenção de Rapunzela, Hugo notou uma segunda mesa atrás da mesa dos professores, em um patamar ainda mais elevado que a deles. Tinha apenas três cadeiras, já devidamente ocupadas por Vladimir, Dalila e Pompeu; os dois últimos vigiando a todos com um ar irritante de superioridade. Gentinha desprezível. Haviam se posicionado em local mais alto que a própria diretora!

Pelo menos, eles pareciam tão apreensivos quanto os alunos. Não detinham o controle da situação, como das outras vezes. Estavam totalmente à mercê da avaliação positiva de uma Comissão que não conheciam, e isso ficava visível na tensão em seus rostos.

Assim que todos os alunos entraram, as portas do refeitório foram fechadas, deixando alunos, professores e conselheiros sem qualquer rota de saída; nem para a praia, pelas portas de entrada, nem para a área do Ensino Profissionalizante. E, apesar do tamanho daquele refeitório, ver todas as portas fechadas daquele jeito era um pouco claustrofóbico. Para não dizer aterrorizante.

Olhando sua própria fileira, que ia da mesa dos professores até a porta fechada da saída, Hugo viu Bismarck se aproximando por trás, organizando as costas dos alunos para que apontassem na direção correta.

"*Bismarck*", ele chamou num sussurro, "*o que tá acontecendo aqui?*"

"*Não se mete nisso, piá. Conselho de amigo*", o jovem murmurou, fingindo ajeitar suas costas enquanto respondia. Passou, então, para os próximos da fila, endireitando Capí, Viny, Caimana, mas deu um passo atrás novamente e cochichou em seu ouvido, "*Outra coisa: fica longe daquele ali*", ele acentuou, indicando o homem alto e robusto que conversava com Brutus, no lado oposto do salão.

"*Eu me lembro dele, lá da Lapa. O gaúcho que reclamou do atraso de vocês.*"

"*Esse mesmo. Ustra. Toma cuidado com ele. Se puder, evita chegar perto.*"

Hugo assentiu. Não iria contrariar uma instrução tão clara.

Ustra devia ter uns quarenta e cinco anos de idade. Vestia uma mistura de roupa bruxa e gaúcha, com direito a bombacha e esporas nas botas. Talvez por isso o centauro cozinheiro estivesse ouvindo-o com ainda mais antipatia do que de costume: aquelas esporas não deviam ser nada convidativas a um equino.

Apesar do flagrante ódio que o centauro tinha daquele homem, Ustra continuava batendo papo com ele como se fossem velhos amigos! O sorriso cruel em seu rosto deixando claro que ele sabia do desagrado do centauro e estava adorando importuná-lo.

Os dois se conheciam há anos; aquilo era nítido. Provavelmente das escolas do Sul. Ustra de Tordesilhas; Brutus de Chiron. E o centauro não era o único incomodado com a presença daquele homem. Da mesa dos professores, Atlas também olhava-o com nítida aspereza.

"Eu fico com os alunos ou com os professores?" Capí perguntou, aproveitando a proximidade de Bismarck, que respondeu, "Se você está de uniforme, é melhor ficar com os alunos. A Comissão talvez não aprove um aluno professor."

O pixie fitou-o receoso. Mas não iria acontecer... não podia acontecer. A Comissão não tiraria do posto um dos melhores professores da escola.

Por via das dúvidas, Bismarck ordenou que um dos faunos retirasse a cadeira vazia da mesa dos professores, para que não chamasse tanta atenção, e o pixie lhe agradeceu, enquanto um segundo assistente chegava por trás deles, resmungando a respeito do atraso da diretora.

"Ela não vem", Bismarck respondeu. "Mandou avisar que está indisposta."

Capí fitou-o, preocupado, mas o jovem procurou tranquilizá-lo, "Não é nada demais. Mesmo. Como ela já é idosa, resolvemos deixar que descansasse. De qualquer forma, esta inspeção não diz respeito a ela."

Bismarck estava prestes a se afastar quando Hugo chamou-o de volta com um toque, murmurando discretamente, *"Você está com eles ou foi contratado por fora?"*

"Eu não estou com eles. Estou com *ele*."

"*Ele?*" Hugo estranhou. "*Mefisto Bofronte?*"

Mas Bismarck não teve tempo de responder. Foi interpelado por Paranhos, que o tirou dali resmungando que não adiantava o Conselho tentar maquiar o caos que estava acontecendo naquela escola, porque eles logo iam descobrir quem haviam sido os arruaceiros responsáveis pelos vandalismos da manhã etc. e tal....

Hugo engoliu em seco, trocando olhares com Atlas, lá na mesa, mas não havia mais nada que nenhum dos dois pudesse fazer além de torcer para que Peteca cumprisse a promessa. Talvez rezar para o deus dos sacis.

Capí murmurou em seu ouvido bom, *"Eu não sei por que você está tenso desse jeito, Hugo, e não vou te perguntar, porque respeito seus segredos, mas é bom você disfarçar melhor. Esses caras sentem o cheiro do medo de longe."*

Hugo olhou para o pixie, pensando em rebater, mas preferiu ficar calado e aceitar o conselho, ajeitando o corpo para parecer o mais confiante possível. Não era chamado de camaleão à toa. Endireitando a coluna, empinou o queixo e endureceu o olhar. Quando a Comissão chegasse, seria o aluno mais seguro de si e mais sem segredos da escola inteira. Mesmo que aquela fosse a mais esfarrapada mentira do século.

Assim que ele terminou de se modificar, as portas se abriram.

PARTE 2

CAPÍTULO 20
A COMISSÃO CHAPELEIRA

Bismarck sinalizou para que Hugo fizesse silêncio, mas sua instrução não foi necessária. Hugo já havia se calado, assim como todos os outros quinhentos alunos enfileirados naquele salão, que agora olhavam apreensivos para as portas duplas de entrada, vendo os membros da Comissão marcharem para dentro.

Eram dezenas deles. Todos de terno preto e chapéu-coco, andando perfeitamente sincronizados, em fila dupla. Pareciam robôs, de tão rígidos.

Subdividindo-se em vários pequenos grupos de inspeção, foram avançando pelas fileiras de estudantes, tomando nota de tudo; remexendo bolsos, analisando unhas, checando atrás de orelhas, puxando cabelos à procura de piolhos... tudo tão sincronizado e tão sério que chegava a ser cômico.

Os alunos não estavam conseguindo conter o riso. Deviam mesmo levar aquilo a sério?! Era ridículo demais!

"Lá vem a Comissão Chapeleira..." Viny brincou, e os alunos mais próximos deram risada, transmitindo o novo apelido, de ouvido em ouvido, para o resto do salão.

Pronto, os coitados mal haviam chegado e já tinham sido batizados.

Impressionante como um simples comentário conseguira acabar com toda a tensão do momento. Os 'chapeleiros' não haviam sequer terminado de inspecionar a segunda leva de alunos, e Hugo já podia ouvir risadas lá do outro lado do salão.

Apelido muito bem dado, por sinal. Os caras pareciam uns patetas robotizados de chapéu! Vestiam-se com roupas tão idênticas que chegavam a ser bizarramente parecidos por debaixo daqueles chapéus pretos arredondados. Uns mais baixos, outros um pouco mais altos, uns com o nariz pontudo, outros levemente mais arredondados na cintura, mas, fora aquilo, idênticos! A semelhança era exacerbada ainda mais pelos chapéus, cujas abas lançavam uma sombra assustadora sobre seus olhos.

"É a ilusão da uniformidade", Viny criticou, achando patético. Falta de personalidade era o que o pixie mais abominava no mundo.

E os chapeleiros chegando cada vez mais perto.

Enquanto inspecionavam, iam pedindo nome e idade dos alunos, mas não anotavam nada. Quem tomava nota era um outro chapeleiro, sentado do lado oposto do salão, em uma mesa totalmente afastada dos outros. De pena na mão, anotava todas as respostas como se pudesse ouvi-las!

"*Vai ver eles são telepatas*", Capí murmurou, e Hugo meneou a cabeça, preocupado. Se fossem, todos os alunos naquele salão estavam fritos, porque a quantidade de piadas passando por suas cabeças devia ser imensa!

Viny cutucou-o, empolgado. Os chapeleiros haviam chegado nos Anjos.

Todos os cinco estavam, evidentemente, muito bem vestidos, e haviam sido os primeiros alunos a chegar. Aquilo devia contar pontos com a Comissão.

Apesar de desaprovar a gordura excessiva do Gordo, o chapeleiro que o analisava pareceu bastante impressionado com suas roupas de fino trato europeu.

"Nome?"

"Gutemberg, senhor", Gordo respondeu, um pouco nervoso. "Gutemberg Correia Feijó."

"Idade?"

"17 anos, senhor."

Enquanto o Gordo respondia, um segundo chapeleiro inspecionava Camelot, fazendo as mesmas perguntas, em exata sincronia com o primeiro.

"Nome?"

"Arthur Eustáquio Gouveia e Silva, da tradicional família Gouveia e Sil…"

"Esta informação não nos interessa. Idade?"

Camelot se calou, surpreso e ofendido. "17." E o chapeleiro passou para o próximo da fila.

Viny e Hugo caíram na gargalhada, mas se endireitaram ao verem que Bismarck os fitava com um misto de reprovação e advertência.

Eles não deviam estar rindo.

Hugo se fez de sério novamente enquanto os chapeleiros avançavam para a quarta leva de alunos, mas era difícil não rir! Eles eram engraçados demais, com seus movimentos idênticos e ritmados! Inspecionavam os alunos intercalando-os com uma precisão de máquina, analisando de dois em dois, ou de três em três, enquanto os de trás se encarregavam dos alunos que iam sendo pulados pelos da frente – praticamente uma linha de montagem!

Até que, finalmente, chegaram nos Pixies e Viny se endireitou, recebendo o primeiro chapeleiro, que pulara Hugo e Capí para deixá-los com o segundo, que vinha logo atrás. Hugo esticou a coluna, em pose militar, enquanto o chapeleiro analisava suas mãos, checava suas unhas, mexia em sua cabeça quase como se estivesse verificando se o tamanho de seu crânio era aceitável, e Hugo se segurando para não rir.

Eles cheiravam a naftalina.

Enquanto seu chapeleiro o analisava, o outro fazia exatamente os mesmos movimentos em Viny, como robôs muito bem programados. Mas não eram robôs. Eram seres humanos de carne e osso, com poros, buracos de espinha, suor e tiques nervosos. O seu, a cada duas palavras, piscava um dos olhos repetidas vezes. O do Viny fazia barulhos esquisitos ao respirar, como se tivesse algum problema nos pulmões. E quando o chapeleiro número 1 fez a primeira pergunta ao loiro, o número 2 perguntou no mesmo exato momento para Hugo:

"Nome?

"Hugo Escarlate."

"Viny Y-Piranga."

"Idade?"

"14 anos."

"17 anos."

"Data de nascimento?"
"29 de fevereiro, 1984."
"20 de janeiro, 1981. Capricorniano."

Hugo olhou para Viny, que lhe devolveu um sorriso malandro, mas foi logo obrigado a olhar novamente para o chapeleiro, que trouxe o rosto do pixie de volta ao lugar sem a mínima delicadeza, analisando-o uma última vez antes de partir para Caimana. Em total sincronia, o chapeleiro que estivera analisando Hugo passou para Capí, e Hugo respirou aliviado.

Ao menos seu brinco sobrevivera ao escrutínio.

Enquanto isso, um outro grupo de chapeleiros chegava em Rapunzela, na fileira à sua frente. A pobre da menina tremia de medo. Não só ela, como todos que gostavam dela e que estavam assistindo ao procedimento, torcendo para que o homem não notasse seus cabelos.

"Nome?"
"Rafaela Samsônia."
"Idade?"
"18 anos."

Enquanto isso, um segundo chapeleiro parava em frente a Lepé, e todos que já sabiam da piadinha rabiscada na mão do radialista sorriram de leve, ansiosos para verem a incompreensão apalermada que se estamparia no rosto do comissário.

Lepé até que estava muitíssimo bem vestido para um jogador de Zênite; suas mãos escondidas para trás, em pose de cavalheiro inglês, esperando a chance de abrilhantarem aquela inspeção com sua astúcia enquanto o chapeleiro o inspecionava com o máximo de rigor, checando suas orelhas, seu rosto de moleque, sua pele parda, seu terno, seus sapatos... E todos ali assistindo, na expectativa, se segurando para não rirem antes da hora, até que o inspetor pediu para ver suas mãos e congelou, olhando ofendido para o aluno.

Sem que precisasse dizer qualquer coisa, outros três chapeleiros marcharam impiedosos até Lepé e o levaram na marra, forçando seus braços para trás e arrastando-o para fora do refeitório.

"Ei! Também não precisa apertar!" Lepé ainda protestou enquanto entravam com o aluno *desviante* por uma pequena porta lateral com uma brutalidade digna de Caiçara, e fechavam a porta, sumindo com o garoto.

Ninguém mais estava rindo.

A maioria olhava tensa para a portinhola lateral enquanto Atlas, Viny e outros começavam, timidamente, a sair do choque e vociferar seus protestos contra a truculência daquele ato; até que, de repente, as portas duplas de entrada se fecharam com um estrondo, e todos caíram em silêncio, olhando para a esquerda.

Um homem havia entrado.

Um homem imponente, sério, de uns cinquenta anos de idade. Apesar de não ter sido anunciado, e de ninguém ali conhecer seu rosto, todos sabiam quem ele era. Sabiam por seu porte de comando, por seu olhar duro e observador, mas, principalmente, pelo fato de todos os chapeleiros terem parado o que estavam fazendo em respeito à sua presença.

Mefisto Bofronte.

Inquietos, alunos e professores retornaram rapidamente a seus devidos lugares, Abramelin enrijecendo por completo em seu assento de professor, surpreso ao ver o Alto Comissário entrar. Quase como se o conhecesse.

Hugo voltou seu olhar para Bofronte, que já caminhava, a passos lentos, mas decididos, por entre as duas principais fileiras de alunos, mantendo seus olhos fixos na mesa de professores, lá na frente. Levava um grande cajado na mão esquerda, todo trabalhado em madeira maciça, que terminava um pouco acima de seus ombros largos e atingia o chão no ritmo de seu caminhar, só aumentando a sensação de absoluto poder que Hugo já sentia só de olhar para aquele homem. O cajado batia no chão de mármore num ritmo incessante, incansável, soltando faísca em contato com o piso, em uma batida poderosa, cuja vibração era sentida nos pés de Hugo, mesmo ele ainda estando tão longe.

A curiosidade nos olhos de todos era flagrante. Quem seria aquele homem, que nunca aparecia nos jornais e que todos os políticos temiam?

Hugo elevou seu olhar, passando do estalido do cajado para as botas marrons, e então subindo pelas grossas roupas de inverno europeu que o Alto Comissário vestia, até chegar ao rosto de Mefisto Bofronte: olhos verdes em pele bronzeada, longos cabelos negros, ondulados, que desciam um palmo abaixo dos ombros... Cada detalhe acrescentava ainda mais imponência à sua figura. Mas havia algo de diferente nele. Algo que, de longe, Hugo não conseguia definir...

Desistindo de tentar, voltou a admirar o casaco de Bofronte. Era um sobretudo grosso, quente, de camurça bege por fora e pelo marrom-escuro por dentro, que descia até os pés. Lindo demais. Algum animal muito grande morrera para que aquele magnífico casaco fosse feito. Um urso, talvez, a julgar pelo tamanho imponente do Alto Comissário.

Como ele não derretia de calor num casaco daqueles?! Devia ser o sobretudo mais quente que Hugo já vira na vida! Será mesmo que um homem tão seguro de si e decidido quanto o Alto Comissário parecia ser, seria capaz de fritar em um casaco daqueles só para impressionar os outros?! Não... Não fazia sentido.

Hugo forçou a vista um pouco mais, e só então percebeu: o Alto Comissário realmente sentia FRIO! Frio de verdade. Não era frescura, não era fingimento! Ele até soltava vapor pela boca, como se estivesse preso no mais rigoroso dos invernos!

Impressionado, Hugo olhou para Capí. O pixie ainda não notara aquele detalhe específico, mas era flagrante o desagrado que lhe causava a visão do casaco.

"Talvez seja pele artificial, Capí."

"Não é", o pixie respondeu seco, e Hugo achou melhor mudar de assunto, enquanto Bofronte ainda estava a uma distância segura deles, *"E aquele cajado, hein? Deve ter custado uma pequena fortuna..."*

"Ocês vão ficar conversando até eles perceberem, é?!" Índio murmurou, receoso, mas fez questão de esclarecer, *"Cajados não se compram; se conquistam, adendo. E não são fáceis de conquistar"*, ele concluiu com um semblante grave no rosto.

A preocupação do mineiro era compreensível. Se o cara havia conquistado um cajado daqueles, ele era muito bom no que fazia. Bom e perigoso.

Hugo voltou sua atenção para o cajado: era negro, imponente, mas não parecia ter sido feito de uma madeira originalmente preta, tipo ébano. Não. Era madeira queimada mesmo, contorcida, torturada, como se alguma força maior a houvesse retorcido até o limite da resistência. Em seu topo, uma pequena pedra azul completava aquela formidável arma. Uma ágata, talvez.

Olhando para a mesa dos professores, Hugo viu que todos acompanhavam os passos de Bofronte com a mais absoluta apreensão. O Alto Comissário os diminuía com sua mera presença ali. E não parecia estar com a mínima pressa de chegar a eles. Quanto mais tensão causasse, melhor.

Talvez por isso Hugo houvesse sentido uma admiração quase imediata por aquele homem. Admiração misturada com medo, mas, ainda assim, admiração. Bofronte sabia os sentimentos que causava em cada pessoa. Entendia o poder que tinha sobre elas...

Logo atrás do Alto Comissário vinha um homem que só agora Hugo notara. Introspectivo, curvado, inseguro, ele era uma mera sombra, se comparado à imponência do Alto Comissário. Vestido inteiramente de preto, de pele pálida e cabelos longos desgrenhados, o verme se esgueirava atrás de seu mestre, recatado, mas alerta, seus olhos atentos examinando cada aluno de longe, enquanto seguia atrás de Bofronte como um capacho bajulador.

Um rato atrás de um gigante. Não que houvesse uma grande diferença de altura entre ele e o Alto Comissário. Era mais uma diferença de postura mesmo; de atitude. Enquanto Bofronte caminhava com passos seguros, o outro andava curvado atrás dele, apagado, submisso. Mas esperto. Hugo via inteligência nos olhos dele.

Ultrapassando Bofronte, o homem passou a andar na frente, analisando todos os alunos que viriam a seguir, como um cão de guarda dedicado, que fareja possíveis perigos no caminho do mestre. Desconfiado, fixou seus olhos por meio segundo em Hugo antes de seguir adiante, deixando o garoto absolutamente furioso.

Quem aquele verme pensava que era para desconfiar dele?! Por que as pessoas achavam sempre que ele tinha cara de bandido?! Ah, qualé!

Fechando a cara, Hugo acompanhou o cão de guarda com os olhos semicerrados de raiva enquanto o capacho retomava seu caminho. A mistura de submissão e esperteza daquele homem incomodava-o profundamente. Ou a pessoa era submissa, ou esperta, não podia ser as duas coisas. Filho da mãe preconceituoso...

Mas não era hora de ficar pensando naquilo. Por alguma razão, Bofronte interrompera sua marcha bem na frente do Hugo, e ali ficara, pensativo, olhando o nada, sem se virar para ele. Talvez estivesse se perguntando o que teria feito seu capacho parar seu olhar, por discretos milissegundos, em apenas um dos alunos.

Hugo fitou-o tenso, sabendo que o Alto Comissário logo olharia em sua direção.

E assim ele o fez, virando o pescoço e fixando seus profundos olhos verdes nos dele.

Hugo sentiu seu coração acelerar ridiculamente, mas conseguiu não desviar seus olhos dos de Bofronte enquanto ouvia, ao fundo, chapeleiros agarrarem mais um aluno, levando-o aos berros para a saleta lateral do refeitório.

Daquela vez, ninguém protestou. Todas as atenções estavam voltadas para Hugo e Bofronte.

Procurando disfarçar o nervosismo, Hugo se segurou para não baixar a cabeça, preferindo, em vez disso, imprimir certa esperteza no olhar enquanto fitava-o. Esperteza esta que o Alto Comissário pareceu gostar.

Sem dizer nada, Bofronte olhou com aprovação também para suas roupas, passando os dedos pelo brinco de prata em sua orelha esquerda, e Hugo sentiu uma corrente de entusiasmo subir sua espinha ao perceber que havia agradado. Não sabia se pelo brinco, ou por sua atitude desafiadora, mas o fato é que agradara o homem mais poderoso da sala e estava muitíssimo satisfeito com aquilo.

"Eu nunca encrencaria com um brinco, rapaz", Bofronte disse simpático, dando-lhe uma piscadela e seguindo pela fila. Parou, então, diante de Viny, que encarava o Alto Comissário com puro ódio no olhar.

Meu Deus... Capí havia acabado de pedir prudência a ele! O que aquele maluco estava fazendo?!

"Revoltado?" Bofronte indagou, mas o loiro continuou a fitá-lo com raiva, e em silêncio. Não daria a ele o gostinho de uma resposta.

Hugo viu Capí fechar os olhos, apreensivo, sem poder fazer nada... sem sequer poder dar-lhe uma de suas cotoveladas... Viny estava provocando demais! E, enquanto os dois se encaravam a menos de três metros dele, Hugo pôde sentir a tensão crescer ao redor do salão. Todos esperavam por uma reação violenta dos chapeleiros, mas Hugo não acreditava que ela viria. Pelo olhar levemente malicioso de Bofronte, o Alto Comissário estava gostando daquele embate... Daquela revolta. Era como um jogo para ele. Um desafio que a escola lhe ofereceria.

"Acha que estou interferindo demais? Controlando demais?" ele perguntou, sereno, sem tirar os olhos do pixie. "Você não sabe o que é não ter controle sobre a própria vida, Sr. Y-Piranga. Você não passa de um garoto mimado, que sempre teve tudo o que quis, e que se faz de rebelde só para chamar atenção."

Viny fitou-o ainda mais furioso, se segurando muito para não dizer nada, e Bofronte passou os olhos pelos cabelos levemente revoltosos do loiro. "Você é um privilegiado, garoto. Todos vocês são. Nunca ousem pensar o contrário."

E Bofronte saiu em direção à mesa de professores.

Fuzilando-o com o olhar, Viny cerrou os dentes para não explodir de tanta raiva, e Hugo soube ali, pela reação do pixie, que o Alto Comissário acertara na mosca. O loiro não teria ficado furioso daquele jeito se Bofronte não houvesse dito uma verdade a seu respeito. Talvez até tivesse achado graça.

Mas Hugo ainda estava impressionado demais com o Alto Comissário para ficar pensando no pixie. Havia visto dor nos olhos verdes de Mefisto Bofronte. DOR. Uma dor intrigante, profunda. Sua pele era bronzeada de sol, mas era como se ele tivesse passado meses em um inverno rigoroso, e aquele inverno houvesse grudado nele e voltado com ele para o Brasil. Ele *sofria* com aquele frio, mas seria essa a dor que Hugo via em seus olhos? Ou alguma outra, mais profunda?

Talvez Hugo estivesse imaginando coisas... mas ele não costumava se enganar em sua leitura das pessoas.

"O que houve com suas pernas, rapaz?"

Arrancado de suas reflexões por aquela pergunta, Hugo olhou desesperado para sua extrema direita, vendo que Bofronte parara em frente a Tobias e sua cadeira andante. Entrando em pânico, prendeu a respiração à espera da resposta do garoto. Se aquele desgraçado contasse alguma coisa....

Tobias tentou erguer os olhos para encontrar os do Alto Comissário, mas perdeu a coragem e voltou a olhar para o próprio colo. "Acidente na floresta, senhor Comissário. Eu fui atacado por uma mula-sem-cabeça, ano passado."

Bofronte ergueu a sobrancelha, surpreso, e ficou olhando para Tobias por um bom tempo até finalmente resolver seguir seu caminho. Hugo respirou aliviado. Aquilo era uma tortura... aquele garoto ali... Sua presença no colégio era uma acusação permanente, e, com aquela Comissão fazendo perguntas, Tobias acabara de se tornar uma pessoa muito perigosa para ele. Uma ameaça constante.

Mas Bofronte finalmente chegara perto da mesa dos professores, e, surpreso, abrira os braços, amigavelmente, "Abramelin! Meu *jovem* Abramelin! Por que será que eu ainda me surpreendo quando vocês aparecem?"

O professor das barbas brancas se encolheu ainda mais em seu assento, enquanto seus alunos riam discretamente. Será mesmo que Mefisto Bofronte acabara de fazer piada da pretensa idade do professor?! *Jovem* Abramelin?! Ha! Hugo teve que rir.

Percebendo que se acovardara todo, o professor de Mistérios da Magia e do Tempo se reergueu, tentando fingir compostura, mas estava claro que ele tinha medo daquele homem. Medo e respeito. Ao contrário de todos os outros que estavam ali, no entanto, seu receio não era baseado em um mero boato. Era claramente real. Advindo de experiências reais.

Antes que o professor pudesse dizer qualquer coisa, no entanto, Bofronte chamou seu capacho, com autoridade inegável na voz.

"Adusa!"

O verme bajulador respondeu ao chamado de cabeça baixa. Bofronte lhe disse algo no ouvido, e Adusa obedeceu, indo embora pela porta da frente em alguma missão. Ao passar por Hugo, olhou-o novamente, agora com clara irritação, e aquilo foi o suficiente para que Hugo percebesse que a antipatia entre os dois era mútua. Melhor assim. Preferia sentir antipatia por pessoas que pensavam o mesmo sobre ele.

Adusa tendo saído, Bofronte caminhou lentamente por toda a extensão da mesa dos professores, olhando cada um deles nos olhos. Uma forma discreta de intimidação, que fez tremer as bases de muitos ali. Só então se recolheu para a lateral do salão, recostando-se na parede ao lado da portinhola por onde os dois alunos haviam sumido. Cruzando os braços, pôs-se em posição ideal para ouvir o discurso de seu assistente mais velho, que já subira no púlpito e se preparava para falar.

Com seu manto roxo e sua careca torneada por ralos cabelos brancos, Paranhos vestiu calmamente os óculos de armação fina, limpou a garganta e começou, ao som de um silêncio absoluto, "Vocês devem estar se perguntando: para que tudo isso?" O bruxo pausou, sentindo o silêncio à sua volta. "Pois eu vos digo: o Brasil precisa de ordem! Só a ordem leva ao progresso. Nossa própria bandeira nos diz isso! E, no entanto, olhem onde estamos... Não há como negar que nosso país mergulhou em um caos profundo. Falcatruas, corrupção, pirataria... a falta total de organização, o flagrante desrespeito dos jovens aos mais velhos... está tudo errado! E vocês ainda perguntam pra que tudo isso?!"

"... Talvez vocês sejam como aquele rapaz ali, filho do casal bruxo mais rico deste país", ele apontou para Viny. "Talvez vocês também estejam se sentindo incomodados com tantas regras. Mas a verdade é que a maioria destas regras já estava aí! Só não eram aplicadas! E nós sentimos muito que tenhamos que fazê-lo agora... deste jeito."

Viny deu uma leve risada, murmurando revoltado, "É... *sentem muito sim. Filho da mãe...*" e levou uma não tão leve cotovelada de Capí como resposta, enquanto Paranhos prosseguia, "A desordem só leva ao sofrimento! À injustiça! Precisamos de ordem a qualquer custo, para que este país deixe de ser a escória que é! Nós podemos ser grandes! Podemos ser admirados! E é isso que nosso excelentíssimo Presidente Amos Lazai-Lazai quer para este país! Que ele seja o modelo que todos os outros seguirão! Modelo de decência, modelo de comportamento, modelo de pensamento!"

"Pensamento?! Esses caras querem controlar o que a gente pensa?!"

"Calma, Viny. Pelo amor de Deus, se acalma."

"Como é que eu vou ter calma, véio?! Eles querem colocar nossos cérebros num molde!"

Paranhos pausara seu discurso, percebendo a comoção do pixie.

Fitando-o calmamente, salientou, "O caos vem da dissensão, rapaz... do desacordo. Se todos concordassem, o mundo estaria em paz! Pense nisso."

"... *Eu penso que eles querem instaurar uma ditadura, isso sim...*" Viny murmurou, sem medo de que Paranhos estivesse lendo seus lábios.

Hugo olhou para os Anjos. Como previra, os cinco estavam amando cada palavra dita por Paranhos. Sorriam exaltados enquanto ele prosseguia, agora voltando a falar para o corpo estudantil inteiro, "... Então, vocês nos perguntam: Mas por que começar esta revolução de costumes pela escola?! E eu vos respondo: Um país é o reflexo de seu sistema educacional. Simples assim. O Brasil está essa bagunça porque seus filhos não foram ensinados a andar na linha! Portanto, chega de arruaceiros nesta escola! Chega de alunos vagabundos, chega de bagunça! A partir de hoje, o aluno que não estiver perfeitamente vestido será punido. O aluno faltoso será punido. A conversa em sala de aula será punida..."

Viny riu do absurdo, "*Daqui a pouco vão proibir a gente de discordar dos professores em sala de aula também.*"

"*Aí o adendo vai se ferrar*", Índio provocou e Hugo olhou feio para ele. O sacana não abrira a boca a manhã inteira! Tinha que abrir agora, só para falar mal dele?!

Quanto ao discurso de Paranhos, Hugo não sabia ao certo o que pensar. Concordava com tudo que ele dissera sobre o Brasil ser uma baderna. Odiava a desordem daquela escola... detestava quando professores faltavam e alunos conversavam em sala de aula, não suportava professores incompetentes e estudantes folgados, que não gostavam de estudar e ainda ficavam atravancando as aulas com sua ignorância. Só não sabia se concordava com os métodos ditatoriais que eles estavam propondo.

Até porque, com a saída de Manuel e de Ivete, o nível dos professores da Korkovado aumentara consideravelmente. Areta era uma professora excepcional, apesar de irritante, e Capí não ficava atrás em matéria de competência. Mesmo Atlas, que, no ano anterior, faltara às três primeiras semanas de aula, desta vez havia comparecido a todas! E aqueles professores estavam inspirando cada vez mais, nos alunos, uma vontade de prestar atenção e aprender. Talvez aquele rigor todo da Comissão não fosse, de fato, necessário... Mas Hugo estava se distraindo.

"Este panfleto, por exemplo!" Paranhos tirou do manto um papel amassado, que ele desdobrou, mostrando para todo o salão, "... Este panfleto é uma afronta inaceitável à autoridade maior desta escola!"

Virando o papel para si, leu em voz alta, "*'Pixies no Controle'*, datado do ano passado."

Hugo estremeceu, enquanto Caimana e Capí empalideciam ao seu lado. Só Viny, inconsequente que era, reagira com um leve sorriso de satisfação.

"Este ABSURDO", Paranhos prosseguiu, furioso, "estava grudado com um feitiço permanente em uma das entradas desta escola!"

"*Ups...*" Viny brincou, levando uma cotovelada de ambos os lados.

"Obra de um grupo de *vândalos...*"

Os Anjos riram, olhando para eles.

"... este ultraje em forma de panfleto é prova concreta do nível de desordem a que esta escola chegou!"

Lívido de preocupação, Capí murmurou, *"Ainda bem que a gente nunca assina essas publicações..."*

"Este panfleto, para quem não conhece, narra a desordem ocorrida no feriado das fogueiras, ano passado, de onde muitos jovens saíram queimados, e termina tentando incitar os próprios professores a deixarem de aplicar provas aos alunos, como meio de incentivo ao 'verdadeiro' aprendizado! Esta ideia é absurda! A ideia de que, na ausência de leis, as pessoas seriam mais civilizadas, é ridícula!"

"Eles estão deturpando nosso texto, véio..."

De fato, aquele panfleto só dissera que, se as pessoas fossem incentivadas, desde cedo, a estudarem pelo simples prazer de aprender, não para tirar boas notas, a longo prazo isso criaria cidadãos que seguiriam as leis pelo simples desejo de manter a paz, não por medo da punição.

Mas Paranhos não entendera assim, e, insuflado pelo ódio contra aquele panfleto, virara outra pessoa completamente, "De hoje em diante, qualquer aluno que andar mal vestido pelos corredores desta escola será EXPULSO; o aluno que tirar notas abaixo de 7 será expulso; quem faltar mais de cinco aulas no ano sem a expressa permissão dos professores e, ou, sem um motivo plausível, será expulso; o aluno que for desrespeitoso com as autoridades deste colégio será expulso..."

Cada frase que Paranhos dizia era como uma facada no peito dos Pixies.

"... e, por autoridades, queremos dizer professores, diretora, membros do Conselho Escolar e todo e qualquer membro da COMP que permanecer na escola para garantir um controle mais próximo dos alunos. Outras medidas serão adotadas em breve, para que a educação brasileira cresça aos níveis da Europa."

Enquanto Paranhos começava a listar mais punições, agora contra os professores que dessem guarida a alunos desviantes, Bofronte chamou com o dedo um dos chapeleiros mais próximos e cochichou uma ordem em seu ouvido.

Imediatamente, e sem que aquele primeiro chapeleiro houvesse saído do lugar ou dito qualquer coisa, outros quatro, do lado oposto do salão, se deslocaram até um dos alunos, que estava rindo distraído, e pegaram-no pela nuca.

"Ei! O que foi que eu fiz?!" o gordinho protestou assustado, mas foi levado mesmo assim, sumindo, com eles, pela portinhola lateral.

Atlas se levantou para protestar, revoltado diante daquele absurdo, e Bofronte dirigiu-lhe a palavra, interrompendo o discurso de Paranhos.

"Algum problema com sua cadeira, professor?"

Intimidado, Atlas sentou-se novamente, sem dizer nada, e Paranhos prosseguiu, "A partir de hoje, está instituído o toque de recolher. Todas as noites, às 21 horas, os alunos deverão obrigatoriamente retornar a seus dormitórios."

Um leve murmúrio de insatisfação se alastrou pelas fileiras, mas foi logo abafado pelos próprios alunos, que se calaram com medo de serem expulsos.

Bofronte trocou olhares satisfeitos com Paranhos, que prosseguiu, "O primeiro toque será dado sempre às 20 horas e 55 minutos. Se, às 21 horas em ponto, ainda houver estudantes fora do dormitório, estes sofrerão punições. Os alunos que desobedecerem o toque de recolher por pura incompetência serão severamente punidos; os que desobedecerem de caso pensado, serão expulsos. Quanto a sábados e domingos, esses dias passarão a ser dias exclusivamente dedicados aos estudos, porque esta é uma instituição de ensino, não de surfe."

Caimana trancou os dentes, absolutamente furiosa, mas não disse nada.

Era mais esperta que o namorado.

"Estão proibidos também os banhos de mar entre as aulas. Se esta proibição não for obedecida, o uso das areias da praia, inclusive para estudos, será restrito ao período noturno. Se infrações continuarem a ser cometidas, a praia será interditada pelo restante do ano."

Paranhos recolheu seus papéis. "Por enquanto são essas as instruções. Fiquem atentos à rádio para maiores esclarecimentos", e desceu do púlpito, dirigindo-se à porta de saída da Korkovado; que desembocava na torre do Parque Lage.

Foi seguido por todos os assistentes de Bofronte, com exceção de Ustra, que saiu pela porta da praia juntamente com os chapeleiros. Só então o Alto Comissário se mexeu. Caminhando calmamente até a saída da praia, fez questão de dar uma última olhada em suas vítimas antes de fechar as portas duplas com um sorriso no rosto.

Só quando as portas terminaram de ser fechadas, os alunos puderam respirar aliviados, alguns sentando-se no chão de tanto nervoso; muitos pálidos, outros não sabendo o que dizer. Quanto aos alunos conservadores... ah, esses estavam empolgados demais. Camelot ria de se acabar, vendo a apreensão nos rostos alheios. Filho da mãe.

Hugo virou-se para falar com Capí, mas o pixie havia ido aquietar seus alunos de alfabetização. Ajoelhado, abraçava com força duas das meninas, que soluçavam e tremiam sem parar, enquanto tentava consolar os outros como podia. *Vocês vão conseguir*, ele dizia. *Vão conseguir...*

Foi então que Hugo se deu conta: em nenhum momento, durante o discurso, pensara nos novatos analfabetos... Não passara por sua cabeça o quanto aquelas novas regras os afetariam! Seus sonhos de mudança de vida tinham acabado de ser destruídos ali, naquelas duras sentenças de Paranhos.

Expulsão com notas abaixo de 7?! Seriam todos expulsos...

Nenhum deles conseguiria aprender a ler e escrever rápido o suficiente. Não a ponto de tirarem nota 7 na primeira prova do ano. Capí era bom professor, mas não fazia milagres. E até ele estava chorando, mesmo enquanto prometia a seus alunos que eles conseguiriam. Não acreditava na própria promessa.

No ano anterior, Rafinha havia levado cinco meses para conseguir sua primeira nota 6. Hugo lembrava da festa que Gislene fizera em sala de aula por conta daquilo, correndo para mostrar a nota do aluno ao pixie.

Será que todo aquele trabalho que haviam tido nas férias, de resgate dos alunos analfabetos, seria jogado por terra assim, daquele jeito?!

Agora até Hugo estava revoltado. A Comissão não podia fazer aquilo.

Ao mesmo tempo, nem ele nem nenhum dos Pixies eram ingênuos a ponto de pensarem que adiantaria alguma coisa implorar para a Comissão. Hugo se lembrava de como Paranhos falara com desprezo dos vira-latas, no ano anterior. Se Paranhos ficasse sabendo da existência dos analfabetos, iria querer que todos fossem expulsos. E ainda puniria Capí por ter tentado ensiná-los.

"A gente vai te ajudar, guri", Atlas murmurou, tocando o ombro do pixie. "De alguma forma, a gente vai te ajudar."

Capí aceitou o carinho, mas negou a ajuda. "É perigoso demais, professor. Eles já ameaçaram os professores que acobertarem quem não seguir as regras."

Enquanto Atlas tentava convencê-lo, Hugo olhou para a porta por onde haviam sido levados os alunos desviantes e sentiu um arrepio, como se nunca fosse voltar a vê-los. Deixando Capí para trás, caminhou por entre os alunos aterrorizados, muitos dos quais se recusavam a sair do refeitório, com medo de que os chapeleiros estivessem esperando por eles do lado de fora, para além daquelas portas fechadas.

E, de fato, assim que os primeiros alunos tomaram coragem para sair, lá estavam os chapeleiros, sérios, enfileirados ombro a ombro com uma precisão milimétrica, de modo a bloquearem inteiramente a praia, seus corpos fazendo o caminho que todos os alunos deveriam seguir para o interior da escola. Nada de mar.

A instrução era de que os alunos deveriam aproveitar aquela hora antes do almoço para pensarem nas novas regras e em suas respectivas punições. Para tanto, lhes seria permitido o uso dos dormitórios, da sala de jogos, das cadeiras e mesas do pátio da árvore central, e só.

A maioria acabou escolhendo os locais fechados, onde poderiam conversar sem serem ouvidos pelos chapeleiros.

"Isso é uma arbitrariedade!" Caimana protestou furiosa, desabando em um dos sofás da sala de jogos.

Metade dos membros do antigo Clube das Luzes já estava lá, mas, dos Pixies, apenas Caimana, Índio e Hugo já tinham chegado. Capí ainda consolava seus alunos no refeitório, e sabe-se lá onde Viny havia se metido.

Ninguém ali estava a fim de jogar jogo algum; os alunos olhavam, emburrados, para o nada; as alunas... bem, as alunas não pareciam tão emburradas assim, e Hugo não estava conseguindo entender o motivo do sorrisinho bobo estampado nos rostos da maioria delas, até que Rapunzela entrou na sala de jogos se abanando e tirando os cabelos de dentro do uniforme. "Geeeeente, que homem era aquele?!"

Algumas das garotas riram, traindo os pensamentos libidinosos que estavam tendo, e uma outra exclamou em espanhol "*Caliente...*" se jogando para trás no sofá, apaixonada.

Caimana fez cara de nojo, "Que *quente* o que, garota! Não viu o vapor saindo da boca dele?! O cara é gelado!"

"Tão gelado que *queima...*" Rapunzela replicou, safadinha, terminando com um "*Tsss...*" que fez todo mundo rir. Impossível ficar sério diante de tamanho absurdo.

"Eu só não entendo aquele vapor", Hugo observou, tentando raciocinar, "Mesmo que o Alto Comissário sinta frio, o vapor não faz sentido. Teoricamente, vapor só sai da boca de uma pessoa que está com frio porque o ar de dentro dela está mais quente que o ar gelado de fora, e esse ar quente se condensa em contato com o frio do ambiente. Isso não faz sentido nenhum no calor infernal do Rio! Aqui, ele só soltaria vapor pela boca se ELE fosse frio por dentro, tipo, se fosse tão frio que o ar se condensasse dentro dele antes de sair, mas sendo frio por dentro, ele deveria sentir mais calor do que a gente. Não o contrário."

Todas as apaixonadas olharam para Hugo com cara de '*Ninguém te perguntou, seu cabeçudo*', e ele fechou a cara, achando melhor se calar. Estava cortando o clima de paquera infantil delas.

Caimana era a única garota emburrada ali dentro. Francine, a única indiferente. Ouvindo aquilo tudo sem dar muita importância, ela deu de ombros, "Ele tem cara de argentino, sei lá."

"Pra mim ele parece Europeu", Rapunzela rebateu. "Tipo, espanhol... Ah, *mui lindo...*"

"Ele tem idade pra ser seu pai, garota! Quem sabe até seu avô!" Caimana protestou, ainda claramente furiosa com a proibição da praia. "Ele deve ter o quê? Uns 50, 52 anos de idade, por aí..."

"Então, um cinquentão gato demais!" Rapunzela sorriu, toda boba. "Deve ter sido uma perdição quando jovem. Eu tenho certeza que ele é espanhol. Aposto meus cabelos."

Caimana revirou os olhos, sem muita paciência. "Por que espanhol?"

Rapunzela deu de ombros. "Sei lá, bronzeado, cabelos negros, compridos... tem aquele fogo de amante latino, sabe? Uhhh..." ela se arrepiou toda e até Caimana teve que rir.

"Eu não ficaria zombando dessas coisas", Índio asseverou, sentado num canto. "Esse homem não está aqui pra brincadeira. Você viu o que fizeram com o Lepé. Pra onde levaram ele?! Ninguém sabe."

"Ah, não corta nosso barato, seu chato!" Rapunzela reclamou, voltando a ficar preocupada com seu parceiro de rádio. Havia se esquecido completamente dele.

De repente, uma gritaria no corredor dos signos chamou a atenção de todos, e Viny entrou na sala de jogos absolutamente furioso. Tanto por ter sido atacado pelo signo errado mais uma vez, quanto pela presença da Comissão na escola, "Acredita que um deles me parou pra arrumar meu cabelo?! Que gentinha, viu!"

Caimana deu risada, vendo o cabelo do namorado todo lambido para trás, e Hugo olhou para o jardim lá fora, se perguntando onde estaria sua Janaína; de repente receoso que ela houvesse sido sequestrada pela Comissão, como Lepé. Só isso explicava o sumiço da menina. Ela não teria ido para a Bahia sem ele. Não depois que ele já aprontara a mochila e tudo. Teria sido sacanagem demais da parte dela.

"... Vocês viram que cara ridículo?!" Viny vociferava. "Uma roupa de inverno daquelas em pleno Rio de Janeiro?!"

"Ele parecia sentir bastante frio, Viny", Caimana retrucou, e o loiro deu risada, "Claaaro... deve ter feito algum feitiço pra colocar aquele vaporzinho na boca. Só pra parecer mais *chique*."

Rapunzela suspirou, "Feitiço ou não, com certeza é um charme a mais..."

Curió, também do finado Clube das Luzes, resolveu entrar na conversa, "Olha, eu não sei se ele é lindo, porque, tipo, eu prefiro mulheres, mas acho que ninguém aqui discute o nível de fodacidade do cara, né? Ele tem um cajado! Um CAJADO, mano!" Curió batucou na mesa de bilhar-bruxo, entusiasmado. "Eu nunca tinha visto um cajado de perto."

Recostado numa das paredes de canto, Beni só ria daquela conversa toda, ainda mais vendo Viny se morder de inveja por ter sido expulso do posto de ser humano mais popular daquela escola.

O loiro estava verdadeiramente possesso! "Ele tá é querendo parecer europeuzinho com aquela roupa, isso sim! E vocês caindo direitinho no *charme* dele!"

"Charmoso ele é", Caimana retrucou, só para irritar um pouco mais o namorado, e Viny quase explodiu de ódio, "Um aristocratazinho, isso sim! Quem ele pensa que é pra me chamar de *privilegiado*?!"

"Mas você *é* um privilegiado, Viny."

"Ele disse que todos nós somos", Capí chegou, sentando-se ao lado deles emocionalmente exausto. "Não estava falando de riqueza."

"E eu não sou mimado!"

"Ah, não?!" Índio redarguiu. "Você só está furioso assim porque ele deu uma breve olhada em você e já te leu inteiro, na frente de todo mundo."

"Me leu inteiro?! Ele é ridículo. Só porque ele sabe quem são meus pais e quanto dinheiro eu tenho, ele pensa que me conhece. Mas eu ainda derrubo o Alto Comissário daquele pedestal dele. Ah, derrubo."

Capí estava sério, pensativo, e permaneceu assim por vários minutos, enquanto o resto dos alunos voltavam a discutir sobre o charme de Mefisto Bofronte.

"Que foi, véio? Tá tudo bem?"

"Toma cuidado, Viny. Ele me pareceu perigoso. Melhor não comentar suas opiniões em voz alta desse jeito. Nunca é demais ter cautela."

"Ah, véio. O que aquele aristocratazinho pode fazer? No máximo, ameaças vazias. Ele não pode sair expulsando todos os alunos da Korkovado."

"Eu não tenho tanta certeza assim. Melhor a gente ficar quieto por um tempo. Pelo menos até o Lepé reaparecer."

"Ah, tu é prudente demais!" Viny exclamou irritado, quicando nos calcanhares sem conseguir disfarçar seu nervosismo. "… prudente demais…"

"Ele tem razão, Viny", Caimana aproximou-se para tentar acalmá-lo. "Foi a prudência do Capí que te salvou de ser jogado naquela saleta hoje. Se ele não tivesse te obrigado a se vestir direito, você estaria lá com o Lepé agora."

Capí suspirou tenso, "O fato é que, charmoso ou não, perigoso ou não, Mefisto Bofronte conseguiu o que queria aparecendo pessoalmente aqui hoje: a gente está falando dele, e não da truculência da Comissão Chapeleira."

CAPÍTULO 21
O PASSO DO TOURO

Capí tinha razão. Em vez de criticarem as reações violentas da Comissão, o assunto mais comentado da escola passara a ser Mefisto Bofronte. Tanto que muitos alunos, apesar do medo, voltaram para o almoço empolgados com a possibilidade de impressioná-lo, vestidos em seus melhores trajes europeus.

O temor pela Comissão ainda existia, claro, até porque aqueles seres medonhos continuavam espalhados por todos os cantos do colégio, como sentinelas mecanizadas. Mas grande parte dos alunos tinha percebido que nunca haviam desrespeitado a maioria daquelas regras, então, não tinham mesmo por que temer. Não seriam expulsos desde que fizessem tudo que qualquer aluno "decente" faria. E, apesar de Viny ficar furioso vendo tantos 'europeuzinhos' pela escola, Hugo não podia negar que gostava daquilo tudo.

Gostava das roupas, da rigidez, da ordem... até porque vivera em desordem sua infância inteira, sofrendo com o descaso público, vestindo roupas esculhambadas para não chamar atenção na comunidade, e sendo esculachado por isso nas ruas. Agora não. Agora ele se vestia bem e não teria qualquer problema com os chapeleiros naquele sentido. Também não seria burro de quebrar as regras. Nunca chegara atrasado mesmo, raramente conversava em sala de aula, e como já havia prometido a si mesmo, tentaria não agredir verbalmente nenhum professor, por mais que alguns merecessem.

Os alunos conservadores obviamente estavam amando aquilo tudo. Como já se vestiam de maneira adequada todos os dias, resolveram exagerar, andando pelos corredores de coluna ereta e falando empolado, como mini damas e cavalheiros. Chegava a ser engraçado de tão patético.

As meninas então.... cada vez que o Alto Comissário aparecia, suspiravam apaixonadas e Beni morria de rir, adorando se ver livre daquelas garotas grudentas – até porque nunca se interessara pelo sexo oposto. Quanto às novas regras, ele não parecia sentir qualquer dificuldade em segui-las. Apesar de adorar o Viny, Beni sempre se vestira de acordo com os melhores padrões, e não aparentava estar com tanto medo assim da Comissão ou do Alto Comissário.

Mas quando Lepé não reapareceu ao longo daquela tarde, e outros alunos, do nada, começaram a ser arrastados para a 'sala do sumiço' pelos motivos mais imbecis, o pânico entre os alunos retornou com tudo. Mesmo entre os empolgados.

Se um cabelo recém-despenteado pelo vento era motivo de detenção, o que não seria?!

Enquanto isso, as aulas do dia haviam sido remanejadas apressadamente para que coubessem todas naquela mesma tarde. A Comissão não aprovara o planejamento anterior: um dia inteiro sem aulas para a visita da COMP, e com isso, os professores tiveram que se virar para preparar alguma coisa em cima da hora.

Até que Capí conseguiu fazer um bom trabalho, mesmo com sua mente nos novatos que tivera de abandonar para obedecer às ordens da Comissão.

"Quanto mais cedermos, pior vai ser", Viny esbravejou depois da aula improvisada do pixie. "Eles mesmos disseram: fiquem atentos à rádio para maiores instruções! Bofronte é esperto... vai pedindo aos poucos. Mas vocês viram os chapeleiros?! Completa lavagem cerebral! Nenhuma personalidade! É isso que ele quer pra gente! Que a gente vire robôs sem pensamento próprio."

De fato. Aqueles chapeleiros chegavam a dar arrepio de tão semelhantes. E, em sua uniformidade, a violência deles parecia ainda mais assustadora, porque sincronizada! Não estavam fazendo aquilo de impulso ou por raiva. Não! Agiam com calma! E ainda achavam supernatural pegar alunos desviantes pela nuca e jogá-los na sala do sumiço como frangos prontos para o abate.

Hugo não gostava de truculência. De firmeza sim. Um pulso firme podia inspirar nele uma vontade de ser mais virtuoso; mais comportado. Já truculência não lhe inspirava nada além de desprezo, e cada vez que os chapeleiros, pelos motivos mais imbecis, pegavam um aluno pelo colarinho e o arrastavam até aquela sala, Hugo sentia mais nojo deles.

Dos chapeleiros. Não de Mefisto Bofronte.

Em seu entendimento, os chapeleiros e o Alto Comissário eram duas entidades bem distintas. Hugo via em Bofronte muito mais do que um simples líder de Comissão. Ele não fazia parte deles. Não se vestia como eles. Não se comportava como eles. Longe disso. Era sério, compenetrado, calmo. Parecia ler a alma de cada um ali enquanto caminhava pelo colégio com as mãos para trás, só observando... acompanhando de longe o comportamento dos alunos naquelas primeiras horas de novo regulamento.

Bofronte lhe causava certa apreensão? Sim. Medo? Com certeza. Mas algo nele fazia com que Hugo não o descartasse como um simples déspota ainda. Seu olhar profundo parecia dizer bem mais do que os olhares sem personalidade daqueles patetas de chapéu. E enquanto Viny não parava de criticá-lo às escondidas, Hugo preferia não julgar antes da hora alguém tão poderoso. Ainda mais sabendo que nenhum dos alunos sequestrados pela Comissão havia dado qualquer sinal de vida, e uma barreira de chapeleiros impedia a entrada de qualquer pessoa não autorizada naquela sala.

Por '*pessoas não autorizadas*', queriam dizer: alunos, professores, diretora e membros do Conselho Escolar. Haviam praticamente construído um estado paralelo dentro da escola!

Inconformados com a falta de notícias, Viny e Capí convocaram os outros Pixies e foram tentar buscar explicações com a única pessoa que, eles tinham certeza, conhecia Mefisto Bofronte.

"Entrem!" a voz profunda de Abramelin soou de dentro da sala, e os cinco entraram. Hugo se lembrava bem daquele lugar: uma sala cheia de livros e pergaminhos que o vigarista provavelmente nunca lera. Só deixava em exibição para mostrar a seus alunos o quanto ele era culto, sábio e idoso.

"Ó, meus jovens... jovens alunos!" ele disse, abrindo os braços por detrás de sua esplendorosa mesa e de suas longas barbas brancas, "O que os senhores... prezados desiluminados, desejam falar comig..."

"Qual é a sua relação com Mefisto Bofronte?" Capí cortou-o antes que Viny o fizesse, e os outros Pixies fitaram-no surpresos. Mas era compreensível. Ele estava transtornado com o desespero daqueles novatos.

Abramelin gelou perante a pergunta. "... Como, meu jovem?"

"O senhor entendeu."

Abramelin hesitou, espantado com a impaciência de seu aluno mais sereno, e Capí tentou se acalmar, se arrependendo da grosseria. "Tem crianças assustadas lá fora, professor. Por favor, nos responda. Elas têm razão de estarem assustadas?"

Vendo a absoluta consternação no rosto do filho favorito da escola, Abramelin largou sua pose de velho sábio e disse normalmente, sem qualquer afetação na voz, "Sim, elas têm razão de estarem assustadas."

Hugo estremeceu. Ele não foi o único. Respirando fundo, Capí procurou manter a calma. "De onde o senhor conhece o Alto Comissário?"

"... Minha família vem acompanhando os passos dele há alguns anos."

"Por quê?" Viny pressionou, sem dar tempo para que o professor respirasse, e Abramelin deu risada, claramente tenso com aquele questionamento.

"Por quê?! Eu te digo o porquê, senhor Y-Piranga. Porque ele é um político astuto, tem uma mente intrigante e uma vida que vale a pena ser estudada. Não posso dizer mais nada além disso. Seria quebrar o acordo que tenho com ele."

"Que acordo?!"

"Uma espécie de pacto de silêncio. Foi a condição que ele nos deu para permitir que pudéssemos continuar observando-o, e eu não pretendo quebrar este trato. Ele já foi generoso demais nos deixando estudá-lo. Então, se vocês me derem licença, eu tenho mais o que fazer, tipo, jantar", ele se levantou, começando a recolher os rolos de pergaminho espalhados por sua mesa. "E vocês deveriam fazer o mesmo. Eles falaram sério quanto a expulsar quem desobedecer ao toque de recolher."

Abramelin dirigiu-se à porta com sua pilha de pergaminhos nos braços e uma evidente pressa de ir embora, mas Caimana encaixou mais uma pergunta antes que ele saísse, "Andam dizendo por aí que ele é espanhol. É verdade?"

O barbudo parou na soleira da porta, claramente não querendo se comprometer com mais uma resposta, mas decidiu fazer aquela última concessão a seus melhores alunos. "Catalão."

"De Barcelona?!" Viny exclamou, surpreso. "Então ele é mesmo estrangeiro?! Mas ele não tem sotaque nenhum!"

"Ele nunca tem sotaque. Faz questão de não ter", Abramelin rebateu, saindo da sala e andando apressado pelo corredor do quinto andar. "Até porque ele já vive aqui no Brasil há muitos anos."

Apressando ainda mais o passo, o professor começou a descer as escadas na tentativa de fazê-los desistir, mas Caimana foi atrás, "Se ele nasceu na ESPANHA, o que ele tá fazendo aqui, enchendo o saco?!"

Abramelin parou na escada, voltando-se para ela e sussurrando com urgência, "*Espanha não, senhorita. Catalunha. Não fale Espanha na frente dele.*"

"Ah, é mesmo. Eles têm essa guerrinha entre eles, né?"

O professor parou uma última vez, olhando com preocupação e carinho para os Pixies, *"Eu sei que vocês estão curiosos, meus nobres senhores, mas lhes dou um conselho de amigo: não se metam com ele. Mefisto Bofronte é uma locomotiva, um touro ferido, e vai passar por cima de qualquer um que estiver no caminho."*

"Touros podem ser domados", Viny rebateu e Abramelin deu risada, "Esse touro não, Senhor Y-Piranga. Esse touro não."

E voltou a descer, deixando os Pixies parados ali. Receosos.

Mas Caimana ainda tinha uma última pergunta a fazer.

"Mas Mestre Abramelin!" ela foi atrás, obrigando os outros a fazerem o mesmo. "Como o senhor pode dizer que estuda ele há anos se ninguém lá em Brasília conhecia o cara até ano passado?!"

"O Brasil tem memória curta, mocinha", Abramelin respondeu sem parar de descer. "Ele fica famoso quando quer e é esquecido quando bem entende. Assim como qualquer bom político."

"Mas ele deixaria rastros, não deixaria?! Documentos, fotos..."

O professor deu risada. "Não existe alma nesta Terra capaz de tirar uma foto dele, senhorita Ipanema."

"Mas professor..." Viny insistiu, tomando a dianteira.

"Não, não e não!"

"A gente só quer saber um pouco mais! Qualquer coisa!"

"Vocês não vão encontrar nada sobre Mefisto Bofronte por aí, meus jovens. Agora parem de insistir! Xô!! Saiam de perto de mim!"

Hugo ultrapassou os outros na escada. "Ele te ameaçou, foi?!"

"Não! Ele não me ameaçou, garoto! Foi um acordo entre cavalheiros! Agora saiam!" Abramelin berrou, descendo os últimos degraus e partindo em disparada para o refeitório.

Só então os Pixies perceberam que já estavam no pátio central, e olharam à sua volta, assustados. Por sorte, não havia nem chapeleiros, nem alunos nos arredores. Todos já deviam estar no refeitório, jantando. Menos mal.

"Tô achando melhor a gente jantar também", Hugo sugeriu e Índio milagrosamente concordou com ele, mas Viny estava revoltado, "Ah, vai! Só por causa desse toque de recolher ridículo?! Isso já passou dos limites, viu..."

"Shhh!" Caimana implorou por cautela, vendo que o protesto do namorado ecoara por todo o vão central do colégio.

"Ah, eles que ouçam!"

"Cala a boca, Viny! Se você quer ser expulso, problema é seu, mas eu não quero!"

Enquanto os dois pombinhos discutiam, Capí foi se sentar no primeiro degrau da escadaria principal, arrasado. Hugo foi até ele, sentando-se ao seu lado para tentar confortá-lo. O pixie estava trêmulo.

"Eles vão ser expulsos, Hugo..."

"Não vão, não, véio", Viny disse, parando de discutir assim que percebeu a angústia do amigo. "A gente vai ajudar."

"É, Capí, não se preocupe", Caimana se aproximou. "Ó, a gente pode fazer o seguinte: você, a Gi e o Rafinha continuam dando as aulas de português como vocês sempre deram, e cada um de nós pode adotar dois ou três alunos e revisar com eles as outras matérias. Você vai ver como tudo vai dar certo."

Capí olhou para eles, ainda desalentado, mas um pouco mais tranquilo, e agradeceu com os olhos, baixando a cabeça. Caimana o abraçou com força, e Viny aproveitou para bagunçar os cabelos do amigo com ternura, fazendo questão de penteá-lo novamente logo em seguida, para não dar problema com a Comissão.

Capí riu. "Seu bobo."

"Bora lá, professor. Bora lá que eu tô com fome", Viny puxou o amigo pela mão, dando-lhe um forte abraço antes de partirem para o refeitório.

Lá chegando, entraram sem fazer alarde. Todos jantavam às pressas sob as vistas dos chapeleiros, inclusive os professores, e os Pixies acharam mais inteligente fazer o mesmo, apesar de ainda faltar uma hora e meia para o toque de recolher.

Capí optou por sentar-se entre seus alunos, aproveitando o pouco tempo que tinham naquela noite para tentar ensinar-lhes ainda alguma coisa, mas Hugo logo viu que seria difícil. Os novatos estavam distraídos pelo medo. Queriam aprender, mas a pressa dificultava a memorização.

Tenso, Enzo tentava escrever no papel que ocultara ao lado do prato, mas sua mão tremia, e toda vez que ele errava, lágrimas brotavam de seus olhos desesperados e ele tinha de ser consolado pelo pixie. Hugo não entendia aquele garoto. Às vezes parecia tão forte... às vezes, tão fraco! Pelo menos daquela vez havia um bom motivo. Se não aprendesse depressa, seus sonhos de melhorar a vida do pai e do irmão com magia iriam por água abaixo, como um triste barco furado, afundando antes mesmo de sair do porto. Tinha razão de estar desesperado.

Enquanto Gislene auxiliava Capí, ensinando noções básicas de construção de palavras, e Rafinha mantinha os olhos nos chapeleiros para certificar-se de que nenhum estava vendo o que faziam, Eimi apenas assistia, encolhido num cantinho, sem vontade de fazer nada. Nem comer estava comendo direito.

"*Fez um acordo...* sei", Viny resmungava enquanto Hugo se condoía com a situação do mineirinho. "O Abramelin tá é com medo do Alto Comissário."

"Não, não", Caimana discordou, "Eu senti medo no professor sim, quando ele reconheceu o Alto Comissário aqui no refeitório, mas não era um medo egoísta. Ele estava com medo por nós. Medo do que Bofronte faria com o colégio. Não com ele."

"Eu posso imaginar por quê..." Índio disse pesaroso, indicando com os olhos os cinquenta chapeleiros alinhados junto às paredes do refeitório como cinquenta estátuas medonhas, enquanto outros passeavam por entre as mesas, vigilantes, atentos a qualquer desvio dos alunos.

Uma leve mexida deles na aba do chapéu-coco demonstrava ao estudante que ele tinha a aprovação do chapeleiro. Já quem não agradasse era advertido com um único toque nas costas, e o aluno se encolhia todo para não chamar mais atenção.

Anjos e simpatizantes invariavelmente recebiam a mexida no chapéu e se enchiam de orgulho. Abelardo então, ridículo em um terno preto igualzinho ao deles, ganhara a maior das aprovações: recebera, das mãos do chapeleiro que o inspecionara, o chapéu-coco que o próprio estivera usando, direto da cabeça dele para a sua. O anjo ficara todo prosa, parecendo um chapeleirozinho mirim loiro.

"*Eles não ficaram sabendo que ele repetiu de ano, né?*" Viny murmurou, moído de ódio. Qualquer um que não conhecesse o pixie teria dito que se tratava de inveja, mas todos ali sabiam que era tudo menos isso.

Aliviado ao receber a mexida de chapéu, Hugo viu um chapeleiro mais adiante dar dois toques de bengala nas costas de um aluno do terceiro ano, que foi imediatamente levado por outros dois chapeleiros para a sala do sumiço.

O refeitório inteiro caiu em silêncio.

Discretamente, Caimana sacou sua varinha por debaixo da mesa e apontou-a na direção do namorado, murmurando um feitiço para que os cabelos do loiro voltassem ao lugar, já que ele tinha teimado em despentear tudo mais uma vez, e Viny reclamou dela com os olhos, recebendo, logo em seguida, a mexida de chapéu por parte do chapeleiro que estava passando.

"*Tá querendo ser detido também?!*" Caimana sussurrou para o namorado, furiosa, e Viny se aquietou em seu canto. Mas estava com ódio. Com muito ódio de tudo aquilo. Ia explodir, se não se acalmasse.

Percebendo o perigo, ele próprio se retirou, indo tomar um ar na praia antes que não aguentasse mais aquela repressão toda e berrasse no meio do refeitório.

Caimana, Índio e Hugo foram atrás. Apesar da Comissão ter proibido o banho de mar, a faixa de areia ainda estava liberada, pelo menos em período noturno. Mesmo assim, a praia continuava deserta. Ninguém além deles se atrevera a pisar ali fora depois da proibição parcial.

"Faltam 40 minutos pro toque de recolher", Índio advertiu-os, checando seu relógio de bolso, e aquilo só piorou a situação. Viny rosnou "Argghhhhh..." cobrindo a cabeça com os braços, puto da vida.

E nada de Janaína aparecer.

Hugo voltou seus olhos para o mar, e para o reflexo da lua cheia nele. Estava cansado de ser trocado. Pela Bahia, pelo Convento, pelo bandidinho da esquina que tinha o fuzil e o tênis da Nike... Revoltado, ele abraçou as pernas enquanto os Pixies discutiam em sussurros atrás dele.

Pelo menos estavam sozinhos ali. Não havia necessidade de chapeleiros numa praia sem alunos...

Olhando as estrelas, Hugo tentou visualizar como seria o teto da Korkovado sem o feitiço atmosférico: uma cúpula gigantesca de pedra sobre um oceano revoltoso, como no livro *Viagem ao Centro da Terra*.

Atlas teria gostado, sendo fã número 1 de Júlio Verne.

Vendo aquelas centenas de estrelas, era quase impossível se lembrar que, lá em cima, para além do teto invisível, estavam as matas que Hugo trilhara poucos meses atrás, à caminho do Dona Marta, para resgatar sua mãe daqueles bandidos.

Será que Caolho e Playboy ainda se lembravam dele?

Provavelmente. Até porque Atlas só apagara aquela única noite da memória dos canalhas: a batalha de varinhas... a transformação da mula-sem-cabeça... essas coisas básicas. Eles ainda sabiam quem Hugo era. Talvez até recordassem que Caiçara estivera obrigando-o a vender cocaína. ... Será que o bandido chegara a contar para os comparsas que ele era bruxo?

Algum dia perguntaria à Gislene. Não agora. Pra que revirar um passado que ele gostaria de ver enterrado para sempre?

Voltando seu olhar para a lua, Hugo notou um pontinho preto descendo em sua alva superfície. "Aquele ali é o Hermes?" ele apontou intrigado, e os Pixies pararam de discutir para olhar também.

Não, aquilo não era uma coruja. Hermes estaria voando até eles, não caindo daquele jeito...

Forçando um pouco mais a vista, Hugo levantou-se no susto.

Era um corpo! Um corpo humano, despencando lá de cima!

"Pela Deusa..." Caimana levantou-se aflita e saiu correndo para o mar, largando parte de seu uniforme na areia e pulando na água.

Enquanto a pixie vencia as ondas para chegar o mais depressa possível aonde o corpo estava para cair, Índio entrou em ação também, mergulhando logo atrás dela. Só então o corpo chocou-se contra a água lá longe.

Vendo aquilo, Viny freou antes de tocar o mar, decidindo, por alguma razão, dar meia volta e embrenhar-se na mata lateral.

Pelo menos o loiro decidira alguma coisa. Já Hugo... Ele até havia tirado os sapatos com Índio, mas hesitara ao chegar perto d'água. Não estava com a mínima vontade de arriscar uma expulsão apenas para resgatar alguém que certamente já estava morto...

Ah, droga. Ia ficar feio se ele não ajudasse.

Olhando tenso para a porta do refeitório enquanto tirava a gravata e a capa do uniforme, Hugo mergulhou de calça, colete e camisa, sentindo a água morna do mar envolvê-lo, rapidamente, até a cintura. Já estava conseguindo pegar um certo ritmo em vencer as ondas quando uma delas o atingiu em cheio no rosto e seu ouvido direito gritou de dor.

Uma dor lancinante, como ele nunca sentira tão intensa.

Hugo berrou, engolindo água e levando a mão ao ouvido enquanto as ondas batiam forte contra ele, e ele não conseguia mais respirar ou ficar de pé, ou saber onde estava. Perdera completamente a orientação, de tanta agonia, até que sentiu quatro mãos puxando-o de volta à areia, onde ele pôde finalmente voltar a respirar.

Rolando de bruços com a ajuda de Capí e Rafinha, Hugo tossiu toda a água que havia engolido, deitando exausto na areia; a mão pressionando contra o ouvido ferido. Era uma dor inacreditável. Muito mais forte do que jamais havia sentido.

Olhando à sua volta, viu Eimi observando, embasbacado, a tentativa de resgate lá longe. Ao contrário dos outros, estava seco. Capí nunca teria deixado que ele mergulhasse no mar daquele jeito. Não fraquinho do jeito que estava. Teria sido engolido pela primeira onda. Ensopado, Rafinha também acompanhava o progresso dos Pixies na água enquanto Capí ajudava Hugo a permanecer virado de lado.

O pixie envolveu-o com sua capa, enquanto Hugo, trêmulo de dor e de frio, voltava seus olhos para o mar. Procurando pelos dois pixies ao longe, surpreendeu-se ao perceber que Índio estava nadando muito mais rápido que Caimana. Rápido até demais… Já ultrapassara a elfa há tempos! Como podia?!

Capí parecia mais preocupado com Hugo do que com a competição entre os dois. "Tudo bem aí, cabeção?" perguntou, atencioso. "O que aconteceu?!"

"Um corpo caiu lá no mar…"

"Não, Hugo! O que aconteceu com você?! Do corpo eu já sei!"

Ainda atordoado, Hugo sentou-se na areia, tentando disfarçar, "Nada não, por quê?"

"Como, nada?! Você quase se afogou lá na frente!"

"Você não devia estar lá no mar com eles?" Hugo tentou mudar de assunto, irritado, e Capí negou, "Eu só iria atrapalhar. Digamos que… eu não seja o mais exímio nadador dos Pixies. Mas não foge do assunto, Hugo. O que foi que você sentiu?"

Vendo que o pixie não desistiria nunca, Hugo desviou o rosto, envergonhado. "É uma coisa que eu tenho de vez em quando… Só que a dor nunca tinha sido tão forte."

"É o sal da água", Capí entendeu, tirando sua mão do ouvido e examinando-o com a luz da Furiosa. "Seu tímpano está estourado. Aliás, há bastante tempo. Você não devia nunca ter mergulhado no mar como você fez. Não pode mergulhar em lugar nenhum, muito menos em água salgada. Quando foi isso?"

Hugo hesitou, mas acabou respondendo, "No começo do ano passado. Um PM atirou perto do meu ouvido, pra me fazer falar. Eu não sabia que tinha sido tão sério."

Mentira. Sabia sim. Sabia tanto, que estava surdo.

"A gente vai ter que te levar pra Kanpai."

"De jeito nenhum!" Hugo respondeu, um pouco alto demais. Percebendo o que tinha feito, olhou tenso para a porta do refeitório e diminuiu o volume de sua voz, *"Ela não pode ficar sabendo dos traficantes, nem de onde eu venho, nem dos tiroteios…"*

"Ela já sabe."

Hugo olhou surpreso para o pixie, se sentindo traído.

"Ela teve que saber, Hugo, depois do tiro que eu levei. Não dava pra esconder uma cicatriz daquelas da médica da escola. Mas não se preocupe, a Kanpai tem sido minha confidente a minha vida toda. Mais ainda do que o Atlas. A boca dela é um túmulo."

"… Mas e se o Rudji ficar sabendo? O Rudji é irmão dela, não é?"

"Ela não vai contar. Pode ficar tranquilo."

Hugo meneou a cabeça, incerto, e Capí fitou-o com simpatia, "Por que você implica tanto com o Rudji?"

"Ele quer a minha varinha."

"De novo isso, Hugo? Por que ele iria querer a sua varinha?"

"Todo mundo quer."

"Eu não quero", Capí retrucou, com um olhar carinhoso.

"Isso é porque você tem a varinha mais irada daqui."

O pixie sorriu de leve, mas voltou a olhar para o mar, angustiado por não poder fazer nada. Hugo não entendia por que os dois ainda estavam tentando alcançar o cara. Ele já estava morto, na certa. Tinha afundado há tempos!

"Eu achei que você tivesse medo da Kanpai", Hugo confessou, enquanto o pixie observava o progresso dos amigos no mar. "Você nunca vai lá se tratar e…"

Capí se levantou, vendo que Caimana e Índio haviam finalmente chegado ao local do impacto. Estavam claramente exaustos, após quase cinco minutos de nado pesado, mas ainda assim mergulhariam para tentar encontrá-lo lá no fundo.

"É tarde demais…" Capí sussurrou. Assim que o disse, no entanto, Viny passou zunindo por eles, surfando sua vassoura em direção ao mar com mais duas debaixo do braço. Chegando onde Caimana e Índio haviam parado, jogou para eles as duas vassouras, que eles imediatamente montaram, na água mesmo, usando-as para submergir atrás do corpo com maior rapidez.

Hugo ergueu as sobrancelhas, surpreso. Não sabia que vassouras podiam fazer no mar o mesmo que faziam no céu!

Subitamente empolgado, ele levantou-se para acompanhar o resgate, mas sua empolgação durou pouco. Exatos dois minutos; antes de se transformar em angústia.

Dois longos minutos e nada deles reaparecerem.

Hugo olhou apreensivo para Capí. "Eles não vão subir pra respirar não?!" Mas o pixie não respondeu. Estava tão nervoso quanto ele.

Sobrevoando a menos de um metro da água, Viny procurava a namorada com os olhos aflitos, até que deu três minutos e ele mergulhou atrás dela. Três minutos era tempo demais, até para uma elfa… Assim que ele o fez, no entanto, Caimana emergiu ofegante, mas viva, e ele a cobriu de beijos, aliviado, agarrando a namorada com um dos braços enquanto segurava a vassoura no ar com o outro, para servir de apoio aos dois.

Esgotada, Caimana deixou-se ser sustentada pelo namorado enquanto olhava aflita à sua volta, procurando por Virgílio, que ainda não voltara.

"Vamos lá, Índio… aparece…" Capí murmurou nervoso, sentindo o ponteiro dos segundos avançar. E mais um minuto se passou. E outro… E até Hugo, que detestava o pixie mineiro com toda a capacidade que tinha de detestar alguém, começou a olhar para a escuridão do mar com lágrimas nos olhos.

Ninguém ficava cinco minutos debaixo d'água sem respirar…

E quando todos já estavam perdendo as esperanças, Índio emergiu, com a vassoura em uma das mãos e o corpo na outra, respirando normalmente, como se não tivesse ficado nem meio minuto debaixo d'água!

Filho da mãe…

Depois de xingarem o mineiro de tudo que era nome, abraçando-o e beijando-o com a pouca força que ainda tinham, Viny e Caimana deitaram o corpo resgatado, com pressa, em duas das vassouras, e seguraram firme nelas, para serem guinchados de volta à praia.

"Rafa, vai chamar a Kanpai", Capí disse com urgência, aproximando-se da beira do mar para recebê-los.

"Não, espera!" Hugo segurou Rafinha antes que o menino obedecesse a ordem. Estava reconhecendo o corpo que se aproximava com os Pixies... Os cabelos exageradamente coloridos... os dentes laterais de ouro na boca entreaberta... os tênis de marca...

Hugo sentiu um arrepio.

O canalha do Playboy tinha encontrado a escola.

CAPÍTULO 22
O INTRUSO

Arrastando o corpo desacordado do bandido para um canto mais escondido da praia, detrás do rochedo de Astronomiologia, Capí e Caimana começaram a tentar reavivá-lo com um boca a boca, enquanto Hugo assistia, torcendo para que não conseguissem.

Aquele homem o perseguira a vida inteira… havia sido um dos responsáveis pela morte de sua avó, matara o pai de Gislene! … E agora Capí estava ali, tentando salvar o desgraçado! Que direito ele tinha de fazer aquilo?!

Hugo estava chorando de ódio só de assistir, e, para sua surpresa, ele não era o único. Rafinha acompanhava os procedimentos com uma hostilidade no olhar que Hugo nunca vira no garoto.

A massagem cardíaca não estava dando certo. O impacto havia sido grande demais; Playboy ficara embaixo d'água tempo demais… E enquanto Capí respirava dentro da boca do bandido mais uma vez, Índio assistia, sem qualquer sinal de que ficara tanto tempo sem respirar. Hugo estava mais perplexo com aquilo do que com o fato de um azêmola ter conseguido penetrar o casco de proteção da Korkovado.

Desistindo da respiração boca a boca, Capí sacou sua varinha, pressionando a base da Furiosa com firmeza contra o peito sem camisa do traficante. Segurando-a como a uma adaga, o pixie fechou os olhos, concentrando-se na varinha, e, assim que o fez, pequenos filetes de luz líquida começaram a escorrer da ponta da Furiosa, deslizando para baixo ao longo dos entalhes de plantas e ervas da madeira até chegarem à base conectada ao tórax do bandido, preenchendo de luz o peito sem vida do traficante.

Inteiramente iluminado, o tórax do bandido foi se tornando quase translúcido e Hugo arregalou os olhos ao perceber que conseguia vislumbrar, por debaixo da pele negra, todos os ossos da caixa torácica do bandido, e o coração do canalha, lá dentro do peito, sem qualquer pulsação, enquanto as veias e os pulmões encharcados faziam um esforço hercúleo para não expirarem de vez.

Hugo nunca vira nada parecido… Era como se estivesse diante de um raio X vivo! Um raio X em três dimensões! E, de repente, toda aquela luz explodiu dentro do peito do bandido, como um universo em expansão, e Playboy acordou no susto, cuspindo água no ar.

Capí se apoiou na areia, completamente esgotado, enquanto Caimana e Índio se apressavam em socorrer o bandido, ajudando-o a cuspir toda aquela gosma subaquática na areia a seu lado.

Hugo olhou impressionado para o pixie caído no chão. Aquilo tinha sido uma clara demonstração de magia avançada… e, por mais que Hugo estivesse puto com o fato de Playboy ter voltado à vida, era impossível não achar extraordinário o que Capí acabara de fazer. Hugo sempre soubera que ele era poderoso, mas não imaginava que fosse tanto! ... Tinha feito praticamente um milagre!

Só Rafinha parecia não ter se impressionado com o feito de seu querido professor. Não daquela vez. Olhava sério para o bandido, claramente gostando daquilo tanto quanto Hugo. Parecia adivinhar o tipo de gente que era aquele monstro; um ser capaz de incendiar uma pessoa e achar engraçado.

Playboy ainda estava em choque pela queda. Trêmulo da cabeça aos pés, sua corrente dourada oscilava para cima e para baixo junto ao peito ofegante.

O filho da mãe tinha tingido os cabelos metade laranja, metade azul daquela vez. Como ele se suportava?

Enquanto isso, Viny olhava tenso para a porta, sem saber o que fazer. Playboy não podia ter escolhido pior momento para cair. O que a Comissão faria com eles se vissem aquele azêmola ali?!

Parcialmente recuperado do esforço quase espiritual que fizera, Capí chamou seu protegido, *"Eimi, a gente vai precisar da sua ajuda. Você pode vigiar a porta do refeitório pra gente?"*

O mineirinho fitou-o com os olhos arregalados, não acreditando que o pixie estivesse realmente lhe confiando uma missão, e então seu rostinho se iluminou inteiro ao perceber que era verdade, e Eimi abriu um sorriso tão grande, que todo o sofrimento dos últimos meses pareceu se apagar de seu rosto como que por magia, e Hugo entendeu o que Capí quisera dizer com 'fazer com que ele se sinta importante'.

O pixie sorriu com ternura, mesmo sabendo que a transformação do menino seria temporária e acabaria assim que aquela missão terminasse. "Se alguém estiver saindo, venha aqui correndo nos avisar, sim?"

Eimi assentiu, vibrante como Hugo não o via há muito tempo, e saiu correndo em direção ao refeitório, enquanto Capí pedia, com os olhos, que Rafinha o acompanhasse.

Rafa obedeceu, entendendo a gravidade de se manter sempre alguns passos atrás do mineirinho, e Capí voltou-se para Playboy, que ainda tremia nos braços de Caimana, sem entender o que estava acontecendo ali. "Calma, amigo, calma... agora você está seguro..." o pixie disse, afagando o rosto do bandido, mas Playboy não se acalmaria tão cedo.

Claro. Havia acabado de voltar da morte. Não devia ser fácil.

Olhava confuso para o mar, então para a escadaria que descia ao refeitório, depois para os jovens que o cercavam, com aquelas roupas esquisitas... "Que lugar é esse?" ele perguntou apavorado; a voz ainda afogada.

"Uma escola."

O bandido olhou ao seu redor, ainda perdido. "Peraí... mas eu tava... eu tava correndo lá na mata! Eu tava... Eles tava me perseguindo! E daí eu..." Playboy tossiu forte, "...daí eu caí num buraco e... Caraca!" ele percebeu, arregalando os olhos, "Eu tô dentro do morro, ae! Eu tô dentro do morro, não tô?!" ele perguntou, impressionado. Vendo a confirmação no olhar apreensivo dos outros, Playboy ergueu as sobrancelhas, ensaiando uma risada, "HA! O morro é oco, ae! Que bagulho doido!"

Caimana se adiantou, "Quem tava te perseguindo?"

Recordando-se de porque estava ali, Playboy se apavorou novamente, agarrando Capí pelo uniforme. "Me protege… Por favor, me protege… não me devolve lá pra cima, por favor!"

Seu olhar disparava de um para outro em rápida sucessão; parecia realmente em pânico, implorando, até que seus olhos encontraram o Hugo e se fixaram nele, arregalados. "Formiga! Você por aqui?! Formiga, me protege, por favor…"

"Não me chama de formiga", Hugo murmurou amargo, mas o bandido estava desesperado demais para ouvi-lo, "Por favor, formiguinha, me protege, vai!" Playboy tentou alcançá-lo, mas seus ossos reclamaram de dor e ele teve de parar onde estava.

Devia estar todo quebrado da queda.

Para Hugo, pouco importava. Olhando com nojo para o bandido enquanto o filho da mãe lhe pedia misericórdia, respondeu, sarcástico *"Relaxa, Playboy, os orixá vai protegê!"* repetindo, com lágrimas furiosas nos olhos, o que Playboy lhe dissera quando negara ajuda à sua avó, minutos antes dela morrer.

Só imagens lindas estavam passando por sua cabeça: o desgraçado espancando-o com aquele fuzil dourado, agarrando sua mãe no pico do morro, tocando Maria… Hugo queria mais é que ele morresse de pânico ali onde estava.

"Eita, tu é bruxo *mermo*, é?!" Playboy exclamou, arrastando-se para trás, de repente com medo dele. Só então, Hugo percebeu que havia sacado sua varinha.

Ela tremia vermelha em sua mão, querendo atacá-lo, como Hugo também queria. Somente a presença dos Pixies estava impedindo-o de matar o canalha ali mesmo, na praia.

Furioso, Hugo apertou sua varinha com ainda mais força, se segurando para não fazer uma bobagem, enquanto os outros fitavam-no temerosos; Capí pedindo encarecidamente com os olhos que ele se acalmasse. Mas Hugo não pretendia se acalmar. Não enquanto aquele monstro estivesse ali, sendo ajudado por eles.

Playboy agarrou Índio pelo uniforme, apavorado. "Me protege, moço, me protege, por favor!"

"Shhhhhh!" Índio murmurou temeroso, fazendo-o largar suas roupas enquanto olhava para a porta do refeitório. Se os chapeleiros vissem o azêmola ali com eles, estariam todos ferrados.

Sem entender o motivo do pedido de silêncio, o bandido moderou o volume de sua voz, mas não seu desespero. *"Por favor, não me devolve lá pra cima"*, Playboy sussurrou, quase enlouquecido de pavor. "Ele vai arrancar o meu olho! Ele vai me matar! Eu tentei tirá ele do morro e agora ele vai me matá!"

"Calma, amigo… calma. Aqui", Capí disse, recostando sua varinha nos lábios do bandido, "toma, bebe um pouco que vai te fazer bem. *Ymbu*…" ele sussurrou, e da varinha fluiu um filete de água, que o bandido começou a beber, segurando a varinha pela mão do pixie, na intensidade de um bebê que segura o seio da mãe.

Com ódio daquele homem, e com mais raiva ainda da ternura com que Capí o estava tratando, Hugo desviou o olhar, guardando sua própria varinha antes que acabasse por atacar os dois. Tentando substituir sua raiva por curiosidade, forçou-se a perguntar, *"Ymbu?"*

"*Árvore que dá de beber*", Capí traduziu, deixando que o bandido bebesse um pouco mais antes de tirar a varinha de seus lábios. "Tomar tudo de uma vez faz mal."

Playboy respirou fundo, aceitando que a água havia acabado, e Caimana se aproximou, "Quem você disse que tava querendo te matar?"

Hugo olhou fundo nos olhos do bandido e respondeu por ele, "O Caolho."

"Caolho?"

"É um bandido lá do Dona Marta; comparsa do Caiçara, como esse aí. Gosta de arrancar os olhos dos rivais. Sempre o olho esquerdo. E os inimigos capturados ficam lá, sangrando por dias, com um buraco no rosto onde devia estar o olho, até serem mortos."

"Isso! Isso!" Playboy confirmou apavorado. "Ele é muito pior que o Caíça! E ele vai fazer isso comigo! Vai sim!" ele repetiu quase gritando, e os Pixies taparam sua boca com força.

"*Shhhhhhh! Tem uns caras barra-pesada ali dentro também, cara! Você quer que eles te ouçam?!*" Viny sussurrou com urgência, e Playboy se calou, assustado.

Estava tremendo de medo, o filho da mãe, ainda pensando no Caolho, e Capí fez um carinho na lateral de seu rosto, "Não se preocupe… a gente vai te ajudar."

Vendo aquilo, Hugo trancou os dentes, sentindo uma raiva tão grande do pixie que não sabia nem o que fazer com ela. Capí não tinha o direito de tratar aquele crápula com ternura! Não tinha!

"Qual é o seu nome?" Capí perguntou, tentando transmitir-lhe uma serenidade que ele próprio certamente não estava sentindo no momento; não com a Comissão a tão poucos metros dali.

"P-playboy…"

"Seu *nome*, Playboy, não seu apelido."

O bandido estranhou a pergunta, como se fosse a primeira vez que lhe perguntavam aquilo, e então respondeu, mais calmo, "Micael. Micael Adamantino. Mas *Playboy* tá bom também."

"Prefiro Micael", Capí sorriu afetuoso. "Nova vida, novo nome. Certo?"

O bandido fitou-o espantado, com um senso de propósito esquisito nos olhos. Como se tivesse gostado daquela ideia: Vida nova…

"Ele não quer ser um novo homem, Capí", Hugo sentenciou, amargo. "Ele quer ser o mesmo bandido de sempre, só que longe do Caolho!"

"Não, não!" Playboy negou com uma espantosa verdade no olhar, pegando Capí pelo braço como se Hugo houvesse acabado de falar algo absurdamente errado. "Eu quero! Eu quero sê um novo homem! Quero sim! Eu até entrei pra Igreja e aceitei Jesus!"

Hugo deu risada.

"É sério!" ele insistiu, e quando o bandido ia começar a explicar, Índio tapou sua boca novamente, olhando tenso para o refeitório. Um chapeleiro saíra pela porta, talvez tendo ouvido algo suspeito, e os Pixies caíram em silêncio atrás do rochedo, tentando nem respirar para não chamarem atenção. Não sabiam o quão boa era a audição daqueles bizarros.

Playboy congelara, de olhos arregalados, com ambas as mãos do mineiro pressionadas contra sua boca, e assim ficou por quase dois minutos, esperando em pânico, até que o chapeleiro deu meia volta e entrou novamente no salão.

Os Pixies se deixaram cair na areia, aliviados.

"Grande serviço o Rafa e o Eimi fizeram..." Índio resmungou, mas Capí não aceitou a crítica, "Eles não devem ter conseguido sair a tempo."

Levantando-se, ajudou Playboy a se erguer também, apoiando o braço do bandido em seus ombros. "A gente tem que sair daqui. O toque de recolher vai soar em 20 minutos."

Com pressa, os seis atravessaram a faixa de areia, embrenhando-se na mata lateral até chegarem no jardim das estátuas – Viny ajudando Capí a carregar o bandido. Playboy era mais alto que todos eles, apesar de ter quase a mesma idade: 17, 18 anos. Só não batia a altura de Viny, que foi quem estirou-o no chão novamente, escondendo-o atrás de uma das estátuas de mármore.

Ali estariam um pouco mais seguros do que na praia. Se é que algum lugar era seguro com aqueles loucos no colégio.

"*Quem era o maluco do chapéu?*"

"*Não é da sua conta*", Índio respondeu, olhando carrancudo para o bandido, que baixou a cabeça, calando a boca.

Hugo sorriu discreto. Pela primeira vez, estava gostando do mineiro.

Ao contrário de Viny, que agora quicava empolgado, tendo percebido que esconder um mequetrefe dentro da escola era dar um tapa na cara da Comissão, Índio estava achando aquilo tão indesejável quanto Hugo. Provavelmente pela mesma razão: o sujeito era um bandido! Se ao menos estivessem escondendo uma criança mequetrefe, um padre mequetrefe, alguém do tipo... Mas um bandido?!

"*Eu não acho isso certo. Esse homem devia estar preso!*"

"Ele tá pedindo ajuda, Índio", Capí insistiu. "Você teria coragem de entregá-lo?"

"Eu teria", Hugo disse, olhando Playboy com frieza.

Acuado, o bandido se encolheu num canto, abraçando as próprias pernas sem dizer mais nada, só esperando sua sentença, e Capí, inconformado com a atitude dos dois, implorou, "Deixem pelo menos o homem falar?"

Hugo deu risada, cruzando os braços, "Tá, essa eu quero ver: me explica aí como tu 'aceitou Jesus', *Playba*."

Índio também assentiu, aceitando a ideia de ouvi-lo, mesmo que a contragosto, e o bandido arregalou os olhos, empolgado, mas logo percebeu que não sabia bem por onde começar, "É que... o começo tá meio confuso aqui na minha cachola, tá ligado?"

Claro que o começo estava confuso; ele não se lembrava de nada que acontecera no dia 2 de outubro. Nem ele, nem os outros bandidos que haviam testemunhado magia naquela noite.

"... mas o bagulho é o seguinte: nós tava tudo lá no pico do morro, ouvindo um fulano gaúcho falar que nós tinha matado o Caíça pra defendê a comunidade e tal. Bagulho doido *mermo*. Disse que nós era os herói da comunidade, tá ligado? Eu achei irado!" ele exclamou, com orgulho nos olhos.

Foi então que Hugo entendeu. O bandido acreditara piamente na mentira do Atlas! Acreditara MESMO que eles tinham se virado contra o Caiçara para salvar os moradores! E parecia se orgulhar daquilo!

Não… Hugo não cairia naquela lorota. Playboy mentia muito bem, sempre mentira. Hugo se lembrava direitinho da vez que ele dissera um monte de bobagem sobre não ter medo de morrer para um documentarista, dois anos antes; ele lá, cheio da marra na frente da câmera, de camiseta enrolada no rosto e fuzil na mão, só para impressionar.

E agora ali estava ele, todo apavorado com a possibilidade de ser morto.

Uma vez mentiroso, sempre mentiroso.

"… Eu e mais uns quatro bandido ficamo com vontade de mudar de vida, sabe? Depois de deburrá o Caíça, nós queria sê herói mermo, tá ligado? Melhorá a comunidade, largá as droga, toda essas parada aí, mas o Caolho não gostô da ideia. O Caolho disse que, se a gente não queria sê bandido, era bom a gente sair dali, que agora ele era o novo dono do morro e a gente ia levá ferro. Daí nós fugiu. Fugiu, entrô pro culto, começô a aprendê umas coisa bonita lá com o pastor… Eu num consigo lê a *Bíbria*, mas é um troço bonito pra caramba."

Hugo deu risada. Como mentia bem, o filho da mãe. Mentia com uma cara de pau impressionante!

"Mas, mesmo na igreja, ó, eu queria voltá lá pro Santa Marta, tá ligado? Ajudá a comunidade. Acabá com o terror do Caolho. Daí eu fiquei com isso na cabeça por uns mês aí, de conquistá o morro pra Jesus, tá ligado? Até que nós resolvemo tentá. Nós pegamo um bagulho lá, umas arma do Senhor, e hoje nós tentamo invadí pelo pico, mas o Caolho tava esperto, tava na tocaia…"

Playboy começou a chorar de nervoso, e, pelo menos a partir daquela parte, Hugo sabia que ele estava dizendo a verdade, "… ele e mais um bonde todo, e daí ele deu porrada em todo mundo, arrancô os olho dos nego que ele pegô, na minha frente, e eu fugi! Eu consegui sair da agarração dos homem do Caolho e saí correndo pela mata, mas daí eu tropecei lá num troço, bati com a cabeça e acordei ali na praia, com os prezados senhores do meu lado."

Os Pixies se entreolharam, na dúvida se acreditavam nele ou não, mas Hugo não tinha dúvida nenhuma. Estava só se segurando para não dar um chute naquele cara de pau.

Aceitou Jesus… sei. Ele tinha era tentado invadir o morro para tomar o lugar do Caolho como chefe do tráfico! Isso sim! Continuava o mesmo bandido de sempre! Eles não podiam acreditar naquele papo furado…

Felizmente, Índio estava ali para ser sensato. "Ou a gente devolve ele agora lá pra cima, saindo pelo túnel do Atlas enquanto os chapeleiros estão todos no refeitório, ou vai ficar impossível de tirar ele daqui depois, sem que a Comissão note."

"Não, por favor!" Playboy implorou de mãos juntas, "Pelo amor de Nosso Senhor Jesus Cristo! Não me devolve lá pra cima… eu prometo que eu fico quietinho aqui! Por favor!"

Cansado daquela palhaçada, Hugo argumentou, "Salvando o pescoço dele, a gente arrisca o nosso! É isso que vocês querem?!"

"Eu concordo com o adendo", Índio disse, e aquela frase soou tão estranha para todos ali, que o próprio mineiro sentiu necessidade de qualificá-la, "Esse homem é um bandido! Ele não pode ficar aqui. Talvez se a gente levasse ele pra Lapa e…."

"A Lapa não!" Playboy berrou apavorado. "A Lapa não, por favor! … Bruxo!" ele agarrou Hugo pela perna, "Bruxo, tu sabe como eles tão em tudo que é lugar, tu sabe! Os homem do Caolho vende bagulho pros playboy lá na Lapa. Se nós vai pra Lapa, eu tô morto!"

Hugo chutou-o para trás, "Quem mandô tu fazê inimigo, Playboy?! Agora se vira!" e já ia chutá-lo de novo quando Capí o tirou dali, levando-o para um canto afastado, *"Hugo... Dê uma chance a ele..."*

Hugo negou, chorando de ódio, "Esse cara praticamente matou a minha avó, Capí! Esse cara me espancou! Tu quer o quê?! Que agora eu proteja o cara?!

"Eu quero que você demonstre ser melhor do que ele."

Hugo fitou-o, chocado. Ele já era melhor do que o Playboy... Não era?!

De repente na dúvida, ele desviou o rosto, mas Capí o trouxe de volta, fitando-o com bondade. *"Todo mundo merece uma segunda chance..."*

"Esse cara já teve todas as chances, Capí! Foi esse filho da puta que matou o pai da Gi!"

Capí baixou a cabeça, parecendo saber da história. "Ainda assim, Hugo. Pensa bem. Você mesmo disse que o Caolho arranca os olhos das pessoas antes de matar. Que tipo de monstro eu seria se eu permitisse que uma barbaridade dessas acontecesse com o Playboy? Que tipo de monstro *você* seria?"

Hugo desviou o olhar, desconfortável. Queria com todas as suas forças expulsar aquele bandido de lá, vê-lo sofrer todos os horrores possíveis... mas Capí tinha razão, não tinha?!

Que tipo de monstros eles seriam?

Odiando-se profundamente por ter uma consciência, Hugo acabou aceitando, e o pixie abraçou sua cabeça, agradecido.

"A gente ainda vai se arrepender", Hugo murmurou, e Capí pousou a mão em seu ombro, "Nunca se arrependa de ter feito algo de bom por outra pessoa. Mesmo que essa pessoa não mereça, mesmo que ela nunca agradeça, mesmo que ela traia sua confiança depois. Pelo menos você estará em paz com a sua consciência, sabendo que fez tudo que pôde por ela."

Hugo assentiu, tentando olhar para o canalha lá longe com um pouco menos de raiva. Mas não conseguia. Não era tão bondoso quanto o pixie, mesmo vendo que Playboy desmaiara de exaustão e agora estava ali, parecendo todo indefeso nos braços de Caimana.

"Ele apagou de novo", ela falou assim que os dois voltaram. Parecia um tanto adulta de repente. Quase uma mãe. "Onde a gente esconde esse cara?"

Hugo hesitou, ainda pensando se deveria ou não ajudar o filho da mãe, mas então acabou cedendo, e respondeu, "Eu conheço um lugar."

CAPÍTULO 23
A SALA DAS LÁGRIMAS

Seguindo Hugo, os Pixies esgueiraram-se em silêncio pelo pátio interno da escola em direção à escadaria espiralada da árvore central; Capí e Índio carregando um Playboy desacordado nos ombros. Olhavam para todos os lados, sobressaltando-se toda vez que uma porta batia à distância. Compreensível. Afinal, a qualquer minuto, chapeleiros, ou até mesmo outros alunos, poderiam aparecer vindos do refeitório, ou de qualquer uma das muitas portas que circundavam o pátio, e eles seriam pegos em flagrante tentando esconder um azêmola dentro da escola.

Subindo os primeiros degraus a caminho do quinto andar, Hugo tentava resistir à tentação de olhar para trás. Ver seu inimigo ali, sendo ajudado por eles, era bizarro demais... odioso demais... e, apesar de ter aceitado aquele absurdo, Hugo ainda estava batalhando contra seu desejo furioso de vingança.

Não queria ser um monstro, mas também não conseguia não desejar o pior dos sofrimentos para aquele canalha assassino. Se fosse por ele, já teria entregado Playboy direto nas mãos da Comissão. Assim, talvez ganhasse alguns pontos com os chapeleiros e, de quebra, aquele bandido mentiroso seria expulso da Korkovado e jogado direto no morro, onde teria seu olho arrancado e morreria queimando e berrando no micro-ondas, como todos os inimigos do Caolho.

Mas Hugo não iria denunciá-lo, até porque fazê-lo agora significaria expulsão na certa para os Pixies, que já estavam envolvidos até o pescoço naquilo. Inclusive, Hugo tinha sérias dúvidas se eles cinco não teriam sido expulsos mesmo se houvessem denunciado Playboy desde o começo; pelo simples fato de terem ousado ressuscitar um azêmola em território bruxo.

Revelar o mundo mágico a um azêmola era crime grave! Até mesmo a revelação a familiares era permitida somente para parentes diretos, e, mesmo assim, nunca em detalhe! Deixar que um azêmola pisasse na escola então... estava totalmente fora de cogitação!

Talvez por isso mesmo, Viny estivesse achando aquilo tudo fantástico. Até invocara seu axé para compartilhar com ele a nova 'aventura'! Epaminondas agora os seguia, tão empolgado quanto o dono; seu rosto exageradamente risonho, como uma daquelas máscaras sorridentes de teatro, em sua eterna tentativa de imitar a alegria do pixie. Se Playboy acordasse naquele exato momento, desmaiaria novamente só de ver aquele jovem leitoso trotando atrás deles, com pernas de cabrito e chifres na cabeça.

Tentando não fazer barulho, Hugo parou com eles em frente à porta secreta da Sala Silenciosa, e o estranhamento no semblante dos Pixies confirmou sua teoria: quase ninguém conhecia aquela sala. Seria o lugar ideal.

Eles só não poderiam escondê-lo na floresta particular do Hugo. Outra pessoa teria que entrar primeiro. Sua floresta era grande demais e Playboy se perderia para sempre lá dentro.

O que não seria má ideia, Hugo pensou, cruel, agachando-se e batendo três vezes em cada canto da porta para que ela abrisse. *Infelizmente, eles nunca aceitariam abandonar o bandido na floresta.*

Se bem que não teria dado certo mesmo. A ilusão da sala só funcionava enquanto a pessoa que entrara nela primeiro permanecesse lá dentro. Quando essa pessoa saía, a sala se transformava de volta no que era originalmente: um pequeno depósito sujo e abandonado. Péssimo lugar para esconder qualquer um.

A única opção viável, então, seria Playboy entrar primeiro.

Curioso para ver o que havia na mente pervertida do bandido, Hugo deslizou a porta para os lados e deu um passo atrás, a fim de que os Pixies pudessem admirar sua genialidade.

"Que lugar é esse?" Caimana perguntou cautelosa, olhando com certo receio para as grossas cortinas que os separavam do que havia lá dentro.

Viny deu de ombros, "Eu sempre achei que fosse só mais uma sala abandonada."

"É a Sala das Lágrimas", Capí interrompeu e Hugo fitou-o surpreso. Não só pelo nome que ele havia usado para designá-la, como, principalmente, pelo modo sombrio com que ele respondera.

"Então esse é o nome oficial? *Sala das Lágrimas?!*"

Capí confirmou, soturno, e Hugo olhou para o pixie, ainda mais intrigado com a forma lúgubre com que ele estava se referindo àquele lugar. A Sala Silenciosa sempre lhe parecera tão inofensiva!

Claro, ele deveria ter imaginado que Capí a conhecia. Ele conhecia tudo naquele colégio. Hugo apenas dera sorte do pixie não ter entrado nela no segundo semestre do ano anterior. Parecia ter tido algum motivo bastante forte para não fazê-lo, inclusive. Não demonstrava nenhum amor por aquela porta.

Sala das Lágrimas… não *Sala Silenciosa.*

Realmente, agora que Hugo parara para pensar, o Santa Marta pacificado em que a sala se transformava para Gislene não tinha nada de *silencioso.* Muito pelo contrário. Era uma junção de vozes, música, som de TV ligada… de rádio… de bola quicando… Os sons deliciosos de sua comunidade. E, apesar do ambiente campestre de Maria e de sua floresta particular serem bastante silenciosos, o salão de festas de Janaína havia sido tudo menos isso, com pessoas dançando e música ao vivo.

Mas aquilo ainda não explicava o novo nome…

"Por que *lágrimas*?" Hugo perguntou, perplexo. Nunca chorara em sua floresta particular… Ao menos não por motivos relacionados à sala.

Antes que Capí pudesse responder, no entanto, Viny não se aguentou de curiosidade e entrou pelas cortinas vermelhas sem que ninguém pudesse impedi-lo. Hugo já ia xingar o loiro de tudo que era nome criativo quando, de súbito, Epaminondas se desmanchou na sua frente como leite derramado.

Imediatamente preocupada com o namorado, Caimana atravessou as cortinas atrás dele. Um axé sumir daquele jeito significava um corte abrupto na felicidade de quem o convocara, e Hugo olhou receoso para Capí, que não parecia surpreso.

Como se aquilo respondesse a pergunta que Hugo acabara de fazer sobre o nome da sala, o pixie fez menção para que ele entrasse na frente, e Hugo obedeceu, atravessando a porta e encontrando, do outro lado, um ambiente diferente de tudo que ele já havia visto ali até então.

Já vislumbrara vastos campos bucólicos, já vira uma cidade nevada inteira se desdobrar ali dentro, já se deparara com um deserto gigante e com uma favela, mas era a primeira vez que via aquela sala se transformar em um simples quarto.

Um quarto amplo, de casa rica, com um enorme armário branco ao fundo e um espelho na lateral esquerda; daqueles de chão, de dois metros de altura e bordas de ouro. Oposto a ele, uma cama de casal, disposta logo abaixo da janela aberta, com um único travesseiro.

Pela iluminação que vinha de fora, ali já era manhã. Não havia ninguém dormindo naqueles ricos lençóis de seda, mas o quarto não estava vazio. Longe disso. Aos pés da cama, desarrumada e um pouco suja de sangue, um corpo havia sido coberto com um lençol cinza. No espelho, o reflexo de um adolescente loiro, cabelos e roupa emaranhados, camisa desabotoada e semblante sério, sem vida, olhava para o nada à sua frente, com lágrimas nos olhos.

Devia ter uns 19 anos de idade, mas era um reflexo sem correspondente no mundo real. Não havia ninguém parado em frente ao espelho. Na verdade, Hugo tinha quase certeza de que o dono do reflexo era aquele que estava morto no chão.

Mais um morto na Sala Silenciosa.

"Aquele é o Leo, Viny?" Caimana murmurou com cuidado, percebendo a angústia do namorado. Viny parara a dois passos da porta e permanecera ali, em choque, abraçando o próprio corpo como se aquilo pudesse protegê-lo de um passado que era duro demais.

Não havia necessidade de resposta. Estava mais do que claro que aquele corpo era de seu irmão. E o reflexo no espelho também. O irmão que cometera suicídio.

Da janela era possível ver dois policiais interrogando um casal desconsolado no jardim. Casal rico, esbanjando casacos de pele, joias caríssimas... e, agora, destruídos por uma morte. Deviam ser os pais do jovem... Do jovem, e da criança que só agora Hugo notara. O loirinho, de uns seis anos de idade, estava encolhido no canto mais distante do cadáver, envolto na capa de algum policial, trêmulo, coitado, com o rosto enterrado nos braços.

Quem havia sido o imbecil que deixara uma criança sozinha naquele quarto com um morto no chão?

Dando alguns passos para trás, Viny buscou apoio na parede e se encolheu no chão, completamente fragilizado; quase um reflexo do menininho, e Caimana arregalou os olhos, percebendo a semelhança. "É você?! Ele se matou na sua frente?!"

Viny não respondeu, mas a resposta era óbvia, e ela olhou-o penalizada, indo amparar o namorado, que começara a chorar desconsolado.

"Entendeu agora por que Sala das Lágrimas?" Capí murmurou amargo. Aquele quarto era forte demais... aquela imagem era forte demais...

Hugo olhou mais uma vez para o espelho, impressionado com aquela sala.

Já vira outros cenários ali dentro, mas só agora as peças começavam a se encaixar em sua cabeça. O cenário campestre de Maria também havia feito parte do passado dela. Como tal, fazia a caipira chorar de saudades. Da mesma maneira, o Santa Marta pacificado era o desejo maior de Gislene e, portanto, ela sempre chorava ao vê-lo. Hugo ainda não entendia que relação sua floresta particular tinha consigo mesmo, nem a relação que um salão de festas de séculos passado teria com Janaína, mas que ela chorara muito ao ver aquele jovem assassinado, chorara.

"Por que o reflexo do Leo continua ali?" Hugo perguntou, incomodado com aquela presença sombria no quarto, oprimindo o pobre do irmão. E foi Índio quem lhe explicou, ajeitando um Playboy ainda desacordado em seu ombro, "É uma das formas de se cometer suicídio: jogar o feitiço de morte contra seu próprio reflexo no espelho. O corpo cai e o reflexo permanece; preso lá dentro. Uma sombra da alma."

Hugo sentiu um arrepio. "Pra sempre?"

"Depende do estado do espírito no outro lado da vida", Capí respondeu. "Pode demorar décadas… às vezes séculos. O suicídio é um ato violento demais. Egoísta demais. É desistir da vida. O espírito fica desnorteado. Perdido. Por muito tempo."

Capí foi até o espelho e ficou frente a frente com ele, olhando penalizado para o espírito do jovem loiro enquanto Hugo assistia, impressionado demais com aquilo tudo. "Então o Leo ainda está perdido?"

Capí confirmou, tocando a imagem e fechando os olhos em prece.

Índio fez o mesmo de onde estava, alcançando, com alguma dificuldade, o crucifixo que mantinha em uma corrente no pescoço, por debaixo da camisa. Leo ainda estava perdido e precisaria de toda a ajuda que pudesse conseguir.

Hugo respeitou o silêncio na sala, quebrado apenas pelos soluços do Viny e pelos murmúrios consoladores de Caimana. Ficou se lembrando de quando ele próprio pensara em fazer aquela besteira de se matar.

Terminando suas preces, Capí e Índio abriram os olhos quase ao mesmo tempo, e o mineiro quebrou o silêncio, dizendo aquilo que muitos ali certamente haviam pensado: "O Leo é a cara do Epaminondas…"

Hugo sentiu um arrepio só de ouvir aquela frase.

O axé do Viny sempre lhe parecera assustador, mas agora tinha ultrapassado todos os níveis do tolerável. Ter o irmão morto andando atrás de você o tempo todo era mórbido demais! E pensar que Viny *sempre* chamava o Epaminondas. Sempre! Hugo não conseguia entender como aquilo poderia representar para o pixie qualquer tipo de felicidade. Axés, teoricamente, eram personificações da alegria! Não a sombra de um passado trágico.

Percebendo o que se passava por sua cabeça, Caimana se levantou, "*Ele gostava muito do irmão. Era a alegria da vida dele.*"

"*Mas é mórbido demais!*" Hugo sussurrou inconformado, voltando-se para Capí, que acabara de retirar sua mão da superfície do espelho. "Você diz que o espírito fica perdido depois do suicídio. Por quê?"

O pixie suspirou, lamentando, "As pessoas pensam que, se suicidando, elas vão escapar pra sempre de seus problemas, mas quando percebem que continuam vivas do outro lado, e que nenhum daqueles problemas acabou, muitas enlouquecem. Demoram um bom tempo até aceitarem a nova realidade. Ficam se punindo por terem escolhido o caminho mais egoísta, em vez de terem tentado resolver seus problemas e consertar seus erros ainda em vida. E pior, passam anos vendo seus familiares sofrerem, sem poder fazer nada pra ajudá-los, já que estão mortos."

"Enquanto isso, a família sofre aqui na Terra, olhando para um reflexo", Caimana complementou, com pena do namorado, e Hugo arregalou os olhos, "Eles continuam morando nessa casa?!"

A elfa confirmou com um olhar triste, "E mantém o quarto do mesmo jeito que o Leo deixou. Com espelho e tudo. ... Difícil se desfazer de um espelho desses."

"Mas isso é doentio!"

"Não me espanta o Viny não querer voltar", Índio tirou as palavras de sua boca, mas Caimana não tinha tanta certeza assim, "Isso até explica ele não querer voltar pra casa, mas não explica o ódio que ele sente dos pais."

"Me tira daqui, ... por favor..." Viny implorou sem energias, *"... eu não aguento mais..."* e Caimana foi ajudá-lo a se levantar. O pixie estava trêmulo, diminuído, e ela abraçou o namorado, saindo com ele e deixando Ítalo, Índio, Playboy e Hugo sozinhos na Sala das Lágrimas.

Assim que o casal ultrapassou o limiar da porta, tudo ao redor dos quatro desapareceu: a cama, o cadáver, o espelho, os armários, o jovem Viny, o ambiente inteiro; e o espaço, que antes acomodara o imenso quarto, se encolheu em menos de um segundo, empurrando-os uns contra os outros e transformando-se naquele mesmo depósito minúsculo, escuro e sujo que Hugo havia conhecido da primeira vez que Maria saíra correndo de sua própria ilusão. Uma sala mínima, cheia de teias e móveis apodrecidos, abarrotados de cacarecos esquecidos ali há anos.

Hugo deu um empurrão no Índio, que, com o tranco que a sala havia dado, quase caíra em cima dele, mas Playboy nem percebeu a briguinha entre os dois. Havia acordado segundos antes da transformação da sala, e agora, desvencilhado do mineiro, fitava aquele depósito empoeirado como se estivesse no País das Maravilhas, sem entender bulhufas do que havia acontecido, mas achando o máximo mesmo assim.

Olhando maravilhado para todos os lados, Playboy pausou ao ver, no topo de uma das estantes, uma espada enferrujada atrelada a um uniforme coberto de poeira. Transfixado, o bandido começou a erguer o braço em direção à lâmina e...

"Vamos", Índio segurou-o novamente, empurrando o bandido para fora com a brutalidade de um policial.

"Ei! Eu não quero dá pinote não!" Playboy reclamou decepcionado, mas o pixie continuou empurrando-o sem dar-lhe a mínima atenção e Hugo teve que sorrir. Estava começando a gostar do mineiro.

Dando uma última olhada naquele uniforme azul – reconhecendo-o de algum lugar – Hugo dirigiu-se à saída, seguido imediatamente por Capí.

Assim que eles pisaram lá fora, no entanto, Viny e Caimana os empurraram de volta para dentro com pressa, escondendo-se de um chapeleiro que acabara de virar o corredor do quinto andar, e Hugo caiu para trás, de costas na grama.

Uma grama fresca, molhada, de um dia que havia visto chuva, mas que agora estava novamente ensolarado. Sol da tarde.

Enquanto Caimana fechava, às pressas, a porta da Sala das Lágrimas, Hugo se levantou e olhou ao redor. Estavam em um lindo campo aberto. Um jardim verde e florido, sem qualquer resquício do quarto opressivo de um minuto atrás.

Muito pelo contrário. A temperatura ali era agradável… fresquinha… e os campos montanhosos se estendiam até onde a vista podia alcançar, tendo, ao fundo, uma gigantesca montanha de pedra.

… Uma vista de tirar o fôlego.

"Esse bagulho é muito doido, rapá!" Playboy deu risada, olhando impressionado para aquilo tudo. Não se contendo, gritou, "Uhu!!" girando feito um imbecil.

Hugo pensou em dizer um 'tu cala a tua boca', mas estava ocupado demais admirando o ambiente e se perguntando por que Capí detestava aquela sala se a paisagem que ele via era tão linda! Onde eles estavam, afinal?

"Pedra Azul, Espírito Santo", Caimana respondeu, como se Hugo tivesse perguntado em voz alta.

… E ela ainda achava que não era telepata.

Sem perceber o que acabara de fazer, a elfa direcionou seus ombros para que Hugo se virasse.

Foi então que ele viu, logo atrás de si, no centro do gramado, um homem jovem, animado, mexendo em uma daquelas câmeras antigas, de caixote e tripé. segurando o flash na mão esquerda. Hugo se aproximou do fotógrafo. Era muito parecido com o Capí. Muito mesmo. Um pouco menos bonito, um pouco mais alegre, e uns dez anos mais velho, mas ainda assim, muito parecido.

Na frente de sua câmera, uma linda grávida ria das caras engraçadas que ele fazia enquanto ele gritava, com os olhos grudados na câmera, *"E mais um turista para pra admirar a mais bela de todas! Reparem como ele baba, minha gente! Temos aqui um babão!"*

Luana morria de rir do marido; os dois numa alegria que dava vontade de chorar.

Chorar sim, porque Hugo já havia visto aquela cena antes… no retrato que Capí mantinha, com tanto carinho, em seu quarto. Era de chorar porque todos ali sabiam que, em poucas horas, aquela grávida sorridente morreria no parto.

Mas ela não sabia disso. E não sabendo, ria de todas as palhaçadas do Fausto. "Tira foto da vista, seu bobo! Não de mim!" ela riu, tentando girar a câmera para o outro lado. "De mim você vai poder tirar centenas de fotos mais tarde!"

"Milhares!" Fausto gritou sorridente. "Centenas de milhares! Acho que vou largar de ser zelador pra virar fotógrafo exclusivo de uma só modelo."

Luana sorriu, olhando para o marido com carinho.

Não parecia uma ilusão… Isso é que matava. Era como se eles houvessem realmente voltado no tempo, para o último dia de vida daquela linda mulher.

Capí havia parado ao lado da mãe e Hugo podia imaginar a dor que o pixie devia sentir vendo-a tão de perto; tão viva… Viva e rindo das piadas de um Fausto que Capí jamais conhecera. Estava longe de ser o zelador amargo que hoje atormentava a vida do filho.

Caimana tinha lágrimas nos olhos, mas eram lágrimas de alegria… de deslumbramento… "Você sabia que a sua sala se transformava nisso, Capí?!"

"Sempre soube", o pixie confirmou, amargo. "Eu procuro evitá-la."

"Mas por quê?!" ela perguntou, ainda emocionada com a beleza daquela cena. "Como você consegue ficar longe daqui, Capí?!"

O pixie se aproximou da mãe, sentindo seu cheirinho... quase tocando sua pele macia, e cerrou os olhos deixando uma lágrima cair. "Isso não é real, Cai... Não é real..." Ele suspirou. "Essa maldita sala... Nada de bom vem dela."

E Capí se dirigiu à porta, saindo e apagando aquela ilusão de uma vez por todas.

Hugo e os outros permaneceram dentro da saleta empoeirada por mais alguns minutos, deixando que o pixie tivesse um tempo sozinho lá fora, com sua dor... Respeitando seu momento, como haviam respeitado o momento do Viny. Ficaram ali, espremidos, um olhando para a cara do outro naquele espaço mínimo, abarrotado de caldeirões antigos, livros apodrecidos, objetos de metal enferrujados...

Aquele lugar era perigoso. Qualquer movimento errado e uma daquelas estantes podia ruir em cima deles, com tudo que elas carregavam.

"E agora?" Caimana sussurrou. *"O que a gente faz com esse bandido? Ficar na sala das lágrimas ele não pode."*

"Por que não?!" Hugo fechou a cara, revoltado por ver sua ideia descartada com tanta rapidez, mas antes que pudesse protestar, Capí bateu na porta, abrindo-a para que todos saíssem. Já havia enxugado suas lágrimas e se recuperado minimamente, mas ainda parecia bastante abalado, e Viny deu um abraço forte no amigo, entendendo perfeitamente o que ele estava sentindo.

"E então, povo, pra onde a gente vai?"

Ainda era possível ouvir o tilintar dos talheres lá embaixo, ecoando pelo vão central, mas logo o toque de recolher soaria, assustador, sobre seus ouvidos.

"Deixa o Playboy entrar primeiro na sala!" Hugo insistiu impaciente. "Era essa a minha ideia original! Daí ele ficaria na ilusão dele mesmo e a sala não se transformaria de volta em depósito quando a gente saísse!"

"Hugo..." Caimana suspirou, "se pro Viny a sala já virou aquele pesadelo, eu não quero nem imaginar no que ela se transformaria pra esse cara aí... Olhos arrancados, pessoas queimadas vivas... Não, obrigada. Sem contar que outros alunos devem conhecer esse lugar."

É. Conheciam. Ele mesmo os introduzira à sala no ano anterior, para usar como ponto de venda da cocaína.

"Sua ideia foi ótima, Hugo", Capí tentou amenizar, vendo que ele ficara chateado. "Mas a Cai tem razão. A sala das lágrimas é muito imprevisível. E qualquer pessoa, sabendo a senha da porta, pode entrar."

Viny suspirou brincalhão, dando-lhe um tapinha camarada nas costas, "É... Essa vai para o mundo mágico das ideias engavetadas, Adendo."

"Mas então...?"

Caimana virou-se para Ítalo, "Capí, você conhece essa escola melhor do que ninguém. Alguma ideia?"

O pixie baixou a cabeça, pensativo.

"Anda logo, véio", Viny insistiu. "Putz, falta um minuto pro toque de recolher."

Mas Capí ainda estava pensando. Era possível ver em seus olhos as diversas possibilidades sendo sugeridas e descartadas pela mente do pixie, até que seu semblante se iluminou e ele disse, confiante, "Eu conheço o lugar perfeito."

Descendo pelas escadas espiraladas do vão central, Capí foi seguido de perto por todos eles ; Playboy agora correndo por conta própria. Sem ajuda de ninguém.

Vendo que estavam descendo cada vez mais para perto dos lobos ao invés de subirem, Hugo checou, aflito, seu relógio de bolso: meio minuto. Não daria tempo. Logo os outros alunos invadiriam o pátio central em direção aos dormitórios e, com eles, os chapeleiros.

Meu Deus... Capí estava mesmo levando-os de volta ao térreo! Ele era louco! Será que não havia nenhum outro lugar para se esconder naquele colégio que não envolvesse voltarem lá pra baixo?!

No meio do caminho, Índio tirou o manto negro que estava usando e jogou-o por cima do bandido, ordenando que ele se vestisse depressa e cobrisse a cabeça com o capuz. Playboy obedeceu sem contestar, e assim que eles venceram os últimos degraus da escada, o toque de recolher soou como um urro de dragão pelos alto-falantes do colégio, reverberando na escola inteira. Quase no mesmo instante, Rafinha e Eimi apareceram no pátio, correndo em disparada na direção do Capí.

"Rápido, professor! Já tá todo mundo saindo lá na praia!"

Antes que Rafinha tivesse terminado de falar, uma multidão de alunos invadiu o pátio interno, correndo em direção aos dormitórios como dezenas de presas indefesas em meio a predadores, se estapeando para conseguirem entrar antes do último toque.

Como a porta era estreita, e não permitia que mais de dois alunos espremidos passassem ao mesmo tempo, a multidão foi aumentando vertiginosamente até preencher grande parte do gigantesco pátio central com alunos desesperados... todos se empurrando para tentarem conseguir uma mínima brecha por onde avançar.

Até os professores moviam-se apressados por entre os pupilos, tentando chegar a seus quartos particulares, nos andares superiores do colégio. Pela aflição estampada em seus rostos, provavelmente tinham sido ameaçados de demissão caso não dessem o exemplo.

Em meio à multidão, chapeleiros vigiavam a correria como falcões em busca de comida, e Hugo olhou apreensivo para Playboy enquanto os dois eram empurrados por todos os lados, mas logo relaxou. Vestido naquele manto bruxo, com aquele capuz sobre os cabelos coloridos, o bandido estava irreconhecível! Parecia só mais um aluno, entre as centenas!

Tentando seguir Capí de perto enquanto o pixie abria caminho, distanciando-os cada vez mais dos dormitórios, Hugo olhou para trás novamente. A presença dos chapeleiros estava contribuindo, e muito, para aumentar o pânico e o tumulto... Até porque só havia uma porta para os dormitórios masculino e feminino, e seria impossível escoar todas as centenas de alunos através dela antes que os cinco minutos de aviso acabassem. Ustra sabia disso, e estava se deliciando lá da praia, assistindo aos alunos pularem uns por cima dos outros. Certamente dissera algo muito assustador a eles antes do toque soar. Apenas para ver o que fariam.

Capí tentava proteger o pequeno Eimi como podia daqueles desesperados, mantendo-o à sua frente enquanto Rafinha e os outros seguiam atrás; Índio segurando Playboy firme pelo manto, com medo que o bandido se perdesse no meio do pandemônio.

Aquilo era loucura... Se os chapeleiros estavam aterrorizando daquele jeito só para que obedecessem a um simples toque de recolher, o que não fariam contra os Pixies, caso descobrissem o que estavam fazendo?! Prisão seria pouco!

Para a sorte deles, em meio ao pânico generalizado, ninguém notou eles oito saindo para o corredor dos signos, em direção aos jardins do Pé de Cachimbo.

Ninguém, a não ser os malditos signos.

Assim que pisaram no Inferno Astral, as figuras nas paredes acordaram espantadas e apressaram-se em assediá-los com seus horóscopos do dia, deslizando atrás deles em uma disposição impressionante para quem havia acabado de acordar: o carneiro de Áries, sempre o primeiro a se mexer, quase galopando atrás de uma Caimana já levemente irritada, advertindo-a a ser mais precavida e menos impulsiva naquele dia que terminava, como se fosse possível... o caranguejo de Câncer tentando se desdobrar em conselhos para ambos Índio e Eimi, rogando-lhes que pensassem sempre na família; os peixes de Rafinha nadando atrás dele pelas paredes, como peixes feitos de areia, mergulhando de bloco em bloco atrás do garoto enquanto o signo de Aquário gritava *"Revolução! Revolução!"* perseguindo Viny.

"Eu não sou de Aquário!" o pixie berrou pela milésima vez desde que Hugo o conhecera, mas não adiantava; o bloco de Capricórnio não mexia um casco para aconselhá-lo, por mais que Viny insistisse que aquele era seu signo. A balança de Libra era a mais calma de todos. Perseguia Capí sem muito alarde, só aconselhando-o a pensar melhor antes de tomar suas decisões. Se ele fosse seguir os conselhos de Libra, ficaria pensando pelo resto da vida sem decidir nada.

Playboy já não estava mais achando graça. Corria alucinado, olhando para aquela loucura de blocos e signos e corredores circulares quase entrando em pânico, com medo que aquilo fosse tudo uma maluquice de sua cabeça. Fitava o escorpião em seu encalce, apavorado que o bicho de areia fosse pular do bloco com o ferrão apontado para seu pescoço.

"Relaxa, *Playba!* Ele não vai te atacar não!" Hugo gritou em meio àquele barulho insuportável, pegando o bandido pelo braço e empurrando-o por uma das portas laterais, para fora do corredor, onde Capí já os esperava, andando nervoso pelo salão de jogos. Índio e Caimana saíram logo em seguida, irritados, como todo ser humano que saía do Inferno Astral.

"A gente tentando se esconder e os imbecis berrando o horóscopo nos nossos ouvidos!" Viny esbravejou, saindo por último.

De todos os alunos que Hugo conhecia, Eimi era um dos únicos que nunca se importara em ouvir os conselhos de seu signo. Ao menos não no ano anterior, quando ele ainda era inocente e vivia enchendo sua paciência. Daquela vez, no entanto, o mineirinho saíra de lá estranho. Sério. E, ao sair, permanecera um bom tempo olhando para a porta do corredor, que agora se silenciara por falta de vítimas; o corredor onde ele quase espancara Gueco até a morte, sob o efeito da cocaína.

Hugo foi até ele, pousando a mão em seu ombro. "Você tá legal?"

Eimi hesitou. Tinha lágrimas nos olhos. "Eu..."

"O Gueco já tá bem, Eimi... Você só deu um susto nele. Só isso."

"Ele podia ter morrido..." o mineirinho murmurou aflito, e Hugo abraçou-o com força, sussurrando *"Já passou... já passou..."* com a voz mais mansa que conseguia produzir, en-

quanto fazia um carinho nos seus cabelos loirinhos do menino. "Você foi preso porque tentou me proteger. Eu nunca vou me esquecer disso."

Eimi fitou-o admirado, seus olhinhos brilhando de emoção, e Hugo precisou se segurar para não demonstrar o remorso que estava sentindo. Olhando para Capí, viu o pixie pedir, com um olhar, para que os outros saíssem até o jardim e deixassem os dois sozinhos por alguns instantes.

A julgar pelo nível do tumulto lá no pátio central, eles não precisariam se preocupar com chapeleiros por enquanto. Tinham, naquele momento, o que não haviam tido até então: tempo. E Hugo enxugou as lágrimas do mineirinho, tentando animá-lo com um sorriso. "Vamos lá?"

Eimi concordou, e Hugo abraçou a cabeça do menino de novo. Emiliano era tão mais baixinho que ele... parecia uma criança! Como Hugo tivera coragem de fazer aquela sacanagem com o garoto? Ele mesmo não se perdoava. Só agradecia aos céus que o menino nunca descobrira a procedência verdadeira do... pó branco...

De repente preocupado, Hugo abriu os olhos, aflito, percebendo que Eimi não deveria estar ali com eles. Se Playboy sequer mencionasse cocaína na frente do menino...

Agora já era tarde. Não podiam mandar o mineirinho embora. Eimi ficaria decepcionado, se sentindo um inútil, e sua depressão voltaria com ainda mais força.

Droga! Logo agora que eles estavam conseguindo injetar um pouco de ânimo no menino?! Apesar do desespero momentâneo que Eimi acabara de sentir no corredor dos signos, era visível sua empolgação por estar fazendo parte de um segredo dos Pixies...

Não, Hugo não tiraria aquilo dele. Podia ser um fator poderoso em sua cura. Melhor seria deixar que Eimi participasse, mas sempre mantendo uma distância segura entre ele e aquele bandido maldito, que viera para estragar a vida de todos ali.

Desfazendo-se do abraço, Hugo fez um último carinho no menino antes de dirigirem-se até Capí, que ainda os esperava na porta de saída. Os outros, sob instruções do pixie, já haviam subido a escadaria invisível que levava à sala de reforço de português, e agora pareciam flutuar lá no alto, rente à parede externa do colégio, esperando pelos três atrasados.

Andando na frente junto a Capí, Hugo sussurrou, "*O que quer que aconteça, a gente precisa manter esse cara longe do Eimi.*"

"*Eu sei*", Capí concordou. Já havia pensado naquele *pequeno* problema.

Mas não puderam se aprofundar no assunto, pois Eimi se aproximara de novo, puxando a manga de Hugo com insistência, "Ocê num tem signo não?"

Estranhando a pergunta, Hugo franziu o cenho. "Claro que eu tenho signo, Eimi. Por quê?"

"Por caus'de que eu nunca vi ocê sê seguido por signo nenhum lá dentro, sô!"

Hugo parou onde estava, assustado.

Não?!

Começou, então, a tentar se lembrar das muitas vezes que seu signo certamente falara com ele, e...

Meu Deus... Como ele nunca percebera aquilo?!

Fingindo naturalidade, Hugo deu de ombros, "Ah, eles estavam ocupados demais nadando atrás do Rafinha...", e continuou andando, mas a verdade é que havia ficado cabreiro.

Muitíssimo cabreiro. De fato, em nenhum momento do ano anterior ele ouvira um conselhinho sequer do signo de Peixes. Nunca! Estivera sempre tão atento ao que os signos diziam para os outros que nunca sentira falta de seu próprio signo incomodando-o!

Pô, aquilo era sacanagem! Além de não ter aniversário, ele também não tinha signo?! Não era justo!!

Vai ver era aquele lance do signo coringa...

"Ô, adendo! Ocê vai ficar aí parado esperando que alguém desça e te pegue no colo, vai?!" Índio gritou lá do alto, e Hugo começou a subir as escadas, intrigado demais para ficar com raiva do comentário, apoiando-se no corrimão invisível para não tropeçar nos degraus que não podia ver.

"Vocês acham mesmo que aqui é um bom esconderijo?!" ele perguntou assim que chegou lá em cima, e todos menearam a cabeça, um tanto inseguros também, seguindo Capí para dentro do depósito de carteiras quebradas da escola. Depósito aquele, que Capí e Gislene usavam TODOS OS DIAS como sala de alfabetização.

Péssimo esconderijo!

Aproximando-se do pixie, Hugo sussurrou, "*Se a Gi perceber que a gente tá protegendo o cara que matou o pai dela, ela vai surtar.*"

"*Eu sei*", Capí disse sério, aproximando-se do fundo da sala, "*...mas ela não vai perceber.*"

"Como não vai perceber, se tu vai esconder o Playboy justo aqui, onde ela vem todo santo dia?!"

Como resposta, o pixie encostou ambas as mãos no velho quadro negro que utilizavam durante as aulas, e empurrou-o, com todas as suas forças, para dentro da parede, abrindo uma passagem que nenhum deles jamais imaginara existir.

CAPÍTULO 24
O PEQUENO PRÍNCIPE

"Uma passagem secreta!" Playboy exclamou feito criança, correndo na frente dos Pixies com os olhos arregalados.

Eram vários corredores largos, recobertos em madeira nobre desde o piso até o teto. Muito diferentes da passagem fria e úmida que Hugo imaginara encontrar por detrás do quadro. Conectadas às paredes, lamparinas iluminavam o caminho, tendo acendido por conta própria assim que Capí empurrara o quadro negro para trás, revelando os largos corredores de luxo, salpicados aqui e ali com sofás e cadeiras coloniais de madeira trabalhada... Tudo muito lindo.

Eimi se aproximou dele, com medo daquele lugar, e Hugo apertou os ombros do menino para assegurá-lo de sua presença, sentindo uma culpa gigantesca no peito... cuja intensidade nenhum dos Pixies podia imaginar. O mineirinho original teria dado pulinhos de entusiasmo ao ver um lugar tão lindo. Teria enchido a paciência dele, apontando para cada detalhe da decoração, correndo na frente de todo mundo e arrastando Hugo atrás de si, dizendo seu famoso 'óia que chique!', que ele repetira tantas vezes em seu primeiro semestre na Korkovado. Mas aquele Eimi não existia mais. No lugar dele, haviam colocado um menino inseguro e encolhido, que estava quase pedindo colo. E aquele era um lugar tão lindo! Tão aconchegante! Não tinha por quê ele ter medo.

"... Que lugar é esse, Capí?" Caimana perguntou boquiaberta, e absolutamente maravilhada, enquanto seguiam o pixie por corredores e mais corredores que se abriam em sucessão: direita, esquerda, mais um à esquerda, outro à direita... O único som vindo dos tênis ainda encharcados de Playboy, que rangiam sempre que o bandido pisava no chão.

Capí parecia conhecer aqueles caminhos de cor. Andava por ali como se sempre houvesse andado, naquela vida e em outras, de tanta segurança que tinha do trajeto que escolhia seguir.

"Os corredores foram feitos pra confundir, mas não é difícil aprender a chegar aonde vamos. É só ir seguindo as cadeiras com estofados listrados, não as lisas", ele instruiu, virando mais uma vez à esquerda e chegando, por fim, a uma espécie de saleta, com sofás e um grande tapete persa no centro. Parecia uma sala de recepção. Tudo muito limpo, como se, todos os dias, alguém fosse ali lustrar cada um dos móveis.

Capí se aproximou de uma enorme porta de madeira maciça, lindamente esculpida, e tirou uma chave do bolso. Daquelas grandes, de ferro.

Hugo estranhou, "Não dá pra abrir com feitiço?"

"Que eu saiba não. Mas eu vou fazer uma cópia desta aqui pra cada um de vocês", ele disse, girando a chave três vezes na fechadura e empurrando a porta, que se abriu com um rangido. "Sejam bem-vindos aos Aposentos Imperiais."

"Os o quê?!" eles perguntaram em conjunto, e Capí sorriu, "Os Aposentos Imperiais. Ou vocês realmente achavam que aquela escada lá fora era invisível porque os donos da escola queriam esconder um depósito de mesas quebradas?"

Afastando por completo as portas duplas, Capí deu um passo atrás, para que eles pudessem ver melhor o imenso quarto que se abrira perante eles.

Um quarto não. Vários quartos! Praticamente um apartamento!

Hugo foi o primeiro a entrar, atraído pela suntuosidade do lugar.

O quarto principal era gigante... Tinha paredes cobertas por tapeçarias e uma cama enorme ao fundo, circundada por cortinas pesadas de veludo azul escuro, dignas de Imperador. No espaço seguinte, uma sala de estudos era sucedida por uma respeitável biblioteca, repleta de pergaminhos, livros grossos, de capa dura, e três ou quatro globos terrestres, nenhum com menos de cem anos de idade. Logo ao lado, uma porta discreta levava a uma enorme sala de banho, com uma banheira no centro. Nas paredes, móveis guardavam utensílios antigos de higiene pessoal, toalhas bordadas a ouro, sais de banho armazenados, há séculos, em potes de vidro...

Estupefato, Hugo retornou ao quarto principal. Estava impressionado com aquela cama, com aqueles baús, com aqueles brinquedos... Eram poucos, mas deviam ter custado pequenas fortunas! Um cavalo de madeira com joias no lugar dos olhos... espadas com empunhaduras muitíssimo bem tralhadas... bonequinhos de chumbo...

Um navio enorme, mecanizado, feito de marfim e esculpido com milhares de detalhes, balançava sem parar próximo a uma mesa repleta de documentos enrolados em compartimentos laterais, enquanto que, nas enormes paredes de madeira, as tapeçarias resumiam a história do mundo. Extraordinário.

"Por que tu nunca mostra esses lugares pra gente, véio?" Viny resmungou, admirando tudo ao seu redor, e Capí sorriu carinhoso, "Aqui sempre foi meu porto seguro. Quando eu era criança, eu vinha pra cá ficar sozinho, chorar, estudar... Às vezes eu e o Atlas ficávamos aqui horas a fio, só conversando."

"E esses brinquedos?" Hugo passou os dedos por uma espada bem real, atrelada a um boneco uniformizado, "Não eram seus, eram?"

"Claro que não", Capí deu risada. "Foram todos feitos em 1825."

"1825?! Pra quem?"

"Pro Pedrinho", Capí respondeu, indicando um grande quadro apoiado no chão próximo à cama. Nele, um menino loirinho, de não mais que oito anos de idade, cochilava, de bruços, sobre uma mesa ricamente trabalhada. O menino usava o mesmo uniforme do boneco: calças brancas, casaca azul excessivamente apertada, de gola dura, que subia até o queixo, apertando demais o pescoço do coitado, com ombreiras douradas e várias insígnias e medalhas penduradas no peito. Aquela indumentária toda devia pesar bastante no corpinho frágil do menino.

Olhando o garoto com ternura, Capí sussurrou para não acordá-lo, "*Acho que vocês já conhecem o pequeno Pedro de Alcântara.*"

"Dom Pedro II?!" Hugo arregalou os olhos, e Viny levantou-se no susto, "O filho do Independência-ou-Morte?!"

Capí confirmou com um sorriso, "*Dom Pedro II – O Magnânimo*. Imperador do Brasil."

"Mas ele não era mequetrefe?! Sempre me disseram que ele era mequetrefe!"

"De fato, ele era, Caimana. Inteiramente mequetrefe."

"Então, eu não estou entendendo mais nada."

"Ele frequentou a Korkovado durante alguns anos quando criança."

"Mas ele não era bruxo!!!"

"Calma, Índio. Na época, existia uma pequena possibilidade de que ele fosse. E, de qualquer forma, mesmo depois, a comunidade bruxa continuou acompanhando a carreira dele com muito carinho, até sua morte, em 1891. A Korkovado tem imenso orgulho de um dia ter abrigado um líder tão extraordinário quanto ele. Admirado no mundo inteiro em sua época."

Viny sorriu orgulhoso, recostando-se no sofá novamente. "O único a quem o preconceito antimequetrefe não se aplica até hoje."

"E com razão." Capí olhou com ternura para o menininho que dormia no retrato, "Trabalhador, honesto, estudioso, justo. Tinha repulsa pela escravidão, defendia a liberdade de imprensa... Ele frequentou a Korkovado dos 6 aos 14 anos de idade. Sempre de madrugada. Vinha dormir aqui de vez em quando. Às vezes escondido, às vezes com permissão. Dependia muito do estado de espírito de seus tutores azêmolas, que não gostavam nada da ideia dele aprender bruxaria."

Hugo deslizou os dedos pela superfície de mármore do navio mecanizado. "Por que só até os 14 anos?"

"Porque aos quinze já não existia mais qualquer chance dele ser um bruxo tardio. E também porque ele foi obrigado a se tornar, oficialmente, Imperador do Brasil. Não tinha mais tempo pra ficar brincando de bruxo."

"Faz sentido."

O que nunca fizera sentido na cabeça de Hugo era como alguém com apenas um ano a mais do que ele poderia ter governado um Império com tanta maestria. Se bem que, vendo Capí ali, com seus dezesseis anos e meio de idade, não lhe parecia tão impossível assim.

"Deita aqui, Micael", Capí disse, indo ajudar Playboy a se recostar em um dos sofás do quarto Imperial. O bandido estivera encolhido em um canto aquele tempo todo, olhando maravilhado para tudo, mas tremendo de frio – ainda levemente molhado, apesar do feitiço meia-boca que Caimana lançara para secá-lo.

Sentindo um ódio quase incontrolável (do bandido; nunca de Capí), Hugo observou calado enquanto o pixie cobria Playboy com uma antiga manta, com o mesmo carinho com que cobriria uma criança.

Aquilo não estava certo... Hugo pensou, revoltado.

Mas havia algo de diferente no olhar do bandido. Enquanto Capí ajudava-o a se cobrir, Playboy fitava o pixie perplexo, como se estivesse tentando entender de onde vinha tanta bondade. Na certa, ele nunca havia sido tratado daquela maneira antes.

Tirando os tênis encharcados do traficante, Capí enxugou seus pés e, com um movimento de varinha, criou uma espécie de manta de magia em volta do corpo do bandido, que se encolheu todo no quentinho da nuvem etérea, mais impressionado com a generosidade do pixie do que com a magia que ele acabara de fazer.

Deixando o bandido confortável no sofá, Capí voltou para a companhia dos Pixies, e Hugo murmurou entre dentes, *"Você não devia tratar esse filho da mãe assim."*

"Todos precisam de um pouco de carinho, Hugo."

"Ele não."

"Ele sim."

Hugo se calou, sua raiva pelo bandido impedindo-o de olhar nos olhos do pixie, e Capí fitou-o com bondade, parecendo entender o que ele estava sentindo. "Hugo... É com gentileza que se cura alguém das amarras do crime. Nunca com ódio. O ódio eles já conhecem", ele murmurou, com a mesma doçura com que cuidara do bandido, e Hugo segurou uma lágrima de revolta, aceitando o abraço do pixie, mas desvencilhando-se logo em seguida, para sentar-se sozinho do outro lado do quarto.

Alheio a tudo aquilo, o bandido caíra em um sono profundo assim que o pixie o deixara em paz. Estava completamente exausto, e não era para menos. Já Hugo, Só aos poucos, foi conseguindo acalmar o ódio violento que aflorara dentro de si naquele momento, vendo aquele assassino ser tratado com tamanha bondade.

Ele não merecia bondade.

Dispersando-se pelo quarto, os Pixies mantiveram-se em silêncio por alguns minutos, em respeito à gravidade de seus sentimentos, e, pela primeira vez, Hugo se sentiu compreendido. Eles entendiam sua revolta. Tanto eles, quanto Rafinha, que permanecia encolhido no fundo do quarto, encoberto pelas sombras, igualmente incomodado com a presença do bandido.

Só Índio parecia envolto em outras preocupações. Fitava o quadro do Imperador Menino com um grande ponto de interrogação na testa.

"Capí, me explica uma coisa", o mineiro pediu, sem tirar os olhos do pequeno príncipe. "Você disse que eles trouxeram o menino aqui porque tinha uma possibilidade mínima de que ele fosse bruxo, mas tanta imprudência não entra na minha cabeça. Não faz sentido! Como eles puderam trazer um filho de azêmolas pra cá e ainda ensiná-lo magia sem antes esperarem por algum sinal de que ele fosse mesmo um bruxo? Qualquer sinal! Isso é, no mínimo, perturbador..."

Capí fitou o mineiro por um bom tempo, como se estivesse avaliando se deveria ou não contar-lhes a história toda. E então decidiu. "Vocês já ouviram falar na maldição de Maria I?"

"Não."

Sentando-se com as mãos cruzadas na frente do rosto, Capí respirou fundo antes de começar. "Todos vocês sabem que Maria I já estava um pouco louca quando chegou no Brasil. Louca e com mania de perseguição, por tudo que tinha sofrido em segredo nos últimos anos, lá em Portugal."

"Eu também estaria", Viny disse, deitando-se ao lado de Caimana na cama imperial, para ouvir com mais conforto. Hugo preferiu permanecer onde estava: sentado em uma posição estratégica entre o Playboy adormecido e a porta de saída. Não queria dar chance para o canalha escapar.

"Quando nossa senhora Maria I chegou em terras cariocas, depois de uma rápida visita a Salvador, ela recebeu, como presente dos bruxos do Rio de Janeiro, esta escola; nomeada em homenagem a ela, não à mãe de Jesus", ele acrescentou, demonstrando ternura pelas duas Marias. "Não satisfeita com a homenagem, a Rainha colocou na escola uma maldição, para assegurar que só descendentes dela poderiam ser seus diretores."

Caimana arregalou os olhos. "Então a Zô é..."

"Não", Capí cortou, "a Zô não é descendente de Maria I. Parece que a maldição perdeu a validade assim que a República bruxa foi declarada. E o cargo de diretora passou a ser um cargo eletivo."

"Ah tá", ela suspirou aliviada, e Viny deu risada.

"Maluquinha a Zô já é, né, véio? Bem que podia ser descendente da Louca", ele brincou e Capí sorriu de volta. Era bom ver Viny animado de novo.

"Aliás, como a Zô conseguiu ser eleita diretora, avoada do jeito que ela é?"

"Ela não nasceu assim, Viny", Capí respondeu, entristecendo. "Pelo que me contaram, ela tinha até bastante juízo quando virou diretora, quarenta anos atrás. Ninguém sabe o que aconteceu."

Hugo franziu a testa, com pena. "Então a Zô ficou assim de repente?!"

Capí confirmou. "Alguns dizem que ela enlouqueceu protegendo a Korkovado, ninguém sabe do que. O fato é que, depois daquilo, nunca ninguém teve coragem de tirar a Zô da direção. Até porque nenhum aluno aceitaria."

"Foi por isso que reinstituíram o Conselho Escolar?" Caimana sugeriu e Capí confirmou, "Assim poderiam dirigir a escola sem tirar a Zô da direção. É difícil admitir, mas, se não fosse pelo Conselho, essa escola seria um caos... Do que a gente estava falando mesmo?"

Eimi sorriu, "Da marrdição de Maria I."

"Ah sim. Obrigado, Eimi. Então, décadas se passaram e tudo estava indo conforme a Rainha tinha planejado: ao morrer, a direção passou para seu filho bruxo Dom José I, e então para seu neto, Dom Demétrios I, filho de Dom José. Mas, neste ponto, algo deu errado. Algo que ela, em toda a sua loucura, não previra: depois de alguns anos dirigindo a Korkovado, Demétrios descobriu que não podia ter filhos."

Caimana arregalou os olhos, e Capí prosseguiu, "Devido à maldição, isso significava que ele teria de continuar dirigindo a escola pelo resto da eternidade, sendo impedido de morrer. Um destino muito cruel."

"Cruel?! Ser imortal deve ser incrível!"

"Não, Viny. A imortalidade é para poucos. Só os mais insensíveis sobrevivem ilesos à morte sucessiva de todos os seus entes queridos."

"Ah..." a empolgação do loiro se apagou. "Isso é verdade."

"Por isso tantos vampiros se matam", Capí observou. "De qualquer forma, se fosse só a passagem eterna dos anos, Demétrios até suportaria. O grande problema é que, diferente da imortalidade dos vampiros, a imortalidade da maldição de Maria I não vinha com imunidade, e poucos anos depois de ter descoberto que era estéril, Demétrios desenvolveu uma doença degenerativa rara entre os bruxos. Uma doença sem cura para nós, que começou a comê-lo por dentro. Sem filhos que pudessem substituí-lo na direção da escola, Demétrios iria definhar até os últimos fios de velhice e ainda assim não morreria. Seria uma tortura interminável. Eterna."

"... O diretor entrou em pânico e, como não tinha filhos, seus assessores, em segredo, passaram a procurar um possível substituto, buscando traços de magia nos descendentes *azêmolas* de Maria I."

Hugo ergueu as sobrancelhas, "Os membros da família Real mequetrefe?! Dom Pedro I etc.?!"

"Exato. Mas Dom Pedro I e suas irmãs e irmão eram desprovidos de magia, como o pai deles, Dom João VI. Mequetrefes todos. Então, como mais nenhum neto de Maria I era bruxo além de Demétrios, deu-se início a uma busca desesperada por qualquer sinal de magia entre os bisnetos de Maria I: os filhos e filhas de Dom Pedro I etc."

"Que loucura..." Caimana murmurou abismada. "Como é que a gente não aprende essas coisas na escola?!"

O semblante de Capí respondeu 'pois é' e ele prosseguiu, "Essa busca pelos bisnetos começou em 1823, data que está registrada no jardim das estátuas como ano de morte de Demétrios, mas que, na verdade, foi só a data em que ele começou a degenerar. Acharam mais digno colocar esse ano na lápide, e não 1833, quando ele, de fato, pôde morrer."

Índio fez uma careta, incomodado, "Dez anos definhando..."

Capí confirmou. "Isso tudo por pura vaidade da comunidade bruxa. Excesso de elitismo. Eles achavam que só os filhos *legítimos* do Imperador Dom Pedro I seriam dignos de magia, e concentraram suas buscas neles, insistindo durante anos, mesmo quando já estava claro que nenhum deles era bruxo. Enquanto isso, ignoravam completamente os filhos *ilegítimos* do Imperador. Dom Pedro I teve dezenas deles. Talvez centenas; mulherengo do jeito que era."

"Esse era dos meus!" Viny aplaudiu e Caimana deu uma cotovelada discreta no namorado, que sorriu malandro.

"Não brinca com isso não, Viny", Capí pediu. "A Imperatriz Leopoldina era uma mulher bondosa. Não merecia um marido mulherengo como Dom Pedro. Ela se casou aos 20 anos de idade e morreu aos 29. Nesses nove anos, engravidou nove vezes, perdeu duas crianças, sofreu com a indiferença do marido porque não era mais tão bonita, teve de conviver com as gozações de toda a Corte, e morreu cheia de dívidas depois de ter distribuído tanta esmola para os pobres. Uma mulher que não merecia ter sofrido como sofreu."

Viny assentiu sério, e ficou quieto em seu canto, sem rebater. Aquilo era irrebatível.

Capí prosseguiu, "Para desespero dos assessores de Demétrios, logo no início dessa busca por magia entre os filhos legítimos de Dom Pedro I, o primogênito menino do Imperador morreu, como era tradição na família há séculos, devido à uma outra maldição: a maldição dos Bragança. A morte do primeiro foi logo seguida pela morte do segundo filho homem de Dom Pedro. Já as meninas, não demonstravam qualquer sinal de magia. E, no entanto, ao invés de partirem imediatamente à procura dos filhos ilegítimos do Imperador azêmola, os assessores de Demétrios ficaram esperando Dom Pedro ter mais filhos legítimos."

"Que ridículo..." Caimana murmurou enojada.

"Três anos depois – e nosso diretor definhando – a imperatriz Leopoldina deu a luz ao pequeno Pedro de Alcântara, futuro Imperador Dom Pedro II, nosso Pedrinho. Os assessores do diretor, já desesperados, simplesmente assumiram que o menino estava predestinado a suceder Demétrios. Ainda mais sendo ele o sétimo filho do Imperador. O número sete sempre foi um número místico, e eles tomaram aquilo como um sinal de que o menino era bruxo."

"Mesmo com pressa", Capí prosseguiu, "os assessores esperaram alguns anos antes de irem buscar o menino; até porque ele precisava ficar mais velho. E ainda iam esperar um pouco mais, só que tiveram que apressar os planos. Acontece que, nessa época, o Império vivia tempos conturbados. Os azêmolas portugueses clamavam pelo retorno de D. Pedro I a Portugal, para assumir o trono vazio deixado por Dom João. Pedro amava o Brasil mais do que tudo, mas estava começando a perceber que teria mesmo de abandonar nosso país e voltar para o dele, deixando o filho de *cinco* anos aqui para governar em seu lugar como Imperador."

Hugo olhou para o menino, ainda dormindo no retrato. Devia ter sido duro para aquele brasileirinho, perder a mãe e o pai tão cedo, e ainda ficar encarregado de um cargo tão importante sem nem entender direito o que aquilo significava.

Também com pena de Pedrinho, Capí continuou, "Percebendo que a coisa estava feia para o Imperador azêmola, um assessor de Demétrios foi às pressas ao encontro de D. Pedro I, na noite em que ele ia fugir escorraçado do Brasil."

"Escorraçado?" Hugo estranhou.

"Digamos que... ele não tinha sido um bom menino", Capí disse. "Nessa noite, quando Dom Pedro estava se preparando para fugir, já com um navio à sua espera no porto do Rio de Janeiro, o assessor Fonseca girou para o quarto do Imperador, espantando o coitado enquanto ele terminava de se vestir. Depois de fazer um rápido resumo do que os bruxos vinham fazendo no Brasil, apresentou-lhe seu pedido: que o Imperador deixasse que seu filho, o infante Pedro, fizesse visitas regulares à Korkovado. Pretendiam, com isso, forçar que a magia se manifestasse no menino. Em troca da autorização Imperial, Demétrios daria ao pequeno Imperador a proteção mágica que, como azêmola, ele nunca teria tido. O Imperador aceitou, atraído principalmente pela oferta de proteção. Não queria deixar seu querido filho desamparado."

Hugo sorriu, "Maneiro."

"Claro que, como todos nós sabemos, Pedrinho não era bruxo. E nem tinha sido o sétimo filho de Dom Pedro I, já que a sétima filha ele tivera com sua amante, a Marquesa de Santos."

"Grande Marquesa!" Viny sorriu assanhado, mas Capí escolheu ignorá-lo.

"Nos anos em que Pedrinho frequentou a Korkovado, ele nunca foi visto pelos outros alunos. Estudava sobre o mundo mequetrefe durante o dia, e vinha pra cá à noite, quando todos na Corte acreditavam que ele estivesse dormindo. Aqui, nesses aposentos, tutores bruxos se revezavam para ensinar tudo sobre o mundo mágico ao futuro Imperador. Pedrinho tinha até uma varinha, a mais cara de todas, e eles o obrigavam a ficar horas tentando fazer feitiços; às vezes a madrugada inteira. Era uma verdadeira tortura para o garoto. Uma tortura insana, já que ele só tinha seis, sete anos de idade. Poucas crianças bruxas conseguem fazer feitiços tão cedo. Aquele era o tamanho do desespero deles por um diretor com descendência legítima."

"... Vendo, no entanto, que Pedrinho não estava demonstrando qualquer aptidão para a magia, finalmente eles iniciaram a procura pelos irmãos ilegítimos – para caso o menino acabasse não se revelando um bruxo. E continuaram naquela busca desenfreada até encontrarem a pequena Cândida, em 1833. Na época, ela já tinha 13 anos de idade. Era filha bastarda de Pedro I com uma bruxa dona de venda."

Viny deu risada, "Quer dizer que nossos diretores, a partir de Demétrios, foram todos descendentes de uma escapada amorosa do *Independência ou Morte* com uma dona de venda?! Quem diria, hein! Ha!"

"Tem alguma coisa errada aí", Caimana desconfiou. "A conta não bate. Se Cândida tinha 13 anos em 1833, por que a estátua dela diz que ela nasceu em 1809?"

Capí sorriu, "Alguém tem algum palpite?"

"Quiseram esconder que a nova Rainha Bruxa era filha ilegítima de um azêmola", Hugo sugeriu. "Melhor ocultar a menina na escola até que ela ficasse adulta e pudesse fingir, pra comunidade bruxa, que ela era uma filha perdida do próprio Demétrios. De antes dele ficar doente."

Capí fitou-o orgulhoso e Caimana fechou a cara, "Impressionante a cara de pau dessa gente. Mesquinhos até o fim!"

"Pois é. No mesmo dia que Cândida pisou aqui na Korkovado, Demétrios morreu."

"Que presentinho bacana que a vovó Maria deixou pro netinho, hein?" Viny ironizou, e Capí teve de concordar.

"Mesmo com a descoberta de Cândida, Pedrinho ainda frequentou a Korkovado por alguns anos, porque a preferência era que o novo diretor fosse um Imperador, não *uma reles bastarda*, como eles diziam", Capí prosseguiu, incomodado com o nível de preconceito daquela época. Talvez porque tal preconceito ainda existisse.

Enquanto isso, Viny olhava impressionado para o amigo. "Onde tu aprendeu tudo isso, véio?"

"Com o Atlas. Tudo que eu sei na vida, eu aprendi com ele."

Índio ergueu a sobrancelha, surpreso com a resposta, e Capí sorriu, "Engraçado, ninguém nunca espera muito do Atlas. Não sabem como estão enganados. Se ele pudesse ensinar, lá fora, tudo que ele me ensinava aqui dentro, ele hoje seria considerado o melhor professor do país! Eu e ele ficávamos horas escondidos aqui, estudando os documentos antigos, os livros... Ele me ajudava com a linguagem mais complexa, me explicando os termos que usavam na época, me ensinando a escrever com aquele traço bonito de antigamente, me orientando em quando eu deveria usar uma linguagem mais rebuscada e quando era melhor reverter para o coloquial..."

Hugo não era o único impressionado ali. Todos estavam perplexos, e Capí fitou-os com um leve sorriso no rosto, "O Atlas pode parecer apenas um professor inconsequente e irresponsável, mas o que só se descobre com muito tempo de convívio é que, além de ser supergente boa, ele domina uma quantidade absurda de conhecimento. Tanto bruxo quanto azêmola. Aqui, nestes aposentos, ele me ensinava noções de filosofia, de teoria política, latim, francês, estratégia militar, retórica, história mundial, geologia, arqueologia, mecânica, cartografia... tudo que ele era proibido de ensinar nas aulas de Defesa."

Hugo estranhou. "Proibido?"

"Espera-se que um professor de Defesa Pessoal ensine defesa pessoal, não que ensine a pensar. O Conselho até hoje proíbe que ele fuja do assunto em sala de aula. Os pais apoiam a proibição, achando que professor bom é aquele que ensina a matéria que está no currículo."

"Que ridículo..." Caimana protestou, com cara de nojo.

"No fundo, eu acho que a irresponsabilidade que ele demonstra em sala de aula é só uma reação dele; um protesto, por ele não poder ensinar nada que realmente importe ali dentro. É o jeito que ele encontrou de expressar sua frustração. Ninguém dá o mínimo valor para os outros conhecimentos dele. Só esperam que ele apresente resultados numéricos no final do ano."

"Notas..." Viny fez careta, recebendo a aprovação do ronco de Playboy, que continuava praticamente desmaiado no sofá.

"A escola hoje em dia, infelizmente, foca muito mais na informação do que no conhecimento. Aprendemos técnicas, decoramos dados, mas não nos ensinam a pensar. Engessam professores excepcionais a um currículo fechado, pobre, imediatista e técnico. No caso do Atlas, só comigo ele podia se permitir ser o professor que ele sempre desejou ser."

"... Nós nos divertíamos muito aqui...", Capí recordou com nítido carinho. "E era uma diversão culta! Ele me fazia gostar de aprender as coisas mais difíceis! Imagina, ensinar política para um garoto de oito anos de idade! Só um maluco como o Atlas pra pensar numa loucura dessas."

"Você gosta muito dele, né, véio?"

Capí sorriu afetuoso, "Eu sempre vi o Atlas como um irmão mais velho. Não sei se vocês sabem, mas eu e o professor chegamos na Korkovado no mesmo dia. Eu era um bebê recém-nascido e ele tinha vindo procurar emprego aqui. O que ele não sabia é que ele ia acabar ganhando um emprego, uma moradia e um bebê pra cuidar."

O semblante do pixie escureceu. "Minha mãe tinha acabado de morrer e meu pai... bem, não parecia muito interessado em cuidar de mim. Ele estava... deprimido."

"E continua, né, véio?"

Capí concordou, fechando os olhos. "Daí o Atlas me pegou como projetinho particular dele. Não satisfeito em me ensinar tudo que sabia em suas horas vagas, ele ainda chamava amigos de fora pra complementarem os meus estudos. Trouxe até o Pajé Morubixaba pra me dar aula de ervas medicinais."

"Pajé Morubixaba?!" Caimana perguntou, impressionada. "O diretor da escola do Norte?!"

Capí confirmou. "Ele vinha uma vez por semana me ensinar a sabedoria dos povos indígenas da Amazônia e as magias que só eles sabem fazer. O pajé ainda não era o diretor da Boiúna na época. E também não falava muito bem português. As primeiras semanas foram interessantes. Eu não entendia uma palavra do que ele dizia", Capí riu. "Até hoje eu não sei se aquelas aulas eram pra me ensinar herbologia ou Tupi e Nheengatu."

Viny deu risada. "O Atlas te encheu de informação até não poder mais, né?"

Capí meneou a cabeça, meio tímido, "Nada que o Pedrinho ali não tivesse aprendido na infância também", e apontou para uma frase talhada, em letras grandes, no topo da parede oposta à cama:

> "*Estudes e te faças digno de governar tão grande Império.*"
> Pedro, Duque de Bragança.

"Instruções de Dom Pedro I para o filho", Capí explicou. "Todos os dias, inclusive aos domingos, Pedrinho era obrigado a acordar às seis e meia da manhã, tinha aulas de geografia, contabilidade, ciências naturais, astronomia, física, química, biologia, línguas, filosofia, desenho, caça, aritmética, dança, música, equitação, esgrima… Mas, acima de todas essas matérias, estava o ensinamento ético e moral. Seus tutores queriam formar um governante sábio, justo, tolerante, que pudesse liderar acima das paixões políticas. Por isso, desde muito cedo, Pedrinho aprendeu a agir com humildade, a conter sua raiva, suas decepções, a lidar com todos os tipos de político. Nunca se sentiu superior por ser Imperador. Sempre se esforçou ao máximo para merecer o cargo."

"E você aprendeu direitinho com ele, né, véio?"

Capí sorriu com humildade. "Eu tento."

"Quem dera todos os nossos governantes se preparassem assim."

"Pois é, mas ele era só uma criança. Quando Pedrinho não aguentava mais a pressão, ele fugia pra cá." Capí olhou com carinho para o quadro do menino. "Uma infância solitária e triste."

"Como a sua."

O pixie trocou olhares com Caimana por alguns segundos, mas acabou concordando. Hugo podia imaginar o porquê. Capí crescera cercado por adultos e crianças mais velhas, que não tinham paciência para brincar com alguém tão jovem. Então, ele não brincava. Ficava estudando, trabalhando, se mantendo ocupado. E nas férias, bom, nas férias ele ficava sozinho naquela imensidão de escola, isolado do mundo, só com o pai e o professor como companhia. Apesar de sua própria infância ter sido bastante sofrida, Hugo não invejava a do pixie.

"Felizmente, eu tinha um professor brincalhão pra me alegrar", Capí completou com ternura. "O Atlas salvou a minha infância… Ele e o Pedrinho; único menino mais ou menos da minha idade que eu tinha pra brincar."

Hugo olhou com pena para o pixie. Ter como único amigo de infância um *quadro* era deprimente demais!

"… De qualquer forma", Capí voltou ao assunto anterior, talvez para que todos parassem de olhá-lo como se ele fosse uma criança africana desnutrida, "quando o Pedrinho fez 14 anos, e nada de seus poderes se manifestarem, os tutores do menino decidiram cortar o vínculo dele com o mundo bruxo. Mas Pedrinho nunca se esqueceu do tempo que passou aqui, nem nunca deixou de ajudar, no que pudesse, a comunidade bruxa. E o mais importante de tudo: nunca falou uma só palavra sobre nós para eles." Capí sorriu, "Não é a toa que o rosto dele está na nossa moeda de bronze. E nem é a toa que ele é chamado de O Magnânimo, até entre nós bruxos…"

"Shhhh…" Caimana interrompeu-o com um sussurro. *"Eu acho que o príncipe acordou!"*

E todos olharam para o retrato do pequeno Dom Pedro II.

CAPÍTULO 25
O MAGNÂNIMO

Acordando a tempo de ver Pedrinho bocejar, Playboy arregalou os olhos e pulou do sofá.

"Ih, ó lá! O quadro tá se mexendo!" ele aproximou-se abismado, enquanto o pequeno Pedro II se espreguiçava, ainda de olhos fechados, enfiando os dedos por dentro da gola apertada enquanto o outro braço se esticava. Aquela roupa devia incomodá-lo demais, coitado.

"*Pedrinho...*" Capí chamou-o com cuidado.

Ainda sonolento, o menino coçou os olhos, todo dengoso, e precisou piscar algumas vezes para que conseguisse focalizar os rostos do lado de fora do quadro.

Só então levantou-se depressa, ajeitando seu uniforme e estufando o peito para saudar a todos com uma inclinação educada da cabeça. "A que devo a honra de tantas visitas?!" perguntou maravilhado.

Apesar da extrema polidez com que o menino os cumprimentara, ele era apenas uma criança e estava óbvio em seus olhos esbugalhados que a visão de tanta gente nova o alegrava demais... Hugo podia imaginar a raridade que devia ser alguém diferente aparecer por lá.

"A gente trouxe alguém pra te fazer companhia, Pedrinho", o pixie disse, trazendo Playboy para a frente e, então, apresentando ao menino cada um dos Pixies. "Esses são aqueles meus amigos, que eu vivo falando: Viny, Índio, Hugo, Caimana..."

"Encantado, senhorita", Pedrinho inclinou sua cabeça para a elfa, que sorriu, maravilhada com a educação do menininho.

Vendo aquilo, Viny tentou disfarçar um quase imperceptível acesso de ciúmes, mas Hugo notou. Magnífico apóstolo do amor livre, Viny era; não conseguia sequer encarar com tranquilidade o galanteio de um menininho de oito anos de idade. Como podia pedir que Caimana aceitasse seus amantes com indiferença?

"E esse, Pedrinho, é o Micael. Ele vai ficar aqui te fazendo companhia por uns tempos, tudo bem?"

O semblante do pequeno príncipe se iluminou de imediato, "Ele vai ficar conversando comigo?!"

"Vai sim, claro que sim."

Pedro abriu um largo sorriso em seu rostinho cansado, e, apesar da alegria em vê-los ali, Hugo ainda podia perceber no menino um certo ar tristonho, melancólico, de quem não era feliz. O mesmo ar que ele às vezes via no Capí.

Fitando o pixie com inigualável ternura, Pedrinho lhe perguntou, "E você, estimado amigo, como vai?"

"Vou bem, Pedrinho. Vou bem."

"Não é o que seu semblante diz..." o príncipe retrucou, preocupado com o amigo, mas assim que o fez, pareceu perceber alguma falta grave em seu comportamento e se retratou, "Perdoe-me pela indiscrição, eu não quis ser indelicado."

"Não foi", Capí sorriu. "Estou preocupado com meus alunos, só isso."

E, enquanto Playboy ainda olhava abismado para o quadro falante, Capí explicou ao menino tudo que havia acontecido naquela primeira semana de aula: a morte de Antunes, a violência da Comissão, o desespero dos alunos, o grave crime que eles estavam cometendo escondendo Playboy ali no colégio...

Ouvindo tudo aquilo, o bandido arregalou os olhos, finalmente entendendo por que não podia, sob circunstância alguma, sair dali, e Capí concluiu as explicações, pedindo que Pedrinho fosse verificar se os chapeleiros haviam dado pela falta deles.

O infante fitou-o espantado, "Mas eu não posso sair daqui!"

"Claro que pode, Pedrinho. O Fonseca não está mais aqui pra te impedir, e ninguém vai te reconhecer lá fora, pode ficar tranquilo."

O pequeno imperador arregalou os olhos, empolgado com a possibilidade de finalmente conhecer o resto do colégio, e aceitou sua incumbência, saindo pela porta dos fundos da pintura e deixando seu quadro vazio.

Playboy tocou a moldura espantado. "Pra onde ele foi?!"

"Passear pelos outros quadros da escola, Micael."

"E ele pode fazer isso?! Bizarrão, ae!" Playboy deu risada, indo, então, admirar-se no espelho, descontente com o estado de seus cabelos.

Capí sorriu, achando graça, e sentou-se em um dos baús. Parecia esgotado. Não que isso fosse incomum. Mas todos ali sabiam quem ia acabar cuidando daquele novo problema de cabelos coloridos.

"Pô, estragou os Nike, ae..." o bandido reclamou, pegando do chão os tênis encharcados e analisando-os de perto.

Playboy sendo Playboy.

Hugo revirou os olhos e viu Rafinha fazer o mesmo, mas enquanto Hugo estava apenas impaciente, Rafinha parecia completamente alterado! Encolhido nas sombras, abraçava o próprio corpo, o punho direito pressionado contra a boca, vermelho de raiva, enquanto olhava para o bandido.

Eles se conheciam... Hugo tinha certeza.

"O Eimi já capotou", Capí disse com carinho, vendo o pobre mineirinho todo encolhidinho no sofá, dormindo.

Viny se espreguiçou, olhando as horas, "Eu tô é com fome. Bora lá pegar alguma coisa pra comer no seu cafofo, véio? Lanchinho da madrugada?"

"Tá maluco?!" Caimana objetou. "Os chapeleiros devem estar patrulhando os jardins!"

O loiro meneou a cabeça, "Pode ser que sim, pode ser que não, pode ser que pode ser. Mas meu estômago está dizendo que eu vou mesmo assim." E Viny saiu, deixando os outros ali, preocupados, esperando seu retorno.

"Ei, Formiga!" Playboy provocou, chamando Hugo e indicando Eimi com os olhos, "O pirralhinho ali é um dos nossos, né, não?"

Playboy levou um dedo à narina direita, inalando cocaína imaginária, e Hugo estremeceu, *"Tu não tem nada a ver com isso, tá me ouvindo?!"* enquanto Capí e Caimana trocavam olhares.

Por precaução, a elfa levantou-se e foi até o mineirinho adormecido, "Vem Eimi, já tá na hora de dormir... longe daqui. Vem." Ela pegou o menino no colo.

"Ih, qualé! Eu só tava tirando onda com ele, ae!"

"Ahhh... Mas eu quero ficar...!" Eimi resmungou sonolento, como criancinha que não quer ir para a cama.

"Não, não. Vamos lá, que eu te acompanho", ela insistiu, baixando Eimi até o chão e deixando que ele andasse por conta própria. "Hoje você vai dormir lá na casa do Capí de novo, tá bom?"

O mineirinho arregalou os olhos, "Eu posso?!" e Capí sorriu, cansado, "Claro que pode, Eimi. Só não deixa ninguém te ver lá, tá bom? Pode dormir na minha cama, se quiser."

Os olhinhos do menino brilharam, "Isso tá bão demais da conta, sô!"

"E o Fausto?" Hugo perguntou. "Ele já não voltou da Europa?"

"Já, mas teve que dar um pulo no Espírito Santo, resolver uns problemas de família. A casa tá vazia."

Caimana conduziu Eimi pelos ombros, mas o mineirinho se desvencilhou dela e foi despedir-se de quem importava, dando um abraço forte no Hugo, que apertou-o com todo o peso de sua culpa, e então, abraçando Capí.

Antes de sair, ainda virou-se para Playboy, dizendo um "Tchau procê!" com toda a sua inocência, só então indo atrás de Caimana.

Assim que fecharam a porta, Playboy deu risada, "Cheiradão, ae", e Hugo levantou-se, pronto para esmurrar a cara do filho da mãe, mas foi impedido por Capí, que puxou-o para trás com uma das mãos. O pixie era forte, apesar de não parecer.

"Olha, Micael", Capí disse sério, ainda segurando Hugo pelo braço, "a gente vai te proteger, mas com uma condição."

Playboy assentiu, atento. Pelo menos o pixie, ele parecia respeitar. "Diz aí."

"Nunca diga uma palavra sobre cocaína aqui dentro. Principalmente na presença do menino."

"Você que manda, chefia."

Hugo olhou para Capí, em pânico. Ele não podia ter dito aquilo na frente do Rafinha! E, no entanto, o ex-aluno do pixie não parecia sequer ter ouvido. Apenas continuara fitando o bandido com ódio, lá do canto.

Olhando para Hugo e Capí alternadamente, Playboy de repente compreendeu a verdadeira razão daquele cuidado exagerado que os dois estavam tendo e deu risada, achando o máximo. "O pirralho não sabia que era cocaína, é?!" ele buscou confirmação olhando para Hugo, que desviou o rosto. "Ah, que bonitinho!" Playboy deu risada aplaudindo. "Tu viciou o garoto sem nem dizer pra ele o que era! Ha! Tu é mais cruel que eu!"

Hugo sacou a varinha, "TU NEM PENSE EM CONTAR PRA ELE, OUVIU?!" e Capí tentou impedi-lo, mas desta vez Hugo barrou o pixie com o braço direito, a varinha ardendo escarlate na mão esquerda. "SE ALGUM DIA TU ME CAGUETÁ PRO GAROTO, EU VOU

TE FAZER O MESMO QUE EU FIZ COM O CAIÇARA, TÁ ME OUVINDO?! TU VIU COMO O CAÍÇA FICOU, NÃO VIU?!"

Playboy confirmou com a cabeça, olhando para a varinha, espantado.

Claro que não havia sido exatamente Hugo que quebrara todos os ossos do Caiçara e sim as patas implacáveis da mula-sem-cabeça, mas Playboy não precisava saber daquilo, e nem ninguém ali contaria. Era melhor, para todos, que o bandido os visse como sendo capazes de tal atrocidade. Isso o manteria quieto.

"Sossega essa varinha ae, formiga…" Playboy pediu apavorado, com a mão em frente ao rosto como se aquilo oferecesse qualquer proteção contra um feitiço.

"*Formiga*, né?" Hugo repetiu, furioso. "Tu tá se achando, né, Playba? Fazendo piadinha, provocando… O que te faz pensar que tu tá mais seguro aqui do que no Dona Marta? HEIN?!" ele berrou, e Playboy achou melhor recuar.

Recado dado.

Tentando acalmar-se, Hugo foi lentamente baixando a varinha, e Capí respirou aliviado.

Rafinha, no entanto, parecia quase a ponto de explodir. E quando Viny chegou com quatro sanduíches e Capí imediatamente cedeu o dele ao bandido, Rafinha levantou-se e jogou seu próprio sanduíche contra o professor, saindo enfurecido porta afora, não aguentando mais ficar no mesmo cômodo que toda aquela caridade.

"Ih, ó lá!" Playboy exclamou, reconhecendo-o, "Você por aqui, Boa-Noite?! Qualé!" mas Rafinha já batera a porta com um estrondo, deixando-os para trás.

Hugo, Índio e Viny se entreolharam, mas Capí não parecia surpreso. Apenas cerrara os olhos, lamentando. Como se já estivesse esperando por aquela reação.

"Eu não tinha visto o Boa-Noite, ae!" Playboy deu risada, achando o máximo a presença do garoto ali. "Ele também é bruxo, é?! Quem diria! *Aeeee, Boa-Noite!!*" ele tirou sarro, alto o suficiente para que Rafinha o ouvisse do outro lado da porta, "*Todo chique, hein! Igual ao Formiga! Arrasou!*"

"Eu já disse pra não me chamar de formiga!"

"Foi mal, Formiga."

Hugo respirou fundo, tentando se segurar. "Que história é essa de Boa-Noite?"

"É o apelido dele, ué! Tu não sabia não?!" Playboy zombou. "Aquele ali adooooora um Jornal Nacional! Haha! '*Boa noite*'", ele engrossou a voz, imitando o apresentador, e deu risada de novo, gritando para a porta novamente, "*Ficava um tempão com os olho grudados na telinha do bar, né não, Boa-Noite?! Tentando imitar os repórter falando no microfone. Queria aparecer na TV! Ha! Com essa cara espinhenta é que tu não ia mermo, mané!*"

"TU CALA ESSA TUA BOCA!" Rafinha berrou lá de fora, com a voz claramente embargada, esmurrando a porta com ambas as mãos. Hugo nunca o vira tão alterado.

"Micael…" Capí implorou, pedindo um pouco de clemência do bandido, mas antes que Playboy pudesse obedecer, Hugo foi mais rápido, "Da onde tu conhece o Rafinha?"

"Ah, a gente tinha uns negócios aí, *né, Boa-Noite?!*"

Surpreso, Hugo saiu da sala atrás do garoto, querendo esclarecer aquilo de uma vez por todas. Sempre pensara que o Rafinha era gente boa! Como podia ter *negócios* com aquele assassino?!

"Que tipo de negócios?" ele perguntou, entrando na antessala e surpreendendo Rafinha, que enxugou os olhos depressa, desviando o rosto, com vergonha de responder.

"ANDA! Que tipo de negócios?!"

Acuado, Rafinha murmurou, "... Eu era menino de rua."

Hugo ergueu as sobrancelhas, surpreso, sua desconfiança se esvaindo aos poucos enquanto o menino explicava, envergonhado e com ódio nos olhos ao mesmo tempo, "Eu vendia bala no sinal, em entrada de teatro, essas coisas..."

Hugo nunca vira Rafinha tão frágil e tão forte. A raiva lhe dava força.

"... O Playboy só deixava eu vender se eu pagasse pra ele metade dos ganhos – que eram uma merreca, mas eram tudo que eu tinha. Ele ali, com aquele fuzil de ouro que valia mais do que eu achava que ia ganhar na minha vida inteira, e ainda roubando o dinheiro que eu já não tinha pra comer, e pra, quem sabe um dia, realizar meu sonho de virar jornalista."

Agora Hugo entendia por que Rafinha sempre falara tão bem, mesmo quando ainda era analfabeto: o malandro aprendera a falar bonito imitando os repórteres na TV...

"Ele te ameaçava."

Rafinha confirmou. "Ele sempre aparecia lá na praça pra exigir a parte dele. Me batia quase toda noite, porque eu nunca tinha dinheiro suficiente, e nos dias que eu não conseguia quase nada, tipo, um real ou dois, ele ameaçava pôr fogo em mim quando eu estivesse dormindo."

"É bem a cara dele mesmo", Hugo murmurou revoltado.

"Daí eu não conseguia dormir a semana inteira, com medo que ele cumprisse a ameaça. Não adiantava ir dormir em outro lugar, porque ele conhecia todo mundo, e era fácil me encontrar. Então eu ficava lá, né? Fazer o quê? Podia até ser que fosse uma ameaça vazia, mas eu não conseguia pregar os olhos."

"Eu também não conseguiria."

"Eu não entendo! ... Eu não entendo por que vocês estão protegendo ele!" Rafinha começou a chorar, furioso. "Ele não ficou melhor, eu sei que não ficou! Ele tá fingindo! E se não estiver fingindo, logo, logo ele vai voltar a fazer o que ele sempre fez! Tá na natureza dele!"

Hugo entendia muito bem o que ele estava sentindo. Compartilhava daquele sentimento. "Eu estou gostando disso tanto quanto você, Rafa. Mas eu confio no Capí. Vamos ver no que isso vai dar..."

"Eu não quero ver no que isso vai dar! Eu quero ver ele MORTO! Morto e com os dois olhos arrancados!"

Hugo recuou, surpreendendo-se com tamanha violência. Não podia negar que já havia pensado o mesmo, mas ouvir aquilo sendo dito em voz alta daquele jeito fazia aquele desejo soar mil vezes mais brutal do que em pensamento, e Hugo se assustou. Se assustou ao sentir a crueldade naquelas palavras. Se assustou ao perceber naquele garoto, ele mesmo. E não gostou do que viu.

De repente, Rafinha olhou para a porta dos aposentos imperiais e recuou horrorizado, sentando-se em um dos sofás da antessala com as mãos tapando a própria boca, arrependido por ter dito o que dissera.

Confuso, Hugo virou-se. Capí estava ali, parado na entrada da antessala, e a dor em seu semblante dizia tudo. Ele ouvira cada palavra berrada ali. Principalmente as últimas.

Machucado pela violência nelas, o pixie se ajoelhou perante seu aluno, fazendo um carinho nas mãos do menino para que Rafinha destapasse o próprio rosto, molhado de lágrimas.

"Eu sei que você odeia o Playboy, Rafa... Mas tente ser forte!" ele implorou, entendendo a dor do menino. "Mostre a ele a compaixão que ele nunca te mostrou! Seja magnânimo!"

Rafinha balançava a cabeça em negativa, claramente dividido entre seu ódio pelo bandido e o respeito que sentia pelo pixie. "Eu não consigo ser como você, professor... Eu não consigo... Não com ele..."

"Rafa..." Capí insistiu, com extrema doçura, "... você é melhor do que esse ódio. Você é íntegro, correto, e eu te admiro demais por isso! Dê uma chance a ele... pra que ele possa provar que mudou! Você não quer ser responsável pela morte de uma pessoa. Não é uma sensação boa. Acredite, eu sei."

Hugo fitou-o surpreso. Quem morrera por causa do Capí?!

Rafinha também olhou espantado para o professor, vendo verdade em seus olhos, e então consentiu, somente em respeito a ele. Não por realmente acreditar na redenção do bandido.

Capí sorriu, fazendo um carinho nos cabelos do aluno. "Eu sei que é difícil, Rafa... mas são os gestos difíceis que valem a pena."

Rafinha concordou, enxugando as lágrimas.

"Agora vai. Vai descansar, que amanhã você tem um longo dia de estudos pela frente."

Assentindo, o menino obedeceu, mas dirigiu-se à porta de saída, não ao quarto imperial.

"Rafa?"

"Eu vou dormir na sala de alfabetização", ele respondeu, endurecido, deixando Capí sozinho com Hugo. Era compreensível. Não dormiria nos mesmos aposentos que o bandido. Mais do que natural.

Capí ficou olhando para a porta por onde seu aluno saíra. Seu semblante grave, chateado. Rafinha aceitara aquilo só da boca para fora, não de coração, e, no fundo, o pixie devia saber que Hugo pensava igual ao menino.

"O que você queria, Capí? A gente não é como você. E você não sofreu o que a gente sofreu nas mãos dele."

Capí baixou a cabeça, derrotado. "Sabe qual é a frase que mais me incomoda?"

"Não. Qual?"

"*Bandido bom é bandido morto.*"

Hugo desviou os olhos.

"Essa sentença é de uma crueldade... é de uma falta de caridade que me entristece demais..."

"O que caridade tem a ver com isso?"

"Caridade não é só dar dinheiro. É também compreender. A maior parte dos bandidos comuns são pessoas que nunca receberam um carinho na vida..., que às vezes nem sabem o que é isso. Levaram patada a vida inteira e isso é tudo que conhecem. Pessoas como essas se surpreendem quando alguém lhes dá a mão. Se surpreendem, porque nunca foram tratadas assim antes. Nem quando eram crianças. Você ainda teve mãe. E ele? Será que ele teve? Será que ela se importava com ele como a sua mãe se importa com você? Ou ele levava porrada dela também, e era tratado com ignorância? Porque eu te digo, quem só recebeu porrada a vida inteira, só sabe dar porrada. É tudo que eles conhecem. É tudo que eles entendem."

"Ele é um assassino, Capí. Um assassino cruel."

O pixie concordou, ainda assim tentando relevar. "Não importa o que ele fez ou deixou de fazer. Pessoas como ele podem ser reformadas. Às vezes elas só precisam de um bom exemplo. De um incentivo."

Hugo meneou a cabeça. "Sei não. O Rafa não virou um assassino por ter morado na rua, nem a Gi virou bandida. Se o Playboy virou, é porque já tinha ruindade dentro dele, e isso não vai mudar com a sua compreensão."

"Então você acha que eu devia ter te denunciado pra polícia ano passado."

Hugo fitou-o chocado, desabando na cadeira mais próxima.

Até então, não fizera a ponte entre o que Capí estava dizendo e ele próprio. Será que o pixie o considerava um bandido a esse ponto?!

Percebendo que o atingira, Capí deixou sua dureza de lado e foi confortá-lo, sem, no entanto, retirar uma palavra do que dissera. "Hugo..." ele sentou-se a seu lado, enquanto Hugo permanecia olhando para o nada à sua frente, ferido. *Ele não era um bandido... Ele não era como o Playboy... Capí não tinha o direito de compará-los daquela maneira...* "Hugo, presta atenção. Se você exige reconhecimento e compreensão de todos, você precisa ser capaz de aceitar que esta mesma cortesia seja estendida a seu maior inimigo."

Hugo desviou o rosto. Claro, fazia sentido... e doía muito perceber aquilo. Nos olhos de todos ali, Hugo não passava de um traficante, como Playboy; um bandidinho, que destruíra a vida de muitos jovens naquela escola, vendendo cocaína, viciando os alunos... No fundo, Hugo sabia que era isso que Capí havia dito, sem a indelicadeza de soletrar palavra por palavra. E, mesmo assim, Capí o perdoara, como agora estava pedindo que ele perdoasse Playboy.

Qual era a grande diferença entre ele e o bandido? Que Hugo estava sinceramente tentando se reformar?! Mas Playboy havia acabado de garantir a eles exatamente a mesma coisa! Que queria mudar, que havia se arrependido, que ia se tornar um novo homem...

A diferença era que Hugo sabia, ao dizer-se arrependido, que estava dizendo a verdade, mas realmente, quem olhava de fora não tinha como saber. Capí acreditava na sinceridade da promessa dele da mesma forma que acreditava na de Playboy! Com um pé atrás, mas com fé de que fosse verdadeira! Na cabeça dos Pixies, os dois eram muito parecidos!

Hugo desviou o rosto, de repente se sentindo um lixo, e Capí pegou sua mão. "Não seja tão duro consigo mesmo. A gente erra, para depois acertar. É normal. Tão normal, que acontece com todo mundo. E é isso que não devemos nunca esquecer: *acontece com todo mundo.* Todo mundo erra. Eu sei que é difícil perdoar, mas é preciso entender que todos têm algum motivo para ser como são. Nós nos perdoamos com muito mais facilidade do que perdoamos o outro, porque nós conhecemos nossa própria história, nossas próprias razões. Nós sabemos o que nos levou a agir errado. Já perdoar o outro é um pouco mais complicado, porque a gente não está na mente deles, a gente não sabe a história deles. Mas é preciso tentar compreender. E, compreendendo, perdoar."

Hugo entendia o que o pixie estava querendo dizer, mas um lado obscuro dentro si ainda resistia... ainda martelava em sua cabeça: ... *ah, é fácil pro Capí falar... ele nunca sofreu nas mãos daquele crápula...*

"O importante é que ele está tentando encontrar o caminho certo, Hugo, assim como você. É provável que ele ainda tropece algumas vezes, mas isso é normal em quem quer mudar. Assim como é natural que você tropece. Eu compreendo! Quando alguém busca uma mudança radical, deslizes são inevitáveis! Há que se ter paciência e compreensão."

Incapacitado de protestar, por risco de soar hipócrita, Hugo acabou dizendo apenas um: "Você é inacreditável."

"Eu só procuro entender o lado dele. Como eu tento entender o seu", ele respondeu, de repente amargo.

Hugo estranhou. Havia alguma coisa muito errada ali... Hugo sentia aquilo; uma sensação de que Capí não estava bem...

Como que confirmando suas suspeitas, o pixie sentou-se no sofá mais próximo e, exausto, começou a chorar. A chorar muito! De dor... de desespero... de tudo! Era como se aquele papo todo sobre compreensão tivesse atingido em cheio alguma mágoa profunda nele... Como se ele houvesse segurado por tanto tempo aquele choro, que não conseguiu aguentar até que estivesse sozinho para explodir.

"Ei..." Hugo aproximou-se dele, preocupado, tentando reconfortá-lo.

"Desculpa, Hugo... perdão pela minha intransigência..."

"Mas você tá certo, Capí! Nunca se desculpe por estar certo!"

... Só que aquele não era o real motivo do choro e Hugo sabia. O aparecimento de Playboy não havia sido o único acontecimento daquela noite... e Capí estava chorando quase com raiva! Com raiva de um destino que ele não podia mudar...

Foi então que Hugo entendeu. Ele estava pensando no pai. No jovem Fausto, alegre e brincalhão, da Sala das Lágrimas. Não conseguia perdoar o pai por ter se tornado um sujeito tão amargo... Compreendia-o, claro, como estava pedindo que Hugo compreendesse o Playboy, mas não conseguia deixar de sentir aquela angústia. Aquela vontade de que houvesse sido diferente.

Agora tudo fazia sentido. A Sala das Lágrimas não era dolorosa para o pixie porque ele via a mãe. A sala era dolorosa porque mostrava a ele o pai que ele podia ter tido. Era ver o Fausto brincalhão daquele jeito, que o pixie não aguentava.

"Você nunca levou seu pai lá na Sala das Lágrimas? Talvez ele voltasse a ser feliz... pelo menos na presença dela."

Capí negou. "Se eu o levasse até aquela sala maldita, ele não iria querer sair de lá nunca mais. Eu perderia meu pai pra sempre... Se é que algum dia eu o tive."

Hugo cerrou os olhos, lamentando a confirmação de suas suspeitas, e Capí cobriu a cabeça com os braços, angustiado, "Eu sei que é muito egoísmo meu não mostrar a sala pra ele, mas..."

"Egoísmo?!" Hugo repetiu surpreso, enquanto Caimana entrava na sala, já tendo deixado Eimi no Pé de Cachimbo.

"Egoísmo sim, Hugo. Meu pai iria adorar revê-la! Eu não devia esconder isso dele..."

"Capí…" a elfa aproximou-se com ternura, "você ia perder seu pai, exatamente como você disse antes de eu entrar. Ele ia enlouquecer lá dentro."

"Eu não tenho como ter certeza disso."

Caimana pousou a mão em seu ombro, bastante segura, "Ele ia enlouquecer."

Enxugando as lágrimas, Capí acabou concordando. "Sala maldita…"

"A Gi chora de alegria lá."

"Não, Hugo. Ela chora de tristeza, por saber que o Santa Marta está longe de ser pacífico como ela vê ali."

"Ela te disse isso?"

Capí confirmou. "… Aquela sala não traz nada de bom pra ninguém."

Hugo desviou o rosto, quase se sentindo injustiçado por ser diferente. "Pra mim, a sala se transforma em uma floresta. Nada demais… Eu não entendo!"

O pixie se levantou, "Tomara que você nunca venha a entender", e entrou no quarto de Pedrinho.

Intrigado, Hugo seguiu logo atrás, acompanhado de Caimana, mas estava cansado demais para continuar a discussão ali dentro. Todos estavam. Afinal, já era madrugada, e, assim que eles três entraram, todos que haviam restado no grupo se acomodaram onde possível, para tentar dormir um pouco antes da manhã chegar.

Hugo deitou-se num dos sofás, mas permaneceu acordado ainda por um bom tempo, vigiando o bandido que já roncava, com medo que ele fugisse no meio da noite, ou então que acordasse e botasse fogo em todos ali enquanto dormiam.

Com as palavras de Rafinha ainda ressoando em sua mente, Hugo resistiu ao sono o quanto pôde, mas depois de quase uma hora batendo cabeça, se rendeu, vendo Janaína à sua frente… *Você não é de todo desagradável…* ela ria, beijando-o no topo do rochedo de Astrologia … *Ah, deixa eu brincar, vá!* … e ele ali, todo bobo com a ousadia da jovem… Como ele caíra na rede da baiana tão depressa? … Como podia ter se tornado dependente dela tão rápido, a ponto de estar sonhando com ela, e não com tudo que acontecera naquele dia? Nada de Comissão, nada de chapeleiros… nada de Playboy… só ela e seu sorriso esperto… *Hugo Escarlate… o indomável….* ela riu, e ele também, seus lábios brincando com os dela… mas algo estava errado… a baiana começara a chorar… Chorava desesperada, no salão de festas, junto ao corpo do jovem ruivo… *Ele morreu, Hugo! Mataram o pai do meu filho!* … Calma, Janaína, Hugo insistia, de joelhos ao seu lado, sem entender o que estava acontecendo, *eu não morri… eu ainda estou aqui!* … e Hugo sentiu o mesmo arrepio que sentira da primeira vez, vendo aquele corpo assassinado… *Tomara que você nunca tenha que descobrir…* De repente, Caolho pulou em cima de Janaína com um chapéu-coco na cabeça e uma faca na mão, para arrancar-lhe os olhos… e

Hugo acordou apavorado, com o grito dela ainda em seus ouvidos.

Sentando-se no sofá, alerta, respirou aliviado ao ver que ainda estavam nos aposentos imperiais.

"Acordou, princesa?" Índio alfinetou, e Hugo olhou feio para o mineiro, que passava por ele ajeitando a gravata. Todos já tinham acordado, e estavam se arrumando tensos, com medo que suas ausências houvessem sido descobertas entre a madrugada e a manhã. Faltava menos de uma hora para a primeira aula do dia, e enquanto os Pixies tentavam aprumar como podiam as roupas que haviam usado no dia anterior, Playboy batia o maior papo com Pedrinho, empolgadíssimo por estar conversando com um quadro.

Hugo não sabia a que horas Pedrinho retornara aos aposentos, mas parecia não ter visto nada de suspeito lá fora, e Hugo aproximou-se dos Pixies, que conversavam baixinho entre si. "A gente vai mesmo deixar esse bandido aqui sozinho?"

"Pedrinho toma conta dele, não toma?" Capí olhou para o pequeno Imperador, que lhes deu uma piscadela como resposta, mas Índio não pareceu nada convencido, e quando os cinco saíram e começaram a descer as escadas invisíveis, com cuidado para que não fossem vistos do jardim, o mineiro sussurrou no ouvido do pixie, apenas alto o suficiente para que os outros ouvissem, "'Ocê realmente acha que o bandido vai se importar que um quadro tá vigiando?"

"Você não conhece o Pedro, Índio. Ele vai prender o cara num papo extraordinário por dias e dias. O garoto é um gênio. Um prodígio da retórica, da diplomacia, da simpatia, de tudo. Eu já perdi a conta de quantas vezes eu me esqueci que tinha uma vida aqui fora e fiquei horas conversando com ele."

Havia apenas dois chapeleiros patrulhando a entrada da floresta lá embaixo enquanto os Pixies desciam, e Hugo deu graças a Deus que eles estavam distraídos demais, inspecionando flores e arbustos em seu modo peculiar de se mexer, inclinando seus troncos ao chão para analisarem uma planta mais de perto, voltando feito robôs para anotarem suas observações nas pranchetas que carregavam...

De súbito, os dois olharam, em sincronia, na direção da escada invisível, e Capí agachou-se depressa, seguido pelos outros, que se tornaram imediatamente invisíveis por detrás do corrimão.

Sentindo seu coração bater mais forte contra o peito, Hugo ficou observando os chapeleiros através do corrimão transparente, absolutamente aterrorizado enquanto os dois bizarros permaneciam estáticos lá longe, olhando na direção da parede da escada como duas estátuas assustadoras de terno e chapéu-coco.

A situação demorou segundos intermináveis, e quando Hugo já estava convencido de que estava tudo terminado para eles cinco, do nada, os dois voltaram a patrulhar o jardim como se nunca houvessem parado para olhar a escada, caminhando feito dois autômatos inspecionando, agora, a grama. E os Pixies puderam soltar a respiração, enxugando o suor de suas testas enquanto olhavam-se, uns aos outros, espremidos ali na escada.

Os dois chapeleiros ainda circularam o Pé de Cachimbo algumas vezes, bateram na porta mas, graças aos céus, Eimi não atendeu e eles desistiram, continuando a ronda por mais alguns intermináveis minutos até finalmente entrarem na escola.

Capí respirou aliviado. Quase pálido, na verdade. "Bom... vão indo pro refeitório, que eu vou... checar se o Eimi ainda está dormindo. Ele não pode se atrasar." Um pouco trêmulo ainda, o pixie apressou-se pelos últimos degraus da escada invisível com uma facilidade invejável, adquirida com 16 anos de prática.

Os outros ainda capengaram um pouco na desgraçada, mas, vencido aquele obstáculo, entraram correndo pelo salão de jogos, misturando-se às centenas de alunos que já caminhavam apressados para o refeitório.

Hugo nunca havia visto o pátio central tão cheio às seis da manhã. O pavor no rosto dos alunos era insano, talvez porque estivessem sendo vigiados, ao longo de todo o trajeto, por pelo menos cinco pares de chapeleiros e mais alguns assistentes.

Os Pixies caminhavam igualmente apreensivos pela multidão, tentando averiguar nos olhos de cada chapeleiro se eles desconfiavam de alguma coisa, mas seus rostos impassíveis não demonstravam qualquer alteração quando os viam passar. Menos mal. Agora era torcer para que nenhum aluno mais 'simpático' denunciasse os quatro por terem deixado seus quartos vazios de madrugada.

No refeitório, os alunos comiam em silêncio; em um misto de medo e expectativa, enquanto esperavam por qualquer sinal da Rádio Wiz e de seu locutor. Mas Rapunzela estava ali com eles, e nem ela sabia o paradeiro de Lepé.

Hugo olhou para a porta do sumiço, com medo que Janaína também tivesse sido levada lá para dentro. Depois do pesadelo que havia tido naquela noite, a raiva que estivera sentindo da baiana, por ela ter fugido para a Bahia sem ele, havia sido substituída pelo receio de que ela não tivesse escapado a tempo.

Enquanto isso, os Pixies cochichavam ao seu lado, tomando cuidado para fazê-lo apenas quando nenhum chapeleiro ou assistente estivesse por perto. Capí já havia retornado com Eimi e direcionado o mineirinho para outra mesa quando Índio resmungou, pela milésima vez, sobre estarem protegendo um traficante.

"Ex-traficante", Capí sussurrou a correção.

"Mesmo que ele esteja falando a verdade, Ítalo. Ele é um azêmola."

"Mequetrefe."

"Não enche, Viny! A gente vai ser expulso!"

"Ninguém vai ficar sabendo."

"Já somos oito sabendo!"

"Sete", Hugo corrigiu.

"Oito com o Beni. O Viny sempre conta tudo pro Beni. É um fato da vida, não dá pra mudar", Índio afirmou, irritando-se ainda mais com a risada que o loiro deu como resposta. "Eu não vejo graça nenhuma nisso, Viny. Um segredo dividido por oito pessoas não é um segredo! Ainda mais quando duas dessas oito <u>odeiam</u> o principal envolvido e querem que ele morra!"

Capí olhou sério para Hugo. "Eles não vão denunciá-lo, né, Hugo?"

Idá fez uma careta, mas assentiu. Que escolha ele tinha? Nem ele nem Rafinha arriscariam a expulsão dos Pixies, e suas próprias, só para denunciar o traficante.

Mas Índio não estava satisfeito. Balançava a cabeça, inconformado, enquanto passava manteiga no pão. "Você lembra, né, Capí, o que aconteceu da última vez que a gente protegeu um bandido", e fixou seu olhar em Hugo, que cerrou os dentes, com absoluto ódio do mineiro.

"Que foi, adendo?! Vai dizer que nunca cometeu nenhum crime?"

Não conseguindo rebater aquela maldita verdade, Hugo apenas resmungou, "Ah, vai comer pão de queijo, vai!" e saiu da mesa irritado. Não era obrigado a ficar ouvindo aquilo.

Caminhando para o pátio central em meio às centenas de alunos que agora se apressavam em direção aos dormitórios para pegar suas mochilas, Hugo limpou os dentes ali mesmo, com um feitiço rápido, enquanto procurava, mais uma vez, pelo rosto de uma certa baianinha na multidão, mas era inútil. Ela não estava lá.

De repente, o sinal que sempre anunciava o início de mais uma transmissão da Rádio Wiz tocou, e todos no pátio central pararam onde estavam, na esperança de ouvirem a voz brincalhona de Lepé.

Em vez dela, no entanto, a voz séria de Paranhos ecoou pela escola.

"Atenção. Para assegurarmos que os alunos de todo o Brasil terão tempo hábil para estudarem ao longo do ano letivo, a COMP instituiu novas proibições, que entram em vigor a partir deste momento. São estas: a suspensão e o cancelamento permanente e irrevogável da desastrosa política de intercâmbio entre as escolas..."

"Como é que é?!" *"Eles não podem fazer isso!"* os alunos protestaram aos sussurros, com medo que os chapeleiros ao redor ouvissem, e Hugo passou a procurar Janaína com ainda mais afinco, agora torcendo para que ela tivesse mesmo voltado a Salvador. Enquanto isso, Paranhos prosseguia:

"... O programa de intercâmbios é um mal, que só distrai os alunos de seus estudos e causa baderna nas escolas. É um atraso de vida, tanto para os alunos que viajam – e perdem semanas de aula – quanto para os que ficam – e se distraem com a presença inoportuna dos visitantes. Por isso repito: a partir de hoje, o intercâmbio está PROIBIDO! Qualquer aluno que for visto em uma outra escola, que não a sua, será EXPULSO da referida instituição e, também, de sua escola de origem!"

Meu Deus... Viny certamente estava arrancando os cabelos lá no refeitório.

"ISSO É UM ABSURDO!" uma aluna mais corajosa protestou em voz alta, e foi sumariamente retirada do recinto aos berros pelo chapeleiro mais próximo. Aterrorizados, os outros se calaram, apressando ainda mais seus passos para onde quer que estivessem indo, enquanto Paranhos prosseguia com sua lista diária de proibições.

Ninguém tentara socorrer a colega. Ninguém protestara. Claro. Não queriam sumir para sempre como Lepé. O que estariam fazendo com ele e com os outros detidos naquela sala maldita? Será que eles ainda estavam lá dentro?

Hugo podia ver essa mesma indagação estampada no rosto de todos que se apressavam para a porta solitária dos dormitórios; a porta que permanecia sempre em pé, no enorme espaço vazio do pátio interno.

Com tanta gente tentando entrar ao mesmo tempo, era até difícil se aproximar dela, e quanto mais Hugo tentava, mais ele parecia ser empurrado para os lados, até que, de repente, uma mão agarrou seu braço e puxou-o com força para trás da porta.

Era Janaína.

CAPÍTULO 26
BAHIA DE TODOS OS BRUXOS

"*Eu tô indo embora*", ela disse com urgência, enquanto Hugo ainda tentava se recuperar do êxtase que sentira ao vê-la de novo... Aqueles olhos castanhos, aquela urgência linda no olhar... Como ficar com raiva daquela menina por ter evaporado sem se despedir?

"Onde você tava?!"

"Ôxe, escondida! Lógico!" ela respondeu irritada, e ele a beijou imediatamente, apaixonadamente, no meio de todos aqueles alunos, sem se importar com nenhum deles, mas ela se desvencilhou; por precaução, não por recusa. Olhando para os lados, alerta, tentou detectar a presença de chapeleiros entre os alunos, mas não havia nenhum por perto, e ela voltou a sussurrar, "A carta de meu padrasto foi bem clara quanto ao perigo que eu corria se me descobrissem aqui. Agora ainda mais, com esse anúncio. Areta estava me escondendo na ala dos professores, mas eu não posso permanecer lá. Seria colocar todos eles em risco."

"Será que você não consegue mesmo uma autorização pra ficar?"

"Você não viu as exigências da Comissão?! Povo doido! Vão acabar expulsando metade dos alunos desta escola!"

Avistando um chapeleiro à distância, Janaína puxou-o para um ponto mais cheio de alunos, "É ilegal tirar uma aluna de sua escola de origem por quatro meses fora do período de intercâmbio. Mãinha só fez isso porque é professora e sabe que eu posso tranquilamente recuperar depois o que eu perdi, mas a Comissão não sabe disso. Você não viu o que fizeram com aqueles alunos?!"

"Mas..."

"Eu não estou com medo por mim, eu só não quero que mãinha seja demitida por minha causa. Ela pode continuar a pesquisa lá de Salvador mesmo e, qualquer coisa, a gente vem pra cá em algum fim de semana, quem sabe daqui a alguns meses, se deixarem. Mas eu preciso voltar."

Hugo mordeu os lábios. Aquele 'daqui a alguns meses' doera fundo em sua alma, mas, pelo visto, ele teria de se conformar, mesmo que a possibilidade de não voltar a vê-la por tanto tempo lhe parecesse insuportável. "Por onde você pretende sair?"

Janaína arregalou os olhos. Não havia pensado naquele detalhe. A saída pela torre estava sendo vigiada, e era, provavelmente, a única que ela conhecia.

"Professor!" Hugo chamou Atlas ao vê-lo passar. "Professor, a Janaína precisa sair daqui, e eu vou acompanhá-la até lá."

"Até lá onde, guri?"

"Até Salvador."

Janaína fitou-o surpresa, "O intercâmbio acabou de ser proibido, véi!"

"Eu pego permissão dos professores pra faltar as aulas de hoje! Né não, professor? Daí essas faltas vão contar como faltas justificadas e eu finjo que a gente foi embora antes de ouvir a proibição."

Atlas olhou-o preocupado, mas Hugo sabia que o professor não iria tentar dissuadi-lo. Janaína, no entanto, não estava convencida. "Mas eles vão expulsar quem for pego em outra escola!"

"A Comissão ainda não chegou em Salvador. Pelo que eu ouvi dizer, eles devem ir pro Sul depois daqui, não pro Nordeste. Eu vou e ponto-final."

O professor fitou-o com um sorriso safado de aprovação e Hugo deu risada. Só Atlas mesmo para ser tão irresponsável.

"Vem comigo, guria."

Olhando para os lados, Atlas guiou Janaína por entre os alunos em direção a seu trailer na mata lateral, enquanto Hugo tomava o caminho do dormitório, para buscar sua mochila. Jogando-a nas costas, pegou algum dinheiro e já ia saindo do quarto quando alguém bloqueou seu caminho.

"Fiz direitinho?" Peteca perguntou empolgado, pendurando-se no lustre, de cabeça para baixo.

Encosto número 2.

Desviando do corpo invertido do saci, Hugo respondeu antipático, "Fez direitinho sim, valeu", e já ia saindo, quando Peteca saltou em direção à porta, bloqueando a saída.

"Ah, qualé!" Hugo resmungou.

"Tá indo pra onde?"

"Não é da sua conta!" ele disse, puxando o saci para dentro do quarto de novo e fechando a porta antes que alguém visse o capetinha no corredor. "E nem ouse aparecer lá fora comigo. Esse pessoal da Comissão é perigoso! Aliás, se eu fosse tu, eu ficava bem quietinho, porque, se eles te pegam fazendo confusão, eles te arrancam a única perna que tu tem."

Peteca recuou, receoso. Fixando seus olhos inteiramente negros nos dele por alguns segundos, como se tentasse ver a verdade por trás do que Hugo dissera, o saci resolveu acreditar na advertência e mostrou os dentes, raivoso, sumindo pela janela num redemoinho de vento.

Hugo respirou aliviado, seguindo para o trailer, onde Atlas e Janaína já o esperavam com o alçapão do túnel clandestino aberto. "Avisa pros Pixies que eu tô indo?"

"Claro, guri. Tu achaste mesmo que eu iria deixar meu Capí morrer do coração com teu sumiço?" ele disse, ajudando Janaína a descer com seu baú pelo buraco no chão do trailer. O túnel que levava à Lapa era estreito, mas, felizmente, aquele trambolho cabia lá dentro. Atlas e Hugo desceram logo em seguida.

"Você consertou?!" Hugo perguntou surpreso, vendo Atlas vestir um par de óculos de aviador e acionar algumas das alavancas de cobre presas à parede. Com um jato forte de vapor, as várias correias e correntes atreladas às alavancas e ao longo de todo o teto começaram a rodar, levando pequenos banquinhos de couro por toda a extensão do estreito túnel, como um imenso teleférico em que se ia de pé, já que os 'banquinhos' não passavam de tiras de couro, que quase tocavam o chão.

Aquele mecanismo era digno de um fã de Júlio Verne, e Hugo olhou com orgulho para o professor mais *steampunk* do Rio de Janeiro.

Ainda maravilhado com como aquela geringonça funcionava, Hugo mal conseguiu ajudar o professor a ajeitar o baú da baiana em um dos banquinhos, e Atlas acabou tendo que usar sua varinha – a reserva – para elevar o trambolho e prendê-lo com a rapidez necessária antes que o banco se afastasse, sendo puxado para frente pelas correntes do teto. O professor já ia ajudar Janaína a subir também, quando viu a menina enfiar o pé na tira de couro seguinte e partir por conta própria, sem hesitação.

Impressionado, Atlas ergueu a sobrancelha para Hugo e se despediu dele com um tapinha no ombro. "Juízo, guri."

Hugo riu, "Olha quem fala", e subiu em sua própria tira de couro, segurando-se com firmeza nas correias laterais que a prendiam ao teto enquanto era levado a uma velocidade insana pela extensão do túnel. Atlas ficou para trás rapidinho, e logo eram só eles dois e o baú deslizando pelo túnel, muito mais depressa do que os Pixies com suas vassouras no ano anterior.

Era loucura andar naquele negócio, e enquanto Hugo lutava para se equilibrar sem cair, Janaína gritava "Uhuuu!!!!", socando o ar com uma das mãos.

Ele riu. Maluca.

Felizmente para Hugo, que não estava gostando nada daquela velocidade toda, o teleférico levou apenas cinco minutos para completar o trajeto, deixando-os do outro lado do Rio de Janeiro com uma eficiência digna de Europa.

Janaína desceu do mecanismo impressionada, e Hugo chegou logo em seguida, saltando depressa para ajudá-la a segurar o baú antes que ele batesse, com tudo, na parede, e quebrasse as cinco vassouras que Atlas mantinha penduradas ali para os Pixies.

Abrindo o alçapão que havia no teto, os dois subiram para a casa escura onde os vampiros da Lapa costumavam dormir.

"É uma funerária?"

"*Shhh...*" Hugo pediu silêncio, conduzindo-a com cuidado por entre os caixões até a porta de saída, que ele destrancou com um feitiço e abriu, deixando passar o mínimo de luz possível, para que os dois pudessem sair. Tudo com a devida permissão do homem bizarro que guardava os caixões, claro.

"Por que aquele cuidado todo?" Janaína perguntou enquanto se apressavam com o baú pelas ruas lotadas do centro do Rio, e Hugo respondeu "Vampiros", dobrando a esquina em direção ao Automóvel Clube do Brasil, que escondia a estação de trens do mundo bruxo.

Era uma manhã de quinta-feira e a Lapa estava lotada de homens de terno e mulheres de salto alto indo a passos rápidos para seus empregos; todos tão preocupados e distraídos que nem notaram os dois jovens puxando com dificuldade aquele imenso baú pelo chão esburacado de pedras portuguesas.

Assim que ultrapassaram os tapumes que disfarçavam a entrada do Automóvel Clube, Hugo e Janaína desceram as escadas internas, saindo direto na estação ferroviária. A partir dali, a baiana passou a guiá-los, desviando da enorme quantidade de bruxos que surgiram, do nada, na frente deles.

Hugo não fazia ideia de onde tinham que ir naquele emaranhado de plataformas e trens, mas Janaína já era especialista, e os dois rapidamente compraram passagens para o trem que partiria em poucos minutos para Salvador. Não arriscariam ficar muito tempo ali, à vista de todos, podendo ser descobertos a qualquer instante por algum chapeleiro à paisana, se é que chapeleiros trocavam de roupa.

Já atrasados, eles saíram correndo em direção à plataforma indicada, Hugo levando o baú de Janaína, em um suporte com rodinhas, e sua mochila nas costas, com roupa suficiente para aquela quinta e sexta-feira, além do fim de semana. Depois, se precisasse ficar mais tempo, daria um jeito.

O trem partiria em dois minutos.

"Por que vocês chamam de trem, e não de metrô?" Hugo observou, tentando acompanhar os passos apressados da baiana por entre a multidão de viajantes.

"Metrô é termo mequetrefe. Os bruxos preferem chamar de trem subterrâneo. Até porque vai para outros estados. ... Quando está funcionando, claro."

Atenção: a composição de número 1...3...4 sairá em – dois – minutos – pela plataforma de número... 13.

"Corre, corre!" ela chamou, puxando Hugo pela única mão que ele tinha livre.

Eram vários trens enfileirados, e o lugar estava tão absolutamente abarrotado de gente, indo e voltando de várias partes do Brasil, que Hugo duvidava que conseguiriam chegar a tempo na última plataforma da estação.

"Por que essa gente toda não gira pra onde elas querem ir?"

"Porque nem todo mundo sabe girar, Hugo..." ela respondeu, desviando de uma família com crianças pequenas no colo, "e porque os que sabem, não conseguem girar tão longe. De um estado para o estado vizinho até dá, se o bruxo for muito poderoso, mas daqui até Salvador?! Seria como girar da Espanha à Áustria!"

Correndo mais um pouco, os dois finalmente conseguiram alcançar a plataforma 13 e entraram, zunindo, no trem que já se fechava, quase derrubando o bilheteiro.

"Desculpe, moço", Janaína disse, tirando o baú das mãos de Hugo e arrumando-o no bagageiro interno por conta própria.

Pra que ajuda de namorado, né?

Hugo sentiu que estava ali de palhaço, mas tudo bem.

Avançando pelo corredor do trem, os dois encontraram seus assentos e desabaram nas poltronas, cansados da correria. Hugo olhou ao redor, admirado. Até que o vagão era bonito. Parecia ter sido todo reformado recentemente, com carpetes azuis que lembravam um pouco o timbre do Partido Conservador, mas aquela observação não tinha cabimento. Lazai acabara de ser eleito. Não tinha como ele ter reformado aqueles trens em apenas dois dias de governo.

Olhando pela janela, Hugo não viu nenhum chapeleirozinho sequer na multidão e respirou aliviado, quase como se houvesse escapado deles para sempre. Recostando-se na poltrona, ficou pensando em como tivera sorte: as aulas de quinta-feira eram só com Atlas, Capí e Areta. Atlas já concordara com sua saída, Capí nunca marcaria falta para ele numa situação daquelas e Areta… bom… Hugo esbarrara nela a caminho do trailer, e a professora de Feitiços só permitira sua viagem depois de obrigá-lo a dizer que ele era Napoleão e estava indo para a Bahia com sua *Josephine*. Humilhaçãozinha básica, mas nada a que Hugo não estivesse acostumado, em se tratando de Areta Akilah.

Caso ele quisesse ficar na Bahia até domingo, teria de faltar a aula especial de sexta-feira também; sua primeira aula de Primeiros Socorros. Mas não deveria haver problema. Kanpai podia ser bruta com seus pacientes, mas certamente não denunciaria um aluno para os chapeleiros. Ainda mais sendo amigo do Capí.

"Ah! Esqueci de te contar, véi! Anteontem à noite, depois que eu fiquei sabendo da carta de meu pai, eu voltei lá naquela sala estranha pra te procurar."

"A Sala Silenciosa?"

"Essa mesma. Foi barril ver aquele assassinato outra vez, véi… Eu senti aquilo tudo de novo! Toda aquela angústia estranha!"

"Bizarro."

Recostando a cabeça, Hugo tentou se lembrar de todos os rostos que vira dançando no salão antes da morte do ruivo. Será que algum deles era o assassino?

Interessante. Nunca pensara que algum dia fosse brincar de detetive na Sala Silenciosa. Algum dia ainda obrigaria Janaína a voltar lá outra vez só para que ele pudesse ver o matador de perto…

"Hugo? …Acorda, véi! Hugoooo…"

"Oi?!" ele se ergueu no susto e Janaína deu risada. "A gente chegou!"

"Chegou?! Já?! Mas como?!" ele perguntou, levantando-se às pressas.

"Calma, véi… não precisa ter pressa. Eu já peguei o baú. Você dormiu a viagem inteira."

"Impossível, claro que não."

A baiana riu. "Tá bom que a viagem durou pouco menos de duas horas de relógio com esse trem novo, mas mesmo assim, foram duas horas de sono profundo!"

Hugo esfregou o rosto com as mãos, agora acreditando menos ainda. "Duas horas?! Tem certeza que a gente tá no Brasil?"

"Pois é, eu também me surpreendi. Antes, a gente levava três."

"Três horas ainda não é Brasil. É eficiência de Europa."

"É eficiência bruxa, Hugo. Relaxa, você ainda está no Brasil", ela debochou, saindo do trem junto a ele. "Mais precisamente em…" e apontou para a cúpula gigantesca de vidro que cobria toda a estação e que deixava a luz do sol entrar, resplandecente. Lá fora, era possível ver uma enorme faixa d'água circundando a cúpula e, logo mais adiante… "Salvador."

Hugo ergueu a sobrancelha, surpreso. Estavam flutuando no meio da Baía de Todos os Santos?! Mas…

"Peraí", ele exclamou, preocupado, "os azêmolas ali no continente não estão vendo a gente?!"

"Os mequetrefes?" ela corrigiu sorrindo, e sacudiu a cabeça em negativa. "Eles só veem a Ilha do Medo."

Hugo estremeceu, "Ilha do Medo?" e Janaína deu risada, "É que, quando os bruxos construíram esta estação, há muito tempo, no início da era das ferrovias, eles resolveram criar uma ilusão ao redor dela para manter os mequetrefes bem longe daqui. Então criaram essa ilha ilusória e colocaram nela vários detalhezinhos assustadores, como areia movediça, despachos de macumba, labaredas de fogo azulado que explodiam de vez em quando... Sem contar as máquinas que quebravam inexplicavelmente, as câmeras fotográficas que queimavam do nada, as velas dos navios que se partiam ao meio quando alguma embarcação tentava se aproximar... coisinhas simples, só pra amedrontar os mequetrefes. Mantê-los longe da estação."

"E funcionou?"

Janaína sorriu marota, pegando o caminho dos túneis subaquáticos que os levariam até o continente. Eram tubos gigantescos de vidro, que passavam por debaixo da superfície do mar, e, uma vez dentro de um deles, Hugo não conseguiu mais manter a boca fechada.

Era lindo demais... ver todos aqueles peixes cercando-os!

"Tem certeza que os mequetrefes não veem nada disso?!"

"Aham", Janaína respondeu, também observando as profundezas da baía enquanto andavam. Hugo estava se sentindo dentro de um daqueles aquários feitos para turistas observarem tubarões de perto... Só que eram dezenas deles! Dezenas de tubos que saíam da estação da Ilha do Medo, cada um conectado a um ponto diferente da Baía de Todos os Santos: um ia para a ilha de Itaparica, outro para a Ribeira, um terceiro para a Barra, um quarto para Madre de Deus, um quinto para o lado oposto da baía...

"Os recursos do metrô de Salvador foram todos desviados pra cá, né?" Hugo brincou impressionado, e ela deu risada. "Na certa foi isso."

Segundo Janaína, o tubo por onde estavam andando era o principal, e ia para os lados do centro turístico de Salvador: o Mercado Modelo, o Elevador Lacerda, o Pelourinho. Por isso, era o mais requisitado pelos bruxos e, também, o maior deles: quase da largura de uma estação inteira de metrô.

Só que todo de vidro.

E embaixo d'água.

Básico.

A maioria dos bruxos andava apressada por ele, sem nem mesmo olhar para os lados. Estavam tão acostumados com a vista, que passavam pelos tubos com pressa, olhando o chão em vez de aproveitarem aquela mistura perfeita de magia e natureza.

Pelo menos daquele defeito, Hugo não sofria: indiferença ao belo. Ele sabia apreciar a natureza. Talvez aquela fosse uma das razões pelas quais ele tinha um apreço tão grande pelo Capí e pelo amor que o pixie sentia de tudo que era vivo.

Se bem que aquela travessia até o continente já estava levando uma boa meia hora de árdua caminhada. "Não seria mais rápido atravessar de vassoura?"

"O tráfego de vassouras foi proibido alguns anos atrás, pelo excesso de acidentes fatais que elas causavam. No mínimo, as batidas provocavam rachaduras perigosas nos tubos. No máximo, explodiam o tubo inteiro, causando a morte por afogamento de todos os bruxos presentes."

"Divertido", ele brincou, e Janaína não conseguiu conter o riso enquanto os dois saíam do tubo por um pequeno portal que parecia mais um monumento modernista: todo pintado de branco, ele consistia em quatro estruturas arredondadas, duas em cima, duas embaixo e só. Era tão pequeno que passaram por ele em menos de dois segundos, e, de repente, já estavam na rua azêmola, com o sol a pino sobre suas cabeças e a estrutura enorme do Elevador Lacerda ao fundo.

O rosto de Hugo se iluminou. Aquela parte de Salvador ele conhecia da TV. Bem adiante, depois de duas ou três ruas, alguns pontos de ônibus e uma feirinha de artigos turísticos, um grande planalto subia aos céus, dividindo a cidade em duas: Cidade Alta e Cidade Baixa. Ligando-as, o famoso Elevador Lacerda; uma estrutura imensa de concreto, com vários elevadores que conectavam as duas partes da cidade, levando mequetrefes da cidade baixa para a cidade alta e vice-versa.

Hugo voltou-se para ver novamente o portal por onde haviam acabado de passar. Aos olhos dos mequetrefes, aquele era apenas um monumento comum, à beira-mar, com uma abertura no centro por onde eles podiam atravessar de um lado para o outro, sem qualquer objetivo a não ser brincar de atravessar.

Para os bruxos, no entanto, era muito mais do que aquilo, e Hugo ainda conseguia ver, através da abertura, o tubo de vidro da estação bruxa, com seu carpete azul e seus bruxos viajantes indo para lá e para cá com suas malas, maletas e baús.

"O nome oficial desta escultura é *Monumento Mário Cravo* ou *Monumento Modernidade Incorporada,* algo assim. Eles nunca se decidiram pelo nome certo, mas nós gostamos de chamá-lo de 'As Quatro Bundas'."

Hugo deu risada e Janaína riu também, "Tenho certeza de que alguns mequetrefes também o chamam assim. Bom, de qualquer forma", ela se virou, apontando para um enorme casarão alguns minutos à esquerda do Elevador Lacerda, "... ali é o Mercado Modelo. Para os mequetrefes, um lugar onde se compra esses negócios turísticos, lembrancinhas da cidade, camisetas de Salvador etc. Para nós bruxos... bom, pra nós também. E a gente vem fazer as compras não relacionadas à bruxaria aqui. Compramos pimenta, charutos, rendas, redes... as sandálias do uniforme... tudo. Menos aquilo que a gente só compra no colégio."

"Tipo varinhas, caldeirões, olhos de morcego... essas coisas básicas, né?"

Janaína riu, mas concordou. "Ah! E búzios a gente também pode comprar aqui. Esse mercado já sofreu uns cinco incêndios. A maioria deles foi meio que... nossa culpa. Antigamente, o mercado funcionava aqui nesta pracinha, no lugar das Quatro Bundas. Naquela época, ele era o principal centro de abastecimento da cidade: vendiam carnes, peixes, bebidas etc., e a gente comprava tudo aqui. Até que, infelizmente..."

"... ele pegou fogo", Hugo completou.

"Pois é. E quando os mequetrefes transferiram o Mercado Modelo ali pro outro lado da rua, passaram a vender só produtos artesanais, e a gente teve que começar a fazer nossas compras alimentícias em outros mercados. Resumindo, nos ferramos."

"Bem feito. Quem manda ficar botando fogo nos lugares."

Janaína deu risada. "Eu tenho um brotherzão que trabalha ali, em uma loja de produtos artesanais de couro. Quem sabe eu ainda te apresento a ele hoje."

"Legal. E a escola?"

"Ah, sim, venha comigo."

Pegando Hugo pela mão, a baiana atravessou com ele duas ruas, alguns pontos de ônibus e mais uma rua, e quando já se aproximavam do Elevador Lacerda, ela apontou para aquela imensa parede de pedra, que separava a Cidade Alta da Cidade Baixa e disse, "Seja bem-vindo à Cidade Média. Terra dos caramurus!"

"Como é que é?!" Hugo fitou-a, estranhando, mas assim que voltou seu olhar para o planalto, ele viu.

A escola estava ali! Estivera ali o tempo todo! Como se Janaína houvesse acabado de dizer uma senha, e aquela senha tivesse arrancado uma venda invisível de seus olhos, porque, assim que ela pronunciara a frase de boas-vindas, o que antes havia sido um paredão colossal de pedra se transformara, por inteiro, em uma fachada esplendorosa, com grandes colunas de mármore e nenhuma janela; a porta de entrara sendo a única coisa que não mudara: o Elevador Lacerda.

"Eu não acredito..." ele murmurou apalermado, e ela riu, puxando-o pela mão.

Os dois entraram no saguão azêmola que levava aos elevadores; Hugo olhando embasbacado para o teto de vidro do lugar, como um grande turista bobo, enquanto paravam atrás da imensa fila que dava acesso às roletas de entrada. Mesma fila usada pelos mequetrefes.

"Fecha a boca, véi!" Janaína riu, fazendo, ela mesma, o favor de empurrar o queixo dele para cima, mas Hugo estava tão impressionado com o fato de uma estrutura gigantesca como aquela ser invisível para tantos milhares de pessoas que... era difícil acreditar.

"Tem certeza de que eles não veem nada mesmo?!"

"Seu bobo. Você mesmo só tá vendo a escola porque eu disse a senha."

Então era uma senha mesmo.

Hugo olhou novamente para o telhado de vidro do saguão, vendo a torre do elevador subindo bem acima de sua cabeça e a escola logo ali, invisível para todos os outros. Quando voltou a olhar para baixo, Janaína já estava entregando moedinhas para a mulher da roleta. Cinco centavos para cada um.

"Os bruxos têm mesmo que pagar?"

A caramuru confirmou, desgostosa. "Daqui a onze anos vão aumentar a tarifa pra quinze centavos. Nossa professora de búzios já previu."

Passando pelas roletas, os dois entraram em um dos poucos elevadores que estavam em funcionamento. Com eles, absolutamente TODOS os mequetrefes da fila entraram também, e Hugo teve que encontrar espaço para respirar ali dentro. Impossível acreditar que os bruxos do Nordeste tinham que conviver tão de perto assim com os azêmolas... Era quase desesperador!

Mais impressionante ainda era perceber o quão rápido ele se desacostumara com a vida do homem comum. Espremido entre duas dezenas de pessoas, Hugo buscava por ar, quase entrando em pânico naquele espaço mínimo enquanto as portas do elevador demoravam uma eternidade para se fechar, por causa da superlotação. E o rádio de pilha da ascensorista lá, gritando *Jeeesus Cristo... Jeeesus Cristo... Jeeesus Cristooo eu estou aqui...*

Janaína deu risada dele, acompanhando a letra com os lábios na maior tranquilidade enquanto ele sofria ali, quase tendo um ataque de claustrofobia com tanta gente. Até que as portas finalmente se fecharam por completo e, de súbito, todas as pessoas que estavam dentro do elevador desapareceram e Hugo quase caiu para trás, sem o apoio delas. A música havia parado.

Confuso, ele olhou ao redor. "Pra onde foi todo mundo?!"

"Ôxe, pra cima! Isso é um elevador, né?"

"Mas e a gente?! A gente não tá subindo?!"

Janaína sorriu afetuosa, adorando o quão perdido ele estava.

Pegando Hugo pelos ombros, virou-o para a porta oposta àquela por onde eles haviam entrado e bateu três vezes. De imediato, a porta de alumínio se abriu para os lados, dando lugar a uma segunda porta. Desta vez, toda de madeira.

Entalhada nela, a inscrição: *Se for de paz, pode entrar.*

Janaína sorriu para ele, "Jorge Amado", e as portas duplas se abriram para a escola.

CAPÍTULO 27
CIDADE MÉDIA

Assim que Hugo pisou na escola, seu queixo caiu. Estivera esperando encontrar o interior de um casarão, talvez com enormes colunas de mármore como as que vira do lado de fora! Nunca um espaço inteiramente a céu aberto!

A escola era praticamente uma cidadezinha de interior! Ruas com calçamento de pedra, casinhas coloridas nas calçadas, vendinhas em cada esquina, cantinas, restaurantes, uma praça simpática com chafariz, várias ladeiras no estilo Pelourinho, que levavam às ruas mais altas... Uma cidadezinha absolutamente adorável!

Mais adiante, um dos restaurantes já começava a preparar o almoço do dia enquanto dois alunos corriam, atrasados, para suas salas de aula. Vestiam calças folgadas, de tecido leve, camisas brancas de manga curta, coletes marrons, estilo gibão e chinelos de couro: o uniforme caramuru. Ambos entraram em uma das muitas casinhas que enfeitavam a rua, e Hugo constatou, admirado, que elas eram as próprias salas de aula! Não havia prédio específico para a escola.

"Nem todas são salas de aula", Janaína explicou, notando seu assombro. "Algumas são dormitórios, principalmente as que têm dois andares; outras são moradias mesmo; dos professores e de outros profissionais que trabalham aqui, como os donos dos restaurantes, os garçons, as vendedoras... Basicamente, quem quiser vir morar aqui na escola, pode."

Janaína apontou para um sobrado cor-de-rosa no fim da rua, "A casa de meus pais é aquela ali."

Hugo olhou para o sobrado, e então voltou seus olhos para o céu ensolarado que cobria a cidadezinha. Já vira aquele truque antes, mas sempre ficava impressionado. O encantamento de céu era perfeito! Mais perfeito do que o da Korkovado.

"Não é encantamento. É céu de verdade", Janaína corrigiu.

"Como assim, céu de verdade?"

"O céu que a gente vê aqui dentro é o mesmo céu lá de fora."

"Mas e todo o planalto que tem ali em cima, com a Cidade Alta e tal? Não cobriria o céu verdadeiro?"

"É o planalto que é uma ilusão. Não o céu."

Hugo se espantou. "Como assim?!"

"O que os mequetrefes pensam que é o chão lá em cima, na Cidade Alta, na verdade é só o campo de força que envolve a nossa escola. É ela que divide Salvador em Cidade Alta e Cidade Baixa. O planalto inteiro é uma ilusão. Uma ilusão bem sólida pra eles, mas ainda assim, uma ilusão. Não existia quando os bruxos chegaram."

"Antes era tudo planície?!" ... Agora sim, Hugo estava chocado. "Mas... como eles conseguiram disfarçar a criação da ilusão pra quem já morava em Salvador?!"

"Aí é que tá: nenhum mequetrefe morava aqui quando os bruxos construíram a escola."
"Não?!"

Janaína sorriu como resposta, e começou a caminhar em direção à casa dos pais, puxando o baú atrás de si pelo chão de pedras enquanto Hugo a seguia, sentindo-se um palerma inútil.

"O Brasil foi descoberto pelos mequetrefes em 1500, mas nenhum deles tinha alcançado ainda essa área, que hoje é Salvador, quando o primeiro bruxo chegou, em 1509, e decidiu construir, aqui, a primeira escola de bruxaria do Brasil."

Hugo ergueu a sobrancelha. "Então essa foi a primeira das cinco escolas bruxas…"

"Não, você não tá entendendo. Ela não foi só a primeira escola de bruxaria do Brasil. Ela foi a primeira escola *brasileira*", Janaína corrigiu com orgulho, e Hugo fitou-a surpreso.

"Enquanto o resto do Brasil rastejava intelectualmente, esta foi a primeira escola a ser erguida no país! Você entende a gravidade disso? Os mequetrefes daqui ainda não tinham escola e a gente já tinha. Por séculos, a Coroa Portuguesa manteve os mequetrefes ignorantes aqui no Brasil. De 1500 a 1808, ano da construção da Korkovado, o Brasil mequetrefe era uma colônia praticamente analfabeta. As escolas eram poucas e só serviam às elites. Nenhuma universidade. Os mequetrefes que quisessem se formar em alguma coisa, tinham que atravessar o oceano Atlântico e ir para Coimbra estudar, em Portugal. Nem jornal os mequetrefes podiam ter. Era proibido. Mas a gente aqui já tinha. Sempre teve. Escola, jornal, tudo. Isso fez dos bruxos brasileiros pessoas muito importantes na condução dos assuntos públicos mequetrefes daquela época. Mesmo que muitos não soubessem que a gente era bruxo. Por isso, Salvador virou capital do Brasil: porque a gente estava aqui. Salvador sempre foi uma cidade inovadora. Mesmo na história deles, aqui foi construída a primeira universidade do Brasil: a escola de medicina. Mas isso só depois de 1808, com a chegada de D. João VI…"

Hugo apenas ouvia, encantado com tanta inteligência. Janaína era simplesmente fascinante. Migrava de história bruxa para história azêmola com uma facilidade espantosa! As informações fluíam dela como se ela estivesse falando do dia em que foi à manicure fazer as unhas. E, o melhor de tudo, falava sem se achar superior por conhecer aquelas coisas. Para ela, eram meras informações que ela sabia. E mesmo estando absolutamente encantado, Hugo começou a ver naquilo uma ameaça. A inteligência dela era ameaçadora. Ele precisaria demonstrar ser ainda mais inteligente do que ela para chamar sua atenção.

"Tudo bem com você, véi?" Janaína parou em frente à porta de casa, e Hugo disfarçou sua distração com uma pergunta, "Por que os bruxos demoraram tanto pra chegar no Brasil? Você disse 1509? São nove anos de atraso em comparação aos mequetrefes…"

"A gente não se interessou muito por essa terra de início, até porque os portugueses mequetrefes tinham dito que era uma ilha."

"Ilha de Vera Cruz."

"Isso", ela confirmou, entrando em casa. "Só depois, eles descobriram que se tratava de um continente inteiro. Aí sim, os bruxos começaram a *pensar* em se interessar, mas ainda tinham assuntos mais importantes a resolver na Europa, tipo Kedavra e a inquisição etc. Por todos esses motivos, foi só depois de um naufrágio, em 1509, que o primeiro bruxo português chegou aqui. Era um navio mequetrefe, apesar de ter um viajante bruxo, e todos os sobreviventes acabaram caindo nas mãos dos Tupinambás e sendo mortos, menos ele, que foi esperto e impressionou os indígenas atingindo uma ave com um feitiço. O nome dele era Diogo Álvares Correia, mas ficou conhecido entre índios, bruxos e mequetrefes como *Caramuru*."

Janaína deu uma piscadela para Hugo, que achou o máximo, entrando no quarto junto da namorada e ajudando Janaína a colocar sobre a cama o pesado baú, que ela abriu sem qualquer pudor, revelando a bagunça que estava ali dentro.

"Por conta desse episódio com o feitiço, Caramuru ficou conhecido entre os Tupinambás como *filho do trovão*, ou *criador de fogo*. Os mequetrefes acreditam até hoje que o que impressionou os índios foi um tiro que ele teria dado pro alto, e a gente deixa que eles acreditem, né, coitados. Eles precisam acreditar em alguma coisa."

Hugo riu. Ela era má...

"Resumindo a história", Janaína prosseguiu, tirando suas roupas do baú e enfiando-as de qualquer jeito no armário, "ele pisou no Brasil, pela primeira vez, numa praia aqui de Salvador conhecida como Rio Vermelho – eu ainda te levo lá. Fez amizade com os índios, se enamorou de uma linda índia e começou a procurar um lugar remoto para construir a primeira escola de bruxaria do Novo Mundo."

"Remoto?! HA!"

"É, bom, na época era remoto", ela riu. "Ele não teve culpa se, depois, Salvador virou essa bagunça."

Indo se trocar no banheiro, Janaína deixou Hugo sozinho para explorar o quarto, que se resumia basicamente a uma cama, um armário bagunçado e livros, muitos livros, além de uma miniatura de caravela recostada em um canto da mesa, junto a um globo terrestre que não parava de girar, e um mapa do século XIV, preso à única parede que não tinha estantes.

Resistindo à tentação de espiar Janaína pelo buraco da fechadura, Hugo abriu as cortinas do quarto e olhou mais uma vez para aquele céu perfeito, tentando imaginar todas as casas, ruas e prédios mequetrefes que, segundo a baiana, estavam praticamente flutuando acima de suas cabeças.

"Não tem perigo da Cidade Alta cair não?" ele perguntou receoso, e a baiana respondeu lá do banheiro, *"De jeito nenhum! Por incrível que pareça, eles foram competentes!"*

Difícil acreditar.

"72 metros de altura", Janaína chegou, ajeitando a gola da jaqueta.

"É a altura do planalto?" ele perguntou, voltando a olhar temeroso lá para cima, e Janaína deu risada, "Não tem risco nenhum não, véi! Esse encantamento já tem quase quinhentos anos! Já virou permanente. Até porque os mequetrefes construíram toda uma estrutura de asfalto e calçadas e tubulações subterrâneas que, hoje em dia, sustentariam perfeitamente a Cidade Alta lá em cima, mesmo sem o encantamento. Venha."

Ela o guiou para fora de casa, vestida em uma outra roupa, que não tinha absolutamente nada a ver com a que ele vira nos outros alunos.

"Não vai vestir o uniforme?"

"Precisa não."

"Eles não obrigam?!"

Janaína negou, pegando Hugo pela mão e apressando o passo em direção a uma das muitas ladeiras.

Tentando não torcer o pé nas pedras do calçamento, Hugo perguntou incomodado, "Pra que tanta pressa?"

"Porque a aula de Macumba Bruxa IV já deve ter começado."

"Por que se chama Macumba '*Bruxa*'?"

"Ôxe, porque não é Macumba *mequetrefe*, oras... Macumba mequetrefe é um instrumento musical de percussão. Mas acho que nem os mequetrefes sabem disso."

Chegando ao fim daquela ladeira, os dois adentraram uma praça ainda mais espaçosa que a primeira, e ele parou de prestar atenção nas pedras do chão para voltar a admirar as casinhas ao redor. Era realmente charmoso aquele lugar. Muito agradável mesmo. Hugo não se importaria de ficar ali a vida inteira. Parecia surpreendentemente menos bagunçado que a escola carioca.

"É só impressão sua", ela rebateu, assim que Hugo comentou a respeito. "A gente é organizado assim na hora das aulas, mas dá seis da tarde e isso aqui vira aquela bagunça gostosa", ela sorriu. "Ali é a esquina dos artistas... e ali a esquina dos artesãos... Isso aqui enche no fim de semana. Todo mundo vem: ex-alunos, aposentados, parentes de estudantes, gente de vários estados do nordeste... A aula de Macumba Bruxa é logo ali atrás."

"Então por que a gente tá indo na direção oposta?"

"Antes, a gente precisa deixar suas coisas na sua casa."

Hugo ergueu a sobrancelha. "Como assim, na *minha* casa?"

"Você é filho de Xangô ou de Ogum?"

Ele parou. "... Xangô. Por quê?!"

"Então você vai ficar naquela casa ali", ela apontou para um sobradinho mais adiante. "A casa dos filhos e filhas de Xangô."

Notando a cor da parede externa, Hugo abriu um sorriso. Era de um vermelho forte, guerreiro. Um vermelho escarlate.

Já estava se sentindo em casa.

"Ali, os filhos de Xangô dormem, se alimentam, estudam. Claro que qualquer um pode almoçar e jantar nos restaurantes aqui fora, mas se quiserem comidas e energias específicas do orixá, é lá dentro que vão encontrar. A casa onde eu fico – porque eu não moro com meus pais o tempo todo, óbvio – é logo ali embaixo: a casa marrom e vermelha. Casa dos filhos e filhas de Iansã."

Hugo fitou-a com um olhar esperto, "Senhora das tempestades."

"Lutadora destemida e indomável", Janaína acrescentou, fincando dois dedos no peito dele como uma lança. Hugo deu risada, dizendo "Ui", e desatando seus olhos de Janaína para observar melhor as casas.

Elas eram muitas! Circundavam toda a extensão da praça, cada uma com sua cor diferente. Tinham dois andares, três no máximo, janelinhas com bordas brancas e pequenos jardins, com verduras, legumes... além de pés de babosa e de arruda.

"Contra o mau-olhado", Janaína explicou, guiando Hugo pela mão para além da pequena igrejinha de paredes brancas que ficava no centro da praça.

Fazendo o sinal da cruz ao passar pela porta da igreja, ela, logo em seguida, fez uma reverência a Xangô ao chegar próxima à casa vermelha, e Hugo ergueu a sobrancelha, confuso. "De que religião você é, afinal?"

Janaína deu de ombros. "De todas."

"Oi?!"

"Em sua essência, todas as religiões falam das mesmas coisas. A maioria ensina valores como retidão, honra, caridade, coragem, humildade, dever, honestidade, perseverança, fé; outras focam nos aspectos mais práticos da vida, dão conselhos de como seguir, do que fazer. Não se contradizem nisso. O que importa é a moral que elas ensinam. Eu respeito Jesus, porque ele ensinou coisas lindas, então eu saúdo Jesus. Eu respeito Buda pelo mesmo motivo, então eu saúdo o Buda. Xangô é o orixá da justiça, e eu respeito a justiça, então, eu saúdo Xangô; e saúdo também Oxum, orixá do amor, da beleza, da diplomacia, e Omolu, orixá da cura. No fim, tudo é questão de respeito, tolerância e reverência por aquilo que é certo e justo. Por isso, eu respeito todas as religiões que, em sua essência, respeitem as outras... e respeito todos os homens de bem que passaram por elas."

Hugo ficou observando sua baiana, encantado. Ela tinha uma coragem e uma clareza de pensamento que eram impressionantes. Além, é claro, da língua afiada e da disposição para o enfrentamento e para a rebeldia. Não era difícil entender porque Viny se entusiasmara tanto com a menina... E com os caramurus em geral.

"Você vai entrar ou não vai?"

Hugo deu um passo à frente e parou diante da porta vermelha da casa dos filhos e filhas de Xangô. Percebendo uma presença estranha ao seu lado, olhou lentamente para esquerda, se deparando com uma enorme estátua negra de Xangô, com o rosto virado inteiramente para ele, encarando-o.

Hugo estremeceu. A estátua era assustadora em seu tamanho, e permaneceu encarando-o com seus olhos negros por segundos enervantes, até que, finalmente, retornou sua cabeça para o lugar de onde nunca deveria ter saído, provavelmente tendo aceitado a entrada do novato na casa.

"Credo..." Hugo murmurou, sentindo um arrepio, e então riu de nervoso, lançando um olhar esperto para Janaína; apenas para que ela não pensasse que ele tinha alguma espécie de medo bobo e irracional de estátuas bizarras que se mexiam. Mas logo seu sorriso morreu no rosto.

A baiana estava mais pálida que marfim.

"Que foi?" ele perguntou receoso. "Isso não é comum de acontecer?"

Lentamente, Janaína balançou a cabeça em negativa. *"Elas não se mexem há séculos."* E Hugo sentiu um outro arrepio, desta vez um pouco mais profundo na espinha, olhando novamente para a estátua.

Embora ela agora estivesse agindo naturalmente como estátua, bem paradinha ali, no lugar dela, ainda assim, continuava assustadora. Inteiramente feita de ébano, uma espécie de madeira negra africana, seus olhos agora fitavam, duros, o espaço vazio à sua frente.

O Xangô de madeira era esbelto, musculoso, imponente, e estava vestido em roupas tribais vermelhas, de pano mesmo, com braceletes de bronze adornando ambos os braços.

Quanto ao machado de duas faces do orixá, este estava logo ali, em sua mão direita, bem paradinho, como deveria ficar.

Ao contrário da estátua, o machado não era de madeira. Parecia, inclusive, bastante afiado.

"Eu acho melhor a gente entrar."

"Eu também", Janaína concordou com urgência, abrindo a porta e empurrando Hugo para dentro enquanto ela própria parava corajosamente próxima à estátua, saudando-a mais uma vez com um "*Kaô kabecile*" antes de finalmente entrar.

"Eu não sendo filha de Xangô, é educado pedir permissão", ela se explicou, fechando a porta atrás de si.

Mais tranquilo agora que Janaína estava fora de perigo, Hugo virou-se para o interior da casa, sentindo-se imediatamente mais leve, como se ali fosse mesmo seu lugar... Como se, ali, estivesse protegido.

Levando a mão ao peito, segurou a guia de Xangô que sua avó lhe dera de presente.

A casa dos filhos e filhas de Xangô era como uma pequena república de estudantes, com sala, cozinha, e vários quartos, onde os alunos podiam escolher entre dormir em camas ou redes. Parecia uma casa como outra qualquer, com piso de madeira e paredes brancas, sofás, mesas, cadeiras... a não ser pelos detalhes em vermelho que estavam espalhados por todos os lados: as toalhas vermelhas, os quadros de fundo escarlate pendurados nas paredes, as cadeiras com estofado avermelhado etc.

Um machado gigante de duas lâminas, feito de madeira e metal, enfeitava a parede esquerda da sala, enquanto, no canto direito, um altar lindo, com santinhos e cruzes, providenciava alento e paz para quem se sentisse melhor assim.

Hugo achava bacana aquele respeito. Aquela mistura.

"Você pode escolher uma das camas, se quiser. Não são muito usadas por aqui", Janaína sugeriu, deixando a mochila do Hugo no primeiro quarto desocupado que encontrou. "Relaxe, nenhum filho de Xangô vai te roubar", ela completou, percebendo o receio no semblante do namorado. Se é que eles eram namorados.

"Xangô é equilibrado, justo; a irradiação dele pela casa não deixa que haja brigas muito sérias entre os moradores daqui, nem muito menos roubos idiotas. Até porque, nesta casa, a justiça é rápida e severa."

Hugo ergueu a sobrancelha, receoso. Não era exatamente um santo.

"Aqui é o banheiro", ela disse, abrindo a porta, "com uma banheira, pra quem quiser fazer banho-de-cheiro. Ali no armário tem ervas, cascas de plantas, essências e resinas, caso você queira tomar um quando voltar. Se feito direito, o banho-de-cheiro conserva a felicidade e acaba com o mau-olhado. As plantas pro banho estão disponíveis no jardim."

Saindo da casa, os dois deram uma última olhada na estátua de Xangô antes de seguirem em frente. Só então, Hugo notou, no lado da porta oposto ao de Xangô, uma segunda estátua; esta feita toda em mármore branco. Era a figura de um velhinho simpático, careca e de longas barbas brancas: o mesmo velhinho que aparecia nas estatuetas dispostas no altar católico dentro da casa.

"É São Jerônimo", Janaína sorriu, apontando para o leão de mármore ao lado do velhinho. "Xangô protege a casa e São Jerônimo a abençoa."

Hugo olhou ao redor, percebendo que todas as outras casas tinham suas estátuas também: a casa dos filhos e filhas de Iemanjá, com a estátua da linda orixá do mar à esquerda da porta de entrada, feita em ébano, e a pacífica Nossa Senhora dos Navegantes à direita, feita em mármore, ambas transmitindo muita paz em suas lindas vestes azuis e brancas; a casa dos desconfiados e discretos filhos de Oxóssi, com a estátua do poderoso caçador e seu arco e flecha à direita, feito em ébano, ajudando São Jorge a matar seu dragão de mármore à esquerda, e assim por diante:

... A casa dos filhos e filhas de Ogum, com o guerreiro Ogum e suas duas espadas de um lado, e Santo Antônio do outro, ajudando-o a resolver problemas, no sobrado que provavelmente abrigava os alunos mais astutos e persistentes do colégio... A casa das indomáveis filhas de Iansã, com a orixá das tempestades tendo como companheira Santa Bárbara, para ajudar a proteger seus filhos dos raios que pudessem vir... além, é claro, das duas únicas casas em que ambas as estátuas eram feitas de ébano: a dos elegantes e maternais filhos e filhas de Oxum, com a bondosa orixá das águas doces de um lado e a amada Nossa Senhora Aparecida do outro... e a casa dos equilibrados e reservados filhos e filhas de Ossain, o orixá conhecedor das plantas e das orações com poder de cura, muito bem acompanhado de dois santos: Santo Onofre, em mármore, e São Benedito, em ébano; o orixá segurando, aberta, uma sacola de ervas medicinais, enquanto os santos a abençoavam, com suas mãos sobre a abertura.

E aquelas eram só as casas que Hugo podia ver dali. Todas, aparentemente, obedeciam ao sincretismo *baiano*, porque, no Rio de Janeiro, Hugo sempre vira São Jorge ser associado a Ogum, não a Oxóssi.

"Essas estátuas estão aqui desde a criação da escola?"

Janaína meneou a cabeça. "As católicas sim. A não ser por Nossa Senhora Aparecida, que apareceu depois, os outros santos foram sendo esculpidos com carinho pelos bruxos católicos que iam chegando escondidos no Brasil, em naus portuguesas, francesas, espanholas; fugidos da inquisição e de outras perseguições da Europa. Apesar de terem perdido a fé nos homens, não tinham perdido a fé em Deus, e, portanto, os santos foram postos em frente a cada casa, para protegê-las e abençoá-las. Já as estátuas africanas apareceram com o tempo", ela continuou. "Não que os bruxos daqui tenham feito qualquer coisa a respeito. Elas simplesmente foram chegando e ficando."

Hugo ergueu a sobrancelha, mas preferiu não comentar. Até porque era impressionante a sensação de paz que todas aquelas estátuas transmitiam, com seus exemplos de cooperação e amizade. Hugo nunca sentira nada parecido.

Todas sorriam tranquilas em seus rostos de ébano e mármore, exceto as de Ogum e São Jorge, que eram guerreiros e não estavam ali para sorrir e sim para proteger, e a de Xangô, que, como orixá da justiça, precisava ficar sempre atento e compenetrado. Nenhuma estátua parecia tão assustadora quanto a dele, a não ser a de Exu, o orixá da comunicação, que guardava a casa rubro-negra com seu garfo de três dentes. Aquele sim, assustava qualquer cristão, mas vários outros santos estavam ali com ele, para ajudar a quebrar o gelo.

E pensar que Exu era apenas um deus mensageiro, um orixá que ajudava na comunicação entre os homens e o divino. Um pouco travesso, mas nada assustador. Nem, muito menos, mau.

A casa da encruzilhada era a única de portas abertas, e, pelo que Hugo pôde perceber, estava uma completa bagunça! Fitando Janaína com um ar questionador, a baiana disse apenas, "Filhos de Exu..." e continuou seu caminho.

Hugo riu.

"Impossível não ser uma casa bagunçada", ela explicou, "Ela é a mais frequentada por todos os alunos daqui. É onde a gente faz as festinhas, que vão até às seis da manhã. Daí, fica essa bagunça. Natural."

"Onde foi que o Viny dormiu quando veio pra cá no Intercâmbio?"

"Adivinhe."

Hugo sorriu malandro, "Exu", e Janaína retornou o sorriso.

"Exu é irreverente, brincalhão, provocador, falante, inteligente, sensual... como seu amigo. Mas Viny também passava um bom tempo na casa de Oxumarê", ela apontou para um sobrado multicolorido. "Caimana que não fique sabendo disso."

"E os alunos que não acreditam nos orixás?"

"Ôxe, muitos aqui não acreditam, mas isso não tem muita importância. Os que não acreditam geralmente acham essa divisão por casas divertida do mesmo jeito." Ela deu de ombros. "Lá na Korkovado, eu duvido que a maioria acredite nos signos do zodíaco, mas eles estão lá no corredor e ninguém nunca questionou."

É, analisando por aquele ângulo... realmente.

"Só um ou outro estudante realmente não gosta de ficar perto das estátuas dos orixás, mas esses podem dormir no dormitório geral, lá perto da entrada, sem problema nenhum. Nem por isso eles são menos amigos de todo mundo."

Tomando Hugo pela mão, Janaína levou-o até uma terceira praça, onde ainda estava acontecendo a aula de Macumba Bruxa.

"Esta é a Praça das Cinco Pontas", ela explicou ao chegarem na simpática pracinha, indicando o pentagrama riscado no chão, em volta do chafariz. Bem parecido, inclusive, com o que havia no chão de mármore do pátio central da Korkovado.

"Todas as cinco escolas têm um pentagrama?"

Janaína confirmou. "É um símbolo poderoso de proteção e equilíbrio. Alguns aqui dizem que são pontas de umbanda, mas pode chamar de Pentagrama também, tá valendo. Os dois representam a mesma coisa: os cinco elementos."

Hugo ficou admirando sua baianinha enquanto ela respondia, só esperando que ela concluísse o pensamento para perguntar "Como você sabe tanta coisa?"

Janaína sorriu de leve, sem olhá-lo. Uma recém-descoberta timidez, quem sabe? "Meu pai sempre me dizia: *sábio é aquele que tudo compreende e nada ignora*. Eu não sei se um dia eu vou conseguir alcançar isso, mas estou tentando", ela terminou, com certa tristeza no olhar.

"A carta que vocês receberam lá no Rio era do seu padrasto, né? E seu pai?"

"Morreu quando eu era pequena."

"Desculpa", Hugo murmurou, envergonhado por tamanha falta de tato, e Janaína fitou-o carinhosa, "Não tem por que se desculpar. Ele deve estar por aí agora, nos vigiando, ou talvez aprendendo alguma coisa nova lá em cima, quem sabe. Vem."

Ela pegou-o pela mão e os dois se aproximaram do chafariz, diante do qual o Preto Velho estava dando sua aula. Hugo o conhecia... de seu primeiro dia na Korkovado.

Curvado e fumando seu cachimbo, o velhinho falava para uns trinta alunos, todos sentados no chão de pedra à sua frente.

"Por que vocês usam um uniforme tão diferente?" Hugo perguntou, meio desdenhoso daquelas roupas brancas. Preferia a sobriedade dos uniformes europeizados da Korkovado: este ano, capas e coletes de um marrom escuro, com bordas douradas, gravatas, sapatos, camisas compridas... O uniforme do Sul era ainda melhor: todo negro. Muito mais condizentes com o que Hugo imaginava que bruxos deviam vestir.

Janaína olhou para ele incrédula, "Aqui no nordeste, a gente tem quatro estações, Hugo: verão chuvoso, verão piedoso, verão do mal e verão estou-vivendo-dentro-de-um-forno. Você acha mesmo que a gente usaria aqueles mantos de inverno da Korkovado?"

Ela lançou-lhe um olhar de desafio e foi sentar-se em meio aos outros estudantes, que a cumprimentaram, felizes com seu retorno. Atingido pelo sarcasmo da jovem, Hugo preferiu ficar assistindo de longe mesmo, recostado sob uma árvore, de braços bem cruzados, a meio metro do último aluno. Na sombra.

De fato, estava muito calor ali na pracinha. Se não fosse pela brisa deliciosa que soprava naquele momento, Hugo não estaria aguentando as próprias roupas.

Quanto à escola em geral, cada vez mais ele entendia por que Viny havia se apaixonado por aquele lugar: ninguém se incomodara com Janaína por ela ter chegado atrasada. Muito menos o professor! Pai Joaquim saudara a aluna com uma alegria imensa ao vê-la de volta tão cedo, e então, continuara sua aula normalmente, como se nada tivesse acontecido.

Ele parecia ser um homem muito culto. Lecionava apoiado em sua bengala de madeira, como todo bom Preto Velho, mas quando falava, era pura elegância. Nada daquele linguajar 'errado' que Hugo costumava associar às entidades de Preto Velho da Umbanda. Talvez isso se devesse ao fato de Pai Joaquim ser uma pessoa de carne e osso, que nascera nos tempos atuais; não o espírito de um ex-escravo morto há muitos séculos.

Notando a presença do aluno visitante, o professor alterou o tema da aula para acomodá-lo, assumindo que Hugo não entenderia uma aula avançada de um assunto que ele nunca aprendera antes... Gesto de muito bom gosto, que Hugo aceitou com simpatia, apesar de não gostar de ser subestimado.

Retomando uma matéria antiga, Pai Joaquim fez uma rápida introdução para o visitante, falando das modalidades de oferenda e de como eles, ali, se inspiravam nos ebós para realizarem magias com comida.

"Na religiosidade, o ebó é uma oferta, um presente para a natureza, feito de comidas, folhas e, às vezes, animais, que se faz com uma variedade de objetivos em mente, como, por exemplo, o de limpar a aura de uma pessoa ou de um local: transfere-se a energia ruim que está no ambiente para a comida que foi preparada com esse objetivo. Outros ebós são feitos para unir pessoas, resolver problemas, realizar limpezas espirituais, entre outros. Para obter qualquer um desses resultados na magia, geralmente não é necessária a equivalência do sangue do animal, o que, para a linhagem que eu sigo, é mais agradável..." e o professor continuou discorrendo sobre aquilo, e sobre os critérios que ele usava, pelo restante da aula, fazendo alguns ebós brancos e seus equivalentes bruxos como demonstração, só para que Hugo pudesse ver como funcionavam.

Macumba Bruxa era quase como uma aula de Poções, só que com comidas, ervas, invocações e animais vivos, que depois eram soltos pela escola. Volta e meia, Pai Joaquim dava aquelas gargalhadas deliciosas ao soltá-los, adorando ver os bichinhos saírem livres por aí.

Como, para fazer os ebós, era necessário fazer uma leitura de búzios, a professora de búzios foi logo convidada a participar como visitante. Tão velhinha quanto Pai Joaquim, ela era uma autêntica baiana de acarajé, com sua longa saia rodada branca, sua bata de renda e seus inúmeros colares, completando a figura com um turbante azulado.

"Não é tudo africano demais aqui, não?" Hugo sussurrou para um garoto mais próximo, que rebateu, *"E no Rio de Janeiro não é tudo europeu demais, não?"* e piscou simpático.

Aquele ali devia ter conhecido Viny.

Vendo que Hugo se distraíra, o professor chamou sua atenção para a aula com um limpar discreto de garganta e Hugo se endireitou depressa, voltando a ficar atento.

Quando Pai Joaquim estava prestes a retomar a lição, no entanto, algo chamou a atenção do Preto Velho, e ele voltou seus olhos para o espaço vazio ao lado de Hugo; seu semblante sério, como se estivesse se comunicando com alguém invisível ao seu lado; recebendo instruções.

Hugo olhou assustado para trás e para os lados, mas não havia ninguém ali, e Pai Joaquim lhe dirigiu a palavra em tom grave,

"Seu guia está receoso com o que você vai fazer, menino Idá."

Hugo sentiu suas pernas enfraquecerem.

O velho sabia seu nome.

CAPÍTULO 28
O SÁBIO E A SAFADA

Pai Joaquim dispensou a turma, mas ninguém saiu. Todos queriam ouvir o que ele tinha a dizer sobre o visitante, e Hugo olhou-os acuado. Acuado e constrangido, mas, principalmente, com raiva.

Quem aquele professorzinho pensava que era?! O velho ia *mesmo* falar de sua vida pessoal na frente de todo mundo?!

Levantando-se com certa dificuldade, apoiado inteiramente na bengala, o Preto Velho lançou-lhe um olhar severo e lhe disse, sem se intimidar com a plateia, "Nos próximos meses, algo muito importante vai acontecer, menino. E, dependendo de sua decisão, o destino de pelo menos três pessoas irá mudar drasticamente, incluindo o seu."

Hugo sentiu seu coração acelerar enquanto o velho se aproximava lentamente dele por entre os alunos, "Seu guia espiritual espera de você uma atitude de homem. Eu, sinceramente, só vejo um menino na minha frente. Um menino assustado. Foi isso que eu respondi a ele com minha mente. E é isso que comprovo agora, vendo esse ódio em seu olhar."

Hugo desviou os olhos, com raiva do filho da mãe, e o Preto Velho trouxe seu rosto de volta, de repente trocando a rigidez em seu semblante por um olhar ameno de velhinho, "Mas o potencial do menino é grande... ah, isso é. Honra esse fio de contas que você leva no peito, Idá", ele disse, pressionando a palma de sua mão enrugada contra a pequena elevação na camisa do aluno, que escondia a guia de Xangô, "Seja *justo*."

Deixando Hugo para trás, o Preto Velho despediu-se da turma e foi embora a passos lentos, lembrando-os de que, na próxima aula, aprenderiam noções de Ebori, "ritual que harmoniza e diminui a ansiedade, a dor, a tristeza e o medo, trazendo esperança, alegria e harmonia..." ele concluiu, caminhando para fora da praça enquanto era abordado com carinho por vários alunos.

Aparentemente, já haviam se esquecido por completo do que o professor dissera ao visitante, mas Hugo não se esqueceria jamais. Estava puto da vida com aquela intrusão. Quem o metido achava que era para dar lição de moral a alguém que ele sequer conhecia?! E como diabos ele sabia seu nome verdadeiro?! Será que Griô caguetara seu nome para o Preto Velho, no ano anterior?! Hugo se lembrava vagamente dos dois juntos perto dele, sob a noite estrelada da Korkovado.

Não... Griô não teria insistido tanto na importância de manter seu nome africano em segredo só para depois sair revelando-o para qualquer um.

Enquanto Hugo assistia, cada vez mais irritado, aos alunos cumprimentarem o professor com carinho e respeito, a professora de Leitura de Búzios veio lhe falar.

"Ôxe, você tá carregado, menino! Muita revolta nesse seu peito... Muito ódio!" ela disse, acariciando seu rosto com as mãos cheias de anéis. "Aqui", e tirou do próprio pescoço um dos muitos colares que carregava, "este é um colar de ametista, para trazer a paz e acalmar o espírito. A ametista protege da morte, traz vitória nas batalhas, favorece a sabedoria e limpa a mente de pensamentos ruins."

Ele fitou-a na defensiva, "E quem disse que eu preciso disso?!"

A baiana lhe respondeu com apenas um sorriso de confirmação e foi embora, rodando as saias. E aquela falta de reação dela fez Hugo sentir tanta raiva daquela mulher, que ele finalmente percebeu o quão agressivo ele estava e procurou se acalmar. Recostando-se na árvore, tentou recobrar a serenidade que havia conquistado a tão duras penas durante as férias e que, em um rápido segundo, perdera por completo. *Como podia ser tão fraco?*

Janaína se aproximou. Sentando-se no encosto de um banco de praça, ficou observando-o com carinho por algum tempo enquanto ele procurava se acalmar. "Não se irrite com ele, Hugo. Pai Joaquim é um homem muito respeitado aqui, principalmente por dizer a verdade na lata. Venha", ela puxou-o pela mão. "Hoje a gente ainda tem aula de confecção de talismãs e patuás, e leitura de búzios, além das aulas a que você já está acostumado lá no Rio."

"*Além* delas?!" ... Como eles tinham tempo para tanta matéria?!

"Sim, sim. Aqui a gente tem aula de Alquimia, Feitiços e todas as outras matérias de magia europeia que vocês aprendem na Korkovado, além das matérias de magia africana, que a gente aprendeu com os escravos e com os feiticeiros que vieram pra cá ao longo dos séculos; magia que as outras regiões do país rejeitam como sendo 'inferior', 'magia de escravo' etc. Fazer o quê, né? São ignorantes, coitados. O Antunes ia mudar tudo isso, mas..."

Ela suspirou entristecida e teve que parar por alguns instantes antes de prosseguir, "Um dia, meses atrás, Antunes comentou comigo que, como acriano, ele era apaixonado pela escola do Norte, mas que, mesmo a Boiúna tendo tantas matérias lindas, de origem indígena e tudo mais, ele ainda tinha ficado impressionado demais com nossa escola, quando veio visitar a Cidade Média, já adulto. Disse que ficou tão encantado com o quanto de coisa diferente ele não tinha aprendido, que aquela experiência fez com que ele decidisse dedicar a vida dele à missão de apresentar o Brasil aos brasileiros."

Hugo concordou, tão impressionado quanto o candidato com a quantidade de matérias que ensinavam ali. "Eu tô começando a sentir que a gente é que é um monte de preguiçoso lá no Rio."

Janaína deu risada, "Pra você ver, né?", e entrou com ele em uma das casas da praça ao lado, onde a professora de búzios já estava a postos, fazendo uma leitura privada na frente da sala enquanto os alunos se postavam diante de suas próprias mesas, previamente preparadas para o arremesso das conchinhas. Cada uma tinha de 16 a 21 conchas de búzios, separadas em um estojinho retangular de madeira.

Hugo pegou um punhado delas, sentindo a sensação gostosa de segurar conchas e mexê-las em suas mãos.

"Mais respeito com os búzios, véi!" Janaína deu um tapinha brincalhão em sua mão para que ele largasse as conchinhas, e Hugo deu risada.

"Desculpa, senhorita, eu não sabia que eles eram tão cheios de não-me-toques", ele brincou, tentando relaxar. Até porque estava na Bahia, né?! Ficar emburrado seria quase um crime. Tinha que aproveitar!

Voltando sua atenção para a professora, que já começara a dar sua aula lá na frente, Hugo tentou absorver o máximo do que ela tinha para ensinar. Se estava se arriscando ali, ao menos tiraria bom proveito daquilo.

Pelo que Hugo pôde logo perceber, assim como Macumba Bruxa parecia uma aula de Alquimia modificada, a aula de leitura de búzios também não era muito dessemelhante à de Futurologia da Korkovado, com a diferença de que ali, se usavam conchinhas em vez de bolas de cristal, cartas de tarô etc. Muito interessante perceber aquilo. No fundo, era tudo relacionado, mas enquanto a magia europeia parecia mais física, a magia de inspiração africana acentuava sempre o aspecto espiritual. Essa era a grande diferença das aulas dali. A espiritualidade.

Quando a aula de búzios terminou, o inegável cheirinho de comida já havia chegado à suas narinas uma boa meia hora antes, e todos, famintos, correram para os vários restaurantes espalhados pela escola.

Caminhando sozinho, já que Janaína o abandonara para ir conversar com a mãe sobre a situação em Brasília, Hugo foi andando pela pracinha, tentando escolher entre o restaurante Iaiá-de-Ouro e a vendinha de acarajé Berimbau Encantado, onde a própria professora de búzios logo apareceria para realizar seus encantos culinários.

Escolheu o restaurante. Até para não ter de encará-la. Era um lugar muito simpático de *self-service*, onde as dezenas de bandejas vinham flutuando sozinhas pelas mesas, na altura dos olhos dos clientes. Quase como um rodízio de carne, só que sem garçons.

Hugo riu. Sensacional. Pegando prato e talheres na entrada, correu para sentar-se em uma das últimas mesas vazias. Estava faminto. Sacando sua varinha, trocou a cor da sinaleirazinha de vermelho para verde, assumindo que aquilo traria as bandejas para mais próximo de si, e funcionou. Elas começaram a vir, uma a uma, flutuando enfileiradas e cheirosinhas para perto dele, mas foi só Hugo dar uma olhada nos pratos, que ele franziu o cenho, frustrado. Não conhecia a maior parte daquelas comidas…

Difícil escolher o que não se conhece.

"E aí galado, tá osso aí, é?" um garoto perguntou, sentando-se a seu lado, e Hugo reconheceu-o, de imediato, como sendo aquele menino que conversara com ele na aula do Preto Velho, sobre tudo ser europeu demais no Rio de Janeiro. Era magro, de cabelos pretos curtinhos e, a julgar pelo semblante de moleque, devia ser o terror dos professores. "Foi mal se eu tô sendo muito intrometido, mas rasga aí, qual a bronca?"

Incomodado com sua própria ignorância culinária, Hugo murmurou, *"Eu não conheço essas comidas…"*

"Marrmenino!" ele exclamou de brincadeira. "Se aperreie não. Aqui, ó: essa aqui é carne de sol na brasa – é tipo carne seca, mas muito mais suculenta e gostosa. E com queijo é melhor ainda. A gente come praticamente tudo com queijo aqui… carne de sol com queijo, arroz de queijo e de sobremesa temos a cartola, que é banana frita com queijo e chocolate – Tem pareia não, viu? E aqui tem carne de sol desfiada, e farofa d'água, feijão verde, carne de sol na nata…"

Os pratos iam passando e ele falando, e parecia que o garoto tinha algum encantamento na língua, porque tudo que ele dizia dava água na boca, e Hugo ali, só agradecendo ao deus do preço fixo e colocando tudo no prato, "... pia, ali tem buchada e na mesa lá longe tem os doces... a cocada acho que você conhece, mas aqui elas são mais molinhas e melequentas, e o pessoal também curte muito doce de goiaba e de jaca, e tem também as frutas ali no fundo: pitomba, mangaba, cajá, seriguela, umbu..."

Gente... Onde Hugo estivera por quatorze anos, que nunca ouvira falar naquelas frutas?! Acabou pegando um pouco de tudo, menos da buchada. Não queria estragar seu fim de semana com um problema estomacal.

"Aqui vocês não têm aquelas comidas chiques da Europa, não? Tipo *foie gras* de coruja com sangue de fênix etc.?"

"Sangue de fênix?!" o menino empalideceu. "Eles matam fênix no Rio?!"

Hugo sorriu satisfeito. "Já gostei daqui."

"Ah, meu nome é Kailler", ele estendeu a mão, "Kailler Pitanga, de Natal."

"*Prazer*", Hugo cumprimentou-o, de boca cheia, "Hugo Escarlate."

"Que nome galado! Gostei."

"Óia! Achei vocês!" uma gordinha se aproximou já com dois pratos cheios apoiados nos braços. Pelo visto, passeara pelo restaurante inteiro coletando comida antes de vir procurá-los.

"Então tu é o mulato de olhos verdes da Janaína, né? Prazer em te conhecer, Hugo", ela disse, tendo certa dificuldade em estender sua mão enquanto colocava os pratos na mesa com a outra. "Maria da Graça. Piauí."

Hugo se alegrou, adorando ter sido mencionado por sua baiana a alguém. Já era um grande passo. "Você é amiga da Janaína?"

"Amigas, elas?!" Kailler caçoou. "São praticamente irmãs siamesas! Não desgrudam! Né, não, bichinha?"

Maria da Graça confirmou com um sorriso, cortando um pedaço enorme de carne de sol e engolindo em meio segundo. Ela não era enorme, só rechonchuda, mas engolia tudo como se seu estômago não tivesse fundo!

Hugo procurou comer também, já que sua Janaína não chegaria. Olhando pela janela enquanto mastigava, ficou admirando as casinhas coloridas, os cachorros correndo pela praça, os gatos empoleirados nas janelas... Era tudo tão perfeito que, se mudasse algum detalhe, estragava.

"Como vão as coisas lá no Rio?" Kailler indagou, provando a sobremesa antes da comida, e Hugo meneou a cabeça, "Complicadas."

"Imagino. Não saiu nada nos jornais daqui, mas pelo que Janaína me contou... tá osso a coisa lá. Alunos sendo expulsos, essas coisas, né não?"

"É... a gente ainda não sabe se eles foram expulsos, na verdade."

Hugo voltou a olhar pela janela. Não tinha tanta certeza assim de que queria voltar tão cedo para a Korkovado, com seu Conselho Escolar e seus Anjos, e o esnobismo na culinária do Chef centauro, e o saci, e Playboy... e agora com aquela Comissão tocando terror...

Ainda prestando atenção na paisagem lá fora, Hugo notou um detalhe destoante do resto: uma senhora parda, muito envelhecida, observava a todos de sua janela, do outro lado da praça. Era feia, toda enrugada e quase esquelética de tão magra. Com seu cabelo preto curtinho e socado, analisava cada um que passava por sua janela com um sorriso safado no rosto e um olhar de gato que dava arrepio...

"Quem é aquela?" ele perguntou, incomodado.

"É dona desse restaurante aqui, por incrível que pareça."

Hugo ergueu a sobrancelha.

"Só por isso ela mora aqui na escola", Maria da Graça completou de boca cheia. "Parece que o nome dela é Olímpia."

Havia algo de muito errado naquela velha, e todos pareciam sentir o mesmo. Ninguém passava perto! Prefeririam dar a volta no chafariz do que chegar a dois metros daquela janela!

Uma enorme carranca ao lado da porta ajudava a assustar aqueles que se aproximavam desatentos, abrindo e fechando a boca repentinamente, para o deleite da velha, que dava risada sempre que alguém caía de susto na frente do rosto de madeira.

Maria da Graça sussurrou, "*Dizem que ela era uma devassa na época dela... uma mulher da vida, cafetina, exploradora de outras mulheres.*"

"Velha assanhada. *Ouvi dizer que ela até já matou alguns clientes*", o potiguar sussurrou com um sorriso, querendo assustá-lo.

"Vixe, Kailler! Pare de ficar mangando os outros, doido..."

"Mas é a verdade! E ainda assim, tem gente que se arrisca lá dentro."

"Lá dentro?!" Hugo perguntou admirado. "Pra que alguém iria lá dentro?!"

Maria da Graça se inclinou na mesa para poder falar-lhe mais baixo, "Dizem que, por uns trocados, a velha Olímpia faz uns negócios bizarros lá... arranja umas macumbas bem *magia negra*, saca?"

"Aquela ali não presta", Kailler concluiu. "Fica xavecando os alunos que passam perto, sussurrando as maiores baixarias. Nojenta. Dizem que ela dava golpe até em comerciante mequetrefe! Roubava mesmo!"

"Você disse *Mequetrefe*?"

"É, mequetrefe! Tipo azêmola, tá ligado?"

Hugo deu risada. O termo realmente já chegara ali. Não era só Janaína que dizia.

"*Melhor a gente parar de falar da velha*", Maria da Graça sussurrou discretamente, e Hugo olhou de novo para a cafetina, rapidamente baixando seu olhar para o prato ao perceber que ela o observava com um sorriso assanhado nos lábios.

Credo!

Hugo se encolheu na cadeira, em pânico. Terminando de comer depressa, meio que encolhido na mesa, se escondendo do olhar da velha, Hugo deixou o prato vazio e o dinheiro na bandeja e saiu apressado dali, levando um susto ao esbarrar em Janaína na saída.

"Fugindo de que, véi?" ela perguntou, segurando-o para que ele não caísse, enquanto os outros dois saíam do restaurante atrás dele, às gargalhadas.

"Da velha assanhada, né não, galado?" Kailler respondeu, rindo pelo nariz. "Aquela ali não liga pra idade não, mermão. É bom tomar cuidado mesmo", ele brincou, dando-lhe um tapinha nas costas e saindo com Maria da Graça em direção às casas de seus respectivos orixás.

Irritado, Hugo fechou a cara. "Eles não vão pra aula não?"

"Estudar depois do almoço? A gente vai é dormir, véi... Meia hora de sono, pra ficar alerta para os estudos da tarde."

"Genial", Hugo disse distraído, dando uma última olhada na velha da janela, que continuava a fitá-lo com o tal sorriso nos lábios. Janaína deu risada, "Liga pra ela não, véi. A gente se acostuma."

Pegando Hugo pelo braço, a caramuru guiou-o até a casa dos filhos de Xangô, onde alguns alunos já dormiam.

"Você não vai almoçar?"

"Não se preocupe. Eu almocei com mãinha."

Ah, que ótimo. Anfitriã nota dez, deixando seu convidado almoçar sozinho no restaurante da depravada enquanto ela ia comer em casa com a mãe.

Passando ao largo da estátua de Xangô, Hugo entrou e foi direto para o quarto onde deixara sua mochila.

Ela ainda estava lá.

Aconchegando-se nos lençóis vermelhos da cama, dormiu como não dormia há muito tempo; sem pesadelos, sem preocupações... esquecendo-se completamente do caos em que estava mergulhada a Korkovado. Hugo não tinha mais nada a ver com aquilo. Estava na Bahia, onde tudo era quente, simpático e tolerante, e onde ninguém sabia tudo que ele havia feito ano passado.

Quando finalmente acordou, levou um susto.

O quarto já estava quase escuro! Como os caramurus conseguiam dormir só meia hora depois de um almoço pesado daqueles?!

Levantando-se depressa, ajeitou suas roupas e saiu à procura de Janaína. Pelo adiantado da hora, as aulas do dia já deviam estar prestes a terminar, e Hugo correu pelas praças, espiando as turmas de janela em janela em busca de sua caramuru, até que, de repente, começou a ouvir explosões e gritos aterrorizados vindos de uma outra praça mais adiante.

Sentindo seu coração acelerar apreensivo, Hugo correu até lá.

CAPÍTULO 29
CRISPIM E MARIA

Ao virar a esquina e entrar na praça, Hugo quase foi atingido por um jato azul, seguido de mais dois, que só não o atingiram porque ele girou a tempo, dando uma cambalhota no ar para escapar de outro, e mais um quinto, até que conseguiu se esconder atrás de um dos bancos da praça. Protegendo-se tenso, sacou sua varinha e olhou ofegante para todos os lados, tentando descobrir o que diabos estava acontecendo ali, até que ouviu risos de alunos em meio aos gritos e franziu o cenho, sem entender.

Alerta, viu um grupo de jovens, armados de suas varinhas, sair correndo de um lado da praça para outro. Antes que conseguissem alcançar o local almejado, no entanto, foram atacados por um segundo grupo, que surgiu do nada gritando feitiços e mais feitiços, que iam sendo defendidos sucessivamente pelo grupo que fugia, todos morrendo de rir enquanto derrubavam uns aos outros no chão de terra.

Hugo deu risada também, finalmente entendendo o que se passava.

Naquele segundo grupo estavam Kailler, Maria da Graça e Janaína. A baianinha ficava linda, atacando. Soltava feitiço atrás de feitiço com uma facilidade impressionante, sorrindo aquele sorriso esperto dela... e Hugo ali, assistindo encantado...

Até que foi obrigado a se desviar de mais um feitiço, vindo de um terceiro grupo que aparecera do nada atrás dele. E então de mais um, e Hugo se levantou com a varinha apontada na direção do ataque, vendo que quem o atacava desta vez não era um jovem, e sim um homem de barba ruiva, que parecia muito bom no que estava fazendo, e a cada ataque dele, Hugo se defendia como podia, dando passos e mais passos para trás enquanto era atacado em rápida sucessão. O professor estava tentando desarmá-lo, mas não ia conseguir... e Hugo sorriu, dando um passo para frente e atacando-o pela primeira vez, e então pela segunda, e pela terceira, e agora era o professor que estava na defensiva, tendo até certa dificuldade em se defender, mas adorando o desafio exatamente por isso, até que o homem deixou-se ser desarmado e sua varinha foi parar do outro lado da praça.

Ele ergueu os braços, se rendendo com um sorriso nos lábios, e então se aproximou; a mão estendida para Hugo.

"Eitxa! Então *você* é o aluno do Rio, é?" ele disse ofegante, apertando sua mão; seus olhos azuis brilhando por detrás da barba ruiva. "Vixe, minino, o Atlas te ensinou bem, viu?"

Hugo sorriu envaidecido. "Valeu."

"Desculpa se assustei você. Num fica barreado, não. É que eu costumo levar minhas batalhas muito a sério."

Hugo sorriu, achando aquela aula incrível, e os dois foram interrompidos por Janaína, que chegou animada, já pegando Hugo pela mão. "Valeu pela aula, professor!"

Saindo da praça com ele, na companhia de Kailler e Maria da Graça, ela fez as introduções que deveria ter feito na praça, "Aquele ali é o Barba Ruiva, nosso professor gato de Defesa Pessoal."

"Onde a gente tá indo?"

"As aulas acabaram por hoje", ela disse simplesmente, como se aquilo fosse resposta, parando com eles em um pequeno quiosque próximo à saída da escola. "Tá a fim de uma pizza?"

Hugo olhou-a surpreso, "Vendem pizza na escola?!"

"Ôxe, por que não venderiam?!" Janaína sorriu esperta, entrando na pequena fila que já se formara em frente ao quiosque, cheia de alunos famintos. Enquanto os quatro esperavam a vez deles, Hugo ficou admirando uma estátua que não havia notado ao entrar. Feita de cobre, em tamanho real, ela mostrava uma bela índia se banhando à luz da lua. Aos seus pés descalços, uma placa continha a inscrição: *À minha bela Guaibimpará, de seu amado Diogo Álvares (Caramuru).*

"Paraguaçu", Janaína explicou, vendo que Hugo se interessara pela índia.

"Paraguaçu? Não é Guai…bimpará?"

"Paraguaçu é o nome pelo qual ela ficou conhecida. E é o nome da escola também. *Instituto Paraguaçu de Ensino Bruxo*. IPEB. Ele batizou a escola em homenagem a ela."

Hugo franziu o cenho. "O nome da escola não era Cidade Média?!"

"Cidade Média é apelido."

"Eu nunca vi escola ter apelido."

"E eu nunca vi menino tão atrevido", ela rimou, piscando malandra e roubando-lhe um beijo. Hugo deu risada, adorando aquela garota. Janaína sabia que tinha sido uma rima péssima, mas não estava nem aí! Ainda sorrindo, a jovem virou-se para o vendedor, "Me vê um rodízio pra viagem?"

"Oi?!" Hugo estranhou, mas seu espanto foi ignorado pelo vendedor, que foi buscar o pedido da baiana no fundo do quiosque e voltou com uma caixa triangular de pizza, com espaço para apenas uma fatia.

"Vamos?" ela perguntou, rindo da pasmaceira do namorado, e os quatro saíram pelo Elevador Lacerda, pegando um ônibus azêmola que os levaria até o Rio Vermelho. Ao longo de todo o trajeto, em vez de admirar a vista, Hugo ficou olhando aquela curiosa caixa triangular de papelão com cheiro de pizza no colo de sua baiana, completamente intrigado. Ele ouvira Janaína dizer 'rodízio', não ouvira?!

Enquanto isso, Kailler ria de Maria da Graça, que quicava no banco, empolgada.

"O que deu nela?"

"*Ela vai se encontrar com o boyzinho dela lá na praia…*" o potiguar cochichou. "Opa, a gente salta aqui."

Descendo do ônibus perto da orla, próximo a uma pracinha lotada de azêmolas, que cheirava a acarajé, os quatro desceram até a praia. Era uma praia pequena, quase sem iluminação, cheia de barcos de pesca estacionados na curta faixa de areia. Como a praia ficava em um desnível bem acentuado com relação à rua, a única luz que chegava até ali vinha de uma construção chamada Casa de Iemanjá, dezenas de metros à esquerda, onde, segundo Janaína, os pescadores costumavam se reunir.

Ocultos pela escuridão, os quatro sentaram-se nas bordas de um dos barcos de pesca, apropriadamente batizado por seus donos com o nome de 'Segura na mão de Deus e vai', de tão decrépito que estava. Ao menos o barco comportava quatro pessoas confortavelmente, com espaço para mais uma quinta, que Maria foi correndo buscar.

Enquanto esperava a amiga retornar com o namorado, Janaína abriu a caixa de papelão, revelando uma única fatia de pizza de mozarela. "Mmm…", ela suspirou, inebriada pelo cheirinho, tirando a fatia de lá e fechando a caixa novamente enquanto Hugo olhava para aquela única fatia com água na boca. Que rodízio fajuto era aquele?!

"Oba! Pizza!" um rapaz musculoso e bronzeado sentou-se no barco junto a eles. Pegando a caixa vazia das mãos de Janaína, abriu-a, dando uma cheirada na caixa aberta e rindo, "Claro, tinha que ser de peixe", tirando de lá uma fatia de pizza de aliche. Hugo ergueu a sobrancelha.

"Cadê tua educação, minino?!" Maria da Graça disse, tomando a caixa e a fatia das mãos do jovem, que imediatamente guardou sua faca peixeira no cinto, limpou na calça as mãos sujas de escamas e cumprimentou Hugo com um estalar de mãos e um soquinho, "E aí véi! Crispim, ao seu dispor."

Hugo sorriu educado, ainda sentindo cheiro de peixe nele. "Hugo."

"Ele é lá do Rio", Maria disse, devolvendo ao namorado a fatia que tirara de suas mãos e abrindo a caixa triangular para si mesma enquanto Crispim dizia de boca cheia, "Pois é! Jana me contou… É amigo de Viny, né? Massa!" ele sorriu, com as bochechas rechonchudas de pizza.

Maria da Graça fez careta ao ver aparecer, na caixa, uma pizza de rúcula, e disse, "Não, obrigada", para a caixa, fechando-a e abrindo-a novamente. "Ah, essa aqui sim", ela comemorou, tirando dali uma fatia de pizza portuguesa.

"Não vai comer não?" Janaína perguntou, mastigando sua muçarela, mas Hugo ainda fitava a caixa, incrédulo. Aquilo era bom demais para ser verdade…

"Tipo… vocês podem ficar comendo infinitamente?"

Janaína negou, ainda de boca cheia, "Tem validade. Em duas horas de relógio, a pizza vai começar a vir fria e emborrachada."

"Duas horas de relógio, é?" Hugo sorriu com ternura. Adorava o jeitinho baiano dela falar. Os dois trocaram selinhos carinhosos, e Crispim aproveitou para fazer o mesmo com Maria, antes de roubar a caixa das mãos da namorada.

"Desculpa aí o cheiro, véi", Crispim disse para Hugo. "É que eu tava preparando uma pescada ali com a galera, aproveitando os peixes que sobraram da feira da manhã, sabe? Mãinha só gosta da minha receita. Aí ela ficou esperando que eu chegasse da escola pra eu fazer. Mas pizza caiu muito melhor."

Crispim devia ter, no máximo, 17, mas quando parava de sorrir, envelhecia uns dez anos. Era sua pele, tão precocemente envelhecida por uma vida inteira ao sol. Mesmo assim, ele parecia ser um jovem alegre, vivo, brincalhão… Um brincalhão diferente de Kailler. As brincadeiras que Crispim fazia eram mais tranquilas, mais adultas. Talvez por isso mesmo, Maria da Graça fosse completamente apaixonada por ele.

Hugo procurou a varinha do garoto, mas ele devia tê-la deixado com a mãe, na Casa de Iemanjá. Gente desprendida era outra coisa, né?

Idá nunca teria conseguido se afastar tanto assim da sua. No máximo, guardava a varinha escarlate para tomar banho e olhe lá! Tudo bem que Crispim ainda poderia se defender com o facão que levava no cinto, mas não era a mesma coisa.

Bem, de qualquer forma, com varinha ou sem varinha eles estavam ali para se divertir; não para duelar. Reclinados contra as paredes do barco, acabaram ficando horas ali batendo papo, mesmo depois do tempo da pizza ter se esgotado.

Conversaram sobre as pesquisas que a mãe de Janaína vinha fazendo, sobre o surgimento da Comissão Chapeleira, sobre as duas terem saído fugidas do Rio de Janeiro... sobre como Mefisto Bofronte era um gato...

Janaína chegara a vê-lo de relance pela porta, enquanto ainda escondida no escritório de Areta, e apesar da antipatia que já sentia pelo 'canalha', teve de concordar com Rapunzela quanto à beleza do Alto Comissário. Ele era um canalha lindo.

"Ih, tá com ciúmes do homi!!!" Kailler deu risada, apontando para o semblante fechado de Hugo, que jogou areia no garoto, de brincadeira.

"Ó, quer saber?" Kailler se levantou, ainda rindo, "Eu vou lá comprar um acarajé, que esse papo de política tá muito cabeça pra mim, viu? Se ainda fosse pra falar de Zênite..." e o potiguar saiu em direção à Casa da Dinha, do lado oposto da rua.

Com a interrupção da conversa, Crispim e Maria começaram a trocar beijos no outro canto do barco e Hugo aproveitou para atiçar um pouco mais a inteligência de sua baianinha com uma dúvida que estava dando um nó em sua cabeça. "Você disse que o Caramuru fez um feitiço pra impressionar os índios aqui na praia, mas como a magia dele funcionou no Brasil se ele ainda não conhecia os feitiços em tupi?"

Janaína fitou-o, impressionada que ele houvesse prestado atenção. "Olha, a única teoria que explica isso, por enquanto, é a espiritomagiologia."

"Espirito-o-quê?"

"-magiologia. Não são muitos que acreditam nela, mas é uma das poucas explicações plausíveis, talvez a única, pra feitiços de uma determinada língua não funcionarem em outros países e tal. A teoria diz que todos nós bruxos somos médiuns, e que nossos feitiços só funcionam porque espíritos locais nos ajudam a fabricá-los. No caso, os espíritos ancestrais do Brasil entendiam línguas indígenas, não latim."

"Ué, então como eles entenderam o latim no feitiço do Caramuru?"

"A teoria que rola entre os espiritomagiologistas é que uma legião de espíritos ancestrais portugueses e franceses teria embarcado com ele naquele mesmo navio, para conhecerem o novo mundo. Uma espécie de turismo espiritual. Por isso, os feitiços europeus que ele conhecia ainda funcionaram quando ele pisou no Brasil. Não com perfeição, mas funcionaram. O mesmo explica o iorubá funcionar perfeitamente aqui: uma quantidade exorbitante de espíritos teria vindo da África acompanhando e protegendo os milhares de escravos que foram traficados pra cá. Vieram, e ficaram, ao contrário dos espíritos europeus."

"Você acredita nessa teoria?"

Janaína deu de ombros. "Enquanto não me apresentarem outra que faça mais sentido, sim, eu acredito. E você?"

Hugo fitou-a por alguns segundos, e então sorriu galanteador.

"Não muda de assunto, véi!" ela deu risada, mas ele já estava se aproximando, "Não? Por que não?" e os dois se beijaram, intensamente, por uns... cinco segundos antes de serem interrompidos por Kailler, que chegou com seu acarajé na mão e ficou lançando olhares engraçados para os dois até que eles parassem.

Hugo afastou seus lábios dos dela, irritado. Queria ir muito além do que um simples beijo com Janaína, mas não ali, com tanta gente assistindo. Ficava sem graça. Ainda mais vendo o ímpeto com que Crispim beijava sua Maria, agarrando, com vigor, todo o peso da namorada em seus braços musculosos. Como competir com aquilo?

Suspirando satisfeita, Maria da Graça saiu para buscar refrescos e Janaína foi ajudar, deixando Hugo sozinho com Kailler e Crispim, que se estirou todo no barco, relaxando depois do dia puxado. "Então, véi, de onde no Rio de Janeiro você é?"

Hugo hesitou, pensando em dizer Botafogo ou qualquer outro bairro que não envolvesse sua comunidade, mas Janaína chegou com dois copos de suco e respondeu por ele, "Do Dona Marta."

Hugo fitou-a surpreso.

"Você achava o que, véi? Que eu não ia querer saber tudo que eu pudesse sobre você antes de te dar moral?"

Maria apareceu com os outros copos que faltavam e as duas distribuíram os refrescos pelo grupo, "Aos Pés Rapados!"

"Aos Pés Rapados!" eles brindaram e beberam tudo de uma vez, como se fosse álcool. No caso de Kailler e Crispim, era álcool mesmo. "Dona Marta... que massa, véi! Pô... que massa mesmo!" ele disse empolgado. "Você tava lá quando gravaram o clipe do Michael Jackson?!"

Hugo confirmou, gostando do garoto imediatamente. Não era todo bruxo que conhecia Michael Jackson.

"Quando eles vieram gravar aqui em Salvador, eu entrei de penetra no Olodum pra aparecer no clipe", ele deu risada. "Me vi várias vezes na TV."

"Tu ainda vê televisão azêmola é?!"

"Ôxe, claro que ele vê!" Maria recolheu os copos. "Ele É azêmola."

Hugo fitou-o espantado, "Como é que é?!" e Crispim respondeu com um sorrisinho e uma piscadela.

Que loucura era aquela?! Eles estavam há horas conversando sobre o mundo bruxo na frente dele! Como podiam ficar tão tranquilos?!

"Vixe, relaxa, Hugo. Já tem dez anos que ele é meu namorado. Desde que vim do Piauí com o povo lá de casa. Eu tinha uns seis anos de idade, ele tinha sete, e a gente namorava tipo criancinha sabe? De mãos dadas. Superfofo", ela sorriu para o namorado, que retribuiu o sorriso fazendo um carinho em seu rosto.

"Eu ainda não sabia que eu era bruxa, claro. Aí, quando eu fiz 12 anos e descobri, ele foi o primeiro a ficar sabendo."

Hugo ainda estava chocado.

"Ele é o amor de minha vida, menino! Claro que ele ia saber!"

"Ô, minha morena… venha cá, venha!" Crispim lhe deu um abraço apaixonado, e os dois se beijaram com ternura. "Pena que eu não consigo ver a fachada da escola. Deve ser linda demais…" Voltando-se para a namorada, perguntou, "Minha mãe tá lá fritando o resto dos peixes. Quer um?"

Maria da Graça disse que sim com um sorriso de orelha a orelha, e Crispim foi buscar; Hugo observando cada um de seus passos, ainda desconfiado, "A mãe dele sabe?"

"Que a gente é bruxo? Não."

"E o pai?"

"Ih, esse aí é filho do boto!" um velho pescador se intrometeu na conversa, com um bafo inacreditável de cachaça.

Ótimo, mais um azêmola. Pelo menos aquele estava caindo de bêbado e provavelmente não se lembraria de nada no dia seguinte.

"Como assim, filho do boto?"

"Ôxe, num conhece o boto não?!"

Hugo sacudiu a cabeça em negativa, e o velho invadiu o barco, sentando-se ao seu lado, contra sua vontade, com a garrafa de cachaça na mão. "É o seguinte…" ele arrotou, "Os índio chama o boto de Piráyauara – *o senhor das águas*. … É… o senhor das água… *bom*, diz a lenda, mas uma lenda verdadeira, viu?! Por que eu já vi muito filho do boto por aí, ôxe…. vi sim! O boto é bicho que se transforma em gente pra encantar as cunhantãs… as donzelas…" ele tocou os cabelos de Maria da Graça, que se afastou com nojo. "As muié volta grávida e tudo mais, culpando o boto. Porque ele é muito sedutor quando não é golfinho. Ah é. Muito sedutor. Vira homem bonito e alto, e vai nas festa da região pra – NHAC! – pegá as muié na rede dele. É sim. Cês toma muito cuidado com os belos rapaz em belas festas, viu?" ele acrescentou para as moças do barco, que olhavam com desdém para o bêbado. O velho fedia.

"Ei, você!" Crispim chegou, espantando o homem do barco. "Qual foi?! Se saia, coroa!" e enxotou o velho dali. "Ele tava falando do boto de novo?!"

As duas riram, confirmando.

"Esse cara só sabe falar disso, véi! Mas que cara chato!"

"Tu devia estar acostumado, mô. Desde que eu vim pra Salvador esse bebum mora aqui."

O velho parecia estar se reaproximando aos tropeços, e Crispim saiu do barco para enxotá-lo de novo, perseguindo-o pela praia enquanto Maria da Graça morria de rir.

Janaína apenas observava o jovem pescador com muito carinho, e, antes que Hugo pudesse sentir ciúmes do garoto, ela explicou, "Eu admiro o Crispim, véi. Ele é muito esforçado. Acorda às três da manhã todos os dias, vai pescar, fica até a hora do almoço vendendo peixe na feira… almoça, corre pro Mercado Modelo e fica a tarde inteira confeccionando redes por encomenda enquanto cuida de um estande de couros. Daí, à noite ele estuda numa escola noturna. Vai tentar passar pra Filosofia no fim do ano."

Hugo se surpreendeu. "*Filosofia?!*"

"Tá pensando o que, véi? Ele é inteligente pra caramba! Sempre foi. Já leu de tudo dentro do barco, enquanto esperava a rede encher de peixe. Começou com a Bíblia, aí passou pra outros livros. Sabe passagens inteiras deles, de memória. E depois de tudo isso, ele ainda arranja tempo pra se dedicar à namorada, né, Mári?"

"Ô... e como!" Maria da Graça confirmou com exagerada veemência. "Ele não fica bestando não, ele vai à luta. Ei, minino!" ela chamou-o, olhando apaixonada para Crispim, que já desistira de perseguir o bêbado e agora dava piruetas na areia para impressionar a namorada. "Deixe de fazer estripulia, diabo!" Maria deu risada, indo ter com o namorado na areia. Eles se beijaram de novo, Crispim tentando o tempo inteiro arrastá-la para a água, de brincadeira, até que finalmente conseguiu, e os dois caíram no mar, ela dando um grito agudo e morrendo de rir.

Eles realmente se amavam. Janaína assistia encantada. "Meus amigos de infância, véi", ela disse, com uma lágrima emocionada no olho, e Hugo fitou-a com carinho.

Vendo que estavam finalmente sozinhos no barco – Kailler caíra no sono – Hugo se aproximou dela, sussurrando em seu ouvido, *"Eu também sou esforçado..."* e eles se beijaram. Por vários minutos... minutos absolutamente divinos... até que, não se aguentando mais de tanta paixão, ele sussurrou a proposta no ouvido da baiana, *"Vamos pra algum lugar mais... reservado?"*

"Tá maluco?!" ela se levantou, derrubando Hugo em cima de Kailler, que acordou no susto e terminou de empurrá-lo para fora do barco, de cara na areia.

Janaína deu risada, "A gente mal se conhece, véi!" e foi embora, deixando Hugo ali na areia, irritado. Mais uma vez.

Ela precisava ter reagido daquele jeito, caramba?! E ainda saiu rindo, a desgraçada!

Hugo chutou areia, revoltado.

"Eta, bagaceira! Te aquieta, homi!" Maria deu risada, chegando ensopada do mar, e Hugo abraçou os próprios joelhos, com ódio de todos eles. Principalmente de Janaína.

"Oxê, mas qual é a pressa?!" Crispim foi sentar-se ao seu lado na areia, ainda achando graça. "Você achou que, só porque ela te deu mole, ela era fácil?! Ela não é fácil não, véi! Você vai ter é trabalho, viu? Ela é barril! É moça direita!"

"Bem-vindo ao clube dos que tentaram, Hugão!" Kailler caçoou, dando uns tapinhas em suas costas e indo embora também, absolutamente conformado com seu destino.

"Anda, Hugo", Maria disse com carinho, compadecendo-se de sua absoluta miséria. "Te levo de volta pra escola, bora."

Os dois se despediram de Crispim e tomaram o ônibus até o Elevador Lacerda; Hugo ainda tentando se recuperar do toco que levara de Janaína, e Maria, o tempo inteiro, achando graça.

Pagando mais uma vez pela viagem de elevador que nunca fariam, os dois começaram a ouvir resquícios da música que estava vindo lá de dentro da Cidade Média antes mesmo das portas de madeira se abrirem. Entreolhando-se, disseram juntos "Jorge Amado", e entraram.

A escola inteira estava reunida na praça principal, curtindo a noite estrelada daquela quinta-feira, ao som de forró. Alunos e professores dançavam em volta da estátua de Paraguaçu; outros comiam petiscos nas várias vendinhas ao redor... Tudo iluminado pelas dezenas de lampiões que haviam sido espalhados pela praça.

Hugo encontrou sua caramuru sentada próximo a uma roda ampla de alunos, e Janaína aceitou que ele se sentasse perto dela na maior naturalidade, como se nada de errado tivesse acabado de acontecer entre eles. Menina estranha.

"Reconhece o jogo?" ela perguntou com um sorriso esperto, como se já soubesse a resposta, e indicou os alunos na roda à sua frente, que batiam palma em ritmo. Só então, Hugo percebeu que, dentro da roda, dois alunos se atacavam com feitiços de luz, desviando deles com movimentos perfeitos de capoeira…

Ele arregalou os olhos, surpreso, "O Clube das Luzes?!" e Janaína sorriu confirmando, enquanto os jovens ao redor dos dois jogadores ditavam o ritmo do combate com as palmas e o som metálico de três berimbaus,

> Oi cuidado, menino, ó o feitiço aí
> *Filho de bruxo não pode cair*
> Ô não pode cair, ô não pode cair
> *Filho de bruxo não pode cair…*

"Viny trouxe pra cá no intercâmbio do ano passado", ela explicou. "Aqui não é proibido. Muito pelo contrário…" e apontou para um espaço logo ao lado da roda, onde Pai Joaquim e Mãe Candinha, dos búzios, giravam curvados no ritmo da música, dançando um em volta do outro, rindo de se acabarem, o Preto Velho com sua bengala e a professora chacoalhando suas pulseiras e rodando a saia. Hugo sorriu, achando simpático. Como continuar irritado com aqueles dois?

De repente, Kailler pediu para entrar na roda, e os jovens imediatamente aumentaram o ritmo das palmas, mudando de música enquanto o potiguar dava um show de desvios,

> Olha o bruxo aê!
> É Zum zum zum…
> Olha o bruxo aê!
> É Zum zum zum…

Kailler era muito melhor naquilo do que Viny. Não era tão habilidoso quanto Capí, mas chegava perto, até porque o jovem potiguar misturava a capoeira a alguns passos de frevo e outros movimentos que Hugo nunca vira sendo usados no Clube antes, e era simplesmente fantástico vê-lo desviar dos jatos ao som daquela música.

Os caramurus tinham evoluído o jogo, criado novos passos, novos truques, mesmo com tão pouco tempo de prática, e todos ali jogavam muito bem, talvez porque já soubessem capoeira antes de conhecerem a versão bruxa dela. Jogavam melhor do que muitos do Rio de Janeiro, e o berimbau fazia toda a diferença.

O jogo ali era aberto a qualquer um que quisesse participar; professores inclusive.

Impressionante como todos eram um pouco Pixies naquela escola… Pena que aquilo talvez estivesse com os dias contados. Hugo já podia imaginar a Comissão chegando ali e arrasando com aquele lugar.

Triste possibilidade.

"Kailler foi o primeiro que Viny ensinou", Janaína explicou, assistindo orgulhosa às proezas do amigo. "Não deu nem dois jogos e ele venceu de seu colega."

"Ha! O Viny deve ter ficado mordido."

"Ôxe, mordido?! Ele ficou abocanhado!"

Hugo já ia dar risada, quando algo fora da roda chamou sua atenção.

Já deviam ser umas onze e meia da noite, mas, só naquele momento, a última aula do dia terminou, e uns trinta alunos mais velhos começaram a sair de um sobrado lilás direto para a festa, a maioria já sem uniforme. Foram seguidos pelo professor: um homem velhinho, magrinho, frágil, com artrose nas mãos e longas, porém falhas, barbas brancas, que, de tão fraquinho, precisou da ajuda de seus alunos para sentar-se em uma das cadeiras espalhadas pela praça.

Observando os débeis movimentos do velhinho com pena, Janaína suspirou, "Coitado do Barba Ruiva…" e Hugo franziu a testa, estranhando, "Vocês têm dois professores chamados Barba Ruiva?!"

"Não, só esse mesmo."

Hugo olhou novamente para o velhinho e se espantou. Realmente, era o mesmo cara! Só que uns 50 anos mais velho!

Janaína riu de seu espanto. "É assim mesmo. O professor é jovem de dia e velho à noite. É uma maldição dele. Ou uma benção, sei lá. Quem não gostaria de voltar a ser jovem algumas horas por dia, né? O ruim é que ele perde a sabedoria da velhice quando rejuvenesce na manhã seguinte. Por isso, Barba Ruiva só pode dar essa aula de sabedoria ameríndia à noite. De tarde, a mente dele só consegue alcançar Defesa Pessoal – que é, também, o período do dia em que ele está com mais vigor pra dar aquela aula."

Hugo ouviu tudo aquilo incrédulo, acompanhando o velhinho com os olhos enquanto ele tentava tomar uma sopa com as mãos trêmulas demais…

"Venha", Janaína disse, se levantando, "eu quero te apresentar os diretores do colégio."

"Diretores? No plural?!" Ele foi atrás, curioso. "Isso funciona?!"

"Não", a caramuru deu risada, "nunca funcionou, mas tenta convencer os dois de que um deles tem que desistir do posto, pra você ver o que acontece."

Janaína levou Hugo até uma segunda praça, onde alunos menos festeiros se reuniam próximo a uma esplendorosa árvore, apenas com um fogaréu auxiliando na iluminação. Ouviam, com muita atenção, ao que dois homens tinham a dizer. Os dois eram negros, bastante encorpados, e vestiam camisas largas de algodão, com calças marrons do mesmo material. Estranhamente, também levavam facões presos aos cintos. Na condição de únicos adultos ali, deviam ser os diretores, mas que tipo de diretores carregam facões pela escola?!

Animado com a atenção da plateia, o mais velho dos dois contava histórias para os alunos enquanto o outro acompanhava tudo com a seriedade de quem não estava ali para brincadeiras. Devia ter uns 40 anos de idade, esse mais jovem. De cabelos curtos, exibia um semblante fechado e uma cicatriz enorme ao redor do pescoço.

Estranhando a cicatriz, Hugo aproximou-se para ver melhor e se surpreendeu ao perceber, na luz, o que não percebera antes. "Eles são fantasmas?!"

"Mortos desde o século 17", Janaína confirmou. "E não são quaisquer fantasmas." Ela apontou primeiro para o mais velho, depois para o mais jovem, "Conheça Ganga Zumba... e Zumbi."

Hugo arregalou os olhos, "Zumbi?! ... dos Palmares?!"

Janaína sorriu confirmando, e Hugo sentiu um arrepio subir a espinha, tenso por estar diante de tão ilustre presença, observando-os como quem acompanhava celebridades. De fato, não era qualquer fantasma! Era O fantasma! Zumbi tinha sido um dos grandes heróis dos escravos no Brasil!

"Bem sólidos, né?" Janaína comentou, enquanto Hugo continuava boquiaberto. "Quase passam por gente viva."

Zumbi permanecia em pé, de braços cruzados ao lado do sorridente Ganga Zumba, quase como um guarda-costas. Orgulhoso, olhava os alunos de cima, como se fosse melhor do que eles. E era mesmo. Tinha lutado pela liberdade, enquanto eles, meros estudantes, nada haviam feito de importante ainda.

Um dos alunos lhe dirigiu a palavra, e Zumbi respondeu com um português perfeito. Claro, havia sido educado por padres em sua infância; sabia português e latim. Ao menos era isso o que Hugo ouvira dizer.

Aquela cicatriz em volta do pescoço era impressionante...

"Zumbi não se conformou com a morte", Janaína explicou. "Achava que podia ter vencido a última batalha. Então, resolveu ficar aqui na Terra, por pura teimosia. Só pra desafiar aqueles que tinham ordenado sua execução. Mostrar a eles que viveria para sempre. Manter viva a fama de imortal, como dizia seu nome."

"Zumbi..."

"Pois é. Daí, como ele decidiu ficar na Terra, seu tio Ganga Zumba e alguns dos chefes dos mocambos, que já tinham morrido há mais tempo, voltaram para lhe fazer companhia."

Diante da plateia atenta, Ganga Zumba falava com saudades do quilombo, "Éramos mais de trinta mil no grande Reino de Palmares quando eu virei líder, em 1670... Trinta mil escravos fugidos e homens livres!" ele dizia, com um brilho lindo nos olhos. "Nosso Reino era quase do tamanho de Portugal! Imaginem! Um Portugal dentro do Brasil! A gente produzia manteiga de coco, plantava milho, mandioca, legumes, feijão, cana... a gente tinha todo um sistema de leis e de crenças separado das crenças dos brancos..."

"E você quase deixou tudo se perder, por fraqueza."

"Não era fraqueza, meu sobrinho. Era desejo de paz. De amizade."

Zumbi deu uma risada seca, mas Ganga Zumba ignorou a ousadia, prosseguindo, "Imaginem vocês... eu tinha um palácio! Um palácio, três esposas, guardas, ministros, súditos... Eu tinha status de Monarca no quilombo, até que me mataram envenenado", ele olhou de rabo de olho para Zumbi, que protestou, "Não fui eu que mandei te matar!"

"Mas bem que ficou no meu lugar."

Zumbi bufou irritado. "Quem quer que tenha sido, fez muito bem. Se o quilombo tivesse permanecido nas suas mãos, teria sido o fim de todos ali."

"O fim chegou de qualquer jeito; com ou sem você na liderança."

"Majestade", uma menina levantou a mão respeitosamente, os olhos brilhando de curiosidade. "Como era a região do quilombo?"

Ganga Zumba olhou para a jovem branca com carinho, gostando da pergunta, e fechou os olhos, como quem lembra de algo bom. "A região era imensa! Cheia de rios, várzeas e campos, montanhas, serras e florestas, que serviam de proteção natural para os vários mocambos que construímos ao longo das décadas. Com a ajuda dessas barreiras da natureza e de nossas próprias táticas de defesa, resistimos em Palmares por quase cem anos! Abrigando homens, mulheres e crianças negras fugidas de fazendas, indígenas perseguidos, homens brancos pobres que tinham problemas com a lei... Plantávamos para consumo próprio, mas também pra vender para fora. Mantínhamos contato com lavradores e moradores da região para a obtenção de armas e troca de mantimentos, e também com escravos que ainda não haviam fugido das senzalas. Alguns desses moradores e escravos até nos protegiam, avisando de possíveis invasões! Conseguimos vencer várias batalhas por conta disso." Ele olhou com simpatia para a admiração crescente da jovem. "Mas cometemos erros também, não se engane, criança. Éramos seres humanos, vivendo em um outro contexto. Não vá pensando que fomos perfeitos."

Janaína começou a puxar Hugo para mais perto pelo braço, mas ele resistiu. "Deixe de bobeira, véi! Deixe eu te apresentar!" e Hugo foi praticamente arrastado para perto dos diretores, quase tendo um ataque de nervos ao ver Zumbi tão de perto.

Os dois vultos da História olharam para os recém-chegados e Janaína lhes fez uma reverência, com muito respeito, ajoelhando-se e batendo palmas em sinal de reconhecimento, como se fazia antigamente.

"Ôxe, se não é a menina Janaína!" Ganga Zumba se levantou para cumprimentá-la enquanto os outros alunos voltavam a conversar entre si, mas Zumbi permaneceu onde estava, nem um pouco animado com a chegada da jovem.

"Senhores diretores, este aqui é Hugo, meu namorad…"

Zumbi arregalou os olhos ao vê-lo, "Obá…" e levou o punho ao peito, "Seja bem-vindo à nossa escola, Majestade."

Surpreso, Hugo confirmou a saudação com um gesto de cabeça e Janaína fitou-o espantada, sem entender bulhufas.

"Espero que goste do Instituto Paraguaçu, Majestade", Zumbi disse, e Hugo sorriu, amando aquilo tudo, "Já estou gostando, general. Já estou gostando…"

Janaína agarrou Hugo pelo braço e arrastou-o para um canto mais afastado da praça, contra sua vontade.

"Ei!!!"

"Que história é essa de *Majestade*?!"

"Longa história", ele respondeu, amando mantê-la confusa.

"Ôxe, não vai me contar não, véi?! Conta vai! Não confia em mim?! Eu não falo pra ninguém! Eu juro!"

Ah, como ele adorava aquela baianinha.

Sorrindo, Hugo deixou que ela ficasse mais alguns segundos naquela agonia, até finalmente decidir-se por responder. "Eu sou descendente dos antigos reis de Oyó, lá da Nigéria, mas não conta pra ninguém não, tá? É segredo."

Janaína olhou-o admirada, e então abriu um sorriso lindo demais. "Que massa…"

Hugo sorriu, de repente meio encabulado. "É, eu sei."

"Espere, você disse rei de Oyó?!" a baiana arregalou os olhos. "Foi por isso que a estátua se mexeu pra você, véi! Xangô também foi rei de Oyó! Um dos primeiros!"

Hugo ergueu a sobrancelha, surpreso, e Janaína deu risada, "Agora eu entendi porque você é filho de Xangô e não de Ogum. Eu tinha certeza que você era de Ogum… impulsivo, impaciente, agressivo, de temperamento difícil… mas você sendo descendente de um rei de Oyó, é claro que Xangô ia te puxar pro lado dele. Se bem que você também tem muito de Xangô…"

Hugo ouvia, mas estava preocupado; pensando se deveria ter lhe contado aquele segredo. Era perigoso… Griô o advertira!

Tentando mudar de assunto, Hugo a interrompeu. "Eu fiquei com a impressão de que Zumbi não morre de amores por você. Por quê?"

Janaína deu de ombros, "Pouca melanina."

"Peraí, ele é racista?!" Hugo arregalou os olhos. "Como assim?!"

"Não é bem racismo… É e não é. É racismo porque ele simplesmente não fala com os alunos brancos da escola. Acaba que Ganga Zumba tem que fazer essa parte."

"Putz…"

"… Ao mesmo tempo, não é racismo porque eles dois realmente *viveram* aquela época; eles sofreram na pele a traição dos brancos. Mas Ganga sofreu tudo aquilo e mudou, aprendeu, viu que os tempos mudaram. Zumbi não. Ele ainda vive do passado, ressabiado, desconfiado da gente."

Estava claro que aquilo causava um desconforto imenso em Janaína, mas ela tentou contemporizar, "Eu até entendo… Ele foi decapitado, sua cabeça exposta em praça pública e tal. Por isso a cicatriz no pescoço. O grande problema é que, por causa dessa birra dele, a administração da escola acabou sendo dividida por cor! Não oficialmente, claro, mas é ridículo isso! Eu sei que é ressentimento, sabe? Por tudo que ele passou enquanto estava vivo. Eu não o culpo. De modo algum! Só não acho que ressentimentos devam durar tantos séculos… Ô, cabeça dura! Fica reeditando um racismo que no mundo bruxo nem existe! Nunca existiu! É coisa de azêmola! E olhe que Zumbi nem escravo foi… Já nasceu no quilombo…"

Hugo meneou a cabeça, "Acho que isso só torna Zumbi ainda mais valoroso. Ele lutou pela liberdade dos escravos sem nunca ter sido um."

"Claro, eu sempre digo isso! Zumbi é um cara incrível! Corajoso, justo à sua maneira. Não é à toa que os mequetrefes o reverenciam."

"E que birra é essa que ele tem com o tio?"

"Quando Ganga Zumba ainda era o chefe do Quilombo dos Palmares, ele tentou fazer um acordo com o governador local; confiou na palavra dele, de que, se a resistência acabasse, eles seriam perdoados e libertados. Zumbi não concordou com a ideia do tio, se revoltou contra ele e, no meio da confusão, um de seus seguidores acabou envenenando Ganga Zumba, que morreu. Zumbi tomou o comando. Os quilombolas que resolveram, mesmo assim, seguir os planos do líder morto, acabaram sendo recapturados e reescravizados pelos brancos, como Zumbi avisou que aconteceria. Em suma, muitos morreram porque Ganga Zumba confiou na promessa dos brancos, e Zumbi joga isso na cara dele até hoje. Continua achando que o tio é tolerante demais com os brancos, e que não aprendeu nada com a traição do passado."

"Mas os tempos mudaram!"

"Pois é, os tempos estão mudando. Aos poucos, mas estão. Só que Zumbi não percebeu. E cada demonstração de racismo lá fora, no mundo azêmola, ele toma como prova de que todos os brancos continuam sendo racistas. É essa generalização que me incomoda. De resto, eu admiro ele pra caramba", ela suspirou. "Bom, acho que tá na hora de criança ir pra cama."

Hugo riu e resolveu obedecer, se conformando com o fato de que Janaína não iria querer nada com ele naquela noite.

Com a mente ainda em Zumbi, voltou para a casa de Xangô, parando mais uma vez diante da estátua de seu antepassado famoso. Rei de todo o povo Iorubá.

Agora não tinha mais medo dela. Muito pelo contrário, tinha fascínio. Olhou para aqueles músculos de ébano e aquele rosto duro e intransigente, sentindo orgulho por ter uma ligação mais forte com ele do que qualquer outro filho de Xangô ali dentro jamais teria, e quando, finalmente, entrou na casa, Hugo o fez se sentindo quase dono dali. Superior a todos aqueles alunos que jogavam xadrez na mesa de centro, ou que discutiam acaloradamente sobre injustiças na mesa de jantar, trocando argumentos enfurecidos e infalíveis, sem pararem para realmente ouvir a argumentação alheia.

Quando Hugo entrou, todos olharam para ele, mas logo voltaram ao debate, como se Hugo não fosse ninguém especial.

"Ruum, liga não, pequeno", um jovem chegou, entregando-lhe um copo com suco. "Eles sempre ficam assim quando estão discutindo. Tu é o carioca da Janaína, né? Prazer, Pablo Phaedra. Quer uma dica, mano?"

Hugo confirmou, prestando total atenção no rapaz, que cochichou, "Fica esperto. Tem muita gente de olho nela. Se você bobear... já era."

Hugo fitou-o, preocupado. "E como eu faço pra não bobear?"

"Estude. Estude que só. Ela é dessas que gosta de ser presenteada com inteligência."

Hugo sorriu. Isso não seria problema algum para ele.

Mais confiante do que nunca, ele despediu-se do garoto e foi dormir sem falar com mais ninguém. Preferia assim. Aninhando-se entre os lençóis vermelhos de sua cama, pegou no sono rápido, mas acordou na primeira hora da manhã, com o galo ainda cantando lá fora. Havia dormido tanto na tarde anterior que nem se impressionara por ter despertado tão cedo.

Levantando-se, arrumou-se e foi passear pelas praças desertas da escola, naquela pouca luz de começo de dia. Devia ser umas seis da manhã, e, no entanto, Hugo podia ouvir vozes... Vozes de crianças.

Estranhando, saiu à procura da origem daquele burburinho infantil, e logo as encontrou, sentadas em um beco próximo. Eram crianças mesmo, dezenas delas, de cinco a seis anos de idade. Sentadas no chão, ouviam atentas às explicações de um professor esquisitíssimo: tinha o dobro da altura de um homem normal e braços longos, que balançavam de lá para cá enquanto ele falava. Parecia mais um daqueles bonecos de Olinda do que um ser humano de verdade.

Hugo deu risada. Parecia mesmo.

Os jovenzinhos olhavam para o professor com toda a atenção do mundo. Coitadinhos... sentados, não chegavam nem na metade da canela dele.

"Todo mundo aqui já ouviu falar em bruxos que se transformam em animais?"

"Já!!!!!" as criancinhas gritaram, certamente acordando metade da escola.

"Não é um fenômeno muito comum, né?" ele perguntou, limpando as lentes dos óculos de grau que enfeitavam seu rosto magrelo. "Às vezes, alguns bruxos nascem com essa capacidade de se transformarem em animais específicos. Como Hermes. Todos aqui conhecem o Hermes?"

"Siiiim!" as criancinhas responderam em conjunto, e Hugo riu. Era uma aula de pré-primário, tipo Jardim de Infância! Genial.

"Muito bem, muito bem. Agora, ainda mais raros do que as pessoas que se transformam em animais são os *caciras*: animais que se transformam em gente. Cuidado com esses, crianças. Eles costumam ser muito traiçoeiros!"

Os alunos assentiram, com olharezinhos receosos.

"Transformados em gente, os caciras não têm qualquer escrúpulos como animais que são, eles agem por instinto, sem nenhuma moral. Têm a mania de achar que os seres humanos querem destruir tudo que é vivo (o que não deixa de ser verdade). Por isso, tendem a ser particularmente cruéis ou agressivos conosco. Tanto que *cacira* é uma palavra Guarani que significa *vespa de ferroada dolorosa*. Alguém aqui sabe de algum exemplo de cacira?"

Vendo que nenhuma criança ia responder, Hugo levantou discretamente a mão, "O boto?"

Todos olharam para ele, percebendo sua presença, e o professor sorriu, "O boto, sim. Obrigado pela contribuição, meu jovem. O boto... O mais perigoso de todos para vocês, meninas. Estão me ouvindo? Ele é tipo um golfinho cor-de-rosa, muito *fofinho*, mas que se transforma em homem para enganar mocinhas inocentes. Muito cuidado com ele, meninas. Ele não liga para idade. Fiquem sempre ao lado de seus pais, estão me entendendo?"

As menininhas, aterrorizadas, disseram todas que sim com suas cabecinhas, e Hugo deu risada. Era tipo um 'cuidado que o lobo-mau vai te pegar'.

"Alguns adultos irão lhe dizer que o boto só passeia pelo Norte do país, em cidades com muitos rios, não aqui, mas nada impede que ele venha andando até Salvador em sua forma humana. Então, não custa prevenir: nunca aceitem nada de estranhos. O que foi que eu disse?!"

"NUNCA ACEITEM NADA DE ESTRANHOS!!!" as crianças berraram, e o professor bateu palmas. "Isso, muito bem! Outro cacira famoso é a Onça Cabocla. Essa é mais comum lá pelos lados de Minas Gerais. Mesmo assim, é bom ficarem atentos. Ela se transforma em uma velha tapuia, e não se enganem por sua aparência de velhinha bondosa. Ela se alimenta de pessoas e tem particular preferência pelo *fígado* e pelo *sangue* de suas vítimas", ele disse, abaixando sua cabeça para que as criancinhas fitassem seus olhos, cheios de ameaça.

Os alunos estavam pálidos, pobrezinhos. Que professor mais terrorista!

E Hugo só morrendo de rir lá atrás, disfarçando para não ficar feio.

"Alguém sabe me dizer qual é o ponto fraco de um cacira?"

Silêncio. Ninguém sabia.

"Para que possamos nos defender de um, precisamos primeiro identificá-los. Uma vez descobertos em sua forma humana, os caciras são fáceis de espantar, já que essa não é a forma com a qual eles se sentem mais à vontade. E reconhecê-los às vezes é muito simples. Além de não conseguirem falar quando se transformam em gente, uma parte animal deles sempre permanece. Seria como se um bruxo que se transformasse em coruja mantivesse as orelhas humanas, por exemplo. Bizarro, é... eu sei", ele fez careta, provocando o riso de seus aluninhos; algo raro naquela aula, aparentemente.

"Mas... pensem bem. Se você fosse um desses bruxos tipo o Hermes, e isso das orelhas acontecesse, o que você faria, Miguel?"

Um menino olhou pensativo para o professor, "Eu ia cobrir as orelhas?"

"Exato! Você cobriria as orelhas. Um cacira transformado faz exatamente a mesma coisa. A Onça Cabocla, por exemplo, quando transformada em velha tapuia, não consegue fazer com que desapareçam as pintas que tem pelo corpo. Por isso, ela as esconde sempre com uma roupa totalmente fechada até o pescoço. No caso do boto, a teoria é de que ele mantenha o buraco no topo da cabeça, por onde botos e golfinhos respiram. Ele precisa desse buraco pra respirar, mesmo em sua forma humana. Então, entre nós, ele sempre aparece de chapéu de palha, que é mais arejado, conseguindo se misturar muito bem na multidão."

"Mas por que eles se transformam em gente, tio Vitalino?"

"A maioria faz isso pra se vingar da humanidade pelo estrago que fazemos à natureza. Alguns preferem destruir a vida de uma pessoa de cada vez; outros, gostam mais de dar sustos, fazer brincadeiras. O boto não. O boto é mais cruel. Seu contato com humanos sempre acaba desgraçando uma família inteira... Então, cuidado com ele, meninas."

Limpando os óculos novamente, o professor suspirou. "Bem, acho que é isso. Gostaram da aula de hoje?"

"Gostamos, tio Vitalino!!!"

"Ótimo, ótimo! Então, semana que vem a gente vai falar sobre um perigo muito sério para vocês, pequenos. Vamos falar da Cabra Cabriola, que ataca crianças que saem sozinhas à noite, e também sobre Bárbara dos Prazeres!"

Metade da turma exclamou temerosa, e Vitalino prosseguiu, com a voz ainda mais funesta, "A mais temível e cruel das feiticeiras... que bebia o sangue de crianças malcriadas em busca da eterna juventude!"

As crianças arregalaram os olhos apavoradas; e o professor adorando, claro. "Não há números exatos, mas ela sacrificou *dezenas* de pequenas vítimas como vocês. Então, cuidado com essa mulher, crianças! Ela ainda pode estar viva! Quem sabe! Agora, vão em paz."

Hugo deu risada. *Vão em paz...* que professor sádico!

Aterrorizadas, as criancinhas foram se levantando aos poucos, dispersando-se pela praça à espera de seus pais ou de suas babás... todas meio pálidas, sem saberem bem o que fazer, enquanto o professor, lá no fundo, ria feito um imbecil. Babaca...

Saindo do beco, Hugo levou um susto ao esbarrar em Janaína. "Onde você pensa que vai, véi?!"

"Eu vou... explorar um pouco mais a escola, acho..."

"Negativo!" ela decretou, conduzindo-o de volta pelo caminho que os levaria à casa de Xangô. "Você vai é se arrumar e voltar pra Korkovado hoje mesmo, porque já perdeu aulas demais ontem."

"Mas eu só perdi três aulas!"

"Não interessa. Você acha que eu quero um namorado burro?!"

Surpreso ao finalmente ouvir a palavra, Hugo sorriu, "Namorado, é?"

"Ôxe, eu não beijo qualquer boca não, véi!" ela retrucou, quase ofendida, e ele fitou-a encantado enquanto ela dizia, "Falando sério agora, Hugo. Você tem que voltar logo, antes que a Comissão dê por sua falta lá no Rio. Eles vão te expulsar se descobrirem que você veio pra cá."

Hugo voltou a ficar sério e assentiu; quase se esquecera do detalhe da expulsão.

Assim que o fez, no entanto, um som arrepiante atingiu os ouvidos de todos ali. Um barulho ensurdecedor, como trombetas do inferno, vindo de todos os lados, e os dois taparam seus ouvidos com força, olhando ao redor assustados.

Eram as estátuas... Todas elas, orixás e santos, tinham suas bocas abertas em preocupação, gritando o aviso enquanto seus corpos permaneciam estáticos, e Hugo perguntou por sobre o barulho, "O que tá acontecendo?!"

"Foge, véi!" Janaína gritou. "Foge daqui rápido!"

Sem pensar duas vezes, Hugo correu em direção à saída, mas freou ao vê-la aberta. A escola estava sendo invadida... Por chapeleiros.

CAPÍTULO 30

DEVASSA

Assustados com o alarme, os alunos na praça principal olharam para a porta, vendo duas fileiras de chapeleiros entrarem marchando na escola.

Percebendo-se encurralado, Hugo correu de volta ladeira acima, mas antes que pudesse alcançar qualquer lugar seguro na praça dos restaurantes, viu assistentes de Bofronte subindo pelo mesmo caminho e foi obrigado a se esconder no beco mais próximo, atrás de um barril cheio de búzios, seu coração saindo pelos tímpanos.

Ele ia ser expulso... não tinha escapatória. *Burro, burro, burro!* Hugo socou a parede ao seu lado com raiva, já entrando em desespero enquanto via os chapeleiros chegarem na junção entre as praças dos orixás e das cinco pontas, marchando feito bonecos robotizados enquanto assistentes entravam nos restaurantes e nas casas, praticamente arrancando os alunos lá de dentro, jogando-os para fora e ordenando aos berros que formassem fileiras para a inspeção.

Os jovens, assustados, obedeceram sem entender o que estava acontecendo. Alguns ainda de pijamas, outros com metade do uniforme por vestir... a maioria de cabelos despenteados, tendo sido praticamente sequestrados de suas camas. A escola não havia sido avisada da visita.

Olhando para o canto oposto da praça, avistou outros assistentes trazendo professores pelos braços também, como se fossem bandidos! E Hugo franziu o cenho, confuso, assistindo sem saber o que pensar. Estavam sendo muito mais agressivos ali do que no Rio de Janeiro! Arrastando alunos até pelos cabelos!... Alunos que eram completamente inocentes! O que fariam se o vissem ali, matando aula e ainda desobedecendo à proibição de intercâmbio? Do jeito *delicado* que estavam agindo, além de ser expulso, ele levaria uma surra! Se não coisa pior.

"Vocês não leram os jornais não?! Bando de piás indolentes!" Bismarck gritava, arrastando mais um para a fileira, divertindo-se como um bom jovem cheio de poder, enquanto Paranhos ordenava que os alunos de pijamas se vestissem depressa, ali mesmo, na praça. Ustra só assistia, com um sorriso cruel nos lábios, adorando aquilo tudo.

Pelo menos Janaína seria poupada daquela humilhação. Já aparecera vestida, e se juntara a Kailler e Maria da Graça na fileira mais distante.

Olhando novamente para a porta de entrada, Hugo gelou ao ver Mefisto Bofronte entrar, com seus passos decididos e olhar penetrante; seu cajado negro estalando, obsessivo, contra o chão de pedras.

Hugo sentiu um arrepio. Estava ferrado.

Olhando à sua volta, tentou descobrir uma maneira de sair dali, mas não havia como! Era uma porcaria de beco sem saída!

"*Psiu!*" Hugo ouviu alguém chamá-lo e olhou ao redor, tentando descobrir de onde viera o som, até que uma mão sacudiu seu ombro e ele virou-se para trás assustado, vendo que a porta da casa à sua esquerda havia sido aberta e uma mulher o chamava para entrar.

Mas não era qualquer mulher.

Hugo hesitou, olhando apavorado para a velha, mas era ou ela, ou a Comissão, e ele achou melhor arriscar a sorte com a cafetina assassina. Dando uma última olhada nos chapeleiros tocando terror lá na praça, levantou-se e entrou depressa pela porta entreaberta, adentrando uma sala humilde, com apenas duas portas, que levavam para outros cômodos, e uma única janela, aberta para a praça.

Que maravilha... outro beco sem saída.

Vendo que não teria como escapar dali caso precisasse fugir dela, Hugo procurou ficar o mais distante possível, tanto da janela, quanto da mulher, enquanto a velha trancava a porta.

"Eu não mordo não, querido!" Olímpia riu. "Já mordi um dia... Não mordo mais..." Piscando safada para ele, a velha terminou de trancar a porta e se dirigiu à cozinha sem dizer mais nada.

Aliviado com sua ausência momentânea, Hugo se espremeu na parede próxima à janela e tentou espiar o que estava acontecendo na praça lá fora. A inspeção já começara e tanto os chapeleiros quanto alguns dos assistentes olhavam com desdém para os uniformes dos alunos, forçando os mais desarrumados a se ajoelharem no chão de pedra em vez de os levarem à força, como haviam feito no Rio de Janeiro. Os que se ajoelhavam, ficavam ali tremendo no chão, alguns chorando de medo, sem saber o que fazer.

Olhando para Janaína, viu que ela estava estranhando aquela mudança de procedimento tanto quanto ele. No Rio, haviam sido infinitamente mais civilizados do que estavam sendo ali... talvez pela fama de escola 'festeira' que o colégio de Salvador certamente tinha.

Notando um pequeno orifício na parede ao lado da janela, Hugo achou mais seguro se agachar ali e ficar espiando pelo buraco na alvenaria. Assim que ele se instalou em seu novo posto de vigia, Olímpia voltou da cozinha com um prato de bolinhos de arroz, que deixou na mesa de centro para poder retomar seu lugar à janela. Sem medo algum de ser vista pelos comissários lá fora, ela apoiou os braços folgadamente no parapeito, na maior tranquilidade, como se nada estivesse acontecendo lá fora. Com um sorriso assanhado no rosto, ainda por cima.

Maluca...

Olímpia era magérrima, a ponto de seus braços pardos terem quase a metade da espessura dos dele... sua pele, toda enrugada pela idade, dando um aspecto de papel amassado ao seu corpo. Hugo ficou observando-a por um bom tempo antes de voltar seus olhos para o buraco na parede.

Mefisto Bofronte agora caminhava pela extensão da fileira, olhando nos olhos de cada um dos alunos enquanto assistentes e chapeleiros continuavam a inspeção das casas e dos restaurantes. Os jovens que insistiam em baixar a cabeça, o Alto Comissário tratava logo de corrigir, elevando seus rostos lentamente, até que olhassem direto nos olhos verdes dele; o que fazia com que muitas pernas começassem a tremer. Coitados. Os rostos dos menorzinhos cabiam inteiros na mão de Mefisto. Um tapa bem dado dele arrancaria um dente de qualquer um ali, e Bofronte nunca parecera tão assustador, ainda mais com aquele vapor saindo de sua boca debaixo de um sol de 30 graus.

Encontrando dificuldade em desviar sua atenção do Alto Comissário, Hugo finalmente o fez, passando a observar a ação mecânica dos chapeleiros, que inspecionavam unhas e uniformes mais adiante. Só então percebeu que alguém os liderava: um homem negro, distinto e muito bem vestido. Ao contrário dos outros assistentes de Bofronte, que pareciam estar se divertindo com aquilo tudo, ele andava sério e contido, apresentando a rigidez e os bons modos de um verdadeiro inspetor.

"Quem é aquele de preto?" Hugo sussurrou, tentando ignorar o fato de que estava falando com uma velha tarada, assassina e macumbeira.

Ela se surpreendeu com a pergunta. "Ôxe, aquele é Benedito Lobo, menino! Diretor do PCA!"

"PCA?!"

"Programa de Controle dos Alunos. Nunca ouvisse falar não?! Ele é coordenador da Comissão. Vai participar de todas as inspeções."

Hugo olhou-a desconfiado. "Como você sabe tudo isso? Ninguém aqui sabe nada!"

A velha meneou a cabeça com um sorriso malandro no rosto, "Eu tenho meus contatos", e Hugo olhou novamente para o coordenador dos chapeleiros, estranhando, "Ele não tava lá no Rio durante a inspeção."

"Ah, certamente estava. Mas eu te entendo. A presença de Mefisto te distraiu. Natural. Mefisto sempre atrai todos os olhares… Delícia de homem…"

Hugo deu risada. Mulher maluca. Forçando a vista, tentou ver melhor o coordenador. Havia algo de familiar nele… "Esse Benedito Lobo me lembra alguém."

A velha concordou, "O filho dele estuda na Korkovado. Pelo que sei, tem o mesmo nome do pai."

"Benedito?" Hugo estranhou, não conseguindo se lembrar de nenhum Benedito na escola, até que, de repente, arregalou os olhos, "O Beni?!"

"É, acho que é esse mesmo, visse?"

Ele ergueu as sobrancelhas, surpreso. Coitado do Beni… ter um pai como chefe da Comissão. Se bem que, talvez até fosse positivo, né? Com o pai na chefia, ele nunca seria expulso, como Hugo estava prestes a ser. Ainda mais agora, com os chapeleiros chegando cada vez mais perto da casa da velha. Logo bateriam naquela porta, como estavam batendo em todas as outras, e seria seu fim.

Olímpia, no entanto, não parecia nem um pouco preocupada com a inspeção. Assistindo da janela, apoiada no cotovelo como quem não quer nada, acenou simpática para os chapeleiros que já se aproximavam, e Hugo viu Bofronte ir atrás deles, parando-os a poucos metros da porta e lhes dizendo que não seria necessário revistar aquela casa.

Hugo olhou surpreso para a velha, que continuou murmurando, como se nada de estranho tivesse acontecido, "… mas é gostoso demais esse bruxo, minha Nossa Senhora dos Irresistíveis…" enquanto acompanhava o Alto Comissário com os olhos. "É muita bondade sua, Sr. Comissário!" ela gritou da janela, toda dengosa, e Bofronte abriu um sorriso de canto de lábio sem olhar para ela, continuando sua inspeção da praça enquanto Hugo se encolhia ainda mais na parede. Putz… eles se conheciam.

Dando suas últimas instruções a Benedito Lobo, o Alto Comissário deixou a inspeção e aproximou-se da janela, para absoluto pavor de Hugo, que não tinha como se encolher mais.

"Ressuscitando o velho Braz, Adônis querido?"

Hugo franziu o cenho. *Adônis?*

"Faz tanto tempo que não uso esse nome, Olímpia. Por que você insiste em me chamar assim?"

"Ah, eu sou teimosa mesmo", ela deu de ombros e Bofronte abriu um sorriso atrevido, "Você não presta."

"Eu sei, querido. Eu sei."

Despedindo-se com um gesto cortês de cabeça, Mefisto foi continuar seu trabalho na praça, e Hugo finalmente pôde respirar aliviado, vendo Olímpia acompanhar, com os olhos, o andar do Alto Comissário.

Ele tá se divertindo… a velha murmurou, observando-o com um sorriso torto nos lábios. "Adora mexer com a vida dos outros, né, Mefisto…" e suspirou com um ar de *aaah, se eu fosse mais jovem…*

Sacudindo a cabeça para se desfazer do encanto, Olímpia finalmente fechou a janela com duas portinholas de madeira e sentou-se em uma das poltronas. Notando o espanto no rosto de seu hóspede, deu risada, convidando-o a sentar-se na poltrona da frente.

Hugo permaneceu onde estava, fitando-a com ainda mais desconfiança, e Olímpia explicou, "Velho conhecido. Vem."

Percebendo que não tinha outra escolha, ele se levantou, aproximando-se lentamente da poltrona, sem nunca tirar os olhos da velha.

Amantes, talvez? Não… ela era velha demais para o Alto Comissário… Mas a relação entre os dois era, sem dúvida, uma de cumplicidade. O que diabos Hugo estava fazendo justo naquela casa?!

"Relaxe, bichinho. Vou te caguetar, não. Sente, vá!" ela insistiu, e ele, por alguma razão, sentiu verdade naquelas palavras. Ela não o denunciaria. Estava jogando com o Alto Comissário… Aquela relação deles era como um jogo, e ela estava adorando o segredinho que agora tinha, deliciando-se em esconder dele um aluno fujão. Hugo podia ver aquilo nos olhos da pernambucana.

Ainda assim, ele estava em território inimigo. Melhor tomar cuidado.

"Menino! Relaxa o bigode!" ela disse, notando sua apreensão, "Já provasse embigo-de--feiticeira?"

Ele negou e Olímpia foi até a cozinha, deixando-o sozinho na sala novamente.

Um pouco mais tranquilo agora que a janela estava coberta, Hugo aproveitou para passear pela sala enquanto a velha conversava lá de dentro, "Muito bonita essa tua menina. Janaína, né? Muito sabida. Escolheste bem!"

Além do conjunto simples de sofás, poltronas e cadeiras, Olímpia tinha, na sala, uma coleção de garrafinhas de areia; daquelas com desenhos confeccionados em camadas de areia multicolorida, com a diferença de que as figuras nas garrafas se mexiam. Elevando uma delas à altura dos olhos, Hugo viu a jangadinha de areia dando a volta na garrafa enquanto as palmeiras e guarda-sóis do desenho balançavam ao vento.

Erguendo as sobrancelhas, ele achou melhor devolver a garrafinha antes que quebrasse. Foi então que viu algo que absolutamente não esperava encontrar na casa de uma ex-cafetina. Livros. Uma parede inteira cheia deles!

Hugo sentiu um arrepio. Lá da cozinha, a velha ainda continuava tagarelando sobre namoros, meninas, beijos, mas ele deixara de prestar atenção, absolutamente fascinado por aquela estante, que cobria toda a extensão da parede principal, do piso ao teto, seguindo pelo corredor até os fundos da casa.

Eram centenas de volumes! Clássicos da literatura de todas as épocas... clássicos bruxos, clássicos mequetrefes, livros de sociologia, filosofia, psicologia, ciências políticas, biografias, pensamentos... antigos e recentes...

Era tanta beleza reunida numa sala só, que ele se viu obrigado a perguntar, "A senhora leu tudo isso?!"

Ainda na cozinha, Olímpia respondeu, *"Tudinho! Estou precisando comprar livros novos. Faz tempo que um certo senhor lá fora não me envia um de presente..."*

"Bofronte te manda livros?!" Hugo perguntou admirado, vendo Olímpia voltar da cozinha com uma bandeja de biscoitos e café.

Abrindo um único sorriso como resposta, a velha insistiu, "Vamos! Se assente aí, vai!" e Hugo obedeceu, pegando um doce. Era gostoso.

"Mas não falemos mais dele", ela cortou, sentando-se, empolgada. "Meu tema de maior interesse, no momento, é um certo rapaz que está sentado na minha frente. Como é teu nome, querido?"

"Hugo. Hugo Escarlate."

"Belo nome. É seu mesmo?"

Ele prendeu a respiração. Por que diabos aqueles nordestinos tinham que ficar duvidando de seu nome o tempo todo, caramba?!

"Ah, deixa pra lá", a velha piscou um olho para ele. "Eu não me aperreio com isso não. Olímpia também não é meu nome verdadeiro."

Hugo ergueu a sobrancelha; surpreso, mas, nem por isso, mais calmo. "E qual é o seu nome verdadeiro?"

"Ôxe, agora lascou. Nem me lembro mais. Faz tempo, visse? Já me chamaram de Feliciana, de Maria da Conceição, de Maria Olímpia, de Maria Olímpia Brasileira... ih, de tudo um pouco. Não tenho certidão de nascimento, não. Por conta disso, nunca me deixaram ensinar clarividência aqui." Ela deu uma risada irônica, "Como se fosse possível *ensinar* clarividência. Ha!"

Sentindo que Hugo ainda não estava confortável, principalmente após o comentário sobre seu nome, Olímpia foi até a estante e retirou de lá um livro daqueles bem antigos, com capa de couro e tudo, trazendo-o de volta. "Toma. Como gesto de boa vontade", ela ofereceu-lhe o exemplar, que ele pegou como se fosse uma relíquia.

De fato, era uma relíquia.

"Tá aqui meu primeiro presente pra tu."

Fitando-a surpreso, Hugo voltou a admirar cada detalhe de seu mais novo livro, já começando a gostar da velha. Era de capa dura, lindo! *A República*, de Platão. Todo anotado, mas perfeito do mesmo jeito. "Obrigado, senhora Olímpia…"

"Senhorita", ela corrigiu. "Eu nunca me casei. Mas tu pode me chamar de Vó Olímpia, eu deixo."

Hugo sorriu com carinho, "Vó Olímpia."

"Pronto. Tu vai ser o neto que eu nunca tive. Está decidido", ela decretou, sentando-se de novo e sorrindo de leve enquanto o menino admirava seu presente. A velha devia estar carente mesmo. Mal o conhecera e já estava lhe dando coisas dela…

"Doeu vir aqui?" ela indagou com certo sarcasmo, deliciando-se ao ver o rosto do menino gelar diante da pergunta. "Ainda está circulando o boato de que eu sou uma véia doida, pervertida e assassina que fico fazendo macumba contra quem eu não gosto, né?"

Ele meneou a cabeça, um pouco desconfortável, e a velha riu de sua hesitação, "Não tem problema não, menino! Eu sou tudo isso mesmo! Tirando a parte da macumba. Isso eu não faço não."

Hugo deu risada. O título de velha-doida-pervertida-e-assassina ela não negava, mas o de macumbeira sim. Vai entender.

"Talvez eles não falassem tanto da senhora, se a senhora não ficasse o dia inteiro olhando pra eles na janela."

"O dia inteiro olhando para eles?! HaHa!. Como se eu não tivesse nada mais interessante pra ver do que a vidinha morgada desses fuxiqueiros." A velha deu de ombros, "Que pensem o que quiserem."

"Ué, mas então o que a senhora tanto vê da janela, se não eles?"

"Eu vejo o mundo, menino. Vejo o *mundo* de minha janela. Vejo teus quatro amigos lá no Rio, inventando mais um plano pra salvar o planeta… vejo meu filho seguindo os passos do pai, vejo um casal de mequetrefes namorando em um beco próximo ao Mercado Modelo… hmmmm, delícia, … vejo Nero Lacerda corrompendo mais um político, vejo três bruxinhos se refugiando em uma barraca na Grã-Bretanha, vejo o presidente bruxo dos Estados Unidos em negociação com o Premier italiano… Vida que segue."

Hugo estava olhando para ela admirado. "Então isso é clarividência? A senhora vê as coisas?!"

Vó Olímpia confirmou, "Mas eu só vejo o presente; o que está acontecendo por aí neste exato momento. Meu olhar alcança até a China, se eu quiser. Mas não escuto. E, de perto, eu consigo sentir o que se passa no íntimo das pessoas."

Ele ergueu a sobrancelha. Será que ela tinha lido algo nele? Estranhamente, não estava se sentindo ameaçado com aquela possibilidade. Não tanto quanto sempre se sentira na presença do Griô. Olímpia não o julgaria se soubesse seus podres. Era pervertida demais para julgá-lo. Criminosa demais… "O que você vê em mim?"

Olhando bem para ele, Olímpia respondeu, "Eu vejo alguém que perdeu a avó. E que ainda sofre muito com isso."

Hugo olhou-a surpreso e então baixou a cabeça, pensando em sua Abaya, sentindo todo o peso daquela morte voltar para as suas costas. "Eu achei que você tinha dito que só via o presente", ele murmurou, incomodado com aquelas lembranças. Com aquele remorso.

"A morte da tua avó ainda é seu presente. Ainda está em você."

Ele concordou, sentindo-se destruído.

"Iiiih, mas não fica assim não, ó, agora tu tem uma nova avó, visse? Eu posso não ser aquela avó sábia, que conta histórias da África, mas não tem problema. Eu vou ser a tua avó safada e pervertida. Tá certo?"

Hugo deu risada.

"Aceita, vai! Eu tô carente!"

Ainda rindo, ele apertou a mão de sua nova parente pervertida. "Tá certo, Vó Olímpia. Contanto que você não tente me seduzir…"

A velha deu risada, "Menino, tu é dos meus! Safadinho todo, todo!" e ele sorriu, afetuoso. Ainda sentado na poltrona, esticou o pescoço e espiou pelo vão da janela fechada.

"Ah, eles já foram faz tempo", Olímpia disse, levantando-se. "Mas tu fez bem em se esconder. Melhor não se meter com eles não. Principalmente com ele."

"Mefisto?"

Olímpia suspirou apaixonada. "Promete que vem me ver?"

"Prometo", ele sorriu.

"Eu vou te ensinar a pegar aquela menina de jeito. Agora anda, vai! Volta lá pra tua escola, que Adusa continua aí fora. Talvez ele ainda entre aqui, e não vai gostar nem um pouco de te ver."

"Adusa? Aquele general bajulador puxa-saco do Mefisto?"

Olímpia deu risada. "Ele mesmo. Descrição perfeita."

"Vou tomar cuidado."

Saindo pela porta lateral e fechando a porta atrás de si, Hugo deu uma rápida espiada na praça, por sobre o baú. De fato, não havia mais qualquer traço de alunos e chapeleiros ali. As aulas já deviam ter recomeçado.

Recostando-se na parede do beco, Hugo respirou fundo, tentando se preparar psicologicamente para a travessia que estava por vir, até a entrada do elevador. Apesar da garantia de Olímpia, sentia os nervos à flor da pele. E se algum chapeleiro houvesse ficado para trás? No Rio de Janeiro, eles tinham permanecido no colégio o dia inteiro!

Mas a velha lhe assegurara…

Relembrando o encontro, Hugo riu. Pernambucana maluca. Superinteligente, mas maluca.

"Olímpia te deu muito trabalho?" uma voz profunda soou atrás dele, e Hugo gelou.

Cerrando os olhos, como se quisesse adiar ao máximo a constatação do óbvio, virou-se lentamente, xingando-se de todas as formas possíveis e imagináveis enquanto seu coração esmurrava o peito, sentindo todo seu mundo desmoronar.

Respirando fundo, ele encarou o homem que estivera esperando por ele do lado de fora aquele tempo todo, recostado na parede da casa, só aguardando que Hugo o visse.

Mefisto Bofronte.

CAPÍTULO 31
A DOENÇA E A CURA

"Você não deveria estar na Korkovado, rapaz?" Bofronte perguntou, com uma voz tão suave que desarmou Hugo por alguns instantes. Mas não a ponto de acalmá-lo. Muito pelo contrário. Só o fez sentir ainda mais medo daquele homem.

Como, dentre tantas centenas de rostos que inspecionara, ele reconhecera o dele?

"O senhor tem boa memória."

"De fato", o Alto Comissário respondeu, "mas não pense que ter boa memória é uma benção. Não é."

Olhando Hugo de cima a baixo, Bofronte desencostou o ombro da parede, ficando inquietantemente próximo a ele. "O que me deixa intrigado é: o que um jovem do Rio de Janeiro estaria fazendo aqui em Salvador, visto que eu acabei de proibir o intercâmbio entre as escolas?"

Hugo tremeu nas bases, mas endireitou a coluna, tentando parecer corajoso, "Eu vim acompanhando minha namorada."

"Namorada?" Bofronte perguntou interessado, e Hugo imediatamente percebeu seu erro.

"É. Ela... deu um pulo no Rio, mas foi antes da nova lei, eu juro, e..."

"Deve ser uma pessoa muito especial, para te fazer burlar uma proibição minha."

Não aguentando a pressão, ele baixou o olhar, tenso. *"É sim. Muito bonita."*

"Inteligente?"

Hugo confirmou com a cabeça, *"Até demais..."* e Bofronte riu.

"Não resmungue, rapaz. Feliz do homem que se apaixona por moças inteligentes. A beleza vai embora; a inteligência fica. E só se expande, com a idade."

Hugo fitou o Alto Comissário, perplexo. Aquela simpatia toda o estava confundindo... Ele não podia se deixar enganar por aqueles olhos verdes. Não importava o quão simpático Bofronte estivesse sendo, ele certamente o puniria pela transgressão, e Hugo seria expulso da Korkovado. Talvez até desaparecesse, como Lepé.

"Não se preocupe. Eu não vou contar pra ninguém", Bofronte piscou um olho, de brincadeira, e Hugo teve que rir. Uma risada nervosa, mas verdadeira. Lá estava ele, esperando uma expulsão, e Mefisto Bofronte respondia com uma piadinha. Como podia?!

Assumindo uma postura muito menos ameaçadora, o Alto Comissário perguntou, "É *Hugo*, não é?" e estendeu-lhe a mão, sorrindo de leve ao ver a surpresa no rosto do jovem. "É difícil não te notar, garoto. Você não é de passar despercebido. Prazer em conhecê-lo. Mefisto."

Ainda um pouco receoso, para não dizer confuso, Hugo apertou a mão gelada de Bofronte, notando um anel no quarto dedo de sua mão direita; um anel de ferro, castigado pelos anos, mas que, mesmo assim, permanecia no dedo do Alto Comissário, como uma relíquia enferrujada de tempos que ele não queria esquecer.

Tinha um formato lindo. Duas aves entrelaçando pescoços carinhosamente. Talvez duas fênix. Muito delicado.

"Como o senhor…"

"Como eu sabia que você estava escondido ali dentro?" Mefisto completou a pergunta, abrindo um leve sorriso, "Olímpia não me engana. Eu conheço aquela lá há tempo demais para ela me passar a perna. … Uma figura, não?"

Hugo riu, concordando. "Mas como ela não detectou a sua presença aqui fora? Eu achei que ela fosse clarividente."

O Alto Comissário sorriu esperto, "Ela é. Mas não comigo. A mim ela não detecta. Nunca conseguiu." Bofronte deu uma leve risada, "Ela fica louca com isso."

"Eu imagino", Hugo respondeu, lembrando-se da velha com ternura. Quando voltou seus olhos para o Alto Comissário, viu que Mefisto se distraíra, seu olhar profundo mergulhado em pensamentos menos alegres, como alguém imensamente triste e cansado. Pelo menos era isso que Hugo via refletido na seriedade misteriosa deles.

Talvez percebendo que o garoto o examinava com afinco demais, Mefisto preferiu encerrar a conversa ali mesmo, "Bom, Hugo, eu vou deixar essa passar, porque gostei de você. Mas eu lhe recomendo que se despeça de sua namorada o mais depressa possível e volte para sua escola antes que eu mude de ideia. Estamos entendidos?"

Hugo se apressou em assentir. "Eu já estava de saída mesmo!"

"Bom. Muito bom", ele deu um tapinha em seu rosto e foi embora, deixando Hugo sozinho lá naquele beco, sentindo-se confuso, tenso, aliviado, tudo ao mesmo tempo. Não sabia o que pensar. Aquele encontro tinha sido demais para sua cabeça. Mefisto não lhe parecera tão tirano, nem tão ditador quanto os Pixies inicialmente haviam pensado. Mas como? Tinha alguma coisa muito errada ali. Não deveria ter gostado do Alto Comissário como gostara.

"Ai ai…" alguém suspirou em seu ouvido e Hugo virou-se no susto, dando de cara com o velho Griô, envolto em sua fumaça branca.

"Pô, Griô! Quer me matar de susto?!"

Mas o Gênio africano estava sério, preocupado. "Se eu fosse o Piquenu Obá, eu num me metia com ele. Outras pessoa já tentaram e se arrependeram."

Pouco surpreso com o conselho, Hugo sussurrou, *"Vem cá. Qual é a história desse cara, hein?"*

O Gênio cruzou os braços. "Griô não conta história não acabada."

"Ah vai, Griô!"

Com o semblante ligeiramente triste, ele negou mais uma vez. "A história dele num é pra criança ouví, minino…"

"Eu não sou mais criança. Eu nunca fui!"

"Isso é verdade. Mas num posso."

Hugo fechou a cara. "Eu sou um príncipe da África! Você me deve respeito!"

"Tu tem muito que aprendê antes de eu te respeitá", ele rebateu, já desaparecendo em meio às brumas. "Só repito uma cousa: cuidado com ele, Piquenu Obá. Aquele ali seduz inté vampiro…"

E Griô desapareceu por completo, deixando-o ali sozinho mais uma vez.

Ainda tentando entender o que acontecera, Hugo saiu do beco e foi direto para a porta de saída, partindo sem se despedir de Janaína e sem voltar para pegar sua mochila. Não arriscaria. Não depois daquele último aviso. Daquela segunda chance.

Embarcando no primeiro trem para o Rio de Janeiro e, então, no primeiro ônibus para o Parque Lage, desceu pela torre nanica até a escola, tendo que se explicar ao chapeleiro que a guardava.

Fazendo-se de importante, e, de fato, se sentindo importante, Hugo declarou que tinha permissão especial do próprio Alto Comissário para voltar à Korkovado. O chapeleiro olhou-o de cima a baixo desconfiado, mas acabou deixando que ele passasse, e Hugo entrou, descendo as escadas da torre e pisando dentro do refeitório.

Pelo visto, as aulas especiais das sextas-feiras já tinham começado. Não havia absolutamente ninguém ali. Nem um único aluno tomando café atrasado. Mesmo assim, o ar naquele lugar continuava tão pesado, que Hugo podia sentir a tensão no ambiente. Nem os faunos haviam ousado sair da cozinha para respirar um pouco de ar puro na praia, como costumavam fazer depois que terminavam a limpeza das mesas.

Achando melhor não brincar com a sorte, Hugo apressou-se para os dormitórios, vestiu o uniforme e pegou seu livro, ainda intocado, de Primeiros Socorros.

"*Independência ou mooorte!*"

"Shhhhh!" ele deu um tapa na moldura de Dom Pedro I que, abismado, ficou ali balançando de um lado para o outro da parede, sem entender o que se passava, enquanto Hugo cruzava o pátio interno em direção à escadaria central.

Quando já estava prestes a subir, os Pixies irromperam pela entrada da praia, levando um Capí completamente pálido pelo pátio central, em direção às escadas.

"O que aconteceu?!" Hugo perguntou apreensivo. Capí estava fraco, abatido, trêmulo até, e Caimana apertava sua mão como se aquilo fosse ajudá-lo a se acalmar, mas não estava surtindo efeito. "Ei! Vocês não vão me responder não?!"

"Eu ficaria longe da sala 13, se eu fosse você…" Capí murmurou abalado, e Hugo subiu atrás deles, "O que tem na sala 13?"

"O cara é doentio!"

Hugo pausou chocado. Nunca ouvira Capí falar mal de ninguém antes…

Perplexo, olhou para Caimana, que explicou, "A gente acabou de sair da aula do Calavera. Aula especial do quinto ano. Lá nos porões."

"É tão ruim assim, é?!"

"É pior. A gente tá indo lá na Zô pedir uma dispensa especial pro Capí não ter que assistir àquele massacre. A gente aguenta; ele não."

"Mas e a Comissão?!"

"Ele vai alegar conhecimento total da matéria. Já assistiu muitas aulas de Macumba Bruxa com o Pai Joaquim, quando ele vinha dar curso de férias aqui na Korkovado. Deve servir. Esse Calavera deturpa a macumba…"

Hugo ergueu a sobrancelha, "Agora fiquei curioso."

"Acredite, você não quer assistir essa aula."

"Tu não tá entendendo, Adendo", Viny disse, enquanto Índio e Caimana amparavam o amigo, "O véio não passa no mesmo *corredor* que o Calavera. Já não passava antes, agora então..." e os Pixies seguiram subindo em direção ao escritório da diretora, deixando um Hugo completamente abismado para trás, no primeiro andar.

Que espécie de professor era aquele?! De fato, ele sentia arrepios sempre que via o loiro bizarro das ratazanas no refeitório, mas não pensava que sua aula pudesse ser traumática daquele jeito. Como permitiam que um psicopata daqueles ensinasse? Capí estava realmente passando mal!

Imediatamente desistindo da aula de Primeiros Socorros, Hugo deu meia volta e já ia descer à procura do tal porão quando avistou Tobias no pátio lá embaixo, tentando subir, e mudou de ideia.

Encontrando imensa dificuldade em vencer as escadas com sua cadeira-aranha, o garoto escalava alguns degraus e as pernas de madeira escorregavam, derrubando-o no chão, uma, duas, três vezes. Sem desistir, Tobias arrastou-se até a cadeira mais uma vez, suas pernas fantasmas atravessando o solo enquanto ele erguia-se, com os braços, até o assento, e tentava novamente.

A julgar por sua insistência irredutível, Hugo podia supor que ele já realizara tal façanha antes. Mas não estava conseguindo daquela vez, talvez por excesso de ansiedade, causado pelo medo de ser descoberto fora de sala pela Comissão. Caiu de novo.

Assistindo lá de cima, Hugo resistia ao ímpeto de ir ajudá-lo. Sabia que era o certo a se fazer, mas não suportaria encarar a acusação nos olhos do garoto. Dando meia volta, engoliu o remorso e se dirigiu depressa à porta da enfermaria. Já ia chegando quando ouviu Tobias chamá-lo lá de baixo.

Droga, ele o vira...

Cerrando os olhos, com o real desejo de fechar os ouvidos, quase chorando enquanto Tobias implorava por sua ajuda lá embaixo, Hugo recostou-se na parede por alguns segundos, desejando do fundo de seu coração que aquele garoto calasse a boca... ou então que morresse logo, porque aquela culpa doía demais!

Enxugando as lágrimas, respirou fundo, ignorando mais um chamado do menino, e entrou na sala, onde Kanpai já explicava alguma coisa para seus alunos; a perna fantasma da japonesa servindo como doloroso lembrete de que ele acabara de abandonar o garoto lá embaixo.

Enfiando-se no meio da turma, Hugo levou um toco de Gislene. *Chegando atrasado, Idá?!*"

"Não enche."

"Iiih... voltou da Bahia enfezadinho, foi?!"

"Os senhores vão ficar aí conversando ou vão prestar atenção?"

Eles se endireitaram enquanto Kanpai os olhava por cima de seus óculos de grau, tão insuportável quanto o irmão ruivo dela. Se bem que Rudji não tinha a fama ruim que ela tinha. A brutalidade da médica da escola era conhecida de todos ali.

Talvez por isso os alunos estivessem meio pálidos. Se ela já era bruta com seus pacientes, imagine como seria com seus alunos?

"Como eu estava dizendo, a aula de Primeiros Socorros não é uma aula qualquer. É uma das matérias mais importantes que vocês terão nesta escola, e, como tal, nós faremos o inverso das outras. PRIMEIRO, ensinarei os feitiços mais complicados para só depois ensinar os mais simples, por um motivo que eu creio ser bastante óbvio: os feitiços mais complexos são aqueles que irão salvar suas vidas. Simples assim. Vocês poderão precisar deles amanhã."

"Alarmista ela, não?"

"Sei lá, com essa Comissão bizarra solta por aí..."

"Você, Sr. Escarlate, venha aqui."

Hugo olhou receoso para o resto da turma, e ainda tentou fugir ao vê-la sacar a varinha, mas a desgraçada era forte! Agarrando-o pelo pulso, Kanpai não largou-o até que houvesse aberto um corte gigante em seu braço, e Hugo berrou "Aaaagh!!", tentando se desvencilhar da louca, desesperado, enquanto via seu sangue escorrer grosso até o chão.

Eimi desmaiou em meio aos alunos e foi socorrido por Gislene, que gritou, "Sua maluca!"

"Eu não acredito em demonstrações com animais, Srta. Guimarães. Seu amigo Ítalo concordaria."

Hugo olhou desesperado para o próprio braço, que sangrava mais do que jamais havia sangrado antes, e fitou a professora com ódio mortal da japonesa. Quem ela pensava que era?!

"Prestem atenção aqui, crianças, antes que mais alguém desmaie." Puxando Hugo pelo braço como se nem estivesse doendo, ela apontou sua varinha para a ferida aberta e murmurou, *"Posanonga!"*

O enorme corte se fechou; a dor sumindo poucos segundos depois, e Hugo respirou aliviado, finalmente conseguindo arrancar seu braço das mãos daquela louca, lançando um olhar assassino em sua direção.

"Muito bom que o senhor Barbacena tenha desmaiado", ela disse, indo até o garoto, satisfeita. "Eu já ia mesmo fazer alguém aqui desmaiar, mas já que ele se ofereceu..." Apontando a varinha para o mineirinho desacordado, ela enunciou *"Pak!"* e Eimi acordou no susto, sem saber o que estava acontecendo.

"Calma, Eimi, tá tudo bem", Gislene murmurou, fazendo-lhe um carinho, e o menino foi aos poucos se levantando, com certa dificuldade.

Ainda furioso com aquela que se dizia a 'médica' da escola, Hugo cruzou os braços, "Se você é tão boa assim, por que não cura as queimaduras nas mãos do Capí, hein? E aquelas três cicatrizes enormes que ele tem nas costas. É desconhecimento ou incompetência mesmo?"

Kanpai fechou a cara, "Bem que meu irmão me avisou sobre você...", e se viu obrigada a responder, para defender sua honra como médica, "Algumas feridas do Ítalo são um pouco mais complicadas de se tratar. Ele às vezes se mete com bichos... diferentes, como você deve saber."

"Então é desconhecimento E incompetência", Hugo concluiu, e Gislene tentou mudar de assunto antes que ele fosse expulso, "Professora, como se consertam ossos quebrados?"

"O Sr. Escarlate sabe. Por que não pergunta pra ele?" Kanpai provocou, desafiando-o, e Hugo cerrou os dentes, com ódio daquela mulher, de repente se lembrando que Capí contara a ela tudo sobre a batalha do Dona Marta. Traidor.

Com a atenção da turma inteira voltada para ele, Hugo cavucou a mente, tentando se lembrar do feitiço que Caimana usara nele, no pico do morro. "… Îebyr… Eegun. Isso. Îebyr Eegun."

"Boa memória, Sr. Escarlate."

Hugo respondeu com uma careta. Quebrara tantos ossos no ano anterior que nem se envaidecia por ter se lembrado do feitiço.

"Pronto, agora treinem no amiguinho aqui", Kanpai ordenou de repente, deixando os alunos sozinhos na sala para que praticassem nele à vontade, e Hugo viu Gueco abrir um sorriso cruel em sua direção.

"*Treinem no amiguinho!* Muito engraçado", Hugo saiu do almoço resmungando enquanto mancava para o auditório.

"Relaxa, Adendo. Com o tempo, tu aprende a se divertir na aula dela."

"Ou não", Índio discordou, "Depende de quantos ossos seus ela vai deixar que quebrem." E entrou no auditório atrás do Viny, para assistir à primeira aula de teatro do ano.

Desta vez, a professora resolvera começar os ensaios logo no primeiro semestre, ao invés de esperar pelo segundo, e a mudança tinha um objetivo óbvio: tentar distrair os alunos, que estavam assustados demais com aqueles sumiços e punições, e precisavam desesperadamente de um refúgio onde pudessem se sentir livres. Nenhum lugar era melhor para aquilo do que o teatro.

Apesar de não admitirem, os Pixies também estavam precisando da distração. Ainda mais agora, que havia um certo alguém escondido na escola…

Hugo praticamente se esquecera de Playboy enquanto estava em Salvador e, agora que se lembrara, estava difícil controlar o nervosismo. Por isso havia aceitado o convite de assistir à aula; para poder pensar, em silêncio e sem interrupções, no encontro que acabara de ter com Mefisto Bofronte. O temido Mefisto Bofronte… que apertara sua mão e fora tão inigualavelmente simpático. Aquilo não cabia na sua cabeça.

Óbvio que Hugo não havia contado nada daquilo aos Pixies. Recebera uma bronca deles por ter feito a loucura de viajar, mas ficara quieto quanto às consequências maiores de seu ato. Não queria ser acusado de simpatizar com o inimigo. Já bastavam as acusações que Índio sempre jogava nele.

"Tudo bem com você?" Hugo sentou-se ao lado de Capí, que ainda não parecia inteiramente recuperado.

"… eu vou melhorar."

"A aula do Calavera é tão ruim assim é?"

Capí olhou para Hugo e respondeu inclinando-se novamente para aliviar a náusea que voltara a sentir só pela menção do nome.

"Estão falando do *Caveira*, é?" Rapunzela sussurrou, sentando-se ao lado deles com seus cabelos ainda escondidos em volta do corpo. Não pretendia tirá-los dali tão cedo. Não enquanto Lepé não reaparecesse. Se é que reapareceria.

Incomodado com aquilo, Hugo perguntou, "Por que você não corta logo?" e Rapunzela respondeu com um dar de ombros, "Promessa", indo então cumprimentar Beni, que acabara de chegar.

Capí lhe explicou, com discrição, "A mãe da Rafa fez uma promessa pra que a filha não nascesse fiasco. Disse que, se ela nascesse bruxa, jamais cortaria os cabelos da filha, em pagamento pela graça alcançada. O resultado disso é que, até hoje, a Rafa morre de medo de cortar os cabelos e perder os poderes."

Hugo franziu o cenho, "Você acredita nessas coisas?"

"Não. Mas respeito a crença dela."

Hugo aceitou a resposta. Pelo menos agora entendia o pavor que a menina estava sentindo com a Comissão em seu pescoço, cobrando cabelos bem cortados.

No palco, os alunos tentavam decidir qual peça apresentariam no final do semestre. Já que, no ano anterior, não haviam conseguido concluir os ensaios devido à 'histeria coletiva' que acometera a escola, este ano precisavam fazer algo, no mínimo, apoteótico. E foi Viny que subiu ao palco brandindo um calhamaço de papéis como solução, "O Beni escreveu uma peça incrível pra gente."

"Eu o quê?!" Beni se levantou no susto. "Não, pera!"

"Nada de ficar com vergonhinha agora, Beni, querido. Tua peça é genial."

"Deixa eu ver!" todos se aproximaram empolgados. Todos menos Camelot, que cruzou os braços num canto do palco, e Abelardo, que nem no palco estava. Havia se sentado na última fileira da plateia, soturno e sozinho, no mesmo assento que Hugo escolhera para se esconder dos outros, no ano anterior.

Eram as regras da escola: repetência anulava o direito do aluno de participar em atividades extracurriculares e, pelo estado do anjo, aquela proibição o estava machucando demais...

Hugo nunca imaginara que algo tão revolucionário quanto o teatro pudesse ser tão importante para ele. Sempre pensara que Abelardo havia se unido à companhia só para atazanar a vida da irmã, mas agora via que não.

"Não é só por causa do teatro que ele está assim", Capí sussurrou, percebendo a dúvida em seus olhos. *"Ele terminou com a namorada hoje. Ela não aguentou a depressão dele. O Abel finge que é forte, mas perder o ano não deve ser fácil..."*

Perder a *memória* não devia ser fácil, Hugo corrigiu mentalmente, enquanto Beni subia no palco para tentar se explicar, como se fosse algum crime terrível ter escrito uma peça genial, "Bem... na verdade, a Rapunzela me ajudou muito com os diálogos. Eu só dei a ideia pra história e compus as músicas e tal."

"Músicas?!" Camelot protestou, de repente desesperado. "É um musical?!"

"Sim!!!" Viny respondeu com o mesmo tom de desespero, só para irritá-lo, e Caimana ergueu os braços empolgada, "Eu topo! ... Sobre o que é a peça mesmo?!"

Viny riu, "Minha Cai não é linda, gente?" e respondeu, "Então, a peça é sobre um jovem *fiasco* chamado Eric que deseja o reconhecimento do pai acima de tudo, a ponto de enganar a escola inteira, fingindo ter despertado para magia, com a ajuda do namorado bruxo e de tecnologia mequetrefe."

"Genial!" Caimana exclamou, e até Abelardo pareceu levemente interessado lá no fundo. Talvez fosse só impressão.

"Acontece que o pai desse Eric faz parte de um governo ditatorial que defende a subjugação dos mequetrefes, e seu filho fica dividido entre querer continuar orgulhando o pai ou… revelar sua farsa a todos, pra tentar convencê-lo a desistir daquela perseguição idiota, mostrando ao pai que ninguém é inferior por ter nascido sem poderes – assim como ele, seu filho, também não era."

"Irado."

"É, né?!" Viny concordou enquanto Beni se encolhia encabulado. "Essa parte política foi inspirada no Terra Unida", Viny acrescentou e foi a vez de Caimana ficar surpresa. "No Terra Unida?!"

Beni deu uma piscadela para ela como resposta, e qualquer ciúme que Caimana algum dia pudesse ter tido dele com Viny se dissipou no ar. Beni até que era um cara legal.

"Não sei se concordo com o tema", Camelot resmungou, ainda de braços cruzados, e Viny deu um tapinha condescendente em seu ombro só para irritá-lo, "Relaxa, Camelot. É só uma peça inofensiva. Vai ser divertido."

"É, já estou vendo como a Comissão vai achar a peça superdivertida."

"Ah, eles nem vão ficar sabendo. Tu vai ver."

Hugo olhou para trás novamente, incomodado com Abelardo, e viu que o anjo começara a chorar, escondido nas sombras. Tentava disfarçar, mas estava chorando.

Também percebendo, Caimana penalizou-se com o estado do irmão enquanto os outros ao seu redor começavam a discutir quem faria qual papel, quem cantava melhor do que quem…

Hugo e Caimana trocaram olhares, e a pixie interrompeu o falatório sem pestanejar, "Eu acho que o Abel devia ser o principal."

"Quê?!" Viny fitou-a chocado. "De jeito nenhum!"

Lá atrás, Abelardo também se espantara, tendo sido arrancado à força de seu estado depressivo por aquela sugestão, enquanto Camelot abria um enorme sorriso, empolgado com a ideia. "É, Abel! O que você acha?!"

O anjo se endireitou na cadeira, olhando para todos os lados sem saber o que fazer ou por onde fugir, enxugando as lágrimas antes que alguém as visse.

"Mas ele não pode participar da peça! Ele repetiu de ano!" a professora redarguiu, confusa, "Só Merlin sabe o quanto eu queria que ele pudesse, mas…"

Caimana interrompeu a professora, "Os chapeleiros não precisam saber que ele voltou. A gente coloca o nome do Beni em vez do dele na lista de elenco. A Dalila nem vai perceber que o Abel tá participando. Ela nunca concordou com essa aula mesmo!"

Beni sorriu, "Eu acho uma ótima ideia."

Atordoado, Viny aproximou-se da namorada, "*O que tu tá fazendo, Cai?!*"

"A gente não precisa de um cantor principal? Então."

Hugo olhou para Capí, que assistia a tudo com um imenso orgulho nos olhos. Até se esquecera da aula do Calavera.

"Que foi Abel?!" Camelot desafiou-o lá do palco. "Tá com medo?!"

"Que medo que nada!" Caimana disse, marchando até o fundo do teatro e puxando o irmão à força até o palco.

Aturdido, Abel ainda tentou resistir. "Mas eu não sei cantar!"

"Tu é elfo! Tu é biologicamente impossibilitado de não saber cantar."

Abelardo olhou, acuado, para todos ali e, vendo seus rostos radiantes, percebeu que não tinha muita escolha a não ser aceitar. Até porque, se quisesse voltar à turma de teatro, aquela era sua única chance.

"Mas minha mãe vai ficar sabendo…"

"Só depois da apresentação", Caimana piscou para o irmão, que trocou olhares com ela, confuso, e acabou concordando, derrotado na argumentação.

Os alunos comemoraram e, de imediato, começaram a marcar os testes de canto para formar o resto do elenco, enquanto Beni, sentado ao piano, tocava as músicas da peça para a apreciação de todos ali. Algumas eram lindas demais!

Caimana se aproximou, "Eu não sabia que você tocava tão bem."

"Ele faz tudo muito bem", Viny alfinetou, ainda irritado com a ideia da namorada, e Caimana fechou a cara ao perceber o duplo sentido na frase.

Procurando acalmar os ânimos, Beni sorriu humilde para ela enquanto tocava, "Obrigado, Cai. Meu padrinho me ensinou bem."

Abelardo aproximou-se dele com o roteiro na mão, ainda tentando entendê-lo, "Então… *Leilane* é a minha mãe…"

"Isso", Beni confirmou, levantando-se para ajudá-lo, "e Lucas é o seu namorado."

"Certo", Abel assentiu compenetrado. "A gente vai ter que se beijar?"

"Só selinho."

"Tá. Desde que esse Lucas não seja feito pelo Viny, tranquilo. Nunca me faça beijar o Viny, está me entendendo?"

Beni deu risada, "Não é tão ruim assim, sabe?" ele brincou, deixando Abelardo sozinho com sua leitura. O anjo sequer ouvira seu último comentário de tão atento que estava ao texto. Sentando-se ao piano novamente, Beni interrompeu sua leitura mais uma vez, "Abel, você sabe ler notação musical?"

O anjo meneou a cabeça, "Mais ou menos."

"Então canta qualquer música que você saiba, só pra gente sentir a sua voz."

Olhando inseguro para a turma, que, subitamente, cravara seus muitos olhos nele, Abelardo hesitou um pouco, mas tomou coragem, respirando fundo, fechando os olhos e começando.

O que saiu de sua boca a partir de então foi… pura magia.

Até Caimana e Viny, que batiam boca mais atrás, pararam para ouvir, abismados, enquanto Abel cantava inteiramente em élfico.

Assim que as primeiras notas haviam soado, ainda inseguras, da boca do anjo, Beni começara a acompanhá-lo ao piano, imediatamente fazendo com que sua voz crescesse em confiança e profundidade. E que voz era aquela, meu Deus?! Hugo não sabia nem o que pensar. Uma voz linda! Uma voz… de anjo! Como podia sair de um canalhinha como ele?

Enquanto os outros acompanhavam encantados, Viny desceu do palco, possesso de raiva, desabando na poltrona ao lado deles.

Capí olhou-o com bondade. "Acho que já está na hora de acabarmos com essa rivalidade triste e desnecessária, Viny…"

"Eles é que provocam!"

"Não, irmão. É você que provoca."

Viny fitou-o magoado, "Valeu pelo apoio."

"Você ao menos sabe o nome dos cinco Anjos? Ou só sabe os apelidos?"

O loiro olhou para Capí sem saber o que responder. "Ah, sei lá! Que me importa o nome deles?!"

"Viu?!" Capí suspirou, e então prosseguiu com mais calma, "Eles são gêmeos, Viny… Você quer mesmo que esse antagonismo se estenda pra sempre?! Pense bem. Pense no quanto isso machuca a Caimana."

Viny desviou o olhar, teimoso, mas então fitou a namorada ao longe. Caimana estava quase chorando de encantamento, assistindo ao irmão cantar. Ela tentava disfarçar, para não ficar feio, mas era mais do que claro o que ela sentia pelo irmão, e Capí prosseguiu, "Talvez não haja momento mais propício pra gente se aproximar. O Abel está fragilizado. Ele precisa de ajuda, Viny. Da nossa ajuda."

O loiro estava balançando a cabeça com ódio, não querendo aceitar a verdade, e Capí tomou-o pelo ombro, "Faz isso pela Caimana, Viny. Você sabe a dor que é ser separado de um irmão."

Viny cerrou os olhos. Uma lágrima caiu à sua revelia, e o loiro viu-se obrigado a aceitar. Como argumentar contra o rei das argumentações?

"Vamos dar uma força pra ele nesse musical", Capí concluiu. "Nada de ficar ridicularizando, fazendo piadinhas, tá certo?"

Viny confirmou, apesar de toda a raiva que ainda sentia, e Capí sorriu, afagando os ombros do amigo com ternura, "Nunca deixe que teu orgulho te impeça de ficar em paz com alguém."

Abelardo já havia terminado de cantar lá no palco, e a professora bateu palmas, emocionada, encerrando o dia de ensaios antes que ficasse emotiva demais, "Muito bem, muito bem! Amanhã eu quero ver todos aqui para os testes de voz dos outros personagens. Como nenhum tem descrição específica, o aluno que cantar melhor ganha o papel. Não importa se for loiro, moreno ou careca."

Dito aquilo, a professora pediu que Capí fizesse, ali mesmo, algumas cópias do roteiro enquanto Rapunzela sentava-se ao lado de Beni no piano, atrapalhando-o de propósito.

"Ai, sua leprosa!" ele reclamou e a *leprosa* morreu de rir, dando um tapinha em suas costas e saindo de mansinho enquanto Beni voltava a tocar.

Mas o apito da Rádio Wiz o interrompeu, e todos olharam tensos para cima, ouvindo a voz severa de Paranhos reverberar pelo auditório:

"Os seguintes alunos quebraram o toque de recolher nas noites de ontem e anteontem, e receberão as devidas punições: Gabriel Moreira, Wellington Monteiro, Hannah Strauss, Renan Garibaldi, Julie Machado, Fagner Pinheiro, Carla Luz, Leandro Nascimento, Thiago França, Thiago Moura, Helena Maia, Filipe Damiani, Steph Hoe, Erik Alexsander, Eduardo Santiago, Carol e Karina Rezende, Dulce e Gabriela Takeda, Gil Parreira, Caio Lima…

... a lista não acabava mais! E, pela cara de revolta dos membros do teatro, todos que estavam sendo nomeados eram alunos que haviam apenas falhado em entrar a tempo no dormitório, devido à quantidade de gente tentando! A maioria ali não era rebelde... não era desobediente... Imagine se fossem!

Entreolhando-se preocupados, Hugo e os Pixies acompanharam, atentos, a voz que ainda listava nomes, só esperando a inevitável menção dos seus.

CAPÍTULO 32
LEOPOLDO

Os Pixies foram ficando pálidos por antecipação, à medida que mais e mais nomes iam sendo chamados... *"Denis Nogueira, Luiz Thor, Geraldo Penna, Diego Claudino, Adriana Melo, Yuri Luiz, Jhon Araújo, Nathan Laurindo, Mahy França..."*

Capí estava quase passando mal. Olhando para eles, os Anjos também pareciam estranhamente tensos.

Tensos pelos Pixies, por mais incrível que aquilo pudesse parecer.

Os Anjos *sabiam* qual era a punição; eles não. Nem Hugo, nem os Pixies haviam ouvido o que Ustra dissera aos alunos naquela noite, ocupados que estavam em salvar um bandido que não merecia. E a cada aluno mencionado na Rádio, a apreensão aumentava, até que Paranhos pronunciou os últimos nomes e os Pixies puderam respirar aliviados.

"Os alunos citados, favor se apresentarem à Comissão para as devidas punições."

Hugo desabou na poltrona, emocionalmente exausto. Mefisto não o denunciara. Cumprira a promessa.

"Agora, vamos ao anúncio de mais algumas proibições..."

Os alunos resmungaram desesperados, já temendo o que viria a seguir, enquanto Paranhos trocava de lugar com a pessoa que iria ler a nova lista. Depois de alguns segundos de silêncio, uma voz diferente soou pela rádio. Uma voz que todos ali conheciam.

"Lepé!!"

"Viram?! Eu disse que ele estava bem!" Camelot comemorou, orgulhoso por ter defendido a retidão da Comissão ao longo daqueles três dias.

Mas a voz do jovem locutor estava estranha... sem brilho... sem vida. Enumerava as novas proibições com uma seriedade que absolutamente não condizia com Lepé.

"Tem alguma coisa errada", Viny comentou preocupado, ouvindo o amigo falar no tom monótono e sem graça de um locutor de noticiário político.

"... também está proibido o uso de Pisantes no colégio, por serem objetos culturalmente pobres, de periferia, absolutamente fora dos padrões europeus. De hoje em diante, a aula de Educação Antifísica ensinará exclusivamente o uso de vassouras – meio de transporte mais digno de nossa atenção. Quem for pego com Pisantes, será devidamente expulso, e seus Pisantes confiscados. Por conseguinte, o jogo de Zênite também está, a partir de hoje, proibido na escola, por distrair os alunos de seus estudos. Aqui quem vos falou foi Leopoldo Ferraz, para a Rádio Wiz. FIM DA TRANSMISSÃO."

Hugo sentiu um arrepio diante daquele término seco, enquanto membros do time de Zênite protestavam revoltados, "Eles não podem proibir a gente de jogar! Quem eles pensam que são?! Isso é um absurdo!"

"Vocês viram a indiferença do Lepé?!" Viny estava chocado. "Como ele pôde dizer aquilo com tanta frieza?! Ele é o maior jogador de Zênite do Rio de Janeiro!"

Inconformado, o loiro coçou a cabeça em desespero e, depois de alguns segundos andando pelo palco, não aguentou mais e saiu em disparada.

"Onde você vai?!" Caimana perguntou receosa; os outros Pixies indo atrás.

"Eu vou tirar isso a limpo! É isso que eu vou fazer!" ele respondeu, subindo a passos largos até o andar da rádio e chamando Lepé, que só agora saía pela porta.

"Lepé!" Viny chamou, apressando-se pelo corredor na direção do radialista, mas o jovem esbarrou nele como se nem o conhecesse, e o loiro olhou atônito para os outros, voltando a segui-lo. Não havia sido um esbarrão do estilo 'não enche'. Lepé sequer prestara atenção! Continuara andando como se não os tivesse visto, impecável em sua nova vestimenta europeia e tão impassível quanto os chapeleiros.

"Lepé!" Viny insistiu mais uma vez, e outra, e mais uma quarta, até que Caimana berrou "Leopoldo!" e Lepé se virou, como se realmente não houvesse ouvido das outras três mil vezes.

"Sim?" ele perguntou educadamente, como um garçom teria perguntado, e Hugo se espantou, olhando para aqueles olhos. Não eram os mesmos. Havia algo de muito diferente neles. Algum detalhe quase imperceptível, mas que fazia toda a diferença. Talvez o brilho... Isso. O brilho não estava lá. Ele sequer os reconhecera!

"Tu sumiu, Lepé!" Viny sorriu aliviado, ignorando a mudança; talvez não querendo percebê-la. "O que fizeram com você, mano?!" ele tocou o braço do amigo em camaradagem, mas Lepé fitou-o como se não estivesse entendendo o tom de urgência da pergunta, "Eles conversaram comigo."

"Conversaram?! Só isso?" Viny ergueu a sobrancelha. "Por dois dias inteiros?!"

"Sim, isso mesmo", ele respondeu, de um jeito estranhamente formal, quase como se houvesse sido adestrado. "Fizeram-me ver a lógica nas exigências deles. A lógica de se ter ordem na escola. A Comissão só quer o melhor para os alunos da Korkovado. Eu concordo com eles. Por isso, a partir de hoje, agirei com seriedade: porque é seriedade que será exigida de mim no mercado de trabalho."

Os Pixies se entreolharam sem palavras, enquanto o garoto dava meia-volta e continuava a andar. Viny não se aguentou e foi atrás. "Mercado de trabalho, Lepé?! E a sua carreira de atleta?!"

Lepé parou, franzindo a testa como se aquela pergunta não tivesse feito sentido. "Esportes são para desocupados", disse simplesmente, e seguiu seu caminho.

Viny parou onde estava, chocado. "Hipnose. Só pode ser hipnose."

Índio riu do absurdo daquela sugestão.

"Eu tô falando sério, Índio! Aquele ali não é o Lepé!"

Caimana concordou lentamente com a cabeça, "Eu já namorei o Lepé, Índio. Aquele ali não era ele. E mesmo que eu nunca tivesse namorado, você sabe que ele é fissurado por Zênite. Ele nunca anunciaria desse jeito a proibição daquilo que ele mais ama!"

Capí ouvia a elfa com o semblante preocupado, mas em silêncio, e Viny retomou a palavra, "... E que história é essa de mercado de trabalho?! Eles não podem ser tão convincentes assim! Impossível! Tem alguma coisa muito errada aí."

"Pode até ser, mas não é hipnose", Índio insistiu, acabando por chamar atenção de um grupo de alunos conservadores que subia as escadas.

"Hipnose?!" Gueco parou para dar risada. "Só porque o amiguinho de vocês resolveu deixar de ser vagabundo e começou a se comportar direito?!"

Hugo olhou com ódio para o irmão adotivo de Abelardo. Garoto nojento, puxa-saco, baba ovo... e, agora, mais patético do que nunca, vestido de chapeleirozinho; com as curtas abas do chapéu-coco jogando sombra sobre seus olhos amarelos. Ridículo.

"A Comissão está mais do que certa em puxar para um papo esses alunos perdidos como o Leopoldo."

"O Lepé não é um aluno perdido!" Viny rebateu. "Ele é um dos melhores atletas que eu já conheci!"

Gueco deu risada, "... de Zênite, grande porcaria. Um esporte que nem é reconhecido na Europa."

"AINDA não é!" Viny retrucou irritado, mas foi obrigado a respirar fundo a pedido de Capí, enquanto Gueco ia embora rindo, com suas roupas ridículas de chapeleiro, se achando 'o cara' entre os alunos conservadores.

"Ô, Gervásio!" Hugo chamou-o com um sorriso provocador e Gueco virou-se, mortificado por ouvir seu nome dito em voz alta daquele jeito. Dando risada, Hugo disse "Nada não!", e Gueco seguiu, furioso, escada acima, tendo que ouvir as risadas de seus colegas enquanto subia, totalmente humilhado.

Satisfeito, Hugo acompanhou o verme apenas com os olhos, desejando que ele derretesse de tanto calor naquelas roupas.

"Esse garoto consegue ser mais irritante que o irmão", Viny resmungou entre dentes enquanto tentava se acalmar. Hugo tinha plena consciência de que o pixie só não pulara no pescoço do baixinho por receio de arrebentar a cara de alguém vestido de chapeleiro e ser expulso.

"Vai ver o Lepé só tá com medo", Índio retomou a discussão. "Ele ficou sumido por três dias, Viny. Podem ter ameaçado ele, ou, então, sei lá, convencido ele, de alguma forma."

"Convencido?! Índio, aquele ali não era o Lepé!"

"Tá certo. Então vamos fazer o seguinte? Vamos esperar um pouco antes de sair gritando *hipnose* por aí? Os chapeleiros não levaram só o Lepé naquela primeira inspeção, Viny. Se for mesmo hipnose, os outros também vão estar assim quando aparecerem. Se estiverem, a gente conversa de novo sobre isso."

O pior é que, de fato, não estavam.

O aluno gordinho, 'recolhido' após rir durante o discurso de Paranhos, voltou no dia seguinte ao retorno do Lepé, agindo do mesmo jeito falastrão que sempre agira, assim como o terceiro aluno sequestrado pela Comissão, e o quarto, e o quinto, e o sexto... Alguns pareciam um pouco mais abalados que outros, mas nenhum como Lepé. Ao menos nenhum que eles conhecessem pessoalmente. Havia sim, alguns alunos mais sérios, mais comportados... mas nada que pudesse constituir hipnose e, por ora, Viny foi obrigado a se calar.

Ao longo das semanas seguintes, no entanto, os sumiços continuaram. A cada falta cometida, a cada resposta mal dada, mais alunos eram arrastados para aquela maldita sala. Dos que sumiam, muitos voltavam normais, outros nem tanto... e, apesar de serem muito poucos os que retornavam 'diferentes', Viny logo voltou a insistir na teoria da hipnose.

"Bofronte é inteligente, Índio! Eles estão fazendo aos poucos, pra ninguém desconfiar! Mas anote aí o que eu tô dizendo. Se a gente não ficar esperto... se a gente não fizer nada, daqui a poucos meses não vai ter sobrado nenhum aluno com vontade própria nessa escola!"

"Que dramático..."

"É sério, Índio!"

De fato, se o plano da Comissão era ir hipnotizando o corpo estudantil aos poucos para que os alunos não desconfiassem, estava dando muito certo. Havia, claro, um clima de tensão na escola, mas a maioria dos alunos não via na ação dos chapeleiros nada além de um aumento excessivo na rigidez escolar. Alguns até concordavam com os sumiços e as "correções" dos bagunceiros, desde que a Comissão não virasse contra eles próprios, claro.

Os alunos elitistas então... estavam cada vez mais patéticos. Gueco havia sido apenas o primeiro imbecil colonizado a imitar os chapeleiros. Logo, vários outros começaram a fazer o mesmo, desfilando pela escola de queixo empinado, achando-se chiques e importantes em seus ternos pretos e chapéus-coco. Coitados, não tinham qualquer identidade própria. Ficavam ali, sofrendo naquelas roupas pretas e quentes, e se achando o máximo por isso.

Hugo não via problema algum na roupa glacial de Mefisto Bofronte, até porque ele parecia realmente sentir frio, mas os chapeleiros?! Os chapeleiros suavam naquele uniforme de enterro, e os alunos suavam ainda mais. Fazer o quê? Estavam na "moda". Hugo não se surpreenderia se, daqui a algumas semanas, todas as lojas da comunidade bruxa estivessem vendendo o uniforme chapeleiro como picolé em dia quente.

Dispensável dizer o quanto aquilo irritava Viny Y-Piranga. Aquela subserviência ao poder, aquele gosto pela roupa inglesa. E toda vez que ele se revoltava e decidia sair sem camisa, Capí aparecia para colocar bom senso na cabecinha rebelde do loiro, que era, então, praticamente obrigado a vestir o restante do uniforme.

Tudo bem que aquela busca pela imitação também podia ser sintoma do medo. Ao menos na cabeça de alguns daqueles imitões devia passar a ideia de que, vestidos de chapeleiros, teriam menos chances de ser punidos por eles.

Estratégia sensata, ainda mais em épocas como aquelas, em que o menor deslize podia significar o fim de sua vida acadêmica.

Dentre os alunos que haviam desobedecido aos primeiros toques de recolher, por exemplo, UM havia sido escolhido, por sorteio público, para a expulsão. Sua varinha fora partida ao meio ali mesmo, no refeitório, na frente de todos, enquanto Paranhos alardeava a medida como um ato misericordioso da Comissão, que livraria os outros 35 'desviantes' de sofrerem o mesmo destino. Estes últimos 'sortudos' perderiam 'apenas' dois pontos na média final.

Com isso, teriam que tirar pelo menos nota 9 em todas as provas subsequentes, até o fim do ano, para não ficarem com menos que 7 na média final e serem convidados a deixar a Korkovado. Muito 'sortudos' sim. Agora estavam compreensivelmente desesperados, tentando recuperar os pontos perdidos com serviços para a escola e muito estudo.

Enquanto isso, os jornais não davam qualquer notícia sobre o que estava acontecendo na Korkovado, nem muito menos em Salvador, e aquele silêncio da mídia assustava... Assustava principalmente a Hugo, que logo começou a ficar preocupado com sua baianinha. Ele tinha visto a brutalidade com que a Comissão tratara os caramurus... Ficava apavorado só de pensar o que poderiam estar fazendo com ela. O jeito espevitado e independente de Janaína era um perigo! Poderia facilmente ser interpretado como rebeldia pela Comissão.

Se até na Korkovado, onde os estudantes eram, em sua maioria, mais tranquilos, Hugo via cada vez mais alunos sendo sequestrados e reaparecendo diferentes...

Seus colegas de classe não estavam cegos àquelas mudanças. Muitos notavam, claro, mas a maioria negava-se a acreditar. Preferiam se contentar com a explicação furada de que os alunos sequestrados haviam sido 'convencidos' pelos chapeleiros. Era mais cômodo se proteger da verdade. Menos assustador.

Mesmo assim, cada vez que um número considerável de estudantes começava a desconfiar de alguma coisa, a Comissão libertava uma leva grande de alunos 'normais' para tranquilizar os medos, e todos voltavam a relaxar, convencendo-se a si mesmos de que a suspeita anterior havia sido bobagem de suas cabeças.

De vez em quando, os chapeleiros até davam um respiro a eles, sumindo por dias e dias, só para depois voltarem com tudo. Sem dúvida era uma estratégia para deixar todo mundo maluco. Só podia ser. Às vezes chegavam a desaparecer por semanas inteiras! E apesar de todos os alunos ficarem mais calmos quando isso acontecia, o pânico por saberem que eles podiam voltar a qualquer momento não deixava ninguém dormir.

Aquela guerra de nervos era de enlouquecer qualquer um...

Aqui está tenso. Tá tudo bem com você?
– Hugo Escarlate

Por enquanto sim.
– Janaína Brasileiro

Maravilha... Depois de meses tentando enviar uma carta à namorada, era aquela a resposta que ele recebia de volta?! Três palavras?!

Eles haviam acabado de descobrir aquele canal novo de comunicação graças à ajuda de Capí, que apresentara a Hugo o escaninho dos professores durante um dos períodos de ausência da Comissão. Localizado na biblioteca, o escaninho era um sistema de tubos postais, mais rápido que o correio de pombos, mas que só podia ser usado por professores ou na presença de professores. Como Capí era um, e a mãe de Janaína também, a comunicação se fazia sem problemas. Pelo menos quando os dois estavam disponíveis para ajudá-los.

"A gente vai poder se ver neste fim de semana?"
– Hugo Escarlate

"Tá maluco?"
– Janaína Brasileiro

"Favor elaborar mais suas respostas."
– Hugo (<u>Irritado</u>) Escarlate

"Ela tá certa, Hugo... Tenta não escrever nada que possa te incriminar", Capí aconselhou. "A gente nunca sabe se essas cartas vão ser lidas por terceiros."

O pior, para Hugo, estava sendo ter de conversar com ela por carta, sem poder ouvir sua voz, sem poder tocá-la, beijá-la e todas as outras coisas que ele queria fazer com ela.

"Escrevendo pra sua mina, é?" Playboy bisbilhotou por detrás de suas costas, e Hugo escondeu o bilhete, irritado.

Por que era mesmo que Hugo tinha que ficar ali aguentando aquele imbecil?!

Ah, sim. Porque Capí insistira. Tá, né.

Na maior parte do tempo, o bandido ficava sozinho nos aposentos imperiais, com bastante espaço para andar, ler, bater papo com o quadro de Pedrinho... tudo. Mas volta e meia, como naquele momento, os Pixies tinham que aparecer para fazer-lhe companhia, senão, era capaz do bandido enlouquecer.

Hugo não se importaria; enlouquecer seria o destino perfeito para aquele boçal, mas Capí era insistente e Hugo acabava indo junto. Por mais que ficar na presença de Playboy fosse quase insuportável, às vezes era bom dar uma escapadinha para um lugar protegido dos olhos vigilantes da Comissão Chapeleira.

O maior perigo estava em tentar levar comida para ele três vezes ao dia sem que ninguém notasse. Pedrinho podia ser um quadro bom de papo, mas não fabricava comida do ar, e bandidos também precisavam se alimentar.

Para resolver aquele pequeno problema gastronômico, os Pixies haviam combinado uma espécie de revezamento entre si, em que cada vez um deles subia aos aposentos levando ou um prato de comida, ou uma fruta, ou qualquer outra guloseima que pudessem colocar no bolso. De quatro em quatro horas, alguém também aparecia lá só para checar se o bandido estava bem, se precisava de alguma coisa, se estava com fome, se tinha morrido e ido para o inferno...

Aquilo dava trabalho!

Felizmente, Capí havia tido bom senso o suficiente para não exigir aquele revezamento nem do Hugo, nem do Rafinha. Não queria, de modo algum, que os dois ficassem sozinhos com Playboy. Seria arriscado demais.

Pior era ter que aturar Eimi fazendo perguntas, o dia inteiro, sobre aquele tal homem misterioso que eles mantinham escondido na escola. O mineirinho amava ter um segredo compartilhado com os Pixies, mas não parava de importunar Hugo com perguntas que ele não podia responder: Quem era o Playboy... De onde Hugo o conhecia... Por que ele estava escondido ali...

"*Ocê num gosta dele, né?*" Eimi perguntou pela milionésima vez no meio da aula de Alquimia, enquanto Hugo inseria algumas pitadas de escama de salamandra em pó na poção de envelhecimento.

"Não", ele respondeu, concentrado na tarefa.

"Por causa de quê?"

"Não é da sua conta."

Hugo havia se esquecido de como Eimi podia ser chato. Já era a quinta vez que o mineirinho lhe fazia a mesma pergunta e Hugo estava começando a ficar tenso. Aquela curiosidade não faria bem ao menino. Hugo já estava imaginando, com pesar, o dia em que o garoto desistiria de perguntar para ele e passaria a fazer aquelas mesmas perguntas diretamente ao bandido. Aí sim, Hugo estaria ferrado.

Se bem que, a cada dia que passava, Playboy parecia mais calmo, mais centrado, menos atrevido... Talvez fosse o isolamento absoluto, ou então a segurança que devia estar sentindo ali, longe de Caolho. Sem contar as conversas diárias e constantes que tinha com Pedrinho II.

Capí e seus truques de mestre...

O pixie sabia o poder de um bom exemplo, e o bandido estava absolutamente encantado com aquela doçura de menino. Tratava o pequeno Imperador quase como uma descoberta científica.

Nas raras vezes que Hugo subia lá para levar-lhe comida ou novas roupas, Playboy o recebia com absoluta empolgação, narrando mais algum fato interessante que acabara de aprender com o pequeno Pedro II. "Aê, Formiga, tu sabia que o vô dele, o tal do Rei João, só tomou UM banho nos treze anos que ele ficou aqui no Brasil?! UM banho!! E o cara era REI, hein!! Imagina a catinga!"

Hugo revirou os olhos.

Playboy tinha praticamente virado especialista em banho, naquelas poucas semanas ali. Mais novo adepto fervoroso da banheira imperial, o bandido esbaldava-se todos os dias na espuma produzida pelos sais Reais, e só Deus e Rafinha sabiam o quanto Hugo tinha vontade de explodir o desgraçado toda vez que o via, todo estirado naquela água quentinha, dando risada.

Folgado. Mal sabia ele o risco que estava correndo ali naquela escola. Se Caolho era ruim, aquela Comissão parecia capaz de tudo...

Pressionavam alunos contra a parede ao verem meros sinais de descontentamento em seus rostos... ameaçavam arrancar a prova de quem bocejasse durante exames... Ustra era o pior deles. Ah, aquele ali se divertia mais do que todos os assistentes juntos. Gaúcho filho da mãe... Não sentia o menor pudor ou impedimento moral em dar uns empurrões na cabeça dos alunos que estivessem em seu caminho. Alguns chegavam a cair no chão, mas não ousavam soltar um pio sequer de reclamação, preferindo sair rastejando de costas a enfrentá-lo.

Paranhos não ficava muito atrás em matéria de crueldade. Naquela semana mesmo, expulsara mais um aluno do terceiro ano, colocando um segundo em estágio probatório por ter tirado 6.9 no exame de Leis da Magia. Um deslize a mais, e ele seria gentilmente arrastado para fora da escola. "Deslize" podendo significar tanto uma nota abaixo de 9, como uma pequena mancha no uniforme, ou um fio de cabelo fora do lugar. Não sem razão, o menino estava uma pilha de nervos, coitado.

Por essas e outras, Hugo passara a ficar horas trancado no quarto todos os dias, grudado nos livros, estudando absolutamente tudo que ainda não adiantara nas férias. Seria o melhor aluno que aquele colégio já tivera. Não só porque gostava da ideia, como também porque não queria dar motivos para a Comissão expulsá-lo. Bofronte já havia sido condescendente com ele uma vez. Certamente não seria de novo.

Nas raras vezes em que o Alto Comissário aparecia na escola, os chapeleiros ficavam ainda mais truculentos, como se quisessem mostrar serviço. Mefisto parecia gostar. Sorria de leve, trocando um ou dois olhares com Hugo, de longe, como se dissesse 'Estou te observando, rapaz'.

O pior é que, toda vez que ele o fazia, Hugo se sentia um pouco mais especial, e sua vontade de agradar o Alto Comissário crescia. Não gostava de admitir aquilo para si mesmo, mas uma ligação havia sido criada entre os dois naquele dia em Salvador. Uma espécie de contrato silencioso. Hugo escapara de ser expulso, e devia isso a ele. Simples assim. E os Pixies não faziam a mínima ideia daquilo.

Mais um segredo.

Para piorar a situação, Peteca estava à solta no colégio novamente. Sua "promessa de saci" até que durara algumas semanas, mas, depois, o diabinho dera na telha de cancelá-la, porque simplesmente não conseguia ficar parado por muito tempo. Era da natureza dele, fazer o quê?

Hugo que se cuidasse a partir de agora.

Para sua sorte, funcionários e alunos continuavam sem saber quem estava quebrando equipamentos por aí, jogando coisas pelo vão central, derrubando professores com baforadas de vento... Se descobrissem, seria só questão de tempo até que conectassem Peteca a Hugo. Aí sim, ele estaria perdido.

Enquanto isso, outros alunos levavam a culpa pelas travessuras do demônio. Cada vez que Peteca fazia uma de suas artes, alguém era punido indevidamente pelos chapeleiros e Capí tinha mais trabalho para limpar tudo, acalmar os mais jovens, desatar os nós que o saci fizera na crina de seu unicórnio... Estava sobrecarregado, o coitado. Mais do que nunca. Além das aulas exemplares que o pixie precisava ministrar todos os dias, tanto de Segredos do Mundo Animal como de alfabetização e reforço, agora ainda tinha que limpar a bagunça que Peteca deixava para trás. A ajuda de Gislene, Rafinha e dos outros Pixies estava sendo insuficiente para tanto trabalho.

Fausto já regressara de viagem há muito tempo, mas algumas coisas ele era incapaz de consertar sem a ajuda do filho, cuja boa vontade aquele boçal continuava a explorar, como sempre. E enquanto Capí fazia todo o trabalho pesado, Fausto resmungava pelos cantos por ter de varrer uma sujeirinha qualquer.

Cara chato.

Pelo menos naquilo Peteca estava acertando: irritava as pessoas certas. Fausto, Brutus, os Anjos...

Centauro conhecedor de todos os seres comestíveis do universo, Brutus já estava desconfiado de que um saci andava à solta pela escola, queimando sua comida nos caldeirões, roubando utensílios da cozinha, espalhando toneladas de farinha por todos os lados... E não estava gostando nada daquilo. Até porque sabia muito bem que não adiantava reclamar. O que fariam contra um saci?! Sacis eram quase impossíveis de capturar. Rápidos demais, espertos demais. Então, não restava ao centauro cozinheiro qualquer alternativa a não ser resmungar e dar coices nos pobres faunos que trabalhavam para ele.

Hugo apenas sorria, encarando as ações de Peteca como uma doce vingança por todas as vezes que o centauro regara seus pratos especiais com sangue de fênix. Quem ele pensava que era para sair matando fênix daquele jeito? Centauro assassino.

"É porque você ainda não conheceu o Calavera", Caimana observou, lendo sua mente mais uma vez. A pixie vinha fazendo muito aquilo ultimamente, só ela não percebia, e Hugo estava ficando cada vez mais preocupado. Ela que não começasse a ver sacis perambulando por seus pensamentos...

Atlas parecia ter o mesmo receio, tanto que evitava os olhos da elfa quando passava por ela nos corredores. Não que ele tivesse medo que a aluna o denunciasse, de jeito nenhum, mas quanto mais pessoas soubessem que eles haviam libertado um saci na escola, mais fácil seria para Ustra descobrir a verdade em seus semblantes.

E não havia ninguém no mundo que Atlas odiasse mais do que aquele gaúcho. Isso ficava evidente nos olhos do professor, que transbordavam de ódio toda vez que o general de Bofronte entrava no mesmo recinto que ele.

Eles se conheciam do Sul. Hugo tinha certeza. E, pelo sorriso sacana que Ustra dava todas as vezes que via o ódio nos olhos do professor, o canalha estava adorando provocar aqueles sentimentos nele.

Por essas, e todas as outras razões do mundo, Atlas queria lidar com Peteca o mais depressa possível, mas não podia fazer nada contra o diabinho sem sua varinha. A emprestada que vinha usando não servia para quase nada. Só para dar aula mesmo, e olhe lá.

Só que agora, apesar dos riscos, Hugo não estava mais com tanta pressa quanto o professor em prender o danadinho. Era muito divertido ver o saci implicando com as pessoas certas.

Com Camelot, eram os cabelos. Famoso por seus cabelos meticulosamente modelados com gel, o mais arrumadinho dos Anjos nunca mais conseguira mantê-los penteados. Toda vez que tentava, uma baforada misteriosa de vento jogava seus cabelos de volta ao ar. Aquilo era perigosíssimo em tempos de Comissão Chapeleira, e Camelot ficava apavorado tentando arrumar cada fio de volta no lugar antes que algum chapeleiro o visse, mas sempre que Hugo passava por perto, lá estava o anjo com aquela cabeleira arrepiada de novo, e Hugo morria de rir. Até o dia em que Camelot apareceu com os cabelos raspados e a brincadeira perdeu a graça.

E o guarda-roupas de Abelardo, que não ficava arrumado por mais de dois dias? Sempre que o anjo tinha que parar para arrumá-lo novamente, perdia tempo precioso de estudo. Com Gueco era o dinheiro. Toda vez que o peste entrava no quarto, suas economias estavam escondidas em algum lugar diferente e ele passava horas procurando desesperadamente por seu cofrinho. Até o dia em que o encontrou debaixo da cadeira de Ustra, no refeitório, e achou melhor desistir do cofre.

Quanto à única menina dos Anjos, Peteca se deleitava em ficar levantando as pesadas saias da jovem com seus redemoinhos. Aquilo foi irritando-a a tal ponto, que Thábata acabou se rendendo e vestindo um par de calças pela primeira vez na vida. Até recebeu um elogio de Viny, que se acabou de tanto rir logo em seguida.

Em suma, Peteca estava, forçosamente, pixianizando os Anjos, ao mesmo tempo em que a Comissão tentava angelicar os Pixies.

Não era tão engraçado o que ele fazia ao Gordo, no entanto. Único membro bacaninha dos Anjos, o pobre Gutemberg estava até começando a perder peso de tantos doces 'acidentalmente' apimentados que já pusera na boca. Não era pouca pimenta não. Era muita. E não importava se os doces estavam na dispensa ou na mesa do refeitório junto a todas as outras comidas, ou escondidos em algum lugar. Sempre que *ele* comia, estavam apimentados.

No início, os Anjos até desconfiaram que fosse alguma maldição dos Pixies, mas depois chegaram à conclusão de que nenhum deles seria cruel a ponto de apimentar os doces de alguém, e pararam de acusá-los em público. Até porque os Pixies claramente não faziam ideia do que estava causando aquilo tudo. Sabiam que, por algum motivo, os ventos da Korkovado haviam começado a implicar com os Anjos e que, de uma hora para outra, o placar da árvore central começara a marcar pontos para os Pixies – o que deixava Viny e Caimana muitíssimo felizes.

Apenas Hugo ficava sabendo das travessuras mais obscuras do saci. Isso porque, de vez em quando, o geniozinho aparecia em seu quarto para contar-lhe suas proezas.

Hugo morria de rir, para o absoluto deleite do pestinha perneta, que se achava todo importante por estar agradando um igual.

O melhor de tudo era saber que o placar estava subindo por sua causa. Era como se, por meio do saci, Hugo estivesse marcando pontos para os Pixies! ELE, que, no ano anterior, havia sido quase que totalmente esnobado pelo placar, agora era o único responsável pelos pontos que apareciam nele!

"Tu estás rindo, né, guri?" Atlas disse ao ficar sabendo de mais uma travessura do saci por seu intermédio. "Se eu fosse tu, eu usaria a tua varinha o mínimo possível."

Hugo parou de rir.

Havia se esquecido completamente daquela ameaça... Sua mente estivera tão ocupada com outros problemas que... putz! Hugo sentiu uma tontura imediata. Será que algum dia mostrara sua varinha ao Peteca sem perceber?! Num momento de distração, talvez?!

Em pânico, Hugo se trancou no quarto pouco antes do toque de recolher, deixando Eimi de fora mais uma vez, e ficou horas e horas sentado na cama, tentando se lembrar de cada instante que passara junto ao saci ou próximo a ele, mas não conseguiu recordar de cada detalhe do que fizera ou deixara de fazer com sua varinha, e aquela dúvida cruel não o deixou dormir tranquilo.

Sonhou com o dia em que roubara a varinha do Wanda's... ela voara direto para sua mão, sem que ele precisasse ter feito nada. Só que, no sonho, ele chamava e sua varinha ia direto para as mãos do saci... Peteca dava uma risada assustadora, com aqueles olhos inteiramente negros dele, e o derrubava com um salto, bafejando fumaça de cachimbo em seu rosto antes de ir embora com a varinha escarlate nas mãos.

Hugo acordou com a risada de Peteca ainda ressoando em seu ouvido. Uma risada estranhamente próxima. E então virou-se a tempo de ver o verdadeiro saci deitado ao seu lado, com o cotovelo apoiado no travesseiro, sorrindo com seus dentes afiados.

Jogando-se contra a parede no susto, Hugo se desvencilhou dos lençóis e saiu da cama o mais depressa possível, se segurando para não sacar sua varinha em defesa própria. Mas, como um predador cuidadoso, o saci se aproximou de seu rosto mesmo assim, sussurrando numa voz cheia de malícia, *"Pensando em varinhas?"*

CAPÍTULO 33
OBSESSÃO

Peteca deu-lhe uma baforada de seu cachimbo, e Hugo tossiu com a fumaça, tentando, ao máximo, disfarçar o pânico que estava sentindo.

"Você tá ficando repetitivo, Peteca…"

"Ah, qualé! E então, estava?!"

"Estava o quê?"

"Pensando em varinhas!" o saci quicou impaciente, e Hugo revirou os olhos, fingindo irritação, "Não! Eu não estava pensando em varinhas! Por quê?"

"Nada não…" Peteca deu de ombros. "Mas tu tava sonhando com uma, não tava?"

Desesperado, Hugo tentou pensar rápido, "… Eu tava sonhando com a varinha do professor, Peteca. Devolve ela pra ele, vai."

"Em troca da sua?"

Hugo gelou. Tentando disfarçar o desespero, empurrou-o para o lado, "Em troca da minha nada, cabeção! Qualé!"

"Deixa eu só vê ela então, vai! Deixa! Deixa!" O saci começou a quicar nas três pernas, empolgado.

Vendo que a curiosidade nos olhos do demoniozinho era real, Hugo se acalmou. Peteca não sabia de sua varinha. Só estava curioso.

"Vai cuidar da tua vida, vai!" ele enxotou o saci do quarto, jogando o livro de História da Magia contra Peteca, que deu risada e sumiu em seu redemoinho.

Aliviado, Hugo sentou-se na cama, tentando se livrar da forte tontura que começara a sentir. Mas seu alívio duraria pouco, e ele sabia.

A partir daquela noite, o saci não o deixou mais em paz; cada dia aparecendo com uma nova pergunta sobre a varinha que Hugo escondia no bolso. Era como se o diabinho soubesse… e, ao mesmo tempo, não soubesse. Como uma intuição, de que ele iria gostar da varinha, se a visse.

E Hugo percebeu que precisaria tomar cuidado redobrado de agora em diante.

Passaria a evitar se meter em algumas brigas, por exemplo. Não que ele estivesse muito briguento aquele ano, mas… em todo caso, era melhor evitá-las.

Fazer aquilo durante as aulas é que foi um pouco mais complicado. Para não dizer impossível. Nelas, os alunos *tinham* que usar a varinha. Não havia escapatória. Mesmo assim, toda vez que Hugo era obrigado a sacar a sua, ele dava uma boa olhada ao redor antes de tirá-la do bolso, para se certificar de que o diabinho não estava por perto. Qualquer baforada suspeita de vento e ele, rapidamente, a guardava de volta, mesmo que aquilo significasse levar um feitiço de Gislene na fuça.

"O que deu em você, Idá?!"

"Eu resolvi te dar uma chance de ganhar de mim."

"Muito engraçadinho."

Com o braço ainda dolorido, Hugo partiu para a próxima aula, encontrando com os Pixies em sua longa subida para o trigésimo primeiro andar.

Capí parecia exausto. Ficara a madrugada inteira treinando português com seus alunos e agora ainda tinha que subir aquela maldita escadaria.

"Preocupado?"

"Os novatos vão fazer a primeira prova deles amanhã. História da Magia."

Os Pixies se entreolharam. Logo História?!

"Eu falei com o Oz sobre o nosso caso. Ele prometeu que vai pegar leve, mas talvez não seja o suficiente. Os alunos estão assustados e ninguém faz uma boa prova assustado."

"Falando em prova", Caimana interrompeu, "é bom a gente apressar o passo se a gente ainda quiser chegar na de Alquimia hoje."

"Ah, Cai, não tô a fim de subir isso tudo hoje não", Viny resmungou, parando no vigésimo sétimo andar e se recusando a subir mais um degrau que fosse em direção à sala do Rudji. "Quando eles vão colocar um bendito elevador aqui no vão central, hein?! Eita, povinho antiquado, viu…"

"As escadas são propositais, Viny", Capí explicou bondoso. "Elas nos mantêm saudáveis. Se a gente não fosse obrigado a subir isso aqui todos os dias, a gente ficaria sentado o tempo inteiro, com preguiça de sair do lugar, só lançando feitiço pra isso, feitiço praquilo, e engordando."

"Pô, véio…" Viny riu, apesar do cansaço. "Eu nunca tinha pensado nisso."

"Pois é. Por isso vassouras são proibidas no pátio interno, assim como os Pisantes também eram. Pra nos forçar a usar as escadas. Ideia do meu avô", Capí sorriu.

"Viu, Viny!" Caimana bateu no loiro com o livro de Alquimia. "Por isso eu sempre te digo: é preciso pesquisar a origem das coisas antes de sair criticando."

"Falando nisso, como vai o Vô Tibúrcio?"

"Na Tailândia agora", Capí respondeu com carinho. "Arranjou uma namorada por lá, acredita? Trinta anos mais jovem que ele."

"Ha! Adoro esse cara. Quantos anos ele tem mesmo?!"

"Vai fazer setenta e dois."

"Meu ídolo!"

Viny levou outra livrada na cabeça, mas Hugo não riu. Estava pensando no Eimi.

O mineirinho voltara a lhe perguntar sobre o pó branco naquela manhã, antes de saírem para a aula de Defesa. Já não bastava Eimi ficar olhando para ele todas as noites com cara de pidão antes de adormecer?

Era uma tortura dormir no mesmo quarto que o menino. Às vezes Hugo conseguia ignorá-lo, mas outras vezes era triste demais e Hugo saía do quarto e ia dormir nos sofás do dormitório. Fugia para respirar um pouco de ar menos carregado, fugia para tentar se livrar do remorso, e descontava toda aquela sua raiva e frustração nos bilhetes que mandava para Janaína, pedindo que ela, por favor, expandisse suas respostas. Ele precisava delas! Precisava se distrair com elas! Será que a baiana não entendia?! Parecia que fazia de propósito, enviando só frases soltas, caramba!

"Véi, já que você insiste... Os fins de semana aqui em Salvador estão sendo tranquilos. Como de costume, aos sábados e domingos a escola abre para visitas externas e vira um grande feirão a céu aberto para pais de alunos e bruxos do resto do Brasil, oferecendo uma extensa variedade de artigos artesanais e pratos exóticos para degustação. A Cidade Média sempre atraiu visitantes de fora, inclusive bruxos estrangeiros, então, nos fins de semana, ela deixa de ser escola e se transforma em ponto turístico. Os chapeleiros deixam a feirinha acontecer porque ~~é um bom disfarce para enganar os bruxos de fora quanto ao que realmente acontece aqui dentro~~ eles são bonzinhos. Aqui há certas casas e barraquinhas que só abrem aos fins de semana, e que vendem de tudo, desde pencas de balangandãs até coleções de búzios, redes, instrumentos musicais, entalhes em madeira, adereços mágicos, carrancas de proteção, e pulseirinhas de Nosso Senhor do Bonfim enfeitiçadas para fazerem o usuário se sentir bem – ~~a gente está precisando demais disso aqui hoje em dia~~. A esquina dos artistas fica sempre lotada, atraindo a atenção de bruxos ~~alienados~~ curiosos, que ~~não conseguem ver um palmo do que está acontecendo por aqui pois~~ precisam de óculos, mas óculos não são vendidos na feirinha. Em frente à loja de pinturas, um artista oferece caricaturas românticas instantâneas por 5 bufões para uma multidão de maridos e esposas que esperam do lado de fora. Não que esse "artista" faça qualquer coisa. Ele fica só recostado em sua cadeirinha enquanto uma pena faz todo o serviço. Em dois minutos, os clientes ~~otários~~ saem com caricaturas ~~inúteis~~ que se mexem e se beijam como os quadros da loja. Na esquina dos artesãos, os jovens que quiserem aprender a arte de fazer garrafas de areia colorida também podem. É só pagar. Mas cada vez menos pessoas da própria escola participam da feirinha, porque estão com medo ~~de levarem uma surra~~ dos altos preços. Compreensível.
SOBRE OS DIAS DE SEMANA, não acho que seja necessário comentar.

– Janaína (Feliz e Alegre) Brasileiro

É... as coisas estavam ruins em Salvador também. Talvez piores até do que no Rio, como ele suspeitara.

Enquanto isso, na Korkovado, os chapeleiros, com suas mentes simplistas e mecânicas, continuavam punindo alunos pelas ações do saci. Mesmo quando eram ações estapafúrdias, que nenhum jovem, em sã-consciência, teria feito, como, por exemplo, pintar de azul as botas de Ustra – esporas inclusive. Por mais que os alunos responsabilizados gritassem se dizendo inocentes, eles também eram levados e voltavam estranhos da sala do sumiço.

"É, o negócio tá feio..." Caimana murmurou, "... e a gente aqui, sem fazer nada."

"Uma coisa é lutar por um Brasil melhor, Cai", Capí ponderou, "outra muito diferente é ser burro e precipitado."

"Precipitado, véio?! A gente já tá quase em maio!! Quando é que tu vai deixar a gente fazer alguma coisa?!"

Desta vez, Índio não se manifestou. Apenas permaneceu calado, sentado num canto, soturno. A coisa ficara tão frequente que até ele estava começando a aceitar a teoria da hipnose.

O mineiro não era o único. Rumores haviam começado a circular pela escola falando de 'alunos espiões', perto dos quais todos deveriam se comportar bem. E cada jovem que era sequestrado e voltava 'diferente' da sala de sumiço contribuía para fortalecer aquela suspeita e aumentar o clima de tensão no colégio – principalmente entre os alunos mais liberais.

Não sabiam se podiam confiar nos próprios amigos… Era como se, mesmo com os chapeleiros fora da escola, eles estivessem convivendo com inspetores 24 horas por dia! As aulas em que os alunos espiões estudavam eram sempre as mais quietas, e até os professores passaram a falar menos quando em suas presenças, por via das dúvidas.

Naquela época de incertezas, o teatro era a única atividade que aliviava a tensão dos alunos. Os ensaios progrediam a passos largos e Hugo assistia sempre que tinha tempo, principalmente quando eram marcados os ensaios de dança. Como Viny nunca levava nada a sério, eles eram sempre hilários demais. Nem a professora conseguia segurar o riso, mesmo enquanto reclamava da falta de foco do pixie.

Os únicos que se irritavam de verdade com aquilo eram os Anjos. Em especial Abelardo, que estava realmente querendo fazer um bom trabalho. Compenetrado, ensaiava cada passo mil vezes, como se daquilo dependesse sua honra. E ainda era bom, o desgraçado. Não só no canto, como na dança. E na atuação? Na atuação, o anjo era imbatível. Arrancava lágrimas até de quem se recusava a chorar.

Abel sempre ensaiava suas falas como se já estivesse na apresentação oficial. Naquele momento, com a voz propositalmente embargada, berrava com o namorado de mentirinha, "Eles não sabem o que eu sinto, percebe?! Eles não entendem!" ele gritou, com uma angústia palpável no rosto, sentando-se na cama do quarto cenográfico enquanto Lucas – interpretado por Curió, do Clube das Luzes – segurava sua mão.

Todos no auditório haviam parado para assistir, esquecendo-se completamente de que deviam estar ensaiando suas próprias cenas.

"Eu te entendo, Eric…"

"Não! Você não entende!" Abel retrucou revoltado, afastando-se do namorado enquanto tentava enxugar as lágrimas. "Você não entende, nem nunca vai entender! Você não é um fiasco, como eu. Você é um bruxo! Um aluno admirado! Não sabe o que é andar pelas ruas do Sub-Saara sentindo que todos estão te olhando com desdém!"

Abelardo estava realmente chorando! … Chorando num ensaio!! Hugo ficava revoltado com aquilo: com o quanto Abel era bom, e, principalmente, com o esforço que ele próprio estava fazendo para que suas lágrimas não escorressem dos olhos enquanto o anjo chorava angustiado lá no palco. Era como se Abel conhecesse a fundo a angústia de ser um fiasco; a angústia de ser desdenhado por não ter poderes.

"… você não sabe o que é crescer numa família com tradição na magia, em que todos te veem como um NADA, como um defeito que não devia ter acontecido! Você não sabe o que é ser rejeitado pelo próprio PAI!"

"SEI SIM!" Lucas se levantou, mancando pela briga da cena anterior. "Sei sim… Disso eu sei", e, então, iniciou um número musical que era um dos mais difíceis da peça, porque os dois precisavam cantar chorando e ainda permanecer afinados.

Abel tirava aquilo de letra. Era genial. Absolutamente genial. E aquela música em particular era linda demais. Lucas começava cantando sobre sua rejeição por querer ser ator e dançarino em um mundo bruxo que absolutamente não valorizava aquilo. Então, Abel, no corpo de Eric, o interrompia cantando sobre seus próprios problemas, e a música, que começara como um conflito, uma comparação de egos, crescia nas últimas estrofes com os dois cantando exatamente a mesma coisa, em tons diferentes, percebendo que seus problemas eram iguais. Simplesmente sublime.

Sublime porque os dois cantavam aquele dueto com tanta verdade, chorando tanto, que era de moer o coração de qualquer marmanjo. Até Viny se escondia nas sombras para disfarçar, mas Hugo via suas lágrimas mesmo assim.

Impossível sentir ódio de Abelardo enquanto o anjo estava atuando, porque naqueles momentos, ele se tornava o personagem, … e era impossível ter ódio daquele personagem…. e daquele ator genial no palco. Quando a cena terminava, aí sim, Viny se sentia no direito de voltar a implicar com ele, mas enquanto ela estava acontecendo… impossível.

Felizmente, o pixie havia sido escolhido para o papel cômico da peça. Aquilo evitava muitas brigas, porque ele e Abelardo não estavam nem no mesmo núcleo. Raramente se encontravam no palco e, quando contracenavam, era para um provocar o outro, então a birra entre eles servia para tornar o conflito ainda mais realista.

"É de se estranhar os Anjos aceitarem fazer uma peça tão… revolucionária", Índio comentou, mexendo num dos soldadinhos de chumbo de Pedrinho II enquanto Viny tentava ler o jornal do dia sem se revoltar a cada duas palavras.

Virando mais uma página, o loiro deu de ombros, "O Abelzinho só tá fazendo a peça porque vai ser o principal."

"Ou porque ele secretamente concorda com tudo que a peça está dizendo", Capí sugeriu e Índio ergueu a sobrancelha, duvidando.

Quaisquer que fossem os verdadeiros motivos do anjo, o que todos ali concordavam é que aquela peça era um tapa na cara da Comissão. Se ainda não havia sido proibida, ou era porque os chapeleiros ainda não tinham sido informados sobre ela, ou porque preferiam não proibir uma aula que mantinha os alunos interessados mesmo durante um feriado.

Era dia 1º de maio, uma sexta-feira. Feriado que, em sua versão bruxa, comemorava o *Dia do Trabalho de Macumba*. Hugo ria sempre que se lembrava do nome, mesmo com Viny resmungando em seu ouvido a cada três segundos sobre a vergonha que eram os jornais brasileiros: uma primeira página inteira só sobre como os brasileiros estavam festejando felizes o feriado, e o restante do jornal cobrindo a guerra na Grã-Bretanha. Como se o Brasil fosse um país lindo e saltitante, com um governo maravilhoso, onde as únicas notícias precisavam vir de fora.

"Europa, Europa, e… olha só! Mais Europa!" Viny ironizou, estirado em um dos sofás, com o jornal cobrindo seu rosto. "Nem uma palavra sequer sobre o que está acontecendo aqui. Cocô de jornal."

"Relaxa, Viny. Lá tá tendo uma guerra!"

"E aqui não, Caí?!" Viny sentou-se novamente, jogando o jornal no chão, pegando sua varinha e tentando de novo, "Mokói!" mas nada da cadeira se dividir em duas.

"Ihihi! Não funcionou! Haha!" Playboy caçoou, estirado na cama como o grande filho da mãe que era.

"Ah, véio, desisto. É difícil demais!"

"Não é difícil não, Viny. É só praticar", Capí insistiu, levantando-se de onde estava e colocando um frasco vazio de alquimia na mesinha em frente ao loiro. "Não é Mokói. É Mokõi. Tenta de novo."

"Por que Mokõi, véio? Não podia ser uma coisinha mais fácil, tipo, *Divida-se*?!"

"Você tá preguiçoso demais, vai. Primeiro que você não está querendo dividir. Você quer multiplicar. Os feitiços de multiplicação precisam vir com o número de cópias que se quer fazer. É um pouco decoreba, eu sei, mas não dói. Oîepé, Mokõi, Mosapyr, Irundyk…"

"Credo…" Viny coçou a cabeça, apontando para o frasco, "Mokõi!" e ele finalmente se dividiu em dois. Ou se multiplicou, sei lá. "Eba…" Viny resmungou entediado, jogando-se no sofá de novo.

"Nada disso", Capí veio levantá-lo mais uma vez. "Agora multiplica o frasco por três."

Viny bufou. "Me diz por que é mesmo que a gente não tá lá fora enfrentando a Comissão?"

"Porque a gente não é burro. Anda."

"Como diz 10 em tupi?"

"Você nem conseguiu 3 e já quer 10?!"

Viny abriu um largo sorriso. "Ilumine-me."

"Mokõi pó. Duas mãos."

"Onde tá o Eimi, hein?" Caimana interrompeu a lição, percebendo a ausência do mineirinho, e Capí respondeu na maior tranquilidade, "Eu pedi que ele fosse dar uma escovada no Ehwaz."

"Não é perigoso deixar o menino sozinho por aí, Capí?"

"Ele precisa sentir que confiam nele. E o contato com animais é bom pra que a pessoa se sinta importante e amada. Unicórnios sentem quando alguém precisa de ajuda. Logo, logo, o Eimi aparece."

Ainda entediado, Viny se inclinou sobre a mesa e, com um peteleco, derrubou a cópia do frasco, que se espatifou no chão. Em vez de permanecer quebrado, no entanto, seus vários pedaços de vidro estilhaçado se juntaram novamente, formando dois novos frascos.

Viny arregalou os olhos. "Que irado! Cópias quebradas se multiplicam?!"

"Pois é", Capí deu uma risadinha. "Erro de programação."

Interessado, Hugo se inclinou para a frente também, "E o que acontece se a gente quebrar o original?"

Como resposta, Capí casualmente empurrou o original no chão. O frasco se espatifou, imediatamente estilhaçando consigo as duas outras cópias, que estavam a quase um metro de distância.

Hugo sorriu, achando o máximo. "Legal…"

"Ei!" Viny se endireitou, empolgado, "O que acontece se eu tentar multiplicar a minha mão?"

Antes que Capí pudesse dizer qualquer coisa, Viny apontou a varinha contra a própria mão e enunciou "Ixé Mokói…"

"Seu maluco!" Caimana desviou a varinha do namorado a tempo, e o feitiço malfeito explodiu um buraco no chão do quarto. "Louco varrido!" a elfa ainda disse, estapeando a cabeça do namorado com raiva enquanto todos se aproximavam para ver a extensão do dano feito ao piso.

Capí apontou para o buraco, apresentando-o ao amigo: "Viny, sua mão; sua mão, Viny."

O loiro deu uma risada nervosa, "Ainda bem que eu tive bom senso, né?" e levou mais uma livrada de Caimana, que fitou-o absolutamente furiosa.

"Buracos à parte, véio... alguns desses feitiços em Tupi são quase impossíveis de pronunciar! E ainda mais difíceis de lembrar! Eu sou estudioso, mas às vezes cansa, sabe?!"

A porta dos aposentos se abriu timidamente enquanto Viny resmungava, e só Hugo viu Eimi chegar. Em silêncio, o mineirinho sentou-se lá num canto, encolhido, ao lado do grande quadro imperial, sem nem dizer oi. Sequer notara o imenso buraco no chão. Apenas ficara ali, olhando para um canto qualquer, com os pensamentos em outra órbita.

O contato com Ehwaz claramente não havia sido suficiente...

Hugo olhou com pena para Capí, que já notara a presença de seu protegido e também observava o menino, entristecido, sem saber mais o que fazer para alegrá-lo.

Foi então que Hugo se lembrou de algo que Eimi lhe dissera no ano anterior. ... Algo muito interessante, que o menino mencionara apenas uma vez, em uma das aulas de Feitiço, mas que impressionara bastante, tanto ele quanto Areta, na época.

Lembrando-se daquilo, Hugo sentiu um enorme entusiasmo crescer em seu peito, junto com uma ideia. Estava na hora de trazer o mineirinho de volta, e agora ele sabia exatamente como fazê-lo.

CAPÍTULO 34

LÍNGUAS

"Ei, Eimi!" Hugo chamou a atenção do mineirinho, que fitou-o surpreso. Não era sempre que Hugo o chamava. "Lembra ano passado, que você contou pra Areta sobre aquela língua que faz os feitiços funcionarem no mundo todo?"

Eimi arregalou os olhos, espantado que Hugo se lembrasse, e disse um sim entusiasmado com a cabeça, "Uai, mas é claro que eu me alembro, sô! O Esperanto!"

"Oi?" Viny franziu a testa. "Peraí, do que vocês estão falando?"

"Aff... Não acredito que você nunca ouviu falar", Índio fitou o loiro com desdém, e antes que Viny pudesse responder à grosseria, foi impedido por um olhar discreto de Capí pedindo o silêncio dos dois para que Hugo pudesse continuar. Estava gostando da direção daquela conversa.

Hugo prosseguiu, "E essa língua funciona de verdade? Tipo, os feitiços nela funcionam em todos os países mesmo?"

Empolgado, Eimi respondeu que sim com a cabeça, e Viny arregalou os olhos, "Como assim, em todos os países?!"

O pixie estava perdidinho na conversa, coitado, e Hugo deu risada, "Eu não sei explicar direito, Viny. Acho melhor o Eimi responder. Ele é que sabe tudo sobre isso."

O rostinho do menino se iluminou de alegria. De repente, ele saiu contando tudo que sabia sobre o Esperanto, como uma pequena metralhadora mineira: falando de como a língua havia sido criada por um mequetrefe polonês em 1887 para ser uma língua internacional neutra de comunicação entre os povos... sobre como os primeiros bruxos esperantistas logo haviam descoberto que feitiços funcionavam nela também e funcionavam em todos os países, eliminando a barreira linguística que sempre impedira os bruxos de fazerem feitiços com eficiência quando viajavam entre continentes...

Já tendo entendido tudo, Viny interrompeu o mineirinho, fazendo voz de anúncio comercial, *"Vai viajar e não quer perder o braço no primeiro feitiço?! Aprenda Esperanto e viva o mundo da magia sem fronteiras!"*

Eimi deu risada. Era bom vê-lo sorrindo de novo.

"E é fácil aprender essa língua aí?"

O mineirinho disse que sim com a cabeça, "Em quatro mêis dá. Daí, dispois que nóis aprende, nóis pode fazê o feitiço que nóis quer, assim, no chute mesmo, sem precisá aprendê o feitiço antes."

Viny ergueu a sobrancelha impressionado, enquanto Caimana apenas sorria com os olhos, orgulhosa do menino que um dia vendera drogas na escola.

Estava na hora de Hugo dar mais um empurrãozinho, "E tu sabe falar essa tal língua aí, ou é só o seu tio que tava aprendendo?"

Eimi abriu um sorriso radiante; o maior sorriso de felicidade que Hugo já vira. "Eu aprendi nessas férias, sô."

"Assim tão rápido?!" Hugo arregalou os olhos, genuinamente impressionado, e o menino não coube em si de tanto orgulho. "Que irado, Eimi! Você podia ensinar pra gente?"

Pronto. Hugo chegara onde precisava chegar. E os olhinhos do menino se iluminaram feito duas fênix implodindo. "Eu?! Ensinar pr'ocês?!"

"Ué, tu não disse que era fácil?" ele perguntou de volta, vendo que Capí o olhava com o mais leve sorriso. Hugo havia entendido o recado.

"Eimi, é melhor você explicar logo essa língua pro Viny, porque ele já tá ficando azul", Índio comentou, sem tirar os olhos do livro que lia, e o mineirinho desatou a falar:

"Ah, ela funciona, tipo, montando as palavra, sabe? Tipo quebra-cabeça. Por exemplo, se ocê quer falar o contrário da palavra, é só ocê colocar 'mal' na frente das palavra. Espia só", e Eimi sacou a varinha, apontando para a mesinha de centro, "*Grandiĝu!*" e a mesa aumentou de tamanho. "*Malgrandiĝu!*" e a mesa encolheu novamente.

"Ha! Genial…" Viny deu risada, impressionado, repetindo os dois feitiços na mesa sem a menor dificuldade enquanto Hugo ria para si mesmo com um pensamento que lhe ocorrera: falando Esperanto, Eimi não tinha sotaque mineiro.

"Quantos feitiços nessa língua você já aprendeu, Eimi?" Caimana perguntou interessada, e, para sua surpresa, o mineirinho respondeu, "Nenhum, uai… Eu num aprendi os feitiço, eu só aprendi a língua mesmo."

A elfa ergueu a sobrancelha. "Como assim?"

"Ocê pode fazê quarqué coisa com a varinha, se ocê souber como dizer o verbo em Esperanto. Num tem necessidade de aprender os feitiço específico. Por exemplo, *Grandiĝu* vem de *granda*, que é 'grande'. Daí é só colocar o '*iĝ*' nas palavra quando ocê quer que a coisa se torne isso. Então *Grandiĝu* é 'se torne grande', e *dikiĝu* é 'se torne gordo'. Ocês sabe um feitiço pruma pessoa rir?"

"*Cosca?*" Hugo sugeriu, lembrando-se da aula de feitiços mais humilhante de sua vida.

"*Cosca* é pra fazer cosca. Mas rir mesmo, gargalhar, ocê sabe? Por exemplo, se ocê quiser que uma pessoa que ocê num gosta comece a rir adoidado no meio duma reunião muito da séria, sem que a pessoa fique se contorcendo toda de cosca. O que ocê faria?"

Hugo deu de ombros, e Eimi olhou para Capí, que ergueu a sobrancelha, aparentemente não sabendo também; o que, por si só, já era impressionante.

O mineirinho sorriu orgulhoso, "Então, ninguém me ensinou qual é o tarr do feitiço que faz as pessoa gargalhar em Esperanto, mas se eu disser *Ridu* ou *Ridegu*, eu sei que vai funcionar."

"*Ridegu?*"

"É rir no aumentativo. Ah! Isso é importante! Todos os feitiço termina com 'u', porque eles são uma ordi. Ocê tá ordenando que a mesa fique grande, e que as pessoa ria. Daí, os imperativo termina sempre com 'u'."

"Então, quando tu diz '*ridegu*', tu tá dizendo 'gargalhe'? É isso?!" Viny deu risada, adorando a praticidade daquilo. "Deve ser divertido jogar esse aí em alguém."

"Se ocê deixar esse feitiço por muito tempo, a pessoa pode inté morrê sem ar."

Todos ficaram sérios.

"Pois é. É perigoso demais da conta poder fazer quarquer feitiço que dê na telha, mas vem a calhar. É o que meu tio sempre diz: o Esperanto é uma língua com um baita de um objetivo nobre, de unir os povo desse mundão, mas continua sendo uma língua. Uma ferramenta. Funciona muito bem pra unir, mas algumas pessoa vão fazer o que quiser com ela."

"Claro", Caimana completou entristecida, "assim como uma caneta pode ser usada para escrever poemas de amor ou para enfiar no estômago de alguém. Ainda assim, é melhor ter a caneta do que não ter."

"O ser humano é capaz de corromper tudo", Índio disse soturno, e Capí retrucou, "Só se a gente deixar, Índio. Só se a gente deixar."

Eimi olhou para eles, sem entender por que aquele clima pesado se instalara. "Óia, ainda bem que, por enquanto, é tudo bonzinho, quem fala Esperanto. E, tipo, eles conhece um montão de gente no mundo todo!" ele completou, empolgando os cinco de novo. Menos Playboy, que já dormira na cama imperial há séculos.

"Então, Eimi", Viny voltou ao assunto, agora bastante animado, "pelo que tu tá dizendo então, qualquer palavra chutada pode funcionar como feitiço, né?"

"Se ocê disser uma palavra correta, sim."

"Tá, então, tu que nunca aprendeu multiplicação, multiplica a mesa em duas."

"Viny…" Caimana já ia dar bronca, mas Capí pediu, com um gesto discreto de mão, que ela se contivesse. Queria ver o mineirinho se sair daquela sozinho.

Raciocinando um pouco, Eimi pegou sua varinha e apontou para a mesa, "*Apartu!*"

A mesa se dividiu ao meio. Duas partes de mesa, não duas mesas.

"Ops… *Duobliĝu!*" Eimi corrigiu, finalmente multiplicando uma das partes da mesa em duas.

O mineirinho sorriu todo contente, e Viny deu risada, adorando aquilo. Soava menos complicado de se pronunciar do que *mokōi*. "O que é *duobliĝu*?"

"*Du* é dois. *Duoblo* é dobro. *Duobliĝu* é 'se torne dobro.'"

"E três, como diz?"

"*Tri.*"

"Então, triplicar seria…" Viny apontou para outra mesa, "*Triobliĝu!*" e a mesa se multiplicou em três, uma delas atropelando Índio lá do outro lado.

"Véio!!!" o loiro exclamou, empolgado e inconformado ao mesmo tempo. "Por que os professores não ensinam isso?!"

"Por caus'di que a maioria não conhece. E a outra parte tem preconceito."

"Pra variar", Caimana concluiu. "Eimi, você vai ter que ensinar tudo isso aí pra gente, tu tá sabendo né?"

Extasiado, Eimi já ia desatar a falar de novo quando foi interrompido por duas vozes que conversavam à distância.

Os Pixies franziram o cenho apreensivos, e, sinalizando por silêncio, foram espiar pelo buraco da fechadura, mas não havia ninguém no corredor lá fora.

Assustados, eles se entreolharam no silêncio, esperando que as vozes soassem de novo. Hugo podia sentir seu coração bater acelerado no peito. Eles tinham sido descobertos... Eles tinham sido descobertos e estavam todos ferrados.

As vozes soaram de novo, desta vez mais altas, mas era como se elas estivessem dentro do quarto, não lá fora! E os cinco olharam ao mesmo tempo para o rombo que Viny abrira no chão do quarto, cercando-o de imediato.

Agachando-se na beirada do pequeno abismo, Hugo virou seu ouvido bom em direção ao buraco escuro, de fato ouvindo vozes ecoando dali. "Tem uma sala de aula aqui embaixo?!"

Estranhando, Capí negou, agachando-se preocupado e gritando lá para dentro, "Ei! Tudo bem aí, amigo?! Alguém se machucou aí embaixo?!"

Nada. Só o eco de sua voz.

"Alôôô?!"

"*Hello?*" uma voz relutante respondeu lá debaixo, e Viny fez careta, "*Hello?!* Por que tu tá falando inglês, seu colonizado?!"

"...*What did you say?! Who's there?!*"

Os Pixies se entreolharam surpresos, e Caimana sussurrou, "*Caraca... O cara é gringo mesmo!*"

Capí olhou para os outros, "Alguém aqui fala inglês?" e Viny, meio envergonhado, levantou a mão, dando um risinho tímido, "Culpado."

Vendo o espanto no rosto dos amigos, ele tentou se justificar, "Eu tinha que conhecer a língua do inimigo, né?!" E então, virou-se para o buraco, inseguro, "uuh... *Who are you?*"

Depois de hesitar um pouco, o garoto do outro lado respondeu algo como *Néviu* – Hugo não entendeu direito, mas de agora em diante, o chamaria assim.

Caimana cutucou o namorado, "*Pergunta pra ele da onde ele é!*" e Viny obedeceu, esperando a resposta do garoto e arregalando os olhos animado, "A gente tá falando com a Grã-Bretanha!"

"Mas eles não estão em guerra?!"

"Será que, se a gente explodir o chão inclinando um pouquinho mais pra direita, o buraco vai dar lá no Japão?"

Caimana bateu no namorado com a almofada. "Nem brinca em fazer isso de novo, Viny!" e o loiro, desistindo do Japão, resolveu voltar a conversar com o garoto britânico mesmo. Foi traduzindo tudo para eles enquanto os dois conversavam sobre como o tal *Néviu* estava impressionado por estar falando com o Brasil, sobre o clima pesado na Grã-Bretanha... sobre como ele havia aprendido um pouco de português com a avó, que por sua vez, aprendera a língua em uma de suas viagens à Amazônia, onde aprendera também tupi e herbologia com o Pajé Morubixaba – *Capí sorriu nessa parte* – ... mas que ele tinha vergonha de falar português com eles... porque não praticava há algum tempo... etc... etc... e Viny parou de traduzir. Ou porque se esquecera, ou porque estava interessado demais no que o garoto estava dizendo, e os dois continuaram conversando por minutos intermináveis sem que os outros Pixies entendessem bulhufas até que Caimana deu uma cotovelada no namorado, "Para de xingar a gente aí, vai!"

E Viny deu risada, mas Índio também estava incomodado, "Por que a gente não usa um feitiço de tradução simultânea?"

O loiro fez careta, "Esse feitiço é horrível! Traduz tudo errado!"

"Então conta você o que ele disse, pô!"

Viny ficou sério. "O *Néviu* tá dizendo que lá a barra tá pesada, e que ele tá escondido com outros alunos em uma seção abandonada da escola deles, e…"

O pixie foi interrompido por um ruído distante de alarme, vindo do buraco, e Néviu desapareceu por alguns segundos, em meio às vozes de dezenas de jovens que apresentavam um misto de surpresa, medo e entusiasmo.

"Néviu?" eles chamaram-no preocupados, e a voz do jovem reapareceu depois de alguns segundos, sussurrando, *"Estou aqui"*, em um português bastante carregado, *"Ó, gentche, eu preciso sair. Alguém invadiu a cidade, e eu acho que eu sei quem é!"* ele disse, estranhamente empolgado, saindo e voltando mais uma vez antes de partir, *"Listen, se um maluco como o daqui tomar a escola de vocês, luteim até o fim, estaum me ouvindo? Não fiquem calados; façam barulho. Grafitemm paredes, denunciemm, reajamm! Mesmo que seja perigoso. Não deixem eles fazeremm o que quiseremm, ok?"*

Viny assentiu, sério. "Não vamos deixar. Se cuida aí, Néviu!"

"Até a proksima!"

"Atê!"

Néviu saiu, e Viny olhou entusiasmado para os outros Pixies, "Viram?! Eu disse! A gente tem que reagir!"

"Corajoso, ele é", Índio admitiu, ainda olhando impressionado para o buraco, mas Capí meneou a cabeça, "Entre a coragem e a imprudência existe apenas uma linha tênue."

Olhando para Eimi, que se encolhera no canto novamente, se sentindo esquecido, Capí sorriu bondoso, "Então, você vai ou não vai ensinar Esperanto pra gente?" e Eimi, de repente radiante, saiu correndo para buscar o material necessário.

CAPÍTULO 35

OS CONDENADOS DA TERRA

"Onde foi todo mundo?!" Playboy perguntou, coçando os olhos e se levantando da cama imperial. Caimana, Viny e Índio haviam decidido acompanhar Eimi até lá embaixo, deixando apenas Hugo e Capí tomando conta do bandido.

Era bem provável que os quatro demorassem a voltar. Por mais empolgado que o minerinho estivesse com a perspectiva de ensinar alguma coisa aos Pixies, ele iria querer se preparar antes de ensiná-los, para não fazer feio. Talvez só voltasse em uma, duas horas. Mas Capí estava satisfeito demais para se importar com a espera; orgulhoso do que Hugo fizera, e fazendo questão de transmitir-lhe aquele orgulho com o olhar.

"O moleque até que é gente fina, né?" Playboy sentou-se todo folgado no chão próximo ao quadro do imperador, e Hugo fechou a cara, "Ele é gente finíssima, e tu não vai se meter com ele!"

"Tá bom, tá bom!" o bandido ergueu as mãos em rendição. "Pode deixar, Formiga!"

Irritado, Hugo respirou fundo, tentando não olhar mais para ele, mas era impossível, com o filho da mãe logo ali, balançando as pernas... olhando para o teto... dando risada de pensamentos privados... Hugo encarou-o novamente, e Playboy entendeu o recado, se segurando para não se mexer mais, enquanto Capí lia um documento antigo, da época do Império, recostado na beira da cama.

Tirando um Bufão de Prata do bolso, Hugo começou a rodar a moeda entre os dedos, tentando acalmar a raiva que estava sentindo, mas a presença de Playboy na mesma sala estava tornando aquilo ligeiramente impossível.

"Ae", o bandido chamou Capí, já que Hugo não queria conversar, "tu disse que o Pedrinho tava numa moeda, não disse? Eu posso ver?!"

Hugo bufou, mas Capí sorriu solícito, tirando do bolso um Infante de Bronze e jogando-o para o bandido. Playboy virou a moedinha a favor da luz, para ver melhor.

"Irado, ae..."

Pegando uma Coroa de Ouro também, Capí foi sentar-se ao lado do bandido, que se endireitou no chão, como se ainda restasse nele alguma noção de respeito, e pegou a nova moeda das mãos do pixie. "Essa aí era a tal avó doidona dele?"

Capí sorriu, "Bisavó. Maria I. E..." Procurando por um Bufão de Prata nos bolsos, pediu, "Hugo, me empresta o seu?"

Olhando impaciente para Playboy, Hugo resmungou de má vontade, "Essa ele já conhece", e atirou a moeda para o pixie, que mostrou-a ao bandido. "Esse aqui é o Bufão de Prata, com o rosto do Rei Dom João VI, aquele que não tomava banho."

Playboy arregalou os olhos. "Ih! Ó aí! A medalha do Caíça!"

Capí fitou-o surpreso, "Do Caiçara?"

"É, essa aí mesmo..." Playboy murmurou, hipnotizado pelo Bufão. "Bagulho doido ae... Só que a do Caiça era mais velhinha, toda carcumida já." O bandido deu uma leve risada, "Medalha da sorte... sei. O Caiça tinha aquela medalha desde muleque, né, Formiga?! Tu lembra? Ele dizia que tinham dado pra ele de presente, mas eu acho que era tudo caô. Ele inventô aquela história toda. Eu acho que ele nem lembrava onde ele tinha achado a medalha."

Hugo revirou os olhos, não aguentando mais ouvir a voz daquele filho da mãe, mas Capí parecia levemente incomodado.

"Que foi?"

O pixie levantou-se e foi com Hugo até um canto mais reservado do quarto. "*Qual era o nome do Caiçara? Você sabe?*"

Hugo estranhou a pergunta. "Claudinei Menezes. Por quê?"

"Nada não", Capí respondeu, mas continuava cabreiro. Tanto que, poucos segundos depois, pediu licença, dirigindo-se à saída, "Você pode ficar aqui com o Micael enquanto eu checo uma coisa?"

Hugo fez cara feia para o '*Micael*', mas concordou, tomando sua moeda de volta das mãos do bandido com a mínima delicadeza possível e sentando-se no chão novamente.

Assim que o pixie saiu, Hugo sacou sua varinha e a mantevê no colo. Playboy que não se metesse a engraçadinho enquanto os dois estivessem ali.

Depois de algum tempo em silêncio absoluto, no entanto, o bandido não se conteve, "Ae, me chama de Micael também?"

Hugo lançou-lhe um olhar de ameaça, e Playboy se encolheu todo, olhando-o com cara de inocente.

"... Formiga?"

"*Que foi...*" Hugo murmurou impaciente, sem olhar para ele.

"Ae, tu sabia que o pai do Pedrinho era mó mulherengo?"

"Sabia", ele respondeu seco, começando a praticar o feitiço '*apartu*' em formigas no chão. Elas eram cortadas pela metade e morriam estrebuchando.

Aquilo manteve o bandido em silêncio por mais alguns abençoados segundos, até que Playboy o chamou novamente, e Hugo revirou os olhos, "O QUÊ?"

"Tu sabia que o Pedrinho, quando ficô mais coroa, libertô os escravo?"

Hugo cerrou os olhos, pedindo paciência ao senhor dos coroinhas, e já ia pegando sua varinha novamente quando uma pasta de arquivo caiu sobre seu colo. "Que é isso?"

Capí fez sinal para que Hugo lesse, e ele obedeceu, abrindo a pasta de papelão e vendo que era o arquivo envelhecido de um ex-aluno.

Claudinei Menezes.

Hugo olhou para Capí, surpreso, "Tá de sacanagem!" e voltou a ler o arquivo. Lá estava Caiçara, com seus 13 anos de idade, 'pai: Desconhecido', 'mãe: Desconhecida' etc. etc. etc.

Playboy se levantou lá do canto, "Qual foi?" e veio ver também. "Ih! Ó o Caíça aí! O Caíça muleque!"

Hugo olhou de novo para o rosto magricela na foto, rosto de menino desconfiado e valente, enquanto Playboy fazia um esforço fenomenal para tentar entender alguma coisa do que estava escrito. Mas o bandido, claramente, tinha dificuldades naquele sentido, e Capí explicou, "Ele era aluno daqui."

"O Caíça era bruxo?!" Playboy fitou-o surpreso. "Ele nunca contô nada pra gente! Que vacilão!"

"Ele não se lembrava, Micael. Quando foi expulso da Korkovado, apagaram a memória dele."

"Caraca! Dá pra apagar memória, é?!"

Hugo e Capí se entreolharam, mas acharam melhor não responder. Virando-se para Hugo, o pixie explicou, "Normalmente, alunos expulsos têm suas varinhas quebradas e só. No caso dele, apagaram também a memória porque… bom, conhecendo a Dalila como eu conheço, eles não queriam um 'favelado' na comunidade bruxa, sem ter aprendido bruxaria e sem sequer ser filho de bruxos."

Sentindo seu desprezo pela Conselheira crescer um pouco mais, Hugo voltou a ler a ficha, estranhando, "Que aluno é expulso no primeiro ano?!"

Capí olhou-o de rabo de olho com um leve sorriso, "Você chegou perto disso ano passado."

"É… isso é verdade", Hugo foi obrigado a concordar. Se não tivesse sido pela interferência de Zoroasta, Dalila teria conseguido tirar mais um 'favelado' dali. Que ódio ele tinha daquela mulher.

"Dá uma olhada nas provas que ele fez", Capí avançou algumas páginas no arquivo até a primeira prova, e depois para as seguintes, e Hugo fitou-o chocado, "Todas em branco!"

O pixie confirmou, com um olhar significativo. "Só o nome escrito. E muito mal escrito."

Percebendo as implicações daquilo, Hugo fitou-o pasmo, voltando a olhar para aquele absurdo enquanto Capí falava.

"Na primeira página diz que ele foi expulso por repetidas agressões a outros alunos. Mas as agressões não começaram logo no início, tá vendo? Demoraram alguns meses pra se manifestar. Esse tipo de reação violenta é comum quando a pessoa se sente acuada. E ele estava acuado. Não sabia escrever e tinha vergonha de contar para os outros. Eu conheço muito bem esse tipo de constrangimento. É o que eu vejo em todos os alunos analfabetos que eu abordo. Foi o que você viu também, nas visitas que fez comigo no começo do ano."

Hugo concordou.

"O orgulho, no caso dele, também o impedia de pedir ajuda. E a solução que o Caiçara encontrou pra não se sentir inferior aos outros foi tentar se mostrar mais forte que eles. Mais agressivo."

"Daí, ele foi expulso."

"E teve a memória apagada."

Hugo balançou a cabeça, achando aquilo tudo absurdo demais… cruel demais… Simplesmente jogaram o garoto na rua, sem memória?! Em qualquer lugar?!

Capí acompanhava as mudanças em seu rosto, concordando com tudo que sabia que ele estava pensando, e Hugo murmurou revoltado, "Eles viram que ele não podia ler e não fizeram nada?!"

"Nunca fazem. Acharam mais fácil escorraçá-lo daqui. Abandoná-lo na rua. Esquecê-lo por completo." Capí apontou para o parecer na última página:

"*Em reunião extraordinária do Conselho Escolar de Superiores, do dia 20 do 05 (Maio) de 1991, ficou decidido que o melhor para a escola e para o aluno acima citado será seu completo esquecimento do mundo bruxo e sua reinserção imediata na sociedade azêmola. A decisão é definitiva. Fica, portanto, vedada qualquer possibilidade de recurso por parte do aluno ou de professores.*

Assinado,
    Dalila Lacerda

Hugo estava horrorizado. Como podiam decidir por apagar a memória de uma criança?! Tá certo que Hugo tinha feito o mesmo com Abelardo, mas havia sido sem pensar, por impulso! E Abel não era uma criança.

"Claudinei esqueceu de tudo, mas a revolta permaneceu lá, dentro dele."

"Esse tempo todo ele era bruxo..." Hugo murmurou, ainda chocado. Se houvessem dado uma chance àquele menino da foto... se tivessem tomado conta dele...

"... Talvez ele nunca tivesse virado bandido", Capí completou seus pensamentos, e Hugo ficou em silêncio por alguns instantes, refletindo sobre aquela terrível verdade. *E pensar que ele quase matara o cara...* Se o Caiçara tivesse morrido por suas mãos naquela noite, não pelas patas da mula, quanto remorso Hugo estaria sentindo agora?

"Eu me lembro dele", Capí comentou. "Agora, vendo a foto, eu me lembro. Ele ficava quieto no canto, não conversava com ninguém, fingia que estava estudando quando chegavam perto... Eu sabia que era fingimento, porque eu praticamente nasci nesse colégio. Eu tinha nove anos de idade, mas eu sabia reconhecer. Quando ele percebia que eu estava olhando, ele me batia, me chutava revoltado, mas eu tentava relevar, porque eu sabia que ele tava sofrendo. Eu sabia porque, ao contrário dos outros, eu sempre fui muito observador. Quando ele achava que ninguém estava olhando, ele se sentava num canto e chorava sem parar. Chorava de medo. Não queria sair daqui, não queria voltar para o pesadelo em que vivia antes, mas ele sabia que, cedo ou tarde, iam expulsá-lo. Por isso, ele chorava. Como eu podia ter raiva de alguém assim? Você entende?"

Hugo apenas ouvia, chocado. Não tinha o que dizer. Sabia muito bem o que era o temor de ser expulso. De ter que voltar a uma situação intolerável.

"Foi aquele menino que me ensinou a ter compaixão", Capí confessou. "Foi vendo o sofrimento dele... percebendo que as agressões que ele infligia em mim eram apenas o resultado direto daquele sofrimento, que eu entendi meu pai."

Capí pausou com a voz embargada, ficando em silêncio por um breve momento antes de prosseguir, "... Ele me fez entender que as pessoas não são cruéis de graça. Meu pai não era cruel de graça. A crueldade é fruto das circunstâncias. É resultado de passados, de temores, de dúvidas, de inseguranças; não de uma maldade inerente e sem sentido. Aquele jovem me fez compreender que, antes de julgar qualquer um, eu precisava tentar entendê-los, para não cometer nenhuma injustiça. Porque ninguém é de ferro, e algumas pessoas são menos resistentes que outras a determinadas situações, e eu precisava entender isso e ter compaixão. E perdoar. Perdoar aquele garoto... Perdoar meu pai."

Hugo e Playboy olhavam para o pixie em silêncio, respeitando sua dor. Até o bandido entendia que não era hora de soltar piadinha.

"Aquele tapa que seu pai te deu ano passado..." Hugo comentou, respeitoso, "... não foi a primeira vez que ele te bateu."

Era uma afirmação, mais do que uma pergunta, e Capí confirmou, enxugando as lágrimas que desciam em seu rosto. Não, não era a primeira vez, e Hugo sentiu um ódio imenso daquele boçal do Fausto. Como Capí podia ter qualquer compaixão por um pai daqueles?

Decidindo parar por ali, o pixie sacudiu a cabeça e levantou-se, pegando de volta a ficha, "Enfim, esse garoto foi um dos casos que me fizeram resolver ensinar português para os novatos, já no ano seguinte."

"Tu ensina portuguêis, é?!" Playboy arregalou os olhos, de repente entusiasmado, e Capí fitou-o com um leve sorriso de possibilidade.

Os três saíram para a sala de reforço sem fazer barulho, Playboy olhando maravilhado para tudo como se nunca houvesse visto aquele depósito antes, tocando o quadro negro, as mesas, passando os dedos pelas cadeiras enquanto Capí assistia com ternura, vendo o entusiasmo em seu olhar.

"Tu pode me ensinar mesmo?!"

Capí confirmou com um movimento gentil de cabeça. Era tudo que o pixie queria ouvir. E Playboy, empolgado, correu para ver os cadernos empilhados no outro canto da sala, atrás de uma pilha gigante de mesas.

"Mas você vai ter que assistir às aulas escondido", Capí elevou a voz, para que ela alcançasse o bandido lá atrás. "Os outros alunos não podem, de modo algum, ficar sabendo. Entendeu?!"

"... O que eles não podem ficar sabendo?" Gislene perguntou, curiosa, atrás deles, e Hugo cerrou os olhos, se preparando para o pior.

CAPÍTULO 36
O ROMPIMENTO

"Ele matou meu pai, Ítalo! A sangue frio!" Gislene berrou furiosa, já tendo ouvido todas as explicações possíveis e imagináveis e não cedendo nem um milímetro a elas. Estava chorando, tremendo de ódio, e Capí, preocupado, tentou acalmá-la, "Eu... Gi, eu sei, mas..."

Ela o empurrou para trás, "Não tem MAS nessa história, Ítalo! Ele é um assassino!"

Playboy já havia sido levado para dentro dos aposentos, de modo que eles podiam falar livremente ali, e Capí estava destruído, consternado, não sabendo mais o que dizer. "Gi... tenta entender... ele precisa de ajuda!"

"Não... VOCÊ precisa de ajuda. VOCÊ e essa sua mania de ajudar todo mundo! Ítalo! Esse cara é um monstro! Ele não merece a sua bondade! Ele não merece a sua atenção! E você, Idá?! Como você pode estar do lado desse assassino?!"

"Eu não tô do lado dele!" Hugo respondeu, surpreendendo-se com quão pouca convicção sentira ao dizer aquilo.

Consternado, o pixie ainda tentou um último recurso, "Gi... Você queria que a gente tivesse feito o quê? Entregado ele aos lobos?!"

"CLARO!" Gislene berrou. "Ele merece ser torturado e MORTO!!!"

Capí recuou chocado. Mais chocado do que ficara ao ouvir Rafinha dizer o mesmo.

Hugo entendia a surpresa do pixie... Afinal, ela era a companheira de ensino dele... Ela sabia as coisas que aqueles novatos passavam! Ela era mais adulta, mentalmente, que Rafinha...

"E me admira você, Idá", ela murmurou. "Como tu pode concordar com essa palhaçada?"

Hugo desviou os olhos, envergonhado, e Gislene voltou-se para o pixie, "Ele matou meu pai com um fuzil dourado quando meu pai estava saindo pra trabalhar. Ele matou por razão NENHUMA! Se o Playboy ficar, eu saio. Eu não vou mais te ajudar."

Capí fitou-a sem saber o que dizer. Estava claro em seus olhos que ele queria consertar aquilo de alguma maneira, mas que não iria arredar pé. Playboy seria seu aluno, não importava o que ela dissesse. O pixie nunca desistiria de alguém que precisasse de ajuda. Hugo já o conhecia o suficiente para ter certeza absoluta daquilo.

"Gi..." Capí estava chorando, "eu vou ensinar o Micael, porque essa é a única chance que ele tem de mudar. De ser uma pessoa melhor. Você me entende?"

"Não, você é que não está entendendo, Ítalo", ela rebateu seca, agora sem uma lágrima no rosto. "A gente não é mais amigo."

E Gislene saiu, batendo a porta.

Capí desabou em uma das carteiras, cobrindo a cabeça com os braços, transtornado, e Hugo tentou acalmá-lo, pondo a mão em suas costas, mas não tinha o que dizer. Se fosse em outra ocasião, ele até poderia ter dito um: *não liga pra Gislene, ela é uma chata*. Mas aquele não era o caso. Definitivamente não era.

"Talvez ela ainda consiga perdoar o Micael um dia…" o pixie murmurou, voltando ao assunto anterior como se quisesse esquecer que ela acabara de romper sua amizade com ele, mas Hugo negou com a cabeça, "Ela não vai perdoar o Playboy, Capí. Ela nunca perdoa. Eu conheço a Gi melhor do que você."

Capí assentiu, aceitando aquele fato.

Sentindo muita dor em ter de dizer aquilo, mas sabendo que precisava ser dito, por lealdade a ele, Hugo completou, "E talvez ela nunca perdoe você também."

Eles se entreolharam por alguns longos instantes… Capí sabendo muito bem que Hugo dissera uma verdade, e tentando se conformar com aquilo, mas estava sendo difícil. Doloroso demais.

Hugo olhou para trás, percebendo que os outros Pixies já haviam chegado há algum tempo, mas assistiam de longe; Viny encolhido no chão perto da parede de entrada, Índio sentado em uma das cadeiras, com o olhar baixo, e Caimana bem mais próxima, de pé, observando o amigo com pena, querendo demais consolá-lo. Foi seguindo esse ímpeto que ela se aproximou, "Vem, Capí. Vamos voltar lá pra dentro."

Como uma criança exausta, Capí deixou-se ser levado por ela, e todos entraram nos aposentos Imperiais, fechando a porta.

"E o Eimi?" Hugo perguntou enquanto sentavam-se novamente, cada um em seu canto favorito do quarto principal.

"A gente marcou com ele lá no Pé de Cachimbo, em meia hora."

Hugo assentiu e Caimana voltou-se para o amigo, "Você sabia que isso podia acabar acontecendo, Capí…"

Sentado na escrivaninha de Pedrinho, o pixie não respondeu. Estava destroçado demais para responder.

"Desculpa ae, colega", Playboy ainda tentou dizer, mas foi agarrado por Índio pela camisa e levado à força para uma sala adjunta.

"Ei!" o bandido ainda protestou em vão, enquanto o mineiro trancava-o lá dentro para que pudessem ficar sozinhos no quarto principal. Estava absolutamente furioso…

"O que deu em você?!" Caimana perguntou assustada.

"Agora são nove que sabem do Playboy. NOVE!"

"Tipo a sociedade do anel!" Viny brincou, tentando alegrar o grupo, mas todos olharam para ele sem paciência e o loiro desistiu, se recolhendo num canto enquanto Índio andava de um lado para o outro, espumando de raiva, "A gente devia ter se livrado dele quando ainda podia. Jogado o homem em outro estado, sei lá!"

Capí estava negando veementemente com a cabeça, "Aqui ele tem uma chance de se reformar, Índio. De descansar do mundo violento que ele conhece lá fora, estudar, crescer…"

"Ninguém cresce escondido."

"Eu cresci escondido nesse colégio minha vida inteira. Pra só depois conhecer o mundo."

"É, mas ele já conheceu o mundo. E já se corrompeu. Agora não adianta! Ele não muda mais!"

"Se fosse assim, eu já teria desistido de muita gente aqui", Capí retrucou, olhando de leve para Hugo. "Dá uma chance pro cara, Índio."

O mineiro meneou a cabeça, ainda inquieto. "Eu nem digo que não seja possível reformar o bandido... Mas Mefisto Bofronte não está de brincadeira! Se ele encontrar esse cara aqui, a gente não vai ser só expulso do colégio; a gente vai ser PRESO! Isso é sério, Capí. Você percebe o risco que a gente está correndo, não percebe? Dos NOVE que sabem do Playboy, TRÊS querem vê-lo morto! E se a Gislene contar?"

"A Gi não vai contar", Capí respondeu, com uma convicção que chocou o mineiro.

"Tá, e se alguém mais descobrir?"

"Ninguém vai descobrir ele aqui. Só eu e o Atlas conhecemos esse lugar."

Como resposta à declaração do pixie, uma risada lenta e cruel começou a ecoar pelos quatro cantos do quarto. Uma risada de moleque travesso que, infelizmente, Hugo reconhecia.

CAPÍTULO 37

DEZ

Cerrando os olhos, Hugo se xingou de todas as formas possíveis enquanto os Pixies olhavam para os lados, tentando encontrar o autor daquela risada.

"*Hihihi... segredos, segredos, adoro segredos...*"

A voz de Peteca ecoou assustadoramente por todos os cantos, e os Pixies sacaram suas varinhas, apontando-as ao ar enquanto Hugo recuava para as sombras, não querendo ser acusado de nada.

"Capí?" Caimana virou-se para o amigo, que olhou-a de volta, apreensivo, formando a palavra '...*saci*...' com a boca, enquanto segurava firme a Furiosa, preparando-se para o pior.

Como que para confirmar o diagnóstico do pixie, uma ventania tomou conta do quarto, derrubando metade dos cristais, quebrando os brinquedos mais frágeis, e Viny gritou com raiva por cima do vento "Aparece, covarde!" No mesmo instante, o saci obedeceu, pipocando no ar, saído de um redemoinho relâmpago e pousando com as três patas no chão de madeira, como um gato. A ventania parou e todos apontaram suas varinhas contra ele, que respondeu sacando sua própria, "Ta-dah!"

"Ei! Essa aí não é a varinha do Atlas?!" Viny perguntou chocado, confirmando só de olhar para o rosto sério de Capí.

"Hihihih! É não! Essa varinha é minha! Eu peguei! Pegue-ei, pegue-ei!" Peteca saltitou animado; uma das mãos impulsionando o chão junto à perna enquanto a outra segurava a varinha para o alto em triunfo, a poucos metros dos olhos de Capí. Antes que Capí pudesse roubá-la dele, no entanto, o diabinho saltou como uma fera raivosa, derrubando-o no chão e tomando impulso em seu peito para pular e se pendurar lá no alto, nas cortinas da cama imperial. Fora do alcance do pixie, olhou-o com seus olhos negros quase fechados de raiva pela tentativa de roubo, fazendo aquele chiado de fera acuada pronta para atacar, enquanto mostrava-lhe os dentes.

"Peteca, para!" Hugo resolveu interferir antes que algo de realmente ruim acontecesse, e o saci arregalou os olhos, mudando totalmente de semblante ao reconhecê-lo. "Ih! Colega!" ele disse animado, saltando das cortinas com um mortal para trás e indo lhe falar como uma criancinha empolgada, prendendo a varinha do professor na tanga vermelha enquanto saltitava.

Os Pixies se afastaram, olhando surpresos para Hugo.

"Peteca, presta atenção", ele disse, tomando o saci pelos ombros e acompanhando-o até a sala de banho, onde poderiam ter um papo mais reservado. "A gente precisa da sua ajuda. A gente precisa do seu silêncio."

"Mas é tão divertido contar segredos!" o saci saltitou empolgado enquanto Hugo tentava mantê-lo parado no lugar.

"Peteca, eu salvei a sua vida, não salvei? Eu não te libertei dali daquela lâmpada? Eu não fui legal com você?"

Peteca havia parado de saltitar e agora ouvia-o com muita atenção, dizendo sim com a cabeça, concordando com tudo, como um aluno que ouve as instruções de um professor que respeita.

"Então", Hugo prosseguiu com a máxima cautela, "agora sou eu que preciso da sua ajuda."

"Mas tu quer que o bandido se ferre! Eu sei que tu quer!"

"Eu quero sim, isso é verdade", Hugo não tentou negar. Peteca não entenderia a complexidade da dúvida que ele estava sentindo naquele momento. "Eu quero que ele se ferre mesmo, mas pensa bem: se tu contar pra alguém sobre a presença dele aqui, eu vou ser expulso da escola. É isso que você deseja?"

Espantado, o saci negou com a cabeça.

"Então, Peteca, pensa bem", Hugo sorriu malandro, resolvendo mudar um pouco de tática. "Pensa como vai ser legal manter esse segredo. Só você e a gente vai saber que ele tá aqui! Quer uma travessura maior do que essa?!"

Peteca arregalou os olhos, quase empolgado, "Taí, gostei... é... GOSTEI!!!" ele repetiu, agora sim saltitando radiante, após ter pensado um pouco mais. Vendo que seu argumento funcionara, Hugo deu ainda mais força para a empolgação do saci, sussurrando travesso nas orelhas pontudas do geniozinho, *"Imagina manter esse segredo de todo mundo. Enganar os professores, enganar aqueles chatos da Comissão... rir da cara deles todos! Rir da cara do Atlas!"*

O saci estava gargalhando a cada sugestão, completamente convencido, "Legal, legal. Eu vou gostar de rir da cara deles!"

"Fechado, então?" Hugo ofereceu-lhe a mão, e Peteca bateu nela.

Acordo feito, o demoniozinho redemoinhou para fora de lá, e Hugo respirou aliviado, mas por pouco tempo. Olhando para a porta, viu que os Pixies já haviam entrado, e agora esperavam, de braços cruzados, por uma explicação.

Fitando-os apreensivo, Hugo pensou em inúmeros argumentos que poderia usar em sua defesa: que ele libertara o gênio sem querer, que não havia sido sua intenção, que ele não sabia que sacis eram complicados assim, que ele só entregara a carapuça para o malandrinho porque levara um susto ao ver Atlas chegando... mas todas aquelas explicações, apesar de verdadeiras, trariam problemas enormes para ele caso Peteca ainda estivesse ouvindo escondido, e Hugo achou menos arriscado engolir aquilo tudo e dizer apenas, "Ele não vai contar."

"Assim espero", Índio respondeu, furioso, "porque, se ele denunciar a gente, eu vou acabar com a tua cara antes que a Comissão tenha a chance."

Hugo estremeceu, mas assentiu com a cabeça, aceitando a possível punição. Ele fizera bobagem e Índio estava no direito de ameaçá-lo.

"Tá, me explica direito: onde vocês se conheceram? Quando foi isso?!" Capí perguntou no café da manhã do dia seguinte, ainda bastante encafifado. Na tarde anterior, Hugo lhes dera apenas uma resposta evasiva antes de sair com pressa para lugar nenhum, mas, de fato, eles tinham o direito de saber.

"Lembra quando você me pediu pra falar com o Atlas sobre as aulas de alfabetização? Então, foi naquela noite", Hugo respondeu enquanto lia um livro que flutuava ao seu lado e passava manteiga no pão ao mesmo tempo. Uma das vantagens da magia.

"Mas isso faz dois meses! O professor tá sabendo?!"

Hugo confirmou e o pixie ergueu a sobrancelha surpreso. "Por que ele não me disse nada? Eu podia ter ajudado!"

"Acho que ele não queria que você se decepcionasse com ele, por ter mantido um ser vivo preso dentro de uma lâmpada por quase um ano."

Capí meneou a cabeça, aceitando o motivo.

"Não se preocupem", Hugo insistiu, vendo que Viny e Índio ainda fitavam-no sérios, "Eu salvei o Peteca. Ele não vai contar."

"É", Viny retrucou, "vai confiando."

Capí debruçou-se sobre a mesa mais uma vez, angustiado com outra coisa completamente diferente, e Viny deu um tapinha camarada em suas costas. "Calma, véio… Ela vai relevar."

Capí negou com a cabeça, seu coração apertadinho de desespero, e Hugo não tinha nem como assegurar-lhe que Viny estava certo, porque não estava. Ele sabia o quão cruel Gislene podia ser com quem pisava em seu calo. Naquela manhã mesmo ela já começara a torturar o pobre, esbarrando no pixie com um desprezo de doer a alma.

Hugo olhou mais uma vez ao redor. A não ser pela agonia de Capí e pela tromba de Gislene, por algum motivo o resto da escola amanhecera num clima diferente naquele sábado. O refeitório parecia mais leve, os alunos mais falastrões… mesmo com a presença dos chapeleiros! Alguma coisa tinha acontecido, e Hugo ainda não descobrira o quê.

Eimi, claro, tinha reais motivos para estar daquele jeito. Parecia outro menino; seguro… confiante… Afinal, sua aula de Esperanto no dia anterior tinha sido um sucesso. Apesar do pequeno atraso dos Pixies e de Capí ter passado o tempo inteiro disfarçando seu real estado de espírito, o mineirinho se saíra muito bem, empolgando Viny para além de Asgard com alguns dos detalhes que ensinara.

Hugo teve seus pensamentos interrompidos por um jornal que Caimana jogou na mesa ao chegar, e que explicava direitinho o clima alegre de todo mundo ali.

"*EUROPA AMANHECE EM PAZ*" dizia a manchete principal. Hugo se inclinou para ler o resto, mas Viny espanou o jornal da mesa, irritado.

"Europa, Europa, Europa… falar da gente que é bom, nada."

Caimana ignorou o namorado. "Por que a carranca, Índio? Eles venceram! Nosso Néviu deve estar feliz!"

"Se não estiver morto", Índio retrucou sério, apontando para o número de mortos na escola do jovem, e o semblante de todos escureceu.

Antes que pudessem pensar qualquer coisa, no entanto, foram interrompidos pelo apito que anunciava mais uma transmissão da Rádio Wiz. Agora ela não descansava nem aos sábados, e todos bufaram entediados, tendo que ouvir, mais uma vez, a voz monótona de múmia--zumbi do Lepé narrar o noticiário político de Brasília, "*o senador Desidério Soares declarou ser contra a emenda de nº 7836, por acreditar ser um abuso a proibição do chocolate durante as sessões de votação; o excelentíssimo senhor Nero Lacerda discursou na câmara por mais apoio ao venerável Presidente Amos Lazai-Lazai..."*

Abelardo encheu o peito ao ouvir o nome do padrasto, e Viny revirou os olhos enquanto fazia um aviãozinho de papel com a primeira página do jornal.

A não ser pelos Anjos, ninguém mais prestava atenção no que dizia a rádio, principalmente quando Lepé desatava a elogiar o partido conservador por ser maravilhoso e sensacional e magnânimo e blá, blá, blá...

Quando os Pixies viram que aquela transmissão não chegaria a lugar nenhum, saíram do refeitório e foram aos aposentos Imperiais, checar se Néviu estava vivo.

"Ei, gringo!" Viny sussurrou para dentro do buraco, e, em vez de Néviu, uma musiquinha cheia de eco respondeu seu chamado: *"TANTAN-TANTANTAN-TANTANTAN. Você alcançou a Grã-Bretanha, número 4-6-4-9-2-7-8-7. 'Gringo' não se encontra no momento. Favor deixar seu recado após o plim... PLIIIIM!"*

"Tá de gozação!" Hugo exclamou, sem saber se xingava o buraco ou se ria.

Decidido a não perder mais tempo ali, deixou que os Pixies continuassem tentando contato e foi procurar por Capí, que não subira com eles por estar agoniado demais para perceber que haviam saído do refeitório.

Descendo as escadas invisíveis até o jardim, Hugo parou ao passar por um grupo de alunos mais velhos, que brincava de jogar um sapato entre eles, enquanto Airon Malaquian, de pé direito descalço na grama, dava gargalhada, tentando pegar.

Hugo sorriu, achando engraçado ver um monte de marmanjo brincando feito criança daquele jeito. Volta e meia o filho do professor se esborrachava no chão e morria de rir junto aos alunos, levantando-se para tentar novamente, até que um deles olhou para o espaço atrás de Hugo e congelou, apreensivo, dando um toque nos outros para que parassem de jogar o sapato.

Oz Malaquian havia chegado, e não parecia nada satisfeito.

Levando um susto ao vê-lo ali, Hugo abriu espaço para que o professor passasse, e Oz marchou severo até o meio do grupo, arrancando o sapato das mãos do aluno mais velho e ajudando o filho a se levantar. "Vem Airon. Eles estão zombando de você."

Hugo ergueu a sobrancelha.

Zombando?! Mas o Airon estava se divertindo tanto!

Também confuso, o filho do professor olhou para os rapazes sem entender nada, mas obedeceu o pai, saindo da roda entristecido, e os dois foram embora, Oz conduzindo o filho pelos ombros.

Parecendo tão perplexos quanto Hugo, os jovens acompanharam os dois com os olhos até que eles entrassem no Salão de Jogos, mas foi só pai e filho saírem definitivamente do jardim, que os cinco caíram na gargalhada. "Lentinho, coitado..."

Hugo olhou chocado para eles, percebendo que Oz tinha razão. Como ele não percebera maldade naqueles cinco?!

"Jovens podem ser muito cruéis", Capí comentou soturno atrás dele, e Hugo virou-se, surpreso, "Você tava vendo e não fez nada?!"

Capí fitou-o sem paciência, "Eu chamei o professor, Hugo." E, pela aspereza de sua resposta, Hugo quase pôde ouvir a continuação: *Quem não fez nada foi você*. Mas Capí era educado demais para jogar aquilo na cara dele.

Hugo franziu o cenho, estranhando a rigidez do pixie. Mas, pensando bem, era compreensível. Capí tinha muita experiência com crueldade juvenil. Sendo filho do faxineiro fiasco da escola, sofrera demais com meninos mais velhos para ter paciência com aquele tipo de brincadeira.

Antes que Hugo pudesse se desculpar por qualquer coisa, Capí tocou-o no ombro, "Vem comigo", e ele obedeceu sem questionar, acompanhando-o para dentro do colégio. Os dois começaram a subir as escadas; Hugo o tempo inteiro tenso, esperando que o pixie ao menos lhe dirigisse a palavra, mas Capí parecia transtornado demais com o que acabara de assistir para digná-lo com uma explicação.

O mistério, no entanto, durou pouco. Eles pararam logo no primeiro andar e Hugo fez cara feia, entendendo. "Mas, Capí!"

"Nada de resmungar. Eu não tive tempo até agora, mas de hoje você não escapa", e o pixie praticamente empurrou-o para dentro da enfermaria.

"Ah, então aí está o fujão", Kanpai puxou Hugo pelo braço, inclinando a cabeça de seu mais novo paciente para o lado sem nenhuma delicadeza e metendo a varinha em sua orelha direita sem nem pedir permissão.

"Ei!" Hugo reclamou. "Mais cuidado aí! AI!"

"Tsc tsc... você devia ter vindo antes. Consegue ouvir alguma coisa nesse ouvido?"

"Não. Eu ainda ouvia um pouco ano passado, mas agora... AI!"

"Mmmm..." ela disse, examinando por cima dos óculos, com uma lupa.

"Tem cura?"

"A ferida tem. Já a perda de audição... Não sei. Vamos ter que trabalhar nisso."

Hugo fitou-a apreensivo.

"Não se preocupe. Se não der certo, com o tempo seu ouvido esquerdo vai compensar a falta do direito. Você deve acabar perdendo um pouco de noção espacial, se é que já não perdeu. Mas não vamos deixar chegar a isso certo? Eu vou curar seu ouvido, pode ter certeza."

Inclinando sua cabeça para a esquerda de novo, Kanpai fez alguns feitiços que ele desconhecia em seu ouvido, prosseguindo então para os feitiços de cicatrização. Enquanto ela fechava a ferida, Hugo ficou olhando, indiscreto, para a perna fantasma da médica, ouvindo-a tagarelar sobre todos os passos que um médico azêmola poderia ter seguido para curar o mesmo problema se Hugo tivesse procurado ajuda mais cedo e... "Como você perdeu a perna?"

Kanpai fitou-o, impassível, e ignorou redondamente a pergunta, deixando Hugo com ainda mais raiva dela, do irmão dela e de toda aquela família de japoneses invejosos, enquanto ela terminava o procedimento, instruindo-o a voltar ali a cada dois sábados para outras intervenções até que ficasse totalmente curado.

Hugo fez careta. Ter de ver aquela japonesa sádica toda semana não estava em seus planos, mas... fazer o quê, né?

"Do jeito que ela fala, parece até que ela fez medicina azêmola..." ele resmungou ao sair, ainda com o ouvido doendo de tanto que Kanpai cutucara, e Capí sorriu bondoso para ele, "De fato, ela fez."

Hugo fitou-o, surpreso.

"Ela teve seus motivos", o pixie concluiu sem maiores explicações, afastando-se para ver o que seus alunos de alfabetização queriam com ele.

Incomodado com o futuro incerto de seu ouvido, Hugo fechou-se no quarto.

Queria ficar sozinho por alguns minutos. Estava preocupado. Apavorado, na verdade, ... desde que parara de ouvir por completo. E se ficasse surdo para sempre?!

Querendo tirar sua mente daquele assunto, Hugo resolveu voltar a testar um feitiço que ele já vinha tentando realizar, em segredo, há muito tempo, desde que fora desafiado por Índio no ano anterior.

Com a tensão que estava sentindo, duvidava muito que, justo desta vez, conseguiria. Mas não custava tentar.

Assegurando-se de que Peteca não estava por perto, Hugo sacou sua varinha e disse "*Saravá!*", mas nada aconteceu. Claro. Nunca acontecia.

Respirando fundo, tentou mais uma vez, e outra, e uma quarta, mas nada de seu Axé sair, e Hugo jogou a varinha na cama, frustrado.

Viny chamava seu Epaminondas com tanta facilidade! Por que ele não conseguia?! E a Zô, então, que não precisava nem de uma varinha para chamar os beija-flores dela?! Era humilhante ele não conseguir!

Tá bom que, para fazer um axé, a pessoa precisava ser feliz, mas será que ele não tinha nenhum resquício de felicidade dentro dele?! Nem pensando em Janaína?!

Hugo tentou mais uma vez e nada. Desistiu.

"Você não é o único que não consegue", Capí comentou da entrada, assustando-o. "Não se sinta inferior por isso. É um feitiço extremamente complicado. Não são muitos que conseguem realizá-lo."

"Você consegue."

"Eu? Nunca consegui."

Hugo ergueu a sobrancelha, surpreso. Um feitiço que o grande Ítalo Twice Xavier não conseguia fazer?! Que milagre era aquele?

"Por que você voltou?"

"Eu vim me desculpar", Capí respondeu, envergonhado consigo mesmo, e Hugo achou estranho, "Se desculpar pelo quê?"

"Eu fui estúpido com você lá no jardim. Fiquei impaciente com aqueles garotos e descontei em você."

"Ah, isso é verdade. E depois você me levou pra Kanpai curar meu ouvido. Muito canalha da sua parte mesmo", Hugo ironizou e Capí abriu um leve sorriso.

"O que o Airon tem?"

"Um leve retardamento mental", o pixie respondeu, sentando-se ao seu lado. "Tão leve que o Oz demorou a aceitar o diagnóstico. Os alunos mais velhos sabem disso e se aproveitam da inocência dele", Capí desviou os olhos, incomodado. "O Airon não consegue distinguir o certo do errado. Não tem esse discernimento básico. Ele só quer agradar. O problema é que ele tenta agradar qualquer um que se mostre simpático, sem fazer distinção. Pessoas menos dignas se aproveitam disso, incentivando o garoto a fazer as maiores barbaridades. Quantas vezes eu já vi o Airon levar a culpa por coisas que ele não planejou; mas que incentivaram o garoto a fazer. Só quando ele leva a bronca é que ele percebe que fez algo errado."

Observando os olhos do pixie, Hugo leu neles algo que Capí não estava dizendo. "O Airon já mexeu com você alguma vez, não foi? Quando ele ainda estudava aqui?"

Capí confirmou, "Ele estava no grupo que me amarrou na árvore quando eu tinha oito anos. Na noite que eu conheci a mula."

"Filho da mãe."

"Hugo!"

"Desculpa", ele recuou, achando melhor mudar de assunto. "Então, você também não consegue fazer um Axé?"

Capí negou. "Nem eu, nem o Índio."

Hugo olhou-o surpreso.

"O Índio só te provocou ano passado pra ver se você tentava. A Caimana já conseguiu, mas o hipocampo dela saiu incompleto. É muito difícil uma pessoa ser plenamente feliz."

"Hipocampo?"

"É um animal metade cavalo, metade peixe. Muito elegante. Eles têm um hipocampo negro lá no Sul, na Tordesilhas. Lindo demais", Capí sorriu.

"Você disse que é difícil uma pessoa ser inteiramente feliz. Mas eu já vi o Viny triste."

"Crises esporádicas de tristeza. Nada que não se cure no dia seguinte."

Dito aquilo, o pixie voltou seu olhar para o chão, parecendo mergulhar em pensamentos menos alegres, e Hugo ficou observando-o.

Capí não era feliz. Aquilo estava mais do que claro. Talvez fosse menos feliz do que Hugo até.

"É complicado", o pixie murmurou. "Às vezes a gente tem todas as razões para ser feliz, mas não é."

"Você não tem todas as razões para ser feliz."

"Não? Eu tenho amigos incríveis, tenho essa escola… tenho acesso a todo o conhecimento que ela oferece, tenho a companhia dos meus animais, a amizade e o carinho dos professores… Não me falta nada para eu ser feliz."

Falta o carinho do teu pai, Hugo pensou, mas não disse. Aquilo só teria deixado o pixie ainda mais deprimido.

Alheio ao que Hugo pensava, Capí sugeriu, "Talvez você não consiga produzir um axé porque você ainda tem o péssimo hábito de ficar com o pé atrás em tudo. Você não confia nas pessoas… Você não se permite ser feliz, com medo de se decepcionar depois… Quem sabe é isso."

Hugo meneou a cabeça, refletindo a respeito.

"Aposto que nem quando você descobriu que era bruxo, você ficou feliz."

"Eu tava no meio de um tiroteio. Foi um pouco difícil eu me sentir exuberante."

Capí riu, "É, você tem razão", e ficou um tempo em silêncio, antes de voltar a falar. "… Uma coisa eu sei: a forma mais rápida de se sentir plenamente feliz é fazer uma outra pessoa feliz. Quando eu consigo, eu sinto uma alegria imensa. Inenarrável. Eu só preciso aprender a transportar essa alegria para o resto da minha vida. Só isso", ele concluiu, voltando a ficar pensativo. "Dizem que *a alegria é talvez a única dádiva que você é capaz de ofertar sem possuir*. Mas uma vez que você a oferta, ela surge em você. Como mágica." Capí sorriu, levantando-se e deixando Hugo sozinho com seus pensamentos.

CAPÍTULO 38
MELHORAMENTOS E PIORAMENTOS

Difícil tentar ser feliz quando as coisas só pioravam na Korkovado. A cada dia, novas proibições eram anunciadas e mais alunos desapareciam pelas razões mais estapafúrdias. Ustra, então, parecia cada vez mais sádico. Adorava tocar terror, principalmente nos inocentes.

Como resultado, os alunos estavam com medo até de espirrar em sala de aula. Enzo, coitado, olhava para os lados, apreensivo, só para subtrair alguns pães da mesa do café da manhã, como se fosse crime levar comida para o quarto.

Mesmo com vários meses de Korkovado, o filho do pescador ainda continuava oscilando entre a timidez e a ousadia, talvez por pura insegurança mesmo. Ninguém podia negar que ele entrara na Korkovado em um péssimo ano, e ainda com o agravante de ser um dos analfabetos; qualquer um enlouqueceria, sendo constantemente ameaçado de expulsão a cada prova que era obrigado a fazer.

Já Eimi, na contramão do resto da escola, estava numa alegria só. Cada vez mais empolgado com suas aulas secretas de Esperanto. Até recuperara parte de seu apetite! Afinal, não era qualquer aluno que tinha o privilégio de ensinar alguma coisa aos Pixies.

Sem contar que as aulas do mineirinho eram tudo de bom. Em menos de um mês, Hugo já estava conseguindo fazer o dobro de feitiços em relação ao que sabia fazer antes, sem que, para isso, tivesse precisado *aprender* qualquer um deles! Era só pegar alguma palavra do novo idioma que tivesse a ver com o que ele queria, trocar a última letra por "u", e os feitiços funcionavam! Bizarro.

Tanto que, no segundo dia de aula, Hugo já descobrira como fazer o feitiço de morte; algo que ele levara meses para descobrir em tupi. E o feitiço nem era tão diferente de "Morra!". Era "morra" em Esperanto. *"Mortu!"*

Perigosíssimo. Ainda bem que ele só testara em algumas formigas chatas.

Capí não ficara nada feliz com aquilo.

Para animar ainda mais o mineirinho, sempre que dava tempo, os Pixies puxavam assunto com ele pelos corredores, perguntando detalhes, tirando dúvidas... e Eimi explicava, todo contente. A língua era, de fato, um quebra-cabeça. Só que um quebra-cabeça absurdamente fácil. Se eles não sabiam uma determinada palavra, era só juntar duas que eles já haviam aprendido, e que fossem relacionadas àquela, para que uma terceira fosse formada, e essa terceira funcionava igualmente bem como feitiço.

Dali, foi um pulo até que os Pixies começassem a brincar de duelo. A primeira regra consistia em sempre atingir o outro com algum feitiço que nenhum deles jamais aprendera antes. Era divertido demais, ficar montando palavras de improviso e lançando os feitiços mais esdrúxulos uns contra os outros. Pena que só podiam fazer aquilo escondidos nos aposentos imperiais, ou então, espremidos no quarto do Capí, usando o colchão dele como escudo enquanto não descobriam, por conta própria, como se fazia o feitiço de defesa. Provavelmente era "*Defendu!*", ou algo assim. Hugo testaria mais tarde.

Quanto à clandestinidade das aulas, ela era, infelizmente, necessária. Aquela língua era subversiva demais para ser aceita pela Comissão, não só por dar poderes em excesso aos alunos como também porque, divertindo-se, os Pixies estavam, de certa forma, desafiando a Comissão. Se os chapeleiros descobrissem, na certa proibiriam, e Capí precisava da distração. Precisava daqueles duelos para alegrar um pouco a vida dele, já que Gislene continuava tratando-o com a mais absoluta frieza, mesmo eles ainda dando aula de alfabetização juntos.

O pixie nunca mais dissera qualquer coisa a respeito de Playboy para ela, mas Gi sabia que o pixie estava ensinando o bandido. Tinha certeza. Até porque conhecia muito bem o "professor Ítalo", como ela passara a chamá-lo sempre que não tinha outra escolha a não ser lhe dirigir a palavra. E a cada patada dela, o pixie voltava absolutamente destruído...

"O Capí não merece o que tu tá fazendo com ele, Gi."

"E eu não mereço saber que ele tá ensinando o bandido que matou meu pai! E que esse bandido agora tá vivendo aqui, no maior bem-bom!"

"Ele não está no maior bem-bom! Eu te garanto!" Hugo insistiu, tentando descer as escadas invisíveis atrás dela sem tropeçar. "Ele tá lá sozinho, com medo, confinado, tendo que conversar com um quadro o dia inteiro..."

"Pois devia estar morto."

Hugo desistiu, deixando que Gislene continuasse seu caminho, sozinha, acompanhada apenas de sua intransigência.

"*Ele tá mudando, Gi...*" Hugo ainda murmurou, baixo demais para ela ouvir, como se estivesse tentando convencer a si próprio.

Talvez fosse um raro momento de ingenuidade sua ter começado a acreditar na sinceridade do bandido, mas algo no comportamento cada vez mais civilizado de Playboy estava mexendo com ele. Era como se o bandido fosse um espelho de si próprio. Hugo precisava acreditar que Playboy era reformável, porque só assim ele acreditaria na possibilidade de sua própria reforma.

Não havia sido pouca a mudança do bandido naquelas últimas semanas, desde que Capí passara a dar aulas particulares para ele. Sua postura melhorara, seu cabelo voltara à cor preta natural... Estava mais educado... falando "por favor", "com licença", "não tem de que", conversando num volume mais baixo, mais respeitoso... Quase um cavalheiro! A não ser quando tagarelava com o saci. Aí desandava tudo. Peteca era uma péssima influência e havia adotado o bandido como seu melhor amiguinho lá dentro. Vinha sempre contar-lhe suas travessuras, e o bandido se acabava de tanto rir. Mas, assim que Peteca ia embora, Playboy se acalmava de novo e tentava voltar a ser o jovem responsável e esforçado que, aos poucos, estava se tornando.

Hugo entendia o motor daquela mudança. Era o respeito que Playboy tinha por seu tutor que fazia com que ele sentisse cada vez mais vontade de mudar. Além das aulas de português e dos papos sobre comportamento, Capí ainda procurava contrabalançar a má influência do saci fazendo Playboy treinar português com a leitura constante da minibíblia que o próprio bandido trouxera no bolso no dia da queda; agora devidamente seca e restaurada. Pouco importava que aquela não fosse a religião do pixie. O que importava eram as boas mensagens que podiam ser encontradas no livro, e o bandido estava impressionado com a gentileza e generosidade do jovem bruxo.

Já fazia quase um mês que Capí vinha ensinando Playboy a ler, e o bandido *via* o sacrifício que estava sendo para o pixie, desistir de uma amizade importante para ensiná-lo. Aquilo fazia toda a diferença do mundo, porque Micael ficava com vontade de recompensá-lo pelo esforço, fazendo de tudo para, de fato, aprender. Hugo conhecia bem aquele desejo de agradar o pixie. De deixá-lo orgulhoso.

Nada daquilo, é claro, mudava o fato de Playboy ter contribuído para a morte de sua Abaya, nem apagava o inferno que havia sido sua infância por causa do bandido. Hugo estava confuso. Não sabia o que pensar.

Ainda mais naquela época de feriado das fogueiras, em que suas memórias do inferno da favela voltavam à tona mais fortes do que nunca: pessoas presas em pilhas de pneus, queimando aos berros, enquanto Caiçara, Caolho e Playboy davam risada… Hugo sendo obrigado a assistir com as outras crianças… Uma beleza.

As fogueiras com as efígies já haviam sido montadas pelos alunos no pátio central da escola e os estudantes pareciam mais empolgados do que haviam estado em muitos meses, ansiosos para vê-las queimar no dia seguinte. O boneco assustador de Kedavra, na condição de alvo principal da festa, já havia sido devidamente instalado; prontinho para ser linchado em público, e Hugo ainda não conseguira entender a fascinação daquele povo bruxo por ver bonecos queimando. Não entrava na sua cabeça.

Para piorar a náusea que já estava sentindo, ao descer para almoçar, Hugo se deparara com uma cabeça inteira de boi em sua mesa, com os chifres cerrados na base. Brutus acordara inspirado naquele 29 de maio, pré-feriado.

"Boi Vaquim!" Eimi comemorou, deliciando-se com uma fatia que acabara de cortar, e Hugo só não saiu da mesa direto para o banheiro vomitar porque Adusa entrara no refeitório, dirigindo-se ao patamar dos professores para mais um pronunciamento oficial.

Todos chiaram, já se preparando para o pior. Não era sempre que Adusa vinha pessoalmente dizer alguma coisa. Da última vez que o fizera, abolira o sábado como dia de folga, obrigando todos os professores a prepararem aulas às pressas, para um dia em que deveriam estar descansando. A partir de então, todos os sábados haviam passado a ser inteiramente ocupados por aulas extras e, talvez por isso, todos estivessem tão animados com o feriado das fogueiras: caía no sábado.

Adusa, andando com aquele seu jeito torto dele, de quem se curvara demais por muito tempo, tomou o palanque:

"Nosso presidente, Lazai-Lazai, sob orientação de Mefisto Bofronte, acabou de proibir que qualquer efígie seja queimada ou de qualquer modo depredada, enquanto Lazai for presidente."

Todos resmungaram, menos Hugo, Eimi e Capí, que reclinou-se na cadeira, claramente aliviado. Mas Adusa ainda não havia concluído seu pronunciamento, e algo dizia a Hugo que agora vinha a parte boa...

"Para impedir que tais atos de vandalismo ocorram novamente em território escolar, o feriado de amanhã está, a partir de agora, cancelado."

"Aaaah! Que palhaçada!" alguns reclamaram em voz alta, mas foram instantaneamente silenciados pelos olhares dos chapeleiros, que viraram suas cabeças, todos ao mesmo tempo, em direção a eles.

"Não reclamem, senhores, é para o próprio bem de vocês..." Adusa prosseguiu. "Alunos sempre acabam se queimando nesse feriado. Eu peço então, que os senhores professores preparem suas aulas de amanhã com urgência. Uma cópia das novas leis já está sendo distribuída para cada um dos alunos. O Alto Comissário espera, sinceramente, que leiam com atenção." Adusa enrolou o pergaminho novamente e foi embora, deixando o refeitório em silêncio.

De imediato, Capí se levantou e foi planejar sua aula, assim como alguns dos outros professores, que agora também teriam que ensinar naquele sábado.

Analisando o papel que acabara de lhe ser entregue, Caimana murmurou revoltada, "Não, não... ele não acabou só com ESSE feriado. Ele acabou com TODOS os feriados. Inclusive o do dia 2 de outubro."

"Como é que é?!" Viny arrancou um dos papéis direto das mãos dos faunos que estavam fazendo a distribuição. "Filho da mãe!"

Caimana leu em voz alta, *"A Comissão considera o número de feriados no Brasil um afronte ao progresso. Uma baderna nacional generalizada... blá, blá, blá..."*

Índio meneou a cabeça, "Não deixa de ser verdade."

"Aaaah, não!" Viny levantou-se revoltado. "Vai ter feriado no aniversário do Capí, nem que eu tenha que dançar Macarena de biquíni no Congresso Nacional!"

Hugo deu risada, esquecendo-se completamente de sua vontade de vomitar, e Viny, depois de matutar um pouco, prosseguiu, "Acho que a gente devia organizar faltas em massa nos dias de feriado. O que vocês acham?"

"Calma, Viny", Caimana pediu. "Lembra o que o Capí disse. Não seja precipitado. Você viu como eles são."

Viny bufou, sentando-se novamente, mas Hugo sabia que ela e Capí não conseguiriam segurar o ímpeto do loiro por muito mais tempo. Ele já estava a ponto de explodir.

Para desanuviar um pouco os ânimos, depois da saída de Adusa, os chapeleiros também se retiraram da escola, deixando que os alunos passassem ao menos aquela tarde de sexta-feira em paz. E os alunos, muitos dos quais já haviam ouvido falar das proezas teatrais de Abelardo, lotaram o auditório para assisti-lo em mais um ensaio.

Só que o astro da festa não apareceu. Nem ele, nem Camelot.

Em meio aos resmungos de descontentamento, minutos depois que o ensaio já deveria ter começado, Viny entrou no auditório: também atrasado, mas estranhamente alegre.

"Eu consegui falar com o gringo! Ele tá vivo! Tá ajudando a reconstruir a escola dele e tal. Me deu várias dicas de resistência e..."

"Sossega o facho, Viny", Índio o interrompeu, vendo que Caimana não estava bem, e Hugo aproximou-se dela o mais delicadamente possível, "Preocupada com o Abel?"

A pixie confirmou. "Ele nunca chegou atrasado num ensaio antes."

"Ah, quem liga pra esse anjo?!" Viny resmungou com desprezo, e já ia levar um toco do Índio quando Beni os interrompeu, "Acho que você liga, Viny. O Abelardo tá lá no jardim do Pé de Cachimbo, fazendo um discurso bem acalorado em defesa da ditadura da Comissão."

"COMO É QUE É?!" Viny saiu possesso do auditório.

Entreolhando-se preocupados, Hugo e os outros Pixies foram atrás.

Sem a presença dos chapeleiros, e do jeito que Viny saíra, qualquer coisa podia acontecer.

CAPÍTULO 39
A ARTE DA RETÓRICA

"*Mefisto Bofronte e a Comissão só querem o nosso bem!*" Abelardo estava gritando para uma verdadeira multidão de alunos, do alto de uma das grandes raízes do Pé de Cachimbo, "*Não se assustem com tantas proibições! Elas são necessárias! Só assim, proibindo agitações e punindo os delinquentes enquanto eles ainda são jovens, é que Lazai-Lazai vai conseguir trazer um pouco de ordem para este país!*"

Alguns aplaudiram e Caimana teve que segurar o namorado para que ele não dissesse mais do que o "Seu filho da mãe colonizado!" que ele já dissera.

Havia sido quase impossível contê-lo quando ele saíra furioso para o jardim, mas Índio, Hugo e Caimana tinham conseguido segurar o loiro para trás, tapando sua boca antes que ele berrasse e tirando a varinha de suas mãos. Tragédia evitada, agora Viny assistia a contragosto; um pouco menos exaltado, mas nem por isso mais calmo, lá atrás, no meio da multidão, que agora aumentara com a adição dos alunos de teatro.

Abelardo olhou para o pixie com desprezo, mas decidiu ignorá-lo, "*Vocês sabem que o que eu estou dizendo é verdade! Vocês viram como nossa escola está mais limpa! Como as aulas estão fluindo com muito mais eficiência! Como os alunos estão mais comportados, mais bem vestidos, mais europeus!*"

"Ha!" Viny deu risada, não se contendo.

"*É isso mesmo! Europeus! Logo, logo, nós vamos conseguir alcançar o patamar cultural da EUROPA!*" Abelardo bradou e, desta vez, vários aplaudiram empolgados. Quase todos, na verdade, fazendo Viny se morder ainda mais de raiva.

"*A Comissão só quer trazer um pouco de ordem ao caos! Ao contrário do que esses Pixies fazem, vandalizando tudo! Nós precisamos da pontualidade britânica! Da finesse francesa! Da ordem alemã! Lá, tudo funciona! Tudo é comportado! Tudo é bonito!*"

"É! A Segunda Guerra Mundial foi linda!" Viny interrompeu, desvencilhando-se de Caimana para enfrentá-lo. "Ainda mais com aquele mequetrefe do bigodinho dizendo pra todo mundo como se vestir, que cor de cabelo ter, qual o tamanho mais aceitável de nariz... É isso que esse anjo almofadinha está defendendo! Como vocês podem aplaudir?! Será que vocês não percebem que os Anjos são uns colonizadinhos, miquinhos de circo, que só fazem imitar tudo que vem da Europa?! Eles não têm a mínima personalidade! Olha que patético o Gueco, suando nessa roupa de chapeleiro! E vocês aí, se vestindo de europeus? Não veem como ficam ridículos?! Todo emperiquitadinhos, almofadinhalizados, ó, como eu sou chique, cheios de fru--fru, suando nesse calor?! Que papelão hein! Vocês são brasileiros! Se vistam como brasileiros!"

Hugo olhou para os alunos sentados na grama e percebeu: ninguém aguentava mais ouvir aquele discurso do Viny. Só o pixie não percebia. Até Caimana já tinha notado, e olhava com pena para o namorado. Não que ele estivesse errado... não estava! Absolutamente não estava! Mas ninguém mais suportava ouvi-lo falar a mesma coisa, entra ano, sai ano.

Tendo sido citado, Gueco se intrometeu, "Me diz uma coisa brasileira que seja melhor do que algo francês!"

"O banho!" Viny respondeu, inevitavelmente arrancando risada de alguns da plateia, e Gueco, pego de surpresa, ficou meio sem resposta, até que a própria Caimana o salvou, "Não seja ridículo, Viny. Isso é preconceito seu."

Viny riu, "Mas que foi engraçado, foi. De qualquer modo", ele voltou-se para o público, "o banho diário é uma instituição brasileira! Foram nossos índios que inventaram. Os europeus aprenderam com a gente!"

Capí descera do quarto para ouvir. Agora estava recostado no tronco do Pé de Cachimbo, de braços cruzados, com o mesmo rosto grave do Índio, só assistindo enquanto Viny não parava de falar; sobre como o Brasil era um país feliz antes do Partido Conservador tomar o poder, sobre como, antes de Lazai, as pessoas eram livres para se vestir como quisessem... para fazer o que quisessem...

Gueco já ia interromper o discurso pixie novamente quando Abelardo o impediu, e Hugo percebeu que o anjo só estava esperando que o pixie se enrolasse na própria corda para depois puxá-la.

Foi então que Viny elogiou o jeitinho espontâneo do brasileiro, e Abelardo partiu para o ataque,

"Jeitinho *espontâneo* brasileiro?! Desde quando o *jeitinho* brasileiro é bom para o Brasil?! O que esse tal 'jeitinho' já nos trouxe, além de falcatruas, bandalhas e corrupção?! Lá vêm os Pixies, defendendo a bagunça de novo. Bando de vândalos, que ficam pichando paredes, desvirtuando alunos, quebrando leis, desrespeitando o Conselho, criando o caos aqui dentro! Se vestem de qualquer jeito, não têm o mínimo respeito pelos professores... Esse é o 'jeitinho *espontâneo* brasileiro' que eles defendem! Agora eles vêm dizer que estão chateadinhos com as novas regras da Comissão?! Mas eles já não respeitavam nem as regras que existiam ANTES! É óbvio que não respeitariam as novas."

Gueco murmurou, "Bando de baderneiros..."

"Baderneiros não! Contestadores!" Viny corrigiu, e Abelardo deu risada. "Contestação é só um pretexto pra baderna. Por ANOS a gente tentou livrar a escola dessa PRAGA PIXIE, e agora, quem sabe, a Comissão consiga dar um jeito em vocês."

"Nós não somos uma praga! Nós defendemos a nossa cultura! Enquanto isso, vocês ficam aí elogiando o Lazai e as políticas colonizadoras da Comissão." Viny se voltou para os outros alunos, "Vocês não percebem que eles querem matar o Brasil?! Matar a nossa espontaneidade! A nossa mistura!"

"O Brasil é uma bagunça!" Abelardo retrucou, e Viny mordeu a isca.

"Querer destruir nossa bagunça é querer destruir o Brasil! Essa é a nossa identidade! Esse é o nosso jeito! A gente é livre! Não existe aqui aquela pressão por perfeição que existe na Europa, e que muitas vezes leva os europeus à depressão e ao suicídio. Ao contrário do povo de lá, que é todo arrumadinho e deprimido e sem graça, o povo brasileiro é feliz, apesar de tudo! Quer beleza maior do que essa?! A gente não precisa desse monte de regras comportamentais. A gente dá um jeitinho e tudo se resolve!"

"Não!" Abel contra-atacou, agora bastante sério. "Não é legal ser avacalhado! O jeitinho brasileiro não ajuda ninguém! Pode até dar soluções a curto prazo, mas um castelo construído com areia não dura! É por isso que Brasília está do jeito que está! Todo mundo querendo levar vantagem; todo mundo corrupto: porque a gente não consegue atravessar a RUA sem '*dar um jeitinho*'! Sem furar uma fila, sem passar por cima de alguém! Vamos fazer as coisas direito, caramba! É isso que Mefisto Bofronte quer! Trazer ordem a essa bagunça! E é isso que te incomoda, Viny! Porque você é um agente do caos e da destruição! Você assiste aula sem uniforme, pula no mar pelado, sai pra Lapa em dia de semana, quebra um monte de regras só porque não vai com a cara da minha mãe! Tudo em nome de uma pretensa *liberdade*. O que você não entende, e talvez nunca entenda, é que regras existem para nos *proteger*, não para tirar nossa liberdade! Se elas não existissem, seria o caos total, e não haveria liberdade para ninguém! O Brasil só vai dar certo quando os brasileiros começarem a entender isso, e passarem a realmente *seguir* as leis ao invés de ficarem tentando burlar tudo!"

Viny revirou os olhos, resmungando, "Abelardo, o senhor certinho europeuzinho..."

"Viram?! Viram como ele é?!" o anjo atacou. "Eu fico surpreso que alguém ainda ouça esse cara."

Hugo estava começando a ficar nervoso, assistindo àquilo. O pixie perdera completamente a razão, e Abelardo sabia disso... Sabia que estava vencendo o debate.

Viny olhou à sua volta, percebendo o desagrado dos alunos em relação a ele, e deu risada, sarcástico. "Bando de colonizados mesmo..."

Saindo dali possesso, voltou-se só mais uma vez para os alunos enquanto os Pixies tentavam impedi-lo, "Bofronte não quer nada disso que esse anjo aí está falando, vocês não percebem?! Ele quer controlar vocês! Controlar suas mentes! Controlar seus gostos! Seus comportamentos!"

"Não, Viny! Isso é VOCÊ que está tentando fazer!" Abelardo retrucou, furioso. "Porque, o que o Alto Comissário quer todos nós aqui já defendemos há muito tempo! Bem antes dessa Comissão ser criada! Se liga, garotão! Vai se esgoelar em outro canto, vai!"

E Viny avançou contra ele, puto da vida, mas os Pixies conseguiram arrancar o loiro dali antes que o dano fosse maior, levando-o, à força, até o Quartel General dos Pixies, no primeiro andar.

"Que garoto ridículo!" ele berrou, chutando o sofá empoeirado do QG, vermelho de ódio. "Eu ainda acabo com ele... ah, se acabo..."

"Se acalma, Viny!" Caimana pediu, tentando segurá-lo antes que o loiro quebrasse alguma coisa ali dentro, mas estava difícil.

"Tá irritado por que, hein?!" Índio se adiantou. "Porque o Abelardo falou uma verdade?! Porque ele te derrotou na argumentação e você ficou sem resposta?!"

Viny parou, chocado. "... Ele não me derrotou na argumentação!"

"Derrotou sim", Caimana concordou séria, e o loiro olhou para os outros, procurando apoio onde não havia.

Acuado, em vez de desistir, o pixie virou-se contra a namorada, "Vai começar a defender o irmãozinho agora, vai?!"

Antes que Caimana pudesse responder qualquer coisa, Índio tomou a dianteira, "E qual seria o grande problema dela defender o irmão, Viny? A não ser pelos elogios a Mefisto Bofronte, de resto o Abelardo estava coberto de razão! Por que isso te ofende? O Abel tem que estar errado o tempo todo e você certo o tempo todo? Você não pode negar a razão dele só por inimizade pessoal. O Brasil é uma bagunça SIM porque ninguém segue regra NENHUMA! Seguir as leis não é 'ser europeuzinho' ou ser 'otário'. É contribuir para que as coisas funcionem!"

"Mas nem toda lei faz sentido!"

"Claro que não. Essas, a gente luta pra modificar. Mas enquanto elas não mudam, a gente obedece! E isso de ficar criticando a Europa o tempo todo? Não te cansa não?! 'Ocê critica e despreza o Abelardo porque ele se sente mais confortável em roupas europeias, calça, colete, sobretudo, né? Mas olha só que interessante: eu e o Ítalo também! Alguma vez você nos viu vestindo bermuda e camiseta?!"

Viny se espantou. Claramente, nunca percebera.

Enquanto isso, Capí apenas ouvia, sentado num canto, vestido em sua roupa humilde, mas ajeitada: calça bege, camisa branca, colete fechado. Basicamente europeu mesmo.

Índio prosseguiu, "É o gosto do Abel, Viny... Não quer dizer que ele seja alienado. Ele acha que as pessoas ficam mais bonitas desse jeito! Simples!"

"Mas ele tá errado!"

"Gosto não se discute, Viny!" a elfa interveio, assustada com a insistência do namorado.

"Isso não é 'gosto', Cai, isso é mente colonizada! Ele se acostumou desde criança a ver pessoas vestidas desse jeito, e por isso ele acha bonito!"

"Sim! E daí?!" Índio retrucou. "Ele acha! E ele não ofende ninguém por achar. Só ofende você! Por que você liga tanto pro que os outros vestem?! Acorda, Viny... Você tá virando um chato!"

Viny arregalou os olhos, ofendido. "Chato, eu?! Olha quem fala!!"

"Vai com calma, Índio... vai com calma", Capí falou finalmente. "Também não precisa agredir."

"Ah! Até que enfim alguém sensato aqui!" Viny comemorou. "Fala pra eles, véio. Fala como eu tô certo!"

Capí fitou-o meio desconfortável, e Viny murchou decepcionado. "Tu também tá do lado dele, véio?! Daquele ridículo de mente fechada?!"

Capí desviou o olhar, não querendo entrar na briga, e Viny procurou se acalmar, vendo que o amigo queria falar alguma coisa, mas estava se segurando.

"Pode falar, véio!"

Ítalo olhou-o incerto. "Será que posso mesmo?"

"Claro que pode, ué!"

"Sua mente é tão fechada quanto a deles."

Viny ficou pálido. "Como é que é?!" e depois deu risada, "Tu tá brincando, né?"

Capí disse um lento '*não*' com a cabeça.

Respirando fundo, dirigiu-se ao amigo com toda a doçura possível, pegando sua mão nas dele, "Viny, presta atenção. Eu falo porque eu sou seu amigo. Seu irmão. Eu te adoro. Mas se você quer que os outros te ouçam, que confiem no que você diz, você não pode ser intransigente. Você tem que procurar entender as pessoas… sem jamais julgá-las pelas opiniões que elas têm. Entender que cada um teve uma vivência diferente, e que, por isso, agem como agem e pensam como pensam. A vida não é uma competição… nem muito menos deveria ser uma batalha constante de egos para ver quem convence mais pessoas. Para algumas coisas simplesmente não há certo e errado. Há apenas opiniões diferentes, advindas de experiências diferentes. Por isso, é preciso sempre ouvir o outro, entender o outro, e usar esse novo entendimento do que o outro pensa, para chegar a um meio termo com ele, que vá fazer com que os dois cresçam. Essa é a única forma de se viver em sociedade sem ficarmos nos agredindo uns aos outros. Não é certo ficar julgando e ridicularizando o Abelardo por ele ter tido uma criação diferente da sua. Por que ele pensar diferente te ofende tanto?"

"Ele pode pensar o que quiser!" Viny reagiu. "Mas também não precisa ficar tentando convencer os outros de que o que ele pensa é certo! Isso é o que me irrita! Você se veste assim, mas não fica dizendo para os outros que é assim que os outros devem se vestir! O Abelardo faz isso! Ele fica atrasando todo mundo, colonizando ainda mais a mente das pessoas!"

"Ele tenta convencer as pessoas do que ele acredita ser certo. Nada diferente do que você faz. Por que você pode e ele não? Você tem a verdade absoluta sobre todas as coisas?! Ele defende a opinião dele, como você defende a sua, e, até começar a apoiar Bofronte, ele não estava machucando ninguém com isso. Ele acha que tudo o que é europeu é melhor, e porque ele acha isso, ele tenta ajudar as pessoas a serem 'melhores'. Isso é ruim?!"

"Mas ele tá errado!" Viny rebateu transtornado, quase com lágrimas nos olhos. "Ele tá atrasando as pessoas, véio! Tem tanta coisa bonita aqui e eles só conseguem olhar pra lá!"

"Então convença as pessoas a valorizarem as coisas daqui! Mas sem pedir que elas odeiem o que é estrangeiro! Não fique por aí menosprezando o que os outros pensam e sentem… Isso só afasta as pessoas de você, Viny. Você não convence NINGUÉM com essa tática."

Viny abriu a boca para contestar, mas fechou-a novamente, mergulhando a cabeça nas mãos, derrotado.

Era impressionante como ele ouvia mais o Capí do que o Índio. Devia ser o jeito ponderado e doce do pixie falar, que acabava desarmando qualquer um. E Capí sabia disso. Fazia de propósito. Sabia que a combatividade do Índio apenas impedira que Viny digerisse o recado. Mesmo Índio estando certo.

"Ao invés de menosprezar o deles, elogie o nosso, Viny. Sem criticar!" Capí prosseguiu, com a mesma doçura. "Críticas só afastam as pessoas da mensagem que você quer passar. Você viu o que aconteceu lá fora. Você está tão acostumado com contra-argumentar tudo que o Abelardo diz, que você sequer prestou atenção no que ele, de fato, estava dizendo. Foi por isso que você perdeu o debate. O Abel estava pedindo que as pessoas seguissem Bofronte? Sim, estava. Mas por quê?"

Viny fitou-o, mas, como não tinha resposta, preferiu olhar para o chão.

"Por que ele estava defendendo Bofronte, Viny?" Capí insistiu, e mais uma vez, recebeu apenas o silêncio como resposta.

"Pois é. Você não sabe. Eu ouvi da janela fechada do meu quarto, mas você, que estava lá fora, olhando pra ele, não ouviu. O Abel estava defendendo Mefisto Bofronte porque ele concorda com o que o partido quer: trazer ordem e bons modos para o Brasil. Acabar com a corrupção. Ele está errado em querer a ordem e o fim da corrupção?"

Viny baixou a cabeça, e Capí permitiu que alguns segundos de silêncio se passassem antes de prosseguir, "Daí, na primeira menção à Europa, você entrou no debate contrariando uma coisa que não era absolutamente o tema principal do discurso. Mas o Abelardo foi esperto; ele se recusou a mudar de tema. Enquanto você tagarelava sobre a Europa, ele continuou discutindo as vantagens da ordem, da organização e da ética, porque ninguém, em sã consciência, discordaria disso. Nem você! Mas, no estado de revolta em que você estava, ele percebeu que poderia te fazer discordar, se ele te desse a isca certa. Pra te forçar a isso, ele descreveu a cultura brasileira como bagunça, e você caiu direitinho na armadilha. Você queria tanto contrariar o Abelardo, que, pra criticar a Europa, você defendeu a bagunça que o Brasil é! E, na frente de todo mundo, você perdeu a razão."

Viny cobriu a cabeça com os braços, atordoado. "Putz…"

"Eu sou seu amigo, Viny, e eu te peço que me ouça, mesmo que seja difícil aceitar o que eu vou te dizer agora: você, com sua intolerância, está apenas aproximando de Bofronte as pessoas que não concordam com a tua visão de mundo."

Frustrado, Viny começou a balançar a cabeça de um lado para o outro, "Eles não podem ficar do lado do Bofronte, véio… não podem! Esse cara é um ditador!"

"Então era isso que você devia ter argumentado! Não se o Brasil tem ou não tem que ser um país sério, ou se o Brasil tem ou não tem que ser mais europeu, e sim se os <u>métodos</u> que Bofronte está usando para alcançar esses objetivos são corretos ou não! A Europa nem devia ter entrado na discussão!! Ao invés de discordar de tudo que o Abel disse, você devia ter concordado que o Brasil precisa SIM ser um país mais sério, e depois argumentado contra os MÉTODOS do Alto Comissário! Primeiro conceder que alguns pontos estão certos, para depois discordar dos outros! É assim que se ganha a atenção de uma plateia que não concorda com as coisas pelas quais você luta: É dando razão a ela!"

"Por que tu não fez isso então, hein?! Já que tu se acha o sabichão."

Capí cerrou os olhos, mas respondeu sem perder a calma, "Eu sou seu irmão, Viny. Eu nunca te contrariaria na frente deles."

O loiro fitou-o, desconcertado. "… Valeu."

Capí aceitou com ternura o agradecimento. "Mas você entende agora, Viny? Do jeito que você fez, você só berrou e berrou, e entregou toda a razão nas mãos do Abelardo, e agora todo aquele povo lá fora vai concordar que Bofronte está querendo o bem do país."

Viny deu risada do absurdo. "Europeizando o Brasil…"

"Mas como é teimoso, Santo Deus!" Índio exclamou impaciente, e Capí respirou fundo, mas foi em frente, agora plenamente irritado: "Você quer entrar nessa discussão agora. Tá legal, vamos discutir então e acabar com esse debate de uma vez por todas, já que é só sobre isso que você parece querer discutir. O mundo é plural, Viny. Isso é uma de suas belezas. Quando você diz que a cultura brasileira deve ser valorizada, eu concordo. Concordo inteiramente, até porque ninguém aqui valoriza. Os jovens precisam urgentemente olhar mais pra cá. Mas isso não significa que eles não possam olhar pra lá também, e pegar influências emprestadas da onde quiserem! Você afasta as pessoas com o seu radicalismo. Se os outros bruxos preferem a cultura europeia, você não vai convencer ninguém dizendo a eles que o que eles gostam é ruim. Até porque não é verdade."

"Ah, não?!"

"Não, Viny! Não!" Capí enterrou o rosto nas mãos, exausto. Não gostava de entrar em discussões daquele tipo… Abominava ter que criticar alguém. Mas daquela vez seria necessário. "Se você fosse mais condescendente, mais tolerante, você seria mais ouvido! Será que você não percebe que defende a tolerância, mas faz exatamente o oposto?! Você é uma das pessoas mais intolerantes desse colégio!"

"Eu?! Intolerante?!"

"Intolerante sim! Você é intolerante com tudo que vem da Europa; com tudo que vem de cima pra baixo. Mas você tem que entender uma coisa, Viny: nenhuma cultura é melhor ou pior. Apenas diferente. O ideal seria se aproveitássemos o melhor que cada cultura tem a oferecer! Usar o que achar bonito, desde que não esteja sendo manipulado. Incentivar o gosto pelo Brasil sim, mas sem negar as qualidades da Europa. Não substituir um pelo outro. A beleza está na mistura! O Brasil é lindo porque mistura tudo!"

Viny estava sacudindo a cabeça, inconformado, mas Capí não ia desistir, "Ou você acha que a feijoada, o carnaval e a festa junina se originaram no Brasil?"

O loiro ergueu a cabeça, espantado. "… Mas o nosso carnaval e a nossa feijoada são totalmente diferentes dos que foram criados na Europa!"

Capí sorriu, "É disso que eu estou falando, Viny. A beleza do Brasil está na mistura! Na mistura de tudo de lá com tudo daqui, transformando todas essas coisas em algo essencialmente novo!"

Viny ficou quieto, olhando para o amigo. Seus olhos castanhos espelhando uma batalha interna incrivelmente dolorosa entre seu coração e sua mente, que parecia estar honestamente tentando balancear suas tolerâncias, seus ódios, e seu orgulho, com aquele novo pensamento, que conflitava demais com tudo aquilo.

"Eu posso ficar sozinho aqui por alguns minutos?" ele pediu atordoado, e Capí abriu um leve sorriso. "Claro, irmão. Claro."

CAPÍTULO 40
PIXIES NO CONTROLE

"Eu devia ter sido menos agressivo."

"Você só falou a verdade, Capí…"

O pixie estava negando com a cabeça, andando agoniado de um lado para o outro no corredor do lado de fora do Quartel General. "É possível ser sincero sem ser desagradável."

"Você não foi desagradável."

"Fui, Caimana. Fui. Eu devia ter modulado o jeito que eu falei… eu podia ter dito de alguma outra forma… Eu chamei o Viny de intolerante!"

"Ele É intolerante, Capí", Índio retrucou. "Algum dia ele tinha que perceber isso. Melhor que tenha vindo da sua boca."

"Aliás, eu adoraria ver você falando naquele tom com o seu pai."

Capí olhou para Caimana sem paciência, "Não vai acontecer, Cai", e fechou os olhos novamente, com as mãos cruzadas, em prece, próximo ao rosto, como que pedindo sabedoria ao amigo. Viny ainda não saíra do QG, depois de quase duas horas lá, pensando sozinho, e Capí estava começando a ficar preocupado.

De repente, o loiro surgiu da passagem secreta de cabeça baixa, pensativo, e Capí fitou-o, ansioso, enquanto os outros se levantavam.

Sem olhar o amigo nos olhos, Viny perguntou, ainda um pouco confuso, "Se não é pra defender a cultura brasileira contra a europeia, o que tu propõe que a gente defenda então?"

"A liberdade", Capí respondeu sem pestanejar, e Viny olhou para ele, "A liberdade?"

"A liberdade", Capí confirmou.

"Mas não foi isso que eu sempre defendi?"

"Não. Você sempre defendeu a sua liberdade de pensar como quisesses, Viny", Capí corrigiu com o máximo de delicadeza possível, "nunca a liberdade daqueles que pensam o oposto de você; nunca a liberdade daqueles que querem imitar os europeus… O que você estava propondo para os alunos lá fora era que eles trocassem a ditadura da Comissão Chapeleira pela sua. A ditadura da Europa pela ditadura do Brasil. Você nunca foi a favor da liberdade de escolha. Sempre tentou impor sua visão pessoal de mundo, exatamente como Bofronte está fazendo agora. A diferença é que os alunos conservadores lá fora sempre pensaram mais como o Alto Comissário do que como você."

Viny ia contra-argumentar, mas pensou melhor e acabou cedendo. "Então…"

"Não foque sua crítica no desejo da Comissão de que todos sejam europeus. Foque no que ela proíbe! Proibir uma pessoa de se vestir com as roupas de sua própria cultura é tirânico. Os alunos vão te seguir contra Bofronte quando perceberem isso. Mas só se você parar de falar contra a Europa e começar a defender a liberdade de escolha, *mesmo* que a escolha de alguns acabe sendo a favor do estilo europeu."

"Mas não é isso que eu acredito. Eu estaria mentindo!"

"Não é mentira, é retórica. É direcionar a discussão para alguma coisa que todos nós concordemos. Uma opinião em comum. Deixando as opiniões controversas de lado para atingirmos um acordo entre todos. No caso, ir contra Bofronte."

"... ainda me parece manipulação."

Capí negou com a cabeça. "É política. Nós estamos combatendo um político, Viny; a gente tem que saber entrar no jogo dele. Não é menosprezando tudo que aqueles alunos acreditam que você vai convencê-los. Não é assim que você vai trazer o Abel pro nosso lado. E sim, mostrando a ele como Bofronte é violento e déspota."

"O Abelardo nunca vai cair nessa. Vai continuar dizendo que a Comissão só tá defendendo a ordem, a moral e os bons costumes."

"Sim, e pra defender isso, está tirando a liberdade de escolha das pessoas, intimidando, proibindo a crítica, tomando conta da rádio, sequestrando alunos, transformando-os em autômatos sem opinião própria. Está tirando deles a *liberdade*. É nisso que a gente tem que insistir. Que estamos entrando, sem perceber, numa ditadura."

Hugo sentiu um arrepio na espinha só de ouvir a palavra, e Viny assentiu, deixando que Capí concluísse, "A gente pode sim convencer o Abelardo. É só a gente conseguir provar pra ele que os alunos estão sendo hipnotizados. O Abel é uma pessoa correta. Assim que ele perceber que tem alguma coisa muito errada acontecendo, ele vai mudar de lado."

Viny olhou sério para ele, "Você confia demais no Abelardo."

"A confiança nasce do entendimento. Eu entendo o Abelardo", Capí corrigiu. Então abriu um leve sorriso, "Pense nisso como um desafio: convencer o Abelardo."

Viny deu risada, tendo que aceitar a proposta porque... bom, porque era o Capí que estava pedindo e como contrariar um pedido daqueles?

Dali em diante, os Pixies começaram a prestar menos atenção no que a Comissão fazia e mais atenção em como os alunos estavam *percebendo* o que a Comissão fazia. Por meio de sorrateiras conversas com estudantes aleatórios, logo foram confirmando aquilo que já desconfiavam há algum tempo: os alunos preferiam se enganar a assumir que estavam vivendo numa ditadura.

Diziam que os chapeleiros só estavam garantindo a lei ao punir os desviantes. Tinham medo, claro, mas achavam que nunca aconteceria nada de mau com eles próprios, porque estavam andando na linha. Doce ilusão. Não entendiam que, em pouco tempo, os chapeleiros começariam a encaminhar *qualquer um* para uma conversinha na sala do sumiço. E já estava começando.

Pela Rádio, a Comissão convocara mais três alunos para uma 'ação disciplinar', sem dizer o motivo da convocação, e Caimana, que, naquele exato momento, estivera tentando convencer quatro jovens quanto à verdade, deu risada ao ouvir o chamado, "Ação disciplinar uma ova! De onde eu venho, isso se chama hipnose!"

"Não faça acusações levianas sem provas, mocinha", Paranhos advertiu, parando ao ouvi-la. "Isso pode lhe custar muito caro…"

Mas os Pixies já tinham certeza do que estavam dizendo. Até Índio se convencera após tentar dialogar mais uma vez com Lepé, com Dulcinéia, com Bira, com Serafina… etc. e perceber que falar com eles era o mesmo que conversar com uma parede!

Os professores não faziam nada – ou, se faziam, não contavam. Deviam estar sendo ameaçados, claro. Como Atlas havia sido, na primeira inspeção, por Mefisto Bofronte. Uma ameaça sutil, mas eficiente. Por conta dela, toda vez que Atlas via algum absurdo, ele tentava ao máximo se segurar, mas estava óbvio que seu espírito de professor contestador não iria aguentar ficar calado por muito tempo, e os Pixies temiam por sua segurança. Ele era professor de Defesa Pessoal, mas daí a lutar contra o governo… seria demissão na certa.

Sorte que Atlas estava exausto demais para reagir. O saci não lhe dava sossego! Ficava provocando o professor durante as aulas com seu redemoinho, terminando de quebrar tudo que ainda não quebrara; os relógios, os aparelhos, as miniaturas, enquanto os alunos assistiam assustados, sem entender o que estava acontecendo… aparecia no trailer do professor de madrugada para puxar seus pés, aproveitando para derrubar todas as coleções que Atlas tinha em cima dele… atrasava seus relógios para que o professor chegasse atrasado em sala de aula… Em suma, estava massacrando o professor, e fazia tudo em questão de segundos, o desgraçado, impossibilitando qualquer reação por parte dele.

Mesmo assim, para Hugo e para os Pixies, Peteca era apenas um incômodo, que estava até ajudando a manter Atlas ocupado e longe da Comissão. O real problema era que, a não ser pelas peripécias do saci, a escola estava calma como nunca estivera antes! Consequentemente, por mais que os Pixies insistissem na teoria da hipnose, as pessoas se recusavam a acreditar, porque não fazia sentido! Ela não era necessária! Se todos já estavam obedecendo as regras, pra que os chapeleiros iriam querer hipnotizar alguém?

"Bem feito pra gente", Caimana disse, chegando irritada no Quartel General. "A gente ficou criando caso durante anos! Agora, ninguém acredita."

Índio jogou-se no sofá, exausto. "Eles só vão acreditar quando os Anjos começarem a dizer a mesma coisa que a gente."

"Puff… isso não vai acontecer, Índio. Esquece. A gente já tentou a semana toda. Eles são uns cabeças-duras!"

"Idem."

Viny olhou feio para o mineiro, mas não respondeu a ofensa. "O que eu quis dizer é que os Anjos nunca vão se convencer de que tem alguma coisa errada. Eles viraram seguidores fanáticos dos chapeleiros! Estão completamente cegos, como todos aqui. Ainda mais agora, que a Comissão resolveu ficar toda *santinha* e delicada."

"A não ser que…" Índio começou, mas decidiu não continuar.

"Aaaa, não!!" Viny pulou no sofá empolgado. "Agora tu vai dizer! Nem adianta disfarçar que não teve uma ideia. Anda! Fala!"

Relutante, olhou para Capí, como se buscasse uma aprovação que não veio. Mesmo assim, decidiu completar a frase, "A não ser que a gente provoque."

Hugo olhou surpreso para o mineiro. Logo ele, dizendo aquilo?!

Viny fitou-o, altamente curioso. "Provoque? Provocar é comigo mesmo. Provoque o quê?"

"Uma reação mais veemente da Comissão. Uma reação que todos vejam. Inclusive os Anjos."

"HA! Índio, você é um gênio!"

"Eu não acho uma boa ideia…" Capí disse lá no canto, mas sabia que de nada adiantaria sua opinião, visto que o loiro já estava saltitando no sofá, cheio de ideias.

"Adorei! Adorei! HA! Já estou até pensando em umas tretas aqui!"

Pesaroso, Capí olhou para o amigo, "O que você vai fazer, Viny…"

"Eles não proibiram os Pisantes dizendo que vassouras eram mais europeias? Então a gente vai ensinar a surfar nelas! Ensinar surfe aéreo pra todo mundo que quiser aprender! Quero só ver eles proibirem as vassouras também."

Caimana apenas sorriu.

"Vocês estão malucos?!" Hugo perguntou, indo atrás dos dois enquanto eles se apressavam pela mata lateral em direção ao depósito de vassouras. "Vão mesmo fazer isso à luz do dia?!"

Eles haviam acabado de informar a mais alguns alunos na praia sobre a aula, que aparentemente começaria em alguns minutos.

"Ué, por que não, Adendo?! Tá com medo de ser preso com a gente?!" Viny perguntou, atingindo exatamente na ferida, e já foi abrindo o depósito e pegando o maior número de vassouras que podia carregar. "Andar de vassoura *ainda* não é ilegal."

Desesperado, Hugo seguiu os dois até a mata lateral direita, onde alguns poucos jovens já os esperavam, ansiosos por aprenderem a surfar, apesar do medo.

"Tu tá querendo provocar e vai conseguir, Viny! Eles vão te prender e te hipnotizar!"

O loiro deu risada, "Aaah, não vão, Adendo. Não vão mesmo! Eles não são tão burros assim."

"Não entendi."

"Adendo, pensa bem: se EU, Viny Y-Piranga, aparecer feito um robô pela escola, até o Abelardo vai se convencer de que é hipnose. Por isso eu digo com toda a certeza: eles não vão tentar me hipnotizar. Nem a mim, nem à Caimana. A Comissão pode até ser imbecil, mas Mefisto Bofronte não é."

Com as vassouras debaixo do braço, Viny deu uns tapinhas no ombro do pixie mineiro, "Índio… hoje tu mostrou porque tu é um pixie. Tô orgulhoso."

Virgílio deu risada, "Fico lisonjeado", e sentou-se em uma raiz para ler enquanto Viny e Caimana levavam seus onze primeiros alunos para o centro da clareira, dando início à aula. Hugo ficou assistindo de longe, com o coração na mão, vigiando para ver se algum chapeleiro aparecia. Mas os Pixies sabiam que eles não apareceriam. Não naquele primeiro dia.

Isso porque as primeiras convocações para o curso de surfe haviam sido feitas em absoluto sigilo; por meio de pichações invisíveis nas paredes. Pichações estas, que só alunos com vontade própria podiam ver – cortesia da professora Areta.

Sem fazer uso do símbolo dos Pixies, ΠΞ, a mensagem dizia apenas: *Venham aprender a surfar no ar! Não é proibido!* Local e data.

O plano era ir atraindo o interesse dos alunos aos poucos, contagiando todo mundo com o gosto pelo surfe de vassoura, para só então 'informar' aos chapeleiros sobre as aulas e provocar a Comissão a proibi-las.

Mesmo com a adição do 'Não é proibido' às mensagens, no entanto, demorou um pouco até que aqueles primeiros alunos fossem convencidos a realmente participar. Relutantes, os onze só criaram coragem para subir nas vassouras depois que Airon Malaquian apareceu na clareira todo empolgado e tentou primeiro, achando a ideia de surfar no ar superdivertida.

Entrou na inocência, coitado, sem saber do perigo que corria, e os dois pixies deixaram que ele o fizesse, com muito prazer, mesmo sabendo que ele não fazia ideia de onde estava se metendo. Precisavam mesmo de um inocente útil, que inspirasse os outros a se arriscarem, e Airon era a isca perfeita.

Capí, claro, não gostara nem um pouco de ficar sabendo daquilo, por meio do Hugo, no dia seguinte, mas daí já era tarde. Airon já havia sido o sucesso da primeira aula; o primeiro a subir na vassoura... o primeiro a cair dela também... e logo os outros começaram a relaxar e fazer o mesmo; tentando, caindo, tentando de novo... Em suma, se divertindo como não se divertiam há muitos meses. Resultado: no segundo dia de aula, oito novos alunos apareceram. No terceiro, mais doze. E assim, os Pixies foram, aos poucos, ganhando seguidores apaixonados por 'surfe aéreo' – como a modalidade passara a ser chamada por todos. O nome *broom-surfing* finalmente sendo relegado ao esquecimento.

A cada aula clandestina que os Pixies davam, mais e mais alunos pipocavam para assistir, e não demorou muito até que os chapeleiros descobrissem por conta própria o que estava acontecendo. Àquela altura, o curso já tinha atraído quase cinquenta alunos, e era comentado pelo colégio inteiro, com bastante entusiasmo.

Por isso mesmo, de início, os chapeleiros não souberam bem o que fazer. Haviam dito publicamente que a vassoura era um meio de transporte digno de jovens bruxos que aspiravam à grandeza europeia. Não podiam, de uma hora para outra, proibi-las, como haviam feito aos pisantes. Seria uma contradição perigosa.

Também não podiam proibir que as pessoas surfassem nelas, até porque era impossível criar uma lei contra um esporte que sequer existia! Pelas leis bruxas, para poder ser proibido legalmente, o surfe em vassouras primeiro precisaria ser criado legalmente, e aquilo eles nunca fariam.

Impossibilitados de agir, os chapeleiros começaram, então, a fazer ameaças veladas ao grupo, por meio de bilhetes... de visitas inquietantes à clareira... de olhares... Olhares um tanto assustadores, é verdade, mas que não passavam daquilo: de olhares.

Não podiam encaminhar à sala de sumiço os líderes criadores daquela baderna, porque não sabiam quem eles eram. Como as aulas só tinham começado a ser vigiadas depois que vários dos primeiros alunos já haviam virado instrutores do curso, os Pixies não corriam mais risco algum de serem identificados como os causadores daquilo tudo, a não ser que alguém contasse. E ninguém ali contaria.

Por via das dúvidas, Hugo continuaria assistindo de longe. Sempre de longe. Não era louco de participar daquilo. Até porque os chapeleiros já começavam a rondar a clareira durante as aulas, como pitbulls loucos para atacar. Logo, logo, perderiam a paciência e explodiriam para cima dos alunos – exatamente como os Pixies queriam.

Como um aviso do que estava prestes a acontecer, na segunda semana de curso, Oz apareceu para buscar o filho. Chegou na mata lateral absolutamente furioso, tendo acabado de ser avisado por alguém (Hugo podia imaginar quem) sobre a participação de Airon naquela loucura. Abrindo caminho por entre as dezenas de alunos, tirou seu filho de lá com certa violência até, sem dizer uma palavra. Apenas puxando-o pelo braço.

Airon olhou choroso para o pai, tentando entender o que fizera de errado. Não queria ter sido um mau filho. Entristecido, ainda deu tchauzinho para os alunos presentes enquanto era levado dali. Todos responderam em uníssono, "Tchau, Airon!" e prosseguiram com o treino como se nada tivesse acontecido.

Naquele mesmo dia, no entanto, a coleira dos chapeleiros se rompeu, e eles partiram com tudo para cima dos "baderneiros". Adorando a oportunidade de agredir alguém, foi Ustra quem liderou o ataque aos mais de sessenta estudantes que se reuniam na clareira, dispersando o grupo com feitiços de gás lacrimogêneo e alguns não-tão-de-gás-assim.

Com a vista ardendo e embaçada pela fumaça, poucos viram o gaúcho usar feitiços mais interessantes nos alunos, mas Hugo ouviu pelo menos três jovens berrando desesperadamente de dor em meio à fumaça. ... Berrando muito mesmo! ... O canalha do Ustra estava se divertindo naquela confusão, e os poucos alunos que conseguiam sair de lá, ou estavam saindo feridos, ou terrivelmente assustados.

Lacrimejando triunfante, Viny fez uma retirada estratégica no meio da confusão. Aproveitando que a maioria dos chapeleiros estava ocupada detendo estudantes na mata lateral, foi correndo até o refeitório pintar um coração enorme e bem vermelhão na porta da sala do sumiço.

Louco. Completamente louco. Mas brilhante.

Feito com feitiço permanente, e sem a presença de qualquer testemunha que pudesse acusar seu autor, aquele coração foi uma tremenda derrota imposta aos chapeleiros.

Uma humilhação que eles não esqueceriam tão cedo.

Como reação a ela, os métodos da Comissão recrudesceram de vez, e alguns dos alunos que antes defendiam a Comissão, começaram a ver a verdadeira face daqueles que diziam querer "educar e proteger" os jovens do Brasil: os chapeleiros haviam ficado tão furiosos com a provocação, que os alunos que fossem pegos olhando para aquele coração pichado com qualquer sombra de um leve sorriso, começaram a ser arrastados até a porta pelos cabelos e obrigados a ficarem ajoelhados ali, perante ela, ao longo do dia e durante a madrugada inteira, até que não vissem mais graça nenhuma no coração.

Voltavam carregados para a sala de aula no dia seguinte, incapazes de usarem seus joelhos até que algum professor fosse ajudá-los. Os professores que sequer pensassem em reclamar do tratamento dado aos desviantes eram multados com a subtração de um mês de seus salários, e isso trouxe ainda mais alunos para o lado dos Pixies.

Mas Viny ainda não havia terminado de provocar, e, apesar das punições, logo os próprios alunos que haviam sido castigados voltaram a dar risada de novo. Afinal, o que eram dois joelhos machucados perante uma fileira de chapéus-coco pintados com tinta preta no espelho do banheiro, na altura aproximada de cada estudante?

Dessacralizar a porta do sumiço havia sido apenas o primeiro passo na campanha do loiro para ridicularizar os chapeleiros. O objetivo era simples: enquanto os alunos estivessem rindo da Comissão, não teriam tanto medo dela. E quanto mais eles rissem, mais violentos os chapeleiros ficariam, trazendo cada vez mais alunos conservadores para o lado dos Pixies.

A maioria deles ainda não havia sido convencida, tendo inclusive achado 'muito justas' as punições que os alunos sorridentes haviam sofrido, mas Viny não pararia até que os próprios Anjos admitissem estar vivendo em uma ditadura.

"Mas isso é vandalismo!" Gislene murmurou horrorizada.

"Ah, é não!" Viny sorriu, terminando de pintar um jogo da velha preenchido com coraçõezinhos e mini chapéus-coco na porta do Conselho. "É terrorismo poético!"

"Terrorismo poético?! Você é maluco."

"Eu também tenho essa suspeita", o loiro deu um sorrisão, empurrando Gislene e Hugo para outro corredor ao ver que chapeleiros se aproximavam.

Percebendo que recrudescer os métodos não havia intimidado os alunos rebeldes e apenas servira para aumentar a resistência de alguns às ordens dos chapeleiros, a Comissão foi esperta e recuou a tempo, passando a punir os desviantes apenas com multas. Multas exorbitantes e proibitivas... mas ainda assim, apenas multas.

Jogada inteligente da parte deles. Por meio dela, Paranhos manteria o apoio da maioria dos alunos conservadores, e ainda poderia dizer que estavam arrecadando fundos para que o governo Lazai pudesse fazer ainda mais pelo país.

Foi só falar em dinheiro que Nero Lacerda surgiu na escola, como gênio da lâmpada, tentando arranjar qualquer desculpa para multar alunos, professores, garçons... qualquer um que se movesse.

"Que papelão ridículo..." Viny murmurou, vendo o caboclo passear pelo refeitório com um bloquinho na mão, multando meias rasgadas, batons borrados, roupas de segunda mão... "O cara é Consultor da Presidência e ainda fica tentando arrancar dinheiro de criança... tsc tsc. Alguém se arrisca a adivinhar pra onde esse dinheiro todo está indo?"

"Pro bolso dele?" Caimana respondeu com sarcasmo.

O pior é que Abelardo e Gueco continuavam não vendo o corrupto que o padrasto deles era! Amavam tanto aquele homem que se recusavam a ver! Andavam orgulhosos atrás dele, feito dois patinhos, enquanto Nero multava os 'desviantes' a seu bel-prazer. Quando questionados, insistiam que o dinheiro das multas ia para o governo; que o querido pai deles estava fazendo um favor ao Presidente Lazai, assumindo mais aquela árdua tarefa... Em suma, Hugo não sabia se sentia raiva ou pena daqueles dois.

"As pessoas gostam de ser enganadas, Adendo. Quer ver?"

Hugo abriu um sorriso malandro e Viny parou onde estava, no meio do pátio central, apontando para cima com cara de curioso. Hugo até chegou a olhar, mas, percebendo que não havia nada lá no alto, voltou sua atenção para o pátio, surpreendendo-se ao ver que vários alunos já haviam se aglomerado ao redor deles, também olhando para cima. Alguns apenas curiosos, outros já apontando para os amigos, bastante seguros do que estavam vendo. Enquanto isso, mais e mais pessoas chegavam, atraídas pela multidão, e começavam a apontar para o alto e discutir, incluindo aí nesse grupo Anjos, chapeleiros e assistentes da Comissão.

Segurando o riso, Viny saiu de fininho, chamando Hugo consigo. Ficaram os dois só assistindo de longe, de braços cruzados, morrendo de rir enquanto as pessoas na multidão se convenciam cada vez mais de que lá em cima havia um fantasma suicida querendo pular.

"Viu?" Viny disse, triunfante, amarrando sua gravata na testa e saindo por aí irritando chapeleiros, e levando multas.

Era rico mesmo... Não se importava.

Iniciada a fase das provocações, aos poucos os Pixies foram começando a dialogar com pequenos grupos que ainda apoiavam a Comissão, tentando fazer com que eles percebessem o imenso desrespeito que os chapeleiros tinham pelos direitos humanos, pelos direitos de livre expressão das pessoas... de poderem usar gravatas na cabeça se quisessem, por exemplo... etc. etc.

Não tentavam convencê-los com grandes discursos públicos, como Abel havia feito, mas sim por meio de pequenas conversas, privadas e sensatas. Não queriam atrair a atenção dos chapeleiros. Até então, os Pixies vinham conseguindo provocar a Comissão sem se identificarem ou usarem o nome Pixies, e pretendiam que as coisas continuassem assim, para a própria segurança dos quatro. Por isso, durante tais diálogos, enquanto Capí e Índio falavam baixinho com os alunos, Viny ficava apenas ouvindo. Ouvindo e aprendendo; se segurando para não implodir toda vez que alguém contestava os argumentos bem-pensados deles com um sonoro "Viva a Europa!"

Era trabalho de formiguinha, claro, e de muita paciência, mas aquelas conversas, aos poucos, foram começando a surtir efeito. Pessoas que, antes, discordavam radicalmente dos Pixies, estavam começando a pensar duas vezes antes de elogiarem a Comissão. Ainda não haviam conseguido convencê-los da hipnose, mas fazer com que alguns concordassem que as punições e medidas da Comissão eram exageradas já constituía uma grande vitória.

Enquanto isso, o trabalho de ridicularização da Comissão Chapeleira continuava. Era a dupla *Persuasão* e *Provocação*, que os Pixies logo passaram a resumir como *Persuasão*: enquanto Capí e Índio faziam a maior parte do trabalho de convencimento clandestino, Caimana, Viny e um número cada vez maior de seguidores, ficavam encarregados das provocações, para que mais e mais alunos percebessem a face ditatorial do governo Lazai.

Mefisto Bofronte ainda era intocável – ninguém tinha coragem de ir contra ele, nem muito menos ridicularizá-lo, até porque ele quase não aparecia na Korkovado, e quando aparecia, impunha respeito apenas com um olhar – ou então com uma atitude, como, por exemplo, rir do coração pichado na porta da sala de sumiço, lançando a seus assistentes um olhar no estilo 'Era disso que vocês estavam reclamando tanto?!'

Ustra ficara furioso com a reação, mas no dia seguinte, Bofronte resolvera o problema, mandando trocar a porta. Simples e prático.

Não havia tinta permanente capaz de contornar aquela solução.

Já os chapeleiros... os chapeleiros eram fáceis demais de ridicularizar... e cada vez que reagiam, perdiam mais moral perante os alunos.

Os Pixies conseguiam uma vitória cada vez que provocavam os patetas a proibirem algo idiota, como, por exemplo, as novas aulas clandestinas de mequetrefização, ou então o novo curso de magia ameríndia, ou ainda as lições de gírias mequetrefes, ministradas, muitas vezes, por bruxinhos filhos de azêmolas, admiradores dos Pixies...

Tudo sem nenhuma ajuda do Hugo, claro. Ele tinha bom senso o suficiente para não participar de nada daquilo.

A aula de gírias mequetrefes provou ser especialmente útil: tornava os alunos mais ousados, já que eles passavam a poder planejar ações na cara dos chapeleiros, sem qualquer medo de que fossem entendidos por eles. Os chapeleiros ficavam completamente confusos, olhando-os com cara de tapados enquanto os bruxinhos conversavam entre si, provocando montanhas de risos nos alunos à sua volta... Até que aquele curso também foi proibido.

A cada aula alternativa que era fechada, Viny criava mais duas, e quando essas duas eram proibidas, ele criava mais quatro, e, assim, os Pixies iam coletando alunos para a causa. Alguns, mais rebeldes, logo fizeram de Viny seu máximo líder. Autointitulando-se *Os Vinyáticos*, começaram a passar os dias planejando ações que ridicularizassem a Comissão.

Numa delas, em um horário previamente determinado, com o pátio lotado de estudantes indo para suas aulas, dez deles pararam onde estavam, cada um em um ponto distinto da multidão, e despiram-se de seus uniformes ao mesmo tempo, ficando apenas de calça preta e chapéu-coco, sem camisa, sem colete, sem sapatos, continuando a andar pelo labirinto da multidão de cabeça baixa; rostos ocultos pelas abas dos chapéus.

Os reais chapeleiros, vendo aquilo sendo feito de repente, e por tanta gente ao mesmo tempo, quase tiveram um curto-circuito, começando a procurar por chapeleiros semidespidos na multidão, enquanto os alunos sumiam e apareciam diante deles e sumiam de novo, ocultos entre as centenas de estudantes... E os verdadeiros chapeleiros ali, enlouquecidos tentando encontrá-los, sem saber quem deter ou como detê-los, trombando contra eles próprios em sua busca desenfreada por chapéus iguais aos deles na multidão. Espetacular.

"NENHUM DETIDO!" Viny comemorou, mergulhando na cama imperial enquanto Playboy morria de rir da genialidade do pixie.

"Vocês são loucos..." Índio murmurou, enquanto Capí sorria, achando engraçado. Daquela vez, Viny se superara. Ver os chapeleiros prendendo uns aos outros tinha sido sensacional.

Os *Vinyáticos*, que, depois dessa ação, também passaram a ser conhecidos como "os chapeleiros malucos", logo começaram a ser considerados integrantes dos Pixies pelo placar da árvore central, que, por alguma razão, substituíra o símbolo dos Anjos, na disputa, por um chapeuzinho-coco da Comissão, transformando a auréola dos Anjos na aba do chapéu.

Agora era ΠΞ *versus* 🎩, e Hugo tinha uma certa desconfiança de quem havia sido a autora de tão singela mudança.

"Sua doida."

"Eu não sei do que você está falando, Napô, querido", Areta piscou um olho, entrando em sua sala para mais uma movimentada aula de feitiços.

Infelizmente, aquela piadinha descompromissada que a professora fizera num ímpeto de rebeldia, sem qualquer intenção de prejudicar os Pixies, logo virou um perigo para eles. O símbolo dos Pixies estivera lá no placar da árvore central o ano inteiro, mas até então, tanto o símbolo, quanto o placar, haviam sido tratados com absoluta indiferença pelos chapeleiros, por lhes parecer algo completamente inofensivo: um símbolo grego ao lado de uma auréola que, para eles, significavam absolutamente nada.

Não mais.

De repente, sem que os Pixies pudessem fazer qualquer coisa a respeito, o símbolo dos Pixies ganhou status de símbolo da resistência entre os alunos.

Os chapeleiros começaram a ver as tais letras gregas em todos os lados: rabiscadas no braço de estudantes, desenhadas nas roupas e nos cadernos, riscadas em mesas e impressas no topo de panfletos de resistência que nunca haviam passado pelo crivo dos Pixies, mas que, mesmo assim, estavam sendo produzidos e distribuídos pela escola... Em suma, as coisas haviam saído do controle deles – o que era extremamente perigoso.

Perigoso porque, mesmo com toda a algazarra que eles haviam causado até então, os Pixies tinham feito tudo discretamente, sem envolverem qualquer um de seus nomes, nem muito menos o nome *Pixies* ou seu símbolo, naquelas ações. Até as aulas clandestinadas vinham sendo ministradas cada vez por um aluno diferente, exatamente para confundir a Comissão, mas agora, com o símbolo deles sendo ligado abertamente à resistência, o risco dos chapeleiros logo descobrirem os cérebros por trás daquela bagunça acabara de aumentar.

Capí ficava especialmente inquieto com aquilo, até porque sua varinha tinha o símbolo entalhado nela, mas não havia nada que nenhum deles pudesse fazer a respeito. Agora já era tarde. As pessoas haviam se apropriado do símbolo por conta própria, animados pelo clima crescente de rebeldia. Eram poucas, mas seus números cresciam a cada dia.

Paciência. Enquanto ninguém da Comissão conseguisse ligar o símbolo ao nome *Pixies*, eles estariam seguros.

"Relaxa, Índio, ninguém vai contar pra eles."

"Viny, a questão é: a gente confia nos Anjos? Porque eles sabem quem são os donos daquele símbolo. Aliás, a Dalila também sabe."

"Putz..."

É, o loiro não pensara naquele detalhe.

Se bem que a Conselheira também parecia estar apavorada com a Comissão. Aparentemente, ter um marido trabalhando para o Presidente não era garantia nenhuma de que ela manteria seu emprego na escola caso cometesse algum erro passível de demissão. Talvez por isso, raras vezes Hugo a vira perambulando pelos corredores desde a chegada dos chapeleiros.

Ação acertadíssima da parte dela, porque os chapeleiros estavam cada vez mais irritados com aquela baderna. Tão irritados, que, a partir da quarta semana de revolução estudantil, os chapeleiros voltaram com a tática da hipnose, e todos os alunos detidos com o tal símbolo marcado à tinta em seus punhos ou vestimentas passaram a ser imediatamente 'encaminhados' à sala do sumiço.

No começo, os Pixies encararam aquilo como um fator positivo, porque quanto mais alunos rebeldes voltavam estranhos e comportadinhos lá de dentro, mais os outros começavam a, finalmente, acreditar que os chapeleiros estavam mesmo hipnotizando estudantes! Mas então, algo começou a acontecer, que os Pixies não haviam previsto: à medida que as pessoas foram tomando consciência do que realmente acontecia lá dentro, mais elas começaram a ter medo de protestar! Ficavam indignadas sim, mas com medo! E, assim, a rebelião foi se esvaziando.

Principalmente, quando Bofronte visitava a escola. Aí o clima esfriava de vez, e ninguém tinha coragem de fazer coisa alguma. Até os Pixies ficavam meio na deles, principalmente por influência de Capí, que era bem veemente quanto a segurar o ímpeto dos amigos na presença do Alto Comissário. Fazia muito bem.

Todos tinham medo de Bofronte, até porque ele olhava as pessoas nos olhos, com aquela calma, aquela seriedade... que desconcertava todo mundo. TODOS acabavam baixando a cabeça. Agora inclusive o Viny, receoso que Mefisto lesse, em seus olhos, tudo que ele havia feito até então. Uma coisa era provocar os chapeleiros; outra coisa bem diferente era provocar Mefisto Bofronte, e até o loiro se rendera ao medo, agora que dera motivos de sobra para ser punido.

Hugo não dizia nada. Ficava na dele, quietinho em seu canto, eventualmente trocando olhares com o Alto Comissário.

Apenas um grupo de pequenos corajosos não se intimidou com a presença do chefão na escola. Inspirados pela rebelião dos alunos, os pequenos Faunos, explorados há tantos anos por Brutus, entraram em greve, recusando-se a trabalhar mais um segundo que fosse para aquele centauro.

Resultado? Assim que Bofronte saiu, deixando ordens ao pé do ouvido para seu general, os faunos foram brutalmente reprimidos por Ustra e seus assistentes, que atacaram os pequenos com feitiços altamente dolorosos, punindo-os severamente pelo desacato e cortando os chifres dos fauninhos que haviam liderado a rebelião, para servir de exemplo.

No dia seguinte, estavam todos de volta à cozinha, trabalhando de cabeça baixa, trêmulos de medo.

Os Pixies ficaram revoltados, mas quase ninguém além deles se importou. Muito pelo contrário. Alguns alunos inclusive defenderam a violência, dizendo que fazer greve era preguiça de quem não queria trabalhar!

Imbecis.

Um ponto para a Comissão.

Assim que Bofronte saiu do colégio, no entanto, a pontuação dos Pixies no placar central voltou a crescer. Toda vez que uma ação era bem sucedida, um ponto era computado a favor deles. Cada vez que a Comissão proibia alguma coisa, os pontos iam para os Pixies também, porque eles faziam aquilo tudo buscando exatamente uma proibição. E o chapéu-coco ficava ali, com seu 1 ponto, enquanto o símbolo dos Pixies fazia 3... 5... 7... 10... E os chapeleiros cada vez mais encafifados com o que aquele símbolo grego significava.

Parecia haver um acordo silencioso, mesmo entre os alunos conservadores: ninguém mencionava o nome *Pixies* na escola. O símbolo bastava. E, claro, os Pixies tomavam o máximo de cuidado para nunca planejarem alguma coisa próximo a algum dos jovens hipnotizados. Os jovens não pareciam se lembrar direito de nomes e pessoas que haviam conhecido antes da hipnose, mas era melhor não arriscar.

> *"É... Letras gregas por todos os lados..."*
> – Janaína Brasileiro

A resposta da caramuru à sua pergunta *"Como vão as coisas por aí?"* havia sido mais do que clara, para não dizer surpreendente: o símbolo dos Pixies chegara a Salvador, e, lá também, havia sido apropriado por alunos rebeldes.

Hugo sentiu um arrepio. Se descobrissem os quatro donos daquele símbolo, seria o fim, tanto para os Pixies quanto para ele, que com certeza seria expulso também.

Aquela era uma mensagem anormal da baianinha... Geralmente, as cartas que ele ainda trocava com ela vinham sendo apenas sobre amenidades; temas pouco arriscados, para não chamarem atenção. E, sempre que ele arriscava perguntar quando ela poderia vir ao Rio visitá-lo, Janaína desconversava. Será possível que nem aos domingos era permitido?! Fazia quase quatro meses que eles não se viam, não se beijavam, e Hugo já estava quase começando a subir pelas paredes!

Relacionamento à distância era fogo! Ainda mais quando ele desejava uma intimidade muito maior do que apenas beijinhos. Até sonhava com aquilo! E ela lá, privando-o de sua presença daquele jeito. Quando ele resmungava por mais atenção, ela respondia *"Você é muito bobo, véi!"* e aquilo só fazia com que ele quisesse ainda mais estar perto dela.

Mesmo causando-lhe tanta agonia, Hugo sentia que aquelas cartas eram uma válvula de escape, tanto para ele, quanto para ela. Uma forma de esquecerem, por alguns instantes, o que estava acontecendo ao redor.

Até porque a coisa estava feia na Korkovado, e o Conselho Escolar lá, se fingindo de parede. Só quando alguém do alto-escalão da Comissão aparecia, é que Dalila se obrigava a sair de seu esconderijo para acompanhá-los, fosse Bofronte, ou Adusa... ou Ustra – que ela temia mais do que todos e que, infelizmente, ficava tempo demais lá dentro. Era nessas horas, na presença deles, que ela aproveitava para mostrar serviço, enchendo seus ouvidos de elogios, tagarelando sobre como a Korkovado prezava pelos maiores padrões europeus, listando todas as ações que ela própria havia tomado para coibir os desviantes e tal.

Hugo, Índio e Caimana assistiam de longe a mais uma daquelas patéticas rasgações de seda da Conselheira quando, de repente, Ustra parou em frente a uma das paredes e os Pixies gelaram.

Algum aluno muito entusiasmado e muito burro escrevera "PIXIES!" gigante, na parede. Junto ao símbolo.

Hugo cerrou os olhos. Eles estavam ferrados.

Virando-se lentamente para Dalila, com a serenidade mais dissimulada que Hugo já testemunhara, Ustra perguntou:

"Quem são os... *Pixies*?"

CAPÍTULO 41
SANTOS DO PAU OCO

Tensa, Dalila olhou hesitante para os Pixies, que assistiam pálidos do outro lado do corredor. Então, voltando-se lentamente para Ustra, respondeu, "Não faço ideia."

Os Pixies se entreolharam surpresos. Caimana mais do que os outros. E Ustra insistiu, "Como assim, não fazes ideia? Esta escola está ou não está sob a tua responsabilidade?"

Dalila estava trêmula. Principalmente agora, por ter mentido. "Eu juro que já tentei descobrir, senhor barão, ainda mais depois que os senhores me questionaram sobre o maldito símbolo grego no placar! Mas esses danadinhos evadem qualquer investigação que eu tente fazer! Pode perguntar para qualquer aluno. Ninguém aqui sabe quem são esses vândalos... mas, retomando o outro assunto..." E Dalila continuou a guiar Ustra pelos corredores, voltando a tecer elogios ao caráter europeu da Escola enquanto os dois se afastavam, até que suas vozes se apagaram na distância e os Pixies respiraram aliviados.

Caimana não sabia se ficava chocada, emocionada, ou o quê.

Sentou-se na escada e ficou pensando no que acabara de acontecer, enquanto os outros Pixies, igualmente mudos, assistiam.

Índio sentou-se a seu lado, "Você é filha dela. Claro que ela iria te proteger."

Caimana negou com a cabeça, de repente com raiva. "Ela não mentiu pra me proteger... Ela mentiu pra proteger a reputação dela. O que a Comissão pensaria da grande Conselheira da Korkovado se sua própria filha estivesse metida com os 'vândalos' do colégio?"

Hugo desviou o olhar. Não comentara nada, para não tirar as esperanças da elfa, mas pensara exatamente o mesmo, e Índio, por mais que quisesse, não teve como negar a verdade naquelas palavras. Ele não aprovava mentiras, mesmo que fossem para consolar alguém.

Caimana deu uma risada seca. "Minha mãe é capaz de tudo quando a reputação dela está em jogo. É capaz até de me defender."

De fato, ela era capaz de tudo para preservar sua reputação. Tanto que depois daquilo, o Conselho Escolar, preocupado em não manchar ainda mais sua imagem perante o governo, passou a tratar os alunos com mão de ferro, exigindo padrões que nem a Comissão mencionara, só para terem certeza de que nada mais desagradaria os chapeleiros. Chegaram ao cúmulo de ordenar que *alunos* limpassem a escola para que Fausto pudesse fazer cada vez mais tarefas escondido na floresta. Não queriam, de modo algum, que Mefisto Bofronte descobrisse um fiasco trabalhando na Korkovado.

Vai que ele era um daqueles mais preconceituosos.

A proibição da música foi a gota d'água. Se bem que, daquela vez, Dalila falara em nome da Comissão, em resposta ao curso itinerante de música mequetrefe que os Pixies haviam começado a implementar: consistia em alunos, munidos de aparelhos de som mequetrefes, inocentemente ouvindo Legião Urbana, Cazuza, Mutantes etc., pelos corredores.

"*A partir de hoje, meus queridos, está proibido ouvir música no colégio. Aparelhos de som, instrumentos musicais, discos e... 'CDs'... serão confiscados, para que os alunos possam se concentrar melhor nos estudos.*"

O resultado da proibição foi imediato: o início do contrabando de discos para dentro da escola, por parte dos alunos. Até que Paranhos colocou uma maldição antimúsica no colégio inteiro, fazendo com que todos os instrumentos musicais, CDs, gramofones e quaisquer outros aparelhos que tocassem música parassem de funcionar, quando dentro da Korkovado, e se estilhaçassem ao entrarem na escola escondidos.

Problema resolvido.

Ponto para a Comissão no placar central.

"Aaargh", Viny resmungou impaciente, já sentindo falta de uns acordes. "Onde estão os Boêmagos quando se precisa de uma musiquinha, hein?"

Índio ergueu a sobrancelha, "Em turnê pela Europa. Esqueceu?"

"Ah, é verdade. Ao contrário do pessoal daqui, os bruxos europeus valorizam o samba brasileiro. Pô, meo... proibir música é o cúmulo do absurdo!"

"Tem que proibir mesmo essa palhaçada", Gueco provocou, encontrando com eles a caminho do auditório, e Hugo deu um tranco no garoto, quase o derrubando da escada. "Sai da frente, amarelão!"

Gueco só não reagiu porque foi obrigado a se segurar no corrimão para evitar a queda.

"EU NÃO ACREDITO! Eles não podem fazer isso!" Caimana exclamou, e Hugo apressou-se até a porta do auditório, onde um bilhete afixado pela professora de teatro dizia: "*Sinto muito, queridos, mas nosso musical foi cancelado por ordens superiores.*"

"Cancelado?!" Viny tentou abrir a porta, mas estava trancada. "Tá de sacanagem!"

"Ha! Bem feito!" Gueco deu risada, mas Abelardo pediu que o irmão se afastasse e leu, ele mesmo, o bilhete, ficando bastante encafifado com a notícia.

"Viu, anjinho? Eu não disse?!" Viny alfinetou, sério. "E só vai piorar."

"Onde você vai?!"

"Vou tentar reverter esse absurdo!"

Caimana foi com Viny, e Gueco já ia gritar alguma provocação para eles de novo, quando Abelardo pediu que o irmão se calasse, com uma mão discreta em seu braço. Pela primeira vez, Hugo vira o anjo realmente balançado com alguma proibição.

Abandonando os dois irmãos no primeiro andar, Hugo foi atrás dos Pixies, que já haviam entrado no escritório da professora de teatro.

"Como vocês querem continuar com um musical se a música foi proibida na escola, queridos?!" ela perguntou, diante da insistência dos alunos, enquanto socava suas roupas de gordinha no baú para ir embora dali. "Não faz nenhum sentido o que vocês estão pedindo, meninos..."

"Mas, professora!"

"Me desculpem, crianças, mas não vou ser eu a maluca a contrariar aqueles lá", ela concluiu com pena, e se foi. Iria procurar emprego em alguma outra instituição, já que não só o musical, como também a aula de teatro, fora proibida.

"E se a gente pedir pro Abel escrever pro padrasto dele pedindo a liberação da peça?"

"Meu irmão não vai escrever, Viny", Caimana cortou. "Isso seria confessar pra nossa mãe que ele estava participando de uma peça sem ela saber."

"Putz..." o loiro reclinou-se no sofá do QG, desistindo, entediado. Àquela hora, se o intercâmbio não tivesse sido proibido, os Pixies já estariam começando a fazer planos para as viagens... acertando qual escola cada um dos quatro visitaria no semestre seguinte... combinando estratégias...

Agora, só teriam Korkovado e mais Korkovado até o fim do ano.

Pelo menos, o motivo da proibição agora ficara claro. Não havia sido uma lei arbitrária e sem sentido, como inicialmente parecera. Bofronte cancelara o intercâmbio para impedir a livre troca de informação entre os alunos das várias regiões. Claro. Já antevendo que, uma hora ou outra, os alunos começariam a se rebelar – quase esperando que aquilo acontecesse – o Alto Comissário fora esperto e proibira o intercâmbio muito antes do descontentamento começar a borbulhar. Assim, quando a hora chegasse, não haveria como os alunos do Brasil inteiro se unirem contra o governo. Sem informações, a rebelião permaneceria, para sempre, fragmentada; sem qualquer chance de se fortalecer.

Os jornais continuavam não ajudando em nada. Apenas pelas cartas que Hugo trocava com Janaína em segredo, havia sido possível interpretar que a rebelião estudantil já chegara a Salvador, mas e nas outras três escolas? Os Pixies não tinham como ter certeza. Portanto, não conseguiam sequer saber se receberiam apoio dos alunos das outras regiões caso um dia precisassem. Teoricamente, os professores das cinco escolas ainda podiam enviar cartas entre si, mas eles não eram malucos de trocar mensagens desse teor, e as poucas notícias que chegavam através delas às vezes vinham cifradas demais, por medo de que fossem interceptadas.

Até o dia em que a Comissão proibiu a troca de cartas entre os professores também, interditando o escaninho "para manutenção", e Hugo entrou em desespero.

Interditar o escaninho?! Estavam de sacanagem com ele, né? Como ele falaria com Janaína agora?!

Enquanto isso, Viny resmungava contra o outro anúncio de Paranhos: a iminente substituição da aula de Artes pela de "Léxico Europeu" no segundo semestre.

Em menos de uma semana, haviam eliminado tudo que era artístico no colégio: música, teatro... agora Pintura e Fotografia... Mas Hugo só conseguia pensar em sua Janaína e em como ele nunca mais conseguiria se comunicar com ela.

Não... aquilo não podia ficar daquele jeito. As férias de meio de ano já estavam chegando, mas e se eles proibissem viagens nas férias também? E se fechassem as estações de trem para os jovens? Era possível que acontecesse, não era?! Se eles estavam tanto querendo cortar a comunicação entre as regiões, eles não permitiriam, né?!

Capí já ia comentar alguma coisa a respeito da proibição de todas as artes quando bateu no Hugo uma vontade incontrolável de ver sua baianinha, e ele interrompeu discretamente o pixie, *"Capí, como eu faço pra chegar a Salvador sem ser de trem?"*

"*Agora?!*" Capí sussurrou preocupado. "*Você enlouqueceu, Hugo? Eles acabaram de proibir até as cartas...*"

"*Por isso mesmo! Eu tenho que ver a Janaína! Eu não aguento mais ficar longe dela!*" ele admitiu, um pouco encabulado em fazê-lo, mas dizendo-o mesmo assim, e Viny deu risada do outro lado da mesa, abrindo um sorriso safado em sua direção, "*Espertinho...*"

Não era para Viny ter ouvido.

"Não tem nada de esperto, Viny... É perigoso demais!"

"Capí, se você não me disser agora como chegar na Bahia, eu vou nem que seja de trem mesmo. Aí sim, vai ser perigoso. Falta um dia para as férias, eu já fiz as provas de fim de semestre, eu tenho certeza absoluta de que tirei 10 em todas. A Gi ainda ficou de recuperação em História por ter tirado 6,99. Eu não. Portanto, eu não tenho mais nada que fazer aqui."

Capí estava balançando a cabeça, receoso. "Você não devia sair antes de saber se eles vão liberar, Hugo..."

"Eu preciso ver a Janaína!"

Hugo estava já subindo pelas paredes de tanta ansiedade. Ele queria tocá-la, sentir seu cheiro, ouvir sua voz... queria se gabar de suas notas perfeitas para ela...

Vendo que nada o faria mudar de ideia, Capí acabou consentindo, e enquanto os dois se afastavam em direção aos aposentos imperiais, ainda foi possível ouvir mais um dos comentários superamistosos de Virgílio OuroPreto, "*Menino ridículo. Se arriscar só pra dar uns beijinhos...*"

"*Impressionar a namorada, oras!*" Viny respondeu. "*Tá mais do que certo!*"

Guiando Hugo pelos ombros, Capí levou-o até os aposentos de Dom Pedro II – o tempo inteiro tentando convencê-lo a desistir daquela ideia suicida, mas Hugo estava irredutível.

Aproveitando que Playboy dormia sonoramente na cama imperial, o pixie passou por ele com todo o cuidado para não acordá-lo, pedindo silêncio ao pequeno Pedrinho, que entendeu o recado e ficou quietinho, enquanto Capí abria o quadro do infante, revelando uma abertura na parede atrás dele: uma espécie de cabine, toda revestida em madeira, com espaço para, no máximo, 4 pessoas muito espremidas.

Surpreso, Hugo agachou-se um pouco, entrando na cabine apertada junto ao pixie, enquanto Capí fechava a porta atrás deles. Automaticamente, velas se acenderam ali dentro, iluminando o cubículo, e Hugo olhou ao redor sem entender por que estavam os dois fechados ali. "Que lugar é esse?"

"Um elevador."

Hugo olhou-o surpreso. "Feito naquela época?! Quem foi o gênio?!"

Capí sorriu, "Dom Pedro II", e Hugo ergueu a sobrancelha, admirado, enquanto o pixie explicava, "Pedrinho ainda veio aqui algumas vezes depois de mais velho. Era amante da tecnologia. Um curioso inveterado. Foi um dos primeiros a testar o telefone, quando os azêmolas inventaram."

"Mequetrefes", Hugo corrigiu e Capí deu risada, "Eu nunca vou me acostumar. Bom, de qualquer forma, na época que ele instalou esse elevador, o mecanismo dele era um pouco mais rudimentar. Subia e descia com um sistema mais manual de cordas e pesos. O Atlas fez umas modificações a vapor."

Puxando uma alavanca que os levaria para cima, Capí se segurou nas paredes e Hugo fez o mesmo, sentindo o elevador dar um tranco forte antes de começar a subir. Hugo definitivamente não gostava de elevadores... Nem de espaços fechados em geral.

Felizmente, para ele, em poucos minutos o elevador pareceu vencer o equivalente a uns quarenta andares da Korkovado, até finalmente abrir-se em uma ala abandonada do colégio. Uma ala que, segundo o pixie, só era possível entrar por aquele elevador. Não tinha acesso pelo vão central.

Hugo forçou a vista, tentando enxergar o que havia lá dentro, mas estava escuro demais, e antes que ele pudesse sacar sua varinha para iluminar o andar, Capí chamou sua atenção para uma estátua de madeira, mais alta que eles, que jazia bem próximo à entrada do elevador. Era a estátua de um santo gorducho e carequinha, esculpida toda em madeira bem clarinha. Muito simpático. Só ele estava iluminado, naquela escuridão. Como se tivesse luz própria.

"Bom dia, Sua Majestade Imperial", Hugo ouviu Capí dizer e estranhou, virando-se para ver que o pixie não se dirigira ao santo e sim a um grande quadro, também em tamanho real, pendurado na parede. Nele, Dom Pedro II, agora já adulto, de longas barbas brancas, parecia estar ali para guardar a estátua de madeira.

O simpático Imperador se surpreendeu ao ver a visita e abriu os braços no quadro, "Há quanto tempo não vens me visitar, meu jovem!"

"Pois é, e eu lhe peço perdão por esta grave falta. Eu estive um pouco... ocupado."

"Um pouco?! Imagino. Só não se esqueça de viver também, meu rapaz. Eu era Imperador; não tinha escolha. Você tem."

"Sim, senhor Imperador. Vou tentar."

"Tente", o velhinho sorriu afetuoso. "Por mim."

Capí retribuiu-lhe o sorriso, levando Hugo até a estátua do santo, que o pixie abriu sem dificuldade, entrando com ele lá dentro.

"Prazer em conhecê-lo, rapazote!" o Imperador ainda disse, antes que os dois se fechassem por completo dentro do santo.

"Outro elevador?!"

Capí negou, fechando a porta com um tranco. Era abafado demais ali dentro...

Um telefone tocou do lado de fora, e eles ainda puderam ouvir o Imperador atendê-lo, todo animado, "*Ahoy!*"

"Tão diferente, né?" Hugo comentou enquanto esperavam para partir. Capí confirmou, "Mais velho, mais sábio, mais cansado. Morreu com 66 anos de idade."

"Só isso?! Mas ali no quadro ele parece um velhinho de 80!"

O pixie concordou penalizado. "Nosso país não é fácil de governar. Nunca foi. Envelhece qualquer um que tente melhorá-lo."

Capí foi interrompido pela voz do Imperador, que já desligara o telefone, "*Perdoem a interrupção, rapazotes! Para onde desejam ir?*"

Sorrindo com ternura, o pixie respondeu, "Instituto Paraguaçu!"

Hugo ouviu o ruído de mecanismos sendo acionados lá fora e, de repente, tudo ali dentro começou a tremer, como se a Korkovado estivesse sofrendo um pequeno terremoto. Mas a tremedeira parou em dois, três segundos, e Hugo viu Capí abrir a tranca de madeira novamente.

"Ué, não funcionou?! Mas eu preciso ver a Janaína!"

Olhando para Hugo sem respondê-lo, o pixie abriu a porta.

Eles não estavam mais na Korkovado.

Hugo saiu do Santo-do-pau-oco, entrando em uma pequena sala empoeirada, cheia de teias de aranha, enquanto Capí o observava sem sair da estátua. "Ainda é tempo de desistir, Hugo. Volta comigo, vai? É perigoso..."

Recebendo mais uma negativa do bruxinho mais teimoso do Rio de Janeiro, o pixie suspirou preocupado, "Só lhe peço cuidado."

Hugo assentiu, e Capí fechou-se novamente no santo, indo embora assim que os habitantes do quadro empoeirado ao lado pararam de se beijar e se lembraram de puxar a alavanca que acionava o mecanismo de transporte.

Era um quadro de Caramuru e Paraguaçu, namorando à beira mar.

"Está olhando o que, meu senhor?" Caramuru disse, interrompendo mais um beijo, e Hugo disfarçou, "Nada não", saindo da saleta e percebendo-se do lado de fora da Cidade Média, em uma rua estreita de paralelepípedos, escondida entre a entrada do Elevador Lacerda e a parede, propriamente dita, da escola.

Chovia. Torrencialmente. E Hugo correu pela chuva, atravessando depressa a rua azêmola até chegar à uma porta que havia visto do lado oposto, encravada no paredão de pedra da escola. A porta estava toda carcomida pelo tempo, quase caindo aos pedaços de tão velha, e era encoberta de velhos cartazes políticos mequetrefes, já se desfazendo de tão velhos, mas seu senso bruxo estava lhe dizendo que aquela devia ser uma das entradas originais da Cidade Média. De antes da construção do elevador. Disfarçada para parecer uma porta nojenta mequetrefe.

Sua aparência podre certamente era mais eficaz que qualquer placa de 'Não entre'.

Tirando a varinha do bolso, Hugo pensou um pouco e disse "malfermu!", que em Esperanto, essencialmente, significava "des-fechar" e, portanto, "abrir".

Funcionou, como ele tinha certeza que funcionaria.

A porta se abriu com um ruído e Hugo entrou, fechando-a por dentro e encontrando um pequeno saguão, igualmente abandonado. Ao que parecia, abandonado há quase um século já. Com sofás empoeirados, tapetes já sem cor, e um velho balcão de recepção, encoberto por grossas teias de aranha, com um daqueles sininhos no topo, que já não funcionava mais.

Atravessando o saguão e abrindo uma outra porta que dava para a praça dos orixás, Hugo constatou que na escola também estava chovendo. Afinal, era o mesmo céu que do lado de fora. Diferente da Korkovado, onde estavam dentro de uma montanha, e nunca chovia.

A praça dos orixás estava quase vazia, a não ser por dois ou três alunos que se apressavam, atrasados para suas aulas. Hugo abordou um deles, perguntando o paradeiro de Janaína, e foi apontado na direção de uma casinha na praça seguinte, onde alunos estavam tendo aula de Defesa Pessoal – desta vez no interior, protegidos do aguaceiro.

Hugo avançou até o sobrado laranja, passando por cinco jovens que pareciam estar de castigo, sentados no meio da Praça das Cinco Pontas, de cabeça baixa, debaixo da chuva.

Completamente ensopados, seus semblantes estavam tensos demais para serem alunos matando aula. O curioso era que, assim como os primeiros três, aqueles cinco também não vestiam o uniforme leve e despojado de Salvador e sim um uniforme bem mais pesado, nos moldes da escola do Sul! Inteiramente negros!

Bizarro.

Correndo pela chuva, Hugo aproximou-se da janela lateral do sobrado laranja. Olhando através dela, viu os alunos, todos sentados em suas carteiras, também em uniformes negros, com tanto medo quanto os que estavam lá, enquanto Barba Ruiva, claramente tenso, não conseguia completar uma frase.

Lá do meio dos alunos, Kailler fez a pergunta que todos ali estavam querendo fazer, "Eles estão te ameaçando também, professor?" e o Barba Ruiva confirmou, receoso, passando a mão trêmula pelas barbas.

Hugo virou-se e apoiou as costas na parede do lado de fora. Já avistara Janaína ao lado de Kailler, mas esperaria até que a aula acabasse. Não queria atrapalhar uma aula que já estava sendo atrapalhada pelo pavor absoluto de todos ali.

De repente, o alarme dos orixás tocou de novo, alto e assustador como da primeira vez, e seu coração deu um salto, vendo o professor Vitalino, do jardim de infância, passar correndo pela praça com seus longos braços para o alto, berrando *"Inspeção surpresa!!!"* apavorado.

Imediatamente, os cinco alunos que estavam na praça entraram em desespero e começaram a correr, enquanto Hugo, escondido detrás da parede lateral do sobrado, via os chapeleiros marcharem pela chuva como um exército nazista – os assistentes de Bofronte de varinha em punho, atingindo os alunos fujões e direcionando-os para o centro da praça; alguns pelo colarinho, como cachorros, obrigando-os a se enfileirarem. *"Mas a gente só tava de castigo!"*

"CALADOS!"

Enquanto isso, pouco se importando com a chuva, Adusa e Benedito Lobo iam de porta em porta, instruindo que os alunos permanecessem em suas respectivas salas para que eles pudessem inspecionar os fujões faltosos.

"Mas, senhor Lobo!" Hugo ouviu a voz da professora de búzios na casa ao lado, "os senhores já inspecionaram o colégio esta semana!"

"Uma inspeção nunca é demais neste antro de dissidentes", o chefe da Comissão respondeu, com certo nojo de tudo e de todos ali, e voltou ao centro da praça, onde os cinco alunos 'fujões' estavam alinhados na chuva, encolhidos em absoluto pavor.

Hugo observava impressionado. Parecia um campo de concentração! Os alunos tremendo em seus uniformes ensopados, enquanto chapeleiros e assistentes mexiam com eles, dando tapas em alguns, pegando outros pelos cabelos enquanto gritavam em seus ouvidos... Estavam adorando aquilo. Adorando o poder que tinham sobre aqueles jovens.

Adusa e Lobo eram os mais sérios ali. Os outros se esbaldavam na chuva, divertindo-se com a cara dos estudantes; Ustra dando leves rasteiras em alguns deles com suas esporas, fazendo com que se desequilibrassem e caíssem na lama... Aquilo era tortura! O medo nos olhos daqueles alunos não era o mesmo que Hugo via nos alunos da Korkovado. Não era medo de expulsão. Era medo de morte! Hugo sabia reconhecer a diferença.

Tinha alguma coisa muito errada ali...

E Hugo estava muito mal escondido. Devia ter seguido o conselho do Capí. Agora já era tarde.

Virando-se novamente para a janela da sala de aula, trocou olhares com o professor, que, entendendo, chamou sua aluna, "Ô Janaína, se avexe e pegue pra mim umas varinhas extras lá no meu escritório, por favor?"

Olhando para a janela que o professor indicara, a baiana arregalou os olhos, percebendo a presença do namorado, e levantou-se de imediato, "Sim, sim, professor", saindo pela porta lateral com sua varinha aberta em um feitiço de guarda-chuva que Hugo jamais imaginara ser possível. Então, era bem capaz que os alunos ensopados lá fora estivessem sem suas varinhas – o que tornava tudo ainda mais covarde.

"Você enlouqueceu, Véi! Tá maluco?!" ela sussurrou fechando a porta, e Hugo beijou-a apaixonadamente, pouco se importando se estava completamente encharcado ou se alguém iria vê-los. Janaína correspondeu ao beijo, ele sentindo a pele macia da menina em suas mãos… nossa, como sentira falta daquilo… até que a caramuru se desvencilhou de repente, levando-o para uma rua paralela à rua da inspeção, para que ficassem mais protegidos, atrás do sobrado de Defesa.

Enquanto ela vigiava a praça à distância, apreensiva, Hugo a observava encantado… desesperado por ela, e assim que a baiana se voltou para começar a falar, ele a beijou de novo, tremendo inteiro, e ela cedeu um pouco até desvencilhar-se mais uma vez, "Por onde você entrou, véi?! Como conseguiu chegar aqui?! Os trens estão todos tomados por eles!"

Hugo achava linda sua preocupação.

Segurando-se para não beijá-la novamente, ele explicou tudo sobre o santo do pau oco: sobre onde a estátua do santo ficava, sobre como ele e Capí haviam chegado até ali através dele…

A caramuru o ouvia surpresa. Não conhecia aquela passagem. Ninguém conhecia. E Hugo se sentiu todo bobo por saber de algo da Cidade Média que nem ela sabia.

De repente, Janaína deu uma leve risada, vendo aquele sorriso pateta em seu rosto. "Você fica bonitinho ensopado."

Hugo sorriu malandro, mas ela já voltara a fitá-lo preocupada. "E agora, véi? Como você vai sair daqui?"

"Quem disse que eu vou sair daqui?"

"A gente tá em aula, você não pode ficar."

"Mas as férias começam amanhã!"

Janaína negou, séria. "Eles cancelaram as nossas férias aqui."

"Como?!"

"Pois é, o clima tá pesado aqui. Melhor você não ficar. Nem pro fim de semana."

Janaína espiou por trás da parede de novo e, desta vez, Hugo resolveu fazer o mesmo, percebendo, com pavor, que Adusa se aproximava.

"E agora?!" ela perguntou em pânico, mas uma voz, vinda lá de longe, chamou por Adusa do outro lado da praça.

"Iuuuhuuuuu, queridooooo!"

Grande Vó Olímpia!

O cão de guarda de Bofronte parou onde estava, deu meia-volta e se afastou para responder ao chamado, e os dois respiraram aliviados, Hugo agradecendo mentalmente a ajuda da clarividente, que o salvara mais uma vez. Velha abençoada...

"Vai ficar resfriado nessa chuva, hein! Melhor se agasalhar!" Olímpia ainda disse, lá de sua janela, e Janaína olhou-o impressionada, "Que sorte!"

Hugo sorriu, com carinho pela velha, "Sorte não teve nada a ver com isso."

"Como assim?"

"Depois te explico", ele disse, dando um último beijo em Janaína. "Escuta. Eu vou ficar esperando lá do lado de fora da escola até as coisas se acalmarem por aqui. Daí eu entro de novo e a gente vai sair hoje à noite, está me ouvindo?"

Janaína assentiu, beijando-o mais uma vez antes de voltar discretamente para a sala de aula.

Esgueirando-se pelas ruas laterais da Cidade Média, Hugo conseguiu voltar ao velho saguão abandonado sem ser visto, e saiu da escola, entrando na saleta do santo do pau oco e sentando-se, aliviado, em um velho baú. Estava completamente encharcado, com as roupas ainda pingando, mas ansioso pela noite que viria. Quem sabe, ele se arriscando daquele jeito, Janaína se deitaria com ele.

Naquela ansiedade, Hugo esperou ali durante horas, abrigado da chuva, vendo Caramuru namorar sua bela índia até as últimas consequências no quadro. E ele lá, sozinho, separado de sua baiana por uma rua azêmola, duas praças bruxas e alguns chapeleiros.

Credo! Agora ele entendia por que aquele quadro estava escondido...

Virando-se para outro lado, Hugo preferiu olhar a parede à assistir aquilo, para não dar ainda mais vontade, e ficou acompanhando o ruído da chuva que caía lá fora até que, enfim, ela diminuiu e parou por completo.

Quando Hugo enfim resolveu retornar à Cidade Média naquele fim de tarde, a Comissão já havia partido, tendo deixado um estrago psicológico e alguns hematomas nos rostos dos alunos, mas nada demais. Os cinco jovens já estavam sendo tratados na praça enquanto a comunidade bruxa se aprumava para mais um fim de semana de 'liberdade'; restaurantes começando a abrir suas portas, comerciantes de todos os cantos do nordeste montando suas barraquinhas enquanto artistas de rua sentavam-se em frente a quadros vazios para serem preenchidos pelo preço módico de dois-bufões-o-quadro...

Os visitantes de fora também já começavam a chegar. Eram pais de alunos, ou então bruxos vindos de fora do país... todos tão alegres, tão contentes, como bons turistas que eram, analisando as bugigangas e bijuterias nas vendinhas, vendo a programação musical que seria apresentada naquele fim de semana...

Impressionante como o clima da escola mudara em tão pouco tempo. Agora sim, ele estava se sentindo no mundo da fantasia: onde todos eram alegres e as casas eram feitas de doce.

A não ser por um único detalhe destoante: no meio da Praça das Cinco Pontas, de pé em cima do chafariz, um homem de meia idade, negro, franzino, de óculos e cara de intelectual, discursava aos berros, tentando chamar atenção do máximo possível de visitantes, mas tendo pouquíssimo sucesso...

"Vocês não veem o que está acontecendo aqui?! Vários professores já foram afastados por insubordinação porque se recusaram a ensinar algum absurdo proposto por essa Comissão! Que conversa é essa?! Somente os diretores têm o direito de afastar profissionais daqui! Lazai-Lazai está indo longe demais nesta cruzada contra a liberdade!"

Poucos estavam ouvindo. Na verdade, até fugiam de seu discurso, mas ele falava mesmo assim, e Hugo não entendia de onde aquele homem, com cara de bibliotecário tirava tanta coragem para dizer o que estava dizendo; e publicamente ainda por cima.

"Eles se abarracaram aqui e estão nos ameaçando! Estão ameaçando nossos filhos! Mas nós não seremos intimidados! Estão me ouvindo?! Nós vamos resistir!"

Janaína parou ao seu lado para assistir também, e antes mesmo de cumprimentá-la novamente, Hugo perguntou, "Quem é esse suicida?!"

Sem tirar os olhos do palestrante, ela respondeu, "Meu padrasto."

Hugo olhou-a espantado, enquanto o paraibano vociferava lá em cima com toda a sua energia e toda a sua loucura contra os desmandos e arbitrariedades de Mefisto Bofronte e sua Comissão.

"Grande Edre Silvino…" ela disse, olhando com verdadeira admiração para o padrasto, e Hugo imediatamente começou a encará-lo com certa antipatia. O cara era tão infinitamente mais corajoso que ele, que o fato de Hugo ter ido a Salvador, desafiando a lei para vê-la, se tornara NADA em comparação. Como competir com um cara daqueles?!

"Onde é que estão Gilbert e Wallef? Hã?!" Silvino continuava a berrar. "Há meses que eles sumiram! Vocês não vão cobrar uma resposta das autoridades?! Será possível que ninguém vê o que está acontecendo aqui?! Abram os olhos! Unam-se! Só há escravidão onde os escravos permitem que ela exista! Nós somos em maior número que eles! Juntos, nós podemos derrubá-los!"

O homem era completamente maluco! Falar aquilo abertamente daquele jeito?!

"Dou minha cara a tapa se Lazai não estiver por dentro das barbaridades cometidas pela Comissão em seu nome! E se ele vê e não faz nada, é porque é da mesma laia! Isso só tem um nome: terrorismo de Estado! Um governo que sobrevive de ameaças precisa cair! Vocês votaram nele, meu povo! Só VOCÊS podem tirá-lo de lá!"

Hugo arregalou os olhos, "Derrubar o Presidente?! É impressão minha ou o seu padrasto acabou de propor um golpe de estado?!"

"Ele não tem medo de bicho-papão", Janaína respondeu, determinada. "Não tem medo de gente como Mefisto Bofronte."

"Pois deveria!" Hugo estava abismado.

"A gente aqui no Nordeste lutou demais pela independência de nosso país para perdê-la mais uma vez."

"… Lutaram?!"

"É, véi! Com armas mequetrefes e tudo! A maioria dos bruxos nordestinos era a favor de Dom Pedro I e da independência, mas a gente não podia usar nossa magia pra interferir nos assuntos mequetrefes. Por isso, muitos dos nossos acabaram morrendo. A gente não estava acostumado a armas azêmolas."

Hugo ergueu a sobrancelha, altamente interessado enquanto Janaína continuava, cheia de orgulho, "Poucos mequetrefes sabem, mas a Guerra da Independência não foi aquela coisa pacífica que eles aprendem na escola. Foi sangrenta... demorou meses demais, e um dos estados que mais lutou e mais sofreu foi a Bahia. O cerco a Salvador durou uma eternidade, e os mequetrefes brasileiros só conseguiram invadir e expulsar os portugueses daqui da cidade porque nós ajudamos, atacando por dentro. Demorou um pouco, porque primeiro a gente teve que vencer uma barreira mágica contra o giro, que alguns bruxos simpatizantes da causa portuguesa tinham erigido em volta da escola pra impedir que a gente saísse daqui. Essa barreira, aliás, dá trabalho até hoje."

"Como assim?"

"Só em alguns poucos pontos de Salvador a gente consegue girar pra fora da cidade. É uma complicação. A rota mais rápida é pelo Mercado Modelo. De um ponto específico do Mercado, a gente gira pro Farol da Barra, e só então, de lá, a gente consegue entrar num portal que nos leva para alguns lugares do nordeste. Não todos."

"Que maravilha..." Hugo ironizou, mas foram interrompidos por Edre Silvino, que já descia de seu palanque improvisado, resmungando da falta de atenção das pessoas. Assim que viu os dois jovens ali, foi cumprimentá-los, "Ah, Hugo! Que bom que você ouviu. Prazer em conhecê-lo", Silvino estendeu sua mão ao namorado da filha, que apertou-a, educado.

"O senhor falou de sumiços e ameaças... A polícia daqui não faz nada?"

Silvino deu uma risada seca. "A polícia baiana tá investigando com tanta preguiça que chega a ser comovente. Quem dera Justus estivesse aqui. A Guarda de Midas daria um jeito."

"Sem provas eles não fazem nada, pai."

"Guarda de Midas?"

Silvino ignorou sua pergunta, "As provas vão aparecer, Jana. Talvez demore um pouco; Bofronte é muito esperto, não dá ponto sem nó, mas alguma hora ele vai falhar. E, quando falhar, a gente vai estar atento. *Avia*, querida. Vai espairecer a cabeça, vai. Aproveita que no fim de semana eles deixam."

Janaína assentiu e tomou Hugo pela mão, levando-o direto para a saída da escola. Parecia animada. Aquilo era um ótimo sinal. "Tá tendo um forró lá no Mercado do Peixe! O Crispim ajudou a organizar."

"Esse garoto tem tempo pra tudo?! Tem certeza que ele não é bruxo?!"

Janaína deu risada, indo chamar Kailler e Maria para irem junto.

Vendo grandes possibilidades para aquela noite, Hugo acompanhou-os ansioso, e os quatro chegaram ao tal mercado em pouco tempo.

O Mercado do Peixe era um lugar à beira-mar, cheio de bares que vendiam frutos do mar. Naquela noite, estava especialmente lotado, por conta da festa organizada pelos pescadores dos vários pontos da cidade.

Uma bandinha no estacionamento em frente alternava entre forró e samba, para o deleite dos clientes enamorados, que se revezavam entre a dança e uma ida ou outra aos bares para buscar bebida e petiscos.

Eram dezenas de mesas ao ar livre, e os quatro tiveram que desviar de várias recepcionistas que tentavam atraí-los para seus bares com cardápios na mão, até conseguirem alcançar a mesa que Crispim já separara para o grupo.

Hugo sentou-se numa das cadeiras de plástico e olhou as estrelas no céu. Nem parecia que, horas antes, havia chovido.

Crispim chegou com cinco copos de chope e, antes de sentar-se, olhou à sua volta muitíssimo satisfeito. "Festa boa!" comemorou, jogando-se na cadeira ao lado de Maria da Graça. "A gente ainda vai reformar tudo isso aqui. O que você acha, Hugo? Colocar uns toldos brancos futuristas cobrindo os bares pra quando tiver chuva. Vai ficar massa!"

Hugo até tentou imaginar o que Crispim estava descrevendo, mas não conseguiu, e trouxe seu chope para mais perto. Contemplando aquele líquido amarelo por alguns segundos, ficou se perguntando por que nunca bebera antes.

Na frente dos Pixies era proibido, mas longe deles...

Janaína virou-se para Crispim, "Você sabe que a gente é menor de idade, né?"

"Ah, é só uma bebidinha! Nada demais!"

"É!" Hugo concordou, olhando para Janaína como se aquilo fosse supernatural para ele, e então bebeu metade da tulipa de uma vez só, tentando disfarçar a cara de nojo. Qualquer coisa para impressionar a baianinha.

Estava animado. Com certeza, daquela vez, pontuaria com ela. Talvez por isso estivesse também um tanto nervoso. E quando Crispim trouxe a segunda rodada, Hugo não hesitou em tomar tudo de uma vez.

"Ôxe, vai com calma, véi..." ela disse, ainda com seu primeiro copo intocado, e Hugo achou melhor parar por ali mesmo. Beber mais do que aquilo seria burrice.

"Vai buscar uns sucos pra gente, vai. Chega de chope."

Hugo obedeceu, percebendo que Janaína não estava gostando tanto assim da festa. Parecia preocupada. Provavelmente com os pais...

Ah, não! ele pensou, revoltado, enquanto ia comprar os sucos. Aquela não era hora de ficar preocupada com o padrasto maluco dela, caramba! Eles já tinham perdido o dia dos namorados; se perdessem aquela noite também, seria sacanagem!

Preocupado que não conseguisse reverter a situação, Hugo saiu do bar com os dois copos de suco nas mãos, tentando reerguer as próprias esperanças. Ela ia se animar. Ele ia conseguir fazer com que Janaína se animasse.

Ensaiando um lindo sorriso para sua baianinha, com todas as segundas intenções do mundo, ele já ia abrindo caminho por entre as pessoas com seus dois copos quando levou um esbarrão de um homem vestido de branco, com chapéu de palha, que continuou seu caminho sem sequer se desculpar.

"Ei!" Hugo gritou atrás do sujeito, com as mãos molhadas de suco. "Não vai pedir desculpa não, mané?!" mas o filho da mãe continuou seu caminho sem nem ligar para ele e Hugo resmungou, "Mal educado..." caminhando até a mesa já com raiva de tudo ali. Quem aquele homem pensava que era? Quem *Janaína* pensava que era também, para estragar a noite dele daquele jeito?!

Ao receber o suco de uva, a caramuru apenas sorriu, mais por educação do que por estar satisfeita, bebericou um pouquinho e voltou a seu estado pensativo.

Ah... aquilo não ia ficar assim.

Decidido a recriar o clima que eles haviam sentido de tarde, na chuva, Hugo aproximou-se dela novamente e começou a beijá-la com o máximo de delicadeza possível, mas ela o empurrou para longe do mesmo jeito. "Eca!"

"Que foi?!"

"Bafo de chope."

Hugo ergueu as sobrancelhas, "Tá de brincadeira comigo, né?!" mas Janaína negou com a cabeça.

"Ah, pelo amor de Deus, vai!" ele disse irritado, tentando beijá-la novamente, agora à força.

"Se saia, Hugo!"

Possesso de raiva, Hugo virou-se para outro lado e cruzou os braços. *Que mulherzinha fresca!*

"Ninguém mandou beber", Janaína resmungou. "E pode parar de se exaltar assim, se não, eu saio daqui agora! Bebe aí seu suco, que aquele chope já te subiu à cabeça."

Fervendo de ódio, Hugo respirou fundo e tentou se acalmar. Não podia perder sua baianinha justo agora. Controlando-se, procurou, então, compreendê-la, como Capí teria feito. Ela tinha razão de estar preocupada com os pais, não tinha? O clima na escola estava cada vez mais tenso... eles eram professores... estavam desafiando Bofronte de frente... Dava para entender.

Um pouco mais calmo, Hugo olhou para Janaína e tentou se redimir. "Desculpa."

Na verdade, foi mais um murmúrio do que um pedido sincero e veemente de perdão, mas ela olhou-o com carinho e acabou aceitando.

Ainda havia esperanças!

Hugo se animou novamente. Com um olhar galanteador, no estilo engraçado, convidou-a à pista de dança improvisada, e ela riu da pressa do namorado, mas estava realmente preocupada. "Daqui a pouco, véi."

Enquanto isso, Maria da Graça voltava rindo de sua dança com Crispim. Garoto de sorte. "Ei, menina! Para de se preocupar! Hoje é dia de festa!"

"Eu sei, Graça... eu sei... mas isso não muda o fato de meus pais estarem lá se esgoelando feito loucos contra a Comissão..."

"Deixe de ser besta, Jana. O menino tá aí, querendo dançar com você... dá uma chance pra ele! A Comissão não é essas coisas de perigosa não!"

"Não?!" Janaína retrucou, surpresa com a ingenuidade da amiga, e Hugo bufou irritado, vendo que ela não ia mesmo parar de pensar naquilo. Virando o rosto, passou os próximos trinta minutos assistindo à festa, de braços cruzados, de costas para ela, enquanto Janaína se preocupava com tudo menos com ele.

Ela sequer lhe dirigiu a palavra naqueles trinta minutos! Era como se Hugo não estivesse lá! Grande consideração que ela tinha, por alguém que estava arriscando uma expulsão para estar ali com ela.

Não era assim que se tratava um namorado.

Desistindo da tromba, ele resolveu tentar mais uma vez, virando-se para Janaína. Mas, em vez de encontrá-la cabisbaixa e preocupada, ele a viu trocando olhares com o gringo loiro que esbarrara nele!

Seu sangue ferveu.

Na pista de dança, o gringo dava a maior atenção para ela enquanto dançava com uma outra mulher, quase chamando-a com os olhos para juntar-se a eles. Tinha cabelos ondulados que caiam sobre os ombros, olhos claros penetrantes, barba por fazer... bem ao gosto de Janaína, pelo visto, já que ela não tirava os olhos do cara!

"Ei!"

Janaína olhou para Hugo, como que saindo de um transe, e então fechou a cara, irritada, "Que foi, véi?!"

"Tá irritadinha por quê?! Eu é que devia estar irritado! Tu aí olhando praquele gringo!"

"Nada a ver, Hugo!" ela rebateu, dispensando-o, "Você está bêbado."

Ele fechou a cara, olhando possesso para Janaína, e então voltou seu olhar para o loiro, que não parara de fitá-la por um instante sequer lá da pista, em completo desrespeito ao namorado dela, que o canalha via estar ali.

Tomado pelo ódio, Hugo levantou-se, furioso, e foi tomar satisfações com o cara. "Escuta aqui, seu filho da mãe", ele chegou empurrando, e o homem teve de se apoiar nas outras pessoas que dançavam para não cair, equilibrando seu chope dentro do copo. Mas pensa que ele parou de olhar para Janaína enquanto se desequilibrava?! Que nada! Continuou fitando-a com aquele olhar galanteador irritante, desafiando Hugo com sua indiferença ao empurrão!

Ainda mais enraivecido, Hugo empurrou-o novamente, desta vez com mais força, fazendo todos os dançantes se afastarem gritando enquanto o gringo, agora sim, caía no chão, derramando o chope todo no asfalto. Hugo pouco se importou com os xingamentos que vieram de todos ao redor. Estava puto da vida. Vendo o gringo se levantar com a ajuda dos outros, já ia sacar sua varinha quando Janaína o agarrou por trás. "Tá maluco, véi?! Para com isso!" ela gritou, tentando puxá-lo para longe da pista.

"Parar por quê? HEIN?!" ele berrou, desvencilhando-se dela. "Tu gosta desse cara, é isso?!"

"Nada a ver!"

A música não parara de tocar, mas todos estavam olhando para Hugo como se ele fosse um louco mal-educado, e aquilo só serviu para enfurecê-lo ainda mais. Ele era o único dos três que estava com a razão, caramba!

"Fica com seu gringo então, fica!" ele berrou, empurrando as pessoas pelo caminho e indo embora.

Ninguém o seguiu. Muito menos Janaína. Mas ele também não estava nem aí. Marchando na velocidade de sua raiva, foi refugiar-se no canto mais distante da praia, escondido da colônia local de pescadores pelas rochas amontoadas na lateral esquerda da faixa de areia, onde não seria importunado por ninguém.

Sentou-se lá, sozinho, no escuro da noite, quase chorando de revolta, esperando que seu coração desacelerasse enquanto observava a espuma das ondas batendo na areia. Não era possível ver muito mais além daquilo, na escuridão.

Filha da mãe... O que ela pensava?! Que ele era qualquer um?! Que ela podia ficar olhando para todo mundo daquele jeito?! Hugo estava puto da vida. Olhava o mar, mas sem ver o mar. Só via aquele gringo, e os olhares que Janaína trocara com ele. Até que algo chamou sua atenção.

Algo não. Alguém.

Hugo endireitou-se e enxugou as lágrimas depressa, vendo uma mulher desfilar tranquilamente pela praia em sua direção... linda... loira... e... nua?! Dançava sozinha, chutando com delicadeza as águas do mar, sem qualquer roupa no corpo... chamando-o com os braços enquanto rodopiava, incitando-o a ir até ela. Hugo arregalou os olhos.

Que mulher, em sã consciência, dançava nua na praia daquele jeito?!

Um vento de tempestade começou a atiçar as águas do mar, mas não parecia haver nenhuma nuvem no céu, e Hugo levantou-se enquanto ela se aproximava cada vez mais, chamando-o... chamando-o...

Se Janaína não queria nada com ele, aquela ali parecia querer.

Tomando sua decisão, Hugo já ia dar o primeiro passo até ela quando um certo cearense gorducho pousou na sua frente, assustando-o.

"Pô, Hermes!" Hugo ainda tentou voltar a olhar para a praia, mas a moça já tinha fugido. "Filho da mãe..."

"Frustrado?" o mensageiro provocou, recolhendo suas imensas asas marrons enquanto Hugo sentava-se irritado na rocha, "Não é da sua conta!"

"Arre-diabo, deixa de arrumação, menino! Não olha de cara feia pra mim não, que eu acabei de te salvar da Alamoa."

Hugo franziu a testa, "Alamoa?!"

"A Dama Branca..." ele disse, apoiando as mãos na barriga. "Uma aparição muito perigosa."

"Aparição?!"

"O que você acha, menino, que as mulheres andam nuas por aí sem mais nem menos?!"

"Também não é comum ver homens com asas nas praias de Salvador", Hugo alfinetou, e Hermes meneou a cabeça, "É, isso é verdade."

Ainda um pouco chocado, Hugo voltou a olhar para onde a mulher estivera. "... Mas ela não me pareceu perigosa... Custava você ter deixado eu ir até lá?!"

"Rapaz, o negócio aí é a maior brabeira... Ela atrai os pescador e os caminhantes que voltam tarde, mas quando eles chegam perto e ficam todo arriados por ela, ela se transforma em um esqueleto e enlouquece os cabra."

Hugo ergueu a sobrancelha, levemente aliviado que Hermes o impedira de ir até ela. Se é que o mensageiro estava dizendo a verdade.

"Bom, de qualquer modo", o cearense disse, alcançando sua bolsa de carteiro, "estou aqui para lhe entregar uma mensagem."

"Pra mim?!" Hugo levantou-se, surpreso. "Eu achei que você só entregasse mensagens importantes!" e pegou a carta que o mensageiro lhe entregara.

"Eu entrego as mensagens que eu quero entregar. E essa veio de alguém que eu dou muito valor."

O envelope tinha cheirinho de sítio. Hugo o abriu, tirando de dentro dele uma carta toda enfeitada com bandeirinhas triangulares coloridas, que o convidava para a festa de aniversário de Eimi, na fazenda do tio dele, dia 24 de Junho.

"... Não tem necessidade de trazer roupa caipira para a festa junina, que já tem tudo aqui prontinho p'rocê! O Emiliano fala tanto d'ocê que nós sabe inté o número que ocê veste. A festa vai ser em quatro dias, mas se for do seu agrado, já pode vir desde já, que os outros Pixies estão vindo passar as férias aqui na fazenda também, agora que a tar da Comissão liberou. Quando quiser aparecer, é só dizer a senha.

– Francisco Barbacena (Tio Chico)"

Hugo ergueu a cabeça, "Que senha?"
E Hermes indicou o verso do convite, onde havia apenas uma frase:

Óia que chique!

Hugo deu risada. Só o Eimi mesmo para fazê-lo rir numa hora daquelas. Olhando para o mensageiro novamente, perguntou, "Como faz?"
"É só dizer a senha em voz alta que você vai ser atravessado pra lá."
"Atravessado?"
"Mah rapaz! Você nunca atravessô?!"
Hugo negou, enquanto Hermes já abria as asas para ir embora, "Tem mistério não. Só é caro pra dedéu encomendar um desses. Bom, é isso. Vou mimbora. Falô!" e o mensageiro se transformou em coruja ali mesmo, voando em direção ao oceano e girando para algum outro lugar do Brasil.
Aquele devia ser um dos raros pontos de giro de Salvador. Se bem que, na área acima do mar, não fazia muito sentido ter barreiras mesmo.
Pensando em levantar-se e voltar à festa para se despedir dos outros, Hugo mudou de ideia em pouco menos de dois segundos.
Ah, que se dane ela.
Elevando o convite aos olhos, leu em voz alta, imitando a voz do mineirinho, "*Óia que chique!*" E sumiu junto com a carta, deixando Salvador – e Janaína – para trás.

CAPÍTULO 42
CASA GRANDE E SENZALA

Hugo aterrissou com um estrondo no meio do que parecia ser uma estação de trem, mas não era. Havia poucas pessoas àquela hora da noite, só que elas, em vez de andarem correndo de uma plataforma para outra, ficavam paradas no lugar, esperando desaparecerem, ou então apareciam do nada no meio da plataforma, com suas malas, terninhos, filhos... Apenas bruxos de negócio e gente grã-fina naquele lugar.

Ainda um pouco zonzo, ele leu a placa no alto da estação: *Central de Atravessamento de Belo Horizonte*.

Ah, que bom. Estava no lugar certo. Minas Gerais. Mas como chegar na fazenda a partir dali?

Bisbilhotando dentro do envelope, Hugo encontrou uma passagem de trem em seu nome, sem horário fixo, para São Thomé das Letras, e dirigiu-se, de imediato, à estação ferroviária anexa à Central, pegando o primeiro trem subterrâneo com destino à cidadezinha.

O trem deu defeito no caminho, ficou quase uma hora parado no meio do vácuo planetário, mas felizmente voltou a funcionar, e Hugo chegou são e salvo ao interior de Minas Gerais, tendo aproveitado para dormir um pouco na viagem.

Seguindo as instruções da carta, chegou à Fazenda Barbacena por volta de umas 10 da noite e foi recebido na porteira pelo próprio Tio Chico.

"Rapái! Ocê cresceu um bocado desde a última vez que eu te vi, sô!" o grandalhão apertou sua mão, animado, ajeitando o chapéu branco de *cowboy* que levava na cabeça. "Cresceu mais que o nosso Emiliano, pelo menos."

Hugo desviou os olhos, sabendo que tinha culpa naquilo, e Tio Chico gritou, simpático, em direção à Casa Grande, "Emiliano! Vem cá que seu amigo chegou, fío!"

Eimi saiu da casa absolutamente incrédulo. "Ele veio?!", e então abriu um sorriso do tamanho do mundo ao ver Hugo na porteira. Correndo para recebê-lo, praticamente pulou em cima do visitante, abraçando-o com tanta força que Hugo quase chorou de remorso, correspondendo ao abraço do mineirinho enquanto olhava para a entrada do casarão. Capí os assistia da soleira da porta, sorrindo com ternura diante da cena.

Fazendo questão de pegar o sobrinho no colo, Tio Chico liderou o caminho até a Casa Grande, e Capí foi recebê-los no meio do trajeto, caminhando junto a Hugo, alguns metros atrás dos anfitriões.

"Você bebeu."

Hugo olhou surpreso para o pixie, e já ia se defender da acusação quando Capí o fez parar de andar e tirou a Furiosa do bolso, "É melhor disfarçarmos esse hálito antes que o Viny sinta. Abre a boca."

Ele obedeceu e o pixie lançou em sua língua um feitiço silencioso, que fez Hugo sentir como se algo molhado, com gosto de menta, estivesse preenchendo sua boca e escorrendo garganta abaixo. Impressionado, conseguiu dizer apenas um "Valeu."

Capí sorriu bondoso. "Só tenta não fazer isso de novo, Hugo. Você só tem quatorze anos…" ele completou, com sincera preocupação por seu bem-estar, e Hugo assentiu, até porque aqueles chopes haviam feito um certo estrago.

"Não é bebendo que você vai impressionar as pessoas ao seu redor. Muito pelo contrário."

Hugo concordou. De fato, não impressionara Janaína nem um pouco.

Percebendo que os dois pixies haviam parado lá atrás, Eimi desceu dos braços do tio e foi puxar Hugo pelo braço, entusiasmado demais para esperar que terminassem a conversa. Entrando com Hugo na casa feito um foguete, o menino não parou de tagarelar um segundo sequer enquanto ia mostrando todo o primeiro andar do casarão para ele, com tanta rapidez que Hugo mal conseguia ver os cômodos. Nem deixou que ele cumprimentasse direito Viny e Caimana, antes de puxá-lo de novo e entrar com ele por outro corredor.

Achando graça, Hugo se deixou levar. Nem se incomodava mais com a grudentice do mineirinho. Era bom vê-lo recuperado daquele jeito. Eimi já deixara de ser um encosto há algum tempo em sua mente. Agora, era apenas um menino doce e inocente que ele machucara muito, e que merecia ao menos sua simpatia.

Puxando-o com empolgação pelos corredores, Eimi finalmente mostrou-lhe a enorme cozinha, onde panelões estavam sendo lavados por duas mãos negras, sem corpo, soltas no ar, que esfregavam tudo com uma força miraculosa. Hugo ergueu a sobrancelha, surpreso. Elas não eram as únicas ali. Dezenas de mãos faziam o serviço da cozinha, lavando a louça, esfregando roupas, cozinhando, varrendo o chão, limpando a mesa, fatiando os legumes… Todas mãos negras.

Hugo achou aquilo ofensivo, mas Eimi explicou que elas eram todas assalariadas agora, como se fizesse alguma diferença. Assalariadas como? O que mãos podiam fazer com dinheiro se nem comida comiam?! Comprar anéis?!

"Elas gosta dimais di trabaiá aqui, sô. Faz uns trêis século já que elas trabáia pra nossa família. Já tava tudo tão acostumada com a fazenda, que elas nem quiseram saí com a abolição da escravatura."

"Eu achei que bruxos não tivessem participado da escravidão", Hugo murmurou para Capí enquanto Eimi entrava na cozinha para furtar um pão de queijo.

O pixie meneou a cabeça, "Em sua maioria, não participaram. A não ser por algumas poucas famílias tradicionais, como os Barbacena, donos de grandes fazendas, que viam a escravidão como parte da tradição azêmola do país, que eles, portanto, podiam seguir sem problemas. Até porque comprar escravos africanos era mais barato do que contratar mão-de-obra bruxa. e ainda ajudava a disfarçar, para as pessoas comuns da época, o fato de serem bruxos. Eles tinham respeito pelos africanos, claro, mas achavam que, se os tratassem como parte da família, isso já seria o suficiente para compensar o fato deles não serem livres… Uma ilusão que muitos azêmolas também tinham na época."

"Iiiih, a Clotilde ali já me deu muito supapo na oreia quando eu era muleque", Tio Chico riu simpático, juntando-se a eles na porta e apontando para a tal Clotilde: a mão que limpava os farelos da mesa. Depois, virou-se para a que estava varrendo o chão, "Ah! Pintou as unhas hoje, Etelvina?! Que bunita ocê ficou, hein? Vai farrear, é?"

A mãozinha largou a vassoura por um segundo para fechar-se em sinal de positivo, e então voltou a agarrar a vassoura que já caía no chão.

"Vê se não estraga as unhas lavando louça, hein!" Tio Chico complementou, quase fazendo troça, mas elas não pareceram se importar.

Enquanto isso, Hugo assistia abismado. Será que só ele estava achando aquilo um insulto?!

"É tudo assombração, fío", Tio Chico explicou, percebendo seu desagrado. "Não tem nada que nóis pode fazer."

"Talvez destruir a Senzala que eu vi lá fora seja uma boa ideia", Hugo alfinetou, se lembrando da estrutura branca de alvenaria que avistara antes de entrar na Casa Grande. Lugar onde aquelas escravas certamente haviam dormido, sofrido e chorado por todos os dias de suas vidas.

"Nóis já tentamo, fío. Não deu certo", Tio Chico respondeu, desta vez com certa tristeza no olhar, mostrando que ele entendia a situação e se incomodava com ela tanto quanto Hugo. Menos mal. "De quarquer modo, nóis construímo uma outra coisa lá dentro. Tenho certez' bissoluta c'ocê vai gostar. Amanhã nóis mostra."

Eimi saiu da cozinha todo empolgado, voltando a puxar Hugo pela casa. Devia ser a proximidade da festa que estava deixando o mineirinho tão feliz.

"É a sua presença, Hugo…" Capí murmurou, com um leve sorriso. "Ele não acreditava que você viria. Foi sua presença que iluminou o rostinho dele. O Eimi não estava assim antes de você chegar."

Hugo olhou para o mineirinho com ternura e pena, enquanto o menino mostrava seu quarto para ele; sua cama, seu baú de brinquedos, seus armários… Era um quarto bastante espaçoso e aconchegante, a não ser por dois detalhes: as grades nas janelas e as múltiplas trancas na porta.

Sentindo um arrepio, Hugo olhou para Capí e confirmou o que não queria ter confirmado: Eimi ficara ali durante a desintoxicação.

"Foi um pesadelo", Tio Chico murmurou, enquanto Eimi procurava por alguma coisa em seu baú, alheio ao que os três conversavam. "Eu num sei o que ele teve, mas que o trem foi feio, isso foi. Emiliano, meu fío! Simbora jantá, vamo?"

Meio tristonho por não ter encontrado o que queria, Eimi saiu do quarto, recebendo um carinho de Hugo antes de sair, que fez com que o menino abrisse um sorriso enorme novamente.

"Ele gosta muito d'ocê", Tio Chico comentou com ternura antes de partir para a sala de jantar com seus passos pesados. Capí e Hugo o seguiram, trocando olhares.

O pixie sabia o quão duro estava sendo para Hugo, ver aquilo tudo e saber que fora tudo sua culpa. Pelo visto, Eimi realmente não contara nada sobre o pó branco a nenhum deles; nem à polícia, nem à família… e, por aquela lealdade, Hugo lhe seria eternamente grato.

"Ah… eu já tive os meus dia de rebelde…" Tio Chico suspirou, nostálgico, meia hora depois, reclinando-se para trás na cabeceira da mesa, assim que Viny terminara de lhe relatar suas ações contra a Comissão. "Agora eu cansei de problema, sabe? Hoje eu só quero ficá aqui na minha fazendin', criando meu gado... cuidando das minhas terra... Mas eu admiro muito os jovem como ocês. Juventude é pra isso mesmo, sô. É pra brigá! Pra miorá esse Brasilzão aí. Os véi já num fais mais nada não."

Enquanto os dois conversavam, Caimana devorava tudo que podia dos bifes de Boi Vaquim, que haviam sido servidos em abundância pelas mãozinhas da casa. Eram os mesmos bois que Brutus servira na Korkovado, alguns dias antes, mas Hugo tinha que admitir que, sem a cabeça do bicho no meio da mesa, o bife ficava bem mais apetitoso.

Com muito mais modos do que a elfa, Capí comia apenas a parte vegetariana do jantar: os purês, os pães, os legumes... Mesmo assim, foi no colo dele que o cachorro da família pulou assim que conseguiu invadir a sala, recebendo, de imediato, o carinho do pixie.

"Quediabéisso? Quem deixou o Cícero entrar?!" Tio Chico reclamou, enquanto o enorme cachorro alado da família abanava o rabinho para Capí em vez de tentar voar para cima da mesa atrás da comida: um milagre na história de cães alados, e de cães desprovidos de asas também.

"Come mais, fí! É bife da casa! Carne nobre!"

"Não esquenta não, Seu Barbacena", Caimana disse, com meio bife na boca. "O Capí não come nada que tenha tido olhos, boca, essas coisas, enquanto vivo. Minhas irmãs também não."

"Ah, vegetariano?"

Capí disse que sim com a cabeça.

"Mmmm... ninguém é perfeito, né?" Tio Chico brincou, mas estava claro que tinha um carinho especial pelo pixie. Uma admiração que Hugo não sabia de onde vinha. E essa admiração foi ficando cada vez mais óbvia ao longo dos dias seguintes.

Tio Chico passava a maior parte dos dias conversando com Capí enquanto mostrava a fazenda para os visitantes. Falava sobre como a família Barbacena conhecera a Família Real e todos os presidentes bruxos até o penúltimo... de como seus antepassados haviam participado das buscas pela descendente bastarda de Dom Pedro I... de como sua família fizera isso e aquilo...

Capí apenas ouvia, sorrindo com carinho diante daquele fazendeiro gigante que tinha tudo para ser um brutamontes, mas que era a pessoa mais simples e pacífica que podia existir. Todos os dias, pela manhã, os Pixies eram recebidos com uma mesa repleta de geleias, doces caseiros, broas, pães, cafezinho, bolinhos de chuva, pasteis de nata...

Com tudo aquilo, e ainda com aquele sol magnífico e todos os passeios que eles estavam fazendo pela fazenda, era quase impossível se lembrarem do clima pesado que haviam deixado para trás na Korkovado. Nem no Índio eles pensavam mais.

O ar do campo teria feito bem àquele carrancudo, mas justo o mineiro não viajara com eles. Preferira ficar tomando conta de Playboy. Agora devia estar completamente entediado lá na Korkovado esvaziada, se mordendo de inveja enquanto eles se divertiam na fazenda Barbacena, que, por sinal, era imensa, cheia de montes, rios, casarões, e com um rebanho de Bois Vaquim para bruxo nenhum botar defeito. Especialmente os gananciosos.

'Gananciosos' porque Bois Vaquim não eram qualquer tipo de boi. Tinham um terço a mais do tamanho de um boi comum, além de pequenas asas brancas, como as do cão Cícero, mas que eram pequenas demais para sustentarem o peso daquele imenso animal por muito tempo, além, é claro, do principal motivo para se ter um rebanho de Bois Vaquim: os chifres de ouro. Chifres enormes que reluziam ao sol e que eram a principal fonte de toda a riqueza dos Barbacena. Isso, e os olhos de diamante do bicho.

Eram animais lindos demais. E fortes... robustos! Tanto que Tio Chico contratava centauros para fazerem o serviço da lida. Bruxo algum tinha força para segurá-los caso saíssem de controle, e aqueles bichos não respondiam bem à magia.

"Aquele ali é o Deodato, nosso vaqueiro chefe", Tio Chico explicou, apontando para um centauro ruivo, de pelagem também avermelhada, que galopava atrás de um boi fujão a uma velocidade impressionante.

"Não tem perigo de os azêmolas entrarem aqui e verem isso tudo não?!"

"Ih, eles entra o tempo todim', sô! Todo ano tem inspeção."

Hugo arregalou os olhos, "Mas como..."

"Quando eles entra, eles só vê vacas e homens à cavalo. Nóis taca feitiço neles pra criar a ilusão."

"Ah tá."

"Os centauro inté vão na cidade de vez em quando, cê 'credita? Só que os azêmola nunquinha que vão ver eles descer dos cavalo", Tio Chico deu risada, se divertindo com a ingenuidade mequetrefe. "É o mesmo truque que os povo dos Pampa usa nos centauro deles lá. Acho que é por caus' disso que eles tolera a presença dos bruxo. Porque só os bruxo pode fazer o feitiço que deixa os centauro andar livre por aí."

"Então... pra um azêmola reconhecer um centauro é só ele descobrir quais gaúchos nunca descem de seus cavalos?"

"Bem isso."

"Sensacional", Hugo sorriu, assistindo ao galopar feroz de Deodato, até que, de repente, o boi começou a alçar voo, com toda a sua força, e Deodato subiu junto! Cavalgando no ar com suas quatro patas! Hugo ergueu as sobrancelhas, espantado.

"Num tem perigo não, sô!" Tio Chico riu, em nenhum momento achando que seu espanto fosse pelo centauro. "O Boi Vaquim voa muito pouco, mas, sacumé, né? Se deixá, eles vai tudo embora. É bom nós ter o Deodato por perto."

"Mas ele também voa!" Hugo balbuciou.

"Claro que ele avoa, uai! Ele é o Deodato!"

Os Pixies se entreolharam. Claro... era tão 'óbvio'! Haha!

"Quando o Deodato vai pra cidade, os azêmola chama a parte homem dele de Deodato e o '*cavalo*' dele de Ventania", Tio Chico deu risada, oferecendo a Hugo algo para beber em sua guampa de ouro: uma vasilha confeccionada a partir de um dos chifres de seu rebanho. Hugo achou melhor não aceitar.

"Urué!" Barbacena gritou, chamando um fauno negro, jovem, que trabalhava como domador dos cavalos da fazenda. "Mostra o resto das terra pra eles, mostra?"

Sorrindo, empolgado, Urué mostrou-lhes a cavalariça, as cachoeiras, o galpão onde eram ordenhadas as vacas dos Bois Vaquim... Elas só possuíam os cascos de ouro, mas o leite que produziam tinha cor dourada e era muito mais gostoso que qualquer leite que Hugo já provara. Quase caramelado! Uma delícia...

O fauno levou-os, então, até o pasto, para que pudessem ver um dos bois de perto, e Hugo ficou impressionado com o tamanho e os músculos daquele colosso.

"Seu Barbacena divide todos os ganhos da fazenda entre os funcionários. Participação de 50% nos lucros", o fauno explicou orgulhoso, enquanto o gigante pastava com a cabeça baixa. "Por isso todos aqui dão tudo de si."

"É ouro puro, é?" Hugo perguntou, deslizando a mão lentamente por um dos imensos chifres do animal.

"É sim, 24 quilates, todos eles. Seu Barbacena exporta até pra Europa. Tá vendo ali?" ele apontou para a antiga senzala. "Nós transformamo a senzala por dentro e ali nós funde os chifre e transforma em placas de ouro. Daí, vai tudo pra Europa e pra Ásia e eles transforma as placa em moeda."

Hugo estava fascinado com o tamanho daquele boi.

"Tudo neles se aproveita", Urué explicou, "o ouro, os diamante, o leite, a carne..."

Enquanto isso, Capí acariciava o torso do animal com um olhar triste.

Ele certamente não julgava o modo como Barbacena ganhava a vida, mas dava para ver o desconforto do pixie por estar em meio àqueles animais, que iam, todos eles, ser mortos em algumas semanas, assim que seus chifres se desenvolvessem por completo.

Hugo tentou amenizar, "Talvez eles não precisassem matar, né? Acho que só com os chifres de ouro, já dava pra ganhar dinheiro pra caramba..."

Capí negou com a cabeça, "Os bois não sobrevivem sem os chifres. Entram em depressão profunda e param de comer. Melhor matar antes de serrar o ouro." O pixie suspirou, profundamente triste. "Nenhum animal nasceu pra nos servir."

"Ah, véio..." Viny chegou, descendo do cavalo que estivera montando – muito bem, por sinal. "Tu não devia ter tanta pena deles assim. Esses bois tiveram uma vida ótima! Comeram bem pra caramba, tiveram bastante espaço livre pra correr..."

"Você também teve, Viny. Isso dá a alguém o direito de te matar?"

O loiro se calou e Capí continuou a acariciar o boi, agora na frente, enquanto o bicho correspondia, roçando a testa em suas mãos. "Há que se ter respeito..." o pixie suspirou. "Mas eu não julgo o Senhor Barbacena. Ele é um homem de seu tempo. A humanidade evolui a passos lentos. Eu entendo."

Deixando o boi, Capí foi andar pela fazenda, pensativo.

Viny ficou assistindo-o se afastar. "Eu só não queria que ele sofresse tanto..."

"Eu sei que você só quer o bem dele, Viny", Caimana o abraçou pelas costas. "Mas você não pode impedir o Capí de sentir compaixão por esses animais."

"Ele pode sentir compaixão, tudo bem! Mas precisa sofrer assim?!"

Caimana sorriu com ternura. "Você sabe o que significa a palavra 'compaixão'?"

Viny negou.

"Significa 'sofrer junto.'"

"Ah."

Caimana deu um beijo carinhoso no pescoço do namorado e os três foram se aprontar para a festa do Eimi, até porque os convidados já começavam a chegar, enchendo a Casa Grande de parentes distantes, colegas da Korkovado, vizinhos interesseiros...

Assim que escureceu, a grande fogueira de São João foi acesa no meio do campo, e deu-se início às comemorações.

Espalhadas nas diversas mesas, dezenas de tigelas cheias de pamonha, milho verde, arroz doce, pipoca, bolo de fubá, doce de abóbora, pé de moleque, pinhão, além de caldeirões e mais caldeirões de canjica, enchiam de água a boca dos convidados, enquanto uma bandinha só de sanfonas, sem sanfoneiros, tocava músicas de arraial lá no canto.

Eimi estava animado. Ainda não era aquele ânimo arrebatador que o menino costumava sentir o tempo inteiro no ano anterior, mas já era alguma coisa, e havia três motivos fortes para tanto: a festa, a presença de Hugo, e os pais do menino, que haviam tomado vergonha na cara e voltado ao Brasil para comemorar o aniversário do filho.

Enquanto a maioria dos convidados era ensinada a dançar quadrilha mequetrefe, Hugo e Caimana assistiam ao desastre deitados na grama, comendo salsichão à luz das estrelas e do fogo.

"Não sei como você aguenta", Hugo disse, vendo Viny do outro lado da fogueira, trocando carícias com Beni.

Caimana deu de ombros, preferindo não olhar. "Nós brigamos."

"Brigaram? Quando?!"

"Depois do passeio. É que um pombo de luxo trouxe mais uma carta dos pais dele. Já é a quinta que ele recebe esta semana e não responde. Os pobres estão implorando que ele vá passar pelo menos o restante das férias lá em Santos com eles. Já faz quase dois anos que eles não veem o filho, você tem noção do que é isso?! Mas o Viny ignora solenemente as mensagens! Daí, eu dei um ultimato. Disse que, se ele não respondesse pelo menos uma, ele não teria a minha companhia hoje na festa. E olha ele lá. Vê se ele precisa de mim", Caimana deu uma risada seca.

"Eu achei que o Viny fosse mais discreto com os casos dele."

"Ele é! Tá fazendo na minha frente só pra provocar. Mas tudo bem. Eu não ligo."

Ah, ligava sim.

"Tendo igualdade de condições, tá tudo certo. Ele não reclama dos meus casos; eu não reclamo dos dele. Não foi esse o nosso acordo? Então."

"E quantos casos você tem, Caimana? ... Ele sai com meio mundo!"

"Cara, ele é muito carente. Eu não sei o que ele tem. Só sei que, no fundo, ele é só meu. E é isso que importa."

Não... não era só isso que importava. Estava claro nos olhos da pixie que ela se incomodava, e muito, por ter que dividi-lo. Ainda mais vendo que a relação que ele tinha com Beni já era bastante duradoura. Não se tratava de um casinho de fim de semana, como acontecia com as outras jovens com quem ele, de vez em quando, saía.

Caimana meneou a cabeça, como se estivesse ouvindo suas considerações mentais, "Eu sempre soube que não ia ser fácil. Mas eu já tive meus momentos de escapada também. Então, estamos quites."

Conversa encerrada, Hugo achou melhor se afastar antes que a elfa lesse mais algum de seus pensamentos. Foi sentar-se junto a Capí, em um tronco caído que servia de banco. O pixie estava pensativo... sua mente distante..., e ficaram os dois ali, em silêncio. Hugo pensando em

Janaína, aquela traíra, que ficara enrolando-o durante meses só para, na hora H, se encantar por aquele maldito gringo.

Não era justo! – Hugo pensou, vendo Viny lá longe com o Benizinho dele. Uns com tanto, outros com tão pouco.

"Chateado?" Capí perguntou, e Hugo deu de ombros, ainda com raiva da baiana. Percebendo, no entanto, que o pixie parecia um tanto abatido, Hugo lembrou-se de um comentário que Caimana fizera meses atrás, e que talvez pudesse ser o motivo de sua tristeza.

"A Cai um dia me disse que você talvez estivesse gostando de alguém."

O pixie fitou-o surpreso, e até um pouco preocupado, com cara de 'tá tão óbvio assim?!' e Hugo deu risada, adorando aquilo. "É verdade então?!"

Um tanto tímido, Capí meio que confirmou, sem olhá-lo nos olhos.

"Menino ou menina?"

Capí deu risada. "Menina."

"Já chegou nela?" Hugo pressionou, adorando aquele papo. Quem não estava gostando muito era o pixie, que meneou a cabeça, desconfortável, "Na verdade, eu nunca senti... atração física por ninguém. Continuo não sentindo, e... Eu tô confuso."

Hugo sorriu, achando fofo. "Não fique."

"É complicado."

"Por quê?"

Capí olhou para ele, mas, incomodado, desistiu de responder, e Hugo fitou-o com carinho, sentindo uma ternura enorme por aquele pixie, que salvara sua vida tantas vezes e que, pela primeira vez, parecia saber menos do que ele sobre algum assunto. "Você é especial, Capí", Hugo murmurou, falando mais sério do que jamais falara com ninguém sobre aquele tema. "A atração física vai vir com o tempo."

"Esse é o problema. Eu não quero que venha. Não seria apropriado."

"Por que não?!"

Ítalo não respondeu, apenas cobriu a cabeça com as mãos, claramente transtornado com aquilo.

"Não se preocupa, Capí. Ela vai te aceitar. Que moça não te aceitaria?!"

"Aí é que está, Hugo. Eu não sei se eu quero que ela aceite."

Angustiado, Capí olhou-o por alguns instantes, e então se levantou para caminhar sozinho, deixando Hugo um tanto cabreiro. Por que ele não iria querer que a tal jovem o aceitasse?!

Com aquela pergunta martelando em sua cabeça, Hugo já ia se levantar para buscar um suco na mesa de refrescos quando viu o fauno Uruê chegar na festa agitado, correndo em direção a Tio Chico para dar-lhe alguma má notícia, a julgar por seu semblante. De onde estava, Capí também viu a movimentação, e os dois foram tentar saber com Uruê do que se tratava, enquanto ele e o fazendeiro partiam preocupados para algum outro ponto da fazenda.

"O que aconteceu?"

"Atacaram um dos bois", Uruê explicou e Hugo ergueu a sobrancelha.

"... Mas é melhor ninguém mais ficar sabendo. Pra não estragar a festa."

"Claro", Capí concordou preocupado, e eles seguiram os dois por mais uns dez minutos até alcançarem um barranco e verem o boi lá embaixo, tombado na terra, espernando feito louco, com a testa sangrando. Seus chifres haviam sido arrancados por inteiro de dentro da carne.

"Mas como foi *contecê* uma desgraceira dessas, Minha Nossinhora..." Tio Chico levou as mãos à cabeça, inconformado.

"O Deodato e os outros centauros foram atrás do invasor, seu Barbacena. Mas eu duvido que peguem. Já faz algum tempo que o ataque aconteceu."

Hugo ouvia o que diziam, mas seus olhos estavam fixos naquele boi, mugindo desesperado de tanta dor, espernando na terra sem que ninguém pudesse fazer nada para ajudá-lo.

Atordoado, Capí desceu até ele e se ajoelhou perante o bicho, tentando acalmá-lo com as mãos, como fizera tantas vezes com a mula ao longo dos anos, mas suas mãos estavam trêmulas e Hugo duvidava que fosse funcionar, com aquele animal enlouquecido daquele jeito.

"Ocês nos descurpe, mulecada. Não era proces vê uma coisa dessas", Tio Chico disse, entristecido. "Não é a primeira vez que acontece, mas sempre é um trem ruim *dimais* di se vê."

Hugo estava inconformado. "Por que arrancaram desse jeito?! Não podiam ter serrado os chifres perto da base?!"

"O chifre vale mais inteiro", Capí respondeu, enojado.

"E não dava pra tirar com magia?!"

Tio Chico negou, "Esse tipo de magia é muito jeitosinha. Não se aprende na escola, sô. E eles não se deram o trabai' de pesquisar", ele completou amargo, jogando seu chapéu no chão com raiva e tirando do cinto a varinha, que ele, então, usou para sacrificar o bicho; como, aliás, os ladrões deveriam ter feito antes de arrancarem os chifres. Mas não eram muitos os que se importavam com o bem estar de um animal.

Hugo voltou para a festa acompanhado de Capí, com a certeza de que nunca mais comeria um bife com o mesmo prazer depois daquilo. Os dois, é claro, cumpriram o combinado de guardarem silêncio absoluto sobre o que acontecera. Eimi nunca estivera tão feliz, e eles não queriam estragar sua alegria com uma notícia inútil daquelas. Difícil foi voltar ao clima da festa depois daquilo, mas eles até que conseguiram fingir bem, e o mineirinho se divertiu até não poder mais naquela noite.

Ao final das festividades, mais do que satisfeito com o resultado, Tio Chico reiterou o convite para que os Pixies ficassem lá na fazenda até o penúltimo dia de férias, descansando das atribulações chapeleiras.

"A gente não quer te dar trabalho, senhor Barbacena..."

"Mas é trabai' nenhum, menino Twice! Vai ser mó prazerzão ter ocês aqui com nóis! E, ó, eu sei c'ocês vai ter umas luta das grande quando ocês voltar, então, tem que tá tudo descansado, certo?"

Capí sorriu, "Tá certo, senhor Barbacena. O senhor venceu."

"E ocê para de me chamar de sinhô, tá me ouvindo?"

"Sim, senhor", o pixie brincou, e o restante daquela semana foi tranquila, com dias repletos de passeios a cavalo, mergulhos em riachos e regime de engorda para todo mundo. Até Capí parecia ter aceitado a incumbência de se divertir, apesar do que vira naquela noite, provavelmente por saber que aqueles poderiam ser os últimos dias de paz que teriam em muito tempo.

Pela mesma razão, já na viagem de volta ao Rio de Janeiro, os Pixies foram começando a se preparar para o pior.

Só não imaginavam o absurdo que iriam encontrar quando chegassem à Korkovado.

CAPÍTULO 43

NEVE

"Só me faltava essa! Ha!" Viny deu risada, revoltado.

Eles já haviam sentido um frio incomum ao entrarem na escola pelo refeitório. Quando saíram para a praia, no entanto, um vento de rachar a espinha os atingiu, e eles viram, chocados, que toda a extensão da enorme faixa de areia da Korkovado havia sido inteiramente coberta da mais pura neve!

NEVE! Revestindo cada centímetro da orla e alastrando-se para as matas laterais como um vírus pernicioso! Viny passou a mão pelos cabelos, absolutamente furioso. "Agora a sua mãe se superou, Cai. É muito puxa-saquismo pra uma pessoa só! Tudo pra agradar o grande Alto Comissário! *Nossa, como a escola ficou mais europeia... Uuuuu!!*"

"Pior é que eu nem acho que vá agradar o cara tanto assim", Caimana agachou-se, pegando um pouco daquela neve nas mãos. "Se ele já precisava de um casaco bom daqueles quando estava 40 graus aqui fora, imagina agora."

Hugo meneou a cabeça, incerto, abraçando o próprio corpo contra o vento gelado que vinha do mar. "Sei não. Talvez ele acabe se sentindo mais normal desse jeito; todo mundo passando frio com ele." Hugo deu de ombros. "Eu me sentiria."

"Olha lá os paspalhos", Viny apontou para os poucos alunos que já haviam chegado das férias, e que brincavam feito crianças na neve, felicíssimos por poderem, finalmente, vestir suas lindas roupas de inverno europeu.

A maioria ali provavelmente nunca havia visto neve antes. Hugo já vira uma vez, na Sala das Lágrimas, na ilusão de um dos meninos para quem vendera cocaína, Dênis, se não lhe falhava a memória. E até gostava de neve, mas não do frio que vinha com ela. Estava acostumado demais ao calor carioca.

Ainda bem que Hugo decidira vestir sua roupa mais chique para voltar de férias; se não, já teria congelado, como Viny claramente estava congelando. O pixie marchava de um lado para o outro, puto da vida, batendo os pés na neve para se aquecer, "Onde está a Zô, que ainda não fez nada a respeito desse absurdo?!"

Assim que ele perguntou, a resposta veio rodopiando pela neve, toda sorridente em seu manto cor de rosa, gritando "Que maravilha!!!!!!!" e Hugo deu risada, vendo Viny fechar a cara.

"Tá de sacanagem! Ae, véio, tá vendo?!... e tu ainda defende essa maluca! ... Véio?!" Viny olhou ao redor, procurando por Capí, mas ele sumira.

Seguindo as pegadas do pixie, encontraram-no no jardim dos fundos, olhando, transtornado, para a enorme floresta nevada atrás de sua casa.

"Que foi, véio?!"

"Essa neve vai matar metade dos animais daqui…" Capí respondeu, e Hugo sentiu um arrepio. Não tinha pensado naquilo. Ninguém tinha, claro.

Acompanhando o amigo, os três passaram o resto do dia congelando naquele frio enquanto levavam, para dentro do Pé de Cachimbo, todos os bichinhos esquisitos que iam conseguindo encontrar pela floresta. Inclusive os duendes silvestres – que ainda não haviam aprendido a costurar suas próprias roupas – e uma onça normal, sem asas nem nada, que precisou ser sedada magicamente para hibernar dentro da casa até que aquele inverno ridículo passasse.

"Meu pai vai me matar…"

"Eu achei que ele estivesse viajando de novo."

"É, mas ele volta amanhã", Capí respondeu, aproveitando para curar a pata machucada da onça, que ela provavelmente quebrara ao pisar em falso na neve fofa.

Já anoitecia lá fora, e a onça provavelmente seria o último bicho resgatado naquele dia. A temperatura já baixara demais desde o começo da tarde e, pelo visto, baixaria mais ainda de madrugada. Voltar para a floresta de noite, naquele frio, seria no mínimo irresponsável. Para não dizer perigoso, para a própria saúde do pixie. E Capí estava arrasado. Dentro da casa, um feitiço de aquecimento daria aos animais o conforto necessário, mas lá fora, na floresta, muitos morreriam de frio.

"Calma, véio, a gente vai falar com o Conselho. A Dalila vai ter que…"

Caimana deu risada. "Minha mãe vai rir da nossa cara, isso sim."

"Bora lá falar com o Atlas, então! Ele pode…"

"Nem adianta tentar, Viny. Hoje faz dois anos que o Damus morreu, lembra?"

"Ah…"

Deixando-os lá dentro, Capí saiu sozinho no frio da noite e sentou-se entristecido em uma das raízes de trás do Pé de Cachimbo enquanto os outros o assistiam da janela dos fundos. Ficou lá por um bom tempo, acariciando um filhotinho de Mapinguari que se acercara de suas botas, até que Hugo resolveu sair atrás dele, para tentar ao menos confortá-lo um pouco.

Pensar no pequeno Damus afetava demais o pixie… Era quase como se ele tivesse perdido um irmão mais novo naquela tragédia, e Hugo tinha certeza absoluta de que era no menino que Capí estava pensando agora. Não nos animais.

Aproximando-se do pixie pela neve, ele notou uma pequena inscrição talhada no tronco do Pé de Cachimbo, logo acima de Capí. Uma inscrição de aparência bem antiga, que consistia em quatro letras, especificamente. H, L, F, D. Todas conectadas entre si por um X, com as extremidades fechadas. H – L em cima. F – D embaixo.

Notando a perplexidade em seu olhar, Capí traduziu, "Heitor, Luana, Fausto e Dalila."

Hugo olhou surpreso para o pixie, "Os mesmos que eu estou pensando?!"

Capí confirmou, e Hugo ergueu as sobrancelhas, "Essa Luana… era a sua mãe, né? Mas… peraí, como?! Eles eram amigos?!"

"É mesmo tão surpreendente assim?" Capí perguntou, levantando-se e levando o último filhote de Mapinguari para dentro da casa. Hugo foi atrás, subindo as escadas com dificuldade enquanto desviava das dezenas de animais pelo caminho. "A Dalila também era do grupo?!"

"Pois é. As coisas nunca são tão simples quanto a gente imagina."

Capí colocou o filhotinho em sua cama, com outros tantos que já estavam ali, espremidinhos uns nos outros. Pareciam filhotinhos de bicho-preguiça, com a peculiaridade de terem a boca na barriga e apenas um olho por cima do nariz. Bizarrinhos. E tão pequenos que podiam se aninhar na palma de uma mão.

"Eles crescem?"

"Ôooo..." Capí exclamou, "Mas eles não ficam aqui na Korkovado até a idade adulta. Quando alcançam a adolescência, são transferidos para a Amazônia, pra que tenham mais espaço para crescer. Aqui é só um lugar seguro onde eles podem se desenvolver sem risco de serem caçados", o pixie olhou com ternura para os bichinhos, chamando Hugo para fora e trancando a porta. "Interessante", ele voltou ao assunto anterior, descendo as escadas com ainda mais dificuldade do que quando subira, "eu achei que você se surpreenderia mais com a presença de meu pai em um grupo de jovens bruxos do que com a Dalila. Ela se casou com o Heitor, lembra?"

"Ah, é verdade. Então eram dois casais... Dalila e Heitor; Luana e Fausto."

Capí meneou a cabeça, "Era um pouco mais complexo que isso."

Hugo ergueu a sobrancelha, e já ia perguntar a respeito quando foram interrompidos por Rafinha gritando desesperado lá de fora, "Professor! Professor!"

Capí saiu de casa preocupado, vendo o menino chegar ofegante naquele frio, e Rafinha precisou tomar um pouco de ar antes que conseguisse dizer, "Tá rolando um trelelê lá no pátio da árvore!"

Os Pixies correram atrás do menino, para dentro da escola. Chegando no vão central, viram que uma pequena multidão de alunos encasacados já se formara ao redor de uma menina, que chorava desesperada no primeiro degrau da árvore, passando a mão trêmula pelos cabelos curtos.

Hugo abriu caminho por entre os curiosos e só então reconheceu a jovem, pausando onde estava, absolutamente chocado.

"Cortaram os cabelos dela", Gislene explicou assim que percebeu sua presença, e Hugo olhou para baixo, vendo uma verdadeira trilha de fios enormes de cabelo pelo chão, indo da porta do dormitório até onde a jovem sentara. Não pareciam ter sido cortados. Pareciam ter... caído por conta própria... mas o que Hugo sabia sobre cabelos?

A menina não parava de chorar, e Capí foi depressa sentar-se ao seu lado, tomando-a nos braços. "Calma, Rafaela... fica calma... nada vai acontecer."

"Co-omo nada va-ai acontecer?!" ela soluçou, reclinando-se no peito do pixie, desesperada, enquanto Caimana tentava acalmá-la também, sem muito tato, "São só cabelos, Rapunzela..."

"Não são só ca-abelos!" ela berrou, chorando ainda mais. "Minha mãe fez uma prome-essa! Você entende o va-alor de uma promessa?! Eu vou perder os meus poderes! Eu sei que eu vou!"

"Calma, Rafa... Você não vai perder seus poderes..." Capí abraçou-a com força. "Conta pra gente o que aconteceu."

Mas a menina não conseguia parar de chorar, coitada, e os Pixies se entreolharam, preocupados, enquanto Hugo assistia nervoso. Aquele assunto de perder poderes sempre o deixava inquieto. Ainda mais sabendo que seu antepassado sofrera aquele mesmo horroroso destino. Mas ele precisava se acalmar. Precisava repetir para si mesmo que não corria risco algum de sofrer o mesmo.

"Quem fez isso com você?" Caimana perguntou, já sabendo a resposta, e Rapunzela, desalentada, teve que respirar fundo antes de responder.

"A Dalila me convidou para um chá…"

"Eu sabia!" Viny bateu com o punho no corrimão, mas Capí pediu-lhe silêncio com os olhos, incomodado com a interrupção. "Continua, Rafa. Pode continuar."

"Ela di-isse que queria me premiar, por eu ter sido uma das prime-eiras alunas a chegar das férias… e aí ela começou a falar que eu devia cortar o cabelo… que a Comissão logo ia apare-ecer de novo e pod:a notar e…" Rapunzela voltou a chorar, agora com mais força ainda, "… que eles iam me expulsar… e tal, mas aí eu disse pra ela! Eu disse que e-eles não tinham chegado a proibir cabelo muito comprido, né?!" Rapunzela perguntou a Capí, que confirmou penalizado. "… E eu disse isso pra ela! Eu disse! E ela falou que então estava tudo bem! Que ela também achava que nada ia acontecer comigo! E daí ela me deu esse maldito chá pra beber e…"

"Putz…"

Mais do que revoltado, Viny estava horrorizado que Dalila pudesse chegar tão baixo. Todos ali estavam.

"Isso f-foi umas horas atrás, daí eu tava no meu quarto, descansando da vi-iagem… quando os meus cabelos começaram a se desmanchar no travesseiro! Eu não sei o que fazer, Capí! Eu não s-sei o que fazer!"

"Calma, Rafa… Vai dar tudo certo."

"Eu vou perder meus poderes!"

"Não vai não. Isso é superstição da sua mãe…"

"E SE NÃO FOR?!?!" ela berrou, e vários alunos olharam em volta com medo dos chapeleiros. Já tinha virado costume, mesmo quando eles não estavam presentes.

"Vem cá, envenenar alunos não é crime não?!" Gislene perguntou revoltada, e Viny disparou escada acima, "Agora a Dalila vai se ver comigo. Ah, vai…"

"Viny, não!" Capí gritou, quase como uma ordem, mas o loiro estava irredutível e continuou a subir até que Rapunzela fez sua contribuição, "Nem adianta, Viny! Eu ouvi o Pompeu dizer que eles iam sair pra resolver o problema do aluguel da neve!"

Viny freou espantado. "A neve é alugada?!"

"É, eles mencionaram terem contratado um bruxo estrangeiro que era bom com encantamentos atmosféricos, e que esse cara já estava querendo voltar pra Europa e queria o pagamento."

"Peraí, deixa eu ver se eu entendi direito", ele voltou a descer, de tão absurdo que aquilo havia soado. "Eles estão usando o dinheiro que o MEU pai doa pra essa escola pra comprar neve?! É isso mesmo?!"

Rapunzela confirmou, voltando a ficar chorosa, "E o meu cabelo, Capíiii…."

"Calma, a gente faz crescer de novo."

"Não é a mesma coisa! A promessa era não cortar!"

"Eu sei, amiga. Eu sei…" ele suspirou, abraçando a cabeça da menina e fazendo um carinho no que restara de seus cabelos. Olhando para Caimana, murmurou, "A Comissão estava pressionando demais o Conselho, Cai… Sua mãe deve estar ficando desesperada pra fazer uma coisa dessas…"

"Minha mãe é uma vaca, isso sim."

"Vacas mugem, Piquena Ipanema", Griô disse, aparecendo do nada e assustando todos ali; exceto por Rapunzela, que já estava traumatizada demais para se assustar.

"Eu vou perder meus poderes, Griô!" ela voltou a chorar copiosamente, e o Gênio sentou-se à esquerda da jovem, transfigurando-se em uma simpática vovozinha, "Ô, num fica assim não, sinhazinha Rafaela… Num é verdade isso dos poder… Só o que pode tirar os poder de um bruxo é um feitiçu muito du poderoso, que só foi usado uma vez nos último quatrocentos anos, né, Piquenu Obá?"

Hugo se espantou, "No Benvindo?!" e Griô confirmou, "No Benvindo, sim."

Olhando receoso para os outros Pixies, que não faziam ideia do que os dois estavam falando, Hugo decidiu continuar mesmo assim, "E que feitiço é esse?"

"Sinhozinho num qué saber não. É feitiçu di nível 5."

Hugo estremeceu. "Nível 5 quer dizer que… ele funciona para até cinco gerações da vítima, né?"

Griô respondeu que sim com a cabeça, largando a forma de vovozinha e tomando a aparência de um sábio feiticeiro, "E, no caso desse feitiçu, Piquenu Obá, ele é tão contra as regra de civilidade bruxa, tão ofensivo à magia, que ele tira os poder tanto da vítima quanto do bruxo qui fez o feitiço…"

Os outros Pixies se espantaram. "Ele rebate?!"

Griô confirmou, com o semblante grave, "Vira contra u feiticeiru. Por isso, um feitiçu tão poderoso desses foi esquecido no tempo. Porque, de tanto que num foi usado, ele caiu no esquecimento. Só alguns, hoje em dia, sabem dele. E ninguém qui sabe tem coragem di usá. Purque num quer perdê os poder também."

Olhando para todos à sua volta, Hugo achou melhor pegar o Griô pelo braço e levá-lo a um local mais reservado, enquanto os Pixies voltavam a cuidar de Rapunzela, insistindo que ela testasse alguns feitiços simples com sua varinha. Pronto… Ela não tinha perdido os poderes. Não havia com o que se preocupar.

Levando Griô para trás da árvore, Hugo murmurou, "Então, o bruxo que tirou os poderes do Benvindo também perdeu os dele? É isso? Os dele, e os de cinco gerações da família dele?"

O Gênio africano meneou a cabeça, "Essa já é outra história, Piquenu Obá. Essa, eu deixo pra dispois."

E Griô implodiu em sua própria fumaça, deixando Hugo sozinho com seus pensamentos. Sozinho e irritado com o Gênio, por tê-lo deixado no vácuo mais uma vez.

"Aê, pixie! Tá chique, hein! Quase europeu!" Abelardo deu risada, na manhã seguinte, ao passar por um Viny totalmente encasacado na praia, e o pixie já ia se levantando da neve quando foi impedido por Índio, que o puxou novamente para baixo.

"Quer arranjar encrenca já no primeiro dia de aula?!" o mineiro sussurrou a bronca, e Viny tentou se acalmar. Se não fosse pelos outros Pixies, já teria sido expulso do colégio três vezes desde que acordara.

Estava absolutamente enfurecido, não só pelas alfinetadas que vinha recebendo de praticamente todos os alunos que passavam por ele, como também por ter acabado de descobrir que o placar da árvore central marcara mais um ponto a favor dos chapeleiros, vendo-o ali, agasalhado, de cachecol e tudo.

"Essa Dalila ainda me paga", o pixie resmungou, se abraçando contra o vento.

Hugo também não estava gostando nada daquele frio, ainda mais sabendo que sua primeira aula do dia seria ao ar livre, mas, pelo menos, era a aula do melhor professor da Korkovado: Ítalo Twice Xavier.

Hugo não teria do que reclamar.

O ruim era que Capí estava tendo que planejar tudo de novo, visto que os animais que havia pensado em mostrar naquela primeira semana eram todos tropicais e não aguentavam aquele frio. Ainda estavam todos abrigados em sua casa, por sinal, apesar da bronca fenomenal que levara do pai naquela manhã.

"Tomara que o Fausto se perca na floresta e vire picolé", Hugo praguejou, sentindo seu rosto inteiro congelar. Ele, definitivamente, não estava acostumado àquele clima. Achava chique e tal, mas preferia o calor carioca. Suas orelhas não doíam no calor. "Aliás, cadê a Caimana?"

Viny se surpreendeu com a pergunta e olhou para os lados, "Ué, ela tava aqui até agora!"

"Aff... Você devia prestar mais atenção na sua namorada, Viny", Índio provocou, levando uma bolada de neve como resposta.

De repente, a loira passou correndo por eles, de biquíni, pés descalços na neve e prancha debaixo do braço.

"Ei!" Viny a chamou, preocupado, enquanto ela corria para o mar. "O que tu vai fazer, sua louca?!"

"Aproveitar os últimos minutos sem proibição!" Caimana gritou lá da frente, apontando para a imensa onda que começava a se formar adiante, "Eu não vou perder aquilo ali só por causa de um friozinho besta!" e mergulhou sem nem pestanejar.

Índio deu risada do desespero do amigo. "Deixa ela pegar onda em paz, Viny..."

"Ela vai pegar é uma Pneumonia!"

"Não vai, não. Ela é elfa! Esqueceu?"

Aquilo não tranquilizou o loiro nem um pouco. Se bobear, só serviu para deixá-lo ainda mais irritado. "Nós aqui, preocupados com Bofronte e ela ali, pegando onda..."

Índio deu um tapinha em seu ombro, solidário, "Quem mandou namorar uma pseudossereia?"

"Olha aquilo!" Viny interrompeu-o, apontando inconformado para o mar. Caimana acabara de voar três metros sobre a crista da onda, aterrissando na água sem qualquer dificuldade, prontinha para outra manobra.

"Você se arrepende de ter dado a prancha pra ela?"

Viny abriu um sorriso malandro para Índio, "Nunca!" e voltou a assistir, "Foi a melhor noite da minha vida!"

Hugo deu risada, mas não estava mais suportando o frio dali. Levantando-se, correu para dentro. Ia se refugiar, pelo menos até a hora da aula, no único lugar do colégio que, ele tinha absoluta certeza, estaria quente, úmido e delicioso, como sempre estivera. Sua floresta particular.

Ainda tremendo de frio, apressou-se pelo corredor do quinto andar, entrando na Sala das Lágrimas e fechando a porta o mais depressa possível. Só então, sentiu um vento ainda mais gelado atingi-lo por trás, e voltou-se, imediatamente revoltado, para ver a ilusão que se formara, abraçando-se com ainda mais força contra aquele novo frio; tão mais intenso do que o da Korkovado lá de fora...

Mas que droga! Algum aluno já entrara ali antes dele... filho da mãe...

Baixando a cabeça contra o frio, Hugo olhou para a cidade medieval que surgira diante dele. Não era a mesma cidade nevada que Hugo vira na ilusão de Dênis um ano antes, cercada por muros no topo de uma montanha distante.

Não... Desta vez, Hugo entrara bem no meio de uma rua medieval! Uma rua estreita, suja, abarrotada de gente, fedendo a cavalo e a dejetos, que eram jogados das janelas por pessoas mal educadas falando uma língua irreconhecível... E o vento?! O vento era congelante!

Não querendo permanecer ali nem mais um segundo, Hugo saiu da sala, xingando de todos os nomes possíveis o garoto-com-complexo-de-pinguim que entrara primeiro. Torcendo para que o folgado se perdesse lá dentro. Seria bem feito.

Irritado, Hugo foi se aquecer no dormitório mesmo, sob as cobertas, e, só então, partiu para o jardim do Pé de Cachimbo, onde Capí já esperava sua turma, preparando-se para mostrar-lhes mais uma de suas surpresas.

Os alunos que já haviam chegado quicavam nos próprios calcanhares, bafejando nas mãos contra o vento gelado enquanto esperavam pelo início da aula. Mas estavam empolgados. Alegres até. A Comissão Chapeleira ainda não voltara das férias, e eles aproveitariam cada segundo daquela liberdade.

Como de costume, Capí juntara novamente a primeira com a segunda séries a fim de ganhar tempo, de modo que estava na presença tanto de seus novatos quanto de Hugo, Gislene, Rafinha e companhia. Olhando para eles todos, começou:

"Bom, como eu não posso mostrar nenhum animal tropical pra vocês, já que estão todos hospedados ali em casa..." os alunos riram, "... eu resolvi apresentar a vocês um certo jovem travesso que foi obrigado a se adaptar ao *nosso* clima quando chegou da Europa... O que aconteceu, Enzo?" ele interrompeu a aula, notando que o filho de pescador estava cabisbaixo.

"Nada não..." o menino murmurou, cutucando a neve com o sapato, e Capí foi até ele, agachando-se. "Pode me dizer... eu não vou ficar chateado."

Hugo se aproximou para ouvir melhor, enquanto os outros olhavam feio para o menino, irritados com o prolongamento do mistério.

Envergonhado, Enzo murmurou, *"Eu perdi minha varinha."*

"Como é que é?!" Hugo não se conteve. "Como assim, PERDEU a varinha?!"

Aquilo, para ele, era absolutamente impensável, mas Capí apenas sorriu, achando graça, "Por incrível que pareça, acho que essa é a primeira vez que eu ouço alguém dizer que perdeu a varinha. Devia ser mais frequente, né? Como perder um guarda-chuva, sei lá."

Ele estava agindo daquele jeito só para alegrar o menino, mas Hugo via além. Via preocupação nos olhos do pixie. Capí não tinha todo o dinheiro do mundo para ficar comprando varinhas extras para seus alunos; e confeccionar uma por conta própria podia levar semanas... Mas o pixie, como verdadeiro cavalheiro que era, não deixou que sua preocupação transparecesse para o menino. "Não fica assim, Enzo. Se você não encontrar sua varinha até amanhã, pode deixar que eu compro uma nova. Não tem problema."

"*Com que dinheiro, Capí?*" Hugo sussurrou.

"Eu ainda tenho parte do meu salário de professor."

"E vai mesmo gastar tudo com eles?! Tudo?!"

Capí abriu um sorriso, "Vou", e deu meia volta, entrando na floresta, sozinho, em busca do animal que apresentaria aos alunos.

A turma se empolgou de imediato, vendo o professor sumir na floresta, e bastou Hugo ouvir um sopro de cavalo vindo lá de dentro para sorrir, sentindo uma imensa ternura invadi-lo por dentro.

Estava com saudades do Ehwaz.

Menos de dez segundos depois, Capí reapareceu por entre as imensas árvores acompanhado de seu magnífico unicórnio e os alunos exclamaram maravilhados, indo tocar o animal enquanto o pixie sussurrava no ouvido de Ehwaz para acalmá-lo, sabendo que ele poderia ficar agitado com tanta gente.

Mas Ehwaz foi um amor com as crianças. Fez gracinha, brincou de trotar no lugar, deu narigadas nos alunos que vinham acariciar seu focinho... Em suma, estava se sentindo O unicórnio *popstar* do dia, com tanta atenção. Capí sorriu orgulhoso, trocando olhares com Hugo: único ali que sabia o quanto o pixie amava aquele bicho.

"Unicórnios são nativos da Europa", ele começou, enquanto a turma se revezava para acariciar o bicho. "Existem poucos desses animais fora do continente europeu, até porque os países de lá proíbem a exportação; e com razão. Nosso Ehwaz é uma raridade muitíssimo bem-vinda", ele sorriu, olhando com ternura para seu animal. "O motivo da proibição, infelizmente, é muito simples. Unicórnios sofreram séculos de perseguição nas mãos de bruxos gananciosos. Quase entraram em extinção alguns séculos atrás; depois conseguiram se reerguer, com a ajuda da comunidade bruxa europeia, mas são cobiçados até hoje pelas propriedades mágicas que possuem, tanto no sangue, quanto no chifre."

Capí pausou, com o semblante grave, provavelmente se lembrando do boi enlouquecido na fazenda Barbacena, e Hugo sentiu um arrepio só de pensar que pessoas pudessem ser capazes de fazer o mesmo a unicórnios...

"Das propriedades do sangue é melhor eu nem falar, mas com o chifre podem ser feitos poderosos antídotos contra alguns dos venenos mais perigosos da Terra. Muito por conta disso também, apesar da proibição mundial à caça e à captura desses animais, toda semana pelo menos um é morto. Não é de se surpreender que sejam arredios a seres humanos."

"Ele não me parece arredio", Francine comentou, acariciando o pescoço de Ehwaz, que estava praticamente inclinado no ombro da menina, adorando o carinho.

Capí deu um leve sorriso, "Nosso Ehwaz tinha tudo pra ser um animal violento. Sofreu muito nas mãos de um bruxo mal-intencionado lá na Grã-Bretanha, e levou um bom tempo até que começasse a confiar em pessoas de novo, mas agora está tudo certo, né, Ehwaz?" ele acariciou a crina do unicórnio, que soprou satisfeito. "Ele sabe que aqui ele está protegido."

"Mas, professor, se a exportação é proibida, como o Ehwaz chegou no Brasil?" um dos novatos perguntou, com absoluta admiração pelo pixie, mas Capí estava distraído. Incomodado demais com a frieza nos olhos de Gislene para notar qualquer admiração por parte dos outros. Ele fingia não notar, mas aquilo o machucava até a alma.

Desviando seus olhos do semblante duro dela, Capí demorou um pouco a responder, mas logo chacoalhou a cabeça e olhou para o menino, "O Ehwaz foi um presente. Ele chegou aqui entre a vida e a morte, e como foi trazido numa emergência, eu não tenho certeza se as autoridades de lá ficaram sabendo. Foi uma transferência pessoal, do diretor da escola de lá pra Zô aqui, pra que ele fosse tratado. Como eu acabei cuidando dele mais do que a Zô, ela me deu o Ehwaz de presente de aniversário, quando eu fiz 13 anos. Com a autorização do diretor de lá."

"Peraí, então ele é teu?!" Hugo fitou-o, surpreso. "Teu de verdade?!"

Hugo sempre assumira que Ehwaz fosse da escola! Nunca imaginara que...

"Mas que belo animal!" ele ouviu uma voz provocá-los, e todos se voltaram para trás, em pânico.

A Comissão havia retornado, e, com ela, o Alto Comissário, que, naquele momento, olhava quase com fome para o unicórnio.

CAPÍTULO 44
COBIÇA

Os alunos se afastaram apavorados, abrindo caminho para que Mefisto se aproximasse do unicórnio – o que ele fez com muita calma... quase como se quisesse sentir o medo dos alunos.

"Interessante", ele fitou Capí, intrigado, acercando-se do pixie, "eu tive uma impressão muito forte quando te vi naquela fila de inspeção, alguns meses atrás, ... *professor*. Eu te conheço de algum lugar?"

"Eu me lembraria", Capí respondeu sem baixar o olhar, quase desafiando-o enquanto Bofronte dava uma lenta volta ao seu redor, e Hugo prendeu a respiração, percebendo nos olhos do pixie o mesmo desagrado que vira neles quando Felícia se aproximara da mula, no ano anterior.

Meu Deus, ele ia enfrentar o Alto Comissário... Depois de meses pedindo prudência ao Viny, era Capí quem ia bater de frente com ele... Seu instinto protetor falando mais alto que seu bom senso.

Ele estava puto da vida... furioso... desde que a Comissão ameaçara seus novatos de expulsão, e só agora Hugo percebera! Ao longo daqueles meses todos, Capí estivera apenas se segurando para não explodir! Mas agora, parecia que seu copo havia enchido até a borda. O pixie simplesmente não iria tolerar aquele olhar de cobiça que Bofronte estava lançando para seu unicórnio. Ah, não ia mesmo!

Hugo gelou. ... ele ia ser expulso... ou coisa pior...

Mas Bofronte parecia estar gostando daquilo; daquele desafio no olhar do aluno. E os dois se encararam por uns bons instantes, Capí não desviando seus olhos nem por um segundo sequer enquanto Mefisto provocava-o com os dele, até que o Alto Comissário transferiu sua atenção para o unicórnio, e tentou fazer um carinho no animal, que bufou arisco.

"Ô... calma, amigão... calma..." Bofronte sussurrou, fingindo amizade, e então pegou-o pela crina, para que ele parasse de encher o saco.

"Ei!" Capí berrou, vendo aquela violência sendo feita a seu unicórnio enquanto Ehwaz relinchava, desesperado, tentando se desvencilhar, mas Mefisto continuou a segurá-lo. Era forte, o Alto Comissário! Só alguém muito forte para conseguir dominar um bicho daqueles com uma única mão.

Ehwaz tentou se livrar mais uma vez, puxando a cabeça para trás, bufando, resfolegando, mas Mefisto era mais forte que ele e não o largaria de jeito nenhum. Estava gostando do embate, gostando, inclusive, do animal, e enquanto Capí se segurava para não avançar no canalha, Mefisto perguntou, ainda com os olhos no unicórnio, "Quanto você quer por ele?"

Capí arregalou os olhos, surpreso. "Como é que é?!"

"Me disseram que o unicórnio é seu; eu gostaria de comprá-lo. Simples."

"Ele não está à venda", o pixie decretou, de modo quase agressivo, e Hugo olhou para trás preocupado, percebendo que estavam cercados de chapeleiros.

"Eu estou preparado a lhe pagar o que você pedir."

Capí fechou a cara. "Ele – não – está – à venda."

Bofronte abriu um leve sorriso. "Tudo bem então. Se você quer assim... Estou, a partir de agora, confiscando este unicórnio em nome do Estado..."

"O quê?!" Capí entrou em pânico.

"... sob suspeita de contrabando ilegal de animais silvestres..." e os chapeleiros se aproximaram para tomar o unicórnio. "Esta escola não tem autorização para manter um unicórnio nos arredores..."

O pixie avançou contra os chapeleiros, tentando impedi-los de chegarem perto de Ehwaz, que relinchava apavorado, dando coice nos que tentavam se aproximar enquanto Bofronte, recuando para não ser atingido, continuava, "... a posse de um unicórnio sem a devida autorização constitui crime pela lei brasileira..."

Capí foi derrubado no chão com uma rasteira, e cinco chapeleiros pressionaram os joelhos contra as costas do pixie, prendendo seus braços para trás e imprensando-o contra a neve como um bicho, enquanto os alunos reclamavam revoltados. Gislene queimando de ódio.

"Você não tem esse direito!" ela avançou contra o Alto Comissário, mas foi impedida por Bismarck e Paranhos, que a seguraram para trás.

"Tenho sim, mocinha", Bofronte respondeu simplesmente, aproximando-se do pixie no chão.

"Bela varinha", ele disse, roubando a Furiosa enquanto Capí gritava de dor tentando se desvencilhar dos cinco que estavam em cima dele, tão arredio quanto seu unicórnio; até que um dos chapeleiros chutou o pixie nas costelas, pressionando seu sapato contra o rosto do garoto na neve, e Hugo viu, surpreso, a turma inteira partir em defesa do professor, avançando contra os chapeleiros, que foram obrigados a recuar, sob a mira de tantas varinhas raivosas.

Saindo de cima do pixie, eles deram vários passos cautelosos para trás, e os alunos tomaram seus lugares, cercando Capí e ajudando-o a se levantar enquanto apontavam suas varinhas tanto para os chapeleiros, quanto para o Alto Comissário. Entre eles, alunos que Capí ajudara nos anos anteriores... novatos que haviam sido protegidos por ele durante aqueles meses todos... pessoas que admiravam o pixie por tudo que ele fazia naquela escola...

Todos ali, agora repagando o favor, pondo suas vidas acadêmicas em risco para defender o pixie que mais merecia ser defendido. Tremiam de medo da retaliação que certamente viria, mas estavam enfrentando o Alto Comissário mesmo assim, e Bofronte ergueu as sobrancelhas impressionado, para não dizer surpreso, com a ousadia de toda uma turma...

Cinquenta alunos vencendo o medo ao mesmo tempo. Cinquenta alunos que, antes, haviam parecido tão apavorados. E Hugo viu, naquele instante, Bofronte dar-se conta da ameaça que Capí representava. Um professor que podia inspirar tamanha coragem em seus alunos a ponto de fazerem uma loucura daquelas por ele?! Era, no mínimo, um adversário de respeito.

Hugo havia sido o único a não sair de onde estava. Assistira abismado ao levante dos alunos sem mover um centímetro para ajudá-los. Se bobear, até dera um passo para trás. Ele também se revoltara com a covardia dos chapeleiros, claro, mas não era burro de fazer uma loucura daquelas. Muito menos na frente do Alto Comissário!

Ainda se recuperando dos chutes, Capí limpou sangue dos lábios, o tempo inteiro encarando Bofronte lá do meio, com raiva daquele homem, que agora olhava para ele absolutamente interessado, intrigado... muito provavelmente pensando o que faria para punir um aluno que não podia ser expulso, por risco de enfurecer todos os outros.

Pelo menos era isso que Hugo lia em seus olhos. Aquele cálculo mental.

Enquanto isso, Ehwaz continuava a relinchar e a empinar, derrubando chapeleiros, tentando perfurá-los com seu chifre... mas estava cercado. Não havia como galopar para longe dali.

Ainda olhando calmo para Capí, ... admirando a coragem do jovem, Bofronte ordenou que os chapeleiros se afastassem do animal e apontou a varinha do próprio pixie contra o unicórnio. "Não vem por bem, vem por mal."

"Não!" Capí berrou, tentando avançar contra o Alto Comissário, mas os próprios alunos o seguraram para trás, e um jato violento saiu da Furiosa em direção ao unicórnio. Ehwaz foi mais rápido e ricocheteou o feitiço com o chifre, rebatendo-o contra o Alto Comissário, que foi jogado com força para longe, caindo de costas na neve, a muitos metros de distância.

Refazendo-se do susto, Bofronte se ergueu sobre os cotovelos, dando risada.

"Ha! Isso foi... inesperado..." ele sorriu, genuinamente se divertindo com a surpresa; nem um pouco humilhado por ter sido vencido daquele jeito, na frente de todos. E a absoluta elegância com que ele reagira à queda impediu que ele fosse ridicularizado, com um risinho discreto que fosse, por qualquer um dos alunos ali presentes.

Enquanto isso, Ehwaz fixava seu adversário com um olhar feroz, parecendo desafiá-lo, com o chifre apontado em sua direção, zangado e absolutamente fofo.

"Ah, mas é uma graça..." Mefisto riu, ainda apoiado sobre os cotovelos, e olhou para Bismarck, indicando o unicórnio com a mão que estava livre, "Me diz, Luciano, como eu posso fazer alguma coisa contra um animal desses?"

O jovem sorriu malicioso, ainda segurando os braços de Gislene para trás, tentando contê-la.

Parecendo bastante confortável ali, deitado de costas na neve, Bofronte olhou para Capí sem se levantar, ainda intrigado com o que o animal acabara de fazer. "Eu nunca vi unicórnios rebaterem feitiços antes. O que esse unicórnio tem, afinal?!"

O pixie manteve-se em silêncio, encarando o Alto Comissário com raiva, mas uma resposta sua não se fez necessária. Só de olhar para o garoto, Bofronte entendera o que havia acontecido. "Ha!" ele riu, achando genial. "Não é o unicórnio... É a varinha! A pergunta correta seria 'O que esta *varinha* tem?'. Estou errado?"

Capí desviou o olhar, tentando não confirmar, mas Mefisto já havia entendido tudo. Analisando a varinha em sua mão, sorriu fascinado. "Poeira de unicórnio... *Desse* unicórnio?!"

O silêncio do pixie, mais uma vez, serviu de confirmação.

"Genial", Bofronte levantou-se, indo até ele. "Não é todo mundo que consegue poeira de unicórnio. Você é corajoso, garoto."

Bofronte cumprimentou-o com os olhos, voltando-se para Gislene, "E, pelo visto, não é o único."

"O que você tá fazendo aqui é crime!" ela explodiu furiosa, tentando se livrar de Bismarck. "Agredir um professor dentro do colégio é ilegal!

"Eu sou a lei, mocinha."

"Então prove!"

Hugo prendeu a respiração, abismado. O que diabos ela estava fazendo?! Queria morrer?!

Bofronte fitou-a bem de perto enquanto Bismarck a segurava para trás, olhando fundo nos olhos da menina. "É por isso que esse país é a bagunça que é..." ele murmurou. "Mas essa insubordinação vai acabar."

Com um olhar, Bofronte ordenou que Bismarck a soltasse, e Gislene se desvencilhou, indo ver como Capí estava.

"Algo errado, Alto Comissário?" Atlas chegou, percebendo a tensão no ar.

"Nada demais, professor Vital. Estávamos apenas assistindo a uma demonstração do professor aqui", ele disse, devolvendo a varinha para Capí, que tomou-a das mãos de Bofronte sem nenhuma gentileza.

Atlas estranhou a agressividade do pixie. "Isso é verdade, Ítalo?"

Sem tirar os olhos do Alto Comissário, Capí respondeu apenas, "Não." E Bofronte deu uma leve risada, adorando aquela audácia dele. Capí estava ferrado. Todos os alunos sabiam. Talvez a retaliação demorasse, mas viria. Mefisto não deixaria aquilo barato. De jeito nenhum.

Atlas olhou apreensivo para os dois, "Uh... Acho melhor acabarmos com esta... demonstração por hoje, Alto Comissário. O senhor é esperado na sala do Conselho."

Bofronte sorriu amigavelmente. "Sim claro. Eu já estava a caminho", e acompanhou o professor em direção à escola, pousando a mão no ombro de Hugo ao passar por ele, e seguindo seu caminho enquanto comentava com Atlas sobre os outros cinquenta, "Você devia ensinar prudência a seus alunos, professor Vital..."

Hugo ficou parado ali mesmo, onde estava, sentindo um conflito imenso dentro de si ao perceber que gostara da aprovação silenciosa do Alto Comissário. Pior... sentira ORGULHO de ter recebido aquele toque no ombro.

Aquilo estava errado... Muito errado. E ele sabia que estava. Não deveria estar sentindo nada além de desprezo por aquele homem... e no entanto, enquanto os outros alunos ajudavam Capí a se acalmar, sentando-o, trêmulo, na raiz do Pé de Cachimbo, Hugo só conseguia pensar na classe com que Bofronte reagira àquilo tudo...

Sentindo vergonha do teor de seus pensamentos, Hugo achou melhor sair dali antes que a turma lembrasse de sua presença. Atravessando a escola inteira, foi sentar-se na praia, bem longe dos jardins, absolutamente agoniado e confuso. Aquele homem era um crápula! Por que ele sentira, *e ainda estava sentindo*, orgulho em tê-lo agradado?!

Sentando-se na neve da praia, recostado na parede que dava para o pátio central lá dentro, Hugo tirou da mochila o livro que Olímpia lhe dera. "A República – de Platão". Talvez, lendo, conseguiria distrair sua mente de tudo que acabara de sentir.

Já estava na metade do livro e gostando muitíssimo. A república que Platão propunha lhe parecia um pouco autoritária e tal, mas, talvez por isso mesmo, Olímpia o tivesse presenteado a ele.

E Hugo ficou ali, aguentando o frio da praia só para não ter que encarar ninguém daquela turma, lendo por um bom tempo enquanto resolvia se iria ou não pular o almoço, para não ter que se encontrar nem com Capí, nem com Gislene por um tempo. Até que a poeira baixasse.

Mas não adiantou. Meia hora depois, quando ele já estava se levantando para voltar ao dormitório, Viny apareceu furioso, erguendo-o pelo colarinho. "Eu soube que o véio foi atacado e tu não fez nada. Isso é verdade?!"

Hugo fitou-o sem palavras, e Viny empurrou suas costas contra a parede com violência, "É verdade?!"

CAPÍTULO 45
ACERTO DE CONTAS

Hugo nunca vira Viny com tanta raiva. O loiro estava quase explodindo de ódio, e Hugo sentiu seu coração dar um salto, sabendo que estragara, ali, qualquer chance de continuar sendo um pixie.

Seu pulmão ainda doía, do tranco que acabara de levar contra a parede, mas, Viny estava disposto a fazer mais, e enquanto Índio apenas assistia, de braços cruzados, ao menos Caimana estava tentando segurar o namorado, "Calma, Viny… Não vamos brigar agora, né?!"

"ME DIZ!" Viny insistiu. "É VERDADE o que estão dizendo por aí?! Porque, se for, eu vou quebrar a tua cara aqui mesmo!!"

"Claro que não é verdade, Viny!" Capí chegou, vindo em seu socorro. "Ele me protegeu tanto quanto os outros! Solta ele, vai."

Hugo olhou, surpreso, para Capí, sentindo-se a pior pessoa do mundo, mas não disse nada. Só concordou. Melhor concordar.

E Viny, relutante, obedeceu à ordem do amigo, soltando-o no chão enquanto Capí completava, "Não que eu precisasse de proteção. Eles não iam fazer nada sério comigo na frente da turma inteira."

Um pouco mais calmo, o loiro pareceu aceitar suas palavras, fitando Hugo com um pouco mais de simpatia, "Foi mal, Adendo. De boa?"

Hugo baixou a cabeça, aliviado, e aceitou o pedido de desculpas do loiro na maior cara de pau, tentando disfarçar a vergonha que estava sentindo de si mesmo. Não era a primeira vez que Capí mentia para safar sua cara.

Não que Índio houvesse acreditado em uma só palavra daquilo, mas quando é que Virgílio OuroPreto acreditava em alguma coisa boa a seu respeito?

Ainda de braços cruzados, o mineiro voltou-se para o amigo, "De qualquer forma, Capí, você não devia ter enfrentado o homem…"

Capí concordou, apreensivo, "Eu sei. Mas que escolha eu tive?"

"E o Ehwaz?"

"Duvido que encontrem."

"Bom… Melhor assim", Índio murmurou, mas sem muita convicção.

Caimana, no entanto, parecia incomodada com outra coisa, e, assim que Índio terminou de falar, ela tomou a palavra. "O que a gente não pode é deixar que isso que acabou de acontecer entre nós aconteça de novo."

"Isso o quê?!"

"Desconfiança, Viny. Agressão. Você quase quebrou a cara do Hugo! Não é entre nós que a gente deve brigar. É contra ele!"

"Ah, mas se o Adendo tivesse mesmo feito o que me disseram que ele fez…"

"Não interessa! Vocês não percebem que é isso que Bofronte quer? Ele está se divertindo colocando um contra o outro. Se *divertindo*! Você acha mesmo que ele atacou o Ehwaz porque queria o sangue dele? Ele quis te provocar, Capí. Quis testar a reação dos seus alunos. Testar a *sua* reação. Ele foi até lá criar um pequeno caos e ver o que acontecia!"

Capí meneou a cabeça, tendo certa dificuldade em aceitar aquela teoria. "Ele olhou pro Ehwaz com uma fome, Cai… com um desejo… que me deu arrepio!"

"Ele até pode ter desejado o unicórnio sim, mas não foi esse o objetivo principal dele ter ido lá. Tanto que ele desistiu rapidinho da ideia! Ou você, por acaso, ouviu ele ordenar que os chapeleiros pegassem o Ehwaz antes de sair?"

Capí negou, ainda um pouco transtornado, e, percebendo o estado do amigo, Viny achou melhor quebrar aquele clima, "Bora almoçar? Eu tô morto de fome. Espero que o Brutus tenha preparado algo decente dessa vez, tipo… feijão com arroz, sei lá…"

Os outros três acabaram aceitando a sugestão e se dirigiram ao refeitório, mas Hugo permaneceu recostado na parede por um tempo, respirando, aliviado, aquele ar frio enquanto pensava no que Capí acabara de fazer por ele.

Pegando o livro que caíra na neve, Hugo enxugou sua capa molhada na manga do casaco com bastante cuidado e já ia guardá-lo na mochila de novo quando foi empurrado contra a parede mais uma vez, agora por Gislene.

"Ah, qualé!" ele reclamou, vendo seu livro cair na neve de novo.

"Tu tem sorte de ter um amigo como o Ítalo!" Gislene grunhiu, apontando-lhe o dedo no rosto. "Agora *dele* eu já não posso dizer o mesmo, né, Idá? Amigo traíra como você, melhor nem ter!"

Hugo fechou a cara, "O que tu queria que eu fizesse, garota?!"

"O mesmo que todo mundo, Idá! Não é a primeira vez que tu fica na tua enquanto atacam o Ítalo. Ano passado foi a mesma coisa! Quando os Anjos derrubaram ele na areia e tu não fez nada! Tu me contou, lembra?! Mas, daquela vez, dava pra relevar; o Capí ainda não tinha salvado a tua vida. Ainda não tinha levado um *tiro* por você. Ainda não tinha mentido pra *polícia* por você! Dessa vez, Idá… dessa vez não tem desculpa! Tu devia ter sido o *primeiro* a pular em defesa dele! O que tu ganhou com aquele showzinho de covardia lá no jardim?! Hein?!"

"Pelo menos eu não entrei na lista negra da Comissão! Como vocês acabaram de entrar!"

Gislene deu risada, "É, né. Caiu nas graças do Alto Comissário. Tá satisfeito?"

Hugo desviou o rosto, envergonhado, mas não arrependido, "O Capí já me perdoou. Mefisto não teria perdoado. Eu mais do que fiz a escolha certa…"

"*Mefisto*?! Já tá até chamando o cara pelo primeiro nome?! Quem te deu essa intimidade?!"

Hugo não respondeu, e ela riu do absurdo "Um elogio vale mais do que mil críticas, não é mesmo, Idá? Bofronte já sacou isso em você! Sacou rapidinho!"

"Não sei do que tu tá falando, garota. Ele nunca me elogiou."

"Não verbalmente, porque ele não é idiota. Mas eu vi como ele te olhou lá na fila de inspeção e como tu ficou todo bobo. E depois, aquele tapinha de aprovação no seu ombro, Idá! Ele tá te fisgando direitinho!"

"Nada a ver!"

"Ah não? Então prova. Me dá UMA prova de que, se a coisa ficar feia, você vai arriscar a própria pele pra defender os Pixies contra ele. UMA!"

Hugo fitou-a confuso, mas se recuperou a tempo, "Eu não preciso provar nada pra ninguém, muito menos pra você!" Pegando sua mochila e seu livro, seguiu pela praia, tomando a direção do refeitório, mas Gislene foi atrás.

"Eu vi como você olha pra ele, Idá... A admiração nos seus olhos! O cara é poderoso e SABE que é poderoso. Você gosta disso! Sempre gostou! Desde a época do VIP, lá no Santa Marta! Você *venera* quem tá no poder e é simpático com você."

"Tu tá delirando, garota."

"A Caimana tem razão, Idá! Será que você não vê?! Ele tá provocando! Jogando aluno contra aluno, professor contra professor, manipulando, seduzindo, corrompendo, ameaçando pra ver o que acontece; brincando MESMO com a vida de todo mundo aqui! Mas ninguém percebe! Nem você percebe! Ele sabe muito bem o que ele tá fazendo. E ele parece não ter pressa nenhuma!"

Hugo entrou no refeitório, deixando Gislene para trás, mas ela ainda gritou lá de fora, "Ó, e não vá pensando que todos são como o Ítalo. Ou que ele tem tolerância ilimitada! Algum dia tu vai se ferrar se continuar assim! E o Ítalo pode não estar lá pra aliviar a sua queda."

"E eu digo o mesmo pra você!" Hugo rebateu, não aguentando tamanha hipocrisia e marchando de volta até ela. "Tu fica aí dizendo que eu não sou amigo do Capí, mas não sou eu que está há MESES sem falar com ele por causa de uma vingancinha pessoal. Quem é cruel e egoísta aqui, hein?!" Hugo deixou-a com a pergunta, voltando a entrar no refeitório.

"Egoísta, eu?!" ela gritou revoltada, quase empurrando pessoas pelo caminho para alcançá-lo. Irritado com aquela perseguição, Hugo já ia se voltando para confrontá-la com a verdade quando viu lágrimas nos olhos da menina e se espantou. Ainda assim, respondeu, "Egoísta sim!"

E Gislene fitou-o, chocada. De repente sem energias para continuar discutindo, ela murmurou com a voz embargada, "Você não sabe o quanto tá me doendo fazer isso, Idá... Está me cortando o coração! Mas é preciso! Eu estou fazendo isso por ele! Pra proteger o Ítalo! Ele tá se metendo com bandido e eu sei como isso termina!"

Hugo fitou-a, surpreso, enquanto ela continuava, "Mesmo que o canalha do Playboy esteja querendo mudar de verdade – o que eu duvido MUITO – ninguém muda assim, de um dia para o outro! Ele vai acabar voltando a ser o bandido de sempre, na primeira oportunidade que tiver, e o Ítalo vai se machucar muito com isso! Eu rompi minha amizade com ele pra ver se ele se toca e chuta esse bandido daqui antes que isso aconteça!"

Sem saber o que dizer, Hugo preferiu desviar o olhar. Nunca seria capaz de um gesto de grandeza daqueles: romper uma amizade, atraindo a antipatia de todos, só para proteger um amigo de uma possível decepção.

"Ele nunca vai expulsar o Playboy daqui."

"Então eu nunca mais vou voltar a falar com ele", ela rebateu, com firmeza. "O Ítalo sabe que essas são as condições e, alguma hora, ele vai ter que ceder. Melhor que ele se machuque comigo do que com aquele assassino. Eu não vou perder outra pessoa pro Playboy. Não vou!"

ela engoliu o choro e foi embora, mudando de ideia um segundo depois e voltando para puxá-lo pelo colarinho mais uma vez, "E que isso sirva de lição, moleque! Porque é isso que se faz quando se vê um amigo em perigo! Você se *sacrifica* por ele! Não fica parado no canto, assistindo, pra ganhar estrelinha de bom comportamento!"

Gislene se retirou de vez, deixando Hugo no meio daquela multidão, atônito e sozinho, sentindo-se o pior dos seres humanos. Ele sabia que o que Gislene dissera fazia sentido. Ela o lera perfeitamente. Hugo gostara de ter conquistado o elogio de Bofronte.

Covarde... Mil vezes covarde.

Revoltado consigo mesmo, ele voltou-se em direção à mesa dos Pixies, pensando se teria ao menos coragem de pedir desculpas a Capí, mas, assim que se virou, deu de cara com Tobias, sentado em sua cadeira-aranha, esperando para lhe falar. Aquelas pernas fantasmas acusando-o silenciosamente.

Hugo olhou para os céus, entrando em desespero. O que ele tinha feito de tão errado para merecer aquela sova toda em um mesmo dia?!

Com os olhos já lacrimejando, ele tentou dar meia volta, não querendo ser acusado de mais nada naquele dia, mas Tobias avançou com a cadeira e segurou-o pelo braço, impedindo-o de sair.

"Que foi, garoto?!" Hugo voltou-se para ele, furioso, já esperando por mais uma bronca, mas o que encontrou nos olhos azuis do jovem foi algo totalmente diferente de censura.

Por debaixo dos cabelos negros cacheados de Tobias, havia apenas o olhar de alguém que ansiava por conversar... por desabafar... e aquilo só fez com que Hugo se sentisse ainda mais culpado por ter evitado o garoto o ano inteiro.

Baixando a cabeça, ele desabou na cadeira mais próxima, apoiando os cotovelos na mesa, sem conseguir encará-lo. "Eu não mereço a sua confiança..."

Estava começando a passar mal.

Fitando-o bastante sério, Tobias discordou. "Eu sei que você tem me evitado porque se sente culpado pelo que aconteceu comigo. Pois eu te digo: não se sinta."

Hugo desviou o rosto, não querendo ouvir mais nada. Teria sido melhor se Tobias houvesse partido para o xingamento. Assim, ao menos Hugo poderia ter se fechado em sua carapuça e ficado com raivinha do garoto. Agora, o que faria com todo o remorso que estava sentindo?!

Mesmo assim, Tobias insistiu em continuar. "A gente não se conhece direito. Somos de séries diferentes, de mundos diferentes, mas eu quero te dizer uma coisa sobre mim: eu não gosto de jogar a culpa nos outros quando ela é minha. Ainda mais vendo o tamanho do remorso que você sente ao olhar para as minhas pernas. Por isso eu venho tentando conversar com você esses meses todos, e agora eu vou falar, mesmo que você não queira ouvir. O erro foi todo meu, Hugo. Se você sabia ou não do efeito daquele pó, pouco me importa. Eu tentei te roubar. Fugi pra floresta porque tinha te roubado; e paguei caro por isso. Simples. Meus pais me deram uma boa educação, sempre me ensinaram a ser uma pessoa correta. Te roubar foi uma escolha idiota minha. Portanto, se eu perdi as pernas como consequência disso, a culpa é minha."

Hugo suspirou, trêmula e profundamente; seu remorso só se agravando enquanto ouvia aquele jovem assumir toda uma culpa que, Hugo sabia, absolutamente não era dele. Importava SIM que Hugo conhecia os efeitos do pó. Importava muito! Porque não era qualquer pozinho. Era cocaína! E agora o garoto estava ali, se culpando por uma decisão moral errada que tomara sob influência da droga, e que nunca teria tomado se seu organismo tivesse estado limpo daquele veneno.

Hugo sacudiu a cabeça. A culpa era inteiramente sua, mas Tobias só saberia daquilo se Hugo lhe confessasse o nome do pó branco – o que, obviamente, ele nunca faria. Não queria ganhar mais um inimigo. Então, disse apenas parte da verdade: "Eu poderia ter ido te procurar na floresta, depois que você desapareceu."

"Você estava com medo. Eu te entendo…"

"Eu fui egoísta."

"Que seja então", Tobias disse, desistindo. "Eu só quero que você saiba que, mesmo que eu nunca mais ande, eu não tenho nada contra você. É isso."

Hugo assentiu, sem jeito, recordando-se que chegara a desejar a morte do garoto. E quando Tobias foi embora, sacolejando em sua cadeira de madeira, Hugo não se aguentou de arrependimento e debruçou-se sobre a mesa, chorando. Se já estava péssimo por não ter ajudado Capí, agora então… estava se sentindo um lixo. Que espécie de monstro ele era, que sequer tivera a decência de ajudar Tobias a subir as escadas no início do ano. Não tinha aprendido *nada* no ano anterior?!

A julgar pelas atitudes que acabara de tomar naquele dia, não.

Soluçando, Hugo olhou ao redor, tentando enxugar as lágrimas antes que alguém notasse. Apesar da multidão de alunos no refeitório, nunca se sentira tão sozinho… O desespero cada vez mais insuportável em seu peito. Por que ele fazia tudo errado?! Por que não conseguia ser corajoso, como Capí? Por que era tão egoísta?! Aquilo o estava agoniando demais!

Notando seu desespero, a professora de Futurologia, como boa intrometida que era, inclinou-se para lhe sussurrar, por trás de seus misteriosos olhos azuis, "*Hasta el fin de este año, tendrás, por lo menos, tres oportunidades de hacer lo que no hiciste a Tobias. Oportunidades de salvar vidas. Se lo ficêr, tendrás gañado mi respecto.*" E foi embora.

"Eu não ligo pro seu respeito, sua charlatã!" Hugo gritou agoniado atrás dela, mas Symone já havia partido para a mesa dos professores, com suas mãos tatuadas e seus belos cabelos negros, e ele ficou observando-a rebolar até lá, sentindo todo o ódio que sentia por ela ressurgir. Que direito ela achava que tinha de ficar profetizando sobre sua vida depois de ter batido a porta na sua cara no ano anterior?! Futuróloga de araque. Bem que o Atlas alertara a turma contra ela…

"Cuidado, Hugo", Caimana disse em seu ouvido. "Nunca julgue as pessoas pela língua afiada dos outros. A maledicência é um péssimo medidor de caráter. Principalmente a do Atlas. Ele julga com o coração, não com o cérebro. A Symone é uma professora excelente e uma vidente genuína, reconhecida até pelas elfas!"

"Mas o Atlas…"

"O que o Atlas diz nunca se baseia em fatos, só em sentimentos. Especialmente no que diz respeito à professora Symone. Ele nunca perdoou a Sy por não ter previsto a morte do Damus."

"Então! Viu?! Incompetente!"

Caimana negou. "O Atlas acha que era obrigação dela prever aquilo, mas a qualidade de um vidente não está no número de previsões que o vidente faz e sim no número de acertos. Se a Sy pudesse ver o futuro de todos, ela não teria mais vida. Mas as poucas coisas que ela prevê, ela prevê certo. Pode ter certeza."

Hugo baixou a cabeça, lembrando-se da premonição que ela tivera sobre a caixa de pandora, no ano anterior, e de como ela acertara em cheio ao dizer que ele seria um perigo para aquela escola… Continuava sendo.

"Vem", Caimana disse simpática, levando-o até a mesa dos Pixies, onde os três estavam conversando sobre o extraordinário fato de Enzo ter perdido sua varinha.

Hugo sentou-se, mas não conseguiu olhar Capí nos olhos. Preferiu ficar almoçando, com o rosto quase grudado no prato, enquanto seu ouvido fazia o serviço de prestar atenção no que o pixie dizia.

"… *eu vou ter que comprar uma nova pro Enzo antes que as aulas importantes recomecem. Tenho pouco dinheiro sobrando, mas…* Hugo, a Wanda's está virando uma loja boa, não está?"

Hugo engoliu em seco, mas foi salvo por Viny, que o interrompeu antes que ele pudesse responder. "Véio… o que tu faz por aqueles garotos é lindo, mas eu te vejo gastar sua energia… gastar todo o seu dinheiro… fazendo uma coisa que o *governo* deveria estar fazendo, não a gente! Nossos pais pagam impostos caros pra isso! Tu não devia ficar fazendo o trabalho que os governantes são pagos pra fazer."

"São pagos, mas não fazem, Viny", Capí replicou com firmeza. "Eu não estou aqui na Terra de espectador. Se eles não fazem, eu vou fazer. Eu sei o que você vai dizer: que protestos servem pra isso; pra constranger o governo a agir. Só que eu não sou uma pessoa que se sente bem protestando. Eu não saberia fazer o que você faz. Não tenho essa índole revolucionária; essa predisposição para o protesto. E é exatamente por isso que eu *preciso* agir de outras formas! Eu *preciso*, porque, senão, eu me sinto um inútil! Porque, senão, eu enlouqueço vendo tanta desgraça. E eu não posso deixar essa desesperança tomar conta de mim, você me entende?!"

"Claro, claro", Viny baixou a cabeça. "Tu tá certo, véio. Desculpa."

"Eu sei que você só quer me proteger quando diz pra eu parar, mas eu não vou ficar aqui parado, esperando pra ver o que o governo vai ou não vai fazer com o dinheiro que nós damos pra eles. Aqueles garotos precisam de mim", Capí concluiu, afastando o prato de si, sem fome. Claro. Ver aquelas comidas que Brutus cozinhava tirava a fome de qualquer um, mesmo de quem não as colocara no prato.

Capí cobriu a cabeça com os braços, ainda dolorido da surra que levara, e Hugo sentiu uma vontade enorme de lhe pedir desculpas, mas foi interrompido pela rádio, que ressoou por todo o refeitório com a voz de Bismarck:

"ATENÇÃO. Recado para o centauro da cozinha: Mefisto Bofronte manda avisar que, se Brutus cozinhar com sangue de Fênix mais uma vez nesta escola, teremos um delicioso assado de centauro no almoço do dia seguinte. FIM DA TRANSMISSÃO."

O refeitório inteiro irrompeu em aplausos, enquanto Brutus assistia a tudo da porta da cozinha, com cara de poucos amigos.

"*Bípedes…*" ele resmungou altivo, voltando lá para dentro.

"Nossa, finalmente uma proibição sensata… Esse Brutus é ridículo!"

Hugo concordou com Caimana, estranhando, no entanto, o semblante que Capí fizera ao ouvir o anúncio. "Que foi? Não gostou?!"

"Esse cara me confunde."

Hugo tinha que admitir que, naquilo, o pixie tinha razão. Duas horas antes, Bofronte tentara atacar Ehwaz. Agora vinha com aquele recado?!

"Vai ver ele gosta de fênix", Hugo deu de ombros, mas foi interrompido por Fausto, que chegou no refeitório já arrancando Capí da cadeira pelo colarinho, na frente de todos, *"Eu quero saber que confusão foi aquela na sua aula, moleque?"*

"Pai?!"

"Por que você não vendeu aquele maldito unicórnio?!"

# CAPÍTULO 46
CARITAS

Capí olhou chocado para o pai, completamente sem palavras.

"Por que, moleque?! Responde!"

Atônito, Capí olhou para os lados, vendo todos os alunos nas mesas adjacentes pararem para assistir, e meneou a cabeça, desconfortável, "Pai... aqui não..."

"Você tem ideia de quanto custa um unicórnio, garoto?!"

"O Ehwaz não é uma mercadoria, pai! A Zô nos deu ele de presente pra que nós cuidássemos! Não pra que a gente colocasse ele à venda! Pai..." Capí olhou à sua volta novamente, já quase chorando, "Pai, vamos conversar lá fora, sim?"

"Lá fora, lá fora... eu não tenho nada pra esconder de ninguém aqui não, garoto. Eu já fui tolerante demais deixando você abrigar aquela bicharada toda lá em casa, até porque se algum daqueles morresse, eu ia ser demitido, mas esse unicórnio, Ítalo... esse unicórnio é *nosso*, e a gente pode fazer com ele o que a gente quiser! Eu ainda não conheci pessoalmente o Alto Comissário, mas assim que eu o vir, vou falar com ele e me desculpar pelo SEU comportamento! Talvez ele ainda não tenha desistido de comprar o animal. Acho que vou procurá-lo hoje mesmo, pra desfazer esse mal-entendido lamentável", Fausto saiu, abrindo caminho por entre os alunos que assistiam a discussão, e Capí foi atrás, em pânico.

"Pai, eu não vou vender o Ehwaz! Muito menos pra ele! O Ehwaz chegou da Europa quase morto por causa de..." Capí baixou a voz, vendo que um chapeleiro os observava de longe, "*por causa de crápulas como Mefisto Bofronte...*" e Fausto parou, agarrando o filho pelos braços.

"Você quer que ele te expulse, moleque?! Por que é isso que ele vai fazer, se você não concordar. Além do que, a gente precisa desse dinheiro, Ítalo!"

Com jeitinho, Capí conseguiu tirar o pai do refeitório, levando-o até a praia nevada, e os Pixies foram atrás, mantendo certa distância enquanto Capí sussurrava, tentando ser o mais doce possível, "*Pra que, pai? Não há nada que a gente precise que a gente já não tenha! Pra que esse dinheiro?!*"

Hugo olhou para trás, vendo que todos os alunos que Capí havia tentado evitar, agora assistiam lá da porta. Bando de fofoqueiros. E o pior era que Fausto não parecia se importar nem um pouco em humilhar o filho diante dos alunos dele.

"Não seja tolo, garoto... Como assim, a gente não precisa do dinheiro? Você é cego?! A gente vive dentro de uma árvore! Nós dois juntos temos menos roupas do que o Abelardo compra em um dia! Nada lá em casa é NOSSO. Tudo é da escola! As panelas, o caldeirão, as camas, os tapetes; nem as suas roupas são suas! As únicas decentes que você tem de verdade foram seus avós que compraram! Se me demitirem daqui, a gente não tem nada! NADA!"

Capí baixou a cabeça, mas não ia ficar calado. Não daquela vez. "Eu não tenho o direito de botar preço em um ser vivo, pai."

Dando a conversa por encerrada, o pixie tentou se dirigir ao pátio central, mas Fausto puxou-o de volta à força, arrancando respiros da plateia. "Não vire as costas pra mim, moleque! Está me ouvindo?!"

Fausto deu um tapa no filho, que desviou o rosto, tentando se proteger do massacre verbal que viria.

"Garoto inútil. Aposto que vai gastar todo o seu mísero salário de professor comprando presentes pros seus amiguinhos Pixies no SEU aniversário! Eu te proíbo, está me ouvindo?! Eu te proíbo de gastar um centavo neles!"

O pixie baixou a cabeça.

"Aliás", Fausto acrescentou, "é melhor eu ficar com esse dinheiro. Eu vou gastá-lo melhor do que você. Vamos lá, cadê?"

"Pai!" Capí exclamou, atônito.

"Onde está?! Anda! Eu sei que você recebeu seu salário hoje. Eu quero ver tudo aqui na minha mão agora."

"Isso não é justo!" Viny protestou, mas foi contido por Caimana, *"Fica quieto, Viny..."*

"Eu não posso ficar quieto! Ele tá roubando o filho!"

"Calma, deixa o Capí resolver. Hoje ele vai reagir. Você vai ver."

Fausto pouco ligou para o que estavam dizendo, acostumado aos chiliques de Viny Y-Piranga. Enquanto isso, Índio olhava nos olhos do amigo, bem mais calmo que o loiro, mas igualmente revoltado, "Capí, esse dinheiro é seu por direito. Você não precisa entregar."

"Você é menor de idade, garoto. Eu sou seu pai. Simples assim. Passa."

Capí olhou para a mão estendida do pai, absolutamente derrotado.

"Anda, vai!"

Fitando o pai com profunda decepção nos olhos úmidos, Capí tirou do bolso o saquinho de moedas e quase as entregou, mas recolheu a mão na última hora, e Fausto arregalou os olhos, surpreso, "Que palhaçada é essa agora?"

"Pai..." dava para ver o imenso esforço que ele estava fazendo para contrariá-lo, "tem gente que precisa desse dinheiro mais do que nós."

"AH! Que ótimo! Então, agora nossa casa virou instituição de caridade?! Essa é boa! Dá isso aqui", Fausto arrancou o saquinho de moedas da mão do filho, e os poucos alunos que ainda não estavam assistindo, pararam para olhar, abismados.

Fausto abriu o saco e contou as moedas com os olhos. "Só isso?! Aqui não tem nem metade do seu salário, cadê o resto? ... Onde está o resto, garoto?!"

Fora de si, Fausto começou a revistar o filho na frente de todos; Hugo assistindo, com absoluto desprezo, àquele ser patético fazer o espetáculo deprimente dele. Aquela humilhação pública do filho.

"Pai... não faz isso, por favor..." Capí implorou, segurando as lágrimas, sem conseguir olhar para mais ninguém ali enquanto seu pai apalpava cada um de seus bolsos. Aquilo estava machucando muito mais do que mil chapeleiros. Hugo tinha certeza.

Vendo que o filho não levava nada além daquelas míseras moedas, Fausto voltou-se para ele, enfurecido. "Você já gastou metade do seu salário do mês?! É isso mesmo?! E o dinheiro que você recebeu desde o começo do ano, onde está? Na sua gaveta, lá em cima? No armário? Ou você já gastou tudo também?"

Capí olhou tenso para o pai. E então desviou o olhar, "Eu pedi um adiantamento no começo do ano… Pra comprar material escolar."

"Mentira! Você não precisa comprar material escolar; a gente ganha de graça!"

"Pai, por favor…" o pixie implorou sem energia. "O senhor já tem o dinheiro que o senhor queria, me deixa ir embora…"

Fausto pegou o filho pela orelha e puxou-o para baixo, gritando, "Onde você gastou esse dinheiro todo, garoto?!"

"Pai!"

Atlas chegou depressa, tentando apaziguar o zelador. "Fausto, tu tens que ser razoável!"

"Você cala essa sua boca, seu gaúcho irresponsável! Do meu filho cuido eu!"

"Calma, pai, seu coração! Agh!" a orelha do pixie já estava ficando roxa.

"Larga o guri, Fausto!"

"Larga ele!" outros pediam, mas Fausto estava irredutível.

"Ele não tá mentindo, senhor Xavier!" Caimana gritou desesperada, já quase chorando. "Ele comprou material escolar e uniformes pra alguns dos alunos que não tinham como pagar! No começo do ano!"

Ao ouvir aquilo, Fausto cerrou os olhos, furioso, mas largou a orelha do filho, que cambaleou para trás, se distanciando, trêmulo. "Sai daqui… Saiam daqui todos vocês!" ele gritou, avançando contra os curiosos, que se afastaram no susto, deixando que Fausto passasse. "Cambada de irresponsáveis…"

E foi embora.

Capí quase caiu de fraqueza no chão, mas os Pixies o ampararam a tempo.

"Acabou, Capí… Acabou…" Caimana disse, abraçando o amigo contra o peito, como a uma criança assustada, enquanto Viny rosnava possesso, "Esse filho da mãe ainda me paga, Cai… Ah, me paga sim. No dia que você não estiver aqui pra me segurar, eu juro que esse boçal vai se arrepender de todos os tapas que já deu no filho."

Vendo que o espetáculo terminara, os outros alunos foram debandando aos poucos, abismados, deixando que os Pixies ficassem sozinhos na praia nevada, sendo observados apenas por dois chapeleiros à distância, que logo acabaram saindo também, sem punir ninguém pela altercação.

"Eu não te entendo, véio!" Viny criticou o amigo, vendo-o começar a chorar nos braços da elfa. "Tu enfrenta Mefisto Bofronte, mas não consegue enfrentar teu próprio pai! Isso me dá nos nervos!"

"… Ele é meu pai, Viny…" Capí disse, enfraquecido. "Eu lhe devo respeito."

"Véio! Ele não merece o teu respeito! Quando é que tu vai entender isso?! Tu trabalhou duro por aquele dinheiro!"

"Eu não ensino por dinheiro, Viny." Capí se desvencilhou de Caimana com cuidado, e se afastou dos Pixies, preferindo caminhar, sem rumo, pela praia.

Caimana olhou para o namorado, decepcionada. "Me admira você, Viny dando tanta importância assim pra grana."

"Minha revolta não tem nada a ver com dinheiro, Cai... Tem a ver com ele se sujeitar àquele crápula!"

Índio meneou a cabeça. "Eu achei até que o Capí enfrentou bem o Fausto no começo da discussão."

"É, pra defender o Ehwaz ele faz qualquer coisa. É só ver a loucura que ele fez hoje de manhã. Mas e pra defender a si próprio?! Ele é um professor, caramba! Não podia admitir ser tratado como criança daquele jeito... Ainda mais na frente dos próprios alunos! Só porque o Fausto é pai dele, o cara acha que pode tudo?! Se ele ainda tivesse sustentado o Capí durante 16 anos, mas não! O Fausto nunca fez nada pra ele! Nunca!"

Índio concordou, circunspecto.

"Sem contar que o tanto que o véio trabalha no lugar do pai, era o Fausto que devia dar metade do salário dele pro filho! Não o contrário..."

Viny olhou, penalizado, para o amigo, que se afastava enxugando as lágrimas com as mãos trêmulas enquanto Atlas tentava confortá-lo. "Véio!" o loiro chamou, correndo até eles.

Hugo foi atrás, acompanhado pelos outros.

Pousando a mão no braço do amigo, Viny liberou Atlas para que o professor pudesse ir preparar sua aula, e então murmurou para Capí, "Não fica assim, véio. Eu posso comprar a varinha do Enzo... Eu sou rico! Eu te dou todo o dinheiro que tu precisar! Teus alunos não vão ficar desamparados, pode ter certeza!"

Capí olhou-o com ternura, "Suas intenções são as melhores, Viny, e eu te agradeço, só que o dinheiro não é seu. É dos seus pais."

"Mas eu estou te oferecendo de coração!" Viny insistiu, tirando do bolso um saquinho de veludo recheado de Coroas e Bufões. "Meus pais não se importariam!"

Capí lhe sorriu bondoso, "Eu sei, meu amigo..." e fechou a mão de Viny em torno das moedas. "Mas não posso aceitar. Eu adoraria. Juro. Mas não posso."

Afastando-se, Capí foi sentar-se em uma rocha distante, de costas para eles, observando o mar enquanto abraçava as próprias pernas, e Viny olhou confuso para Caimana, que foi bem direta na explicação: "Fazer caridade com o dinheiro dos outros é fácil, né, Viny?"

O loiro fitou-a, ofendido, e então voltou a observar o amigo, agora ainda mais chateado com a recusa.

Caimana passou a mão em suas costas, arrependida de ter sido tão dura. "Não fica assim, Viny... É claro que ele aceitaria o dinheiro de bom grado, se fosse seu. Mas não é! Aceitá-lo seria como se ele estivesse roubando dinheiro dos seus pais, você entende?"

Frustrado, Viny assentiu. "Eu entendo, Cai... Claro que eu entendo. Mas é que eu não aguento ver o véio assim! E eu não sei o que mais fazer pra ajudar! Se eu não posso nem usar o meu dinheiro..."

"O dinheiro não é seu."

"Mas como tu é chata, hein?!"

Caimana deu risada, roçando seu nariz carinhosamente no rosto do namorado. "Viny, Viny... Você realmente acha que só consegue ajudar com dinheiro?! ... Será mesmo que você não conseguiu aprender nada com o nosso Capí nesses últimos anos?! ... O Capí é um dos alunos mais pobres daqui e, no entanto, ele ajuda os outros todos os dias! Não com dinheiro, mas com um gesto, um olhar, uma palavra, um carinho... Dar dinheiro é a caridade mais básica. É um gesto automático, que pode ser feito sem qualquer amor. Principalmente pra quem é rico, como você. As pessoas dão dinheiro a mendigos na rua achando que estão fazendo grande coisa, mas nem param pra saber quem essa pessoa é, ou o que ela realmente precisa. Às vezes, precisa mais de uma palavra amiga do que de moedas." Caimana sorriu, bondosa. "Foi o Capí que me ensinou isso, Viny, quando conversou com aquela menininha lá na Lapa, ano passado, e fez a menina sorrir com um carinho, um truque de mágica e uma bala. Ele não tinha quase dinheiro... Ele não precisou de dinheiro."

"Mas é de dinheiro que ele está precisando agora, Cai!"

"Não, Viny. O que o Capí mais precisa neste momento é do nosso apoio. Do nosso amor. Do nosso incentivo. Coisas que ele não consegue com o pai dele, e que ele está precisando desesperadamente! É só dar uma olhada rápida nele pra perceber!"

O loiro olhou para o amigo lá longe, e Hugo fez o mesmo. Capí estava mal... muito mal... Desmoronando, quase. E não era só por causa do dinheiro que ele não tinha mais, era por causa de tudo! Era a estupidez do pai, que Capí, por mais que tentasse, não conseguia mudar; eram as ameaças de Bofronte, as imposições da Comissão... era a frustração de saber que, no fundo, nada do que ele estava fazendo ia adiantar, porque todos os novatos acabariam sendo expulsos do mesmo jeito, no fim do ano... Ele estava esgotado! Hugo entendia o que Caimana estava dizendo. A varinha do Enzo era só o último peso que faltava para desequilibrar, de vez, a balança daquele libriano. E eles, como amigos, precisavam empurrar aquela bandeja de volta para cima.

"O Capí não é de ferro, Viny... Ele ajuda todo mundo, mas ele também precisa ser ajudado. E se ele não tem uma mãe pra fazer esse papel, então somos nós, os amigos dele, que temos que dar esse suporte emocional pra ele. O dinheiro iria ajudar? Iria. Mas não ia tirar essa sensação de impotência que ele está sentindo, de não poder ajudar esses meninos como deveria, de não poder ajudar o pai a voltar a ser alguém feliz, como ele queria...

Entende, Viny?! ... É muito mais do que uma questão financeira. E, já que nenhum de nós tem dinheiro próprio, e o Capí nunca aceitaria pedir dinheiro dos professores, que já ganham tão pouco, a gente pode ajudar fazendo o que o pai dele nunca fez! Ajudando o Capí a entender o quanto ele é importante! Fazendo com que ele perceba que, diante da revolução que ele já fez na vida desses meninos, a varinha é só um detalhe! Mesmo que eles sejam expulsos, Viny, o que eles já aprenderam com o Capí, este ano, não tem preço!" Caimana sorriu, com lágrimas nos olhos. "Ele já mudou a vida dessas crianças... Pra sempre! Não importa o que aconteça! E você, Viny, pode ajudá-lo fazendo com que ele entenda isso. Porque, no momento, ele está ali sentado naquela pedra, se sentindo miserável porque não tem mais como comprar a varinha do Enzo. E ele não devia estar sofrendo tanto, porque o que ele faz todos os dias por aquele menino... por todos eles... já supera qualquer necessidade material que qualquer um deles possa vir a ter. Ele não precisa sentir essa culpa. Essa culpa, você pode tirar dos ombros dele."

Viny olhou-a com um brilho de compreensão no olhar, como se tivesse descoberto a gravata borboleta, e Caimana sorriu.

"Vai lá, vai. Vai dizer isso tudo pra ele."

Viny deu um beijo empolgado na namorada e correu para sentar-se junto ao amigo.

"Caimana, você está se superando", Índio comentou, assistindo de braços cruzados enquanto Viny conversava com Capí lá longe, apertando-o em um abraço quase cômico para alegrá-lo, e Hugo sorriu, vendo Capí dar risada enquanto era praticamente derrubado no chão.

Caimana também os observava com muito carinho, mas Hugo podia ver uma certa tristeza no olhar da elfa, e ela murmurou, apenas para eles dois, "… Mas bem que a gente podia ter esse dinheiro. Só palavras de incentivo não vão ser suficientes pra alegrar o Capí quando o Enzo for expulso por não ter uma varinha…"

"Peraí", Hugo a interrompeu, de repente entusiasmado, pensado numa coisa que absolutamente não lhe ocorrera antes. Algo que deixaria Capí realmente feliz. "Eu tenho algum dinheiro sobrando! Eu posso ajudar!" ele sorriu, empolgado. "É dinheiro meu mesmo. Eu ganhei trabalhando! Eu posso comprar a varinha pro Enzo!" … Era o mínimo que ele podia fazer, depois de tudo que não fizera pelo Capí naquele dia.

Caimana fitou-o com carinho, afagando seus cabelos, orgulhosa. "Ele vai gostar de saber disso."

Hugo não conseguia mais parar de sorrir. Estava sentindo-se mais leve… entusiasmado até; como não se sentia há muito tempo! Capí não ia só 'gostar de saber disso'. Ele ia ficar imensamente FELIZ de ver a evolução do Hugo… Hugo tinha certeza! Capí ia ficar exultante!

"É bom, né?" Caimana perguntou, vendo que Hugo ainda sorria feito bobo ao seu lado, e ele enxugou as lágrimas antes que elas descessem. Não sabia nem o que responder, de tão atônito que estava com a força daquela sensação. Ela sorriu. "Deve ser o que o Capí sente toda vez que consegue realmente ajudar uma pessoa. Satisfação inigualável. Bem diferente da alegria de ganhar um presente, ou de passar numa prova."

Hugo concordou, sentindo um arrepio bom correr toda a sua espinha. "Muito diferente."

Naquela noite mesmo, aproveitando que a vigilância da Comissão ainda estava frouxa, Hugo foi com Enzo até o Sub-Saara e entrou na Wanda's, cumprimentando Laerte com um ânimo que deixou o pilantra desconfiado. "Eu quero ver as melhores varinhas da loja."

"Pretende pagar desta vez?"

Sem se sentir ofendido, Hugo botou, no balcão, grande parte do dinheiro que tinha, e Laerte ergueu a sobrancelha, admirado. Não era uma grande fortuna, mas já era alguma coisa, e Enzo olhou todo contente para Hugo, com uma doçura que era mais característica do Eimi pré-cocaína do que do endurecido filho do pescador de Paquetá. Mas aquele garoto era volúvel mesmo; Hugo já se acostumara.

Examinando as varinhas da loja, usou todos os seus novos conhecimentos para escolher a melhor dentre elas: uma castanha, de Timburi, com escamas de tritão em seu interior. Apropriada. Então, pediu que Enzo a testasse, e Hugo sentiu um arrepio tão bom ao ver a empolgação do menino, que aquela sensação o acompanhou pelo restante da semana e pelas duas semanas subsequentes, mesmo com toda a repressão que voltara, com força, à Korkovado.

Querendo que aquela sensação não fosse embora nunca mais, Hugo passou a abordar Eimi o tempo inteiro nos corredores, perguntando-lhe intencionalmente coisas que já sabia sobre a tal língua-mestra, só para ver a empolgação do mineirinho em responder suas dúvidas. E cada sorriso fofo que ele conseguia arrancar do menino era o suficiente para deixar Hugo feliz pelo restante do dia.

Enquanto isso, Capí só observava, com um orgulho nos olhos que era impagável... e que, para Hugo, era como um elogio silencioso, vindo da única pessoa cuja opinião realmente importava. Um elogio que o levava a crer novamente em algo que Hugo já havia desistido de acreditar há muito tempo:

Ele não era uma pessoa tão ruim afinal.

CAPÍTULO 47
UM PEDIDO DE AJUDA

"Olha o aspirador de pó, minha gente! Substituto moderno da vassoura!"

"Também serve pra voar?!"

Viny deu risada, "Ô, se serve!" indo recepcionar mais alguns alunos que chegavam na sala desativada de Ética da Magia, "Sejam bem-vindos! Temos bolinho de queijo e croquete na mesa de fundo. Tiramos as coxinhas porque estavam gerando muita polêmica. E ae, Adendo! Resolveu aparecer?!"

Hugo riu ao ver a bagunça em que a sala de Ética havia se transformado. Não chegava a ser uma feirinha *clandestina* de produtos mequetrefes porque os chapeleiros ainda não haviam proibido feirinhas de produtos mequetrefes, mas iam proibir assim que descobrissem. Viny tinha certeza. E estava fazendo para provocar mesmo, já que a Comissão ficara tão boazinha de repente, que alguns alunos estavam até começando a acreditar.

"Vai ver os chapeleiros desistiram de pegar no pé!" eles sugeriam, aliviados. "Viram que a gente tá fazendo tudo certinho e decidiram aliviar um pouco!"

Para tais comentários, Viny apenas dava risada. A Comissão estava era querendo confundir. Até Índio concordava com a teoria. Depois de três semanas de terror no início do segundo semestre, agora aquela calmaria toda?! Não, não. A eles, a Comissão não enganava. Até o mineiro concordara com a ideia de provocá-los novamente.

Por isso, no início daquela semana, Viny começara a colar cartazes bem visíveis pela escola, chamando a todos para a feirinha com os dizeres "Proibido para conselheiros e chapeleiros", justamente para ver se conselheiros e chapeleiros apareciam. Mas, por enquanto, nada.

"Como eles estão bonzinhos, gente! Dá até pra acreditar…" Viny ironizou em voz alta, apresentando mais um produto de 'alto valor' para os recém-chegados, "O que é esse jornal mequetrefe do mês passado, senhoras e senhores?! Vejam só!" ele anunciou, segurando um jornal do dia 13 de julho, sobre a recente derrota da seleção brasileira na Copa. "Vocês dizem que a gente não pode se revelar para os mequetrefes, mas a gente interfere na vida deles o tempo todo! É ou não é?! É Merlin com Rei Arthur, Chevalier com Napoleão…. e essa Copa do Mundo, hein?! Perder de 3 a 0 pra França numa final?! Ha! Foi bruxaria das braba, meo!"

Hugo deu risada, mas não pretendia permanecer ali por muito tempo. Não era maluco. A Comissão podia estar quietinha, mas não estava morta. A qualquer momento poderia atacar.

Olhando para as várias mesas dispostas na sala, Hugo se surpreendeu ao ver centenas de exemplares do livro *Terra Unida*, de Heitor Ipanema, empilhados em quatro delas. Exemplares novinhos em folha! Agora sim, devidamente publicado pela recém-inventada editora *Y-Piranga*.

Pegando um deles, ficou impressionado com a qualidade da publicação: capa dura, brilhosa, folhas de qualidade impecável, design muito bem trabalhado... quase 500 páginas de livro.... e, na lombada, o selo da editora: um "Y" bem grande.

Hugo fitou o pixie, impressionado, "Você mandou fazer?!"

Viny respondeu com sorriso malandro e murmurou, *É meu presente do ano pra Cai*", indicando a namorada com a cabeça. Hugo olhou para trás e viu Caimana toda encolhida no chão, com um dos livros na mão, pálida, sem conseguir acreditar no que estava tocando. "Ela já tá nessa mesma posição há mais ou menos dez minutos", Viny deu uma piscadela para ele, voltando a vender suas tralhas.

"Você precisa me ensinar essa técnica de pensar em presentes incríveis pra namorada."

O pixie deu risada. "Pelo menos alguma serventia o dinheiro dos meus pais tem que ter. Olha o lançamentoooo! *Terra Unida*! O livro mais revolucionário do século! À venda, aqui, por apenas 20 bufões! Comprem antes que a Comissão Chapeleira proíba!!! E olhem só, olhem só! O que vocês acham dessa câmera fotográfica supermoderna, com um rolo novinho de filme pra vocês guardarem suas lembranças?!"

"Quantos livros esse Heitor Ipanema já publicou?" um aluno do terceiro ano veio perguntar, no que Viny prontamente respondeu, "Contando com todos os livros da trama principal, mais as obras de tramas paralelas no mesmo universo, publicações não oficiais e, inclusive, não autorizadas...... Nenhum", Viny abriu um sorrisão. "Mas já já isso vai mudar. É só tu ler e passar adiante!"

Alguns alunos mais conservadores entraram depressa na sala, para aproveitar o calor do aquecedor mequetrefe que estava funcionando a gás ali dentro, e o loiro não perdeu a oportunidade, "Mas vocês não gostam tanto de neve, meus senhores?!"

"É, mas já cansou."

"Lá na fragata deve estar um gelo né?"

Os três responderam que sim com a cabeça, tremendo de frio, e Hugo voltou-se para o pixie, "Vem cá, não é perigoso pro Heitor ter o nome dele estampado no livro? A Comissão com certeza vai achar o conteúdo, no mínimo, subversivo..."

"Relaxa, Adendo. A Areta me ajudou. O nome dele só é legível para menores de 21. Os chapeleiros e todos os outros adultos, incluindo o seu amiguinho Bismarck, vão ver outro nome."

"Ah tá." Hugo sorriu, "Qual?"

Viny fitou-o esperto, "Porcidônio Calêndola", e Hugo deu risada, mas logo voltou a se preocupar, "E os alunos hipnotizados? Eles têm menos de 21."

O pixie meneou a cabeça, receoso. "É, eu não tinha pensado nisso. Mas acho que eles não têm capacidade cerebral suficiente pra entenderem qualquer coisa. Ih, lá vem multa..."

Hugo olhou para a entrada, vendo que um grupo de CUCAs havia entrado e estava inspecionando as primeiras mesas, já tirando do bolso o famigerado bloquinho.

Capí veio murmurar em seu ouvido, *"Reconhece as figuras?"* e Hugo olhou melhor para os três presentes. Tenente Rodrigo, Tenente Diego, Tenente Souza. "Claro, como eu poderia esquecer dos três patetas?"

"Ora, ora... o que temos aqui?" Tenente Souza se aproximou, analisando, de perto, um secador de cabelos, através de sua viseira laranja, claramente sem entender muito bem para o que servia o aparelho. "Então, você não só está vendendo coisas na escola – o que é proibido – como também está vendendo coisas *azêmolas* na escola?! Que maravilha… Serei obrigado a multá-lo em 100 Coroas por isso, em nome de Nero Lacerda."

Viny arregalou os olhos, "100 Coroas?! Tá tirando com a minha cara, né?!"

O policial fez um olhar de compaixão. "Verdade… verdade… é muito, né? Ó, mas vamos fazer o seguinte", ele aproximou-se do pixie, pousando uma mão camarada em seu ombro e murmurando, "Se você reforçar meu almoço, eu resolvo o seu problema."

"Ah… entendi…", Viny disse, sorrindo aliviado. "Puxa, que pena."

Souza estranhou. "Que pena por quê?"

"É que eu não reforço almoço de *bandido*."

"Como é que é?!" Souza pressionou sua varinha contra o pescoço do pixie, furioso, mas Capí direcionou o tenente para outro canto a tempo, tentando apaziguar a situação. "Não liga não, tenente, ele só falou pra provocar! Mas ele vai pagar a multa! Não vai, Viny?"

"Claro que eu vou pagar a multa. Eu nunca disse que não ia! Disse?!"

"Viu, tenente? O senhor não precisa ficar assim."

"… *Só não vou pagar o almoço.*"

O policial se desvencilhou de Capí, voltando a avançar contra o loiro, "Eu vou é prender esse moleque por desacato à autoridade!" mas Capí se meteu na frente dos dois de novo, "Por favor, tenente! Não faz uma coisa dessas…"

"Que foi?! Medinho por seu amigo ser reincidente?! Pois deveria ter mesmo! Ele vai apodrecer na cadeira."

Hugo olhou, apreensivo, para Viny. Aquilo não era justo! O pixie tinha sido preso injustamente no ano anterior! Por sua causa! Em seu lugar!

E o Tenente já ia agarrando Viny pelos pulsos quando Índio resolveu mostrar-se presente, cruzando os braços, provocador. "Olha só quem temos aqui!"

Ao som daquela voz, os três CUCAs se viraram para a porta, em pânico, e Índio andou tranquilamente até o policial que estava causando confusão, "O que está acontecendo, Tenente?"

"S-senhor OuroPreto! … E-eu não s-sabia que o s-senhor estava aqui. Me desculpe. Eu já… já estava de saída."

O policial largou os braços do loiro e já ia saindo com os outros dois quando Índio o trouxe de volta pelos ombros, "Não, não, não, senhor oficial! Multe o meu amigo! Pode multar!"

O tenente olhou-o surpreso. "É?!"

"Claro que sim, uai! Se ele está agindo contra a lei, claro que deve ser multado. Mas a multa por venda ilegal dentro de escolas é bem inferior a 100 Coroas, pelo que eu sei. E almoços não estão incluídos."

Obedecendo com mãos trêmulas, Souza preencheu a notificação depressa e entregou o papelzinho a Índio antes de sair correndo, deixando para o mineiro a incumbência de empurrar a multa para o loiro; o que ele fez com muitíssimo gosto, voltando a passear pela sala.

"Isso é porque o Índio concordou com a feirinha…" Viny fez careta, enquanto Hugo observava o mineiro com a suspeita de sempre: havia mais ali, naquele pixie rabugento, do que eles podiam ver.

"Intimidando policiais agora, OuroPreto?" Abelardo entrou; sem dúvida tendo acabado de esbarrar com os tenentes lá fora. "Imagino o que seu pai iria dizer sobre isso."

"Não é da sua conta", Índio respondeu enquanto Abel começava a bisbilhotar, "Pouca gente aqui, né?! Nossa feira do orgulho bruxo que, aliás, foi aprovada pela Comissão, está sendo um sucesso absoluto."

"Ô…" Viny ironizou, "a gente viu o sucesso dela, né, Adendo?"

Hugo riu, lembrando-se dos alunos-picolé que haviam entrado minutos antes.

"Eu até tirei foto com seus amiguinhos, quer ver?" Viny provocou, acionando o flash na cara do anjo. "Pena que vou ter que revelar a foto antes."

Abelardo olhou feio para o pixie, e ergueu a voz para que ela alcançasse a todos ali, "Atenção, cambada de vagabundos! Minha mãe acabou de dizer que, quem ainda estiver nesta sala quando ela chegar vai perder dois pontos na média final!"

Prontamente, todos os que não eram Pixies debandaram da sala, menos Eimi, que não prestara atenção ao chamado, e Viny fechou a cara para o anjo. "Engraçadinho."

Abelardo abriu um sorriso triunfante, e já ia se gabar de sua esperteza quando Janaína entrou correndo pela porta, toda desgrenhada e sem fôlego.

Hugo se levantou de imediato e recebeu-a em seus braços, sentindo o coração da menina acelerar enquanto a caramuru o apertava, trêmula. Sem saber o que fazer, Hugo olhou para os Pixies, que se aproximaram preocupados, e ela se afastou do abraço, ofegante.

"Véi, a gente precisa de ajuda. Pelo amor de Deus, nos ajude."

PARTE 3

CAPÍTULO 48
OS REFUGIADOS

Resoluta, Janaína levou-os pelos corredores da Korkovado, voltando depressa pelo caminho que fizera enquanto Hugo e os Pixies tentavam entender o que estava acontecendo.

"Como você chegou aqui?"

"Pelo Santo-do-Pau-Oco, onde mais? Colocaram chapeleiros nos trens procurando por nós", ela respondeu, apressando-se em direção à escada central enquanto Eimi e Abelardo tentavam acompanhá-la, completamente perdidos na conversa.

"Impressionante como os chapeleiros sumiram daqui, né?!" ela comentou irônica, descendo as escadas desertas da Korkovado naquela primeira hora de jantar; seu corpo inteiro tremendo de raiva. "Nossa, como eles são bonzinhos…"

"Calma, Janaína, respira…" Hugo apertou a mão da caramuru com carinho enquanto eles desciam os últimos degraus até o pátio central. Havia se esquecido completamente da mágoa que estivera sentindo dela. "Se acalma, ou você ainda vai ter um treco aqui."

"Como eu posso me acalmar, véi! Meus pais estão sendo ameaçados de morte!"

"Morte?!" Abelardo arregalou os olhos, mas Janaína o ignorou, continuando a conversar com Hugo enquanto marchavam, "A gente tá encurralado, véi… A gente teve que fugir anteontem de madrugada, e agora a gente não tem pra onde ir…"

O anjo já estava quase se descabelando. "Fugir?! Fugir de que, criatura?!"

"De quê?! Estão matando gente em Salvador, Abelardo! Mais cinco desapareceram desde que Hugo visitou pela última vez."

Hugo olhou ao redor, certificando-se de que ninguém além deles ouvira aquele último comentário, mas realmente, não havia mais nenhuma outra pessoa no vão central. Muito menos, chapeleiros. Todos os alunos já tinham ido jantar, ou então estavam congelando na fragata dos Anjos, e, como a própria Janaína acabara de observar, os chapeleiros haviam 'misteriosamente' sumido da escola de novo.

Mesmo assim, Hugo sussurrou em seu ouvido, *"Jana, você tem certeza que o Abel podia estar ouvindo isso tudo?"*

"Ele é o que mais precisa ouvir", ela respondeu resoluta, mantendo seus olhos no caminho que estavam seguindo.

"Alguém pode me explicar o que está acontecendo, caramba?!" Abelardo implorou, mais perdido do que nunca. "Do que vocês estão falando?! Desaparecimentos?! Mortes?!"

Os oito entraram pelo corredor dos signos. Agora protegida pelo pandemônio sonoro do Inferno Astral, Caimana pôde responder ao irmão sem medo de ser ouvida por gente de fora, enquanto o carneiro de Áries corria atrás dos dois, desaconselhando viagens de última hora, "A Janaína tá falando dos seguidores do seu queridinho Alto Comissário!"

"De Bofronte?! Não... eles nunca matariam ninguém... Matariam?!"

Viny revirou os olhos sem paciência. E, enquanto o anjo tentava digerir aquela informação, atônito, Capí marchou até Janaína, tomando as rédeas da conversa, "Onde vocês estão escondidos?"

"Nos subterrâneos da Cidade Média. Nós e mais uns quarenta rebeldes. As crianças estão assustadas."

Capí se espantou, "Os rebeldes levaram os filhos na fuga?!"

"Que escolha você acha que a gente teve, Capí? Deixar as crianças em casa sozinhas pra serem sequestradas e mortas?! Eles já ameaçaram isso também."

Era perceptível na voz da caramuru o clima de terror generalizado que reinava na Bahia. Bem diferente da quase-tranquilidade do Rio de Janeiro, onde alguns alunos ainda comemoravam, inocentemente, a chegada do inverno polar.

Abelardo também notara o medo na voz da baiana, tanto que estava seguindo-os, pasmo, acreditando sem querer acreditar... "Mas por que eu nunca ouvi falar disso nos jornais?!"

Janaína deu risada. "Os jornalistas foram todos comprados, Abel, ou estão sendo ameaçados. Ao menos os do Nordeste. E, mesmo que não estivessem, Bofronte é muito esperto... Ele domina cada região de modo diferente; assim, os moradores de uma têm dificuldade de acreditar no que está acontecendo nas outras. Por isso, eu não me admiro com seu espanto. Aqui no Rio, vocês dizem que eles estão hipnotizando os alunos. Lá em Salvador, não tem nenhum hipnotizado. Lá, eles ameaçam mesmo. Ameaçam os filhos, ameaçam os familiares...

... Tanto que, quando os contestadores mais evidentes começaram a desaparecer, o resto da população se calou de medo. O pior é que, com essa tática canalha deles, quando a gente tenta denunciar a Comissão para o resto do Brasil, as outras regiões não acreditam! Eu já tentei falar com os jornalistas daqui. Eles me trataram como se eu fosse uma criança passando trote! Claro, eu chego aqui falando de mortes e desaparecimentos em um estado em que ninguém está sofrendo com isso. Fica difícil acreditar mesmo. E essa desinformação não está acontecendo só entre regiões, não! Me digam se não é verdade: mesmo aqui, dentro do colégio, os comissários são brutos com uns e legais com outros... Um dia, agem com mais rigor, noutro dia, desaparecem, deixando todo mundo doido! Não é verdade?!"

Hugo confirmou enquanto adentravam os corredores dos aposentos imperiais após terem passado pelos jardins do Pé de Cachimbo sem problemas.

"Por isso, vocês precisam vir comigo. Pra verem com seus próprios olhos o que estão fazendo lá, e poderem contar pra todo mundo depois. Viny, você tá com a câmera mequetrefe aí, não tá? Tire fotos. Vocês têm muito mais credibilidade do que eu aqui no Rio. Talvez você mais do que todos, Abel, porque você estava a favor deles."

"Mas não pode ser." Abel sacudiu a cabeça, insistindo em não acreditar, "O Alto Comissário não deve estar envolvido nessa sujeira... Ele é subordinado do meu pai! Meu pai não deixaria que essas coisas acontecessem!"

Viny deu risada e Caimana tocou o ombro do irmão, "Lamento lhe informar, Abel, mas seu padrasto não é um exemplo de integridade."

"Meu pai é um homem honesto! Ele nunca apoiaria uma atrocidade dessas!"

Caimana e Janaína reviraram os olhos.

"Eu não acredito e ponto final!", o anjo declarou, fincando os pés no centro da sala de recepção e recusando-se a dar mais um passo. "Não acredito em nenhuma palavra do que essa caramuru está dizendo."

Sem paciência, Janaína abriu a porta que levava aos aposentos de Pedrinho, "Então vem conferir." E saiu do caminho para que o anjo entrasse primeiro.

Abelardo hesitou; só agora reparando em seus arredores. "Peraí, onde a gente está?!"

"Dentro da Korkovado ainda", Capí respondeu, entrando primeiro. Foi seguido de perto por Hugo, que avistou Playboy saindo da sala de banho envolto numa toalha e empurrou-o de volta lá para dentro antes que Abelardo o visse.

"*Ei, peraí! Onde 'cês vão?!*" o bandido sussurrou, vendo que tinha gente estranha no outro cômodo, e Hugo hesitou um pouco antes de responder, "*Pra escola de Salvador. Tu ainda tem reserva de comida aí, não tem?*"

Preocupado com eles, Playboy confirmou.

"*Então tá tudo certo.*" Olhando para o quarto de Pedrinho, Hugo viu Caimana e Janaína acabando de empurrar um Abel totalmente abismado para dentro do elevador. As duas entraram logo em seguida, fechando o quadro atrás de si e acionando a máquina. Só cabiam três por viagem ali dentro. No máximo, quatro.

Enquanto o elevador subia com elas e com o anjo, Hugo ainda pôde ouvir Abel resmungando lá dentro, "*Mas o intercâmbio é proibido!*" e Janaína respondendo irritada, "*Não interessa! Você vem com a gente e pronto. Eu não admito que me chamem de mentirosa.*"

Hugo esboçou um leve sorriso. Como podia algum dia ter ficado com raiva daquela baianinha arretada? Se bem que Janaína estava evitando olhá-lo nos olhos, por algum motivo. Viera pedindo ajuda, o abraçara, mas não olhara direto para ele em nenhum momento sequer. Tinha alguma coisa errada ali... Hugo não sabia o que era, mas que tinha, tinha.

"Nós vai com elas também, né?!" Eimi perguntou empolgado, e Capí olhou para o mineirinho com pena de ter que dizer aquilo, mas dizendo mesmo assim.

"Eu acho melhor você ficar, Eimi."

O menino fitou-o com o olhar mais decepcionado que Hugo já vira na vida, e o pixie ajoelhou-se, pegando as pequenas mãos do mineirinho nas suas. "Eimi... vai ser perigoso... Se eu pudesse, eu ficava aqui com você, mas há crianças precisando de ajuda lá em Salvador."

"Então! Eu posso ajudar!" Eimi insistiu, voltando a se animar, e Capí cerrou os olhos, penalizado. Aquela rejeição significaria um retrocesso gigante no trabalho que vinham fazendo de aumentar a autoestima do mineirinho, mas Hugo sabia que o pixie não tinha escolha. Nunca deixaria o menino se arriscar daquele jeito.

Percebendo que Capí ia negar novamente, Eimi insistiu, choroso, "Ah, deixa eu ir, vai! Eu quero ajudar! Ocês num quer a minha ajuda?!"

"Ah, véio..." Viny murmurou, o mais baixo que podia, "*Deixa o garoto ir com a gente! A gente só vai ver como eles estão! Nada demais!*"

"Nada demais?! Os pais do Eimi me incumbiram de protegê-lo e é isso que eu vou fazer. Eu não posso levar o garoto pra uma zona de guerra!"

"Que exagero. Eles só estão escondidos! Não é uma zona de guerra."

"*Talvez ainda não seja. Mas nunca se sabe*", Capí retrucou, abrindo a porta do elevador, que acabara de chegar vazio lá de cima. Voltando-se para o mineirinho, disse-lhe com ternura, "Eimi, a gente vai precisar da sua ajuda sim, mas é aqui. Hoje é quinta-feira. Se a gente não voltar até sábado, você pede ajuda pro Atlas, está me ouvindo? Só pro Atlas."

Choroso, Eimi assentiu; ainda decepcionado mas, pelo menos, com um novo senso de propósito.

"A gente não tem como saber se os outros professores são confiáveis."

"Nem a Areta?" Hugo estranhou, visto que ela os apoiara tanto naquele ano, e Capí pensou um pouco antes de responder, "A Areta talvez. Mas ela é uma professora nova, eu não conheço tão bem assim. O Atlas eu conheço desde que eu nasci. Nele, eu confiaria até a morte."

Hugo concordou, e enquanto Capí se despedia de seu protegido, acompanhando o menino até a saída dos aposentos em segurança, Hugo aproveitou para levar Playboy a um canto mais escondido do quarto principal, "*Nada de falar sobre cocaína com o garoto, tá ligado?*"

Micael concordou, com o semblante surpreendentemente sério, "*Eu não vô dizer nada não. Podexá. O moleque é legal.*"

Capí retornou, já tendo deixado Eimi lá fora. "*Por favor, Micael.*"

Playboy assentiu mais uma vez, acompanhando os dois até o elevador, onde Viny e Índio já esperavam. "*Te cuida, professor*", ele se despediu, ajudando a fechar o quadro de Pedrinho atrás deles.

Quando os quatro chegaram na Bahia, Janaína, Caimana e Abelardo já estavam esperando na sala abandonada, vigiando, pelas janelas incrustadas de sujeira, a rua que dava para a entrada antiga da Cidade Média. Abrindo a porta com cuidado, os sete saíram na escuridão da noite e entraram pela porta apodrecida sem fazer barulho, atravessando o velho saguão abandonado e então se esgueirando pelos becos menos conhecidos do colégio, sempre seguindo os passos silenciosos de Janaína.

A cidade escolar estava, de fato, infestada de chapeleiros. Espalhados por todos os cantos, como sentinelas assustadoras no escuro, eles estavam em cada esquina, ao lado de cada porta, vigiando, atentos. Qualquer deslize por parte de alguém do grupo, e os sete seriam descobertos.

Seguindo por mais um beco, Janaína recostou-se, tensa, na parede, e os outros fizeram o mesmo, Hugo quase tendo um ataque de pânico. O que ele estava fazendo ali?! Tinha enlouquecido de vez?!

Abelardo olhava, perplexo, para a praça principal, espantado com o clima pesado da escola. "*É assim o tempo todo?!*"

Janaína confirmou, "*Já era ruim no primeiro semestre. Depois das férias, ficou insuportável.*"

"*Por que vocês não denunciam pra polícia?!*"

"*Ha! A polícia. Essa é boa...*" Janaína murmurou, desgrudando da parede e avançando pelo beco. Todos fizeram o mesmo. "*O governo disse pra polícia que nós somos terroristas. A primeira coisa que a polícia vai fazer, se me vir, é me prender. Quanto aos professores que sobraram... não dá pra saber quem está do nosso lado ou do lado deles. Eu só tenho certeza quanto a vocês. Vocês são confiáveis e competentes. Por isso, estão aqui.*"

Janaína se calou ao ver que dois chapeleiros se aproximavam, e todos seguraram a respiração, ocultos pelas sombras. Os dois passaram marchando, absolutamente sincronizados, a menos de um metro deles. Atentos... mortais. Mas as sombras fizeram bem seu serviço, e Janaína respirou aliviada ou vê-los se afastar. *"É por isso que os rebeldes não puderam fugir por aqui. Passar com 7 já é tarefa difícil. Passar 40 seria impossível. Ainda mais com 10 crianças no grupo. Perigoso demais."*

Atravessando mais uma rua, Janaína levou-os até uma esquina escondida na penumbra. Esperando até que os chapeleiros estivessem distraídos, a louca viu a oportunidade e disparou pelo meio da Praça das Cinco Pontas, escondendo-se atrás do chafariz central e chamando os outros, que se entreolharam receosos e a seguiram, alcançando o chafariz e deslizando para trás dele segundos antes dos chapeleiros voltarem sua atenção para a praça.

"Você é maluca?!" Hugo sussurrou, com o coração saindo pelo nariz, enquanto esperavam que os chapeleiros fizessem mais uma ronda para que pudessem atravessar correndo o restante da praça – o que eles fizeram dois intermináveis minutos depois, escondendo-se na ruela escura ao lado do Iaiá-de-Ouro. A julgar pelas luzes, o restaurante ainda estava aberto. Hugo espiou pela janela, vendo que uns poucos alunos e professores terminavam de jantar, além de Adusa e Bismarck.

Viny chamou sua atenção com um toque no ombro, e os sete se esgueiraram pela ruela até alcançarem a parede dos fundos do restaurante. Lá chegando, Janaína se agachou e abriu uma pequena grade de ferro na parede, próxima ao chão, que os levaria ao subsolo. A baiana foi a primeira a entrar, pés primeiro, arrastando-se pelo pequeno buraco, até conseguir descer. Foi seguida por Caimana, Viny, Abelardo e Índio, enquanto Capí ficava de guarda, com a Furiosa em mãos, caso algum chapeleiro os visse.

"Vai lá, Hugo. Pode descer."

Hugo obedeceu, mas precisou ser ajudado pelos outros, já que era o mais baixinho dos sete e a descida não dava pé. Patético.

Mergulhando os pés na água que cobria toda a extensão do túnel escuro, Hugo esperou até que Capí descesse são e salvo para, só então, acompanhar os outros.

Com água na altura dos tornozelos e as varinhas como único meio de iluminação, os sete atravessaram uma sucessão de galerias subterrâneas e túneis alagados, descendo cada vez mais baixo, até chegarem a uma câmara um pouco mais ampla, onde puderam, finalmente, respirar melhor.

A sensação de sufocamento era forte, e Hugo estava quase passando mal.

Ali embaixo era abafado demais! Abafado, úmido, quente... Nenhuma nesga de ar passava por aqueles túneis!

Como os rebeldes caramurus estavam conseguindo sobreviver num ambiente opressivo como aquele por tantos dias?! Sem contar os ruídos bizarros que às vezes ecoavam pelos túneis, como o som de correntes de ferro se arrastando, as vozes sussurradas de pessoas que não estavam lá... os gritos à distância...

Hugo olhou mais uma vez ao redor, apavorado, ouvindo um choro abafado de criança vindo sabe-se-lá-de-onde, e Janaína explicou, enquanto andavam com suas varinhas iluminadas à frente, *"Era por esses túneis que bruxos, inconformados com a escravidão, ajudavam* crianças escravas, recém-chegadas no porto de Salvador, a escaparem. Somente as crianças. Os choros e gritos que você ouve são o eco do lamento delas, que mesmo livres, choravam por terem sido separadas de suas mães."

Hugo olhou horrorizado para Janaína. Separar mães e filhos era cruel demais! E a caramuru desviou o olhar, mais uma vez evitando os dele, "Mães e filhos seriam separados de qualquer jeito, no leilão. E os bruxos não podiam salvar todo mundo, senão, corriam o risco de serem descobertos. Por isso, resgatavam apenas as crianças, que eram, então, criadas na clandestinidade. Meu padrasto é descendente de um desses meninos, que foi levado pra ser criado em João Pessoa, por um casal de bruxos que não podia ter filhos. Por isso, a nossa família tinha conhecimento desses subterrâneos. Não é todo bruxo que sabe sobre esse lugar."

Caimana se aproximou, "Se os bruxos daquela época tinham um túnel de saída e um túnel de entrada para as crianças, por que vocês não saem por onde as crianças entravam?"

"A gente tem procurado essa outra saída, mas até agora, nada. Por enquanto, a gente está preso aqui."

Abrindo um portão de ferro, Janaína entrou com cuidado em um novo túnel, e Hugo seguiu logo atrás, levando um susto ao se deparar com um tridente de ferro apontado para sua garganta.

Era a estátua de Exu, parada ali, na entrada da passagem. Imóvel. Assustadora. Seus olhos negros fixos no espaço à sua frente.

Tenso, Hugo afastou lentamente seu pescoço das setas, dando um passo atrás e então um para o lado, e indicando que os outros fizessem o mesmo, enquanto Exu permanecia parado, apontando seu tridente para a porta.

Dando a volta nele, reparou que as estátuas de todos outros orixás também estavam lá, alinhadas próximo à entrada, em posição de guerra; suas lâminas apontadas para a porta por onde os sete visitantes estavam entrando.

Cautelosa, Janaína foi desviando de um após o outro, na ponta dos pés, tentando não tocar em nenhuma das estátuas, com medo de acordá-las, enquanto sussurrava para os outros, "Quando a gente acordou, no primeiro dia aqui no subsolo, elas já estavam aqui."

Com cuidado redobrado, Hugo desviou da flecha de Oxóssi, que o orixá caçador segurava em seu arco bem esticado; seus olhos ferozes de pedra mirando a porta com precisão. Sem respirar, Hugo passou então, cuidadosamente, por debaixo da lança de Ogum e ao largo das lâminas de Iansã, vencendo uma estátua de cada vez até passar por todas as quinze que havia ali, naquele espaço mínimo, todas paradas em posição de ataque, guardando a porta de entrada como se sempre houvessem estado daquele jeito.

Abelardo foi o próximo a atravessar o corredor da morte, seguido de perto pelos outros, e só quando todos haviam atravessado sãos e salvos, Hugo pôde respirar aliviado, guardando sua varinha enquanto via Janaína destrancar a porta final.

Já era possível ouvir as vozes dos rebeldes vindas lá de dentro, e Hugo olhou mais uma vez para seus pés encharcados, preocupado com o nível da água. Ela já subira bastante, desde o primeiro túnel, e agora estava batendo em seus joelhos.

"Se chover, isso aqui enche", Janaína confirmou seus temores. "Não muito, mas o suficiente para não conseguirmos dormir." Dando uma última volta na chave, Janaína Brasileiro abriu a porta, introduzindo-os a uma câmara gigantesca, cheia de gente. "*Sejam bem-vindos ao esconderijo provisório da resistência caramuru.*"

Os Pixies entraram meio tímidos, quase se sentindo invasores daquele espaço, e seu sogro, Edre Silvino, foi imediatamente cumprimentá-los, interrompendo o discurso veemente que estivera fazendo sobre o lema da Bahia: *pela dificuldade venço*, para os insurgentes sentados em círculo na parte seca da câmara.

Todos olharam para os visitantes, enquanto Edre e a esposa apertavam as mãos de cada um dos recém-chegados, ajudando-os a subirem na plataforma que haviam construído por cima do nível da água. Os dois pareciam extremamente cansados, mas também resolutos, corajosos, fortes: mesmas qualidades que Hugo tanto admirara na filha deles.

"Prazer, Theodora Brasileiro", a mãe de Janaína apresentou-se a um Abelardo atônito, apertando a mão. "É bom ver você aqui também, Hugo", ela lhe disse com confiança, indicando-lhes a roda de insurgentes, "Sentem-se, por favor."

Antes de obedecer, Hugo olhou ao redor, vendo as crianças mais ao fundo, todas encolhidinhas num canto, abatidas, evitando os locais alagados da galeria.

Eram tantas, meu Deus... e tão jovens!! De seis, sete anos de idade no máximo... Algumas até com cinco! Todas claramente assustadas. Até as pequeninas, que não tinham como entender o que estava acontecendo, mas que sentiam todo o desespero dos adultos.

Kailler e Maria da Graça ainda tentavam alegrá-las, para que ao menos comessem a sopa improvisada, mas muitas estavam recusando a comida, chorosas. Com medo daquele lugar sombrio. Com medo de tudo. Hugo não lhes tirava a razão.

Sentindo Janaína parar ao seu lado, perguntou, "E o Crispim?"

"Crispim não é bruxo, esqueceu?"

"Ah, é verdade. Vem cá, por que vocês não tentam contatar o tal do Hipólito, aquele jornalista do Maranhão que apoiou o Antunes? Me disseram que ele era honesto. Será que ele não poderia ajudar?!"

"Quem, aquele ali?" Janaína respondeu com sarcasmo, apontando para um nordestino, de cabelos castanhos e barba, sentado em um canto mais afastado da câmara.

"Putz..."

"Pois é. Muitos dos jornalistas que apoiaram a candidatura de Antunes agora estão fugidos ou sendo ameaçados. Os que se recusaram a ficar em silêncio foram 'desaparecidos' pela Comissão."

"Como já dizia o grande Paulo Rodrigues Bezerra..." Viny aproximou-se, sério, "Em terra de manipulados, quem vê um pouco mais vai preso."

"Por que o Kailler e a Maria da Graça estão aqui?"

"Ele, por ter desobedecido a proibição do Clube das Luzes. Ela, por ter se engraçado com um azêmola e contado todos os nossos segredos pra ele. Os dois foram ameaçados de morte e estão aqui. Ainda bem que os chapeleiros não sabem onde Crispim mora, porque, se soubessem, não teriam dado a ele o benefício da ameaça. Se é que você me entende."

Hugo entendia.

Mais adiante, Zumbi e Ganga Zumba estavam fazendo a guarda do perímetro junto a uma legião de fantasmas de ex-escravos. Muitos, sem camisa, mostravam as marcas do cativeiro. Pela letra F, de 'fugido', queimada a ferro em brasa logo abaixo de seus ombros direitos, todos ali haviam sido recapturados depois da queda de Zumbi e agora estavam novamente protegendo pessoas perseguidas, como sempre haviam feito nos Quilombos.

E eles não eram os únicos. Assim como as estátuas dos orixás, os santos de mármore também haviam migrado para lá, e agora povoavam todo o arredor da galeria, estáticos como os outros, mas com as mãos erguidas em bênção e os rostos serenos, abençoando os insurgentes. Principalmente as crianças. Tornando tudo um pouco menos insuportável.

Era muita proteção que eles tinham ali... Mas será que seria o suficiente?

"Hugo, não vai se sentar com a gente?" Edre Silvino chamou, e Hugo, vendo que Viny e Janaína já haviam se instalado na roda, sentou-se no último lugar que sobrara, bem ao lado do Preto-Velho.

"*O senhor por aqui?*"

"*Proibiram minhas aulas*", o professor explicou, soturno. "*Disseram que eu ensinava magia impura; que estava abaixo dos padrões europeus. Eu, naturalmente, me recusei a parar de ensinar, e aqui estou eu.*" Ele sorriu, irônico, apontando para Kailler lá atrás, "*Baniram o jogo do rapaz também. Ele desafiou e pá. Essa é a história de praticamente todos aqui. Menos de sua Janaína.*"

Hugo ergueu a sobrancelha surpreso, olhando curioso para a namorada, que trocava palavras discretas com a mãe enquanto a reunião não começava. "*Por que menos ela?*"

"*Porque, por algum milagre, ninguém ameaçou Janaína ainda. Mas a danada veio ajudar mesmo assim. Corajosa, ela. Muito corajosa.*"

Hugo baixou a cabeça, sentindo o peso daquele lugar oprimi-lo.

"*Estou orgulhoso de você, Idá. Por estar aqui*", o velho disse, fitando-o com carinho. "*Mas aquele seu teste, que eu mencionei na aula, ainda está por vir. O teste que vai te dizer se você cresceu e virou homem ou não.*"

Antes que Hugo pudesse fazer cara feia, Janaína levantou-se para se dirigir ao grupo, "Bom, eu trouxe os Pixies aqui pra que eles possam dar testemunho, lá fora, das barbaridades que estão acontecendo nesta escola e que a mídia se recusa a noticiar. O Viny trouxe uma câmera. Vai tirar umas fotos pra levar como prova."

"E nós podemos confiar neles?" um dos professores perguntou, e foi Theodora Brasileiro quem respondeu, claramente irritada com a desconfiança, "Se minha filha se arriscou indo até lá, Machado, é porque eles são confiáveis. E competentes."

Viny olhou para Janaína, agradecendo a confiança, e a baiana começou a apresentá-los um a um, "Esse é Hugo, que vários de vocês já conhecem... assim como Viny Y-Piranga... Pra quem não sabe, Viny é filho de um dos casais mais ricos do Brasil..."

O loiro torceu o nariz.

"E esses são Abelardo, Índio, Capí e Caimana Ipanema..."

"Caimana *Ipanema*?! Filha de Heitor Ipanema?!" Kailler se levantou surpreso lá atrás, e todos arregalaram os olhos, começando a cochichar empolgados entre si enquanto Caimana olhava-os sem entender o que estava acontecendo.

Viny sorriu triunfante, sussurrando nos ouvidos da namorada, "*Teu pai é um sucesso, Cai. E ele nem faz ideia disso.*"

Caimana fitou-o surpresa, seus olhos azuis marejando de imediato, e Janaína sorriu, vendo o espanto e a emoção da elfa. "Eu peguei algumas cópias malfeitas do livro pra trazer pra cá, lembra? No início do ano?" ela deu uma piscadela, enquanto Caimana tentava conter as lágrimas de alegria que teimavam em surgir. "O livro de seu pai circulou a escola inteira."

A pixie cobriu o rosto. Aquele não era momento propício para um rompante de felicidade, e ela sabia. Se houvesse visto o desagrado no rosto do irmão ao ouvir a notícia, teria mudado da felicidade à fúria em menos de um segundo.

Ainda bem que não vira. Teria sido desastroso.

"Aquele bacuri ali veio com vocês?" o velhinho Barba Ruiva perguntou, apontando a entrada da câmara com sua mão fraquinha, de idoso caquético, e Hugo olhou perplexo para o lado; seu coração dando um salto.

"Eimi!" Capí levantou-se alarmado, indo abraçar o menino. "Eimi… você não devia ter feito isso… não devia! Aqui é perigoso!" ele disse, quase chorando de apreensão, acariciando os cabelos do mineirinho enquanto Hugo e os outros Pixies se entreolhavam preocupados. Como o garoto conseguira segui-los até ali?!

Capí desfez o abraço, examinando o corpinho do menino, apreensivo. "Você tá bem? Ninguém te machucou?"

"Ninguém te *viu*?" Machado corrigiu a pergunta, desgostoso, mas o menino respondeu negativamente às duas indagações. Ele estava bem e ninguém o vira.

Mesmo assim, alguns dos adultos foram correndo checar a entrada dos subterrâneos.

Irritado com tamanha imprudência, Machado retomou a reunião, sem esperar que os outros voltassem, "Já perdemos tempo demais. Vamos ao que interessa?"

Enquanto Eimi arranjava um espaço ao lado de Capí para sentar-se, os rebeldes começaram a narrar as razões pelas quais cada um deles havia ido parar ali: Rodrigo Sensei, professor de História da Magia Brasileira, por ter distribuído panfletos em praça pública contra a Comissão (e a favor da Monarquia); Barba Ruiva, por ter se recusado a punir alunos desviantes; Ravenna Lelis, doceira da escola, por ter abrigado insurgentes nos fundos de sua confeitaria; Fernando Machado, professor de Numerologia, por fazer baderna no colégio, espalhando boatos "falsos" sobre a Comissão…etc. etc. Além, é claro, das respectivas esposas e maridos de todos eles, que haviam sido obrigados a fugir também, por medo de retaliação contra a família.

E os jovens? Em número bem maior do que os adultos, muitos eram do finado Clube das Luzes caramuru: Felipe Matos, Jardel Pires, Karol Nunes, João Danilo, Levy Alisson, Neto Almeida, Kamilla Celes, Lucas Coelho, Renan Medeiros… Outros tantos estavam sendo perseguidos por terem abrigado e escondido professores 'desviantes' em seus quartos, como era o caso dos jovens que agora se apresentavam para os Pixies: Débora Reis, John Maico, Robson Coelho, Luan Daniel, Jonatã Pereira, Raoni Sousa, Cláudio Silva, Érika Sobral, Emanuel Antunes, Táina Senna, Carlisson Tenório, Samári Santos…

Quanto às crianças, eram dez, ao todo. Todas filhos e filhas dos professores que estavam ali, ou então irmãos e irmãs mais novas dos alunos perseguidos.

Abelardo ouvia atônito, volta e meia olhando para as crianças lá no fundo, sem saber o que pensar.

"Os comissários são muito espertos…" uma das mães disse, desesperada. "Sabiam que a gente não ia se render com meras ameaças pessoais. Então, começaram a ameaçar nossas crianças!"

"Ameaçaram como?" Abelardo perguntou, claramente preocupado, mas ainda procurando manter um pé atrás. "Eles falaram diretamente com vocês?!"

Com as mãos trêmulas, a bruxa tirou de sua bolsa um boneco de barro, "Eles ameaçaram com isso", e deu o boneco na mão de Abelardo, que examinou-o sem entender do que se tratava, entregando-o, então, aos Pixies, que foram passando a figura de mão em mão, até que ela chegasse a Hugo. O boneco era pequeno, mais ou menos do tamanho da palma de sua mão, e tinha o formato de um velho esquisito, com orelhas avantajadas, que carregava um saco nas costas.

"É o Papa-Figo…" a mãe sussurrou, com medo até de dizer o nome. "Semana passada, todos os rebeldes que tinham filhos acordaram com um desses na frente de suas portas. Vocês entendem a gravidade disso?!"

Capí aparentemente entendia. Os outros, nem tanto. E a mulher explicou, já quase começando a chorar, "O Papa-Figo era um bruxo monstruoso… que atraía as crianças com doces e presentes, e então as jogava dentro do saco em suas costas… Ele tinha uma doença rara, sem cura, que deformava o corpo inteiro, e, pra aliviar os sintomas dessa doença, ele acreditava que precisava se alimentar do… fígado das crianças…" a mãe começou a chorar descontroladamente, e os outros foram consolá-la, abraçando-a com força enquanto ela soluçava. "Me perdoem! É que, só de imaginar minha menininha nas mãos de um homem desses… Graças a Merlin e ao bom Conselheiro, esse monstro já morreu faz um século! Mas, quando nós vimos esses bonecos em nossas portas… Vocês podem imaginar nosso pânico."

"No mesmo dia, a gente veio pra cá", Sensei completou.

Caimana estava horrorizada. Não só ela, como todos os Pixies. Hugo não conseguia sequer começar a imaginar o pavor que aqueles pais deviam estar sentindo.

"O pior é que nós não podemos nem acusá-los de terem nos ameaçado, porque eles não falaram nada!" Sensei completou. "Só botaram esses malditos bonecos em nossas portas!"

Silvino suspirou, "Eles são sutis… e terrivelmente cruéis em suas sutilezas."

Ouvindo tudo aquilo, angustiado e nervoso, Hugo passou as mãos pela própria cabeça. "Também, o que vocês achavam?! Que podiam ficar criticando assim, abertamente, sem que eles revidassem?!" ele perguntou, quase com raiva deles, e Janaína finalmente olhou-o nos olhos, "Não foi *você* o desbocado que arrumou confusão com todo mundo ano passado?!"

"Eu escolho muito bem com quem eu arrumo confusão, Janaína. Eu nunca bateria de frente com Mefisto Bofronte, como vocês fizeram. Eu não sou tão ingênuo assim."

"Bom, lamento informar, véi, mas, só por estar aqui agora, você já está batendo de frente com Bofronte."

Hugo fez uma cara impaciente de 'fazer o que, né?', e achou melhor ficar calado, enquanto outra mãe começava a falar.

"Pior é que, antes do Papa-Figo, nós já tínhamos tirado nossas crianças da escola, pra que elas ficassem mais protegidas, e a Comissão usou esse pretexto pra nos ameaçar de prisão, dizendo que a gente estava *incentivando a evasão escolar*…"

Alguém riu da ironia.

"... De repente, eles tinham uma razão totalmente plausível pra nos prender. Isso, claro, quando não simplesmente desapareciam com as pessoas. Até que vieram os Papa-Figos, e isso nos desestruturou por completo."

Hugo baixou a cabeça, pasmo com aquilo tudo e, ao mesmo tempo, aliviado que os Pixies não houvessem ido tão longe em seus protestos. A prudência do Capí os salvara daquela barbárie.

Machado estava espumando de raiva, "Tudo culpa daquele jagunço dele: Ustra. Aquele homem é o cão."

"Aqui no Nordeste, ele já está sendo chamado de *Abaporu*", um dos pais disse soturno, e Hugo olhou para Capí, que, com um semblante grave, traduziu, "*Homem que come gente.*"

A mãe que falara do Papa-Figo rosnou furiosa, puxando os cabelos em puro desespero. "O pior é que não dá pra prever o que eles vão fazer, porque são todos uns loucos fanáticos!"

"Bofronte não me pareceu um louco fanático", Caimana retorquiu.

"Mas só isso explica a loucura que eles estão fazendo aqui! Essa violência toda só pra Europeizar o Brasil?! Não faz sentido!"

"*Vai ver ele quer outra coisa*", Caimana murmurou, mas só Hugo ouviu o comentário da elfa, já que a mãe não havia parado de falar, "... E o pior é que, do jeito que eles manipulam a mídia, ninguém lá fora fica sabendo das atrocidades que acontecem aqui! Algum de vocês já leu sobre nossa rebelião nos jornais?! E sobre nosso sumiço? Não, né?! Eles estão ameaçando nossas crianças e ninguém fica sabendo de nada!! Ninguém percebe até que ponto a loucura deles chegou! E quando a gente acusa esses monstros em praça pública, ninguém acredita na gente! Estão todos cegos e surdos e nós vamos morrer aqui sem que ninguém fique sabendo!"

"Não, não vão mesmo!" Abelardo entrou na conversa. "Eu vou falar com meu pai... vocês vão ver! Meu pai é o grande Nero Lacerda! Ele vai fazer alguma coisa a respeito disso, eu prometo! A começar por demitir Mefisto Bofronte!"

Caimana deu risada enquanto os outros da roda olhavam, espantados, para Theodora Brasileiro, "Sua filha trouxe o *filho* de Nero Lacerda aqui?!"

"Que foi hein?!" Abelardo perguntou, furioso com a reação de todos. "Qual é o problema de eu ser filho do meu pai?!"

"Seu padrasto é corrupto, Abel... Aceita isso de uma vez por todas!"

Espumando de ódio, Abelardo se levantou, sacando sua varinha contra a irmã, e Viny já ia se erguendo para atacá-lo quando Janaína colocou-se entre os dois, "De jeito nenhum! Aqui não!", e arrancou a varinha das mãos do anjo. "Eu não vou tolerar gente infantil aqui dentro. Estão me entendendo?! Viny! Abaixa essa varinha AGORA!"

Espantado com a fúria da baiana, Viny obedeceu, sentando-se de volta em seu lugar, e só quando Abel fez o mesmo, ela lhe devolveu sua varinha, que ele guardou, olhando furioso para o pixie do outro lado da roda.

Irritada, Janaína sentou-se novamente. "E é bom vocês dois ajudarem, porque, se for pra atrapalhar, eu jogo vocês lá fora agora mesmo!"

Viny ergueu a sobrancelha para Hugo, que sorriu malandro, "Minha namorada."

O pixie deu risada. "É bom tu tomar cuidado, Adendo, se não, eu ainda roubo ela pra mim." E recebeu um safanão de Caimana por aquele comentário.

Hugo riu também, mas quando foi sorrir para sua Janaína, ela evitou seu olhar mais uma vez e Hugo voltou a ficar cabreiro. Será que ela estava namorando outro?! Não… Se estivesse, não teria tido a cara de pau de abraçá-lo daquele jeito ao chegar pedindo ajuda. Pelo menos sincera, Hugo sabia que ela era. Janaína tinha coragem de sobra; requisito essencial para quem era sincero.

Tentando não pensar mais naquilo, Hugo voltou seu olhar para Abelardo, que agora estava quieto em seu canto, abraçado às próprias pernas, quase chorando de revolta, com ódio de todos ali.

Percebendo aquilo, Theodora foi sentar-se a seu lado.

"Abelardo, querido… Eu sei que você falou com boas intenções, e sem conhecimento do que realmente se passa lá em Brasília, mas você precisa entender uma coisa muito importante: não adianta você falar com seu padrasto. Nero Lacerda é Consultor Especial do Presidente, sim, e, teoricamente, Bofronte, como Alto Comissário de um dos ministérios, deveria responder diretamente a ele, mas Mefisto Bofronte não é subordinado a Nero. Bofronte não é subordinado a ninguém. É ele que está no comando de tudo. Até o presidente Lazai-Lazai responde e obedece a ele. Nenhum de nós duvida disso."

Abel olhou espantado para a mãe de Janaína, percebendo que ela falava a verdade. Hugo quase podia ver todos os fatos começando a se encaixar na mente do anjo… e, à medida que Abelardo raciocinava, estarrecido, um medo profundo foi tomando conta de seu rosto.

Seu pai nunca estivera no controle…

"E o pior é que tudo que conseguem comentar lá fora é como Mefisto Bofronte é bonito", Theodora completou.

Fez-se um silêncio nervoso na câmara. Todos temerosos… calados… envoltos em seus próprios pensamentos, até que um dos rebeldes mais humildes escondeu a cabeça nas mãos trêmulas, apavorado. "Eles vão matar todos nós…"

"Vocês precisam sair daqui", Capí concordou, levantando-se resoluto e começando a procurar por outras saídas. Theodora foi atrás, "Nós já procuramos, Ítalo…"

"Não importa. A gente procura de novo. Vocês não podem continuar se escondendo a tão poucos metros da escola. Eles vão invadir."

Kailler deixou uma menininha no chão para segui-lo. "Você acha mesmo que eles já sabem onde a gente está?"

"Se não sabem, já desconfiam. Vocês acabaram de dizer que algumas pessoas aqui na escola não veem nada de errado na ação dos chapeleiros. Isso, pra mim, quer dizer que, ou elas são realmente cegas ou aquela vigilância toda que a gente acabou de ver lá fora está fora do comum."

"Isso é verdade", Janaína concordou. "Tinha chapeleiros demais lá fora hoje. O efetivo todo do Rio de Janeiro parece ter vindo pra cá ajudar."

Kailler fitou-a assustado. "*Todos* eles estão lá em cima?! … Mas como a gente vai fugir? Aqui é um beco sem saída!"

Capí dirigiu-se ao grupo de quilombolas sentados no fundo da galeria, "Respeitáveis senhores, a gente precisa encontrar um caminho pra fora daqui. Vocês são fantasmas. Talvez consigam descobrir alguma câmara para além dessas paredes?"

Ganga Zumba levantou-se de imediato, ordenando que seus generais fizessem o que o pixie sugerira, e todos bateram continência e atravessaram as paredes da galeria enquanto Zumbi assistia, revoltado, "Vão ficar acatando ordens desse garoto aí?! Não aprenderam nada com a traição dos brancos?!" Zumbi se meteu na frente do tio, tentando impedi-lo de ir também, "É um truque deles, tio! Você não vê?!"

Capí olhou para Hugo, implorando silenciosamente que ele intercedesse, e Hugo entendeu o recado, pedindo uma conferência privada com o comandante dos quilombolas e indo ter com ele em particular. "Grande Zumbi, eu lhe tenho muito respeito e sei como o senhor é um valoroso guerreiro, fiel a seus princípios. Mas ouça meu amigo Ítalo, pelo menos desta vez. Eu, descendente de Dom Obá II d'África, lhe peço."

Zumbi endireitou a coluna, balançado com o pedido, mas ainda orgulhoso demais para ceder, e Ganga Zumba abordou-o simpático, "Os brancos de hoje não são os mesmos de ontem, querido sobrinho. Não foram eles os senhores de escravos... Até quando os filhos vão pagar pelos pecados dos pais?"

Olhando de rabo de olho para Capí, Zumbi resistiu, *"Ruindade vem de sangue."*

"Não, não vem", Ganga Zumba retrucou em tom grave, segurando o sobrinho pelos ombros, mas Zumbi estava duro, intransigente, batalhando contra o próprio ódio e perdendo.

"Você não é tão a favor da liberdade? Então se liberta, sobrinho! Se liberta dessas correntes que te prendem ao passado! Eu sei que eles te mataram e te esquartejaram... eu sei que vários de nossos irmãos sofreram nas mãos deles, mas está na hora de perdoar, Zumbi! Não estamos mais no século 17!"

"Foi por isso que você morreu, tio. E todos que te seguiram foram escravizados novamente! Porque você confiava demais! Foi tudo culpa sua!"

"Eu assumo! Eu errei! Eu errei, você errou, todo mundo errou. Ninguém é perfeito. Mas agora os tempos são outros! Será que você não percebe?!"

Zumbi cruzou os braços, como uma criança emburrada, recusando-se a admitir derrota, e Ganga Zumba sorriu com ternura, vendo a marra do sobrinho. "O mundo está começando a ficar mais tolerante, Zumbi... Ainda há muito que melhorar, claro, mas muito também já melhorou. Sem contar que os bruxos nunca foram racistas. Você sabe disso. Eles sempre respeitaram o imenso poder dos feiticeiros africanos."

"Zumbi, eu lhe peço..." Hugo insistiu. "A gente precisa da sua ajuda... ou nós vamos todos morrer aqui embaixo, inclusive eu."

O bravo general dos quilombolas ficou em silêncio por um bom tempo. Sério. Circunspecto. Sem dúvida pensando em tudo que sofrera, e em tudo que haviam dito, até que, finalmente, meneou a cabeça, e acabou aceitando. Mais por respeito ao descendente do grande Dom Obá II do que por convicção; Hugo tinha certeza.

Fazendo uma reverência a Hugo Escarlate, tataraneto do Rei das Ruas, Zumbi aproximou-se de uma das muitas paredes e já ia atravessá-la quando Capí o interrompeu.

"Valoroso Zumbi, eu lhe agradeço por sua nobre decisão, e lhe peço perdão por meus antepassados."

O general hesitou em aceitar o pedido, mas então o fez, com a seriedade e a mágoa que lhe eram características, e se foi.

Capí sorriu para Hugo, dando um tapinha de aprovação em seu ombro, e então voltou a distribuir instruções para os rebeldes, que, de repente, estavam ouvindo tudo que ele dizia, sem questionamentos, como se ele fosse o líder inconteste deles. "Ganga Zumba, por favor, nos avise assim que encontrarem alguma coisa."

"Aviso sim."

"Kailler, veja se alguém aqui conhece um local seguro lá fora pra onde a gente possa fugir caso encontremos uma saída. Melhor que seja em outro estado!"

"Pode deixar", Kailler obedeceu, indo correndo falar com os outros alunos enquanto Capí pedia que os professores ficassem atentos à porta, estabelecendo um esquema de vigília por turnos entre eles, para que, pelo menos, conseguissem perceber com antecedência caso uma invasão estivesse prestes a acontecer. Não havia como terem certeza de que as estátuas lá na entrada realmente *fariam* alguma coisa caso a hora chegasse. Elas eram estátuas, afinal.

Abelardo acompanhava a movimentação do pixie com extrema antipatia, e Hugo até entendia o porquê. Quem era o Capí para começar a comandar todo mundo daquele jeito? E por que ninguém falava nada contra?! Tá certo que a firmeza na voz do pixie inspirava todos a obedecerem suas instruções, mas não fazia sentido ninguém dizer nada contra aquela tomada externa do controle!

Percebendo o estranhamento em seu semblante, Capí lhe dirigiu a palavra assim que chegou perto, mas sem tirar os olhos das movimentações, "Eles estão exaustos, Hugo. Assustados. Acuados. Não conseguem mais raciocinar direito. Por que você acha que a Janaína foi chamar a gente? Pra que a gente viesse aqui jantar com eles, bater papo em roda, e tirar fotos?! A gente ainda tem a cuca fresca, foi por isso que ela nos chamou."

Perplexo, Hugo olhou para os rostos exaustos dos insurgentes, "Mas eles pareciam estar agindo tão bem até agora…"

"Bem?! Tá falando sério?" Capí baixou a voz, "*Eles estão escondidos <u>debaixo</u> da escola, Hugo! Você acha, realmente, que essa foi a decisão mais acertada a se tomar?! Este lugar vai ser descoberto em dois segundos!*"

"Foi o único lugar que os rebeldes conseguiram pensar às pressas!"

"Rebeldes? No momento que eles fugiram com suas crianças e seus idosos, eles deixaram de ser rebeldes e se tornaram refugiados", Capí disse sério. "E refugiados sempre precisam de ajuda externa, porque já não aguentam mais. Eles perderam tudo, Hugo. Eles estão completamente vulneráveis; se sentindo perdidos. Poucos aqui têm alguma condição de pensar com clareza. Ainda mais os que tiveram seus filhos ameaçados…" Capí olhou-os, com pena, "Eles já estão há quatro dias aqui embaixo, respirando esse ar ínfimo, comendo mal… Se os chapeleiros atacarem, dificilmente vai sobrar alguém pra contar a história. Eles não estão em condições de lutar. … Até porque as varinhas deles foram confiscadas."

"Confiscadas?!" Hugo exclamou espantado, e o pixie confirmou com um olhar, "Só alguns dos alunos estão armados. O Kailler disse que tá usando uma varinha emprestada, mas não é a mesma coisa."

Hugo olhou ao redor, percebendo os rostos envelhecidos e assustados da maioria ali. Agora ele entendia, ainda mais, o estado de absoluto pavor e fragilidade em que se encontravam. Haviam sido roubados daquilo que a maioria dos bruxos considerava quase como um terceiro braço... Hugo não conseguia imaginar agonia maior. Ainda mais em uma situação de perigo como aquela.

Alguns dos refugiados ainda tinham forças para seguir as instruções, mas outros, de tão mentalmente cansados, pareciam andar sem rumo, de um lado para o outro da galeria... quase em choque. Principalmente as mães, que não sabiam o que fazer com suas crianças. Capí estava certo... eles não tinham qualquer condição de raciocinar ou resistir naquele estado. Mesmo os que ainda tinham força, como Theodora, Edre, Janaína, Machado e os outros líderes, estavam cansados demais para tomarem as rédeas como Capí estava fazendo. Haviam sido *meses* de luta...

"O anjo ali não gostou nada da sua tomada de atitude."

Capí baixou a cabeça, "Eu não planejo meu dia pensando no que o Abel vai pensar ou deixar de pensar sobre tudo que eu faço."

Mas a mágoa na voz do pixie dizia outra coisa. Estava claro que o desprezo de Abelardo o incomodava.

"Ei, anjo! Vai ficar aí parado ou vai ajudar?!" Janaína gritou para o loiro, que acordou de seus pensamentos e foi auxiliá-la a dar sopa para os mais enfraquecidos.

"Anjinho mimado da mamãe..." Viny debochou, observando Abelardo com absoluta animosidade nos olhos.

"Tenha paciência com seu irmão, senhor Y-Piranga", Pai Joaquim se aproximou, com seu cachimbo de Preto-Velho devidamente apagado para não poluir o pouco ar do ambiente, e Viny deu de ombros, dispensando o comentário, "Ele não é meu irmão."

"Não é... mas já foi. Em outra vida. E muitos morreram por causa de vossa rivalidade. Centenas."

"Eu não acredito nessas coisas", o loiro retrucou seco, e Pai Joaquim deu risada, "Uma verdade continua sendo uma verdade, mesmo que você não acredite nela, menino..." ele sorriu com ternura. "Eu só lhe digo uma coisa, que seu guia vem tentando lhe dizer faz tempo, às vezes até por intermédio do que seu amigo Ítalo te diz: a união entre você e Abelardo é muito importante. A Europa sofreu demais com a guerra particular entre vocês dois. Não permita que o Brasil sofra o mesmo. Não deixe que esta desavença os destrua mais uma vez."

Viny ficou sério, observando o velho enquanto Pai Joaquim se afastava com sua bengalinha.

Sacudindo a cabeça, o loiro resmungou, "Velho gagá", e tirou a câmera mequetrefe do bolso, indo bater mais fotos: das crianças encolhidas pelos cantos, dos adultos tentando manter a calma onde já não havia... Nas fotos, tomava sempre cuidado para não identificar o local do esconderijo. Quanto à identidade das pessoas, não havia problema: a Comissão já sabia exatamente quem eles eram. Seria até bom que aparecessem nas fotos, para personalizar o sofrimento.

"Não gaste o filme todo", Capí orientou ao passar por ele. "A gente nunca sabe o que vai ter que fotografar depois."

Viny assentiu, guardando a câmera para outra hora, mas Hugo notou no loiro uma certa irritação, que Índio foi rápido em diagnosticar. "Não fica assim não, Viny", ele disse, carregando uma saca quase vazia de arroz nos braços, "Você ainda pode ajudar de muitas outras formas."

"Tipo como?" o loiro resmungou chateado, e Índio indicou as crianças lá no fundo. "Elas precisam de você."

Olhando para aquelas criancinhas, todas encolhidinhas de medo num canto, Viny entendeu o recado e chamou Caimana para ajudá-lo na difícil tarefa de animá-las um pouco.

Missão quase impossível. Elas estavam assustadas demais, as pobrezinhas, mas nada que Viny não pudesse reverter com algumas piadas de duplo sentido em relação à namorada, que Caimana logo respondia com uma cacetada em sua cabeça, e todas as criancinhas riam, umas entendendo a primeira piada, outras caindo na gargalhada com a segunda. Sem dúvida era mais fácil rir da cacetada.

Hugo sorriu, vendo a cor voltar aos rostinhos daquelas crianças, e foi perguntar a Índio por que diabos ele estava orientando os mais deprimidos a carregarem inutilmente o pouco que restara da comida, do lugar onde estavam armazenadas para um outro, apenas um pouco mais distante da água.

"A ação é o antídoto do desespero", o mineiro respondeu sério, e já ia dizer alguma outra coisa quando os dois foram surpreendidos por gritos de surpresa.

Griô aparecera em meio às crianças.

"Ué, ele consegue?! Não era impossível girar em Salvador?!"

"O Griô é um Gênio, adendo. Ele não está sujeito a restrições mágicas."

Ah, era verdade. Hugo já vira Griô em Salvador antes. Tinha se esquecido.

Burro.

Voltando a observar o Gênio, que agora se transformava em bobo da côrte para as crianças, Hugo, de repente, percebeu, "Peraí, então ele pode nos ajudar, não pode?! Contar pro mundo o que tá acontecendo aqui?!"

"Vê-se que você não entende nada do Griô", Índio respondeu de má vontade. "Ele não interfere na vida que segue. É parte do código de conduta dele. Mas eu achei que você já soubesse disso."

Hugo fechou a cara, mas antes que pudesse responder à altura, Índio o deixou, continuando a transferência inútil da comida de um lado para o outro da galeria.

Enquanto isso, a criançada morria de rir vendo Griô contar a história do bruxo Aristides e sua paixão pela filha do rei dos bárbaros:

… Ô, bárbaro senhor
Não sabes que sofro de dor
Longe dos cabelos dela?

Deixe-me levá-la para longe
Para os profundos fins do horizonte
Onde o sol é astro rei
E as estrelas marcam o passo
dos caminhos d'onde passei.

(Bárbaro) Não sei de sol e horizonte
Nem muito menos de caminhos não
Mas te meto logo a mão
Se falar de novo dela.
Corto-lhe fora a barba,
o cajado e a costela.

As criancinhas caíram na gargalhada, vendo uma das costelas do Gênio cair no chão em frente a eles. Sorrindo, Hugo trocou olhares com Janaína, que também assistia, mas a baiana desviou o rosto, indo tratar de outros afazeres, e ele sentiu uma pontada de raiva no peito. Ah, qualé! Só por causa daquela briguinha boba?!

Mas Hugo não teve tempo de ficar zangado. Capí voltara, receoso, tendo checado todos os possíveis caminhos para fora dali. Todos sem saída.

Parando na entrada da galeria, coçou a testa, pensativo, e só então notou a presença do visitante.

"Griô!" o pixie sorriu, indo cumprimentá-lo com um abraço.

Em troca, o Gênio lhe fez uma reverência de súdito; reverência que ele nunca fizera a Hugo. "Vejo que estás preocupado."

"Griô... ajuda a gente, eu lhe peço. Nos diga como parar Mefisto Bofronte."

Griô olhou penalizado para o pixie, "Num posso, meu Rei... Vosmecê sabe que eu num posso..."

Frustrado, o pixie sentou-se com as mãos na cabeça. "Mas ele está interferindo em tudo!"

"É, ele faz isso."

"Ah, vai, Griô!" Viny insistiu, ajeitando duas crianças no colo. "Dá pelo menos uma dica de como a gente pode derrotar esse cara! Uma dicazinha só! Ele deve ter um ponto fraco, alguma coisa!"

Respirando fundo, Griô olhou para eles com ternura e aquiesceu, dizendo apenas:

"Os ponto forte dele são os ponto fraco dele. Mas isso depende de quem vê."

Então, desapareceu na própria fumaça, deixando os Pixies ainda mais perplexos do que antes.

CAPÍTULO 49
FOME

'Maravilha..." Viny debochou irritado, "Grande dica", e Hugo foi sentar-se em um canto qualquer, tentando entender o que Griô dissera: *Os ponto fraco dele são os ponto forte dele...* Ou teria sido o contrário? Hugo estava cansado demais para raciocinar. Cansado e com fome.

Assim como os Pixies, ele também não jantara. Deixariam a sopa para aqueles que realmente precisavam dela: os que não haviam almoçado mais do que uma tigela de grãos naquele dia. ... Como fariam quando aquela comida acabasse?

Recostando-se em uma das paredes mais distantes da parte alagada, com a cabeça apoiada em um dos santos de mármore, Hugo fechou os olhos por alguns instantes, exausto, enquanto os outros faziam de tudo para tornar a caverna mais habitável: transformando baús antigos em colchões, tornando potável a água que alagava a galeria... coisas do tipo.

O velhinho Barba Ruiva já se recolhera em seu colchonete, e agora dormia cercado de travesseiros, para que pudesse se sentir mais confortável em sua velhice, protegendo os ossinhos fracos.

Ao contrário dele, Hugo ainda pretendia ajudar. Havia apenas recostado para descansar os olhos por alguns minutos, mas acabou apagando de imediato. Teve um sono inquieto, sem sonhos ou pesadelos, e acordou de sobressalto, com a risada do saci ecoando em seu ouvido.

Será que, nem ali, ele conseguia ficar sem sonhar com o diabinho perneta?!

Levantando-se, checou o relógio. Já era manhã. Mesmo assim, a maioria ainda dormia. Principalmente os Pixies, exaustos após uma madrugada inteira rolando no chão com a garotada. Capí já acordara, mas estava com três criancinhas encolhidinhas em cima dele. Três anjinhos, que tinham preferido dormir com ele do que com os pais, e que agora recebiam o cafuné carinhoso do pixie, para que continuassem dormindo tranquilos. Eimi também se aninhara ali por perto, segurando firme na mão de seu protetor a noite inteira.

Olhando para onde Barba Ruiva dormira, viu que o professor já havia se levantado, e um menininho se aproveitara de sua ausência para se jogar nos travesseiros do velho e dormir de novo. Hugo sorriu, observando a folga do garotinho; todo aconchegado debaixo da camisa abandonada do professor.

"Achava que ia se divertir na Bahia sozinho, colega?!" uma voz conhecida sussurrou em seu ouvido, e Hugo caiu para o lado, no susto.

"Quer me matar do coração, Peteca?!"

Afastando-se do saci, em pânico, Hugo pôs a mão para trás, checando se sua varinha permanecia escondida entre sua calça e sua camisa. Só então, suspirou aliviado.

"Ih, qualé! Eu não vim te roubar não, colega! Assim tu me ofende, pô!"

Hugo fez cara de 'vou fingir que acredito', e Peteca deu uma risada safada. "Saca só, eu vim ajudar, tá ligado? Só isso", o saci sorriu, começando a quicar animado. "O bandidinho de vocês me avisou que vocês estavam aqui, daí eu vim!"

"O Playboy?!"

"Aham!" Peteca confirmou. "Vai ser divertido!"

"Eu não tô me divertindo, Peteca."

"Ah, não tá, não?! Mas eu tô!" o saci deu risada, indo acordar mais um, e mais um, e mais um…

"Ei!" todos acordavam reclamando. "Quem deixou esse peste entrar?!"

Peteca riu, sussurrando no ouvido de mais outro pobre coitado, *"Saci não precisa de permissão pra entrar não!"* e Hugo apressou-se até o diabinho, agarrando-o pela nuca e falando-lhe ao pé do ouvido, *"Peteca, sossega o facho, tá?! Essa gente já sofreu demais!"*

O saci fitou-o sério, para sua surpresa entendendo, e então se acalmou, sentando-se emburrado em um canto, resmungando para si mesmo, *"Mas assim não tem graça…"*

"Tem graça sim, Peteca", Capí disse, cansado, tentando deslizar para uma posição sentada sem acordar as crianças que dormiam em seu colo. "É só você ajudar que você vai ver como é divertido."

"Nossa… muito divertido…" ele retrucou, de cara fechada e braços cruzados.

Pela completa naturalidade com que os outros estavam tratando a presença do saci, Peteca já havia chegado ali há algum tempo.

Surpreendente, visto que ele só acordara Hugo naquele momento.

Devia ter percebido seu cansaço.

Levantando-se, Hugo foi até Janaína, que checava a despensa improvisada.

"A comida tá acabando", ela disse, receosa. "Alguém vai ter que se arriscar com os chapeleiros e ir lá fora buscar mais. Tem uns restaurantes no segundo piso do Mercado Modelo, que eu conheço os gerentes… Eles vão nos fornecer comida, de boa, se disserem meu nome, mesmo que a gente só pague depois. É mais fácil do que sair procurando um supermercado azêmola e…"

"Peraí, atravessar o colégio inteiro pra ir buscar comida no mundo azêmola?! Tá maluca?!" Hugo ergueu a sobrancelha diante de tamanho absurdo, e Janaína fitou-o sem paciência, "Onde mais, véi?!"

"Sei lá, ué! Por que a gente não pega na despensa do Iaiá-de-Ouro, que é logo aqui em cima?!"

"Porque os estoques de todos os restaurantes da escola estão sendo contados diariamente pelos chapeleiros. Assim como os estoques de comida de todas as casas. Se sumir comida, eles vão saber. Eles não deixam brechas, Hugo. Devem estar mesmo desconfiados que a gente tá aqui no colégio, e estão tentando matar a gente de fome."

"Putz… Mas, se a situação estava ruim assim, por que você não pediu comida pra gente, quando foi nos buscar lá no Rio?!"

Irritada, Janaína jogou a saca vazia de arroz contra ele. "Porque eu não tô conseguindo pensar direito, véi! Tá bom?! Quer parar de me questionar?!" ela começou a chorar, e Hugo, espantado, lhe pediu calma com as mãos. "Desculpa… eu não quis te pressionar…"

"Sem contar que Brutus ia desconfiar de vocês, se vocês chegassem lá pedindo sacas e mais sacas de comida pra ele."

"É... isso é verdade."

"Eu preciso de dois voluntários!" ela gritou para quem já estivesse acordado, e Hugo ergueu a mão de imediato, querendo impressioná-la. Quem sabe assim, ela parava de desviar os olhos ao falar com ele.

Janaína fitou-o, preocupada. "É perigoso, véi..."

"Eu conheço o caminho", Hugo cortou, resoluto. Ele ia e ponto final. Até porque qualquer coisa era melhor do que ficar na presença do saci sem poder usar sua varinha diante dele. Os rebeldes não entenderiam se Hugo, um dos únicos com varinha ali dentro, de repente se recusasse a usá-la para ajudá-los.

Percebendo que ele ia sair, Peteca levantou-se empolgado, "Eu vou também!"

"De jeito nenhum!"

"Ah, qualé! Por que não?!" ele fez uma carinha bizarra de decepcionado; seus olhos negros assustando mais do que dando pena, e Hugo guiou-o, à força, de volta para perto da parede, "Porque tu não pode aparecer para azêmolas, Peteca. Simples assim! Eles iam sair correndo de você!"

Peteca sorriu, "Então! Ia ser divertido!"

"Não, Peteca!" Janaína bateu o pé. "Você vai poder ajudar sim, mas não desse jeito."

O saci se jogou no chão de braços cruzados de novo, emburrado, enquanto Janaína munia Hugo de um única sacola de pano, enfeitiçada para caberem toneladas de comida, e algum dinheiro azêmola, que ela guardara para casos de emergência.

"Cuidado."

Assentindo, Hugo saiu acompanhado de um outro garoto mais velho; um dos únicos que ainda tinha varinha, entre os caramurus.

Desviando, com cuidado, das lâminas no corredor dos orixás, os dois tomaram o caminho tortuoso de túneis subterrâneos que os levaria à pequena saída por detrás do Iaiá-de-Ouro, e então atravessaram juntos a pequena rua ao lado do restaurante, até chegarem à praça das cinco pontas – a mais vigiada de todas. A partir dali, seguiram caminhos diferentes, até porque o jovem tinha outra missão: alcançar o depósito de poções medicinais, do outro lado da Cidade Média. Uma missão quase suicida, mas necessária. Havia criança pegando pneumonia lá embaixo.

Agora sozinho, Hugo olhou temeroso para as nuvens carregadas do céu e esgueirou-se pelos becos do Instituto Paraguaçu, tentando ao máximo não ser visto, nem pelas dezenas de chapeleiros que lotavam o colégio, nem por Ustra e Graciliano, que aterrorizavam três pobres alunos atrasados, com perguntas sobre a localização dos rebeldes.

Os meninos soluçavam, apavorados, enquanto os dois gritavam em seus ouvidos, empurrando-os no chão.

Hugo segurou a respiração, tentando forçar seu coração a bater um pouco mais devagar dentro do peito. De fato, teria sido loucura tentar atravessar 40 refugiados para fora da escola por ali. Ainda mais com 10 crianças tão jovens.

Apressando-se, tenso, Hugo conseguiu alcançar o saguão abandonado são e salvo, saindo pela porta antiga da Cidade Média sem fazer barulho. Uma vez no exterior, saiu correndo pela ruazinha azêmola abandonada que desembocava na rua principal do Elevador Lacerda, e atravessou os vários sinais de trânsito até chegar ao Mercado Modelo. Só então, conseguiu respirar aliviado.

Sentando-se em um banco de praça, no corredor do primeiro andar, procurou se acalmar um pouco, antes de subir as escadas até o segundo piso, dirigindo-se, então, aos dois restaurantes que Janaína indicara: o *Camafeu de Oxóssi* e o *Maria de São Pedro*.

Os dois dividiam um espaço amplo nos fundos do Mercado, e seus respectivos gerentes foram bastante solícitos ao ouvirem o nome de Janaína, deixando que Hugo ficasse à vontade na despensa, sem sequer ser vigiado. Aquilo sim era confiança na honestidade de uma pessoa. Janaína devia ser muito respeitada ali.

Enchendo a sacola de pano com tudo que eles poderiam precisar nos próximos dias, Hugo lançou-o sobre o ombro e saiu.

"Vai levar só isso?!" um dos garçons estranhou, vendo apenas aquele pequeno saco em suas costas, e Hugo confirmou com um sorriso, saindo de lá antes que desconfiassem de alguma coisa. Dirigindo-se às escadas, no entanto, foi interrompido por uma outra voz.

"Ôxe, você por aqui, menino do Rio?!"

Crispim…

Hugo cerrou os olhos, xingando-se mentalmente por ter estado tão distraído, enquanto ouvia o jovem sair de sua vendinha de produtos de couro para cumprimentá-lo. E agora? O que faria para despistar o pescador?

"E aí, Crispim, tudo certo?" Hugo perguntou, tentando disfarçar seu nervosismo com um enorme sorriso amarelo, que Crispim, obviamente, notou.

Ficando sério de repente, o jovem segurou-o pelos ombros, entendendo tudo. "Me leva junto."

E os dois trocaram olhares por alguns segundos.

Tenso, Hugo ainda tentou se desvencilhar do pescador, mas Crispim não deixou, e Hugo cerrou os dentes, irritado, *"Te levar pra onde, cara?! Eu, hein!"*

"Pra onde minha morena tá escondida, véi! Eu sei que ela tá escondida, não adianta mentir! Maria me disse que estava correndo perigo antes de desaparecer!"

"Eu não sei do que tu tá falando."

"E isso aqui?" Crispim perguntou, arrancando dele o saco de comida e vasculhando lá dentro. "Viu?! Eu sabia! Pra onde você tá levando isso?"

Hugo hesitou, sem saber o que dizer, e então disse, "Pra lugar nenhum!" tentando pegar o saco da mão do pescador, que o ergueu para além de seu alcance.

"Ei!" Hugo pulou, sem sucesso.

"Eu não vou te devolver esse saco! Se você não me levar junto, eles vão ficar sem comida."

Os dois se entreolharam por um longo instante, até que Hugo baixou a cabeça, desistindo. "Eles estão escondidos nos subterrâneos da escola. Tem uns túneis alagados lá por baixo e… cara, é muito perigoso você vir comigo. Nem bruxo tu é! Os chapeleiros estão vigiando a escola toda, e você teria que atravessar ela inteira pra…"

"Ué, mas eu conheço esses túneis que você tá falando. Não precisa entrar pela escola, não!"

Hugo fitou-o, espantado. "Como assim? Você conhece outra entrada?!"

"Ôxe, claro! Todo mundo aqui no Mercado conhece", e Crispim pegou-o pelo braço, descendo com ele até o primeiro andar e, então, continuando até um andar subterrâneo, que Hugo não sabia existir. "É logo ali, ó!" ele apontou para uma porta de serviço. "Chega mais, seu Valber. Abre aqui pra gente?"

O segurança tirou as chaves do bolso e abriu a porta sem questionar.

"Eu só vou mostrar os subterrâneos do Mercado pro meu amigo aqui, tá bom?"

"Ôxe, claro, Crispim. Você é de casa!"

"Grande Valber! Brigadão."

Entrando com Hugo, os dois desceram até um ambiente bem parecido com o que Hugo acabara de deixar, lá nos subterrâneos da escola; um emaranhado de túneis alagados, úmidos e quentes. Só que com uma grande diferença: os túneis do lado azêmola estavam sendo preparados para exibição turística... todos muito bem iluminados... com uma ponte elevada de concreto que protegeria os pés dos turistas de tocarem no chão alagado... Uma beleza.

"Devem abrir em alguns meses, pra visitação", Crispim comentou, seguindo na frente com uma bússola na palma da mão, para encontrar a direção da escola. "Vantagens de ser pescador marinheiro", ele piscou, enquanto Hugo apenas seguia, observando-o.

Crispim já havia tomado banho e se vestido para o trabalho no estande de couros, mas seu facão peixeiro ainda estava enfiado no cinto. Menos mal. Pelo menos estava armado com alguma coisa. Não que um facão fosse fazer qualquer diferença em uma luta de varinhas, mas... era melhor que nada.

Seguindo a indicação da bússola, Crispim abriu uma pequena porta de ferro e eles entraram na área de manutenção do lugar. Ali sim, era bem mais parecido com a escuridão das câmaras no lado bruxo.

Sentindo seu entusiasmo crescer, Hugo tomou a dianteira, mergulhando até a cintura no chão alagado e apalpando as paredes à procura de qualquer fenda ou fissura que pudesse sinalizar uma passagem. Crispim fez o mesmo, deixando o saco de comida no chão seco e indo procurar nas paredes do lado oposto.

De repente, ouviram vozes.

O pescador olhou para trás preocupado, mas não havia ninguém da manutenção chegando, e Hugo tocou seu ouvido esquerdo contra a parede mais próxima, pedindo silêncio ao pescador e segurando a respiração.

Por alguns instantes, tudo que ouviu foram as batidas de seu coração. Mas, logo em seguida, uma risada abafada de criança atingiu seu ouvido, e ele sorriu empolgado.

"Que foi?!" Crispim se aproximou.

"Crianças! Eles estão aqui!" Hugo sacou a varinha, distanciando-se para explodir um buraco na parede, mas Crispim o impediu, empurrando sua varinha para baixo, "Tá maluco, véi?! Vai machucar quem estiver do outro lado!"

"Mas eles precisam sair de lá, Crispim! Eles não têm muito tempo!"

Entendendo o nível da pressa, o pescador prendeu a respiração e submergiu várias vezes, procurando por qualquer abertura que pudesse existir por debaixo da superfície.

"O som das risadas viajou por algum lugar. Não veio da parede", ele se justificou, mergulhando novamente enquanto Hugo assistia aflito, até que Crispim levantou-se pela última vez gritando, "Achei!" e Hugo cobriu o ouvido direito com a mão, mergulhando na água atrás dele.

Lá estava o túnel... um buraco de menos de um metro de diâmetro, completamente submerso na água escura. Os dois voltaram à superfície; Hugo já levemente em pânico.

"Espere aqui", Crispim pediu, mergulhando sem maiores delongas e demorando-se quase dois minutos intermináveis dentro do túnel até voltar, pegando ar. "A passagem tá toda debaixo d'água, mas dá pra você passar tranquilo."

"Tranquilo?!" Hugo perguntou, agora inteiramente em pânico. "Tu ficou quase dois minutos debaixo d'água!"

"Ida e volta, cabeção."

"Ah."

Crispim abriu espaço para que ele fosse na frente, e Hugo olhou temeroso para o buraco. "Por que eu primeiro?!"

"Se eu aparecer antes de você, eles me matam."

Simples. Objetivo. Verdadeiro.

Ainda mais numa situação como aquelas.

Tentando se acalmar, Hugo submergiu, desta vez com ambas as mãos livres, segurando todo o ar que podia em seus pulmões enquanto nadava o mais depressa possível pelo estreito túnel, seu ouvido direito berrando de dor enquanto ele prosseguia. Mas, mesmo avançando com rapidez, no meio do caminho Hugo simplesmente começou a passar mal. Não gostava de lugares fechados... muito menos debaixo d'água. Nadando em absoluta escuridão, tateava as paredes a seu redor, sentindo que elas se fechariam contra ele a qualquer momento, enquanto a água gelada o sufocava, grudando em suas roupas, impedindo-o de avançar na velocidade necessária. Se ao menos ele pudesse usar sua varinha para iluminar o caminho! Mas não... não podia. Não com o desgraçado do saci do outro lado. Filho da mãe! Hugo procurou se acalmar, tentando repetir para si mesmo que aquilo era só sua recém-adquirida claustrofobia falando, que aquele túnel não tinha nada demais, que as paredes não iriam esmagá-lo, e assim ele foi avançando, até finalmente avistar uma luz fraca ao longe.

Agradecendo aos céus, deu mais algumas dezenas de braçadas, sentindo sua ansiedade subir a mil, até que emergiu do outro lado, pegando o máximo possível de ar e assustando as criancinhas, que gritaram apavoradas, saindo de perto do monstro do lago.

"Hugo!" Capí exclamou surpreso, indo ajudá-lo a subir na plataforma seca e abraçando-o com força, "Hugo, seu maluco..."

Trêmulo, Hugo se agachou no chão, sentindo a pedra fria em seu rosto. Terra firme... Ar... Logo os outros apareceram, surpresos com sua chegada, e começaram a lhe perguntar, todos ao mesmo tempo, as coisas mais incompreensíveis, porque Hugo não estava com a mínima condição de entender qualquer coisa.

Olhando para os lados, ainda meio zonzo, ele deu risada ao perceber que as estátuas dos santos já vinham indicando para eles aquele caminho há muito tempo. Haviam se posicionado em todas as paredes ao redor da galeria, exceto naquela, mas ninguém tinha reparado. Claro, quando é que as pessoas se aquietam para receber inspiração?

Vendo Crispim finalmente chegar pelo buraco, Hugo obrigou-se a se levantar para recebê-lo, e, de repente, os rostos alegres dos rebeldes se fecharam.

"Você trouxe um azêmola aqui?!" uma das mães perguntou abismada, até com certo desprezo na voz, e Hugo respondeu à altura, sem a mínima paciência para aquele tipo de lenga-lenga, "E qual é o problema, hein?! Você por acaso tem algum preconceito contra azêmolas?!"

A bruxa fitou-o, surpresa, e respondeu meio sem graça, "Não... claro que não! É que... ele vai ser um atraso de vida pra gente! E se a gente for atacado?! A gente vai ter que se defender, e defender esse aí também!"

Hugo deu risada, "Ha! Isso dito por alguém que teve sua varinha confiscada semana passada, que ótimo."

A moça se calou, e Hugo dirigiu-se a todos que ainda olhavam receosos para o pescador, "Olha, dane-se que ele é azêmola, tá bom?! Se não fosse por ele, eu não tinha encontrado essa rota de fuga. Agora, o que vocês estão esperando pra alargarem logo esse túnel e saírem daqui?!"

Acordando do choque inicial, todos meio que chacoalharam a cabeça e foram ao trabalho, cada um indo buscar alguma coisa ou alguém, pegando crianças no colo, separando a pouca comida que havia sobrado... Enquanto isso, outros tentavam alargar o túnel com feitiços, para que as crianças pudessem passar, e em meio àquele ir e vir de pessoas, Hugo ouviu Maria da Graça gritar "Mô!", correndo para abraçar Crispim e cobrindo o namorado de beijos.

"Você não devia ter vindo, mô... Não devia! É perigoso!"

"Ôxe, ainda mais razão, minha morena..."

Invejando aquela recepção tão calorosa da piauiense, Hugo procurou por sua Janaína na multidão, quase desejando que ela viesse abraçá-lo também, depois de seu ato heroico, mas assim que os olhos dele encontraram os dela, a baiana desviou o rosto. Ah, qualé! Então era assim que ela pretendia continuar tratando-o depois de quase dois meses sem se verem?! Bom saber.

O que ele tinha feito de tão errado, caramba?!

"Esse túnel vai dar aonde, Hugo?" Capí indagou preocupado, pegando um menininho no colo enquanto mantinha Eimi bem perto de si.

"Lá no Mercado Modelo. De lá, eles devem conseguir girar pra algum outro estado do Nordeste."

"Hugo... eu nem sei o que dizer", Capí abraçou-o novamente, agora com um braço só, por causa da criança, e Hugo sorriu, feliz por ter ajudado.

Ao menos uma coisa boa ele fizera na vida... Salvar aquele tanto de gente não era pouca coisa. "O garoto que saiu comigo já chegou?"

"Jardel? Não", Edre respondeu preocupado, e Hugo entendeu por que eles ainda não haviam pulado no túnel submerso de uma vez. Estavam esperando pelo garoto... checando seus relógios de dois em dois segundos, olhando apreensivos para a porta de entrada da galeria.

"Ele já devia ter voltado", Janaína murmurou, andando de um lado para o outro, bastante tensa. "Pegaram Jardel... eu sei que pegaram. Você chegou a ver se eles estavam fazendo inspeção lá em cima?"

Hugo lançou para ela um olhar bastante sério como resposta. Vendo aquilo, Theodora levantou-se, decidida, "Então esse lugar não é mais seguro", e já ia começar a organizar a retirada, quando o alarme ensurdecedor dos orixás soou lá do corredor, e todos ouviram, aterrorizados, o som dos primeiros feitiços, e dos gritos de dor, e das lâminas cortando osso, e sabiam: a invasão havia começado.

CAPÍTULO 50
PÂNICO

"Vai! Vai! Vai!" os adultos gritaram, pegando suas crianças no colo e se jogando com elas na água, em direção ao túnel submerso, enquanto os poucos que tinham varinha corriam para a linha de frente, apontando-as em direção à porta do corredor dos orixás, à espera dos chapeleiros ou do que mais pudesse entrar por ali.

Ficaram esperando, trêmulos, com suas varinhas a postos, por segundos intermináveis, ouvindo os berros horrendos que vinham lá de fora… o som dos feitiços… o ruído de lâminas cortando osso chapeleiro…

Eram doze varinhas ao todo. Doze, para protegerem 42. Os quatro Pixies, Janaína, Abelardo, Kailler, Maria da Graça e mais três jovens. Só o jornalista Hipólito de adulto. Seriam 13 varinhas, se Hugo pudesse sacar a sua, mas não podia. Não com o saci ali. E aquilo o estava angustiando demais!

Lá fora, a julgar pelos berros, os orixás ainda estavam cortando chapeleiros aos pedaços. Tinham a seus lados Zumbi e seus generais, que haviam atravessado a parede para, pelo menos, confundirem a vista dos invasores, mas, mesmo assim, em algum momento os chapeleiros iriam conseguir penetrar a barreira de ébano e, quando aquilo acontecesse… doze varinhas não seriam o suficiente.

Percebendo aquilo, Peteca também pulou para uma posição felina de ataque, fixando seus olhos cruéis na porta de entrada, e Hugo olhou tenso para ele, sem saber o que fazer. Queria ajudá-los! Queria atacar! Mas como, na frente do demoniozinho perneta?!

Vendo que Eimi chorava, todo encolhidinho atrás de Capí, Hugo foi até ele e o abraçou, "Calma, Eimi, vai dar tudo certo."

Olhando para a porta ainda fechada do corredor, voltou-se para o mineirinho, "Você tem sua varinha aí com você?"

Eimi assentiu, espantado, "Mas eu num consigo, Hugo… eu tô com medo!"

"Eu sei, eu sei… Me empresta?"

Tirando a varinha do bolso com as mãos trêmulas, o mineirinho entregou-a sem pestanejar, mas Hugo alterou sua ideia original, achando melhor abrir uma oportunidade para que mais alguém entrasse. "Senhorita Brasileiro!" ele chamou, e assim que Theodora virou-se, Hugo jogou a varinha de Eimi para ela, que a pegou no ar e prontamente juntou-se à fileira dos armados. Pronto, pelo menos mais um adulto. Em última instância, Hugo ainda tinha sua varinha e seriam 14 na defesa. Mais um saci.

Enquanto isso, os rebeldes desarmados tentavam passar com as crianças pelo buraco submerso, mas elas não paravam de chorar, e enquanto não fossem acalmadas, não poderiam ir. Então, alguns dos mais velhos decidiram passar primeiro. Assim, pelo menos poderiam recebê-las do outro lado quando elas finalmente tomassem coragem.

"Alguém pega o Barba Ruiva!" Kailler ordenou lá da fileira de ataque, e a doceira Ravenna saiu da água correndo, atravessando metade da galeria e agarrando o menininho ruivo que se metera inadvertidamente entre a linha de varinhas e a porta.

Hugo arregalou os olhos. Então aquele pirralhinho do colchão era ele mesmo?! "A gente precisa de ajuda!" uma das mães gritou de repente, e Capí correu para ver o que era, saindo da linha de defesa. Uma das crianças estava se afogando lá dentro e Caimana também foi correndo ajudá-la, mergulhando no túnel para tirá-la de lá.

Onze varinhas.

"Hugo, me passa o Eimi!" Capí pediu, e Hugo levou o mineirinho até o túnel, cuja entrada, o pixie havia passado a coordenar.

Ansioso, Viny avançou em direção ao corredor dos orixás, mas Índio agarrou o loiro, trazendo-o de volta, "Tá maluco?! Quer morrer?!"

"Eu não aguento mais esperar, caramba!"

"A gente tem mais chance de sobreviver ficando juntos, Viny!"

Apesar de irritado, o loiro viu a sabedoria naquilo e obedeceu, erguendo sua varinha novamente em direção à porta e ficando a postos ao lado dos outros.

Mas a espera era mais enervante que a batalha.

Não aguentando mais assistir sem fazer nada, Hugo já ia tentar acalmar as crianças que restavam quando, do nada, os ruídos de batalha lá fora cessaram por completo, e os jovens se entreolharam, surpresos.

"... Será que eles desistiram?!" Caimana perguntou esperançosa, mas Viny negou, duvidando muito, e continuaram todos apontando suas varinhas para o silêncio, até que, de repente, a porta do corredor se abriu e uma única pessoa saiu de lá, andando tranquilamente para dentro da galeria.

Era um homem de feições duras, cabelos desgrenhados e barba por fazer, vestido numa espécie de roupa de cangaceiro, toda empoeirada. Na verdade, ele inteiro parecia empoeirado. Tinha os ossos da face quebrados e o rosto coberto por cicatrizes, mas nenhuma era recente… Parecia ter passado incólume pelas estátuas dos orixás, sem nenhum arranhão sequer, e a barreira de varinhas deu um passo para trás, sem saber o que esperar dele.

A medida que o cangaceiro foi caminhando para mais perto da luz das varinhas, no entanto, Hugo sentiu um calafrio ao notar que o homem tinha lesmas vivas saindo de suas narinas e olhos… e um corte profundo no pescoço, que deveria tê-lo matado, mas não o fizera.

Hugo se arrepiou todo. Então os orixás o haviam atingido, afinal… Mas o homem não parecia sequer ter notado. Andava com uma tranquilidade inquietante em direção a eles, como se nada tivesse acontecido! Até que, de repente, do nada, o cangaceiro parou de caminhar… e sua cabeça inteira tombou no chão, decepada, como que caída de podre.

Hugo olhou perplexo para ela, e já ia dar uma risada nervosa quando, de repente, a cabeça começou a rolar depressa em direção a eles, e o professor Sensei berrou lá de trás horrorizado, "O CABEÇA SATÂNICA!"

Todos os desarmados gritaram, se jogando na água como podiam, as crianças chorando desesperadas, tentando entrar no túnel submerso todas ao mesmo tempo enquanto os Pixies assistiam, atônitos, à cabeça atravessar a fileira de defesa, raspando contra o jornalista Hipólito, que caiu no chão berrando de dor, vendo sua perna apodrecer em segundos e cair de podre no chão, destacada do resto do corpo do bruxo.

Arregalando os olhos, apavorado, Hugo foi socorrer o jornalista, que não parava de berrar, desnorteado pela dor, e puxou-o para longe da rota da cabeça, que já voltava rolando para terminar o serviço. Vendo que seu alvo havia sido deslocado, ela quicou alto, atingindo um dos outros adultos no peito. O coitado agarrou-a no susto, como a uma bola, e começou a berrar em agonia enquanto a cabeça rolava em seus braços, apodrecendo seu corpo inteiro a partir do peito, e Hugo assistiu horrorizado ao homem definhar até a morte em poucos segundos, diante de seus olhos.

"Hugo! Se mexe!" Capí gritou, e, ele, chacoalhando-se do choque, terminou de puxar Hipólito até a água, entregando-o ao pixie, que por sua vez, passou o ferido para Edre Silvino, que submergiu com o jornalista, iniciando sua travessia do buraco enquanto os que estavam armados tentavam atingir a maldita cabeça de qualquer maneira. Mas, de tanto que ela quicava nas imperfeições do solo, era quase impossível acertá-la!

Vendo que Hipólito e Edre já estavam em segurança, Hugo voltou-se bem a tempo de desviar da cabeça, que já voltava rolando atrás de qualquer um que estivesse vulnerável: crianças, adultos que houvessem tropeçado na fuga, qualquer um, e Hugo, sem poder sacar sua varinha, ajudava-os como podia.

"Kailler, cuidado!" ele gritou, vendo que o potiguar escorregara no chão, e o mestre caramuru do Clube das Luzes desviou-se da cabeça a tempo, com um giro perfeito, usando ambas as mãos para se impulsionar no chão e ficar de pé novamente enquanto recebia de volta a varinha que perdera na queda, lançada por Abelardo, que logo voltou a tentar atingir a cabeça junto a Caimana, mas era praticamente impossível!

Vendo que quase todos já haviam atravessado o túnel, os Pixies e Janaína mergulharam na água para atravessar também. Abelardo ainda ficou para trás por alguns segundos, tentando acertar a desgraçada, mas logo desistiu e se juntou aos Pixies na água. Assim que ele o fez, Hugo viu as silhuetas dos invasores chegando pela porta do corredor e gelou. Eles tinham neutralizado os orixás... e vinham vestidos de preto, mascarados como a morte.

"Vem, Hugo! Vem!" Caimana gritou lá do outro lado do túnel, mas Hugo acabara de avistar uma menininha chorando apavorada do outro lado da galeria, esquecida em meio ao pânico generalizado.

"Peteca! Distrai eles!" ele ordenou enquanto corria para buscar a criança, e o saci, empolgado, saltou em cima dos invasores, girando em um grande redemoinho e começando a jogá-los contra as paredes com a força de um furacão.

Finalmente podendo tirar sua varinha do bolso, agora que Peteca estava distraído, Hugo atingiu a cabeça do cangaceiro com um *Oxé* antes que ela pudesse alcançar a menina, e a cabeça foi lançada contra a parede, mas logo voltou rolando, como se nada houvesse acontecido, e Hugo correu até a menina, tirando-a dali um segundo antes da cabeça passar, e saindo em disparada com a criança no colo em direção ao buraco, por onde Capí acabara de guiar o último dos refugiados.

Tropeçando no chão, Hugo ainda conseguiu lançar a menina nos braços do pixie antes de cair, e Capí submergiu com ela no colo enquanto Hugo recolhia suas mãos para que a cabeça não as atingisse, se arrastando de costas para longe do túnel, tentando fugir da desgraçada.

Completamente encurralado, ele levantou-se, pressionando as costas contra a parede lateral, com os olhos fixos na cabeça, que, vendo-o ali, indefeso, quicou para juntar-se ao corpo novamente.

Aproximando-se de sua última vítima, sem pressa, o cangaceiro foi dando um passo atrás do outro, inclinando a cabeça para o lado como um zumbi curioso, ... Lesmas saindo lentamente de seu nariz enquanto ele olhava para Hugo a metros de distância.

Procurando desesperado por sua varinha, Hugo percebeu que ela caíra na água com a menininha, e agora brilhava escarlate lá embaixo, lançando uma aura vermelho-sangue sobre todo o espaço alagado da galeria. De que adiantava ela avisá-lo sobre seu paradeiro, se Hugo não podia sair de onde estava para buscá-la?!

Estendendo sua mão, ele tentou chamá-la para si, e nada.

Enquanto isso, Peteca já havia desaparecido para dentro do corredor dos orixás com seu redemoinho e agora fazia seu estrago por lá, sem saber que Hugo precisava de auxílio. E o cangaceiro se aproximando, inclinando seu pescoço agora para o outro lado, como o predador que analisa calmamente sua presa.

Percebendo que não tinha outra saída, Hugo se preparou para avançar contra o cangaceiro, rezando para que só a cabeça dele apodrecesse as coisas ao tocá-las, não o corpo inteiro do homem, já que seu único plano consistia em empurrá-lo do caminho com as próprias mãos para poder fugir dali. Mas quando Hugo estava prestes a pôr em prática seu plano suicida, um braço duro e forte o empurrou de volta para trás, imprensando-o contra a parede.

Preso ali, ele olhou para a direita à procura do dono do braço, e encontrou a estátua de Xangô ao seu lado, negra como carvão, seu braço esquerdo prendendo-o contra a parede, seus olhos negros, sem expressão, olhando estáticos para frente, como boa estátua que era.

Percebendo que Hugo o mirava, o orixá da justiça e do fogo virou a cabeça em sua direção com a falta de fluidez de uma máquina, olhando-o por alguns instantes antes de voltar seu rosto em direção ao cangaceiro que se aproxima. Então, inclinando seu tronco e cabeça para frente, Xangô abriu a boca como um dragão, soltando uma enorme labareda de fogo contra o cangaceiro, que, mesmo em chamas, continuou tentando avançar contra o jato incendiário, que não cessava de sair da boca do orixá, mantendo o cangaceiro à distância ao mesmo tempo em que o queimava inteiro.

De repente, o braço de ébano da estátua afrouxou para que Hugo pudesse fugir, e ele não pensou duas vezes. Passando, com cuidado, por debaixo do braço e das chamas, suando de tanto calor, Hugo bateu em disparada, mergulhando na água e dando uma última olhada naquele espetáculo de madeira e fogo antes de submergir, vendo, de relance, nas paredes iluminadas pelas chamas, as sombras de dezenas de chapeleiros entrando na câmara atrás deles, como máquinas do apocalipse.

Alcançando sua varinha lá no fundo, Hugo apressou-se pelo túnel alagado o mais depressa que pôde, chegando do outro lado em miraculosos vinte segundos e sendo recebido por Capí, que correu ao seu encontro, tendo voltado ali só para buscá-lo.

"Graças a Deus…" o pixie abraçou-o enquanto Hugo recuperava o fôlego.

"Eles estão vindo… Os chapeleiros… Dezenas deles…"

Olhando preocupado para o buraco na parede, Capí impulsionou Hugo para frente e os dois saíram em disparada pela seção turística dos subterrâneos, alcançando a porta de saída e passando pelo porteiro Valber, que estava pálido, provavelmente não tendo se recuperado ainda da aparição repentina de 40 pessoas, algumas mutiladas, lá de dentro.

"Tranca a porta, Seu Valber!" Hugo gritou com urgência ao passar. "Tranca a porta e manda evacuar o Mercado, que tá pegando fogo!" Era só uma meia verdade, claro, mas Hugo mentia bem, e seu Valber arregalou os olhos e saiu correndo pelas escadas, gritando "Fogo! Fogo!!"

Os dois subiram atrás dele até o primeiro andar, e então se dirigiram ao segundo, agora tendo que vencer a turba de turistas e vendedores que começavam a descer apavorados, empurrando-se uns aos outros pelas escadas ao som da palavra fogo. Afinal, não seria a primeira vez que o Mercado Modelo era destruído por um incêndio.

Melhor assim. Estava sendo um pouco trabalhoso subir pela multidão, mas seria muito mais para os chapeleiros, quando eles tentassem passar.

Conseguindo, finalmente, chegar ao segundo andar, Capí pulou para dentro de um estande que vendia cajados de madeira e outros objetos 'mágicos' para os turistas.

Sem entender, Hugo fez o mesmo, "Por que aqui?"

"Conhece a história do cerco de Salvador?"

"Conheço."

"Esse aqui é o único metro quadrado das redondezas em que o giro é possível. Segura em mim."

Hugo obedeceu. "Pra onde a gente vai?"

"Pro Farol da Barra. Só a partir de lá dá pra girar pra outro estado. Os outros já foram."

Hugo olhou-o espantado, "Mas o farol é um local turístico! Os turistas não vão nos ver aparecendo?!"

Capí sorriu, "A gente tá com sorte."

Antes que Hugo pudesse entender, o pixie girou com ele para fora dali, e os dois apareceram no terraço do Farol da Barra, em meio a um temporal de proporções homéricas!

Hugo ainda tentou se proteger do vento e do aguaceiro que o atingia, mas estava sendo difícil até enxergar ao seu redor, e, ensopado, Capí gritou por cima da ventania, "Vem!", agarrando seu pulso e levando-o até uma das cápsulas de concreto que serviam de posto de observação do farol, onde Viny os esperava.

Já lá dentro, protegido da chuva, mas ainda completamente encharcado, Hugo olhou à sua volta, analisando aquele espaço mínimo enquanto Capí entrava, enfurnando-se ali dentro junto dos dois. Aquela cápsula lembrava bastante o Santo-do-Pau-Oco…

"É o mesmo esquema!" Capí explicou, tentando vencer o barulho da chuva, e então olhou para o teto, gritando, "Maranhão!"

Imediatamente, Salvador sumiu e os três se viram cercados por um gigantesco deserto, quente e ensolarado. Pego de surpresa, Hugo tapou os olhos contra o sol escaldante. Tentando abri-los novamente, dessa vez aos poucos, olhou à sua volta espantado, vendo apenas dunas e mais dunas de areia.

"Onde a gente tá?"

"Lençóis Maranhenses!" Janaína respondeu, vindo encontrá-los. "Os outros já estão instalados lá no refúgio", ela disse para Capí, ignorando Hugo por completo, e enquanto ela os guiava pelas dunas até o novo esconderijo, Hugo procurou engolir sua raiva, tentando se distrair com o ambiente ao seu redor.

Só agora Hugo notara que não estavam cercados apenas por areia. As várias dunas eram entremeadas por pequenos e grandes lagos de águas cristalinas, que davam um toque completamente mágico ao local.

"Onde é esse refúgio, exatamente?" Viny perguntou, bastante sério. Um filete de sangue escorrendo de sua têmpora esquerda.

Janaína indicou um local mais à frente com a cabeça. "É logo ali, depois daquelas dunas mais altas. Ele é oculto aos olhos azêmolas... e pode ser escondido dos olhos bruxos também, se a gente conseguir falar com o espírito que vive ali dentro e pedir esse favor. Estamos tentando contatá-lo neste exato momento", ela adicionou, correndo para pegar impulso e subindo uma das dunas maiores.

Hugo fez o mesmo, e assim que chegou no topo, viu, com espanto, uma montanha gigantesca surgir ao longe, como miragem, diante de seus olhos. Uma montanha que parecia quase um castelo, com torres altíssimas de pedra negra, e janelas num estilo assustadoramente barroco, que Hugo jamais imaginaria encontrar ali, no meio do nordeste brasileiro.

Ele deixou seu queixo cair, não apenas pela montanha-castelo em si, que subia a uma altura equivalente a quase uns quarenta andares, como também pelo entorno da montanha, que, pela primeira vez, Hugo estava conseguindo observar de cima: aquele imenso deserto de areias brancas, todo picotado por centenas de pontos azuis cristalinos.

Lindo demais...

"Você acha mesmo que eles não vão nos encontrar aqui?!"

"Só se eles tivessem como detectar, lá de Salvador, o último lugar que as cápsulas do farol levaram alguém. O que não é possível. De qualquer forma, é por isso que a gente está tentando falar com o espírito que guarda esse lugar", Janaína respondeu, entrando na montanha pela boca da caverna que servia de porta para aquele imenso castelo de pedra, sendo seguida de perto pelos dois.

Hugo olhou ao redor da imensa gruta, vendo os refugiados lá dentro, já instalados, cuidando de seus ferimentos e de suas crianças. Estavam exaustos, abalados... Todos eles.

Alguns, preferindo permanecer ensopados por alguns minutos a mais, engoliam os enlatados que Hugo pegara emprestado antes mesmo de se secarem, de tão famintos que estavam. Latas e mais latas de milho, atum... qualquer coisa que pudessem mastigar sem terem que cozinhar primeiro. Kailler também comia, mas parecia mais compenetrado em sua tentativa de consertar o que sobrara de sua varinha. Tantos meses de Clube das Luzes, se estabacando no chão com ela nas mãos, para, só agora, ela resolver quebrar.

Mais adiante, um Hipólito totalmente pálido, quase em choque no chão de pedra, era segurado à força por Edre e Theodora enquanto a doceira Ravenna e o Preto-Velho tentando salvar o pouco que restara de sua perna decepada, para que o cancro não avançasse às outras partes do corpo do jornalista. Mas era muito difícil, com varinhas emprestadas e nenhum acesso a ervas medicinais.

Ao lado deles, Crispim tentava acalmar sua morena, que, para o absoluto espanto de Hugo, também perdera metade do braço direito naquele ataque covarde.

Que desastre, meu Deus...

Tentando tirar de sua mente a imagem daquele homem apodrecendo inteiro diante de seus olhos, Hugo dispensou o conforto dos sofás antigos que enfeitavam o local e achou melhor passear um pouco pela caverna para desanuviar a cabeça.

Como num castelo, a gruta era seccionada por enormes arcos naturais de pedra, de alturas variadas, que dividiam o imenso espaço em inúmeras câmaras; todas mobiliadas, com tapetes, sofás, móveis antigos, já apodrecidos pelo tempo...

Uma galeria, em especial, chamou sua atenção. Era alinhada com estantes altíssimas de livros e abarrotada de materiais astrológicos: lunetas, mapas estelares, vários óculos de proteção... além de um grande telescópio, que apontava para um pequeno buraco na pedra, por onde a luz do sol entrava, iluminando parte dos móveis. Em uma outra galeria, um laboratório desativado de alquimia pegava poeira, com prateleiras imundas, potes quebrados de vidro... em suma, tudo perfeitamente abandonado.

Hugo voltou à galeria principal encafifado, tentando entender como aqueles objetos todos haviam parado ali. Janaína mencionara um espírito?

Percebendo sua perplexidade, o professor de História da Magia Brasileira se aproximou, parando ao seu lado e admirando a imensidão da gruta com ele. "Aqui era o lar de um feiticeiro muito poderoso e excêntrico do período colonial", Sensei explicou, consertando seus óculos quebrados e pondo-os de volta no rosto. "Ele era cruel, fazia de tudo pra prejudicar os outros, maltratava a própria mãe... os dois filhos... até que um dia, em um surto de maldade, acabou matando os três."

Hugo ergueu a sobrancelha, "E o que aconteceu com ele?"

"Dizem que, arrependido, ele foi enlouquecendo, definhando aos poucos em seu remorso. Ficava trancado aqui por semanas... meses... fazendo suas alquimias, buscando a fórmula que o faria recuperar sua alegria de viver. Até o dia em que testou tantas poções nele mesmo que acabou morrendo intoxicado. Morreu aqui, sozinho e eternamente triste, sem nunca ter encontrado a fórmula da felicidade."

"É o espírito dele que vocês estão tentando contatar?" Kailler perguntou, unindo-se a eles, e Sensei confirmou, "Na verdade, a gente não tá tentando contatar ninguém. Ele vai aparecer; a gente querendo ou não. Essa é a casa dele."

Caminhando pela câmara principal, Sensei prosseguiu, "Aliás, estão chamando de espírito, mas esse não é bem o termo correto."

"Não?" Hugo olhou para o professor de História, que meneou a cabeça, incerto.

"Dizem que ele era tão ruim... mas tão ruim... que, quando morreu, nem Deus, nem o Diabo o quiseram. Então, a terra cuspiu ele de volta. E agora ele vive por aí, assombrando esta montanha e as ruas das cidades pequenas com seu corpo semidecomposto. Os azêmolas o chamam de Corpo Seco."

Hugo estremeceu, ouvindo aquele nome, e Sensei suspirou, "Tem razão em estremecer, rapaz. O Corpo Seco se alimenta da tristeza dos outros... e hoje ele vai encontrar um prato cheio."

Hugo concordou, deixando o professor e indo fazer um carinho em Eimi, que voltara à sua depressão habitual. Claro, né? ... O que tinha dado na cabeça daquele menino para ir atrás deles daquele jeito?!

Sentado a poucos metros dos dois, Capí também olhava inconformado para o mineirinho, vendo todo seu trabalho de um ano inteiro arruinado em um único dia, e pra quê?

Não querendo mais pensar naquilo, o pixie se aproximou de uma das mães, ajoelhando-se para auxiliá-la a tirar os sapatos dos pés feridos.

"Qué isso, minino... não carece não! Você nem se secou ainda!"

"Pode deixar, moça", Abelardo disse com desprezo. "Ele é o empregadinho da escola; tá acostumado."

Hugo sentiu todo seu ódio pelo anjo voltar enquanto via aquele canalhinha desprezível se afastando, mas Capí apenas fechou os olhos entristecido, sem reagir. Aquela não era hora nem momento para uma discussão. Não depois do horror que haviam presenciado. Até Hugo entendia aquilo. E tudo teria ficado por isso mesmo, se Viny não tivesse ouvido a alfinetada.

Furioso, o loiro já ia partindo para cima do cunhado quando Capí segurou-o com força, impedindo seu avanço e rogando-lhe silêncio enquanto apontava para o anjo, que, pensando estar sozinho mais ao longe, se encolhera nas sombras e começara a chorar. A chorar muito!

Atônito, Viny olhou para Caimana, que já havia percebido o estado de desespero do irmão e agora se aproximava dele, preocupada. Hugo foi atrás também, ficando nas sombras enquanto via Abel soluçar feito criança, cobrindo a própria cabeça com as mãos trêmulas, como se quisesse se proteger de tudo ali.

Hugo já vira aqueles sintomas antes... O anjo estava tendo uma crise de pânico. Havia tentado se manter forte até então, mas agora desmoronara por completo, e Caimana foi depressa acudi-lo.

"Calma, Abel... vai dar tudo certo..." ela murmurou, dando tapinhas nas costas do irmão, que balançava a cabeça em negativa, apavorado, *"Eles me viram, Cai... Eles me viram lá no subterrâneo... eles viram meu rosto..."*

"Bobagem, Abel. Eles não te viram."

"Eu fui um dos últimos a sair; eles me viram... Meu pai tá no governo, o que ele vai dizer de mim?!"

De repente, Abelardo empalideceu, percebendo o real perigo do que acabara de dizer. *"Eles vão matar meu pai, Cai! Eles vão matar meu pai!"*

"Calma, Abel! Nada vai acontecer com o seu pai!" ela disse, completamente penalizada. Só então Hugo percebeu que Caimana havia cedido... Dissera 'pai' em vez de 'padrasto', pela primeira vez desde que Hugo a conhecera, e Abelardo se encolheu nos braços da irmã como um bebê assustado, *"Eu tô com medo, Cai... Se o Bofronte for mesmo culpado por tudo que tá acontecendo aqui, meu pai está em perigo!"*

Caimana desistiu de argumentar. Apenas continuou abraçando o irmão com toda a força que podia, enxugando as próprias lágrimas nas costas dele, *"Eles não vão matar seu pai, Abel. Pode ter certeza. Nero Lacerda é uma peça importante no jogo deles."*

Viny assistia àquilo tudo atônito, inquieto, confuso até; seu ódio pelo anjo tentando falar mais alto que sua compaixão, e Capí pousou a mão no ombro do amigo, *"Deixa eles se entenderem, Viny."*

O loiro hesitou, mas acabou concordando.

Naquele momento, Hugo ouviu respiros surpresos, vindos de algum lugar, e virou-se para ver que o Corpo Seco aparecera. Havia adentrado a câmara principal por um buraco numa das muitas reentrâncias da parede, lá no alto, e agora os fitava com um olhar um tanto selvagem... desconfiado, enquanto descia lentamente pelas pedras até uma altura mais aceitável, mãos e pés agarrando nas rochas habilmente. E todos que não estavam feridos se aproximaram para ver melhor o dono da casa, quase como se fosse uma atração turística local.

"O que vocês querem?" ele perguntou com certa rabugice, parando a uma altura razoável, sua voz rouca parecendo mesmo a voz de alguém que ficara, por muito tempo, debaixo da terra. E as criancinhas foram se esconder atrás de Capí.

O Corpo Seco era só pele e osso... Um corpo murcho e horroroso, de pele acinzentada e cabelos ralos, coberto com pouquíssimos trapos... apenas aqueles que não haviam sido comidos pelas traças.

Enquanto o ex-feiticeiro fitava-os com seus olhos insones, uma das mães se aproximou temerosa, começando a explicar-lhe o porquê de estarem ali, e o favor que gostariam de pedir a ele.

Pai Joaquim assistia balançando a cabeça, apreensivo. Ao notar o olhar questionador de Hugo, suspirou, *"Ele quer que todos sejam infelizes como ele... Não vai ajudar."*

A bruxa concluiu sua explanação, dizendo, "Por isso nós pedimos sua ajuda, meu senhor. Por favor, camufle sua linda montanha, só por alguns meses... até que consigamos achar um outro lugar para ficar..."

Sem tirar seus olhos da bruxa que falara, o Corpo Seco desceu mais alguns metros, lentamente, sem pressa alguma, suas mãos esqueléticas, de dedos longos e finos, sentindo a frieza das pedras enquanto descia, pensando na proposta. Até que parou a dois metros de onde estavam, e disse, "Eu vou ajudá-los."

Todos respiraram aliviados, entreolhando-se com sorrisos nos lábios. Agora as coisas iam começar a melhorar.

"... eu só peço uma coisa em troca."

Os rostos se voltaram para ele, que gostou da atenção.

"Sim, meu senhor, o que o senhor quiser", a mãe disse, esperançosa, e o Corpo Seco apontou para as crianças, que se encolheram ainda mais atrás do pixie.

Hugo estremeceu.

Pálidos, alguns dos pais se aproximaram do Corpo Seco, pensando não terem entendido direito a resposta, enquanto as mães iam abraçar suas crianças, "Mas, meu senhor... o que, exatamente, o senhor gostaria com nossos filhos?"

O Corpo Seco fitou-os com o olhar mais arrepiante que Hugo já vira em alguém e sussurrou, *"Eu quero a vida deles."*

Antes que os pais pudessem processar a informação, o Corpo Seco saltou de onde estava, correndo como uma besta faminta em direção às crianças, e todos que tinham varinha as sacaram ao mesmo tempo, jogando o bicho contra a parede antes que ele pudesse alcançá-las.

Atordoado com tantos feitiços, o Corpo Seco encarou-os como uma fera enfurecida, mas acuada. Correndo então para o lado, como se quisesse tentar fugir pela parede exterior da montanha, bateu com tudo nela, sua alma saindo para o deserto, seu corpo ficando, estatelando-se contra a parede e caindo duro no chão de pedra.

Surpreso, Hugo guardou a varinha e correu em direção ao cadáver apodrecido do feiticeiro, vendo, com assombro, que um tênue fio de prata ligava o umbigo do corpo tombado à parede, como uma espécie de linha espiritual, conectando aquele corpo morto ao espírito que fugira da caverna.

Bizarro. Ele deixara seu corpo para trás, mas ainda estava vivo, em algum lugar. "Eu hein!" Hugo exclamou, e todos meio que riram; nervosos, mas achando graça. Ao menos haviam expulsado o velho feiticeiro de lá. Se voltasse, expulsariam de novo.

Um pouco mais aliviados, todos foram, aos poucos, retomando seus afazeres.

Foi então que Janaína se aproximou de Hugo, séria, olhando em seus olhos pela primeira vez em dois meses.

"Véi, eu preciso falar com você."

Finalmente!

Levantando-se entusiasmado, Hugo seguiu a baiana até uma ala mais reservada do observatório astronômico, onde os dois poderiam conversar a sós.

Vendo-a ali, parada na sua frente, linda como sempre, Hugo não resistiu à tentação e beijou-a apaixonado, querendo matar toda sua saudade de uma vez só... toda a saudade que estivera escondida por detrás de sua raiva dela, mas Janaína o empurrou para trás novamente, e ele fitou-a sem entender o porquê daquilo.

"Eu tô grávida."

CAPÍTULO 51
VIDA

"Que palhaçada é essa?!" Hugo perguntou, pasmo demais para dizer qualquer outra coisa, e Janaína baixou a cabeça, desviando os olhos, envergonhada, enquanto ele olhava para aquela barriga que ainda não crescera, já com um ódio profundo do feto que dormia dentro dela.

"Grávida de quem?" ele murmurou, sentindo sua garganta apertar de tanta raiva, até que percebeu a resposta nos olhos da baiana e arregalou os olhos, *"Daquele gringo?! Você me evita o semestre inteiro e depois se deita com o primeiro que aparece?! É isso?!"*

Janaína olhou para ele, tentando segurar as lágrimas, mas nada daquilo amoleceria seu coração agora... não depois de uma traição daquele tamanho.

"Eu não tive escolha, véi!"

"Ah!" Hugo deu risada. "Mas você *teve* escolha, não teve?! Eu VI muito bem você escolhendo!"

"Ele me enfeitiçou!"

"Nossa, que conveniente! Então o gringo era bruxo, é isso? Caramba! Que coincidência interessante, a gente encontrar ele ali, numa festa azêmola!"

"Ele não era nem bruxo, nem gringo, véi... Ele era o boto! Por isso ele não falava nada!"

Hugo riu da cara de pau dela. "Claro! Bota a culpa no boto! Não é o que todas fazem por aqui?! É a desculpa perfeita, né?! Engravida de qualquer um, depois volta dizendo que 'é do boto', toda inocente."

"Não é mentira, véi... eu juro!" ela insistiu desesperada. "Eu não tive culpa! Quando o boto escolhe sua vítima, é muito difícil escapar! A não ser que você tenha alguém do seu lado pra te impedir de ir com ele!"

"... Como é que é?!" Hugo agigantou-se perante ela, e Janaína deu um passo para trás, mas então retomou o passo, corajosa.

"É isso mesmo que você ouviu, Hugo! Se você não tivesse sido o canalha bêbado que você foi naquela noite, ele não teria chegado perto!"

"Você tá me culpando por ter me traído?! É isso mesmo?!" Hugo riu do absurdo. "Então agora a culpa é minha que você é uma puta?!"

Janaína fitou-o chocada. "Véi!"

"PU-TA! Isso mesmo que você ouviu, sua vadia traidora!"

"Não venha falar comigo desse jeito que eu não lhe dei ousadia!"

"Ah, deu sim! No momento que você se deitou com aquele cara! Essa história de boto é muito conveniente, né?! Um golfinho cor-de-rosa que vira homem e sai atrás das menininhas? Isso é história pra assustar criancinha, garota!"

"Você sabe que é verdade."

Hugo fitou-a com ódio, mas procurou se acalmar para não explodir. "Tá, você está grávida. Ok. E o que você quer que eu faça com essa linda informação? Hein? Que eu continue saindo com você? É isso? Que a gente continue namorando?! Não vai querer que eu assuma, né? Porque isso, francamente..." ele riu, segurando a vontade que estava tendo de apertar o pescoço dela.

Acuada, Janaína tentou segurar as lágrimas, apesar do claro desespero. "Eu preciso de sua ajuda, véi... Ainda mais agora, nessa situação, eu..." ela começou a chorar, mas Hugo não cairia na dela.

"Pensasse nisso ANTES de engravidar!"

"Eu não tive culpa!"

Hugo desviou os olhos para não ver mais aquelas lágrimas. Não aguentava olhar para aquilo e saber que, no fundo, ele ainda amava aquela desgraçada traidora. Mas que raiva!

"Você pelo menos... cuida dela se eu morrer?"

"Eu?!" Hugo arregalou os olhos. "Cuidar do filho do seu *amante*?! Que espécie de otário você acha que eu sou?! De jeito nenhum!"

Enojada com tamanho egoísmo, Janaína ainda tentou insistir, "Eu nunca te pediria isso se meus pais não estivessem sendo ameaçados, véi... Mas eu vou ter que voltar pra escola sem eles! Vou ter que criar essa criança sozinha! Sob a mira constante de chapeleiros! E se, no futuro, eles ameaçarem meu bebê e eu tiver que fugir? Você é meu namorado, você poderia..."

"Namorado?! Se vira, garota! Você se deita com todo mundo, e eu que tenho que cuidar do resultado?!"

Janaína fitou-o revoltada. "Só porque eu me apaixonei à primeira vista por seus olhos verdes, não quer dizer que eu me deite com todo mundo! Tá pensando o quê?! Que toda mulher que é um pouco mais avançadinha sai com qualquer um?! Você foi o único com quem eu saí em mais de um ano!"

"Ô! Deu pra ver!" ... "Eu fui enfeitiçada, seu boçal machista!" "Eu não sou machista!" "Ah, não?! Então prove!" "Eu não tenho que provar nada pra você, que engravida só pra ter uma bonequinha pra brincar e agora quer que eu seja o papaizinho dela!" "Você acha que eu queria essa criança, véi?! Eu não queria!"

"Então tira!"

Janaína arregalou os olhos, chocada.

"NUNCA!" ela respondeu, fitando-o com verdadeiro nojo. "Eu não vou matar meu próprio filho! Ele não tem nada a ver com isso!"

"Muito menos eu!"

Atordoada com aquela discussão toda, ela ainda assim bateu o pé, firme como sempre. "... Eu não vou tirar."

Hugo deu de ombros, "Bom proveito, então", e Janaína não disse mais nada, indo embora ofendida, revoltada... triste com a falta de apoio.

Acompanhando-a sair com os olhos, Hugo viu que Crispim estivera ouvindo da porta. Pelo rosto sério do jovem pescador, ele ouvira ao menos parte da conversa, e não parecia surpreso com a notícia da gravidez. Claro... ela já estava grávida há dois meses. Sendo seu melhor amigo, ele sabia.

Não só ele, como provavelmente Maria da Graça também, e Kailler... e quem mais?! Hugo estava admirado que ninguém houvesse soltado uma piadinha de corno para ele naqueles últimos dois dias.

Indignado, Hugo chutou um dos bancos de madeira com violência para o fundo da galeria. "Também, o que ela queria?! Eu, hein!"

"Releve a decepção de Janaína, Hugo..." Crispim pediu. "Ela realmente acreditava que você gostava dela."

"E eu gostava! Amava até!" ele rebateu revoltado, recebendo apenas o deboche do pescador filósofo como resposta, "Amava mesmo?! De verdade?! ... Mas não a ponto de aceitar criar o filho de outro, né?"

Hugo franziu o cenho, confuso com aquela lógica. "Claro que não. Quem aceitaria?!"

"Qualquer um que amasse de verdade, véi! Amor é atitude! Eu fisguei minha moreninha e não largo mais dela de jeito nenhum! Mesmo que ela perca uma mão, um braço, metade do corpo, não me importa! Não largaria nem que ela engravidasse de outro homem! Porque aquela criança ainda seria um filho de minha morena, e, como filho dela, eu amaria o pivetinho do mesmo jeito! E cuidaria dele com todo o amor do mundo, se ela me pedisse!"

"Sei..."

"Hugo, presta atenção. Se o filho não é seu, você não tem responsabilidade nenhuma de cuidar da criança, eu entendo. Mas você vai deixar o amor de sua vida escapar por causa disso? ... Ela precisa de ajuda, véi! Agora mais do que nunca! Deixe de ser pivete e tome uma atitude de HOMEM!"

Hugo ficou calado, de repente se lembrando da premonição do Preto Velho. Mas o que eles queriam?! Que ele virasse santo e assumisse uma criança que não era dele?!

"Eu te garanto, você não se arrependeria", Crispim prosseguiu. "Uma criança ilumina a vida de qualquer um."

"Cuida você do bebê dela então!" Hugo rebateu malcriado. "Vocês não são superamigos?! Aliás, que grandes amigos esses, que deixam ela sair sozinha com um completo estranho!"

"Foi muito rápido, véi... Ela desapareceu logo depois que vocês brigaram! A gente achou que ela tinha ido atrás de você!"

Hugo baixou a cabeça. Fazia sentido.

"Véi... Janaína não costuma demonstrar muito quando ama alguém. Ela é dura na queda. Mas eu sou testemunha do quanto ela está desesperada com a ideia de te perder. Ela fez até oferenda pra Iemanjá, pedindo que a Mãe te ajudasse a perdoá-la... e isso por algo que ela nem teve culpa!"

"*Não teve culpa*, tá. Por que pra Iemanjá? A Janaína não é filha de Iansã?"

"Iemanjá é mãe de todos os orixás. Não é só a Rainha do Mar, a linda sereia, minha protetora, de quem eu sou e serei eternamente devoto. É também a padroeira dos amores, Hugo...

Janaína te ama! Ela realmente te ama. Se não, não teria te implorado por ajuda como acabou de fazer. Não teria se humilhado."

"Sei."

"É verdade! Eu conheço Janaína! Eu não sei o que ela viu em você, mas ela te ama de verdade!"

Hugo ficou em silêncio, tentando considerar o que ele dissera, mas estava difícil de acreditar. Sentindo sua raiva apertar a garganta novamente, ele rebateu, "Se ela realmente me amasse, teria aceitado meus avanços. Não ficaria se fazendo de difícil!"

"Rapaz... ela não tava se fazendo de difícil! Ela realmente não se sentia preparada! Era cedo demais! Vocês nem se conheciam direito ainda!"

Hugo estava negando com a cabeça, não querendo aceitar aquela explicação, mas Crispim insistiu, desesperado por fazê-lo compreender, "Você não curtia a relação, véi... Ficava só querendo ir pra fase seguinte! Ela tava assustada! Insegura!"

"Ha! Insegura, ela?! Rodada do jeito que ela é?!"

"Ela era virgem, Hugo!"

Hugo se calou, chocado, vendo que Crispim estava falando sério. E então riu, não querendo acreditar, "Tá, conta outra. Ela é uma vadia, isso sim. Foi uma vadia traíra, que dormiu com o galã do chapéu só pra rir da minha cara."

"Será que você não vai entender nunca?!" Crispim berrou, perdendo a paciência. "Então deixe eu soletrar pra você: ela foi atacada!"

Hugo desviou o olhar, incomodado com a força daquela palavra. *Enfeitiçada* tinha soado tão mais leve... Não querendo aceitar a monstruosidade que acontecera, ele insistiu, quase chorando, indignado, "Ela não foi atacada, ela foi porque quis; porque é sem-vergonha. Foi sem-vergonhice dela..."

Crispim olhou sério para ele. Com o semblante cansado. Entristecido. "O que aconteceu com ela tem outro nome, Hugo, e *é crime*. Pelo menos no meu mundo, no mundo azêmola, é crime dopar uma menina pra fazer o que quiser com ela. Você sabe disso, não sabe? Mas aqui, no *seu* mundo, ninguém pode prender o filho da mãe porque ele é um boto, tecnicamente um animal, e não pode ser condenado pelas leis dos homens. Isso é um absurdo. E agora vem você, condenando Janaína por algo que ela não teve culpa nenhuma!"

Hugo desviou o olhar, sentindo uma turbulência enorme no peito, mas Crispim prosseguiu, sem trégua, "E mesmo se tivesse tido culpa, Hugo... Você não dizia tanto que gostava dela? Então! Cadê o seu amor agora? Evaporou?"

"Foi embora junto com a minha confiança", Hugo murmurou; já arrependido de ter dito todas aquelas coisas, mas insistindo mesmo assim, por puro orgulho.

"Então não era amor de verdade, Hugo. O amor verdadeiro resiste a todas as decepções; não abandona a pessoa no momento que ela mais precisa. Se você não ajudar sua Janaína, ela vai ter o bebê mesmo assim, porque ela é guerreira; ela vai amar e proteger aquela criança com a própria vida se for preciso. Mas o caminho dela seria muito menos espinhoso com você do lado. Pense nisso."

Hugo baixou a cabeça, angustiado. Sentindo náuseas até. "...Você está me pedindo que eu desista da minha vida por ela."

"Talvez. Mas amar é isso; é se sacrificar pelo outro, porque você gosta mais do outro do que de si próprio. Mesmo que ela estivesse errada. Mesmo que ela tivesse te traído de verdade, e depois se arrependido. Qual seria o problema em ajudá-la a cuidar do filho dela, se você a ama? Você seria capaz disso? Seria capaz de amar alguém tanto assim?"

Crispim foi embora, deixando Hugo sozinho com seus pensamentos. Irritado, frustrado, confuso... tudo ao mesmo tempo.

Maldito pescador metido a filósofo. Tinha que falar tão bonito?! Só para fazê-lo se sentir culpado por algo que ele nem fizera?!

Hugo até podia aceitar a história do boto, mas o que ele tinha a ver com aquilo?! Por que mudaria sua vida inteira por uma criança que nem era sua?!

Não... eles não podiam pedir aquilo para ele. Não podiam.

Janaína que o desculpasse, mas ele não a ajudaria. Problema dela, se ela cedera à sedução do gringo! Ele não iria destruir sua vida por aquela traidora.

Engolindo a raiva, Hugo saiu do observatório já com sua decisão tomada, e logo avistou Janaína ao longe, chorosa, sendo abraçada pelos pais, que olharam sérios para ele.

Sérios, mas sem julgamento. Tinham certeza da decisão que ele tomara, e entendiam, apesar de lamentarem. Sabiam que ele não tinha obrigação nenhuma em aceitar aquilo. Ainda bem! Eles que cuidassem do neto!

Virando-se irritado, Hugo deu de cara com Capí, sentado no chão, a poucos metros da entrada do observatório. De cabeça baixa. Pensativo. Com certeza ouvira tudo e só não entrara na conversa por educação.

Xingando sua má sorte, Hugo se preparou para levar o maior sermão de sua vida, mas Capí só lhe fez uma única pergunta, sem erguer os olhos, "Você teria assumido a responsabilidade se o filho fosse seu?"

Hugo hesitou, surpreso com a indagação. E então disse, "... Claro que sim."

Com um aceno de cabeça, Capí aceitou sua resposta, mas estava claro que não acreditara nela, e Hugo foi sentar-se em um canto mais afastado, para ruminar a raiva que estava sentindo de todos ali.

Foi só ele recostar a cabeça na parede de pedra, no entanto, que uma forte explosão lá fora fez a montanha inteira tremer, e Hugo olhou para cima a tempo de desviar-se de uma lasca gigante da parede, que despencara lá do alto, estilhaçando-se inteira no chão da câmara principal. Todos gritaram, afastando-se correndo dos destroços.

Com o coração acelerado, Hugo sentiu a terra tremer mais uma vez e distanciou-se da parede, enquanto as famílias se abraçavam.

"Eles já encontraram a gente?!" um dos alunos gritou assombrado, e mais uma explosão fez vários pedaços de rocha se desprenderem lá do alto e caírem perigosamente perto das crianças, que foram levadas para um canto menos instável enquanto os poucos jovens que estavam armados corriam para a entrada da gruta, formando um patético batalhão de defesa, protegidos apenas por umas poucas rochas encravadas no chão.

Sacando sua varinha, Hugo foi reforçar a defesa, escondendo-se atrás de uma pequena pilha de pedregulhos e espiando o deserto lá fora. Dezenas de figuras de preto se aproximavam… e, apesar de todos os rostos estarem envolvidos em densa sombra, Hugo achava que reconhecia o líder, por seu porte altivo e arrogante.

Foi só o homem abrir a boca, que suas suspeitas se confirmaram.

"Entreguem as fichas, gurizada! Quantas varinhas vocês têm?!"

Hugo recostou-se contra as rochas, olhando receoso para os Pixies. "Ustra."

Eles assentiram, também tendo reconhecido a voz, e Hugo virou-se para Janaína, "Por favor, me diz que tem outra saída pra fora daqui"

A caramuru negou, sem encará-lo, e Viny deu uma risada desesperada, "Mas que ótimo! Sete varinhas contra… quantas mesmo?! Trinta?! E esses são só os que não estão ocultos atrás das dunas! Quem escolheu esse lugar superseguro pra gente se defender?!"

"Não era pra gente se defender, Viny", Janaína respondeu. "Era pra gente ficar escondido! Eu não achei que fossem nos encontrar tão cedo!"

Edre Silvino socou a rocha com raiva. "Foi o Corpo Seco, aquele canalha vingativo! Ele caguetou a gente pros lobos!"

"E girar pra fora daqui, não dá?" Caimana indagou, mas todos os caramurus presentes negaram ao mesmo tempo, e Capí teve que explicar, "Há certos ambientes em que o giro é sempre proibido. Florestas, prisões, instituições bancárias, desertos…"

"Mas a gente veio girando!" Hugo rebateu, inconformado, e o pixie negou mais uma vez, "A gente não girou, a gente chegou aqui por um portal: a cápsula do Farol da Barra. Assim como o Santo-do-Pau-Oco, ele só leva a determinados lugares e a certos pontos específicos de cada lugar."

"Então… pra fugir daqui, a gente teria que alcançar o exato ponto onde a gente apareceu? Lá no meio das dunas?!"

Capí confirmou. "Só que esse ponto é a meio quilômetro daqui, e entre ele e a gente estão Ustra e seus amiguinhos."

Hugo estremeceu, vendo o general de Bofronte parado à distância, só esperando-os. "Então, a gente vai ter que enfrentar…"

Mas tinha alguma coisa muito errada ali… Enquanto o homem de preto ao lado de Ustra continuava a atacar a lateral da montanha, tentando forçar a saída dos rebeldes com os desabamentos, o resto de seu exército se dispersara para os lados, indo sentar-se tranquilamente no topo das dezenas de dunas que estavam enfileiradas à esquerda e à direita da entrada da gruta, praticamente deixando o caminho livre para que os rebeldes pudessem correr até o portal.

Sentados na areia, brincavam casualmente com suas varinhas, como se estivessem ali apenas para assistir a uma corrida, e foi então que Hugo entendeu, sentindo um calafrio: aquilo era um corredor polonês.

Eles iam forçá-los a sair correndo da caverna, e então massacrá-los um a um no meio do caminho, sem a menor chance de resposta…

Com absoluto ódio daquele homem, Hugo cerrou os dentes, vendo um leve sorriso se abrir no semblante do gaúcho através das sombras.

O filho da mãe ia matar todos ali.

CAPÍTULO 52
A DOR DOS OUTROS

"Vamos lá, gurizada! Dei uma baita colher de chá para vocês. Aprocheguem-se e vamos prosear aqui fora! Que me dizem?"

Mais uma vez, o homem ao lado de Ustra atingiu a montanha, fazendo tudo tremer, e Hugo ouviu os gritos de terror vindos lá de dentro à medida que mais uma lasca da parede despencava sobre eles.

"Seu covarde!" o professor de Numerologia berrou. "Se tu acha que nós somos poucos, por que não vem aqui acertar as contas, hein, Ustra?! Pra que ficar aí fazendo hora?!"

"Porque me gusta!" Ustra respondeu, na cara dura, ordenando que o homem atacasse a montanha de novo, "Além do mais, não gasto pólvora em ximango! Mais cedo ou mais tarde vocês vão sair daí!"

A montanha tremeu novamente, e todos se viraram assustados ao ouvirem um urro apavorante ecoar por todo o interior da montanha. Até as crianças pararam de gritar para ouvir; seus olhinhos apavorados.

Algum bicho muito grande acordara lá dentro, nas profundezas da montanha. Não sabiam o que era, mas o medo era patente até nos rostos dos adultos.

Ustra estava rindo em triunfo, tendo ouvido o urro lá de fora. Filho da mãe... Ele não estivera atacando a montanha à toa...

"É, gurizada... Por que eu sujaria minhas mãos indo até vocês, se tem um monstro faminto aí dentro, já na ponta dos cascos?!"

Checando seu relógio de bolso, com toda a calma do mundo, Ustra bocejou, "Bueno, calculo que tenham uns dez minutos para saírem daí antes que sejam comidos vivos. E então, o que me dizem?"

Kailler olhava para o general em choque. "Ele tá falando sério."

"Eu sei..." Janaína disse, apreensiva, e mais um forte urro ressoou pelas galerias da gruta, calando todos de medo lá dentro, menos as crianças, que desta vez gritaram, apavoradas, antes que seus pais pudessem impedi-las. Aquilo só chamaria ainda mais a atenção do bicho!

Hugo olhou à sua volta, tenso. "A gente precisa sair daqui."

"Se a gente sair, a gente tá morto, véi!"

"Se a gente ficar, também!"

"E se todo mundo saísse de uma vez?" Viny sugeriu. "Dividiria a atenção deles, né?"

"É, mas e as crianças, Viny?! Como a gente garantiria a segurança delas na travessia?"

"Putz, verdade, véio... Eu não tinha pensado nisso."

"E se a gente chamasse a Guarda de Midas?!" uma das alunas sugeriu. "Eles nos ajudariam... Eu tenho certeza!"

Janaína olhou-a, sem paciência. "E como, exatamente, você sugere que a gente chame a Guarda, Táina?! Telefonando pra eles?!"

"Ué, Ustra deu dez minutos pra gente, não deu? Se pelo menos um de nós conseguisse atravessar correndo daqui até o portal e fosse pedir ajuda, acho que eles chegariam em uns vinte minutos, no máximo!"

"Em vinte minutos a gente vai estar morto."

"Alguém, por favor, me explica que Guarda é essa?! Eu já perguntei isso em Salvador, uma vez, e me ignoraram redondamente!"

"A Guarda de Midas, Hugo", Janaína repetiu. "É tipo uma Guarda Nacional."

"Ah, que ótimo. Chamar uma Guarda do governo pra nos proteger do próprio governo. Por que será que não me parece uma ótima ideia?"

"Eles não são do governo. São um órgão autônomo, criado na época da Guerra da Independência pra proteger os brasileiros, o Imperador bruxo e sua família", Táina explicou. "Sempre defenderam o país, o povo, as leis… mesmo que contra o próprio governo. A gente já tinha tentado contatar a Guarda antes, mas, sem provas, eles não podiam fazer nada. Bom… Agora eles vão ter provas até demais."

"E ia adiantar alguma coisa chamar essa Guarda aí?"

"Ah ia", Janaína respondeu, bastante segura. "Se fosse remotamente possível ultrapassar esse corredor de assassinos, sim. Mas não vai acontecer, porque eu não vou deixar ninguém fazer uma loucura dessas."

Kailler estava quicando ao lado deles, impaciente com aquela discussão toda. "O quartel da Guarda é no Pantanal, né?"

"É, por quê?" Janaína perguntou, mas o garoto já tinha disparado pelo corredor de areia.

"Kailler! Volta aqui, seu maluco!" todos gritaram desesperados, vendo o potiguar começar a ser atacado por um turbilhão de feitiços vindos de todos os lados, mas ele conseguiu desviar de todos brilhantemente enquanto corria, como bom líder do Clube das Luzes caramuru que era, dando saltos, cambalhotas, giros, piruetas, e correndo mais um pouco, até que foi atingido em cheio por um jato verde no peito, que o jogou violentamente contra uma das dunas, e seu corpo rolou até o chão, parando com os braços abertos e o olhar vidrado próximo à água.

"NÃO!!!" Janaína berrou, desesperada, e já ia correr até o corpo do amigo morto quando foi segurada por Viny e Caimana, que a puxaram de volta enquanto ela chorava, e Crispim abraçou-a com força, olhando penalizado para o corpo do amigo lá longe.

Hugo estava chocado. Nunca vira alguém morrer com um Avá-Ĩuká antes. Já vira o resultado: o corpo do ruivo, na Sala das Lágrimas. Mas nunca a morte em si. Era tão… instantânea! Sem sangue, sem nada! Atingiu, morreu!

Estavam todos em choque. Todos que haviam visto. E os Pixies se entreolharam temerosos. Aqueles caras estavam falando sério mesmo.

"Hugo", Capí chamou-o num canto, em respeito ao luto dos caramurus. "Cuida do Eimi até eu voltar?"

Hugo fitou o pixie, espantado, "Não, você não vai!" Mas Capí já havia tomado sua decisão.

Abraçando o pixie e não querendo largá-lo nunca mais, Hugo se despediu, aceitando a incumbência de proteger o mineirinho, e Capí aproximou-se da saída, se preparando psicologicamente para a travessia.

"Véio!" Viny entrou em pânico ao vê-lo ali. "Não são luzes dessa vez, irmão!" mas Capí pousou a mão em seu ombro, estranhamente calmo, e o loiro ficou sem ação. "Vai dar tudo certo, Viny."

"Sempre querendo se exibir, né, fiasquinho?" Abelardo murmurou rancoroso, encolhido num canto. "Quer provar que é herói, é? Compensar pela incompetência do pai?!"

Capí virou-se para a saída, escolhendo ignorá-lo, mas Viny teve que se segurar para não pular no pescoço do anjo, *"Ele não aprende nada, esse folgado?!"*

"Um passo de cada vez, Viny. Ele já está aqui com a gente, não está?"

O loiro assentiu.

"Não se conserta o ressentimento de anos em uma semana", Capí completou, indo até a boca da caverna e pausando para se concentrar enquanto Ustra gritava provocações lá fora, *"Bueno, quem é o seguinte?!"*

"Ninguém vai segurar esse garoto doido não?!" um dos jovens perguntou apavorado, vendo Capí se preparar, e Caimana tomou o menino pelo ombro, com carinho, "Você conhece o Clube das Luzes, Levy? É Levy seu nome, né?"

Levy confirmou com a cabeça, "Conheço sim, eu tô no Clube."

"Então. Sabe esse que você acabou de chamar de maluco?" ela apontou para Capí, que agora fechava os olhos em prece.

"Sei."

"Foi ele que criou o jogo."

O jovem arregalou os olhos, reverente.

"Não tem ninguém melhor do que ele nisso. Ele vai conseguir", ela garantiu, com uma confiança invejável.

Confiança esta, que Hugo não possuía. "Ainda dá pra desistir, Capí…"

"Ninguém mais vai morrer por alguma coisa que eu criei", ele respondeu, concentrado, deixando transparecer uma pitada de remorso pela morte do potiguar, e então baixou a cabeça novamente, murmurando o fim de sua prece: *Que seja feita a Sua vontade, Senhor. Não a minha.*"

Hugo ergueu a sobrancelha, surpreso. Era entrega demais…

Respirando fundo, o pixie abriu os olhos, fixou o caminho à sua frente, e, sem mais delongas, disparou pelo corredor de areia como se as vidas de todos ali dependessem dele – o que não deixava de ser verdade, começando a ser atacado quase que imediatamente por uma chuva de feitiços. E os Pixies ali torcendo, com o coração na mão, sem poderem fazer nada para ajudá-lo. Viny já chorando pelo amigo, enquanto via Capí desviar de um feitiço atrás de outro com uma habilidade inigualável. Os jatos passavam a milímetros dele, mas, ao contrário de Kailler, Capí aproveitava cada mínima oportunidade para contra-atacar, confundindo os agressores o quanto podia.

Já havia passado, e muito, do ponto em que Kailler morrera, mas ainda faltava muita areia até o portal, e à medida que os homens de preto foram percebendo que existia uma insana possibilidade do garoto conseguir, intensificaram ainda mais seus ataques, muitos correndo por cima das dunas atrás do pixie, lançando feitiços e mais feitiços contra ele. Alguns tão fortes que, se houvessem atingido o pixie, teriam arrancado sua perna fora. Mas Capí estava começando a perder velocidade.

"Não cansa agora, véio... não cansa..." Viny torcia, apertando as rochas à sua frente, de tanto nervoso.

Vendo que seus feitiços já não estavam mais alcançando o garoto, alguns dos homens de preto começaram a direcionar contra ele pedregulhos e adagas a uma velocidade absurda, e elas zuniam próximas demais ao pixie. Visivelmente esgotado, Capí continuava tentando desviar, mas já não tinha mais aquela energia do início, e algumas das pedras começaram a atingi-lo, ferindo suas pernas, desequilibrando-o na corrida...

Até que Ustra resolveu acabar com aquela palhaçada de uma vez e jogou para fora o motorista de um pequeno jipe turístico que tivera a má sorte de passar por perto. Usando um feitiço forte de propulsão, lançou o jipe inteiro no ar a uma velocidade bizarra contra o pixie, que viu o veículo rolando em sua direção e ainda tentou desviar, mas o carro bateu na areia com tanta violência que capotou pouco antes de atingi-lo e Capí foi jogado ao chão sem qualquer possibilidade de defesa, sendo arrastado, pelo carro, contra uma das dunas.

Os Pixies ficaram nas pontas dos pés, desesperados, tentando averiguar se o amigo estava vivo ou morto, mas Capí já se distanciara demais deles para que conseguissem ver qualquer coisa em detalhe. Mesmo assim, os três continuaram forçando a vista, até que notaram um mínimo movimento no carro capotado e, então, o que parecia ser o braço do pixie saindo lá de baixo, e eles respiraram semialiviados. Ele ainda estava vivo... mas por quanto tempo?

"Pelo amor de Deus, alguém vai buscar as lunetas lá na galeria astrológica?!" Janaína pediu, nervosa, e Levy saiu correndo, voltando em meio minuto com cinco delas, que começou a distribuir entre os outros. Hugo pegou uma antes que ela fosse entregue a outra pessoa e, limpando depressa a lente empoeirada, direcionou-a para o carro. Lá estava ele. Vivo, mas ferido.

Preso entre a areia e as ferragens, demorou até que o pixie conseguisse se mexer. Usando o que sobrara de sua energia, Capí impulsionou as pernas contra o carro, gritando de dor, até que, finalmente, conseguiu se soltar, caindo no chão com a mão no ombro ferido e tentando se arrastar para trás do jipe, que já começara a ser atacado por uma nova chuva de feitiços, dos mais violentos.

Estava machucado. Bastante machucado. Encolhido atrás do jipe, tentava se proteger enquanto os feitiços explodiam as portas do veículo e faziam rombos enormes na carcaça, empurrando o carro cada vez mais para perto do lago. Em pouco tempo o jipe atingiria as águas e afundaria, deixando Capí completamente vulnerável; sem proteção alguma além da própria varinha, que não seria suficiente contra trinta.

Hugo olhou aflito para Caimana, que assistia com os olhos cheios d'água, já esperando pelo pior. Nem ela, com toda sua impulsividade, arriscava ir atrás dele. Era inteligente o suficiente para saber que não chegaria viva nem até onde Kailler havia chegado. Viny também assistia, inconsolável... principalmente por saber que não podia fazer nada para ajudá-lo. Nem atacar os desgraçados eles conseguiam! Não tinham ângulo!

"Ele não vai conseguir, Índio…" Caimana lamentou, percebendo que Virgílio finalmente aparecera ao lado deles. Estivera ajudando as vítimas dos desabamentos lá dentro, e só agora percebia, horrorizado, o que estava acontecendo. "Eu vou lá."

"De jeito nenhum! Tu nem do Clube das Luzes era!"

"Não, vocês não estão entendendo! Eu posso ir!" ele insistiu, com uma estranha convicção na voz, mas antes que Índio pudesse fazer qualquer insanidade, eles ouviram uma nova onda de feitiços lá fora e voltaram a assistir, vendo que Capí tentara mancar para além do jipe e não conseguira, caindo alguns metros adiante, atingido por uma pedra no braço. Agora, a única coisa que o protegia da mira dos atacantes era uma pequena elevação de areia, que não duraria muito tempo.

Até Abelardo se levantara para assistir, preocupado. Se ao menos Peteca estivesse ali para…

"Opa! Chamou?!"

Hugo sentiu uma baforada forte de vento e olhou espantado para o lado, vendo o saci aparecer ali, do nada; seus olhos cruéis fitando-o com fome de ação. Guardando depressa a varinha escarlate, antes que Peteca a visse, notou o sangue que escorria, grosso, pela testa do diabinho. Sangue que, definitivamente, não era dele.

Abelardo fitava-o surpreso. Certamente já vira o saci nos subterrâneos de Salvador, mas só agora, vendo o redemoinho, entendera de quem se tratava. "Então era esse pilantrinha que estava criando confusão lá na Korkovado?!"

Peteca deu um sorriso maléfico, mostrando os dentes afiados cheios de sangue, e Hugo estremeceu. Aquele bicho era perigoso.

"Peteca, ajuda meu amigo, por favor", ele implorou, e o saci quicou empolgado, já pronto para obedecer. Assim que viu de quem Hugo estava falando, no entanto, torceu o nariz. "Ajudar o moço que tentou roubar a minha varinha?! Ele que se vire!"

Hugo se espantou. Não estivera esperando por aquela resposta… Bem que Atlas avisara sobre a natureza vingativa do geniozinho.

"Mas a varinha nem é sua, né, Peteca?!" ele argumentou, sem paciência.

Olhando desesperado para Capí, que estava cada vez mais acuado atrás daquela pequena duna, Hugo voltou-se tenso para o saci. Não podia deixar escorrer pelos dedos a única chance que o pixie tinha. "Por favor, *colega*… eu te imploro! O Capí é um menino bom, eu juro! E se ele não conseguir passar pro outro lado, nós todos vamos morrer! Você quer mesmo que eu morra?!"

O saci olhou-o, desconfiado.

"Peteca… por favor… É o último favor que eu te peço… em nome da ajuda que eu te dei no começo do ano. Nós somos amigos, não somos?! Amigos se ajudam!"

Fitando Hugo com aqueles olhos inquietantemente negros, o saci raciocinou, tentando entender a lógica de seus argumentos e, então, finalmente assentiu, olhando mais uma vez para o corredor de areia, desta vez motivado.

Disparando para fora da caverna como uma fera de três pernas, o saci começou a ser atacado por feitiços quase que imediatamente, desviando deles com cambalhotas e mortais insanamente rápidos até que, furioso com os ataques, Peteca começou a girar, e girar, e girar, e seu pequeno redemoinho foi se transformando em um verdadeiro tornado de areia, crescendo em magnitude e altura até ficar quase do tamanho da montanha!

Boquiaberto, Hugo se protegeu contra a força da ventania, enquanto aquele tornado monstruoso atraía toda a areia das dunas para si e avançava, violento, contra os homens de preto, lançando vários deles a metros de distância ao mesmo tempo em que formava uma barreira gigantesca de areia ao redor de Capí.

O pixie aproveitou a cobertura para se levantar e sair mancando em direção ao portal. Avançou ainda alguns metros até desaparecer por completo na areia, e assim que ele o fez, o tornado de areia despencou no chão de repente, como que forçosamente desligado, jogando areia para todos os lados.

"Ele conseguiu?!" Levy e Janaína se perguntaram aflitos, tentando avistar o pixie lá de longe, e todos fizeram o mesmo, se erguendo para ver melhor, mas antes que pudessem chegar a qualquer conclusão, foram chacoalhados pelo berro assustador das crianças, logo seguido de mais um urro, desta vez, muito mais próximo. E os jovens na entrada se entreolharam, preocupados, ouvindo a voz desesperada de Theodora ecoar lá de dentro, "*QUIBUNGO!!!!!! PEGUEM AS CRIANÇAS!*"

Hugo foi o primeiro a entrar correndo, seguido de perto por Janaína, Viny, Caimana e Abelardo, e o que eles viram foi de arrepiar os cabelos.

Um monstro enorme, meio bicho, meio gigante, avançava pela câmara principal, destruindo tudo, puxando para fora do caminho os adultos e pegando apenas as criancinhas, que ele então arremessava, uma a uma, na enorme boca que tinha nas costas.

Berrando de medo, os pequeninos eram mastigados sem compaixão, quando não engolidos por inteiro, e a cena era tão horrível que até os Pixies demoraram a reagir.

"Minha Nossa Senhora..." Hugo murmurou, assistindo chocado enquanto o monstro, que tinha sua boca principal amordaçada por uma correia de couro, içava mais uma criancinha para jogá-la no buraco das costas.

"NÃO!" Abelardo pulou, agarrando-se ao menino, e seu peso foi o suficiente para arrancá-lo das mãos do monstro. Caindo com a criança nos braços, o anjo girou no chão para protegê-la do próximo ataque, e então do terceiro, e do quarto.

Furioso, o Quibungo voltou-se contra ele pela quinta vez e quando seu punho já ia esmagar os dois, Caimana sacou sua varinha; uma das míseras cinco que eles ainda tinham, e feriu o bicho com um Oxé, que só fez enfurecê-lo ainda mais.

Viny entrou na briga para defender a namorada, atacando o bicho com um, dois, três feitiços, mas a pele do monstro parecia impenetrável! O bicho urrava a cada feitiço que o atingia, mas era um urro abafado, como se estivesse sofrendo não tanto com os feitiços, e sim com as correias que prendiam sua boca original. O monstro estivera tão cruelmente amordaçado, há tanto tempo, que seus olhos lacrimejavam de fúria e de dor enquanto ele tentava atacar qualquer um que via pela frente, esmurrando os jovens e adultos que se metiam em seu caminho, e quebrando alguns ossos no processo, enquanto procurava pelas crianças como um animal desesperadamente faminto.

Ele queria só as crianças... provavelmente porque seus corpinhos eram os únicos que cabiam no buraco em suas costas. E, enquanto os Pixies atacavam-no com tudo que tinham, os adultos tentavam proteger como podiam as poucas que ainda restavam, mas o que fazer, se estavam todos desarmados?!

Vendo que o Quibungo avançava, agora em direção a Eimi, pouco se importando com os feitiços que o atingiam, Hugo pulou em cima do mineirinho pouco antes da mão gigante do monstro chegar, tirando-o do caminho e sacando sua varinha a tempo de desviar de mais um tapa assassino do bicho.

Foi então que reparou nas mãos colossais do monstro, e percebeu que o bicho devia ter acabado de se soltar de alguma espécie de corrente, porque parte dela ainda permanecia presa a seus pulsos. Provavelmente estivera trancado há tanto tempo nas galerias da montanha, que sua fúria só não era maior que sua fome; seus olhos fixando-se em cada uma de suas futuras mini vítimas enquanto se defendia dos feitiços que Hugo lançava contra ele, sem nunca desistir de avançar em busca do mineirinho, que agora se acovardava, apavorado, atrás de seu protetor.

Conseguindo acertar um *Sapiranga* contra os olhos do gigante, que começou a berrar de dor, com as mãos no rosto, Hugo usou o tempo que ganhara para pedir a varinha de Eimi emprestada novamente, lançando-a, desta vez, nas mãos de Barba Ruiva, que agora já era um jovem adolescente.

Finalmente armado, o futuro professor começou a atacar o monstro com tudo o que sabia e Hugo aproveitou a brecha para levar o mineirinho a um lugar mais seguro. Percebendo que a ala de astronomia tinha um teto mais baixo que a altura do Quibungo, deixou o mineirinho ali e voltou para a briga, vendo que o jovem Barba Ruiva já conseguira abrir um corte na lateral do monstro, mas nada grande o suficiente, até porque ainda não tinha todo o conhecimento de Defesa que teria em algumas horas, quando alcançasse a idade adulta.

Enquanto isso, o bicho, em sua fúria, sua fome e sua dor, chegava a dar pena enquanto berrava, atacando o nada à sua frente, sem conseguir enxergar. Sim, ele acabara de engolir sete crianças, mas era de sua natureza fazê-lo. Hugo não tinha ódio dele. O ódio, ele reservava para Ustra, que atacara a montanha SABENDO que iria acordar uma fera devoradora de criancinhas. SABENDO... Havia sido um ataque deliberado contra os *filhos* dos rebeldes... para desesperá-los, desestruturá-los... para cumprir a ameaça que fizera através dos bonecos de Papa-Figo.

Vendo que o Quibungo se recuperara parcialmente do *Sapiranga* e agora avançava para a ala onde estavam escondidas as últimas três crianças, Viny e Abelardo raciocinaram juntos, apontando suas varinhas contra o monstro no exato momento em que ele se abaixava para entrar, e gritando "GUAÇU!"

O Quibungo quase dobrou de tamanho, ficando entalado na entrada da galeria, e os rebeldes comemoraram, rindo de alívio enquanto o bicho tentava de tudo para se soltar, sem sucesso, esmurrando com seus largos punhos as paredes que o prendiam enquanto Viny ia cumprimentar o anjo por seu pensamento rápido.

Abelardo esboçou um magro sorriso, tentando não dar o braço a torcer; mas havia sido, de fato, um golpe genial dos dois, e enquanto o monstro se debatia entalado, os jovens entraram por entre as pernas dobradas do bicho para tirar dali de dentro as três últimas crianças e todos os feridos que haviam sido levados para lá durante a batalha, trazendo-os de volta, um a um, à galeria principal.

Enquanto Abel e Viny resgatavam as crianças, Crispim foi buscar sua Maria da Graça, voltando logo em seguida para ajudar o jornalista Hipólito, que apoiou o braço nos ombros do jovem pescador, mancando sem sua perna. Os dois passaram pela lateral do bicho com certa dificuldade e já estavam voltando a mancar em direção aos outros quando ouviu-se um forte ruído de rocha trincando.

Todos olharam para trás, temerosos, vendo o Quibungo quebrar o teto que o detia e se desprender, com todo seu enorme tamanho, avançando imediatamente contra os feridos adultos, que fugiam, e que, agora, ele podia comer.

Indo primeiro atrás de Hipólito, arrancou-o dos ombros de Crispim, jogando o jornalista inteiro dentro do buraco em suas costas.

Insaciável, avançou então em direção à Maria da Graça, que berrou apavorada, estendendo seu único braço em direção ao monstro como se aquilo pudesse defendê-la de alguma coisa. Mas Crispim foi mais rápido. Jogando-se na frente da namorada, deixou-se ser levado pelo Quibungo no lugar dela, e Maria gritou desesperada, vendo seu namorado ser engolido de uma só vez pelo monstro.

Hugo arregalou os olhos... O garoto se deixara ser devorado...

"CRISPIM!!!" Janaína berrou, chorando muito, e Viny foi ampará-la antes que ela caísse no chão de tanta tristeza, abraçando-a com força, penalizado.

Kailler e Crispim... Dois dos melhores amigos da baiana, mortos no mesmo dia! Dois dos Pés Rapados... Aquilo era demais para qualquer um suportar, ainda mais para uma grávida, e todos foram acudi-la, enquanto o monstro tropeçava nos próprios pés, tendo alguma espécie de indigestão com os adultos que acabara de engolir.

Achando aquilo um tanto estranho, Hugo se aproximou do Quibungo de varinha em punho, cauteloso, observando aquele colosso de cinco metros de altura se contorcer todo com suas enormes mãos na altura do estômago, até que, de repente, Hugo viu um facão perfurar a barriga do monstro de dentro para fora e arregalou os olhos, acompanhando o caminho da lâmina enquanto ela rasgava a barriga do gigante de baixo para cima em um único corte seco.

O Quibungo deu um berro horrendo de dor, tentando agarrar a lâmina da faca peixeira com suas enormes mãos, sem sucesso. Seus dedos eram grandes demais para pinçarem algo tão pequeno e, sentindo a faca perfurar seus pulmões, ele deu um último abafado suspiro e caiu com um estrondo no chão. Morto.

Hugo correu até o corpo do monstro. "Me ajudem aqui!"

Chocado, Viny apressou-se até ele, acompanhado de Caimana, Índio e Abelardo, e os cinco juntos viraram o bicho de barriga para cima no chão, precisando da força de suas cinco varinhas unidas para levantar tanto peso.

Subindo no corpo do Quibungo morto, Hugo enfiou seu braço inteiro dentro do buraco aberto pela faca, encontrando a mão de Crispim e puxando-o de lá com a ajuda de Viny. O jovem estava coberto de sangue e gosma estomacal, e, como aquilo o tornava bastante escorregadio, levaram ainda um certo tempo até que conseguissem arrancar o pescador dali, passando-o, então, para as mãos dos que haviam se reunido ali embaixo para recebê-lo.

Crispim estava trêmulo, mas vivo, e todos cumprimentaram o azêmola com acenos agradecidos de cabeça e pequenos afagos antes de deixarem que ele se erguesse, trôpego, para encontrar sua Maria, que o beijou sem se importar com o estado deplorável do namorado, coberto de sangue e gosma e com algumas seções de pele já queimadas pelo ácido do início da digestão.

Vendo as queimaduras do pescador, Viny se protegeu inteiro com um feitiço antiácido e praticamente mergulhou dentro da barriga atrás de outros possíveis sobreviventes, conseguindo tirar Hipólito de lá ainda semivivo, mas o jornalista já estava queimado por inteiro e berrava, com líquido na garganta, engasgando-o. Pai Joaquim foi socorrê-lo, ignorando a magia e enfiando sua mão inteira pela garganta do jornalista, para tirar de lá de dentro a gosma que o sufocava.

Seguiu-se, então, uma verdadeira sessão de horrores, enquanto os corpinhos das crianças eram retirados do Quibungo; dali em diante, nenhum vivo, e a comemoração pela morte do bicho teve de ser adiada para nunca mais.

Hugo nunca vira tantas crianças mortas antes. E o pior é que elas não estavam só mortas, estavam parcialmente digeridas!

Ele cobriu a boca para não vomitar, e então abraçou a própria cabeça para não ter que ouvir o choro desesperado dos pais daqueles meninos e meninas. Nunca a dor dos outros doera tanto nele... Era desesperador demais! Criancinhas de três, quatro anos de idade, caramba!

Abelardo não estava conseguindo fazer mais nada. Atordoado, apenas assistia, como se estivesse em outro mundo, e cada criança retirada lá de dentro era mais um casal de bruxos que berrava de dor. Um pouco afastada deles, uma única mãe sortuda abraçava, com alívio, seus dois filhos vivos; as únicas crianças que haviam escapado das garras da morte, além da menininha que Hugo salvara do cabeça satânica. Pelo menos isso.

"Bofronte é pior do que a gente imaginava, Viny..." Caimana murmurou estarrecida, e Hugo não discordou da elfa. Estava chocado demais. Todos ali estavam. Sem energia emocional alguma para reagir, caso Ustra resolvesse atacar a gruta.

A desolação era total... Haviam sido doze mortes em menos de um dia; quatro adultos nos subterrâneos, um jovem no deserto, sete crianças na gruta. E Capí, que eles ainda não sabiam se tinha conseguido completar a travessia ou não.

Segurando o corpo de um dos menininhos no colo, Janaína olhava desconsolada para o amigo pescador, "O Corpo Seco conseguiu as criancinhas que ele queria, Crispim..."

"AGGGHHHHH!" Barba Ruiva berrou, enfurecido, "Eu mato esse fí da gota! Eu mato!" e foi até o corpo abandonado do Corpo Seco, chutando-o repetidas vezes até não aguentar mais. Quando finalmente parou, chorando de ódio, desconsolado, o espírito do canalha retornou ao corpo e aquele ser cinzento e monstruoso se levantou num salto, derrubando o professor no chão e dando um berro em seu rosto antes de fugir para a escuridão da gruta.

Barba Ruiva ficou ali parado, em choque por alguns instantes, até que a voz de Ustra soou novamente lá do deserto, agora amplificada por magia, e todos se ergueram para ouvi-lo, fervilhando de ódio por aquele monstro gaúcho, que era muito pior do que todos os outros que eles haviam enfrentado aquele dia.

"*E aí, gurizada, que tal o regalo?*" ele gritou lá de fora. "*Bah, me desculpem a gafe, ainda sobrou algum guri aí dentro?!*" ele riu, e os mais esquentadinhos tiveram que ser segurados pelos mais sensatos para que não corressem lá fora atrás do gaúcho e fossem massacrados no corredor polonês, que voltara a se formar com o sumiço do saci.

Exaustos, alguns deles simplesmente sentaram-se no chão, destruídos. Não tinham mais forças. Nenhum deles tinha.

Já estavam quase se conformando com o fato de que todos ali morreriam, quando, de repente, começaram a ouvir rugidos lá fora.

"Ah não... mais monstros não..." um dos jovens resmungou, exausto, cobrindo a cabeça com os braços e começando a chorar de desespero. Só que aqueles urros pareciam diferentes, e logo o rosto de Janaína se iluminou e ela ficou de pé.

"A Guarda! É a Guarda!" ela comemorou com um sorriso enorme nos lábios, correndo para a entrada. Foi seguida de perto pelos outros, que se entreolharam esperançosos e também saíram correndo. Hugo ainda ficou para trás por alguns instantes, tentando entender.

A Guarda urrava?!

Olhando para os Pixies, perplexo, começou a ouvir explosões se unirem aos urros, e então clarões de fogo iluminaram a entrada da gruta e o rosto dos rebeldes, que agora assistiam com sorrisos nos rostos. Não se aguentando mais de curiosidade, Hugo se levantou para ver o que diabos era aquilo.

Mas foi só chegar à entrada da gruta, e olhar para o céu ensolarado dos lençóis maranhenses, que Hugo entendeu tudo.

Entendeu e sorriu, maravilhado.

Eram dragões.

CAPÍTULO 53

A 13ª MORTE

Hugo sentiu o mesmo arrepio que sentira ao ver Ehwaz pela primeira vez. Eram cinco dragões ao todo, de dois, talvez dois metros e meio de altura, no máximo. Montados no lombo de cada um, bruxos vestidos em armaduras douradas faziam suas feras darem rasantes assustadoramente próximas à areia, rodopiando no ar e soltando fogo ao redor dos homens de preto para cercá-los, enquanto eles se defendiam com suas varinhas, tentando fugir desesperados, cada um dos trinta para um lado diferente; dificultando bastante o trabalho de captura.

Pilotado por um dos guardas mais jovens, um intrépido dragão esverdeado mergulhava nos fugitivos mais próximos, derrubando-os na areia com suas patas dianteiras, enquanto um outro, cinzento, fazia rasantes com a boca aberta, tentando abocanhar os infelizes, mas muitos que caíam na areia conseguiam rolar para fora do caminho a tempo, reerguendo-se e mergulhando entre as dunas para se protegerem do rasante seguinte.

Enquanto a batalha acontecia lá fora, um terceiro dragão entrou na caverna, pousando em meio aos rebeldes. Montadas nele, duas pessoas: uma bruxa da Guarda, vestida em sua armadura dourada, e...

"Capí!" os Pixies sorriram, indo ao encontro do amigo, que desmontou do bicho e foi abraçá-los. Estava bastante ferido, mas vivo, e eles o abraçaram com cuidado para não machucá-lo, enquanto a mulher da Guarda controlava, com firmeza, a agitação de seu dragão adolescente. O magnífico animal tinha a pele espessa como a de um crocodilo, mas numa linda coloração roxa e, como um cavalo jovem, resistia rebelde aos comandos da dona. Hugo desconfiava que não por muito tempo.

"Um nano!" Eimi disse encantado, chegando correndo da galeria em que Hugo o deixara, para ficar mais próximo ao dragão.

Finalmente conseguindo controlá-lo, a moça desmontou, bastante séria, e foi ver o estado dos feridos, deixando o dragão ali sozinho, agora sim comportado, bloqueando a saída da gruta.

Hugo aproveitou para se aproximar do bicho, fascinado. "Nano?"

"É, uai!" Eimi respondeu. "Nanodragão! Os dragão normal são umas oito vez mais maió que esses daí. Os da Guarda são nanos."

"Dragões de montaria", Índio se intrometeu. "Mas são tão perigosos quanto os grandes. Eu não chegaria perto, se fosse você."

Hugo ignorou o mau-humor do pixie. Ainda maravilhado, tentava decidir se continuava admirando aquele bicho lindo, todo paramentado com arreios e cela, ou se voltava sua atenção para a moça que desmontara dele e que agora dava instruções firmes aos rebeldes adultos, organizando a retirada.

Escolheu a moça. Ela tinha o semblante sério, compenetrado, e três cicatrizes compridas no rosto, que não interferiam em nada na sua beleza. Muito pelo contrário. Só adicionavam um pouco de mistério ao que já era belo. O mais surpreendente nela, no entanto, não eram as cicatrizes, nem seus longos cabelos brancos, em estilo rastafári, nem as tatuagens que ela tinha nas orelhas, no pescoço e, sem dúvida, pelo corpo inteiro, mas sim a idade da jovem. Ela era, no máximo, um ano mais velha que os Pixies! Não mais do que isso!

Seus cabelos haviam sido presos a uma tiara com detalhes em ouro, forjada no estilo delicado dos elfos, como todo o resto de sua linda armadura dourada; toda cheia de curvas e motivos naturais. Magnífica, a armadura provavelmente havia sido encantada para suportar os feitiços mais fortes, além, é claro, do impacto de adagas, espadas, ou qualquer outro material cortante que fosse lançado contra elas.

Pelo que Hugo pudera ver de relance no combate aéreo, todos da Guarda usavam aquele mesmo estilo de armadura: metal dourado protegendo os órgãos vitais, com tiras de couro envolvendo mãos, cotovelos, joelhos e boa parte do corpo por debaixo da armadura, além de toda a parte traseira do corpo dos guardas, que, ao contrário da frente, não tinha qualquer proteção.

Hugo estremeceu. Só pessoas muito corajosas dispensariam a parte de trás de uma armadura. Provavelmente haviam sido treinados a nunca virarem as costas... A nunca fugirem.

Alheio às movimentações da guerreira, Capí se ajoelhara perante a fileira de corpinhos infantis estirados no chão da gruta, tentando aguentar a dor que era vê-los ali, naquele estado.... Ele chegara tarde demais para salvá-las...

Theodora e Edre Silvinio foram cumprimentar a visitante.

Apertando suas mãos com firmeza, a moça se apresentou, "Athalanta, aprendiz de Justus."

"Pensei que Guardas não tivessem nomes próprios; apenas nomes relacionados a suas virtudes."

"Eu ainda não sou uma guarda formada, cidadã. Ainda estou em treinamento. Assim como Cássio, lá fora."

Índio observava-a a distância. Com extrema antipatia, por algum motivo.

"Apaixonou, foi?"

"Cala a boca, adendo", Virgílio rosnou, saindo dali.

Naquele momento, um rugido mais forte fez-se ouvir, e um dragão muito maior do que o de Athalanta pousou dentro da gruta com maestria. Este sim, imponente, corpulento, duro e disciplinado, como o Guarda que o montava.

Janaína arregalou os olhos, admirada, *"Justus..."* e todos que ainda não haviam olhado, o fizeram assim que ouviram o nome.

Hugo analisou o homem que atraíra tantos comentários. De olhar duro e rosto quadrado, Justus tinha a pele escura, de um marrom apache, e o rosto inteiramente coberto por tatuagens negras, no estilo de um guerreiro Maori. Os cabelos longos, negros, e lisos só aumentavam sua imponência, enquanto ele olhava para todos de cima da cela de seu dragão negro. Dragão mais velho, mais sábio... o completo oposto do adolescente de Athalanta.

"Salve, cidadão", Justus disse sério, desmontando de seu animal e levando o punho direito ao peito para saudar Edre Silvino. "Quem é o líder aqui?"

Cansado demais para pensar, o padrasto de Janaína apontou para Capí, transferindo-lhe a liderança, e o pixie ergueu as sobrancelhas, surpreso.

Posando sua mão no ombro do jovem, Justus chamou sua aprendiz, "Athalanta!"

"Sim, comandante."

"Reúna os refugiados, conte os mortos, mas, primeiro, tire aqueles jovens de perto dos dragões, antes que eles se machuquem."

Dito aquilo, o comandante foi para um canto mais reservado, conversar com Capí sobre estratégias de retirada. Naquela montanha, os refugiados não podiam ficar nem mais um minuto, por perigo de enlouquecerem.

"Vem, Angra", Athalanta aproximou-se, tomando as rédeas de seu dragão roxo e levando-o para um local mais afastado da gruta enquanto Hugo e Eimi assistiam, quase reverentes.

"*Angra*? É uma dragoa, então?!"

Eimi confirmou. "As fêmea têm o couro mais brilhoso. É assim que dá pra reconhecê. Mas os Guarda gosta de chamar de *dragonesa*, se eu me alembro bem. *Uma dragonesa*. Muito mais chique que *dragoa*, sô."

"Bem que eu queria um desses…" Hugo comentou fascinado, transferindo sua atenção para o grande dragão negro de Justus, tão mais bem treinado e majestoso. "Quanto será que custam?"

"*Custam*?! HA!" Índio deu risada, fitando-o com desprezo. "É impossível comprar um desses, adendo. São geneticamente modificados; nascidos de uma técnica especial chamada Nanodrákia. Custariam os olhos da cara se pudessem ser vendidos, mas a Guarda detém exclusividade na criação deles aqui no Brasil. Resumindo: ter um desses é crime."

Hugo fez careta, "A gente pode pelo menos chegar perto?" e já foi se aproximando com cautela, quase conseguindo sentir a respiração profunda do bicho, mesmo com seus dedos ainda a poucos centímetros do pescoço do animal.

"Eu não faria isso, se fosse você. O Capadócia tem má fama."

Assim que Índio disse aquilo, o dragão de Justus soltou vapor pelas narinas, com força, para afastar a mão que queria tocá-lo, e Hugo obedeceu.

Nossa, aquele mísero vaporzinho queimava de longe!

Mesmo assim, ele continuou teimando em admirar o dragão até que Athalanta chegou para tirá-lo dali, e Hugo torceu o nariz.

Não mais do que Virgílio, que, com inexplicável ódio da aprendiz, foi sentar-se em outro lugar, irritado.

"Ih! Será que ele tá mesmo apaixonado?!" Hugo perguntou para Caimana, que negou.

"É inveja."

Ele ergueu a sobrancelha, "Inveja de quê?!"

"Ser da Guarda de Midas sempre foi o maior sonho do Índio. Infelizmente, um sonho impossível", ela disse, com pena. "A Guarda só admite recrutas até os três anos de idade. Crianças com mais de três são consideradas 'velhas demais'. Já *corrompidas* pela sociedade."

"Que exagero…"

"Pois é. Nem que o Índio passasse a vida inteira provando seu valor, não deixariam que ele entrasse."

"Quer dizer, então, que Justus e Athalanta..."

"... cresceram na Guarda. Sim. Geralmente o que acontece é que a Guarda aceita bebês rejeitados pelos pais, crianças abandonadas até os três anos de idade etc. Uma vez ou outra, casais que admiram muito a Guarda decidem doar um de seus bebês para que sejam treinados. É considerado uma honra ter um filho lá. Claro que a criança nunca mais volta a ver os pais; nem os pais voltam a ver seus filhos. Geralmente, nem ficam sabendo com que nome seus bebês foram rebatizados, pra salvaguardar a segurança dos filhos e dos pais."

Hugo ergueu a sobrancelha. "Tecnicamente, então, todos na Guarda são órfãos."

Caimana confirmou. "Tudo que eles conhecem é a Guarda. Precisa ser assim. São treinados desde cedo a não darem valor ao dinheiro, ao conforto, a nada com que uma pessoa normal possa ser comprada. Por isso, são incorruptíveis; porque é impossível suborná-los. Nem monetariamente, nem com promessas de conforto, nem com ameaças a pessoas que eles amem, porque eles não amam ninguém. Amam apenas a Guarda e a pátria."

"Duvido. Todo policial é corrupto."

"Eu garanto que esses não são, Hugo. Além de terem sido treinados, desde a infância, a valorizarem a moral, a retidão e a justiça, eles foram acostumados a uma vida sem luxo, em que tudo é providenciado pela própria corporação. As roupas não são deles, os animais e as varinhas não são deles – inclusive, eles têm varinhas idênticas. A única coisa que eles possuem de pessoal são as tatuagens, das quais eles muito se orgulham. De resto, eles não têm qualquer noção de propriedade, nem de ambição – a não ser a ambição de subirem na hierarquia da Guarda. Nenhum luxo, nenhuma vaidade, além do orgulho de pertencerem à Guarda."

"Soa como lavagem cerebral pra mim."

Caimana meneou a cabeça. "De certa forma, é. Mas funciona."

Parecia cruel demais... arrancar criancinhas do convívio familiar e treiná-las naquele ambiente de privações e luta.

"É o preço que se paga pra acabar com a corrupção na polícia. Ao menos foi essa a solução que encontraram. Eu acho uma solução perigosa ter policiais tão fanáticos assim pela corporação em que trabalham, mas não consigo pensar em outra forma de alcançar os mesmos resultados. A incorruptibilidade da Guarda é tudo pra eles. É a honra deles. Se cedessem a qualquer chantagem ou corrupção, essa honra seria manchada, e isso, pra qualquer um dos Guardas, é intolerável. Por isso não cedem. E por isso, também, é bom mesmo que seja só inveja o que o Índio sente por aquela ali. Se for paixão, eu vou ter muito mais pena dele."

"Por quê?" Hugo sentou-se junto à elfa.

"Porque os Guardas de Midas não podem se relacionar com ninguém. É proibido. Qualquer elemento de fora; uma paixão, uma esposa, filhos... comprometeriam a neutralidade deles. Seria uma abertura para a corrupção."

Observando Athalanta, que agora anotava diligentemente os nomes de cada uma das crianças mortas, Hugo balançou a cabeça, indignado. "Que desperdício..."

Um burburinho começou entre os rebeldes no momento que viram Justus e Capí retornando de uma das galerias, e Theodora Brasileiro foi ter com o pixie.

"E então?" ela perguntou ansiosa, enquanto Justus ajustava os arreios de Capadócia para montá-lo. "Eles vão prender o Alto Comissário pelo que ele fez aqui?!"

Capí negou. "A Guarda precisa de provas concretas pra prender alguém, e não existem provas nem de que Ustra esteve aqui. Muito menos da ligação do Alto Comissário com isso tudo. Eles vão interrogar os homens que eles conseguiram prender, mas Justus duvida que contem alguma coisa."

"Isso é um absurdo!" Theodora virou-se para o comandante, "Justus, o senhor vai deixar por isso mesmo?!"

"A gente sabe que era o Ustra, comandante!" Hugo se intrometeu, igualmente revoltado. "Eu reconheceria o sotaque dele em qualquer lugar!"

Justus respondeu sem tirar os olhos do que estava fazendo, "Ustra não é o único gaúcho no Brasil, cidadão."

"Mas eu tenho certeza que era ele!"

"A certeza de um menino não é prova suficiente", ele rebateu, montando no Capadócia e direcionando o animal para fora da caverna. "E, mesmo que fosse, só provaria a participação de Ustra, nunca de Mefisto Bofronte."

Indignados, os Pixies foram atrás do comandante, seguidos de perto pelo professor Machado, que saiu da gruta já gritando, "Isso não é justo!"

Justus virou-se à menção do adjetivo; o couro molhado de Capadócia reluzindo ao sol.

"Cidadão, vocês estão acusando não só o Alto Comissário da República como também o presidente Lazai. A Guarda não pode derrubar um governo democraticamente eleito, muito menos sem provas. Tudo que podemos fazer, no momento, é protegê-los, enquanto os homens aqui capturados não nos entregam o nome do mandante desta ação."

Alguém deu uma risada abafada ao som da última frase, e todos se viraram para ver um dos homens capturados, que agora estava ali, sem a máscara, preso ao chão de areia pela pata do dragão cinzento de um terceiro guarda. O dragão pressionava o peito do homem, que tinha sua cabeça mantida fora d'água apenas pela força do próprio pescoço, mas que, pelo estado ensopado de seus cabelos e rosto, claramente já fora submersa na lagoa algumas vezes pelo dragão.

Athalanta ajoelhou-se ao seu lado, sussurrando no ouvido do homem. *"Se nos contar quem o mandou, a Guarda te protegerá contra qualquer represália."*

O homem voltou a rir, jogando sua cabeça para trás com a risada e quase afogando-a na água novamente. "Eu não fico em silêncio por medo, mocinha. Fico em silêncio por convicção. Por respeito."

Ela olhou para Justus, que ficou observando o homem por alguns instantes. "Levem-no. Vamos ver se ele vai continuar pensando o mesmo em alguns dias."

O prisioneiro foi erguido do chão pelo próprio dragão, que abocanhou suas roupas pelo peito, levantando-o com um tranco violento para que Athalanta pudesse prender seus pulsos e erguê-lo na garupa de Angra. Enquanto isso, outros três homens de preto eram erguidos nas garupas dos outros dragões; o mais exaltado deles gritando feito um fanático enquanto era segurado pelos Guardas, "O que vocês estão fazendo é uma injustiça!! Foram *eles* que levantaram armas contra o governo! *Eles* é que são os criminosos! Sediciosos! Terroristas! Traidores da pátria!" o que não deixava de ser verdade, visto que, ao menos Edre Silvino, estivera mesmo tentando derrubar o governo com seus discursos.

"Nada justifica atacar cidadãos sem uma ordem do Presidente", Justus respondeu, com sua seriedade inalterada. "E lidar com traidores é tarefa da Guarda, não de admiradores do governo."

Justus deu suas últimas instruções à Athalanta, que levantou voo juntamente com outros dois Guardas; um bem mais velho que ela, de cabelos curtos e grisalhos, que montava um dragão esbranquiçado, cheio de velhas cicatrizes; e o outro, mais ou menos da idade de Athalanta, que Hugo vira, na batalha, tentando esmagar homens de preto com as patas de seu jovem dragão.

Os três partiram, levando os prisioneiros presos à garupa de seus dragões, enquanto Justus e um quinto Dragoneiro ficavam para trás.

O professor Sensei foi falar-lhes, inconformado. "Vocês só conseguiram prender aqueles quatro?!"

"Eles eram muitos e se espalharam com eficiência, cidadão", o quinto Guarda respondeu, com uma voz tão profunda que chegou a reverberar no cérebro de Hugo. Era forte, negro e tinha a cabeça inteiramente raspada, coberta por tatuagens brancas, meio egípcias. "Já estavam preparados para nosso ataque."

"Acredito", Theodora respondeu, impaciente. "Eles são mestres em não deixar vestígios, os filhos da mãe..."

O Dragoneiro se virou para Justus, "Alguns, inclusive, sumiram, comandante. Tínhamos prendido doze deles em um círculo de fogo e todos desapareceram."

"Desapareceram como?!" Theodora indagou, perplexa. "Aqui o giro é proibido!"

"Eles não giraram, cidadã. Simplesmente desapareceram, como se nunca houvessem existido."

Justus assentiu, "Entendido, Guardião Leal. Sobrevoe a área por qualquer indício da magia que usaram. Depois, volte aqui e leve Hipólito para o centro de cura da Guarda. Ele não está em condições de se juntar aos outros, no refúgio."

"Sim, senhor." Levando o punho ao peito, em saudação, Leal alçou voo com seu cinzento, lançando uma enorme sombra sobre todos ali.

"Aaaghh!!!" Theodora chutou areia furiosa. "Eu não acredito que Bofronte vai sair impune!" e sentou-se no chão, sendo amparada pelo marido e pela filha.

Enquanto abraçava a mãe, Janaína procurou por Hugo no areal, e daquela vez foi ele quem desviou os olhos quando os da baiana tentaram encontrá-los. Não queria mais saber daquela traíra. Ela que fosse pedir ajuda ao boto.

Hugo ainda ruminava sua raiva quando Justus começou a levar os refugiados, de quatro em quatro, até o novo esconderijo, sugerido por Capí. Todos invariavelmente vendados com um feitiço, para que não vissem aonde estavam indo.

Além de Justus, apenas o pixie sabia para onde eles estavam sendo levados, por ter sido ele o autor da sugestão. Nem Janaína teria permissão para ver as instalações em que seus pais ficariam escondidos, e que, eles insistiram, não era local adequado para o nascimento de um bebê. Ela aproveitaria que não havia sido ameaçada, para ter seu filho em segurança. E em liberdade.

"Eu ainda não entendi isso", Caimana estranhou. "Se os senhores são os líderes dos insurgentes, como justo a filha de vocês não foi ameaçada?"

"Nós também não entendemos", Edre respondeu, perplexo. "Talvez ela tenha algum protetor. Não seria a primeira vez. Nossa filha é muito amada lá dentro."

"Eu imagino…" Hugo alfinetou, e o padrasto da menina olhou feio para ele.

O fato é que uma outra suspeita surgira em sua mente, e Hugo só insultara Janaína para não ter que admitir aquilo a si mesmo: a possibilidade de que o próprio Mefisto tivesse ordenado que os chapeleiros a deixassem em paz, por ela ser a tal… namorada 'bonita e inteligente' do garoto abusado com quem ele conversara, certo dia, em um beco na escola de Salvador. Mais um favor que o Alto Comissário lhe fazia. Mais um pequeno mimo.

"O senhor vai levar todos eles sozinho?" Hugo perguntou, tentando espantar Bofronte de seu pensamento, ao ver que Justus estava prestes a alçar voo com mais quatro jovens. "Não seria mais rápido se os seus aprendizes tivessem ficado pra ajudar?"

"Athalanta e Cássio ainda estão em treinamento, cidadão. Não fizeram os testes."

Viny deu uma risada seca, "Resumindo: tu ainda não confia inteiramente nos jovens que você treinou desde bebês." E o pixie se distanciou amargo, ajoelhando-se perante o corpo de Kailler, a quem ele próprio ensinara os fundamentos do jogo que o havia matado. Quem diria que o Clube das Luzes um dia seria responsável pela morte de alguém… Hugo podia imaginar o tamanho do arrependimento que Viny devia estar sentindo.

"Melhor que só eu saiba onde eles estão", Justus completou, olhando para Capí, "Depois resolvemos isso" e alçou voo com os últimos três refugiados.

Capí e Hugo se entreolharam preocupados. Aquilo só podia significar uma coisa, e Capí tinha plena consciência do que era, mas Hugo achou melhor nem tocar no assunto, para não deixar o pixie ainda mais tenso do que ele já devia estar.

E quando Justus voltou, vinte intermináveis minutos depois, assegurando-se de que só havia restado Eimi, Abelardo, os Pixies e Janaína ali dentro – todos que retornariam a suas respectivas escolas – Justus pediu que Capí fosse falar com ele, em particular.

O pixie mordeu os lábios, já sabendo sobre o que seria a tal 'conversa'; se é que haveria alguma troca de palavras entre os dois antes que o comandante da Guarda apagasse um dia inteiro de sua memória. Um dia tão importante.

"É mesmo necessário, comandante?" Viny perguntou, impedindo que Capí avançasse. "O véio é confiável! Eu garanto! Ele nunca vai contar pra ninguém a localização do esconderijo. Nem pra gente ele contou!"

Justus olhou para Índio, que confirmou as palavras do loiro, "Mais confiável, o senhor não vai encontrar. Nem em sua *amada* Guarda", ele concluiu, com sua acidez costumeira.

E, enquanto discutiam, Capí permanecia quieto, só esperando que seu destino fosse ditado. Parecia bastante apreensivo, mas quem não estaria? Todos ali sabiam que o feitiço de esquecimento não era inteiramente confiável; podia apagar muito mais do que o planejado. Sem contar que seria extremamente *injusto* usá-lo nele, visto que fora Capí quem sugerira o local! ELE que salvara todo mundo…

Hugo tinha certeza de que era aquele pensamento que Justus estava remoendo em sua mente. *Justus*… o comandante que carregava a *justiça* no nome. Sua maior qualidade. Qualidade aquela que ele não poderia, simplesmente, renegar naquele momento.

"Ainda assim, é muito arriscado, rapaz", Justus argumentou. "Arriscado para você. Se alguém de fora ficar sabendo que você ainda conhece a localização do esconderijo…"

"Ninguém vai ficar sabendo, comandante", o pixie interrompeu. "Eu confiaria minha vida a cada um dos que estão aqui nesta gruta." Capí olhou direto para Abelardo, que desviou o olhar, incomodado com tamanha confiança.

Finalmente assentindo, Justus montou no altivo Capadócia, cumprimentando-os com um gesto honrado de cabeça. "Foi um prazer conhecê-los, jovens valorosos que são."

Baixando a cabeça para sair da caverna, deu uma última instrução a Leal, que acabara de voltar sem Hipólito, e alçou voo, tapando a luz do sol por alguns segundos com seu dragão.

"Leal voltou pra levar os corpos das crianças", Janaína informou-os ao chegar, sentando-se em uma das dunas, arrasada. "Disse que elas são evidências e que não vão poder ser enterradas tão cedo."

Capí foi sentar-se ao lado dela para consolá-la, já que Hugo não o faria.

Tentando ignorá-la, Hugo voltou sua atenção para Abelardo, temeroso, tentando avaliar se toda aquela discussão sobre apagamento de memória afetara alguma lembrança sua, mas nada no anjo parecia indicar aquilo.

Muito pelo contrário. Abel estava sentado ao lado da irmã, apertando sua mão com um afeto incomum enquanto Caimana tentava disfarçar sua felicidade para não ficar feio diante de tanta morte.

"Ei, aquele ali não é o seu saci?" Abelardo perguntou, apontando para uma mancha negra jogada na areia, ao longe.

Forçando a vista, Hugo conseguiu avistar Peteca, todo encolhido no chão, próximo a uma das lagoas, e, preocupado, apressou-se até ele. O pobre estava preso a uma espécie de rede, já cansado de tanto lutar contra ela. Chorando até. Desesperado, como um pássaro amarrado. Vendo Hugo se aproximar, o saci olhou-o com os olhinhos mais inofensivos e assustados do mundo.

"Calma, Peteca… Eu já vou te tirar daqui", Hugo lhe assegurou penalizado, tentando de tudo para desamarrá-lo com as próprias mãos, mas era impossível!

Sem poder usar a varinha escarlate na frente do saci, Hugo olhou à sua volta em busca de qualquer coisa que pudesse ajudá-lo, e encontrou exatamente o que precisava: a varinha do Atlas, jogada a dois metros de distância, parcialmente enterrada na areia.

Usando-a para cortar a rede, escondeu a varinha do professor antes que Peteca a percebesse, mas o pobrezinho estava fragilizado demais para notar qualquer coisa, e assim que Hugo o desembaraçou das cordas, Peteca se encolheu todo na areia, abraçando a própria perna, tremendo e chorando.

"*O homem mau roubou a minha carapuça… eles roubaram…*" ele repetia choramingando. Parecia uma criança que acabara de perder seu brinquedinho favorito para o valentão da escola.

Com pena do geniozinho, Hugo pegou o saci no colo, e Peteca começou a espernear desesperado, "ELES ROUBARAM A MINHA CARAPUÇA!!! O homem mau roubou a minha carapuça!"

"Eu sei, Peteca... eu entendi!" ele murmurou, abraçando o geniozinho, que estava parecendo um bichinho de estimação, de tão magrinho e inseguro, "*O homem mau roubou minha carapuça... o homem mau roubou...*"

Hugo trouxe o saci consigo até onde os Pixies já os esperavam, próximo ao portal, e Capí segurou a mão do geniozinho em agradecimento pelo que ele fizera. Não teria sobrevivido à travessia se não fosse por ele.

"Esse portal também leva pro Rio?"

Capí negou, temeroso. "A gente vai ter que voltar por Salvador."

Hugo fitou-o por alguns segundos, apreensivo, mas realmente não tinha outro jeito. Nem que o giro fosse permitido ali, e Capí fosse o mago dos magos, ele não conseguiria transportar todos eles do Maranhão até o Rio de Janeiro.

É... Teriam que ir por Salvador.

Aproximando-se do portal, eles todos se abraçaram para caberem dentro da cápsula de pedra, e sumiram do Maranhão, aparecendo de imediato no Farol da Barra. De lá, Capí girou um por um de volta ao estande do Mercado Modelo, que só agora voltava a encher de gente, depois de cinco horas esvaziado pela falsa denúncia de incêndio.

Eram quatro da tarde já, mas o temporal lá fora ainda não havia passado, e os Pixies, seguidos por Abelardo, Eimi e Janaína, atravessaram as ruas em direção ao Elevador Lacerda em meio à forte chuva; Hugo segurando o saci envolto na capa do uniforme de Capí, para que ninguém o visse.

Mas quando já estavam próximos ao elevador, no meio daquela confusão de carros e guarda-chuvas azêmolas, um grito horrendo cortou o ar, seguido pelo barulho de vidro se estilhaçando, e todos, bruxos e azêmolas, pararam espantados, só então correndo em direção ao barulho, atravessando o que restara da rua que os separava do Elevador Lacerda.

Quando chegaram, uma multidão já se formara na porta de entrada do saguão, e eles, aflitos, começaram a tentar abrir caminho por entre os curiosos, enquanto ouviam, atônitos, os comentários dos azêmolas mais próximos. "*Parece que ele despencou lá do alto!*" ... "*Onde esse mundo vai parar...*"

Finalmente conseguindo quebrar a densa barreira, os Pixies viram, lá na frente, um homem espatifado no chão em meio a milhares de cacos de vidro e uma poça de sangue que só crescia por entre eles. Foi então que Abelardo, mais pálido do que nunca, saiu correndo em direção ao corpo, dando um berro terrível de dor, "PAI!"

CAPÍTULO 54
PAIS E FILHOS

Eles correram até o corpo e, realmente, era Nero Lacerda espatifado no chão do saguão, quase irreconhecível com tantos cortes e tanto sangue, e Abelardo tomou o corpo do pai nos braços, chorando demais, pouco se importando com os cacos de vidro que cortavam suas mãos. Hugo olhou para cima, vendo o rombo que o corpo do ex-Consultor Especial da Presidência fizera no telhado de vidro do saguão enquanto os poucos azêmolas que já possuíam aparelho celular telefonavam para as autoridades avisando do 'acidente'.

Arrasada, Caimana foi tentar consolar o irmão, mas Abelardo empurrou a irmã para longe, fitando-a com verdadeiro ódio. "É culpa SUA!" ele berrou desconsolado, chocando a irmã. "Culpa de vocês todos! Eu não devia NUNCA ter vindo aqui… Eles mataram meu pai porque eu ajudei vocês!"

Os azêmolas exclamaram, surpresos, diante da sugestão de assassinato.

"Nossa culpa?!" Viny deu risada, "Tá de brincadeira, né?!"

"*Calma, Viny*", Capí pediu ao amigo, pondo uma mão em seu ombro enquanto o anjo continuava a chorar desesperado, "Eu confiei em vocês e agora meu pai tá morto! MORTO!"

"Abel…" Caimana ainda tentou conversar, com lágrimas nos olhos, mas o anjo rejeitou sua ajuda, "Me larga! Eu te ODEIO!!!" e desvencilhou-se da irmã com violência, olhando com ódio mortal para os outros Pixies, "*Vão embora daqui…*"

"Mas Abel…"

"SAI DAQUI! ME DEIXA!"

Penalizados, os Pixies obedeceram, despedindo-se de Janaína e voltando pelo Santo-do--Pau-Oco para o Rio de Janeiro, sem o anjo.

Janaína ainda tentou olhar para Hugo uma última vez antes que partissem, mas ele só lhe devolveu frieza, deixando-a, desolada, em Salvador, enquanto ele entrava, possesso de raiva, no santo gorducho, saindo na Korkovado dois instantes depois. Cortaria relações ali logo, para não se arrepender depois. Nada de coração mole para quem o havia traído daquele jeito.

Os Pixies olharam-no compreensivos, mas com pena.

"Vai perder uma mulher e tanto, adendo."

"Não é da sua conta, Uga-Uga" Hugo respondeu, malcriado, e foi o primeiro a se retirar dos Aposentos Imperiais, deixando que uma Caimana despedaçada pelas palavras do irmão fosse consolada pelos outros Pixies. Quem o Índio pensava que era para lhe dar conselhos amorosos?!

Assim que ele pisou na sala de alfabetização, no entanto, o ódio que estava sentindo foi imediatamente suplantado pelo medo, diante de um pensamento que não lhe ocorrera antes:

se os chapeleiros haviam matado o padrasto de Abelardo em represália por sua participação na fuga...

"Relaxa, Hugo", Capí chegou, pousando uma mão em seu ombro. "Ninguém conhece sua mãe. Nero Lacerda era uma figura pública conhecida de todos. Eles o mataram para nos mandar uma mensagem, e o recado já foi dado."

Hugo assentiu, tentando ficar um pouco mais tranquilo, mas ele não era o único com medo. Ao longo daquele primeiro dia de volta à Korkovado, ele viu aquele mesmo receio no rosto de todos os Pixies. O receio por suas famílias. Estavam todos sérios, soturnos. Até mesmo Viny. Apesar do loiro pouco se lixar se seus pais morriam ou não, a possibilidade de que, a qualquer novo deslize do grupo, os chapeleiros fossem atrás de Heitor Ipanema, ou então da mãe do Índio, em Brasília, era grande, e, apesar de não quererem admitir, estavam apavorados. Caimana principalmente. Ela tinha toda uma família que podia ser dizimada.

"Eles viram o Abel, Cai, mas eles não te viram", Viny insistia, tentando acalmá-la, mas estava difícil.

Deixando um saci completamente deprimido no Quartel General dos Pixies, e Capí na enfermaria para tratar de seus ferimentos – afinal, ele havia sido praticamente atropelado por um jipe – os outros Pixies tentaram caminhar até os dormitórios como se nada tivesse acontecido; Hugo abraçando o pequeno Eimi, que ainda tremia, abalado, sem conseguir apagar da mente os treze assassinatos que testemunhara em menos de dois dias.

Compreensível. Depois de um massacre daquele tamanho, nada seria como antes, e a pergunta que Hugo via no semblante de todos os Pixies era: como lutar contra um inimigo daqueles? Como lutar contra pessoas que eram capazes de tudo? E, principalmente, como vencer o absoluto medo que os agarrara, como a mão gelada da morte?

Os chapeleiros haviam voltado com força total ao Rio de Janeiro, e agora estavam espalhados por todos os cantos do colégio, sérios, vigilantes, punindo cada deslize, cada olhar torto de alunos mais ousados, mesmo já sendo praticamente noite de sexta-feira, e até Viny baixara a cabeça ao passar por eles. Tinha ódio dos canalhas, mas estava com medo. Medo que eles os reconhecessem. E seu medo lhe pedia um mínimo de bom senso naquele momento.

Hugo olhava ao seu redor, para aquelas dezenas de alunos que passeavam pelos corredores, e se sentia quase um estranho ali. Era como se não pertencesse mais àquele lugar. Como se houvessem entrado em um mundo paralelo, onde o massacre no Maranhão não acontecera. Os alunos do Sudeste estavam em um marasmo quase servil! E Hugo não sabia se era por medo, ou apenas por um profundo desconhecimento do que estava se passando no nordeste do país, mas desconfiava que era a segunda opção misturada com um pouco da primeira.

Obviamente, nenhum jornal noticiara o massacre. Mesmo que houvessem noticiado, não teriam ligado as mortes à Comissão, nem muito menos a Mefisto Bofronte, e sim, a algum grupo extremista não identificado e inexistente.

Os alunos que antes acreditavam nos Pixies, na ausência deles haviam aparentemente decidido que não valia a pena se arriscar, e estavam mais quietos do que nunca. O medo paralisava, e isso porque o medo deles ainda era de que fossem expulsos! Não faziam ideia do real perigo que realmente corriam.

Viny tivera o bom senso de não mostrar a ninguém as fotos que havia batido das crianças mortas. A visão daquelas imagens só teria aumentado o medo neles, matando qualquer possibilidade de uma possível futura resistência. Enviá-las aos jornais também provou-se inútil. Ignoraram-nas por completo.

Os professores eram outros que, ameaçados de demissão, andavam pelos corredores do colégio mais reservados, oprimidos… curvados até. Atlas principalmente, como se aquela opressão pesasse mais nele do que nos outros.

"Professor!" Hugo abordou-o no corredor, e Atlas saiu de seus pensamentos para atendê-lo, com o semblante um tanto envelhecido. "O que foi, guri?"

"Eu trouxe uma coisa que pode te alegrar", Hugo sorriu, tirando do bolso a varinha de madeira de Jatobá, que o saci roubara do professor.

Parcialmente envolta em metal dourado e cobre, ela era uma das mais bonitas da escola, e o rosto do professor se iluminou de imediato ao vê-la novamente, "Como tu conseguiste?!"

"O Peteca tá sem a carapuça. Ficou fácil tirar a varinha dele."

Aliviado, Atlas afagou os cabelos do aluno. Era um cumprimento Pixie, mas Hugo não estranhava nada que Atlas o usasse de vez em quando.

"Então, o Peteca está sem carapuça. Muito bom."

"Não fale assim dele, professor…" Hugo pediu, sentindo pena do bichinho. "Ele salvou a minha vida! Salvou a vida do Capí!"

Atlas fitou-o espantado. "Salvou?!"

Hugo confirmou, sem entrar em maiores detalhes, e o professor desviou o olhar, perplexo, tentando entender como aquilo seria possível. "É… vai ver que a implicância dele é só comigo, então."

"Só porque você prendeu ele naquela lâmpada?"

"Obrigado, Hugo, já podes ir", ele o dispensou, saindo de perto. "Eu só reitero minha advertência. Não confia nele. Ainda mais agora, que tu acabaste de roubar a minha varinha de volta."

"Ele não me viu pegando."

"Menos mal, guri. Menos mal. Ele pode ser muito camarada, mas pisa no calo dele pra ti ver", Atlas advertiu, parando de falar ao ver três de seus alunos de sétimo ano passarem olhando maquinalmente para eles, encarando-os por alguns segundos antes de voltarem a olhar para o caminho que estavam seguindo.

"Credo", Hugo trocou olhares temerosos com o professor, que achou melhor encerrar a conversa por ali, antes que alguém ouvisse o que estavam dizendo.

E nos jornais do dia seguinte…

"IRONIA POÉTICA: NERO LACERDA TROPEÇA
E CAI DO ALTO DE ELEVADOR QUE LEVA SEU NOME!

– autoridades suspeitam que a morte tenha sido um suicídio. O ex-senador já vinha mostrando sinais de depressão…"

"*Mentira... mentira!*" Abelardo murmurava no refeitório, manchando as páginas caluniosas daquele maldito jornal com suas lágrimas enquanto era consolado pelos Anjos; dois dos quais lançaram olhares nada amistosos para Hugo e Caimana ao vê-los passar.

Ignorando Gueco e Camelot, que eram os menores de seus problemas, Hugo sentou-se com ela em uma mesa mais afastada e pegou duas fatias de pão, sem vontade alguma de comer. Estava inquieto, principalmente por saber que dois assistentes de Bofronte os olhavam fixamente já há algum tempo.

Não aguentando mais a pressão, cobriu a cabeça com os braços. "Se eles sabem que era a gente lá em Salvador, por que ficam nesse joguinho insuportável?! Por que não prendem a gente logo?!"

"Porque seria admissão de culpa", Caimana respondeu, tentando engolir o café da manhã, também sem fome alguma. "Eles sabem que a gente estava lá, e a gente sabe que eles estavam lá, mas, no momento que eles nos prenderem por isso, a Guarda de Midas vai confirmar nossa acusação. Seria uma prova do envolvimento de Bofronte no ataque. E ele não é burro."

"Então a gente tá salvo?"

Caimana negou com a cabeça, "Eles vão arranjar outra forma de nos atingir. Você vai ver."

"Ah, que ótimo", Hugo largou o pão pela metade, desistindo de comer. Aquela chuva de olhares para cima deles incomodava demais, tanto dos chapeleiros, quanto dos Anjos, e eles logo saíram dali, preferindo passear pela praia nevada, até para poderem respirar. Mesmo que fosse aquele ar gelado.

Índio e Viny já estavam lá, sentados na neve.

"Acidente..." Índio resmungava, "Nero *Lacerda* despencando do alto do Elevador *Lacerda*? Será que eles não veem que é irônico demais pra ter sido um acidente?! Eu não tô falando dos jornalistas – os jornalistas sabem – tô falando daqueles energúmenos adolescentes lá dentro."

"As pessoas acreditam em tudo, Índio. Eu já disse isso. Não duvido nada que a morte do Antunes tenha sido um 'acidente' desse tipo também."

Daquela vez, Índio não negou como fizera das outras. Já não sabia mais de nada. Não depois do que testemunhara aquela semana. "O cerco tá se fechando."

"Mas quanto ao Nero", Hugo se intrometeu, "vocês acham mesmo que Bofronte teria sido capaz de matar um aliado só pra ameaçar a gente?"

"O Nero tava no mesmo partido, mas era um possível adversário político", Índio explicou. "Uma pedra no sapato. Estava ajudando, mas logo poderia se tornar um problema. Ele era inteligente, ardiloso, conhecia os truques da lei. Se quisesse, a qualquer momento poderia ter produzido um documento que incriminasse o Alto Comissário. Mesmo que fosse um documento falso. E Bofronte ficaria nas mãos dele. Em suma, o Alto Comissário não quis arriscar. Matou dois problemas com um feitiço só."

Viny meneou a cabeça. "Se bem que eu não acho que ele tenha usado qualquer feitiço. Foi o bom e velho empurrão."

"Aquele ali não gasta magia à toa", Caimana concordou. "Até porque magia deixa rastros. Se ao menos ele tomasse o cargo que o Nero deixou vago, as pessoas poderiam começar a suspeitar de alguma coisa!"

Introspectivo, Índio negou, "Bofronte não está interessado em cargos. Ele não liga pra títulos; não precisa deles."

"Faz sentido", Viny adicionou. "Ele não quer cargos, desde que esteja no controle de quem tem cargos! Assim ele nunca é responsabilizado por nada! Se vocês pensarem bem, nem pela Comissão ele tem responsabilidade. Legalmente, o chefe da Comissão é Benedito Lobo!"

"Apesar de todos saberem quem manda de verdade", Caimana concordou, debruçando sobre os próprios joelhos, cansada. "É inacreditável. Será possível que esse cara vai sair impune depois daquele massacre?! Depois de tudo que ele ordenou que fizessem?! Ele deve ter deixado alguma prova em algum lugar, caramba!"

"Nem o Ustra deixou provas, e ele tava lá e tudo."

Capí chegou na praia, sentando-se ao lado dos outros, meio aéreo.

"Que foi, véio?"

"Parece que meu pai desistiu de vender o Ehwaz… Veio até falar comigo. Disse que mudou de ideia. Que quer que eu acompanhe ele na próxima viagem. Semana que vem."

O rosto de Caimana se iluminou. "Que legal, Capí! Ele quer mesmo?!"

"Pois é! Quer…" Capí esboçou um leve sorriso, meio inseguro. Não sabia se sentia felicidade ou desconfiança, e Hugo lhe dava total razão. Fausto nunca dera a mínima atenção ao filho, a não ser que fosse para explorá-lo, e com certeza era isso que ele queria. Precisava da ajuda do filho para fazer alguma coisa na viagem. Mas Hugo ficou calado. Era tão raro ver Capí feliz com alguma coisa, que Hugo não ousaria lançar suspeitas sobre o convite.

Todos os outros Pixies pareciam estar pensando a mesma coisa, mas também não disseram nada, fingindo achar a notícia excelente.

"Mas eu não vou", Capí cortou-os, surpreendendo a todos, e Caimana pegou na mão do amigo com ternura, "Como não vai, Capí?! Sempre foi seu sonho viajar com o seu pai!"

"Como eu posso viajar numa hora dessas, Cai?" o pixie perguntou, olhando manso para ela. "Com a escola desse jeito? No dia que vocês me virem deixar meus alunos na mão, uma aula que seja, para viajar, ainda mais num momento desses, vocês podem me internar. Eu fui pra Salvador porque vidas corriam perigo e, mesmo assim, só porque eu não tinha nenhuma aula pra dar no dia seguinte."

"A gente sabe, véio… A gente sabe."

"Então, o que a gente faz sobre Bofronte?" Índio voltou ao assunto e Caimana levantou-se, resoluta, "A gente pesquisa sobre ele."

"Ei!" Viny foi atrás da namorada, seguido de perto pelos outros. "Onde tu vai?!"

"Pro Arquivo Nacional, onde mais?! A gente não quer derrotar o filho da mãe?" e Caimana saiu.

"*Conheça profundamente seu inimigo pra saber onde bater*", a elfa murmurou, indo pedir para os duendes do Arquivo Nacional revistas e documentos sobre política recente, além de alguns de décadas passadas. "O Abramelin disse que ele já tinha aparecido antes, não disse? E que as pessoas simplesmente se esqueceram, como esquecem tudo no Brasil? Então ele deve estar aqui nesses arquivos."

Para poderem sair do colégio em pleno sábado de aulas, haviam tido que apresentar para os chapeleiros uma carta da professora Areta, que com muito prazer mentira para eles, dizendo que precisariam pesquisar para um trabalho de Feitiços.

"Droga, nenhum *Mefisto Bofronte*, nenhuma foto, nada!" Caimana suspirou cansada, depois de quase duas horas de pesquisa, coçando os olhos azuis e descartando mais uma pasta de recortes.

"Não adianta, Cai… O professor bem disse que a gente não ia encontrar nada."

"Talvez sob outro nome?" Hugo sugeriu, imediatamente se arrependendo de tê-lo dito, e Viny arregalou os olhos. "Do que tu tá sabendo, Adendo?!"

Fitando-os com receio, Hugo respondeu, "Parece que ele gosta de mudar de nome, de vez em quando."

Índio fitou-o, desconfiado. "Quem te contou isso?!"

"O grilo falante."

Viny deu risada, "Garoto abusado", e Hugo sorriu com o canto do lábio, mas a verdade é que ele nunca prejudicaria Vó Olímpia por uma besteirinha daquelas. Disse apenas, "Uma pessoa em Salvador chamou Bofronte de Adônis. E, se eu não entendi errado, de Braz também."

"Perfeito!" Índio socou a mesa, mas se conteve, recolhendo-se à sua carranquice habitual ao ver que os Pixies haviam olhado surpresos para ele.

Sem graça, desviou os olhos e tentou continuar, "Digo, se a gente conseguir provar que ele trocou de nome, a gente pode usar isso contra ele. Quem troca de nome assim, não pode ser muito confiável."

"Obrigado pela parte que me toca", Hugo comentou, e os dois trocaram um leve sorriso.

"O que eu quis dizer, *Idá*, é que trocar de nome sem autorização da justiça é falsidade ideológica. É crime."

Os Pixies se entreolharam. Viny parecendo bastante empolgado. "Tem certeza disso?!"

"Trocar de nome uma vez, até vai, ele poderia ter conseguido isso na justiça, mas juiz nenhum teria autorizado um bruxo a trocar de nome duas vezes. Se a gente conseguisse encontrar uma certidão de nascimento, ou algum outro documento com os nomes antigos dele…"

"Peraí, deixa eu ver se eu entendi", Caimana interrompeu. "A gente se reduziu a tentar prender o cara por trocar de nome?! É isso mesmo?! Esse cara tá sumindo com pessoas, hipnotizando, mandando matar, e a gente aqui pensando em prendê-lo por falsidade ideológica?!"

Índio meneou a cabeça, "Uai, os azêmolas não prenderam Al Capone, o maior gangster dos Estados Unidos, por evasão de impostos? Então. Seria mais ou menos a mesma tática."

Caimana suspirou, frustrada. "É, não custa tentar, né? Mas eu duvido que a gente encontre uma certidão de nascimento aqui."

"Talvez uma foto dele, com outro nome na legenda, sei lá!"

Indo até um buraco na estante de livros, Caimana falou para dentro do orifício, "*Bruxos com o nome Braz* – mais – *Bruxos com o nome Adônis*."

Em poucos segundos, um duende apareceu empurrando um carrinho cheio de recortes e livros sobre o assunto, amontoando-os todos na mesa em frente a Capí.

Viny assobiou, olhando aquilo tudo com um tantinho de preguiça, "Bom... Boa sorte, véio."

"Onde você vai?" Capí ergueu a sobrancelha.

"Pra qualquer lugar longe desses arquivos todos aí."

Os Pixies riram, menos Hugo, que acabara de recordar-se de um detalhe que esquecera por completo. "O chefe da Comissão é pai do Beni, não é?!"

"Putz, nem me lembre, Adendo", Viny torceu o nariz. "Benedito Lobo já não me suportava antes de ser chefe da Comissão. Agora então…"

"Mas não custa falar com o Beni, né? Talvez ele saiba alguma coisa sobre o chefe do pai!"

"O Hugo tem razão, Viny!" Caimana interrompeu animada. "Talvez Beni até conheça pessoalmente o Alto Comissário!" ela levantou-se, puxando Hugo e o namorado pela mão. "Vocês ficam aqui pesquisando então?"

Capí assentiu, já com os olhos grudados nas páginas de um livro sobre Política no Brasil Bruxo. Olhando feio para os três, Índio não teve outra escolha a não ser fazer o mesmo, pegando arquivos sobre Brasília na década de 80 enquanto eles saíam.

'Você já conversou com o Beni sobre a Comissão alguma vez?" Caimana perguntou, já entrando com eles na Korkovado.

Viny meneou a cabeça, "Bom… na verdade, não. A gente fica um pouquinho ocupado fazendo… tu sabe, pra pensar em coisas tão desinteressantes", ele fitou-a com um sorriso safado, e Caimana fechou a cara.

"Isso foi desnecessário, Viny."

"O amor me deixa assim, Cai. Não há nada que eu possa fazer."

A loira bufou e, dando risada, Hugo apontou para Beni, que avistara sentado em um dos bancos do pátio central, lendo sozinho.

"E aí, Beni!" Viny chegou animado, e Beni se retraiu no banco, levemente apreensivo. "Viny… para com isso, por favor, pelo menos enquanto meu pai estiver na escola… Você sabe que ele não gosta de me ver com você."

"Beni, querido, bom saber que tu ainda não foi hipnotizado. A gente pode conversar lá no meu quarto?"

"Tá maluco?!" o jovem sussurrou, apreensivo. *"Aí é que meu pai me mata de vez!"*

"Ah, relaxa. A gente só vai conversar, vem", Viny puxou-o pelo braço. "Eu vou ser inofensivo, prometo."

Vendo que o pai não estava por perto, Beni acabou aceitando, e os quatro entraram casualmente pela porta do dormitório masculino. Caimana também.

"Independência ou mort… oi, princesa."

Eles deram risada, vendo que Dom Pedro desmontara de seu cavalo e estava apoiado com o ombro no animal, olhando, galanteador, para Caimana.

Agora Hugo entendia por que o Imperador deixava que a pixie entrasse no dormitório masculino.

"Sempre o conquistador, né, Majestade?" Beni comentou, com aquele sorriso de negão de capa de revista, antes de entrarem no quarto onde Viny e Índio dormiam.

Hugo ergueu a sobrancelha, se perguntando por que nunca entrara lá, e então teve que rir. Parecia o quarto do Duas Caras! De um lado, a bagunça de Viny, com cartazes brasileiros pendurados por todos os cantos, paredes pichadas com frases de ordem e versinhos mequetréficos, retratos de poetas brasileiros mortos, cama desarrumada… uma maravilha. Do outro lado, um quarto quase militar. Paredes brancas, cama meticulosamente arrumada, tudo em seu devido lugar…

Beni sentou-se na cama de Viny enquanto Caimana checava se alguém vira eles entrarem.

Assim que a pixie trancou a porta, Hugo atacou ansioso, "Há quanto tempo seu pai trabalha pra Mefisto Bofronte?"

Beni fitou-os, levemente acuado. "Isso é um interrogatório?"

"É", Hugo abriu um largo sorriso e Beni deu risada, mas logo voltou a ficar sério quando Hugo insistiu, "Há quanto tempo?"

"Há alguns anos já. Não é bem um emprego. Eles são amigos."

Viny ergueu a sobrancelha, "Amigos?!"

"E compadres. Não é tão surpreendente assim pra quem conhece Mefisto."

"E o que você sabe sobre ele?"

"Tanto quanto eu saberia sobre um padrinho distante. Não muito. O Mefisto que eu conheci era o Mefisto de oito anos atrás. Faz tempo que eu não vou lá. Meu pai não gosta que eu chegue muito perto. Eu tinha mais contato com o padrinho antes, quando eu era criança. Quando meu pai ainda não tinha vergonha de mim. Acho que é vergonha que ele sente, não sei, mas tanto faz", ele deu de ombros, fingindo indiferença, mas estava claro que aquilo o incomodava.

"De qualquer forma, eu não sei muito sobre o padrinho. Quando a gente tem nove anos de idade, a gente não pensa em fazer esse tipo de pergunta. Eu sei que ele nasceu em Barcelona, mas já tá aqui no Brasil há muitas décadas. Por que essa curiosidade toda? Vocês estão tentando reunir provas contra ele, é isso?"

"É, mais ou menos por aí", Viny respondeu. "A Guarda de Midas precisa de provas concretas pra prender o Alto Comissário."

"Podem desistir. Elas não existem."

"A Guarda capturou alguns seguidores dele lá no Maranhão. Quem sabe eles fornecem algumas provas."

"Eles nunca vão dizer nada. Nem com muito '*convencimento*'. Todos que sabem de alguma coisa respeitam demais o padrinho. Nunca trairiam ele."

"Vem cá", Viny sugeriu, "tu bem que podia se aproximar dele de novo, né? Pra coletar provas pra gente!"

Beni ergueu as sobrancelhas surpreso, mas desviou o olhar. "É mais complicado do que parece, Viny."

"Por quê? Não me parece nada complicado", o pixie abriu um sorrisão. "Você se infiltra lá dentro e fica de olho. Qualquer prova que surgir, você traz pra gente! Simples!"

Sacudindo a cabeça, Beni murmurou, "Não peçam isso de mim."

"Por que não, meo?! As pessoas estão sendo massacradas lá no Nordeste! O que te custa ajudar?!"

Caimana se aproximou, "Ele tá matando criancinhas, Beni…"

O jovem olhou para ela espantado, depois sacudiu a cabeça, em resoluta negação. "Não, não está. Ele não mataria crianças."

Viny soltou uma risada sarcástica, mas Beni estava claramente desconfortável. Hugo via que ele queria dizer alguma coisa, mas, ao mesmo tempo, não queria.

"Você gosta dele, né?" Caimana concluiu com ternura, e Beni demorou a responder, mas então acabou confirmando mais ou menos, e Viny arregalou os olhos, chocado.

"O cara é um assassino, Beni! Como tu pode gostar de um crápula desses?!"

"Não é tão difícil assim, né, Hugo?" Beni alfinetou, e Hugo desviou os olhos, achando melhor ficar quieto. Será que ele era tão transparente assim?!

"Desculpa, gente. Eu não posso trair meu padrinho. Não concordo com o que ele faz, mas…"

"… mas ele é seu padrinho", Caimana completou. "A gente entende."

"Não entendo não!" Viny cruzou os braços revoltado, e levou uma cadernada de Caimana como resposta.

"Não tem problema, Beni. A gente entende", ela repetiu, puxando Hugo e Viny para fora do quarto e deixando Beni sozinho com seus pensamentos.

Passando pelo quadro de Dom Pedro, Caimana saiu, mas Viny e Hugo pararam na porta e deram meia-volta, estranhando a falta da saudação costumeira do Imperador. Olhando novamente para o quadro, entendendo tudo: o Imperador estava reclinado sobre o dorso do cavalo, lançando galanteios para a moça da pintura ao lado. Percebendo que fora descoberto, Dom Pedro I se endireitou na cela rapidamente e levantou a espada, "*Independência ou Moooorte!*"

Hugo deu risada, mas Viny ficou olhando sério para o Imperador, que olhou de volta, confuso com aquele escrutínio todo, a espada hasteada para o alto, fitando-o sem saber como reagir.

"Que foi?"

"Não sei…" o pixie respondeu. "Eu sempre me sinto estranho vendo esse quadro. É como se tivesse algo de errado nele."

Hugo meneou a cabeça. "E tem mesmo. O grito da independência não foi às margens do rio Ipiranga e Dom Pedro não estava montado num cavalo. Ele adorava cavalos, mas nesse dia ele estava de jumento mesmo."

"É?!" o próprio Dom Pedro baixou a espada, ofendido, e Viny deu risada, "Te pintaram errado, Majestade!"

"Isso é ultrajante!" ele resmungou, desmontando de seu cavalo e saindo do quadro.

"Aeee! Ele foi embora, senhoras e senhores! É um milagre! Um milagre!" Viny comemorou, e os outros quadros do dormitório aplaudiram, entusiasmados.

Hugo riu. "Esse Dom Pedro aí do quadro é arrumadinho demais… O Dom Pedro real era esculachado, aventureiro, hiperativo, carismático, e amava o Brasil mais do que tudo nesse mundo. Tava mais para um pixie do que para um anjo. Bem parecido com você, na verdade."

Viny olhou orgulhoso para Hugo. "Tu é inteligente demais pra tua idade, Adendo. Já te disseram isso?"

Hugo sorriu, mas deu de ombros, fingindo modéstia. "Eu leio muito."

"Faz bem. Então, tu disse que o Pedrão aqui era parecido comigo, é? Pelo menos quem pintou o quadro acertou na parte namoradeira do Imperador então."

"Vai ver você foi Dom Pedro na vida passada", Hugo brincou e Viny deu risada. "Ah, claro. E a Cai foi a Marquesa de Santos…"

"Ué, por que não?" Hugo sorriu malandro, "Vai ver vocês já tinham um caso tórrido e proibido na outra vida e agora só estão matando a saudade."

"Ha!" Viny riu enquanto abria a porta do dormitório, adorando aquela brincadeira, "E o Beni era quem então? A Imperatriz Leopoldina?"

Hugo deu risada, mas apagou o sorriso ao ver Viny dar de cara com a única pessoa que não poderia ter aparecido ali na porta naquele momento.

Benedito Lobo.

CAPÍTULO 55

LOBOS EM PELE DE CORDEIRO

Vestido inteiramente de preto, impecável, o chefe da Comissão olhou Viny de cima a baixo com um desagrado sem tamanho, como se tivesse nojo do pixie. Foi quando Beni apareceu na porta do dormitório atrás deles, e Viny desviou o rosto, xingando baixinho.

"Beni?!" Lobo arregalou os olhos, arrancando o filho dali, possesso, e indo falar-lhe em particular, *"Eu não disse pra você ficar longe desse demônio?!"*

Beni se desesperou, "Eu não estava com eles, pai! Eu juro! A gente só saiu junto do dormitório, sem querer!"

Parecendo acreditar na mentira do filho, Benedito Lobo fechou os olhos, tentando se acalmar. Então disse, "Vem cá que eu quero conversar com você", e subiu com o filho para algum outro lugar mais reservado.

Receoso, Viny acompanhou-os com os olhos. "Eu nunca vi o Lobo tão controlado. Tem coisa errada aí."

"Vem, Viny, deixa eles se entenderem", Caimana chegou, tendo assistido a tudo do lado de fora. "Bora ver o que nossos dois pesquisadores descobriram."

"Ué, cadê o Índio?"

"Voltou lá pra escola", Capí respondeu, sem tirar os olhos dos documentos que estava lendo. "Eu disse que ele não precisava ficar, daí ele foi ver como Micael está passando. E aí, o que vocês descobriram com o Beni?"

Caimana sentou-se na mesa, tirando os papéis da mão do pixie para lê-los ela mesma. "Descobrimos que encontrar alguém disposto a trair Mefisto Bofronte vai ser mais complicado do que a gente imaginava. Encontrou alguma coisa?"

"Nada relevante", Capí coçou os olhos, cansado. "Alguns Adônis, mas nenhum de grande importância, e sem fotos. Impossível saber se algum deles é o nosso. Quanto ao nome Braz, não apareceram muitos na pesquisa, mas é certo que nenhum que apareceu é ele."

Hugo ergueu a sobrancelha. "Por quê?"

"Um Braz era contador em Minas Gerais... mas morreu em 1976. Outro é um velho varinheiro, morador de Cascavel, que só apareceu nos livros porque é tão desajeitado que conseguiu quebrar a varinha do presidente Miraneves, 12 anos atrás. A varinha tinha sido enviada a ele para pequenos reparos no cabo. Outro Bráz teria sido traficante de escravos no século 19, mas esse já morreu faz tempo e não se sabia ao certo se era mesmo bruxo ou só um azêmola sortudo, que conseguia trazer os escravos ao Brasil sem que nenhum morresse na viagem. Resumindo, nada." Capí recostou na poltrona, exausto, deixando que os outros Pixies tomassem seu lugar.

"Capí…" Hugo chamou, lembrando-se de uma coisa e indo sentar-se a seu lado enquanto o pixie descansava. "Quando você puder, dá uma olhada lá na minha mesa Autoajuda?"

Capí ergueu a sobrancelha. "Mesa Autoajuda?"

"É uma mesa chata que vive se rabiscando sozinha, me dando conselhos e tal."

"Ah", o pixie sorriu, "sei qual é."

"Então, eu gostaria que você tentasse tirar aquele maldito feitiço dela. Antes ela só me incomodava, mas agora ela tá ficando perigosa. Outro dia, antes da gente ir pra Salvador, tinham dois chapeleiros inspecionando a sala do Atlas e ela lá com um maldito rabisco dizendo: *Apesar de você, amanhã há de ser… outro dia…*' com notinhas musicais balançando e um desenho de um chapéu-coco com um sorvete empastelado na testa. Não ri, Capí. Não teve graça. Eu fiquei tentando cobrir aquela porcaria e o rabisco lá, só fugindo do meu caderno, escorregando pelo tampo da mesa. Se tivessem visto, eu estava morto!"

O semblante do pixie escureceu. "Desculpa, Hugo, eu achei que a mesa dava bons conselhos. Vou ver o que posso fazer."

"Por que *desculpa*?" Hugo estranhou. "Foi você que colocou aquela droga de feitiço nela?!"

"É…" Capí meneou a cabeça, "mas foi sem querer."

"Como assim, sem querer?!"

"Relaxa, cabeção, pode deixar que eu vou dar uma olhada nisso pra você assim que eu tiver um tempo…"

Índio entrou correndo, interrompendo a conversa. Completamente pálido, fechou o livro que Caimana e Viny estavam lendo com as mãos trêmulas.

"O Playboy sumiu."

"Como é que é?!" todos se levantaram e voltaram correndo para a Korkovado, indo depressa checar.

De fato, os Aposentos Imperiais estavam vazios. Nenhum sinal do bandido que habitara aquele lugar por tantos meses. "Quando eu cheguei, o quadro do Pedrinho tinha sido derrubado no chão…" Índio explicou, andando de um lado para o outro de tanto nervoso.

"Imperador, você não viu nada?!" Capí implorou, mas o menininho olhou para ele consternado, "Eu não vi, amigo… Só acordei quando meu quadro caiu. Peço-lhe perdão."

"Relaxa, Pedrinho. Não foi sua culpa", Capí consolou-o, desabando na poltrona apreensivo.

Já Hugo não estava apenas apreensivo, estava em pânico, com raiva, tudo ao mesmo tempo. "Eu disse que a gente não devia ter escondido esse bandido aqui!"

"Será que encontraram ele?!" Viny perguntou temeroso, mas Caimana não tinha tanta certeza assim. "Vai ver ele fugiu, sei lá. Voltou pro Santa Marta."

"Duvido muito."

Apavorados, os Pixies passaram o restante daquela tarde, e o domingo inteiro, procurando o bandido por todas as salas de aula, todos os corredores… revirando a escola de cima a baixo, sempre tentando manter uma certa aparência de calma perante a Comissão, mas estava difícil com Bofronte e Ustra presentes no colégio.

"Já voltou, o filho da mãe…" Viny chutou um dos baús de Pedrinho. "Voltou pra não levantar suspeitas… desgraçado." Mas o loiro estava nervoso mesmo era com a ausência de Playboy, não com a presença do gaúcho. "Se descobriram ele, a gente tá morto!"

Pálido, mas procurando manter a calma, Capí negou com a cabeça, se recusando a acreditar naquilo. "Já está ficando tarde. Vamos dormir. A gente não vai conseguir pensar em nada, cansados desse jeito."

Concordando com o pixie, os outros obedeceram, até porque o toque de recolher logo soaria e era melhor que eles se recolhessem antes de todo mundo, até para que não levantassem ainda mais suspeitas.

Hugo já estava entrando em pânico a cada vez que um grupo de hipnotizados olhava fixo para ele no meio da multidão.

"Tu tá bem, Idá?" Gislene parou-o preocupada, antes que ele pudesse se esconder no dormitório masculino.

Hugo olhou para os cinco hipnotizados que o fitavam de longe, apoiados no corrimão da escada central, e respondeu que não com a cabeça.

Não… ele não estava nada bem.

Ela fitou-o temerosa. "O que aconteceu? Vocês sumiram…"

"*Depois eu te conto, Gi… depois eu te conto.*" Ele entrou no dormitório, sentindo uma pressão monumental na cabeça.

"*Independência ou morte!!!*"

"Cala a boca, Imperador. Por favor", Hugo murmurou, apressando-se para o quarto e cobrindo-se inteiro, como se o cobertor pudesse protegê-lo de alguma coisa. E se Playboy tivesse sido capturado?! E se o filho da mãe os delatasse?!

Hugo dormiu com aquela dúvida na mente, e seu sono foi previsivelmente perturbador. Monstros, afogamentos, o som dos sapatos dos chapeleiros marchando em perfeita união, Ustra mordendo o pescoço de uma criancinha e arrancando pedaço enquanto Bofronte sussurrava crueldades no ouvido de seu general… e cada vez que Hugo ouvia os berros das crianças sendo devoradas, acordava de sobressalto.

Nunca tivera tanto medo na vida, e, para alguém que vira tantos horrores quanto ele já havia visto, aquilo era dizer muito.

Eimi estava chorando na cama, coitado. Chorando muito. Todo encolhidinho. E Hugo foi dar uma força ao menino. "Calma, Eimi. Você tá seguro aqui…" ele murmurou, fazendo um carinho no garoto, que tremia dos pés à cabeça.

Felizmente, bastaram alguns minutos de carinho para que Eimi caísse no sono, mas Hugo não voltou para a cama. Precisava sair. Respirar ares menos pesados do que o ar de terror que circulava naquele quarto.

Saindo do dormitório com cautela, deu graças a Deus que Pedrão I também dormia em seu quadro, desabado no chão de terra ao lado do cavalo, e avançou para o pátio da árvore central a passos silenciosos. Não havia qualquer chapeleiro à vista. Tudo deserto. Na mais absoluta escuridão. Menos mal.

Respirando fundo, Hugo subiu até o quinto andar sem fazer barulho. Devia estar maluco, saindo daquele jeito às três da madrugada com o toque de recolher em efeito, mas precisava respirar, e só conseguiria fazê-lo em sua floresta particular. A praia estava gelada demais para isso.

Alcançando a Sala das Lágrimas, já ia sentindo o ar inexplicavelmente gelado que vinha lá de dentro quando ouviu um choro ecoar pelo corredor.

Um choro de aluno.

Sentindo seu coração bater mais forte, Hugo fechou a porta novamente, com muitíssimo cuidado, e saiu à procura do maluco que, além de quebrar o toque de recolher, estava fazendo aquele escarcéu todo!

Esgueirando-se pelos corredores escuros, logo encontrou o menino, encolhido no chão de uma sala de aula, abraçando as próprias pernas. Parecia do primeiro ano. Novinho, novinho, coitado. Devia estar apavorado... Hugo até entendia, mas um pouco de bom senso não lhe faria mal, caramba!

Percebendo que o menino estava com lábios e supercílio sangrando, Hugo até pensou em ir ajudá-lo, mas desistiu ao ouvir a aproximação de alguém, e se escondeu na sala mais próxima, seu coração já saindo pelos ouvidos de tanto nervoso enquanto espiava pela fresta da porta.

Os passos eram definitivamente de adulto. Passos pesados. E Hugo estremeceu ao ver Mefisto Bofronte aparecer ao longe, vindo de outro corredor.

Para de chorar, pirralho... ele vai ouvir! ... Hugo repetia em pensamento, como se fosse adiantar alguma coisa. Mefisto já ouvira.

Apurando os ouvidos, o Alto Comissário alterou seu rumo, entrando no corredor à procura da origem do choro, e logo encontrou o menino ali, todo encolhido na penumbra.

Garoto imbecil. Agora estava ferrado.

Sentindo seu sangue pulsar forte, Hugo assistiu enquanto Mefisto entrava na sala e se agachava perante o aluno. Usando o cajado como ponto de equilíbrio, com a mão que estava livre segurou de leve o rostinho do menino, erguendo-o para ver os ferimentos.

Ao perceber quem era, o menino arregalou os olhos apavorado e enxugou as lágrimas depressa. "Perdão, senhor Comissário! Eu não queria estar aqui, eu juro! Eu sei que é proibid..."

"Quem te fez isso?" Bofronte murmurou a pergunta, passando o polegar na ferida do supercílio. Apesar do vapor que ainda saía da boca do Alto Comissário, sua mão não parecia estar fria... Não daquela vez. Ou talvez fosse apenas uma impressão causada pelo tom bronzeado de sua pele.

Com medo de responder, o menino titubeou.

"Pode dizer, criança... Eu não vou ficar bravo. Quem te bateu?"

"Eu... eu tava perdido e..." o menino murmurou choroso, "... o Sr. Ustra me viu e me mandou fazer umas... coisas estranhas pra ele... e eu não consegui. Daí ele me bateu."

Mefisto desviou os olhos, visivelmente incomodado. "Claro, tinha que ser o Ustra. Qual é seu nome?"

"Renan."

"Renan, deixe-me ver isso aqui."

Largando o cajado no chão, Mefisto tirou de dentro do casaco uma varinha negra, toda feita em pedra polida, talvez ônix... Hugo ergueu as sobrancelhas. Nunca vira uma varinha de pedra antes... Linda! Toda lascada, claro... uma varinha que provavelmente vira muitas batalhas... mas ainda sim, linda demais. Talvez até *por causa* das lascas.

Aproximando-a dos ferimentos enquanto sua outra mão segurava o queixo do menino de forma um tanto acolhedora, ele foi curando, sem pressa, cada uma das feridas do garoto, que o fitava, confuso e agradecido.

"Pronto..." Mefisto murmurou. "Continua doendo?"

Renan negou com a cabeça, "... não, senhor."

"Conselho de amigo: fique longe do Ustra. Entendeu?"

O menino confirmou, e Hugo não pôde deixar de lembrar que aquele era o mesmo conselho que Bismarck havia lhe dado no início do ano. Conselho acertadíssimo. Aquele gaúcho era o demônio... Até Bofronte parecia concordar!

"Tente não ficar sozinho com ele, está me ouvindo?"

Renan assentiu de novo, tenso, e Mefisto cerrou os olhos, "Agora vai."

Sem pensar duas vezes, o menino se levantou e saiu correndo direto para o dormitório. Mefisto ainda permaneceu alguns segundos ali, agachado no chão, pensativo, até que pegou seu cajado e foi embora.

Recostado na parede da sala escura, Hugo finalmente conseguiu respirar, saindo de lá mais confuso do que assustado.

Bem mais confuso do que assustado.

Quem era aquele homem que, num dia ordenava o massacre de oito criancinhas e, duas noites depois, tratava um menino indefeso com tamanha ternura?!

Não entrava na sua cabeça. Definitivamente, não entrava.

"Ele deve ter te visto lá, e resolveu dar uma de ator."

"Não, Índio. Ele não estava atuando!" Hugo repetiu pela terceira vez naquela manhã. "Eu sei perceber quando uma pessoa está fingindo, tá bom?!"

Ele procurou se acalmar. Afinal, os Pixies não haviam visto o que ele vira. Tinha sido completamente diferente de atuação. Mefisto realmente gostava de crianças! Hugo vira aquilo nos olhos do Alto Comissário... ele nunca machucaria uma. ... Mas como?!

Hugo havia passado o resto daquela madrugada rolando na cama, encafifado, tentando resolver aquele quebra-cabeça impossível até finalmente decidir que contaria aos Pixies.

Olhando à sua volta, para ter certeza de que o refeitório estava mesmo milagrosamente vazio de chapeleiros, e, talvez por isso mesmo, lotado de alunos, Hugo baixou a voz mesmo assim. "*Lembra do que o Beni disse, Viny? Ele falou que o padrinho dele jamais mataria criancinhas... Vai ver o massacre foi mesmo obra do Ustra! Sem autorização do Alto Comissário!*"

"Não se engana, Hugo. Bofronte ordenou o massacre."

"Vai ver ele só mandou irem atrás dos refugiados... Mandou darem um susto neles! E Ustra fez o resto!"

"Aff..." Índio revirou os olhos, "lá vem ele tentando defender o Alto Comissário de novo."

"Eu não estou tentando defender ninguém! Eu só quero entender como alguém que trata um menino ferido como ele tratou pode ordenar o massacre de criancinhas!"

Hugo ia pirar se continuasse naquela discussão, mas Índio meneou a cabeça, "*O que os olhos não veem, o coração não sente.* Não é assim o ditado? Então."

"Você tem certeza que ele não te viu ali escondido, Hugo?" Caimana insistiu. "Sei lá, ele é esperto. Ele pode ter feito aquilo pra te confundir."

"Não... acho que ele não me viu."

"Você *acha*?!" Índio ergueu as sobrancelhas. "Não tem certeza não?!"

Hugo bufou, cobrindo a cabeça com os braços, nervoso demais. "Não sei! Tá legal? Só sei que a gente não pode sair acusando ninguém sem provas."

"Provas, provas... Isso a gente já tá cansado de saber!" Viny explodiu, revoltado com aquela exigência perfeitamente justa da Guarda de Midas.

Avistando Beni do outro lado do refeitório, foi falar com ele de novo. Talvez zangado daquele jeito, ele conseguisse arrancar alguma informação do amante.

Hugo ficou assistindo, sem sair de onde estava, vendo Viny marchar furioso até o rapaz e puxá-lo pelo braço, mas Beni fitou o pixie sem qualquer expressão, como se não o conhecesse, e seguiu seu caminho.

"Ele foi hipnotizado..." Hugo constatou, sentindo um arrepio, e Caimana rebateu, "Como é que é?!"

"Hipnotizaram o Beni..."

"Não pode ser..." ela olhou para trás, tentando encontrá-lo entre os alunos. "Ele é afilhado do cara!"

Índio deu uma risada seca. "Com um pai daqueles, quem precisa de um Bofronte."

Caimana fitou-o, espantada. "Você acha que Benedito Lobo hipnotizaria o próprio filho?! Só pro Beni ficar longe do Viny?!"

"... capaz." Índio deu de ombros, vendo que o loiro se aproximava espumando de raiva. Estava sem palavras, revoltado, irritado, furioso, trêmulo, prestes a explodir.

"Calma, Viny..." Caimana tentou segurá-lo, conhecendo muito bem o namorado que tinha, mas Viny já havia passado do ponto de ebulição e não se acalmaria antes de gritar para todo mundo daquele refeitório ouvir.

Desvencilhando-se da namorada com ódio nos olhos, marchou até a mesa dos professores e subiu nela sem pedir licença, gritando, "Isso é um absurdo! Vocês não veem?! Um abuso! Eles não podem sair hipnotizando qualquer pessoa que não concorde com eles!"

Os olhos espantados do refeitório inteiro se voltaram para o loiro, incluindo os de Capí, que estivera em outra mesa, tirando as dúvidas de seus alunos. E antes que o loiro pudesse dizer qualquer outra coisa, Caimana e Índio o puxaram para debaixo da mesa com a ajuda de Rudji, tapando sua boca com dificuldade no exato momento em que a porta do refeitório se abria, deixando entrar o temido general de Bofronte.

Hugo se encolheu na cadeira, trocando olhares apreensivos com Capí enquanto o refeitório inteiro mergulhava no mais profundo silêncio. Todos paralisados, acompanhando os lentos passos de Ustra por entre as mesas.

O gaúcho não ouvira o protesto... Entrara sem desconfiar de nada, mas logo o silêncio incomum no refeitório chamou sua atenção, e ele passou a fitar cada um dos alunos com uma desconfiança de gelar a espinha.

... Percebera que algo estava errado. Claro que percebera. Percebera no momento em que entrara no refeitório.

Caminhando calmamente por entre eles, suas esporas clicando no piso a cada passo que dava, os olhos do general se detiveram em Capí por alguns instantes.

"Este colégio é mesmo um antro de dissidência..." ele disse para todos, enquanto mantinha seus olhos fixos no pixie. "Só perde para a Bahia – aquela corja de macumbeiros", ele grunhiu, finalmente olhando para os outros professores e deixando Capí em paz. "Eu desejo falar com a responsável por esta bagunça. Chamem a diretora."

Sentada junto aos alunos, no centro do refeitório, Zoroasta se encolheu dizendo "Ela não está!" e muitos no refeitório riram. Impossível não rir.

Mas foi uma risada breve, que eles próprios calaram ao verem Ustra disparar-lhes um olhar de aviso.

"Muito engraçadinha, Madame Zoroasta", ele disse, aproximando-se da velhinha, que abriu um sorrisão para ele, toda fofa. "A Comissão gostaria de saber por que não fazes nada contra esse grupinho de baderneiros que fica fazendo bagunça pela escola. Não achas isso ruim para a imagem da Korkovado?"

Zoroasta inclinou a cabeça, simpática. "Por que eu acharia ruim se eu concordo com eles?"

Hugo esboçou um sorriso, assim como muitos ali, mas daquela vez eles se controlaram. Até porque Zô estava correndo risco demais... humilhando-o na frente dos alunos daquele jeito, questionando a autoridade do general, e ele fitou-a com extremo desagrado, "És um perigo para esta escola, Madame Zoroasta."

"É... muito perigosa!" Hugo ouviu Viny sussurrar debaixo da mesa. *"A Zô daria uma vilã diabólica cujos planos malévolos envolveriam jujubas e feitiços que deixam as pessoas roxas."*

Hugo foi obrigado a tapar a própria boca para suprimir uma risada enquanto Ustra se aproximava da diretora, ameaçador, "Não tens medo de mim, Zoroasta?"

"Ô, coitado!" ela debochou, fazendo os olhos do gaúcho ferverem de ódio, e Ustra sacou sua varinha contra ela.

"Por favor, Sr. Ustra, isso não será necessário!" Capí implorou, metendo-se entre a diretora e a varinha do general. "Ela tem medo do senhor sim, ela só não sabe expressar."

Fitando-o com extrema crueldade nos olhos, Ustra baixou a varinha e tocou, com ela, a lateral do abdômen do pixie, onde o jipe o atingira. Capí deu um leve grunhido de dor, sem conseguir disfarçar, e o general sorriu. Era a confirmação que ele precisava. Avançando lentamente contra o pixie, intimidador em toda sua altura, Ustra começou a murmurar insinuações inaudíveis para o aluno enquanto Capí recuava cada vez mais para trás, de certa forma enfrentando o general só por não desviar o olhar.

"Eu não sei do que o senhor está falando..." Capí mentiu. Mentia bem, mas estava tenso.

"Sabes que podes ser expulso por desrespeitar certas... regras, não sabes? ... Talvez isto te coloque rédeas..."

Capí atingiu uma das mesas em seu recuo e Ustra sorriu, vendo o pixie erguer a coluna, mesmo encurralado, e encará-lo de frente com uma coragem que só quem estava acostumado a enfrentar feras tinha.

"Guri corajoso..." o general murmurou, adorando aquele duelo de nervos. "Já quebrei muito queixo de potro chucro, sabia?" ele disse, e já ia erguendo sua varinha contra o aluno quando Atlas tirou o pixie de lá pelo braço, fazendo-o sentar-se em uma das cadeiras vazias. *"Deixa quieto, Capí... por favor, não provoques..."*

Atlas estava nervoso. Excessivamente cauteloso, se comparado a como ele era normalmente, e enquanto o professor de Defesa sussurrava algo no ouvido de seu aluno favorito, Ustra provocou, sussurrando no dele, *"Se não te cuidares, Atlas, perdes outro filho."*

O professor arregalou os olhos, furioso.

Ustra tocara na ferida dele agora, com uma precisão assustadoramente cruel, sabendo que aquilo o desestabilizaria por completo, e o professor caiu na armadilha. Perdendo o controle diante da ameaça, Atlas ergueu-se, trêmulo de ódio, pressionando sua varinha contra o pescoço do general.

Ustra apenas sorriu.

CAPÍTULO 56
AÇÃO E REAÇÃO

Tenso, Hugo segurou a respiração enquanto via Ustra dar risada com a varinha do professor no pescoço.

"A troco de quê esta varinha, Atlas, mi paisano. Pensas em matar-me?! ... Bem que gostarias, né?" e dirigiu-se ao resto do refeitório em voz alta, "Este professor, senhoras e senhores, é quase um fora-da-lei! Ele ensina coisas que guris não deveriam aprender, estimula a violência em sala de aula e, agora, ainda ameaça um membro da Comissão com sua magnífica varinha. Estou falando alguma inverdade, querido?"

Atlas fitou-o com ódio absoluto nos olhos.

"O que deu em você, professor?! Abaixa essa varinha!" Capí murmurou alarmado, pressionando os ombros do professor para tentar convencê-lo a desistir daquela loucura, mas só depois de muito hesitar, Atlas obedeceu, tirando-a lentamente do pescoço do general, que abriu um sorriso vitorioso. "Saibam que este professor vem mascarando as faltas de seus alunos favoritos, e que isto é inteiramente inaceitável e punível com demissão imediata."

"Não! Você não pode!" alunos por todo o refeitório gritaram, e Ustra deu risada, surpreso com a reação.

"Ah! Tens defensores desta vez, Atlas! Muito bem... muito bem, parabéns. Mas isto não vai fazer a menor diferença. Estás demitido da mesma forma."

Tremendo enfurecido, Atlas sacudiu a cabeça, *"Não podes fazer isso comigo de novo..."*

"Ah, posso... mas claro que posso! Eu estou do lado da lei, amigo, aliás, como sempre estive!" Ustra sorriu, adorando pisar no professor. "Para teu próprio bem, acho melhor tu botares o rabo entre as pernas, como o bom cusco que és, e obedeceres, como da última vez." E Ustra fez sinal para que os chapeleiros que haviam entrado arrastassem o professor para fora da escola.

"Eu MORO aqui, seu desgraçado!" Atlas berrou, sendo levado à força por três chapeleiros enquanto Hugo avançava para segurar Capí antes que o pixie fizesse a besteira de tentar ajudar o professor. "Eu moro aqui há 17 anos!!"

"Pois é hora de riscar estrada, Atlas! Te muda! Não foi isto que fizeste da última vez que te expulsei de uma escola?!" o general respondeu, deliciando-se com aquilo tudo, "Já tens cancha em ser tocado por diante, não é mesmo?!" e dirigiu a palavra aos chapeleiros que levavam o ex-professor aos puxões para a porta de saída, "Não deixem que ele pise aqui de novo! Não quero esse vivente se aquerenciando por estas bandas novamente. Me ouviram?! Atlas Vital está BANIDO da Korkovado por insubordinação! Para sempre! E, não duvides, querido: serás severamente punido se retornares."

Ustra saiu pela porta do sumiço, deixando que os chapeleiros continuassem acatando suas ordens do lado oposto do refeitório, e os Pixies se entreolharam preocupados, indo atrás dos chapeleiros antes que eles empurrassem Atlas para fora de vez.

"Deixem ele ao menos fazer as malas!" Caimana gritou horrorizada atrás deles, e os chapeleiros pararam onde estavam, segurando o professor pela gola da camisa; sua varinha na mão de um deles.

Olhando maquinalmente para Bismarck, que assistia, os três esperaram pela confirmação do jovem para, só então, largarem o professor. Atlas ainda tentou ajeitar a roupa, olhando acuado para os rostos das centenas de alunos que o fitavam, mas suas mãos estavam trêmulas demais.

"Vem, professor. A gente te ajuda", Capí tocou seu ombro, e os Pixies saíram do refeitório, acompanhados pelos três chapeleiros, enquanto Bismarck dizia lá de trás, "Tem cinco minutos, professor!"

Parados em frente ao trailer do Atlas, os chapeleiros permaneceram, como estátuas, olhando fixamente para seus relógios de bolso enquanto os Pixies ajudavam o professor a empacotar tudo depressa, Hugo olhando com ódio para aqueles três, de cinco em cinco segundos. Eles não iam dar nenhum tempo extra, não?!

O professor estava irritado demais para se importar. Jogava suas roupas na mala de qualquer jeito, furioso, consternado, completamente desestabilizado, enquanto os Pixies tentavam acalmá-lo.

"O senhor pode ficar lá em casa, se quiser, professor", Caimana sugeriu com carinho, assistindo sem saber o que fazer. "Até encontrar outro lugar pra morar."

"Obrigado, guria", Atlas suspirou, enfiando mais um mapa no baú sem fundo. "Acho até que era para lá que eu já estava pensando em ir mesmo…"

"Vai sim, professor. Vai sim. Meu pai vai adorar te receber."

Hugo olhou à sua volta, para aquela imensidão de objetos que ainda entulhava o trailer, e que o professor jamais teria tempo de empacotar, nem com toda a magia do mundo. Roupas e objetos importantes estavam se arrumando sozinhos no baú que Capí alargara com um *Lailalá*, mas, tendo tão pouco tempo, muita coisa ficaria para trás, como os relógios, as pilhas e mais pilhas de livros, os mapas, os pequenos brinquedinhos mecânicos, a esfera de Mésmer, que continuava fechada em sua cúpula de vidro…

Será que ele a levaria? Certamente. Atlas nunca deixaria um objeto tão perigoso ali à solta, para que qualquer um pudesse ver sua memória mais importante.

"Saiam daqui, guris. Saiam antes que se metam em mais confusão por minha causa… SAIAM!" ele insistiu, transtornado, enxotando todos dali e fechando a porta.

"Depois a gente te envia o resto, professor!" Capí ainda tentou dizer através da porta, sua desolação escorrendo pelos olhos.

"Ele vai ficar bem, Capí…" Caimana o abraçou. "Ele vai ficar bem."

Espiando pela janela do trailer, Hugo viu Atlas parar de arrumar suas coisas e curvar-se na cama, chorando.

Aquilo era triste demais…

Cabisbaixos, os Pixies caminharam pela mata lateral em direção ao pátio interno da escola. Percebendo que Mefisto os observava, recostado na porta de braços cruzados, só faltaram esbarrar nele de propósito ao entrarem. Malucos.

Com muito menos veemência, Hugo já ia atravessando a porta também quando Bofronte pôs uma mão em seu ombro. "Não se iluda, rapaz. Seu professor não é nenhum santo. Se há uma coisa que eu aprendi nesta vida, é que todo ser humano é cruel e canalha. Uma hora ou outra a máscara cai e eles se mostram como verdadeiramente são."

Largando o ombro do aluno, Mefisto deixou que ele prosseguisse, mas Hugo ainda permaneceu alguns instantes ali, olhando nos olhos do Alto Comissário, estranhamente sem medo, sentindo, pelo contrário, um profundo respeito por aquele homem, tentando entender como alguém podia ter tamanha descrença na humanidade.

Hugo já sofrera demais na vida, mas nunca chegara a pensar daquele jeito. Não com tanta convicção. E o pior era que, pelo profundo rancor que ele via nos olhos do Alto Comissário, Mefisto sabia muito bem do que estava falando.

"Vai com seus amigos, garoto", Bofronte disse finalmente. "Eles precisam de um pouco do seu bom senso."

Hugo obedeceu sem questionar, subindo atrás dos Pixies para o primeiro andar e entrando, com eles, na bagunça que era o Quartel General.

"O Ustra fez de propósito!" Caimana estava dizendo consternada. "Mas também, o que deu no professor pra ele reagir daquele jeito?! Ele não devia ter aceitado a provocação!"

"Às vezes não é tão fácil assim, Cai." Viny se jogou no sofá empoeirado. "Tu sabe muito bem disso, né?"

"Aliás, o que foi aquilo, alguém pode me explicar?" Índio perguntou, olhando para Capí, mas o pixie chacoalhou a cabeça, entristecido, "O professor nunca me contou como ele foi expulso da Tordesilhas... Pelo visto, Ustra teve um papel enorme na expulsão."

"Peraí", Hugo se intrometeu, "então o Atlas foi mesmo demitido da escola do Sul?!"

"Demitido não, Hugo, *expulso*", Capí corrigiu. "Ele nunca foi professor de lá. Ele foi expulso como aluno."

Hugo arregalou os olhos.

"Não sei o que ele fez pra merecer a expulsão, mas deve ter sido muito grave, porque ele foi praticamente enxotado da Tordesilhas, pelo que o Rudji me contou."

"Então ele nunca se formou?!"

Os Pixies negaram, e Hugo fitou-os surpreso, "E, mesmo assim, ele foi aceito como *professor* daqui?!"

"A Zô ajuda todo mundo. Não iria deixá-lo desamparado, assim como não deixou meu pai quando ele chegou aqui com um bebê no colo, pedindo ajuda."

"Mas é permitido contratar um professor assim? Sem diploma?!"

"Eu sou professor, esqueceu? E eu não me formei ainda. Ter ou não ter um diploma nunca deveria determinar uma contratação se a pessoa demonstra ser especialista no assunto. O Atlas sempre soube mais do que muito professor formado."

Eles ficaram em silêncio, entristecidos novamente.

"Os chapeleiros já devem ter expulsado o professor", Hugo murmurou e os Pixies concordaram; Viny completamente possesso de raiva.

"Eles não podem continuar fazendo o que bem entenderem aqui nessa escola, véio... não podem!" ele deu um murro no estofado. "Eu vou fazer alguma coisa, e vai ser agora!" Viny se levantou resoluto, mas Capí puxou-o para baixo com violência, "Não! Você senta aqui!"

O loiro fitou-o surpreso, obedecendo enquanto Capí continuava com a bronca, "Quem você pensa que é, Viny? Hein?! O super-homem?! Que burrice foi aquela de subir na mesa dos professores pra denunciar a Comissão?!"

Chocado, o loiro tentou reagir, "A gente não pode ficar calado deixando o Rio virar Salvador, véio!"

"Então a gente precisa agir com inteligência, pô! Se você continuar fazendo as coisas do jeito que fez uma hora atrás, você vai acabar causando exatamente o que você quer evitar! Salvador chegou onde chegou porque os caramurus denunciaram os chapeleiros de frente! De cara limpa! E o que eles ganharam com aquilo, hein?! Pagaram pela coragem deles com o exílio e com a morte. Só isso."

Viny baixou a cabeça, sabendo que Capí tinha razão, mas ainda assim... "Véio, tá todo mundo acomodado aqui... Enquanto a gente não denunciar esses assassinos, nada vai mudar!"

"Eu sei", Capí respondeu mais calmo. "A gente precisa abrir os olhos deles, sim, mas não como você fez no refeitório, desafiando Bofronte quase debaixo do nariz dele. Pensa bem, Viny: por enquanto, ninguém sabe que você estava em Salvador e no Maranhão. Nenhum deles te viu lá. Não estraga essa proteção que você tem – e que eu já perdi. Quer denunciar, denuncia! Mas sem mostrar o rosto!"

O loiro fitou-o intrigado. "Sem mostrar o rosto como?"

"Sei lá, usa a rádio! A rádio não tem rosto e alcança muito mais ouvidos."

O loiro arregalou os olhos, já começando a pensar em inúmeras possibilidades enquanto Capí continuava, "E se vocês denunciarem com humor, mais pessoas vão se juntar a nós. Mesmo que em pequenos atos de desobediência. O medo paralisa, mas o humor despreocupa. É muito mais eficiente do que palavras de ordem e gritaria."

Viny estava pasmo. Olhava para o amigo como se só agora estivesse começando a conhecê-lo, seu semblante lentamente se iluminando com a luz das ideias em ebulição, que pipocavam em sua mente enquanto Capí falava. Ideias demais para que Viny continuasse sentado, e ele se levantou, começando a andar de um lado para o outro, sem saber por onde começar, mas sorrindo. Sorrindo muito. "Genial, véio... Genial!"

O planejamento para a invasão da Rádio Wiz durou alguns dias. Precisava ser perfeito. Caimana e Viny seriam os locutores, Hugo ficaria encarregado da sonoplastia, se fosse necessária, enquanto Capí e Índio fariam a vigia do lado de fora. Caso avistassem os chapeleiros se aproximando, os cinco fugiriam, cada um para um lado. Simples.

Para garantir que nada sairia do controle, calcularam várias vezes o tempo que os chapeleiros levariam para chegar lá em cima após o início da transmissão.

Rafinha estava empolgadíssimo com o planejamento, ao contrário de Eimi, que assistia a tudo encolhido em seu cantinho da depressão. "Vai rolar música?"

"Claro que vai, Rafa", Viny sorriu. "Se eles proibiram, a gente tem obrigação moral de tocar."

"Mas como, se os discos quebram quando entram na escola?!"

Viny deu uma piscadela, sem responder. "O melhor de tudo é que os chapeleiros vão levar uma eternidade pra chegar lá em cima."

"A não ser que eles usem vassouras", Caimana observou receosa. "Nesse caso, eles vão levar de seis a sete minutos pra buscar as vassouras e subir até a Rádio."

Índio assentiu, raciocinando, "Então a gente tem quatro minutos, no máximo cinco, pra fazer a transmissão. Mais do que isso, é arriscado."

"Caso alguma coisa dê errado, cada um volta pra suas respectivas aulas e a gente se reúne aqui no QG entre uma aula e outra. Combinado?" Capí perguntou, tirando do bolso várias caixinhas com pós coloridos e distribuindo-as entre os Pixies. "Aqui estão as máscaras. Hugo, já aprendeu a usá-las?"

Ele assentiu. Aprendera assistindo uma aula de teatro no ano anterior.

"Bom. Assim eles não vão identificar vocês, enquanto estiverem fugindo."

Viny sorriu orgulhoso. "Pra quem não gostava de entrar em briga, né, véio, tu tá se saindo um belo brigão."

Capí deu risada, enquanto Índio olhava, preocupado, para eles, em dúvida se aquilo tudo era mesmo uma boa ideia. "A gente talvez precise de vassouras pra sair de lá na pressa", o mineiro ponderou.

"Sim, sim, claro. E daí?"

"E daí que todas as vassouras foram confiscadas, Viny! Depois de suas aulinhas de surfe!"

"Putz, é verdade."

"Nem todas", Hugo se intrometeu, e todos olharam para ele.

"... Gênio, Adendo. Gênio!" Viny disse, enquanto eles dois voltavam, surfando, pelo túnel do Atlas, com mais três vassouras debaixo do braço: as cinco que Atlas sempre mantivera guardadas no túnel para quando os Pixies quisessem voltar da Lapa surfando.

Ao alcançarem o alçapão, os dois saltaram de suas respectivas vassouras e subiram, com as cinco, para o trailer abandonado do professor.

Hugo entregou uma vassoura para cada um dos Pixies, enquanto Caimana olhava com tristeza para tudo que Atlas abandonara ao sair. "Se os comissários chegarem e a gente tiver que fugir..."

"Isso não vai acontecer, Cai."

"Tá, mas caso aconteça, lembrem-se de evitar ao máximo sacarem suas varinhas durante a fuga. Mesmo a gente estando mascarado, eles podem nos reconhecer através delas."

Todos assentiram, menos Hugo, que de repente entrara em pânico, lembrando-se de alguém importantíssimo, que esquecera por completo naqueles últimos dias.

Onde diabos estava o saci?!

Haviam ficado a semana inteira planejando a ação no quartel general, e sequer tinham notado que Peteca não estava mais lá! Tinham se esquecido por completo que haviam deixado o diabinho ali, todo fragilizado, ao voltarem de Salvador.

Se bem que... Hugo contara ao Atlas sobre o roubo da carapuça. Certamente o professor não perdera tempo em recapturar o danado. É... provavelmente havia sido aquilo.

Com pena do geniozinho, mas também um tanto aliviado, Hugo foi sentar-se ao lado de Capí à beira mar. Já era noite, véspera do ataque à rádio, e a praia estava praticamente deserta, por causa do frio. Mas o pixie não parecia se importar. Sentado na neve, observava o mar pensativo, sozinho, seus dedos acariciando distraidamente o símbolo dos Pixies na Furiosa.

"Tudo certo?"

O pixie confirmou, mas Hugo percebia mais em seus olhos distantes do que aquela resposta mentirosa. "Maus pressentimentos?"

Capí não respondeu. Continuou a olhar para as ondas, que batiam violentas contra a neve, cada vez mais próximas a eles, transformando tudo em lama.

"Medo?" Hugo insistiu, aproximando-se um pouco mais, mas Capí permaneceu em silêncio. Talvez nem soubesse ao certo a resposta.

Percebendo que não iria tirar nada do pixie, Hugo se calou, começando a sentir, também, o clima de tensão que pesava no ar, como se algo de muito sério estivesse para acontecer. Era só impressão deles, claro, por saberem que iriam invadir a rádio no dia seguinte. Mas, mesmo assim, era uma sensação bastante incômoda.

Querendo tirar aqueles pensamentos sombrios da mente do amigo, Hugo tentou mudar de assunto, até para que ele próprio parasse de pensar bobagem. "O símbolo dos Pixies... o que significa?"

"Tecnicamente, são só letras gregas", Capí respondeu, mostrando-lhe o símbolo na varinha. "As letras Pi e Ksi. Mas um símbolo, qualquer que ele seja, também carrega consigo o significado que seu criador quis imprimir ao criá-lo. Pra mim, ele sempre representou mente aberta, compaixão, bravura, força moral, caráter..."

"Força moral?"

"Não ter medo de fazer a coisa certa", Capí explicou, baixando a cabeça. "É um ideal. Quem sabe algum dia nós o alcancemos."

Hugo olhou com ternura para o pixie. "Eu achei que você já tinha alcançado."

Mas Capí meneou a cabeça. Não estava nem um pouco convencido daquilo.

CAPÍTULO 57
A DESORDEM E O CAOS

"E atenção, atenção..." uma voz monótona ecoou pelo colégio, imitando a voz chata de Lepé. "Interrompemos a programação da Rádio Wiz – a rádio que fala, mas não diz – para ouvirmos um pronunciamento inoportuno da Rádio Mala – a rádio que diz, mas não fala."

[Tãtãtã TÃÃÃN!!]

"Alô, alô, garota da Korkovado! Tudo beleza?! Aqui quem vos fala é vosso companheiro de guerra, codinome CAOS! E aqui ao meu lado está a bela, a maravilhosa, a enigmática DESORDEM!"

[Aplausos e assovios]

"Olá, galerinha!" Caimana respondeu pelo microfone, e Viny prosseguiu ao som dos aplausos e assovios feitos por Hugo e multiplicados pela varinha escarlate enquanto Hugo morria de rir. Os chapeleiros iam ficar doidinhos...

"Hoje é segunda-feira, dia 28 de Setembro, e esta é a Rádio Mala! A Rádio que diz, mas não fala! .... Rádio Ma-la-la-la-la! ... Agora, para nosso informe da hora. Eu sei que é proibido, mas... Toca a música, DESORDEM!"

Com a varinha de Capí nas mãos, Caimana começou a reger a orquestra invisível da Furiosa, tocando os primeiros acordes de O Guarani alto o suficiente para que ouvissem até lá do Parque Lage: "PÃÃÃÃ... PÃÃÃÃ PÃ-PÃ-PÃÃÃÃÃ PÃÃÃÃ-PÃ-PÃ- PÃÃÃÃ.... PÃÃÃÃ-
-PARARAPAPAPAPARA... PÃÃÃÃ... PÃÃÃÃ PÃ-PÃ-PÃÃÃÃÃ"

Os Pixies se entreolharam, deliciando-se. Já podiam imaginar todos os alunos, professores e chapeleiros da Korkovado olhando para cima, ouvindo. As aulas, impedidas de começarem.

Haviam invadido a sala de transmissão no finalzinho da programação da Rádio Wiz, dando uma poção sonífera para que 'Leopoldo' dormisse como um bebê-hipnotizado. Simples, rápido, perfeito. Agora Capí e Índio estavam lá fora, montando guarda, enquanto Mr. Caos e Lady Desordem faziam seu show.

Assim que o trecho inicial da música terminou, Viny voltou a falar enquanto Caimana saía para destrocar sua varinha com a do Capí, que precisaria da Furiosa para fazer a segurança do grupo.

"Avisando, senhoras e senhores, que esta é uma transmissão pirata-ta-ta-ta..., Como nosso querido mequetrefe Tom Zé costuma dizer: Estou te explicando pra te confundir; estou te confundindo pra te esclarecer!"

"Já que proibiram todos os feriados..." [buuuuuuuuuuu] "...nós estamos, a partir de agora, convocando uma falta em massa para o dia 2 de Outubro, Dia dos Reis Bruxos!" Caimana tapou o microfone, "... E aniversário do nosso Capí..."

Hugo sorriu.

"... Como não queremos que ninguém seja expulso por faltar nesse dia, aqui vai uma sugestão para nossos professores queridos: fiquem doentes!" [uhuuuuu!]

"Não é baderna, meu povo!" Desordem adicionou. "É para desmoralizar esse povo emperiquitado aí, que invadiu a escola e está proibindo tudo!"

"... nos obrigando a nos vestir como picolés..."
"... nos proibindo de ouvir músicas educativas... ou não..."
"... jogando políticos do alto de elevadores..."
"massacrando criancinhas no Maranhão..."

"Ih! É isso mesmo, senhorita DESORDEM! Massacrando criancinhas no Maranhão! Olha lá, olha lá, minha gente!!! Quantas criancinhas morreram MESMO, senhorita DESORDEM?!" [plim-plim-plim-plim]

"Ooooito criancinhas, senhorito CAOS!"

"Olhem só! Mas isso é um recorde! Oito criancinhas mortas em menos de vinte minutos! Uhu! E o prêmio vai para... a Comissão Chapeleira!"

[Aplausos]

"Corrigindo, senhorito CAOS: oito mortas e duas feridas!"
"Que maravilha!!! Será que eles vão fazer isso aqui no Rio também, senhorita DESORDEM?!"
"Puxa! Tomara! Vai ser tão lindo ver todo mundo aqui assistindo dessa vez!"

Hugo sussurrou para Capí, "Eles têm noção de que estão assinando a sentença de morte deles, né?"

"Só se eles forem pegos", o pixie piscou de volta.

"Todo mundo sabe quem eles são."

"Todos os <u>alunos</u> sabem quem eles são. Os chapeleiros não."

"E quem ficou em segundo lugar no prêmio de déspota do ano, senhorito CAOS?!"

"BENEDITO LOBO! Parabéns, senhor Lobo! Por ter hipnotizado o próprio filho! Mas que coisa bonita de se fazer! Senhor Benedito Lobo, você acaba de receber a medalha de PAI DO ANO!" [som de chocalhos] "Vejam só, corcundas queridos! Vejam como o Beni está comportadinho! É um milagre essa pedagogia moderna, não é mesmo, senhorita DESORDEM?!"

"Com certeza, senhorito CAOS!"

"E o que é, o que é? Parece presidente, mas não é?!"

"Lazai-Lazai!" [buuuuuuuuuuuuu]

"Agora para a agenda da semana!" [Agenda da semanaaaaa!] *Vai haver uma reunião da Liga Anti Chapeleira nos dias 35 e 46 de Setembro, não percam..."*

"Interessados, favor levar roupa de banho."

"Já o grupo dos Ex-Hipnotizados Anônimos se reunirá em horário indefinido. O Sr. Local também resolveu manter-se no anonimato. Estejam lá."

"A reunião de mães-órfas-de-filhos, que ocorreria no Maranhão, foi adiada para quando o exílio delas terminar."

Capí olhou para dentro, indicando o relógio, e Viny assentiu. Faltavam ainda dois minutos para que saíssem dali com folga, mas era bom que já começassem a se apressar.

"Agora, vamos encerrar nossa programação com..." [aaaaaaaaaaaaah] *"É, eu sei... tudo que é bom, tem que terminar. Vamos encerrar nossa programação com um juramento solene! Estão preparados?"*

[siiiiiiiiiiim!]

"Repitam MENTALMENTE comigo:

– Prometo fazer esse juramento inteiro sem abrir a boca, pra que ninguém de chapéu saiba que eu fiz esse juramento!

"Prometo fazer esse juramento inteiro sem abrir a boca, pra que ninguém de chapéu saiba que eu fiz esse juramento!" todos os Pixies repetiram.

– Prometo ser subversivo, em pensamento, sempre que um telepata não estiver presente! // "Prometo ser subversivo em pensamento sempre que um telepata não estiver presente!"

– Prometo xingar muito, mentalmente, toda vez que um chapeleiro passar por mim! // "Prometo xingar muito, mentalmente, toda vez que um chapeleiro passar por mim!"

– Prometo imaginá-los de sunga sempre que falarem em público! // "Prometo imaginá-los de sunga sempre que falarem em público!"

– Prometo tentar não rir quando estiver fazendo isso! // "Prometo tentar não rir quando estiver fazendo isso!"

– Prometo não usar meias cor de burro-quando-foge em protesto contra a Comissão! // "Prometo não usar meias cor de burro-quando-foge em protesto contra a Comissão!"

– Prometo fazer uma piada mental toda vez que Ustra abrir a boca! // "Prometo fazer uma piada mental toda vez que Ustra abrir a boca!"

– E, por fim, prometo não ter nenhum respeito por qualquer um deles, mesmo que eu finja estar respeitando-os! // "Prometo não ter nenhum respeito por qualquer um deles, mesmo que eu finja estar respeitando-os!"

[Uhuuuuu!]

"*Agora, falando sério, gente. Abram os olhos, fiquem atentos, e estudem! Nunca parem de estudar! É fácil manipular quem não estuda. É fácil manipular quem não pensa! Lembrem-se sempre: nós somos a maioria! Nós podemos contra eles!* FIM DA TRANSMISSÃO!"

Viny e Caimana recostaram na cadeira, entreolhando-se emocionados, e já iam se abraçar quando Índio entrou na sala correndo, "Vamo embora, que eles estão virando o corredor!"
O loiro ficou lívido, "Mas já?!"
"É! Bora! Bora!" Índio lançou-lhes as vassouras e montou depressa na sua, saindo primeiro.
Sentindo seu coração dar um salto, Hugo jogou o tal pó colorido no próprio rosto e imediatamente pulou na vassoura, surfando com o capuz do uniforme sobre a cabeça. Foi seguido por Viny e Caimana, que saíram surfando logo atrás, também já com máscaras acinzentadas nos rostos e devidamente cobertos enquanto Capí e Índio preferiram o modo tradicional de voar, todos olhando para trás enquanto zuniam pelos corredores, vendo chapeleiros chegarem por todos os lados, encurralando-os como se soubessem os caminhos que iriam tomar.
Eram chapeleiros demais! Em sua primeira espiada, Hugo vira quase quinze! Sem contar os que logo apareceram do outro lado. Tinha alguma coisa muito errada ali...
Tomando o único caminho que lhes restava, os cinco mergulharam no vão central da escola, passando raspando pelo tronco da árvore enquanto desviavam dos galhos descendo a uma velocidade absurda, até que cada um seguiu seu caminho, dispersando o grupo, e Hugo passou a prestar atenção apenas em si próprio.
Sendo seguido apenas por um dos chapeleiros, que o perseguia de vassoura numa velocidade surpreendente para um bobalhão de chapéu, Hugo saiu desviando dos galhos o mais depressa que pôde, surfando de um lado para outro com uma precisão absurda exatamente por estar voando de pé, obrigando o chapeleiro a fazer o mesmo com viradas mais abertas, que ele logo compensava com a velocidade que conseguia alcançar voando no modo tradicional.
Surfar era perfeito para curvas, mas em subidas e descidas perdia *feio* para aqueles que podiam jogar seu peso inteiro na vassoura. Recuperando rapidamente a distância perdida, o chapeleiro já estava quase conseguindo tocá-lo com sua mão estendida quando Hugo decidiu, como último recurso, ir de encontro ao tronco principal. Pressionando seus pés contra o cabo, pulou da vassoura um segundo antes dela chocar-se contra a árvore e agarrou-se a um galho mais alto, impulsionando suas pernas para cima, para tirá-las do caminho do chapeleiro, que deu de cara com a árvore, esborrachando-se no tronco principal e despencando vão abaixo sem a vassoura, que quebrara com o impacto.
Rapidamente, Hugo começou sua escalada pelos galhos secundários até alcançar um dos mais grossos, que serviam de apoio à escada principal. Pulando por cima do corrimão, subiu depressa até o próximo andar, aproveitando para tirar o capuz e desfazer a máscara com um movimento de varinha antes de iniciar sua árdua subida até a sala de Alquimia, onde teria sua primeira aula do dia.
Agora sem seu disfarce, Hugo tentou controlar a respiração enquanto subia 'tranquilamente' as escadas, como um aluno normal teria feito, para não levantar suspeitas, mas, por

dentro, estava um turbilhão de tanto nervoso, já pensando em que desculpa daria a Rudji pelo atraso.

Qualquer que fosse a justificativa, Hugo sabia que não iria adiantar. O professor marcaria seu atraso de qualquer jeito, só para ferrar com sua vida. Seria praticamente uma prova de que Hugo havia participado da transmissão.

Apressando novamente o passo, com medo que isso acontecesse, Hugo abriu a porta de Alquimia ainda um pouco ofegante, e todos os alunos olharam para ele. Os sete hipnotizados principalmente.

Hugo congelou, sem saber o que dizer.

"Voltou rápido, hein!" Rudji foi mais ágil, indo recebê-lo na porta. "Falou com a Areta, como eu pedi?"

Fitando o mestre alquimista, pasmo, Hugo demorou para se refazer do assombro, gaguejando, "Falei sim, professor. ...Mas ela não gostou muito da notícia. Daí eu voltei correndo pra não perder o começo da aula."

Rudji deu um tapinha em suas costas, "Bom garoto", e voltou à sua mesa, dando continuidade à aula como se nada houvesse acontecido.

Convencidos pela troca de palavras, os alunos hipnotizados voltaram a olhar para a frente em assustadora sincronia e Hugo pôde sentar-se, aliviado, sentindo Gislene inclinar-se em sua direção. "*Tá maluco, Idá?! Dando pinta desse jeito?!*"

"Não sei do que tu tá falando."

"*Não se faz de besta!*"

"Shhh."

Rafinha cutucou seu braço, sussurrando uma comemoração, "*Hilário!*" e Hugo respondeu com um sorriso malandro, enquanto outros também o fitavam discretos, cumprimentando-o pela coragem.

"Vocês não deviam ter feito aquilo, Idá..." Gislene voltou a repetir enquanto desciam para a sala de Defesa. "Invadir a rádio daquele jeito?!"

"Isso, Gi, fala mais alto. Quem sabe alguém de chapéu te escuta."

"Tu teve sorte que o Rudji é um cara legal."

Hugo deu risada, mas não respondeu. Daquela vez, de fato, o mestre alquimista o surpreendera. Difícil acreditar.

"Ah, Gi, fala sério que tu não gostou?" Rafinha deu risada, sussurrando para Hugo, "*Até os hipnotizados gostaram no começo! Acredita?! Ficaram meio diferentes por alguns instantes, sei lá. Depois, acho que perdeu a graça pra eles.*"

"E os outros?" Gislene perguntou, preocupada demais para dar atenção a Rafinha. "Você sabe se os outros chegaram bem?"

"Eles são os Pixies, Gi. É claro que eles chegaram bem. Vem cá, tu já sabe quem vai substituir o Atlas?" Hugo sentou-se em sua mesa Autoajuda e sentiu um baque ao perceber que, pela primeira vez, não havia nada rabiscado nela. Nenhuma mensagem, nenhum conselho, nada. Apenas três pontos de reticência.

E, de repente, Hugo sentiu algo que não esperava: tristeza.

Uma tristeza surpreendente e avassaladora.

Capí havia consertado a desgraçada, como ele pedira. Então, por que aquela sensação estranha?! Hugo deveria estar se sentindo feliz! Triunfante! Mas não! Por algum motivo, aquelas reticências solitárias estavam lhe dando agonia! Era um aperto estranho no peito... como se, a qualquer momento, a mesa fosse terminar a frase que não havia sequer começado... Como se algo importante estivesse faltando naquela sala. Naquela escola.

"Você tá legal?" Gi perguntou preocupada, e Hugo meneou a cabeça, sem tirar os olhos dos três pontinhos. "A mesa nunca tinha me deixado pra baixo antes."

"Vai ver ela também tá sentindo o clima soturno da escola."

"É... talvez", ele respondeu, percebendo o quanto aquela mesa havia sido importante para ele ao longo daqueles dois anos. Agora que ela estava em silêncio, era como se uma amiga sua tivesse partido.

Nossa, que drama! Hugo deu risada de si mesmo, chacoalhando aquele absurdo da cabeça antes que Areta Akilah fizesse piada de seu semblante deprimido.

A professora de Feitiços acabara de entrar, com a nada agradável missão de substituir seu colega demitido. Parecia especialista na arte da substituição: primeiro Manuel, agora Atlas. Só que, desta vez, ela não parecia nada contente com a tarefa.

Revoltada, deu uma aula inteira sobre o combate a supostas pragas catalãs que, apesar de absolutamente atraentes, e assombrosamente deslumbrantes, deveriam ser expulsas do Brasil e mandadas de volta a Barcelona.

Só os hipnotizados não entenderam o teor alfinetístico da palestra, que, Hugo teve de admitir, fora um primor de astúcia e sutileza, chegando a rivalizar em qualidade com o que os Pixies haviam dito na Rádio.

Apesar daquele espetáculo de aula, no entanto, nem por um segundo Hugo conseguiu tirar a maldita mesa da cabeça. Incomodado com aquilo, assim que a aula terminou, Hugo saiu direto para o Quartel General, onde os Pixies haviam combinado de se reencontrar. Perguntaria a Capí que efeito era aquele que a mesa exercia nas pessoas.

"Graças à Deusa!" Caimana exclamou, aflita, assim que o viu entrar, e Hugo ergueu as sobrancelhas, vendo que Viny e Índio também haviam se levantado no sobressalto e agora olhavam para ele como se Hugo tivesse a resposta para o significado da vida.

Atordoado, Viny agarrou-o pelos braços, "Me diz que o Capí tá com você."

CAPÍTULO 58

TORMENTO

Fitando-os, surpreso, Hugo sentiu um calafrio, "Não, por quê? Ele não se encontrou com vocês?!"

"Não, Hugo! Não!" Caimana respondeu, aflita, começando a andar de um lado para o outro do QG. "Tem certeza que não viu ele?!"

"Tenho! Vocês é que estudam com o Capí, não eu!"

"Calma, Cai", Viny disse, tentando amenizar a própria angústia, "o véio tá bem, eu tenho certeza. Tu sabe como ele é ocupado. Vai ver ele teve que ajudar algum aluno por aí…"

Caimana olhou para o namorado, arrasada. "Tomara, Viny… Tomara, porque se pegaram ele…" os olhos da pixie se encheram de lágrimas, e Viny foi abraçá-la, "Vai dar tudo certo, Cai, tu vai ver."

"… O que a gente falou na rádio foi muito pesado, Viny…"

"A gente disse o que precisava ser dito. E o Capí é fera. Ele é rápido. Ele tem mais reflexos do que todos nós juntos. Tu sabe disso. Aqueles toupeiras com certeza não derrubaram ele."

Caimana estava negando, inconformada.

"Olha, vamos fazer o seguinte", ele sugeriu, tentando acalmá-la, "'bora procurar o véio. Ele deve estar por aí em algum canto."

Ansiosa, Caimana assentiu, e eles partiram, começando as buscas pelos locais mais óbvios: os dormitórios, que Capí sempre ajudava a limpar, os banheiros dos dormitórios, o telescópio de Astronomiologia, que estava sempre precisando de reparos do pixie, a sala de alfabetização, os aposentos de Dom Pedro II, incluindo o salão do Santo do Pau Oco…

"Tem certeza de que ele não apareceu por aqui, Pedrinho?"

"Tenho, por quê?!"

Caimana se curvou, apoiando as mãos nos joelhos, "Eu preciso de ar", e Viny e Índio ajudaram a pixie a sair dali, deixando Hugo para trás.

"Valeu, Pedrinho. Qualquer notícia do Capí, avisa a gente, tá?"

O menino fitou-o preocupado. "Está tudo bem com ele?!"

"A gente não sabe, Pedro. A gente não sabe…" Hugo respondeu, indo atrás dos Pixies. Assim que Caimana se recuperou um pouco, retomaram as buscas, dividindo-se para procurar em cada uma das salas de aula que Capí mais visitava, no refeitório, na cozinha dos faunos, na ala do Ensino Profissionalizante… E nada dele aparecer.

Soturnos e exaustos, os Pixies sentaram-se, já de noite, nas cadeirinhas de ferro do pátio central; pensativos, em meio a tantos alunos que não faziam ideia do que estava acontecendo, alguns dos quais ainda os elogiavam discretamente pelo feito da manhã. Mal sabiam eles o quanto os Pixies já haviam se arrependido de terem feito aquela loucura.

Um forte trovão soou lá fora, acordando-os de seus pensamentos, e Hugo olhou lá para fora, "Trovoada aqui na Korkovado?! Eu achava que aqui não chovia!"

Os outros se inclinaram, direcionando seus olhares à praia escura, mas não estava chovendo. Devia ser só alguém treinando feitiços lá fora, aproveitando os minutos que restavam antes do toque de recolher.

"Calma, Cai..." Viny abraçou a namorada. "A escola é gigante. Ainda faltam umas 300 salas de aula pra gente procurar."

Índio, que até então estivera taciturno em seu canto, absorto em pensamentos, perguntou, "Quem mais sabia do plano além de nós?"

Viny fitou-o surpreso. "Por quê? Tu tá achando que alguém traiu a gente?"

O mineiro meneou a cabeça, "Ou alguém de fora ouviu nossa conversa. Os chapeleiros apareceram em quatro minutos, Viny! Não tinha como chegarem tão depressa, a não ser que já estivessem esperando por alguma coisa."

Caimana sentou-se em posição de alerta, começando a pensar em quem mais participara do planejamento, e Hugo fez o mesmo, puxando da memória, "O Rafinha, o Eimi, a Francine, o Enzo... Nenhum deles teria traído a gente."

"Pois é. Então alguém ouviu as nossas conversas. Nós fomos descuidados e o Capí está desaparecido por nossa causa!"

"O véio não sumiu, Índio. Ele deve estar por aí, ajudando algum folgado explorador de trabalho juvenil. Quer apostar quanto?"

Caimana olhou para o namorado, querendo muito acreditar naquilo.

"Tu vai ver como o véio logo aparece se desculpando pelo atraso."

Mas Capí não apareceu.
Nem naquela noite, nem na manhã seguinte.

E quando o almoço de terça-feira chegou, e nada de Capí, eles começaram a ficar realmente preocupados.

"Pegaram ele... Eu sei que pegaram..." Caimana repetia, sem saber o que fazer; o prato do almoço intocado à sua frente. "Ele não foi dar aula hoje, Viny! Ele nunca faltaria sem avisar os alunos!"

Daquela vez, o loiro não tentou acalmá-la com mentiras nas quais nem ele mesmo acreditava. Olhando para o prato, tentou comer alguma coisa, mas estava difícil.

De repente, a voz de Paranhos soou pela rádio, e todos no refeitório silenciaram-se temerosos.

"ATENÇÃO: o Conselho Escolar e os professores da Korkovado estão, a partir de agora, intimados a encontrarem e expulsarem da escola todos os responsáveis pelo ultraje radiofônico de segunda-feira. Quem tiver qualquer informação pertinente aos autores daquele impropério, favor informar a qualquer um dos membros da Comissão. FIM DA TRANSMISSÃO."

Ouvindo aquilo, Zoroasta protestou do jeitinho dela: mostrando a língua para os alto-falantes, enquanto Hugo sentia todo seu sangue descer da cabeça. Eles seriam expulsos... e, daquela vez, a diretora não poderia fazer nada para intervir.

Hugo olhou ao redor, vendo muitos rostos voltados para eles. Felizmente, eram rostos de alunos, que sabiam o que os Pixies estavam passando e se solidarizavam com eles. Mesmo que não ousassem se aproximar.

Era compreensível. Os chapeleiros haviam passado aquela manhã inteira interrogando cada um dos alunos da Korkovado a respeito da autoria daquele "disparate radiofônico" e todos haviam negado ter qualquer conhecimento sobre os responsáveis. *Todos. Cada... um... deles.*

Sabiam a gravidade da situação.

Viny desistiu da comida, cobrindo a cabeça com os braços, mas Índio ainda tentou contemporizar, "Na pior das hipóteses, o Capí vai aparecer amanhã hipnotizado, ou alguma coisa assim."

"Não, Índio!" Caimana sussurrou. "Na pior das hipóteses ele vai aparecer morto na praia! A gente viu, lá no Maranhão, do que eles são capazes! E o Capí não é um aluno qualquer! O Capí foi o primeiro aqui a enfrentar o Alto Comissário de frente na aula do unicórnio! O Capí atravessou aquele corredor polonês sozinho pra chamar a Guarda! E Ustra sabe que foi ele!"

Mais um trovão ensurdecedor soou lá fora, fazendo tremer as bases do colégio inteiro e, desta vez, todos se levantaram correndo para ver o que diabos estava acontecendo na praia.

A manhã inteira estivera estranhamente nublada... escura... mas agora, realmente, parecia que ia chover na Korkovado. As nuvens pesadas e o mar agitado batendo contra a neve lamacenta da orla não deixavam dúvidas.

"Chover?!" Índio corrigiu, olhando as nuvens negras no céu. "Vai cair uma tempestade, isso sim!"

"Mas como?!" todos se perguntaram perplexos. Aquilo era impossível! Nunca chovera uma gota sequer na Korkovado antes. O próprio Capí jamais havia visto chuva na vida até ser levado pelos Pixies para o mundo azêmola, aos 13 anos de idade!

"Essa escola nunca chora à toa, Piquenu Obá..."

Os Pixies olharam ao redor e viram Griô ao lado deles, fitando as nuvens com um semblante grave... entristecido.

"Mas nunca choveu aqui antes, Griô!"

"Ah, já choveu sim, sinhazinha Caimana. Uma vez. Um baita temporal faz dois anos. Nas férias. Inundou metade das salas."

Olhando o céu novamente, ele repetiu, *"A escola num chora à toa..."* e uma lágrima escorreu pelos olhos do Gênio africano, espantando a todos.

"O que tá acontecendo, Griô..." Hugo perguntou, assustado com aquela lágrima. Aquilo não podia ser boa coisa... Gênios não choravam! ... ou, pelo menos, não deviam chorar!

Enxugando as lágrimas, Griô sacudiu a cabeça, penalizado. "Num posso contá, Piquenu Obá..."

"Mas por quê?!" Caimana protestou desesperada.

"Lei, sinhá. Num posso interferí na vida qui segue. Se Griô desembesta a interferí, Griô num vive mais de tanto trabaiá, entende? Griô só pode historificá o que já passô. Nunca o que tá passandu."

Viny olhou para o Gênio, apreensivo. Seus cabelos esvoaçando contra o forte vento. "É o Capí, não é? … Essa chuva que está chegando é por ele?"

Mas já começara a chuviscar, e cada gota que respingava no velho Griô ia borrando-o, como se o Gênio fosse um quadro recém-pintado, e Griô foi derretendo e sumindo, olhando para eles sem responder, até que desapareceu por completo na verdadeira tempestade que se iniciara.

Os Pixies fitaram aquele espaço vazio por um bom tempo, parados na chuva, sem ligar para o aguaceiro gelado que os atingia, enquanto os outros alunos voltavam correndo para a área coberta da escola. Hugo ficou com os Pixies. Não tinha energia emocional para sair dali.

"… Ele falou de uma outra tempestade", Hugo comentou, tentando vencer o barulho ensurdecedor da chuva. "O que aconteceu há dois anos?"

"Duas mortes", Caimana respondeu. "A do filho do Atlas e a do monstro que matou o menino."

Hugo franziu o cenho, estranhando a inclusão do gárgula na resposta, e a pixie explicou, "Ele também era morador da Korkovado, Hugo. Também era inocente. Só estava se defendendo; merecia a homenagem da escola tanto quanto o menino."

Hugo olhou para ela com certa ternura, "O Capí não teria falado melhor", e Caimana concordou com a cabeça, mal conseguindo segurar as lágrimas. Estava arrasada. Todos estavam. Mais ainda do que antes, e Hugo sabia muito bem por quê. Se o temporal anterior viera para lamentar duas mortes…"

"O Capí, Viny…" Caimana abraçou o namorado desesperada, e Viny afagou seus cabelos, dizendo com mais segurança do que antes, "O véio tá vivo, Cai. Tu não ouviu direito o que o Griô acabou de falar. Ele disse que não podia responder se o Capí estava bem ou não porque ele só conta história acabada. Isso quer dizer que a história do Capí não terminou! Se o véio estivesse morto, o Griô teria contado. O véio tá vivo, Cai", ele concluiu, arriscando um leve sorriso. "O véio tá vivo."

"Vivo, mas em que estado?"

Todos se entreolharam, sem uma resposta para aquela pergunta além da que Griô dera com suas lágrimas.

Quanto à chuva, ela não parou naquela noite de terça-feira… e só ficou pior nos dias seguintes. Com o temporal, vieram as ondas gigantes que, como imensos punhos, engoliam a praia, muitas vezes alcançando a porta dos dormitórios e deslizando para o pátio central, molhando os pés dos alunos, que já estavam ensopados de qualquer maneira.

O pior é que, com a chuva, toda a neve que cobria a praia foi derretendo, se misturando à areia de baixo e transformando o exterior todo da Korkovado em um imenso lamaçal alagado. A chuva aumentara tanto que, no segundo dia de temporal, três alunas haviam sido engolidas pelas ondas e tiveram de ser resgatadas a nado mesmo, já que as vassouras continuavam confiscadas – inclusive as dos professores.

Como o temporal estava encharcando o chão de mármore do pátio central e inundando o refeitório, no subsolo, os professores começaram a erguer proteções mágicas contra o aguaceiro, tentando impedir que ainda mais água entrasse, mas, além das ondas, a ventania era forte demais e ajudava a trazer mais e mais chuva para dentro, quebrando as barreiras de magia.

A escola estava sofrendo... protestando... Todos sentiam aquilo. E, apesar de Viny insistir que Capí estava vivo, nem Hugo, nem Caimana conseguiam tirar da cabeça as lágrimas do velho Gênio africano. Por mais que Viny tentasse se enganar, Griô havia chorado, e logo todos os alunos e ex-alunos de alfabetização se uniram às buscas, procurando por seu professor. Rafinha e Enzo incansavelmente, enquanto Eimi ficava sentado pelos cantos, deprimido, abraçando as próprias pernas, sentindo-se um inútil incapaz de ajudar.

Uma pena, porque eles precisavam de todo o auxílio que pudessem conseguir. Eram mais de 200 andares de escola, cada um com, no mínimo, três salas de aula. No máximo, dez, se contassem antigos auditórios e salões, além das salas desativadas e ativas. Visitar todas elas atrás do pixie levaria, pelo menos, uma semana. Sem contar as alas abandonadas da Korkovado: andares inteiros que haviam sido esquecidos pelo tempo... e a que poucas pessoas tinham acesso.

Alguns deles, os Pixies até conseguiam arrombar, mas estavam fechados há tantas décadas que respirar lá dentro era quase impraticável. Sem contar que não continham nada além de antigos salões de festa e aposentos pessoais de antigos diretores. O mesmo com os salões na ala do Santo do Pau Oco, que eles também haviam vistoriado, sem sucesso.

Nem os quadros sabiam onde o filho favorito da escola havia se metido, e aquilo só introduzia a possibilidade desesperadora de que Capí nem estivesse na Korkovado! Se não lá, então onde, meu Deus?!

Na Sala do Sumiço, ele não estava.

Os chapeleiros haviam feito questão de deixar a desgraçada aberta, só de sacanagem. Só para que os Pixies entrassem ainda mais em pânico com a certeza de que Capí não estava lá. E não adiantava pedir ajuda para os professores, porque todos respondiam a mesma coisa: que era normal Capí sumir de vez em quando... que logo ele ia aparecer...

Não ajudava em nada a credibilidade dos Pixies o fato dos assistentes de Bofronte volta e meia baterem nas portas das salas de aula à procura do 'aluno Ítalo Twice', como se não soubessem onde Capí estava.

O cinismo deles era inacreditável. Principalmente de Ustra. E, com tamanho descaramento, ficava impossível acusar qualquer um deles de sequestro. Quanto mais os Pixies tentavam, menos eram levados a sério! Até Areta estava achando difícil acreditar nas suposições dos Pixies, tendo em vista a intensidade da busca que os próprios chapeleiros estavam fazendo por ele.

Escrever para os CUCAs pedindo ajuda também não surtira qualquer efeito. Além de encararem as denúncias como trote estudantil, a maioria dos desgraçados estava pouco se importando com o sumiço de um simples aluno, ainda mais quando tantos outros haviam sumido e reaparecido logo em seguida.

Se ao menos o Conselho Escolar convocasse os CUCAs, e não eles... Se ao menos Fausto estivesse lá para saber do sumiço do filho... mas Fausto estava na Oceania e os Pixies não conseguiam arrancar do Conselho o endereço de onde ele havia se hospedado. Não que fosse fazer grande diferença. Talvez Fausto mostrasse até menos interesse em encontrá-lo do que a própria Dalila.

E Ustra ali, observando o desespero deles com aquele sorriso provocador que só ele sabia fazer... Filho da mãe.

Depois de quatro dias de buscas, os Pixies desabaram nas primeiras cadeiras que encontraram no refeitório. Estavam esgotados. Não aguentavam mais procurar... não suportavam mais aquela ausência de notícias. Debruçado sobre a mesa, Viny já estava quase desistindo da teoria do sequestro, de tanto insistir naquilo e ser tratado com indiferença. O desespero era tanto que ele estava enlouquecendo... Se Capí não aparecesse logo, Hugo tinha a impressão de que Viny começaria a bater com a testa na parede até não sentir mais nada.

Depois de uma vida inteira testemunhando violências, injustiças, mortes... Hugo estava começando a perceber uma verdade: a falta de notícias era uma das piores torturas existentes. Seguida, de perto, pelo sentimento desesperador da impotência. Impotência para mudar qualquer coisa. Eles não sabiam onde Capí estava, não sabiam como salvá-lo, não sabiam sequer o que estava sendo feito a ele. E, a não ser por aqueles dias em que Hugo estivera preso no fosso do Santa Marta, esperando por notícias de sua avó, ele nunca se sentira tão angustiado quanto estava se sentindo naquele momento.

Era muito mais forte do que a angústia que sentira ao testemunhar o massacre dos pequeninos no Maranhão. Mais forte porque não era palpável. Na batalha contra o Quibungo, ainda era possível vencer. Via-se uma saída! Havia solução! Bastava que eles lutassem contra o monstro para derrotá-lo. Absolutamente diferente do que enfrentavam naquele momento. Como resistir a uma coisa que não eram capazes de ver? Como aliviar a agonia de um desaparecimento sem notícias, se eles não podiam fazer nada além do que já haviam feito a semana inteira?! O que faltava tentar, que ainda não houvessem tentado?!

Há quatro dias eles vinham lutando, lutando, e não chegavam a lugar nenhum! Era um desânimo tão grande... uma desesperança tão avassaladora, que estava minando as forças de todos eles.

Hugo até tivera a ideia de se refugiar em sua Sala Silenciosa por algum tempo... fugir daquele tormento, tentar se recuperar minimamente do pesadelo climático que estava lá fora banhando-se no clima tropical que tanto amava, mas, ao abrir sua porta favorita, foi novamente atacado por neve. Ele estava cansado de neve! Queria escapar da neve, não entrar num lugar cheio dela de novo!

Recuando para o corredor encharcado e lamacento, Hugo fechou a porta com força, frustrado por não estar conseguindo ter um minuto de sossego em sua floresta particular. Para os outros Pixies, a Sala das Lágrimas podia até ser um pesadelo, mas para Hugo era um conforto. Um conforto que algum aluno imbecil lhe estava roubando desde o primeiro semestre!

Pena que a cidade nevada do garoto era um lugar tão imenso, se não, Hugo já teria ido de porta em porta atrás do dono daquela ilusão e esmurrado a cara dele até que ele resolvesse sair de lá por livre e espontâneo espancamento.

Já eram quase sete horas da noite de quinta-feira quando a rádio soou pela milésima vez naquela semana, com a mesma tediosa mensagem:

"*Alunos, ATENÇÃO: Que os responsáveis pela invasão ilegal da rádio se apresentem imediatamente à sala do Conselho Escolar para as devidas punições. Ítalo Twice, favor se apresentar a algum membro da Comissão. FIM DA TRANSMISSÃO.*"

Os Pixies ouviram debruçados na mesa do refeitório, exaustos.

"Viu, Cai?" Viny disse, entregando os pontos. "Quem sabe eles não estão mesmo com o véio... sei lá..."

"Eles estão blefando! Você sabe disso! Para de tentar se convencer do contrário!"

"Aaaaaagh!" Viny gritou, escondendo a cabeça com os braços. "Eu não aguento mais essa tortura. Isso é tortura!"

"Shhh..." Hugo advertiu-o ao ver Ustra entrar. E todos no refeitório se calaram de imediato, como faziam sempre que ele entrava. Sua mera presença oprimia.

Olhando para todos com o prazer de quem sabia estar em completo controle, o gaúcho caminhou lentamente por entre as mesas, causando estremecimento por onde passava; as esporas em suas botas clicando no chão e ecoando por todo o silêncio da sala, como sempre.

Os olhos penetrantes do general davam medo, e todos desviavam o rosto, sem coragem de encará-los. Era o olhar da Medusa. Hugo via neles o que todos ali viam: que aquele homem era capaz de tudo.

Só Capí os encarara... Talvez por isso estivesse desaparecido.

"Vocês ouviram a rádio, não ouviram, guris?" ele olhou à sua volta, vendo todos os alunos de cabeça baixa. Inclusive os Pixies.

Principalmente os Pixies. Eles não eram burros. Não dariam chance para que Ustra os reconhecesse, como Capí havia sido forçado a fazer.

"Pois eu vou acrescentar um pequeno detalhe ao anúncio." Ustra ergueu a voz para que todos ouvissem, "Quem me entregar os nomes dos responsáveis por aquele ato de terrorismo na rádio... vai passar de ano automaticamente. Que tal? ... Alguém se habilita?"

No silêncio de dúvida que se seguiu, Hugo sentiu seu coração parar de bater. Qualquer um ali poderia denunciá-los. Estavam todos aterrorizados demais... apavorados demais... principalmente com a possibilidade de não passarem de ano. De serem expulsos.

O general continuou a caminhar, intimidando com sua mera presença. "Não? Ninguém?" e Ustra parou ao lado de Abelardo, que se encolheu na cadeira. "Tens alguma ideia de quem sejam os terroristas, senhor Lacerda?" ele abriu um sorriso cruel para o filho de Nero, sabendo muito bem que o anjo podia responder sua pergunta.

Os Pixies fitaram-no, na expectativa.

Hugo podia ver um misto de ódio e pavor nos olhos do anjo. Ódio pela morte do pai; pavor pelo que ainda podia acontecer. E não estava nada claro qual dos dois Abelardo iria escolher seguir... até que ele murmurou, de cabeça baixa, "Não, senhor, não faço ideia."

Ustra se inclinou lentamente, até que seus lábios quase tocassem o ouvido do anjo. "Não vou ficar nada feliz se descobrir que estás mentindo."

Abelardo estremeceu, mas permaneceu quieto, sério, sem mexer um músculo, enquanto Ustra mantinha-se na altura do garoto, encarando-o, intimidando-o, por intermináveis segundos... até que, finalmente, desistiu e foi embora do refeitório, para alívio geral.

"Ele está com raiva..." Caimana murmurou, seus olhos ainda fixos na porta por onde Ustra saíra. "Está possesso de ódio, porque pegaram o Capí e não estão conseguindo fazer com que ele denuncie a gente..." Caimana se levantou, resoluta.

"Onde você vai?!" Índio perguntou preocupado.

"Falar com a vaca da minha mãe."

"Ainda com essa história de sequestro, criatura?!" Dalila deu risada, aproximando-se da filha enquanto transbordava de arrogância ao lado de um Rudji preocupado. "Aprenda uma coisa, querida: o filho do zelador não é alguém importante o suficiente para ser sequestrado."

"Dalila!" Rudji a repreendeu chocado, enquanto Viny era impedido por Índio de avançar na cara dela.

"Professor", Caimana se dirigiu ao japonês, desesperada, "eu SEI que eles estão com o Capí. Aquele anúncio da rádio é truque deles! Exatamente pra não serem acusados de sequestro! ... Mãe!" ela se virou para Dalila, praticamente implorando, "Mãe, você precisa chamar a polícia. O Capí pode estar sendo torturado... o Capí pode estar morto!"

Dalila deu risada, debochando. "Quem torturaria um empregadinho sem importância, querida?!"

"Tu para de chamar o Capí de empregadinho!"

"É bom você acalmar seu namorado, querida, ou ele vai ser expulso sem ter precisado se entregar."

Caimana estava entrando em desespero. "Mãe... ele está correndo perigo! Você viu o que fizeram com o Nero!"

Dalila arregalou os olhos, ultrajada. "Como ousa?! A morte do meu marido foi um acidente, mocinha!"

"Teu filho não concorda."

"SAIAM DAQUI!" ela gritou, com lágrimas nos olhos. "Vê se pode, uma pirralha querendo equiparar a importância de um ministro a um filho de zelador. Saiam! E façam-me o favor de não me importunarem mais com suas babaquices! Santa paciência, viu!"

"Mas a gente tem certeza que..."

Dalila bateu a porta na cara deles.

Vermelho de ódio, Viny lançou um olhar assassino contra a porta, que não tinha nada a ver com aquilo, coitada. "Mas que droga!"

Caimana socou a parede, revoltada, impotente, e Índio pediu a eles silêncio, enquanto ouvia a conversa lá dentro.

"A senhora não vai denunciá-los, vai?" Rudji estava perguntando, e Dalila pareceu levar uma eternidade para responder. "Não, claro que não. A Caimana é minha filha."

Os Pixies se entreolharam admirados, Viny fazendo um carinho na namorada enquanto ela tentava se fazer de durona, fingindo não ter se emocionado com as palavras da mãe. Até que Rudji saiu da diretoria e ergueu as sobrancelhas, surpreso que ainda estivessem ali.

"Queridos..." ele disse, fechando a porta atrás de si, "acho que vocês estão se desesperando à toa..."

"Não é à toa, professor!" Caimana insistiu. "O Capí faltou todas as aulas dele nesta semana! Deixou os alunos esperando sem dar nenhum aviso! Você conhece o Capí. Ele nunca faria isso..."

"Ele não mencionou uma viagem com o pai?"

Os Pixies se calaram, chocados.

"Mencionou, né?" Rudji concluiu, vendo a cara de tacho deles. "Se eu bem conheço o amigo de vocês, acho que ele não perderia essa oportunidade de se aproximar do pai por nada no mundo."

"Mas o Capí não aceitou!"

"Vai ver ele mudou de ideia em cima da hora, Viny. O Fausto pode ter feito alguma chantagem emocional pesada pra cima dele, daquelas bem canalhas, do jeito que só ele sabe fazer com o filho."

"Mas o Capí não teria ido sem avisar... Teria?" Hugo olhou para Viny, que meneou a cabeça, incerto. "Talvez ele não tenha tido *tempo* de avisar. Se o Fausto obrigou, ele foi."

"Viu?" o professor sorriu carinhoso, "Acredite em mim, Caimana. Ele está bem. Está com o pai. Eu tenho certeza." E Rudji foi embora, deixando-os, atônitos, para trás, entreolhando-se em silêncio por uns bons segundos.

"... *filho da mãe*", Caimana suspirou, rindo e chorando aliviada ao mesmo tempo, e Viny abraçou a namorada com força, enquanto ela xingava mais um pouco.

O loiro deu risada, fitando-a com ternura, "Bora lá, Cai. O toque de recolher já vai soar. Acho que a gente merece descansar um pouco. Tomar um banho, tentar dormir, sei lá. Depois a gente pensa em como assassinar o Capí com as nossas próprias mãos quando ele voltar da Oceania. Ah, e hoje a senhorita dorme abraçadinha comigo."

Caimana sorriu e os três Pixies foram, muito mais aliviados, em direção ao dormitório, juntando-se à multidão de alunos que também já se retirava para o descanso da noite, todos encharcados e sujos de lama.

Hugo, no entanto, não os seguiu. Havia avistado alguém ao longe, indo numa direção inexplicavelmente oposta à de todos os outros.

Alguém que ele não via há dois dias.

Preocupado, atravessou o pátio central com dificuldade pelo trânsito intenso de alunos, e adentrou o lamaçal de areia e neve derretida em que a praia havia se transformado, indo atrás de Gislene debaixo da chuva torrencial.

De tão pesadas, as gotas pareciam estilhaços de vidro gelado caindo sobre ele, mas ela não parecia incomodada com aquilo. Prosseguia seu caminho como se nem se importasse...

"Gi!" Hugo gritou, tentando vencer o som do aguaceiro enquanto corria atrás dela. "Tu anda sumida, Gi, o que aconteceu?!"

Mas Gislene continuou andando resoluta, saindo da praia para adentrar a mata lateral. Parecia saber exatamente onde estava indo, e devia ter um objetivo muito sério em mente para avançar naquela velocidade, sem se importar com a chuva.

Hugo foi atrás, agora um tanto rabugento. "A gente tava te procurando, caramba! Por que tu não ajudou nas buscas?! Tu não tá ainda chateada com o Capí, né? ... Eeeei!"

Vendo que ela continuava ignorando-o, Hugo apressou o passo e pegou Gislene pelos ombros, virando-a para ele, irritado. "Me ouve, pô!'

Mas assim que Hugo viu seu rosto, largou-a, chocado.

Dando alguns passos para trás, mirou, incrédulo, os olhos apagados da amiga.

Não era a Gislene que ele conhecia.

CAPÍTULO 59
GRITOS

"Gi... você tá aí?" Hugo murmurou receoso, sentindo a chuva ensopar seu corpo enquanto ele voltava a segurá-la pelos ombros, mas Gislene não respondeu, continuando a fitá-lo com um olhar reto, como se não o conhecesse, e Hugo a largou, quase com nojo. Aquela definitivamente não era a Gislene. Era um zumbi. Uma sombra da menina que ele, um dia, conhecera.

Sem lhe dar a mínima atenção, Gislene voltou a caminhar para onde quer que estivesse indo, e Hugo a seguiu, incrédulo, observando-a enquanto ela dava a volta na mata lateral, entrando pelo lado oposto do pátio central – agora já inteiramente vazio.

O sinal já soara há alguns minutos e, naquele instante, ele estava, oficialmente, quebrando o toque de recolher. Se fosse pego, sua pena seria, no mínimo, a mesma que haviam aplicado a ela; dependendo de quem o pegasse.

Sabendo disso, Hugo tentou fazer o mínimo ruído possível enquanto a seguia escada acima, apagando as pegadas lamacentas que deixava pelo caminho com feitiços silenciosos e aproveitando a varinha para secar-se minimamente, secando-a logo em seguida. Mesmo hipnotizada, ela ainda podia pegar uma pneumonia, e, aquilo, ele não permitiria que acontecesse. Ao menos não enquanto estivesse por perto.

Gislene saiu da escadaria no quinto andar e caminhou pela escuridão dos corredores, virando uma vez, duas vezes... até que Hugo a perdeu de vista em uma das viradas. Perplexo, procurou à sua volta, mas não ouviu sequer sinal dos passos da amiga. Era como se Gislene nunca tivesse estado ali!

Sentindo seu coração reclamar de ansiedade, ainda tentou procurá-la por alguns minutos, olhando para trás sempre que ouvia algum barulho suspeito, até que achou melhor voltar antes que fosse visto quebrando o toque de recolher.

Consternado, desceu alguns andares e já ia alcançando o pátio central quando avistou, do parapeito, dois chapeleiros fazendo a guarda da porta do dormitório. Congelou. Deviam ter acabado de chegar. Sem alternativas, Hugo deu meia volta e se refugiou na sala de Defesa Pessoal.

Graças a todos os deuses, estava destrancada.

Fechando a porta com cautela, Hugo andou de um lado para o outro por alguns minutos na penumbra da sala, altamente nervoso, tentando usar o tic-tac dos ponteiros gigantes do relógio anual para se acalmar, mas a verdade é que estava entrando em pânico. Já vira muitos alunos hipnotizados antes, mas nunca alguém que ele conhecia tão bem! Ver a Gi daquele jeito, totalmente sem personalidade, era assustador demais! Principalmente ela, que sempre fora tão cheia de atitude, tão... viva!

Era como se, só agora, ele houvesse entendido o perigo que ele próprio corria. Até então, vira a hipnose como algo que poderia acontecer aos outros... Nunca a ele! Mas agora não... Agora caíra a ficha...

Inquieto, Hugo sentou-se em sua mesa autoajuda, ficando ali por vários minutos, na penumbra, tentando entender o pânico e vazio que estava sentindo. Talvez o mesmo vazio que Viny sentira ao ver Beni hipnotizado. Apavorado, Hugo debruçou-se sobre a mesa como se ela pudesse, de alguma forma, protegê-lo. Foi então que notou uma textura estranha nela, e franziu o cenho, sacando a varinha para iluminar sua superfície.

As reticências haviam desaparecido, mas ela não estava vazia. Muito pelo contrário. Estava inteiramente rabiscada, como se alguém a tivesse riscado inteira com *muita* raiva... ou, então, com muita dor. E Hugo sentiu um arrepio, levantando-se com medo e olhando ao redor.

Eram rabiscos tão reais... e de uma violência... pesada demais para Hugo suportar, no estado de espírito em que se encontrava. Se as reticências já o haviam incomodado... aquela demonstração de profunda dor e desespero foi demais para ele.

Sentando-se no chão, apavorado, Hugo começou a sentir uma vontade imensa de chorar... não sabia se por causa da mesa, ou de Gislene, ou de tudo que estava acontecendo; a tempestade, o sumiço de Capí... Sim, o sumiço de Capí. Aquilo principalmente.

Mas Hugo não ficou sentado por muito tempo. Levantou-se de sobressalto ao ouvir vozes lá fora, seguidas pelo ruído de uma porta se fechando, e passos.

Aproximando-se da porta, ele pressionou o ouvido bom contra a madeira e seu coração quase saltou para fora do peito.

Reconheceria aqueles dois em qualquer lugar. Era a voz juvenil de Bismarck conversando ao ritmo profundo dos passos de Mefisto Bofronte.

Hugo apurou o ouvido, apesar de não ser tão necessário assim.

Talvez por ser mais jovem e mais ingênuo, Bismarck conversava como se ninguém pudesse ouvi-los, exatamente como fizera na Lapa, tanto tempo atrás. Já Bofronte não parecia tão descuidado assim. Não repreendia o assistente, mas escolhia as palavras certas para respondê-lo, deixando o assunto da conversa um tanto mais nebuloso, pela falta de detalhes.

"Quem faria uma coisa dessas a um piá de seis anos de idade?!"

"Que foi, Luciano? Você acha que o que estamos fazendo é menos monstruoso por ele ser mais velho?"

Um silêncio se seguiu, como se Bismarck tivesse ficado preocupado de repente; talvez até um pouco constrangido, e então o jovem perguntou, quase com pena na voz, "... *ele deve contar logo, né?*"

"Ele? Se ele contar agora, eu vou ficar muito decepcionado."

"Mas se o senhor já sabe que ele não vai contar, por que o senhor continua..."

O jovem foi interrompido, talvez por um olhar de Bofronte, e reiniciou com mais cautela, "Ninguém é tão forte assim, padrinho. Não é possível."

"Eu também achava que não."

"Mas ele vai contar, claro que vai. Ele é um político nato! Alguma hora ele vai começar a pensar nele próprio. Não é o senhor mesmo que diz que todo mundo é corrompível?"

Bofronte hesitou antes de responder, "... *Às vezes a gente se engana.*"

Os dois continuavam a se afastar e, a partir de um certo ponto, Hugo não conseguiu mais ouvir seus sussurros, mas aquele tantinho de conversa já havia sido o suficiente para deixá-lo tenso. Eles podiam estar falando sobre qualquer pessoa honesta; talvez algum político que estivessem chantageando... qualquer um. Provavelmente um político, sim.

Hugo cerrou os olhos, a testa recostada na porta, torcendo com todas as suas forças para que não estivessem falando do Capí.

Não... não estavam. Não podiam estar.

Podiam?

Com raiva, Hugo socou a parede, sabendo que teria de segui-los. Não podia ficar naquela dúvida. Precisava ouvir o resto da maldita conversa. Capí estava desaparecido há quase cinco dias e Hugo não podia perder talvez a única chance que teria de encontrar o amigo. Não iria se acovardar de novo. Capí não merecia aquilo.

Esperando que as vozes se dissipassem por completo, abriu a porta com cuidado e espiou o corredor. Estava livre.

Achando-se um completo maluco, protegeu os próprios sapatos com um feitiço antirruído, guardou a varinha para que seu brilho noturno não chamasse atenção e começou a seguir por onde eles haviam ido.

Hugo não dera nem dois passos, no entanto, quando foi puxado com violência para trás pelo colarinho, e todo seu sangue desceu da cabeça ao sentir a voz rouca e o toque asqueroso do rosto gelado de Adusa no seu.

"Quer morrer, garoto?" ele perguntou, empurrando-o contra a parede do corredor, e Hugo virou-se desesperado, vendo o rosto pálido do cão de guarda de Bofronte. "Não, senhor... e-eu só estava..."

"Não me interessa o que você estava ou não estava fazendo", ele cortou, pegando-o novamente pelo colarinho e descendo com ele pela escada enquanto Hugo se debatia, aterrorizado, implorando para que Adusa o deixasse ir embora, "Por favor! Só dessa vez! Eu juro que não faço mais!"

Mas Adusa parecia irredutível, puxando-o escada abaixo sem qualquer cuidado enquanto murmurava, "Pivete... acha que pode espionar qualquer um?!"

Vendo o assistente de Bofronte descer com mais um desviante, os chapeleiros viraram-se em conjunto para buscá-lo, mas Adusa ordenou que se afastassem. Aquele seria por sua conta.

Obedientes, os dois saíram andando em perfeita sincronia para fora dali, e Adusa jogou Hugo contra a porta do dormitório, virando-o com violência e pondo o dedo em seu rosto. "Eu só não te denuncio agora porque o Alto Comissário está muito ocupado e eu gostaria que ele lidasse com você *pessoalmente*..." ele murmurou, com a voz trêmula de raiva. "... mas eu vou ficar de olho em você, pivete abusado. Da próxima vez que você sair da linha, ele vai ficar sabendo. E não vai ser tão condescendente quanto foi da última vez. Fica o aviso."

"Sim, senhor", Hugo murmurou apavorado, e Adusa abriu a porta do dormitório, jogando-o para dentro como se Hugo fosse um saco de lixo e batendo a porta com força.

Em pânico, Hugo ficou por alguns minutos ali mesmo, onde caíra, jogado no chão, tentando se recuperar da tremedeira. Seu sangue ainda não voltara a cabeça, muito pelo contrário, e ele tinha quase certeza de que, se levantasse naquele momento, desmaiaria dois passos depois.

Tentando se acalmar, olhou para o quadro de Dom Pedro I, que, daquela vez, não dissera nada, e viu o Imperador sentado em um canto da moldura, tristonho, tendo perdido toda a sua cor. Não era de se surpreender. Todos os quadros do colégio haviam ficado preto e branco com o sumiço do filho favorito da escola.

Olhando com pena para o Imperador, Hugo teve de perguntar, "O senhor sabe onde ele está?"

"Ô, meu amigo..." Dom Pedro suspirou. "Se eu soubesse..." Mas não terminou a frase. Estava deprimido demais para concluí-la.

Hugo levantou-se devagar, ainda não acreditando que Adusa o tinha liberado. Deviam ter sido ordens de Bofronte: que cessassem as apreensões de alunos por um tempo, para que a culpa pelo sumiço de Capí não recaísse sobre eles. Fingiriam inocência por alguns dias. Fazia sentido.

Compreensível a raiva de Adusa por não poder prendê-lo.

Indo para seu quarto e fechando a porta com as mãos trêmulas, Hugo se enfiou inteiro debaixo das cobertas. Estava se sentindo mal de tão tenso. Muito mal mesmo; como só se sentira uma vez antes, ao ser levado, sob espancamento, para o pico do morro, no fim do ano anterior.

Eimi já estava lá, todo encolhido na cama também. Dormia virado contra a parede, coberto até a cabeça, talvez com medo da trovoada. Tremia, o pobrezinho.

Observando o pequeno Eimi ali sozinho, Hugo sentiu-se culpado. Deveria estar cuidando do mineirinho, na ausência do Capí. Mas como cuidar de qualquer pessoa, quando alguém que ele considerava tanto estava sumido por aí, talvez viajando, talvez não? Pelo menos o mineirinho não havia sido hipnotizado, como Gislene fora. Só de lembrar, dava arrepio. Hugo precisava se *preparar para o pior... Não era a primeira vez que eles eram atacados... mas agora parecia diferente... agora as armas do inimigo estavam, inexplicavelmente, funcionando... Pela primeira vez em anos, a magia de Mandarikan não estava fazendo efeito! Onde havia se metido seu conselheiro na hora que o Reino mais precisava dele?*

... mas espera... Hugo não era mais Hugo... Hugo agora era Benvindo! ... claro! Ele estava na África novamente! ... já sonhara com aquilo uma vez... Antes estivera na pele do traidor... agora não... Agora estava na pele do Rei! E já sabia o que ia acontecer... sabia como o sonho terminava! Precisava avisar ao Rei Benvindo que ele estava prestes a ser traído por seu próprio conselheiro! Mandarikan era o nome dele então?! ... mas Hugo sentia que o traidor ia chegar a qualquer instante, e Hugo não tinha qualquer influência sobre o Rei. Estava em seu corpo, mas não conseguia controlá-lo... O poderoso Mandarikan estava vindo soltar contra ele o feitiço que tiraria seus poderes e aquele idiota do Benvindo não se mexia! Ficava lá, feliz que seu traidor estava chegando! Hugo não queria... não podia! Não de novo! "Os deuses não mais te favorecem, querido amigo..."

Hugo ouviu um grito e sentou-se na cama, em pânico.

Tentando se recuperar da aflição de ter perdido seus poderes no sonho, Hugo enxugou o suor da testa, preocupado. Aquele grito não havia sido parte do sonho. Havia sido um grito forte demais! Como se alguém tivesse gritado apenas em seu ouvido... Um grito de dor... de angústia...

Aflito, Hugo se levantou. Precisava saber se mais alguém ouvira. Eimi, aparentemente, não. Vestindo um casaco contra o frio da madrugada, apressou-se até o quarto de Viny e Índio. Sabia que inclusive Caimana estaria lá.

Pressionando seu ouvido bom contra a porta para se certificar de que também estavam acordados, bateu e entrou sem esperar resposta. "Vocês ouviram um grito? Eu ouvi um grito."

Viny e Índio olharam-no aflitos e confusos, como se não entendessem o que estava acontecendo, mas soubessem que algo havia acontecido, porque Caimana claramente acordara apavorada também. Estava sentada na cama, trêmula, sendo amparada pelos dois que, alarmados, olhavam para ela sem saberem do que se tratava, porque ela não explicava!

Índio ergueu a cabeça, "Eu não ouvi grito nenhum, mas que a escola tremeu, tremeu."

A pixie estava pálida, tinha chorado muito, e Viny abraçou-a com mais força, preocupado, insistindo em perguntar o que havia acontecido... o que ela tinha visto, esperando ansiosamente que ela resolvesse responder alguma coisa.

Respirando fundo, Caimana tentou enxugar as lágrimas com suas mãos trêmulas, mas várias outras caíram em seus lugares. "Eu sonhei com uma imagem horrível... Era um... um unicórnio com asas... um unicórnio esquelético, se desfazendo na minha frente, músculos e ossos à mostra... esfolados, e as asas... dilaceradas, tentando se reerguer sem conseguir, em agonia absoluta. Chamando por socorro em meio ao gelo e à neve..."

"Você ouviu o grito também, não ouviu?" Hugo quis confirmar, e ela assentiu.

Olhando para a perplexidade nos olhos dos outros dois, ele compreendeu que havia realmente sido um grito mental. Não soara no ambiente. Como alguém amordaçado pedindo ajuda. Alguém com um poder psíquico tão forte que alcançara eles dois. Pelo menos eles dois. E mais ninguém.

"Era a voz do Capí, não era?" Hugo perguntou, querendo que ela dissesse não, mas Caimana fechou os olhos, deixando mais lágrimas escorrerem pelo rosto, e murmurou cansada, "Parecia. Parecia sim... A gente tem que encontrar o Capí, Hugo... Ele tá aqui, eu tenho certeza. Ele não foi com o Fausto. Ele teria avisado..."

Viny voltou a abraçá-la, consternado.

"E se for tarde demais, Viny? E se for tarde..."

"Não é tarde. Não diz besteira."

Como já era quase seis da manhã, os quatro se arrumaram depressa para retomarem as buscas, dispostos a ameaçar os Conselheiros com suas varinhas, se necessário, para que abrissem as portas proibidas.

Ao saírem do dormitório, no entanto, perceberam que não eram, nem de longe, os únicos acordados na Korkovado. Professores, Conselheiros e dezenas de alunos do Curso Profissionalizante estavam com suas varinhas em riste em volta da árvore central, tentando combater a chuva que, de repente, começara a despencar também no pátio interno da escola. Nuvens pesadas haviam se formado lá em cima, no cone da montanha, logo abaixo de onde ficava a estátua do Cristo Redentor, e agora eles tentavam de tudo para conter aquele desastre antes que a tempestade interna inundasse a escola inteira. Todos completamente ensopados, porque chovia demais ali dentro! Quase na mesma intensidade da tempestade lá fora.

Furiosa, Dalila tentava se proteger da chuva inutilmente. "Mas será possível que ninguém consegue parar esse aguaceiro?!"

Ela só não chamava a todos de incompetentes porque, se o fizesse, estaria atestando sua própria incompetência.

A escola inteira tremeu de novo.

"E o Atlas? Onde está o Atlas?!"

"Demitido, Conselheira!" seu assessor D'Aspone gritou por cima do barulho da chuva, deixando-a ainda mais irritada.

Com os cabelos loiros ensopados daquele jeito, ficava tão parecida com a filha...

"Pois revoquem a demissão dele imediatamente! Talvez ele saiba como aplacar este dilúvio, já que nem a Areta está conseguindo!"

"Receio que seja impossível revogar a demissão, minha senhora! Só Bofronte pode anular uma ordem da Comissão! E creio que o professor... ex-professor demoraria a chegar de qualquer maneira! Atlas está fora da cidade!"

Dalila bufou irritada, soprando água da chuva para todos os lados. "Viagens, viagens, sempre viagens! Chame-o mesmo assim! E convoquem também o Cacique Morubixaba! Talvez ele conheça alguma dança da chuva que pare esse pesadelo!"

"Nós já tentamos! E é *Pajé* Morubixaba, não *Cacique*!" Areta corrigiu, com a varinha apontada contra o teto da escola. "Ele está ocupado com outros problemas lá na Amazônia..."

Quase roxa, Dalila berrou, "Que outros problemas poderiam ser mais importantes que esse?!" e Areta revirou os olhos, "Se a senhora ao menos deixasse a gente pedir socorro pra comunid..."

"Que pedir socorro o que, mulher! E dizer pra toda a comunidade bruxa o quão incompetente nós somos?! De jeito nenhum! Nem pensar! O que você acha que vão dizer da escola se isso vazar pra imprensa?!"

"*A gente é que está vazando, sua leprosa...*" Areta murmurou longe dos ouvidos da elfa, e Hugo morreu de rir. Fazia tempo que não ria. Só Areta mesmo...

"Aaagh! Desisto disso aqui!" Dalila berrou ao ser praticamente inundada por uma onda vinda lá de fora, e foi embora toda encharcada, subindo escada acima, provavelmente decidida a nunca mais sair de seu quarto.

Índio foi atrás, "Ela vai ter que nos ajudar agora", e Hugo o seguiu, deixando Viny e Caimana para trás enquanto os namorados tentavam, mais uma vez, recrutar a ajuda de Areta para as buscas.

"Senhora Conselheira! Senhora Conselheira!" Índio a chamou enquanto Dalila subia mais um andar debaixo de chuva constante, tentando não escorregar nos degraus ensopados da escada, mas a Conselheira parecia não ter ouvidos para os chamados de seu aluno.

Talvez se Hugo fosse um pouco menos educado que o mineiro... Mas não. Não queria arriscar ser expulso por chamá-la de vaca.

"Senhora Conselheira, por favor, nos ouça!"

"Nossa, tão educado, Sr. Escarlate..." ela disse irritada, sem olhar para trás enquanto continuava a subir. Então ela tinha ouvido aos primeiros chamados... Apenas decidira ignorá-los. "O que você quer? Permissão para voltar pra sua favelinha?"

Hugo fechou a cara e engoliu a resposta que queria dar a ela, enquanto Índio tomava a dianteira novamente. "Senhora, o Capí continua sumido... por favor, a senhora tem que nos ajudar!"

Dalila deu risada, continuando a subida, "Ainda com essa história, garoto?! Seu amigo foi viajar com o pilantra do pai dele!"

"Não foi!" Índio insistiu.

"Queridos..." Dalila parou, finalmente virando-se, "eu estou mais do que *feliz* que aquele pirralho desapareceu da minha vista. Vocês entenderam agora?" ela abriu um sorriso, saindo da escada no décimo andar e prosseguindo pelo corredor.

Chocados, os dois se entreolharam por alguns segundos. Ela não podia ser tão fria assim... Tentando mais uma vez, Hugo foi atrás, "Mas senhora Conselheira! Essa tempestade só vai parar se o Capí for encontrado!"

Dalila parou onde estava. Seu cérebro claramente maquinando os prós e contras de aceitar aquela teoria. Até que a descartou por completo como sendo sandice de aluno, e continuou seu caminho, "Vocês realmente acham que, com todo o caos que está esta escola, eu vou chamar a polícia pra procurar um *empregadinho*?"

Sentindo seu sangue pulsar de raiva, Hugo berrou nas costas dela, "Ele não é um empregadinho! Ele é um aluno e um professor! E alguém de muito mais valor do que você!"

"Ha!" ela riu, sem voltar-se para eles. "Um professor irresponsável, que já faltou uma semana inteira de aulas sem avisar! Desculpem-me queridos, mas eu não vou mover uma varinha sequer para procurar um empregadinho indolente!"

"Ah, mas vai sim..." Espumando de ódio, Hugo sacou sua varinha, que já começava a brilhar vermelha, e apontou-a contra as costas de Dalila, quase desejando que Índio o impedisse, mas antes que Hugo pudesse lançar qualquer feitiço, um jato azul vindo de trás atingiu em cheio a Conselheira, que deu uma pirueta no ar e caiu desacordada no piso de madeira.

Arregalando os olhos, Hugo foi socorrê-la.

"Tá maluco, Índio?! Eu só ia dar um susto nela! Não era pra matar a mulher!"

"Ela vai ficar bem", uma voz feminina soou atrás dele. Uma voz que Hugo reconhecia, e que fez gelar sua espinha.

Virando-se depressa para confirmar suas suspeitas, Hugo encontrou uma segunda Dalila de pé ao seu lado, com a mesma roupa encharcada da Dalila que estava em seus braços, e os mesmos cabelos loiros ensopados, e as mesmas orelhas perfeitas de elfa, e um sorriso odioso no rosto.

Espantado, Hugo só conseguiu balbuciar "Mas..."

"Relaxa, adendo, sou eu", Dalila disse. Com a voz do Índio.

CAPÍTULO 60
A VEZ DO BRINCANTE

Sem palavras, Hugo viu o mineiro, no corpo de Dalila, arrastar a Conselheira real pelo corredor sem a menor cerimônia e fechá-la em uma das salas abandonadas.

Índio olhou para a cara de tacho que Hugo estava fazendo e deu risada.

"Eu sou um brincante nível 5, adendo", ele explicou, usando sua própria voz, e então mudou para a voz do Hugo, "Dependendo do nível, um brincante pode alterar apenas a voz, ou então partes específicas do corpo, alongar narizes, mudar a cor dos cabelos, essas coisas. Mas só os de nível 5 podem mudar tudo."

"Peraí... então você consegue se transformar em *qualquer* pessoa, é isso?!" Hugo perguntou, achando aquilo incrível demais para acreditar.

Índio confirmou. "Qualquer pessoa que eu conheça em detalhes. Eu não arriscaria me transformar em Mefisto Bofronte, por exemplo. Ele tem uma profundidade no olhar que eu nunca conseguiria imitar. Todos perceberiam. Já a Dalila..." ele disse, mudando para a voz da Conselheira, "a Dalila é tão vã e caricata que chega a ser fácil!" Índio fez um movimento fútil com a cabeça, e Hugo teve que dar risada, achando aquilo o máximo.

Analisando, estupefato, a perfeição daquela Dalila que estava diante de si, Hugo perguntou, quase inconformado, "Se tu tem essa habilidade toda, por que tu não faz isso mais vezes?!"

"Ao contrário de certas pessoas, eu não gosto de chamar atenção", Índio alfinetou. "Nem de fingir ser quem eu não sou."

"Mas nem pra contar vantagem?!"

"Eu não sou macaco de circo, adendo!" o mineiro bufou, irritado, e Hugo abriu um sorriso malandro, "Mas tu pode se transformar em um, se tu quiser. Não pode?"

A Dalila mineira torceu o nariz, mas respondeu. "Aí já seria um pouco mais complicado. Eu teria que conhecer a anatomia deles – ou pelo menos parte dela. E, por enquanto, eu só tive tempo de estudar alguns animais mais úteis pra mim. Os aquáticos, por exemplo."

"Peraí!" Hugo exclamou, de repente entendendo tudo, "Então, foi por isso que tu conseguiu ficar quase cinco minutos debaixo d'água no resgate do Playboy, não foi?!"

Índio confirmou com um gesto de cabeça. "Eu transformei os meus pulmões pra que eles conseguissem processar o oxigênio da água."

Hugo deu risada, "Pulmões de peixe."

"Pulmões de tritão. Peixes não têm pulmão; têm guelras."

"Ah, sim... HA! Genial..." Hugo teve que admitir. "E eu lá, com medo que tu tivesse morrido."

"Medo?! 'Ocê tava era torcendo pra que eu não aparecesse nunca mais, que eu sei!"

Hugo sorriu com o canto do lábio.

"E então, como estou?" o mineiro perguntou, desfilando no corpo da Conselheira e dando uma voltinha.

Hugo olhou-o de cima a baixo. "Gostosa."

"Nossa, como 'ocê é engraçado, adendo", Índio fechou a cara.

"Só precisa tomar cuidado com o sotaque."

"Nem me lembre, ... *faveladinho*", ele grunhiu, e Hugo morreu de rir, vendo Índio rebolar pelo corredor até a escada central e se enfiar na chuva novamente, descendo até o térreo em seus sapatos altos.

Ainda batalhando contra a tempestade interna, todos olharam surpresos para o retorno de Dalila enquanto Índio, imitando perfeitamente os trejeitos da Conselheira, gritava por cima do barulho ensurdecedor da chuva, "Eu não aguento mais! Eu desisto! Alertem os CUCAs, chamem os outros professores! Está na hora de procurarmos aquele traste do Twice antes que processem a escola por negligência!"

Os Conselheiros Pompeu e Vladmir se entreolharam, encharcados e surpresos, aproximando-se de Dalila para poderem falar mais baixo. "Mas... e a tempestade, madame Lacerda?!"

Índio fez uma cara perfeita de empáfia, "Também acho um desperdício perdermos tempo procurando o filho do zelador, Pompeu querido, mas se a imprensa for atraída por esta *maldita* tempestade e o empregadinho júnior aparecer aqui morto, a publicidade vai ser ainda pior. Então, chamem os CUCAs! E falem direto com o inspetor Pauxy, que conhece melhor o esquema desta escola."

... e que era o único CUCA honesto do batalhão inteiro...

Enquanto os dois membros do Conselho Escolar saíam para obedecer suas ordens, 'Dalila' passou a dar instruções aos professores, listando, para eles, cada um dos locais proibidos que os Pixies ainda não haviam podido procurar.

Volta e meia Índio tropeçava no sotaque mineiro, mas era quase imperceptível e, para sua sorte, ninguém estava conseguindo ouvir direito com aquela tempestade infernal castigando seus ouvidos. Ao menos ninguém que importasse enganar. Areta havia percebido já na primeira frase. Hugo vira nos olhos espertos da professora, e no leve sorriso de canto de lábio que ela dera ao ouvi-lo.

Respondendo ao chamado do Conselho Escolar, os CUCAs logo chegaram, com seus uniformes, suas viseiras laranja e sua soberba, para 'salvar a escola'. Comandados por Pauxy, iniciaram uma busca bem mais detalhada do que a busca que os Pixies haviam podido fazer pela escola. E enquanto Viny e Caimana acompanhavam de longe o trabalho que a polícia já devia ter feito há dias, Índio e Hugo se retiraram, refugiando-se na sala de Defesa antes que alguém mais percebesse a farsa.

"Genial..." Hugo murmurou, tendo que admitir derrota enquanto Índio se transformava diante de seus olhos, de volta a seu formato indígena original.

O mineiro ainda parecia preocupado. "A Dalila vai acordar logo. Ela deve acabar confirmando todas as ordens que 'deu', até pra não parecer maluca diante de todos, mas eu não posso me arriscar mais. Se descobrirem que eu sou um brincante, e, pior, que eu usei isso pra enganar a polícia, eu vou pra cadeia e a carreira política da minha mãe vai pro espaço. Brincantes precisam ter registro e ela não me registrou."

"Pra que registro?!"

"Porque brincantes, principalmente os de nível 5, são considerados bruxos de altíssima periculosidade. Basicamente, a gente pode entrar onde desejar sem ser notado. Se eu quisesse assaltar um banco, por exemplo, bastava eu me transformar no gerente e entrar pela porta da frente."

"Ah."

"Minha mãe não me registrou porque não queria que eu fosse vigiado pelo resto da vida."

Hugo fitou-o, de repente preocupado, e Índio concluiu, "Eu arrisquei muito hoje."

Checando seu relógio de bolso, já que o do Atlas havia acabado de parar de novo, o mineiro suspirou. "As aulas de hoje já vão começar. Não sei quanto a você, adendo, mas eu pretendo assisti-las. Os professores não podem continuar falsificando a chamada pra gente. Eles vão ser expulsos se a Comissão descobrir."

Hugo assentiu, concordando, mas desviou seu olhar do mineiro ao avistar Zoroasta pela porta, brincando de deslizar na lama do corredor com suas sapatilhas.

"Zô!" Hugo saiu da sala e a diretora freou, sorrindo simpática para eles, "Sim?"

"A senhora tá sabendo que o Capí sumiu, né?"

"Aham!" ela confirmou toda sorridente, não entendendo a gravidade da situação. "Que que tem?"

Incomodado, Hugo franziu o cenho, mas tentou mesmo assim, "E a senhora tem alguma ideia de onde ele possa estar?"

"Ah, ele deve estar resgatando umas dívidas cármicas por aí!" ela dispensou-os sorrindo e continuou seu caminho tranquilamente. "Tudo vai se ajeitar."

"Mas a gente precisa da sua ajuda, Dona Zoroasta!" Índio insistiu, tomando a dianteira. "Ele pode estar sofrendo!"

Sem virar-se para eles de novo, Zô continuou brincando de pisar nas poças enquanto se afastava, "Ele precisa descobrir a força que tem. É... precisa sim!" E deixou-os para trás.

"Mas ele confia na senhora!" Hugo gritou atrás dela, revoltado, mas Zoroasta já tinha ido embora, soltando um "Xô, Satanás!" ao esbarrar em Calavera, e virando no corredor seguinte.

Hugo bufou, "Maluca."

"Totalmente pirada", Índio concordou, e os dois foram para suas respectivas aulas, deixando a busca nas mãos do Inspetor Pauxy e dos CUCAs.

Apesar de ingênuo, magrinho, de barbicha e óculos, Pauxy era abusado e tomava depoimento de todo mundo que encontrasse pela frente, incluindo dos assistentes de Bofronte e de cada um dos membros da Comissão Chapeleira. Mas de que adiantava ele ser uma formiguinha trabalhadeira, se Ustra e Paranhos respondiam com o cinismo de sempre, e falar com um chapeleiro era o mesmo que falar com todos?! Pareciam responder sempre a mesma coisa, usando quase as mesmas palavras! Era desesperador! Sem contar que davam cada resposta estapafúrdia que nem Capí teria tido paciência de aturar. Com isso, as horas iam passando, e o desespero dos Pixies só aumentando.

Como não aumentar, com Pauxy ali, sendo enrolado pelos chapeleiros por horas e horas enquanto os vinte policiais que o inspetor trouxera consigo procuravam Capí de má vontade, parando para bater papo de dois em dois minutos?

Claro… Como Hugo poderia ter achado que chamar os CUCAs ia adiantar alguma coisa? Mesmo com o honesto Pauxy no comando.

Assistir às aulas especiais de sexta-feira só fez com que aquele desespero crescesse ainda mais, por não estarem ajudando nas buscas, e quando chegou o fim da tarde, e os CUCAs se retiraram para só voltarem no dia seguinte, os Pixies sentaram-se derrotados na base da escada central, sentindo a escola tremer mais uma vez.

De que adiantara Índio ter se arriscado daquele jeito? Nada. No máximo, servira para que eles perdessem ainda mais tempo.

O pátio central estava um nojo de neve, lama e chuva, e a multidão de alunos indo para o refeitório jantar no meio daquele temporal só estava contribuindo para aumentar a angústia dos Pixies. Era muita gente, muita água, muita coisa para suas cabeças. E cada vez que a escola tremia, os chapeleiros ganhavam mais um ponto no maldito placar da árvore.

Para Hugo, aquilo mais do que provava que eles estavam com o Capí. Infelizmente, policial algum aceitaria uma intuição como prova. A única coisa concreta que aquele placar realmente dizia é que a Comissão estava conseguindo destruí-los.

13 x 54

Não que os Pixies estivessem se importando com pontinhos a mais ou a menos em uma maldita árvore. Já tinham se esquecido do placar há muito tempo. Aquilo não era uma competição… era a vida deles que estava em jogo.

Avistando os três ali, acabados, na escadaria principal, Hugo foi sentar-se junto à Caimana, que parecia ainda mais distante que os outros.

Percebendo a movimentação, a elfa despertou de seus pensamentos e estremeceu, como se estranhasse alguma coisa no ar. "Vocês não estão sentindo nada diferente?"

"Diferente como?" Hugo perguntou, já que os outros não pareciam mais ter vontade nem de fazer aquele pequeno esforço vocal.

"Sei lá…" ela abraçou-se a si mesma, incomodada. "Como se alguma coisa estivesse faltando…"

"Sim, o Capí está faltando."

"Não, não é isso, Viny. É um *vazio*, entende?"

"Tu é que é a elfa aqui, Cai."

Os quatro caíram em silêncio novamente, deixando que a chuva escorresse por seus cabelos e roupas, sem vontade alguma de se protegerem daquele aguaceiro.

"O relógio do professor quebrou de novo", Hugo comentou, tentando desfazer aquele silêncio mórbido que se instalara entre eles e, de repente, Caimana endireitou-se no degrau, espantada. "Hoje é dia 2 de Outubro!"

Viny arregalou os olhos, chocado, e Hugo imediatamente começou a sentir o vazio que Caimana acabara de mencionar. Era aniversário do Capí e nenhum deles havia lembrado! *Ninguém* na escola lembrara! Nem do aniversário, nem do feriado, e muito menos da falta em massa que Viny propusera pela rádio…

Era a primeira vez em 17 anos que a Korkovado não comemorava o aniversário de seu filho mais querido.

Viny estava balançando a cabeça, incrédulo, inconformado... abalado demais para dizer qualquer coisa. Os chapeleiros tinham vencido...

"Será, Cai?!" Viny começou a chorar desesperado, "Será que eles sumiram com o véio só pra provarem pra gente que eles estão no controle?!"

Caimana abraçou o namorado com força, "Não, Viny... Não foi por isso. Não se culpe."

Ainda atônito, Hugo olhou à sua volta, para a multidão de alunos ensopados que caminhava em direção ao refeitório, e viu, parado no meio deles, Airon Malaquian, assistindo ao desespero dos Pixies... e morrendo de rir.

Furioso, Hugo foi até ele, pegando-o pelo colarinho com violência, "Tá rindo de que, bobalhão?! Hein?! Tu sabe de alguma coisa?! Tu sabe onde o Capí tá?!" mas Airon continuava achando graça e Índio correu para separar os dois.

"Calma, Hugo! Ele é doente! Ele nem sabe do que ele tá rindo!"

Hugo o largou, ainda com raiva. Com raiva não, com ÓDIO daquele garoto. Mas tentou se acalmar, sabendo que o mineiro tinha razão.

"Acho que você precisa descansar, adendo", Índio disse. Sério, mas compreensivo. "A gente vai lá consertar o relógio anual do Atlas, mas te faria bem deitar um pouco."

Hugo assentiu, cerrando os olhos na chuva, "... *o relógio para em feriados, né...*"

"Pois é", Índio confirmou, e Hugo ficou para trás, vendo os Pixies subirem a escada central sem energia alguma. Iam consertar o gigante mecânico do professor só para distraírem suas mentes do que haviam acabado de lembrar.

Índio tinha razão; Hugo estava exausto... Mas não ia descansar. Não agora. Precisava encontrar o Capí. Ia dar aquele presente de aniversário para ele nem que fosse a última coisa que fizesse na vida.

Resoluto, Hugo seguiu em direção ao jardim do Pé de Cachimbo.

Faltava um lugar que eles ainda não haviam procurado. Um lugar que todos estavam evitando, porque se fossem procurar lá, o número de alunos desaparecidos certamente subiria.

Mas Hugo precisava tentar. Já havia anoitecido, mas a floresta não negaria a ele o caminho de volta... não podia... não enquanto ele estivesse ali para procurar o queridinho dela.

CAPÍTULO 61
PERDIÇÃO

Hugo respirou fundo aos pés da imensa floresta, tentando tomar coragem para enfrentá-la. Da última vez que ousara penetrar seus segredos à noite, escapara por pouco de ser pisoteado por uma mula sem cabeça.

Tobias não havia tido a mesma sorte.

O curioso é que, na floresta, não estava chovendo. Não caíra uma gota sequer durante todos aqueles dias de dilúvio. Era como se a escola estivesse tentando preservar o lugar favorito de Capí enquanto, na praia, protestava por ele.

Sacando sua varinha, Hugo usou-a para iluminar de vermelho o caminho que seguiria, e já estava prestes a adentrar a floresta quando alguém puxou sua manga, "Espera! Eu vou junto!"

Olhando para trás, Hugo viu Enzo fitando-o com aquele olhar corajoso de menino do mar, pronto para enfrentar qualquer perigo que aparecesse. Mas Hugo não deixaria que ele desse nem mais um passo a frente. "Cadê sua varinha?"

"Eu ainda não me acostumei direito com a nova que o senhor comprou. Daí eu trouxe essa lamparina pra iluminar."

"De jeito nenhum, Enzo. Nessa floresta, você não entra. Ainda mais desarmado. Da última vez que um aluno entrou aqui comigo, perdeu as pernas."

Enzo fitou-o espantado, mas insistiu, "Não tem problema! Eu sou corajoso! Eu preciso encontrar o professor! Eu devo isso a ele!"

A angústia do pequeno pescador era palpável. Impressionante como, em tão pouco tempo, Enzo aprendera a falar tão bem. Era esforçado, o jovem pescador. Esforçado e valente. Quanto a isso não havia dúvidas. Mas Hugo não deixaria que ele fosse junto.

Não que ele desacreditasse da capacidade do menino. Muito pelo contrário. Poucas semanas antes, vira um pescador como ele deixar-se ser engolido por um monstro só para rasgar sua barriga por dentro. Mas Enzo era diferente. Enzo era só uma criança. Hugo não queria ver mais nenhuma criança morta aquele ano.

"Ele me ajudou quando eu mais precisei de ajuda, Hugo..." o menino insistiu. "Eu preciso retribuir o favor."

Hugo pôs as mãos sobre os ombros do jovem. "Eu entendo, Enzo. Eu juro que entendo. Mas aqui você não entra. Eu não quero ser responsável por mais nenhuma desgraça. Por que você não ajuda procurando o Capí lá na escola?"

"Mas eu já procurei!" ele retrucou desesperado. "Eu procurei pela escola toda! Várias vezes! Em lugares que até o senhor duvidaria!"

"Eu sei que você é corajoso, Enzo, mas pensa bem: o que o Capí acharia se soubesse que você colocou a tua vida em risco por ele, depois de tudo que ele fez pra que você tivesse um futuro?"

O menino fitou-o por alguns segundos, não querendo aceitar. Mas depois desviou o rosto, vendo a lógica no que ele dissera.

"Tá... Boa sorte, então." Enzo baixou a cabeça frustrado, dando meia volta e retornando para a escola em profunda decepção.

Sem mais delongas, Hugo se embrenhou na floresta antes que desistisse da ideia, com a varinha escarlate à sua frente. Estava apavorado, mas sabia exatamente aonde ir: o Lago das Verdades. Procuraria ali primeiro. Afinal, não era chamado de Lago das Verdades à toa. Talvez aquele lugar lhe desse alguma ideia de onde encontrar o Capí.

O problema seria encontrar o caminho. Avançando pela mata fechada, andou por vários minutos na penumbra até encontrar a clareira do antigo Clube das Luzes. Ok, estava no caminho certo. Respirando fundo, atravessou a clareira, adentrando a mata fechada novamente. Seguiu, então, por intermináveis minutos no rumo que achava ser o certo, o tempo inteiro tendo em mente que não haveria um Capí para resgatá-lo daquela vez caso se perdesse. Se é que já não estava perdido.

Pausando para se acalmar, fechou os olhos e fez um pedido mental à floresta, para que ela lhe mostrasse o caminho. Não sabia se acreditava naquilo ou não, mas fez a prece mesmo assim, com a intensidade de quem sempre acreditara, argumentando com todas as suas forças que seu motivo era nobre; que a floresta precisava ajudá-lo a encontrar Capí... que ele não conseguiria sem sua ajuda... e, de repente, Hugo ouviu uma respiração de cavalo próximo à sua nuca.

Virando-se já sorrindo, Hugo encontrou Ehwaz atrás de si, lindo como sempre, quase tocando-o com seu focinho.

"Você por aqui, garotão?!" ele festejou aliviado, fazendo um carinho brincalhão no pescoço do unicórnio, que correspondeu roçando sua bochecha na dele. "O Capí não tinha te escondido?! ... Ah, mas você tem vontade própria, né? Tô sabendo!" Ehwaz mexeu a cabeça para cima e para baixo, quase como se respondesse, e Hugo sorriu, apesar do nervoso, e da tristeza que estava sentindo.

"Você sabe onde está nosso amigo? Sabe?" ele perguntou, mas Ehwaz baixou a cabeça, desanimado, e Hugo acariciou sua crina. "Não tem problema, garotão. A gente vai encontrar o nosso Capí, tá bom? Você me ajuda?! Me leva até o Lago das Verdades?!" Hugo estava perguntando só por perguntar. Não esperava que o unicórnio fosse fazer algo a respeito.

Para sua absoluta surpresa, Ehwaz se inclinou, ajoelhando-se cuidadosamente em suas patas dianteiras, permitindo que Hugo o montasse, e Hugo, boquiaberto, aceitou o convite, sentando-se no dorso do animal com cuidado e absoluta reverência.

Ele estava montando um unicórnio!!! Mais incrível que aquilo, só se estivesse montado em um dragão.

Ao sentir que Hugo já se instalara, Ehwaz levantou-se com delicadeza, para não derrubá-lo. Muito atencioso, como sempre.

Bicho lindo.

Começando a avançar com calma através da densa floresta, o unicórnio fez as curvas que julgou necessárias, escolhendo seu caminho com a naturalidade de quem sabia para onde estava indo, passando por centenas de árvores, arbustos e obstáculos que teriam confundido Hugo totalmente, até que, em pouco mais de cinco minutos, adentrou a imensa clareira iluminada do Lago das Verdades, deixando, com fascinante graça, que Hugo o desmontasse.

Sem saber como agradecê-lo o bastante, Hugo abraçou o unicórnio, emocionado, e só então olhou à sua volta, mais uma vez maravilhado com o brilho daquelas milhares de fadas pulsando forte nas copas das gigantescas árvores.

De repente, num estalo, com aquela clareza que só o ambiente do Lago das Verdades proporcionava, Hugo percebeu o que devia fazer. Aproximando-se de uma das árvores, chamou pelas caititis, "Ei, vocês! Nobres senhoras, por favor, me ajudem!"

Mas elas nada responderam. E percebendo que não conseguiria nada no grito, Hugo caiu de joelhos, suplicando quase em prece, "... por favor... O Capí precisa de ajuda... eu sei que vocês gostam dele, por favor, me ajudem..."

Acreditando na sinceridade de suas súplicas, uma das fadas se desprendeu da árvore mais próxima e voou ao seu encontro, pousando, como um animalzinho, na grama à sua frente. Era uma pequena fada verde, bem reptílica. Seu corpinho inteiro refletindo o brilho das asas.

Tomando coragem, Hugo ofereceu sua mão a ela, sabendo que nada além daquilo a faria contar o que sabia, e a caititi aceitou o convite, saltando em sua palma sem tirar seus olhos enigmáticos dos dele um segundo sequer.

Hugo ficou olhando atentamente para aquele serzinho, até que uma linda mulher passou correndo atrás dele, tocando seu pescoço, e ele se virou. Estava praticamente nua, a não ser por uma roupa delicada feita de flores e plantas... e Hugo se levantou para ir atrás, mas uma outra, ainda mais linda, se aproximou, acariciando-o, "Onde você pensa que vai, menino bonito?"

Sorrindo admirado, Hugo olhou para ela, não resistindo em retribuir suas carícias, e enquanto ela o beijava, uma terceira apareceu, e uma quarta, e Hugo já não sabia qual delas beijar primeiro enquanto elas passavam suas mãos por seu rosto, seu pescoço, seus braços... Outras vieram correndo, dançando e gargalhando à sua volta, brincando de beliscá-lo, e Hugo deu risada, se afastando dos beliscões, mas não das jovens, enquanto as moças que rodopiavam chamavam-no com as mãos, "Vem com a gente, vem!" e elas corriam, rindo, só para depois voltarem e o cutucarem novamente. Eram loiras, morenas, negras, tanto fazia, o que importava é que eram deslumbrantes e puxavam-no, querendo sua companhia. Que lugar era aquele? Um jardim coberto em névoa... cheio de luzes, plantas, flores multicoloridas... e as moças apareciam e desapareciam por entre as brumas, rodopiando e dando risada, como jovens mulheres brincando com um véu de noiva... e Hugo ali, completamente inebriado por aquilo... por aquelas ninfas... perfeitas... por aquela sensação de alegria absoluta que ele nunca sentira antes...

Mas tinha algo errado... ele não devia estar ali... Beijando mais uma, e então outra, ele começou a sentir uma ansiedade no peito... como se tentasse se lembrar de algo que estava na ponta da língua... língua essa com a qual elas brincavam incessantemente, quase engolindo-o com seus lábios e seus beijos, e aquilo era gostoso demais, mas ele não podia ficar... algo lhe dizia que ele não podia ficar ali... "Não posso... não posso..." ele murmurou, lembrando-se parcialmente do que deveria estar fazendo, enquanto elas não deixavam que ele respirasse, enchendo-o de beijos, que ele começou a tentar evitar, "... meu amigo está em perigo... eu preciso... eu preciso achar o Capí..."

"Achar quem?!" uma das fadas disse, acariciando seus braços, tentando levá-lo, "Venha ver as cachoeiras! .... Você vai amar!"

"É, venha banhar-se conosco!" uma segunda moça o puxou também, e ele deixou-se levar por alguns segundos, mas uma outra voz estava se sobrepondo à delas, *Sai dessa, Hugo... Acorda!... É só um sonho! ... Não é de verdade, Hugo!"* e ele se sentia sendo sacudido por alguém, mas não havia ninguém ali... só as ninfas, lindas... que estavam levando-o para banhar-se nas águas de uma cachoeira maravilhosa, cujas águas caíam em câmera lenta... espera... tinha algo errado ali... Hugo tentou puxar seu braço de volta, "Eu preciso sair..."

"Ah, fica, vai!"

"É! Fica com a gente!"

"Mas o Capí... ele precisa de ajuda..."

"Ah, vem com a gente, vai... você vai ter todos os prazeres que puder imaginar... por toda a eternidade! Olha como tudo aqui é alegre!" e suas mãos apontaram uma ninfa que parecia demais com Janaína... não... ERA Janaína... a Janaína antes da gravidez... dando risada, chamando-o para deitar-se com ela...

... É uma ilusão, Hugo! ... é tudo uma ilusão!

"Não posso! Me tirem daqui! Eu preciso sair!" Hugo gritou, de repente em pânico, tentando se desvencilhar dos braços das ninfas, que continuavam a agarrá-lo, deslumbrantes... de olhos cor violeta... "Tem certeza que quer ir embora, forasteiro?" uma mais madura lhe perguntou, acariciando seu pescoço, seu peito...

"É uma ilusão, Hugo! Sai daí!" a voz disse com mais força, e Hugo reagiu num sobressalto, "EU NÃO POSSO! ME SOLTEM! EU PRECISO ENCONTRAR O CAPÍ!"

Diante de toda aquela veemência, a fada principal – a mais experiente delas, acatou seu pedido com um gesto de extrema leveza, pedindo que as outras se afastassem, "Por sua lealdade, forasteiro, nós o ajudaremos a encontrar seu amigo." Aproximando os lábios de seu ouvido, ela sussurrou, *"É outra ilusão que você procura... A ilusão gelada de uma outra pessoa."*

Hugo acordou como que de um pesadelo, completamente suado, hiperativo... o coração quase saindo pela boca. Sem saber onde estava, tentou se levantar, mas sentiu tontura, e duas mãos o ampararam com firmeza, "Calma, Hugo! Respira, vai! Respira pelo nariz, respira fundo..."

Hugo obedeceu a voz e procurou se acalmar. Olhando ao redor, viu que estava sentado na grama, ao lado do Lago das Verdades... Certo. Lembrava-se de ter ido para lá. Vagamente. Sim, chegara lá com a ajuda do Ehwaz... Onde estava o Ehwaz?

Só então percebeu o garoto ao seu lado, tentando acalmá-lo.

"Enzo..." ele murmurou, ainda zonzo, abraçando o menino com força, "Enzo, graças a Deus... Era a sua voz me chamando, não era?!"

Enzo confirmou, satisfeito por ter conseguido ajudar.

"Se não fosse por você…" Hugo admitiu, "talvez eu tivesse ficado preso lá uma eternidade."

"Agradeça ao Ehwaz, que foi me chamar."

Hugo franziu o cenho, estranhando. "Como assim, foi te chamar? Eu fiquei no mundo das fadas nem cinco minutos…"

"Um dia inteiro, Hugo. Você ficou um dia inteiro aí."

"Que?!" ele se espantou. "Hoje já é sábado?!"

"Domingo, na verdade."

Hugo endireitou-se no susto, percebendo que já era manhã, enquanto Enzo explicava, "Eu te obedeci. Eu fui procurar pelo Capí na escola de novo. Nós todos procuramos. Daí eu tava hoje perto do Pé de Cachimbo quando o Ehwaz apareceu e eu percebi que você ainda não tinha voltado…"

Ouvindo aquilo tudo, ainda trêmulo, Hugo tentava entender como podia ser possível… Já era o início do sétimo dia de sumiço do Capí… sete dias desaparecido… Aquilo não era nada bom.

"E então? Elas disseram alguma coisa?"

"Oi?" Hugo fitou os olhos curiosos do jovem pescador, sem entender.

"As fadas! Elas disseram alguma coisa?!"

Tentando se lembrar, ainda meio perdido, Hugo respondeu que sim com a cabeça, forçando a memória, como alguém que tenta recordar um sonho já semiesquecido… E então, lembrando-se de alguma coisa, respondeu, meio inseguro, "Elas falaram que o Capí tava em uma outra ilusão… a ilusão de outra pessoa…"

Mas Hugo ainda estava zonzo demais para pensar direito, e Enzo correu até o Lago das Verdades, trazendo-lhe um pouco d'água para molhar seu rosto. "Vai, acorda."

"Valeu."

Sentindo-se bem melhor, Hugo começou a raciocinar.

Tá certo… ilusão. Era uma outra ilusão. A ilusão de outra pessoa…

Foi então que, de repente, lembrou-se de algo que o próprio Capí lhe dissera alguns meses antes… que era tudo ilusão, que não era real… que nada na SALA DAS LÁGRIMAS era real!!!

Hugo se levantou de sobressalto.

"Eu sei onde o Capí está!"

CAPÍTULO 62
CARNIÇA

Enzo montou no unicórnio com uma rapidez que só alguém acostumado a cavalos teria, e ajudou Hugo a subir também, deixando que Hugo ficasse na frente para guiar o animal. Não que Ehwaz precisasse de qualquer direcionamento... Assim que os dois subiram, o unicórnio disparou por conta própria, galopando na velocidade do vento em direção à escola, como se entendesse a urgência que tinham.

Alcançando o jardim do Pé de Cachimbo, Hugo desmontou do unicórnio sem esperar que ele parasse, vendo Índio e Viny correrem preocupados em sua direção.

"Você se enfiou lá dentro, seu louco?!"

Ignorando o mineiro, Hugo entrou na escola através da sala de jogos, seguindo direto para o pátio central e então para a escadaria da árvore, desviando o mais depressa possível dos alunos que seguiam para o café da manhã. "Onde tá a Caimana?"

"De castigo na sala da Sy", Viny respondeu, tentando segui-lo escada acima. "Ela teve uma crise nervosa e pulou no pescoço da mãe. O que deu em você?!"

Hugo não respondeu. Estava focado demais para responder. Como não pensara naquilo antes?! Era tão óbvio! Desde que a Comissão chegara, aquela sala tinha virado uma cidade nevada quase permanente! Aquilo o irritara tanto!!!

"A Caimana viu neve no pesadelo dela, não viu?" ele perguntou, batendo três vezes em cada canto da porta da Sala Silenciosa e dando um passo atrás para que o ar gelado da cidade nevada atingisse os três.

Surpreso, Viny foi o primeiro a entrar, seguido de Enzo e Índio. Só então, Hugo pisou dentro da sala, encontrando exatamente o ambiente que esperara encontrar. O ambiente que vira durante aquele semestre inteiro.

Abraçando-se contra o frio absoluto daquele lugar, Hugo pisou novamente na cidade medieval que aprendera a odiar. Estava a mesma imundice de sempre, fedendo a cavalo e a estrume, cheia de pessoas fedorentas, se xingando em uma língua incompreensível enquanto faziam suas tarefas diárias. Um ferreiro ferrava cavalos, outro forjava espadas no fogo... alguns carregavam carroças para lá e para cá, sem o mínimo respeito pelos mais fracos que cruzavam seus caminhos... Uma loucura.

"É aqui", Hugo afirmou, tentando ignorar o cheiro. "Foi aqui que eles esconderam o Capí."

"Aqui?!" Índio olhou à sua volta assombrado; vapor saindo denso de sua boca.

"Pensa bem, Índio: uma sala que ninguém da escola conhece, e que, quem conhece, não gosta de entrar. Lugar perfeito pra esconder alguém. Principalmente alguém que odeia essa sala!"

Viny estava inconformado, "Pô, meo... Eu até tinha pensado em procurar aqui, mas eu achei que o véio nunca ia vir pra cá de novo!"

"Não por vontade própria, né?" Hugo fitou-o de rabo de olho.

Índio ainda parecia confuso. "Mas essa não é a ilusão do Capí."

"Não, não é", Hugo concordou, avançando resoluto pela multidão. Foi seguido de perto por Enzo, que não parecia nem um pouco incomodado com o frio dali. Também não aparentava estar com medo algum daquele lugar.

Era uma valentia que dava gosto de ver. Enzo não gastara nem um segundo sequer assombrado com a magia da sala. Parara por apenas um instante antes de seguir em frente, à procura de seu professor.

E os quatro avançaram pela cidade nevada procurando qualquer sinal do pixie, passando por ruas de padeiros, de ferreiros, de lavadeiras… por praças com chafarizes fora de funcionamento… e a angústia só ia aumentando a cada recanto que visitavam sem encontrá-lo. Era um labirinto sem fim! Centenas de vielas, becos, casas, estabelecimentos comerciais… e o pior é que não podiam sequer gritar o nome do Capí para tentar chamar sua atenção, pois isso alertaria também seus sequestradores, que certamente ainda estavam naquela sala.

Se não estivessem, aquilo tudo já teria virado um armário.

Descartada a ideia de gritarem pelo nome do amigo, os Pixies continuaram procurando por entre a multidão, tentando sempre desviar, ao máximo, dos habitantes da ilusão. Quando não conseguiam, eram invariavelmente derrubados por eles, já que os transeuntes, apesar de serem ilusórios, eram também bem sólidos, e não atravessáveis, e continuavam levando suas vidas como se os Pixies não existissem diante deles. Mas aquilo logo foi deixando de ser um problema, já que as ruas foram ficando cada vez mais largas, e a população mais escassa, à medida que adentravam uma área menos pobre da cidade.

Viny estava pasmo… "Quem teria memórias dessa época pra sala se transformar nisso?!"

"Não, não é assim que funciona", Hugo desviou de uma carruagem. "A ilusão da Janaína mostra uma festa num período meio renascentista, algo assim, e ela não nasceu há tanto tempo assim."

"Ah tá."

"E a minha ilusão é uma floresta, sendo que eu nunca estive numa. Então, esta sala ser medieval não é nem um pouco estranho…"

"Não é medieval", Índio corrigiu enquanto andava, apontando para a vitrine de uma pequena livraria, onde os poucos clientes que sabiam ler analisavam cópias perfeitas de um mesmo livro importado. "Gutenberg já inventou a impressão por tipos móveis. Estamos bem no início do período moderno. O mundo estava prestes a mudar para sempre."

Hugo torceu o nariz, "Se você é tão esperto, então que língua eles estão falando?"

Índio meneou a cabeça, "Talvez romeno, sei lá."

Hugo fez careta. O sabe-tudo estava chutando.

"Não é chute. As placas nos estabelecimentos parecem estar em romeno. Tá vendo ali, a acentuação diferente? Além das roupas dos habitantes, que são um pouco distintas das roupas da Europa Ocidental na época."

Como Hugo odiava aquele mineiro.

"A gente não vai encontrar o Capí aqui nunca…" Índio murmurou, de repente preocupado. "É grande demais… são casas demais! Aliás, como a gente faz pra não se perder? Por enquanto tá fácil lembrar o caminho de volta, mas daqui a pouco…"

"Enzo", Hugo chamou. "Eu sei que você quer procurar também, mas a gente vai precisar da sua ajuda pra voltar. Você pode ficar de guarda lá na porta de entrada?"

O jovem pescador assentiu, como se fosse uma ordem, sem demonstrar desagrado nem nada. O soldado perfeito.

"Então, Enzo, quando a gente precisar encontrar a direção da porta, a gente vai lançar jatos azuis no ar. Pode ser? Daí você responde lá debaixo com um jato verde, pra gente poder se orientar. Combinado?"

Enzo desviou os olhos, preocupado por alguma razão.

"Que foi?"

"Eu... deixei a minha varinha no dormitório."

Viny ergueu a sobrancelha, "É por isso que tu perde as varinhas, mano! Onde já se viu, deixar varinha no dormitório?!"

"Você não perdeu ela de novo não, né?" Hugo perguntou, já quase em tom de ameaça, mas Enzo negou depressa com a cabeça, "Eu... eu vou buscar." E saiu correndo pelas ruas estreitas da cidade, em direção à saída.

Olhando para uma idosa, que varria a rua vestida em trapos, Viny se abraçou ainda mais contra aquele frio intenso. "De quem será essa ilusão?"

"Do Bofronte não é", Hugo respondeu com segurança. "Eu vi o Alto Comissário várias vezes lá fora essa semana. O dono da ilusão não poderia ter se ausentado sem que isso tudo fosse transformado de volta naquele depósito, lembra? Se a ilusão fosse dele, ele não teria arriscado sair tantas vezes, deixando o Capí tão fácil de achar pra qualquer um que abrisse a porta."

"Se é que o véio tá aqui, né, Adendo?"

Baixando a cabeça, Hugo concordou receoso, e eles voltaram a procurar.

Como em todas as outras ilusões que Hugo já vira, apenas os animais conseguiam notá-los: os cachorros latiam feito loucos, os cavalos desviavam deles educadamente, sem que seus donos entendessem o porquê...

Pelo menos eram mais educados que os seres humanos daquele lugar. Um açougueiro, em particular, olhava feio para qualquer pessoa da ilusão que se aproximasse com cara de fome. Homem nojento.

Só não era mais desprezível do que uma dupla de canalhas aparentemente ricos, que perseguiam, com provocações, um menino pálido enquanto ele seguia pela rua, de pés descalços, carregando um balde na cabeça. O garoto não devia ter nem dez anos de idade e, naquele frio insuportável, estava andando sem casaco e sem camisa, só com as calças cobrindo seu corpo machucado.

Um dos homens gritou sorrindo atrás do garoto, "*Mulțumescu-ți ție Doamne, c-am mâncat și iar mi-e foame!*" como se quisesse que todos na rua ouvissem, e os dois deram risada, continuando a molestar o menino, que seguia seu caminho tentando não prestar atenção nas provocações, claramente com uma mistura de medo e ódio daqueles dois.

O odor vindo do garoto era insuportável, e Índio tampou o nariz enquanto Viny olhava para dentro do balde. "Ah, tá explicado."

Não era água, eram dejetos humanos que o menino carregava: urina e fezes, provavelmente coletadas dos pinicos de seus mestres, para serem despejadas em algum lugar bem longe da casa onde moravam.

E Hugo reclamando da vida.

Ele olhou com pena para o garoto, que, com o rosto e as costas feridos, continuava andando, tentando não tremer demais com o frio para não derramar o conteúdo que carregava, mas os dois homens continuavam perseguindo-o, nem um pouco preocupados com o estado do garoto. Seguiam-no, fazendo piadas sem parar, e os Pixies assistindo, revoltados, sem poderem fazer nada para ajudar o menino, enquanto os dois canalhas começavam a mexer com o garoto, dando pequenas sacudidas no balde que ele levava na cabeça.

"Măi, sclav!" um deles chamou o garoto, que continuou andando, sem dar trela.

"Mi-e foame! Pot să văd meniul, vă rog?" o outro provocou, apertando o torso do menino, que apressou o passo, já quase chorando de raiva.

"Ferește-te!" o outro disse, derrubando 'sem querer' o balde em cima do garoto, que parou, todo sujo e molhado, no meio da rua, enquanto as pessoas ao redor riam. Trêmulo de ódio, o menino pegou o balde vazio do chão e começou a voltar pelo caminho que percorrera, sem dizer uma palavra contra eles. Sem abrir a boca. Só tremendo contra o frio que agora aumentara, por ele estar molhado.

"Îmi pare rău…" o filho da mãe foi atrás, como se estivesse se desculpando só de sacanagem, enquanto o outro balançava a cabeça, sussurrando atrás do garoto, *"Tsc tsc… El nu se va bucura…"*

Sem parar de andar, o menino cerrou os olhos, apavorado com a última frase, mesmo sendo algo que ele, aparentemente, já sabia, e ele continuou seu caminho, enquanto os outros dois deixavam que ele fosse embora, dando risada e gritando *"Te iubesc!"* para o garoto que já se distanciava, até que o menino virou a rua e aquele espetáculo lamentável terminou.

Os Pixies se entreolharam, altamente incomodados. Nenhum deles precisara saber romeno para entender o teor do que aqueles dois haviam falado. Ficara óbvio em seus trejeitos, em seus olhares… O menino os conhecia. Talvez até intimamente. Não eram dois estranhos de rua.

Hugo virou-se para Índio na esperança de que ele houvesse captado alguma palavra que conhecesse. "Entendeu alguma coisa?"

Enojado, Índio respondeu, "E precisa?" voltando-se para Viny, "A gente não vai encontrar nada se a gente não se separar."

"Tem razão", Viny parou de andar, olhando para os dois. "Cada um procura num setor. Jatos vermelhos pra quem encontrar o Capí?"

Hugo e Índio concordaram, e os três tomaram caminhos distintos; Viny continuando pela rua principal, Índio entrando em uma das praças e Hugo subindo uma sucessão de ladeiras, para procurar mais alto.

Chegando à praça cercada por casas um pouco melhores, ele parou ao notar sangue seco no chão, ao redor de uma espécie de poste central.

Havia sangue no poste também. Aquele lugar lhe dava arrepios.

Avançando mais para dentro daquela cidade amaldiçoada, Hugo foi se sentindo cada vez pior... Era como se o peso daquela época fosse diferente. Era muita violência, muito descaso... E aquele garoto, que não saía de sua cabeça?

Hugo tinha certeza de que não teria conseguido viver em um século como aquele, em que a sociedade considerava natural molestar uma criança no meio da rua. Aquele menino do balde não tinha para onde correr porque, simplesmente, NINGUÉM se importava. Não existiam centrais de atendimento à criança, assistentes sociais... ou mesmo a noção de direitos humanos. Crianças não eram nada.

Com aqueles pensamentos em mente, ele seguiu caminhando pelas ruas cada vez mais ricas daquele lugar, espiando por dentro das casas, chegando a entrar em algumas delas, cujas portas estavam entreabertas, bisbilhotando a vida daquelas pessoas à procura do amigo... até que, saindo de uma das mansões antes que fechassem a porta, Hugo avistou um bando de abutres voando em círculos mais ao longe, e sentiu um arrepio.

Abutres no céu eram sinal de morte iminente.

Apreensivo, Hugo correu em direção a eles, cortando caminho por várias ruelas e ladeiras enquanto torcia, com todas as suas forças, para que aqueles pássaros assombrosos não estivessem circulando acima do cadáver do Capí.

Finalmente chegando a uma rua quase abandonada, viu que alguns deles já haviam pousado, impacientes, em seu objeto de desejo, e agora beliscavam o que parecia ser o corpo nu de um ser humano, jogado na neve. Um ser humano que, pela reação dos cachorros que tentavam protegê-lo, ainda estava vivo.

Hugo aproximou-se lentamente, sentindo sua agonia crescer a cada passo enquanto torcia para que aquilo fizesse parte da ilusão, como o menino do balde e o ferreiro na cavalariça. Não podia ser o Capí... Hugo pensava, já chorando, enquanto os bichos rondavam e petiscavam o pobre, só testando, esperando que ele morresse para que começassem o verdadeiro banquete.

O corpo estava virado para os muros de uma casa, mas pelo tamanho, não era nem adulto, nem criança. Deus do céu...

O jovem estava em carne viva de tanta porrada, com queimaduras nas costas, nas nádegas, nas pernas... seus pés e braços amarrados para trás com arame farpado; o arame cortando na carne sem piedade. Vendo aquele horror, Hugo não conseguiu deixar de pensar no sonho. No unicórnio esfolado, com asas se desfazendo...

Mesmo assim, não espantava os abutres enquanto se aproximava. Não queria ver quem estava embaixo deles. Não queria ver porque sabia quem era e, chorando, queria adiar aquele momento o máximo que pudesse. Olhando à sua volta, atordoado, Hugo viu as poucas pessoas que passavam estranharem a concentração de animais em um lugar onde, para eles, aparentemente não havia nada!

Aquilo era mais do que uma confirmação, e Hugo perdeu a força nas pernas. Chorando muito, angariou todas as energias restantes e sacou sua varinha, espantando os abutres no grito mesmo, porque não tinha mais cabeça para pensar em algum feitiço enquanto corria até o corpo torturado do Capí.

Escorregando de joelhos na neve, acariciou o rosto do amigo, com medo de movê-lo e quebrar alguma vértebra. O pixie estava quase irreconhecível, com o rosto todo ferido, amordaçado com um cinto que apertava sua nuca, tinha os olhos abertos, apesar de tudo, mas olhava o nada à sua frente, chorando sangue... atônito, quebrado, exausto, com olheiras de quem não dormia há dias... Quase um morto-vivo.

Percebendo a presença de Hugo por algum milagre, Capí virou seus olhos cansados para ele, lançando-lhe um olhar desolador antes de começar a fechá-los, como se não aguentasse mais mantê-los abertos.

"Não! Não fecha os olhos, Capí. Fica comigo... fica comigo, por favor!" Hugo repetiu desesperado, mas de nada adiantou, e Hugo gritou por socorro, usando toda a capacidade de seus pulmões para chamar pelo Viny, que sabia estar por perto. Só então se lembrou da varinha e soltou os jatos vermelhos ao ar, largando-a no chão imediatamente e puxando para baixo o cinto que prendia a boca do pixie, para que ele pudesse respirar melhor.

Sem saber o que fazer, Hugo checou se Capí ainda estava mesmo respirando, e só então passou a analisar os ferimentos no corpo do amigo. Seu corpo estava inchado de tanta porrada, cheio de pequenas mordidas já infeccionadas, ao lado das bicadas mais recentes dos abutres, como se, antes mesmo de ser jogado ali, ele já houvesse sido comido vivo por insetos, ou algum outro tipo de animal.

Hugo pousou sua mão, de leve, no ombro do pixie, querendo fazer-lhe um carinho, mas temendo machucá-lo. Só então percebeu, queimado a ferro em brasa nas costas do amigo, próximo ao ombro direito, o símbolo dos Pixies.

Quase do tamanho de sua mão aberta.

Não havia advertência mais clara que aquela.

"VINYYY!" Hugo berrou de novo, sem energia para fazer qualquer outra coisa, e os outros dois Pixies, finalmente, encontraram a rua. Atravessando-a correndo, caíram de joelhos assim que notaram o estado do Capí.

"Filhos da mãe..." Índio murmurou, sem saber o que pensar, e Hugo informou-os do principal, "Ele tá vivo."

"Véio... véio, olha pra mim!" o loiro tentou, já com lágrimas nos olhos, mas Hugo duvidava que Capí acordaria tão cedo. "Não faz isso com a gente, véio..." Viny começou a chorar; as mãos trêmulas tentando desamarrar o amigo.

"Melhor não mexer nele", Índio sugeriu, mas sem dar soluções.

Que era arriscado movê-lo, Hugo já sabia. Mas eles precisavam tirá-lo dali de algum jeito... Os torturadores ainda podiam estar por perto, e seu corpo, desprotegido do jeito que estava não aguentaria aquele frio por muito mais tempo.

"Tentem aquecer o Capí", Hugo ordenou resoluto, percebendo que, apesar do choque, ele era o que mais estava em condições emocionais de raciocinar ali. "Eu vou chamar um professor."

Levantando-se, saiu correndo pelos caminhos que sabia já haver percorrido, e só quando finalmente se perdeu, soltou o jato azul que havia combinado com Enzo, logo recebendo sua resposta verde lá de baixo. Disparando até ela, encontrou o menino pescador na porta de saída, fitando-o tímido e preocupado, "Encontraram ele?"

"Vem comigo", Hugo puxou o menino atrás de si e os dois correram pelos corredores estranhamente desertos da Korkovado, descendo as escadas até o pátio central à procura de um professor. Qualquer professor, o primeiro que encontrassem. Enzo, por algum motivo, extremamente acanhado.

Saindo para a praia, Hugo finalmente entendeu por que os corredores e o pátio central estavam tão estranhamente vazios: o corpo estudantil inteiro, assim como os Conselheiros e os professores, haviam se amontoado ali, na faixa de areia, e agora olhavam maravilhados para o céu que, misteriosamente, clareava após seis dias e sete noites de intensa tormenta.... as nuvens se retraindo, o sol de meio-dia aparecendo resplandecente... e todos ali, sorridentes e felizes, comemorando algo que, só Hugo sabia, estava longe de ser motivo de festa.

Embrenhando-se na multidão, Hugo conseguiu encontrar um único professor perdido ali em meio a tanta gente. ... Mas tinha que ser logo ele?!

Parando, ofegante, relutou meio segundo antes de chamá-lo, e então deixou suas implicâncias de lado e apressou-se em direção ao alquimista japonês, "Professor! Professor!"

Depois de vencer uma barreira enorme de alunos, Hugo apoiou-se nele, exausto, e Rudji fitou-o preocupado. "Tá tudo bem com você, garoto?"

Hugo assentiu, "Não é meu sangue", e olhou à sua volta para certificar-se de que não havia chapeleiros ou hipnotizados por perto antes de continuar, "A gente encontrou o Capí, professor."

"Meu Deus..." ele murmurou chocado, olhando para as mãos trêmulas e ensanguentadas do aluno e percebendo que aquilo era sério mesmo. "Onde?!"

"Na Sala das Lágrimas, quinto andar. A porta roxa."

Rudji assentiu. "Hugo, faz o seguinte: volta lá e cuida pra que ninguém da Comissão se aproxime do Ítalo. Eu vou chamar a Kanpai e já chego."

"Você não vai encontrar a gente lá dentro, professor... É uma cidade imensa!"

Pensando mais um pouco, Rudji alterou seus planos. "Enzo, então é com você", o professor disse, pousando as mãos nos ombros do menino, que se retraiu, de repente tímido. "Vai até a Kanpai e pede pra minha irmã preparar a enfermaria para um paciente em estado grave."

"Muito grave", Hugo corrigiu, e Rudji fitou-o preocupado, transmitindo a correção ao aluno, "Muito grave."

Enzo aceitou a missão, e já ia saindo quando o professor chamou-o de volta, "Não, não! Espere! Diga que é para Ítalo Twice!"

"E faz diferença?"

"Faz toda a diferença", Rudji respondeu, e o menino saiu correndo para a enfermaria enquanto eles dois tomavam o caminho da Sala das Lágrimas. Hugo altamente encafifado.

"Por que pro Capí é diferente? Favoritismo?"

"Não tem nada a ver com favoritismo, garoto. Antes fosse!" Rudji rebateu irritado. "*Garoto chato...*"

Hugo fechou a cara, mas se calou. Não era hora de discutir com o professor. Abrindo a Sala das Lágrimas, entrou com ele na cidade nevada e os dois percorreram, às pressas, todo o caminho até alcançarem a maldita rua.

Vendo o estado de seu aluno, Rudji ajoelhou-se diante dele, penalizado. "*Ô, criança... no que foi que você se meteu dessa vez...*"

"A gente não quis movê-lo pra não causar mais problemas."

"Fizeram bem… fizeram bem", ele disse, começando a checar a coluna do aluno, passando seus dedos cuidadosamente por cada uma das vértebras para certificar-se de que não havia nenhuma quebrada.

Índio assistia consternado. "A gente tentou aquecer o corpo dele com vários feitiços diferentes, mas não funcionou."

"Não funcionaria", Rudji respondeu, sem prestar muita atenção.

Olhando para os outros Pixies, confuso com aquela resposta, o mineiro prosseguiu, "… daí a gente esquentou o ar em volta dele, pra manter o Capí aquecido."

"Bem pensado", o professor murmurou, prosseguindo então para o exame da caixa torácica do aluno, que expandia e se retraía com muita dificuldade.

"*Eles acabaram com a mão dele, Hugo… olha isso…*" Viny passou seus dedos trêmulos pelos hematomas e cortes na mão esquerda do amigo. Suas unhas haviam sido brutalmente arrancadas ou semiarrancadas, e Hugo estremeceu, não querendo mais olhar. Como alguém era capaz de fazer uma monstruosidade daquelas?!

"*Ele não merecia isso… não merecia… Não ele…*" Viny murmurava, seus olhos saltando da mão destroçada para as costas dilaceradas do Capí… para os braços amarrados com arame farpado… sem saber onde fixar o olhar. "*E o que é aquilo, mano?!*" ele protestou desesperado, percebendo a estaca de madeira enterrada no abdômen do amigo. "Agora virou prática de tortura bruxa enfiar coisas no estômago dos inimigos?! Mas que absurdo é esse?! Estavam com preguiça de usar magia, é?!"

"Não foi uma coisa qualquer que enfiaram no Capí, Viny", Índio corrigiu arrasado. "Não reconhece? É a Furiosa… Eles partiram a Furiosa ao meio e enfiaram no estômago dele."

Chocado, Viny olhou novamente para a ferida. Constatando que era verdade, perdeu todas as energias. "Como eles puderam, Índio…"

O mineiro balançou a cabeça, inconformado. "Monstruoso."

"Calma, queridos, calma. Vai ficar tudo bem."

"O que foi que ele fez, professor?! Me diz! O que ele fez pra merecer ser massacrado desse jeito?!"

Rudji fitou o loiro por alguns segundos antes de voltar seu olhar para o aluno ferido, "Desafiou quem não devia."

Mas Índio ainda balançava a cabeça, horrorizado. "Há meios mais dignos de se usar uma varinha…"

"Eles não são dignos, Virgílio", Rudji disse simplesmente, terminando de checar o tórax do aluno. "Quebraram cinco costelas. Talvez mais. Pelo menos a coluna parece intacta. Desamarrem as mãos dele."

Eles tentaram obedecer, enquanto, com o maior cuidado possível, o professor começava a tirar, farpa por farpa, o conjunto de arames farpados que prendiam os tornozelos do Capí a seus órgãos genitais. Cerrando os olhos, não aguentando a monstruosidade daquilo, Rudji voltou a abri-los e continuou o serviço, "Alguém queria que ele morresse aqui sem poder fugir."

Índio concordou, "Maneira calhorda de dizer: não se mexe, garoto, ou…"

Incomodado com o que o professor estava fazendo, Hugo desviou o rosto, "Por que tu não usa magia, hein?"

"Eu não arriscaria. Não em uma parte tão delicada."

Terminando o serviço, ele jogou o arame ensanguentado na neve, tirou seu próprio sobretudo e envolveu o aluno nele, erguendo o corpo torturado de Capí em seus braços com o máximo de cuidado. "Vamos. Já demoramos demais neste lugar maldito."

Mas enquanto Rudji andava ao lado de Hugo em direção à saída, os dois perceberam que Viny ficara para trás, roxo de ódio. "Os canalhas ainda estão aqui, Índio. Se não, a gente não estaria vendo essa cidade."

O mineiro retornou para tentar colocar algum bom senso na cabeça do amigo. "Você acha mesmo que a gente vai conseguir achá-los nesse *labirinto*?" Aproximando-se do loiro, murmurou bondoso, "O Capí precisa da gente agora, Viny. Vamos deixar essa vingança pra depois... até porque ela só vai trazer mais desgraça."

Inconformado, Viny acabou aceitando, e os quatro saíram às pressas da Sala das Lágrimas em direção à enfermaria, atraindo a atenção dos poucos alunos que perambulavam pelos corredores.

"O que aconteceu, professor?!" perguntaram abismados, olhando para o pixie nos braços de Rudji, mas o professor ordenou que se afastassem, descendo os degraus do segundo andar. Hugo ainda ficou para trás por alguns segundos, parando para acalmar Eimi, que congelara transtornado, vendo seu protetor ser carregado para a enfermaria daquele jeito.

"Pode deixar que a gente cuida dele, Eimi. Volta pro quarto, volta. Isso não é coisa pra você ver."

Para sua surpresa, o mineirinho acatou o pedido sem dizer uma palavra, atordoado demais para desobedecer, e permaneceu onde estava enquanto os Pixies e o professor desciam os últimos degraus até a enfermaria.

"Ô, meu menino..." Kanpai foi recebê-los na porta, olhando Capí de cima a baixo com uma compaixão incompatível com sua frieza habitual.

Fitando Rudji preocupada, ela fez sinal para que o irmão entrasse com Capí e o professor obedeceu, "*É minha culpa, Kanpai... Eu devia ter ouvido os meninos... Na falta do Atlas, era responsabilidade MINHA proteger o garoto! MINHA!*"

"Não se culpe, querido", Kanpai tentou confortá-lo. Virando-se para a entrada da enfermaria, disse, "Vocês não!" e fechou a porta na cara dos Pixies, que se voltaram para o corredor transtornados.

Viny principalmente. "A gente devia ter procurado lá mais cedo... A gente perdeu tempo demais procurando nos outros lugares..."

"Não teria adiantado, Viny", Hugo retrucou, sentando-se no chão ao lado do Enzo, enquanto outros alunos olhavam de longe, curiosos. "Você viu o tamanho daquela cidade. Se não fosse pelos abutres, que chegaram lá na última hora, eu nunca teria encontrado o Capí naquela imensidão."

"Abutres?!" Viny se espantou, e Hugo confirmou sério. "Abutres."

"Meu Deus..." o loiro voltou a andar de um lado para o outro, mais tenso ainda do que antes. Até se esquecera de que era ateu.

Também não aguentando ficar ali sem fazer nada, Hugo se levantou resoluto. "Eu vou lá buscar a Caimana."

Viny concordou com a ideia, e Hugo foi bater na porta de Futurologia: a mesma maldita porta que Symone Mater fechara na sua cara, no início do ano anterior. Olhando através do vidro, viu a metida-a-adivinhadora sentada em sua mesa, corrigindo provas, enquanto Caimana limpava bolas de cristal mais ao fundo.

Hugo bateu de novo, sujando a madeira de sangue.

Olhando severa para ele, Symone disse um não contundente com a cabeça, apontando o aviso de CASTIGO no quadro negro, mas Hugo não ia tolerar ser humilhado por ela de novo, e, antes que a professora voltasse a corrigir as provas, pressionou ambas as mãos contra o vidro da porta, deixando as marcas ensanguentadas de suas palmas no vidro.

Symone arregalou os olhos, correndo até a porta e abrindo-a para que ele entrasse. "Estás bien, niño?!"

Ignorando a professora, Hugo se dirigiu à pixie, que já se levantara. "A gente achou o Capí."

Caimana saiu correndo de lá com Hugo, os dois acompanhados de perto pela professora, enquanto Hugo tentava insistir para a elfa que Capí estava vivo, que logo ele ia ficar bom, que ele estava sendo tratado… mas nada daquilo adiantou.

Assim que eles chegaram no corredor da enfermaria, Viny foi abraçar a namorada, que já estava com o rosto inchado de tanto chorar. "O que fizeram com ele, Viny? … O que fizeram com o nosso Capí?!"

"Calma, Cai. Calma… Vai ficar tudo certo! Nem é tão grave assim!" ele mentiu, querendo acreditar na própria mentira.

"Como não é tão grave assim?! Até o Índio tá chorando! Ele nunca chora! O que aconteceu com o nosso Capí, Viny?!"

"Nada que a Kanpai não possa curar rapidinho. Em duas horas, ele vai estar perfeito, tu vai ver! Exatamente como tu fez com o Hugo no ano passado, lembra?"

Hugo lembrava muito bem. Em poucos minutos, Caimana curara todos os seus ossos quebrados com magia. Mas aquilo era diferente… bem diferente de um espancamento. Hugo sabia. Tinha visto nos olhos vazios do pixie. Havia muito mais ali do que meros cortes e ossos quebrados. Cinco minutos de paulada não eram nada, comparados a seis dias e sete noites de tortura pesada.

"Eu não entendo, Cai… Eles não pegaram nem a gente! Como foram pegar logo o véio, que é o cara com mais reflexos que eu conheço?!"

"Quantos foram atrás de você, Viny?" Caimana perguntou séria, aparentemente já sabendo a resposta.

Parando para pensar naquilo pela primeira vez, o loiro respondeu, "Ah, sei lá… acho que um. Talvez dois. Depois eles sumiram."

"Pois é. Atrás de mim também só veio um. Foram todos atrás dele."

Viny franziu o cenho. "Não…"

"Foram TODOS atrás DELE, Viny!" Caimana insistiu. "Ele era o *único* alvo! Difícil escapar assim."

O loiro balançou a cabeça, recusando-se a acreditar.

"Viny, raciocina. Tinham uns vinte atrás da gente no começo. Por que só *um* foi atrás de você e *um* foi atrás de mim quando a gente se separou?"

Silêncio.

Hugo ergueu a sobrancelha. Ele também só havia sido perseguido por um.

"Mas não faz sentido, Cai!" Viny retrucou. "Não tinha como eles reconhecerem o véio! A gente tava de máscara!"

"Durante a perseguição, o Capí foi obrigado a sacar a varinha dele pra me defender do Ustra. Eu tenho certeza que o filho da mãe só me atacou pra descobrir quem eles deviam perseguir. Os chapeleiros conheciam muito bem a varinha do Capí, lembra? Bofronte até chegou a USAR a Furiosa contra o Ehwaz!"

O pixie fitou-a chocado.

"Eles não estavam atrás da gente, Viny. Bofronte já tinha escolhido o alvo dele há muito tempo! Desde aquela maldita aula! O Capí foi o primeiro daqui a realmente enfrentar o Alto Comissário! Bofronte não é bobo. Ele viu que o Capí era influente. Que o que ele dizia importava para os outros! Ele VIU os alunos tomando coragem para defender o professor. Uma coragem que eles não tinham demonstrado antes! Aquela corrida do Capí no Maranhão só comprovou o que Bofronte já sabia."

Viny estava negando com a cabeça, não querendo acreditar.

"Sem contar que o Capí era o único, além do Justus, que sabia a localização do esconderijo rebelde", ela concluiu, e todos olharam para Caimana espantados, só agora percebendo.

"Será?!" Índio se perguntou, receoso. "Será que foi por isso que torturaram ele?! Pra descobrirem o maldito local do esconderijo?! Mas os chapeleiros não tinham como saber que ele sabia, tinham?!"

Caimana meneou a cabeça, sem uma resposta, mas Hugo murmurou, "Vai ver o Justus comentou com alguém."

"Nunca!" Índio pulou em defesa da honra da Guarda. "Justus NUNCA faria isso."

"Por que não?!" Hugo peitou o mineiro, e Índio arregalou os olhos, quase ofendido, "Porque todos na Guarda de Midas são incorruptíveis, seu ignorante!"

"Ignorante é a mãe!" Hugo partiu para cima do pixie, mas foi impedido por Caimana, que o segurou para trás com força de surfista. "Sério que vocês vão brigar agora?!"

Os dois se encararam, marrentos, mas procuraram se acalmar. Caimana estava certa. Aquela não era a hora.

"Vamos raciocinar, gente. Quem mais tava lá na gruta, naquela hora? Quem mais sabia que o Capí tinha conhecimento do novo esconderijo?"

"Que ele tinha conhecimento do local, todos ali ficaram sabendo", Viny respondeu, tentando se lembrar. "Mas que o Justus decidiu não apagar a memória dele, só a gente, a Janaína e o Eimi, que eu me lembre. O Crispim acho que já tinha saído. De qualquer forma, todos confiáveis."

"Não, nem todos", Hugo corrigiu rancoroso, e os Pixies olharam para ele.

"O Abelardo também estava lá."

CAPÍTULO 63
CICATRIZES

Assim que o nome de Abelardo saiu de sua boca, Hugo teve absoluta certeza de que tinha sido ele.

"Filho da mãe!" Viny socou a parede. "Eu vou matar aquele desgraçado!"

"Não, Viny!" Caimana empurrou-o contra a porta da enfermaria antes que ele fosse a algum lugar. "Eu conheço o meu irmão! Ele não faria uma crueldade dessas!"

"Ninguém odeia o Capí como ele odeia, Caimana!" Viny insistiu. "Abre os olhos! Ele inveja o Capí por tudo! Por ter virado professor enquanto ele repetia de ano, por ter a admiração de todo mundo, por ser o queridinho da escola…"

Caimana fitou-o por alguns instantes, mas então balançou a cabeça, resoluta, "Vocês estão sendo injustos com ele."

"Injustos?!" Hugo deu risada.

"É, injustos! Vocês falam e falam dele, mas estão se esquecendo de um pequeno detalhe! Mesmo depois daquele massacre no Maranhão, mesmo depois do padrasto dele ter sido assassinado por nossa causa, mesmo depois de TUDO aquilo, ele ainda ficou quieto quando o Ustra perguntou sobre a gente naquele dia! Ficou quieto e MENTIU por nós, apesar de todas as ameaças descaradas e, com certeza, brutais que o general estava fazendo no ouvido dele!"

Todos baixaram a cabeça, sendo obrigados a concordar.

"Vocês podem acusar meu irmão de qualquer coisa, MENOS de deslealdade!"

Vendo Rudji sair da enfermaria, Índio interrompeu a elfa com o braço, e todos se aproximaram, aflitos por notícias.

O professor estava arrasado. Totalmente arrasado. Até tirara os óculos coloridos, coisa que ele nunca fazia fora da sala de aula, por ter os olhos extremamente sensíveis à luz. Mas agora, aquilo pouco importava.

"Como ele tá?" Viny perguntou em agonia, e Rudji olhou para os Pixies por um bom tempo antes de responder, "Ele vai precisar muito de vocês."

Índio baixou a cabeça, "A gente entende."

"Não… vocês não fazem ideia", Rudji retrucou, com lágrimas nos olhos puxados. "Não deixem ele sozinho, nem por um segundo. Tentem distraí-lo bastante."

Os Pixies se entreolharam, preocupados. Então era ainda mais sério do que eles imaginavam. Se é que aquilo era possível.

"O que fizeram com ele, professor?" Caimana perguntou angustiada, tentando impedir que Rudji fosse embora, mas o mestre alquimista, sentindo-se incapaz de explicar tamanha monstruosidade, continuou seu caminho, deixando-os sem resposta.

E os Pixies permaneceram ali por mais um longo tempo, acampados do lado de fora da enfermaria junto a Enzo, Francine, Rapunzela – agora de cabelos curtos, e vários outros alunos que iam chegando à medida que a notícia se espalhava. Até que o corredor ficou pequeno para tantos jovens, todos fazendo vigília, sentados de cabeça baixa, esperando por qualquer notícia sobre o estado de saúde de seu professor, pouco se importando que a Comissão acabara de proibir a reunião de alunos em grupo.

Até que Kanpai abriu a porta, séria, dizendo "Só os Pixies."

Ninguém ousou reclamar da ordem, vendo Hugo e os outros três se levantarem para acompanhá-la até o leito.

Com o coração apertado, Hugo se aproximou de Capí; ainda desacordado, na cama. E os outros fizeram o mesmo, Viny pegando sua mão enquanto Kanpai fechava a porta, indo buscar alguma coisa lá fora, só para deixá-los mais à vontade.

Capí havia sido deitado de lado; um lençol branco cobrindo-o da cintura para baixo e, só agora, com seu corpo limpo de todo aquele sangue, era possível ver as marcas com mais detalhe. Os hematomas, os cortes...

"Pra que isso, Santa Deusa... o que é isso?!" Caimana chorou inconformada, indicando as costas do amigo. Hugo foi ver do que se tratava e arregalou os olhos, chocado ao perceber dois cortes paralelos descendo de cada lado de sua coluna, um pouco abaixo do símbolo queimado dos Pixies. Como não notara aquilo antes?!

As duas fendas, dolorosamente profundas, tinham o comprimento de um antebraço cada uma e haviam sido praticamente cavadas na carne. Não eram cortes limpos. Era como se alguém tivesse cortado as costas do Capí e então raspado ao longo do corte repetidas vezes com algo muito menos afiado, como uma colher, cavando ainda mais para dentro o ferimento.

Hugo cerrou os olhos, horrorizado, e Índio murmurou, com nojo de tamanha barbaridade, "É como se tivessem arrancado as asas dele... Asas de anjo."

Chocado ao ouvir a sugestão, Viny tapou a própria boca, sabendo que havia sido exatamente aquela a mensagem pretendida. "O desgraçado que fez isso sabia com quem estava lidando... sabia o quanto ele era uma pessoa boa, ou não teriam feito o corte das 'asas'..." ele cobriu a cabeça com os braços, chorando indignado. "Como puderam fazer isso a alguém tão bom?! Uma brincadeira doentia dessas só pra mostrar que sabiam?! Essa *proeza* eles não fizeram pra que ele contasse nada... eu tenho certeza! Fizeram pra brincar com ele! Fizeram rindo!"

Todos concordaram, mas, pelo semblante distante de Índio, ele parecia estar pensando em algo ainda mais sério. Hugo chegou perto do mineiro. *"Que foi?"*

"Será que ele contou?" Índio murmurou a pergunta só para Hugo ouvir. *"Digo, se fizeram isso tudo pra que ele desse a localização dos rebeldes... e depois abandonaram ele lá..."*

Hugo fez que não com a cabeça, muito seguro do que estava respondendo. "Eu já vi pessoas sendo torturadas, Índio. Elas geralmente não aguentam nem cinco minutos. Uma hora, no máximo. Ficam apavoradas e contam logo tudo de uma vez. O Capí resistiu por muito mais do que uma hora."

"Mas soltaram ele! Vai ver ele contou, depois de seis dias aguentando."

Hugo negou mais uma vez. "Eu vi o olhar vazio do Capí. Soltaram ele porque ele já não estava mais em condições de entender a pergunta."

Índio fitou-o preocupado, mas Hugo desviou o olhar, indo fazer um carinho em Capí enquanto Kanpai entrava novamente na enfermaria.

"Como ele tá, doutora?"

"Pior do que parece, Sr. Y-Piranga", ela respondeu com uma pena profunda nos olhos, enquanto Índio pegava o que sobrara da Furiosa nas mãos. Tinha sido partida ao meio... a ponta quebrada da madeira manchada de sangue... "Nenhum bruxo com o mínimo de decência usaria uma varinha como faca... Nunca!"

"A decência nem chegou a entrar no jogo", Kanpai retrucou, e Hugo percebeu, no olhar da doutora, que eles haviam feito coisas muito piores do que usar uma varinha como faca.

Pedindo que se afastassem um pouco, a doutora voltou a limpar os ferimentos que ainda estavam abertos. Ela se tornava outra pessoa quando tratando do Capí... a aspereza se apagava, o cuidado era triplicado, e Hugo chegou a sentir uma pontinha de inveja, mas viu o quanto aquilo era imbecil e parou.

Além do símbolo dos Pixies queimado na parte superior direita de suas costas, agora também era possível ver com mais nitidez as pequenas mordidas espalhadas pelo corpo do amigo, e o grande corte que descia de sua têmpora esquerda e passava por toda a lateral de seu rosto, seguindo pelo pescoço e rasgando peito e abdômen até desaparecer para dentro do lençol. Um corte contínuo... Fundo o suficiente para deixar marca. "Esse não foi feito com faca."

"Unha", a doutora confirmou, "muito provavelmente, Sr. Escarlate. Pela infecção que causou."

"Quando ele vai acordar?"

Kanpai olhou para seu paciente com ternura. "Sinceramente, eu não quero que ele acorde tão cedo."

"Por que não?!" Viny fitou-a, revoltado.

"Ele vai sentir muita dor quando acordar, Sr. Y-Piranga. Mais do que antes, agora que o corpo dele esfriou. E não temos morfina."

"Morfina?! Isso é coisa de azêmola!"

Kanpai olhou-o por cima dos óculos. "E desde quando você é de menosprezar 'coisas de azêmola'?"

Viny não se convenceu. Estava revoltado demais para aceitar aquele tipo de absurdo e, enquanto Caimana lhe pedia calma, o loiro murmurava para eles, *Morfina?! Ela enlouqueceu de vez?! Desde quando bruxos usam morfina?!* Escuta aqui", ele chamou Kanpai de forma um tanto malcriada, "Que tanto tu ficou fazendo essas horas todas aqui dentro, que o véio continua assim todo machucado?!"

Ignorando-o, Kanpai começou a trocar o curativo do ferimento da varinha, que ainda sangrava. "Esse vai demorar a fechar."

"Mas e o resto?!" Viny insistiu. "Por que você não curou o resto?!"

Irritada, Kanpai jogou o curativo sujo de sangue na estante. "Por que, Sr. Y-Piranga?! Porque eu tive que deixar o resto de lado e agir depressa, se não ele perdia a mão!"

Os Pixies olharam chocados para ela.

"A mão esquerda dele está toda esmigalhada... Bateram demais nela com algum bastão, não sei. Só sei que eu precisei fazer um enxerto improvisado pra que ela não gangrenasse. E eu ainda não tenho certeza de que vai funcionar", ela terminou, curvando-se na estante, frustrada. "Graças a Merlin não foi a mão da varinha."

"Eu não entendo!" Caimana resmungou, inconformada. "Por que ele não foi torturado com magia?! Existem feitiços pra isso, que não deixam nem marcas nem provas! Não seria mais prático?!"

"O canalha deve sentir prazer com torturas físicas", Viny murmurou.

"Ah, prazer eles certamente sentiram, Sr. Y-Piranga. Mas não foi por isso que não usaram magia."

"Então foi por quê? Vai fazer análise psicológica dos caras agora, é?! Talvez eles tenham uma tara por trabalhos desnecessários ou, quem sabe, eles quisessem deixar provas físicas por algum motivo, ou..."

"O Ítalo é imune."

"... Imune?" Viny franziu a testa, confuso. "Imune ao quê? Ao *Asyara?*"

"Imune à *magia*, Sr. Y-Piranga."

"QUÊ?!" os Pixies empalideceram juntos, Hugo sentindo um arrepio descomunal.

"Eu conheço esse menino desde que ele nasceu. *Nunca* ele veio aqui por qualquer acidente que envolvesse feitiços. Nunca. As únicas vezes em que ele me deu o prazer de sua visita foram por acidentes físicos: quedas, brigas, ataques de animais, queimaduras... Nunca magia. A maioria delas não o afeta."

Pasmo, Índio aproximou-se do amigo. "Então ele tem corpo fechado, é isso?!"

"Semifechado. Um corpo realmente fechado seria imune a tudo: facas, fogo, tiro, tudo. Não estaria neste estado."

"Espera", Viny interrompeu, claramente aturdido. "Tu tá querendo dizer que nenhum feitiço pode atingir o véio e a gente nunca reparou nisso?"

"Exato."

Hugo ergueu a sobrancelha, fascinado. "Ele não pode ser atingido por nada? Nadinha mesmo?!"

Kanpai confirmou, e Hugo deu risada, "Que maneiro! Quem dera eu tivesse isso!"

"Putz, ia ser fantástico!" Viny concordou maravilhado, mas a doutora fitou-os como se fossem duas crianças mimadas.

"Acho que os senhores não entenderam a gravidade do problema."

"Problema?!" Viny arregalou os olhos. "Você chama isso de problema, Kanpai?! Nenhuma magia pode atingir o véio! Isso é fantástico!"

"Não necessariamente."

"Como, não necessariamente?"

"Me dê seu braço", Kanpai pediu, estendendo sua mão para que Viny apoiasse o braço dele ali. O loiro obedeceu, um pouco receoso, e com razão. Assim que seu braço tocou a mão da doutora, ela o segurou com força, sacando sua varinha e fazendo um corte profundo no pixie, que berrou de dor e puxou o braço, assustado, "Tá maluca?!"

"Shhhhh!" ela olhou depressa para Capí, preocupada que ele acordasse. "Me dá seu braço de novo."

"De jeito nenhum!"

"ME … DÁ … O … BRAÇO."

Inseguro, Viny esticou o braço cortado, seu sangue escorrendo no chão, e Kanpai virou-se para Hugo, "Fecha esse corte."

Sem entender o porquê daquilo, Hugo pegou sua varinha e obedeceu, fechando o corte com facilidade, sem deixar qualquer vestígio de cicatriz no braço do loiro.

"Bom, muito bom, Sr. Escarlate. Onde você aprendeu isso?"

Hugo ergueu a sobrancelha, incerto quanto à lucidez daquela mulher. "… Na sua aula?"

"É fácil?"

"… Bem fácil."

"Então tenta nele", Kanpai disse séria, abrindo caminho para que Hugo se aproximasse de Capí, mas ele não obedeceu. Já tinha entendido. Todos ali tinham entendido. O silêncio na sala confirmava aquilo.

"<u>Nada</u> funciona?!" Hugo perguntou horrorizado, e Kanpai respondeu com um lento 'não' de cabeça, "Nem a operação mais simples de fechamento de ferida. Nenhum feitiço de restauração de ossos; nenhuma poção contra a dor, nada. Tudo que vocês aprenderam na minha aula de Primeiros Socorros é inútil pra ele. Sempre foi."

Por isso a morfina.

Kanpai suspirou, olhando-os com pesar. "Contra feitiços, ele é o mais forte dos bruxos. Contra ataques azêmolas… ele é o mais fraco entre nós."

"O único que não pode ser curado…" Caimana completou atônita, passando a mão próximo a um dos ferimentos do amigo.

Viny estava em choque. Hugo nem tanto. Aquilo explicava muita coisa… explicava as queimaduras que nunca sumiam das mãos do pixie, explicava o tiro de fuzil, que Atlas não havia sido capaz de curar, explicava as três cicatrizes antigas em suas costas, os calos em suas mãos…

"E o Atlas achando que o ferimento do tiro não cicatrizava porque tinha sido feito por uma arma mequetrefe."

Examinando de perto o corte no rosto do pixie, a doutora murmurou, "Foi isso que o Atlas te disse."

"Como assim?" Hugo ergueu a sobrancelha. "O Atlas sabia?!"

"Claro, sempre soube… Desde o primeiro dia de vida do menino, quando o Ítalo chegou aqui na Korkovado ainda bebê, com um corte na cabeça, feito por aquele bruto do pai dele, e não pôde ser tratado do ferimento com magia."

Hugo cerrou os dentes, revoltado. "O Atlas *mentiu* pra mim então."

"Ele não teve escolha, Sr. Escarlate."

"Por que não teve escolha?! Qual era o problema dele contar pra gente?!"

"É!" Viny concordou. "Por que vocês nunca contaram pra ninguém?! Por que manter isso em segredo?!"

"Por quê?!" Kanpai repetiu a pergunta, como se a resposta fosse óbvia. "Se a gente contasse, a vida do Ítalo viraria um inferno! Imaginem os testes que fariam nele? O menino não teria mais vida! Viraria um rato de laboratório. E ninguém nunca iria reclamar porque afinal, todos gostariam de ter o que ele tem. Pelo menos a parte positiva do que ele tem. Todos apoiariam as pesquisas. Mesmo que fosse contra a vontade dele."

Hugo baixou o olhar, um pouco mais calmo. A explicação fazia sentido.

Enquanto isso, Kanpai olhava, com pena, para seu paciente mais querido. "A Morfina talvez o corpo dele aceite, por ser um analgésico azêmola e dos fortes, mas não se encontra isso em qualquer farmácia hoje em dia e eu também não lembro direito como se aplica. Não tive tempo de terminar a faculdade azêmola ainda. Fica difícil, com tantos alunos pra tratar."

Caimana fitou-a admirada, "A senhora entrou na faculdade mequetrefe só por causa dele?!"

"Meu dever é para com todos os alunos desta escola, Srta. Ipanema. Eu não podia deixar logo o nosso Ítalo desamparado. Se ele ao menos seguisse meus conselhos e ficasse longe do perigo, mas não! Esse aí se mete até em tiroteio!" ela olhou para Hugo, que desviou o rosto. Capí não só se metera em tiroteio como levara um tiro por ele.

"Lágrimas de fênix também não ajudam, né?" ele comentou, tentando desviar do assunto, e Kanpai disse que não.

"Nem o sangue curador dos vampiros. Eu não tenho certeza sequer se um vampiro conseguiria transformá-lo se quisesse. Matá-lo sim. Transformá-lo, duvido."

"E agora?" Caimana olhou preocupada para o amigo.

"Agora? Agora eu não sei. Qualquer um de vocês eu curaria em um dia. Dois, no máximo. Em dois dias vocês não sentiriam mais dor alguma. Talvez saíssem com uma cicatriz ou outra, mas até essas não seriam impossíveis de tirar. Agora, com nosso Ítalo aqui, alguns dos ferimentos dele vão levar dois ou três *meses* para serem parcialmente curados. E é possível que a dor nunca cesse por completo."

Olhando penalizada para seu paciente, Kanpai suspirou, "A tortura do seu amigo está apenas começando, queridos. E eu falo só da dor física – que é, definitivamente, o menor dos problemas dele."

Pegando a mão direita de Capí, a mão da varinha, ela começou a recolocar seus dedos violentamente no lugar, um por um. Dava para ouvir os ossos estalando a cada puxão.

"Ei!" Caimana protestou, chocada. "Ei! Para com isso!"

Kanpai não parou. "Melhor agora do que quando ele despertar. Lembrando que, muito provavelmente, ele estava bem acordado quando cada um desses dedos foi deslocado."

Vendo a careta de dor no rosto dos Pixies, ela murmurou, "Vocês não precisam assistir se não quiserem…" e puxou mais um dedo para seu devido lugar. "Pior vai ser curar as feridas que não deixam marcas."

"Que tipo de tortura não deixa marcas?"

Como resposta, Kanpai tocou Hugo com a varinha.

"AGGH!" ele retirou braço, xingando-a mentalmente pelo choque.

"Essa é a menor voltagem. E há partes do corpo mais sensíveis que o braço."

"Mas funciona nele?!"

"Alguns poucos feitiços de contato funcionam. Por exemplo, se esquentam a varinha até o ponto incandescente e tocam ela na pele dele, isso vai queimá-lo, assim como qualquer ponta de cigarro queimaria; da mesma forma, se a varinha criar eletricidade no ar, ela pode dar choque, e o Ítalo vai sentir. Só efeitos físicos."

"Entendi."

"Mas há torturas piores do que as mágicas. E torturas piores ainda do que as físicas. Torturas que duram mesmo depois de terminadas. Que se instalam na mente do torturado e se recusam a sair. São essas que vão levar mais tempo pra curar. É dessas que eu tenho medo", ela suspirou. "Seu amigo vai precisar muito de vocês."

"Como a gente pode ajudar?"

Kanpai segurou, com força, o braço de Capí e recolocou seu ombro no lugar com um tranco, para a agonia absoluta dos Pixies. "Não deixem que ele pare no tempo. Não deixem que ele vire prisioneiro das próprias lembranças. Muita gente não se recupera nunca de uma tortura, apesar de terem sido curadas fisicamente. As monstruosidades que fizeram com ele não são fáceis de esquecer."

"Como você sabe?"

"O corpo torturado deixa marcas, Sr. Escarlate. Como um mapa."

Caimana apertou, com ternura, a mão do amigo desacordado. "Tem mais do que a gente está vendo, não tem?"

Kanpai confirmou, "Coisas que não tenho o direito de discutir com vocês."

"Mas…"

"Se vocês prezam pela privacidade de seu amigo, não vão me perguntar. Nem vão tentar descobrir. E muito menos perguntar a ele. Jamais façam isso. Se ele quiser, ele conta depois."

Índio desviou os olhos, inconformado, e Kanpai pegou algumas fichas no armário, deixando-os sozinhos com Capí mais uma vez.

Permitindo que o silêncio preenchesse a sala, os quatro ficaram ali juntos, observando o amigo sem dizerem mais nenhuma palavra; Hugo acompanhando com os olhos o peito do pixie, que se movia para cima e para baixo numa respiração pesada, como se o seu corpo estivesse fazendo um esforço descomunal para continuar funcionando.

E assim se passaram vários dias: os Pixies visitando-o na enfermaria a cada minuto que podiam… no espaço entre todas as aulas, nos minutos que tinham entre o jantar e o toque de recolher, e entre o café da manhã e a primeira aula do dia… mas nada de Capí abrir os olhos. Parecia em coma profundo! E a cada dia que ele não acordava, a preocupação dos Pixies ia aumentando. A sensação que tinham era de que ele não acordaria nunca mais. Não, pior: era como se ele não *quisesse* acordar…

"Deem tempo ao tempo. A mente dele ainda está se recuperando."

"Mas já faz uma semana, Kanpai!" Viny retrucou, já quase entrando em desespero quando, de repente, ouviram sete batidas ritmadas na porta.

"Será possível que essas crianças não desistem?" Kanpai resmungou irritada, saindo da enfermaria para livrar-se, mais uma vez, dos alunos de primeiro ano do Capí.

Não deu nem dois segundos e ela voltou. "Saiam, meninos. O Ítalo tem visita."

Hugo olhou para a entrada e abriu um sorriso ao ver a cabecinha fofa de Zoroasta aparecer pela porta entreaberta.

"ZÔ!" Viny e Caimana sorriram juntos, indo cumprimentá-la.

"Oi, meus queridinhos. Eu vim ver o nosso belo adormecido", ela disse sapeca, e foi até Capí.

Vendo Zoroasta sentar-se ao lado do pixie no leito, Kanpai ficou admirando os dois por um bom tempo até que Índio a interrompeu, murmurando preocupado, *"Será que ela não vai atrapalhar?"*

"Ela nunca atrapalha."

Sorrindo com imensa bondade, Zoroasta começou a fazer um carinho manso nos cabelos de Capí, cantando baixinho em outra língua... E era um canto tão sereno... tão aconchegante, que Hugo chegou a sorrir. "O que ela tá fazendo, Kanpai?"

"Shhh... é tratamento."

"Tratamento?"

"Curando o perispírito."

"... Você acredita nisso?"

"Eu já trabalhei bastante tempo aqui na Korkovado para acreditar em tudo que vem dela", Kanpai sorriu. "É uma espécie de canto-terapia. Ela envolve o paciente em um canto manso, harmonioso, cheio de generosidade e alegria, e isso vai recuperando o perispírito danificado do paciente, ajudando-o a iniciar sua própria cura interior. É preciso várias sessões. Ela já veio aqui algumas vezes, enquanto vocês estavam em aula."

Os Pixies olharam surpresos para Kanpai, que concluiu, *"É melhor a gente parar de atrapalhar. Vai dar pra ouvir o canto lá de fora."*

Eles saíram sem fazer barulho, abrindo a cortina interna da porta para que pudessem assistir do outro lado.

"Que música linda é essa?" Hugo perguntou, ainda maravilhado, querendo ouvir cada nota, e Kanpai enxugou uma lágrima, respondendo sem tirar os olhos lá de dentro, "É uma música que a querida Luana, mãe do Ítalo, costumava cantar pra ele, quando ele ainda estava na barriga."

"Em que língua ela tá cantando?"

"*Quenya*."

"Ela fala Quenya?!" Índio se surpreendeu.

"Ela fala tudo, filho... Acha divertido."

"E o que diz a letra?"

"Eu tenho cara de elfo?!" Kanpai retrucou impaciente, e Caimana começou a traduzi-la para eles, com uma tristeza avassaladora no olhar: *"Espírito angelical, luz dourada; a mais brilhante das estrelas entre o céu e a Terra. Sinto falta de sua luz, abençoado. Sinto falta de sua luz..."*

"Ô, doce criança..." Zoroasta suspirou lá dentro, após o término do canto, e Caimana se desfez em lágrimas, não se aguentando de tristeza, "Eu tenho medo que ele nunca mais volte a ser quem ele era..."

"Ele?! Volta sim", Kanpai retrucou com segurança. "Vocês não conhecem a força que o amigo de vocês tem."

Zoroasta saiu da enfermaria toda sorridente e serelepe, indo embora sem dar a mínima atenção a eles, e Hugo foi o primeiro a entrar novamente, sentindo, de imediato, o clima de absoluta leveza que a diretora havia criado ali dentro. Zô deixara seus beija-flores brancos volitando pela enfermaria, além de um outro presentinho, reclinado sobre a mesa de canto, enfeitado com uma fitinha de seda azul.

Viny riu. "Típico dela. Deixar uma bengala de presente."

"Não é uma bengala", Hugo sorriu, sentindo imensa satisfação ao pegar em suas mãos o cajado de marfim que ele próprio ajudara a esculpir. Quase reverente, Hugo esfregou de leve, com os dedos, a superfície branca da Aqua-Áurea, próximo à pedra azul do topo, e a bengala respondeu a seu toque, encolhendo até ficar do tamanho de uma varinha. Elegante demais.

Os Pixies arregalaram os olhos, aproximando-se para vê-la de perto enquanto Hugo continuava a admirar seus detalhes em marfim. "Era a varinha mais cara da loja..." ele murmurou, lembrando-se, com prazer impagável, da última coisa que Ubiara dissera sobre ela: *apenas alguém de altíssima estirpe poderá ser o mestre desta magnífica varinha.*

Aquilo era bom demais... Agora ela pertenceria ao filho do faxineiro.

"De que ela é feita?!" Caimana perguntou maravilhada, e Hugo respondeu, "Marfim, com alma de Pégaso."

A elfa sorriu com ternura, "Pégasos são animais generosos e doces. A Zô escolheu bem."

Hugo concordou. Só não entendia como Zoroasta podia ter tanto dinheiro sobrando assim, a ponto de dar um presente tão caro daqueles a um mero aluno.

Ao melhor aluno.

Retornando a varinha a seu tamanho normal, ele devolveu-a ao lugar onde Zô a deixara, enquanto Caimana pousava a mão no rosto de Capí. "Ele tá com febre."

"Não, não está."

"Kanpai, eu posso não ser formada em medicina, mas eu sei quando uma pessoa está com febre. Ele tá muito quente!"

"Normal. A temperatura corporal média dele é 38 graus."

"38?! Por quê?!"

"Não me faça perguntas difíceis, Srta. Ipanema. Eu não sei porque. Sempre foi assim. Se ele estivesse com 40 graus de temperatura, aí sim eu começaria a me preocupar com um *início de febre.*"

Hugo ergueu a sobrancelha. Então era por isso que ele sempre sentira a mão do pixie morna demais, desde o primeiro aperto de mãos entre eles, na mata lateral.

Olhando para Capí mais uma vez enquanto os outros discutiam, percebeu, no susto, que ele abrira os olhos.

"Shhhh! *Ele acordou!*"

Todos se voltaram para o pixie, ansiosos, mas Capí permanecia virado de lado, fitando o nada, com os olhos vazios.

Depois de segundos intermináveis de silêncio, Viny chamou-o, inseguro, "Véio?"

O pixie não respondeu. Seus olhos ainda fixos no nada.

"Capí?" Viny repetiu, novamente não obtendo resposta, e, desesperado, ele gritou, "CAPÍ!!"

Com o grito, o pixie acordou de seu transe, assustado, na defensiva, e Viny apressou-se em confortá-lo, segurando-o firme para que ele o fitasse.

"Calma, véio! Sou eu! Tá vendo?! Sou eu!"

Focalizando os olhos no amigo, Capí pareceu relaxar, mas então desviou o rosto novamente, voltando a olhar o nada. Apático.

Com um pouco mais de delicadeza que o loiro, Hugo agachou-se, tocando o rosto do amigo com carinho. *"Fala com a gente, Capí... por favor..."*

Nada.

"É melhor vocês saírem", Kanpai sugeriu, e os Pixies obedeceram, chocados, seguindo para o corredor na companhia da doutora. "É exaustão, só isso."

"Só isso, Kanpai?! Ele nem me respondeu!"

"Ele ainda está com a cabeça lá, Sr. Escarlate. Daqui a pouco ele volta."

"Isso é opinião científica ou otimismo?"

"Um pouco dos dois", Kanpai respondeu séria, fechando a porta e deixando-os plantados do lado de fora.

"Isso não é justo..." Viny resmungou sem energias, andando de um lado para o outro do corredor, completamente abalado, e Caimana foi abraçá-lo. "Calma, Viny. A gente já vai entrar. O importante é que ele acordou."

"Será que acordou mesmo, Cai? Vocês viram os olhos dele?! Era como se ele nem estivesse ali!"

Todos caíram em um profundo silêncio e Hugo, consternado, foi buscar refúgio na sala de Defesa Pessoal logo ao lado, quase desejando que sua mesa autoajuda falasse, já que Capí não abrira a boca.

Para sua surpresa, a mesa acatou seus anseios, rabiscando por cima dos riscos fortes da semana anterior uma única frase:

"Dirão, em som, as coisas que, calados, no silêncio dos olhos confessamos?"

– SaraMago

... Era bem aquilo mesmo.

Capí dissera muito mais com aqueles olhos vazios do que teria sido capaz de dizer com palavras, e ao longo das semanas seguintes, enquanto ele permanecia naquele silêncio aterrador, os Pixies tentaram, de alguma forma, voltar à vida normal. Mas como prestar atenção nas aulas com o amigo naquele estado?

Nem ânimo de lutar contra os chapeleiros eles tinham mais! Continuavam com ódio deles, claro; agora mais do que nunca... mas cadê a coragem? Cada vez que os filhos da mãe passavam olhando, a vontade que dava era de sufocar os canalhas com seus próprios chapéus, mas eles se seguravam, até para a segurança do próprio Capí, que permanecia praticamente indefeso na enfermaria durante boa parte do dia.

Por isso, cada segundo que os Pixies tinham, eles passavam lá; estudando, lendo tudo em voz alta para ver se Capí esboçava alguma reação, pacientemente ensinando a ele as matérias que o pixie havia perdido, mesmo sem saberem se ele, de fato, estava escutando... Claro que, às vezes, os Pixies se descabelavam, tinham suas crises de choro, de preocupação, mas logo respiravam fundo e se forçavam a continuar tentando.

Volta e meia Eimi aparecia. Ficava só na porta, olhando arrasado para seu protetor; as bochechas molhadas de tanto chorar, coitado, mas não entrava. Estava muito pior do que antes... enfraquecido, pálido, mil vezes mais tímido... e aquela imagem do mineirinho, todo depressivo novamente, era de matar.

Pelo menos Capí parecia estar melhorando. Todos os dias, Zoroasta ia lá cantar para ele e, todos os dias, os Pixies entravam na enfermaria após sua saída, vendo um Capí um pouco mais... presente. Ele já os reconhecia, já arriscava olhar em seus olhos, mas ainda era um olhar inseguro, doloroso, que ele logo desviava para outro canto.

Nos dias em que estava mais alerta, até ajudava Kanpai, fazendo os movimentos que ela pedia, mas tinha uma dificuldade imensa em comer, devido aos ferimentos na garganta. Talvez pela mesma razão, as únicas palavras que saíam de seus lábios vinham durante pesadelos, quando ele murmurava sempre a mesma frase, em uma voz que chegava a doer neles, de tão arranhada, "*Isso fica entre nós... fica só entre nós...*".

Era de cortar o coração, mas ainda era melhor do que não ouvirem nada.

Enquanto isso, Bofronte e seus quinze assistentes pareciam haver sumido da escola. Os chapeleiros continuavam ali com força total, mas Ustra, Bismarck, Paranhos, Adusa e os outros passaram semanas inteiras sem dar as caras; talvez para que ninguém levantasse suspeitas contra eles com relação ao 'aluno que aparecera torturado'.

Muito espertos. Sumiam, deixando os alunos hipnotizados em alerta. Os jovens espiões estavam mais aterrorizantes do que nunca, aparecendo nos momentos mais inesperados e, agora, com Gislene entre eles, Hugo precisaria tomar cuidado redobrado.

Pelo menos o saci nunca mais aparecera para atazanar. Muito provável mesmo que houvesse sido recapturado. E nada de terem notícias de Playboy, se bem que Hugo estava pouco se importando com ele. Se a Comissão ainda não prendera os Pixies por ocultação de azêmola, era porque Playboy havia fugido por conta própria. Provavelmente tomara vergonha na cara e saíra da escola antes que colocasse a vida dos Pixies em ainda mais risco do que elas já estavam.

"Foi nossa culpa, Cai..." Viny disse, alheio ao que Hugo estava pensando. "Se a gente não tivesse insistido pro Justus não apagar a memória do Capí..."

"O feitiço não teria funcionado, esqueceu? Por isso o Capí tava tão receoso naquela hora... Não era medo de perder a memória. Era medo que o Justus descobrisse a imunidade!"

Hugo deu uma leve risada. "A gente lá, apavorado que ele ia atravessar o corredor polonês, e o Capí sabendo o tempo todo que os feitiços não iam funcionar nele."

"Não necessariamente, Sr. Escarlate", Kanpai objetou, trazendo a sopa da noite e acordando Capí com o máximo de delicadeza possível. "Nós sabemos que nenhum feitiço menor funciona. Mas é óbvio que a gente nunca foi maluco de testar um Avá-Îuká nele."

"É, teria sido um pouco arriscado."

"Sem contar que não eram só feitiços que eles estavam lançando contra o véio, né?" Viny adicionou. "Eram pedras, jipes... essas coisas básicas."

"Vem, Ítalo, querido. Toma", Kanpai murmurou, levantando a cabeça de seu paciente para que ele sorvesse a sopa, e Capí até tentou por alguns segundos, fazendo um esforço enorme para engolir, cerrando os olhos de dor, até desistir, rejeitando o resto com lágrimas nos olhos.

"Eu sei que dói, criança... mas você precisa se alimentar!"

Capí desviou o rosto, virando-se para o outro lado, e Kanpai suspirou fundo, deixando o resto da sopa ali do lado, para caso ele mudasse de ideia. *"A garganta dele está toda queimada"*, ela sussurrou para os Pixies. *"Provavelmente por alguma substância corrosiva que forçaram goela a baixo. Além dos cortes e feridas causadas por outras ferramentas que não me cabe aqui dizer."*

Incomodado com os rumos da conversa, Capí tapou os ouvidos com os braços, já que as mãos ainda doíam, e Viny cerrou os olhos com raiva de tudo aquilo, saindo da enfermaria furioso. Precisava respirar, extravasar a raiva que estava sentindo de não poder revidar à altura.

Os outros Pixies o seguiram para fora, e enquanto o loiro chutava o corrimão do corredor, revoltado, Hugo olhou para além do vão central e estremeceu ao avistar Ustra descendo as escadas do outro lado da árvore.

... Eles tinham voltado.

Também notando a presença do general, Viny arregalou os olhos feito um louco enfurecido, "Ah, eu vou matar esse cara..."

"Não, Viny! Não!" Caimana berrou, segurando o namorado para trás enquanto ele tentava se desvencilhar dela para dar a volta no andar atrás do general. "Para, Viny! A gente não sabe se foram eles!"

"Como assim, a gente não sabe? Claro que foram eles! SEU FILHO DA MÃE!" ele berrou pelo vão central, e Ustra olhou-o de volta com um sorriso tão cafajeste que fez o sangue do Hugo ferver também, mas Hugo não era mais tão idiota quanto um dia havia sido. Aprendera a se controlar bastante desde então, ao contrário do loiro.

"Calma, Viny!" Índio meteu-se na frente do amigo. "O Capí não acusou ninguém ainda!"

"Não DÁ pra acusar ninguém, né, Índio?! Esses CANALHAS acabaram com a garganta dele!" Viny berrou em direção a Ustra, que, do outro lado do vão central, debruçara-se, folgado, no corrimão do corredor, só para assistir. Estava se divertindo com aquilo, o cínico.

"Tu tens que aprender a te controlar, guri! Teus pais não te domaram, não?" o gaúcho provocou, e Viny só não lançou um feitiço no crápula porque Hugo o desarmou antes que ele fizesse a maior burrada da vida dele, e os outros Pixies empurram o loiro de volta para a enfermaria, trancando a porta antes que ele saísse de novo.

"Ué, já voltaram?! O que aconteceu, Sr. Y-Piranga?!"

Viny estava vermelho de ódio. Andava de um lado para o outro da enfermaria querendo quebrar tudo, mas se segurando por respeito ao amigo, dando bofetadas no ar mesmo, a centímetros dos frascos medicinais.

"Enlouqueceu de vez, foi?!" Caimana murmurou. *"Acusando Ustra assim, na cara dele?! Você ainda não entendeu do que ele é capaz?!"*

Hugo viu os olhos de Capí se abrirem à menção do nome do general, e o pânico no rosto do pixie foi só aumentando à medida que Viny vociferava que iria acusar Bofronte publicamente... Que iria acusar todos eles, assim que tivesse a chance...

"Gente, por favor!" Hugo pediu discreto, indicando Capí com os olhos, e Viny parou de esbravejar, percebendo o pânico do amigo, que balançava a cabeça desesperado, seus olhos pedindo encarecidamente que Viny não cumprisse as ameaças.

O loiro se aproximou do leito. "Por que não?! Foram eles, não foram?!"

Capí desviou o rosto, mas a angústia em seus olhos não deixava dúvidas.

"Se foram eles, a gente tem que acusar esses crápulas, véio!"

"Eles te ameaçaram, foi isso?" Caimana interrompeu, fazendo um carinho nos cabelos do amigo. "Ameaçaram *alguém*, caso você acusasse os comissários?"

O pixie cerrou os olhos e as lágrimas que caíram responderam por ele. Capí estava com medo... Aquilo era claro. Estava com medo que, com a acusação de Viny, Ustra houvesse interpretado que Capí dissera seu nome aos Pixies.

"Quem, véio? Quem eles ameaçaram?"

Mas Capí já não estava mais na conversa. Sua mente voltara para a sala de tortura mais uma vez.

"Capí, se você não contar pra gente, como a gente vai poder te ajudar?"

Vendo que o amigo realmente saíra do ar, Caimana desistiu, com profunda pena nos olhos. "Hora de sair, garotada. Ele precisa de repouso."

Obedecendo à ordem de Kanpai, cada um dos Pixies se despediu do amigo, tocando sua mão boa com carinho e saindo. Tendo ficado por último, Hugo já ia fazendo o mesmo quando Capí voltou a si e segurou seu pulso com uma firmeza que Hugo não esperara, abrindo a boca como se quisesse falar-lhe alguma coisa.

Surpreso, Hugo aproximou seu ouvido dos lábios do amigo. Seriam as primeiras palavras dele em semanas de silêncio... Palavras essas que ele falaria somente para ele. Por algum motivo não quisera que os outros pixies ouvissem.

Fazendo um imenso esforço para que algum som saísse, Capí sussurrou, com a voz dolorosamente rouca, "*Protege a Gi?*"

CAPÍTULO 64
CORAÇÃO DE ESTUDANTE

"A Gislene?!" Hugo perguntou, surpreso. "Foi ela que eles ameaçaram?!"

Fixando seus olhos nos dele, Capí apertou seu pulso com mais força, sinalizando a gravidade da situação, e Hugo agachou-se para fazer-lhe um carinho no rosto. "*Pode deixar, Capí... eu protejo ela pra você.*"

O pixie agradeceu com os olhos, sua mão largando a dele aos poucos enquanto ele voltava a adormecer, por absoluta exaustão.

"Vai lá, Hugo", Kanpai tocou seu ombro. "Pode ir que eu vou tratar da garganta dele agora."

Hugo olhou mais uma vez para o pixie e saiu à procura de Gislene. Não sabia exatamente como protegeria a amiga sem que ela o atacasse, tentasse denunciá-lo, ou coisa parecida, mas de uma coisa ele tinha certeza: não pediria ajuda aos Pixies. Por alguma razão, Capí não quisera que eles soubessem, e Hugo respeitaria seu desejo. Mas ele precisava encontrá-la depressa. Se haviam realmente ameaçado Gislene, ela estava em perigo. Não só pela acusação que Viny acabara de fazer, como também porque, hipnotizada, ela não estava em condição alguma de reagir. Muito pelo contrário. Obedeceria qualquer ordem suicida dos chapeleiros.

Apressando o passo, atento a qualquer sinal de Gislene, Hugo desceu as escadas até o pátio central, saindo pela praia e entrando no refeitório, onde a maioria dos alunos já fazia seu almoço de domingo. Atrairia a amiga até alguma sala abandonada e a prenderia lá de alguma forma, levando comida para ela todos os dias ou qualquer coisa do tipo. Ela só não podia ficar à solta pela escola em hipótese alguma.

Desviando-se dos alunos pelo caminho, Hugo avançou pelo refeitório à procura de cabelos crespos. Eram muitos deles no salão, mas os dela ele reconhecia de longe. Quase todos os alunos almoçavam com livros de História ou de Feitiços, ou de Ética, flutuando abertos em seus lados, tentando estudar enquanto comiam. Afinal, as provas de fim de ano estavam se aproximando e uma nota baixa não significava mais repetência e, sim, expulsão.

Amontoados numa mesa, os novatos de Capí haviam dispensado o almoço por completo e somente estudavam, enterrados em uma montanha de livros e cadernos. Eram ajudados agora apenas por Rafinha, que, apesar de estar sobrecarregado, desviou sua atenção para Hugo ao vê-lo passar, fitando-o preocupado, querendo saber notícias do professor.

Com um gesto de cabeça, Hugo confirmou que Capí estava bem e continuou a procurar por Gislene entre os alunos até que, de repente, avistou-a lá no fundo, caminhando resoluta em direção ao setor de profissionalização do colégio, como se houvesse sido ordenada por alguém.

Hugo apertou o passo, apreensivo.

A ala profissionalizante era a única que tinha sua entrada pelo refeitório e seguia para baixo, para os subsolos do colégio, ao invés de para cima. Ele nunca entrara ali, a não ser para as aulas de artes do primeiro ano, mas aquelas eram dadas nas salas iniciais do subsolo, e Gislene estava avançando para muito além delas.

Seguindo-a de longe, para não chamar sua atenção até o momento ideal, Hugo foi tomando nota dos arredores. Por fora, os corredores da área profissionalizante eram bem sem graça: retangulares, apertados, com paredes brancas já descascando... algo que qualquer pedreiro incompetente azêmola poderia ter feito.

Dentro das salas, no entanto, a figura mudava de tom. Cada sala era adaptada às necessidades específicas da profissão ensinada nela. Eram pequenas, grandes ou enormes, dependendo do que fosse necessário, cheias de estandes e pilastras, ou então completamente vazias; espaços enormes, abertos para treinamento; outros tão minúsculos que só comportavam um bruxo com seus pensamentos e nada mais.

Não resistindo à curiosidade, Hugo deu uma rápida espiada para dentro da sala de Astronomia e arregalou os olhos. A sala era mergulhada em um breu total. Não tinha teto, não tinha chão, nem muito menos paredes, apenas estrelas. Milhares delas... espalhadas por todos os lados. Era como um planetário sem chão!

O único aluno estudioso o suficiente para estar ali dentro, num domingo, flutuava com maestria no ambiente sem gravidade da sala. Iluminado apenas por sua própria varinha, controlava o universo a seu bel prazer, trazendo cometas para mais perto, alinhando planetas, expandindo uma nebulosa pela sala inteira até que pudesse flutuar dentro dela para fazer anotações sobre alguma camada específica... genial.

Hugo não tinha certeza se o jovem estava ali estudando ou só brincando de astronauta. Também duvidava que aquela sala houvesse sido feita por um bruxo brasileiro. Viny que não lesse seus pensamentos, mas ela era profissional demais para aquele colégio.

Fechando a porta, Hugo tomou um susto ao perceber que perdera Gislene de vista. Nervoso, apressou-se pelo corredor à sua procura, cortando caminho por dentro do curso de Engenharia de Varinhas – ambiente muito familiar a ele; quase uma cópia do atelier de Ubiara. Ao chegar do outro lado, deu de cara com o setor de Criação de Feitiços e Design de Artefatos Mágicos, que ostentava um romântico aviso preso à porta: *PERIGO – Fique Longe se não quiser perder o braço*. Achando melhor obedecer à instrução, Hugo deu meia volta e escolheu seguir pela esquerda, usando o único critério que tinha à sua disposição no momento: o intuitivo.

Para sua sorte, assim que virou o próximo corredor daquele imenso labirinto branco, avistou Gislene novamente e suspirou, aliviado. Poderia tê-la perdido para sempre com sua maldita falta de foco. Apressando o passo, já decidido a empurrá-la para dentro da primeira porta que encontrasse aberta, Hugo estava prestes a alcançar a amiga quando avistou Ustra a poucos metros de distância e se escondeu na sala escura de revelação fotográfica.

Prendendo a respiração para não fazer barulho, tentou acalmar seu coração antes de espiar pela fresta da porta. O general e mais cinco pareciam estar inspecionando o subsolo à procura de irregularidades e, no entanto, Gislene prosseguira sem alterar nem sua velocidade, nem sua direção, andando como se não temesse nenhum deles. Percebendo a aproximação da menina, Ustra abriu um sorriso altamente canalha.

"Olhem só quem resolveu aparecer. Vem aqui... gracinha", ele a chamou, ao som dos risos dos outros, e, como um robô, Gislene obedeceu, para absoluto pânico de Hugo, indo até bem perto do monstro, que, inclinando-se, agarrou Gislene pelos cabelos e beijou-a na boca por vários longos segundos.

Hugo arregalou os olhos, revoltadíssimo, mas se segurou sabe-se lá como, sentindo seu rosto queimar de fúria enquanto ele a beijava. *Ela só tem quatorze anos, seu doente...* ele murmurou, sacando a varinha por precaução enquanto tentava não assistir àquela monstruosidade. Nem Bofronte suportava aquele homem. Por que permitia que ele continuasse a seu lado?!

Afastando seus lábios nojentos dos dela, Ustra fez alguma piadinha para os outros, que riram, e só então largou os cabelos da menina, deixando-a seguir seu caminho – o que Gislene fez como se nada houvesse acontecido, com o mesmo passo ritmado de antes.

"Tua hora vai chegar, viu, guria? Se teu amigo não ficar esperto", o calhorda murmurou para si mesmo, fitando-a uma última vez com um olhar de cobiça antes de entrar na próxima sala que inspecionaria, seguido pelos outros, que fecharam a porta.

Tentando abrandar sua raiva, Hugo esperou algum tempo antes de ir atrás da amiga, até para não cair na tentação de invadir aquela maldita sala e matar todos ali – como se fosse possível. Só quando se sentiu um pouco menos assassino, e menos suicida também, saiu de seu esconderijo e apressou-se pelo corredor, entrando no setor abandonado que Gislene adentrara.

Lá estava ela, andando no mesmo passo resoluto de antes.

Depois do que ele acabara de ver... definitivamente tinha que escondê-la o mais depressa possível, e aquele novo setor parecia o lugar ideal. Eram depósitos empoeirados de música, abandonados há meses... lotados de instrumentos que haviam sido quebrados e inutilizados pelos chapeleiros e que agora estavam ali, apenas pegando pó e servindo de suporte a teias de aranha. Cursos inteiros de construção de instrumentos musicais mágicos, de encantamento de instrumentos, de composição musical... todos haviam sido esvaziados... desde o início do ano, por algum motivo. Antes mesmo da proibição oficial da música.

Aproximando-se cada vez mais da amiga sem que ela notasse, Hugo empurrou-a para dentro de uma das salas abandonadas e fechou a porta atrás deles antes que alguém ouvisse. Assim que o fez, sentiu um tranco doloroso nas costas, que jogou-o violentamente contra a porta, e Hugo se virou para conter Gislene, que, com uma força descomunal, tentava passar por ele para sair dali. Mas ele a agarrou, levando-a mais para o fundo da sala e imprensando-a contra uma das estantes enquanto levava tapas, socos, arranhões, sem poder revidar, até porque suas mãos estavam ocupadas segurando a amiga.

"Calma, Gi... sou eu!" ele dizia, tentando fazê-la voltar ao normal, sem sucesso, enquanto segurava a cabeça da amiga contra as pautas musicais para evitar ser mordido, tentando ao máximo se defender dos socos também, mas eles acertavam a lateral de seu corpo e doíam, os desgraçados, tirando o ar de seus pulmões.

Gislene resistia a ele com uma fúria impressionante, mas sem abrir a boca, o que tornava tudo muito mais assustador, até que, usando de uma força desproporcional e inesperada, ela o empurrou contra a estante do outro lado da sala, que quebrou com o impacto, derrubando instrumentos e tábuas de madeira sobre ele.

Atordoado, Hugo ainda tentou se levantar antes que ela fosse para cima dele com toda a força que demonstrara ter, mas Gislene havia parado por algum motivo, como se algo além dele tivesse chamado sua atenção. Desvencilhando-se de um trombone que prendia suas pernas, Hugo seguiu o olhar da amiga e viu que os olhos de Gislene estavam fixos em uma caixinha de música que se abrira ao cair, revelando uma pequena Morgana de porcelana, com a varinha estendida para o alto, girando ao som de uma singela melodia.

Ele olhou novamente para a amiga, que continuava fixada na caixinha, como se alguma coisa naquele objeto estivesse tocando fundo na alma da menina, e, por um mísero instante, Hugo viu o olhar de Gislene mudar. Era uma pequena centelha de expressão, uma leve suavizada no olhar, mas já era alguma coisa!

Hugo já esboçava um sorriso quando a caixinha de música pifou e, no silêncio da sala, o olhar duro da hipnose começou a retornar ao semblante da amiga.

Percebendo o que tinha que fazer, ele se levantou depressa, mancando até Gislene antes que ela pudesse revidar. Prendendo-a com força em um abraço, Hugo começou a murmurar no ouvido da amiga a primeira canção que veio em sua mente. Uma canção linda, que ele sabia que ela adorava.

"*Coração de estudaanteee... Há que se cuidar da viidaaa... Há que se cuidar do muundooo... tooomar conta da amizaadeee...*" e Hugo foi cantarolando o resto sem saber a letra, sentindo uma lágrima sua escorrer de sua bochecha e se misturar com as dela, enquanto os braços de Gislene, antes retesados, começavam a relaxar....

Continuando a murmurar a canção, Hugo voltou ao início da música, sem se importar com a ordem da letra, apenas cantarolando gentilmente no ouvido da amiga, fazendo um carinho em sua nuca e seus cabelos enquanto ela, aos poucos, ia voltando a si, até que ela o abraçou de volta, e ficaram os dois ali, apenas se movendo ao som do canto. E Gislene suspirou.

"*Gi? Você tá aí?*" ele murmurou, vendo no olhar confuso da amiga a resposta que queria ouvir.

"... O que aconteceu?" ela perguntou, apoiando-se nele para se estabilizar.

"Você foi hipnotizada, Gi. Mas agora já tá tudo bem..." ele esboçou um sorriso, olhando afetuoso para a amiga.

Claramente fazendo um esforço hercúleo para se lembrar de alguma coisa, Gislene enxugou o rosto com as mãos trêmulas, "Ele queria que a gente procurasse alguma coisa... algum lugar... eu não me lembro direito."

"Ele? Ele quem?"

"Ele! ... eles..." ela gritou, meio confusa. "Não sei, Idá! Não me faz pergunta difícil!"

"Então não era só pra controlar e vigiar os alunos que eles estavam hipnotizando todo mundo?"

Gislene negou. "Mas eu não me lembro. Acho que a gente nem sabia. Tinha que encontrar, mas não sabia o quê..." ela pausou preocupada, de repente se lembrando de alguma coisa. "Como tá o Ítalo? Vocês acharam ele?!"

"Por quê? Você viu alguma coisa?!"

Ainda atordoada, Gislene tentou se lembrar. "Eu... lembro que eu tinha ido procurar por ele na Sala Silenciosa quando me pegaram. É... foi isso. Eu tinha entrado numa cidade meio medieval, sei lá, e eles me pegaram. Onde ele tá, Hugo? Ele apareceu?!"

Hugo confirmou, sério. "Ele tá muito machucado, Gi… Bateram demais nele."

Gislene cerrou os olhos, sentindo a dor do amigo, e então, quase entrou em desespero, "Eu preciso ver o Ítalo. Onde ele tá? Na enfermaria? Eu vou lá agora mesmo!"

"Calma, Gi. Eu te levo, mas me escuta", Hugo pediu com urgência, segurando-a antes que ela pudesse sair. "Tu vai ter que fingir que ainda tá hipnotizada. Tem gente do Bofronte nos corredores e…"

Antes que ele pudesse terminar a frase, os dois ouviram passos lá fora. Passos que se aproximavam. Entrando em pânico, Hugo escondeu Gislene atrás de uma das estantes derrubadas e apontou a varinha contra a porta, sentindo a varinha pulsar quente em suas mãos, pronta para destroçar quem aparecesse.

Em vez do general, no entanto, alguém muito diferente abriu a porta, e Hugo arregalou os olhos, pasmo, ao ver Enzo entrar.

Sua surpresa só não foi maior do que a do próprio garoto. Ao perceber sua presença ali, o jovem pescador empalideceu e, então, desesperado, desatou a falar, "Eu juro que a gente não teve culpa… eu juro!"

"A gente quem?!" Hugo perguntou sem entender nada, e Gislene saiu de onde estava escondida para defender o menino, "Ele tá meio confuso, Idá, só isso." Ela lançou um olhar de advertência para Enzo, que Hugo não teve como não notar.

"Não me faz de bobo, Gi. O que vocês dois sabem que eu não sei?!"

Gaguejando, Enzo fitou-a tenso, "Não é nada, Hugo. Eu juro. É que eu vi a Gi aqui e daí eu achei que ela ainda tava estranha e disse aquilo pra ela não me entregar pros chapeleiros, por causa das aulas clandestinas de escrita e tal e…"

Hugo interrompeu-o com o dedo, nem um pouco convencido. Estava óbvia demais a apreensão nos olhos dos dois. "O que vocês estão escondendo aqui?"

Enzo sacudiu a cabeça em negativa, mas no mesmo instante Hugo ouviu um ruído vindo da sala adjacente àquela, e o menino tencionou-se ainda mais.

Hugo ergueu a sobrancelha. "Tem alguém escondido ali atrás?"

"Não! Quéisso, imagina!"

"Ah… tem sim", ele disse, caminhando para a sala em anexo enquanto Enzo tentava impedi-lo desesperado. "Não tem ninguém aí não, cara!"

Mas Hugo já havia entrado e, olhando ao redor, parou em choque.

Havia outro Enzo ali, um duplo dele, pressionado contra a parede, olhando aterrorizado para Hugo sem saber como fugir. Mas não era o Enzo verdadeiro. Era a versão tímida do Enzo!

"Vocês são *dois*?!"

"Calma, Idá. A gente pode explicar…"

"Não, Gi! ELES vão me explicar! O que tá acontecendo aqui?!"

O Enzo que estivera na outra sala, com eles, respirou fundo, nervoso, e murmurou, "A gente é irmão. Lembra que eu tinha um irmão?"

"ESSE é o seu irmão?! Mas por que vocês não disseram pra gente que vocês eram gêmeos?! Peraí, se você é o Enzo, ele é quem?"

Enzo meneou a cabeça, "Na verdade, eu sou o Elias. Ele é o Enzo."

"O Elias é o mais ousado, o Enzo é o mais tímido", Gislene explicou e Hugo fitou-a, irritado.

"E você sabia disso desde quando, garota?!"

"Há algum tempo já. Eu não sou de ignorar pequenos detalhes, Idá, você sabe disso, e a diferença entre os dois é gritante demais! Até você percebeu. Eu sei que percebeu. Você só não ligou os pontinhos. Achou que o Enzo fosse só… volúvel, inconstante, essas coisas, né?"

Hugo abriu a boca querendo contestar, mas estava pasmo demais para dizer qualquer coisa. Os dois tinham enganado a escola inteira! Bem, quase a escola inteira. Ninguém enganava aquela virginiana ali.

Sentindo-se altamente ofendido por ter sido feito de bobo durante um ano inteiro, Hugo voltou-se para o verdadeiro Enzo, "Não teria sido mais fácil entrar na escola como duas pessoas, em vez de uma?! Pra que esse joguinho de esconde-esconde, hein?!"

Ainda pressionado contra a parede, Enzo baixou a cabeça, tímido. "Porque eu sou bruxo e ele não. Esqueceu? Vocês mesmos disseram que não iam poder trazer o meu irmão porque ele não tinha recebido uma carta como eu tinha."

"Peraí", Hugo raciocinou, lembrando-se de um detalhe. "O Enzo daquele dia não era tímido como você."

"Não."

"Então, quando eu e o Capí fomos falar com você lá em Paquetá…"

"Não foi comigo que vocês falaram. Foi com o Elias", Enzo respondeu, embaralhando totalmente a cabeça do Hugo que, erguendo a sobrancelha, olhou para o outro menino, "Então você mentiu o nome?!"

"A gente sempre faz isso", Elias respondeu, tão mais seguro que Enzo. "Quando alguém vem procurando um de nós e a gente não está, o outro assume o nome pra saber o que a pessoa quer e tal. Daí, quando vocês vieram, dizendo que aquela carta era pro Enzo, eu respondi. A gente tava doido pra saber o que tinha nela."

Hugo deu risada, agora entendendo tudo, "Então foi por isso que você ficou tão chateado quando o Capí disse que o seu irmão não era bruxo: porque *você* era o seu irmão! Ha! Mas, se você não é bruxo, como você vem assistindo às aulas?!"

"Eu assisto as teóricas; o Enzo assiste as práticas. Daí, a gente troca figurinha aqui. Eu ensino pra ele o que eu aprendi e ele tenta me ensinar os feitiços, mas eu nunca consegui que eles funcionassem comigo. A gente começou a achar que talvez fosse porque a varinha era só dele e tal…"

"Filho da mãe… Você nunca perdeu a varinha, né?! Você mentiu pro Capí, pra que ele comprasse outra pra vocês!"

Elias baixou a cabeça, envergonhado. "Eu achei que, tendo uma varinha só minha, eu poderia conseguir…"

"Mas você não é bruxo, garoto!"

"Eu sei!!" Elias gritou, chorando frustrado. "Não precisa ficar repetindo! Eu já tô cansado de saber, tá bom?!"

Aquilo era grave… aquilo era muito grave… Não era apenas esconder um azêmola na escola, como os Pixies haviam feito com Playboy. Era contar para um azêmola todos os segredos do mundo bruxo! Um azêmola em sala de aula aquele tempo todo!

Vendo que Gislene parecia estar tentando se lembrar de algo que permanecia na ponta de sua língua, Hugo entendeu: era aquilo que ela, como hipnotizada, tinha ido fazer ali, naquela ala abandonada da ala de profissionalização! Prender os gêmeos! Se Hugo não houvesse aparecido, ela teria levado os dois dali arrastados.

Elias estava falando. "O pior é que eu acho que o Conselho tá desconfiado. A Dalila vem dando indiretas há algum tempo já. Eu tô com medo, Hugo. Eu tô com medo que eles me expulsem daqui..."

"Tarde demais, queridinho", a Conselheira sussurrou em seu ouvido, pegando Elias pela orelha e arrancando-o do anexo sem o menor cuidado. Apreensivos, Gislene e Hugo seguiram atrás deles, enquanto Dalila apertava a orelha do menino, gritando em seu ouvido, "Eu sabia! Eu sabia! Seu azêmola atrevido!"

"Não machuca ele! Por favor, dona Dalila!" Enzo implorou, indo atrás do irmão, desesperado.

"Era muita criança entrando na ala Profissionalizante... Eu tinha certeza que hoje eu ia descobrir. Cadê a sua varinha, garoto?! Cadê?! Aha!!!" Dalila exclamou triunfante, arrancando-a do bolso do jovem pescador e mostrando a varinha de Timburi para o outro Conselheiro, "Aqui está a prova do crime, Pompeu! Um azêmola com uma varinha! Nunca vi tamanho impropério!"

Pompeu apenas assistia de braços cruzados, com uma arrogância revoltante no olhar. Dava vontade de socar aquele esnobe.

Chorando desesperado, Elias tentava arrancar a mão da Conselheira de sua orelha, "Por favor, Sra. Dalila... não me expulsa daqui! Não conta nada pra Comissão, por favor..."

"Ela já contou, guri", Ustra disse da porta, com um sorriso sádico no rosto, e Hugo estremeceu, empurrando Gislene para trás da estante antes que ele a visse.

"Não! Por favor!" Elias gritou, e Hugo voltou seu olhar para a frente, vendo que Ustra o arrancara das mãos da Conselheira com violência, dando-lhe um tapa que derrubou o jovem pescador no chão, atordoado.

Enzo ainda tentou defender o irmão, mas foi agarrado pelos cabelos por Dalila, que estava quase se divertindo com aquilo tudo.

"Azêmola abusado..." Ustra sussurrou, dando um chute no garoto e puxando-o de volta para cima. Ele ia espancar o menino até a morte se ninguém fizesse nada!

"O que está acontecendo aqui? Uma festinha?!" Zoroasta chegou toda animada, tendo ouvido a gritaria lá fora, e Hugo abriu um sorriso do tamanho da presença dela. Ele já vira aquela cena antes...

"Este diabinho azêmola estava escondido aqui na escola o ano inteiro, Zoroasta!" Dalila respondeu furiosa. "Bem debaixo de nossos narizes!"

A diretora deu pulinhos empolgados, "Mas que lindo! Um azêmola aqui?!" e Dalila revirou os olhos, "SIM, Zoroasta, um azêmola aqui. E a gente está prestes a expulsá-lo."

"NÃO!" Enzo implorou, e teve seu cabelo puxado por Dalila, que ainda o segurava. "Não separa ele de mim, por favor, Dona Dalila!"

"Não quer se separar do irmãozinho, é? Então tudo bem. Você vai com ele. Assim a gente aproveita e apaga logo a memória dos dois."

Enzo e Elias se entreolharam apavorados, e Zoroasta arregalou os olhos, "Ai, que horror! Apagar a memória desses anjinhos?!"

"Mas claro, Sra. Zoroasta!" Pompeu respondeu, incrédulo. "Ou a senhora quer que eles saiam daqui contando pra todo mundo sobre a gente?!"

"Ah, seria tão divertido!!!" ela bateu palminhas. "Mas eu tenho uma solução melhor: deixar os dois queridinhos ficarem! Assim eles nunca vão contar nada pra ninguém!"

"É ilegal ter azêmolas na escola, sua louca!"

"Ah, coitada... Eu faço a lei, queridinha!"

"*Não, eu faço, Madame Zoroasta*", a voz calma de Bofronte soou atrás deles, e os Conselheiros se afastaram, quase servilmente, para que o Alto Comissário entrasse.

Zoroasta apenas estremeceu e saiu do caminho com medinho.

Da soleira da porta, Mefisto olhou para Ustra, que entendeu a ordem silenciosa e a acatou com muito prazer, agarrando Elias pela nuca e começando a levá-lo à força para fora dali enquanto o jovem resistia, "Não! Por favor, não me leva! Não!"

Mefisto deu um passo ao lado para que Ustra pudesse passar com o menino, mas Elias, abusado como só ele, se agarrou ao braço do Alto Comissário enquanto passavam, "Por favor, senhor Bofronte! Eu vou virar bruxo! Eu sei que eu vou virar bruxo! Eu vou conseguir!"

Dalila deu risada, "Tinha que ser um *azêmola* mesmo... Isso é impossível, pirralho ignorante!"

"É possível sim!" Enzo defendeu o irmão, olhando esperançoso para Dalila. "Eu já ouvi falar que é possível!"

"É! Teve um escravo que conseguiu!" Elias confirmou, ainda agarrado ao Alto Comissário. "Ele era azêmola, mas de tanto ele querer, ele conseguiu!"

"Isso é uma lenda idiota, garoto! Esquece!" Dalila rebateu, quase ofendida. "Vai brincar de caminhoneiro, de dentista, de qualquer outra profissão pateticamente azêmola, vai! E para de fazer a gente perder nosso precioso tempo com essa bobagem ridíc..."

"Não, não. Espere um minuto", Bofronte a interrompeu, e todos pararam onde estavam, enquanto ele voltava seu olhar, intrigado, para o menino que o agarrava. "Onde você ouviu essa história, rapaz?"

Elias olhou direto nos olhos do Alto Comissário, sem desviá-los por um instante sequer. "O Enzo ouviu do Griô."

"E o que aquele Gênio de araque contou para ele?"

"Senhor Comissário, não dê ouvidos a esse tipinho de gente..."

"*Tipinho de gente*?" Mefisto repetiu, irritado com as constantes interrupções da Conselheira. "Que grandes desígnios divinos lhe disseram que este garoto é inferior à senhora, Conselheira?"

Dalila fitou-o, confusa. "Ora, ele é um azêmola!"

"O fato de ele ser um azêmola nada interfere na evidente superioridade que ele detém em relação a você."

Chocada, Dalila pareceu querer rebater, mas achou mais prudente calar a boca e baixar a cabeça. "Sim, senhor."

"O garoto fica."

"Quê?!"

Elias e Enzo se entreolharam, surpresos, olhando então para Hugo, que não conseguiu disfarçar um sorriso.

Dalila ainda tentou reverter aquele absurdo, "Mas, senhor Comissá..."

"O garoto mostrou fibra. Merece uma chance."

"Mas, senhor!"

"Nem mais uma palavra sobre o assunto", Mefisto saiu da sala.

Tão revoltado quanto Dalila, Ustra foi atrás do chefe, "Isso não faz sentido, Mefisto!"

"Não precisa fazer sentido."

"Mas, senhor Comissário!" Pompeu também foi atrás, seguido por uma Dalila atônita, e Hugo ainda conseguiu ouvir Mefisto dizer *Eu não separo gêmeos, Conselheira...* antes que as vozes dos adultos sumissem por completo.

Gislene saiu do esconderijo tão surpresa quanto os Conselheiros, olhando para os dois irmãos, que agora sorriam como se tivessem ganhado na loteria. Era tão estranho ver aqueles dois juntos... quase como se alguém houvesse sacado a varinha e feito uma cópia idêntica de Enzo ali, naquele momento. Talvez Hugo nunca se acostumasse. Não depois de tê-lo conhecido como uma única pessoa.

Mas Gislene não estava mais prestando atenção nos dois. Agora que a situação dos gêmeos se resolvera de modo tão surpreendentemente favorável, parecia preocupada com alguma outra coisa.

"Gi? Tudo bem aí?"

"Eu quero ver o Ítalo."

Saindo com os gêmeos para o refeitório, Gislene e Hugo aproveitaram o tumulto imediato causado entre os alunos pela aparição dos dois pescadores para seguirem, sem serem vistos, em direção à enfermaria. Gislene quase passando mal de tanto nervoso.

"Calma, Gi, ele já tá melhorzinho..."

Mas ela, além de nervosa, estava também irritada. Furiosa com eles três, pelos comentários que haviam feito no depósito de música logo após a saída de Bofronte. "Eu, sinceramente, não sei como você e aqueles dois podem estar achando esse monstro superlegal depois do que ele fez com o Ítalo."

"Talvez não tenha sido ele, Gi... Vai ver foi só o Ustra e os capangas dele! Um cara que faz o que Mefisto fez hoje com o Elias não pode ter feito aquilo com o Capí!"

Gislene bufou, irritada, e entrou na enfermaria quase no automático de tão furiosa, só parando ao ver Capí dormindo no leito; de repente se lembrando do porquê estava ali. Chegando perto da cama, tapou a boca com as mãos, chorando horrorizada, enquanto olhava para o corpo torturado do amigo.

Com os olhos, Kanpai pediu que Viny e Caimana saíssem novamente, para que Gislene tivesse alguma privacidade, e eles obedeceram, mesmo sem entenderem direito o que estava acontecendo.

Kanpai saiu logo em seguida, e Hugo foi até a porta pedir baixinho para que os dois pixies o esperassem ali fora. Precisava conversar com eles.

Viny e Caimana assentiram preocupados, e Hugo entrou novamente na enfermaria, tentando não fazer nenhum ruído para não acordar o amigo.

"*Isso foi mais do que uma surra, Idá...*" Gislene murmurou penalizada, sem saber para onde olhar primeiro, e Hugo confirmou.

"*Ele foi torturado. Por seis dias.*"

Gislene sacudiu a cabeça, chorando inconformada. "*Ele não merecia isso...*"

"*Eu sei, Gi, eu sei...*" ele a abraçou com força enquanto ela olhava estarrecida para todas aquelas cicatrizes e hematomas. Nem o rosto do pixie saíra ileso. Estava inteiramente coberto por tons de amarelo e roxo, além do grande corte na lateral, que chamava bastante atenção e que, provavelmente, o faria pelo resto de sua vida.

"*Onde vocês encontraram ele?*"

"*Na Sala Silenciosa.*"

"*Eu sabia!*" ela debruçou-se na cama, enterrando o rosto nos braços, frustrada, e Hugo viu Capí abrir os olhos cansados em resposta ao movimento do colchão.

Percebendo Gislene ali, o pixie olhou agradecido para Hugo antes de voltar-se com afeto para a companheira. "*Minha menina...*" ele murmurou, com a voz ainda bastante rouca, e Gislene olhou surpresa para ele, ouvindo seu chamado.

Com muito esforço, Capí fez um carinho no rosto da amiga, "*Nossos papéis se inverteram esse ano, né? Eu aqui... você aí*", ele deu um leve sorriso, e Gislene segurou o choro, tocando um dedo em seus lábios, "Não fale muito, professor. Não se canse..."

Capí obedeceu, olhando para ela por mais alguns instantes antes de fechar os olhos novamente.

Gislene olhou preocupada para Hugo, que procurou acalmá-la, "Ele ainda tá muito cansado, Gi. Não dizem que o sono é reparador? Então."

Mas ela já estava chorando novamente. "O que fizeram com o nosso Ítalo, Idá?! Você viu a voz dele?!"

"Acredite. Tava pior antes. A Kanpai faz milagres..."

Deixando que Gislene ficasse um tempo sozinha com Capí, Hugo saiu para falar com os Pixies do lado de fora.

"Essa tua amiga não tinha sido hipnotizada, Adendo?" Viny perguntou assim que ele saiu, e Hugo levou-os para um canto mais reservado do corredor, "*Era sobre isso que eu queria falar.*"

"Música?!" Caimana perguntou, surpresa, assim que Hugo lhes contou o que acontecera. "Música desativa a hipnose?!"

"Não foi à toa que eles proibiram. Eles não fazem nada à toa."

"Genial, Adendo..." Viny sorriu, adorando aquilo. "Mas, peraí. A gente tocou os primeiros acordes de O Guarani na Rádio e não deu em nada!"

"Deu sim!" Hugo insistiu. "Quando eu voltei da invasão da Rádio, o Rafinha comentou que os hipnotizados tinham ficado diferentes no começo da transmissão. Mas, como a gente tocou só os acordes iniciais, eles logo voltaram a ficar esquisitos de novo! Com certeza foi a música. Só pode ter sido."

"É, vai ver precisa ser uma música inteira!" Caimana completou empolgada, mas então se desanimou de novo. "Mas de que adianta a gente saber disso, gente? Eles interditaram a rádio de vez depois do que a gente aprontou... é impossível trazer CDs aqui pra dentro... os Boêmagos continuam em turnê pela Europa..."

"A gente ainda pode usar a varinha do véio pra acordar todo mundo! Ir lá no refeitório e..."

"A Furiosa não existe mais, Viny."

"Putz, verdade", o loiro xingou baixinho, pensando mais um pouco. "Cantar uma música inteira no ouvido de cada um dos hipnotizados, como o Adendo fez, também é impraticável. Ia demorar um século e os chapeleiros logo perceberiam..." De repente, uma ideia começou a iluminar o semblante do pixie, um sorriso perverso surgindo lentamente em seus lábios, "Aaaah, isso é bom demais..."

"O quê?" Hugo e Caimana perguntaram ao mesmo tempo; a elfa quase quicando de ansiedade, "Vai, diz! No que você tá pensando?"

Viny olhou arteiro para ela, "Em ressuscitar o nosso musical."

"Ha!!"

"E deixar que os alunos hipnotizados nos peguem no flagra."

"Beleza! Assim a gente desipnotiza todo mundo ao mesmo tempo! Querido, você é um gênio", Caimana tascou um beijo rápido no namorado, completamente empolgada, e partiu para os planejamentos antes mesmo que fossem falar com Índio a respeito. "Eu chamo os atores enquanto você vai dando um jeito de preparar o auditório. Só não vai ter instrumentos, mas se cantar funciona, bora cantar! Enquanto isso, a gente pensa em como atrair os hipnotizados pra lá..."

Viny sorriu animado, e os dois foram ao trabalho, esquecendo-se completamente da presença de Hugo ali. Mas tudo bem, estava valendo. Dando de ombros, Hugo entrou novamente na enfermaria, passando a mão, afetuoso, nas costas de Gislene, que ainda olhava penalizada para o amigo.

"Vai lá, Gi", ele sussurrou. "É mais seguro você se esconder. Eles não sabem que você acordou da hipnose. Se entrarem e te virem aqui, vão descobrir que a gente já sabe desipnotizar."

Gislene concordou, "Mas pra onde eu vou? Pro dormitório?!"

"Não, não, lá tem muita gente hipnotizada. Eles vão perceber que tem alguma coisa errada com você. Faz o seguinte: vai pra sala da Capeta."

"Da Areta?! VOCÊ sugerindo ela, Idá?! Que milagre é esse?"

Hugo fechou a cara. "Tu era monitora da Capeta ano passado, não era? Então. Ela vai saber onde te esconder."

Gislene assentiu, dando uma última olhada no Capí antes de sair.

"Gi", Hugo chamou de perto da cama, e ela se virou. "Não esquece de fingir que tu tá hipnotizada."

Gislene endireitou a coluna e saiu, deixando Hugo com o Pixie.

Sempre alguém tinha que ficar com ele. Quando não era Kanpai, eram os Pixies, ou então alunos e ex-alunos de alfabetização... o importante era não deixar que Capí ficasse sozinho com seus pensamentos.

Agora era a vez de Hugo e, com prazer, ele ficou ali, sentado ao lado da cama do pixie, envolto em pensamentos. Será que Viny e Caimana tinham ouvido sua defesa de Bofronte no corredor? Não… com certeza não. Mas o fato é que Hugo não tiraria da cabeça tão cedo o que o Alto Comissário acabara de fazer por Elias.

Como alguém que era capaz de tamanha compaixão por um azêmola poderia ter ordenado que fizessem aquela monstruosidade ao Capí? Não… não tinha sido ele. O Alto Comissário já demonstrara diversas vezes que não era o crápula-torturador e matador de criancinhas que Viny pintava. Capí nem sequer tinha acusado Bofronte especificamente! Não dissera seu nome! Vai ver tinha sido apenas Ustra mesmo. Ustra e seus capangas. Não Mefisto. Mefisto gostava de crianças…

"*Ele não é um cara legal, Hugo. Não se engane*", Capí murmurou com a voz ainda bastante rouca, e Hugo fitou-o surpreso, "Deu pra ler pensamentos agora, é?!"

O pixie sorriu de leve, para não doer muito. "Ler mentes é departamento da Caimana. Eu só interpreto olhares… e o seu é muito transparente. Sempre foi."

Hugo aproximou-se do amigo, pegando sua mão menos machucada nas dele. "Então foi mesmo Mefisto que te torturou, como o Viny disse?"

Capí confirmou com a cabeça; pela primeira vez sentindo-se seguro o suficiente para fazê-lo, agora que Gislene estava consciente e fora de perigo. E Hugo mordeu os lábios, surpreso consigo mesmo por lamentar a confirmação e, principalmente, pelo respeito que, apesar de tudo, continuava a sentir pelo Alto Comissário. Se Capí estava dizendo, só podia ser verdade… mas como?!

"Sabe *tudo* sobre tortura, aquele lá", Capí comentou, fechando os olhos com dor na garganta, e Hugo levou a varinha escarlate aos lábios do amigo, produzindo um pouco de água para que ele bebesse. O pixie aceitou de bom grado, apesar de claramente sentir sua garganta arranhar ainda mais com o líquido.

"Eles sabiam que você conhecia a localização dos rebeldes, não sabiam?"

Capí confirmou.

"Putz, bem que a Caimana disse. Então alguém te traiu mesmo… Alguém que estava lá no Maranhão com a gente. Eu tenho certeza de que foi o Abelardo, Capí. Só pode ter sido ele. A Janaína não foi. Ela nunca faria uma coisa dessas; ela é corajosa demais pra isso; o Crispim não tinha como dizer nada, porque ele não sabia…"

"Hugo…"

"… obviamente nenhum de nós quatro, a não ser, quem sabe, o Índio, que é um filho da mãe, mas eu acho que nem o Índio seria capaz de uma trairagem dessas, então é meio óbvio que foi o Abelardo, né? A Caimana tentou negar…"

"Hugo…."

"… mas é claro que foi ele. Eu sei que ele não sabia da ação da Rádio, mas ele pode ter descoberto de alguma forma!"

Capí estava negando com a cabeça.

"Ele te odeia, Capí! Ele sempre te odiou! Não adianta tentar se enganar! Ele te odeia, ele tem inveja de você, ele te culpa pela morte do padrasto dele…"

"Hugo…"

"E daí ele fez aquele showzinho com o Ustra lá no refeitório, fingindo que não ia contar e tal, e ele pode até ter enganado a irmã com aquela pose de bom moço, mas a mim ele não engana!"

"Hugo!" Capí chamou-o com mais veemência e Hugo finalmente se calou, já tendo terminado de dizer o que queria mesmo.

O pixie, então, olhou sério para ele. Mais sério do que jamais olhara.

"Foi o Eimi."

CAPÍTULO 65
JUDAS

Hugo congelou, olhando nos olhos do pixie e não conseguindo acreditar na certeza que havia neles. "O Eimi?!"

Capí não respondeu, mas também não o encarou, e Hugo sentiu uma revolta enorme crescer no peito. "Que traíra filho da mãe!"

"Não é tão simples assim, Hugo."

"Não é tão simples?! Claro que é! O covardinho te traiu! Logo você, que ficou o ano inteiro do lado dele!"

Capí desviou o olhar, incomodado.

Ainda não querendo acreditar totalmente naquilo, Hugo insistiu, "Mas como você pode ter tanta certeza assim de que foi ele?! A gente também não pode acusar o garoto assim, do nada, e..."

"Eu *vi* o Eimi lá."

"Ele foi lá?!" Hugo arregalou os olhos. "O Eimi te VIU sendo torturado e não fez nada?!"

"Não faça julgamentos precipitados, Hugo. O pobre estava transtornado."

"O pobre..." Hugo repetiu, já chorando de ódio. "Como você pode defender um traíra desses?!"

"Eles ofereceram cocaína pra ele, Hugo."

SILÊNCIO.

Chocado, Hugo não conseguiu tirar os olhos do pixie, que o fitava com uma leve sombra de acusação.

"Você sabe que um viciado é capaz de fazer qualquer coisa por mais cocaína", Capí murmurou; sua voz falhando, sob peso da mágoa e da absoluta tristeza que estava sentindo. "Os últimos meses foram um inferno pro garoto, você sabe disso. Ele estava fingindo bem... e até tinha conseguido esquecer aquele maldito pó por alguns meses, com a gente estimulando o menino a ajudar, mas a ida ao nordeste foi um desastre pra ele. Você notou a recaída."

Hugo assentiu, deixando que Capí continuasse, sem moral alguma para falar mais qualquer coisa contra o mineirinho.

"Ele voltou de lá confuso, deprimido, inseguro... mais inseguro do que nunca; desesperado por aquela sensação de poder que ele sentia com a cocaína. E, nessas últimas semanas, a gente nem sempre esteve do lado dele pra fazer companhia. Pra distraí-lo de pensar naquele maldito pó. Ustra percebeu aquilo. Percebeu a inquietação do garoto. Eu ainda não tenho certeza de como ele descobriu que o garoto era viciado em cocaína, porque nem o próprio

Eimi sabe o que é aquele pó. Na inocência dele, ele ainda acha que é um pozinho qualquer que você inventou por acidente e que não sabia que fazia mal."

Hugo desviou o olhar.

"Mas o fato é que Ustra descobriu e providenciou para que o garoto recebesse o que queria. Uma pequena quantia. Depois, com Eimi devidamente reviciado, ele ofereceu mais, em troca de informação."

"Você tem certeza disso, Capí?" Hugo insistiu, recusando-se a acreditar, talvez para se proteger do remorso avassalador que sentiria caso fosse verdade. "Tem certeza de que você viu o Eimi? Será que não foi uma ilusão da sua cabeça?"

"Eu vi o Eimi lá, Hugo, cheirando o pó direto das botas do Ustra, enquanto me... torturavam a poucos metros de distância."

Horrorizado, Hugo cerrou os olhos enquanto o pixie continuava, "Nós trocamos olhares. Deu pra ver a dor do menino pela monstruosidade que ele estava fazendo. O arrependimento. Mas o vício era mais forte. Ele foi lá várias vezes, buscar mais."

Hugo passou as mãos pelos cabelos, revoltado, "Esse tempo todo ele via a gente procurando por você e ele SABIA onde você estava!"

O pixie confirmou. "O silêncio dele era comprado com pó. Ustra adorava ver o garoto se destruindo... se humilhando por mais."

Enquanto o Pixie falava, Hugo lembrou-se de Eimi encolhido na cama, virado para a parede, naquela semana: chorando, tremendo, envolto nas cobertas... claro, ainda sentindo os efeitos recentes da cocaína! Bem que aquele comportamento lhe parecera familiar.

Capí foi acometido por uma crise forte de tosse, e Hugo o amparou enquanto o pixie levava a mão ao pescoço; a garganta cada vez mais inflamada. Ele não devia estar falando tanto.

Hugo deu mais água para o pixie beber; seu cérebro a mil, completamente transtornado. "Mas como eles descobriram sobre a cocaína? Como eles CONSEGUIRAM a cocaína?!"

Capí fitou-o com um olhar bastante significativo e Hugo arregalou os olhos, "O Playboy?!"

O pixie fez cara de que, infelizmente, achava que sim. "Ele deve ter sido descoberto pelo Ustra. Acabou trocando a informação pela liberdade e a cocaína por proteção. Se eu não estiver enganado, Micael conseguiu voltar pro Dona Marta, e o tal Caolho não está mais na lista dos vivos."

"Filho da mãe..." Hugo murmurou, mas o pixie não parecia compartilhar de seu ódio pelo bandido traidor.

"Eu não o culpo. Se foi mesmo isso, eu não o culpo. O Micael estava acuado, e Ustra pode ser bastante... convincente... quando quer. Acredite. Eu sei."

Hugo desviou os olhos, sabendo que era verdade. Ustra era capaz de meter medo até no bandido mais linha-dura da face da Terra.

"Eu resisti a ele, mas eu entendo quem não consegue. É difícil. Quase impossível. Mefisto sabe escolher bem seus generais... E, de qualquer forma, Ustra teria conseguido a cocaína sem ajuda. O Micael só facilitou."

"Facilitou e contou pra eles que o Eimi era viciado, né?!"

"É, isso também."

"Que droga!" Hugo se levantou com ódio, dando um tapa violento na cômoda. "Eu disse que a gente não devia ter ajudado aquele desgraçado! Se a gente não tivesse salvado o bandido naquela noite…"

"Não foi ele que viciou o Eimi, Hugo."

Chocado, Hugo sentou-se, finalmente percebendo o que seu cérebro estivera se recusando a perceber até então.

"Foi minha culpa…" ele murmurou, deixando as lágrimas descerem, arrasado. "Você foi torturado por minha causa! Se eu não tivesse trazido aquela porcaria pra escola ano passado… se eu não tivesse vendido pro Eimi…"

"Uma sequência de pequenas crueldades culmina sempre em uma grande", Capí resumiu sério, quase incompassivo. "Mas não vamos buscar culpados agora. Você se arrependeu, tentou recuperar o Eimi o ano inteiro. Assunto encerrado."

Hugo se encolheu, sentindo-se pequenininho diante da amargura do pixie. O remorso devorando-o por dentro. "Meu Deus… Eu sou o ÚNICO culpado…"

"O que está feito, está feito, Hugo. Não adianta se lamentar", Capí murmurou, não conseguindo disfarçar seu rancor. "Remorso só faz mal à saúde."

Era duro ver aquela frieza no olhar do pixie… mas Hugo merecia. E entendia, claro. Capí estava exausto demais para ser compreensivo e fofo com ele naquele momento. Havia sofrido horrores por sua causa! *Por sua causa…*

Hugo cobriu o rosto, entrando em desespero, sua cabeça latejando enquanto chorava sem saber o que fazer. "… E se a gente voltasse no tempo? Seria possível, não seria?! A bússola temporal do Atlas! Eu poderia consertar a bússola de algum jeito! Eu poderia…"

"Ei, ei!" Capí pegou sua mão, assustado com seu desespero.

Imediatamente arrependido da rispidez com que lhe falara, o pixie olhou-o com profundo afeto. "Hugo, presta atenção", Capí pediu, engolindo um gemido ao tentar se ajeitar na cama e tomando as mãos trêmulas do Hugo novamente nas suas, falando-lhe com extrema ternura, "Não é possível voltar ao passado sem que isso cause mais dor do que benefícios, Hugo. Se fosse pra voltar apenas algumas horas, talvez até funcionasse, mas, nesse caso específico do Eimi, você teria que voltar mais de um ano, se quisesse realmente consertar o que fez. Não adiantaria voltar só três semanas e impedir que o Eimi contasse. Isso não consertaria o fato dele estar viciado."

"Mas eu poderia…"

"Você não pode apagar o que já foi feito", Capí afirmou, taxativo, mas gentil. "O que você pode fazer, e eu te imploro que faça, é refletir sobre o que aconteceu e tentar fazer diferente a partir de agora: pensar sempre nas consequências dos seus atos ANTES de agir, refreando seus impulsos, pensando nos outros… Aliás, como você já vem tentando fazer este ano inteiro, que eu reparei."

"Não o suficiente…" Hugo sacudiu a cabeça em negativa. Estava inconsolável. "É difícil demais! Eu achei que eu estava mudando, mas eu não mudei nada, Capí! Só as *circunstâncias* deste ano foram diferentes, só isso! Eu continuo o mesmo monstro que vendeu aquela porcaria pro Eimi!"

"De jeito nenhum!"

"Não?! Então como você explica o que eu fiz com a Janaína? Hein?! Eu SEI que eu não devia ter abandonado ela; não num momento tão delicado, mas eu fiz mesmo assim! Eu fiz e não me arrependo! Eu sou egoísta! Eu não queria ser, mas eu sou! A única vez, este ano, que eu agi pensando nas consequências do que eu ia fazer, foi pra ficar quieto enquanto te atacavam. Até hoje, eu não sei se me arrependo! E eu me sinto péssimo com isso, porque você não merece, mas eu tenho absoluta certeza de que eu faria a mesma coisa amanhã, se a situação se repetisse, porque eu sou um covarde! Um covarde e um egoísta! E eu sei que isso nunca vai mudar, por mais que eu tente, porque é da minha natureza!"

Capí estava negando com a cabeça. "Uma pessoa que volta pra resgatar uma menininha do cabeça satânica não é covarde. Nem muito menos egoísta."

Mas Hugo não queria escutar. Estava desesperado demais para dar-lhe ouvidos. "… Eu sei que eu devia ter te defendido, Capí, e eu sei que eu não devia estar me sentindo atraído por certas pessoas que não prestam, mas eu não consigo! É mais forte do que eu! Entende?! A Gislene tava certa! Eu admiro gente que tem poder! Eu sei que tá errado, eu não queria ser assim, mas é muito difícil pra mim! Pra você é fácil dizer que eu tenho que mudar, que eu preciso pensar mais nos outros antes de tomar uma decisão! Você é todo perfeitinho! Nunca fez nada de errado! Não precisa mudar nada em você! Já eu…"

"Hugo, olha pra mim."

Tentando se acalmar, Hugo parou de choramingar e fitou o pixie, que estava tirando forças sabe-se lá de onde para continuar falando.

"Eu não sou santo. Pode até parecer, pra você, que eu não sinto raiva, que eu não tenho medo, que eu perdoo com facilidade, que eu nunca sinto vontade de esmurrar a cara de alguém, mas isso não é verdade. Eu também tenho meus temores, minhas inseguranças, meus ódios. Você viu isso agora pouco, quando eu deixei escapar a minha mágoa, antes de me tocar que eu estava sendo injusto com você. Eu sinto todos esses sentimentos, Hugo. Eu não sou um robô! A diferença é que eu os controlo, porque eu tenho a consciência de que tudo que fazemos gera consequências. Uma única palavra de ódio, dita no calor de uma discussão, pode resultar numa inimizade eterna! Sabendo disso, antes de dizer qualquer coisa, eu paro e penso. Penso em todas as possíveis consequências do que eu pretendo dizer ou fazer. Penso se aquele ódio que eu estou sentindo vai fazer bem a mim – e, acredite, nunca faz bem odiar alguém. Ainda mais sabendo que ódios são passageiros e morrem no momento em que a gente passa a conhecer melhor a trajetória de quem a gente odeia. Há que se ter autocontrole e discernimento, mas isso não nasce com a gente. Isso se aprende! E eu sei que você já está aprendendo."

Hugo ouvia a tudo, recusando-se a acreditar que, algum dia, pudesse alcançar o Capí. Sabia que era um fraco… um oportunista… Nunca teria a força moral do pixie.

"Não é fácil, Hugo. Eu *sei* que não é fácil. Acredite! Eu não nasci assim! Eu tive que me policiar muito pra alcançar um nível satisfatório de autocontrole e tolerância. E eu ainda tento melhorar dia a dia. É um esforço contínuo! É tudo questão de insistência e treino, até que a tolerância, a bondade e o amor virem parte de nossa natureza. Assim como o preconceito é um defeito adquirido, a bondade é algo que se aprende, SIM! Mas mudanças tão profundas não acontecem de um dia para o outro; não se desespere. Não se deprecie tanto. Acredite mais em você mesmo. Na sua capacidade de mudar. Porque coragem você tem de sobra! Eu já vi você fazer coisas que a maioria aqui NUNCA faria por outras pessoas. Você quase morreu de overdose procurando uma solução pra bobagem que tinha feito; você se meteu num ninho de bandidos pra tirar a sua mãe de lá. Demorou um pouco pra você tomar coragem? Demorou. Mas você fez. Sim, é verdade que você não me defendeu do Alto Comissário na aula do Ehwaz, mas depois você foi pra Salvador ajudar os refugiados e, em nenhum momento naqueles dois dias, você pensou em desistir para não entrar na lista negra do Bofronte. Você simplesmente quis ajudar.... Então, não venha me dizer que você é covarde, egoísta e interesseiro, porque isso é mentira!"

Nem um pouco convencido daquilo, Hugo baixou a cabeça, não conseguindo conter as lágrimas.

"Você tem coragem sim, Hugo! E você tem um tipo de coragem que é raro na maior parte das pessoas: a coragem de assumir que errou; a coragem de admitir seus defeitos e tentar mudá-los. Às vezes pode ser desesperador sim, mas eu SEI que você consegue. Se não, eu já tinha desistido de você! O Índio te põe pra baixo? Então prova pra ele que você é melhor do que ele PENSA que você é."

Capí pausou, pondo a mão no pescoço e cerrando os olhos de tanta dor, mas não deixou que Hugo o ajudasse, sinalizando que ainda tinha uma coisa a dizer.

"Capí, você não precisa..."

"O que você tem que manter sempre em mente, Hugo, na hora que for tomar suas decisões daqui pra frente, é aquilo que eu te falei", ele continuou; sua garganta mais arranhada do que nunca. "Somos responsáveis por todos os nossos atos e pelas consequências deles. Tudo que fazemos afeta outras pessoas. Mesmo os atos mais banais. Então, comece por eles... melhore aos poucos. Assim não vai parecer tão desesperador. Um passo de cada vez, com calma. O truque é sempre pensar nas consequências do que você está pensando em fazer. Você fura uma fila de banco, por exemplo. Um gesto aparentemente inofensivo. Mas porque você furou aquela fila, a pessoa atrás de você chega atrasada ao trabalho e é demitida. Você aperta todos os botões de um elevador porque acha engraçado. Um homem tem um ataque cardíaco no décimo quinto andar e não consegue chegar a tempo no hospital porque o elevador demorou demais parando em todos os andares..."

"... Eu vendo um papelote de cocaína para um garoto insistente só pra que ele me deixe em paz. Ele se vicia e, no ano seguinte, entrega o cara que salvou minha vida para um grupo de torturadores."

Capí cerrou os olhos confirmando, "... Querendo agradar um menininho que estava chateado comigo, eu dou uma varinha de presente para uma criança jovem demais, sem medir as consequências. O menino se enfia na floresta para matar um monstro e acaba morrendo."

Hugo ergueu as sobrancelhas, surpreso, e só então se lembrou do bilhetinho na gaveta do Atlas... O bilhetinho que o professor guardava junto à varinha quebrada do filho, e que Hugo lera da primeira vez que abrira aquela gaveta, antes mesmo de conhecer qualquer um dos Pixies:

Use-a com sabedoria. Seu amigo, Capí.

Ele havia *dado* aquela varinha ao menino... ele *confeccionara* a pequena varinha com as próprias mãos... E Hugo viu, no olhar dolorido do pixie, a culpa que Capí ainda sentia pela morte do pequeno Damus. O remorso que o destruía por dentro, e contra o qual ele ainda tentava, valentemente, combater.

Com os olhos marejados, Capí citou num murmúrio, "'*Somos livres em nossos propósitos, mas escravos de todas as consequências*'..." e suspirou, "Todo mundo erra. O verdadeiro culpado é aquele que repete os erros."

Hugo assentiu, sentindo que o pixie dizia aquelas mesmas palavras para si próprio todos os dias desde a tragédia. Não devia ser fácil se sentir culpado pela morte de um menino que ele conhecera desde bebê. Quase um irmão mais novo.

Enquanto Hugo pensava naquilo, Capí tentou engolir em seco, mas a dor que aquele simples ato lhe causara ficou evidente.

"Você não devia ter falado tanto..."

Com um gesto de mão, o pixie pediu silêncio. Estava esgotado, mas ainda tinha energias para mais uma ou duas frases.

Fitando-o nos olhos, Capí fez um último pedido, antes que perdesse a voz por completo. "Vai procurar o Eimi, Hugo. Se você está sentindo remorso, imagina ele."

Hugo concordou, despedindo-se do pixie com um carinho em sua mão. Antes de sair à procura do mineirinho, no entanto, voltou-se para o amigo, "Mesmo que você não tivesse construído aquela varinha, Capí, o Atlas teria comprado uma pro filho. Você sabe disso, não sabe?"

Capí desviou os olhos, sem responder. No fundo ele sabia... Hugo tinha certeza. Sabia, mas aquilo não diminuía seu remorso.

Mesmo assim, Hugo saiu aliviado daquela conversa com o pixie. Não por tudo que havia sido falado, mas pelo simples fato de que era o Capí ali, conversando. O bom e velho Capí. Ele não tinha mudado com o sofrimento, como Caimana temera. Continuava o mesmo, apesar da dor, apesar da mágoa.

Sinalizando para Kanpai que ela podia entrar, Hugo foi à procura de Eimi.

Não sabia o que faria ao encontrar o mineirinho. Seus sentimentos em relação a ele ainda estavam confusos. Hugo sabia que o vício podia fazer as pessoas cometerem atos monstruosos, mas entregar o Capí?!

O que ele pensava que iam fazer com o pixie? Perguntar sobre a localização dos rebeldes com educação?!

E agora lá estava Hugo, procurando aquele Judas pela escola com a missão de confortar o maior responsável pela tortura do mais gentil dos Pixies!

Hugo cerrou os olhos. A quem estava querendo enganar? Ele era o único culpado. Viciara o menino sem sequer ter a decência de lhe dizer a verdade sobre o que ele estava experimentando.

Procurando pelo mineirinho no pátio central e na praia relativamente cheia de domingo (cheia de estudantes estudando), foi até o refeitório, mas o salão já estava deserto àquela hora da tarde. Hugo perdera o almoço, mas paciência. Precisava encontrar o menino e dizer a ele que estava tudo bem; que Capí queria lhe falar, que o pixie era um doce de pessoa e que já tinha perdoado sua traição.

Partindo, então, para o dormitório, foi de quarto em quarto perguntando se haviam visto o mineirinho, e a resposta negativa de todos começou a deixá-lo preocupado. Onde aquele garoto se metera?

Raciocinando um pouco, Hugo resolveu dar chance a um lugar um tanto improvável para quem acabara de trair Capí: o Pé de Cachimbo. Talvez o mineirinho estivesse lá, encolhido no colchão do pixie, se remoendo de culpa.

Hugo testou a maçaneta e a porta se abriu com facilidade. Aquilo só podia significar duas coisas: ou Fausto já voltara de viagem, ou alguma outra pessoa havia entrado ali e se esquecera de trancar a porta da árvore. Bom sinal.

Dando uma olhada rápida na sala vazia, Hugo apressou-se pela escada espiral em direção ao quarto do Capí; o tempo todo chamando pelo Eimi, sem obter resposta. Seguindo pelo estreito corredor de madeira, abriu a porta do pixie com cuidado, baixando a cabeça para desviar do teto rebaixado e entrando. Mas o mineirinho não estava lá.

Mesmo assim, Hugo preferiu ficar ali um tempo, passeando pelo quarto, sentindo todo o seu remorso voltar enquanto observava os poucos objetos do pixie. A cômoda simples, os retratos... Atlas rolando na grama com o filho, no ano anterior à morte do menino...

Aquela foto não devia fazer bem ao pixie. Por que ele a mantinha ali?

Espiando dentro da única gaveta da escrivaninha, Hugo tirou de lá um dos poucos objetos que o pixie mantinha guardado nela: um exemplar todo marcado e cheio de anotações do Livro dos Espíritos. Talvez Capí gostasse de tê-lo ao seu lado, na enfermaria. É... levaria até ele. Fechando os olhos, Hugo abriu o livro numa página aleatória, como os espíritas faziam, só para ver onde caía, e seus olhos abertos deram de cara com um capítulo sobre o suicídio.

Estremecendo, ele guardou o livro de volta na gaveta. Por algum motivo começara a passar mal, de repente. Tão mal que precisou sentar-se no colchão que servia de cama, antes que caísse de tontura. Sentindo sua cabeça inteira formigar, Hugo apoiou-a nas próprias mãos, e quando o fez, notou um pequeno pedaço de papel, quase enfiado embaixo do colchão.

Erguendo a cabeça, curioso, puxou o papel rasgado de debaixo do colchão, sentindo uma inquietação repentina. Era um bilhete do Eimi. Hugo reconheceria aquela letra perfeita do mineirinho em qualquer lugar...

Eu não espero que me perdoe. Adeus.

Hugo se levantou em pânico. Saindo do quarto, desceu as escadas correndo, sem saber para onde ir ou o que fazer, mas torcendo MUITO para que o mineirinho tivesse acabado de escrever aquilo.

Apressando-se por entre os alunos que lotavam o pátio central, subiu depressa as escadas em direção ao auditório. Tinha que chamar os Pixies... Aquilo era um maldito bilhete de suicídio e Hugo precisaria de toda a ajuda que pudesse conseguir para encontrar o mineirinho antes que o menino fizesse alguma bobagem.

Se é que já não havia feito.

Tentando varrer aquele pessimismo da cabeça, Hugo chegou ao primeiro andar sentindo seu coração disparado na garganta, e já ia correndo até o auditório quando uma vozinha irritante chamou-o de um dos quadros.

"Eu não tenho tempo pra você, Liliput!" Hugo dispensou o peste, que tentava chamá-lo de dentro de um quadro sobre telefones à manivela.

Quase não vira Liliput aquele ano inteiro; não ia ser agora que pararia para conversar com ele.

"Ei! Volta aqui!" o encosto insistiu, com um dos telefones da pintura no ouvido. "Dom Pedro II tá mandando te avisar que o menino está lá com ele e que você precisa subir com urgência!"

Hugo parou onde estava. Sentindo um calafrio, deu meia volta e desceu novamente as escadas em direção ao jardim do Pé de Cachimbo.

"De nada!" Liliput ainda gritou irritado, mas Hugo não lhe deu atenção. Disparando pelo pátio central, atravessou o corredor dos signos até os jardins, subindo, aos tropeços, a escada invisível, e quase arrombando o quarto de Pedrinho com sua pressa. O infante acordou no susto e Hugo não deu tempo para que ele respirasse, "Onde tá o Eimi?"

O pequeno Imperador coçou os olhos, confuso. "*Eu não vi o menino Barbacena não, amigo.*"

"Filho da mãe!" Hugo xingou o maldito Liliput, e já ia dar meia volta quando entendeu, de sobressalto. "Desculpa, Pedrinho, não era com você que eu queria falar. Quer dizer... era, mas não exatamente você. Ah, dá licença."

Abrindo o quadro do infante, Hugo se fechou no elevador de madeira e subiu com ele até o andar do Santo do Pau Oco. Saiu do elevador já olhando em direção à versão mais velha do Imperador, que, desligando o telefone, apontou com urgência para os fundos do salão de festas abandonado, "Melhor correr, meu jovem!"

Hugo disparou pela penumbra. Não encontrando Eimi no primeiro salão, correu para o segundo e finalmente o avistou. O mineirinho estava lá no meio, em frente a um espelho, já com a varinha apontada para seu reflexo; o rosto inchado de tanto chorar.

"Avá-Îuk..."

"NÃO!" Hugo berrou, pulando em cima do menino, que caiu no chão junto a ele, e os dois se atracaram no piso de madeira, Hugo tentando arrancar a varinha de suas mãos a qualquer custo enquanto Eimi se debatia ferozmente contra seus braços, chorando e tremendo, e tentando com todas as suas forças voltar a direcionar a varinha contra seu próprio reflexo, mas Hugo não iria permitir que ele fizesse uma loucura daquelas... de jeito nenhum!

"DEIXA EU!!" o menino berrou enlouquecido, percebendo que Hugo o trancara em um abraço, forçando seus braços e sua varinha para longe do espelho e de qualquer outra coisa que ele pudesse atingir.

"Eu te entendo, Eimi! Eu juro que te entendo! Mas se matando você não vai consertar nada!" Hugo disse com firmeza no ouvido do garoto, usando de toda sua força para mantê-lo quieto enquanto o menino se debatia com uma fúria que Hugo jamais imaginara que ele tivesse. "Não vale a pena, Eimi! Tudo vai se resolver, você vai ver!"

"DEIXA EU! EU NÃO QUERO MAIS VIVÊ!"

"Quando a minha avó morreu, por minha culpa, eu também quis me matar, mas graças a Deus eu não consegui; se não eu não estaria aqui hoje, Eimi! Você não pode desistir agora! Você nem sabe o que está reservado pra você!"

"ME LARGAAAA!"

"Deixa de ser egoísta e pensa na sua família, garoto! O que vai ser deles se você se matar?! Hein?! Quando o irmão do Viny se matou, ele destruiu a família. DESTRUIU! O Viny chora pelo irmão até hoje! Mesmo depois de dez ANOS! E a minha mãe? O que teria sido dela se ela tivesse perdido a mãe e o filho no mesmo dia, hein?! Ela teria enlouquecido! Pensa na sua FAMÍLIA, caramba! Nos seus pais! No seu Tio Chico! Pensa em todas as pessoas que o seu suicídio vai destruir! Seu tio vai entrar em depressão pelo resto da vida se te perder desse jeito!"

Eimi parara de se debater. Estava chocado, pensativo.

"Se você se matar, você vai matar a sua família toda…" Hugo sussurrou, mas o mineirinho começara a pensar no Capí de novo. Dava para notar, pelo remorso que, lentamente, voltava a transbordar de seu rosto… sua mente se fixando mais uma vez na traição, na decepção que causara ao pixie, e logo Eimi voltou a se debater, berrando para que ele o largasse, dizendo que queria morrer, que o pixie nunca o perdoaria…

"PENSA, seu burro! PENSA! Se matando tu não vai ajudar o Capí em nada! Só vai mergulhar o nosso amigo numa depressão sem fim! É isso que você quer?! Se você errou, CONSERTA o que fez! Não foge como um covarde! Ajuda ele! Agora, mais do que nunca, ele precisa da nossa ajuda, Eimi. Ele precisa da SUA ajuda! Precisa de você VIVO!"

Eimi estava sacudindo a cabeça, desesperado. "Ele sabe que foi eu… Ele não vai mais querer oiá na minha fuça… ele não vai *perdoá eu* nunca!"

"Ele já te perdoou!"

O mineirinho negou mais uma vez com a cabeça, enquanto tentava se desvencilhar. "Eu vi a tristeza nos óio dele quando ele oiô pra eu! Ocê não entende! Eu vi os homi torturá o professor e eu num fiz NADA! NADA! Me LARGA!"

Enquanto o menino lutava contra seus braços, já quase sem energia, Hugo foi começando a perceber que o perdão do pixie de nada adiantaria se o mineirinho não se perdoasse primeiro. Mesmo que ele saísse ileso dali, ele iria continuar tentando se matar até conseguir, a não ser que se perdoasse. E não iria se perdoar NUNCA… não depois do que tinha feito. A não ser que…

Com Eimi ainda se debatendo contra seus braços, Hugo cerrou os olhos, sabendo que perderia seu amigo para sempre, e gritou por sobre os berros do menino "Se alguém aqui tem alguma culpa na tortura do Capí, esse alguém sou EU, que te dei aquela maldita cocaína!!"

Eimi parou de se debater, caindo em absoluto silêncio por alguns segundos.

"… Cocaína?" ele murmurou estupefato. Já ouvira o nome antes.

Sabia o que era.

Hugo afrouxou o abraço, e Eimi virou-se para ele, chocado. "… Não foi ocê que criou o pó?"

"Não."

Eimi desviou os olhos, calado, tentando digerir aquela informação e tudo que ela significava, e Hugo prosseguiu, sabendo que o mineirinho nunca mais falaria com ele, "Era cocaína, eu sempre soube. E eu conhecia os efeitos dela. Eu sabia que viciava. Eu sabia que podia matar. Mas tu é rico e eu queria o seu dinheiro, e por isso eu te enganei. Você não sabia o que tava cheirando. Você não tem culpa nenhuma de ter se viciado. Não foi fraqueza moral sua ter denunciado o Capí. A culpa é toda minha."

Perplexo, Eimi ficou olhando para ele por um bom tempo, pensativo, abalado. E então se levantou, como que acordando de um sono profundo. Pegando de volta sua varinha, foi embora sem dizer mais nada, apenas lançando-lhe um olhar amargo de *'Eu ia me matar por sua culpa…'* e saiu.

Hugo demorou a se levantar. Preferia ficar ali no escuro por um tempo, pensando no que acontecera. Tentando se acalmar.

Doera ver a decepção nos olhos do mineirinho. Doera muito. Bem mais do que Hugo jamais imaginara que doeria. Mas havia sido por um bem maior. Eimi estava vivo… e continuaria vivo por muito tempo. Só que a relação entre os dois nunca mais seria a mesma.

Atônito, ele saiu sem dizer nada ao Imperador. Buscaria consolo no Capí. O pixie saberia o que lhe dizer para que ele se sentisse menos… lixo. Acabara de salvar uma vida, sim, mas era uma vida que ele próprio pusera em risco. Hugo nunca pensara que um simples ato seu poderia causar tanta desgraça…

Parando a poucos metros da enfermaria, pensou melhor. Não seria justo levar mais aquele problema ao pixie. Contar-lhe sobre a tentativa de suicídio só iria deixar Capí ainda mais transtornado. Ele não merecia aquilo.

Decidindo guardar aquela angústia para si, Hugo já ia dando meia volta quando viu alguém que não esperava bater na porta da enfermaria, pedindo para entrar. Surpreso, Hugo olhou à sua volta com inevitável preocupação, e só quando se assegurou de que nenhum chapeleiro se aproximava, pôde respirar aliviado.

Enquanto isso, Kanpai abria a porta, levando o mesmo susto que ele. *"Atlas?!"* murmurou assustada, puxando o ex-professor para dentro. *"O que você está fazendo aqui, seu maluco? Ustra te proibiu de chegar perto da Korkovado!"*

"Eu precisava ver o meu guri", Hugo ouviu Atlas dizer com a voz transtornada, como se houvesse acabado de ficar sabendo, e Kanpai fechou a porta para que os dois ficassem à vontade.

Aproximando-se, Hugo olhou pela fresta que ficara entreaberta. Não queria atrapalhar aquele momento entre professor e aluno. Capí estava novamente adormecido, e Atlas sentou-se na cama com cuidado, olhando penalizado para seu pupilo favorito.

"Eu vou lá fora buscar a sopa dele e deixar vocês à vontade", Kanpai sussurrou. *"É uma pena, professor. Se eu soubesse que você viria, eu não teria sedado ele."*

"Sedado?!"

"Ele estava agitado demais… Não quis me dizer o porquê."

Fitando o aluno, inconformado, Atlas perguntou antes que a doutora saísse, *"Onde ele foi encontrado, Kanpai?"*

"No quinto andar. Uma sala de porta roxa que eu nunca tinha notado. Chamaram de Sala das Lágrimas."

Atlas fitou a doutora, reconhecendo o nome, *"Ele detestava aquela sala. Sempre me pediu pra que eu nunca entrasse nela. Disse que não seria bom pra mim. Eu nunca entendi o porquê, mas acabei nunca indo."*

"Você sempre respeitou muito a vontade dele, né."

"Sempre..." ele respondeu, cerrando os olhos com pena e, sobretudo, com ódio, *"Alguém já foi nessa tal sala buscar provas contra os canalhas?"*

"Creio que não. Ainda não. Ninguém teve cabeça pra isso... Acho até que se esqueceram. Essas semanas foram muito duras, Atlas. Duras demais."

Levantando-se com os olhos úmidos, Kanpai achou melhor deixar o professor à vontade. Saindo de fininho da enfermaria, notou Hugo ali na porta e deixou-a entreaberta para que ele pudesse entrar, mas Hugo escolheu permanecer do lado de fora, não querendo acanhar o professor, que desatara a chorar, tomando a mão do aluno nas suas enquanto passava os olhos, com pesar, pelo corpo torturado do pixie. A brutalidade daqueles ferimentos era de chocar qualquer um.

"Desculpa, guri..." ele murmurou em meio às lágrimas. *"Me desculpa... Eu devia ter ficado aqui... eu devia ter te protegido... Me contrataram pra isso e eu fui negligente... completamente negligente, me perdoa, meu amigo... Me perdoa..."*

"Como assim, te contrataram?!"

Atlas congelou ao ouvir a voz agressiva do Hugo. Sem voltar os olhos para a porta, o professor respondeu com um medo fora do normal, *"Foi força de expressão."*

"Não me pareceu força de expressão", Hugo respondeu insolente, e Atlas se levantou, de repente furioso, puxando Hugo para um canto afastado da enfermaria, onde Capí não poderia ouvi-los, *"Esquece que eu disse essa palavra. Tu estás me ouvindo?!"*

Ele estava apavorado.

Surpreso, Hugo confrontou-o, *"Tá com medo do quê? Hein?!"*

Atlas desviou o rosto, sem responder, mas a tensão em seus olhos disse tudo.

"O Capí não sabe, é isso?! Ahhhh! É isso!" Hugo exclamou, sarcástico, vendo o pânico surgir no rosto do professor.

"Hugo, por favor..."

"O Capí não SABE que você é PAGO pra ser amiguinho dele!"

"Tu estás distorcendo o que eu disse, guri! Eu teria feito de graça, se eu pudesse..."

"Ah, não pode?!" Hugo deu risada.

"Tu tens ideia de quanto nós ganhamos de salário para instruir vocês?!"

"O suficiente pra viajar pelo mundo, feito você, né?!"

"... tu não sabes o que estás falando."

"Ah, não?" Hugo rebateu petulante. *"E aquele monte de cacareco que você guarda no seu trailer, hein?!"*

"Regalos de amigos!" Atlas respondeu, desesperado. *"E isso não vem ao caso!"*

Mas Hugo já estava vermelho de ódio e não deixaria aquele desgraçado oportunista escapar com uma desculpa esfarrapada daquelas. *"... e aí, recebendo dinheiro pra proteger o Capí, tu ensinou tudo que sabia pra ele, pra que o Capí pudesse se defender SOZINHO quando tu fosse INCOMPETENTE demais, é isso?!"*

"Para com isso, guri…" o professor implorou.

"Mas não deu muito certo, né? Ó só, ele aí, por causa da tua incompetência!"

"PARA COM ISSO, HUGO!" Atlas estava pálido. "Tu não vais jogar mais esta culpa nas minhas costas, não vais!" ele gritou arrasado, destruído. "É crueldade demais…"

Hugo ficou em silêncio por alguns segundos, tentando se acalmar, mas uma canalhice daquelas, ele não toleraria. Capí passara a vida inteira achando que aquele professor realmente gostava dele, quando, na verdade, Atlas só havia sido contratado para ser legal!

"O que o Capí tem de tão importante, afinal, pra precisar da sua grande proteção, hein, babá de luxo?"

Atlas olhou para Hugo, magoado. "Às vezes tu consegues ser realmente insuportável, Taijin." E saiu, deixando-o sozinho na enfermaria.

Não tendo ouvido a porta se fechar, Hugo marchou, irritado, em direção à ala em que Capí estava, para fazer o que Atlas deveria ter feito, mas parou ao notar a presença de Rudji ali dentro, calado, ao lado do pixie. Entristecido pela situação. Obviamente tinha ouvido cada palavra berrada ali.

"Você que foi buscar o professor, não foi? Você que trouxe esse falso aqui pra ver o Capí."

Exausto com aquilo tudo, mas surpreendentemente calmo, o professor suspirou, com pena. "Dá um desconto pro Atlas, Hugo. Ele só tem 33 anos de idade e já perdeu dois filhos… Da próxima vez, seja um pouquinho mais gentil, sim?"

E Rudji foi atrás do amigo, deixando um Hugo perplexo para trás.

… Dois filhos? Como assim, dois filhos?

Aturdido, Hugo voltou para a enfermaria, sem saber o que fazer com o que o mestre alquimista lhe dissera.

Apoiando-se na parede, tentou se acalmar. Estava emocionalmente exausto com tudo que acontecera aquele dia. Sabia que não havia sido justo com Atlas… que só jogara a culpa no professor para tentar aplacar o próprio remorso, mas bem que ele merecera. Que história era aquela de contrato?! … Aquele tempo todo fingindo uma amizade só para faturar um salário extra?!

Se bem que nem Hugo acreditava na própria acusação. Era óbvio que Atlas gostava do Capí. Tinha o mesmo carinho por ele que teria por um filho. Mas FATURAR em cima daquilo era baixo demais!

"Não se fala assim com um professor, Meu Príncipe", Hugo ouviu a voz grave de Zumbi ao seu lado, mas não se virou, contentando-se em sentir a presença do guerreiro fantasma ali. E, enquanto o diretor da Cidade Média olhava para o pixie na cama, Hugo aproveitou para mudar de assunto, "Como estão os rebeldes?"

"Em segurança", Zumbi respondeu, com o semblante grave. "Seu amigo não abriu a boca. Esse aí é guerreiro. Esse aí tem valor. Eu vim agradecer."

Olhando o pixie com imenso respeito, Zumbi elevou o punho ao peito e baixou a cabeça. Agradeceria mesmo que Capí não visse.

Hugo abriu um leve sorriso. "Então nem todo branco é traidor, né?"

Zumbi concordou, sem fitá-lo. "Às vezes o futuro chega e nos dá uma rasteira, Obá." Suspirando, o fantasma despediu-se, "Vá lá, Meu Príncipe. Vá descansar. Eu protejo seu amigo. É o mínimo que posso fazer por um filho de Oxalufan."

Hugo aceitou a oferta de auxílio. Estava esgotado mesmo. Quebrado. Física e emocionalmente. Aquele dia havia sido uma batalha atrás da outra, e ele precisava parar um pouco, nem que fosse para pensar.

Deixando Zumbi na enfermaria, Hugo passou no refeitório e jantou sozinho. Não queria papo com ninguém.

Consequentemente, ainda não era nem oito da noite quando ele se recolheu para seu quarto. Olhando a cama vazia de Eimi, voltou a sentir-se mal, mas com a tranquilidade de saber que o mineirinho não mais atentaria contra a própria vida. A culpa da tortura não havia sido dele... Agora Eimi sabia.

Desabando na cama, Hugo adormeceu quase que imediatamente, e já começava a sonhar com o reflexo de Eimi olhando para ele no espelho, quando alguém o sacudiu de seu sono, "Adendo... Adendo!"

Hugo acordou, meio confuso ainda, tendo dormido pesado. "Que horas são?"

"Que horas são?! Tá falando sério?! Tu acabou de deitar aí, meo! Levanta vai."

Hugo olhou para Viny, exausto, e obedeceu, ainda um pouco atontado, saindo do quarto atrás dele e encontrando Caimana do lado de fora do dormitório. Os três, então, seguiram pelo pátio central em direção à praia, desviando dos alunos que, só agora, começavam a caminhar para o refeitório. Viny animadíssimo. "Tava pensando que tu ia ficar aí sem fazer nada enquanto a gente preparava o musical sozinho?! Não, não, senhor dorminhoco. Tu vem junto! Mesmo que só pra marcar presença!"

"Tá, mas onde a gente tá indo?!" Hugo perguntou confuso, e Viny olhou para trás com um sorriso malandro.

"Tentar convencer o Abelardo a cantar num musical proibido."

CAPÍTULO 66
DOIS IRMÃOS

"De jeito nenhum!!"

"Ah, bora lá, *Angelito*. Seja realmente rebelde pelo menos uma noite da tua vida! Tu vai se sentir melhor!"

"Eles mataram meu pai! Você tá louco?!" Abelardo rebateu, realmente assustado. Apoiando-se na janela de madeira da fragata, tentou respirar o ar puro que vinha lá de fora enquanto olhava o mar.

Estava com medo... Hugo via em seus olhos. Queria MUITO, mas estava com medo. Medo e raiva dos pixies, por sugerirem aquela maluquice depois de tudo que havia acontecido.

"A gente já espalhou os boatos pela escola, Abel", Caimana insistiu, animada, tentando empolgá-lo também, "Você nem imagina a revolução que tá acontecendo lá dentro. Todos os alunos estão ajudando a atrair os hipnotizados pro auditório... Todos mesmo! A coisa tá pegando fogo lá fora! Só falta você!"

O anjo sacudia a cabeça, achando loucura... completa loucura.

"Eu não vou, Caimana. De jeito nenhum", ele respondeu sério, ainda olhando para o mar, tingido de negro pela noite, e Viny foi até ele, tocando seu ombro com um cuidado surpreendente.

"O musical não é nada sem você, Abel... Tu é a alma daquilo ali."

Abelardo fitou o pixie, admirado. Impossível que Viny estivesse falando sério. E, no entanto, estava. Nunca falara tão sério na vida... Capí teria ficado orgulhoso de ver. Não era sempre que o loiro passava por cima do próprio orgulho daquele jeito só para convencer alguém. E estava funcionando. Hugo começara a ver um resquício de aceitação nos olhos de Abelardo Lacerda.

"É o único jeito de desipnotizar os alunos, Abel", Caimana insistiu. "Se a gente conseguir isso, os chapeleiros perdem o controle da escola."

Gueco intrometeu-se, invadindo a cabine depois de ter ouvido a conversa toda do convés. "Não, não, não! O que vocês estão pensando?!", ele perguntou revoltado, virando-se para o irmão. Seus olhos amarelos fixando-se nos dele. "É contra a lei, Abel!!"

Impaciente, Viny revirou os olhos, "Dane-se a lei! Eles proibiram o musical justamente porque a música é a única forma de desipnotizar todo mundo!"

"Não! Eles proibiram porque era uma peça altamente subversiva, que meu irmão nunca devia ter começado a ensaiar!"

"Não ouve esse amarelão, Abelardo. Ele só fala bobagem. É um maldito conservador *Anjoado* que não sabe o que tá falando. Você *acreditava* nessa peça, Abel. E eu sei que ainda acredita!"

Abelardo olhava ora para um, ora para outro, acuado, sem saber o que fazer, mas Gueco estava possesso, sua pele marrom escura assumindo tons de vermelho à medida que ia ficando com mais raiva. "É uma peça subversiva! Vocês são uns baderneiros que não têm nenhum respeito pelas leis! Aliás, nunca tiveram! As leis estão aí pra alguma coisa, e elas não podem ser quebradas quando vocês bem entenderem!"

Viny fechou a cara irritado, "Bajuladorzinho de Mefisto Bofronte!"

Aquilo atingiu Gueco em cheio. De repente, Hugo viu o mais jovem dos anjos explodir enfurecido para cima do pixie, com o dedo em riste. "Você lava essa sua boca antes de falar besteira!! Bajulador de Mefisto Bofronte, eu?! Ninguém quer ver esse cara MORTO mais do que eu!" Gueco berrou, com lágrimas de puro ódio nos olhos, e os Pixies se calaram, chocados, mas o anjo não havia nem de longe terminado.

"Por mim, eu degolava o Alto Comissário na frente de todo o mundo! Lentamente! Ele matou meu pai!! Vocês têm ideia do que é isso?! Ele matou o cara que salvou a minha vida! Que me adotou quando eu fui abandonado na estrada e tratou de mim como se eu fosse filho dele! Ao contrário dos meus pais verdadeiros, um casal de azêmolas ignorantes, ele não teve medo dos meus olhos amarelos. Muito pelo contrário. Ele me deu carinho! Todo o carinho que eu poderia querer! Então, não venham dizer que meus argumentos são idiotas! Não venham me dizer que eu não ligo pra nada do que está acontecendo! É claro que eu ligo! Mas agora eu só tenho uma pessoa nessa vida, e essa pessoa é o meu irmão! E eu não vou deixar vocês tirarem ele de mim como tiraram meu pai, vocês entenderam?! Não vou!"

Hugo fitou o ex-amigo, impressionado, achando melhor ficar quieto em seu canto enquanto Viny e Caimana olhavam calados para ele, sem saber o que dizer.

Procurando Abelardo, Hugo o viu encolhido no chão ao lado de um sofá antigo, abraçando as próprias pernas; seu rosto enterrado nelas, trêmulo. A menção à morte de Nero Lacerda o derrubara de forma incalculável.

Viny foi até ele, tentando mais uma vez. "A morte do seu pai foi um acidente, Abel... Ele caiu lá de cima."

"É, claro! E eu acredito em fada madrinha!" Abelardo gritou com ódio, mas não era ódio dos Pixies, era ódio de Bofronte e da Comissão, e de tudo que eles representavam. Era ódio pelos assassinos de seu padrasto. "O que ele tava fazendo lá em cima do elevador, hein?! Me expliquem! Nem vocês acreditam que foi um acidente, pô! Eu conheço vocês do avesso!"

Chocada com o estado do irmão, Caimana se aproximou dele, pousando a mão em seu ombro com toda a ternura que sentia pelo irmão. "A gente precisa de você, Abel. EU preciso de você."

Abelardo olhou para irmã, surpreso.

"Não cai nessa, Abel..." Gueco implorou, desta vez até com bastante delicadeza, vendo o quanto o irmão estava sofrendo, e Viny fez uma última tentativa, agachando-se na altura do anjo.

"Abelardo..."

Abraçando as pernas com mais força, Abel voltou a sacudir a cabeça, "Eu não posso... eu não posso..."

"Abel..." Viny, ainda assim, tentou, "Mesmo que Bofronte tenha mandado matar o teu pai, isso não seria mais um motivo pra tu combater o cara? Esse canalha precisa ser punido!

Precisa ser parado! Ele anda por aí posando de defensor da moral e dos bons costumes, confundindo todo mundo com o jeito dele, mas ele tá matando criancinhas! Você viu com seus próprios olhos! Será que não vale a pena se arriscar por isso?!"

"*EU NÃO QUERO PERDER O RESTO DA MINHA FAMÍLIA, TÁ?!*" Abelardo berrou, chorando demais, e Hugo entendeu. Todos entenderam.

Viny baixou a cabeça, com as mãos na cintura. "Ameaçaram a Dalila.'"

Trêmulo, Abelardo confirmou. *"Com todas as palavras..."*

"Tá certo", Viny disse por fim. "A gente não vai insistir."

Ele se virou para ir embora, seguido por Hugo e Caimana, mas parou na porta por alguns instantes. Sem dirigir o olhar ao anjo, perguntou, só por descargo de consciência, "Tu chegou a fazer o juramento silencioso da rádio? Não precisa se explicar, só responde sim ou não."

Olhando sério para eles, Abel confirmou com a cabeça, "Eu repeti cada frase." E Viny assentiu, olhando-o com respeito. "Se você mudar de ideia, a gente vai estar lá no auditório. É só bater cinco vezes."

Os Pixies saíram, descendo da fragata e andando pela praia, em silêncio, a caminho do auditório. Quando já entravam no pátio central, Hugo olhou para os outros, preocupado. "O que a gente faz agora?"

O loiro meneou a cabeça. "Agora a gente chama o Beni. Ninguém conhece a peça melhor do que ele."

"O Beni foi hipnotizado, Viny..." Caimana suspirou, e o namorado olhou-a com um sorriso travesso nos lábios, "Ótima oportunidade pra testarmos a teoria do Adendo."

Hugo abriu um leve sorriso e os quatro seguiram pelo pátio central, encontrando Beni no salão de jogos.

O jovem estava sentado, com a coluna perfeitamente ereta, em um dos sofás, já tendo espantado os alunos para fora de lá com sua mera presença. Afinal, ele não era um mero hipnotizado. Ele era o filho do chefe da Comissão. Espantaria qualquer um.

Sentando-se ao lado do garoto com sua casualidade característica, Viny, de repente, abraçou Beni pelo pescoço, segurando-o com força e começando a cantarolar Cazuza em seu ouvido enquanto o jovem se debatia, violento, contra ele. E, apesar da resistência altamente dolorosa empregada pelo filho de Benedito Lobo, muito lentamente Hugo foi vendo a vida voltar aos olhos negros do aluno, até que... lá estava Beni, confuso, mas acordado, olhando-os sem entender o que havia acontecido.

Viny abraçou-o com força, pegando seu rosto em ambas as mãos. "Bom ter você de volta, Beni, querido", e lhe deu um selinho nos lábios. "A gente precisa da tua ajuda pra acabar com a Comissão."

Beni meneou a cabeça, cansado daquela insistência, "Meu pai é chefe da Comissão, Viny..."

"Teu pai te hipnotizou, Beni", o loiro murmurou, tocando sua testa na dele. "Teu pai te hipnotizou."

O jovem olhou, chocado, para Viny e, aos poucos, Hugo foi vendo aquelas palavras do loiro ativarem nele memórias que haviam estado ainda dormentes. De repente se lembrando do que seu próprio pai fizera, Beni foi ficando amargurado, triste… e Viny abraçou-o com força novamente, acariciando a nuca do companheiro. "A peça é tua. Está na hora de tu botar pra fora toda essa tua mágoa, Beni… Canta a tua mágoa pra gente, canta?" o pixie sussurrou, e Beni baixou a cabeça por alguns segundos, acabando por concordar. Seu pai tinha ido longe demais.

"Já chegaram todos?"

"Faltam alguns…" Hugo respondeu da porta do auditório, olhando para dentro e vendo Caimana e Viny direcionando os hipnotizados para seus lugares fingindo absoluta naturalidade, como se não soubessem que havia algo de errado com eles. Enquanto isso, Rapunzela já estava no palco, ajudando os alunos que atuariam.

Exceto por Abelardo e Camelot, todos os outros haviam aceitado voltar ao musical, e como o papel de Camelot era intercambiável em matéria de gênero, Rapunzela entraria em seu lugar. Já Beni, estava isolado em um canto, quicando no chão de nervoso enquanto tentava se lembrar das letras que ele próprio compusera.

"Vai dar tudo certo, garoto", Gislene assegurou-o, passando por ele enquanto levava mais um hipnotizado para seu acento.

Além deles, muitos outros alunos não-hipnotizados estavam lá; não o suficiente para chamar a atenção dos chapeleiros no refeitório, mas o bastante para que os Pixies comprovassem a eficácia daqueles poucos minutos de transmissão radiofônica pirata. Os alunos estavam animados. Queriam mesmo se rebelar contra a Comissão, e aquela era a chance que eles tinham de fazer algo revolucionário sem que fossem pegos. Viny plantara a semente silenciosa da rebelião em suas mentes com aquele mero juramento, e agora eles estavam prontos para a briga.

Até porque, desipnotizando todo mundo, eles libertariam dezenas de testemunhas! Se Beni e Gislene se lembravam de alguns detalhes do que haviam visto, outros também lembrariam e, juntos, poderiam fazer uma acusação substancial contra a Comissão. Talvez até conseguissem a tão desejada prova contra Mefisto Bofronte. Se é que ele participara do processo de hipnose.

Hugo checou o relógio. Faltava menos de uma hora para o toque de recolher. Não daria para apresentarem a peça inteira, mas aquilo pouco importava. Só precisavam de uma única música completa.

Vendo que o último hipnotizado acabara de entrar, Viny aproximou-se da porta e deu uma batida com a palma na parede, para chamar a atenção de Hugo e de Índio, que ficariam de guarda na porta. "Índio, módulo camaleão!"

Obedecendo, o mineiro endireitou a coluna e seu corpo inteiro se mesclou às cores da parede de tijolos. Hugo arregalou os olhos, sem palavras. Não conseguia sequer sentir inveja, de tão chocado. Era genial demais…

"É assim que eu gosto de ver!" Viny deu risada, virando-se para Hugo, *"Até ano passado ele era o brincante mais sem graça da face da Terra! Agora… olha ele aí, todo soltinho…"*

"Aff… Não enche, Viny!" Hugo ouviu Índio dizer próximo a ele, mas era quase impossível vê-lo ali, de tão camuflado que estava. Impressionante…

"Já sabem, né?" o loiro deu as últimas instruções, "Se virem alguém da Comissão se aproximando, dancem Macarena, se finjam de mortos, o que for, mas tirem eles daqui, porque não tem como a gente sair do auditório a não ser por esta porta."

Hugo ergueu a sobrancelha, preocupado. Aquele não era um bom plano.

"De qualquer forma, a Areta já forrou a sala com um feitiço antirruídos. Nenhum chapeleiro vai subir por excesso de barulho. Infelizmente, vocês aqui fora também não vão conseguir ouvir as músicas."

"Isso não vai dar certo", alguém afirmou contrariado, e os três se viraram, surpreendendo-se com a presença de Gueco atrás deles.

"Ha!" Viny comemorou. "Eu sabia que o Abel ia mudar de ideia. Cadê ele?"

"O Abel não sabe que eu tô aqui."

"Veio espionar, é, amarelão?" Hugo alfinetou, e Gueco empurrou-o contra a parede, a varinha tocando seu pescoço.

"Ei!" Hugo protestou, mas o olhar incisivo do anjo o impediu de continuar. Melhor ficar quieto do que levar um feitiço na fuça.

Ainda segurando-o contra a parede pela gola do sobretudo, Gueco dirigiu-se aos outros dois, "Escutem aqui: eu não concordo com o que vocês estão fazendo. Eu acho arriscado e idiota. Mas eu amo meu irmão, e eu não quero que ele sofra se alguma coisa acontecer com aquela metida a surfista ali dentro, entenderam?! Porque, se tem uma pessoa nesse mundo que ele ama mais do que a mim, é ela. Então, fique você sabendo, seu traíra filho da mãe", ele virou-se para Hugo novamente, "Eu não vou tolerar desconfianças. Muito menos de um moleque interesseiro feito você."

Hugo fechou a cara, mas não revidou. Ainda tinha uma varinha apontada para seu pescoço.

Viny ergueu a sobrancelha, ainda surpreso com o que Gueco dissera sobre sua namorada, "Teu irmãozinho tem um ótimo jeito de demonstrar que ama a irmã."

"Ele não *sabe* que ama a Caimana. Mas eu sei. Eu vejo. Meus olhos enxergam muito bem."

"E tu veio cantar no lugar dele?"

"Eu não sei cantar, seu imbecil. Eu vou ficar aqui de vigia, porque eu não confio em um maldito pixie vigiando nada." Ele olhou desconfiado na direção do Índio, sabendo que ele estava camuflado de parede.

"E como ocê pretende se esconder melhor do que eu, pivete?" a voz do mineiro se fez ouvir, e Gueco abriu um sorriso esperto, de repente diminuindo de tamanho e transformando-se em um lagarto diante deles.

"Uou!" Hugo exclamou, liberto das mãos do anjo, vendo-o ali a seus pés: um lagarto de olhos amarelos, um pouco menor que uma iguana. "Você também é brincante?!"

O lagarto revirou os olhos e fez que não com a cabeça.

Apressando-se pelo chão para vigiar as escadas, subiu no corrimão com uma destreza impressionante, e Hugo entendeu: Gueco se transformava apenas em lagarto.

Como o Hermes, que se transformava apenas em coruja.

Um último hipnotizado chegou, e Rapunzela deu-lhe as boas-vindas, dizendo-lhe o mesmo que fora dito a todos os outros, "Isso, venha, venha, você precisa ver o absurdo que esses baderneiros estão fazendo aqui dentro. Preste bastante atenção pra depois contar tudo pra Comissão! Essa baderna tem que acabar!" e o aluno hipnotizado entrou, tomando seu lugar na plateia enquanto Rapunzela virava-se inquieta para os Pixies. "Por que o Atlas não veio?"

Hugo fitou-a, alarmado. "Vocês convidaram ele?!"

"Claro! A gente encontrou o professor quando ele tava a caminho da enfermaria pra ver o Capí. Ele achou a ideia do musical perfeita, ficou todo animado, disse que não perderia a apresentação por nada, e agora cadê ele?"

Viny franziu o cenho. "Vai ver expulsaram o Atlas do colégio de novo."

Mas Hugo baixou os olhos, sabendo muito bem por que o professor sumira. Virando-se para os pixies sem conseguir esconder seu remorso, disse-lhes que precisaria se ausentar, que não estava passando bem, que talvez fosse procurar pelo Atlas... todas as três verdadeiras. Agora que Gueco chegara para complementar a vigia, Hugo só atrapalharia ali no meio daqueles dois gênios da camuflagem.

Precisava conversar com o professor. Havia sido cruel demais com ele. Como se não bastasse o remorso que Atlas sentia por ter causado a morte do filho, Hugo jogara mais uma culpa pesadíssima em suas costas, e do jeito que o professor era propenso a fortes crises de melancolia... Só faltava, no mesmo dia, Hugo ter impedido um suicídio e causado outro.

Tu também não aprende, né, Idá?!, ele pensou consigo mesmo, cada vez mais aflito enquanto corria até o trailer do professor. Para seu absoluto desespero, ao chegar, viu que a porta estava escancarada.

Atlas nunca deixava o trailer aberto daquele jeito...

Respirando fundo, Hugo entrou com cuidado, chocando-se ao ver o tamanho da bagunça. Todos os objetos que ainda haviam restado no trailer tinham sido jogados com força contra o chão: livros, relógios, mapas, gavetas... E Hugo sentiu um aperto terrível no peito. Em sua crise, Atlas quebrara os relógios, os relicários, os códices, os pequenos mecanismos, os brinquedinhos que tinha... tudo. Praticamente destruíra o trailer!

"Mas que droga!" Hugo murmurou, sentindo seu sangue descer da cabeça enquanto vislumbrava a imensidão da dor que causara no professor. Tinha que aprender a tomar cuidado com tudo que dizia a ele! Entender, de uma vez por todas, que Atlas estava sempre em um estado latente de depressão... que qualquer coisinha podia acionar nele uma crise potencialmente irreversível de melancolia e desespero. Caimana já lhe alertara sobre isso, caramba! Será possível que ele não aprenderia nunca?! Nem depois de tudo que Capí lhe dissera?!

Com a varinha escarlate acesa à sua frente, Hugo procurou no escuro do trailer por qualquer pista que lhe dissesse onde Atlas havia ido. Revirando os mapas e os livros abertos no chão, foi abrindo caminho por aquele mar de destroços até que avistou algo, mais adiante, que talvez pudesse ajudá-lo.

Tentando não tropeçar nos objetos pelo caminho, foi até a esfera verde de pedra polida, que, mais uma vez, estava jogada no chão, em meio aos destroços de mais uma crise do professor. Pelo rombo na parede logo atrás, a esfera fora lançada com força contra ela... mas permanecia intacta.

Hesitante, Hugo aproximou a mão da misteriosa esfera de Mésmer... aquela ladra de segredos... usurpadora de lembranças...

Se ele a tocasse, não haveria volta; um segredo seu seria roubado para substituir a lembrança que Hugo veria do professor. Muito provavelmente, a esfera lhe roubaria o segredo da venda de cocaína na escola, no ano anterior.

Atlas já sabia daquilo, então não haveria problemas quanto ao professor descobrir. O risco estaria em outra pessoa, que não ele, tocar na esfera depois do Hugo. A polícia, por exemplo. Aí sim, Hugo estaria ferrado.

Mas que escolha ele tinha? Se queria encontrar o professor ainda com vida, precisava descobrir onde ele estava o mais depressa possível. Talvez Atlas houvesse deixado um pensamento a mais na esfera ao jogá-la longe... um adendo à memória que ela já roubara dele antes.

Temeroso, Hugo respirou fundo e tocou a superfície fria da esfera que, de súbito, lançou contra sua mente uma memória que não era sua. Quase como uma invasão violenta de seu inconsciente. E, não conseguindo mais largar da esfera, Hugo começou a sentir uma tristeza imediata e avassaladora, uma dor insuportável junto ao professor, que, consternado, recebia a notícia de um aborto, da boca de um catarinense de óculos... um professor da Tordesilhas. '*Ela perdeu o bebê, Atlas...*'

O professor não devia ter nem 17 anos de idade... e já sentindo a dor de perder um filho... angústia, esta, que Hugo estava partilhando como se a memória fosse sua; como se o filho fosse seu...

Mas logo o cenário mudou e, de repente, já haviam se passado alguns dias desde a notícia, e Atlas tinha trocado o frio de Tordesilhas pelo calor da Korkovado. Fora expulso de sua escola antiga junto à mãe de seu bebê morto e, agora, estava nos jardins em frente a uma árvore que Hugo reconhecia. Era o Pé de Cachimbo, antes dele ser transformado em casa. O buraco da porta estava lá, assim como o oco do tronco gigante, mas dentro havia apenas um sofá antigo e alguns tapetes empoeirados. '*É o antigo quartel general de um grupo de ex-alunos*', um jovem Rudji explicava ao recém-chegado.

Os dois se conheciam. Haviam sido colegas de intercâmbio alguns anos antes, apesar de Rudji ser um pouco mais velho e agora já estar formado. O mais novo professor-estagiário de Alquimia da Korkovado tentaria ajudá-lo a conseguir uma transferência para lá, ou quem sabe um emprego... Atlas estava precisando dos dois. E também de um pouco de distração, para tirar sua cabeça da criança que acabara de perder.

'*Também... quem mandou vocês serem tão irresponsáveis?!*' A frase acusatória de seu ex-melhor amigo centauro repetia incessantemente em sua cabeça desde que fora pronunciada dias antes, na briga que separara os dois cupinchas para sempre.

'*Esquece isso, Atlas...*' Rudji dizia, tentando acalmá-lo. '*Ele só disse aquilo pra te ferir... Você e ela não tiveram culpa de se apaixonarem...*'

Atlas negava com a cabeça, '*Não foi isso que TODOS disseram...*', e Hugo o tempo inteiro sentindo cada milímetro da dor que o professor sentia, inclusive chorando com ele! Devia ser efeito da esfera: o de sentir tudo que o dono da memória sentira na época... Que horror! Aquilo era insuportável!

Um estrondo chamou a atenção dos dois e Hugo reconheceu o jovem Fausto, que aparecera no jardim, do nada, como se houvesse girado para lá. Só que ele não podia ter girado... ele era um fiasco! Não tinha magia! A não ser que houvesse girado com a ajuda do bebê recém-nascido que levava no colo, e que Fausto, chorando desesperado, imediatamente jogou na grama com a mais absoluta raiva da criança. Tomado pelo ódio e pela dor, ele berrou ASSASSINO! em direção ao bebê que, com o impacto da queda, começara a chorar.

Abismado, Atlas correu para resgatar o menino antes que aquele homem ensandecido chutasse a criança de raiva, afastando o bebê do alcance de Fausto enquanto Rudji tentava segurar o futuro zelador para trás. Amparando o pequeno como se ele fosse seu recém-perdido filho, Atlas admirou o menino, que parecia ter acabado de sair do ventre da mãe. Estava todo ensanguentado, ainda com parte do cordão umbilical pendendo do umbigo... Graças a Merlin caíra na grama fofa e não na terra batida. Só arranhara a cabecinha...

'Seu louco!!' Atlas gritou, mantendo o bebê fora do alcance daquele homem insano, que, mesmo sendo agarrado por Rudji, tentava arrancar a criança de seus braços enquanto berrava enlouquecido *'EU VOU MATAR ESSE GAROTO!'* Pela fúria em seu rosto, Fausto parecia querer pisar na cabeça do menino até esmagar.

'Ele é seu filho, Fausto!', Rudji dizia assustado, tentando segurá-lo para trás enquanto Atlas olhava surpreso para aquele homem, 'É teu piá?! Tu queres matar teu próprio piá?!'

'Ele não é um piá, seu gaúcho enxerido! Ele é o Diabo em forma de bebê!!', Fausto berrou consternado, enquanto Rudji sussurrava em seu ouvido, *'A Luana, Fausto... cadê a professora Luana?'*

'Esse desgraçadinho matou! Ela tá morta!!' ele gritou, chocando Rudji, que se entristeceu de imediato ao saber da notícia, usando as últimas energias que tinha para derrubar Fausto no chão. No entanto, não havia mais necessidade. O futuro zelador já não estava mais ligando para a criança. Apenas repetia, delirante, que precisava voltar para lá... que aquela droga de bebê o arrancara de lá à força... *'EU PRECISO VOLTAR!'* ele chorava transtornado, encolhendo-se no chão. *'Minha Luana... Ele matou minha Luana'...*

Para alívio de Hugo, que não estava aguentando mais aquela agonia, a cena mudou novamente. Desta vez, Atlas assistia, preocupado, enquanto Kanpai tratava do ferimento na cabecinha da criança.

'Ele vai precisar de proteção, Sr. ...'

'Atlas. Atlas Vital.'

'Prazer em conhecê-lo.'

'Por que ele vai precisar de proteção?'

'O menino parece ser imune a feitiços de cura... Vai precisar ser vigiado constantemente nesses primeiros anos de vida, para não se machucar demais...' e Kanpai suspirou com pena, olhando para a criança. 'Pobre Luana... ela era muito querida por aqui. Eu entendo Fausto estar desesperado. Dê um tempo a ele.'

Mas parecia haver algo mais ali, além do que Kanpai estava querendo lhe dizer. Atlas percebera, e já estava prestes a questioná-la quando a cena mudou de novo... desta vez bruscamente, como se Atlas tivesse conseguido bloquear aquela memória específica de ser roubada pela esfera. Mais alguns dias haviam se passado. *'... Treine o menino, Atlas... proteja meu neto...'* o avô materno do bebê dizia... *'Por tudo que nós já te dissemos, nós estamos dispostos a lhe recompensar com uma boa ajuda financeira, para que recomece sua vida. Fazendo um bom trabalho com meu neto, quem sabe você impressione Zoroasta e consiga um posto como professor no futuro. Malaquian me diz que você é muito bom em Defesa, é verdade?'*

Desesperado pela oportunidade, Atlas aceitou o convite, mas, em seus olhos, Hugo viu a confirmação do que o professor lhe garantira na enfermaria: ele teria feito aquilo de graça. Já assumira a criança como sua no momento em que o salvara daquele pai desnaturado... e Hugo cerrou os olhos, não querendo ver mais nada, arrependido de todas as injustiças que dissera ao professor.

Mas a esfera não deixaria que ele a soltasse sem que toda aquela linha de raciocínio estivesse completa. E, então, como um filme, uma infinidade de cenas se apresentaram em rápida sucessão... Capí crescendo, sendo alimentado pelo Atlas, banhado pelo Atlas, vestido pelo Atlas... aprendendo a andar com a ajuda do Atlas... aprendendo a falar com o Atlas... o tempo todo sendo observado por um pai distante e amargo, que abandonara o filho aos cuidados de um jovem desconhecido por pelo menos dois anos, só aos poucos começando a aceitar uma reaproximação. Só muito aos poucos.

Não queria saber do filho... e o pequeno Ítalo sempre tentando uma aproximação com o pai. Sempre querendo seu abraço, sua atenção. Aquilo era triste demais... Na frente do menino, Atlas fingia que entendia Fausto, encorajava o menino a tentar se aproximar do pai, dizendo que o pai era um homem triste, mas que, no fundo, Fausto gostava dele. Mentira! Por dentro, Atlas sentia um ódio profundo daquele homem, e sempre ia repreendê-lo por fazer o menino sofrer. Cada vez que Capí chorava por causa do pai, Atlas tinha vontade de esmurrar a cara do desgraçado, mas não o fazia. Reservava seu lado inconsequente para a sala de aula. Com Capí, ele nunca havia sido irresponsável; com Capí, ele era o professor mais exemplar do mundo!

Estava longe de ser a relação tutor-aprendiz que Hugo imaginara. Atlas havia sido praticamente um pai postiço do garoto! Um protetor que absolutamente venerava seu protegido. E, cada vez mais, Hugo ia entendendo a dimensão do que havia feito ao acusar Atlas de negligência. Ao acusá-lo, tão ferozmente, de ter sido o único culpado pela tortura do Capí. Como ele pudera fazer uma maldade daquelas com um coração tão frágil quanto o do professor? Ainda mais sabendo que Atlas não tivera escolha! Que ele havia sido EXPULSO da Korkovado exatamente por ter protegido Capí de uma ameaça do Ustra!

As cenas mudaram. Agora o pixie estava mais velho, e a mesma mulher que perdera o bebê engravidara novamente. Era esposa do Atlas... Hugo podia perceber pela aliança no dedo, mas sempre que tentava ver seu rosto, a lembrança borrava, como se o professor não a considerasse mais como parte de sua vida. Então, mais cenas passaram, de Atlas comemorando o nascimento do filho... Capí brincando com o pequeno Damus, seu novo 'irmãozinho'... Capí vendo o menininho crescer, ensinando a ele sobre a natureza... sobre o certo e o errado... sobre como cuidar de um unicórnio... e aquele tempo todo, Hugo vivenciando a alegria que Atlas sentia ao ver aqueles dois juntos... até que, de repente, uma angústia enorme atacou seu peito, acompanhada de um temor que subia pela espinha... O mesmo temor e a mesma angústia que o professor estava sentindo enquanto atravessava correndo a alameda que levava às ruínas da escola antiga, sabendo que algo de muito errado acontecera... até que ele entrou na área aberta da escola antiga, encontrando Capí ajoelhado na grama, chorando em frente ao corpo de um menino morto. Ao lado, a carcaça do animal que o pixie acabara de matar com as próprias mãos...

... e Atlas, aturdido demais para entender de primeira... olhava da carcaça do monstro para os três rasgos que as garras do animal haviam feito nas costas do pixie, descendo para as mãos ensanguentadas do aluno e, só então, dirigindo seu olhar para o corpinho de seu filho, sugado de todo o sangue, completamente seco, jogado no chão de terra. Naquele instante, Hugo sentiu a confusão cerebral do professor dar lugar à compreensão e, então, ao desespero... e Atlas correu para pegar o menino no colo, abraçando o corpinho morto da criança, atordoado, sem saber o que fazer com tanta dor...

E, graças a Deus, a cena mudou novamente, porque se não, Hugo teria sofrido um ataque cardíaco ali mesmo, com a força daquelas emoções, e agora a memória mostrava Atlas chegando em sua sala de aula, dias depois, atônito... destruído... Guardando, com ternura, a varinhazinha quebrada do filho na gaveta, voltou seu olhar para Capí, que continuava debruçado sobre a mesa autoajuda, há dias sem comer, apenas chorando sem parar, agarrado àquela mesa como quem agarrava uma boia salva-vidas...

Hugo teve certeza, naquele instante, que havia sido naqueles dias que o pixie acidentalmente a enfeitiçara. E o fizera com suas próprias lágrimas... Imantara a mesa com um pouco dele próprio enquanto o temporal destruía a escola lá fora. ... A escola chorava, porque Capí chorava! Não por causa das mortes! Agora Hugo entendia. Uma conexão havia sido criada entre ele e a escola no momento em que Capí surgira lá, ainda bebê. A Korkovado sofria quando *ele* sofria porque a escola se considerava um pouco mãe dele. Simples assim. Enquanto Atlas tomara o lugar do pai ausente, a escola assumira o papel da mãe que morrera, e cuidara dele com imenso carinho, como o professor fizera.

Vendo seu aluno naquele estado de desespero, Atlas, de repente, se obrigou a reagir. Percebeu que não podia cair em depressão, porque tinha que continuar cuidando de seu outro filho... Seu filho que estava ali, diante dele, precisando tanto de ajuda. E, só por causa de Capí, Atlas não enlouqueceu naqueles dias.

A cena mudou de novo, daquela vez para uma que Hugo muito conhecia e muito lamentava... 'Ó só ele aí, por causa da tua incompetência!'

'Para com isso, Hugo!'

...

'... Onde encontraram ele, Kanpai...'

'No quinto andar... chamaram de Sala das Lágrimas...'

Hugo foi jogado para fora da memória, caindo para trás, no chão do trailer. Recolhendo-se rapidamente para um canto mais próximo, abraçou as próprias pernas com as mãos trêmulas, ainda sentindo toda a tristeza e desespero que Atlas sentira durante a discussão que tivera com ele. E, apesar de já saber para onde o professor havia ido, Hugo precisou ficar ali parado por mais alguns instantes, tentando se recuperar daquela angústia horrorosa. O tempo todo chorando e tremendo, e olhando com medo para aquela esfera assustadora. Tão pequena... pouco menor que uma bola de boliche... e, ao mesmo tempo, tão poderosa...

Levantando-se, ainda cambaleante, Hugo pegou a esfera com a ajuda de um lençol qualquer, escondeu a endiabrada debaixo dos mapas que Atlas derrubara no chão e, apesar de sua absoluta exaustão, saiu do trailer correndo em direção à Sala das Lágrimas. Precisava alcançar aquele maldito lugar o mais depressa possível. Atlas havia ido confrontar os monstros que haviam torturado Capí... Havia ido buscar provas contra os torturadores na cidade medieval... mas não poderia ter entrado lá naquele covil de lobos sem chamar reforços! Ele era só um professor de Defesa, não um exército! Hugo já vira horrores demais naquele semestre para saber que, contra aqueles crápulas, não se podia lutar sozinho. Muito menos no estado emocional em que o professor estava!

Quase chegando ao quinto andar, Hugo esbarrou em um hipnotizado perdido, provavelmente o único que restara, e, cutucando o jovem, encaminhou-o com pressa, sussurrando, "*Me disseram que alguns alunos estão fazendo bagunça lá no auditório... mas é melhor tu ir lá conferir antes de falar pra Comissão...*"

O hipnotizado se virou sem demonstrar qualquer reação facial, indo para onde ele indicara, e, só quando perdeu o aluno de vista, Hugo pôde apressar-se em direção à porta roxa. Nervoso, bateu três vezes em cada canto e sacou sua varinha antes de abrir, já esperando pelo pior.

Naquele momento, o toque de recolher soou pelo colégio inteiro, e ele começou a ouvir os passos frenéticos dos alunos que não estavam no musical, enquanto saíam apressados do refeitório lá embaixo em direção aos dormitórios, mas Hugo não iria se acovardar. Ignoraria o toque de recolher mais uma vez e entraria naquela porta, mesmo que, do outro lado dela, o próprio Ustra estivesse esperando. Não deixaria que ferissem o professor sem fazer nada, como já fizera tantas vezes com Capí.

Decidido a provar para si mesmo que não era o egoísta que Gislene o acusara de ser, Hugo respirou fundo e abriu a porta, mas não sentiu, através das cortinas, o vento congelante e malcheiroso que esperara sentir. Muito pelo contrário! O clima lá dentro parecia ameno... perfumado, até!

Perplexo, Hugo ultrapassou as pesadas cortinas que o separavam do interior da sala e confirmou o que temia: a ilusão da cidade medieval já não estava mais lá. No lugar dela, um outro ambiente, muito mais assustador, se apresentara a ele, e Hugo estremeceu, cerrando os olhos com pesar ao perceber onde estava.

Aquilo não era bom... aquilo não era nada bom...

CAPÍTULO 67
DAMUS

Os torturadores já tinham fugido de lá há muito tempo, claro. Como Hugo pudera pensar qualquer coisa diferente? Não eram idiotas. Provavelmente, haviam saído no mesmo dia que Capí fora resgatado. Quem sabe até na mesma hora; depois de meses usando aquele lugar para se recolherem.

Percebendo que não haveria confronto, Hugo guardou sua varinha e avançou pela alameda de mármore branco que levava às ruínas da escola antiga... A temida ilusão do Atlas. Naquela época, os portões ainda eram abertos à visitação, e ele entrou sem dificuldade.

Aquele lugar era realmente magnífico à luz do dia. Mais ainda do que à noite... As colunas gregas, tombadas no chão rachado, o prédio principal em estilo gótico, as piscinas secas e abandonadas... tudo lindamente pela metade. Mas Hugo não tinha tempo para ficar admirando a paisagem.

Precisava encontrar o professor. Se Atlas assistira ao que Hugo achava que Atlas tinha finalmente assistido... aquilo seria o fim do professor.

Seguindo, aflito, em meio às horrendas gárgulas de pedra que povoavam o local, seu coração deu um salto ao perceber a terra suja de sangue a seus pés.

Mas o sangue não era do professor. O corpinho morto do menino Damus estava logo ali, jogado no chão, ao lado da carcaça ensanguentada do filhote de gárgula; filhote que Capí fora obrigado a matar naquele dia, contra todas as suas convicções mais profundas, e da forma mais brutal.

Hugo tocou a pele inteiramente ressecada do menininho morto, sentindo profunda tristeza ao lembrar-se das imagens que acabara de ver poucos minutos antes, do menino vivo, alegre, correndo pelos jardins. Mesmo com todas as crianças mortas que ele havia visto aquele ano, o corpinho de Damus ainda chocava mais. Tão miúdo... tão bonitinho nas memórias... e ali, morto. Completamente sugado de todo o seu sangue.

... aquilo era triste demais... ver um filho naquele estado...

Por algum motivo, ao contrário do que geralmente acontecia com as ilusões daquela sala, Hugo podia mexê-lo... Talvez porque Damus já estivesse morto e mortos não interferissem no andamento da ilusão.

Com o máximo de delicadeza possível, ele deslocou o rostinho do menino para o lado, vendo as duas pequenas perfurações em seu pescoço, por onde o filhote de gárgula sugara todo o seu sangue. Então Hugo se levantou, olhando à sua volta, à procura de quem ele fora buscar.

"Professor!" gritou de repente, avistando Atlas caído no chão, alguns metros adiante. Sua varinha jogada longe.

Correndo até ele, Hugo se ajoelhou, aflito, ao seu lado, passando a mão pelos cabelos suados do professor. Estava vivo... Com os olhos semiabertos, claramente em choque, mas vivo.

"Professor, acorda..." ele chacoalhou o gaúcho, estranhando o ferimento em sua testa, e assim que ele o fez, Atlas acordou de seu transe, espantado. "Calma, professor, sou eu!" Hugo insistiu, mas o professor já o empurrara para o lado, olhando à sua volta angustiado, à procura do filho.

Vendo-o ali novamente, jogado no chão de terra, Atlas entrou em desespero. Rastejando até o menino, segurou-o em seu colo com um abraço apertado, murmurando, "*Isso não é justo... isso não é justo...*", como um homem enlouquecido.

"Professor..." Hugo chamou-o penalizado, tocando seu ombro. "É uma ilusão, professor... não é o Damus de verdade..."

"Claro que é de verdade! Eu vi!" ele berrou, com os olhos cheios d'água. "Eu vi aquele monstro sugando o meu guri! ... Eu vi o meu Damus berrando, chamando por mim! Aterrorizado, coitadinho... Eu juro que eu tentei tirá-lo de baixo daquela besta repugnante, mas ele não saiu do lugar! Que sala maldita é essa?! Por que só agora, que ele está morto, eu consigo tocar no meu filho?! Isso não é justo!!"

Hugo olhou-o, entristecido. Entendia a dor do professor. Ser obrigado a assistir à morte do próprio filho não devia ser fácil. Ele havia sido poupado daquilo no passado... Chegara depois que o menino já havia morrido. E agora, que finalmente estivera presente para salvar o filho, não pudera tocá-lo até que estivesse morto. Aquela sala, de fato, era cruel demais. Capí estava certíssimo em dizê-lo.

"A Sala das Lágrimas não permite que a gente altere o passado, professor..." Hugo tentou explicar, mas Atlas estava inconsolável, fazendo carinho nos cabelos do filho como se o menino pudesse sentir alguma coisa.

Não aguentando assistir aquilo, Hugo resolveu olhar para qualquer outro lugar, e levou um susto ao ver Peteca ali, semiescondido entre as pilastras, só observando. Finalmente conseguira se vingar do professor pelo ano e meio de encarceramento naquela lâmpada. "Tá gostando, né, peste?!" Hugo gritou em sua direção, mas o olhar do saci não parecia ser de prazer, e sim de profunda tristeza! Hugo entendia cada vez menos aquele diabinho... Estava assistindo triste mesmo, ao desespero do professor, com seu chapeuzinho nas mãos, em luto pelo menino.

Então o pilantrinha recuperara a carapuça. Mas como?!

Atlas beijava o rosto pálido do filho, angustiado, sentindo o cheirinho do menino mais uma vez, depois de tanto tempo, enquanto ninava a criança morta, "*Kúmápáyìí... Kúmápáyìí...*"

Estava completamente louco.

Hugo olhou para Peteca com questionamento no olhar, "Kúmápáyìí?" e o saci sussurrou, entristecido, "*a morte não leva este daqui.*"

O olhar do geniozinho era de inegável arrependimento, e Hugo não conseguia entender o motivo daquilo! O que Peteca havia feito para se sentir tão arrependido?! Atlas entrara naquela sala por conta própria! Não por algum incentivo do saci...

"Não foi você que atraiu o professor até aqui, foi?!" Hugo perguntou confuso, na tentativa de compreender o diabinho, mas o saci apenas desviou o olhar, aflito, como um cachorrinho arteiro que não quer levar bronca.

Não, Peteca não atraíra o professor até lá. Mas alguma coisa ele certamente fizera. Alguma coisa muito errada, que ainda não dera frutos, mas que logo daria, porque o olhar seguinte do saci para Hugo foi de receio. De temor. Como se ele houvesse acabado de perceber que Hugo não deveria ter aparecido ali. Não naquele momento.

"O que você fez, Peteca?" ele perguntou apreensivo, e o saci se encolheu, com medo da bronca.

"Você denunciou o professor, Peteca?" Hugo insistiu temeroso, e o saci fitou-o com um olhar de culpado que fez Hugo estremecer. "O que você disse pra eles, Peteca?"

Silêncio.

"O QUE VOCÊ DISSE PRA ELES?!" Hugo repetiu no berro, mas assim que o fez, viu cinco chapeleiros entrarem nas ruínas pela alameda.

Levantando-se, preocupado, Hugo ainda tentou argumentar, "Senhores comissários, o professor está passando mal, acho que ele precisa de ajuda..." mas os chapeleiros não pararam sua marcha mecânica em direção ao professor, que ainda ninava o filho, completamente fechado em seu mundo de desespero e dor.

Temeroso, Hugo olhou para Peteca mais uma vez, vendo nos olhos maliciosos do saci a confirmação que precisava: Peteca denunciara o professor, e o fizera de alguma forma muito errada, porque aqueles cinco estavam marchando no ritmo de quem ia abordar um criminoso. E antes que Hugo pudesse convencê-los de que Atlas não fizera nada de errado, todos os chapeleiros levantaram suas varinhas ao mesmo tempo contra o professor.

Hugo arregalou os olhos e sacou a sua, atacando os cinco de uma vez só, "*Arapuca!*"

Os chapeleiros caíram no chão, como que arrastados para trás por uma corda invisível, e Hugo ganhou preciosos segundos, usando-os para puxar o professor até um lugar mais protegido, já que Atlas não reagira. Sequer percebera o ataque, de tão aturdido que estava.

Sendo obrigado a largar o professor para jogar um "*Oxé!*" contra mais dois chapeleiros que se aproximavam, voltou a pegar o professor pelos braços, arrastando-o com dificuldade. "Me ajuda Peteca!"

O saci obedeceu de imediato, começando a saltar em cima dos chapeleiros um a um, trepando em seus ombros e, com suas garras afiadas, arrancando fora as cabeças daqueles homens como se fossem meros bonecos de palha! Hugo arregalou os olhos, agora com mais medo do saci do que dos chapeleiros, e continuou a puxar o professor enquanto Peteca arrancava cabeças com a facilidade de quem puxava rolhas de uma garrafa.

Usando todas as suas forças, Hugo conseguiu esconder o professor atrás de uma parede em ruínas, recostando-o depressa contra a parede e tentando reanimá-lo com as mãos em seu rosto.

Atlas suava frio. Delirava. Seus olhos perdidos no tempo.

Preocupado, Hugo fez um carinho no rosto do professor enquanto Atlas murmurava sozinho, sua cabeça claramente latejando de dor, até que olhou nos olhos de Hugo, encontrando-o lá, e, como que se lembrando, gritou, "Os chapeleiros! *Os chapeleiros tentaram me matar... Bofronte estava junto!... ou não?... não me lembro...*"

"O senhor está delirando, professor..." Hugo sussurrou, espiando pelo lado da parede só para ver Peteca arrancando mais uma cabeça.

Meu Deus... Hugo estava ferrado.

"*.... eu estava tentando salvar meu guri... eles me bateram na cabeça...*"

"Foi o Peteca que chamou os chapeleiros, professor. Eles acabaram de chegar..."

Mas Atlas negava veementemente com a cabeça, tentando segurar os braços do aluno, mas sem força para fazê-lo, enquanto balbuciava em semidelírio, "*... eles já tinham vindo antes... eles já tinham... eles me deixaram ali, e...*"

"Professor, por favor... faça silêncio, sim?" Hugo pediu com ternura, na esperança de que os chapeleiros não descobrissem onde eles haviam se escondido, mas assim que ele o fez, a parede que estavam usando como proteção foi violentamente destruída, e Hugo abraçou o professor para protegê-lo dos destroços, arrastando-o para trás com a mão direita enquanto a esquerda, armada da varinha, tentava se proteger dos feitiços que chegavam através da nuvem de terra que a parede levantara ao implodir.

Ocultando Atlas atrás de uma coluna grega caída, deixou o professor apoiado ali e saiu para atacar o único chapeleiro que devia ter restado daqueles cinco, e que, por algum motivo, o saci não havia conseguido derrotar. Mas quando Hugo atravessou correndo a nuvem de fumaça que o separava dele, freou espantado ao ver VINTE apontando suas varinhas contra ele! VINTE chapeleiros!

Como assim?!, ele exclamou mentalmente, entrando em pânico enquanto tentava se defender da chuva de feitiços que foram jogados contra ele de uma só vez. Voltando correndo para a proteção da fumaça, escondeu-se detrás de uma das amuradas, vendo que o saci também se escondera apavorado logo ali perto, atrás de uma das estátuas, e agora olhava para Hugo igualmente surpreso, com medo de perder a carapuça novamente.

"O que você disse a eles, Peteca?!" Hugo berrou sem entender mais nada, e o saci se encolheu, com cara de menino travesso, suas mãos ensanguentadas sujando o branco do mármore, "Eu disse que o homem mau estava vindo aqui matar o chefe deles..."

Hugo arregalou os olhos. Agora estava tudo explicado...

Um feitiço explodiu, de repente, o muro que ele estivera usando para se esconder e, machucado, Hugo não teve outra opção a não ser mancar para fora, atacando os vinte chapeleiros com tudo que tinha, *Oxés, Bàtàs, Ikúns, Anhanas, Sapirangas, Pirapok-Maksimas*... Desferia feitiço atrás de feitiço contra aqueles zumbis de chapéu, derrubando um, depois outro, e mais um terceiro, mas não importava quantos eram derrubados, mais chapeleiros apareciam! Como podia?! Ele estava descarregando tudo que sabia contra eles, mas o número de chapeleiros só fazia crescer, e agora eram mais de trinta atacando-o ao mesmo tempo!

Vendo que não conseguiria se defender de trinta pessoas, gritou "*Amerê!*" e uma quantidade enorme de fumaça se desprendeu de sua varinha, confundindo a vista daquele verdadeiro exército e esfumaçando todo o ambiente enquanto ele continuava a girar e atacar quase sem ver quem ele atingia. Pelo menos, os chapeleiros também não conseguiam vê-lo. Como alguns dos chapéus ainda eram visíveis através da fumaça, Hugo tentava mirar neles quando podia, derrubando os chapeleiros um a um enquanto o saci também voltava a atacá-los, agora empolgadíssimo. E, em meio a todo aquele pandemônio, Hugo deu graças ao Deus das Varinhas que Peteca estava ocupado demais para notar a sua.

Derrubando mais três que se aproximavam apesar da fumaça, Hugo se virou a tempo de ver um chapeleiro quase alcançando-o e lançou contra ele um Oxé à queima roupa. Em vez de ser jogado para trás com violência, no entanto, o chapeleiro despedaçou-se perante seus olhos, e Hugo, horrorizado com o que acabara de fazer, se afastou dos cinco pedaços de chapeleiro enquanto eles caíam no chão aos seus pés.

Ele matara uma pessoa... ele matara...

"Mas, que diabos..." Hugo murmurou espantado, vendo aqueles cinco pedaços se transformarem em cinco novos chapeleiros, inteirinhos, com chapéu, varinha e tudo! Os cinco homens, idênticos, se levantaram da grama na maior naturalidade, como se não houvessem acabado de nascer, e sacaram suas varinhas, atacando Hugo, que procurou se defender o máximo que pôde enquanto tentava se recuperar do que acabara de ver.

Por isso eram tantos!

Ele estremeceu.

Como lutar contra um inimigo que se multiplicava quando morria?!

Sem tempo para pensar, ele continuou a se defender, e a cada chapeleiro derrubado, mais dois apareciam a partir dos pedaços do chapeleiro morto, e o que Hugo podia fazer, se eles estavam se despedaçando com tanta facilidade?! Qualquer queda no chão e eles se partiam em dois, em três, em quatro, como se fossem feitos de vidro! Parecia que, quanto mais chapeleiros eles eram, mais frágeis ficavam, e mais fáceis de despedaçar! Só que isso não os tornava menos letais, e só piorava a situação de quem estava atacando, porque seus números não paravam de crescer!

Raciocinando rápido, Hugo passou a lançar, contra eles, apenas feitiços de tortura: *Sapiranga, Pirapok-Maksima...* feitiços que os tiravam de ação, mas não os derrubavam, fazendo-os berrar de dor enquanto seus olhos ardiam e suas peles ficavam em carne viva. "*Abaité!*" Hugo gritou contra mais três, que se desfiguraram horrendamente, largando suas varinhas para cobrirem seus rostos moídos.

Virando-se contra outros quinze que se aproximavam, berrou "*Aram!*", fechando os próprios olhos enquanto uma luz, forte como o sol, saía de sua varinha, cegando aqueles quinze de uma só vez. Pena que não pôde usar o mesmo feitiço contra os outros, porque eles, espertos, ao verem aquele ataque, imediatamente voltaram suas varinhas contra seus próprios olhos, cobrindo suas vistas com uma espécie de feitiços de escurecimento. Como óculos escuros.

Percebendo a tática deles, Hugo gritou "*Yamí!*" transformando o dia em noite.

Com os chapeleiros sem conseguirem enxergar mais nada naquele breu, com suas vistas escurecidas como estavam, Hugo pôde mover-se por entre eles com facilidade, atacando-os enquanto tentavam acostumar-se à escuridão. Mas logo a Sala das Lágrimas reagiu àquela violação de suas regras, e a luz se fez ver novamente, possibilitando que os chapeleiros voltassem a atacá-lo com tudo que tinham.

A sorte dele era que os chapeleiros agiam sempre em assustadora sincronia, e, quando atacavam, o faziam em grupo, todos ao mesmo tempo, lançando os mesmos feitiços, na mesma hora. Isso facilitava muito sua vida na hora de se defender e, enquanto Hugo o fazia, ia disparando feitiço atrás de feitiço em cima deles, sem parar.

"*Amātiti!*" ele gritou, com a garganta já seca, disparando raios de baixa intensidade contra os que chegavam mais perto, paralisando-os temporariamente enquanto lançava *Sapirangas* contra os que ultrapassavam aqueles primeiros. Não podia usar o *Rigus Māti*, que aprendera sozinho em seus estudos proibidos, porque um raio de alta voltagem os arremessaria longe, e eles quebrariam, se multiplicando, mas mesmo os feitiços menos perigosos, que aprendera com Areta, como o *Goitacá* e o *Capenga*, que dificultavam a mobilidade dos atingidos, às vezes acabavam por quebrar as pernas frágeis de alguns deles, que então caíam no chão feito castelo de cartas e se despedaçavam, virando vários.

De repente, mesmo com todas as suas estratégias, Hugo percebeu que já estava cercado por mais de cinquenta chapeleiros! Cinquenta não! Setenta talvez! Mas como?! Ele não matara tantos assim! Não entendendo como aquilo podia ser possível, Hugo virava-se contra um e contra outro, completamente esgotado, até que, de súbito, se lembrou que não estava sozinho naquela batalha, e que seu companheiro de briga continuava arrancando cabeças, mordendo pescoços, jogando-os longe com seu redemoinho, pegando chapeleiros e desaparecendo com eles lá para cima, de onde soltava-os para a morte, metros abaixo...

"PARA, Peteca!" Hugo berrou desesperado, mas o diabinho, com sede de sangue, não estava mais ouvindo, e a cada um que ele derrubava, mais dez apareciam.

Atordoado e completamente exausto, Hugo apontou contra uma massa de chapeleiros que se aproximava e gritou "*Tatá!*" lançando chamas violentas contra eles, que começaram a se contorcer no fogo enquanto derretiam nas labaredas contínuas de sua varinha, e um cheiro forte de queimado foi tomando conta das ruínas à medida que o gramado inteiro se incendiava à sua volta, mas Hugo não desfez o feitiço. Talvez queimando-os, eles não se despedaçassem... De fato, a cortina gigante de fogo, que se formara, parecia estar conseguindo ao menos deter o avanço da maioria deles. Mas não de todos, que, vencendo o fogo, logo partiram para cima dele novamente, parcialmente derretidos, mas ainda de pé!

Tentando se defender da nova leva de feitiços, Hugo foi recuando cada vez mais, já sem qualquer força no braço esquerdo enquanto brandia sua varinha, até que, de repente, esbarrou num chapeleiro que não percebera atrás de si, e o homem o agarrou pelo colarinho sem dar a ele qualquer possibilidade de fuga, virando-o com violência para si.

Olhando espantado para aquele homem, que cheirava a naftalina e não tinha qualquer personalidade, Hugo tentou se desvencilhar, mas o chapeleiro era muito mais forte. Prendendo-o com apenas um braço em volta de sua nuca, o homem pressionou o polegar da mão livre contra a têmpora de seu prisioneiro. "AAGHH!"

Era como se uma faca estivesse sendo enfiada em seu cérebro, e Hugo berrou de dor, mas não tinha como se livrar da mão.

Vendo que o menino já estava sob seu absoluto controle, o chapeleiro – que, de humano, só tinha o suor em seu rosto – puxou a cabeça do aluno para trás, forçando Hugo a olhar direto em seus olhos.

Eles haviam mudado de cor... Agora eram de um lilás bizarro, e Hugo fitava-os sem conseguir desviar suas pupilas das dele, vendo aquele lilás girar nos olhos do homem enquanto sentia seu corpo inteiro começar a esmorecer nos braços do chapeleiro... Já estava sentindo sua consciência começar a se apagar quando o saci saltou nos ombros do chapeleiro, desconectando a cabeça do homem de seu pescoço com um simples puxão e jogando-a longe.

Hugo caiu para trás junto ao corpo decapitado, e, ainda meio zonzo, arrastou-se para longe antes que o que sobrara do chapeleiro se refizesse e voltasse a persegui-lo. Levantando-se depressa, sem tempo de pensar em mais nada, desviou de mais dois feitiços, e então de mais sete, quase chorando de exaustão, mas precisava continuar...

Esgotado, agora se defendia no automático... lançando feitiço atrás de feitiço contra eles enquanto tentava pensar numa solução, mas era impossível raciocinar sendo atacado por quase setenta. Enquanto isso, o saci continuava jogando-os lá do alto. E a cada chapeleiro que Peteca espatifava no chão, mais cinco surgiam, ou seis, ou sete, e foi então que, num instante de clareza, Hugo se lembrou de um momento que tivera com os Pixies... nos aposentos Imperiais, quando brincavam de multiplicar frascos de alquimia, e percebeu.

Claro!

Não eram setenta chapeleiros... Nem setenta, nem cinquenta, nem vinte, nem os cinco que haviam chegado, inicialmente, nas ruínas. Era apenas UM!

UM chapeleiro.

Os outros todos eram cópias! E, por serem cópias, se multiplicavam ao quebrarem!

Mas... como podia ser, se não eram idênticos?! Eram parecidos, mas de modo algum iguais! Se bem que, imediatamente após a multiplicação, eles pareciam idênticos sim. Só depois é que, de alguma maneira, iam mudando de forma! Mas que eram cópias, ah, isso eram. Hugo não tinha mais a menor dúvida! Eles até agiam em conjunto! Como se lessem as mentes um do outro! Mas não estavam lendo mentes. Não, não... A mente de todos era uma só!

Hugo precisava encontrar o chapeleiro original... Só atingindo ele, os outros desapareceriam.

"Eles estão se multiplicando, Peteca! PARA! Tenta encontrar um chapeleiro que tenha personalidade!"

"Tá tirando com a minha cara, né?!" Peteca resmungou lá do alto de uma pilastra, vendo todo aquele formigueiro de homens idênticos abaixo de si, mas acabou aceitando o desafio. Pulando da pilastra, começou a brincar com os chapeleiros, prendendo-os em redemoinhos de vento, cutucando-os por todos os lados, tentando irritá-los, enquanto Hugo procurava por qualquer sinal de emoção naqueles olhos frios, ocultados pelas sombras dos chapéus: uma ira, um cansaço, uma irritação, qualquer coisa! Qualquer emoção que distinguisse o original daquelas dezenas de cópias sem personalidade. E foi então que Hugo avistou o desgraçado lá no meio: um único chapeleiro furioso, em meio a tantos sem qualquer emoção, procurando enlouquecido pelo menino, que praticamente desaparecera entre quase uma centena de chapeleiros.

Tão estranho ver um chapeleiro irritado...

Apontando a varinha de imediato na direção do homem que o procurava, Hugo desviou para ele um feitiço que já estivera preparando para uma de suas cópias, e gritou *"Capenga!"*

O jato azul atingiu o homem em cheio, fazendo todos os chapeleiros ao seu redor gemerem de dor e começarem a mancar como ele – algo meio assustador – e o chapeleiro original fitou-o, enfurecido, esgueirando-se depressa por entre suas cópias até que Hugo o perdesse de vista novamente.

Só que agora as cópias estavam atentas, e antes que Hugo pudesse voltar a procurar pelo chapeleiro original, trinta outros já haviam se virado ao mesmo tempo contra o tal garoto que descobrira o segredo. Desesperado, Hugo desviou dos ataques se agachando e esgueirando-se entre eles, e, enquanto tentava se defender e raciocinar ao mesmo tempo, percebeu o que devia ser feito.

Percebeu e entrou em pânico, porque o feitiço que ele precisava, ele não conhecia.

Atacando quatro ao mesmo tempo, sua varinha já ia respondendo no automático, brilhando vermelha enquanto atirava feitiço atrás de feitiço, arrancando cabeças, braços, pernas, tentando tirar as cópias do caminho para encontrar o original enquanto seu dono procurava se lembrar de algum feitiço que pudesse fazer o que ele queria.

Até que, de repente, Hugo se lembrou de algo que talvez pudesse funcionar. Apontando a varinha contra eles... contra *todos* eles... pensou rápido nas centenas de palavras que aprendera com Eimi, tentando encontrar as que precisava para montar o novo feitiço... *Kun:* 'com', 'na companhia de'... *kun+a (kuna)*: 'conjunto'... *iĝi*: 'tornar-se'... *kun+iĝi*: 'tornar-se conjunto', 'juntar-se'... 'Juntar-se' no imperativo... *kun-iĝu... kuniĝu...*

Não, não... não era isso. Ele não precisava que os chapeleiros ficassem mais juntos uns dos outros. Ele precisava que... Hugo arregalou os olhos, de súbito encontrando a resposta! Enquanto se defendia, começou a pensar rapidamente nos números, pela ordem regressiva que se lembrava... *tri* era 'três'... *du* era 'dois'...

Sentindo seu coração dar um salto, Hugo apontou sua varinha contra todos eles e gritou "*Unu-iĝu!*"

De repente, como que chupados por um buraco negro, todas as quase cem cópias de chapeleiro começaram a ser sugadas para dentro do chapeleiro principal, que, sufocado pela incidência de corpos, caiu no chão, surpreendido pela força de todos eles voltando para si. Gritando de dor, o chapeleiro foi recebendo aquelas dezenas de violentos empurrões até que, em menos de meio minuto, todos os cem haviam virado um.

Um único chapeleiro... atordoado, ferido... agachado na grama, ainda um tanto confuso com o que acabara de acontecer.

Aliviado e completamente exausto, Hugo deu risada, apoiando as mãos no joelho enquanto tentava se recuperar. Tão simples! Por que não pensara naquilo antes?!

Apontando seu dedo contra o único chapeleiro que restara, antes que ele pudesse se recuperar, Hugo gritou, sem forças para levantar a própria varinha, "Peteca! É ele!"

Empolgado, o saci avançou contra o homem, com garras e dentes a postos, como uma fera faminta. Mas antes que ele pudesse saltar no desgraçado, o chapeleiro reagiu, soltando um feitiço tão surpreendentemente poderoso que jogou Peteca contra as ruínas, e o corpo do saci foi quebrando coluna após coluna até atingir o prédio principal, que ruiu com a força do impacto, trazendo todo o edifício ao chão.

Hugo olhou, espantado, para o chapeleiro, que já se levantara, andando em sua direção com uma calma e um propósito assustadores no olhar, parecendo cem vezes mais poderoso e mais inteligente com todas as suas cópias de volta ao corpo.

Assustado, Hugo começou a recuar. Claro... Um homem capaz de controlar uma centena de cópias não devia ser qualquer um. Havia, inclusive, um certo quê de loucura em seu olhar, enquanto ele avançava com a certeza de um predador que é cem vezes mais forte que sua presa. E então ele jogou o primeiro feitiço, e o segundo, e a cada um que Hugo tentava defender, ele era jogado com força para trás, caindo no chão e tendo que levantar depressa para se defender do próximo. Onde estavam os Pixies quando se precisava deles?!

Exausto, Hugo o atacou de volta com tudo que tinha, berrando enquanto jogava um feitiço atrás do outro, mas o chapeleiro era bom... muito bom... fazia pouco ou quase nenhum esforço para se defender, sem nunca parar de atacar, e os dois travaram uma batalha angustiante em meio aos destroços; Hugo tendo plena consciência de que só não estava morto ainda porque tinha a varinha mais espetacular do continente, e porque o chapeleiro estava brincando com ele. Brincando com a comida. Provocando-o... dando espaço para que Hugo o atacasse enquanto ele próprio se defendia sem fazer qualquer esforço, e Hugo começou a se desesperar. Ele ia morrer ali, e não haveria fênix que o ajudasse daquela vez. Estava completamente esgotado, arranjando forças sabe-se-lá de onde para permanecer em pé enquanto a varinha fazia todo o trabalho de defendê-lo, quase por conta própria.

Como último recurso, Hugo tapou seu ouvido bom com a mão direita e gritou "*Açã açu!*"

Um som insuportavelmente agudo saiu de sua varinha, e o chapeleiro largou a dele para poder tapar os ouvidos, berrando em agonia enquanto o grito da varinha escarlate espantava todas as aves das copas das árvores.

Agradecendo aos céus por seu ouvido surdo, Hugo apontou sua varinha contra o indefeso chapeleiro, com a intenção de acabar com aquilo de vez, mas o desgraçado foi mais rápido. Rolando na terra, recuperou a varinha negra a tempo e, ignorando o sangue que escorria de seus ouvidos, soltou um feitiço forte demais contra Hugo, que derrubou-o com violência no chão.

Entrando em desespero ao ver sua varinha ser jogada longe com a queda, Hugo fez um esforço gigantesco para se virar na grama e tentou chamá-la mentalmente para si, como havia feito da primeira vez que a vira, no Sub-Saara. Mas a varinha escarlate estava longe demais, e não respondeu.

Vai me deixar na mão agora?!

Sorrindo, o chapeleiro começou a se aproximar, lentamente, enquanto limpava o sangue dos ouvidos. Sabia que tinha vencido. "A inutilidade de seus esforços me comove", ele caçoou, com a voz estranhamente triplicada, como se ainda precisasse se reacostumar a ser uma pessoa só. Seus olhos enlouquecidos de prazer por vê-lo ali, indefeso.

Ferido no chão, Hugo olhou apavorado à sua volta e encontrou Atlas caído exatamente onde o deixara, completamente apático, a pouquíssimos metros de si. Infelizmente, a varinha do professor estava muito mais longe, jogada do outro lado do jardim... Inalcançável naquela situação.

Engatinhando até ele, Hugo tentou acordá-lo do choque, sem sucesso, e começou a chorar, desesperado, usando de todas as suas forças para arrastá-lo de lá em direção à porta de saída; um metro a cada tentativa, caindo no chão com o professor sempre que suas pernas cediam, exaustas, ao peso. Até que Hugo não conseguiu mais se levantar e, simplesmente, começou a arrastar-se na terra, carregando o professor consigo. Um esforço inútil, ele sabia, mas era a única solução que ele conseguia pensar no momento. A saída estava logo ali...

O chapeleiro deu risada, achando cômico ver um menino, exausto e desarmado, tentando levar consigo um professor que devia ter, pelo menos, o dobro de seu peso. Como se fosse fazer alguma diferença.

"Querendo fugir, criança?" ele provocou, aproximando-se calmamente. "Menino que foge sem varinha, morre sem varinha..."

Hugo não lhe deu ouvidos, arrastando o professor cada vez mais para perto da alameda.

"Responda pra mim, garoto. Qual é a diferença entre um chapéu e dois chapéus?" o homem foi avançando lentamente, atiçando-o com pequenos feitiços, que feriam Hugo de leve à medida que ele se arrastava com o professor. "Não sabe? Tsc tsc... Que pena. E o que é o que é, que todos têm e eu também, mas você nem?"

Ele continuou atacando-o, com magias que arranhavam suas pernas, suas costas... Totalmente despreocupado, agora que Hugo estava tão longe de sua varinha.

"O que é o que é? Quem está dentro, nunca sai, quem está fora, não quer entrar?"

"Acorda, professor... por favor... acorda..."

Mas Atlas continuava em seu mundo particular, ainda completamente em choque enquanto Hugo tentava fazer um último esforço para arrastá-lo até a porta de saída, agora tão próxima...

"O que é o que é, tem pernas, mas não anda; tem braços, mas não levanta?"

"AAGHH!" Hugo berrou com o esforço de se arrastar com o professor por mais um metro. O chapeleiro não ia calar a boca nunca?!

"Por que não foge sem ele, garoto?! Seria tão mais fácil..."

Com absoluto ódio daquele homem, Hugo perguntou, como resposta, *"O que é o que é..."* posicionando Atlas a poucos centímetros da saída, *"... que só existe enquanto seu dono a deixa em pé?"* e Hugo abriu a porta, empurrando o corpo do professor para fora da sala com ambos os pés.

De repente, a paisagem se desfez, e tudo que não era ilusão foi imediatamente espremido para dentro da saleta empoeirada: ele, o chapeleiro, as varinhas, tudo. Antes que o desgraçado pudesse se recuperar do tranco, Hugo mergulhou atrás da varinha escarlate, de repente tão próxima. Agarrando-a depressa, virou-se no chão e atacou seu adversário com um *Oxé!*, que jogou o chapeleiro com força contra uma das estantes de cacarecos.

Com o impacto, a estante tombou para frente, despejando em cima dos dois todos os objetos antigos que ela armazenava, incluindo uma coleção de lâminas enferrujadas, que caíram no piso fazendo um estrondo ensurdecedor ao seu redor.

Encolhendo-se no chão, Hugo ainda tentou se proteger delas, sem sucesso.

Suprimindo um grito de dor ao sentir uma das desgraçadas cravar-se em suas costas, na altura do ombro direito, ele virou-se no chão rapidamente para enfrentar o chapeleiro, mas o homem já estava morto.

Uma espada atravessara seu tórax, prendendo-o contra a estante semitombada; seu corpo, inerte, pendendo poucos centímetros acima do dele.

Espantado, Hugo se afastou da ponta da espada, levantando-se no espaço mínimo que o armário tombado deixara livre, sem, em nenhum momento, tirar os olhos do chapeleiro morto, que permanecia inclinado em um ângulo de 45 graus em relação ao chão.

Recostando na parede, procurou recuperar o fôlego enquanto pensava no Peteca. Será que o saci permanecera na ilusão?! Aquilo era possível?!

Com as mãos ainda trêmulas, Hugo empurrou o corpo do chapeleiro para baixo, livrando-o da lâmina que o matara, e o cadáver se estatelou contra o chão.

Puxando a espada para si, Hugo desconectou-a do cinto do uniforme que a prendia, examinando-a à luz da varinha. A espada não era das mais elegantes, mas tinha, na lâmina, uma inscrição que, só com muita dificuldade, Hugo conseguiu ler em meio à ferrugem e a todo aquele sangue do chapeleiro:

"O elemento da guerra é a espada. O elemento do meu trunfo há de ser a minha pena."
24º Corpo de Voluntários da Pátria – 3ª Companhia de Zuavos Baianos.

Zuavos Baianos? Hugo já ouvira aquilo antes.

Atando a espada ensanguentada ao cinto de sua própria calça, escondida pelo sobretudo, ele foi revistar a farda azul que agora pendia da estante, procurando por uma placa, uma insígnia, qualquer coisa que informasse a identidade daquele soldado.

Virando para si o peitoral do uniforme, logo encontrou o nome que esperava encontrar: *Cândido da Fonseca Galvão.*

"Dom Obá II..." ele murmurou sorrindo. Então aquela espada era sua, por direito! A espada de seu antepassado azêmola! Filho de Benvindo!

Uma gritaria lá fora interrompeu seus pensamentos, e Hugo saiu da saleta, passando por cima do professor para pisar, mais uma vez, no corredor do quinto andar. Os gritos aumentaram assim que ele saiu e seu coração disparou. Eram gritos de estudantes... Estudantes sendo enxotados aos berros por adultos!

Hugo estava perdido. Ninguém nunca acreditaria que aquela morte por lâmina havia sido um acidente... Muito menos Mefisto Bofronte.

Tirando o professor do caminho com muito esforço, ele recostou-o depressa contra a parede ao lado da porta roxa e tentou fechá-la, mas o braço do chapeleiro morto, estirado para fora, impediu que ele o fizesse.

De repente, Hugo reconheceu as vozes dos Pixies ecoando pelo vão central e correu em direção à escada, receoso. Reclinando-se sobre o corrimão, viu, lá de cima, os corredores do primeiro andar lotados de estudantes, enquanto Adusa e vários homens de terno escuro arrancavam os últimos alunos do auditório.

Droga... O musical havia mesmo sido descoberto.

Relativamente a salvo no quinto andar, Hugo continuou a observar a movimentação, aflito, sem saber o que fazer para ajudá-los, até que Adusa olhou para cima, fixando seu olhar cruel diretamente nos dele.

Hugo congelou.

Vendo o cão de guarda de Bofronte sair apressado por entre as pessoas em direção às escadas, Hugo virou-se depressa, olhando novamente para a mão pálida que saía da Sala das Lágrimas.

Precisava esconder aquele corpo antes que Adusa chegasse ali em cima... E não podia ser naquela saleta ridícula de tão pequena.

Correndo até o cadáver do chapeleiro, tentou arrastá-lo para fora com as míseras forças que ainda lhe restavam, pensando em, quem sabe, jogá-lo para dentro novamente, desta vez em sua floresta particular. Lá, certamente, haveria milhares de lugares onde ele poderia esconder o corpo, caso Adusa resolvesse entrar.

Usando suas últimas forças para terminar de arrastar o morto até o corredor, Hugo fechou a porta para reiniciar a sala, respirou fundo, e já ia abri-la novamente quando sentiu que um homem parara ao seu lado.

Virando a cabeça lentamente para a esquerda, com o coração já a mil, Hugo voltou seus olhos para cima, vendo o rosto do homem explodir em fúria ao reconhecer o corpo estendido no chão.

Mas aquele homem não era Adusa.

Quem dera fosse.

CAPÍTULO 68
O SEGUNDO

Quase idêntico ao primeiro, só que um pouco mais velho, o chapeleiro fitou o irmão caçula morto no chão por mais alguns instantes, e então voltou seu olhar enfurecido para o aluno que o matara.

Quase chorando, em absoluto desespero, Hugo não teve tempo de pensar em mais nada além de *'Eu não vou aguentar isso tudo de novo'*... mas, enquanto sua mente queria apenas gritar, seu corpo já havia agido no automático, abrindo a porta e disparando por entre as milhares de árvores de sua floresta tropical. Não tinha o que fazer além de correr. Não podia enfrentar mais um chapeleiro. Não tinha forças... nem muito menos cabeça para aquilo.

Suas pernas e pulmões queimavam enquanto ele corria, torcendo para que o desgraçado não estivesse se multiplicando naquele exato momento. Mas não. O segundo chapeleiro estava bem atrás dele, correndo quase como uma besta em fúria, espumando de raiva.

Apavorado, Hugo apressou-se por entre as árvores e arbustos, escolhendo os caminhos mais difíceis de se passar... caminhos pelos quais só alguém de seu tamanho conseguiria transpor, mas o filho da mãe ia destruindo as próprias árvores enquanto corria atrás dele feito um rolo compressor de fúria, chegando cada vez mais perto a cada pedaço de floresta destruída.

Desviando-se dos troncos que iam tombando em seu encalce, Hugo só conseguia se perguntar *Por que eram dois, meu Deus?! Por que DOIS?!*

... os homens de terno preto que acabara de ver no primeiro andar, então, eram chapeleiros também! Cópias daquele que agora o perseguia! Filho da mãe... Se bem que, a julgar pela força dos feitiços que aquele homem, enlouquecido de fúria, estava lançando contra a floresta, suas cópias já haviam desaparecido lá do primeiro andar. O chapeleiro estava *inteiro* naquela perseguição. Inteiramente focado em sua vingança.

Uma explosão derrubou mais três árvores gigantescas em sua direção, e Hugo só conseguiu escapar porque mergulhou num riacho, saindo encharcado do outro lado. Riacho este que o chapeleiro cruzou com um mero pulo, de tão possesso que estava.

Nos limites da exaustão, Hugo continuou correndo, mas corria praticamente em círculos, para não se perder dos caminhos que conhecia; em nenhum momento pensando em parar para enfrentá-lo. Se um chapeleiro original já havia sido quase impossível de derrotar, imagine aquele, que estava furioso com a morte do irmão? Agora era questão de vingança... e quando o chapeleiro finalmente conseguiu chegar um pouco mais perto do aluno, derrubou-o, sem piedade, com um feitiço que fez suas costas arderem de dor.

Hugo capotou na terra, levando a mão esquerda à varinha e virando-se no chão para poder defender-se do próximo ataque, e do terceiro, e do quarto, e cada feitiço chegava mais forte que o anterior enquanto ele tentava bloqueá-los como podia, se arrastando cada vez mais para trás, sem energia emocional ou física para se levantar da terra e reagir de pé. Até que um feitiço desviado por ele derrubou uma árvore gigante entre os dois, e Hugo aproveitou para se esconder atrás de seu enorme tronco, perdendo seu perseguidor de vista, mas, de alguma forma, protegendo sua retaguarda.

Desesperado, ele começou a apontar para todos os lados da floresta, sem saber de onde viria o próximo ataque, sua mão esquerda trêmula, tentando manter a varinha firme, enquanto o suor escorria de sua face naquele clima quente da floresta.

Mas o ataque veio por onde ele menos esperara: por cima. O chapeleiro subira, com um único pulo, o imenso tronco da árvore tombada, e lançara um feitiço contra ele antes que Hugo pudesse se defender. Hugo foi jogado para frente com o impacto, caindo de bruços no chão; sua varinha lançada a metros de distância por um maldito feitiço de desarme que ele não teve a mínima chance de bloquear.

Ferido e sem conseguir se reerguer, por absoluto esgotamento físico, Hugo estendeu seu braço em direção à varinha escarlate, tentando chamá-la para si enquanto o chapeleiro descia do tronco com um salto, pronto para matar o assassino de seu irmão; com as próprias mãos, se necessário.

E nada da varinha escarlate obedecer ao chamado de Hugo. Ela o escolhera como dono, caramba! Por que não se mexia? Era como se nem ligasse! Frustrado, ele olhou mais adiante, e congelou ao ver o motivo de sua recusa:

A menos de um metro dela, estava o pé escuro do saci, e Peteca olhava para ela, e então para Hugo, e para ela de novo... espantado, confuso, sentindo-se traído, tudo ao mesmo tempo, seus olhos negros reconhecendo a varinha que estava ali entre eles dois. A varinha que lhe fora prometida, quase dois séculos antes, por Benvindo; a varinha que havia sido seu objeto mais absoluto de desejo por tanto tempo.

Pasmo, Peteca lançou um olhar de acusação contra Hugo, como se ele a tivesse roubado, e os dois travaram aquela batalha silenciosa de olhares enquanto o chapeleiro se aproximava para matá-lo.

"Peteca, por favor... me ajuda", Hugo murmurou receoso, seus olhos verdes fixos nos olhos inteiramente negros daquele que estava prestes a roubar sua varinha para sempre.

Claro, agora ele entendia por que a varinha não estava obedecendo. A proximidade de seu segundo dono a confundia! Não sabia a quem obedecer. Afinal, ela fora prometida ao saci. E promessas eram magia forte. Se havia alguém com mais direito àquela varinha, aquele alguém era Peteca, e Hugo estava apavorado.

"Por favor, Peteca..." Hugo implorou mais uma vez, enquanto o chapeleiro se aproximava.

O geniozinho voltou seus olhos para Hugo, agora com ódio absoluto queimando neles. "Seus três pedidos já se esgotaram... colega."

"Mas nós somos parceiros, lembra?! Parceiros!" Hugo insistiu, desesperado. "Peteca, eu te libertei da lâmpada! Eu fui seu amigo!"

Você não pode me roubar agora, seu desgraçado... não agora, Hugo completou mentalmente enquanto o saci olhava de volta para a varinha.

E o chapeleiro se aproximando, com o chapéu puxado sobre os olhos, parecendo mais assustador do que nunca.

Apontando sua varinha lentamente contra Hugo, o homem já começava a pronunciar o feitiço de morte quando Peteca, irritado com a interferência, girou em seu redemoinho e sumiu, aparecendo por trás do chapeleiro e agarrando-o pelo pescoço. Girando novamente, agora agarrado nele, apareceu lááááá em cima, além das copas das árvores, e largou o homem, que caiu berrando de uns cinquenta metros de altura e se estilhaçou no chão como vidro.

Espantado, Hugo ainda tentou se levantar ao perceber o engano, mas já era tarde. O chapeleiro verdadeiro o agarrara por trás, um braço apertando o pescoço do aluno, erguendo-o do chão, enquanto o outro pressionava a varinha contra sua têmpora direita. *"Você vai pagar, garoto abusado..."* a voz do homem tremeu em seu ouvido, fervendo de ódio.

Quase sufocado, Hugo tentou pegar a espada que prendera ao cinto da calça, mas não conseguiu alcançá-la e, mesmo que tivesse conseguido, não teria sabido o que fazer com ela, contra um homem que estava sob domínio total de seu corpo.

Então desistiu. Percebendo que fora derrotado, fechou os olhos, cansado de lutar, deixando que o cheiro insuportável de naftalina o embriagasse enquanto ouvia a voz rouca do chapeleiro murmurar, em seu ouvido, o feitiço que estivera esperando ouvir. *"Avá-Îuk..."*

Ele sentiu um tranco violento em suas costas, e virou-se, no susto, vendo o chapeleiro tombar no chão, de olhos vidrados.

Morto.

Surpreso, Hugo olhou em direção à pessoa que o matara, vendo primeiro a varinha negra e, então, a silhueta imponente do Alto Comissário.

Mefisto permanecia com a varinha estendida, lançando um olhar severo contra o chapeleiro que acabara de matar, só para ter certeza de que ele, de fato, havia morrido, e Hugo desmoronou de joelhos no chão, por suprema exaustão e absoluto respeito ao homem que acabara de salvar sua vida.

"Por favor", Hugo suspirou, de cabeça baixa, "me diz que eram só dois..."

Bofronte confirmou, "Insuportáveis."

Guardando a varinha negra na parte interna de seu vistoso casaco, Mefisto estendeu sua mão gelada para Hugo, que a tomou, surpreso, sentindo-se ser içado pelo Alto Comissário com cuidado, até que ficasse de pé novamente.

Ainda um tanto confuso, Hugo fitou-o agradecido, e Mefisto aceitou seu agradecimento com um gesto elegante de cabeça; os dois voltando seus olhares para o chapeleiro morto no chão. "Como eles conseguiam fazer cópias tão diferentes deles mesmos?"

"Eles eram brincantes", Bofronte esclareceu, apoiando-se no cajado descompromissadamente. "Brincantes de nível 2. Podiam modificar narizes, olhos, bocas, orelhas. Nada muito radical. Apenas o suficiente para não serem reconhecidos."

"Filhos da mãe..."

Mefisto abriu um leve sorriso, "Exato." E Hugo já ia rir da piadinha quando o Alto Comissário ficou sério novamente e apontou seu cajado contra alguém atrás do aluno, "Paradinho aí!"

Virando o rosto, Hugo sentiu uma pontada de pânico ao ver Peteca parar com sua mão a poucos centímetros da varinha escarlate.

"Nem pense em tocar nela", Bofronte reforçou o aviso, falando muitíssimo sério, e o saci fitou-o, apreensivo. Quase com medo. Seus olhos animalescos fixos na pedra azul do cajado, que já começava a brilhar, enquanto Hugo observava o diabinho, impressionado.

Nunca pensara que um ser tão poderoso quanto o saci pudesse temer algum outro ser vivo, mas Peteca temia. Temia o Alto Comissário. E parecia ser esperto o suficiente para não tentar medir forças com Mefisto Bofronte.

Erguendo o tronco lentamente, Peteca afastou sua mão da varinha sem tirar os olhos do cajado, e então girou para longe dali, desaparecendo.

Hugo respirou aliviado, mas logo se retraiu novamente, aflito, ao ver o Alto Comissário se aproximar da varinha escarlate e pegá-la do chão.

Examinando-a visivelmente impressionado, Mefisto prontamente a devolveu ao aluno, sem o mínimo interesse em retê-la, e Hugo guardou a varinha bem escondida no bolso interno de seu sobretudo imundo antes que se permitisse sentir alívio de novo.

Exausto, e com um verdadeiro pulgueiro atrás da orelha, ele acompanhou Bofronte até a saída, desviando, com cuidado, de toda a imensa destruição que o chapeleiro levara àquele lugar, sem, em nenhum momento, tirar os olhos do Alto Comissário.

O homem acabara de matar seu próprio chapeleiro, mas caminhava com a tranquilidade de quem não havia feito nada demais, sabendo o poder que tinha sobre todos naquela escola. Impressionante... ele sentia frio até mesmo ali, no calor insuportavelmente úmido daquela floresta. Sua profunda respiração sempre visível, no vapor que insistia em sair de sua boca.

Saindo na frente, Bofronte passou por cima do cadáver do primeiro chapeleiro, ainda jogado no corredor, e segurou a porta aberta para que Hugo passasse.

Assim que ele o fez, a floresta inteira se transformou de volta no mesmo depósito empoeirado de sempre; agora inteiramente destruído, como Hugo o deixara antes de sair: lâminas derrubadas pelo chão, estantes destruídas... e, lá no meio daquilo tudo, o corpo do segundo chapeleiro, que o Alto Comissário matara, tendo sido arrastado até ali pelo encolhimento da Sala das Lágrimas.

Mefisto puxou o segundo chapeleiro para fora, olhando os dois cadáveres aos seus pés, quase com pena. "Eles foram longe demais... Enlouqueceram. É nisso que dá, viver multiplicado por tanto tempo. Preferiram ser vários a serem eles mesmos e acabaram se perdendo. Muito triste."

"*Não acredite nele, Taijin*", Atlas murmurou, em um raro momento de clareza, ainda recostado na parede do corredor. "Ele está jogando contigo. Vai te dizer agora que ele foi só mais uma vítima. Que foi manipulado por eles. É mentira."

"Eu não minto, professor", Mefisto respondeu calmamente, mas Atlas já havia retornado ao passado de novo, desligando-se por completo daquele momento, e Bofronte dirigiu-se a Hugo, sem tirar seu olhar afetuoso do professor. "Cuide bem dele. Seu professor precisa de ajuda", ele disse, verdadeiramente condoído. "Não é fácil perder um filho."

Hugo fitou o Alto Comissário intrigado. Parecia ter falado a última frase com conhecimento de causa. "E aquilo que o professor disse? Sobre você ter sido manipulado por eles?"

Bofronte olhou-o de rabo de olho, parecendo avaliar se seria prudente respondê-lo, e então disse simplesmente, "Não fui."

Os dois trocaram olhares por uns bons segundos, até que Hugo achou melhor desviar o rosto antes que fosse atraído pelo magnetismo absurdo do Alto Comissário. Fazendo um esforço físico gigantesco para andar até o professor, porque já não aguentava mais as próprias pernas, Hugo ajudou-o a ficar de pé.

Atlas estava acordado, mas não presente, e Hugo precisou de tudo que restara de suas forças para apoiar o professor em seus ombros e começar a andar com ele para fora dali. Quem sabe o levasse à enfermaria... Sim, a enfermaria seria o lugar ideal. Mas quatro andares escada abaixo carregando aquele peso?!

"Você vai entender se eu não te ajudar, não vai?" Bofronte perguntou, seguindo-o apenas com os olhos. "Eu acabei de matar uma pessoa aqui. O saci não pode ser legalmente punido por nada que faz, mas eu posso."

Hugo parou onde estava, percebendo o grave crime que o Alto Comissário acabara de cometer por ele. Mefisto havia assassinado uma pessoa! Deliberadamente! Mesmo que declarasse ter matado para defender um aluno, ainda assim, Justus estava doido por uma prova... *qualquer* prova... para metê-lo na cadeia.

Bofronte estava praticamente lhe dizendo que iria ficar ali para sumir com o corpo do segundo chapeleiro. E que precisava de sua cumplicidade. Não poderia ocultar um cadáver e depois ter um aluno dizendo aos sete ventos o que realmente acontecera.

Mefisto olhou para ele com uma franqueza impressionante no olhar, e Hugo compreendeu, naquele instante, que tinha a liberdade daquele homem em suas mãos.

Mesmo que Bofronte escondesse o corpo, Hugo ainda poderia denunciá-lo, e um simples teste na varinha do Alto Comissário comprovaria sua culpa, revelando os últimos feitiços que ele usara. De repente parecia simples... tão simples prendê-lo! E, no entanto, aquele homem... que aparentemente havia ordenado a morte de tantas pessoas, que torturara pessoalmente o Capí, que estava sendo acusado das maiores barbaridades... *aquele homem* acabara de salvar sua vida, e Hugo não podia retribuir o favor entregando-o para a polícia.

Desviando o olhar, Hugo murmurou, "Ninguém precisa saber que eram dois."

Mefisto cerrou os olhos, agradecendo-o com um movimento de cabeça. "Quanto ao irmão que você matou, garoto, não precisa se preocupar. O estado de destruição em que esta saleta se encontra é prova suficiente de que foi acidental... E pode deixar que eu sujo de sangue uma das outras lâminas, pra repor a que você roubou."

Hugo ergueu a sobrancelha, surpreso que ele tivesse notado o roubo, mas tentou disfarçar, "Eu achei que o senhor não mentisse."

"Não é uma mentira. É uma gentileza", Bofronte corrigiu, agachando-se para examinar o rosto do chapeleiro que ia levar. "Aliás... Eu sei que você não me perguntou, mas sua Janaína está bem."

Sentindo toda sua raiva pela baiana voltar, Hugo desviou o rosto, rancoroso. "*O filho não é meu.*"

"E isso importa?"

Hugo fitou-o, surpreso, mas achou melhor mudar de assunto, para não se sentir tão inferior. "O senhor não podia sumir logo com os dois chapeleiros então? Assim, eu não teria que me explicar para os CUCAs?"

Não confiava neles. Nunca tivera razão alguma para confiar na polícia.

Mefisto abriu um leve sorriso, sem, no entanto, olhar para ele, e Hugo já sabia que aquilo era um não. Parecendo mergulhar em alguma recordação especial, o Alto Comissário se explicou, "Um vampiro amigo meu, muito sábio e muito antigo, uma vez me disse: quanto mais a mentira se aproximar da verdade, mais eficiente é a mentira." Mefisto olhou-o de rabo de olho, "Não que eu minta."

Segurando um sorriso, Hugo consentiu. Fazia sentido. Se ele simplesmente não dissesse nada sobre chapeleiro algum, os CUCAs, de qualquer maneira, começariam a investigar o sumiço de tantos homens ao mesmo tempo, e acabariam por encontrar vestígios de que Hugo estivera envolvido, e que, pior ainda, mentira para a polícia. Aí sim, seria tarde para dizer a eles que havia sido um acidente. Nunca acreditariam.

"Senhor Comissário", Hugo chamou-o, e Mefisto voltou seu olhar para ele. "O senhor poderia... revogar a expulsão do professor?"

Bofronte ergueu a sobrancelha, surpreso com a ousadia do pedido. "... Ele ameaçou um dos meus funcionários, rapaz!"

"Eu sei, senhor, mas quando ele sacou a varinha contra o Ustra, ele estava de cabeça quente... Por favor!"

Pensativo, Mefisto olhou para o professor mais uma vez, antes de assentir.

Hugo agradeceu, cansado, e já estava voltando a caminhar quando, ainda agachado ao lado do corpo, Bofronte o chamou de volta, "Hugo!"

Idá se voltou para o Alto Comissário, que fitou-o com um olhar afetuoso, "Você fez um estrago e tanto hoje. Poucos teriam conseguido enfrentar os chapeleiros por conta própria."

Hugo abriu um sorriso malandro. Bofronte os chamara de *chapeleiros*. Claro... por que não? Era um bom nome!

Rindo por dentro, Hugo agradeceu o elogio com um inclinar de cabeça e seguiu seu caminho mancando. Com o professor em seus ombros e costas, cada passo ardia em sua alma, de tão esgotado que ele estava.

E foi assim por alguns metros: ele fazendo um esforço quase sobre-humano a cada passo que dava, sem, no entanto, desistir ou parar, apesar de estar arrastando o professor pela milionésima vez naquela noite. Não queria demonstrar fraqueza perante o Alto Comissário, que, ele sabia, ainda o observava de longe.

Angariando forças sabe-se lá de onde, Hugo cerrou os dentes e prosseguiu, mas, apesar de todos os seus esforços, ao chegar próximo à escadaria central, simplesmente não aguentou mais e desabou de joelhos, sendo socorrido de imediato pela professora Symone, que chegava preocupadíssima, como se houvesse previsto que alguém precisaria de sua ajuda ali.

"O que ocurrió?!" ela perguntou, olhando pasma para Atlas enquanto tentava tirar o peso do professor de cima dos ombros do aluno. Assim que o fez, Hugo deixou-se cair no chão, apoiando as mãos no piso, absolutamente esgotado, enquanto tentava responder à simples pergunta que a Futuróloga lhe fizera, "A gente tava... na Sala das Lágrimas e... o professor viu a morte do filho acontecer de novo. E... ele não aguentou o choque."

Symone olhou, penalizada, para o professor em seus braços, mas, ao perceber Bofronte ao longe, seus olhos fixaram-se nos dele por longos segundos, espantados, até que ela se forçou a voltar sua atenção para Atlas novamente.

Receoso, Hugo examinou o semblante da professora enquanto ela tentava reanimar o colega, procurando por qualquer sinal de que Symone vira os corpos.

Sim, ela havia visto. Pelo olhar vacilante e perplexo da professora, ela vira tudo, e estava raciocinando o que fazer com aquela informação ao mesmo tempo em que se preocupava sinceramente com o professor. Por algum motivo, no entanto, Hugo teve certeza de que ela também não denunciaria o Alto Comissário. Não porque ela o conhecesse pessoalmente, o que não era o caso, mas porque ela definitivamente vira alguma coisa ao olhar para aquele homem. Quem sabe, talvez, algo no futuro, que a impediria de denunciá-lo naquele momento.

Hugo percebera seus olhos azuis se arregalando bem de leve ao encontrarem os verdes de Mefisto. Surpresos sim, mas não com a presença dele ali, e sim com alguma outra coisa que, a julgar pelo olhar hesitante da professora, nem ela entendera ao certo o que era.

... ou talvez Hugo estivesse apenas delirando. A troca de olhares fora rápida demais, e sua mente exausta poderia ter inventado tudo aquilo.

"Que pasa, niño?!" ele ouviu Symone perguntar, dando tapinhas em seu rosto para que Hugo voltasse a si, e ele até tentou sacudir a cabeça para retomar o foco, mas ela pesava demais...

Notando que a futuróloga desviara o olhar para baixo, preocupada com suas feridas... ou talvez admirada com a imundice que devia estar seu corpo, Hugo tentou murmurar algum tipo de explicação, "Eu... Os chapeleiros me atacaram... tentaram me matar... Eu preciso..." Hugo perdeu a fala.

Percebendo que ele ia desmaiar, Symone gritou por mais ajuda, e Areta apareceu, pegando seu rosto, que suava frio. Hugo estava gelado. Sentia isso. "Calma, Napô... vai dar tudo certo."

Lembrando-se de algo muito importante, ele ainda tentou se reerguer, mas foi impedido pelas duas, e então só lhe restou balbuciar, *"os outros Pixies... eu vi... lá embaixo, ... o musical..."*

"Eles estão bem", Areta apressou-se em dizer, segurando sua cabeça para que ele não apagasse, "Pode ficar tranquilo."

"Mas... o musical foi descoberto!"

"Eu tava lá com eles quando os chapeleiros chegaram prendendo todo mundo, Napô. Mas, de repente, eles sumiram do nada! Todos eles! Você acredita?! E os alunos aproveitaram pra fugir."

"Bom... que bom..." Hugo ainda conseguiu murmurar, aliviado, antes que todos os seus sentidos falhassem, e então apagou.

"Ocê devia ter contado a verdade, adendo! Devia ter denunciado o homem!" Índio resmungou pela milésima vez, e Hugo apenas desviou o olhar, cansado daquilo.

Não sabia nem por que contara aos Pixies. Talvez por já ter aprendido, no ano anterior, a angústia que era guardar um segredo tão grande de todo mundo. Mas já se arrependera de ter contado. Índio sequer esperara que ele recebesse alta da enfermaria para começar a importuná-lo, e agora Hugo estava ali, ainda em recuperação, sentado em uma poltrona ao lado direito do leito do Capí, tendo que aguentar ladainha de pixie-mal-amado.

Ele não suportava mais ouvir a voz de ninguém. Passara os últimos dois dias prestando depoimento atrás de depoimento: para cada membro do Conselho Escolar, para os CUCAs, para o Inspetor Pauxy, para os peritos, para os alunos, para um milhão de outras pessoas... e estava esgotado de tanto falar, e de tanto mentir.

Ninguém tivera problemas em aceitar que a morte do "único" chapeleiro havia sido um acidente, a não ser Dalila, claro. A Conselheira não desperdiçara a oportunidade de dizer à polícia o quanto seu aluno era um bandidinho favelado. Pauxy, no entanto, não lhe dera atenção. Com sua ingenuidade, respondera apenas que nenhuma criança tinha a capacidade de ser bandido e que Dalila devia acreditar um pouco mais em seus alunos.

Índio, obviamente, revirara os olhos ao ouvir aquilo, mas ficara calado. Agora, lá estava ele, dizendo tudo que não havia dito na frente dos adultos.

Pelo menos o pixie mineiro estava conversando com Hugo. Já Viny, de tão irritado, não conseguia sequer olhar na sua cara, sob risco de ceder à tentação e dar-lhe uns tabefes por ter mentido para proteger Mefisto Bofronte. A irritação do loiro iria passar, Hugo sabia, mas talvez demorasse um pouco.

Enquanto isso, Índio reclamava pelos dois. Veementemente.

"Era a única chance que a gente tinha de, TALVEZ, prender o desgraçado com uma prova em mãos, e você deixou essa chance escapar!"

"Ele salvou a minha vida."

"Ele tava te usando, adendo! Ele te salvou pra te usar. Você sabe que é verdade!"

"Eu não sei de nada disso!" Hugo respondeu, não só surpreso como enojado pela sugestão, e Caimana tocou Índio no ombro, pedindo calma.

Dirigindo-se com ternura para Hugo que, afinal de contas, salvara a vida do professor, derrotara os chapeleiros e merecia algum reconhecimento, Caimana olhou-o com pena, "Você acha realmente que ele te salvou por bondade, Hugo? Se o que você disse meses atrás for verdade, que esse cara mudou de nome, o que um homem que adota o nome *Mefisto* te diz?"

Hugo desviou o olhar, preferindo ficar quieto.

"Esse é um dos nomes do Demônio, Hugo! Você acha, realmente, que um cara que ESCOLHE esse nome pode ter alguma boa intenção?!"

"Eu não sei de nada", Hugo murmurou, fingindo não estar sentindo o turbilhão de emoções opostas e mutuamente excludentes que estava sentindo em relação a Bofronte. Ele acreditava no desgraçado, apesar de tudo. Mesmo não querendo acreditar; mesmo sabendo que não devia; mesmo tendo quase certeza de que os Pixies tinham razão, alguma coisa naquele homem lhe soava verdadeiro. Seu olhar era verdadeiro.

"O Alto Comissário só salvou você pra parecer bonzinho, adendo... Põe isso na sua cabeça!" Índio insistiu. "Ele te salvou porque viu que o saci já ia te salvar de qualquer maneira, e ia trucidar o segundo chapeleiro como tinha acabado de fazer com a cópia dele! Bofronte foi esperto e pulou fora do barco antes que afundasse! Percebeu que a Comissão estava prestes a ser denunciada por hipnose coletiva e quis mostrar que estava do seu lado, não do lado dos chapeleiros!"

Hugo sacudiu a cabeça e já ia refutar o argumento quando Caimana o interrompeu, "Eu ainda vou além: Eu não duvido nada que Bofronte tenha MANDADO os chapeleiros te atacarem. Só pra que ele pudesse te salvar."

"Oi?!" Hugo exclamou surpreso. "Agora vocês estão viajando demais! Eu nem falo nada do absurdo que a Caimana acabou de dizer, mas me salvar pra parecer bonzinho, Índio? Que utilidade ele veria em mostrar isso só pra mim? Se fosse pra ele parecer bonzinho, ele teria deixado que eu contasse pra todo mundo que ele me salvou, não teria? Pra parecer bonzinho pra todo mundo. Mas não. Ele pediu o meu silêncio."

Índio meneou a cabeça. "É, faz sentido. Mas se a notícia do assassinato chegasse aos ouvidos da Guarda, Justus não perdoaria. Mesmo que os jornais começassem a chamar Bofronte de herói por ter salvado um aluno, ele ainda seria preso por assassinato. Provavelmente por muito tempo. Sem contar a imagem política dele, que sairia arranhada com um crime desses no currículo. Acho que ele não quis arriscar. Por isso preferiu esconder o corpo."

"Então o que você acabou de sugerir; que ele teria matado o chapeleiro pra parecer bonzinho, não faz sentido", Hugo rebateu, e Índio ergueu a sobrancelha, desabando na cadeira, frustrado.

"A não ser que ele tivesse feito tudo aquilo pra parecer bonzinho só pra mim", Hugo completou, "o que é um completo absurdo. Eu não tenho poder nenhum sobre o Conselho, eu não tenho influência na política, minha palavra não valeria NADA, não ajudaria ele em nada!"

"Já ajudou, né, adendo?" Índio alfinetou, e Hugo cerrou os dentes para não respondê-lo como devia, somente em respeito ao Capí, que ouvia a tudo deitado na cama ao lado, olhando para o teto.

"De qualquer forma, por que ele mandaria os chapeleiros atrás de mim e depois me salvaria se não fosse pra virar o herói do dia na imprensa?"

Ainda fitando a estante de medicamentos, para não ter que olhar para a cara do Hugo, Viny sugeriu, "Vai ver os chapeleiros já estavam mesmo enlouquecendo, e o sacana quis se livrar deles sem ter que prestar contas. Quis acabar com todos antes que a loucura dos chapeleiros e as acusações de hipnose esbarrassem na sua reputação. Aproveitou que tu tava lá e mandou te atacarem. Pra que tu matasse os chapeleiros por ele."

Hugo parou para pensar na possibilidade, mas logo a rejeitou. "Você não tava lá, Viny. Era quase impossível lutar contra os chapeleiros. Ele não confiaria uma tarefa desse nível pra um aluno de segundo ano."

"Tu não era o único lá, Adendo. Talvez ele tenha assumindo que o Atlas, como professor de Defesa, iria te ajudar. Ele só não contava com a fragilidade emocional do professor. Quando ele viu que tu não ia sobreviver, ele te ajudou sem hesitar, sabendo que tu mentiria tranquilamente pra polícia, pra defender um homem com quem tu já simpatiza desde o início do ano. A gente não é burro, Hugo. A gente percebeu como tu olha pra ele. Ele certamente percebeu também."

"Vocês estão assumindo coisas demais", Hugo desconversou, irritado com aquela conversa. Furioso, principalmente, por ela fazer sentido.

Desviando o olhar, tentou raciocinar por cima da angústia gigantesca que estava sentindo. Não podia ter sido tudo enganação... podia?! Ele sentia *verdade* no Alto Comissário! Mefisto não estava *fingindo* ser simpático! Hugo sabia muito bem reconhecer fingimento! "Por que vocês simplesmente não admitem que ele apareceu lá na hora certa e salvou um aluno porque era a coisa correta a se fazer, hein?! Pra que complicar tudo com essas teorias absurdas?! Só pra confundirem a minha cabeça?!"

"Pensa bem, Hugo", Caimana insistiu, "Por que razão os chapeleiros atacariam você e o Atlas a não ser que houvessem recebido uma ordem? O que eles ganhariam atacando um professor?!"

"O Peteca acusou o professor de estar tramando contra o Alto Comissário."

"Grande coisa. Isso é motivo pra tentarem matar vocês dois?! Não teria sido mais adequado *prenderem* o Atlas?!"

Hugo sacudiu os ombros, "Como o Viny mesmo falou: eles estavam enlouquecendo."

"Foi Bofronte que te disse isso. Eu só repeti."

Hugo hesitou, percebendo que era verdade. Que Bofronte havia praticamente implantado aquela ideia na sua cabeça. E ele aceitara aquilo como fato... Talvez os chapeleiros nem estivessem loucos...

Índio deu uma risada seca. "Ele foi genial e você caiu direitinho. Dizendo pros CUCAs que o chapeleiro tinha enlouquecido, você ainda acabou livrando Bofronte de ser acusado futuramente por qualquer coisa que os chapeleiros tenham feito de errado. Inclusive pela hipnose! Porque, como todo mundo sabe, malucos agem por conta própria! Não precisam de ordens! A suposta 'insanidade' dos chapeleiros acabou de eximir Bofronte de qualquer responsabilidade pelos atos 'loucos' deles."

"Não..." Hugo sacudiu a cabeça, recusando-se a acreditar. "Quando ele falou da loucura dos chapeleiros, ele tava sendo verdadeiro. Eu vi nos olhos dele!"

Índio fitou-o, incrédulo. "Você não tá acreditando naquilo que ele te disse sobre nunca mentir, está?"

"HA!" Viny ironizou. "Um político que não mente. Que lindo. Minha fé na humanidade acabou de ser restaurada."

Hugo olhou feio para o loiro.

"Sério que você acreditou naquilo, adendo?! Logo você, que é tão desconfiado de tudo?! Será que ele te seduziu a esse ponto?!"

"Eu não sou idiota, Índio! Pelo menos o primeiro dos chapeleiros estava maluco de fato! Não foi o Alto Comissário que me disse. Eu estava lá! Eu vi! Ele só confirmou o que eu já tinha reparado."

"Não sei", Caimana suspirou. "Pra mim, ele quis um motivo pra eliminar os chapeleiros e, ainda, de quebra, ganhar a sua simpatia."

"Pra que ele iria querer ganhar a minha simpatia, Caimana?!" Hugo repetiu, agora altamente irritado. "Por que não me matar logo e acabar com toda a evidência do que tinha acontecido?! Quem esconde um corpo, esconde três! Não teria sido mais fácil e menos arriscado do que confiar na palavra de um garoto?! Pra que correr o risco?! Pra que se dar ao trabalho de ganhar a minha simpatia?"

"*Ele te quer como aliado*", a voz rouca do Capí soou ao lado deles e todos olharam para o pixie, surpresos que ele estivesse prestando atenção. Não era sempre que Capí estava atento, mesmo quando tinha os olhos abertos.

E foi então que a cabeça de Hugo deu um nó. "Aliado, eu?!"

"Faz sentido!" Viny exclamou, tão intrigado com aquela conversa que já se esquecera por completo da raiva que estivera sentindo de Hugo. "Ele foi com a tua cara desde o início, Adendo. Desde a fila de apresentação! Até elogiou o teu brinco! Vai ver ele também tava querendo te testar, mandando os chapeleiros te atacarem! Pra ver até onde tu conseguia ir!"

"Me testar?!" Hugo perguntou, atordoado. "Mas pra que ele iria me querer como aliado?! Eu não sou ninguém!"

Caimana ergueu a sobrancelha, "Você acredita mesmo nisso que acabou de dizer?" e Hugo meneou a cabeça.

"Você é um dos melhores alunos do colégio, Hugo. Quem sabe até o melhor, depois do Capí. Você é ambicioso, esperto, habilidoso, impetuoso, impulsivo e tem ódio de muita gente nessa escola. Talvez ele precise de alguém como você aqui dentro."

"Mas a ponto de destruir os chapeleiros?! A ponto de estragar todo o plano dele por minha causa?"

"É como o Viny sugeriu. Os chapeleiros já estavam saindo do controle. Com certeza ele também já tinha percebido que a Gi não tava mais hipnotizada. Sabia que a gente tinha descoberto o truque. Então, pensou num jeito de acabar com os chapeleiros sem que ninguém o culpasse por isso: nem a polícia, nem seus próprios assistentes, que certamente não iriam gostar nada, nada, de vê-lo matando pessoas que trabalham pra ele. De quebra, ainda conseguiu conquistar a sua confiança. No improviso, mas genial."

Hugo inclinou-se na cadeira, exausto. Sua mente dava voltas e voltas enquanto tentava raciocinar. Eram hipóteses demais para sua cabeça… hipóteses que não se encaixavam inteiramente umas nas outras. Não fazia sentido ele querê-lo como aliado… Ou fazia?

Capí fitou-o. A dor ainda evidente em seus olhos castanhos. "Eu te entendo, Hugo. Ele sabe ser sedutor quando quer. Muito simpático."

"Aaaaaaagh", Hugo cobriu a cabeça, não querendo acreditar, mas já acreditando. Absolutamente desesperado. Fazia sentido o que eles estavam dizendo. Mais ou menos. Mas não podia ser verdade!

"Ele gostou de você, Adendo, isso é fato."

Tentando se recuperar, Hugo se ergueu na cadeira e cruzou os braços, irritado. "Pois então ele tá perdendo tempo."

"Sei."

"Sabe o que, aborígene?!"

Índio fechou a cara. "Eu sei que, se ele te der mais um leve puxão, você muda de lado!"

"Isso é ridículo!"

"Índio, não começa!" Caimana o repreendeu. "Você tá acusando o Hugo de algo que ele não fez."

"AINDA não fez", o mineiro corrigiu, e Hugo já ia partir para cima daquele abusado quando Capí apertou seu ombro, "Não liga pro Índio, Hugo."

"Ligo sim!" Hugo retrucou, absolutamente indignado. "Eu encontro você, salvo a Gislene, salvo o Eimi, salvo o professor, desipnotizo todo mundo, derroto os chapeleiros, impeço VOCÊS de serem presos, mas nada do que eu faça é suficiente, né, Índio?! Você continua achando que eu sou um bandidinho traidor! Por quê?! Hein?!" ele gritou, seus olhos umedecendo de ódio, e Índio desviou o rosto; rancoroso, mas calado.

Sabia que era verdade.

"Bom, o que está feito, está feito", Viny suspirou, virando-se para Capí, "... então só nos resta a tua denúncia, véio. Tu tem que denunciar esse cara por tortura. Ele não pode sair livre depois de tudo que ele fez."

Capí olhou transtornado para o amigo. Assustado até, com a sugestão. Hugo entendia. Se denunciar Bofronte para os Pixies já tinha sido difícil... a ideia de denunciar seu torturador para a polícia devia ser apavorante, ainda mais sabendo que não havia qualquer garantia de que ele seria preso, e Capí desviou o rosto, sacudindo a cabeça aterrorizado. "Eu não posso, Viny."

"Eu sei que ele te ameaçou, mas ele não pode ficar livre! Denuncia pro Pauxy! O Pauxy vai acreditar em você!"

"*Não estressa ele agora, Viny, por favor...*" Caimana implorou, fazendo um sinal para que todos saíssem. "*Já chega de raciocínio por hoje. A gente só tá perturbando o Capí, vem.*"

Ítalo não objetou à saída dos três Pixies mais velhos, preferindo desviar o rosto para outro lado, pensativo, enquanto eles deixavam os dois pacientes sozinhos na enfermaria.

"Capí, eu..."

Mas o pixie não estava ouvindo e Hugo se calou, sabendo que um pedido de desculpas não seria necessário. Nem inteiramente verdadeiro.

CAPÍTULO 69
BATALHA DE NERVOS

Hugo ainda sentia o corpo dolorido quando foi dispensado da enfermaria no dia seguinte, mas valeu a pena pelo abraço carinhoso que recebeu de Gislene ao sair. Ao menos uma pessoa ali não estava contra ele.

Claro que ela não sabia de nada sobre a participação de Bofronte, e Hugo faria de tudo para que ela nunca soubesse, mas aquele abraço havia sido verdadeiro. Um abraço animado por uma amizade que, até aquele momento, Hugo tivera dúvidas se realmente existia – apesar de tudo que já haviam passado juntos.

Agora, no entanto, aquela incerteza íntima sua havia se dissipado, e ele simplesmente a abraçou de volta, sabendo que não ouviria qualquer cobrança ou pedido de explicação por parte dela. Ao contrário dos outros, Gislene simplesmente aceitara que Hugo havia lutado por eles e vencido – o que não deixava de ser verdade – lembrando-o, então, da proximidade das provas finais e oferecendo-se para ajudá-lo nos estudos, caso ele precisasse.

Hugo agradeceu com afeto e aceitou o convite, sabendo que ela precisaria de mais ajuda do que ele. Hugo não havia sido hipnotizado, não perdera quase nenhuma aula, a não ser por aqueles três dias que passara na enfermaria e pelo pouco tempo que estivera no Nordeste. Sem contar que há meses ele vinha estudando matérias do terceiro ano, por já saber praticamente tudo que os professores estavam ensinando no segundo. De modo que foi Hugo quem acabou ajudando Gislene a estudar o que ela tinha perdido nas semanas que ficara fora do ar.

Os outros ex-hipnotizados também se esforçaram para recuperar o tempo desperdiçado, recebendo ajuda particular dos professores para que estivessem prontos quando as provas chegassem. Eles todos tinham uma vaga lembrança do que haviam aprendido enquanto hipnotizados, assim como se recordavam vagamente da presença dos chapeleiros, mas não dos detalhes do que havia sido dito ou feito ao redor deles. Gislene não se recordava, por exemplo, do que Ustra fizera a ela, e Hugo pretendia mantê-la sem aquela lembrança asquerosa. Até porque o crápula continuava no colégio, aterrorizando os alunos com sua mera presença.

Sempre que Hugo o via de longe, tratava de tirar Gislene do caminho o mais discretamente possível, de modo que nem ela percebesse o que ele estava fazendo.

A presença ainda ostensiva daquele monstro na escola, e de Bofronte, e de alguns outros assistentes, era uma constante afronta aos Pixies, mas Capí ainda se recusava a acusá-los. Não tinha cabeça para fazer qualquer coisa. Seu corpo não deixava... Seu MEDO não deixava.

Ainda mais agora, que Ustra começara a fazer visitas constantes à enfermaria, a fim de *refrescar* a memória do pixie.

Sorria simpático... fazia piadinhas de duplo sentido, cujo conteúdo, muitas vezes, só eles dois entendiam... pura intimidação. Capí, coitado, não podia fazer nada a não ser desviar o rosto, tentando não demonstrar o pavor que sentia toda vez que o via tão perto. E Viny começou a entender que seu amigo nunca os denunciaria. Não com aquela campanha constante de terror que Ustra estava fazendo contra ele.

Kanpai não podia impedir as visitas, por mais que os Pixies insistissem. Como proibir uma autoridade governamental de entrar na enfermaria de um colégio? Só restava à doutora ficar por perto quando Ustra aparecia. Mesmo assim, por mais que os Pixies, ou Kanpai, ou Rudji, estivessem presentes durante as visitas do general, assessorando Capí, vigiando tudo, o pixie começava a tremer da cabeça aos pés assim que o monstro saía da sala, e só se acalmava com muito apoio de todos ali, que o abraçavam com força enquanto ele chorava de pavor.

Hugo nunca o vira tão frágil.

"Isso é terrorismo... É puro terrorismo..." Viny repetia, sem saber o que fazer. Não podia denunciá-los a Pauxy sem ter certeza de que Capí confirmaria a denúncia. Só uma confirmação da vítima poderia colocá-los atrás das grades. Sem ela, Ustra e Bofronte continuariam livres e o fato de Viny haver tentado denunciar os dois se tornaria um risco a mais para todos eles. Apenas por isso, o loiro se segurava sempre que Ustra aparecia. Tentava ao máximo ficar quieto no canto da enfermaria, assistindo a mais uma visita, com ódio mortal daquele gaúcho.

Só Enzo e Elias não tinham medo do general. Mesmo que Ustra quisesse, não podia fazer nada contra os dois. Bofronte havia sido bem claro quanto a isso.

Os gêmeos pescadores tinham virado a atração principal da Korkovado naquelas últimas semanas. Praticamente celebridades instantâneas. Afinal, não era sempre que um azêmola recebia permissão do governo para estudar em uma escola de bruxos. Agora, eram observados aonde iam, assediados por dezenas de olhares curiosos, que ficavam tentando identificar quais eram as diferenças de personalidade entre os dois.

Enzo era o mais quietinho, o mais tímido, o mais inseguro. Já Elias, apesar da ausência de poderes, era mais corajoso, mais espevitado e menos gentil que o irmão. Praticamente a diferença entre Eimi e Hugo, apesar de Hugo tentar não pensar muito nisso. Pensar no minerinho lhe dava um enorme aperto no peito. Eimi nunca mais havia olhado para sua cara, a não ser com profundo desprezo, e aquele olhar de pedra do minerinho o feria profundamente.

Eimi estava estudando com mais afinco do que jamais estudara; determinado, compenetrado, sério... sério demais. Parecia um pequeno adulto estudando. Ainda doce, mas, ao mesmo tempo, rancoroso, triste... muito triste. E Hugo se refugiava cada vez mais na biblioteca para não ter de ver aquilo, evitando a todo custo o dormitório.

Não aguentava ver Eimi daquele jeito e saber que havia tido culpa naquela mudança tão horrível. Provavelmente nunca voltaria a ver um sorriso no rosto do menino, e aquilo era doloroso demais!

Maldito Playboy, que certamente ajudara naquela desgraça. Ninguém mais havia visto o bandido na Korkovado e, para Hugo, aquilo só confirmava as suspeitas do Capí, de que o patife havia fornecido a cocaína que Ustra usara para destruir de vez o minerinho. Bandido filho da mãe.

Quanto a Atlas, outro que Hugo destruíra, ele continuava dolorosamente apático, sob os cuidados constantes de Symone, que deixara de lado suas desavenças com ele ao menos por aquele período, para poder fazer-lhe companhia.

Quixote também não saia de perto do professor por nada no mundo; fazendo estripulias na poltrona para ver se seu dono reagia, mordendo as unhas do professor, como sempre fizera... mas Atlas permanecia perdido em seu limbo pessoal. Raramente voltava a si; preso, que estava, às lembranças do filho morto em seus braços.

Aquilo não era nada bom. Atlas nunca demorara tanto para voltar de uma de suas crises...

"Professor, você precisa reagir!" Caimana insistiu, fitando-o, penalizada enquanto ele permanecia olhando para o nada, sentado em uma das poltronas do escritório de futurologia. "Professor... por favor... O Capí precisa da sua ajuda! Lembra?! O *Capí*, professor! Seu guri!"

Atlas fitou-a, surpreso, como sempre fazia quando mencionavam o nome de seu protegido. Mas sua reação era tão efêmera que ele logo voltava a mergulhar em seu abismo particular.

"No se preocupen, niños", Symone assegurou-os, sem muita convicção. "Él vá *voltar*. Yo conosco Atlas. Él já estuvo así antes."

Caimana negou, enxugando uma lágrima. "Não assim. Não tão mal."

"Él vá volver. Por su alumno, él vuelve."

Enquanto isso, o clima ficava cada vez mais tenso na escola, com a aproximação das provas finais. Mesmo sem a presença dos chapeleiros, a Comissão fizera uma última artimanha para mostrar a todos que permanecia no comando: os exames finais, por determinação do governo, seriam exames conjuntos; uma única e longa prova teórica, portanto escrita, abarcando todas as matérias e todo o conteúdo daqueles dez meses de estudo, e uma única prova prática, igualmente abrangente, cobrando absolutamente tudo que haviam aprendido no ano. Duas provas exaustivas e intermináveis, para testar os nervos dos alunos uma última vez naquele ano.

A justificativa de Paranhos para tamanho absurdo era que aquela medida economizaria tempo e dinheiro; o que não deixava de fazer sentido, apesar de ser uma canalhice sem tamanho. Eles não precisavam daquilo. Estavam fazendo só para intimidar.

Falando em intimidação, o saci não aparecera mais. Não depois de ver aquela ameaça no olhar do Alto Comissário. E o sumiço de Peteca só servira para deixar Hugo ainda mais intrigado com o homem que salvara sua vida. Quem era aquele bruxo, que conseguia afugentar um ser tão poderoso com um só olhar? O cajado apontado em sua direção provavelmente ajudara, mas nada tirava de sua cabeça que Peteca havia fugido porque sabia com quem estava lidando. Hugo tinha certeza de que o diabinho ainda voltaria, mas não enquanto Bofronte estivesse de olho.

Já os Pixies, toda vez que viam o Alto Comissário andando livre pela escola, olhavam com antipatia para Hugo, que desviava o rosto, não conseguindo encará-los. Apesar de não estar arrependido, ainda assim, sentia-se culpado. Talvez devido ao discreto olhar de cumplicidade que o Alto Comissário lançava para ele toda vez que estavam no mesmo recinto.

Bofronte podia estar falando o que fosse, com quem fosse, mas sempre que notava Hugo por perto, fazia questão de cumprimentá-lo com os olhos. Era um cumprimento tão simpático e tão certeiro que incomodava, e incomodava justamente porque Hugo gostava daquilo! Daquela... consideração que o Alto Comissário tinha por ele. E sabia que não deveria estar gostando!

Então, Hugo desviava o olhar. Até porque Capí ainda estava na enfermaria, e seria uma falta de respeito sua, aceitar aquele tipo de cumprimento vindo do principal torturador de seu amigo. Ainda mais no estado em que o pixie se encontrava.

Levou ainda algumas semanas para que Capí conseguisse ficar de pé por mais de dois minutos. Cada movimento seu doía, com suas costelas ainda em recuperação e sua mão direita fraca demais para segurar na bengala. Mesmo assim, quando a segunda semana de dezembro chegou, não houve meio de convencerem o Conselho de que Capí não tinha condição alguma de fazer a prova teórica.

"Ele não assistiu aos últimos meses de aulas porque não quis", Dalila arrematou na última tentativa que fizeram de convencê-la do óbvio. Esforço inútil. Estava claro que ela queria ferrar com a vida do pixie de todas as formas possíveis.

"O que a sua mãe tem contra ele, hein?" Hugo franziu o cenho. "De onde surgiu essa implicância toda?!"

"Eu tenho minhas teorias", Caimana respondeu irritada, sem desenvolver o assunto.

Pelo menos da prova prática Capí havia sido liberado. Depois de muito argumentar com o Conselho, Areta conseguira livrar seu aluno do exame com a desculpa de que ele ainda não se acostumara à varinha nova, mas a verdade é que Capí não teria conseguido nem com a Furiosa. Não tinha a mínima condição, nem de fazer a prova prática, nem de aplicá-la a seus alunos. Tanto que a parte de Segredos do Mundo Animal do exame acabou sendo ministrada por Zoroasta, que substituíra o pixie naqueles últimos meses em que ele não estivera em condições físicas de dar aula.

Zô até que fizera um bom trabalho como professora. Mesmo limitando-se a bater palminhas e dizer o quanto os animais da escola eram fofos, sempre que os alunos lhe perguntavam alguma coisa – praticamente direcionando a aula por ela – a diretora sabia responder. E respondia muito bem. Só precisava daquele incentivo extra das perguntas, já que planejamento ela não tinha nenhum. Apenas saía com eles para a floresta, apontando para as árvores e dizendo "Ó, que belezinha!", sempre que via macaquinhos alados, ou filhotinhos de Mapinguari, ou qualquer outro ser que se mexesse.

Mas pouca coisa tinha graça naquela situação. Capí ia repetir de ano se nada fosse feito quanto à parte teórica dos exames, e o Conselho estava irredutível. Em dois dias, o pixie teria que fazer a maldita prova, como todo mundo.

"Você não vê que a Dalila quer que o Capí repita de ano?!" Viny abordou o Conselheiro Pompeu uma última vez. Inconformado. Desesperado. "O filhinho dela repetiu e agora ela quer que um de nós repita também! E se for o Capí, mais prazer vai dar a ela!"

"Não exagere, Sr. Y-Piranga. Seu amigo só perdeu algumas semanas de aula... Conhecendo o Sr. Xavier como eu o conheço, não vai fazer tanta diferença assim. Ele sabe a matéria inteira. Sempre soube."

"*Só perdeu algumas semanas de aula*?! Ele foi torturado! Em que mundo tu vive?!"

"Mais respeito comigo, Sr. Y-Piranga."

"Acho que o senhor não está entendendo a gravidade da situação, Sr. Pompeu", Caimana tentou, com um pouco mais de delicadeza do que o namorado. "Ele não pode fazer essas provas. Ele não está em condições EMOCIONAIS! Não importa quantas aulas ele perdeu ou não... Mesmo que não tivesse perdido nenhuma! Ele não consegue prestar atenção a mais de cinco minutos de conversa sem se dispersar, Conselheiro... Imagina fazer uma prova que vai durar um dia todo!"

"Ordens da Dalila, senhores. Eu sinto muito. Quanto a isso de tortura, Sr. Y-Piranga, enquanto essas acusações não forem comprovadas, eu não posso fazer nada. Principalmente quando o próprio interessado se recusa a confirmá-las."

"E se ele for reprovado?!"

"Ele é um ótimo aluno, Srta. Ipanema. Não vai ser."

Pompeu foi embora, e Viny jogou os livros na mesa, furioso. "Mas será possível que essa gente não tem um pingo de decência?!"

"Ou compaixão..."

"... ou bom senso?!" Índio arrematou.

"Se o Conselheiro Vladimir não estivesse viajando..."

"O Vladimir nunca teve coragem de peitar os companheiros de Conselho, Viny. Não seria agora que esse milagre iria acontecer."

"Sei lá, Cai. Ele gosta do véio pelo menos, né? Adora quando o escravinho da escola faz os trabalhos pesados por ele. Se ao menos deixassem que o véio fizesse prova oral..."

"Ia ser uma tortura maior ainda. Ele tá com a garganta toda estourada, lembra?"

"Ah, é verdade."

Índio meneou a cabeça, inconformado. "O Fausto não deixaria que isso acontecesse se estivesse aqui. Ia brigar para o filho não ser rebaixado."

Viny deu uma risada seca. "Só se fosse pra evitar a grande humilhação de ter um filho repetente. Não que fosse fazer qualquer diferença um fiasco como ele espernear. Aliás, essa viagem do Fausto tá demorando um pouco demais, não tá não?"

Caimana concordou, mas achou por bem contemporizar, "Melhor assim. O Capí pediu que ninguém escreva pro pai dele contando o que aconteceu. Tem medo da reação do Fausto. Não quer que o pai enfarte."

"Coitado, ainda acredita que aquele boçal se importa."

"Bom, não é a gente que vai dizer o contrário pra ele, né, Viny? Não agora."

Hugo baixou a cabeça, concordando. Estava muito mais preocupado com Capí do que consigo mesmo naquele fim de ano. Até porque tinha acabado de ir muito bem na prova prática, assim como também o seria no exame teórico do dia seguinte. Ninguém duvidava. Tanto que, durante o exame prático, Rudji já entrara no salão de testes de má vontade, sabendo que Hugo acertaria tudo. Chegava a ser sem graça para o professor.

Não que Hugo adorasse Alquimia. Detestava, na verdade. Mas fazia questão de ser excelente na matéria do professor que mais odiava. Estudara exatamente com aquele propósito durante o carnaval. Já Gislene, se dera bem *apenas* em Alquimia. Também passara nas outras matérias práticas, mas com uma nota apenas razoável, como era de se esperar. Ela nunca fora uma aluna excelente, a não ser quando o assunto era química. Com o problema da hipnose então...

Até seus alunos de alfabetização haviam se saído melhor que ela. Se bem que o problema daqueles meninos sempre fora a escrita, não a prática. Agora, lá estavam eles, roendo as unhas, esperando pelo exame teórico que decidiria seus destinos.

Quando o dia da temida prova finalmente chegou, no entanto, todos prontamente se esqueceram dela para ajudarem Capí a chegar à sala do exame. O carinho e o respeito que tinham pelo professor eram comoventes...

Ainda era difícil para o pixie caminhar; até porque segurar a bengala, mesmo com a mão menos ferida, ainda doía demais... Mesmo assim, Capí foi fazer a prova sem reclamar. Nunca reclamava. Podia estar morrendo de dor, que tentava ao máximo escondê-la. Não queria incomodar ninguém com aquilo.

Só que sua dor era tanta que ele não conseguia disfarçar. Ela transbordava de seus olhos e ficava estampada em seu rosto, que se contraía a cada degrau vencido, mesmo com a ajuda de todos ali. Era doloroso só de assistir...

O pior é que a prova teórica do quinto ano seria ministrada no auditório menor, do quarto andar, e estava prevista para durar o dia inteiro, sem pausa para o almoço.

... Ele nunca conseguiria.

Já a prova da segunda série, felizmente, seria menor. Estava programada para ter apenas seis horas de duração. Hugo fez tudo em quatro e saiu, com a mão doendo, mas satisfeito.

Indo para o pátio central, sentou-se em um dos bancos de praça e ficou esperando, ansioso, pela chegada dos Pixies. Até se esqueceu de almoçar, de tão nervoso que estava, enquanto via seus colegas de segundo ano finalizarem suas provas um a um e irem comemorar a chegada das férias na praia.

A maioria dos alunos mais jovens já havia terminado seus exames quando Índio e Caimana finalmente se juntaram a Hugo naquela espera. Haviam sido os primeiros do quinto ano a terminarem. Em seguida desceram Camelot, Gutemberg, Rapunzela, Beni, Thábata... e o pátio da árvore central foi lentamente ficando silencioso à medida que quase todos os outros desciam e seguiam até a praia para comemorar. Mas nada de Capí aparecer.

Foi quando Viny desceu, com o semblante grave, quase no limite do tempo permitido. Hugo e Caimana se levantaram apreensivos. "E aí? Como foi a prova?!"

"Eu parei a minha no meio pra preencher a dele. Eu sei que eu passei raspando, mas eu tinha que fazer alguma coisa."

Chocado, Índio protestou, "E a ética pixie de não colar?!"

"Mano, eu tirei a prova da mesa dele e ele nem percebeu!" Viny retrucou transtornado. "Esse era o nível de 'fora do ar' que ele tava! Eu já tinha completado dois terços da minha prova e, quando eu fui ver, ele só tinha respondido três linhas da primeira questão! Uma questão que ELE me ajudou a entender em março! Eu não podia deixar que o véio repetisse de ano. Seria muita injustiça. Ainda bem que a letra dele é fácil de copiar, viu?! Perfeitinha do jeito que é."

"Isso não tá certo, Viny..."

"Ah, Índio! O que não tá certo é eles obrigarem o véio a fazer as provas no estado em que ele está!"

"E o Oz?"

"Fingiu que não viu."

"Impossível. Ele não teria deixado passar. De jeito nenhum."

"Índio, o Oz pode ser um professor severo, mas ele não é injusto. Ele conhece a situação e sabe a capacidade que o Capí tem."

O mineiro acabou concordando. Preocupado, olhou escada acima. "O Capí não vai descer não?"

"Ele quis ficar mais um tempo lá em *Nárnia*, pensando besteira, como fez durante a prova inteira. Eu até tentei argumentar, mas o véio não tava prestando atenção."

"Eu vou lá buscar ele", Índio levantou-se resoluto, subindo as escadas enquanto os outros Pixies permaneciam ali mesmo, pensativos, sentindo-se derrotados. Hugo, inclusive.

Era difícil entender o porquê daquela sensação. Afinal, eles tinham vencido, não tinham?! Haviam destruído os chapeleiros, desipnotizado todo mundo, protegido os refugiados no Nordeste… Então, por que sentiam que, mesmo assim, haviam perdido a guerra?

Talvez tivesse a ver com aquele velho adágio de que 'numa guerra nunca há vencedores'. Ou quem sabe fosse porque Bofronte continuava na escola, livre, tranquilo, no controle, mandando e desmandando ali dentro, nem um pouco abalado com a perda dos chapeleiros, ou com o sumiço dos refugiados.

Hugo olhou para Viny, que caminhava de um lado para o outro, e teve certeza de que o loiro estava pensando exatamente a mesma coisa: apesar de tudo, Mefisto Bofronte havia vencido.

"Será que o véio nunca vai melhorar?" o pixie perguntou transtornado, e antes que Caimana pudesse responder, Pauxy irrompeu pela porta da praia, como o bom Dom Quixote que era, em sua busca implacável por provas que não existiam. O inspetor era seguido de perto pelos Conselheiros Pompeu e Vladimir, que, por sua vez, conversavam discretamente com Bofronte, Ustra, Adusa e Paranhos enquanto os canalhas cruzavam o vão central numa tranquilidade irritante.

O pobre Pauxy ainda não desistira de suas investigações a respeito da hipnose coletiva. Continuava vindo à escola colher depoimentos, fazer perguntas… já virara quase uma piada no colégio, pela insistência inútil. Era tão fácil enganá-lo, coitado. Mas uma coisa todos tinham que admitir: ele era persistente. E muitíssimo honesto – o que, infelizmente, também era motivo de piada.

Só que, daquela vez, Viny olhou para Pauxy de um modo diferente ao vê-lo passar. Quase com um propósito. E Hugo viu que o loiro não estava mais disposto a ficar calado. Não agora, que ele vira o real estrago psicológico que haviam feito no Capí. E assim que aquela comitiva de sete passou por eles, Viny não conseguiu mais conter seu ódio.

"Desgraçado, filho da mãe!" ele berrou, quase pulando em cima de Bofronte, que simplesmente deu um passo atrás, abrindo espaço para que Ustra e os outros agarrassem o loiro.

"Viny!" Caimana gritou sem saber o que fazer, enquanto seu namorado se debatia enfurecido contra os braços que o seguravam.

Bofronte sorriu, virando-se para os Conselheiros com uma calma impressionante. "Seus alunos precisam aprender bons modos, Conselheiro Pompeu." E continuou a seguir para onde estavam indo, enquanto Paranhos procurava tirar o inspetor dali, distraindo-o com assuntos 'mais importantes'.

Chocado pela violência com que um aluno atacara um membro do governo, Pauxy ainda hesitou um pouco antes de entrar no corredor dos signos atrás de Paranhos, mas logo o fez, enquanto Viny se debatia contra os braços que o agarravam, gritando na direção de Pauxy.

"Não sou eu o criminoso, Inspetor! São eles!! Esquece a hipnose coletiva! Eles têm que ser presos por TORTURA! AGHHH!" Viny berrou de repente, caindo no chão e se contorcendo de dor enquanto Ustra sorria, com a varinha apontada para ele.

"Ei!" Caimana protestou, avançando contra o general, que riu das investidas inúteis da menina e só parou de torturar o loiro quando Bofronte voltou e arrancou a varinha de sua mão. "O que você pensa que está fazendo, Ustra?"

"Dando uma lição no guri."

"Isso é abuso!" Caimana puxou Viny para perto de si. "Abuso de autoridade!"

"Peraí, peraí. Alguém aqui falou *tortura*?!" Pauxy voltara pelo corredor, espantado, apesar da insistência de Paranhos, enquanto o Conselheiro Pompeu tentava, a todo custo, disfarçar aquele começo de crise, morrendo de medo do Alto Comissário.

"Não é nada não, Inspetor Pauxy! Eu lhe garanto!" Pompeu insistiu aflito, mas Viny não ia tolerar mais aquele silêncio.

"Tortura sim, Inspetor!" ele apontou para Mefisto, "Eu acuso o Alto Comissário de tortura! Mefisto Bofronte torturou o Capí PESSOALMENTE, por seis dias e sete noites, com a ajuda desses canalhas aí!"

Mefisto abriu um leve sorriso, gostando daquilo, enquanto Ustra dava uma risada claramente tensa, "Bah, Inspetor! Tu achas mesmo que o Alto Comissário perderia o precioso tempo dele torturando um guri?!"

Notando o claro nervosismo no semblante dos Conselheiros, Pauxy ergueu a sobrancelha, percebendo que aquilo era sério mesmo. "Do que o menino está falando, Conselheiro Pompeu? Um aluno foi torturado aqui, é isso mesmo?"

"É coisa de criança, Inspetor."

"Coisa de criança uma ova!" Caimana rebateu, possessa. "Esses homens massacraram o Capí!

"Não ouça as sandices desses jovens, Inspetor Pauxy", Pompeu cortou-a horrorizado, pegando os alunos pelo uniforme e indo ter com eles em particular, "*O que vocês pensam que estão fazendo, pirralhos? Como vai ficar a reputação desta escola se alunos daqui começarem a atacar figuras públicas desse jeito, sem mais nem menos?!*"

"*Sem mais nem menos...*" Viny deu risada, "E como vai ficar a reputação desta escola, Conselheiro, se as mães de todos os alunos daqui descobrirem que o Conselho Escolar anda encobrindo a tortura de estudantes?! Hein?! Me diz!"

Pompeu fitou-o, absolutamente pálido com a ameaça. SABIA que Bofronte havia torturado o Capí. Claro que sabia. Ou pelo menos que algum tipo de tortura havia acontecido, mesmo sem ter certeza do autor. E a ameaça do loiro havia sido bastante clara: se o Conselheiro continuasse negando a tortura, Viny iria pessoalmente contar aquilo para todas as mães do colégio. E a Korkovado sofreria o maior abalo já registrado em seus quase duzentos anos de história, com centenas de alunos sendo retirados às pressas de lá por mães e pais apavorados.

Já Vladimir não fazia ideia do que estava acontecendo ali. Acabara de voltar de viagem e agora olhava para eles sem entender nada. *"Como assim, gente? O Ítalo foi torturado?!"*

"É calúnia!" Ustra gritou, furioso. "Não há prova alguma que corrobore essa acusação absurda, Conselheiro Vladimir. Pode perguntar ao guri! Ele vai te confirmar que não aconteceu nada! No máximo, ele se guasqueou naquela escada ali."

"Ha! Queda de escada, que ótimo", Viny ironizou, irritadíssimo. "Essa é a desculpa mais antiga da história, general!"

Perplexo com tudo aquilo, Vladimir olhou para o loiro, demonstrando genuína preocupação, "O Ítalo chegou a prestar uma queixa formal contra o Alto Comissário, criança?"

Viny desviou o rosto, negando. Não, Capí não registrara queixa alguma.

"E ele alguma vez sequer *mencionou* algum de nossos nomes, Sr. Y-Piranga?" Ustra adicionou, e Viny fitou-o chocado. Não. Capí nunca mencionara nomes. Ao menos não para ele.

"Viram só?! HA!"

"Nem foi necessário, né, Ustra?!" Caimana respondeu pelo namorado. "Pauxy, este homem visitou o Capí na enfermaria todo santo dia por quase dois meses, só para intimidá-lo. Em todos esses dias, depois que o Ustra saía, o Capí tinha uma crise de pânico tão grande, que doía na gente! O senhor acha que alguém, nessas condições, teria a capacidade de denunciar qualquer coisa?!"

"Ahhh! Chegou quem faltava!" Ustra comemorou vendo Capí se aproximar com a ajuda de Índio. Estava ainda mais abatido do que antes... Aquela prova lhe tirara as poucas energias que havia recuperado.

Percebendo a presença de todos ali no pátio central, Capí arregalou os olhos, assustado, entendendo o que se passava e, então, contra todos os seus instintos, procurou se acalmar. Apoiando a bengala no chão, tentou manter-se de pé sozinho, sem a ajuda do mineiro, para ao menos enfrentar seus algozes com alguma dignidade, já que agora não tinha outra escolha.

"Grande professorzinho!" Ustra aproximou-se, com uma falsa simpatia que dava nojo. "O professorzinho deveria tomar mais cuidado por onde anda... *Né, filhote?*" ele fez um carinho no rosto de Capí, que afastou a cabeça, num misto de medo e repulsa.

"Como vai a garganta? Melhorzinha?" Ustra murmurou, apenas alto o suficiente para que os outros Pixies ouvissem, e Hugo viu nos olhos de Capí algo que nunca pensara encontrar neles algum dia:

ÓDIO.

Puro ódio... Mas o medo foi maior, e logo o pixie desviou o olhar, em pânico.

"Calma, Capí. Respira devagar", Caimana pressionou os ombros do amigo, tentando confortá-lo, e Ustra ali, adorando aquilo tudo.

"SEU FILHO DA MÃE!" Viny partiu para cima do gaúcho, mas foi segurado por Índio e por Hugo, que, juntos, quase não conseguiram detê-lo, de tão furioso que ele estava. "Viu, Inspetor?! VIU?! Eu acuso Ustra, Lobo, Bismarck, Paranhos, e todos esses crápulas de tortura! Mas, principalmente, eu acuso Mefisto Bofronte!"

Ustra deu risada, impaciente. "Chega dessa lenga-lenga, guri abostado! Isso tudo é pura invenção de tua cabecinha fértil! Vocês não têm provas, gurizada! Vocês não têm testemunhas! Nem teu amigo aqui registrou uma acusação formal até agora!"

Capí abaixou a cabeça, completamente amedrontado, e Ustra chegou seu rosto bem próximo ao do jovem, *"Quer registrar, filhote? Quer?"*

"Sai de perto dele, seu canalha!" Viny empurrou o general para trás, e Pauxy teve de separar os dois antes que Ustra metesse a mão na cara do garoto, chamando três CUCAs para mantê-los separados, enquanto ia falar com o principal interessado naquilo tudo.

"Senhor Ítalo", Pauxy aproximou-se, com bastante cuidado. Já percebera o estado de completa fragilidade do aluno. E Capí fitou o inspetor, sem realmente fitá-lo. Não queria estar ali... Para Hugo, aquilo estava mais do que claro.

Viny havia sido um babaca com o amigo. Praticamente o obrigara a enfrentar aquilo.

"Senhor Ítalo, o senhor foi torturado por este homem?" Pauxy apontou para Bofronte, que ficou olhando para o pixie; calmo, sério, sem o escárnio detestável de seu general gaúcho. Muito pelo contrário. Encarava seu jovem adversário até com certo respeito. Como se estivesse curioso para ver se o garoto teria coragem de acusá-lo; se superaria o medo que estava sentindo.

"Eu preciso ouvir a acusação de sua boca, rapaz", Pauxy insistiu, e Capí olhou, inseguro, para cada um ali: cada um dos Conselheiros, cada um dos Pixies, até fixar-se novamente nos olhos verdes de Bofronte.

Por alguma estranha razão, Capí parecia ficar mais calmo quando olhava para o Alto Comissário. Era como se os dois se entendessem, depois de tantos dias de tortura. E se respeitassem.

Capí parecia ter muito mais medo de Ustra do que de Bofronte, e foi quando o pixie voltou seu olhar para o gaúcho, que o pânico o atacou novamente, e Capí baixou os olhos, recusando-se a responder à pergunta do Inspetor.

"Viu só!" Ustra sorriu. "Esta denúncia é uma mentira! Nem o guri nos acusou! Se ninguém viu, não aconteceu, amiguinhos. Não há testemunhas, não há provas, não há nada! Até porque o Inspetor aqui bem sabe, que não se pode prender ninguém por *tortura* apenas com o testemunho da possível vítima. Um único testemunho não é prova suficiente de coisa alguma."

"ENTÃO EU ACUSO!" um homem gritou lá de trás, entrando no pátio principal pelo salão dos signos. *"EU ACUSO PORQUE EU VI!"*

Todos se voltaram surpresos para o dono daquela voz.

Era um homem magro, vestido em um manto negro, de capuz sobre os olhos. Um homem cuja voz todos os Pixies reconheciam, e cujo manto Índio certamente identificava, pois um dia havia sido seu.

Playboy tinha voltado.

CAPÍTULO 70
REDENÇÃO

O bandido tirou o capuz, revelando um rosto bem mais amadurecido do que da última vez que Hugo o vira. Com o semblante sério, de barba por fazer e uma postura surpreendentemente elegante – obra dos ensinamentos do pixie que ele traíra – Playboy nem parecia azêmola, vestido de bruxo daquele jeito. Só suas novas feridas, ainda cicatrizando no rosto, poderiam delatar sua real condição de mequetrefe. Um bruxo de verdade já as teria curado.

"Quem é você, rapaz?" Pauxy perguntou, estranhando a intromissão de um completo desconhecido, e Hugo sentiu seu coração dar um salto ao perceber que todos os Pixies corriam sério perigo. Bastava que o bandido mencionasse o nome de qualquer um deles, para que eles fossem expulsos da comunidade bruxa para sempre, por ocultação de azêmola.

Mas Playboy não parecia disposto a entregá-los. Muito pelo contrário. Mancando em direção a Ustra, com a coluna perfeitamente ereta e a coragem de quem não tinha mais medo de nada, dirigiu a palavra ao gentil Pauxy, sem, no entanto, tirar seus olhos do odiado general de Bofronte. "Meu nome é Micael, seu delegado. Micael Adamantino. E eu acuso esse homem de tortura. Esse aí mermo: Ustra Labatut. É esse o nome dele, né? Então, eu vi. Eu vi ele torturando o garoto."

Pompeu ainda estava perplexo diante do visitante. "Mas quem é você, criatura?! Como você entrou aqui na escola?!"

"Ué, por quê?!" Pauxy olhou-os confuso. "Ele não trabalha aqui?!"

Os Conselheiros negaram e Playboy fitou-o, sério. "Segura aí que eu já explico, delegado."

"Inspetor."

"Inspetor, delegado, dá na mesma. É tudo *polícia*. Seguinte: uns dois, três mês atrás eu cai nessa escola por um buraco lá no teto."

Dois, três meses? Hugo estranhou. Dois, três meses atrás tinha acontecido a invasão da rádio! O bandido caíra pelo menos sete meses antes daquilo!

Foi então que Hugo percebeu: Playboy estava mentindo... Mentindo para protegê-los! Não iria mencionar nenhum deles!

"Daí, depois que eu caí no mar, eu nadei até aquela praia ali sozinho e fiquei escondido por aí, vendo tudo. Só de butuca, tá ligado? Malocando comida quando eu tava com fome... observando as imediação, vendo os aluno... sem saber como sair; com medo que alguém me encontrasse aqui e tal. Até que esse cara aí me achou", Playboy apontou para Ustra, que ouvia a tudo com um semblante nada amigável. "Ele me ameaçô. Disse que eu tinha invadido a escola e que ele ia fazê picadinho de mim. Disse que ninguém sabia que eu tava aqui mermo, e que eu ia poder gritar o quanto eu quisesse, que ninguém ia ouví os meus grito. Eu fiquei boladão, ae!"

Hugo sorriu. O antigo Playboy ainda estava ali, apesar da roupa e da postura.

"Daí eu tive que contar pra ele as coisa que eu sabia, entende?!" Playboy prosseguiu, olhando para Pauxy, mas, no fundo, falando com os Pixies. Dizendo-lhes que ele não tivera escolha; que entregara Eimi porque havia sido ameaçado. Pedindo perdão, em silêncio.

"Não, eu não estou entendendo, rapaz", Pauxy respondeu intrigado. "Por que você se escondeu? O que tem de errado você estar aqui na escola?"

"É que eu não sou bruxo, tá ligado?"

Pauxy arregalou os olhos, "Não?!" enquanto Vladmir empalidecia, "Um azêmola na Korkovado?! Impossível!"

Bofronte deu uma leve risada, "Nem tão impossível assim, Conselheiro. Ele não é o único. Esta escola é uma bagunça."

"Como assim, não é o único?!" Vladmir estava besta. "Eu viajo por alguns meses e mais de um azêmola se infiltra nesta escola?! Ainda bem que eu resolvi voltar antes da hora!"

Pauxy ainda parecia chocado. "Se você é azêmola, da onde veio essa roupa de bruxo?!"

"Era exatamente isso que eu ia perguntar, Inspetor!" Pompeu avançou contra Playboy. "Alguém daqui te ajudou. Quem foi? Diz!"

"Iiiih, ninguém me ajudou, não, ae! Eu lá preciso de ajuda de pirralho?!"

"Então como você explica esse manto?!"

"Eu roubei!" Playboy respondeu com absoluta firmeza. "Surrupiei daquele ali ó!" e apontou para Índio, que ergueu a sobrancelha.

"Ó, pode vê", Micael tirou o manto. "Tem até o nome dele aqui, ó. Vir…gí… li… o. Isso. Virgílio. Acho que é o nome dele."

Pompeu arrancou o manto de suas mãos. "É, esse é o nome dele sim."

Com a confirmação de que estavam diante de um verdadeiro azêmola, os CUCAs avançaram contra o bandido, agarrando-o sem qualquer ordem de Pauxy.

"Ih!" Playboy deu risada, vendo seus braços serem segurados com força pelos policiais. "Grande coisa. Eu não tenho medo de cara feia de *poliça* não, ae! Aquele ali ó", ele indicou Ustra com a cabeça, "Aquele ali é mil vezes pior que vocês. Eu tô dizendo, delegado, eu vi ele torturando o garoto. Vi sim! Ele manja das covardia, e manja muito!"

"Isso é calúnia, Inspetor!" Ustra começou a protestar, mas foi cortado por Pauxy que, com um gesto, impediu que ele continuasse a falar. "Viu como, rapaz?"

"Eu vi eles capturá o garoto no corredor. Eu tava com eles quando eles derrubaram o garoto da vassoura. Ele e os maluco de chapéu. E quando os feitiço deles não funcionou contra o moleque e tal, eles bateram com a cabeça do garoto na parede. O resto, esse Ustra aí me obrigou a assistí, mesmo depois que ele não precisava mais da minha ajuda. Achô divertido ver os meus arrependimento. Me deixô lá, trancado numa das salas da casa, vendo as tortura por uns filetes da porta, ouvindo os gritos, os gemidos…"

Capí desviou o rosto para o chão, envergonhado.

"*Não tem por que sentir vergonha, véio*", Viny murmurou, envolvendo-o em um abraço de irmão, e Playboy concordou, "Não tem mesmo", olhando para Capí com um respeito que Hugo nunca vira nos olhos do bandido. "O que esse garoto sofreu são poucos que aguenta, viu? Pode acreditar. Eu nunca vi nada parecido, e olha que eu já vi muita coisa nessa vida, delegado. E daí eles me levaram dali, no quarto ou quinto dia, quando eles já tinham se divertido bastante com o meu arrependimento. Me desovaram ali no Dona Marta como combinado, e eu fiquei lá, arrependido. Arrependido de ter ajudado eles a capturá o garoto."

"Como você ajudou, exatamente?"

"Contando pra esse Ustra aí as coisa que eu ouvi quando eu tava de butuca pela escola. Quando ele me ameaçô, eu tive que pensar rápido. Daí eu disse que eu tinha como ajudar ele, se ele não me matasse. Eu disse que eu sabia como afetar o elo mais fraco dos Piksis... É *Piksis* que fala, né?"

Capí confirmou, olhando para o bandido com um misto de mágoa e pena.

Elo mais fraco... Playboy estava falando do Eimi, não do Capí. Estava falando do Eimi sem dizer o nome do menino. Pouparia a integridade do mineirinho, deixando-o de fora da história, com toda a parte sobre a cocaína e sobre como ele ajudara Ustra a consegui-la para chantagear o garoto. Em suma, deixando tudo de fora. No fundo, Playboy estava contando uma completa mentira; assumindo a culpa pela denúncia que Eimi fizera drogado, e ignorando completamente o resto, de modo que só os Pixies entendessem sobre o que ele estava falando.

Os CUCAs que pensassem que o tal 'elo mais fraco' era o Capí.

"Ó, desculpa ae, garoto", ele olhou para o pixie, "Ele ia fazê picadinho de mim se eu não contasse."

Capí assentiu. Sabia do que Ustra era capaz.

"Eu vi que, entregando os tais Piksis, esse Ustra aí ia me deixá vivo. E talvez até me ajudasse a resolvê uns problema que eu tinha lá em cima com uma pessoa lá e tal. Ele me prometeu que ia me ajudar se eu ajudasse ele. Prometeu que ia me soltá na comunidade e ia acabá com um inimigo meu se eu desse os bagulho pra ele."

"Que '*bagulho*'?"

"Ah, não interessa, delegado! Uns bagulho doido lá! *Bagulho* é modo de dizê!" Playboy desconversou. "O que importa é que foi esse Ustra aí que torturô o garoto! Eu vi ele com o garoto. Ele e mais uns quinze, revezando, pra não deixá o garoto dormir."

Quinze?! Hugo olhou penalizado para Capí, que parecia perdido em memórias novamente. Ele havia sido torturado por QUINZE e não dissera nada?!

"Ó, eu não sei o nome dos outro não, mas o garoto deve saber. Eles não se preocuparam muito em escondê o rosto não. Eles vendavam o garoto e tal, mas nem sempre, e nas vez que eu vi que ele tava vendado, era mais pra fazer terrorismo mermo, tá ligado? Recebê porrada sem sabê quando e onde ela vai chegá é a pior coisa do mundo."

"Quanta bobagem..." Ustra deu risada, fingindo inocência.

"Depois que esse aí conseguiu todo os bagulho que ele queria comigo, ele me jogou lá no meio dos bandido, lá da minha comunidade. Não cumpriu nenhuma promessinha que fez pra mim! Me jogô lá e mandô me darem uma surra antes de me matarem. Eles me bateram até não podê mais, mas eu sobrevivi, ae! Eu sobrevivi porque eu tinha que voltar aqui pra ajudar o garoto. Isso me deu coragem e me deu força pra enfrentá meus adversário de frente", ele concluiu com orgulho, olhando para Hugo, que entendeu.

Ele havia matado o Caolho. Retomado o controle do morro. E, mesmo tendo conseguido tudo que queria, voltara para ajudar o Capí.

"Eu só demorei um pouquinho pra me recuperá da surra, tá ligado? Mas eu consegui. Eu consegui e cheguei pra te ferrar!" ele apontou o dedo contra Ustra, que deu risada, "Inspetor, eu nem conheço este cusco aí! Tu vais realmente acreditar em um bandidinho de quinta categoria?"

"EX-bandidinho de quinta categoria!" Playboy corrigiu com orgulho, mas foi interrompido por uma voz vinda da escada central.

"*Se tu não conheces o guri, Ustra, como tu sabes que ele é um bandido?*"

Ustra ficou pálido e, só depois de alguns segundos, olhou furioso para Atlas, que descia a escada central, ainda parecendo um pouco doente, mas vivo, alerta. E Playboy deu risada pelo nariz, vendo a raiva no olhar do general, "Aha! Se entregô, mané! Tá ferrado! Eu não disse pra ninguém que eu era bandido! Tu só sabe porque tu me conhece, otário!"

Vermelho de ódio, Ustra continuou a olhar furioso para Atlas, que se aproximava lentamente de seu maior adversário.

"Ups", o professor caçoou.

"*Cusco maldito...* 'Bandidinho' foi força de expressão, Inspetor! Este guaipeca só está de vingança porque eu o expulsei de dois colégios!"

"Não me pareceu força de expressão, senhor Labatut", Pauxy retrucou, ordenando, com um gesto, que prendessem o general.

"Ei! Que absurdo é esse?!" Ustra protestou, tentando se desvencilhar dos CUCAs que chegavam para levá-lo. "Ele é um azêmola! Desde quando o testemunho de um maldito azêmola conta para alguma coisa?!"

"Para mim, conta."

"Aeeee, xerife!" Playboy comemorou empolgado.

"Isso é ridículo, Inspetor! Se fosse verdade, eu teria matado esse bandido! Não teria deixado o cusco vivo pra que me denunciasse depois!"

Playboy deu risada, "Bem que tu tentou, né?! Acontece, delegado, que ele se achô superior demais, por ser bruxo e tal, sabe? Não quis sujar as mão matando alguém como eu. Deixô a tarefa pra gente 'menor', né? HA! Se ferrô!" ele ergueu o dedo na cara de Ustra, que tirou sua mão do caminho com um tapa e teve o braço imediatamente puxado para trás por um dos CUCAs, enquanto ele e Playboy trocavam olhares nada simpáticos.

"Seu bandidinho maldito..."

"*Bandidinho* o caramba, rapá! Agora eu sô da igreja! Me chama de bandidinho de novo que eu te sento a bala!" Playboy avançou contra o general, mas foi impedido pelos CUCAs, que voltaram a agarrá-lo com firmeza.

"E Bofronte, Inspetor?!" Viny insistiu. "Ele foi o mandante de tudo! Ele tava lá! Eu sei que tava! Micael, ele não tava lá?!"

Playboy meneou a cabeça, "Ó... aí eu já não sei. Tinha muita gente, viu? E, tipo, pelos filete da porta eu só conseguia ver o garoto quando ele tava no chão, e as botas de alguns deles."

"Eu disse! Isso é um absurdo!" Ustra protestou, ainda tentando se desvencilhar dos três que o seguravam. "É tudo mentira desse bandido aí! Eles combinaram tudo! Ele e esses *Pixies*!

Esses guris não passam de baderneiros que querem expulsar a Comissão do colégio! E ainda têm o topete de acusar o Alto Comissário da República!"

Pauxy voltou-se para Capí, ciente de que o garoto ainda estava com medo, e murmurou a pergunta novamente, com todo o cuidado possível, "Senhor Ítalo, o senhor foi torturado por esses homens?"

Capí olhou para o Inspetor, voltando a transpirar de nervoso, e Pauxy pressionou, "O senhor confirma as acusações feitas contra Mefisto Bofronte?"

Atlas pôs as mãos nos ombros do aluno. "*Eu estou aqui, guri. Eu estou aqui por tua causa.*"

Capí fechou os olhos e apertou a mão do professor com força, agradecendo o apoio, mas ainda estava com medo, e Pauxy entendia. A compaixão nos olhos do Inspetor era evidente.

"... Não precisa acusá-lo diretamente, meu jovem. Não ainda. Vamos fazer o seguinte: se você confirmar que houve tortura, sem me dizer qualquer nome, eu prendo os dois."

Capí fitou-o surpreso.

"Confie em mim, rapaz. Eu te garanto que protejo quem quer que eles estejam ameaçando."

Hugo ergueu a sobrancelha, impressionado com a capacidade de percepção do inspetor, que Hugo sempre julgara ser um grande bobalhão. Enquanto isso, Capí olhava, tenso, para cada um ali, pausando em Playboy, que parecia tão na expectativa quanto os outros.

Pela primeira vez, Ustra fitava-o inseguro, sem toda aquela sua arrogância. A inquietação do general tinha um motivo evidente: Capí finalmente recebera a garantia que precisava ouvir. Pauxy protegeria Gislene, não importa o que acontecesse.

"E então, jovem?" o inspetor insistiu. "Houve tortura ou foi só uma queda da escada, como o Sr. Labatut sugeriu?"

Respirando fundo, o pixie pareceu tomar coragem. Arregaçando a manga esquerda da camisa com dificuldade, mas resoluto, enquanto mantinha seus olhos fixos em Bofronte, a metros de distância, Capí mostrou seu braço dilacerado ao inspetor, perguntando com a voz cheia de rancor, "O que lhe parece?"

Atlas apertou os ombros do aluno em aprovação, enquanto o Alto Comissário olhava para Capí com certo orgulho do garoto; talvez pela coragem que ele acabara de demonstrar ao desafiá-lo.

"Acho que o senhor terá de vir conosco, senhor Bofronte", um dos policiais aproximou-se educadamente, pegando-o pelo braço até com bastante respeito, e Mefisto assentiu, pedindo a Pauxy apenas um instante para que pudesse acertar as coisas com seus assistentes.

Permissão concedida, o Alto Comissário voltou-se para Adusa, deixando com ele seu cajado e sua varinha, e comunicando-se com seu cão-de-guarda por meio de apenas um olhar antes de entregar-se para o CUCA que o abordara. E, enquanto Ustra vociferava indignado contra aqueles que queriam algemá-lo, gritando que aquilo era um absurdo, uma arbitrariedade, que ele, Ustra, era uma figura pública, que o que estavam fazendo era humilhação indevida etc. etc. Mefisto ofereceu suas mãos às algemas tranquilamente.

Era muita classe num homem só.

"Vocês sabem que não podem me prender sem provas, não sabem?" Bofronte perguntou, na mais absoluta calma, enquanto um dos policiais trancava as correntes em seus pulsos, "A gente não sabe de nada não, senhor."

"Isso é abuso de autoridade!" Ustra berrava enquanto suas mãos eram forçadas para trás por quatro CUCAs, "Vocês sabem quem vocês estão prendendo?!"

"Sei sim! O Grande barão de Ustra!" Pauxy respondeu, de repente agigantando-se. "Por quê? Faz alguma diferença quem você é?"

"HA! Isso aí, Inspetor!" Viny deu risada.

"Vocês não podem me algemar! Eu sou uma autoridade! Isso é um abuso!"

Pauxy bufou, sem paciência, "Você não é melhor do que ninguém, amigão."

E enquanto Adusa permanecia quieto em seu canto, a exemplo do Alto Comissário, Paranhos vociferava junto a Ustra, tentando impedir as duas prisões. "Seja sensato, Inspetor! Se eles quisessem torturar o garoto, eles teriam usado feitiços! Nunca teriam feito esse estrago nos braços do rapaz!"

"Isso nós vamos ver, Paranhos." Pauxy fez sinal para que os dois acusados fossem retirados.

Adorando aquilo tudo, Micael desvencilhou um de seus braços, apontando para Ustra mais uma vez, "Perdeu, playboy!" e o general lançou-lhe um olhar assassino antes de ser praticamente arrastado para o exterior.

"Ei!! O que vocês estão fazendo?!" Beni perguntou, pasmo, chegando das comemorações na praia e vendo os dois sendo levados pelos CUCAs.

Viny cruzou os braços, respondendo muitíssimo satisfeito, "Estão fazendo o que deviam fazer com todos os criminosos, Beni."

Mas o jovem parecia transtornado demais para dar-lhe ouvidos. Apressando-se até os CUCAs que acompanhavam Bofronte, meteu-se entre eles e o Alto Comissário. "Padrinho! Eles não podem fazer isso!"

Mefisto procurou acalmá-lo, fazendo um carinho no rosto do afilhado com as mãos algemadas. "Beni, querido", ele olhou para o jovem com admiração. "Você cresceu tão rápido…"

"Eles estão te prendendo, padrinho!" Beni protestou; seus olhos já úmidos. "É tudo minha culpa! Eu não devia ter feito aquele maldito musical!"

Bofronte sorriu com ternura. Pondo um dedo nos lábios do afilhado, murmurou, "Você cantou lindamente."

Antes que Beni pudesse baixar a cabeça, arrependido, Mefisto ergueu o queixo do afilhado, fitando-o orgulhoso. "Mande meus cumprimentos a seu pai, sim?"

Beni assentiu e os CUCAs deram um empurrão no Alto Comissário para que ele voltasse a andar.

Desnecessário uso da força, mas Bofronte obedeceu sem reclamar, acompanhando os policiais em direção à praia, onde a maioria dos alunos já assistia abismada. Tinham acabado de ser avisados por Viny, que avançara na frente só para ter o prazer de postar-se, triunfante, na porta de saída.

Mas a satisfação do loiro durou pouco.

Em vez de olhar com antipatia para o pirralho responsável por sua prisão, Mefisto apenas lhe disse, "Cuide bem do meu menino, sim?" indicando Beni com um olhar discreto. Viny fitou-o, surpreso.

"Ele realmente gosta de você... Te ama de verdade", Bofronte concluiu antes de ser empurrado em direção à praia, com truculência. Tomaram, então, o caminho do refeitório e da saída do colégio, deixando um Viny completamente pasmo para trás.

"Calma! Calma! Não precisam ser tão *delicados* assim, amiguinhos!" Playboy dizia brincando, enquanto era conduzido com ainda mais brutalidade pelos CUCAs. Esticando-se todo para trás, o bandido gritou, "E ae, Formiga! Fiz bonito?"

Achando graça, Hugo apenas sorriu.

"Formiga? Que formiga?" Pompeu estranhou, mas Hugo deu de ombros, fingindo não saber de nada.

Salvo pelo apelido que nunca gostara.

"Peraí, peraí!" Playboy ficou sério de repente, pela primeira vez tentando realmente deter os passos dos policiais que o levavam, e os CUCAs pararam, olhando desconfiados para o bandido, que pediu, "Deixa eu só levar um papo com o moleque ali?" indicando Capí com os olhos.

Os policiais ficaram olhando para Pauxy, a espera de uma resposta do inspetor.

"Pô, delegado, só um pouquinho, vai! Torturaram o moleque por minha culpa, ae..."

Pauxy ainda hesitou um pouco, mas acabou permitindo que o soltassem.

Acariciando os próprios braços, magoados pelos apertões dos policiais, Playboy foi até o pixie e pousou as mãos em seus ombros, com cuidado para não machucá-lo.

Olhando Capí com seriedade e respeito, murmurou para que ninguém mais ouvisse, além deles três, "O que tu fez por mim, garoto... eu nunca vou esquecê."

Capí fechou os olhos, dolorosamente, ao murmurar "*Vai sim...*", e Hugo mordeu os lábios, percebendo que o pixie tinha razão. Iam apagar a memória do Playboy... claro. Nunca deixariam um azêmola sair dali com tanto conhecimento sobre o mundo bruxo.

"Desculpa eu ter te machucado, ae", Playboy prosseguiu, sem entender o que Capí dissera. "E desculpa eu ter machucado o teu mineirinho."

"Você não teve escolha."

Playboy negou, bastante sério. "Eu tive escolha sim. Eu podia ter escolhido morrer nas mãos do gaúcho."

E os CUCAs agarraram o bandido novamente, começando a levá-lo para fora.

"Tu tem meu respeito, garoto!" ele ainda conseguiu dizer, antes que o tirassem dali. "Que Jesus te abençoe, porque tu merece tudo de bom!"

Desconfiado, o comandante dos CUCAs aproximou-se do pixie, "O que o azêmola queria com você?"

"Se desculpar por ter me denunciado", Capí respondeu, ainda olhando para a porta por onde Micael saíra.

"Vocês não se conheciam não, né?!"

"Não."

O comandante ainda fitou o pixie por alguns segundos antes de dar-se por satisfeito. Então, saiu do pátio interno, seguido de perto por Pauxy e Pompeu, que foram acompanhar a comitiva até a saída da escola. Vladimir ficou na praia mesmo, tentando acalmar os alunos, que estavam em polvorosa lá fora, querendo entender o que acontecera.

E, enquanto Caimana comemorava as prisões com um sorriso esperto na direção do Índio, e Viny ia consolar Beni do outro lado do vão central, Hugo viu Capí sentar-se num canto, calado, e foi até ele, acomodando-se próximo ao amigo.

O pixie baixou a cabeça. Parecia realmente magoado. Cansado daquilo tudo. E não era para menos... Três pessoas que ele ajudara haviam sido os principais responsáveis por sua tortura: Eimi, Playboy e Hugo. Devia ser duro. Até para a tolerância imensa do pixie.

"Eu não entendi uma coisa", Hugo coçou a cabeça, tentando quebrar o silêncio. "Se o Ustra desovou o Playboy lá no Dona Marta, como ele conseguiu voltar pra cá se ele não sabia como entrar no colégio? Ele caiu lá de cima de novo?!"

O pixie negou. "Tem um túnel secreto nos aposentos do Pedrinho, que conecta a Korkovado ao palácio lá na Quinta da Boa Vista, onde o Pedro nasceu e viveu a infância inteira."

"O que agora virou museu?"

Capí confirmou, "Museu de História Natural."

"Bom saber."

"O Pedrinho usava esse túnel de madrugada, pra ir do quarto azêmola dele até seus aposentos bruxos, sem que sua família ficasse sabendo. É bem provável que ele tenha contado pro Micael sobre a passagem."

"Ainda bem, né?" Hugo exclamou, mas Capí já ficara pensativo de novo.

"Triste com a traição do Playboy?"

O pixie negou. "Ele não teve escolha."

"Então... o que foi?"

Capí suspirou, chateado demais para responder de imediato. "Eu não escondi o Micael no quarto do Pedrinho à toa, Hugo. Os Aposentos Imperiais são impossíveis de serem encontrados por quem não está procurando. Poucas passagens levam até eles, e as que levam, além de secretas, requerem certo esforço pra serem vencidas. Não é qualquer recostada naquele quadro negro que faz com que ele se abra. A pessoa precisa empurrá-lo com muita força. Enfim, o que eu estou tentando dizer é que Ustra não encontrou os Aposentos Imperiais por acidente. Ele *sabia* onde empurrar."

Hugo arregalou os olhos, abismado. "Alguém caguetou o Playboy!"

Capí confirmou. "*Uma sequência de pequenas crueldades...*"

"Mas quem?!"

"Até ano passado, só eu, o Atlas e a Zô sabíamos da existência dos aposentos."

"Só vocês três? Tem certeza?!"

Capí confirmou, e a tristeza em seus olhos dizia tudo: quem quer que houvesse denunciado Playboy, tinha descoberto sobre os aposentos naquele ano, com Hugo e com os outros Pixies.

"Bom, então a gente não tem muitas opções, né? Ou foi a Gi, ou foi o Rafinha."

"Ou o saci", o pixie adicionou, mas Hugo achou pouco provável. "O Peteca tinha acabado de te salvar lá no Maranhão. Ele não ia fazer nada pra te prejudicar."

"E os outros fariam?!"

"Não, claro que não. Nunca pra te prejudicar. Mas eles dois estavam cegos de ódio, Capí. Quem quer que tenha denunciado o Playboy, não pensou nas consequências. Só na vingança."

O pixie meneou a cabeça, tendo que concordar.

"Bom, a Gi..."

"A Gi não faria isso", Capí cortou-o, resoluto. "Ela nunca condenaria ninguém pelas costas."

"O Rafinha, então."

Capí passou as mãos pela cabeça, transtornado. Claramente tentando engolir a decepção que estava sentindo. "Se foi mesmo ele, Hugo... me promete que você nunca vai confrontá-lo com isso."

Hugo ergueu a sobrancelha, "Mas se foi mesmo o Rafinha, ele tem que ficar sabendo que foi responsável pela sua tortura!"

"Não, ele não precisa saber. *Você* aguenta essa culpa; eu não sei se ele aguentaria. Prefiro ver o Rafa aqui com a gente do que de volta nas ruas, se afundando em remorso. Eu conheço bem ele. O Rafa fugiria da Korkovado, só pra não me encarar. E eu não quero perder mais um."

Hugo assentiu, apesar de não concordar inteiramente com aquilo, e Capí apoiou a testa nas mãos, exausto; a dor que estava sentindo agora muito mais moral do que física. Hugo sabia.

"Você acha mesmo que eles vão apagar a memória do Playboy?"

Capí confirmou, arrasado. "Um ano inteiro de experiências; um ano inteiro de aprendizado..."

"Lá no fundo, ele vai se lembrar, Capí", Caimana aproximou-se, fazendo um carinho no amigo. "Tudo que ele aprendeu aqui vai continuar lá no inconsciente dele."

"Tomara, Cai... Tomara. Agora é torcer pra que eles tenham acreditado na data que o Micael deu, e apaguem só três meses de memória", Capí suspirou, destruído. "Ele não devia ter se entregado."

"Claro que devia, véio! Tá maluco?!" Viny apareceu, desistindo de tentar alegrar o Beni. "Se não fosse pela denúncia do Playboy, o Ustra não tinha sido preso! Nem o Bofronte, né? Já que você não ia denunciar."

"Grande coisa. Eles não vão ficar presos por muito tempo."

"Claro que vão, relaxa. Tortura é crime hediondo!"

"*Crime hediondo...*" Capí deu risada, destroçado. "Eles não vão ficar nem duas horas na cadeia, Viny! Se é que eles vão chegar lá! Cai na real! Ninguém com o mínimo de influência fica preso no Brasil!"

Infelizmente, Hugo sabia o quanto o pixie estava certo.

"Mas o Pauxy é honesto, véio! Todo mundo sabe disso! Se fosse pelos CUCAs, eu até diria que o Alto Comissário ia subornar os caras, mas o Pauxy?!"

"A honestidade dele não vai fazer diferença nenhuma, Viny", Índio cortou. "O Pauxy é ingênuo demais! Prendeu os dois por ideologia, por sede de justiça, mas nem o policial mais honesto pode manter duas pessoas na cadeia sem provas! Simples assim. Bofronte mesmo disse isso! Não é à toa que ele tava tão tranquilo. Não vai ser um suborno que vai tirar os dois da prisão. Eles vão sair legalmente, porque a gente não tem prova nenhuma contra eles! Continuamos com o mesmo problema de antes! A Guarda de Midas nunca teria feito o que o Pauxy fez."

"Mas a gente tem provas!"

Capí negou. "Testemunhos não são provas concretas. Se fossem, Justus tinha prendido o Ustra meses atrás, pela participação que a gente *disse* que ele teve no massacre do Maranhão."

"E as marcas no teu corpo, véio?! E as provas no local do crime?!"

"Que local do crime, Viny?! Não tem local do crime! O Alto Comissário é esperto! Eles agiram no único lugar do planeta que se apaga depois que o criminoso sai!"

Viny fitou-o, sem palavras. Capí prosseguiu. "Mesmo que os investigadores entrassem com ele na Sala das Lágrimas, se é que aquela ilusão é *dele*, não encontrariam nem vestígio da tortura. A sala se refaz toda vez que a gente entra."

"… Filho da mãe."

"Vai ser a minha palavra, e a palavra de um *azêmola,* contra a do Alto Comissário da República."

"Tá, talvez ele não fique preso, mas ele vai ser julgado, processado! Tu vai conseguir, véio! Tu ainda tem o teu corpo como prova!"

"Prova da tortura. Não dos autores dela."

Consternado, Viny coçou a cabeça, recusando-se a desistir, "E se a gente fosse nas cortes registrar um pedido de quebra de sigilo de varinha?! Com uma autorização judicial, eles vão poder confiscar as varinhas de todos eles e rastrear os feitiços que eles usaram na época da tua tortura!"

"Nenhum deles usou varinha pra me torturar, esqueceu? Eu sou imune."

"Putz… verdade. Mas a Kanpai disse que eles chegaram a usar alguns feitiços de contato em você! Não foi?"

"Pra esses, ele usou a Furiosa, Viny. Desiste."

O loiro fez uma careta de horror. "Ele usou a tua própria varinha pra te torturar?! Que cara doente!"

"Doente não. Brilhante", Índio corrigiu, irritado. "Mas pode deixar, a gente vai entrar com um processo contra ele mesmo assim. O Alto Comissário não vai poder fazer nada politicamente com um julgamento desses em tramitação. Isso deve adiar os planos dele, pelo menos por alguns meses."

Capí concordou, mas parecia preocupado. Muito preocupado. Provavelmente com a retaliação que, certamente, viria. Acusar Bofronte sem dizer seu nome era uma coisa; acusá-lo em um Tribunal era outra completamente diferente.

"Não se preocupa, Capí", Caimana agachou-se, apertando as mãos do amigo. "Bofronte pode ser cruel, mas ele não é burro. Ele não vai tentar nada contra você, nem contra ninguém que você conheça, antes do julgamento. Pode ter certeza. Qualquer passo em falso que ele der, vai ser um indício contra ele."

Cansado, Capí apenas assentiu. "… Cai, posso ficar na sua casa por alguns dias? Só até…"

"Capí, você pode ficar lá em casa a vida inteira, se quiser."

"Só até eu me recuperar minimamente. Eu não quero que meu pai me veja assim quando ele voltar. Ele não pode ficar sabendo da tortura. Ele é cardíaco, você sabe… pode acontecer alguma coisa…"

"Vai acontecer nada não, véio. Ele não se import…"

Caimana calou o namorado com um único olhar, afagando o rosto ferido do amigo, "Ele não vai te ver assim. Pode deixar."

Capí agradeceu e voltou-se para o mais jovem dos Pixies. "Hugo... eu não sei o quanto o Pauxy vai conseguir cumprir a promessa que ele fez. Se você pudesse... dar uma checada *nela* de vez em quando, durante as férias..."

Hugo assentiu, mesmo sabendo que seria doloroso voltar ao Dona Marta depois de tudo que acontecera. "Deixa comigo."

Os outros Pixies se entreolharam, estranhando aquele entendimento entre os dois. "*Ela* quem? Do que vocês estão falando?!"

Mas Viny foi interrompido pelo som de passos tímidos vindos da entrada do pátio central, e todos se voltaram para trás.

Eimi havia parado ali, na porta, e agora olhava diretamente para Capí, inseguro, envergonhado... mas precisando muito falar com aquele a quem ele traíra.

Capí olhou-o com ternura e os Pixies se afastaram, para dar aos dois a privacidade necessária, enquanto Eimi andava timidamente na direção de seu protetor.

Hugo saiu também, mas não a tempo de evitar um olhar de desprezo do mineirinho, que doeu fundo em sua alma. Fazer o quê? Ele merecia.

Afastando-se por respeito aos dois, Hugo ficou assistindo da porta, vendo Eimi começar a chorar, sem energia, e Capí se levantando preocupado para abraçá-lo, com a pouca força que seu corpo ferido permitia.

O mineirinho deixou-se abraçar, chorando aliviado com o perdão do pixie, enquanto Capí fazia alguma piadinha em seu ouvido, que fez o mineirinho rir, apesar de tudo. Hugo via o imenso esforço físico que o pixie estava fazendo para manter-se naquele abraço, mas confortar o menino era prioridade.

Ali estavam os dois que Hugo mais afetara com seu egoísmo. Dois que precisariam encontrar forças para continuar adiante, e que Hugo esperava, sinceramente, poder ajudar.

Não se arrependia de ter confessado a história da cocaína. Por mais que doesse encarar o desprezo do mineirinho, a paz de espírito do Eimi valia mais do que qualquer satisfação que Hugo poderia ter tido mantendo aquela mentira.

"*As pessoas erram, Eimi...*" Capí estava falando ao menino, agachado diante dele, apesar da dor. "Tente perdoar o Hugo, como eu te perdoei!"

Eimi fechou os olhos numa mágoa profunda, sacudindo a cabeça em negativa, e Hugo desviou o olhar, seu remorso perfurando-o por dentro. Ia demorar um bom tempo até que o mineirinho conseguisse sorrir novamente... se é que algum dia conseguiria. Ainda mais aquele sorriso alegre e inocente de antes.

Hugo tinha destruído o menino.

"Não se culpe tanto", Caimana murmurou ao seu lado, vendo seu remorso transparecer. "Hugo, presta atenção", ela insistiu, tomando seu rosto em ambas as mãos. "Você fez tanta coisa boa esse ano... não foque nas coisas ruins. Você derrotou os chapeleiros, você salvou o professor, salvou o Eimi de uma morte inútil e idiota..."

Hugo negou tudo, começando a chorar. "Não fale como se eu fosse o herói dessa história, Cai... Eu só falei aquilo pra convencer o Índio, mas eu sei que não é verdade. Foi por minha culpa que o Eimi tentou se matar. Foi por minha culpa que torturaram o Capí. Foi por minha culpa que o professor foi atrás dos torturadores daquele jeito. Eu não posso me vangloriar de ter ajudado os três quando eles estavam em perigo justamente por minha causa."

Caimana olhou-o com ternura. "Foi o Hugo de *ontem* que cometeu aqueles erros. O Hugo de *hoje* tentou consertá-los o máximo que pôde", ela sorriu. "Você sacrificou sua amizade com o Eimi pra libertar o menino da culpa que ele estava sentindo. Você sacrificou a imensa admiração que ele sentia por você... Foi um gesto muito nobre da sua parte! Talvez eu não tivesse conseguido fazer o mesmo!"

Hugo desviou o rosto e a pixie fechou os olhos com pena, percebendo que não estava conseguindo convencê-lo. "Às vezes eu acho que você e o Capí sofrem de uma coisa chamada *excesso de remorso*. Sentir remorso é bom, mas até certo ponto! Você não pode deixar que o remorso te destrua assim, Hugo... Você precisa superar isso! Aprender com os erros e seguir adiante! Mas não... Fica aí, se afundando na culpa. Me surpreende você e o Capí ficarem tentando produzir um axé. Não é só sair dizendo *Saravá* não, menino! Pra fazer um axé, a pessoa precisa estar no ápice da felicidade! Mas você parece que não QUER ser feliz, caramba!"

"É fácil falar", Hugo respondeu malcriado, e Caimana fitou-o, compreensiva, enquanto Índio se aproxima, vindo do refeitório.

"Os pais do Eimi estão a caminho. Devem chegar amanhã de manhã", ele suspirou, chateado. "Vão levar o menino embora pra Europa."

"Pra Europa?!", Hugo ergueu as sobrancelhas e Caimana levantou-se, surpresa, "Logo agora que ele mais precisa da gente?!"

"Foi o próprio Eimi que pediu pra ir com eles. Parece que não é definitivo. Ele só precisa de um tempo longe daqui."

Hugo entendia. Claro que entendia. Aquela escola só lhe trazia más lembranças. Talvez ele precisasse mesmo respirar novos ares... fugir um pouco dali. Ao mesmo tempo, Caimana tinha razão: Eimi tinha acabado de tentar o suicídio! Privá-lo do convívio dos amigos numa hora daquelas não era uma boa ideia, e Hugo olhou, preocupado, para o menino lá longe.

"Talvez ele volte ano que vem", Índio disse, notando seu receio. "Ou daqui há dois, três anos, quem sabe. Uma temporada na Europa pode fazer bem."

Não faria... Não com Eimi acanhado do jeito que era. Hugo duvidava muito. A timidez do mineirinho não deixaria que ele fizesse novas amizades, ainda mais em uma outra língua. E ficar lá sozinho, num lugar estranho, seria péssimo para ele. Perigosíssimo. Se Eimi ao menos viajasse com alguma companhia além dos pais... algum amigo leal, que pudesse distraí-lo, mantê-lo ocupado, que o desencorajasse de tentar o suicídio de novo...

Foi então que Hugo teve uma ideia.

Uma ideia que fez seu entusiasmo crescer dentro do peito, e Hugo saiu de lá correndo, sem se despedir dos Pixies. Tomando o caminho do refeitório, abriu espaço por entre as centenas de alunos que já se despediam uns dos outros, e subiu até o Parque Lage, indo direto para a Vila Ipanema.

Ele ainda podia fazer uma última coisa pelo mineirinho, antes que Eimi fosse embora.

CAPÍTULO 71
A CHAMA

O dia de despedida do mineirinho havia chegado, e Hugo tomava seu café, tenso, naquela última manhã de Korkovado. Havia retornado à escola ainda na noite anterior, apenas três horas após ter partido para a Vila Ipanema.

Grande parte dos alunos voltara a suas casas no dia anterior, logo após as provas finais, e a escola estava bem mais vazia do que de costume. Só alguns haviam decidido ficar mais um dia, para a entrega dos boletins; a maioria deles por preferirem ver suas notas ali mesmo, longe dos pais, com medo do resultado.

Não era o caso do Hugo, nem de ninguém que ele conhecia.

Gislene tirara notas magras, mas suficientes para passar de ano, assim como todos os alunos de alfabetização do Capí, que agora comemoravam a notícia, brindando com café com leite, na mesa ao lado. Pouco importava que tivessem passado raspando. Haviam vencido a Comissão. E aquelas notas 7 eles iriam lembrar com muito carinho pelo resto de suas vidas.

Já Hugo, mal olhara para o 9,8 em seu boletim. Só conseguia pensar no pacote que embrulhara, com todo o carinho, na noite anterior, e que devia estar prestes a chegar no colégio.

"Ih, ó só!" Viny comemorou, tentando tirar um sorriso do Capí, "Tu tirou uma nota maior que a minha, véio! Ha! Parabéns!"

Caimana pegou o boletim das mãos do namorado. "Que perigo, Viny... tu passou raspando!" E o loiro recostou-se na cadeira, satisfeitíssimo, "Tá pensando o que, fía?! Fazer duas provas não é mole não! Duas provas em tempo recorde!"

Capí desviou o olhar; incomodado, mas grato. "Viny..."

"Precisa agradecer não, véio. Tu já fez muito mais por mim."

Pegando as duas provas para compará-las, Caimana ergueu as sobrancelhas, parecendo agradavelmente surpresa. "Taí. Se você consegue imitar tão bem a letra do Capí, por que você não faz essa letra bonita sempre?"

"Porque aí não teria graça!" Viny deu risada, cochichando no ouvido do Hugo, *"Eu fico imaginando os professores se esforçando para entender."*

Hugo tentou não rir de boca cheia, mas não conseguiu, e Índio fechou a cara. "Isso é sacanagem, Viny."

"Eu sei, eu sei. Eu vou parar, prometo."

Olhando para a namorada, acrescentou, "Pelo menos com os professores que eu gosto", e Caimana deu com a prova na cabeça dele, que riu pelo nariz, engasgando com o suco.

"Os pais do Eimi chegaram", Capí cortou-os com o semblante sério, e Hugo viu o casal Barbacena passar para o salão anexo ao refeitório; os dois muitíssimo bem vestidos, na última moda das famílias ricas europeias. Casaco de pele e tudo.

"Opa!" Viny bateu na mesa, levantando-se empolgado. "Bora lá nos despedir do Eimi então!" e os outros Pixies o seguiram, exceto por Hugo, que não se moveu de onde estava.

"Você não vem?" Gislene perguntou ao notá-lo ali, mas Hugo negou, já conformado, "Ele não quer me ver."

Não entendendo muito bem o porquê daquilo, Gi deu de ombros e foi juntar-se aos Pixies no pequeno salão que dava para a mata lateral. Sem dúvida, os Barbacena desejavam que seu filho se despedisse sem muito estardalhaço; longe dos outros alunos.

Faziam bem.

Esperando sentado por mais alguns instantes, Hugo acabou não se aguentando de curiosidade e foi até a entrada do salão, para espiá-los por detrás da porta. Queria ver a reação do mineirinho, mas sem que Eimi o percebesse ali. Não desejava causar mais nenhum mal-estar desnecessário, com sua presença.

Ansioso, viu que Hermes já chegara, como combinado, para acompanhar o menino e seus pais à estação de atravessamento mais próxima. Iriam primeiro à fazenda Barbacena, para que Eimi pudesse se despedir do tio. Só então, seguiriam para a Noruega, onde o casal passaria as férias pesquisando sangue de dragão e ignorando o filho, como sempre faziam; provavelmente deixando o menino sozinho em casa até que as aulas do colégio daquela região recomeçassem.

Apesar de carinhosos, os dois sempre haviam sido pais ausentes. Não seria levando o garoto para a Europa que aquilo ia mudar.

Mas Hugo não deixaria que o menino ficasse lá sozinho. De jeito nenhum.

Mantendo distância, olhava com ternura para o mineirinho enquanto Eimi se despedia dos Pixies sem se desgrudar da cintura da mãe, como uma criança tímida e deprimida. Enquanto isso, Hermes esperava educadamente ao fundo, com suas asas de fora, fechadas nas costas. Lindas, como sempre. Levava em sua mão esquerda as três cartas de atravessamento que os Barbacena precisariam para chegar a Minas, e, em sua mão direita, um grande caixote quadrado de madeira, do tamanho de uma televisão média, que ele prontamente entregou a Eimi assim que os Barbacena o chamaram para ir embora.

O mineirinho fitou o mensageiro, surpreso, tentando segurar a enorme caixa com seus pequenos bracinhos. "É um presente?!"

Hermes meneou a cabeça, dando uma leve olhada para Hugo enquanto o mineirinho colocava com dificuldade o pesado caixote no chão e se ajoelhava diante do presente para abrir a carta anexada a ele. "Óia! Tem alguma coisa se mexendo ali dentro, mãe!" ele disse, começando a abrir o envelope, de repente empolgado.

"Foram ocês?!" ele perguntou para os Pixies, que negaram, tão curiosos quanto ele; a não ser por Capí, que já entendera tudo e agora olhava para Hugo com um leve sorriso nos lábios.

Os dois voltaram a observar o mineirinho, que já havia aberto o envelope e agora lia a carta anônima que viera com o presente; seus olhinhos passando apressados pelas poucas frases escritas no papel em suas mãos.

Frases que Hugo sabia de cor:

Espero que ela te ajude como, um dia, me ajudou.
Tudo sempre pode ficar melhor. Nunca se esqueça disso.

P.S.: Cuide bem dela.

Assim que Eimi terminou de ler, algo dentro do caixote explodiu em chamas, e o mineirinho, assustado, apressou-se em abrir a tampa de madeira para resgatar o que quer que estivesse queimando lá dentro.

Foi então que seus olhinhos arregalaram-se e Hugo viu, pela primeira vez naquele ano, o mineirinho abrir aquele seu enorme sorriso, enquanto tirava das cinzas, com todo o cuidado do mundo, um filhotinho de fênix.

"Óia que chique!" Eimi virou-se empolgado para os pais, parecendo uma criança novamente. A criança que ele havia deixado de ser há mais de um ano, e que agora voltava à vida, como a fênix em suas mãos.

Grande Faísca! ... Especialista em renascimentos e recomeços.

Chorando ao ver aquele sorriso que só Eimi sabia dar, Hugo se retirou dali com uma sensação inigualável no peito. Uma sensação de dever cumprido... Uma sensação de felicidade sem tamanho. E, enquanto caminhava até o dormitório para buscar suas malas, Hugo deixou que aquela alegria transbordasse de seus olhos, sem conseguir contê-la.

"*Independência ou Morte!!!*"

Não se cabendo em si de contentamento, Hugo teve vontade de pular e gritar ali mesmo, no corredor, até não poder mais, mas não o fez, preferindo se trancar no quarto com sua alegria, para não assustar ninguém, muito menos Dom Pedro.

Fechando a porta, ficou andando de um lado para o outro do quarto, sem saber o que fazer com toda aquela energia boa que estava querendo explodir de dentro de si, suas mãos enxugando, trêmulas, o rosto molhado.

Precisava se acalmar.

Tirando sua varinha do bolso, sentou-se na cama e repousou-a sobre o colo. Sabia o que tinha que fazer. Precisava *compartilhar* aquela alegria... Precisava criar algo de belo com aquilo que estava sentindo... algo mágico... Algo único!

Tendo absoluta certeza de que agora funcionaria, Hugo fechou os olhos, deixando que toda aquela sua alegria se agigantasse no peito, e então, apontando sua varinha para o vazio do quarto, disse, com tudo que estava sentindo de mais bonito dentro de si:

Saravá.

grupo novo século

Compartilhando propósitos e conectando pessoas
Visite nosso site e fique por dentro dos nossos lançamentos:
www.novoseculo.com.br

‹ns

- facebook/novoseculoeditora
- @novoseculoeditora
- @NovoSeculo
- novo século editora

gruponovoseculo.com.br

Fonte: Adobe Garamond Pro